MATTHIAS POLITYCKI

Herr der Hörner

Buch

Mit drei rätselhaft beschrifteten Zehnpesoscheinen in der Tasche macht sich Broder Broschkus auf nach Santiago de Cuba. Dort, im schwarzen Süden der Insel, sucht der erfolgreiche Hamburger Bankier eine junge Frau, in deren abgründig-grünen Augen er die Erleuchtung seines Lebens erfuhr. Bei einer flüchtigen Begegnung in einer heruntergekommenen Touristenkneipe hatte sie ihm kurz ihre Aufmerksamkeit geschenkt und ihm dabei einen der drei Geldscheine zugespielt. Anhand der mysteriösen Notizen, so beschließt er, will er sie wiederfinden.

Im Verlauf seiner Suche erkundet Broschkus erst das weltliche und bald auch das religiöse Leben der Stadt: Hunde- und Hahnenkämpfe, Exhuminationen und Hausschlachtungen üben eine rätselhafte Faszination auf ihn aus, aber auch die afrokubanischen Kulte, die man nicht nur in den Elendsvierteln pflegt. Ganz Santiago de Cuba scheint von etwas Dunklem beherrscht, über das zwar keiner reden will, auf dessen Spuren Broschkus allerdings immer häufiger stößt. Daß die gesuchte Frau damit in Verbindung steht, wird Broschkus bald klar. Wie sehr sie freilich Werkzeug oder gar Verkörperung des Bösen ist, ahnt er nicht…

Autor

Matthias Politycki, 1955 in Karlsruhe geboren, lebt in Hamburg und München. Sein umfangreiches Werk umfaßt Prosa, Essays, Lyrik und Romane wie die Bestseller »Weiberroman«, »Ein Mann von vierzig Jahren« sowie den Erzählband »Das Schweigen am anderen Ende des Rüssels«. Matthias Politycki gilt als einer der renommiertesten Vertreter der deutschsprachigen Gegenwartsliteratur. Darüber hinaus hat er sich als streitbarer Autor profiliert, der mit Lust und Laune über den Stellenwert der Kunst in unserer Gesellschaft debattiert.

Von Matthias Politycki außerdem bei Goldmann lieferbar:

Das Schweigen am anderen Ende des Rüssels (45326)

Matthias Politycki

Herr der Hörner

Roman

GOLDMANN

Die Arbeit am vorliegenden Text wurde durch den Deutschen Literaturfonds e.V. gefördert.

Verlagsgruppe Random House FSC-DEU-0100
Das FSC-zertifizierte Papier *München Super* für Taschenbücher aus dem Goldmann Verlag liefert Mochenwangen Papier.

1. Auflage
Taschenbuchausgabe Juni 2007
Wilhelm Goldmann Verlag, München,
in der Verlagsgruppe Random House

Umschlaggestaltung: Design Team München
Umschlagillustration: Katja Maasböl
SH · Herstellung: Str.
Satz: Uhl + Massopust, Aalen
Druck und Bindung: GGP Media GmbH, Pößneck
Printed in Germany
ISBN: 978-3-442-46281-0

www.goldmann-verlag.de

Inhalt

Bedanken möchte ich mich bei allen *Santiagueros,* die mir während meiner Aufenthalte in ihrer Stadt geholfen haben, die Wege des Herrn Broder Broschkus zu finden; stellvertretend genannt seien Luisito und Denia, Ernesto (†) und Luz, Oscar, Ocampo, Alicia, Fina, Pancho, Papito – nicht zu vergessen natürlich Cuqui samt Familie: Esther, Mariela, Eduardo, Luisito und meine Patentochter Claudia.

Viele derjenigen, die mir begegnet sind, nahmen nicht nur großen Anteil am entstehenden Roman, sondern legten Wert darauf, explizit darin vorzukommen: unter ihrem tatsächlichen Namen. Versteht sich, daß die im Text auftauchenden Figuren trotzdem Phantasiegestalten sind, die mit ihren realen Namensgebern – zum Glück – meist kaum etwas gemein haben. Versteht sich auch, daß die Meinungen eines Broder Broschkus über ihre Stadt, ihr Land, ihr Leben gewiß nicht die meinen sind!

Und schließlich: werden in diesem Roman einige Rituale geschildert, wie sie *santeros* bzw. *paleros* auch heute noch ausüben; nicht weniges davon muß eigentlich geheimgehalten werden, manche Rituale sind sogar regelrechte Geheimrituale, wenn ich die entsprechenden Warnungen recht verstanden habe. Ich bitte meine *padrinos* um Vergebung – und Olofi bzw. Nzambi erst recht –, daß ich davon nicht völlig schweigen konnte, weil sich das Dunkle dieses Buches dem Leser sonst nicht erschlossen hätte.

I Fahler Fleck im Auge

Das Helle vergeht,
doch das Dunkle, das bleibt. Als Broder Broschkus, erklärter Feind allen karibischen Frohsinns, die Stufen zur »Casa de las tradiciones« hochschwitzte, hinter sich eine Frau, die er in dreizehn wunderbaren Ehejahren so gut wie vergessen hatte, beherrschte er nach wie vor nur zwei spanische Vokabeln, *»adiós«* und *»caramba«* – ja/nein, links/ rechts und die Ziffern von eins bis zehn mal nicht mitgezählt. In stummer Empörung die Blechfanfaren registrierend, die ihm auch hier entgegenfuhren, überschlug er die Stunden, die bis zum Heimflug noch zu überstehen waren, keine geringe Lust verspürend, dem Türsteher anstelle des geforderten Touristendollars einen Tritt zu verpassen; daß er sich auf dieser Treppe knapp zwei Stunden später seinem Tod entgegenstürzen sollte, konnte er ja nicht ahnen. Am Ende eines Pauschalurlaubs war's, die Koffer bereits gepackt und kurz vor zwölf, an einem Samstag mittag unter farblosem Himmel.

Welch Kühle dann aber drinnen, wie dämmerdunstig das Licht! Obwohl der Schlagwerker mit Lust auf einen Pferdeschädel schlug, was ein scharfes Rasseln der Kiefer erzeugte, obwohl der Bassist die Lippen an die Wölbung eines Tonkrugs legte, um mit dicken dunklen Fingern aus dessen Öffnung Töne hervorzuzupfen, obwohl der Rest der Kapelle mit Inbrunst in diverse Tröten stieß, hingen die Einheimischen schlaff in ihren Schaukelstühlen, nippten aus weißen Plastikbechern, rauchten Zigarren, die einer der Ihren inmitten des Raumes für sie drehte: Als er seinen Kopf hob, um Broschkus einen Blick lang zu mustern – die andern schienen ihn überhaupt nicht wahrzunehmen –, war sein tiefschwarzes Gesicht von Falten überstrahlt. Lediglich ein paar kleine Kinder, so sie nicht zwischen den kuhfellbespannten Hockern Verstecken spielten, hinter den gedrungnen Rumfässern, die als Tische dienten, lediglich ein paar Kinder tanzten direkt vor den Musikern, gleichgültige Mienen machend und interessierte Hüftbewegungen. Das also war sie, die berühmteste Kneipe Santiagos, von der ihm Kristina aus dem Reiseführer vorgeschwärmt hatte, ein krönender Kontrapunkt zu Palmen, Wasser, Sand, und bestimmt würde sie das alles gleich »toll« finden, »wahnsinnig aufregend«. Nach Verfaulendem roch's, wahrscheinlich vom Hinterhof her Hühnerschenkel oder tote Katze, nach verschüttetem Rum roch's und verschwitzten Schuhen, schwadenweise auch nach Fritieröl und schwerem Parfum, ein feiner Faden Urin zog sich, scharf und präzis, bis in einen rückwärtigen Raum, wo Dominospieler stumm auf die Steine starrten. Wenn durch die Fensteröffnungen nicht gerade warm ein Windstoß gefahren wäre, Broschkus hätte sicher auf der Stelle kehrtgemacht.

So aber war er, kaum daß er beim Barmann ein paar kreisende Zeigefingerbewegungen gegen ein Zahnlückengrinsen getauscht, so aber war er, kaum daß er mit einem Mojito (für die *señora, sí sí*) und einem überraschend kalten *Cristal* an einigen weißgestrichnen Säulen vorbei bis zum erstbesten Eckplatz gelangt, so aber war er fast umgehend in einen Dämmerzustand gefallen. Unterm gleichmäßigen Dahinlärmen der Musik zerflossen die rosa Bretterwände mit den Bildern berühmter Sänger und sogar dem eines riesigen Christus, der als Wandgemälde hinter den leibhaftigen Sängern aufragte samt Bischofshut und schlangenförmig sich windendem Schwert, zerflossen zu einer südlich diffusen Melancholie; nur selten mußten kleine Fliegen verscheucht, mußte ein Schluck Bier genommen werden, die Augen halb geschlossen, und weil die Deckenventilatoren so gleichmütig schrappten, wäre man beinah eingeschlafen, erschöpft von zwei Wochen karibischer Sonne und wechselweis sich reihender Wortlosigkeit.

Ehe Broschkus dann aber wirklich einnickte, ging er schnell noch mal zur Bar, der Tresen nichts weiter als ein der Länge nach aufgesägtes und -geklapptes Faß, hinter dessen bauchig nach außen gewölbten Hälften, so vermutete er, die Peso-Flaschen für die Einheimischen versteckt waren; ein zweites Faß hatte man auf gleiche Weise geteilt und, nachdem man dem halbierten Rumpf je ein Regalbrett für den offiziell angebotnen Dollar-Rum eingefügt, an der Wand hinter der Theke montiert. Noch eins? zahnlückengrinste ihm der Barmann entgegen, der einzige Weiße hier offensichtlich, und hielt bereits die Dose in der Hand. Noch eins, nickte Broschkus und hielt bereits den gefalteten Geldschein zwischen Zeige- und Mittelfinger, fast so beiläufig wie ein Einheimischer.

Da sah er sie.

Sah die beiden Freundinnen,
oder waren sie ihm nicht längst aufgefallen, die sie kichernd auf ihren Hockern gesessen, einander Wichtigkeiten verratend? Natürlich, insbesondre die eine: So jung! hatte er sich erschrokken, so hellbraun wie, weiß der Teufel, wie – Honig? Meinetwegen wie dunkler Honig, verdammt dunkler Honig, war Broschkus vollends aus dem Dahindämmern herausgeraten, und jetzt schau weg.

Anwesend, ziemlich anwesend war sie trotzdem, die mit der honigbraunen Haut, die mit den langen schwarzen Locken, dem zahnstrahlenden Lachen, das noch den hintersten Winkel des Raumes ausleuchtete, in dem sich das Ehepaar Broschkus verborgen hielt; und erst recht den Tresenbereich, wo der Ehemann

Broschkus etwas langwierig eine leere gegen eine volle Dose tauschte. Um nebenbei festzustellen, nur aus den Augenwinkeln: daß diese Frau, die im Grunde gerade noch als Mädchen gelten mußte, daß dies Mädchen, das im Grunde gerade schon als Frau gelten durfte, mit einer schäbigen Radlerhose bekleidet war, gelbschwarz gestreift wie das Bustier, daß seine Sandalen sehr simpel und die Sohlen höchstwahrscheinlich aus Autoreifen gefertigt waren, oh ja, selbst das glaubte Broschkus erkannt zu haben. Nichtsdestoweniger verwandelte's sich, das Mädchen, je länger man's auf solch beiläufig blöde Weise belauerte, verwandelte sich allein durch sein Lachen in die, Teufel auch, in reinste Anmut, ja, Broder, das Wort ist ausnahmsweise angemessen, bebrummte sich Broschkus, und jetzt zieh ab.

Kein Wunder, daß er sich später nicht recht an die andre der beiden erinnern wollte, nur daß sie weit größer, vor allem breiter gewesen, nicht eigentlich dick, eher mächtig, ja nachgerade muskulös, erschreckend muskulös, dessen würde er sich nach diesem 5. Januar noch sicher sein, daß sie viel dunkler gewesen, so dunkelbraun wie – die Zigarren vielleicht, die der zierliche Alte mit großem Ernst rollte? Daß sie blau-weiße, rot-weiße Halsketten getragen, anstelle von Haar einen bräunlich eingefärbten Kräuselwust, einen Mop, der an den Wurzeln seine natürliche Schwärze zeigte, auch ein Straßherz am Gürtel, nicht wahr?

Aber jetzt, jetzt tanzten sie.

Prompt bliesen die Bläser eine Spur beherzter,
trommelten die Trommler eine Spur heftiger, härter, das Glitzern auf der Haut der beiden Tänzerinnen wurde lediglich vom Leuchten ihrer Zähne überboten.

Oh Gott, dachte Broschkus, will denn keiner was dagegen –

Oh nein, dagegen einschreiten wollte keiner, am wenigsten Broschkus; die beiden tanzten in solcher Selbstverständlichkeit, daß man gar nicht gewagt hätte, sie zu unterbrechen, tanzten so selbstgewiß aus der Mitte ihres Wesens heraus, so selbstgefällig, selbstherrlich bis in die Spitzen ihrer Glieder, so selbstverliebt, sogar die Dunkle, ein Glanz lag auch auf ihr, mit ihren schweren Flanken schlug sie auf eine unwiderlegbar weibliche Weise Funken. Und erst die Hellere, Jüngere, oh, wie selbstvergessen sie die Arme übern Kopf hob, wenn sie sich um die eigne Achse drehte, man hatte beim Trinken Mühe, nichts zu verschütten. Ihre honigfarbene Haut, an manchen Stellen legte sich ein Licht darauf, als schiene die Sonne für sie auch hier drinnen, mal an den Schenkeln, mal am Bauch, mal an den Armen, immerzu liefen ihr helle Flecken übers Fleisch, am schlimmsten freilich über die Nacktheit der Schultern.

Beim Abstellen der Dose wollte's Broschkus scheinen, sein Blick habe den ihren kurz gestreift, und als er gleich wieder nach der Dose greifen mußte, verschüchtert in ihre Richtung schielend, fuhr ihm ein warmer Wind durch den Raum, durch die offne Tür herein über die Tanzfläche zum Rückraum hinaus in den Hof, daß ihm die Zunge gegen den Gaumen schlug: Hatte sie etwa eine kleine Handbewegung in seine Richtung gemacht, eine kaum wahrnehmbare Geste der Aufforderung? Broschkus konzentrierte sich auf den mit dem Strohhut, auf den daneben in den zwei verschiednen Schuhen, schließlich auf den Zigarrenmacher: Der trug eine Kette aus kleinen weißen Plastikperlen? Körnern? Und wieso konnte die Dose schon leer sein? Oder war das erneut die winzige Handbewegung, die keinem andern als ihm gelten konnte, ausgerechnet ihm? Die Leichtigkeit, mit der diese Person ihre Hüften zum Flimmern brachte, die Direktheit, mit der sie ihm offen zulächelte, die Dreistigkeit der beiden. Hände, die nach der weiter und weiter flimmernden Schmalheit der Hüften griffen, an ihr emporfuhren, langsam über die Taille nach innen zu, übern nackten Bauch, dann aber doch nicht über die Brust, oh nein, das eben nicht!, sondern erst im Haar sich wieder verfingen, es scheinbar ordnend, zur Seite hin raffend, um übern Kopf hinaus sich zu heben, in stolzer Gewißheit eine ganze Weile den Tanz des restlichen Körpers mit einem Spreizen der Finger kommentierend: gewiß nur für ihn, den Fremden im Eck, den sie weiterhin fixierte, nicht wahr, weiterhin belächelte, nicht wahr, dem sie weiterhin und vor allen andern sich zeigte? Indem sie ein paar Schritte sogar in seine Richtung setzte, rein spielerisch, gleich würde die Drehung kommen –

Broschkus verschluckte sich so heftig, daß er husten mußte.

Denn die Drehung,
mit der zu rechnen gewesen, blieb aus, statt dessen – der Zigarrenmacher, trug er nicht auch am Handgelenk eine weiße Kette? – ging sie durch dieses Licht, diesen Lärm, ging ganz offen auf ihn zu, schon konnte er ihre hervortretenden Beckenknochen sehen, die konkav dazwischen konturierte Bauchdecke; gerade noch gelang's ihm, die Bierdose abzustellen, da hatte sie ihn bereits an der Hand, zog ihn vom Hocker wie einen kleinen Jungen. Ihr Blick, aus der feuchten Tiefe eines grün schillernden Kaffeesatzes heraus mit feinem hellbraunen, honigbraunen Außenrand, bloß nicht länger in diese Augen sehen, bloß nicht. Im Losstolpern bemerkte Broschkus, daß die Große, die Breite, die Schwere ebenfalls herbeigekommen war, um Kristina zu ergreifen – man hatte sich also abgesprochen –, schon waren sie alle vier in der Mitte des Raumes. Woraufhin die Kapelle *wirklich* loslegte, ein pferdeschädelrasselndes Höllenspektakel, einige der Einheimischen riß es aus dem Dahindösen, man klatschte im Takt, sang laut mit, sogar der Zigarrendreher hob kurz seinen grauweißen Kräuselkopf, von dem sich die Ohren wegwölbten. Salsa!

Ausgerechnet Salsa,
den Broschkus so haßte. Notdürftig brachte er seine Beine in Bewegung, eher die Darstellung eines Tanzes als der Tanz selbst, wollte sich auf die silbernen Zehennägel vor ihm konzentrieren, auf die braunen Füße in den billigen Sandalen, auf Knöchel,

Sehnen, Wadenmuskeln; doch das Mädchen, in wundersam weichen Bewegungen sich wiegend, verstand ihn sofort, schenkte ihm seine langen schwarzen Locken, die jeder Bewegung synkopisch hinterherwippten, und, als Broschkus den Blick vollends zu heben wagte, lachte ihn mit dunklen Lippen an, zwischen den oberen Schneidezähnen eine winzigschwarze Lücke. Indem sie sich von ihm abdrehte, flogen ihm ihre Haare ins Gesicht; indem sie sich gleich wieder zu ihm zurückdrehte, ließ sie sich näher an ihn herantreiben, so nah, daß sie – wie erschrocken mit langen schmalen Fingern nach ihm faßte, den vollständigen Zusammenprall abzufedern, selbst das noch Teil derselben fließenden Bewegung, und natürlich wußten ihre nackten braunen Hüften, was sie da taten, als sie die des Herrn Broder Broschkus im Vorüberstreifen berührten und – nun erst glitt's an ihm vorbei, das Mädchen, hauchte ihm seinen Atem ins Ohr. Verströmte dabei kein süßliches Parfum, wie Broschkus mit riesig entsetzten Nüstern feststellen mußte, sondern unvermischt und mit Macht nur herben Duft, sich weiterwiegend im Takt, als sei's ganz allein auf der Welt, nicht etwa in bedenklicher Nähe zu einem leicht verfetteten, leicht ergrauten Touristen. Oh wie häßlich Herr Broschkus sich fand, wie bleich, wie plump, und doch sah er deutlich vor sich die sanft verlaufende Linie eines Schlüsselbeins, sah das Funkeln in der Grube darüber, darunter, hörte's aufrauschen, das Bier in seinem Kopf oder ein feines Sirren, sekundenbruchteilhaft erkannte neben sich Kristina, deren korrekt kostümierte Glieder unter der Regie der Dunklen, der Schweren, in ein munteres Gehopse geraten waren. Später wollte er sich vor allem an ihren verrutschten Rückausschnitt erinnern, ausgerechnet daran, und im nächsten Sekundenbruchteil –? War das ein Biß gerade gewesen, was er im Ohrläppchen verspürt, ein winziger Biß? Oder doch eher ein Kuß?

Oder bloß eine flaumhaardicht vorbeistreifende Kühle, schon zog das Mädchen den Kopf zurück, ja-warum-denn, erneut verwandelte sich in reinen Rhythmus, ein vielgliedrig akzentuiertes

Wippen um die Körpermitte, das Broschkus zum tumb taumelnden Toren machte, mal stieß ihn die Trompete nach vorn, mal zog ihn das kurze Solo auf dem Tonkrug zurück, mal trieben ihn die Bongos in weiten Schritten hinter ihm her, dem Mädchen, mal riß ihn die Gitarre von ihm fort, und als er, außer Atem, nurmehr torkelte, da sah's ihn an, das Mädchen, sah ihn so voller Unschuld an, auf dem Jochbein ein schmales Schimmern, auf den Lippen ein Lächeln, daß es gewiß kein Biß gewesen war, kein Kuß, nicht mal eine zufällige Berührung. So sehr sah's ihn an, das Mädchen, daß ihm die Nasenflügel bebten, so nackt und direkt sah's ihn an, so *un*mädchenhaft plötzlich, ganz und gar Frau jetzt, sah ihn aus seinen, aus *ihren* Augen an, grün lag ein Glanz darin, nicht als heißes Versprechen, sondern als kaltes Verlangen, das Broschkus vollends aus dem Rhythmus brachte. Da entdeckte er ihn: den feinen Riß in all dem Glanz, mitten im Grün der Iris ein farblos fahles Einsprengsel, millimeterbreit ein Strich im linken Auge, vom äußern Rand der Iris bis zur Pupille, vielmehr im rechten Auge, jaja, im rechten, ein Fleck.

Gleich! dachte Broschkus nicht etwa, fühlte's freilich desto stärker: Gleich! tut sich die Erde auf und ich fahr' zur Hölle. Wie laut der Chor der Sänger nach ihm rief, wie unbarmherzig die Blechbläser nach ihm verlangten, wie schwer ihm der Atem rasselte! Da aber ergriff die Frau, mitten im Blick, im Trompetensolo und weiß-der-Teufel-warum, ergriff eine seiner unbeholfen herumhängenden Hände, nun wieder ganz mädchenhaft keusch, und, ohne ein Wort der Erklärung, führte ihn zu seinem Sitzplatz.

Wo ihn niemand erwartete, nicht mal Kristina.

Als Broschkus zurückgesunken war auf seinen Hocker und keine Bierdose fand, nach der er hätte greifen können, beugte sich das Mädchen zum Abschied herab und – küßte ihn auf, nein: biß ihn ganz zart in den Hals? Kaum daß sich die Zähne in seine Kehle gruben, Broschkus bekam Gänsehaut, ich werd' verrückt, hier-jetzt-sofort verrückt! Doch wie er, geblendet von so viel Glück, den Blick nicht zu heben wagte, hatte man ihn bereits sitzengelassen. Neben einer korrekt frisierten Frau, die sich auf wundersame Weise in jenem Moment wieder eingefunden, vor einer Bierdose, die zwar leer, aber auf wundersame Weise wieder vorhanden war.

Daß ihm einer der Umsitzenden die Schulter klopfte, fühlte Broschkus nicht, doch die angebotne Zigarette nahm er ohne ein Wort des Dankes an. Und rauchte sie in einem einz'gen Zug weg, der erklärte Nichtraucher, während er sich mit Müh' daran erinnerte, wo er und was er war, ein Doktor-rer-pol doch wohl immerhin? Gestandner Abteilungsleiter, Spezialist für Abwärtsspekulation und Leerverkauf? Oder ein blasser Tourist bloß, ungläubig die Kehle sich befühlend, die Tabakkrümel auf den Lippen? Der Deckenventilator, noch immer fächelte er ihm einen herben Geruch zu oder jedenfalls eine Luft, das Hemd klebte ihm an der Brust, die heftig auf und ab sich senkte, es war eine Schande. Wie gierig ihn die kleinen Fliegen umschwirrten!

Daß er irgendwann in die Nähe des Ausgangs geraten,
nach einem weiteren *Cristal* vermutlich und hinter einer eleganten Dame mit Rückenausschnitt, bekam Broschkus erst mit, als es zu spät war. Suchend blickte er sich um, entdeckte nur die Zigarrendunkle, die ihm jetzt, da sie ihre halskettenbehangne Schwere über einen der Hocker gestülpt hatte, die ihm jetzt, da sie sich eine Sonnenbrille mit blauen schmetterlingsflügelförmigen Gläsern in den Kräuselmop gesteckt hatte, die ihm geradezu häßlich erscheinen wollte, ja, alles an ihr war zu leberfleckig, zu breitnasig, zu prall ausgefallen, vom Wangenknochen hoch durch die Braue lief ihr eine Narbe, selbst im Schweigen wölbte sich ihr Mund weit nach vorn, eine feucht glänzende Obszönität.

Deine Freundin, wo ist sie? blickte ihr Broschkus ins Auge, die Dunkle riß einen Keil in ihr Gesicht, ein hellrosarotes Zungenlachen, versetzt mit einem rauhen Schwall an Silben, aus der

Tiefe einer verrosteten Gießkanne heraufgurgelnd. Draußen, auf dem Treppenabsatz, stand die Dame, drehte sich vorwurfsvoll um – ach, das war ja Kristina –, der Pferdeschädelraßler machte einen Schritt auf Broschkus zu, wahrscheinlich wollte er ihn in letzter Sekunde anschnorren. Wo ist sie? blickte Broschkus schnell zum Zigarrenmacher, doch der sah nicht mal her, rollte Tabakblätter zwischen seinen Händen. Wo? blickte Broschkus zum Barmann, der ihm zugrinste, zwei gestreckte Zeigefinger aneinanderreibend, Broschkus blickte wieder nach draußen. Dort hatte sich Kristina mittlerweile treppab verfügt, die Sicht freigegeben auf – ein Mädchen: So selbstverständlich lehnte's am Geländer, neben dem Türhüter, so selbstverständlich, ein Schattenriß im hellen Gegenlicht.

Herr Broder Broschkus, sofort erfüllte ihn wieder ein feines Sirren, geriet ihm jegliches in sanftes Schwirren; weil er aber nur zwei Wörter Spanisch sprach, die Ziffern mal nicht mitgezählt, setzte er sich in Bewegung, ging schweren Schrittes auf die Silhouette zu und – vorüber. Während er bereits die Schuhspitze auf die erste Stufe setzte – welch Kühle mit einem Mal auch hier draußen! –, dachte er *»¡caramba!«* und sagte, nein: flüsterte, nein: wisperte, denn die Zunge blieb ihm am Gaumen kleben: *»adiós«*. Dann stürzte er treppab und zu Tode.

Nunja,
um ein Haar. Was ihn gerettet hatte, jedenfalls für diesmal, war seine Frau; als er zehn Stufen tiefer angekommen, mit einem verknacksten Knöchel vermutlich und mit Kristina, die er im Schwung des Hinabstolperns mitgerissen hatte, war der Himmel weiß.

»Was für ein … Abschluß … Urlaubs!«

Jetzt nahm ihn Kristina auch noch an der Hand, zog ihn vor aller Augen weg, in die Mitte der Gasse. Welchen Abschluß sie wohl meinte, wieso Urlaub?

»Alles …, Broder?«

Ohne die Antwort abzuwarten, ging sie los. Doch wie sich der Herr Doktor, der gestandne Abteilungsleiter, widerwillig in Bewegung setzen und ein klein wenig dabei nach oben schielen wollte, blieb er gleich wieder stehen: Zwei Stufen auf einmal nehmend, rannte ihm nicht etwa der Türsteher, nein-nein-nein, rannte ihm das Mädchen hinterher, als ob er nicht etwa an der Seite einer andern Frau dort unten stand, rannte durch dieses Licht, diesen Lärm, auf ihn zu, mit einem Geldschein winkend. Gerade noch gelang's ihm mit einer ruckartigen Bewegung, sich der Fürsorglichkeit Kristinas zu entziehen, schon stand sie vor ihm, bebend bis in die Bauchdecke hinab:

Ob er den, bitte, in zwei Fünfer wechseln könne?

Die Zahlen, die beherrschte Broschkus, die verstand er sofort, dazu hätte sie ihm gar nicht ihre langen Finger zu zeigen brauchen, fünf Finger der linken, jajaja, fünf Finger der rechten Hand. Trotzdem war's kein leichtes, die gewünschten Scheine aus der Hosentasche hervorzusuchen, war's unmöglich, ihr dabei ins Gesicht zu sehen, konzentrier dich, Broder, schau auf die Zehnpesonote, schau auf ihre Fingernägel, die sind nicht silbern, sondern weiß, und versuch mal, nicht zu atmen.

Als er ihr die beiden Fünfer entgegenstrecken konnte, tat er's gleichwohl – atmete den Duft noch einmal ein, der ihrem Körper entströmte oder jedenfalls der Welt, sank ins Grün ihres Blickes, daß er sich an der nächstbesten Hand festhalten mußte, deutlich zu sehen auch der streichholzdünne Strich, der fahle Fleck im rechten Auge oder vielmehr, ist-doch-wirklich-egal-jetzt, im linken.

»Naja, diese Lebensfreude hier, diese … geht mir manchmal ein bißchen …«

Das mußte Kristina sein, die ihn da hielt, jetzt galt's beizupflichten, jetzt galt's Augen-zu-und-durch, wohin ging ihr die Lebensfreude?

»Also Broder«, drängte Kristina. Ob er sich vor dem Abflug nicht lieber ein Stündchen hinlegen wolle, »nach alldem«?

Wenige Fragen später war Broschkus auf halbem Weg zum Hotel, leicht humpelnd, *mit* der Rechten auf seine Frau gestützt, in der Linken einen zerknüllten Zehnpesoschein, heftig brannte ihm der Mund.

Brannte derart,
daß er beim nächsten *batido*-Stand nicht lange zögerte, sie hatten schon etliche Gassen gequert, in denen man nicht mal einen Hund zu Gesicht bekommen, und nun gab's endlich etwas, das ihm die Zunge vom Gaumen lösen würde: Bananensaftmilchzuckerwasser, auf Eis.

Nein-danke, schüttelte Kristina den Kopf, in diesen *batidos* sei jede Menge Einheimisches drin, sie bleibe konsequent.

Einem Broschkus war das freilich egal und ein *batido* das einzige, das er in den vergangnen Wochen zu schätzen gelernt. Erst als er zwei rosarote Plastikbecher geleert hatte, bemerkte er, aber da passierten sie bereits den Aufgang zur Kathedrale, wo einem die Bettler mit ihren Beinstumpen auflauerten, bemerkte er, daß er anstelle des Zehnpesoscheins einige Münzen in der Hand hielt.

Und in der Hand noch hielt,
während Kristina schon neben ihm lag, auf einem ausgeleiert wippenden Hotelbett, wo er sich in Ruhe fragen konnte, fragen mußte, warum das Mädchen ausgerechnet ihn um Wechselgeld angegangen hatte, zumal's doch vom Türhüter und im Grunde von jedem andern ohne die geringste Mühe –?

Durch die Sprossen der Fensterläden langte in langen Streifen das Licht des Südens, kaum abgedämpft drang ein beständiges Kreischen Quietschen Hupen Schimpfen Rufen herein, ein gellendes Pfeifen und, plötzlich, eine Sekunde der Stille – all das dumpfe Bebrüten des Mißlichen, wie's sich in Broschkus' Leben und, maßstabsgetreu verkleinert, auch in diesem Urlaub ausgebreitet hatte, nun wurde's in einer einzigen Sekunde hinweggefegt, schlagartig war er wieder nüchtern: Daß man nur so dumm sein konnte! Wie zart Kristina neben ihm lag mit ihren strähnchenhaft aufgerüschten, in Wahrheit vollkommen unblonden Haaren, wie ahnungslos zart und zerbrechlich, wie fern!

Entsetzlich sicher dagegen war sich Broschkus, gerade einen großen Fehler begangen zu haben: weil auf dem Zehnpesoschein des Mädchens womöglich all das zu finden gewesen, das er – vielleicht kein ganzes Leben, wohl aber die letzten Jahre ersehnt hatte, ein Name, eine Telephonnummer, ein Geständnis. Sogar die Matratze geriet ins Schwingen, so heftig ballte sich jetzt das Begreifen. Wie fremd und weiß und weich Kristina neben ihm lag, unerreichbar korrekt selbst im Schlaf, es war zum Heulen.

Doch diesmal dachte Broschkus gar nicht dran, sich seinem Mißmut hinzugeben, im Gegenteil, sondern machte den Fehler wieder wett. Jedenfalls hatte er das heftig vor, von draußen lärmte das Leben, von draußen lachte und lockte und rief ihn das Leben, schon war er selber draußen, entschlossen humpelnden Schrittes. Den Getränkestand fand er tatsächlich ohne geringstes Problem.

Sich einen weiteren Becher batido bestellend,
bat er die Verkäuferin, eine träg schlurfende Schwarze, die aus ihrem Wohnzimmerfenster heraus das Haushaltsgeld aufbesserte, bat sie mit einem energischen Zeigefingerkreisen, das Bündel Zehnpesonoten herauszugeben, das sie heut erwirtschaftet, dochdoch, ausnahmslos alle, ich zahle mit Dollars, bin Sammler. Als sie erst einmal kapiert hatte, wie diesem Verrückten geholfen werden konnte, war die Frau durchaus einverstanden, geistesgegenwärtig holte sie weitere Banknoten aus weiteren Zimmern, stets dabei nach Unterstützung rufend, am Schluß erhielt Broschkus sämtliche Zehnpesoscheine, die sie und ihre Nachbarn und die Nachbarn der Nachbarn auf die Schnelle hatten beibringen können.

Beschwingt begab er sich zurück zum Hotel, ein erkleckliches Bündel Papier in der Hand, das sich klebrig verschwitzt und ganz und gar großartig anfühlte.

Zur Überraschung seiner Frau trank er
im Flugzeug gleich einen doppelten Whiskey:

Also Broder. Was denn in ihn gefahren sei?

Tja, das wußte er zwar auch nicht so genau, aber im Grunde wußte er's ziemlich genau, es fühlte sich aufregend gut an – auf dem Brustkorb, linksrechts, in der Leistengegend, linksrechts, selbst in der Gesäßtasche, Prost-Schatz.

Nach dem Essen nahm er weiteren Whiskey zu sich, wie angenehm dazu das Flugzeug summte, wie angenehm die Nachtbeleuchtung schimmerte, schließlich zog Kristina zwei Plastikkissen aus dem Handgepäck, um sie aufzupusten:

Also Broder. Daß er dermaßen erleichtert sei über das Ende dieses schönen kleinen Urlaubs, finde sie leicht degoutant.

Indem sich Broschkus zur Toilette begab, mußte er sich fast an jedem Sitz festhalten. Als mit dem Zuziehen der Tür die Helligkeit aufflammte, erschrak er vor dem Kerl, der ihm da fahl und faltig aus dem Spiegel entgegen- und auch weiterhin schamlos zusah, wie er fassungslos seinen Adamsapfel betastete, dann aber mit siebzehn entschloßnen Händen Pesoscheine hervorzog, um sie sorgfältig eifrig gierig von vorn zu studieren und von hinten. Wie er dabei ein-, zweimal einen kleinen Triller abließ, ein drittes Mal schließlich, dabei galten die Triller nur irgendwelchen Kritzeleien auf den Scheinen, weißgott nichts Außergewöhnliches.

Weißgott nichts, ob er das gerade richtig gehört habe, nichts Außergewöhnliches?

Mit den drei Zehnpesoscheinen in der Hand befuchtelte Broschkus sein Spiegelbild, sein offensichtlich ahnungsloses Spiegelbild, sieh her, wenn du Augen hast, zu sehen, das sind sie, *¡caramba!* Mehr als erwartet sogar, mehr vielleicht als unbedingt nötig.

Weil sein Spiegelbild freilich nicht begreifen wollte, mußte er eine Spur deutlicher werden: Optionsscheine, Mann, das sind –!

Er tupfte dem Kerl im Spiegel mit den Spitzen seiner drei Scheine auf den Halsansatz: Eine Art außerbörsliches, ein verdammt außerbörsliches Termingeschäft, wenn du's lieber so formulieren willst, das ist – was es denn da zu grinsen gebe?

»Einmal im Leben unlimitiert agieren, EIN MAL!«

Broschkus zuckte fast ebenso heftig zusammen wie sein Spiegelbild, war das wirklich eben er selbst gewesen, der seine Gesprächspartner sonst immer so sanft belehrte, in jahrelang antrainierter Leidenschaftslosigkeit? Wohingegen jetzt sogar die Dinge von ihm abrückten, nach rechts abhanden zu kommen drohten und nach links, wieso geriet hier eigentlich alles in Schieflage? Wieso stanken die Scheine so sehr? Na gut:

»Einmal im Leben etwas Großes wollen, kapiert?«

Und nur noch geflüstert:

»Vor allem dann aber auch tun!«

Und nurmehr gedacht, ganz leise gedacht, weil sich die Dinge sonst vielleicht zu drehen begonnen hätten:

Wurde ja langsam auch Zeit.

Wie leicht sich die drei Scheine zum Verschwinden bringen ließen, wie leicht die restlichen Scheine von der Klospülung aus der Welt geschafft wurden, keiner hat's gesehen, keiner hat's gemerkt, *adiós*.

Als er seinen Sitzplatz wiedergefunden hatte, entdeckte Broschkus ein aufgeblasnes Kissen, daneben eine halb schon in ihrer Halskrause eingeschlafne Frau, ach, das war Kristina:

»Also Broder! So betrunken hab' ich dich lang nicht mehr erlebt.«

Bloß nicht antworten. Während sich Broschkus das Kissen umlegte, versuchte er, möglichst geradeaus zu lächeln – wie arm war alles, was er mit Kristina erlebt hatte! Wie arm war alles, was er ohne sie erlebt hatte! Bis auf das, bis auf das, bis auf das, was ihm nun in allen Muskelfasern und Haarspitzen und Nervenenden und in Form von drei Geldscheinen auch in seiner Brieftasche steckte, bis auf – Broschkus fühlte die Sehnsucht so sehr in sich aufrauschen, daß ihm die Ohren summten. Nicht mal den Namen des Mädchens wußte er, nicht mal ein-zwei-drei Silben, die man in sich hineinstaunen konnte. Kristina? Was wollte die denn noch? Oder war das die Stewardeß, die eine Ansage machte, war das die sichtlich empörte Stimme der Stewardeß? Die sich ein wenig mehr Respekt für die kubanische Währung erbat, »aus gegebenem Anlaß«, so wertlos sei sie auch wieder nicht, daß man sie einfach ins Klo werfen müsse, das verstopfe nur den Abfluß, vielen Dank. Spätestens jetzt lächelte Broschkus, träumend von einem Mädchen, das ihn mit Augen anblickte. Träumend von Augen, in denen ein Fleck war, und wie er so zurückblickte, im Traum, da sah er den Fleck auch auf ihrer Wange, auf der Oberlippe, dem Hals, da war der ganze Körper dieses Mädchens mit Flecken übersät, ein honigbrauner Leib mit schwarzen Flecken, ja: Lächelnd träumte Broschkus.

II Der Zigarrenmacher

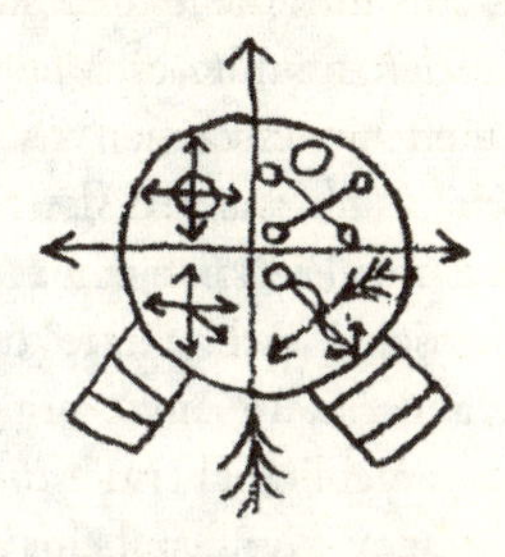

Ein vorletztes Mal lächelte Herr Broder Broschkus an einem Montag abend, am Ende einer Reise, die er, nicht ohne dabei mehrfach die Fluggesellschaft zu wechseln, von Hamburg über Moskau nach Ulan-Bator, von Ulan-Bator zurück nach Moskau, von da nach Havanna und weiter nach Santiago getan: Einige Tage nach seinem fünfzigsten Geburtstag war er tatsächlich wieder dort, wohin's ihn seit jenem 5. Januar mit Macht gezogen. Warm und feucht fuhr ihm die Karibik schon beim Gang übers Rollfeld entgegen, vom Flughafengebäude wehten die Fanfaren des Frohsinns.

Als Aussteiger fühlte sich Broschkus in seinem Brioni-Anzug ganz und gar nicht, Broschkus fühlte sich als Einsteiger – als Einsteiger in ein Leben, von dem er zwar nicht den leisesten Schimmer hatte, wohl aber eine honigfarbene Vision mit fahlen Einsprengseln; das ganze kubanische Drumherum war ihm herzlich, eigentlich unherzlich egal. Als er erfuhr, daß sein Gepäck auf irgendeiner Zwischenstation abhanden gekommen, wartete er nur widerwillig ab, bis man die Angelegenheit auch offiziell erfaßt haben würde. Ob der Koffer wieder auftauchte oder nicht, er enthielt ohnehin nur, was in den wenigen Stunden vorm Verschwinden wahllos zusammengekauft.

Wie lange hatte Broschkus auf diesen Moment hingearbeitet, die ersten Monate noch zwischen den wohlvertrauten englischen Spanntapeten der Hase & Hase KG! Fiel ihm der Blick, vom Bildschirm mit den beständig vorbeiflimmernden Börsennotierungen befreit, in die Seidenrosen auf der Fensterbank, dann auf die Baumkronen draußen, die grauen Wasser dahinter, die geräuschlos gleitenden Schiffe der weißen Flotte und, vor allem, die riesige Fontäne, die aus der Alster empor- und in den Himmel schoß: so ertappte er sich regelmäßig dabei, wie er den Gestank der drei Pesoscheine inhalierte, darin eine unwiderstehliche Herbheit erahnend, wie er von arg gefleckten Körpern träumte oder seltsam vergebliche Ferngespräche tätigte, anstatt Verabredungen mit seinen Kunden beim Hamburger Derby wahrzunehmen oder im Übersee-Club.

Während die Insassen einer mittlerweile eingetroffnen Chartermaschine von immer denselben Fanfaren, vor allem aber fastnackten Tänzerinnen mit ersten Urlaubsklischees versorgt und dann gleich in Busse verfrachtet wurden, die sie in selbiger Nacht über die Küste des gesamten *Oriente* verteilen würden, betrachtete Broschkus die wenigen Schaufenster, die der Flughafen zu bieten hatte, seine randlose Brille kippend, betrachtete das eigne Spiegelbild: Allen Klischees entsprechend, die das Leben für den ehemaligen Prokuristen einer hanseatischen Privatbank bereithielt, stand er da, ein ungewöhnlich blasser, ungewöhnlich freudlos blickender Mensch, nadelstreifenblau bis hinab zum britischen Budapesterschuh, und tupfte sich mit dem Stecktuch die Geheimratsecken trocken. In der Linken hielt er eine ziegenlederne Aktentasche, gefüllt mit allerlei Überflüssigem und einem Jugendphoto seiner kürzlich verstorbnen Mutter; in der Brusttasche wußte er eine VISA-Karte: So planvoll irritierend, wie er sich als Reisender sogar seinem Koffer entzogen, hatte er mehrfach Konten und Subkonten eröffnet, Konten und Subkonten aufgelöst, um am Ende mit dezenter Hilfeleistung eines früheren Kollegen sein gesamtes Barvermögen auf ein Schweizer Nummernkonto zu transferieren, am Staat vorbei und an Kristina, sofern sie überhaupt Nachforschungen betreiben würde. Von der Sorge um traumatisierte Haustiere in ihre Praxis getrieben, hatte sie nicht mal mitbekommen, wie er seit Anfang Mai nurmehr pro forma zur Arbeit gegangen, nachdem er, dort einige Wochen zuvor im großen Stil bei fernöstlichen Internetwerten zugegriffen, bei russischen Ölfirmen und weiteren Verbrecherpapieren, die er seinen Kunden früher gewiß ausgeredet hätte.

Warum ein solch erfahrner Mann wie Broschkus, warum ein solch besonnener Mann, der bei den Frankfurtern – der Niederlassungsleiter sagte seit je »die Frankfurter« – stets als konservativ, fast als ein wenig zu konservativ gegolten habe, zu vorsichtig, zu unaggressiv, warum er die hauseignen Research-Vorgaben mit einem Mal so eigenmächtig umgangen habe? Ausgerechnet seine ältesten Stammkunden hätten sich zusammengetan, anscheinend schon seit dem diesjährigen Hase & Hase-Golfturnier, und mit einer Klage gedroht. Über zweieinhalb Millionen hätten sie insgesamt verloren aufgrund höchst spekulativer, ja dubioser Turbo-Zertifikate, wie sie sich ausdrückten, zwecks Abwärtsspekulation auf diverse Indices. Zu einer unlimitierten Order auf chinesische Optionsscheine habe sie Broschkus angeblich regelrecht genötigt, angeblich mit der Begründung: »Ein Mal im Leben unlimitiert agieren, verstehen Sie?« Ob er anstelle der Abmahnung nicht eine Abfindung vorziehe?

Wer weiß, ohne die Verschwörung seiner Hauptklienten hätte Broschkus den Absprung vielleicht gar nicht geschafft, dazu verlief sein Leben viel zu angenehm geordnet, viel zu angenehm unaufgeregt. Nun aber war's plötzlich wieder horizontlos heftig geworden, das Leben, nun aber galt's, den Entschluß, den er bereits auf dem Rückflug von Santiago gefällt und dann Tag für Tag verschoben, revidiert, verworfen und Nacht für Nacht erneut gefaßt hatte, nun galt's, den Entschluß auch umzusetzen. In aller Konsequenz, ohne falsche Sentimentalität, wie er's von seinen Kollegen aus der Kreditabteilung kannte, wenn sie eine Firma liquidierten.

Und tatsächlich, heute stand er dort, wo er hingehörte, ein Mann in seinen besten Jahren, stand jedenfalls schon mal vor den Schaufenstern des Flughafens und lächelte seinem Spiegelbild zu. Man sah's ihm an, daß er in seinem Leben nichts geschafft hatte, als Geld zu vermehren, zu verstecken und, am Ende, zu verlieren, daß er siebzehn Jahre lang lediglich für seine Stammkunden gelebt und dabei alles versäumt hatte – selbst bei seinen kleinen Inkorrektheiten war er so korrekt geblieben, wie man ihn erzogen, ein früh ergrautes Muttersöhnchen. Seinen Ehering drehend, hielt er ihn plötzlich in der Hand, stand sekundenlang unschlüssig. Ach, Kristina – hoffentlich hatte sie ihn wenigstens die letzten Jahre betrogen, anstatt sich klaglos bloß in ihrer Arbeit zu verzehren, in ihrer Rolle als alleinerziehende Mutter, die sie, als habe sie sich gar nicht erneut verheiratet, weiter- und weiter- und weiterspielte. Erst im Schlaf, wenn sie die Kontrolle über ihre Gesichtszüge verloren, zerfloß all ihre kühl abweisende Eleganz in etwas, das Broschkus einmal sehr geliebt hatte, und dann – warf er den Ring doch nicht weg, sondern legte ihn ins Fach seiner Brieftasche.

Kurz vor Mitternacht, nachdem sich endlich jemand gefunden, dem er radebrechend eine Kofferbeschreibung zu Protokoll geben durfte, ließ er sich ins Zentrum von Santiago chauffieren, der Fahrer wollte ihm eine *muchacha* andienen, die über beste Referenzen verfüge, keine dieser billigen Hotelnutten, mit denen er's gleich zu tun bekommen würde, nein, eine ehrbare Frau, und Broschkus dachte: Wenn du wüßtest. Hatte er die vergangnen drei Monate etwa deshalb heimlich Spanischkurse belegt, um sich mit solchen Standardvorgaben abspeisen zu lassen, sah er etwa aus wie jemand, der einer billigen Notdurft wegen eingereist? In Deutschland war's jetzt fast schon wieder hell, also einen Tag später, Dienstag, 30. Juli, Kristina würde so langsam begonnen haben, sich mit der neuen Situation abzufinden – schließlich besaß sie das Haus, homöopathischen Ehrgeiz, ihre Tochter Sarah samt Goldhamster (Willi II.). Im »Casa Granda«, einem weißfassadigen Kolonialklotz, den Broschkus bereits vor einem halben Jahr bewohnt hatte, bezog er planmäßig ein Frontzimmer, sah noch eine Weile auf den hell ausgeleuchteten Platz hinab. Alle Bänke dort waren gut bestückt mit Geschöpfen, man rauchte, trank, trommelte, paradierte mitunter hüftschwenkend vor den Blicken der Hotelgäste. Als man ihm dabei zuwinkte, schloß er die Fensterläden, es war Zeit. Nie wieder Ersatzkrawatte im Büro, nie wieder Ersatzgeliebte im Hotel, nie wieder!

Nie wieder Franzbrötchen zum Frühstück,
nie wieder Feuilletonüberschriften anlesen und heimlich Kalorien zählen, nie wieder!

Über seinen Teller, der fast ausschließlich mit verschiedenfarbenen Früchten behäuft war, und die Brüstung der Dachterrasse hinweg widmete sich Broschkus einem Frühstücksblick, den er gern als großartig empfand, direkt vor und tief unter ihm marmorgefliest der Platz, flankiert links von den gelbweiß gestrichnen Türmen der Kathedrale, rechts vom geziegelten Dach des Rathauses: Ein steinerner Teppich, durchschnitten von schnurgeraden Straßenfluchten, entrollte sich die Stadt ockerbraunrotgrau bis hinab zum Hafen, am gegenüberliegenden Ufer der Bucht aufrauchend die Schlote einer Raffinerie, riesig blitzende Wassertanks. Dahinter im Dunst die Silhouette der Berge, rechter Hand zum weiten Bogen sich hebend um Bucht und Stadt bis hinter Broschkus' Rücken. Der Lärm des Lebens hier oben nurmehr ein geflüstertes Locken, der salzige Geschmack der Luft ein Versprechen, mit reglos entfalteten Schwingen strich ein Vogel knapp über die Dächer.

Nie wieder geregelte Glückszuwendungen, gedämpfte Erwartungen! Auch Rasierpinsel aus Bauchhaaren kanadischer Dachse, bei aller Liebe, würde's hier nicht geben. Dafür aber etwas andres. Und das würde er finden.

Kaum hatte Broschkus freilich einen ersten Schritt am Portier vorbei gesetzt, wurde er selber gefunden, »Hello, friend!«, wurde vom erstbesten abgefangen, der dort auf einem Zahnstocher herumkaute, »Cuba good?«, sich als »Lolo, el duro, el puma« vorstellte und einfach mitging: »What you like? Cigar? *¿Ron? ¿Chica?* Eat? Sleep?«

Nichts dergleichen wollte Broschkus, nichts, leider fiel ihm die entsprechende spanische Wendung nicht ein. Kleidung wollte er sich kaufen, Rasierzeug, Zahnbürste, »das Nötigste«, doch diese Vokabeln fielen ihm noch weit weniger ein. In jedem Fall wollte er allein gehen, aber schon schüttelte Lolo seine langen Rastalocken, lachend, schlug ihm eine Hand, an der drei Finger fehlten, auf die Schulter, lachend, und ging einfach mit. Um im Verlauf der kommenden Stunden, so kündigte er an, all das zu finden, was Broschkus gar nicht suchte: das ehemalige Wohnhaus der Bacardís, die Kathedrale, das –

Nein? Na gut, vielleicht solle man ein Taxi nehmen und zum Meer fahren?

Na gut, das große Haus sei also das »Casa Granda«, der Platz davor der Parque Céspedes. Abends gebe's hier die schönsten Frauen von Santiago, ob Broschkus Bedarf habe?

Na gut, die Straße gleich neben dem Hotel, die heiße Heredia, zwei Ecken weiter befinde sich die berühmteste Kneipe der Stadt, die stehe in jedem Reiseführer?

Broschkus hatte Bedarf. Durch schmiedeeiserne Fenstergitter konnte man von der Straße aus in einen mäßig mit Touristen gefüllten Raum sehen, in der Tat sang dort schon um diese Uhrzeit eine grauhaarige Greisin mit dunkelrotem Band im Haar, sang mit sanfter Stimme gegen die ununterbrochen vorbeiknatternden Motorräder an.

Berühmteste Kneipe? Gab's da nicht vielmehr –?

»No like?«

Lolo, so locker er gegen die Sonne grinste, so wenig duldete er Widerspruch am Programm, noch in der Heredia zeigte er geschnitzte Spazierstöcke, bemalte Karnevalsmasken, aus Papier gebastelte Oldtimer, jede Menge Trommeln. Hatte währenddem alle Hände voll zu tun, die herumsitzenden Händler und entgegenschlendernden Rastalockenträger zu grüßen, ein lautes Abklatschen der flach ihm zugestreckten oder übern Kopf erhobnen Handflächen, manch einer seiner Freunde zog eine Touristin mit sich, die verschämt an Broschkus vorbeisah.

Ein zielstrebig zu absolvierender Rundgang schloß sich an, hügelaufwärts zu einer Kaserne, in deren Mauern sorgfältig konservierte Einschußlöcher der zunächst gescheiterten Fidel-Revolutionäre zu besichtigen waren, hügelabwärts zur längst geschloßnen Rumfabrik am Rande eines trostlosen Hafenviertels, zurück über die Hauptgeschäftsstraße Enramada bis zum Dienstgebäude des ersten Inselgouverneurs, angeblich das älteste Haus Kubas, noch angeblicher der ganzen Neuen Welt: knappe drei Stunden, während deren Broschkus laufend damit beschäftigt war, Dienstleistungsangebote abzuwimmeln und dabei nicht in schlechte Laune oder unter einen heranhupenden Lada oder Moskwitsch oder Lkw-Bus zu geraten, dem die Menschentrauben am Heck hingen. Bevor sich Lolo mit ein paar Dollars endlich abspeisen und zum Teufel jagen ließ, galt es noch, ihm eine Fünf-Peso-Pizza zu spendieren, vor allem, selber eine zu verzehren. Sie wurde aus einem Hauseingang gereicht, auf einem dünnen grauen Pappstück, wurde von Lolo gleich hälftig zusammengeklappt samt Pappe, so daß Broschkus nur zugreifen, in der Hüfte abknicken und das geschmolzne Käsefett heraustropfen lassen mußte.

»Reichlich verranzt hier«, hörte er sich den Vormittag zusammenfassen, »und das Wechselgeld hätte ich jetzt auch ganz gern.«

Nachdem er,

tatsächlich gleich im Souterrain seines Hotels, einen Teil der Einkäufe erledigt und sich entsprechend umgekleidet hatte, begab sich Broschkus erneut ins Offne, auf direktem Weg in den Nachmittag. Berühmteste Kneipe der Stadt? Das wußte er besser.

Aber anscheinend dann doch nicht gut genug. Genaugenommen fand er noch nicht mal den *batido*-Stand, an dem er in einem frühern Leben Optionsgeschäfte getätigt. Entschlossen alle Rasta-Jungs abwehrend, die ihm Dienste anboten, hatte er sich vielleicht schon an der Kathedrale für die falsche Richtung entschieden, bergab, vorbei an bröckelnden Fassaden, an weißgrün oder -blau oder -rosa dosenden Straßenkreuzern aus den Fünfzigern, riesigen gestrandeten Schlachtschiffen, stets auf der Hut vor lautlos heranrollenden Motorradfahrern, anscheinend war's hier üblich, hangabwärts Benzin zu sparen. Um dann desto unvermittelter, wenn Freunde oder Frauen ins Blickfeld kamen oder wenigstens Touristen, die man scheuchen konnte, um dann mit der Hupe nach Rüpelart Laut zu geben. Im Beiseitespringen geriet Broschkus auf etwas Weiches, bei näherer Betrachtung war's eine halbverweste Taube.

Dazu kamen die Frauen. Im Vorübergehen taxierten sie ihn aus dunklen Augen, manche zischten ihm ein »*¡Sssss!*« hinterher oder riefen halblaut »*¡Amigo! ¡Amigo!*«, dazu kamen Rohrbruch-Überschwemmungen, sprudelnde Quellen aus geborstnen Gehsteigplatten, dazu kamen Eisenträger, die aus Mauern ragten. Ein Mann, der auf einem Treppenabsatz hockte, hinter dem zwar eine komplette Fassade, aber gar kein Haus war – niemand außer Broschkus schien ihn wahrzunehmen, er saß ja auch nur, löffelte Reis aus einem matt glänzenden Aluminiumtopf, Reis mit roten Bohnen.

Ein paar Schritte noch, schon stand Broschkus vor einem groben Gebäude, über dessen Freitreppe man Eßbares trug. Weil ihm das Hemd am Körper klebte, ging er ohne zu zögern hinterher.

Im Schatten des Eingangsbereichs gab's vorgeschälte Orangen, die man sich für einen halben Peso aufschneiden lassen und an Ort und Stelle auslutschen konnte, Broschkus bekleckerte sich reichlich. Dahinter, nach links zu, eine Halle für Grünzeug, an die sich eine weitere anschloß, kleine Bananen waren zu Verkaufspyramiden gestapelt, Limonen zu gelbgrünen Häufchen zusammengeschoben, schuppige Früchte, für die man keinen Namen wußte. An jedem zweiten Stand gab's gar nichts; kurz bevor man in eine letzte, wesentlich kleinere Halle trat, wurde Mais gemahlen. Dann traf man auf einen steinernen Tresen, der sich der Länge nach durch den Raum zog, mittels einiger weniger Fleischstücke war er als Bereich der Metzger gekennzeichnet. Nach Blut roch's, ein Mann wedelte die Fliegen mit seinem Taschentuch vom Tisch, und am entgegengesetzten Ende des Raums, dort, wo man schon fast wieder am Eingang angekommen war, lag –

Als Broschkus näher getreten, blickte's ihn unverhohlen aus großen Augen an, zischte ihm lautlos ein »*¡Sssss!*« zu, ein –

Ein Schwein.

Neinein, nur dessen Schädel, die Ohren gespitzt.

Obwohl ihm daneben ein paar große Stücke schieren Fettes weiß zuleuchteten, konnte Broschkus den Blick nicht vom Schweinskopf lassen, wobei sich sofort ein merkwürdig leeres Gefühl einstellte, ein Gefühl, er habe ihn schon mal gesehen, diesen Kopf, an dem die Schnurrhaare nicht fehlten, die Augenbrauen und die Augen – das heißt, die konnte man ja gar nicht sehen, jedenfalls bis das Schwein die Lider wieder öffnen würde. Die aber waren zugenäht mit blauem Zwirn. Broschkus stand und suchte das Schwein zumindest nach ein paar Schweißperlen ab, so natürlich lag es da auf dem Tresen. Nur sein Schädel, gewiß. Was Broschkus jedoch am meisten anzog wie abstieß, war das zahnbleckende Grinsen des Schweins, als ob es seinen Tod im Zustand höchster Glückseligkeit erlebt hatte: Je länger man es aus den Augenwinkeln beargwöhnte, desto lautloser lachte es.

Erst als eine braune, fleischige Hand die Fliegen verscheuchte, hob Broschkus den Kopf und sah die Verkäuferin, eine braune, fleischige Gestalt, die ihn anscheinend seit geraumer Weile fixierte, schläfrig schlau und gleichzeitig so stechend präzis aus ihren zugeschwollnen Augen, daß Broschkus sofort den Blick senkte. Doch es sollte noch deutlicher kommen.

Selbstverständlich gelang's ihm nicht,
das »Casa Granda« auf kürzestem Wege anzusteuern, am gegenüberliegenden Ende der Bucht sank eine rote Sonne hinter die Berge, schon flossen die Farben aus den Dingen, schon sah sich Broschkus ins Graue hineinirren und vom Grauen ins Dunkle. Schweißüberströmt entdeckte er schließlich den Erdnußverkäufer, am selben Straßeneck wie vor Stunden, hinter der Kathedrale. Vor Erleichterung hätte er ihm fast eins der weißen Tütchen abgekauft: Geschafft! Lediglich an den kleinen Läden war noch entlangzugehen, die rundum ins gewaltige Fundament der Kathedrale eingelassen, lediglich an den kleinen Läden, zwischen denen der Treppenaufgang zur Kathedrale eher unscheinbar ausgespart, lediglich fünfzig, vierzig, dreißig Meter zum Parque Céspedes, gleich würden die Bettler losmurmeln.

Und dann das.

In der Tat murmelten sie sofort drauflos,
als sie seiner ansichtig wurden, schepperten mit Behältnissen, einer vertrat ihm den Weg, ein andrer versuchte, ihn zu umarmen, ein dritter steigerte sein Gemurmel zum inbrünstigen Geschnarre. Von den Treppenstufen stemmte sich ein Einbeiniger hoch, die Holzkrücken reichten ihm bis unter die Achseln, und erteilte, obwohl sich Broschkus gerade mit Entschlossenheit aus der Umklammerung riß, erteilte stumm seinen Segen.

Der aber, der ihn bis eben umklammert, warf sich auf den Gehsteig, der Passanten nicht achtend, so entschlossen jammernd, daß Broschkus den Widerstand aufgeben und ein paar

Pesos zurechtwühlen wollte. Just in jenem Moment jedoch fiel sein Blick auf den Einbeinigen, der ihn seinerseits aus riesig geweiteten Augen anflackerte, sie schienen bloß aus Augäpfeln zu bestehen, weniger flehend anflackerte als fordernd – das gefiel Broschkus überhaupt nicht: Anstatt nachzugeben und sich mit ein paar Münzen freizukaufen, setzte er einen Schritt nach vorn, am Jammernden vorbei. Doch der umgriff sofort seine Knie, während die andern sich hinter ihm zusammenrotteten, quer übern Gehsteig, jetzt ließ sich der Kerl tatsächlich Tränen über die Wangen laufen! Broschkus hatte wirklich keine andre Wahl mehr, erneut riß er sich los. Nicht etwa indem er dem Weinenden einen Tritt versetzte, das hätte er ja gar nicht gekonnt, trotzdem fiel der nun auch noch mit dem Oberkörper auf den Gehsteig, ließ sein Gejammer anschwellen zum Geschrei. Broschkus wandte sich und floh.

Querte die Straße,
zwischen Pferdekarren hindurch und hupenden Autos, auf die gegenüberliegende Bushaltestelle zu, doch der Einbeinige folgte ihm, ausgerechnet der, heftig mit seinen Krücken ausgreifend. Weil ihn Broschkus noch nicht mal im Gewühl der Wartenden abschütteln konnte, eilte er weiter, bis zur Ecke des Erdnußverkäufers. Kurz entschlossen kaufte er eins seiner Tütchen.

Der Einbeinige, ein großer, knochiger Alter mit gelbem Gesicht und farblosen Haaren, kam wenige Schritte entfernt zum Stehen, schweigend intensiv wartete er ab. Broschkus vermeinte, seinen Atem zu spüren und – aus dem Augenwinkel – eine schwarze Halskette zu erkennen. Also ließ er sich das Wechselgeld herausgeben, zählte sogar noch mal nach, riß in seiner Not schließlich das Tütchen auf und schüttete sich vor den Augen des Verkäufers, vor allem jedoch des Einbeinigen, die Erdnüsse in den Mund, bis ihm vor lauter Salz die Zunge schwoll. Selbst die letzte Nuß, die hartnäckig in der Tütenspitze steckenblieb, pulte er sich am Ende heraus, damit war die Sache seiner Meinung nach erledigt. Als er die Tüte zerknüllte und dabei den Kopf zur Seite riß, sah er direkt in die glasig weißen Augen des Bettlers – ob der vielleicht verrückt war? Broschkus, anstatt der Sache auf den Grund zu gehen, setzte sich wieder in Bewegung, und weil's mit einem Mal auch auf der andern Seite der Kathedrale eine Straße gab, die zum Parque Céspedes, sogar direkt zum Eingang des »Casa Granda« führte, war jetzt alles ganz einfach. Nicht mal umblicken mußte man sich.

In der Hotelbar freilich,
noch bevor auf der Getränkekarte eine angemeßne Belohnung gefunden, fand Broschkus in seiner Rechten ein zerknülltes Tütchen. Das sich beim Entknüllen als eine spitz zusammengerollte Seite entpuppte, die sich beim Entrollen als Teil eines hektographierten Textes entpuppte, der sich beim Lesen als dem Werke Lenins zugehörig entpuppte: Wort für Wort buchstabierte Broschkus, *»un paso adelante, dos Pasos atrás«*, halblaut artikulierend, so gut wie nichts begreifend. Während sich längst eine der dunklen Damen an seinen Tisch gesetzt und die Beine übereinandergeschlagen hatte.

»Don't touch what you can't afford«
lief ihr quer übers T-Shirt, Englisch sprach sie trotzdem kaum, lächelte dafür desto beredter. Broschkus lächelte nicht, dachte gleichzeitig an einen Bettler und an einen Schweinskopf, an eine Schweinskopfverkäuferin und an Kristina, wie sie wahrscheinlich mit Sarah übereinkommen würde, »daß Broder ja nie so ganz zu uns beiden gepaßt hat, nicht wahr?«, dachte an ein Mädchen in gelbschwarz gestreifter Radlerhose und an Lolo, den Puma. Was ihm die Dame auf Spanisch sagen wollte, verstand er zwar nicht, begriff's jedoch: Mit ihrem Taschenspiegel zeigte sie ihm, daß er sich einen Sonnenbrand geholt hatte, kein Wunder bei seiner blassen Haut. Draußen stolzierte einer vorbei, der

lediglich mit schillernd grüner Unterhose bekleidet und stark geschminkt war.

Die Hotelbar lag als Loggia in etwa zwei Meter Höhe über dem Platz, den man prächtig überschauen konnte, bloß durch eine Brüstung von ihm getrennt. Doch auch diejenigen, die sich unten präsentierten – dunkle Damen in phosphoreszierenden Tops, dunkle Jungs mit Rastalocken und guter Laune, ein paar müßig patrouillierende Polizisten –, doch auch die Einheimischen sahen, was sie sehen wollten: ältere Herrschaften, wie sie mehr oder weniger angestrengt jeden Zuruf von unten zu überhörten suchten. Kaum brach die Nacht an, flammten zwischen den Bäumen Laternen auf, das Terrain blieb bestens ausgeleuchtet.

Diejenigen hingegen, die sich mit dem Portier arrangiert hatten, begnügten sich nicht damit, ihre Opfer herauszulocken, »*¡Sssss!*«, sondern drangen direkt auf sie ein, über die gesamte Bar hatten sie sich verteilt, desgleichen am Tresen, wo sie Seit an Seit mit silberbärtigen *Cohiba*-Rauchern an Strohhalmen saugten, Ausschweifungen betuschelnd, regelmäßig in Gelächter ausbrechend. Am Nebentisch hielt einer, der höchstens sechzehn sein konnte, die Hand einer Mittvierzigerin, die ihn mit Bier und Blicken bedachte. Höchste Zeit, daß dieser Tag ein Ende nahm, kaum daß Broschkus noch auf die Busenbeschriftung seiner Tischdame deuten und dazu bedauernd mit den Achseln zucken konnte, so sehr fuhr ihm die Müdigkeit in die Glieder.

Die Zeitumstellung,
gewiß. Trotzdem wär's vielleicht nicht nötig gewesen, weitere zweieinhalb Tage verstreichen zu lassen, um die verlorengegangne Spur zu seinem neuen Leben wiederaufzunehmen, ganz und gar unnötig gewiß, bis zu einem dritten dann auch noch zu zögern, um zehn steinerne Stufen hochzuschwitzen, entschieden seinen Touristendollar zu zücken und den Ort des Geschehens zu betreten.

Daß Broschkus zunächst so hartnäckig nach *batidos* suchte statt nach der »Casa de las tradiciones«, wäre wohl noch durch die Luftfeuchtigkeit zu erklären gewesen – kaum hatte man getrunken, war schon wieder alles ausgeschwitzt. Überdies suchte er mehr noch nach einem Stadtplan und, weil sich keiner auftreiben ließ, mußte sich, Straße für Straße, eine erste Orientierung verschaffen. Wobei's laufend irgendwelche diensteifrig sich zugesellenden Lolos abzuwimmeln gab; wohingegen diejenigen, die *nicht* auf Kosten von Touristen lebten, kein Englisch und offensichtlich auch kein Spanisch sprachen, sondern eine Art spanisch anmutendes Oberbayrisch, die Hälfte der Silben verschluckend, die andre Hälfte zu einer zäsurlosen Abfolge gutturaler Urlaute verschleifend, und vor allem dermaßen schnell, *¡caramba!*, daß man nicht wirklich weiterkam, *adiós*.

Aber das alles hätte einen Herrn Broder Broschkus doch nicht abhalten können, sich vom Hotel zielstrebig ins nächstbeste Taxi zu begeben und von dort –

Aber was dann?

Schließlich war er reif,
wenn er sich dieser Tage im Spiegel betrachtete, überreif – selbst am Hals hatte er sich im Lauf seiner Rotweinjahre mehrere Falten angesoffen, die sich zwar bloß bei bestimmten Verlegenheitsbewegungen zeigten, dann jedoch ungebührlich häßlich. Und erst die Augen – Broschkus erschrak vor der kaum kaschierten Gier darin, wo er zeitlebens versucht hatte, jede Art Lust durch Distinktion zu bändigen, durch Stil, schönen Schein. Als ob nun all das, was er an Ungeformtem so tief wie möglich verinnerlicht hatte, auf bestürzend unschöne Weise nach außen drang; wenn man weiterhin so rasant sich entpuppte, würde man in wenigen Wochen sein wahres Gesicht zu ertragen haben.

Aber wahrscheinlich lag's ja nur an der Hitze und an den Hügeln und der Stadt.

Während um ihn herum ein gutgelauntes Gedränge,
Gehupe, Gelärme herrschte, ging Broschkus seiner Wege, schweigend vorbei an vierstöckigen Ruinen in hellblauer Grandezza, himmelan fein verziert, parterre mit Brettern grob verbarrikadiert, ging seines Weges, an dessen Ende womöglich kein fahler Fleck, sondern ein dunkler Punkt auf ihn wartete, und hatte alle Zeit der Welt. Aus den Löchern im Bordstein lief ihm das Abwasser vor die Füße, aus dem Mauerwerk stieg ihm raubkatzenscharf der Urin in die Nase, eingeklemmt zwischen bauchig geschwungnen Fenstergittern und hölzernen Fensterläden saßen Hühner. Nur selten blieb Broschkus stehen, um sich mit Hilfe eines kleinen Lexikons Wandparolen zu übersetzen oder Aufschriften der Imbißkarren; auf den Stufen ihrer Hauseingänge hockten Frauen, die einander Nägel lackierten und Zöpfe fochten, auf dem Gehsteig hockten Männer, die an ihren Motorrädern herumbastelten oder dem, der daran herumbastelte, Ratschläge erteilten. In jedem dritten Gebäude schien man etwas zu verkaufen, vorzugsweise Tropfpizzen und *refrescos,* die nach Tritop schmeckten. Wenn einer der Lkw-Busse vorbeiratterte, sonderte er schwarz einen Gestank ab.

So ging er dahin, Herr Broder Broschkus, mißtrauisch nach Bettlern und Schleppern schielend, nach kleinen Jungs, die Süßigkeiten und Kugelschreiber einklagten.

Am obern Ende der Enramada
entdeckte er eine Apotheke mit lauter leeren Regalen; das wenige an Medizin, das zum Kauf auslag, war auf einer Schautafel zusammengefaßt. Hügelaufwärts dann eine Bäckerei, die zwar geöffnet hatte, aber kein einziges Brot anbot. Hügelabwärts ein Kaufhaus, das vornehmlich als Durchgang zwischen zwei Straßen diente: Abgesehen von viel freiem Raum, auf dem noch nicht mal Verkaufstische standen, gab's bloß Zierfische, bunte Ketten, Porzellanputten und -tiere, vornehmlich Schwäne.

Unten an der Bucht ein nahezu stillgelegtes Industrieviertel, müde schlappte das Meer an Mauern, die früher Teil einer herrlichen Hafenanlage gewesen, nun war kein einziges Schiff darin zu sehen, ein vollkommen leerer, vollkommen lautloser Hafen. Obwohl auch vom einstigen Baumbestand nicht viel übriggeblieben war, hieß die Hafenallee weiterhin Alameda, ab und an fuhren Fahrradrikschas vorbei, Pferdedroschken. Einer der Kutscher schneuzte sich die Nase, indem er sie mit zwei Fingern zudrückte und den Schlatz in den Rinnstein schnaubte, knapp an Broschkus vorbei.

Das einzig gut Gefüllte,
ja restlos Überfüllte waren die Dollarläden, dort schien's reichlich zu geben, was der restlichen Stadt so fehlte. Entsprechend heftig drängte herbei – wer Dollars besaß: zum Kaufen, wer keine besaß: immerhin zum Glotzen, was er denn kaufen würde, so er könnte, Milchpulver, Scheiblettenkäse, Schokolade, wahlweise Waschpulver, Deospray, Öl, an allem schien's zu mangeln, selbst ein Stück Seife war offensichtlich Luxus. Vor den Schaufenstern stauten sich die Menschen, Türsteher hielten die meisten draußen, und bei denen, die das Geschäft verließen, kontrollierten sie anhand der Kassenbons jede Tasche. Bei Broschkus machten sie keine Ausnahme, während ihm von hinten ein Kleinkind am Hemd zupfte, »Tänkju! Tänkju!«, und von draußen einer mit dem Armstumpf zufuchtelte. »Bombonera« nannte sich das Geschäft, »Bombonera«.

Da bekam der Herr Doktor, gestandner Abteilungsleiter, Spezialist für Abwärtsspekulation und Leerverkauf, eine erste Ahnung, wie das Leben hier so lief. Die langen Schlangen vor der einzigen offiziellen Wechselstube, in der's für verschwitzte Peso-Bündel druckfrische Dollarscheine zu kaufen gab, die begriff er anschließend auch.

Schon wenige Schritte außerhalb des Zentrums
begann freilich eine urbane Ödnis, wie er sie trostloser gar nicht gewagt hätte zu wünschen, hierhin zog's ihn, hier spürte er was, das er nicht benennen, dem er lediglich nachgehen konnte, zielstrebig ziellos von einem Erstaunen ins nächste strauchelnd. Zwischen eng verschachtelten Kleinmeistereien aus Ziegel, Holz, Wellblech, ockergelb bröckelnd, die besten unter ihnen schwimmbadblau gestrichen, sahnegrün, rosa, aus manchen Innenhöfen ragten Palmen. Über allem lag beständig leis ein Lärm, so zart und kunstvoll ineinander verfochten – Radiomusik, Tiergetrappel, Motorengesurr, der Gesang einer Frau, das Geschrei eines Kindes, die fröhlich verzerrte Ansage eines Fernsehmoderators –, daß man ihn als Variation der Stille empfinden durfte. Rastalocken-Lolos hingegen schien's hier nicht mehr zu geben, wo sie ansonsten doch an jeder Ecke mit ihrer Lustigkeit störten; ganz offensichtlich hatte man nichts Lohnendes mehr zu vermitteln, man näherte sich dem vergeßnen Ende der Welt. In einer Stadt ohne Baukräne, Fußgängerzonen, Parkhäuser, Unterführungen, einer Stadt ohne Imbißketten, Litfaßsäulen und Neonreklamen, einer Stadt fast ohne Ampeln und Papierkörbe. Dafür sah man auf den Dächern noch Antennen, sah Taubenschläge, Wäscheleinen. Sah laufend Leitungen quer über die Straßen hängen, von Haus zu Haus, ein vollkommen verkabelter Himmel.

Tief verborgen in diesem Gewirr von Zeichen, die ihm allesamt von einer längst verwitterten, verrosteten Zeit flüsterten, lauerte die Zukunft, eine arg gefleckte Zukunft, und Broschkus vermeinte, ihren heißen Anhauch zu spüren, so sehr geriet er ins Schwitzen. Dabei hatte er nur noch nicht begriffen, daß man hier ständig die Straßenseite wechseln mußte, 38 Grad im Schatten, um sowenig wie möglich in der Sonne zu gehen.

Denn die Gassen verliefen hier zwar gern gerade,
auch wenn der eine oder andre Hügel steil im Weg stand, doch das gelang ihnen lediglich mittels unmerklichen Hin- und Herbiegens – was unmerklich wechselnde Licht-Schatten-Verhältnisse ergab, davon abgesehen gewagt gute Spielpisten für Kinder in ihren rollernden Holzkisten. Wenn nur die Frauen nicht gewesen wären. Im Vorbeigehen zwickten sie Broschkus in die Hüfte oder fragten ganz offen, ob er Begleitung wünsche, andre, in Hauseingängen sich räkelnd, forderten ihn auf, zumindest ein Photo von ihnen zu schießen, und immer blickten sie ihn so direkt dabei an, daß er gern nach einem Stecktuch gegriffen hätte. Um ihn im nächsten Moment anzulachen oder, im Grunde ließ sich das nicht unterscheiden, auszulachen: Broschkus fühlte, daß er taxiert wurde und – bloß nicht stehenbleiben! – daß er ohne die Insignien seiner maßgeschneidert hanseatischen Eleganz ziemlich mäßig abschnitt.

Langsam versengte ihm die Sonne das Denken, Broschkus mußte ja erst lernen, die Mittagsstunden untätig zu verdösen.

So geriet er,
im Grunde nur stets geradeaus laufend, hügelan in ein entlegneres Viertel, wo's schier gar keine Läden mehr zu geben schien, lediglich grüppchenweise herumlungernde Halbstarke mit Stirnband und freiem Oberkörper, auch schon mal eine arg knochige Stute, auf der ein arg knochiger Knirps saß, geriet dorthin, wo das offizielle Wohnen aufhörte und das Hausen begann, jenseits des Teers. Von den Dächern verbellte man ihn, gelbe Hunde mit schwarzen Schnauzen, auf einem Balkon entdeckte er einen Holzlattenverschlag, darin ein riesiges Schwein.

Wie er das Schwein aber noch bestarrte, vor Überraschung war er stehengeblieben, erschien im Hauseingang darunter eine Frau, »*¿Aleman? ¿Italiano? ¿Inglés?*«, Broschkus erschrak, auch darüber, daß er jedes ihrer Worte verstand, verdächtig wohlartikuliert redete sie auf ihn ein, er zeigte auf den Balkon, ein

Schwein, ausgerechnet auf dem –? Nicht der Rede wert fand das die Frau, wo-denn-sonst, in ihrem Bett jedenfalls sei kein Platz mehr für ein Schwein, haha, dagegen ein Deutscher, das sei natürlich etwas andres, der sei ja kein *macho* – verdächtig langsam redete sie auf ihn ein. Nach wenigen weiteren Worten über die Schwierigkeit, in diesen Zeiten täglich etwas zu essen aufzutreiben, sprach sie ihn auf ihre Tochter an, die sich mittlerweile neben sie geschoben, ein Mädchen von vielleicht dreizehn, vierzehn Jahren, eher desinteressiert, phlegmatisch, hüftwärts bereits bestrebt, aus dem Leim zu gehen: Ob er nicht zumindest sie, die Tochter, eben kurz mal? Sie habe schon Erfahrung, die Tochter, und für ein paar Dollars –

Mehr verstand Broschkus nicht. Erst zischte, dann rief, dann lachte ihm Frau samt Tochter hinterher, im Taumel der Verstörung floh er ums erstbeste Eck.

Und im Zickzackkurs gleich weiter ums zweitbeste,
je öfter er abbog, so bildete er sich ein, desto entfernter durfte er sich von den beiden fühlen. Wo, Teufel auch, war er hier eigentlich gelandet?

Vor ihm, mitten auf der Straße, rührten sie Zement an, da ging's nicht weiter. Zurück konnte er nicht. Aber hineinflüchten in eine weitere Seitengasse, eher ein Feldweg zwischen schiefen Hütten, das war gerade noch möglich, und jetzt hatte er sich wirklich verlaufen.

Ein Kaktus, einige Ölfässer, eine schlafende Katze, Bananenstauden.

Oben, am Hügelkamm, ein riesiger rotgestrichner Wassertank.

Woraufhin ihm die Stille erst so recht bewußt wurde, überall in dieser vibrierenden Lautlosigkeit wähnte er Hauseingänge und zumindest Beobachter, nirgends durfte man zögern, innehalten, Schwäche zeigen, mit ihren afrikanischen Augen sahen sie ihn, mit ihren afrikanischen Ohren hörten sie ihn ohnehin viel früher als er sie. Selbst die Hunde gaben ausnahmsweise Ruhe.

Aber weitergehen, das konnte man auch nicht.

Wie Broschkus in diesem Moment des großen Mittags,
so vollkommen allein mit seiner Verwirrung und seiner Angst, jeden Augenblick gewärtig, erneut angesprochen oder gleich überfallen und ausgeraubt zu werden, wie er so stand und nach einem Ausweg suchte: fiel sein Blick hinab auf die Stadt. Und erneut traf ihn die Schönheit der Welt mit einer Wucht, daß er auf der Stelle jedwedes Bedenken dahinfahren ließ, so gelb ragten von fern die Türme der Kathedrale, so blau standen an allen Horizonten die Berge. In der Ferne hupte ein Lkw. Ganz in der Nähe flimmerte eine Libelle.

Da hatten sie ihn bereits umringt.

Eine Horde Halbstarker,
lautlos waren sie herangekommen, gleich würden sie ihre Messer zeigen. Aber dann wollten sie alle bloß seine Hand schütteln und hören, woher er stamme, daß er Kuba prima finde, niemals Schnee und schlechte Laune, nicht wahr, der Rum, die Musik, jaja, das-kennt-ihr-in-Deutschland-gar-nicht, und erst die Frauen, ob er schon begriffen habe, wie schön sie hier seien? Am schönsten allerdings im Süden, ja, aus Guantánamo oder Baracoa oder eben aus Santiago, da kamen die schönsten Frauen der Welt her. Ob das klar sei?

Es war klar.

Als sie ihn zurückgeführt hatten zum Hotel, eine schnatternde Schar von Nichtsnutzen, keine Frage, wollten sie am Ende noch nicht mal eine Belohnung. Auch das also gab es, und indem Broschkus sein Geld zurückstopfte in die Hemdtasche, bemerkte er, daß es sich nicht um Dollar-, sondern um Pesoscheine handelte, um drei Zehnpesoscheine, die er aus Versehen angeboten hatte.

»Wo wollen Sie gewesen sein?«
Der Barmann blickte in gespieltem Entsetzen: Das glaube er nicht, da würde Broschkus ja gar nicht mehr hierher zurückgekommen sein. Chicharrones, das sei so ziemlich das gefährlichste Viertel, was er denn dort zu suchen habe?

Eine Frau, sagte Broschkus.

Das verstand der Barmann.

Als er ihm einen angemeßnen Drink zurechtgeschüttelt hatte, konnte er sich trotzdem den Hinweis nicht verkneifen, Frauen gebe's doch auch im Stadtzentrum reichlich:

»Bruder, tu mir den Gefallen und geh da nie mehr hin, ja?«

Folglich ging Broschkus zur Markthalle,
zur Schweinskopfbetrachtung, jeden Tag aufs neue sollte's ihn dorthin ziehen. Bald kannte man ihn und versuchte nicht mehr, ihn mit einem Touristen zu verwechseln, ausgerechnet hier ließ man ihn in Ruhe, wahrscheinlich hielt man ihn für leicht verrückt. Wie in einer Art Wachtraum stand er, zur Gänze durchflirrt von diesem leeren Gefühl, das sich angesichts der vernähten Augenlider sofort einstellte, das sich noch steigerte, sobald er sich ins offne Maul des Schweinskopfes versenkte – ein großes Dunkel tat sich da auf, ein Schlund hinab in nächtliche Schrecknis, auch wenn man davon deutlich erst die äußersten Zahnhälse erkennen konnte. Wie zum Hohn verzog das Schwein dazu die Lippen, grinste ihn aus.

Vielleicht war's kein Zufall, daß Broschkus dann von dort sich weitertreiben ließ, hügelabwärts einem noch größeren Erschauern entgegen, durchs leere Industrieviertel, über die Bahngleise in Richtung einer Plattenbausiedlung nördlich des leeren Hafenbeckens, dorthin, wo bereits eine staubig leere Ausfallstraße ins Gebirg begann und der große Friedhof Santa Ifigenia lag, mit seinen Prunkgräbern auch er eine Touristenattraktion.

Auf dem Weg dorthin zeigte sich erstaunlicherweise,
beunruhigenderweise niemand, der sich wichtig machen wollte, selbst die Männer liefen so weich und rund aus der Hüfte heraus, so freundlich lächelnd an ihm vorbei, daß man sich regelrecht als ungelenk empfinden mußte und mißmutig; auf dem Weg dorthin passierte Broschkus einen Busbahnhof, davor ein stinkender Abwassersee über die ganze Breite einer Seitenstraße, kurz danach ein Bettuch über die halbe Breite des Bürgersteigs, auf dem Heiligenstatuen zum Verkauf standen: Kleinfinger- bis armlang ragten sie auf zwischen allerhand rostigem Altmetall und büschelweise frischgeschnittnen Zweigen, schwarzgesichtige Marias in leuchtend blauen, leuchtend roten Gewändern, auch ein annähernd hüfthoher Gipsindianer in vollem Federschmuck fehlte nicht – darüber durfte Broschkus nun wirklich den Kopf schütteln. Kurzdrauf fand er sich zwischen den Prachtgräbern, vor dem allerprächtigsten ging gerade im Stechschritt und mit aufgepflanztem Bajonett eine Wachablösung vonstatten. Die Marschmusik dazu kam vom Band.

Nachdem er seinen Touristendollar entrichtet,
setzte Broschkus den Schritt in die Totenstadt, zögernd: Marmorne Grabgebäude formierten sich zu regelrechten Straßenzügen, links-rechts gewaltig umgitterte Schmucksarkophage, villenartig emporsäulende Grüfte mit trauernden Engeln, Jungfrauen und Steinkreuzen, die mitunter bis in die Maserung der Rinde und mit fein eingemeißelten Jahresringen Holzkreuze imitierten. Verließ man freilich die geteerten Hauptwege, geriet man schon bald auf sanft Verfallendes mit verwaschnen Inschriften, geriet aufs neue in eine Trostlosigkeit, wie man sie öder gar nicht gewagt hätte zu wünschen. Auch hier spürte man etwas, das man nicht benennen, dem man aber nachgehen konnte. Bis zu einem Punkt, von dem man – die unverhofft ragende Betonsektion für Normalsterbliche erblickte, die riesige Plattenbausiedlung für Normaltote. Haushoch reihte sich ein Grab-

silo ans nächste, von mächtigen Betonplatten wie mit Flachdächern bedeckt; dazwischen führten, parterre, lange enge Gänge, die man oben, auf der Ebene der Grabplattendächer, mittels geländerloser Betonbrücken überqueren konnte: ein zementgraues Totenlabyrinth.

Als Broschkus, ungläubig tastend, treppab in den erstbesten Gang hineingeschritten war, begleitete ihn auf allen Silowänden schachbrettartig ein Linienmuster, in jedem Feld eine Nummer von eins bis hundert, dann begann ein neuer Block. Nur selten stand ein krakelig gepinselter Name in einem der Felder, stand ein Glas Plastikblumen am Boden. So, wie er in die Stadt der Lebenden hineingeschritten, um sich ihrer Stück für Stück zu versichern, und wie sich in Wirklichkeit die Stadt für ihn nur geöffnet hatte, um sich seiner zu bemächtigen: so wurde Broschkus jetzt, bereitwillig hineintaumelnd in die Stadt der Toten, wurde sofort von ihr verschlungen.

Nach einigem Hin und Her wieder heraustastend aus dem Dämmer der Gänge, stieß er, geblendet von so viel Licht, auf –

Stieß auf blanke Knochen
in offnen Knochenkästen, die sich hüfthoch an der Außenwand eines Silos stapelten, als wären's Blumenkästen, nur wenige davon mit Gaze abgedeckt, durch die Gebein schimmerte, aus einem kräuselten sich rotbraune Haarbüschel. Broschkus brauchte eine Weile, um all die Totenköpfe zu begreifen, ganz vorsichtig fuhr er mit dem Zeigefinger über ihre Bruchstellen, ganz vorsichtig inhalierte er den Duft der Vergänglichkeit. Woraufhin ein Schmetterling, braun mit fahlen Flecken, vorbeiflatterte. Und ein Schrei ertönte, der Schrei einer Frau.

Als Broschkus endlich treppauf gefunden und über die Totendächer geeilt war, dorthin, wo eine Handvoll Menschen auszumachen, wurde die Frau von beiden Seiten gestützt. Tonlos rollten ihr die Tränen ins Gesicht, vier Gestalten in Blaumännern wuchteten eine Betonplatte zurück auf die betreffende

Gruft. Im gleichen Moment bereits zerstreute sich die Trauergemeinde, kein Glockenläuten zu hören, kein Trostwort des Pfarrers, das ganze Begräbnis mußte absurd schnell abgelaufen sein. Broschkus blieb als einziger zurück und versuchte, schwer noch immer atmend, durch den Schlitz zu spähen, den die Totengräber zwischen Sockel und Deckplatte gelassen: Dort unten also lag einer, der sich ans Dunkle zu gewöhnen hatte, an die Asseln, die ihm ins Gesicht krochen, einer, der nichts als Erinn'rung schon war und doch, und doch! wenige Armlängen von ihm entfernt, dem heftig nach Luft ringenden Herrn Broder Broschkus, der jetzt endlich zusammenbrach unter der Sonne

Wie er so kniete,
den Kopf auf die Grabplatte gelegt, und nicht etwa losheulte, oh nein, das hätte er sich nie verziehen, sondern nur losschluchzte, ach was, nur ziemlich grundsätzlich die Nase schnaubte, da purzelten ihm die Bilder seines ganzen reibungslos verpfuschten Lebens durcheinander, eine schweigsam gewiß jetzt auf die Alster blickende Kristina, eine schweigsam auf ihre SMS-Botschaften schmollende Sarah, am Ende sogar seine Mutter, wie sie ihn bis zu ihrem Tod in dieses künstlich aufgezinste Zero-Bond-Dasein gezwungen hatte, die Bankierstochter aus schlesisch-strebsamer Bankiersfamilie – und dann war er bei ihrem Begräbnis auch noch ins offne Grab gerutscht, wo er doch nur eine Handvoll Erde hineinwerfen wollte. Peinlich, entsetzlich peinlich, das alles, fünfzig fügsame Jahre im Dienst am eignen Triple-A-Rating, verpatzt durch einen einzigen Fehltritt: Broschkus schlug in jäh hervorbrechender Wut auf die Betonplatte, und weil er zu einem zweiten Schlag ansetzte, der gewiß die ganze Gruft, wenn nicht die Welt in Stücke geschlagen hätte, und weil er gleichzeitig zu einem gewaltigen Wutschrei ansetzte – »Nie wieder Muttersöhnchen!« –, riß er den Kopf hoch. Und sah –

Sah ins Gesicht eines Mannes,
der nur darauf gewartet zu haben schien, sich als *Pancho* jetzt vorzustellen, als einer der Totengräber. Die Zigarette, die er Broschkus anbot, rauchte der in einem einz'gen Zuge weg. Drehte sich aber dabei von Pancho ab, schließlich hatte er sich bloß einmal ungestört schneuzen wollen. Und nun würde er sogar dafür noch bezahlen müssen.

Jaja, Kuba sei ganz großartig, knurrte er nach einer Weile ungefragt los, jaja, er brauche ein Taxi, Rum, Zigarren. Um nach einer kleinen Pause, sehr unfein, anzufügen: »Und jetzt verpiß dich, du Arschloch.«

»Aber wer wird denn gleich an die Luft gehen?«

Sieh an, Deutsch konnte der plötzlich auch noch.

»Verpiß dich, hab ich gesagt.«

Was Pancho, keinerlei Anstalten machend, sich zu verpissen, mit großem Grinsen zur Kenntnis nahm. Er habe in Berlin gearbeitet, klopfte er schließlich zwei weitere Zigaretten aus der Packung, in Ost-Berlin, seinerzeit, es sei großartig dort. Dann beugte er sich so nah an Broschkus heran, daß man seinen würzigen Atem roch: Was man denn hier zu suchen habe?

Eine Frau, sagte Broschkus.

Das verstand Pancho.

Weil Broschkus mit dieser Antwort alles geklärt hatte,
was es seiner Meinung nach zwischen rauchenden Männern zu klären gab, konnte er im Schwung des Bekenntnisses gleich einen Schritt weitergehen, konnte sich seinerseits ganz unverhohlen als Fachmann für Frauen vorstellen, als Fachmann für Frauen mit Fleck im Auge: Wenn er sie nicht finde, dann … dann …

Das verstand der Totengräber.

Das verstand der Totengräber sogar sehr gut.

Trotzdem hatte er eine solche Frau noch nie zu Gesicht bekommen, ob sie vielleicht einen Namen trage?

Nachdem Broschkus, all sein Sprachschul-Spanisch zusammenraffend (mit Panchos Deutsch war's nicht so weit her), von einem *batido*-Stand erzählt hatte, den's anscheinend mittlerweile gar nicht mehr gebe, leider, denn von ihm aus finde man gewiß umstandslos zur »Casa de las tradiciones«, so-hieß-sie-doch-wohl?, hielt er immerhin ein Blatt Papier in Händen, auf dem der Weg dorthin Straße für Straße aufgezeichnet war. Erst beim Verabschieden fiel ihm auf, daß sein neuer Freund eine schwarze Halskette trug; als er mit einem entschlossen kreisenden Zeigefinger darauf deuten wollte, wich Pancho besorgt zurück: *»¡Hombre!«*

Vorsicht! erklärte er, schon wieder grinsend: Die sei von einem Toten.

Weil sich Broschkus seinem Ziel mit einem Mal so nahe fühlte, brauchte er an diesem 2. August, fast drei Tage war er jetzt in der Stadt, trug mittlerweile Stoppelbart und Kappe, brauchte Bedenkzeit. Jenseits der Bucht bauten sich gelb und rot und violett Wolken auf, um etwas Malerisches wie einen Sonnenuntergang vorzubereiten oder ein Gewitter.

Nein, nicht auf direktem Wege ging er zur »Casa de las tradiciones«, Broschkus brauchte Zeit. Schließlich war er ein Mann von fünfzig Jahren und von dezenter Schlaffheit, wie er täglich hier heftiger begriff; mit all den lässigen Rastalocken-Lolos in ihren »Legalize Cannabis«-T-Shirts konnte er nicht mithalten, mit ihrer guten Laune nicht, mit ihren geschmeidigen Bewegungen erst recht nicht: Broschkus fürchtete, schlichtweg ausgelacht zu werden, wenn er, schweißdurchtränkt schnaufend, vor das Mädchen hintreten und seine drei Optionsscheine auf die Zukunft präsentieren würde.

Jeden erdenklichen Umweg ging er statt dessen. Aus einem Wohnzimmerfenster nahe der Plaza Dolores reichte man ihm die gewünschten Peso-Plätzchen, sie nannten sich *polverones,* schmeckten ein bißchen sandig, auf salzige Weise süß. Vor einem andern Fenster verzehrte Broschkus eine Tropfpizza, fast so selbstverständlich vornübergeknickt wie ein Einheimischer. Anschließend versorgte er sich mit *tukola* und *Cristal* in der »Bombonera«, zeigte dem Türsteher Dose für Dose, fast so gelangweilt wie ein Einheimischer. Schließlich ertauschte er für einen Fünfpesoschein beim Erdnußmann fünf Tütchen, sozusagen als Trinkbeilage. Beim versuchsweisen Passieren des Kathedralenaufgangs war ihm der Einbeinige in den Hinweg getreten – glasig verwirrten Blickes und dermaßen augapfelintensiv, vielleicht war er ja fast blind, sah durch alles hindurch in eine andre Welt, vielleicht wußte er nur irgend etwas zuviel? Wie auch immer, Broschkus wählte für den Rückweg ganz beiläufig die gegenüberliegende Straßenseite, unterm Vorwand, er wolle sich ein Eis kaufen, das man dort direkt aus einem Dieselmotor herauszapfte.

Die letzten dreißig Meter bis zum Parque Céspedes, eine überaus fette Alte kam ihm entgegen, flachfüßig schwankend, lauthals Obst und Kräuter aussingend, die sie in einem Korb auf dem Kopf balancierte. Für einen Dollar hätte sie sich gern dabei photographieren lassen.

Auch an den schlankeren Damen schritt Broschkus heut
hoch erhobnen Kopfes vorbei, leicht spöttisch blickten sie, zeigten ihm ihre lycrabespannten Brüste, zeigten ihm ihre leicht geöffneten Lippen, als könne man so schon das Stöhnen erahnen, das man für ein paar Dollars dort würde ernten können – ein andrer als er wäre gewiß nicht so leicht ins Hotel gekommen. Aber sogenannte Schweinereien, die interessierten Broschkus nicht, die waren ihm bereits in seinem Bügelfaltenleben ein Graus gewesen, schon die bloße Vorstellung davon. Allein um Ästhetisierung der Begierde war's ihm gegangen – ein Geschlechtsakt so schön wie ein oval geschnittner Manschettenknopf –, um Harmonie der Seufzer war's ihm gegangen, nicht um das kakophone Gequieke, wenn ein Finger in die falsche Körperöffnung geriet.

Selbst an die nuttenumbrandete Bar des »Casa Granda« trat er nur, um dem Barkeeper mitzuteilen, daß er sein Versprechen gehalten; und all die, die hier versuchten, Erregung zu erzeugen, sie mußten verwundert zur Kenntnis nehmen, daß ein Mann mittleren Alters mit feinen zurückhaltenden Manieren, ein Muster an touristischem Duckmäusertum, geradezu prädestiniert dazu, mit ein paar gezielten Griffen erlegt zu werden, sie mußten tatenlos hinnehmen, daß er sich mit zarter Entschiedenheit seinen Weg zurück zum Lift bahnte. Zerstreut lächelte ihm eine mit ihrem Mund hinterher, nicht mal an ihrem T-Shirt hatte er sie wiedererkannt.

Denn Broschkus war voll schon damit beschäftigt,
sich zu sammeln, vorzubereiten, einzustimmen, sich Mut zuzuflüstern für den morgigen Tag. Saß den Abend über am Fenster, Dollar-Dosen und Peso-Tüten leerend, ab und zu eine Tüte zur Buchseite entrollend, halblaut sich vorbuchstabierend *(»Los virus que producen diarrea humana infectan y destruyen de forma selectiva las celulas de los extremos de las vellosidades del intestino delgado…«)*, saß und blickte hinab auf den hellerleuchteten Platz und in die Dunkelheit, die sternlos sich darüberwölbte.

Und weil Tropfpizza und Bröselkeks und Bier, weil Eis und Erdnuß und *tukola* irgendwann tief in ihm ein Mißbehagen erzeugten, erlitt er noch in selbiger Nacht seinen ersten Dünnschißanfall.

Aber so richtig.

Nachdem er bis in die Morgenstunden dem Dröhnen der Trommeln gelauscht, das aus der Tiefe der Finsternis an sein Ohr drang, mal von fern, mal von nah, sank er in unruhigen Schlaf. Von einem Schweinskopf träumte ihm, auf den sich eine braune, fleischige Gestalt stürzte, um ihre Zähne hineinzugraben; als er sich genauer umsah, war's die Dachterrasse des »Casa Granda«, auf der er stand, war's das Flachdach der Totenstadt. Viel Volk hatte sich dort versammelt, schweigend, vermummt, drängte sich immer zahlreicher zwischen ihn und –

Im Traum wußte Broschkus ganz genau, daß man ihm nur den Weg versperren wollte.

Mit einem fahlen Gefühl im Gedärm –
ein Samstag war's auch damals gewesen, also würde die »Casa de las tradiciones« bereits ab Mittag geöffnet sein – ging Broschkus am nächsten Morgen erst mal zum Friseur: Wenn er sich heute seinem Schicksal stellen sollte, dann wenigstens in frisch rasiertem Zustand. Ein Friseurgeschäft in der Nähe des Hotels hieß »Barbería Figaro«, er protestierte lieber nicht, als ihm gleich anschließend auch der restliche Kopf geschoren wurde samt Brauen und Nasenhaar, nebenbei erkundigte sich der Meister in einem Gemisch aus Gesten und verschiednen Sprachen, ob sich Broschkus schon eine der Frauen zugelegt habe, die abends immer? Oder ob er gar auf den Schwulen stehe, den *maricón*, der abends immer? Der schminke sich sogar sein –, unterbrach der Meister das Kürzen der Ohrbehaarung, um sich erst aufs Gesäß zu zeigen, dann die Schenkel zu klopfen: Ob das als Teil der permanenten Revolution gelten dürfe?

Während sich Broschkus noch am Humor des Meisters abarbeitete, wurde ihm nach Gutdünken eine Gesichtsmaske aufgelegt; sodann schob man ihn vor einen Ventilator, damit sie schneller trockne, unterhielt ihn währenddem durch Gesang. Nachdem man ihn auch noch gepudert hatte, verlangte man zehn Dollar, immerhin hatte man ihn eine Stunde lang beschäftigt. Die Rotweinfalten waren dabei nicht verschwunden.

Dann gab's keinen Umweg mehr,
Broschkus schwitzte entschlossen die zehn Treppenstufen hoch, Touristendollars in der Faust, Optionsscheine in der Brusttasche, bereit, auf der Stelle in Ohnmacht zu fallen. Und fand sich vor verschloßner Tür.

Als er wieder auf der Straße stand, etwa dort, wo er vor Monaten schon mit der Fassung gerungen, nahm er zum ersten Mal die Hauswand wahr, die bis auf Höhe der letzten Treppenstufe in grellen Farben bemalt war: zwischen grünen Hügeln ein roter Fluß, in den zwei Schwerter hineingestoßen, eine Machete und ein riesiger Nagel, an dem ein Hufeisen hing; am Horizont im gelben Sonnenwimpernkranz ein riesiges Auge, davor eine Art feuerspeiender fliegender Kochtopf auf Rädern, aus dessen Innerem ein Grammophon emportrichterte. Darüber durfte man nun wirklich den Kopf schütteln.

Wenig später, auf dem Weg zurück zum Hotel, ertönte in akzentfreiem Englisch eine Stimme, und Broschkus' neues Leben sollte, endlich, beginnen.

»So ausnehmend weiße Haut,
und trotzdem ohne Schirm um diese Uhrzeit?« Aus dem Schatten einer Hauswand erhob sich ein zierlicher Schwarzer mit grauweißem Kräuselkopf, von dem sich die Ohren deutlich wegwölbten: »Das sollte man ja nicht mal als Neger riskieren, *sir.*«

Einen bunten Sonnenschirm aufspannend und auch gleich besorgt über Broschkus haltend, stellte er sich als Ernesto vor, das Gesicht überstrahlt von einigen tiefen Haupt- und vielen hundert Nebenfalten, den Hals hinab sich verästelnd bis in den Nacken:

Sein Lehrer habe ihm beigebracht, nie ohne Schirm das Haus zu verlassen, der schütze in jedem Fall – wenn nicht als Regen-, dann als Sonnenschirm.

Obwohl er knallrote Strümpfe trug und Gummischlappen mit dem Schriftzug »Cuba«, obwohl er vorsichtig jetzt lächelte und dabei ein Gebiß zeigte, in dem das meiste fehlte, strahlte er eine solch intensive Glaubwürdigkeit aus, wie man sie von einem Einheimischen nicht mehr erwartet hätte. Broschkus zögerte, im Grunde hätte er gar nicht stehenbleiben dürfen, und – erkannte ihn an seiner weißen Halskette wieder, erkannte ihn als den Zigarrenmacher aus der »Casa de las tradiciones«. Mit entschlossen kreisendem Zeigefinger wollte er drauftippen, Ernesto wich, »Vorsicht!«, besorgt zurück: So eine Kette berühre man nicht.

Eben daran habe er ihn –, wollte Broschkus schon ansetzen zu erzählen. Doch nun zog sich Ernesto die Kette aus dem Hemd:

Daran? erkenne man hier keinen, solche Ketten trügen viele. Jedenfalls Neger. Und natürlich *mulatos*.

Apropos Neger, wurde Broschkus eine Spur lebhafter: Ob man sie nicht lieber als Farbige bezeichnen solle?

Woraufhin Ernesto in ein umfassendes Schmunzeln ausbrach, das sein Gesicht mit weiteren Falten und Fältchen überzog: Um Himmels willen, er habe doch wohl keinen Sonnenbrand? Nein, Kuba sei ein freies Land, und schwarz wie Neger nun mal seien, eben *negro,* sollten sie sinnvollerweise auch so heißen, nicht wahr?

Das gefiel Broschkus, das leuchtete ihm ein. Wohingegen sich Ernesto schon in eine eckig schlenkernde Bewegung versetzt und dabei begonnen hatte, in seinem akzentfreien Englisch die verschiednen gelb- und rotstichigen Hauttypen samt dazugehörigen spanischen Begriffen zu erklären: Unverhofft hatte er sich in einen Fremdenführer verwandelt, Broschkus blieb gar keine andre Wahl mehr, als mitzuschlendern und sich das Stadtviertel zeigen zu lassen.

Tivolí hieß der Hügel also,
das ehemalige Franzosenviertel, geflohene Zuckerrohrfarmer aus Haiti, nun gut. Auch hier blickten ihn die Einheimischen mit wachen Augen an, doch an der Seite dieses zerknitterten, meingott, Negers in Badelatschen fühlte sich Broschkus seltsam sicher; auch hier bellten die Hunde von den Dächern, aber unter seinem Schirm war ihm das egal. Schon stand er wieder vor den Merkwürdigkeiten der Wandbemalung, ein Blutfluß zwischen

den grünen Hügeln Santiagos, aha, vom Horizont blicke das Auge Gottes, wohingegen das Hufeisen –

Warum die Kneipe denn jetzt geschlossen sei? unterbrach Broschkus.

Weil sie erst abends öffne, ganz einfach.

Schon immer?

Schon immer.

Broschkus hielt den Kopf schief und wußte nicht mehr, was er von diesem, meingott, diesem Neger in roten Socken zu halten hatte. Der blickte ihn freilich so vollendet traurig an, daß Broschkus bereits im nächsten Moment gewillt war, zu glauben, daß er niemals an einem Samstag mittag hier gewesen sein konnte, in der »Casa de las Casona«, von den Einheimischen werde sie »Casona« genannt. Was Broschkus denn dort suche?

Eine Frau, sagte Broschkus.

Das verstand man, das verstand man durchaus.

Gleich ums Eck führte die Straße leicht aufwärts,
machte eine Biegung. In der Außenkurve kein Gebäude, das die Sicht nahm, so daß man, wie an einer Balkonbrüstung stehend, einen ziemlich großartigen Blick auf einen vermüllten Abhang, auf Stadt und Bucht und Berge werfen konnte: der Balcón del Tivolí. Während Broschkus vollkommen damit beschäftigt war, die Schönheit der Welt zu ertragen, erzählte Ernesto, wie er, aus Jamaika kommend, zum ersten Mal hier gestanden habe, an der Hand seiner Mutter, wie er als Zwölfjähriger, da war er bereits eingebürgert, in der Raffinerie gearbeitet habe, die man auf der gegenüberliegenden Seite der Bucht –

Ach, entfuhr's Broschkus, gerade schwebte schwarz eine Silhouette über die Dächer, ein Raubvogel, nur wenige Meter entfernt: Hier anzukommen, hier dann auch zu wohnen, das sei gewiß schön!

Ja, Kuba sei ein schönes Land. Ob er eine Wohnung suche?

Nein, eigentlich nicht.

Aber er wisse eine sehr gute, insistierte Ernesto: Die werde in den nächsten Tagen frei, die könne er ihm ja mal zeigen.

Das konnte er dann zwar gar nicht,
weil der momentane Mieter gerade mit seiner kubanischen Freundin unterwegs war, wie die Nachbarn, durcheinanderschnatternd, versicherten, doch das tat auch nichts mehr zur Sache. Die Wohnung lag in derselben Straße wie die »Casona«, nur einen Steinwurf entfernt, trug die aparte Hausnummer 107 ½ und befand sich am Ende eines Ganges im ersten Stock. Über die Treppe, die an der Außenwand emporführte und vor der Eingangstür zur schmalen Empore sich entwickelte, konnte man noch einen Stock höher gelangen, als steile Eisenstiege führte sie zur Dachterrasse, und hier, im Moment des ersten Erkennens, erschrak Broschkus regelrecht vor Begeisterung: Welch ein Chaos an Dächern lag da unter, welch gewaltige Senke an Stadt lag da vor ihm, begrenzt von einem Hügelkamm, der unterm schrägen Nachmittagslicht in allen Ocker-, Braun- und Grüntönen aufschimmerte, dahinter, flau, die ferne Silhouette der Berge.

Ach, sagte Broschkus, ach.

Geradeaus das Gebirge, das sei die Sierra de la Gran Piedra, erklärte Ernesto, linker Hand schließe sich die Sierra Maestra an.

Erst jetzt erkannte Broschkus auf dem Kamm der Hügellinie einige Hochspannungsmasten und einen rotgestrichnen Wassertank. Spätestens jetzt hatte er sich entschieden.

Die Verhandlungen mit dem Vermieter,
der praktischerweise bald auftauchte, vielleicht hatten ihn die Nachbarn informiert, gestalteten sich entsprechend erquicklich. Ein tiefschwarzer Mann mit Strohhut – *»Sí sí, soy negro, ¡como no!«* lachte er, als ihm Ernesto von Broschkus' Negerproblem berichtete, allerdings auf Spanisch, weil der Vermieter kein

Englisch sprach: Man könne wohl schwerlich schwärzer sein als er.

Luisito hieß er, in seiner Hemdtasche steckte ein Kugelschreiber mit der Clip-Aufschrift »Viagra«. Während er die Vorzüge seiner Wohnung rühmte, strich er sich übern Schnurrbart, auch über die Stirn: schläfenabwärts schließlich mit gestrecktem Zeigefinger, von dessen Spitze er, noch im Schwung der Bewegung, den Schweiß abschnalzte. Anschließend legte er die Hand zurück auf einen leicht kugelig sich wölbenden Bauch, so daß man seinen Siegelring studieren konnte.

Also die Wohnung! Einen doppelten Wassertank habe sie, einen russischen Kühlschrank, vor allem einen großen Spiegel im Schlafzimmer, da könne man einander bequem zusehen, während man – aber bitte nicht jede Nacht mit einer andern, wie die Italiener, *¡coño!*

Weil er Broschkus indessen nie als *amigo* ansprach, sondern immer als *señor*, möglicherweise auch, weil er in seiner dezenten Wohlbeleibtheit ähnlich seriös wirkte wie der Abteilungsleiter einer Privatbank, wahrscheinlich am allermeisten, weil man in dieser Wohnung ja wirklich fast schon am Ort des Geschehens war, also beste Ausgangsbedingungen hatte –

Wie lange er denn zu mieten gedenke? fragte Luisito in diesem Moment.

Naja, ließ sich Broschkus von seiner guten Laune hinreißen, vielleicht erst mal für ein Jahr?

Woraufhin sich Luisito eine Zigarette ansteckte und in einem einz'gen Zug wegrauchte.

Es verstand sich von selbst,

daß Broschkus an jenem Nachmittag noch ein Stück von Ernesto begleitet wurde, Richtung Hotel, und daß ihm Ernesto dabei erzählte. Von den französischen Farmern und ihren Sklaven, die sie aus Haiti mitgebracht, von der »Casona«, in der er seit Jahr und Tag nicht mehr gewesen, leider, es sei dort zu teuer, davon, daß es mit seinen siebzig oder einundsiebzig Jahren, so genau wisse er das nicht, daß es nicht leicht sei, hier zu überleben. Mit einer kleinen Unterstützung freilich etwas leichter.

Ob er sicher sei, hakte Broschkus endlich nach, Dollars hervornestelnd: Ob er ganz sicher sei, daß er als Zigarrenmacher nicht in der »Casona« gearbeitet habe? Vor einem halben Jahr etwa, an einem Samstag mittag? Vielleicht erinnere er sich daran, wie ein Mädchen mit einem andern Mädchen –

Aber *sir*! griff Ernesto bedauernd nach den angebotnen Scheinen: Mittags sei die »Casona« geschlossen, das habe er doch erwähnt.

Es verstand sich von selbst,
daß Broschkus an jenem Abend von seinem zukünftigen Vermieter in die »Casona« begleitet und ihm schon auf dem Hinweg eine seiner Menthol-Zigaretten aufgenötigt wurde, das gehörte zur Gastfreundschaft.

Also die Wohnung! Vollkommen mückenfrei sei sie, sogar die Dachterrasse, auf der Kuppe des Tivolí herrsche ständig ein Luftzug; vollkommen eingeräumt sei sie, inklusive Fernseher und zusätzlichem Vorhängeschloß, keine Sorge; was Broschkus denn vorhabe, daß er hier so lange leben wolle?

Er suche eine Frau, sagte Broschkus.

Das verstand Luisito.

Das verstand Luisito viel zu gut: Frauen, die suche jeder, jedenfalls immer mal wieder, da könne man behilflich sein – keine Sorge! Aber bitte nicht wie die Italiener, seine Wohnung sei kein Puff.

Zum zweiten Mal an diesem Tag stieg Broschkus zehn Stufen hoch, hinter sich einen Vermieter, der schweren Herrenduft verströmte, vor sich unlimitiert die Zukunft, in der Brusttasche Optionsscheine. Kurz vor acht war's, an einem Samstag abend unter sternlosem Himmel.

Welch Neonhelligkeit dann aber drinnen,
die Luft, wie damals, voller Geruch von Verschüttetem, Verfaulendem, Vergärendem, dazu feine Fäden von Schweiß, Urin und, jedenfalls konnte man sich das einbilden, vom herben Duft der Hormone. Obwohl keiner heute auf einen Pferdeschädel einschlug, keiner aus einem Tonkrug Töne hervorzupfte, wurde Broschkus sofort von einer Erregung erfaßt, mit der er nicht gerechnet hatte, ein Brei aus Blech und Getrommel schwappte ihm entgegen, überboten von mehrkehligem Gutelaunegesang, dazu als singende Frucht eine kirre Kürbisrassel. Seinen Weg durchs Gewimmel der Tanzenden sich bahnend, etliche Touristen waren auch darunter, rechnete Broschkus jeden Moment damit, in grüne Augen zu blicken.

Der Tisch des Zigarrenmachers war verschwunden,
die Bar bestand nicht mehr aus zwei, sondern aus zweieinhalb Fässern – man hatte sie in den Rückraum verlegt, allerdings mit einem faßbreiten Durchbruch zum Hauptraum. Ebendort, am Durchbruch, stand bereits Luisito, mit dem Barmann verhandelnd, einem nackenwulstigen Weißen, der zahnlückenhaft grinste. Das sei Jesús, erklärte Luisito, soeben hätten sie ihre übliche Wette abgeschlossen.

Die Flasche *Ron Mulata,* die er sich reichen ließ, gab er gleich an seinen zukünftigen Mieter weiter: Das Beste vom Besten, zur Feier des Tages, und trotzdem so billig, dreidollarvierzig, das sei für einen wie Broschkus ja gewissermaßen geschenkt.

Die Wette galt,
soweit Broschkus das korrekt verstanden hatte, einem gewissen Ramón, der hier jeden Abend Jagd auf Touristinnen machte, höchst erfolgreich, wie man versicherte, fast immer erfolgreich, wie man versicherte. Im Falle des Mißerfolges, so die Wette, würde Luisito den Rest des Abends freigehalten werden; im Falle des Erfolges dagegen –

Jesús, die Augen verdrehend, den Kopf zurücklegend, daß man ihm tief in seine schwarz behaarten Nasenlöcher sehen konnte, gab sich betont teilnahmslos; als Broschkus nun aber die Flasche aufschraubte und wissen wollte, wer dieser Ramón denn sei, hinderte er ihn behend am Einschenken:

Der erste Schluck gehöre den Toten, bevor man die Gläser fülle, schütte man erst mal etwas auf den Boden.

Kopfschüttelnd stand Luisito daneben. Der zweite Schluck brannte Broschkus die Kehle hinab und versetzte ihm einen derartigen Schlag in die Magengrube, daß er erschrak: Das Beste vom Besten ertrug man anscheinend nur, indem man einen dritten Schluck schnell hinterherschickte.

Also Ramón, nahm ihm Luisito die Flasche fürsorglich ab, das sei der mit den rosa Schuhsohlen.

Obwohl Broschkus das zunächst nicht mal verstanden hatte und unerquicklich lang in seinem Taschenlexikon nachschlagen mußte, war's dann gar nicht zu übersehen. Wobei die Kapelle ihr Teil dazu beitrug, mittlerweile hatte sie fast jeden vom Hocker gerissen.

Broschkus hingegen, noch immer war ihm Salsa nichts als Lärm und die Leichtfüßigkeit der Greise, wie sie dazu in spitzen weißen Schuhen übers Parkett schlurften, ein Ärgernis. Erst recht die jüngeren, Broschkus hätte sie ohrfeigen wollen, anstatt zu tanzen, stampften sie wie die Stiere, voller Stolz und Kraft, ungeniert stießen sie mit den Hüften in Richtung ihrer Tanzpartnerinnen – wer von ihnen mochte Ramón sein?

Es war der Kleine mit dem nackt glänzenden Adamsapfel, einer feuchten starken Körperschwellung, unter der sofort schwarz ein Gekräusel ansetzte, es war der Kleine im Anzug, dicht behaart bis zu den Fingergliedern, an denen Goldringe mit großen verschiedenfarbigen Steinen saßen, es war der Kleine im Anzug mit Stecktuch, offensichtlich ein Fachmann für Männlichkeit. Broschkus konnte den Blick nicht von ihm lassen, der zunächst mit der einen, dann mit der andern Touristin tanzte, der locker mit ihnen parlierte, laufend ein potentes Gelächter anschlagend, der Mojitos von der Bar herbeibrachte mit potentem Gang und schon wieder drauflos lachte: Irgend jemand hatte ihm die obern Schneidezähne schräg abgeschlagen, nicht mal zur Hälfte, doch genug, daß ihm regelmäßig eine fast gleichschenklig dreieckige Lücke ins strahlendweiße Lachen rutschte, hinter der hellrosa glänzend eine feiste Zunge auf der Lauer lag.

Sein Haupttrick bestand darin, sich während des Tanzens vor seiner Dame aufs Knie sinken zu lassen, ein Sekundenkniefall, der ausnahmslos jede zu Gunstbezeugungen hinriß. Spätestens dabei sah man seine Schuhsohlen leuchten.

Noch ehe Broschkus sich dafür zu schämen begann,
wurde ihm von Luisito eine seiner *Hollywood*-Zigaretten angeboten, und im Zugreifen fiel ihm wieder ein, dem erklärten Nichtraucher, weswegen er eigentlich hier war, hierhergekommen war – wie hatte er einem Ramón überhaupt so lange seine Aufmerksamkeit schenken können! Doch wie sehr er sich nun nach einem Mädchen mit honigbrauner Haut umsah, er entdeckte nur überall Frauen, die sich mit Pappkartons Luft zufächelten, einige spektakuläre waren darunter. Am spektakulärsten gewißlich die, deren T-Shirt die Silberglitzeraufschrift »Diorling« trug, zerstreut lächelte sie ihm mit ihren Lippen zu. Aber Broschkus erkannte sie nicht.

Daß es in gelbschwarz gestreiftem Top auf ihn zukommen würde,
das Mädchen, mit hervortretenden Beckenknochen, zwischen denen die Bauchdecke konkav sich wölbte, hatte Broschkus zwar nicht erwartet. Als er sich jetzt allerdings an ihr Gesicht zu erinnern suchte, mußte er feststellen, daß ihm außer einer ziemlich prinzipiellen Hingerissenheit nichts dazu einfiel. Gutgut, der fahle Fleck, die Fehlfarbe, millimeterbreit der Strich vom

äußern Rand der Iris bis zur Pupille, der feine Riß im grünen Glanz. Aber sonst?

Seine suchenden Blicke waren niemandem entgangen, und man warf sie entsprechend zurück: Eine mindestens Minderjährige im Minirock lächelte ihm aus den Armen ihres Tanzpartners heraus auffordernd zu. Als sie sich schließlich auf einen der Schemel niederließ, kam unter ihrem Rock eine schwarze Radlerhose zum Vorschein, angeregt unterhielt sie sich mit ihrer Nachbarin, die hochtoupiert und vom Alter her vielleicht ihre Mutter war, ganz offensichtlich unterhielt sich über ihn, den Fremden am Tresen.

Ob er sich schon eine ausgesucht habe? Luisito ließ seine Blicke bis in die hintersten Winkel kreisen.

Nicht direkt, antwortete Broschkus, nicht direkt.

Oh, er könne ihm welche beschaffen, versicherte Luisito.

Dazu bedurfte's seiner jedoch gar nicht,
zu einem wie Broschkus kamen sie von alleine, mochte man den Blick auch noch so schnell von ihnen abwenden. Oder sie ließen erst mal anfragen:

Ihre Tochter wolle mit ihm tanzen, wuchs die Hochtoupierte vor ihm auf, ihren mit tiefer versoffner Stimme artikulierten Worten ein tiefes versoffnes Lachen anfügend; die mit der Radlerhose unterm Rock wippte dazu hellbraun mit dem übergeschlagnen Bein in seine Richtung.

Er könne nicht tanzen, entschuldigte sich Broschkus, nahm einen Schluck Rum, und weil das die Hochtoupierte nicht zu akzeptieren schien: Salsa tue ihm weh.

Mit dem Zeigefinger schob sich sein zukünftiger Vermieter den Schweiß von der Schläfe, neinein, *señor*, so ginge das hier nicht, schnippte sich den Schweiß vom Finger: So gehe man nicht mit Frauen um, Broschkus solle jetzt mal gut aufpassen.

Kurz entschlossen ging Luisito hin, griff sich die Minirockträgerin und trieb sie, stampfend, gewiß auch schnaubend, trieb sie mit seinen Beckenschlägen gleich mitten auf die Tanzfläche. Und dort kreuz und quer vor sich her, was ihr offensichtlich geläufig zu sein schien, jedenfalls wich sie stets nur so weit zurück, daß Luisito bequem nachrücken und sie mit dem nächsten Schlag seines Beckens fast erreichen konnte, fast. Dabei wippten sie beide, als ginge's um Musik, und blickten sorgfältig desinteressiert jeder auf seine Weise durch den Raum; bloß manchmal suchte Luisito den Blick des *señor*, um sich zu versichern, daß der die Lektion auch begriff.

Doch der begriff die Lektion nicht,
im Gegenteil, hatte, kaum daß er allein gelassen, mit einem zu tun, der auf ihn zutrat und zielstrebig einen Schluck Rum abschnorrte, ein zweiter kam dazu, hielt ihm wortlos seinen weißen Plastikbecher hin. Daraufhin einer, der ihm eine Dreipesomünze für einen Dollar verkaufen wollte, weil sie Che Guevara zeigte; ein weiterer, der ihm einen Dreipesoschein für drei Dollar verkaufen wollte, weil er Che Guevara zeigte. Tatsächlich kaufte Herr Broder Broschkus, kaufte, um endlich seine Ruhe zu haben, um sich endlich an den Barkeeper wenden zu können, um sich, streng vertraulich und unter Angabe von Datum und Uhrzeit, nach einem Mädchen mit grünen Augen zu erkundigen, einem Mädchen mit Fleck im grünen Auge, wo-ist-sie?

Er könne sich nicht erinnern, schüttelte Jesús den Kopf: Es gebe zu viele Touristen hier, und zu viele *jineteras* natürlich auch.

Jineteras? Das Wort ließ sich im Lexikon nicht finden.

Als ausgerechnet Ramón neben ihm am Tresen auftauchte,
siegessicher nach Mojitos für seine *chicas* verlangend und dabei von ihrer Fleischesfülle schwärmend, hatte man Gelegenheit, sich zu verdrücken. Durch den Rückraum, wo für Dominospieler heut gar kein Platz gewesen wäre, in den schlauchartig sich verjüngenden Hinterhof, auch hier saß man auf fellbespannten

Hockern oder auf dem Betonboden, vom Küchentresen roch's nach Pommes und Huhn.

Broschkus, vom Gedanken getrieben, das Mädchen könne sich ja bereits vor seinem Eintreffen eingefunden und die ganze Zeit über, nunja, nicht gerade auf ihn gewartet, aber eben doch in irgendeinem hintersten Winkel aufgehalten haben und weiterhin aufhalten, Broschkus erforschte die »Casona« bis an ihr Ende, wo man auf Bänken unter Bäumen saß, so eng wie möglich aneinander.

Nachdem er sich durch den Hof in den Rück-, von dort in den Hauptraum zurückgearbeitet, wo-ist-sie, betrat er zum ersten Mal auch einen seitlich sich anschließenden Nebenraum. Dort entdeckte er tatsächlich etwas.

Entdeckte einen kleinen dunkelbraunen Tisch,
der ihn an seine Volksschulzeit erinnerte, einen mit schräger Platte und kleinen Fächern am Kopfende, gut bestückt mit Tabakblättern, halbgerollten Zigarren, einigen kurzen obenauf, die dickeren erst zur Hälfte gedreht. Davor, ohne Hast hantierend, saß ein faltiger Neger mit kurzen grauweißen Kräuselhaaren, Broschkus kippte die Brille, um schärfer zu sehen, wie er mit Würde Tabakblätter rollte, beschnitt, in einem Schraubstock preßte, so sehr eins mit seinem Tun, daß man nie gewagt hätte, ihn anzusprechen. Ein paar Einheimische saßen herum und wippten in ihren Schaukelstühlen, als wäre nebenan nicht gerade die Hölle los. Broschkus zwickte sich in den Arm, um sicherzugehen, daß er nicht etwa träume; der Zigarrenmacher nickte ihm zu, ganz ohne Augenzwinkern, ganz ohne entschuldigende Geste, und trug rote Socken.

Die Deckenventilatoren wackelten erheblich, eine der Neonröhren flackerte. Zum zweiten Mal an diesem Tag hielt Broschkus den Kopf schief und wußte nicht mehr, was er von Ernesto zu halten hatte.

Nachdem er sich losgerissen
und in den Hauptraum zurückgefunden, saß die Minirockträgerin wieder neben ihrer Mutter. Als er sich an den beiden vorbeidrückte, entpuppte sich ihre Radlerhose als dichter schwarzer Pelz – exakt bis zum Rand des Rockes hatte sie sich die Beine rasiert, im Sitzen freilich rutschte ihr das Fell unterm Saum hervor, anscheinend fand sie das nicht weiter störend. Luisito hingegen, ungeduldig den *señor* herbeiwinkend, saß schon vor zwei Papptellern Pommes-mit-Huhn, ein Dollar pro Portion, das sei für einen wie Broschkus ja geschenkt, nicht wahr? Ein kubanisches Sprichwort besage übrigens, es sei besser, mit seinen Freunden zusammen ein Hühnchen zu essen als alleine Scheiße.

Während sich Broschkus noch am Volkshumor abarbeitete, schwante's ihm langsam, daß er einen Freund in dieser Stadt gewonnen. Wenig später zog Ramón mit beiden Blondinen ab, sie überragten ihn deutlich.

Rosa Sohlen, resignierte Luisito.

Jesús legte den Kopf zurück und gab sich teilnahmslos, schließlich hatte er's von Anfang an gewußt.

Noch vor seinem Vermieter trat Broschkus ins Freie, am Treppenabsatz, wo das Mädchen damals so selbstverständlich gegens Geländer gelehnt, bemerkte er ein leichtes Schwanken der Welt. Dann stürzte er treppab und zu Tode.

Nunja,
um ein Haar. Was ihn gerettet hatte, jedenfalls für diesmal, war Ramón; als er drei Stufen tiefer in dessen Armen angekommen – über die gesamte Breite der Treppe war man mit Austausch von Zärtlichkeit beschäftigt, eine massive Verkeilung dreier Leiber, die Broschkus im Schwung des Hinabstolperns nur kurz aus dem Programm gerissen –, da war der Himmel schwarz.

Seltsam, daß ihn vor dem Einschlafen ein kleines Glücksgefühl überkommen wollte – zwar hatte er das Mädchen heute nicht gefunden, aber das war ja nun bloß noch Sache der Zeit. Wo auch immer du stecken magst! versprach er ihr halblaut in sein dunkles Zimmer: Ich werd' dich finden.

Vielleicht war's ja nur der *Ron Mulata,* der ihm solche Sätze auf die Lippen und solch Gewißheit ins Gemüt legte.

Am letzten Tag vor seinem Umzug in die Casa el Tivolí,
so die offizielle Bezeichnung seiner zukünftigen Wohnung in den Calle Rabí 107 1/2, war Broschkus bestens gestimmt.

»Ich werd' dich!« wähnte er in den grinsenden Rachen des Schweins.

»Ich werd' dich!« wußte er dem Bettler, als er sich beim Erdnußmann am Eck einen kleinen Mundvorrat kaufte.

»Und dich werd' ich sowieso!« bestätigte er dem nächstbesten Rastalocken-Lolo, der sich zugesellen wollte.

Am letzten Abend vor seinem Umzug,
ein herrlich kitschiger Sonnenuntergang über Bucht und Bergen, tafelte Broschkus auf der Dachterrasse des »Casa Granda«; von allem aber machte er, während er sich von Riesengarnelen bis zu »Schwarzem Fisch« an Bratbananen und Süßkartoffeln vorarbeitete, vom »Rum Runner« bis zum »Rum Punch«, von allem machte er eine Liste, die zunehmend heftiger, gegen Ende regelrecht ungehörig ausfiel – ein unflätiger Gesang, halb wüste Rückschau auf sein bisheriges Leben, halb wackerer Versuch, sich für sein neues Leben Mut herbeizuschimpfen:

Nie wieder frischgezapfte Austern,
nie wieder Erdbeeren mit Blattgold-Glasur (und tagsdrauf fast
  lauteres Gold scheißen), nie wieder!
Nie wieder Restalkoholisches mit Sauerstoffdrinks bekämpfen,
nie wieder atmungsaktive Unterhosen,
begehbare Koffer, Kühlschränke, Kulturbeutel

und handgefertigte Klobürsten aus Edelstahl!
Nie wieder handbemalte Gummistiefel,
nie wieder linksdrehend
rechtsdrehend geschliffne Whisky-Gläser
und all die anderen Es-gibt-sie-noch-die-Dinge!
Nie wieder Fröhlichkeit von Fernsehwetterfröschen,
Sozialverträglichkeit von Brillantinekanzlern,
Late-Night-Sensationelles von Online-Onaniers
(und dazu krebserregende Kartoffelchips knabbern),
nie wieder!
Nie wieder Feng-Shui-Wohnen und trotzdem kalte Füße
haben,
nie wieder Eigenheimplanung, bei der Dachrinnen- und
Fußabtreterheizung eine Rolle spielen,
nie wieder über Windwiderstände von S-Klassen diskutieren
und Bücher, deren Titel man bereits unlesbar findet,
nie wieder Retrobrillen bewundern
und Bilder, bei denen man nicht mal erkennen kann, wo oben
ist und unten!
Nie wieder Tag des Butterbrots,
des Zaunkönigs, des Bildschirmschoners,
nie wieder Lichterketten, Duftkerzen und deutsche Witze!
Nie wieder Designersärge,
nie wieder Deutschland!

Als Broschkus an dieser Stelle angekommen war,
fügte er nichts mehr an, blickte reglos hinaus in die Nacht: Zeit war's, höchste Zeit. Doch wofür?

Womöglich für Lust auf Dreck, auf Durst und fahl gefleckte Leiber? Für Lust auf Einsamkeit und Hunger, auf harte Sonnenauf- und -untergänge? Irgendwo mußten sie ja liegen, die unendlichen Zuckerrohrfelder dieser Insel, in denen man sich verlaufen, in denen man zugrunde gehen –

Wie bitte? Das hatte er hoffentlich nur so dahingedacht?

Ausgiebig zerknüllte Broschkus die Liste, legte sie auf seinen Teller und ließ sie vom Kellner abservieren. Am Nachmittag des darauffolgenden Tages lebte er bereits in der Casa el Tivolí, trank keine Cocktails mehr und ernährte sich ausschließlich von kubanischen Kleinspeisen.

So jedenfalls hatte er sich's vorgenommen.

Freilich kam ihm bereits auf der Straße,
mit einer Kladde unterm Arm, strohhütchenbedeckt, sein Vermieter in die Quere und hatte andre Pläne. Im Eingangstor zum Hof dann auch ein gedrungnes Kerlchen, das sofort herzlich drauflos lachte und Broschkus die Hand schüttelte.

Das treffe sich gut, tat Luisito überrascht, das sei Broschkus' Koch. Er wolle gewiß gerade zum Markt, um für heut abend einzukaufen – ob Riesengarnelen recht seien? Oder Schwarzer Fisch mit Bratbananen?

Wessen Koch?

Der sei im Mietpreis inbegriffen, erklärte Luisito, und übrigens ein pensionierter Schiffskoch.

Zu jedem seiner Worte nickte das Kerlchen gut gelaunt, einer der wenigen Weißen hier, sein Hemd trug er offen und zeigte dichte Brustbehaarung. Indem er dann aber auch selber losplapperte, vollkommen unverständlich, als ob er eine heiße Kartoffel im Mund hin und her schob, konnte Broschkus allenfalls wohlwollend nicken; das Kerlchen, zutraulich seine Nähe suchend, roch nicht etwa aus dem Mund, sondern so sehr aus jeder Pore seiner Haut – ein Gemisch aus Rum, Knoblauch, Zwiebeln, Flugbenzin –, daß man mit Freude vernahm, er wohne am Ende des Ganges, im Erdgeschoß.

Das war Papito. Der vollkommen zahnlose Papito.

Er steckte in zwei verschiednen Schuhen, noch immer schüttelte er Broschkus' Hand.

Am Ende des Ganges,
nach fünf, sechs Metern, wo er sich zu einem winzigen Hof weitete und linker Hand die Treppe zur Casa el Tivolí anhob, stand ein ausrangierter Zahnarztsessel und dahinter, um ein frischgeputzt glänzendes Motorrad geschart, der Rest der Familie. Broschkus, darauf zuschreitend, stets den wohlig brabbelnden Papito an der Hand, erkannte sie sofort wieder, *sie*. Und erschrak.

Als erster wurde ihm der Schwiegersohn vorgestellt, eigentlich ein gelernter Anstreicher, erklärte Luisito, aber Farbe gebe's in diesen schweren Zeiten ja so gut wie nie, deshalb habe er sich drauf verlegt, die Propangasflaschen der Nachbarn auszutauschen. Je nach Haushaltsgröße sei er alle zwei, drei, vier Wochen zur Stelle, ohne übrigens darüber Buch zu führen, und biete sich an, den Weg zur Sammelstelle zu machen, sich anzustellen. Für drei Peso die Flasche.

So in etwa wurde's in aller Ausführlichkeit erläutert, offensichtlich war's wichtig. Während der Schwiegersohn artig dabeistand, ein dünner, nervös sich an verschiednen Körperstellen kratzender Mittvierziger, sein Schnurrbart schien nicht halb so dicht wie der von Luisito.

Das war Ulysses.

Er steckte in einem blauen Netzhemd, und als er Broschkus die Hand gab, sah er gleich wieder zu Boden.

Doch auch Broschkus nahm ihn kaum wahr;
schon während die Sache mit den Gasflaschen erklärt wurde, hatte er meist weggeschielt, zu ihr geschielt, und als sich ihre Blicke kurz getroffen, sofort gefühlt, daß auch sie ihn wiedererkannt. Wie peinlich!

Schon trat Ulysses einen Schritt zurück, schon erhob Luisito sein Organ und wandte sich als nächstes – an sie, oje, Broschkus versuchte sehr, sich einer entschuldigenden Floskel zu entsinnen, durfte zu seiner Verwunderung jedoch vernehmen, wie sie von Luisito lauthals als schlechte Tänzerin beschimpft wurde: Warum sie nicht längst sich herbeibequemt und den *señor* begrüßt habe, wie sich's gehöre, schließlich habe sie bereits seine Bekanntschaft gemacht? Ob Papito mit einer solch mißratnen Enkeltochter nicht zu bedauern sei? Woraufhin sie die Lippen zusammenkniff und Broschkus einen hastigen Kuß auf die Wange gab.

Das war Flor.

Sie steckte zwar heute in einer Hose, ihre Beine aber waren gewiß weiterhin bis knapp übers Knie behaart, dicht und schwarz behaart. Sie roch, das wußte Broschkus jetzt ebenfalls, roch wie ein nasser Feudel.

Fehlte fürs erste nurmehr Rosalia,
sich beide Hände in ihr Kleid wischend, trat sie ihm leicht schwankend entgegen.

Das also war Papitos Tochter.

Und also Ulysses' Frau.

Und also – Broschkus legte den Kopf leicht schief und wußte einen Moment lang nicht, was er von der ganzen Vorstellung zu halten hatte; als er Flor anblickte, zwinkerte die nicht mal verschwörerisch oder wurde rot. *Das* also war Flors Mutter.

Eine vielleicht vierzigjährige, keinesfalls hochtoupierte *mulata*, noch immer hielt Broschkus den Kopf schief. Musterte abwechselnd die dunkelbraune Rosalia und ihren Vater, den leicht zwar angegilbten, mit braunen Altersflecken besprenkelten, im Grunde jedoch weißen Papito. Man lachte, Broschkus' Verunsicherung genießend, lachte zufrieden rundum auf: Dochdoch, das gehe mit rechten Dingen zu, erkläre sich durch Papitos Frau, von der er getrennt? geschieden? mittlerweile lebe, eine tiefschwarze *negra*, wie man versicherte – aber in Deutschland gebe's wohl keine Neger?

Oh ja, die gebe's schon, wußte Luisito, man nenne sie dort allerdings Farbige.

Was prompt ein empörtes Geschnatter erzeugte. Broschkus nutzte die Gelegenheit, sich treppauf zu verabschieden, dabei durchaus registrierend, daß ihm die meisten – kleine, größere und große Jungs, eine Frau, die in einer Plastikwanne ein Baby wusch – gar nicht vorgestellt worden. Allem Anschein nach gehörten sie nicht zur Familie.

Der erste Eindruck,
den Broschkus von seiner neuen Bleibe bekam, sobald Luisito erst das Vorhängeschloß, anschließend ebenso langwierig die ochsenblutfarbene Holztür aufgeschlossen und dabei erklärt hatte, war ein verblüfftes Wie-bitte, ein stummes Das-soll-alles-sein? Nicht mal halb so groß wie ein Zimmer im »Casa Granda« und so niedrig, daß man bequem an die Decke fassen konnte, vollgestellt wie zum Trotz mit massigem Mobiliar, einem mannshohen Kühlschrank.

Bevor Luisito, der die Enttäuschung des *señor* durchaus spürte, zu einer stolzen Erwiderung ansetzte, war der Deckenventilator einzuschalten, die Klugheit des Fensters zu verdeutlichen: Indem er mit knappem Griff eine Serie von Querhölzern entriegelte und dabei gleich verdrehte, so daß der Nachmittag hereinfluten konnte, demonstrierte er seinem Mieter, daß es gar keine Scheibe gab. Sondern statt dessen zehn oder zwölf handbreite Bretter, synchron sich bewegende Lamellen, je nach Bedarf könne man sie in die Horizontale kippen (auf daß sie Licht, Wind, Blicke ungehindert hereinließen) oder in die Vertikale (auf daß sie eine licht-, wind-, blickdicht geschloßne Holzwand ergäben), sehr praktisch. Nicht wahr?

Aber nun zur Größe der Wohnung! Immerhin 34 Quadratmeter, er selbst habe sich's hier samt Frau und Sau jahrelang gutgehen lassen, der reinste Luxus, wenn man dran denke, daß in der Papito-Wohnung darunter mindestens sechs Personen lebten, manchmal acht. Nicht wahr?

Jedes Detail sorgfältig rühmend,
zeigte Luisito den Rest der Behausung, im Speisewohnzimmer vor allem den Kühlschrank MINSK 16 und den Schwarzweißfernseher KRIM 234D, der im Eck neben dem Fenster hing; im anschließenden Schlafzimmer, das nur durch einen quer in den Raum ragenden Schrank und – anstelle einer Tür – durch einen mit Pfauen bunt bedruckten Plastikvorhang abgetrennt war, vor allem die Kommode. In der Tat prangte darüber ein riesiger Spiegel, der das komplette Doppelbett samt Nachtkästchen zeigte, sogar die Vorderseite des Schranks. Doch Luisitos Interesse galt der Kommode selbst, genaugenommen dem Blatt Papier unter deren Glasplatte, handgeschriebne Verhaltensregeln für den werten Gast, sehr wichtig, und einem abschließbaren Fach, sehr praktisch. Nicht wahr?

Durch eine Türöffnung, in der die Tür freilich fehlte, ging's noch weiter, in eine Kammer, fast zur Gänze von einem zweiten Doppelbett belegt; hier fand sich im Wandregal eine Inventarliste, zur gefälligen Beachtung. Damit war die Einweisung beendet, es ging ans Bezahlen.

Ach ja, zum Putzen würde Luisito jede Woche selber kommen oder seine Frau, die putze gern und gut.

Schon beim ersten Treffen hatte man sich,
nach kurzem Hin und Her, auf siebzehn Dollar Tagesmiete geeinigt, das ergab fürs ganze Jahr 6205 Dollar –

In bar?

Wie sonst, Kuba sei ein freies Land, aber den Banken, den sei nicht –

Weil sich Broschkus folglich die fehlenden Scheine in verschiednen VISA-Anläufen verschafft hatte, mußte sich Luisito jetzt den Schweiß von der Stirn schieben, mußte nicht nur die Tür verschließen und das Fenster, sondern beides zusätzlich verriegeln. Mußte die Wandleuchte einschalten, die Neonröhre in der Kochnische. Mußte den Ventilator wieder ausschalten.

Fünf Mal setzte er dann an,
fünf Mal kam er zu einem andern Ergebnis, fünf Mal mußte er sich eine *Hollywood* entzünden, um Kraft für den nächsten Anlauf zu finden: Luis Felix Reinosa, genannt Luisito, ein gestandner Abteilungsleiter immerhin des staatlichen Fernsehens, Spezialist für Nebenerwerb auf Dollarbasis, und nun bekam er das Zittern, weil er so viel Geld auf einem Haufen noch nie gesehen hatte, rund fünfhundert Monatslöhne. Während er die Scheine stapelweise in der Wohnung verteilte, auf dem Couchtischchen beginnend, über die mit rotem Plastik bezogene Couchgarnitur sich fortsetzend, auf dem wacklig runden Eßtisch und jedem der vier Stühle, die sich auf merkwürdig kurz geratnen Beinen darumgruppierten, schließlich auf dem schwarzweiß gesprenkelten Steinfußboden, besah sich Broschkus das Regal mit den Gläsern, dem tortengroßen *Cristal*-Kronenkorken, der als Trinktrophäe dazwischengestellt war. Während Luisito nebenan weitere Lampen entfachte und begann, die beiden Betten mit Dollars zu bestücken, bemerkte Broschkus an mehreren Stellen der Wand handtellergroße mit Revolutionspersonal bemalte Aststücke.

Endlich hatte Luisito den Haufen grüner Scheine in eine eindeutige Anordnung verschieden hoch gestapelter Fünfziger, Zwanziger, Zehner und Fünfer verwandelt, Broschkus stand gerade vor der Wanduhr mit den zwei Pferden. Wollte sich zur Küchennische wenden – anstelle von Glasperlen- oder Bambusschnüren war der Zugang mit armlang zurechtgeschnittnen Tonbandstreifen abgedeckt, die von oben sanft ins Gesicht fransten, weiter reichten sie nicht –, da stellte Luisito, erschöpft von seinem Glück, stellte mit gedämpfter Stimme fest, daß die Casa el Tivolí hiermit bis zum 6. August des nächsten Jahres in den Besitz des *señor* übergegangen sei. Dochdoch, das sei jetzt sein Haus, vorausgesetzt, er lege kurz noch den Paß vor.

Zwecks Eintrag in seiner Bibel,
wie Luisito die Kladde bezeichnete, die sich als penibel geführtes Gästeverzeichnis entpuppte, jawohl, jeder sei zu melden, selbst wenn er eine einz'ge Nacht nur bliebe, Kuba sei ein freies Land. Außerdem wolle man die Konzession behalten.

Als Vorname dann »Deutsch«, als Nachname »Broder« eintragend, begriff er Broschkus' Paß auf seine Weise; beim Begreifen des »DR« vor dessen Namen ließ er sich zum verzückten Aufschrei »Ein Doktor, der *señor* ist ein Doktor!«, ließ sich hinreißen.

Zur Bekräftigung schob er ihm eine der teuren Dollarzigaretten in die Hand und ließ ihn mit dem »Viagra«-Kugelschreiber unterschreiben. Im Gegenzug lieh er sich Broschkus' Aktentasche aus, um das Glück gleich in die eigne Wohnung zu transportieren und dort im Tresor einzuschließen, arg geneigt, das Ereignis festlich ausklingen zu lassen. Welch ein Tag, *doctor*, in einer Minute werde er zurück sein, der Tresor liege sozusagen ums Eck.

Als erstes stellte Broschkus die Fensterjalousetten wieder auf Durchzug. Und den Deckenventilator auf Maximalgeschwindigkeit.

Ob's nichts zu trinken gebe?
beschwerte sich Luisito, kaum daß er zurück, die Leere des Kühlschranks monierend: Man wolle doch jetzt –?

Aber wie denn! Broschkus suchte gerade einen passenden Platz für seinen kleinen Weltempfänger, erst links, dann rechts neben der *Cristal*-Torte: Er sei ja noch nicht mal richtig eingezogen!

Mit dem Zeigefinger schob sich Luisito den Schweiß von der Schläfe, neinein, *doctor*, so ginge das hier nicht, schnippte sich den Schweiß vom Finger: Ganz ohne könne man nicht feiern, Broschkus solle mal gut aufpassen.

Ohne erst lang aufzustehen, an die Tür oder gar auf den Balkon zu treten, rief er eine Art Bierbestellung nach draußen, der Doktor wolle trinken! Und an diesen gewandt, kaum leiser:

Zwanzig Peso koste die Flasche, das sei für einen wie Broschkus ja geschenkt.

Kaum eine Minute später klopfte ein kleiner Junge, sechs eiskalte etikettlose Flaschen überbringend; vier davon legte Luisito fürsorglich ins Gefrierfach des MINSK 16, zwei öffnete er mit seinem Feuerzeug.

Die Flaschen gingen locker weg,
Luisito mußte im Verlauf des Abends sogar noch mal nachbestellen. Aber auch ganz *ohne* wäre der Blick von der Dachterrasse berauschend gewesen, überflirrt von den Betriebsamkeiten der Dämmerung. Welch eine Vielzahl an Geräuschen stieg bereits aus unmittelbarer Nachbarschaft auf, anscheinend gab's nirgends Fensterscheiben, es liefen Fernseher, Radios, von den Dächern krakeelte man in einer Lautstärke, als ob sich die gesamte Stadt in einem umfassenden Gespräch befände, Menschen, Tiere, Maschinen – eine gewaltige Woge an Gelächter, Gekreisch, Gebell, die vom Tivolí hinab in die Senke zu rollen schien, am gegenüberliegenden Hügel hinaufbrandend, jegliches Motorendröhnen und Hupen in sich saugend, das aus den Straßen aufperlte, bis sie kurz unterm Kamm, wie von einer geheimen Unterströmung mächtig zurückgezogen, zum Erliegen kam, die Woge, mit brausendem Summen erst in die Senke und wieder aus ihr heraufrauschte, Richtung Broschkus, jedes Einzelgeräusch an den Kanten abschleifend, ins gleichmäßig Gedämpfte hineinrundend, das so sanft dann an die Dachterrasse anplätscherte, als käme's aus weiter Ferne: der große Klang des Südens.

Ach, sagte Broschkus, ach.

Am liebsten hätte er nur dagesessen, hätte in die Brandung hinausgelauscht und dem Verschwinden des Tageslichts zugesehen. Statt dessen saß er, sah dem Verschwinden des Biers in

Luisitos Hals zu und hörte die Vorzüge der Terrasse rühmen – was da brusthoch hinter ihm aufrage, bitte, das sei der Wassertank, der reiche notfalls für einen Monat. Aber Vorsicht! Das wüßten die Nachbarn nämlich auch, die kämen gern zum Schnorren – nichts, gar nichts solle er ihnen geben, keinen Tropfen. Und das Geländer, das werde bald neu gestrichen, es müsse noch schöner werden hier, das Gerümpel in der Nische hinterm Tank werde man entfernen, ein paar Kakteen werde man besorgen …

Im Schatten der Senke leuchteten vereinzelt schon Straßenlaternen, auf dem Hügelkamm gegenüber sammelte sich das letzte Licht, rostrot flammte der Wassertank auf.

Ach, sagte Broschkus, Chicharrones.

Um Himmels willen! bestätigte Luisito: Nicht mal er selber sei dort je gewesen, der Doktor solle tunlichst einen Bogen darum machen.

In ebenjenem Moment schlug ein Hund in nächster Nähe an und der Tag war beendet.

»Scheißköter, ¡cojones!«

trat Luisito an den Maschendrahtzaun, der die Terrasse nach links mannshoch abschloß – unter einem Wellblechdach drängten sich kuhfellbespannte Holzstühle um einen metallnen Tisch, in der Nische hinterm Tank leere Bierflaschen –, und warf Steine ins Nachbargrundstück. Dort lag ein Garten, rundum von hohen Mauern umgeben oder, im Dunkel kaum zu entscheiden, von fensterlos ragenden Wänden, man sah nichts als Baumkronen. Eine Palme faßte weit in den Nachthimmel, der Wind raschelte ihr durch die trocknen Wedel, Luisito schimpfte. Der Hund, der dort unten zu leben schien, kläffte weiter.

Auf der andern Seite der Dachterrasse, beim rechten Nachbarn, schimpfte man freilich lauter.

»¡Que cojones!«
schimpfte man, *»¡Que pinga!«* schimpfte man, *»¡Me cago en el coño de tu madre! ¡No eres nadie! ¡Con esa pinga fea! ¡Todo esto es una mierda! ¡Peste a culo! ¡Eres un pendejo! ¡Te voy a meter una patá en el culo! ¡So maricón! ¡Que fana eres!«*

Der da schimpfte, war trotz der tiefen versoffnen Stimme eine Frau, eine *negra,* die sich in rosa Shorts gezwängt und den Kopf mit Lockenwicklern geschmückt hatte; von ihrer Terrasse aus wetterte sie auf mehrere Rastalocken-Lolos herab, die sich jenseits der Mauer zwischen den beiden Grundstücken um einen Ghettoblaster geschart, sie saßen ziemlich genau dort, wo sich diesseits der Mauer vorhin Papitos Familie um das Motorrad gruppiert hatte. Je wüster die Lockenwicklerin drohte, desto vergnügter wurden sie, laut lief dazu kubanischer Hiphop. Broschkus verstand kein einziges Wort, begriff indes, daß die Haare der Lockenwicklerin um Papprollen gelegt und die Papprollen nichts andres als leere Klopapierrollen waren.

Begriff, daß man auch vom rechten Rand seiner Terrasse, knapp neben der Eisenstiege, ziemlich viel Stadt überblicken konnte, bis hin zur hell ausgeleuchteten Balustrade der »Casona«, insbesondre aber, naturgemäß, ziemlich viel vom Nachbargrundstück: An der trennenden Mauer entlang führte ebenfalls von der Straße ein Gang, allerdings zu einem weit größern Areal, auf dem, sozusagen ein einziges verschnörkeltes Bauwerk, sechs, sieben Wohnungen neben- und übereinanderlagen, dazwischen ein leerer Wassertank und ein riesiger Müllberg. Jetzt drehten sie die Musik so laut, daß man selbst als Kubaner kein Wort mehr verstand; die Lockenwicklerin, gestenreich eine letzte Tonlosigkeit von sich gebend, verschwand.

Auf dem Dach ihres Hauses standen ein paar Ölfässer, dazwischen, vor schwarzem Himmel, hockte ein kleiner Junge, der – Broschkus mußte seine Brille kippen – ganz unzweideutig in eine Zeitung schiß. Als er fertig war, knüllte er die Zeitung zusammen und – warf sie in die Nacht.

Trotzdem, wußte Broschkus, hier bin ich richtig.

Tja,
viele in diesem Land hätten halt keine Kultur.

Luisito, der den Streit in wortloser Aufmerksamkeit verfolgt hatte, schüttelte mißbilligend den Kopf: Der Doktor tue gut daran, sich an Papito zu halten und um den Rest der Nachbarn einen Bogen zu machen. Selbstverständlich alles nette Kerle, grundanständig, man komme gut mit ihnen aus. Aber kein Vergleich mit Papito! Wo denn das Essen bleibe?

Schon war er dabei, halblaut über Papito nachzudenken, vom Nachbarareal ertönte zur Musik bald ein beständiges Grunzen, über Ulysses nachzudenken, den Handlanger, ein netter Kerl, gewiß, über Rosalia nachzudenken, sie pflege zwar manchmal ein arg inniges Verhältnis zum Rum, naja, eben Papitos Tochter, »*¡salud!*«, aber – Luisito besann sich inmitten seiner Ausführungen, seine Stimme wurde noch leiser: Falls Papitos Exfrau hier auftauchen sollte, also der traue man alles zu, alles. Und wieder in voller Lautstärke: Wo denn das Essen bleibe? Der Doktor habe Hunger!

Von einer Flasche
zur nächsten wurde er vertraulich: Ob er dem Doktor – er betonte jede Silbe, damit das Scherzhafte seiner Rede klar werde –, ob er ihm, dem Farbigen, eine Frage stellen könne?

Erst als Broschkus erwartungsgemäß protestiert hatte, gab er sich als Witzbold zu erkennen: Ob Weiß keine Farbe sei?

Da mußte Luisito freilich feststellen, daß sein neuer Mieter über solche Witze nicht lachen wollte, nicht mal lächeln; schnell stellte er ihm seine Frage: Wie die weißen Frauen in Deutschland denn so, er-wisse-schon, so seien?

Ach, Kristina, dachte Broschkus und schwieg. In ihrer Gegenwart wurden die heißesten Suppen kalt. Andrerseits ihr kleines Lächeln, so vertraut, ihr Duft. Aber erstens hätte Luisito das nicht verstehen und zweitens Broschkus gar nicht formulieren können. Was man in einem einzigen Leben alles versäumen konnte, na, *¡salud!*

Und hier? verstand ihn Luisito auf seine Weise: Ob er sich schon eine ausgesucht habe?

Wenn du wüßtest, dachte Broschkus und schwieg.

Oh, Luisito ließ seine Blicke durch die Finsternis kreisen, er kenne sie alle, ehrbare Mädchen, wohlgemerkt, die dem Doktor nebenbei auch den Haushalt führen könnten, er wisse ihm jede zu beschaffen.

Jede? hörte sich Broschkus zu seiner eignen Verwunderung sagen, von der »Casona« wehten ein paar Fanfaren herüber: Also gut.

Woraufhin er,

nur in etwa allerdings, von einem honigbraunen Mädchen erzählte und wie's ihn so heftig angeblickt, daß man's habe riechen können, ein herber Duft, ob Luisito davon eine Ahnung habe? Ob er sich zumindest vorstellen könne, wie's sich bewegt habe, das Mädchen, wie's ihm die Haare ins Gesicht geworfen, wie er da beinahe – wie er ihr da tatsächlich auf die Füße getreten, vor Glück?

Das konnte er sich vorstellen, und es beeindruckte ihn nicht: Ob sie wenigstens Leberflecken habe? An den richtigen Stellen? Und – ob er ihm etwas verraten dürfe?

Er durfte.

Da verriet er ihm, daß er fast sicher sei, die Frau zu kennen.

Nein, nicht diese Frau im speziellen, eher ihren Typus, ihr Genre, wenn er so wolle.

Broschkus wollte.

Nun gut, klärte ihn Luisito, scheinbar widerstrebend und die Stimme vertraulich wieder senkend, klärte ihn auf: Jede Frau in

Kuba, jede! und somit jede Frau in der »Casona«, jede! die sich mit Touristen einlasse, die sei nichts andres als, es tue ihm leid, sei eine *jinetera.*

Teufel auch, da war es wieder, das Wort, das im Taschenlexikon fehlte. Wie die Nachtluft vibrierte unter all den Melodien!

Und da war es auch endlich,
das Abendessen; erst kam Rosalia, dann Flor, dann erneut Rosalia: Als Vorspeise servierten sie Riesengarnelen, als Hauptgang Schwarzen Fisch an Bratbananen, Süßkartoffeln, Salat. Fast geschenkt für einen wie Broschkus, fast wie Weihnachten für einen wie Luisito, der sich mit großer Selbstvergessenheit die Teller füllte:

Also Weihnachten. Da steche er immer ein Schwein ab, eigenhändig, bei seiner Mutter auf dem Bauernhof, dann gebe's jede Menge Fleisch und Bier und Rum und alles. Das sei das Maximum, das sei Weihnachten.

Und das Mädchen? ergänzte Broschkus auf seine Weise, ob Luisito sicher sei, daß sie –

»*¡Ya!*« antwortete der, kurz hervorgestoßen aus der Tiefe seines Verdauungstraktes und seiner Überzeugung. Daß es keine stärkere Form der Bejahung gab, war selbst dem sofort klar, der sie zuvor noch nie vernommen.

Also die *jineteras.* Man dürfe sie nicht pauschal verurteilen, die Zeiten seien hart, eine *jinetera* ernähre in der Regel eine ganze Familie. Natürlich gebe's solche, die nur schnell mal, Broschkus wisse ja selbst, nur mal für eine Nacht oder noch kürzer. Andrerseits aber. Dochdoch, solche gebe's auch. Vielleicht wollten sie bloß aus Kuba weggeheiratet werden oder wenigstens in Kuba nie mehr hungern, aber egal: Eine *jinetera,* die sei nicht nur die Frau für eine Nacht, die koche, putze, kaufe ein und führe den Haushalt, ja, sie begleite den Mann bei Bedarf auf seiner weiteren Urlaubsreise, und sei's durchs ganze –

Nein! wehrte Broschkus empört ab, das-mit-dem-Mädchen-damals, das sei echt gewesen, so eine sei doch keine Nutte!

Was heißt hier Nutte, beschwichtigte Luisito, mit großer Umsicht von diversen Tellern eine weitere Portion zusammenschabend: Schließlich hätten sie fast alle studiert und einen ordentlichen Beruf, einen ordentlichen Lebenswandel. Aber auch sie könnten ohne Dollars eben schlichtweg nicht –

Nein! weigerte sich Broschkus: Weder Nutte noch Gelegenheitsnutte, er meine eine andre.

Gut, daß er die drei Optionsscheine in der Kommode eingeschlossen und vom Fleck im Auge geschwiegen hatte. Was verstand denn so einer wie Luisito!

Im übrigen gäb's ja auch die männliche Variante, ließ der noch lang nicht locker: Taxi-Rum-Zigarren-undsoweiter, ob der Doktor nie von einem *jinetero* angesprochen worden?

Wo denn eigentlich Ernesto stecke?
war's Broschkus leid, wollte das Thema wechseln: Selbst von ganz normalen Kubanern werde man gelegentlich angesprochen.

Ernesto und ein normaler Kubaner? triumphierte Luisito, unterbrach sogar kurz das Einverleiben der letzten Essensreste: Der sei ja nachgerade berühmt dafür, wie er sich an Touristen ranmache, naja, kein Wunder, erstens Englisch, zweitens mit Schirm, da sei man schon fast einer der Ihren.

Er wolle doch wohl nicht behaupten, wurde Broschkus vollends ungehalten, daß auch Ernesto, ausgerechnet Ernesto ein *jinetero* sei?

Ob der Doktor etwa glaube, konterte Luisito im gleichen Tonfall, daß man vom Zigarrendrehen leben könne? Einer wie Ernesto, der habe so manch einen in die Casa el Tivolí gebracht, eben auf *seine* Weise, sehr nobel. Und er, Luisito, revanchiere sich dafür mit, sagen wir, einer Handvoll Dollars.

Spätestens jetzt legte Broschkus den Kopf leicht schief und

wußte nicht mehr recht, was er von seinem Vermieter zu halten hatte. Wie sanft das Gebrause der Stadt mittlerweile geworden, wie kühl der Wind vom Gebirg!

Auch sonst stecke er ihm manchmal etwas zu, fuhr der Vermieter fort: Ernesto sei recht arm, ein ehemaliger Trinker, so sage man, mittlerweile habe er die Sache wohl im Griff.

Aus der Senke erhob sich, zwischen all der verwehten Musik, ein sehr präzises Krähen, aber das konnte ja nicht mit rechten Dingen zugehen?

Im Moment stecke Ernesto übrigens, ach, wahrscheinlich irgendwo in den Bergen, und zurück sei er spätestens irgendwann, bei dem wisse man nie so genau. Ob er dem *doctor* etwas verraten dürfe?

Er durfte.

Also Ernesto. Ein ganz feiner Kerl, aber wo er eigentlich herkomme, wisse man nicht. Von einem Tag zum andern verschwunden, von einem Tag zum andern wiederaufgetaucht; so sei er vor Jahren auch hier zum ersten Mal an der Hauswand gesessen, sozusagen aus dem Nichts heraus. Gewiß tue man gut daran, ihm nicht ganz übern Weg zu trauen. Und wenn er dem *doctor* noch etwas verraten dürfe?

Er durfte.

Also das Mädchen aus der »Casona«. So schlank, daß die Beckenknochen hervortraten, seien hier allenfalls solche, die sich an Touristen ranmachen; Kubaner dagegen stünden auf, ja: auf Masse, die wollten wühlen, *¡salud!*

Luisito leerte die letzte Flasche, stellte sie in die Nische hinterm Tank, warf einen traurigen Blick auf seine Hände.

Er sehe jedenfalls zu, was er machen könne. Wäre gelacht, wenn er nicht die richtige fände, sie könne sich ja schwerlich aus dem Staub gemacht haben. Außer auf einem Floß natürlich oder mit einem andern, gute Nacht.

Endlich allein!
stöhnte Broschkus, als er Haustür wie Fenster ordnungsgemäß versperrt und verriegelt hatte, zwar waren die Nachbarn feine Kerle, aber es sollte Ausnahmen geben. Bevor er ins Bett ging, machte er die Entdeckung, daß man sich beim Betreten des Badezimmers arg den Kopf anstieß, der Türbalken saß zu niedrig, und daß man beim Händewaschen nasse Füße bekam: Das Wasser rann aus dem Waschbecken in ein Rohr hinein, vor Erreichen des Fußbodens freilich auch wieder aus dem Rohr heraus, über die Fußbodenfliesen, zum Duschabfluß.

Dann lag er im Bett, eher diagonal, weil's etwas kurz geraten, und lauschte dem unregelmäßigen Schrappen des Deckenventilators.

Trotzdem! seufzte er schließlich hörbar auf: Hier bin ich richtig. Durchs Fenster drang das Rascheln der Palmblätter, von fern verklang eine letzte Musik, ertönte die dunkle Hupe eines Lkws, wenn man sich's fest genug einbildete, hörte man das Krähen eines Hahns, aber – mitten in der Stadt? mitten in der Nacht?

Während Broschkus so lag und wachte, Geräusche vernehmend, die gar nicht zu vernehmen sein konnten, spürte er's herzklopfend bis in die Kehle hinauf: Wie's um ihn herum gleichfalls auf der Lauer lag und wachte. Heut war er angekommen, nicht am Ziel, aber immerhin: am Anfang seines Weges dorthin.

Der Rest, der würde sich finden.

Dann allerdings die Nacht,
es sollte nicht einfacher für Broschkus werden: Kaum war er eingeschlafen, traumlos erschöpft von all den Riesengarnelen und Schwarzen Fischen, die man ihm während der beiden letzten Tage serviert, fing der *Scheißköter* das Bellen an und hörte gar nicht mehr auf, Broschkus begriff, daß sein Schlafzimmerfenster zum Garten führte und daß es, natürlich, keine Scheibe hatte.

Kaum war er wieder eingeschlafen, traumlos erschöpft von all den Rum Runners und Nullkommadreiliterbieren, die man ihm während der beiden letzten Tage organisiert, gab's ein deutliches Plumpsen am Fußende, im ersten Erschrecken trat Broschkus mit Wucht in etwas Weiches, das sofort zu klagen anhob. Als er Brille und Lichtschalter gefunden, sah er gerade noch, wie sich eine Katze durch die Fensterbretter drückte, nach draußen, wo der Wind in den Baumkronen raschelte.

Obwohl Broschkus nun auch die Drehbretter des Schlafzimmerfensters hochkippte und verriegelte, sollte er nicht zur Ruhe kommen. Als er wieder lag und darüber nachdachte, ob die Katze im Mietpreis inbegriffen war, hörte er das Rauschen: Hörte das gleichmäßige – nein, das war nicht der Wind, eher das Plätschern eines? Aber Brunnen gab's hier doch gar nicht?

Die Neugier trieb Broschkus vor die Tür, rundum im Mondlicht schimmerte fremdes Gemäuer. Erst langsam erkannte er den klobigen Klotz im Nachbarareal als Wassertank, er schloß sich direkt an die trennende Mauer an, und weil an ebenjener Mauer in breiten Streifen Wasser hinabfloß, in Papitos Hof hineinfloß, mußte die Brille schiefgekippt werden: Tatsächlich, der Tank war mittlerweile bis zur Kante gefüllt, dessenungeachtet plätscherte's weiter aus einem Zuleitungsrohr. Wer drehte denn um diese Uhrzeit den Hahn auf? Und warum, vor allem, drehte ihn keiner zu?

Die Neugier trieb Broschkus aufs Dach, auf dem Weg dorthin kam ihm bereits ein Rinnsal entgegen und – ja, auch die andern Tanks, man erkannte sie nun an ihren schimmernden Wasserspiegeln, liefen über, ausgenommen der eigne, er faßte ja das Doppelte. Wie still die Stadt dazu lag, ein steinernes Meer, einzig vom riesigen Vollmond beleuchtet!

Das war aber noch nicht alles,
gegen Morgen startete ganz in der Nähe ein schweres Motorrad, es dauerte eine Weile, bis der Motor rundlief, so satt und dunkel dröhnend wie der einer 1000er-BMW, aber das war ja nun wirk-

lich unmöglich. Als das Geräusch dermaßen gleichmäßig angeschwollen, daß Broschkus, im Bett mitbebend, jeden Moment mit dem Höllenspektakel des Davonstartens rechnete, wurde der Motor jäh abgewürgt, erstarb in einem grunzenden Tukkern.

Kurz drauf Gekräh, anscheinend gab's hier doch einen Hahn, gleich antwortete ihm von fern ein zweiter, ein dritter. Ab Anbruch der Dämmerung rasselten die verschiedensten Wecker, woraufhin merkwürdigerweise nicht nur die ersten Stimmen ertönten und verhalten fröhliche Radiomusik, sondern auch ein Esel losschrie, direkt unterm Bett, ein ekstatisch aufquietschendes Stöhnen, oder war das gar kein Esel? Fast beruhigend, daß sich bald ein Baby dazumischte. Obwohl in langen Streifen schon die Helligkeit durch die Fensterritzen drückte, schlief Broschkus zum vierten Mal und endlich fest ein.

Geweckt wurde er durch ein resolutes Klopfen,
man begehrte Einlaß, kein Zweifel, rief ihn sogar mit Namen. Eine Weile lag Broschkus reglos, auf ein Ende des Lärmens hoffend, aber im Gegenteil, nun klopfte man nicht länger, nun schlug man mit der Faust, verschiedne andre Stimmen mischten sich ein, Broschkus verlor die Nerven und eilte. Trat auf Höhe des Eßtisches ins Nasse, und dann stand eine Frau vor seiner Tür, die er – vor lauter Tageslicht nicht erkannte. Wie hell die Sonne schon zu dieser frühen Stunde schien, ohne Sonnenbrille kaum zu ertragen. Als Broschkus die Augen zu schmalen Schlitzen zusammenzog, erkannte er die Frau noch immer nicht; anstatt sich vorzustellen, zeigte sie auf seine Füße, jaja, die waren naß, und lachte laut auf:

Ob er der Doktor sei? Luisito habe sie geschickt, sie habe gehört, man suche eine – Frau?

Aber doch nicht dich! beschied sie Broschkus barsch und verriegelte die Tür sofort wieder. Draußen anhaltendes Gelächter, sogar aus dem Hof.

Daraufhin wischte er den Fußboden trocken. In einer Senke zwischen Eß- und Couchtisch hatte sich ein richtiger kleiner See gebildet, das Wasser mußte aus irgendeinem überlaufenden Tank herein- und im Lauf der Nacht hier zusammengeflossen sein, tatsächlich klaffte zwischen Haustür und Fußboden ein zentimeterhoher Schlitz. Kaum war Broschkus damit fertig,

klopfte's abermals,
zarter als zuvor, jedoch nicht minder hartnäckig. Auf daß erneut sich eine Sonne zeigte, vor der man die Augen verstecken mußte, erneut die Silhouette einer Frau, im Anblinzeln war's dann eher ein Mädchen, nicht unspektakulär, das ihn zerstreut mit ihren Lippen anlächelte. Über ihr T-Shirt lief die Aufschrift »Ganz oder gar nicht«, in deutsch, anscheinend eine Liebestrophäe; auf der Dachterrasse im Nachbarareal hängte eine dralle Negerin Wäsche auf, die Zigarre im Mundwinkel.

Ob man etwa von Luisito komme? forschte Broschkus.

Das Mädchen nickte, schweigend.

Einige Sekunden schwieg Broschkus mit, entschied sich dann achselzuckend für »Gar nicht«, auf deutsch, was das Mädchen nicht zur Kenntnis nahm. Doch wie er sich mit einem knappen *adiós* verabschieden wollte, hatte es seinen braunen Fuß in die Tür gestellt, *¡caramba!*, die Sandale sah selbstgemacht aus. Bevor Broschkus Gewalt anwenden konnte, du-bist-die-Falsche-Mann, schäumten dem Mädchen die Worte aus dem Mund, es schien sich zu rechtfertigen, vom Hof her Gelächter, Broschkus verstand kein Wort. Was fiel Luisito eigentlich ein! In diesem Moment mischte sich die Frau von gegenüber ein, rief ihm etwas zu mit ihrer dunklen versoffnen Stimme, daran jetzt als die Lockenwicklerin von gestern abend zu erkennen, auch wenn sie das Haar heut hochtoupiert trug. Woraufhin alle außer Broschkus in umfassende Heiterkeit ausbrachen, sie selbst, das Mädchen und – Rosalia, wie ein Blick über die Balkonbrüstung bestätigte, Rosalia, die untätig vor einem Eimer Wäsche hockte. Es reichte.

Ob er sie denn nicht erkenne? Fragte nicht etwa, betont langsam, deutlich artikuliert, das Mädchen. Sondern die Lockenwicklerin mit ihrer heiseren Stimme. Aber er erkannte sie doch!

Na von neulich, in der »Casona«, wo er nicht mit ihrer Tochter habe tanzen wollen.

Richtig, sie war nicht nur die Lockenwicklerin von gestern, war gleichzeitig auch die Mutter aus der »Casona«, die »Mutter« von vorvorvorgestern, deren »Tochter« gern mit ihm – ob er sich entschuldigen mußte? Oder wäre das nicht vielmehr an ihr gewesen, schließlich hatte sie ja gelogen?

Und heute? hakte die Lockenwicklerin nach: Heute wolle er mit ihrer andern Tochter nicht mal –

Aufkreischendes Vergnügen übertönte ihre letzten Worte, Broschkus verstand jedenfalls, daß das wieder auf seine Kosten ging, und weil sich sogar das Mädchen von ihm abgewandt hatte, um ihrerseits etwas Deftiges in die Runde zu werfen, konnte er sich in seine Wohnung zurückziehen. Was für eine Nacht, was für ein Morgen – anscheinend durfte man hier nur so lang schlafen, wie's den Nachbarn gefiel.

Als er zum Frühstücken gehen wollte,
gleich ums Eck sollte's einen Imbiß geben, stieß er am Ende seiner Treppe auf eine Frau, die sich gerade anschickte, Rosalia nach dem Doktor zu fragen.

Der sei abgereist, mischte sich Broschkus ein, Rosalia lachte auf, diesmal hoffentlich über die Fremde. Tatsächlich drehte die Frau ohne weitere Nachfrage um, grußlos; noch bevor sie den Weg zum Hoftor ganz zurückgelegt, war Broschkus von seiner Nachbarin zum Kaffee eingeladen:

»*¡Gratis, doctor, un cafecito gratis!*«

Das verstand Broschkus, das war mal was Neues, *muchas gracias, señora.* Aber bitte erst nach dem Frühstück.

Anstatt ihm zu antworten, hob Rosalia zu singen an, die Lokkenwicklerin fiel von jenseits der Mauer umstandslos ein.

»Cafetería El Balcón del Tivolí« hieß der Imbiß,
weil er nur einige Häuser entfernt lag von der gleichnamigen Straßenbiegung, an deren Brüstung Broschkus bereits gestanden, in der Tat kam man mit wenigen Schritten hin: Linker Hand die Calle Rabí ein paar Meter hinabschreitend, mußte man nur (anstatt geradeaus weiterzugeben, zur »Casona«) an der ersten Kreuzung rechts abbiegen – vor Broschkus schob einer sein Rollwägelchen Orangen, mit aller Greisenkraft seine Ware ausrufend –, schon stand man, nach dreißig, vierzig Metern, vor einem mehrstöckigen, prachtvoll mit Balkons bestückten Kolonialgebäude. Orangen! Stand vor einem annähernd garagenbreiten Fassadendurchbruch im Erdgeschoß, dessen Metallgittertor zur Seite gedreht und also geöffnet war: der lmbiß.

Gleich vorn ein sofaartiges Metallgestell mit Plastiksitzfläche, dazu zwei weiße Plastikstühle, der Rest des Raums durch eine querstehende Theke verstellt. Dahinter links, mannshoch, mit arg ausgebrochner Verkleidung, ein Kühlschrank, ganz hinten ein Gasherd, darüber eine Uhr in Form einer Kaffeekanne, zwei nach acht. An der rechten Wand ein steinerner Tresen, daran ein hagerer Alter, tiefschwarz, einen erheblichen Haufen Innereien durchwühlend, in der Rechten ein kleines Messer, über der Linken einen Chirurgenhandschuh, dem allerdings ein Finger fehlte. Nachdem Broschkus eine Weile gestanden, streifte der Alte den Handschuh ab, scheuchte mit einem Lumpen die Fliegen von der Theke, ehe er – nicht etwa fragte, was man wünsche, sondern bloß den Kopf hob und ziemlich präzis guckte.

Draußen näherte sich, beständig rufend, der Orangenmann.

Weil Broschkus nicht wußte, was man sich von einem solch leeren Imbiß eigentlich erhoffen durfte, wies ihn der Alte mit ruckender Kinnbewegung auf die Anzeigetafel hin, eine Art Notenständer mit drei übereinandergelegten schmalen Pappstreifen. Es gab *refresco*, Mayonnaise- und Tortilla-Brötchen, doch als Broschkus bestellte, brummte der Alte unwirsch: Nein, heut sei im ganzen Tivolí kein einziges Ei aufzutreiben gewesen. Indem er den untersten der handbeschrifteten Pappstreifen aus dem Angebot zog, fielen die beiden andern auf den Boden.

Dann eben Mayonnaise-Brötchen.

Samt kaltem Kaffee,
den ihm der Alte wortlos in einen Glasbecher schüttete, ohne daß man danach verlangt hätte, er kam sogar hinter seiner Theke hervor und stellte einen der Plastikstühle auf die Straße; Broschkus blieb nichts andres übrig, als kauend dort Platz zu nehmen. Vor ihm die Fliegen im Rinnstein schwirrten kurz auf, wenn aus den Löchern der Bordkante das Abwasser irgendeines Anwohners hervordrang, das kannte man schon. Die Straße ein leeres graues Band, das ostwärts in die Senke hinab- und am gegenüberliegenden Hang hinauflief, nach Chicharrones hineinlief, gerade hing ein Wolkenschatten darüber. Orangen! Auch Knoblauch wurde ausgerufen, den einer in langen Zöpfen über der Schulter trug, ein weiterer pries etwas offensichtlich Schweres in großen Plastiktaschen an. Dann schob der Orangenmann seinen Karren schräg vor Broschkus gegen den Randstein und betrat den Imbiß.

Kalter Kaffee und Mayonnaise-Brötchen,
das war vielleicht ein bißchen karg, doch da fuhr mit einem Mal ein Leuchten die ganze lange Straße hinab in die Senke, daß der Straßenbelag aufglänzte, und wieder hinauf, dorthin, wo hinter den Häusern hangwärts der Urwald anhob und ganz oben ein Wassertank rot erstrahlte. Gleichzeitig kamen die Sonnenstrahlen bis in Broschkus' Kaffeeglas, bis in den Obstkarren des Orangenhändlers, wo auf stille Weise jede einzelne Frucht implodierte.

Daß man zukünftig hier frühstücken würde, trotz allem, war damit entschieden.

Weil das Ganze,
inklusive Blick, nur vier Peso kosten sollte, schob man einen Fünfer übern Tresen, wollte schon gehen, doch der Alte bestand darauf, nach Wechselgeld zu suchen. Ein gutes Zeichen! dachte Broschkus und sah bereitwillig den Fliegen zu, wie sie über die grünweiß melierten Bodenfliesen krochen. An der rückwärtigen Wand hing die Kanne-Uhr auf zwei nach acht. Schließlich konnte der Alte eine Pesomünze präsentieren, dabei schimmerte ihm ein Anflug von Lächeln ins Gesicht, noch keine gute, aber deutlich bessere Laune. Man konnte sich ausmalen, daß er am Abend putzmunter sein, wahrscheinlich sogar spitze weiße Schuhe tragen würde.

Fürs nächste Mal versprach er, unaufgefordert, eine Tortilla.

Als Broschkus zurückkehrte,
wurde er erwartet. Nicht von Flor, die erwiderte nicht mal seinen Gruß und blieb dann auch demonstrativ draußen, im Hof. Wo ihr Vater, umlagert von kleinen, größeren und großen Jungs, immerhin kurz von einem Fahrrad aufblickte, das er weniger wusch als vielmehr durch leises Besprechen und sanftes Handauflegen reinigte.

Drinnen ein pfefferminzgrün durchs Halbdunkel glänzender Kühlschrank, Haupt- und Prachtstück der guten Stube, daneben ein Schaukelstuhl, in dem etwas vollendet Verhutzeltes lebte, freundlich dem neuen Nachbarn entgegen- oder eigentlich durch ihn hindurchgrinsend, freundlich einige Willkommenstöne von sich gebend, mitten in der Begrüßung freilich abrupt einschlafend: Papitos Mutter, wie die leicht schwankende Rosalia erklärte, indem sie ihre Großmutter samt Schaukelstuhl aus dem Blickfeld schob: weit über neunzig, das genaue Alter wisse man nicht. Papito selbst lag, leicht schnarchend, auf einer

Couch, daneben ein riesiger russischer Schwarzweißfernseher, der angeblich seit zwanzig Jahren unscharfe Bilder lieferte; und im Hintergrund, wo's noch eine Spur dämmerdunst'ger wurde –

Der Lichtstreifen, der sich von der offnen Tür schräg durch den Raum legte – Fenster gab's hier unten nicht –, zeigte an seinem Ende zwei nackte Füße mit silbern schimmernden Fußnägeln: Da bereitete jemand Kaffee, der über die Schulter nur kurz ein Grußwort beisteuerte, barfuß und im Küchenkittel. Überm Gaskocher, nicht größer als eine Handfläche, hing das Bild einer leuchtend roten Zunge.

Der Kaffee bei Ocampo sei sicher schlecht gewesen? wollte Rosalia wissen. Wartete die Antwort gar nicht erst ab, erkundigte sich, ob Deutschland in der DDR liege, und in der Zunge steckte ein Messer. Die Haare hatte sie rot gefärbt, damit war sie in dieser Stadt nicht die einzige, aus der Zunge tropfte Blut.

Luisito habe ihm als Miete sicher ein Vermögen abgenommen? wollte Rosalia gar nicht erst wissen, klopfte sich mit den Knöcheln der geballten Rechten gegen den Wangenknochen: Der wisse schon, wie er an die Dollars komme, ein feiner *jinetero* sei das, ein ganz feiner.

Während sie sprach, zunehmend schneller sprach, gerieten auch ihre Hände in Aufregung, ständig zog sie sich ein Augenlid herunter, betippte sich die Schläfe, schnippte, schlenkerte, schnalzte mit den Fingern, schlug zum Abschluß einer Ausführung zweimal über Kreuz die Handflächen aufeinander, womit sie ein final bestätigendes Klatschen erzeugte. Als Broschkus etwas antwortete, das sie für witzig hielt, hieb sie ihm lachend mit ihrer Hand auf die seine, und weil ihr das Geräusch nicht laut genug ausfiel, wiederholte sie's.

Also Luisito. Vielleicht ein bißchen zu fein für ihresgleichen, oder warum sonst verbiete er seinen Mietern, sich mit den Nachbarn zu unterhalten?

Broschkus, über die blutende Zunge hinweg sah ihn ein riesiges Auge an, und den Kaffee darunter bereitete barfüßig eine Frau, die im Grunde ja wohl gerade noch als Mädchen gelten durfte, wie man im Hinschielen erkannte, ein Mädchen, das im Grunde ja wohl gerade schon als Frau gelten mußte, nun brachte sie ein paar Tassen zum Erklirren, drehte sich um und lächelte ihm zu, der Kaffee sei gleich ...

So schön! erschrak er, so braun wie, Teufel auch, wie – Honig?

Da Rosalia keine Anstalten machte, die Kaffeekocherin vorzustellen, hantierte diese einfach weiter und, wieder über die Schulter hinweg, fragte Broschkus nach seinem Namen.

Oh, den könne ja keiner aussprechen, ob sie ihn Bro nennen dürfe? Sie selbst heiße Mercedes, jeder rufe sie Merci.

Broschkus verschluckte sich so heftig, daß er husten mußte.

Ob er verheiratet sei und Kinder habe?

Barfuß stand sie, im schäbigen Küchenkittel, aber allein durch ihr kurzes Lächeln hatte sich verwandelt in, weißgott, in reinste Anmut, Broschkus versuchte, das Atmen einzustellen. Als sie drei winzige Kaffeetassen füllte, im Grunde eher Trinknäpfe, als sie das Eingießen der einen Hand mit einem Fingerspreizen der andern kommentierte, hörte er, daß irgendwer an seiner Statt antwortete:

Kinder? Neinein. Und verheiratet? Nicht so direkt, also eigentlich nein, warum auch.

Das mußte ein gewisser Bro gewesen sein, jetzt galt es beizupflichten. Aus den Augenwinkeln stellte Broschkus fest, daß Mercedes Anstalten machte, sich im Umdrehen die Haare aus der Stirn zu streichen, gewiß nur für ihn, den Fremden im Eck, dem sie erneut und vor allen andern ihr Lächeln schenkte, jetzt galt's Augen-auf-und-durch.

»Was, du willst keine Kinder?«

Ach, das war Rosalia, man durfte einen Moment lang glauben, sie sei gar nicht betrunken: In zwanzig Jahren würden in Deutschland nurmehr Exilkubaner leben.

Von draußen vielstimmig aufschnatterndes Gelärm, hier drinnen flirrend gedämpfte Stille, oh wie häßlich Herr Broschkus sich fand!

Mercedes aber, eine der winzigen Tassen ergreifend, lächelte ihn mit dunklen Lippen an, so mädchenhaft, so voller Unschuld und ohne ein Zeichen des Wiedererkennens, auf der Stirn ein Schimmern, auf den Lippen ein spöttischer Glanz. Indem sie ein paar Schritte in den Lichtstreifen setzte – rein spielerisch, gleich würde die Drehung kommen? –, ging sie ganz offen auf ihn zu, schon konnte er ihre hervortretenden Backenknochen sehen, die konkav darunter konturierten Wangen. Gerade noch gelang's ihm, die Hand von der Armlehne zu lösen, da hatte sie ihm bereits das Täßchen in die Hand gegeben. Wobei sich zwischen ihren beiden obern Schneidezähnen, wobei sich die winzigschwarze Lücke zeigte.

Ich werd' verrückt – dachte Broschkus nicht etwa, denn das konnte er gar nicht mehr: Gleich tut sich die Erde auf. Lächerlicherweise fiel ihm ein, daß er keinen seiner Zehnpesoscheine dabeihatte, um sich zu erkennen zu geben, fiel ihm nicht mehr ein, welchen ersten Satz er für diese Gelegenheit vorbereitet hatte. Während sie vor ihm verharrte, auf was wartete sie denn, sollte er – vom *cafecito* kosten? zur Hölle fahren? oder doch erst mal antworten?

Es liegt an den Frauen, wollte er anheben, aber irgendwer kam ihm zuvor und sagte: »Dafür werden in zwanzig Jahren hier bloß noch Deutsche leben, die Kinder mit Kubanerinnen haben.«

Woraufhin ihm jemand auf die Handfläche klatschte und losprustete. Mercedes sah ihn so wortlos an, daß ihr die Nasenflügel bebten, so unmädchenhaft nackt und direkt sah sie ihn an aus ihren Augen, grün lag ein Glanz darin, nicht etwa als heißes Versprechen, sondern als kaltes Verlangen, daß ihm die Luft wegblieb, und da entdeckte er ihn: den feinen Riß in all dem Glanz, den Fleck, vielmehr –

entdeckte ihn nicht,
neinein, der Glanz war vollkommen, von einem Fleck keine Spur, Mercedes war – die Falsche. Im Ausatmen mußte er sich eingestehen, daß ihre Augen mitnichten grün waren, sondern braun, dicht und schwarz standen ihr die Brauen darüber.

Dann war sie auch noch ihre Schwester.

Flors ältere Schwester.

Und ihre Haut, sie war gar nicht honigbraun, sondern entschieden dunkler, fast schon zigarren-, vielleicht zimtbraun?

Ob man in Deutschland tatsächlich Kindern keine Ohrfeige verpassen dürfe? wollte Rosalia kopfschüttelnd wissen; Broschkus, als ihm Mercedes im Weggehen mit der Hand übern Arm streifte, glaubte einen Moment lang – Fluch der Mutter, Fluch der Schwester, gewiß! –, glaubte ihn mit riesig entsetzten Nüstern zu riechen: den unvermischten Geruch ihres Wesens.

Wie ein nasser Feudel.

Hoffentlich waren ihre Beine nicht nur bis übers Knie rasiert.

Im Verlauf des Kaffeetrinkens erfuhr er –
das beständig leise Geschnarch von Papito wirkte beruhigend –, daß der Tivolí normalerweise jede vierte, fünfte Nacht mit Wasser versorgt werde, und dann so reichlich, daß die Tanks überliefen, das sei normal. Es gebe ja gar keine Hähne, die Zufuhr zu unterbinden.

Was schließlich Ocampo betreffe, den Imbißbetreiber, so sei das ein ganz feiner Kerl. Aber sein Sohn, der das Restaurant führe – ja, im selben Haus, nein, zur Zeit sei's geschlossen –, also sein Sohn, der sei schon über Gebühr lang verreist. Nein, »verreist«! Spätestens ab diesem Punkt, da sich Mutter und Tochter ständig ins Wort fielen, verstand Broschkus überhaupt nichts mehr: Ob eine Lizenz fehlte, ob eine Lizenz gefälscht war, ob irgend jemand deshalb verschwunden war oder doch nur sein

Hund und ob bei alldem die Mafia ihre Hände im Spiel hatte oder die Polizei, wer weiß.

Derweil wurde's beständig heller, deutlich ging's auf den Mittag zu. Draußen immer mal wieder ein Palaver, wahrscheinlich wimmelte man fremde Frauen ab.

Bis der Esel plötzlich einsetzte,
so laut und deutlich klagend, daß es direkt von nebenan zu kommen schien, und kurzdrauf, als sich der Streifen Licht vollständig in eine diffuse Helligkeit auflöste, die das Rot der Zunge matter und die Größe des Auges geringer erscheinen ließ, verschwand Rosalia im rückwärtigen Teil der Wohnung. Wenn man bedachte, daß Papito dagegen fest weiterschlief, dann war Broschkus jetzt auf einmal alleine mit – jedenfalls nicht mit der Richtigen.

Ihre Mutter habe ihr erzählt, fragte Merci umgehend, Broschkus suche eine Frau?

Nicht mal eine, die ihm ein bißchen den Haushalt führe?

Ob er vielleicht schwul sei?

Oder impotent?

Aber das sagte sie so ohne Arg, daß selbst Broschkus um ein Haar gelächelt hätte. Sie gab ihm einen hastigen Kuß auf die Wange: Für den Fall, daß er sich's irgendwann anders überlegt haben sollte.

Dann käme er direkt auf sie zu, versicherte Broschkus.

Nein,
das war kein winziger Biß gewesen, was er am Ohrläppchen verspürt, nur ein winziger Kuß. Draußen im Hellen – wie hart die Dinge herumstanden, vor lauter Licht bekam man die Augen kaum auf – war dort, wo vorhin Ulysses mit dem Fahrrad gewesen, war Flor, vom heraustapsenden Broschkus nahm sie keine Notiz. Lockte vielmehr mit verstellter Stimme eine dürre alte Katze, die auf der Trennungsmauer zum Nachbarhof festsaß und sich nicht weitertraute:

»Kitikiti, Feli, ¡ven!«

Wie häßlich die Katze war!

Und wie furchtbar erwachsen selbst Flor, die mindestens Minderjährige, mit ihren rosa lackierten Nägeln, den kleinen Glitzersteinen im Ohrläppchen.

Und wie offensichtlich betrunken ihre Mutter, *»¡Doctor! ¡Doctor!«*, die schnell noch hinter Broschkus herschwankte und ihn, er gehöre doch nun zur *familia*, um ein Stück Seife anschnorrte: Jetzt, da das Wasser wieder da sei.

Als der Doktor die Tür seiner Wohnung hinter sich verriegelt, die Fensterbretter hochgeklappt und also eine vollkommene Verborgenheit geschaffen hatte, ließ er sich auf sein rotes Sofa fallen, ließ sich vom Deckenventilator Luft zuführen, lauschte auf seinen leeren Kühlschrank, MINSK 16, wie er rappelnd Strom zog.

Broschkus, abwechselnd auf die Wanduhr, die *Cristal*-Torte und die hellblau gestrichne Rückseite des Kleiderschranks blikkend, Broschkus war verwirrt – von der Stadt, ihren Bewohnern, insbesondre seinen Nachbarn. Am meisten freilich von Mercedes, mehrmals versuchte er, sich seiner Erleichterung zu versichern, daß sie die Falsche war, mußte aber feststellen, daß ihm das nicht gelang.

So schnell, redete er sich ein, *so* schnell hätte er das Mädchen ja gar nicht finden wollen, dazu mußte er schließlich erst noch? dazu hätte er erst noch? dazu wäre zuvor ja noch nötig gewesen? Nichts fiel ihm ein, was für seine Suche hätte wichtiger sein können als das Finden. Wie hatte er sich bloß von einer einzigen kleinen Zahnlücke blenden lassen, vor Scham schlug er auf den Plastikbezug seines Sofas, wie hatte er sich dazu hinreißen lassen, eine zugegebnermaßen nicht ganz unschöne Person mit *ihr* zu verwechseln?

Ah, Broschkus war wütend, am liebsten hätte er etwas –

Aber so ging das ja auch nicht.

Jedenfalls durfte ihm das
nicht noch mal passieren. Langsam und systematisch galt es vorzugehen, auf daß in Zukunft Zeit blieb, genauer hinzublicken. Wenn nicht draußen, in diesen harten Hell-Dunkel-Kontrasten, so zumindest drinnen, im Dämmer der Wohnstuben. Auf daß sich im gemäßigt Dunklen ebensoviel erkennen ließ wie im gemäßigt Hellen, das er gewohnt war, vielleicht gar mehr.

»Meine Behausung«, hörte er sich plötzlich sagen, »und das hier, lieber Bro, ist der Salon.«

Während dieser halb verdüsterten, halb zwielichtig durch Tür- und Fensterritzen erhellten Momente war's wohl, daß ihm seine Wut abhanden kam, daß ihn statt dessen die große Erschöpfung ergriff.

Bis er schließlich, am Mittag seines zehnten Tages, 7. August, bis er aufgab. Aufgab,

alleine
weiterzusuchen. Nicht, weil er dabei auf der Stelle trat, sondern im Gegenteil, weil er zu schnell vorankam, beständig dorthin kam, wo er gar nicht hinwollte, sein Problem war nicht das Zuwenig, sondern das Zuviel an Informationen – Broschkus brauchte einen Vertrauten. Einen, der die Personen und ihre Behauptungen für ihn bewertete, eine hauseigne Research-Abteilung sozusagen, die aus verwirrten Vermutungen verläßliche Basisdaten machte. Aber wen? Ein Triple-A an Kreditwürdigkeit würde er hier niemandem verleihen. Langsam, Broder, langsam. Und da er das gewohnt war, da er das konnte, da ihm das schon immer geholfen hatte, brachte er eine Ordnung in sein neues Leben, machte eine Liste:

– Luisito: Fernsehmann (u. *jinetero* lt. R.), wahrsch. bestens vernetzt, hat aber die falschen Ansichten über Frauen, schnorrt entschieden zuviel (Bier, warme Mahlzeiten)
– Papito: Koch, soll Säufer sein, nicht unsympathisch
– Rosalia: ganz sicher Säuferin, schnorrt Seife, aufdringlich

- Ulysses: Gelegenheitsarbeiter (Gasflaschen usw.), merkwürdig
- Oma: Pflegefall, angebl. inkontinent
- Mercedes: die Falsche!
- Flor: erst recht die Falsche!
- Feli (?): Katze

Sonst noch jemand?

Ja, da gab's eine zweite Nachbarwohnung parterre, als rückwärtigen Abschluß des Hofes:

- die Frau mit dem Baby, sie schien jedoch keine Rolle zu spielen, ungeeignet.
- Im Grundstück links nur ein Hund,
- im Grundstück rechts dagegen jede Menge Unübersichtliches, vor allem die Lockenwicklerin, höchst dubios, Kontakt vermeiden!

Sonst noch jemand, der in Frage kam?

- Lolo, el duro, el puma: *jinetero*, indiskutabel
- Ernesto: Zigarrenmacher (?), Vorteil: spricht Englisch, Nachteil: schnorrt (dezent), verschwindet angebl. oft, angebl. Exsäufer, angebl. *jinetero*
- Pancho: Totengräber, käme vielleicht in Frage, ist aber ziemlich weit vom Schuß
- Jesús: Barkeeper in der »Casona«, eher nicht
- Ramón: Abschlepper auf rosa Sohlen, indiskutabel
- Ocampo: Imbißbude, schnorrt nicht

Schnorrt nicht!

Das war die Lösung. So naheliegend. Wobei Ernesto vielleicht noch eine Spur naheliegender gewesen wäre, aber der hatte definitiv geschnorrt. Wenngleich für eine erbrachte Leistung, sozusagen als Makler. Man konnte sie ja beide eine Weile beobachten, Ocampo und Ernesto, ehe man sich entschied; wer weiß, als was sie sich schon beim nächsten Mal entpuppen würden.

Fast wäre Broschkus mit sich und seinem Entschluß zufrieden gewesen, beim Betrachten seiner Liste fiel ihm freilich ein, daß jeder, abgesehen vielleicht von Lolo und der Katze, daß ausnahmslos jeder wußte, was er hier wollte. Als ob er *irgendeine* suchte, als ob er einer von denen war, die zu Hause keine abbekamen! Wie peinlich, entsetzlich peinlich, verpatzt durch ein offnes Wort gegenüber dem Falschen, ah, Broschkus hätte mit all seiner erneut hervorbrechenden Wut gern jemanden –

Es blieb ihm nichts andres übrig, als Luisito die Meinung und danach nichts mehr zu sagen. Gar nichts.

Erst als er dann seine Sachen in der Behausung verteilte,
fiel ihm auf, daß niemand mehr klopfte. Anscheinend fingen die Nachbarn mittlerweile alle Anwärterinnen rechtzeitig ab, es mochte seine Vorteile haben, daß jeder Bescheid wußte.

Den Nadelstreifenanzug, wahrscheinlich würde er ihn nie wieder tragen, hängte er über einen der verbognen Drahtbügel im Kleiderschrank, sollten die Schulterpolster auch darunter leiden. Seine weiteren Kostbarkeiten mochten ebensowenig für dieses Land passen: Manschettenknöpfe und Stecktuch kamen ins abschließbare Fach seiner Kommode, die Funkuhr aufs Nachtkästchen, daneben der Discman. Und weil auch hier der Deckenventilator so verläßlich summte und im Spiegel selbst das große Doppelbett so vertraut erschien, hörte er sich plötzlich sagen:

»Das, lieber Bro, du wirst es nicht glauben, ist also das Gemach.«

Die sich anschließende Kammer
bestückte er mit seiner neugekauften Kleidung als eine Art begehbaren Schrank, das dortige Doppelbett großzügig als Ablagefläche mißbrauchend. Im blauweiß gekachelten Bad hatte er

fast nichts und in der blauweiß gekachelten Küchennische überhaupt nichts zu plazieren – er war eingezogen.

Freilich hatte er dabei eine erste Kakerlake aufgescheucht; er entdeckte sie, als er sich im Salon niederlassen und Schimmelausblühungen studieren wollte. Die Verfolgung endete an der Gasflasche, sie stand in einer Nische des Gemachs, und der Schlauch zum Gasherd führte durch einen Mauerdurchbruch Richtung Küchennische. Überall offen laufende elektrische Leitungen – dieser Luisito! –, und davor zeigte sich jetzt wieder –

Broschkus schlug mit aller erneut hervorbrechenden Wut seinen Schuh auf die Kakerlake, und weil er zu einem weiteren Hieb ansetzte, der gewiß den ganzen Tivolí, wenn nicht die Welt in Stücke geschlagen hätte, und weil er gleichzeitig zu einem gewaltigen Wutschrei ansetzte – »Nie wieder!« –, war die Kakerlake erledigt. Broschkus trat gleich noch einmal drauf, daß es knackte.

So ging das also doch.

Wenn sie nicht so groß und so häßlich gewesen wäre, hätte sie ihm fast schon wieder leid getan.

Dann brach er zusammen.

Wie er so kniete,
den Kopf aufs Bett gelegt, und nicht etwa losheulte, oh nein, das hätte er sich nie verziehen, sondern nur losschluchzte, ach was, nur ziemlich grundsätzlich die Nase schnaubte, da purzelten ihm die Bilder seines ganzen neuen Lebens durcheinander: der wortlos einem Einbeinigen trotzende Herr Broschkus, der reglos einen Schweinskopf bestarrende Broder, der kopflos einer zimtfarbenen Frau entgegenzitternde Bro – vielleicht war's wirklich etwas viel gewesen, das er in den letzten Tagen erlebt.

Aber wahrscheinlich lag's ja bloß an der Hitze und daran, daß er noch nicht gelernt hatte, ausreichend dagegen anzutrinken.

Den Rest des Tages lag er unterm Ventilator,
wenn er nicht schlief oder von Schuldgefühlen heimgesucht wurde – merkwürdigerweise mußte er ans Hamburger »Vier Jahreszeiten« denken, wie sie damals in einem kleinen verrosteten Renault vorgefahren waren, direkt vom Standesamt, wie Kristina in ihrer unnachahmlich huldvollen Art dem Portier die Wagenschlüssel überreicht hatte, so daß der nicht mal mit der Livree zu zucken gewagt –, wenn Broschkus nicht an das dachte, was er ein für allemal verloren hatte, dann lauschte er auf die Geräusche des Tages, die ihm ohn' Unterlaß von draußen zugespielt wurden: Ein halbes, vielleicht dreiviertel Leben lang war er beschäftigt gewesen, den Trübsinn zu verscheuchen, rastlos hatte er sich vorangewühlt durch seine Tage, und nun war Schluß: Ohne schlechtes Gewissen lag er unterm Deckenventilator, dessen leicht unregelmäß'gem Schrappen hingegeben, und tat nichts. Welch ein Trübsinn!

Untermalt wurde er durch fortwährende Beschallung,
bei gewissen Liedern (italienischen Schnulzen?) sangen die Frauen rundum laut und falsch mit, am lautesten und falschesten die Lockenwicklerin, von ferneren Musikquellen dumpften die Bässe irgendwelcher Hitparadenstücke (Hiphop?); regelmäßig wiederkehrend eine Nachrichtenhymne (Fernsehen?), Geigen und Posaunen opernhaft sich steigernd, unerwartete Ereignisse schon in ihrer beunruhigten Melodie vorwegnehmend; anschließend die begeisterten Sprecherstimmen, betont optimistisch und mit deutlich rollenden R, laufend hörte man das Wort »Cuba« heraus, den Rest verstand man nicht. Welch ein Trübsinn!

Akzentuiert wurde er durch die Rufe verschiedner Straßenhändler,
auch sie durchgehend unverständlich – einer pfiff auf der Trillerpfeife (ein Eisverkäufer?) –, wie durch die vielfältigen Äußerungen nachbarlicher Lebenslust: Jemand besaß eine Trommel,

ein andrer ein tönendes Organ, mit dem er vorzugsweise Kinder herbeizitierte, ein dritter, zur Straße hin, ein Telephon: Wann immer es läutete, erscholl der Ruf nach dem, dem der Anruf eigentlich galt, und wurde, so kam's Broschkus vor, von Dächern und Balkons aus weitergegeben – das Einzugsgebiet mußte fast den gesamten Hügel umfassen.

Auch sonst schien man einander über Mauern hinweg und quer durch diverse Hinterhöfe zu kontaktieren, keineswegs nur Kinder, nicht selten wollte man schon von der Straße aus wissen, ob der, den man zu sprechen begehrte, zu Hause sei. Erheblich mehr und heftiger wurde gelacht, als es Broschkus gewohnt war, gern wurden einzelne Silben mit Lust und Energie betont, machtprahlerisch gedehnt, überzogen – und plötzlich mit Unlust und noch mehr Energie, ein wildes Geratter, ein handfester Streit:

Angefangen hatte's zwischen Rosalia und Ulysses, »*¡Mentira!*«, aber gleich, nachdem der Vorwurf der Lüge erhoben, mischte sich das tief versoffne Organ der Lockenwicklerin ein, »*¡Cojones!*«, dazu das Gekeif einer weiteren Frau, so hoch und so schrill, daß man nicht entscheiden konnte, ob sie schimpfte, »*¡Que pinga!*«, oder sich übers allgemeine Gekreische belustigte. Ohnehin erkannte man nur die vielfach wiederkehrenden Schlüsselwörter, Obszönitäten gewiß, und als mit einem Mal Ruhe herrschte, legten die Tiere los: vornehmlich Hunde, Hähne, Hühner, auch im Garten nebenan. Einzig der Esel stimmte nicht mit ein.

Zu alldem beigemischt der eigne Ventilator mit seinem Dauerrauschen, das unregelmäßige Aufrappeln des Kühlschranks, ein Grollen von der Ferne, als ob's vom Gebirg herunterrollte auf die Hügel der Stadt.

Und plötzlich auch wieder das Motorrad.

Die schwere BMW (oder was immer es war),
sie trieb Broschkus denn doch aus dem Bett: Als der Motor auf maximale Drehzahl angeschwollen, hastete er bereits die Eisenstiege hoch zur Dachterrasse, und als die Maschine jeden Moment zu starten drohte, stand er oben, am Geländer, jemand rief »*¡Buenas, doctor!*«, und dann brauchte er sich gar nicht erst lang umzusehen: Das Motorrad schoß aus einem Verschlag hervor, der auf einer der Dachterrassen hügelabwärts stand in nächster Nähe, aus einem wellblechgedeckten Bretterverschlag, offensichtlich hatte ein kleiner Junge gerade die Papptür geöffnet, auf daß sie herausbrausen konnte, die Maschine, das heißt –

»*¡Doctor! ¡Doctor!*«

ein gewaltiges schwarzes Schwein,
das aufgeregt schon wieder abbremste, seinen Kopf in eine Schüssel schob, die zwei, drei Meter vor seinem Verschlag stand. Womit das vermeintliche Motorengeräusch innerhalb weniger Grunzer erstarb und in gleichmäßiges Geschmatze überging; wohingegen der Junge schon halb in den Verschlag hineingekrochen war, ihn auszufegen.

Herrgott! dachte Broschkus, wenn ich in Deutschland erzählen würde, daß die Säue hier auf den Dächern Motorrad fahren, das glaubte mir kein Schwein.

»Vorsicht, *doctor*, Vorsicht!«

Daß das Geländer frisch gestrichen sei,
wollte er in diesem Moment nicht auseinandergesetzt bekommen, es ging sowieso alles viel zu schnell: Der Junge war bereits fertig mit Fegen und Scheuern, schaute dem Schwein beim Fressen zu; bald hatte's verschlungen, was es zu schlingen gab, der Junge füllte ihm die Schüssel mit Wasser. Um sie rasch Richtung Verschlag zu ziehen, das Tier folgte gierig nach, immer den Rüssel in der Schüssel, ließ sich widerstandslos mit seinem Hinterteil in den Verschlag schubsen; als der Junge die Schüssel

wegzog, konnte er – ohne weitere Umstände bediente er sich dazu des aufgeklappten Papptürchens – mühelos auch das Vorderteil in den Verschlag zurückschieben. Schon war nichts mehr zu sehen als ein notdürftig zusammengezimmerter Verhau an Brettern, Pappe, Blech – und doch, und doch! stand darinnen das Tier, kaum kürzer als sein Stall, stand und konnte sich gewiß kaum bewegen, vollkommen lautlos stand es, einen Steinwurf entfernt vom staunenden Broschkus. Höchste Zeit, Luisitos Gruß zu erwidern!

Stück für Stück,
erklärte der stolz und hob den Strohhut, um den Schweiß von der Stirn zu schieben, werde er auch in den kommenden Tagen das Geländer streichen, *poco a poco*, dann gleich noch mal von vorn, damit die schöne Silberfarbe besser halte, und anschließend –

Da erscholl ein Motorengeräusch auch vom Areal der Lokenwicklerin, nicht annähernd so voll, so tief und rund. Tatsächlich entdeckte Broschkus dort ebenfalls ein schwarzes Schwein, der Fütterung entgegenstrebend, weit weniger prall als das Dachschwein. Unbeirrt schwärmte Luisito von Kakteen, die er demnächst herbeischleppen, von leeren Bierflaschen, die er demnächst wegschaffen würde; nur kurz ließ er sich zu einem Blick aufs Nachbarschwein hinreißen, das sei noch zu mickrig, das brauche noch ein paar Monate.

Auf dem gegenüberliegenden Hügel wurden an verschiednen Stellen Feuer entzündet, dürr stiegen Rauchsäulen auf. Luisito, in plötzlich wildem Entschluß, stieß mit der Rechten übers glänzende Geländer, als hielte er darin ein Messer, stieß in die Dämmerung hinein, verharrte mit gestrecktem Arm. Bevor er ihn sinken ließ, drehte er die Faust ganz langsam in der Luft herum, eine vorsichtige Vierteldrehung.

Als Rosalia das Essen servierte,
am Blechtisch unterm Blechdach, und auch gleich abkassierte (für einen wie Broschkus kein Problem), kroch eine Eidechse dachbalkenabwärts. Rosalia erinnerte an die Seife; von den vier Flaschen Bier, die sie ungebeten mitgebracht, versprach sie, zwei ins Eisfach zu legen. Luisito indes, schon kauend, winkte ab, das lohne nicht.

Letztes Lärmen von Hunden und Kindern, letztes Licht. Über der Senke kreisend ein Schwarm Vögel – Luisito behauptete, es seien Tauben –, der schließlich Richtung Hafen, Bucht, Meer flog, über Broschkus hinweg, der sinkenden Sonne entgegen. Luisito schaltete eine Neonröhre ein, die an Drähten unterm Wellblech hing, leerte die erste Flasche und steckte sie in den Maschendrahtzaun, der die Gartenseite der Terrasse anstelle des Geländers begrenzte:

Sein Arzt habe ihm befohlen, viel zu trinken. Seit Jahren leide er an der Prostata, selbst in der Schwarzen Tasche gebe's keine passenden Pillen dagegen.

Schwarze Tasche?

Noch ehe Luisito seinem Mieter angemessen erklärt hatte, wie der kubanische Schwarzmarkt funktionierte, erklang von der Kathedrale das Sechs-Uhr-Läuten, ein hastig blechernes Getön, als fahre man mit einem Schraubenschlüssel in einer Tonne herum, und in ebenjenem Moment setzte er wieder ein: der aufschluchzende Gesang des Esels, so anhaltend laut, daß sogar Luisito das Kauen einstellte:

¡Coño! Das habe ihm schon früher den Appetit verdorben.

Der Esel?

Der Esel, der Esel! Anstatt die Frage zu beantworten, strich sich Luisito mit Daumen und Zeigefinger übern Schnurrbart.

Ob ihm eine der Frauen zugesagt habe?
besann er sich unvermittelt.

Ganz und gar nicht! Obwohl mit dieser Wendung des Gesprächs am wenigsten zu rechnen gewesen, zog Broschkus unverzüglich eine Miene des Abscheus auf: Ausdrücklich wolle er drum bitten, derlei Fürsorglichkeit zukünftig zu unterlassen.

Aber er suche doch eine Frau?

Das wohl. Freilich eine ganz bestimmte. Und nicht so eilig, wie Luisito vermute.

Woraufhin der, sichtlich andrer Meinung, die beiden restlichen Bierflaschen mit seinem Feuerzeug öffnete, *¡salud!*

Ob ihn Rosalia denn schon zum Kaffee eingeladen hätte?

Äh, sagte Broschkus, ganz deutsch.

Zu der solle er lieber nicht mehr gehen. Also Rosalia. Eine grundsolide Person, aber – nicht nur, daß sie Papito ständig die Rente abnehme, um sich dafür Rum von nebenan zu kaufen, die faule Schlampe, nein, sie betrüge Ulysses auch noch annähernd täglich, sie treibe's mit jedem, Broschkus möge auf der Hut sein. Und von Mercedes –

An dieser Stelle bot er Broschkus eine *Hollywood* an, so sehr hatte er sich in Rage geredet: Von der solle er sich nicht täuschen lassen, die –, die –

Erst jetzt, da er sich selber eine Zigarette in den Mund geschoben, bemerkte er, daß er ganz vergessen hatte, die Speisereste zusammenzukratzen, blickte von einem Teller zum andern: Die habe ihren Sohn auf dem Gewissen. Denn wenn sie besser aufgepaßt, wenn sie sich nicht gleich nach dem Abstillen wieder ständig außer Haus herumgetrieben hätte, ums mal so auszudrücken, dann hätte der auch nicht die ganze Medizin aufessen können, so eine sei das nämlich.

Erneut setzte das Abendläuten ein, so laut, als schlüge man gleich nebenan mit einem Hammer in einer Eisentonne herum, so laut, so blechern, so hohl.

»Der Esel«, machte sich Broschkus bemerkbar, »was hat das mit dem Esel zu tun?«

Woraufhin sich der Scheißköter von nebenan Gehör verschaffte
und Luisito, der beim ersten Bellen aufgesprungen, *¡cojones!*, zum Maschendrahtzaun eilte, um Steine nach ihm zu werfen.

Das Nachbargrundstück zur Linken, in verwahrloster Üppigkeit drängten sich Büsche und Bäume, auf dem Boden halbverfaulte Früchte, vertrocknete Palmwedel, und dort, tief unten im Dämmer, stand der Hund, groß und gelb, eine Katze anbellend, die auf der Gartenmauer weniger entlangschlich als festsaß: eine dürre alte Katze, die sich nicht weitertraute.

»*Kitikiti, Feli, ¡ven!*« lockte Broschkus mit verstellter Stimme, Luisito mußte lachen, gab dem Doktor endlich Feuer, räumte ein, daß ihm das Gebelle schon vor Jahren den Appetit verdorben. Nein, einen Nachbarn gebe's auf dieser Seite nicht, der sei wahrscheinlich verreist, Luisito hustete gequält auf, nach Florida! Die Katze sei übrigens ein Kater, er gehöre Flor, heiße Feliberto.

Wie häßlich er war! Zu guter Letzt hatte er das Ende der Mauer erreicht, verschwand in einer Lücke des Gebäudes, das hinter der Palme aufragte, ausnahmsweise war's ziemlich still.

Und der Esel?

Das sei ja der Skandal!
Damals sei Mercedes gerade fünfzehn gewesen! ereiferte sich Luisito; daß man nun dort, wo bis soeben nichts als ein Garten gewesen samt Hund, daß man nun wild zu trommeln begann, konnte ihn nicht mehr bremsen: Der Esel, der Esel! Der sei niemand anderes als ihr Kind, das sei – mit der flachen Hand fuhr er sich vor der Stirn auf und ab –, das sei nicht mehr ganz dicht, seitdem's beim Herumkrabbeln die Tabletten gefunden, den Arzt habe man ja viel zu spät erst rufen können: Das sei ein Krüppel, ein verwachsner Irrer, eine Strafe Gottes!

Nur widerwillig wollte er sich beruhigen. Während in einem der benachbarten Häuser heftig weitergetrommelt wurde, erfuhr Broschkus, daß ein kleiner Mensch unter ihm wohnte, tagaustagein im Bett liegend, sprachlos vor sich hin starrend, und wenn er aufschrie, eilte einer von Papitos Familie, um ihn mit festem Griff umzudrehen: Das war alles, was dieser Mensch nach sechs Jahren Kummer noch an Zuneigung erfuhr.

»Und der ist der Esel?«

»*¡Ya!*« bestätigte Luisito: »Mit dem Schreien hört er erst auf, wenn er –«

Hinter ihm raschelte die Palme mit ihren vertrockneten Wedeln, wäre das Getrommel nicht gewesen, wie's immer härter anschwoll, afrikanischer als alles, was man bislang hier vernommen, ein Hallenspektakel, massiv, penetrant, dann hätte Broschkus gewiß nach weiteren Details gefragt. So aber bemerkte selbst Luisito seine aufkommende Unruhe:

Jaja, die *Santería*, ein bißchen Folklore für Fremde. Gleich nebenan, das große Gebäude hinterm Garten, sei ein afrokubanisches Kulturzentrum; der Doktor solle sich's ruhig mal ansehen, dafür interessieren täten sich sowieso nur noch Touristen.

Jetzt legte sich ein hohes Ping-Ping-Ping-Ping über den Lärm, unwiderstehlich großartig.

Wer denn der Vater des Kindes sei? wollte Broschkus im Aufstehen noch wissen, mit halbem Herzen schon dem Trommeln hingegeben. Luisito indessen schüttelte den Kopf:

Wer könne das sagen, bei einer *jinetera?*

Als Broschkus die Tür zum Nachbargebäude öffnete,
schlug ihm das Trommeln so unwiderlegbar effizient entgegen, so direkt schlug's ihm dorthin, wo er eigentlich denken, und dorthin, wo er eigentlich schlucken wollte, schlug ihm auf den Brustkorb, daß er von innen zu dröhnen anhob, schlug ihm ins Herz – welch eine Wucht!

Die Vorführung war in vollem Gange, drei Neger in gelbgrünen Kitteln hieben mit ihren Fäusten auf hüfthoch vor ihnen sich wölbende Standtrommeln; das hohe Ping-Ping-Ping-Ping erzeugte ein vierter, die Zigarre im Mundwinkel, indem er mit einem handspannenlangen Eisenstab auf einen handspannenbreiten Eisenblock schlug: Riesig der Raum, gleißend das Licht, Löcher im Dach.

Broschkus drückte sich auf einen Stuhl in der hintersten Reihe, vor ihm wurde geknipst, geflüstert, gekichert, es war eine Schande. Denn das, was man so offensichtlich als gelungne Abendunterhaltung goutierte, war doch das Gegenteil allen Salsafrohsinns – Broschkus fühlte's bis ins Mark, hier saß jeder Schlag, war jeder Rhythmuswechsel eine Sache von Leben und Tod.

In dem Maße,
wie er sich beruhigte, begann Broschkus, seine spontane Hingerissenheit als verwunderlich zu empfinden: Was war da nur in ihn gefahren, den stets wohltemperiert gedämpften Herrn, dem Musik allenfalls als Hintergrundgeplätscher tolerabel und schon das Geigenspiel der eignen Frau zu indezent erschienen? Als er wieder normal ein- und ausatmen konnte, bemerkte er die bunten Halsketten der Trommler, blauweiße, rotweiße, rotschwarze, gelbgoldne, entdeckte sie auch an den Tänzern: vier barfüßigen Männern mit nackten Oberkörpern und Macheten, um sich damit gegen die Brust zu schlagen oder so zu tun, als schnitten sie sich kreuzweis ins Fleisch; vier barfüßigen Frauen mit nackten Bäuchen und bunten Kopftüchern, eine davon hochschwanger – schließlich wippten sie um einen Topf voller Knochen, bissen in die Ecken eines Tisches, um ihn hochzuheben. Dann mußten die Touristen mittanzen, tapsig verschämt, um gleich anschließend Touristendollars zu spenden, glücklich, dem Tanz wieder entronnen zu sein.

Erst jetzt,
als eine Dolmetscherin den nächsten Programmpunkt erklärte, auf deutsch erklärte – es würden irgendwelche Tote oder Götter angerufen werden, für einen wie Broschkus also von vornherein

nichts als Humbug –, erst jetzt fiel sein Blick auf das Bündel, das von der Decke hing, und die Installation dahinter, die fast die gesamte Rückwand einnahm: Auf der obersten Stufe Plastik- oder Holztauben, treppab ein Sammelsurium verschieden großer Marienstatuen, mit Zweigen dekoriert, parterre schließlich eine Schüssel mit dem qualmenden Zigarrenstumpen des vierten Trommlers. Schon trug man wieder den Tisch herein, umdekoriert zum Altar mittels Kerze und einiger Heiligenminiaturen im Schüttelglas (doch ohne Schnee), schon winkte man die Zuschauer herbei. Im Nähertreten geriet Broschkus auf etwas Weiches, bei näherer Betrachtung war's eine Taube, die mit zusammengeschnürten Flügeln am Boden lag.

Einer der Trommler,
ein ausgezehrter älterer Mensch, mißgelaunt Unverständliches murmelnd, entpuppte sich als Priester oder jedenfalls als dessen Darsteller. Reihum versprenkelte er ein puffartig riechendes Duftwasser, *7 potencias Africanas* laut Flaschenetikett, woraufhin man ihm zur Eingangstür des Saales folgen mußte. Dort, mißgelaunt Unverständliches murmelnd, murkelte er an ein paar Kokosschalen herum, warf sie zu Boden, hob sie auf, warf erneut, griff zur Rumflasche – aber nicht etwa um zu trinken, sondern um den Rum gleich wieder auszuprusten, in die Ecke neben der Tür, wo noch heiliger Ramsch von der letzten Vorführung herumstand.

Als er die Tür öffnete und einen zweiten Schluck Rum ins Freie prustete, dorthin, wo sich einige Kinder zusammengeschart hatten, die jetzt so taten, als stoben sie erschrocken auseinander, rümpfte Broschkus die Nase; und als der Mensch anhob, jedem ein Kreidekreuz auf die Stirn zu zeichnen, zog er so vernehmlich die Augenbrauen hoch, daß ihn die Dolmetscherin mit einem bösen Blick bedachte.

Schon ging's zurück zum Tisch, es gab einen weiteren Spritzer Puffwasser in die hohle Hand, zwecks Selbstbetüpfelung.

Woraufhin der Mensch tatsächlich anfing, am Zigarrenstumpen saugend, Unverständliches brabbelnd, seine Mittrommler büschelweis mit Zweigen abzufegen: vom Kopf über Brust und Arme beinabwärts, zwischendurch so heftig damit auf den Boden schlagend, daß die Blätter absprangen. Das war nun wirklich Mumpitz, entschied Broschkus; als man Freiwillige aus dem Publikum suchte, strebte er mit einem halblauten »Hokuspokus Fidibus!« an der Dolmetscherin vorbei, dem Ausgang zu.

Was dem amtierenden Priesterdarsteller freilich nicht gefiel – und den *santos* erst recht nicht, wie er ihm in klarem Spanisch hinterherschimpfte: Wenn man sie rufe, dann aber sich selbst überlasse, die *santos*, könnten sie auf dumme Gedanken kommen.

Sollten sie doch!

Am Ende dieses zweiten Tages in der Casa el Tivolí,
8. August, hatte Broschkus begriffen, daß er sich zwar erfolgreich eingemietet, damit allerdings noch lange nicht das Recht erworben hatte, hier auch in Ruhe zu wohnen – ohne einen Vertrauten würde man sich bald heillos verstrickt haben. Und trotzdem! beflüsterte er sich, umwoben vom nächtlichen Schleier aus Radioschnulzen, Nachrichtenhymnen, dumpfen Russenhupen der Lkws, Son-Trompeten aus der »Casona«: Hier war er richtig, kaum hundert Meter vom Ort des Geschehens entfernt. Er konnte's spüren, ja, er konnte es –

aber es,
es spürte ihn nicht minder, fühlte nach ihm, faßte nach ihm, daß ihm der Schweiß ausbrach – diesmal hatte er auch die Fensterbretter zum Garten verschlossen –, daß ihm die Tagesreste zu dumpfen Bildern zerflossen, zu dunklen Flecken schließlich, die aus einem leuchtend grünen Auge heraus und über eine lange Zunge hinweg auf ihn zuwuchsen, zu einer Frau zusammenschmelzend, barfüßig bis zum Hals, ein verwachsner Körper mit

silbernen Krallen. Während sie ihn noch in ihrer schaurigen Nacktheit anlächelte, zerriß sie ihm schon Hemd und Haut, ganz Leopardentier nun; als sie sich lächelnd herabbeugte und in seinen Hals verbiß, hätte er gern aufgeschrien, er fühlte das Blut aus sich herausfließen und – erwachte, schweißüberströmt, suchte ein frisches T-Shirt, ärgerte sich. Waren seine Träume früher auch so kitschig gewesen? Wie laut die Wanduhr vom Salon herübertickte!

Als er die Jalousettenbretter jetzt doch aufklappte und gleich ein kühlender Luftzug hereinstrich, hörte er's draußen rascheln, kurz drauf Feliberto, der sich umständlich durchs Fenster drückte und aufs Bett herabplumpsen ließ. Broschkus verscheuchte ihn umgehend, der leere MINSK 16 rumpelte. Wenige Atemzüge später lag eine Stille über der Stadt, wie sie tiefer und unwirklicher nicht hätte sein können.

Erst gegen Morgen träumte Broschkus erneut,
träumte vom Blutfluß, in dem Macheten steckten, und jemand, der sein Gesicht vor ihm verbarg, schlug mit einem Hufeisen riesige Nägel in die Wellen, ein beständiges Ping-Ping-Ping-Ping: Als man davon endlich erwachte, war's Papito, der im Hof, Oberkörper frei, auf ein verrostetes Blechgestell einhämmerte. Daraus werde er einen Imbißwagen bauen, versicherte er, belegte Brötchen werde er verkaufen, das Haushaltsgeld aufbessern, man müsse kämpfen. Rosalia hockte, Wäsche waschend, kaum daß man sie im Schatten erkannte; Broschkus kniff die Augen zusammen und versprach Seife. Nebenan, bei Lockenwicklers, lief der Fernseher, in Farbe und voller Lautstärke.

Leider behielt Señor Prudencio Cabrera Ocampo diesmal
fünf Peso ein, angeblich weil Broschkus heut sein erster Kunde sei und noch kein Wechselgeld zur Hand. Statt dessen in der Tat ein Ei; obwohl der Alte folglich Tortilla-Brötchen servieren konnte – die Fliegen krochen so zahlreich übern Tresen, daß er

den russischen Ventilator einschaltete und sie einfach wegfegte, dabei fiel die Pappanzeigetafel in sich zusammen –, schied er als Vertrauter aus: Schnorrt also doch! saß Broschkus auf dem Sofagestell, kauend: Schnorrt doch! Womit nichts andres übrigblieb, als erst mal alleine weiterzusuchen, *poco a poco*.

Bereits nach wenigen Tagen stöhnte Broschkus, kreuz und quer durch den Tivolí streifend, dabei sollte's noch fast drei Wochen dauern, bis er den entscheidenden Schritt würde tun können. Und kaum daß er ihn getan, sollte ihn Ocampo zu einem Gratisfrühstück einladen, schließlich habe sein Bruder fünf Peso bei ihm gut, ob er sich nicht erinnre? Oh, Broschkus würde sich erinnern.

Schon auf der Galle Rabí

begannen für einen wie ihn die Probleme – ganz abgesehen von denen, die ihm seine unmittelbaren Nachbarn bereiteten, sei's durch ihr anhaltendes Interesse, sei's durch ihre offensive Hilfsbereitschaft, ihr tägliches Wie-geht's-Doktor, ihr Kein-Problem-wir-kümmern-uns-drum, anstatt ihn einfach in Ruhe und seiner Wege ziehen zu lassen.

Ach Papito. Als Gelegenheitsnachtwächter verschlief er manch einen Vormittag, um an andern desto früher aufs Blech zu schlagen; wenn er's nicht tat, empfing er gemeinsam mit Ulysses Gäste, die nur zum Teil in die gute Stube paßten, und ob sie im Zahnarztstuhl saßen und sich die Haare schneiden ließen oder ob sie halbherzig in verschieden prallen Plastiktaschen herumwühlten, stets lärmten sie erheblich. Wie konnte man sich bereits um diese Uhrzeit erregen, ja handgreiflich werden? Kam Broschkus dann die Treppe herab, so erscholl – mochte eben auch noch erhitzt debattiert worden sein – ein vielkehliges Hallo-der-Doktor-ist-schon-auf! samt anschließendem Gelächter: nicht unbedingt schadenfroh, insbesondre Papito lachte ihm eher gutmütig zu, kerlchenhaft wohlig. Aber es wäre schon mal ganz angenehm gewesen, die Wohnung ohne Kommentar zu verlassen.

Ach Rosalia. Sogar beim Wäschewaschen hielt sie eine Flasche in Reichweite, im Gegensatz zu ihrem Vater wurde sie im Verlauf des Trinkens freilich laut, stritt mit jedem diesseits wie jenseits der Hofmauer, am liebsten mit ihrem Mann. Und verstellte Broschkus den Weg, wenn er vom Frühstücken zurückkam – »*¿Cafecito, amor?*« –, um von akuten Seifen-, Olivenöl-, Wasser- und Deo-Notständen zu berichten.

Des weitern gab's natürlich Flor, die ihre Feindschaft offen zur Schau trug, gab's Mercedes, die ihm manchmal einen grünen Blick zuwarf, der eigentlich braun war. Wobei sie ihm im Vorbeigehen ungeniert an die Hüfte faßte oder sich selbst an einen ihrer zimtbraunen Körperteile, ein tonloses Stöhnen in seine Richtung hauchend, das freilich schon in derselben Sekunde zum Gelächter eskalierte, so daß sich Broschkus vor Scham immer schnell verdrückte und ein gespielt empörtes Ich-gefall-dir-also-nicht? nachrufen ließ, ein mitleidig leiseres Was-für-ein-trauriges-Leben! Wie lang das wohl noch gutgehen mochte? Broschkus befürchtete, daß sie ihm eines Tages kurz entschlossen folgen würde, treppauf – die Falsche. Die Mutter eines Esels, den keiner je erwähnte, für den's noch nicht mal einen Namen zu geben schien. Mitunter schrie er arg, aber man gewöhnte sich dran, sein jämmerliches Klagen fiel bald unter Geräuschkulisse.

Mercedes jedoch, statt entschlossen treppauf zu streben, war von einem Tag zum andern verreist, wie ihr Vater mitteilte, während er ein Motorrad, Teil für Teil, mit Benzin wusch: verreist, um Verwandtschaftsbesuche abzustatten. Das hätte auch nicht gerade sein müssen.

Schon auf der Calle Rabí
begannen freilich ganz andre Probleme: Schwitzflecke, die sich nach wenigen Schritten ausbreiteten, in Sekundenschnelle das gesamte Hemd durchtränkend, wie peinlich Broschkus' Bauchansatz dann zu sehen war! So jedenfalls würde er ihr nicht vor

die Augen treten dürfen, ihr, der er Tag für Tag entgegenstrebte, stets weitere Kreise um seine Behausung ziehend, irgendwo mußte sie ja aufzustöbern sein.

Noch immer ging Broschkus viel zu schnell, atmete zu schnell, blickte zu schnell, um in dieser Stadt mit Würde zu bestehen. Wie fließend, wie anstrengungslos rund dagegen die Bewegungen der Passanten, die Harmonie ihrer Gesten, ein beständiges Auf und Ab aller Hände, wenn sie miteinander sprachen! Während einer wie Broschkus bestenfalls mit dem Mund zu sprechen und mit den Beinen zu gehen wußte, bemüht, nicht aus dem Takt zu geraten, weiter!

Doch wohin? Wenn er wenigstens Ernesto an seiner Seite gehabt hätte, der hätte vielleicht gewußt, wohin.

Schnurgerade hügelan liefen die meisten Straßen
hügelab, gesäumt von verfallenden Pracht- und erbärmlich zusammengeziegelten Kleinbauten, sogar ohne Stadtplan einigermaßen zielstrebig zu durchschreiten. Im Rinnstein faulte der Abfall, oft stank's nach Scheiße, öfter noch lag sie offen herum. Auf den Dächern Wäscheleinen, Wassertonnen, Antennen, wohl auch jede Menge Dachschweinverschläge, vor sich hin rottende Materiallager.

Die fliegenden Händler, die Broschkus entgegenkamen und selbstgebackne Plätzchen anpriesen, lange weiße Brote, winzige Paprikaschoten, die Rum- und Bierkistentransporteure, die ihre Holzwägelchen durch die Straßen stemmten und dabei deren kleine Metallräder so durchdringend zum Scheppern brachten: sie alle hatten zu tun, waren trotz ihres Geschreis am harmlosesten. Am Straßenrand dagegen lungerten Halbstarke, auf niemand wartend auf nichts, allenfalls einander die Pickel ausdrückend, einander kleine Tiere von der Kopfhaut zupfend, mit Glasmurmeln nach andern Glasmurmeln werfend.

Einer, der gerade rostige Nägel geradeklopfte, brachte's fertig, beim Anblick von Broschkus alles stehen- und liegenzulassen, um ihm die Hand zu schütteln, sie nicht eher loszulassen, »Welcome in Cuba, welcome!«, bis ihm Broschkus in stummer Wut einen Geldschein zugesteckt hatte.

Und erst die Frauen.
Eine griff ihm, siegessicher aus dem Innersten ihrer Lenden heraus die Schritte an ihm vorbeisetzend, griff Broschkus direkt ans Gemächt. Was so überraschend heftig schmerzte, daß ihm etwas Deutliches entfuhr.

Das war schon mal nicht schlecht, das war sogar ziemlich gut gewesen, jedenfalls erntete er dafür nur großes Schweigen rundum, keiner zischelte oder lachte.

Gleich an der ersten Kreuzung Richtung Innenstadt
die beiden Läden übereck, stets leer bis auf ein paar Säcke Mehl und Bohnen, davor, im Schatten der Hauswand, die Dominospieler: ausschließlich Männer, ausschließlich alte Männer – denen vertraute Broschkus noch am ehesten. Als ob in graumelierten Kräuselköpfen etwas andres über ihn gedacht würde als in den kahlgeschorenen der kleinen Jungs, die mit Kronenkorken Baseball spielten und dabei trotzdem Zeit fanden, ihm Unverständliches zuzurufen.

Dagegen die Männer, die alten Männer. Normalerweise, so belehrten sie ihn mehr oder weniger alle gleichzeitig, normalerweise sei Ernesto mit von der Partie, keine Frage; derzeit jedoch habe er Angelegenheiten zu regeln. Einmal, vielleicht weil der »Balcón«-Kaffee an diesem Morgen annähernd heiß, vielleicht weil der »Casona«-Rum am Vorabend annähernd süffig gewesen, einmal verkündete Broschkus zur Überraschung der Alten, er wisse schon, wo Ernesto so lange stecke: im Gefängnis! Was man als ziemlich gelungnen Witz feierte, jeder wollte ihm auf die flache Hand klatschen, schließlich sei Ernesto bis zu seiner Pensionierung Polizist gewesen, haha. Sei Fahrer bei der Polizei gewesen, präzisierte einer; dann spuckte er Broschkus so direkt vor die Füße, daß ihn der endlich wiedererkannte.

Auch ohne seinen gelbgrünen Zaubermantel.

Den merk' ich mir lieber, entfuhr's Broschkus im betont lässigen Davonschlendern: Der ist bestimmt nicht nur Hokuspokusmeister von nebenan.

So ging er dahin,
Herr Broder Broschkus, bergab, zur Trocha, einer ungewöhnlich breiten Straße, die den Tivolí im Süden begrenzte. An ihrem östlichen Ende, dort, wo die Ausfallstraße zum Flughafen kreuzte und steil dahinter gleich der nächste Hügel anhob, der Chicharrones-Hügel, verkaufte man aus einem Fenster heraus – *batido!* Er schmeckte kaum halb so gut wie in der Erinnerung, doch so kalt war er.

Anschließend! begann zwar erst mal eine staubige Ödnis, nach gut hundert Metern jedoch der volle Trubel, man bot Altkleider und Armaturen an, Gewinde, Schrauben, fein säuberlich nebeneinander auf Matten gebreitet, man zerlegte Einwegfeuerzeuge, um sie mit einer schweflig stinkenden Gasmischung neu zu befüllen, Schuhputzer warteten auf die wenigen Reichen, die's in dieser Stadt gab, direkt vom Pferdekarren herunter verhökerte man eine Art Riesenkartoffeln. Dazwischen immer wieder ein offner Tresen, an dem ausschließlich Bier ausgeschenkt, ein Ofen, in dem Tropfpizza bereitet wurde; dann die Freiluftfriseure und einer mit Nähmaschine, der Schuhe flickte, ein Schneiderschuster. Während sich Broschkus Eis aus einem Dieselaggregat zapfen ließ – der Verkäufer gab ihm auf seine Pesomünze sogar noch irgend etwas Geldhaftes heraus! –, bestieg am Straßenkiosk daneben ein kleiner weißer Hund eine kleine weiße Hündin, die ungerührt geradeaus blickte. Wohingegen die beiden Besitzer, jeder sein Bier aus großen graubraunen Plastikhumpen trinkend, ihre Tiere mit Zurufen ermunterten.

Erst als alle vier fertig waren und Broschkus den Blick wieder lösen konnte, sah er sie, sah sie zum ersten Mal auch hier: Schweine.

Diesmal allerdings keine prallschwarzen,
auch keine toten, im Gegenteil, sah quicklebendige kleine Ferkel, eng an eng in die üblichen Holzwägelchen gepfercht. Wenn ein Passant durch bloßes Stehenbleiben, ach, durch bloßes Hinsehen Interesse bekundete, zog man flugs das erstbeste weißborstig behaarte oder glänzendgrau unbehaarte Tier, zog's an einem Hinterlauf recht ruppig nach oben. Was ein erhebliches Gequieke erzeugte, die Tiere schlenkerten mit aller Kraft ihrer kleinen Körper gegen die mißliche Situation an; gerade präsentierte man ein eher häßlich graues mit rosa Rüsselspitze, sieben Dollar sollte's kosten. Noch ehe sich der Kunde zu einem Gegenangebot hatte bewegen lassen, mischten sich, herbeieilend, die benachbarten Händler ein, jeder ein eignes Ferkel am gestreckten Arm, und machten das kleine graue mit der rosa Rüsselspitze schlecht. Innerhalb von Sekunden beschimpften sich sämtliche Unbeteiligten, der davonschlendernde Kunde war ihnen egal.

Ein, zwei Meter weiter wurden Schlegel und Innereien feilgeboten, einzelne besonders prächtige Fettstücke lagen auf dem Bürgersteig, leuchtend weiß auf zurechtgerißnen Pappstreifen. Der dazugehörige Schweinskopf war bereits verkauft, Broschkus nahm sich fest vor, bei nächster Gelegenheit wieder zum Markt zu gehen.

Aber noch heftiger als zur Schweinskopfverkäuferin
zog's ihn zum Wassertank, der so leuchtend rot zu sehen auf dem gegenüberliegenden Hügelkamm, zog ihn nach Chicharrones, ins verbotne Viertel. Broschkus bildete sich ein, daß davon all seine weiteren Schritte abhingen – denn natürlich spazierte er hier nicht einfach herum, als sei er nur ein besonders eifriger

Tourist, nein! Broschkus ging planmäßig vor, nichts überstürzend, keinen in seine Suche einweihend, von einer inneren Erregung durchzittert, die er an sich gar nicht kannte, in jedem halbdunklen Hauseingang blitzte ihm die Welt für Sekundenbruchteile honigbraun auf. Oh, Broschkus fragte zwar nicht mehr, doch an Antworten gab's deshalb keinen Mangel.

Der Wassertank! Dorthin wollte, dorthin mußte er, trotz seiner Angst vor Plötzlichkeiten: In diesem am Hang hängenden Wellblechviertel verliefen die Gassen krummer, mündeten in Trampelpfaden oder ausgetrockneten Bachbetten, vor stinkenden Abwassertümpeln, hier gab's schlagartig nicht mal mehr Baracken, nur lauernd grüne Stille, aus der vereinzelt Bananenstauden emporfächerten, und Broschkus verlief sich regelmäßig mit. Gerade eben hatte er nicht mal mehr einen der Limonengreise gesehen, wie sie neben ihrer gelbgrün gehäuften Ware am Wegesrand kauerten, schon geriet er in eine entgegenrasende Horde.

Ein vorbeiflatternder Zitronenfalter, mitten in der Stadt.

Geriet in einen Pulk fluchender,
schreiender, stöhnender Männer, von allen Dächern kläfften aufgeregt die Hunde, einige Kinder zwängten sich zwischen den Beinen der Erwachsnen durch, sobald diese vorübergehend zum Stillstand gekommen: Ob alt, ob jung, starrte man gebannt auf zwei magere Hunde, die, ineinander verbissen, am Boden sich wälzten, ein kleiner weißer und ein größerer gelber. Überraschend resolut drängte sich Broschkus ganz nach vorn, wollte aus nächster Nähe sehen, wie die beiden Kämpfenden dalagen, heftig atmend darauf wartend, daß der andre starb. Das dauerte den Zuschauern zu lange, man brach ihnen mit Stöcken die Mäuler auf, während man sie gleichzeitig an den Hinterpfoten auseinanderzerrte, auf daß sie wütend kläffen, erneut gegeneinander anrennen, zuschnappen und sofort umfallen konnten.

Daß es hier um Leben und Tod und Geld ging, erfaßte

Broschkus auch ohne ausdrückliche Erklärung, am liebsten hätte er selbst gleich ein paar Dollars gesetzt, so sehr fieberte er, der erklärte Pazifist und Gegner von Tierversuchen, fieberte dem finalen Biß entgegen. Die Zuschauer, je nach Wetteinsatz, feuerten zur Hälfte den weißen Hund an, zur Hälfte den gelben, der tatsächlich drauf und dran war, zu gewinnen, jedenfalls hatte er seinen Kontrahenten schon wieder am Hinterlauf erwischt, biß sogar noch ein wenig nach, daß sich das Fell schmutzigrot einfärbte – ja, das wollte man sehen, das wollte man spüren: Blut, mehr Blut, *¡cojones!*

Wohingegen der weiße nur dalag mit bebenden Flanken und nach Luft rang.

Eine halbe Stunde bereits währe der Kampf,
erfuhr Broschkus, der Rest sei eine Sache von Minuten. Im Liegestütz über die stumm ineinander verbißnen Tiere gebeugt, flüsterten deren Besitzer auf sie ein, lobten, ermunterten, schnalzten ihnen ins Ohr, spuckten sie an; Helfer fächelten ihnen mit T-Shirts Luft zu: den Hunden, nicht den Menschen.

Kaum regte sich einer der beiden, um eine neue, wirkungsvollere Bißstelle zu suchen, gerieten die umstehenden Männer in Freude oder Panik, schließlich zerrte man sie wieder auseinander, die Hunde, ließ sie wieder aufeinander zurennen und umfallen, anscheinend fehlte ihnen schon die Kraft, um auf den Beinen zu bleiben. Und dann – stand der gelbe Hund nicht mehr auf, wie hatte das passieren können, Tod durch Erschöpfung, die Hälfte der Zuschauer konnte's nicht fassen: Ausgerechnet er, der bereits fünf Gegner totgebissen und auch in diesem Kampf seine Überlegenheit gezeigt hatte.

Was denn mit dem Verlierer passiere, wollte Broschkus fragen, während in großer Eile um ihn herum Banknotenbündel hin- und hergereicht wurden, aber da sah er, wie ihn sein wütender Besitzer aus dem Staub klaubte und den andern Hunden, die sich am Wegesrand zusammengefunden, zum Fraß vorwarf.

Als Broschkus nach Hause kam,
kurz bevor die Hitze zu flimmern anhob und selbst die Einheimischen für zwei, drei Stunden in ihre Trostlosigkeit zurücktrieb, zum konzentrierten Nichtstun bei laufenden Ventilatoren, da entdeckte Rosalia auf seiner Hose einen Blutfleck, schüttelte mißbilligend den Kopf. Fortan wusch sie seine Wäsche.

Wie jeden Tag begab sich Broschkus, diesmal jedoch auf besondre Weise erregt, ins Gemach, um vom Bett aus in die Stadt hinauszulauschen: Das Schwirren der Luft schwoll ihm heut an zum Brausen, als hätte sich im Garten nebenan ein Vogelschwarm niedergelassen.

Von dieser Seite der Welt hörte man ansonsten,
abgesehen vom Hund, der, durch Katzen aufgeschreckt, minutenlang bellen konnte, hörte höchstens mal Hühner gurren – ein Ort äußerster Verschwiegenheit. Wohingegen aus dem Areal der Lockenwickler nahezu ununterbrochen Musik schallte, sie mußten eine verteufelt gute Anlage besitzen. Nachmittags, wenn sich die Jungs zum Kiffen trafen, spielte man Hiphop, ansonsten die immergleichen Schnulzen; nichtsdestoweniger führte man fortwährend Grundsatzdiskussionen, bei denen viel gebrüllt, gelacht und gegen die Musik angeschrien wurde.

Bald wußte Broschkus die Stimmen von nebenan zu unterscheiden; die ersten Worte, die er aus dem Krach klar heraushörte, einfach deshalb, weil sie am häufigsten fielen, waren *»agua«*, *»mentira«* und *»pinga«*. Was in gewisser Weise bereits die kürzestmögliche Zusammenfassung hiesigen Lebens war – alles drehte sich ums Wasser, bei solch hemmungslos damit hantierenden Nachbarn wie den Lockenwicklern wurde's meist vor der Zeit knapp und mußte bis zur nächsten nächtlichen Lieferung andernorts erschnorrt oder gestohlen werden; alles drehte sich aber auch darum, den andern mit erfundnen Aufschneidergeschichten zu imponieren oder sie irgendwelcher Vergehen zu beschuldigen, so daß man als Zuhörer ständig mit Abstreiten –

»¡mentira!« – oder Bekundung anhaltenden Argwohns beschäftigt war; und schließlich *»pinga«*, weil – aber das erklärte man Broschkus erst viel später –, weil die Ausdrucksweise hier reich an Obszönitäten und *»¡pinga!«* davon die gängigste war.

Broschkus' Erschöpfung war in diesen Stunden grenzenlos,
dazu kam ein Verzagen, das er ebensowenig an sich kannte wie den Drang zur Schweinskopfbetrachtung, die Gier nach Hundeblut, kam eine Wehmut, die er fast als Heimweh bezeichnet hatte, fast. Selten suchte er dann, sich mit dem wahllosen Erlernen von Vokabeln aus dem Taschenlexikon bei Laune zu halten; meist lag er und sehnte sich nach der Geborgenheit seines frühern Lebens, nach dem, was er jahrelang gar nicht mehr gespürt hatte und jetzt um so mehr. Ja, seine Ehe war weißgott keine gute mehr gewesen, immerhin jedoch eine, in der's ein paar gemeinsame Gewohnheiten gegeben hatte, kleine Vertrautheiten – was hatte Broschkus drum gegeben, wenn er nur einmal wieder neben Krishna hätte sitzen können, beim sonntäglichen Fünf-Uhr-Tee, erklärungslos geradeaus blickend. Hatte er vielleicht einen Fehler gemacht?

Natürlich nicht,
und Schuldgefühle hatte er erst recht keine. Einzig die Hitze war's und die hohe Luftfeuchtigkeit, die ihm die Gedanken verwirrten – obwohl die Fensterbretter Richtung Süden hochgeklappt blieben, war seine Behausung spätestens um eins ein Glutofen, gewiß herrschten darinnen an die vierzig Grad. Wie allein er hier war!

Wenn Broschkus unterm ungleichmäßigen Geschramme des Ventilators endlich eindämmerte und nur aus dem Schlaf hochzuckte, weil er bei der Konjugation eines irregulären Verbs ins Stocken geraten oder weil ihm ein Schweißtropfen so schwer und schnell am Brustkorb hinabgelaufen war wie eine Kakerlake: auch dann war er nicht etwa am Verzagen und Verzögern, sondern, im Gegenteil, war dabei, sich zu sammeln, nicht wahr, sich einzustimmen auf das, was ihn vielleicht schon am Abend in der »Casona«, am darauffolgenden Morgen im »Balcón« oder sonstwo erwarten würde.

Dabei war er doch reif,
wenn er sich in diesen Mittagsstunden aufstützte auf sein Kissen und im gegenüberliegenden Spiegel betrachtete, war überreif für sein Verderben, selbst an den Ohren hatte er sich einen Sonnenbrand zugezogen, ungebührlich häßlich. Und erst die Augen! Broschkus erschrak, als er die Müdigkeit darin entdeckte, wo er zeitlebens versucht hatte, jede aufkeimende Schwäche durch Selbstmaßregelung zu bändigen. All das, was er so tief wie möglich in sich verborgen gehalten, nun schien's auf bestürzend unschöne Weise nach außen zu dringen; wenn er weiterhin so rasant sich als das entpuppte, was er schon immer gewesen, würde er in wenigen Wochen als Waschlappen gelten, als einer, der außer Dollars nichts zu bieten hatte. Wohingegen die Männer, die ihm auf der Straße entgegenkamen, diesen Blick hatten, der sofort klarmachte, daß sie im Handumdrehen würden töten können.

Im Spätnachmittagsdämmer erwachte er wieder,
wenn die Häuser sich auftaten und das Leben erneut hinausfuhr in die brütende Stadt, so ab vier, stieg auf die Dachterrasse und – wie versöhnlich das Licht jetzt war, wie warm die Farben hervortraten, wie mild ein Wind Richtung Bucht strich! Eine Stunde später der Weichspüler des heraufdämmernden Abends, gegen halb sechs flammten spärlich die Straßenlampen auf, die Dachschweine schrien nach ihren Fütterern, die Eltern nach Kindern, der Geruch von Knoblauch und Bratfisch hing in der Luft.

Als habe er niemals Angelegenheiten zu regeln gehabt,
saß eines Tages Ernesto wieder am Straßenrand, Sonntag, 25. August, beinah wäre Broschkus an ihm vorbeigetrottet. Denn Ernesto saß nicht etwa bei den Dominospielern, auf ortsunkundige Touristen wartend, sondern am Absatz der Treppe, die zum Tivolí hochführte: Wenn man von der Endstation der Pferdedroschken kam und auf kürzestem Weg zum »Balcón« wollte, ging man durch eine ziemlich menschenleere Sackgasse, ab deren Ende dann über die Treppe, durch eine üppig mit Strauchgewächsen überzogene Müllhalde. Halbhoch neben dem untern Treppenabsatz ragte ein Gemäuer, auf dem rätselhafte kleine Gegenstände standen, Broschkus begriff davon einzig die Marienfigürchen, wie er sie mittlerweile in manchen Ecken und Winkeln der Stadt wußte. Wo man sie zwischen Alteisen und schlecht gegoßnen Bleihähnen zum Kauf anbot, katholischer und wahrscheinlich auch *Sinte-*, wie-hieß-er-doch-gleich, *Sintoria*-Mumpitz.

Ebendort saß Ernesto, im Schatten des Gemäuers, eine dunkle Gestalt im Dunklen, nur an seinem Schirm zu identifizieren. Broschkus war so sehr in Gedanken versunken, daß er regelrecht zusammenfuhr, wie er den Zigarrenmacher in ihm erkannte – im ersten Erschrecken hatte er ihn für den Einbeinigen gehalten.

Dabei war der Tag nach einem verpatzten Frühstück –
nun hatte auch der »Balcón«-Imbiß geschlossen – zunächst planmäßig weitergegangen, mit Schweinskopfbetrachtung. Allerdings bei verminderter Faszination, als ob man sich an den grinsend schwarzen Schlund schon gewöhnt hatte, als ob man dem Grauen, das darin zu spüren, eine Vertrautheit entgegenbrachte, eine Gelassenheit, die – aber das war vielleicht doch ein wenig übertrieben.

Mit dem Schlangestehen vor der Bank hatte sich Broschkus längst abgefunden, es gab in der ganzen Stadt ja nur diese eine offizielle Möglichkeit, Dollars zu tauschen. Als es mit den Vordränglern zu arg wurde, ging er versuchsweise auf das Angebot eines Sonnenbrillenträgers ein, schwarz zu tauschen. Wider Erwarten klappte alles, der Wechselkurs war der gleiche wie in der Bank, die Anzahl der Scheine auch nach Verschwinden des Mannes korrekt. Was das nun wieder heißen mochte?

»*¡Seguro que volverán!*« entzifferte Broschkus im Heimgehen eine der Wandparolen, er verstand sie sogar ohne Lexikon: »Die kommen zurück, das ist sicher!« erklärte er sich halblaut und war mit einem Mal recht aufgeräumt, es ging voran. Da der Treppenaufgang zur Kathedrale menschenleer war, wer weiß, welchen Touristenbus die Bettler gerade belagerten, beschloß er kurzerhand, seinen knurrenden Magen zu ignorieren.

Die Kathedrale verfügte über einige
himmelblau ausgemalte Nischen für Heiligenfiguren, in denen die weißen Wölkchen nicht vergessen waren, erwies sich ansonsten als recht düster; anstelle der Altarwand gab's ein Chorgestühl, hoch oben ein Kreuz. Das einzige, das Broschkus wirklich interessiert hätte, der Raum rechts neben der Apsis, in dem geschnitzte Stühle und Kunstwerke herumstanden, war durch eine schmiedeeiserne Gitterwand verschlossen. Während er versuchsweis die Klinke der Gittertür druckte, eilte einer herbei, sie für ihn aufzusperren, bitte – *señor*, man bereite eine kleine Ausstellung der Kirchenschätze vor, aber er dürfe schon mal, vielen-Dank – *señor*.

Der Küster oder Wärter oder was-auch-immer-er-sein-mochte verschwand so schnell, wie er aufgetaucht, wahrscheinlich würde der echte Küster gleich auf den Plan treten, der echte Wärter. Das Gitter blieb offen, Broschkus fand sich zwischen Kolonialmöbeln, dunklen Gemälden, zum Teil renoviert, überall lag Werkzeug herum, standen leere Eimer. Kleine grüne Fliegen gab's merkwürdigerweise auch. Das letzte, das Broschkus nach ein paar Minuten rapide anwachsenden Desinteresses noch reizte, war ein Blick hinters Bettlaken, das ganz offensichtlich vor einer Tür hing, eine Art Staubfang gewiß – kaum hatte er's zur Seite gezogen, war's keine Tür, sondern eine bloße Maueröffnung: Nach Verfaulendem roch's, nach scharfem Alkohol roch's und altem ausgeschwitzten Parfum, ein feiner Faden Urin zog sich, scharf und präzis, eine Treppe hinunter, die ins Dämmrige führte, unters Chorgestühl. Schon trieb's Broschkus, das Blut schlug ihm laut durch den Hals, trieb ihn hinab.

Kaum hatte das Abenteuer begonnen,
war's auch schon wieder zu Ende: Die Treppe, leicht gewendelt, mündete nach zehn, zwölf Stufen in einem winzigen Raum, durch ein vergittertes Guckloch fiel ein Streifen Licht herein. An den Wänden überall Pfeile und Parolen, in weißer Kreideschrift, fast hätte sich Broschkus nun doch wieder sein Taschenlexikon aus der Hosentasche gezogen, darunter ein breiter Sokkel mit Plunder –
ein ausgestopftes kleines Krokodil,
ein ausgestopfter Habicht,
ein vergammeltes Stierhorn,
ein verkrusteter Topf, als habe man eine dunkle Tomatensoße darin bereitet, angefüllt mit Abfällen und Federn und Ästen, durchdringend stinkend,
daneben eine bunt bekleidete Puppe,
ein verrotteter Knochen,
eine Untertasse mit alten Ketten,
Hufeisen,
Schlüsseln …
Wahrscheinlich hatten sie hier alles Unbrauchbare aus ihrer Sammlung zusammengetragen, ein Trödellager, musealer Sperrmüll. Aber warum dieser Gestank? Warum so viele Fliegen?

Erneut fiel Broschkus' Blick auf die Wandparolen,
zwischen einer naiv mit Kreide gezeichneten Schlange, wahrscheinlich von Kinderhand, und einem großen Auge las er *»con Dios todo sin Dios nada«*, ach, man befand sich in einer Art geweihter Abstellkammer?

»Mit Gott alles ohne Gott nichts«, übersetzte er sich Wort für Wort, um nach einer Sekunde des aufrauschenden Unmuts klar und deutlich festzustellen: »Wieder dieser Touristennepp, dieser *Santo*-, dieser *Sintaria*-Kram.«

Mit Verachtung über das heilige Gerümpel blickend, »Simsalabim!«, entdeckte er im Unrat des Abfalltopfes einen halbverwesten Hühnerkopf; na, die hatten ja Nerven, daher der Gestank!

Wieso drehte er nicht ab
und ging erhobnen Hauptes heim? Wieso saugte er statt dessen in tiefen Zügen diesen überaus herben Gestank ein, der restliche Körper von einer Erstarrung ergriffen, einer Kälte, daß er – nach der Wand tasten mußte, nach dem Auge, sich daran abzustützen? Um ihn herum der Dämmer geriet in sanfte Schwingungen, in ein vibrierendes Summen: Staubflirren, unhörbar fern, so nah.

Wollte ihm schwindlig werden, oder wieso inhalierte er so heftig? Wollte er sich an dem ausgestopften Krokodil festhalten, oder weswegen griff er – dran vorbei, wie aus weiter Entfernung ertönte ein scharfes *»¡Sssss!«*: Einige Treppenstufen höher stand jemand, winkte silhouettenhaft mit schwarzer Hand, Broschkus löste sich aus seiner Beklemmung. Wahrscheinlich hatte man ihn schon eine Weile beobachtet, rief ihn zornig jetzt herauf, weg-da, sofort-weg-da, der Dollar habe nur fürs Parterre gegolten, nicht fürs Souterrain.

Fast wie ein Betrunkner tappte Broschkus die Treppe hoch,
dem Gitter entgegen, dem Hauptschiff, kein Wunder, daß man die Abfälle der kleinen Sammlung vor dem Blick des Besuchers verborgen wissen wollte.

»Heiliger Müll, was?« versuchte er einen Scherz, woraufhin der Wärter oder Küster oder wer immer kurz innehielt und auf die Kunstgegenstände zeigte, die nach Abschluß der Renovierungsarbeiten den Kirchenschatz darstellen würden: Das sei der Abfall, das.

Humor hatten sie hier, das mußte man ihnen lassen.

Vor lauter Licht
sah Broschkus draußen erst mal nichts als weißen Himmel, vor lauter frischer Luft wollte ihm übel werden, auf der Treppe taumelte er direkt in den Einbeinigen hinein.

Fast hätte er sich entschuldigt, fast.

Ob der auf ihn gewartet hatte?

Mit seinem gelben Gesicht.

Und seinen Augen, seinen maßlos großen glasigen Augapfelaugen, deren Blick man einfach nicht standhalten konnte: weil's im Grunde gar kein Blick war, sondern ein Flackern, ein verwirrtes Flackern vom hintern Ende der Augäpfel, wo etwas wie entfernt glimmende Grableuchten brannte – man mußte den Kopf senken.

Und sich freikaufen, für diesmal. Broschkus drückte dem Einbeinigen die wertlose Dreipesonote in die Hand, die er sich bei seinem »Casona«-Besuch für drei Dollar hatte andrehen lassen, erkennen konnte man mit solchen Augapfelaugen sowieso nichts.

Betont langsam ging er an den restlichen Bettlern vorbei,
die mit den Münzen in ihren abgeschnittnen Plastikflaschen rasselten, woher waren sie bloß so schnell gekommen? Ging zum Erdnußmann, der Einbeinige verfolgte ihn schweigend, als

habe er's gar nicht auf Dollars, sondern auf etwas andres abgesehen, Broschkus kaufte ein. Riß sofort ein erstes Tütchen auf – immerhin endlich ein Frühstück! –, und als ihm vor lauter Salz die Zunge anschwoll, die Innenseite des Tütchens aber nur was zur Geschichte des Römischen Reiches wußte *(»El sistema de la anexión es el más antiguo …«)*, beschwerte er sich über den Kerl, der ihm so ungeniert zum zweiten Mal nachgelaufen: Wer das überhaupt sei?

Der Erdnußmann sah an Broschkus vorbei, als habe er nichts gehört.

Na der mit den Krücken, der mit der schwarzen Halskette!

Oh, die Kette, blickte der Erdnußmann kurz auf: Die sei von einem Toten, darüber kein böses Wort!

In tiefer Selbstvergessenheit,
Stunde des großen Mittags, ging Broschkus bergab. Das Industrieviertel unterhalb der Markthalle wirkte noch verlaßner als sonst, plötzlich stand er auf der Alameda, nicht mal ein Pferdefuhrwerk, das an ihm vorbeirappelte.

Als er dann, am Fuß der Treppe hoch in den Tivolí, auf Ernesto stieß, erschrak er zunächst, im Wiedererkennen war er so erleichtert, daß er den Zigarrenmacher spontan zum Essen einlud, Papito sei ein vorzüglicher Koch, gleich für selbigen Abend.

Ob Ernesto denn seine Angelegenheiten erfolgreich geregelt habe? wollte er schon mal wissen, nicht ohne verwundert zu bemerken, wie sehr er sich über das Wiedersehen freute.

Welche Angelegenheiten, *sir?* fragte Ernesto höflich nach: Er sei doch gar nicht fort gewesen?

Im Zahnarztstuhl aus einem kräftigen Halbschlaf sich ermannend,
klagte der vorzügliche Koch ausführlich über seine gichtigen Gelenke, das komme von der Sauferei, die er als Seemann früher betrieben. Gestern habe er sein letztes Hemd verkauft, um dafür

ein paar Pillen auf dem Schwarzmarkt zu erstehen, das Leben sei ein Kampf. Hoffentlich habe man ihm nicht wieder Traubenzucker angedreht. Wobei er, beständig Feliberto streichelnd, der ihm auf dem Schoß lag, heute ein bißchen mehr nach Rum roch als nach Flugbenzin.

Broschkus versprach ihm eins seiner eignen Hemden: Wer so fein herausgeputzt sei, zeigte er auf Papitos zwei unterschiedliche Schuhe, der müsse auch ein passendes Hemd dazu haben.

Papitos Gesicht verwandelte sich in ein verschmitztes Strahlen, *»¡Ahora, doctor!«*, mit beiden Händen packte er Feliberto und fuhr sich, behende nach vorn sich beugend, fuhr sich mit dem Kater, der kurz aufschrie, in schnellem Hin und Her über die Schuhe, schon warf er ihn einfach über die Schulter, warf ihn weg.

Ja, jetzt hatte er's dem Doktor gezeigt, wie das ging – keine Schuhputzcreme und trotzdem immer frisch geputzte Schuhe haben –, zufrieden entschloß sich Papito, mit der Besorgung des Abendessens zu beginnen. Ob Schwarzer Fisch recht sei und Garnelen?

Zwei Portionen heute, bestätigte der Doktor, doch Papito hörte gar nicht mehr hin. Ohnehin stand er im Verdacht, ständig zwei Portionen zu kochen, wenn nicht drei oder vier.

Sobald sich Broschkus auf seiner Terrasse zeigte,
blieb das Leben auf den Dächern rundum ein paar Sekunden stehen – »Der Doktor ist da!« –, selbst die Erwachsnen sahen neugierig herüber, wie er sich einen der Stühle ans Geländer rückte, im Rücken den Wassertank, vor sich ein paar traurig dahinkümmernde Kakteen, mit denen Luisito die Casa el Tivolí mittlerweile verschönert hatte. So saß er dann bis zum Einbruch der Nacht, während ihm winzige Ameisen über die Füße rannten, inmitten kilometerweit sich dehnender Dachlandschaft: Dünn und grau stieg der Rauch aus manchen Höfen, dick und weiß der Qualm aus den Gebäuden, wo Kammerjäger den staat-

lich verordneten Kampf gegen Kakerlaken führten – die Bewohner warteten derweil auf der Straße. Wenn sie gewußt hätten, wie deutlich er sie alle sah, wie nah er ihnen war, wie sehr er sie spürte! Insbesondre eine von ihnen, die sich seinem Blick bald nicht mehr entziehen würde, eine Frau, deren Körper mit Flecken übersät war, mit Flecken, die schwarz auf ihn zuflogen und –

Ob er gerade eingenickt gewesen?

Mit ausgebreiteten Schwingen flogen schwarz die Geier, ein lautlos kreisendes Gleiten, knapp über den fest sich aneinanderpressenden Gebäuden.

Als gegen sechs die Dämmerung herabfiel mit ihren raschen Schleiern
und die Taubenschwärme über Broschkus' Kopf hinwegstrichen, wurde die Fernanwesenheit des Mädchens für ein paar Minuten noch gesteigert – oh ja, Broschkus war wach jetzt, hellwach. Verscheuchte Rosalia zum zweiten Mal, als sie das Essen auftragen wollte. Wann Ernesto wohl kommen würde?

Wie jeden Sonntagabend
schleppten die Jungs der Lockenwicklerbande ihre Anlage raus auf die Calle Rabí – Wladimir, Maikel, Mongo und wie sie alle hießen –, veranstalteten eine Straßenparty, die sich bis in Papitos Hof hineinzog: Broschkus' Behausung verwandelte sich in reinen Resonanzraum, auf der Dachterrasse dagegen war's auszuhalten.

Wie viele es waren, die drüben hausten, konnte man noch nicht mal schätzen. Durch unverputzt hochgezogne Ziegelwände und verschieden intensiv verrostete Bleche war ein verschachteltes System menschlicher und tierischer Behausungen entstanden, das womöglich auch jetzt noch weiterwuchs, sich talwärts in einem Gewirr an Bauten verlaufend, gut möglich, daß man über eine Reihe von Gängen und Höfen bis zur nächsten Querstraße gelangen konnte. Vor dem Haupthaus der Lokkenwicklerin, gleich jenseits der trennenden Mauer, wo einige alte Sofas und sogar eine Waschmaschine standen, war jedenfalls das Versammlungszentrum; dahinter der Müllberg, in dem meist eine wechselnde Anzahl Schweine und Kinder wühlte, letztere stets so lange, bis sie von älteren Geschwistern zurückgepfiffen und verschlagen wurden.

Sternenlos schwarz jetzt der Himmel, hellgraue Wolken vor der Gran Piedra, ein Grollen, kein Donnern. Seit Tagen, seit Wochen, seit Broschkus' Ankunft vor einem knappen Monat wartete die Stadt auf Regen. Ob ihn Ernesto vergessen hatte?

Erst als er sicher war,
daß der Zigarrenmacher keinen Wert auf eine warme Mahlzeit mit ihm legte, ließ er Rosalia servieren. Zufälligerweise schrie der Esel, und Broschkus fragte rundheraus, ob das wirklich der Sohn von –

Das sei kein Esel! fiel sie ihm ins Wort: Sondern ein uralter Hund von nebenan, der sei heiser, der klinge nur so.

Der sei doch noch ganz jung! widersprach Broschkus: Der erschrecke sich oft, obwohl noch nicht mal eine Katze in der Nähe sei, dann höre er gar nicht mehr auf mit dem Bellen.

Eben! nickte Rosalia: Der habe furchtbar Angst, wenn der alte Hund auftauche und nach ihm rufe. Zur Bestätigung hob sie den Zeigefinger, lauschte – kein Mucks aus dem Garten zu hören –, bückte sich zu Broschkus herab: »Nach uns ruft er natürlich auch«, flüsterte sie ihm ins Ohr, »aber wir können ihn ja nicht sehen!«

Wieder allein mit dem Schwarzen Fisch,
wußte Broschkus, daß es nebenan nicht geheuer war, daß dort nicht nur Hunde, sondern auch Tote ein und aus gingen und daß das manchmal wie das Gegluckse eines Huhns klang, manchmal wie das Geruckse einer Taube, ja wie ein Esel, der eigentlich ein

unsichtbarer – ach, der lachhaft, nichts als lachhaft war. Welch ein Aberglaube hier noch herrschte, selbst wenn das alles bloß Notlügen gewesen sein sollten, um von Mercedes und der Wahrheit abzulenken, es war nicht zu fassen.

Kaum aber war Rosalia fort,
kam in einem schlecht sitzenden schwarzen Anzug Ernesto, sogar die Krawatte fehlte nicht, kam und entschuldigte sich für seine Verspätung: Er habe noch etwas zu erledigen gehabt.

Gewiß! gestand ihm Broschkus hocherfreut zu, schon auf der Eisentreppe nach unten, die zweite Portion abzurufen. Trotz aller Vorbehalte, die Luisito angemeldet, hatte er sich längst entschieden, Ernesto ins Vertrauen zu ziehen; dieser zerbrechliche Zigarrenmacher war am ehesten in der Lage, ihn zu verstehen. Noch wenn er sich auf seinen Schirm stützte, hatte er mehr Stil, als ein Luisito auch nur ahnte – wahrscheinlich war er vor seiner Pensionierung im mittleren Management tätig gewesen?

Im Gegenteil, *sir,* winkte Ernesto ab, aber da saßen sie schon essend, trinkend: Er sei kaum zur Schule gegangen, habe in verschiednen Berufen gearbeitet, zuletzt als Fahrer. Der Führerschein sei ihm von Fidel spendiert worden, nach dem Sieg der Revolution, schließlich sei er von Anfang an dabeigewesen.

Als Kämpfer für –? Da habe er ja vielleicht Menschen erschossen?

Erschossen, erstochen, erschlagen, erwürgt habe er sie, wo immer er ihrer habhaft geworden!

»*¡Mentira!*« entfuhr's Broschkus; Ernesto setzte ein lapidares Lächeln auf, so daß man nicht zu entscheiden wußte, ob er tatsächlich gescherzt hatte oder nicht.

Daß man sich auf spanisch unterhalten würde,
war damit entschieden. Zuvor jedoch hatte Broschkus in Papitos guter Stube zur Kenntnis nehmen müssen, daß zwar alle beflis-

sen durcheinandersprangen, wenn er mit einem Mal unter sie fuhr, daß es trotzdem kein bißchen Schwarzen Fisch mehr für ihn gab, morgen würde er ein ernstes Wort mit Papito reden. Man versprach auf die Schnelle Bratbananen, Bratbananen an Reis.

Dazu einen *Ron Mulata* von der »Casona«, drohte Broschkus, und zwar *gratis*.

Aber braunen Rum durfte Ernesto gar nicht trinken,
oh, er habe Verbote zu beachten, auch Fisch dürfe er keinen essen, weil er eine besondre Verbindung zu –? Schon wieder eins dieser Hokuspokuswörter, die man nicht verstand, Ernesto winkte gutmütig ab: Weil er eine besondre Verbindung zu einer Meeresgöttin habe, die er sehr schätze. Übrigens weißer Rum, der sei erlaubt.

Im Licht der schräg hinter ihm hängenden Neonröhre warfen seine Ohren lange spitze Schatten, so sehr standen sie ab vom Schädel.

Zigarren waren ohnehin erlaubt,
vielleicht sogar ausdrücklich vorgeschrieben, nach dem Bratbananenreis saßen sie beide, Papitos Peso-Stumpen paffend, und sahen dem Wetterleuchten zu, das die Silhouette der Gran Piedra immer wieder sekundenweis erhellte. Mittlerweile hatte sich das Grollen zu einem Donnern gesteigert, sie erhoben ihre Gläser (*refino* von nebenan, für einen wie Broschkus fast geschenkt), tranken auf irgendwelche Hokuspokusgottheiten, die im Himmel Möbel rückten, *¡salud!*, jedenfalls behauptete das Ernesto, natürlich nannte er auch ihre Namen: Yoruba-Namen, wie er erklärte, kein Wunder, daß sie nicht im Lexikon standen. Dabei lächelte er so unwiderstehlich lapidar aus seinem grauweißen Fünftagebart heraus, daß sich Broschkus spontan zum Versprechen hinreißen ließ, ihm zuliebe sämtliche Yoruba-Gottheiten auswendig zu lernen:

Wieviel's davon denn gebe?

Naja, im Kongo so in etwa vierhundert.

Vielleicht reiche ja fürs erste die Meeresgöttin, wie heiße sie noch mal?

Yemayá. Ye-ma-yá.

Und der Möbelrücker?

Changó. Ein großer Blitzeschleuderer und Donnerer! Changó.

Ob's nicht auch einen gebe, der den Regen dazu bringe?

Sir! Ernesto leuchtete aus all seinen Falten, er hatte sogar welche hinterm Ohr, und daß er jetzt ausspuckte, so ausgiebig aus- und von der Terrasse hinunterspuckte – Broschkus konnte's richtig mitschmecken –, tat seiner gepflegten Zierlichkeit keinerlei Abbruch: Die *Santería,* die sei ein bißchen komplizierter, wenn er sich die Bemerkung erlauben dürfe, als ein Europäer sich das so hopplahopp vorstelle. Broschkus solle ihm lieber mal erzählen, warum er Frau und Kinder verlassen, die er ja gewiß habe?

Ausgerechnet Frau und Kinder,
was hatte er da schon zu erzählen. Ob sich ein Ernesto überhaupt vorstellen konnte, wie wunderbar Kristina früher gewesen, die Inkarnation einer Dame? Die sie nach wie vor glänzend zu geben wußte, nur war ihr mit den Jahren etwas Abweisendes dazugekommen, etwas kameradschaftlich Desinteressiertes, ach, was hätte Broschkus drum gegeben, wenn sie in diesem Moment hiergewesen! Bloß damit Ernesto gefälligst in Ohnmacht gefallen wäre.

Dann allerdings erzählte er ihm vom Hamster Willi, den Sarah kurz vor seiner Abreise zu Tode gefüttert, und daß das gar nicht seine Tochter gewesen; beschrieb ihm, wie zwischen dem, was er gewollt, und dem, was er gewesen, immer mehr Papier geraten. Daß es zu selten Pointen in seinem Leben gegeben. Und zuviel Gemeinsames mit Kristina, jedenfalls zuwenig, das ihn nach dreizehn Jahren Ehe auf eine aufregende Weise von ihr getrennt hätte.

»¡Anjá!«
sagte Ernesto, das klang noch abschließender als das deutsche Aha: »Also sind Sie auch so einer, der sich hier ein andres Leben erhofft?«

»Das bin ich nicht!« beteuerte Broschkus mit Nachdruck; an seiner Zigarre ziehend, bemerkte er, daß sie ausgegangen war.

Davon gebe's nämlich einige, ergänzte Ernesto, Mitleid mit ihnen empfinde hier keiner. Kuba sei ein hartes Land, allenfalls hielten's darin Kubaner aus.

Das sehe er ähnlich, nickte Broschkus, ließ sich Feuer reichen. Saugte eine ganze Weile an seinem Stumpen, bevor er leise zugab: Aber eine Frau, die suche er schon.

Als Broschkus' Bericht mit der Szene beendet worden,
in der ihn, mitten im Tanz, das Mädchen an der Hand ergriffen und zu seinem Platz zurückgeführt – anders hätte er dorthin ja nie zurückgefunden! –, zog Ernesto ein frisch gebügeltes Taschentuch hervor, entfaltete es und legte sich's übern Oberschenkel:

Ob das alles sei? Ohne die Antwort abzuwarten: Da wisse er ja selber mehr.

Sogar mehr? gab sich Broschkus keine Mühe, seine Überraschung zu kaschieren; erst anderntags fiel ihm ein, daß der Zigarrenmacher in dieser Szene womöglich doch die ganze Zeit dabeigewesen, auch wenn er sich zunächst nicht hatte dran erinnern wollen. Ernesto hingegen strich jedes einzelne Karo seines Taschentuchs glatt:

»Sie suchen sie auf dem Markt und schauen sich Schweine an. Sie suchen sie auf dem Friedhof und schauen sich Tote an. Sie suchen sie in Chicharrones und schauen sich Hundekämpfe an.« Ob er eigentlich wisse, daß dabei nicht selten jemand erschossen werde?

Broschkus war vom Stuhl aufgesprungen, die Scham stand ihm im Gesicht, die Wut. Luisito hatte recht gehabt, diesem Ernesto war nicht übern Weg zu trauen:

»Sie haben mir nachspioniert!«

Ernesto blieb ganz ruhig sitzen, drückte seine Zigarre auf dem Betonboden aus, forderte Broschkus mit einer winzigen Geste auf, sich wieder zu setzen. Dann legte er ihm, eine kurze Beschwichtigung, die Hand auf die Schulter: »*Sir,* so was erfährt man hier nebenbei. Man muß nur die Ohren aufsperren.«

Spätestens jetzt verspürte Broschkus das Bedürfnis,
die Gläser nachzuschenken, voller, als Ernesto es zulassen wollte, und gleichfalls sein Taschentuch hervorzuholen. Schwärmte unverhohlen drauflos, von den Bewegungen des Mädchens, der kleinen Lücke zwischen den Schneidezähnen, der honigfarbenen Haut und –

»*Honigbraun,* sagen Sie?« Ernesto fuhr mit der Hand zum Taschentuch, griff dann aber doch nicht zu. Entschloß sich, statt dessen auszuspucken, ausführlich auszuspucken: »Das könnte, könnte, könnte! Ochún gewesen sein«, die habe als einzige diese Hautfarbe, alle andern seien ja schwarz. »Haben Sie sie berührt?«

»Viel zuwenig!« versuchte Broschkus zu scherzen. Leiser: »Naja, sie hat mich berührt. Warum?«

»Weil man daran stirbt. Also war sie's nicht. Obwohl ...« Ob sie kupferne Armreifen getragen habe, Ringe, oder sonstwie ihre Eitelkeit zur Schau gestellt? Aber ihre Liebe zum Parfum, die sei doch sprichwörtlich, was Broschkus denn gerochen habe?

Nichts habe er gerochen, nichts. Das heißt, sie selbst habe er gerochen, ihren Körper.

»Das ist zuwenig«, entschied Ernesto und zupfte das Taschentuch gerade. Womit Ochún – wahrscheinlich eine seiner vierhundert afrikanischen Gottheiten – definitiv ausgeschieden war: »Also doch eine *jinetera.*«

Höchste Zeit,
die drei Zehnpesoscheine aus der Kommode heraufzuholen und den Rest der Geschichte zu erzählen, nicht ohne Ernesto zu versichern, daß man bei jeder der darauf notierten Telephonnummern oft versucht habe anzurufen, oft.

Ernesto hatte sich, kaum daß ihm die drei braunen Scheine ausgehändigt, erhoben und direkt unter die Neonröhre begeben, betrachtete sie dort so ausführlich, als sehe er derlei zum ersten Mal. Wohingegen sie Broschkus ja mindestens auswendig kannte, einschließlich ihrer eingedruckten Zahlen- und Buchstabencodes, von den Kalaschnikows auf ihrer Rückseite hätte er wahrscheinlich sogar auf Kommando träumen können, im Hintergrund ein rauchender Schlot und, als wären's Gewehrgarben, nach oben sich entfächernde Wipfel von Palmen: der Kampf des Volkes samt seinen Schloten und Bäumen, wieso kam Ernesto nicht endlich auf die Telephonnummern zu sprechen?

Broschkus, ungeduldig, sagte die erstbeste der drei Nummern auf, dann auch die beiden andern.

»Sie haben die Sieben immer als eins gelesen«, kommentierte Ernesto, wie nebenbei.

Spätestens jetzt verspürte Broschkus das Bedürfnis,
nach seinem Taschentuch zu greifen und sich die Geheimratsecken trockenzuwischen; während Ernesto nicht abließ, die Scheine zu studieren, daran zu riechen, sie gegens Licht zu halten – auf diese Idee war er selber nie gekommen –, wischte er sich nach und nach das ganze Gesicht.

»Wer hat Ihnen eigentlich weisgemacht, daß es hier so lange Telephonnummern gibt?« fügte Ernesto an, eher zu sich selbst.

Gesetzt aber einmal,
es wären Telephonnummern, fuhr er nach einer Pause fort, in der man Kuba-Rap von der Straße, *son* von der »Casona« und Schnulzen von sonstwo hörte, schließlich kam er zurück an sei-

nen Platz und setzte sich, griff gleich nach seinem Glas, ohne freilich daraus zu trinken: Gesetzt auch, eine davon sei tatsächlich von Broschkus' *jinetera* aufgeschrieben – er beharrte drauf, so was tue keine normale Kubanerin –, dann sei das ja noch lang nicht ihre eigne! Sondern die ihrer Mutter im Büro oder einer Nachbarin oder sogar eines Barkeepers, mit dem sie zusammenarbeite! Ob Broschkus überhaupt ahne, wie wenige hier ein Telephon hätten?

Damit steckte er, Broschkus wollte's zunächst für ein Versehen halten, steckte die drei Zehnpesoscheine, immerhin höchstpersönliche Schätze, steckte sie ein. Als Broschkus ein kleines Stöhnen entfuhr, das in ein Aufmucken modulieren wollte, legte er ihm – seinen alten großen Ohren entging kein Unterton, kein Seufzer, keine Kleinbemerkung , legte ihm erneut die Hand auf die Schulter, ganz kurz nur, ganz leicht:

Er werde der Sache nachgehen, er werde sich kümmern, *¡salud!*

»Werden wir sie finden?«

Ernesto kommentierte die Frage mit einem Hochziehen der Augenbrauen, um gleich anschließend wieder in sekundenlanges Schweigen zu verfallen. Die Bässe dröhnten, die Trompeten riefen, die Sänger klagten; als er sich zu einem Lächeln durchgerungen, erschien er Broschkus noch trauriger als sonst:

»Wir gewiß nicht. Aber vielleicht Sie.«

Spätestens jetzt verspürte Broschkus das Bedürfnis,

auch sein letztes, sein größtes Geheimnis zu verraten, dann würde Ernesto wenigstens einräumen müssen, daß keine *jinetera* der Welt …

Er hatte noch nicht mal ausgeredet, da griff der Zigarrenmacher nach seinem Glas und leerte's in einem einz'gen Zug, griff nach seinem Taschentuch, wischte sich Gesicht, Hals, Nacken, und weil er dabei in seine Kette geriet, zog er sie übern

Kopf und hängte sie über eine Stuhllehne: seine weiße Plastikperlen- oder Körnerkette, weiterwischend, weiter, ein Stück sogar den Rücken hinab, unters Hemd.

Einen Fleck hat sie also, sagte er schließlich, strich sich mit Daumen und Zeigefinger über die Augenbrauen, kratzte darin herum. Im Licht der Neonröhre sah er wie eine traurige Eule aus, eine traurige Eule mit riesig gespitzten Ohren: Ob Broschkus sich erinnere, in welchem der beiden Augen er gewesen, der Fleck?

Neinein, wehrte er dessen Gegenfrage zerstreut ab, er kenne sie nicht, eine Frau mit solchen Augen habe er nie gesehen.

Und nach einer Weile, während deren er Daumen und Zeigefinger an der Nasenwurzel belassen: Zum Glück.

Da er Anstalten machte,
den Rest der Nacht in dieser Stellung zu verharren, griff Broschkus nach der Flasche, auf eine Offenbarung wartend. Als er die Spannung nicht länger aushielt, griff er nach seinem Taschentuch, dann mit einer entschlossen kreisenden Zeigefingerbewegung nach der Körnerkette – woraufhin Ernesto ruckartig aufsprang:

Vorsicht! Da sei Blut drauf.

Indem er sich die Kette wieder umlegte und zurechtschob, bis sie vollständig unterm Hemd verschwunden, waren seine Bewegungen nicht mehr ganz so anmutig, sein Blick schon ziemlich glasig:

»*Sir*, ich glaube, diese Frau, die war kein normaler Mensch.«

Weißgott, das war sie nicht.

Er meine, kaute Ernesto auf seinen Worten herum, gab sich einen Ruck: »Das war mehr als ein Mensch.«

»Werden wir sie trotzdem finden?«
Von Broschkus' Euphorie war jetzt nichts mehr zu spüren – ein kleiner fahler Fleck und solch Konsequenzen!

»*Sie* werden sie finden.«

Sofern die *santos* einverstanden seien.

Und er selbst – ein alter Mann, der nicht sonderlich viel von der Welt gesehen –, nunja, vielleicht könne er beim Suchen ein bißchen helfen.

Mit den letzten Worten hatte sich Ernesto so sehr gestrafft und gereckt, daß man fast vor ihm erschrak, das grüblerisch Ewige in seinem Gesicht wich einer plötzlichen Entschlossenheit, die all seine Furchen und Falten für Sekundenbruchteile glattzog. Ganz von selber ergriff Broschkus die dargebotne Rechte, erfuhr einen überraschend kräftigen Händedruck; wie Ernesto so vor ihm stand, zur Gänze ins Neonlicht gedreht, erinnerten nur seine Ohren noch daran, wer er eigentlich war. Woraufhin er, schon im Auseinanderfahren der Hände, wieder ganz der alte wurde, sorgfältig den letzten Schluck *refino* zu sich nahm und im Zurückstellen des Glases auf den Betonboden sehr abschließend sagte:

»*¡Anjá!*«

Beim Aufwachen tagsdrauf stellte Broschkus fest,
daß er zwar in der Hose geschlafen hatte, sogar das Lexikon steckte noch in der Seitentasche, jedoch ohne Hemd. Wie hell das Licht durch die Ritzen drückte!

Nachdem er sich am Sturz der Badezimmertür den Kopf gestoßen – das tat er nahezu regelmäßig –, fiel ihm ein, daß er das Hemd gestern noch angehabt, als er seinen Gast zur Hoftür begleitet. Geraume Zeit benötigte er, das heruntergerißne Plastikwaschbecken wieder einzuhängen, den heruntergerißnen rosa Plastikspiegel auf seinen Nagel zurückzugeben: Mittlerweile, so mußte er sich prüfend ins Gesicht blicken, mittlerweile war er wohl braunen, aber keinen weißen Rum gewohnt. An der Hoftür hatte Ernesto doch hoffentlich versprochen –? Oder war's nicht gar Ernesto gewesen, der um strengstes Stillschweigen gebeten?

Auf dem Rückweg – ja, jetzt erinnerte man sich deutlicher – hatte man dann Papito entdeckt, wie er im Zahnarztstuhl gelegen, mit freiem Oberkörper, und geschlafen. Erinnerte sich, daß man's nicht übers Herz gebracht, an ihm vorbei-, treppauf und ins Bett zu gehen. Sondern sich das eigne Hemd vom Leib gezogen und seinen künftigen Exkoch damit zugedeckt hatte.

Nach einem späten Frühstück unten auf der Trocha,
drei eiskalte *batidos,* ein einziger Biß in ein Schinkenbrötchen, überraschte man Rosalia beim Schwarzweißfernsehen und sagte ihr auf den Kopf zu, daß man's nun satt habe. Satt, mit seinen Abendmahlzeiten immer die ganze Familie zu verköstigen, daß es ein Ende damit habe.

Papito sei aushäusig, brachte Rosalia als einziges hervor. Überm Gaskocher blutete die Zunge, blickte das Auge.

Wäsche waschen dürfe sie vorerst weiter, beschied sie Broschkus noch, er mußte dringend zurück ins Bett.

Vom fernen Donnergrollen ließ er sich nicht wecken,
erst durch Papito, der stolz sein neues Hemd trug, sich für jeden Streifen einzeln bedankte und für jeden Knopf. Auf die Kündigung ging er mit keinem Wort ein, verriet indes aus freien Stükken, daß Ocampo zurückgekehrt und seinen Sohn mitgebracht habe: Es werde wohl nicht mehr lang dauern, bis auch das Restaurant wiedereröffne; fortan könne Broschkus ja dort zu Abend essen, etwa für die Hälfte.

Also eins mußte man ihnen hier lassen, schüttelte der dann lang noch den Kopf: Irgendwie hatten sie auf ihre Weise Stil.

Gegen fünf begannen die Hunde zu bellen,
ein Dachkonzert, in das die Schweine aufgeregt einfielen, und dann kam er doch, der große Regen: Eben noch hatte die Sonne den Hang gegenüber zum Leuchten gebracht, schon schob ein warmer Wind das Licht weg, trieb ein paar Wassertropfen

waagrecht vor sich her, vereinzelte Aufschreie: In Höfen und auf Dächern versuchte man, Wäsche von den Leinen zu raffen; die Silhouette der Gran Piedra vollständig versunken in geballter Dunkelheit, der Rest des Himmels violett. Wenige Sekunden später, welch ein Regensturz! So gewaltig setzte er ein, Broschkus hatte's von seinem Stammplatz gerade noch unters Wellblech geschafft, ein mächtiges Trommeln, dazu Blitzen und Donnern, als ob sämtliche vierhundert *santos* Möbel rückten. Bei Lockenwicklers kroch einer halbnackt übers Dach, um ein Wellblechstück zu verschieben.

Aber schon ließ das Prasseln nach, erschien der Bergzug der Gran Piedra wieder am Horizont, schon erstrahlte der Himmel, wenigstens zur Hälfte; in hellem Gelb davor die Kathedralentürme. Aus den spiegelnden Gassen stieg ein Dampf und mit ihm ein köstlich frischer Geruch – Broschkus war vollauf mit Atmen beschäftigt. Während die Menschen rundum auf ihre Dachterrassen traten und das stehende Wasser in Tonnen hineinschaufelten.

So schön, dachte Broschkus und saugte sich voll mit dieser duftenden Luft, so schön kann Santiago also auch sein.

Am übernächsten Morgen war der »Balcón«-Imbiß wieder geöffnet, wenngleich ein besonders schlechtlauniger Ocampo darin herumhantierte: Es gebe nichts. Nichts außer – er wies auf den Haufen an Innereien, fand für Broschkus dann doch noch eine rosa Knoblauchpaste, mit dem er ihm sein Brötchen bestrich.

Als man sich erkundigte, ob das Restaurant jetzt ebenfalls geöffnet werde, brummte er bloß: Bald. Um dann freilich, als man fünf Peso auf den Tresen gelegt, die Fliegen huschten kurz beiseit, um dann den Schein mit großer Geste zurückzuschieben: Schließlich habe sein Bruder noch ein Gratisfrühstück gut, ob er das vergessen habe?

»Bruder«! Anscheinend hatte sich Ocampo nicht nur den Sohn, sondern auch genug Wechselgeld mitgebracht.

Bis das Restaurant eröffnet wurde,
vergingen ein paar Tage, schwere Tage, in denen Broschkus lernen mußte, daß man sich in dieser Stadt nicht mal mit Dollars am Leben halten konnte: Besuche in den staatlichen Restaurants fielen verheerend aus, weitere Privatlokale schien's nicht zu geben – ja, früher, versicherte man ihm laufend, früher! Aber nachdem sich die Russen zurückgezogen und die *yanquis* ihre Handelsblockade noch verstärkt hätten, seien sie nach und nach alle geschlossen worden, das Leben sei ein Kampf. Um an etwas Eßbares zu kommen, nahm Broschkus am Ende den Lift zur Dachterrasse des »Casa Granda«, dort jedoch mixte man ausschließlich Mojitos für Touristen. Eine dicke Frau legte ihre geröteten Füße auf die Dachbrüstung, Broschkus entfuhr ein scharfes »*¡Sssss!*«, hier gehörte er nicht mehr dazu.

Als er das Hotel verließ, stakste gerade der Schwule in seiner grün schillernden Unterhose vorbei, bis zur Unkenntlichkeit geschminkt, die Rasta-Lolos lachten, die Mädchen zupften an ihren Lycras. Eine von ihnen, »Alles echt« stand ihr quer überm T-Shirt, lächelte Broschkus zerstreut zu, doch der erkannte sie nicht.

Hatte gar keine Augen für sie,
war er doch, seitdem er auf Papitos Künste verzichtet, war er doch vor allem eines: hungrig. Bislang hatte er die Zubereitung von Tellergerichten stets andern überlassen, und an diesem Prinzip wünschte er nicht zu rütteln. Die Alternativen waren allerdings erbärmlich: Beim Verzehr von Tropfpizza erschrak man ob ihrer Ranzigkeit, von *polverones* wurde man nicht satt, von den auf der Trocha angebotnen Tropfhennen erst recht nicht – in Öl gesottne Hälften, 406 Gramm laut Pappschild, die man, auf Bratbananen gehäuft, in einer Pappschachtel überreicht bekam: Haut und Knochen als kubanisches Take-away, nach dem Essen mußte man sich die Hände an einer Hausmauer abwischen.

Blieben die Dollarläden, allen voran die »Bombonera«. Indes, da gab's lediglich *Zutaten* zu warmen Mahlzeiten, je nachdem, ob ein Schiff das Embargo durchbrochen, und die nützten Broschkus wenig.

Blieben die Straßenhändler mit ihren Taschen und Rollerwagen. Was sie verkauften, ließ sich fast nie erkennen, auf Fragen antworteten sie rasch, ruppig, unverständlich: Nach Belieben verschluckten sie Vor- und Nachsilben, sprachen das R wie ein L aus – *»pol favol«* –, benutzten vor allem Wörter, die nicht im Lexikon zu finden waren und gewiß obszön.

Blieben die Erdnüsse!
Danach brauchte man nicht erst zu fragen, die sah man an jeder zehnten Straßenecke. Vornehmlich geröstet bot man sie an, in kleinen Tütchen – winzige Nachfahren von Broschkus' Erstkläßlertüte, die auf ihren Innenseiten jedesmal von einem andern Ausschnitt der kubanischen Welt berichteten: von »klassischer« Lyrik *(»La Guantanamera«)*, dem Wirtschaftsplan des Jahres 1987, den vielfachen UN-Aggressionen seit 1961 (hinter denen immer die *yanquis* standen); einmal fand sich ein Formularbogen aus dem Gesundheitsministerium, ein andermal Erhellendes zum russischen Sowjet *(»Claro y conciso: Guerra hasta la victoria siempre«)* oder zur Kolonialarchitektur *(»barroco peruano«)* – ein Wundertütenlehrbuch, je hungriger man war, desto abseitigere Vokabeln lernte man.

Erdnußglück gab's aber auch in verarbeiteter Form, als intensiv süße rotbraune Paste, mit dickem Butterbrotpapier umwickelt und trotzdem schon beim ersten Hingreifen eine einzige ölige Sauerei; als handtellergroße Plätzchen, bei denen wenige ungeschälte Nüsse in viel karamelisiertem Zucker eingeschmolzen waren; vor allem als Riegel: Fast das Format der Fünfpesoscheine erreichend, waren sie aus halbierten Nüssen gepreßt und also halb so süß wie die Rundlinge; die Klarsichtfolie, mit der sie verpackt, ließ sich nie reibungslos abziehen –

spätestens beim Abzupfen der Folienreste bekam man klebrige Finger.

Mit Hilfe aller vier Varianten, ergänzt durch ein Eis oder Blockschokolade aus Baracoa, die, leuchtendrosa verpackt, von einer Haustreppensitzerin am Fuß des Tivolí verkauft wurde, kam man übern Tag, man mußte sich nur ausreichend bevorratet halten. Denn selbst wenn man die Stand- beziehungsweise Sitzplätze der Verkäufer kannte, war damit nicht gewährleistet, sie auch zu jeder vernünftigen Stunde dort anzutreffen – oh, Broschkus lernte, Reserven anzulegen.

Dann eröffnete das »Balcón«-Restaurant tatsächlich,
Luisito ließ sich's nicht nehmen, mit Broschkus hinzugehen – um aufzupassen, daß man ihn nicht übers Ohr haue, wie er versicherte. Auch um den Kampfhund zu beschwichtigen, der groß hinter der Gittertür auf der Schwelle lag und am *doctor* aus Deutschland ein lebhaft schnüffelndes Interesse nahm. Tyson hieß er, ein weißer bulliger Kerl mit Bißwunden am Kopf, der sich schweigend von einem kleinen Mädchen wegzerren ließ. Kaum daß sie seinen Schwanz wieder freigab, legte er sich zurück auf die Schwelle, um durch das Gitter die Welt zu beobachten und dabei an seinen Wunden zu lecken.

Das Restaurant war ein Wohnzimmer, nach kubanischen Maßstäben enthielt es so ziemlich vollständig, wovon man träumen konnte, einen riesigen Farbfernseher, ein Aquarium, ein Trekkingrad, einen Barwagen mit blauweißem Tonchinesen und lauter leeren Flaschen. An den Wänden zwei Plastikrehköpfe, das Poster einer blonden Bikinifrau und das eines überreich gedeckten Tisches: ein Zwei-mal-ein-Meter-Sortiment an Wurst, Käse, Obst und Fleisch, garniert mit verschiednen Whisky- und Sektflaschen, das Ganze gerahmt.

Als ein Papagei losschimpfte, war das noch nicht mal alles.

Der sich übereck anschließende Lichthof
war auf den ersten Blick eher unspektakulär, abgesehen von einem gewaltigen Wassertank, vielen freilaufenden Rohren und Kabeln, vier Stockwerke höher der Nachthimmel. Auf zwei Plastiktischen standen rot-gelbe Plastikrosen, es roch nach feuchten Wänden? saurer Milch? verschimmelten Kartoffeln? verwester Katze? und nach Urin.

Als der Papagei erneut etwas Derbes sagte, kam von ganz hinten, wo sich als halbdunkler Fortsatz die Küche anschloß, ein kleiner *mulato* in Shorts und Gummischlappen, auf vertrauenerweckende Weise wohlgenährt, wenn man sich den schmalen Schnauzer wegdachte: fast schon gemütlich, und zog sich ausführlich die Nase hoch. Begrüßte Luisito, schluckte den Schleim, ließ sich von Broschkus' Wunsch berichten, hier fürderhin zu Abend zu essen. Eine Weile redeten die beiden besonders schnell und leise, dann reichte der *mulato* auch dem *doctor* die Hand:

Ob Schwarzer Fisch recht sei und dazu Garnelen?

Cuqui war zwar nicht Ocampos Sohn,
nicht der Besitzer des »Balcón«, sondern bloß der Koch, der Kellner, Freund des Hauses, aber als Quasipatron hatte er eine Entscheidung getroffen, man konnte Platz nehmen. Da er ausschließlich dies eine Gericht anzubieten und auch keine weitern Gäste zu erwarten hatte, ging er seine Arbeit sehr entspannt an; während er kochte, waren seine Hände ständig in der Luft – jaja, die Angelegenheiten des Hauses seien geklärt, alles in Ordnung –, Broschkus wunderte sich, wie er trotzdem der Reihe nach Reis und Kartoffeln in die Töpfe bekam, den Fisch in die Pfanne, so sehr war er mit Reden und Lachen beschäftigt.

Dann kam er, um jedem einen Streifen Klopapier neben den Teller zu legen, je drei graue einlagige Blätter, es konnte losgehen. Luisito bestellte vor Freude vier Bier, und obwohl während des Essens ein Seifenstück aus einem der obern Fenster in den Hof herabfiel, mitten zwischen die Teller, schmeckte's vorzüglich. Ungebeten setzte sich der Koch mit an den Tisch, bohrte sich mit einem Hausschlüssel im Ohr und ließ Luisito die Zubereitung der einzelnen Speisen loben. In einem frühern Leben sei er Lehrer gewesen, wandte er sich dann an Broschkus: Das reiche in diesen schweren Zeiten freilich nicht, um eine Familie zu ernähren, im übrigen wohne er samt Mutter, Kindern, Bruder, Frau fast gegenüber: Cuqui war dermaßen locker drauf, daß man sich als Broschkus gleich bei ihm wohl fühlte; er plauderte sogar noch eine Weile weiter, nachdem sich seine Kleinste durch jähes Aufkreischen bemerkbar gemacht.

Und die vier Ketten, die er trage? wollte Broschkus wissen: Ob die von irgendwelchen Toten seien?

In der Tat! fand Cuqui, beiläufig sich erhebend, Richtung Haustür strebend, fand die Vermutung gar nicht abwegig: Denn die *santos,* die seien früher ja ganz normale Menschen gewesen. Um zum Heiligen zu werden, müsse man auf jeden Fall erst mal sterben.

Nur der Ortsdepp!
verkündete Luisito, der mitgegangen, die Ursache des Gekreischs zu erforschen, mit der flachen Hand fuhr er sich vor der Stirn herum: Abgesehen davon, daß er manchmal wie aus dem Nichts auftauche und stumm zum Fenster hereinblicke, zur Tür, sei er harmlos. Angst vor ihm hätten nur Kinder, Cuqui sei jetzt mit Trösten beschäftigt.

Wie denn die Sache mit seiner *muchacha* mittlerweile? legte er sich mit dem Oberkörper plötzlich halb übern Tisch, die Stimme ins Verschwörerische dämpfend, beide Zeigefinger aneinanderreibend: Jeder Mann wolle doch schließlich?

Wenn er ihm etwas verraten dürfe? schob sich Broschkus ebenfalls ein Stückchen näher und, vielleicht weil er solche Fragen satt oder in diesem Moment etwas begriffen hatte, gab sich vielversprechend: Er sei gar nicht einer Frau wegen hier. Sondern –

Luisito vergaß, die beiden Zeigefinger wieder auseinanderzunehmen.

Sondern der Ketten wegen.

Es dauerte ein paar Momente,
bis er sie voneinander löste, Luisito, und nach dem Besteck tastete:

Ein Mann ohne Geliebte, das sei schlimm.

Ein Mann ohne Familie, das sei schlimmer.

»Aber ein Mann, der eine Familie hat, der sie verläßt und dann noch nicht mal eine Geliebte will – das ist unverzeihlich.« Ob der Doktor nicht lieber heimfahren wolle?

Broschkus winkte ab, bekundete erneut sein Interesse an den Ketten, er meine's ernst.

Das sei nicht gut, sei gar nicht gut! legte Luisito sein Besteck wieder weg: Ein aufgeklärter Mann habe so was doch nicht nötig? Ob Broschkus entgangen sei, daß auch seine Nachbarn solche Ketten trügen? Von der Casa el Tivolí aus habe er in der Wohnung der Lockenwicklerin sogar mal ein Kreuz gesehen, ein lila lackiertes!

Sei Lila denn so schlimm? Anscheinend hatte Broschkus mit seinem spontanen Einfall nicht nur ins Schwarze getroffen.

»*¡Doctor!*« wurde Luisito dringend: »Solche Kreuze verwendet man beim Voodoo! Beim *dunklen* Voodoo!« Und der sei ja wohl fast schon so schlimm wie *Palo Monte.*

Ihm als überzeugtem Atheisten könne's ja egal sein,
fuhr er fort, aber ... es war ihm nicht egal: Sein Vater sei Kampfhahnzüchter mitten im Gebirg der Sierra Maestra gewesen, ein stolzer Mann, der habe sich von niemandem was sagen lassen, ob Batista, ob Fidel! Außer von einem Voodoo-Priester, zu dem er regelmäßig gegangen und ihn, den kleinen Luisito, meist mitgenommen habe, seitdem kenne er sich aus, oh ja! Ob dem Dok-

tor aufgefallen sei, daß bei seinen Nachbarn jede Menge schwarzer Hühner herumliefen?

Bislang seien ihm nur Schweine aufgefallen, bemerkte Broschkus, schwarze Schweine.

Eben! sagte Luisito. Eben!

In Windeseile zog er,

jeden Moment konnte ja Cuqui zurückkommen, zog über die Nachbarsbande her, am meisten über deren Oberhaupt, die Lockenwicklerin: Das sei eine *cojonua,* eine Sackträgerin –

Wie bitte?

¡Ya! Eine Hodenträgerin. Dochdoch, *doctor*, solche gestandnen *machas*, die auch mal ihren Mann verprügeln, nenne man *cojonuas,* die könnten im Stehen pinkeln. Und erst Broschkus' Nachbarin, die könne mit bloßen Fingern einen Kloß aus kochendem Wasser rausholen, ah, wahrscheinlich den bloßen Fuß übers Feuer halten – »die ist initiiert, *doctor*, die dient den Göttern mit der linken Hand!«

Vorn, im Wohnzimmer, war das Gekreisch um den Ortsdeppen längst erstorben, Cuqui hatte den Fernseher angestellt, man zeigte anscheinend einen Boxkampf.

Was ein überzeugter Atheist denn von einer Voodoo-Priesterin zu befürchten habe? mokierte sich Broschkus, nur noch zerstreut am Schwarzen Fisch herumgabelnd.

Genausoviel wie ein überzeugter Anhänger des Voodoo! maßregelte ihn Luisito: Ein Schadenzauber wirke völlig unabhängig davon, ob sein Opfer dran glaube oder nicht.

Broschkus, anscheinend entfuhr ihm ein müdes »*¡Mentira!*«, vom Eingang her hörte man Stimmen, wahrscheinlich unterhielt sich Cuqui durch die Gittertür hindurch mit einem seiner Freunde. Luisito dagegen, jetzt mußte er sich den Schweiß von der Stirn schieben:

»Ich lüge nicht, *doctor*, doch – wenn sie auch nur einen abgeschnittnen Fingernagel von dir in ihre Gewalt bekommt, den Dreck unter deinem Fingernagel! dann kann sie dich verfluchen. Dein Unglaube schützt dich dagegen nicht.«

Was denn die Halsketten damit zu tun hätten?

Die Frage brachte Luisito sichtlich in Bedrängnis: Das wisse er nicht im einzelnen, das interessiere ihn auch nicht, aber irgend etwas mit Sicherheit. Am besten sei's, Tür und Tor verriegelt zu halten, ansonsten sich um so was gar nicht erst zu kümmern. Ob er Broschkus etwas verraten dürfe?

Die beiden Männerstimmen von vorn wurden noch eine Spur lauter, wahrscheinlich hatte sich auch Cuquis Freund in einem der Schaukelstühle niedergelassen, den Boxkampf anzusehen. Wohingegen Luisito, obwohl unter diesen Umständen allenfalls der Papagei als Mithörer in Betracht kam, nun fast schon flüsterte:

Vor ungefähr zehn Jahren sei ein *bokor* hier in Santiago erschossen worden, ein Voodoo-Priester also, einer von der dunklen Richtung, Armando hieß er oder so ähnlich. Weil er einen Menschen geopfert hatte, den Schwarzen Baronen vielleicht, oder weil er ihn zombifizieren wollte oder – egal! Jedenfalls hatte er sich nichts weiter als dessen Taschentuch verschafft und ihn dann totgebetet, so sagt man, er hat sein Blut getrunken und, stell-dir-vor-*doctor*: »Er hat ihm die Haut abgezogen und gegessen und – dann hat ihm Fidel den Prozeß gemacht, gottseidank, und ihn erschießen lassen.«

Nun kam der Kampfhund, hinter ihm das kleine Mädchen, an seinem Schwanz sich festhaltend, man hörte jemanden die Nase hochziehen, Luisito ergriff Broschkus' Arm und zischte:

»Dieser *bokor*, sagt man, dieser Armando ist bei deinen Nachbarn vorher jahrelang ein und aus gegangen.«

»Er hieß Armandito«,
verbesserte Cuqui, der den letzten Satz also noch aufgeschnappt hatte, an der Seite eines Mannes ums Eck biegend, der ihn um mindestens zwei Haupteslängen überragte. Während Luisito mit lauter Stimme schnell so tat, als würde er auf Broschkus einreden, sein Badezimmer müsse verschönert werden, das habe's nötig.

»Genaugenommen hieß er Armandito Elegguá. Er war kein *bokor*, er war *tata*.«

Der Mann an Cuquis Seite war kein Boxer, sondern Ocampos Sohn, der Restaurantbesitzer, ein goldkettchenbehangner Riese mit vollkommen nacktgeschornem Schädel und Nackenfalte, in der ihm, umgekehrt aufgesetzt, eine Sonnenbrille hing. In seiner nach vorn schnellenden Rechten verschwand diejenige von Broschkus zur Gänze, anstatt ein Wort des Willkommens zu äußern, drückte er ein bißchen zu, nur ein bißchen, das reichte.

Beim Bezahlen sah Broschkus noch, wie Cuqui, das kleine Mädchen umklammerte eins seiner Beine, die Reste der Schwarzen Fische für Tyson in einen Blechnapf schüttete.

»Vorsicht, doctor, Vorsicht!«
faßte Luisito den Abend zusammen; er hatte Broschkus noch bis zur Hoftür begleitet; als sie dort auf einen alten Bekannten gestoßen waren, zur Sicherheit bis zur Haustür; schließlich auf die Dachterrasse, ein letztes Bier zu trinken. Bei der Lockenwicklerin lief der Fernseher, die Übertragung eines Boxkampfs, ein Holzkreuz sah man nicht.

Denn dieser alte Bekannte, mit dem Broschkus auf der Straße fast zusammengeprallt wäre – dunkler Mann, aus dem Dunklen des Nachbarhofes plötzlich in ziemlicher Eile hervorkommend –, war kein andrer als Lolo gewesen, Lolo, el duro, el puma: *Ai,* der *doctor!* Ob er seine *chica* mittlerweile gefunden habe?

Es war eine Schande, alle wußten sie Bescheid, alle. Ein strenger Blick von Broschkus hätte Luisito treffen sollen, der war jedoch voll Ingrimm damit beschäftigt, alles im Auge zu behalten.

»¿Monte Cristo, Cohiba, una Mulata?« spulte Lolo seinen Standardspruch ab, lachte, schlug eine Hand, an der drei Finger fehlten, auf Broschkus' Schulter und machte sich davon.

Woraufhin sich Luisito beim Dachterrassenbier bemüßigt fühlte, Broschkus ob seines Umgangs zu rügen: Dieser Lolo, gewiß ein lustiger Kerl. Aber ein Dieb, ein stadtbekannter Dieb, ob der Doktor noch alles in der Tasche habe?

Woher er das wisse? wagte der zu bedenken zu geben.

Das wisse hier jeder. Und wer bei Lockenwicklers ein und aus gehe, sei sowieso verdächtig, mindestens verdächtig!

In Luisitos sich anschließender Ermahnung, Tür und Fenster stets ordentlich zu verriegeln, vibrierte so deutlich eine Angst mit um das Wenige, das er in jahrelanger Wachsamkeit zusammengetragen und das ihm in einem einz'gen Moment der Arglosigkeit wieder abgenommen werden konnte, daß Broschkus schwieg.

»Vorsicht, doctor, Vorsicht!«
faßte Luisito den Abend zusammen: Und Stillschweigen, strengstes Stillschweigen über das, was er heut abend gehört habe! Übern Weg traue man hier besser niemandem, einem Cuqui nicht, einem Lolo erst recht nicht und einem Ernesto, mit dem Broschkus neuerdings ja gern seine Abende verbringe, am allerwenigsten.

Und dir? blickte ihm sein Mieter nach, wie er übern Hof ging: Und dir?

In dieser Nacht trommelten sie wieder,
trommelten lang noch, nachdem's in der »Casona« still geworden, trommelten auf eine Weise, wie sie Broschkus aus seinen ersten Hotelnächten kannte und aus dem Hokuspokuszentrum

nebenan, ein drängendes Dröhnen aus der Finsternis. Wenn man beim Lauschen das Atmen einstellte, konnte man sich einbilden, daß sie dazu sangen, so unwiderlegbar einfach wie sie trommelten, ein leicht auf und ab schwebender Schleier an Männerstimmen.

Mitten in der Nacht erwachte er, weil ein Geschrei ganz in der Nähe anhob, zuerst dachte er, es würde jemand auf seiner Dachterrasse umgebracht, wenige Momente später schien's ihm doch eher das Geplärr eines Babys – wenn nicht auch das Getrappel gewesen wäre, als ob jemand über die Wellblechdächer davoneilte. Dann abrupte Stille, ein schnalzendes Glucksen noch, als ob's hier Geckos gäbe, ein Zirpen, als ob's hier Grillen gäbe, ein Gezwitscher, als ob die Vögel hier auch des Nachts für Musik zu sorgen hätten. Wie laut die Wanduhr dazu den Takt tickte!

Wenig später, Broschkus war noch nicht wieder eingeschlafen, gackerte ganz eindeutig ein Huhn los, gackerte um sein Leben, der *Scheißköter* bellte. Von einer Sekunde zur nächsten, übergangslos, nichts als große Stille. Die Toten waren unterwegs.

Am Morgen gab's dann jedoch ein solch langanhaltendes Gezeter, daß sich Broschkus rasch ankleidete und vor die Tür trat: Da schrie wohl wirklich jemand um sein Leben – ein kleines Kind? Aber *so* laut?

Das Geschrei kam von der Kreuzung mit den beiden Läden, ein wütend hohes Gekreisch. Zunächst sah Broschkus nur zusammengerottete Menschen, ausschließlich Männer, aus deren Mitte eine Fahrradrikscha aufragte, wie er sie hier oben, auf dem Tivolí, noch nie gesehen. Beim Näherkommen entdeckte er an der Hauswand, etwas abseits, einen bunten – tatsächlich, das war Ernesto mit seinem Schirm! Als er auf ihn zuging, ihn zu begrüßen und auch gleich zu fragen, ob er bei seinen Nachforschungen fündig geworden, blickte ihn der auf eine Weise an, daß

Broschkus nicht sicher war, ob er ihn überhaupt erkannte, nicht mal, ob er ihn wenigstens wahrnahm: Ernestos Augen gingen durch ihn durch, gingen durch die schweigend sich drängende Schar der Männer, aus deren Mitte das Dach der Fahrradrikscha, vereinzelt halblaute Zurufe und ein erbärmliches Gekreisch aufstiegen – und wie ihm Broschkus mit seinen Blicken folgte, sah auch er es:

Ein Schwein, man hatte ein Schwein antransportiert, eingequetscht zwischen Sattelstange und Fahrgastbank, ein riesiges schwarzes Tier. Mit Elektrokabeln festgezurrt lag es auf dem Bodenblech der Rikscha, eins seiner Hinterbeine hatte man ihm nach vorn geschnürt, fast bis an die Schnauze, das tat ihm gewiß weh, dem Tier, unablässig schrillte's auf, schlug aus, soviel's noch irgend konnte. Von vier Männern wurde's festgehalten, von einem fünften und sechsten losgeknotet, alle zusammen versuchten sie, es aus der Rikscha herauszuhieven, auf die Waage, die man direkt daneben aufgestellt hatte, mitten auf der Calle Rabí. Jetzt hoben zwei von ihnen, bloß zwei! das Tier tatsächlich kurz empor und – verschwanden mit ihm im Pulk der Männer, der sich dichter ballte. Broschkus mußte sich näher drängen, die Brille schiefkippen.

Als er im innern Kreis der Gaffer angekommen, war das Wiegen bereits beendet, man hievte, zerrte mit vereinten Kräften zurück Richtung Rikscha, das Schwein strampelte dagegen an, entglitt kurz, wurde wieder gefaßt, fester, endgültiger gefaßt, zu Boden gedrückt. Schließlich von einem einzelnen Mann entschlossen an beiden Ohren gepackt, von einem andern am Schwanz, und mit grobem Ruck emporgehoben. Das Schwein schrie vor Schmerz, das Schwein schiß vor Angst, schiß dem, der's am Schwanz hielt, die Hände voll, der Mann fluchte, ließ jedoch nicht locker. Schwarze Schreie aus einem schwarzen Schwein, das vergißt du nie! dachte Broschkus noch kurz, aber da ballten sich schon seine Fäuste: Ja, du sollst sterben, du fette Sau, du hast es nicht anders verdient! Schrei nur, schrei! Broschkus, obwohl's ihm die Kehle schnürte, fuhr ihm das Verlangen mit Wucht in jedes andre Körperteil, das bebende Verlangen, selber zuzustoßen: Je mehr die Sau zappelte, während sie wieder ans Gestänge der Rikscha geschnürt wurde, desto heftiger spürte er's in all den dunklen Männern, die darum herumstanden und zusahen, kaum einer rauchte, keiner sprach, er spürte's vor allem in sich selber – spürte's aufwallen, das Blut, während er nach dem Blut der Sau gierte: das gleiche Gefühl wie damals, als er unter die Zuschauer des Hundekampfes geraten, das gleiche Gefühl wie damals, als er das Trommeln vernommen, das afrikanische Trommeln, das ihm direkt auf den Brustkorb geschlagen und ins Herz – es pulste auf in Broschkus, klopfte ihm gegen den Schädel, wollte raus: Hör auf zu schreien, du Sau, oder – ich bring' dich um, gleich hier!

Schon lag es freilich, das Tier, lag gefesselt auf dem Bodenblech der Rikscha, schon wurde's abtransportiert. Der Mann, der's eben noch am Schwanz gehalten, wischte sich die Hände an der Hauswand ab. Nach wie vor entfuhren dem Tier schrille Schreie, doch seltner, verhaltner, resignierter, seine Blicke flogen mißtrauisch hin und her; während es an Broschkus vorbeigeschoben wurde, glaubte der, nicht recht zu sehen: Denn da blickte's ihn eine Sekunde lang mit all seinem Kummer an, das Tier, es stand ihm eine Träne im Aug.

Die stumme Erregung,
die die Männer erfaßt hatte, jetzt erst verpuffte sie zu allgemeinem Palaver, man versicherte einander, daß es eine prachtvolle Sau gewesen, daß man selber schon viele prachtvolle Säue gemästet, eigenhändig abgestochen und, mit viel Bier und Rum, verzehrt hatte.

Eines Luisitos hätte's da gar nicht mehr bedurft, der aus der Menge sich nun löste, auf Broschkus zuschritt und sich, anstatt ihn zu begrüßen, breitbeinig vor ihm aufbaute, mit glänzenden Augen ins Leere blickte, die Aktentasche in der Linken, während die Rechte sich ballte, während die Rechte auf Hüfthöhe emporwuchs, auf Brusthöhe – dann stieß er zu, in die Luft hinein, beließ den Arm eine Sekunde lang ausgestreckt, drehte ihn langsam um die eigne Achse, so daß der Schnitt in der Luft zu einem ordentlichen Riß vergrößert wurde. Kaum hatte er den Arm fallengelassen, entspannten sich auch seine Gesichtszüge:

Guten Morgen, *doctor*, welch eine Sau! Die Hinterhaxe habe er gleich gekauft; jetzt müsse er aber wirklich zur Arbeit.

Irgend jemand fragte noch etwas, ach, das war Broschkus, irgend jemand antwortete noch etwas, kaum zu vernehmen, man mußte sich kurz abstützen. Alles entkrampfte und zerstreute sich, zerflog, auch Ernesto hatte sich schon in etwelchen Nebeln aufgelöst. Ganz in der Nähe drohte ein Transistorradio zu zerreißen.

Ohne sich lang mit Frühstücken aufzuhalten,
eilte Broschkus stadteinwärts, die Padre-Pico-Treppe hinab und zur Markthalle, zum Tresen der Fleischer. Als er dort sogar mehrere Schweinsköpfe liegen sah, wurde er von einem Grauen durchschauert, wie schon lang nicht mehr, von einer mit stummen schrillen Schreien angefüllten Leere, gleichzeitig jedoch von der Vorstellung, jedes der Schweine liege zu Recht hier, er selbst habe es totgestochen. Jedenfalls wünschte er sich's mit solcher Inbrunst, daß er schließlich zurückfand aus seiner trancehaft tiefen Erstarrung in ein flackerndes Entsetzen: So eine um ihr Leben schreiende Sau wollte er auch mal, Aug in Aug und nur mit einem Messer in der Hand – nein! wollte er nicht, das war ja widerlich! erinnerte er sich langsam wieder daran, wo er und was er war, ein Doktor-rer-pol, ein zivilisierter Mensch? Aber zusehen, wie's ein andrer für ihn tat, das würde er schon wollen! Meinethalben Luisito, der war ja bereits als Bauernbursch? als kleiner Junge zum ersten Mal – so hatte er doch gerade eben noch ins Schwärmen geraten wollen, Luis Felix Reinosa, Abteilungsleiter des staatlichen Fernsehens, bevor er

zur Arbeit davongeeilt? Über hundert Schweine habe er inzwischen abgestochen, denn das Töten, das sei in Kuba Männersache, und ohne eine Hausschlachtung ab und zu könne man nicht überleben. Worauf ihn Broschkus gefragt hatte, ja, jetzt erinnerte er sich überdeutlich, worauf Broschkus bereits drum gebeten hatte, ihn baldmöglichst mitzunehmen in einen der Hinterhöfe, zur Männersache. Was Luisito, eher freudig als überrascht, sofort zugesichert hatte:

»*¡Ya!*«

Die Verkäuferin hinterm Tresen hantierte mit einem weiteren Kopf,
einem dick und weiß beborsteten, nur am Rüssel war er leicht mit Blut verschmiert, hob ihn empor an einem Ohr und – legte ihn nicht etwa zwischen den Stapel abgehackter Klauen und die Schüssel mit Gedärm, nein, warf ihn vielmehr mit Schwung dorthin: Beim Aufprall klappte die Schnauze kurz auseinander, ein leichtes Zittern fuhr bis in die Backen, als wär's für einen Moment wieder lebendig geworden, das Tier, gleich drauf schnappte die Schnauze nach unten, in einem Grinsen erstarrend. Einem zahnhalsbleckenden Grinsen, wie's Broschkus weidlich mittlerweile kannte. Aus zugeschwollnen Augen fixierte ihn die Verkäuferin, mit brauner, fetter Hand die Fliegen von der Schüssel scheuchend, fixierte ihn so tückisch wachsam und schweigend, daß er's mit der Angst bekam, daß er floh.

Schräg gegenüber der Markthalle gab's einen Ausschank, mit eierbecherkleinen Plastiknäpfen schöpfte man aus einem wagenradgroßen Blechtopf braunen Sud, der ein wenig nach Kaffee, ansonsten nach vermahlnen Erbsen schmeckte. Broschkus drängte's so heftig dorthin, an der Schlange der Wartenden vorbei, daß er sofort bedient wurde. Noch immer bebte er, schlug ihm das Blut gegen die Schläfen, dröhnte er dunkel von innen heraus.

Fast hätte er dann dem Kerl,
der ihm beständig einen Armstumpf in den Rücken stupste, während er sich mit der VISA-Karte aus dem einzigen Geldschacht der Stadt bediente, fast hätte er ihm auf den Stumpf geschlagen:

»Das ist doch degoutant, du Arschloch!« beschimpfte er ihn auf deutsch, dann auf spanisch: *»¡Que pinga! ¡Me cago en el coño de tu madre!«*

Das hatte er der Lockenwicklerin abgelauscht, es wirkte auf der Stelle. Sofort hob's wieder stärker in ihm zu pulsen an, zu klopfen, zu trommeln.

Wie ein böser Gott
lief er durch die Phalanx der *jineteros* hindurch, die ihn nicht anzusprechen wagten; an der »Bombonera« rempelte er den Draußen-vor-der-Tür-Steher einfach weg, der dort täglich mit seinen Amputationen hausierte, knurrte dem Türsteher auf die Frage, was er zu kaufen gedenke, ein wildes »Alles, Mann, alles!« zu und – war drinnen. Noch bebte's ein wenig weiter in ihm, heftig genug, um die Verkäuferin endlich mal zurechtzuweisen, die in provokanter Langsamkeit die Waren aus dem Regal zusammensuchte, ihre gelangweilte Gleichgültigkeit gewiß nichts als Rassismus: Jeder konnte's mit anhören, wie Broschkus sie aufforderte, ihren karibischen Arsch etwas schneller zu bewegen, sonst werde er ihr – auch das eine gängige Formulierung bei Lockenwicklers – seinen Fuß hineinstecken.

Als er sich mit dem Unnötigsten versorgt hatte, einem bunten Knabbersortiment dessen, was das Embargo derzeit hergab, wäre er fast von einem lautlos bergab rollenden Motorradfahrer überfahren worden, hätte der nicht noch rechtzeitig aufgehupt – Broschkus sprang zur Seite, auf etwas Weiches, bei näherer Betrachtung war's eine halb schon verdorrte Katze. Heim!

Im Lauf des einen Monats,
den er jetzt im *Oriente* lebte, im schwarzen Süden Kubas, hatte er alle Konsistenzen von Schweiß kennengelernt, vom leichten Feuchtigkeitsfilm, der sich gleich nach dem Duschen über die Haut legte und rapide verdickte, kaum daß man die Casa el Tivolí verließ, bis zur salzig schweren Nässe, mit der sich das Hemd vollgesaugt hatte, wenn man sie wieder betrat: Broschkus' thermolabile Gemütslage äußerte sich weiterhin in übermäßiger Transpiration, und stets fühlte er sich dabei häßlich. Insbesondre aber, wenn er Mercedes begegnete – da konnte er ihn sogar riechen, den Schweiß, wie er ihm unter den Achseln ausbrach, auf der Brust, wie er ihm runterfloß in die Hose, wie er aufgesaugt wurde vom Bund.

Da die Sonne bereits hoch stand, war er entsprechend gut durchnäßt und merklich stiller geworden, abgedämpfter, als er mit all seinen Einkaufstüten wieder in der Calle Rabí einlief. Dort, wo man heut morgen die Sau fast zu Tode gewogen, drängten sich die Dominospieler im schmalen Schlagschatten, der vom Vormittag übriggeblieben: ohne Ernesto, der sich wahrscheinlich – kümmerte, telephonierte, *suchte.* Wenn Broschkus geahnt hätte, daß er schon am nächsten Tag fündig geworden sein würde, der alte Mann, der angeblich nicht sonderlich viel von der Welt gesehen – »Ich hab' sie, *sir*!« –, wenn Broschkus in diesen Minuten auch nur den Anhauch einer Ahnung gehabt hätte!

Statt dessen schluckte er trocken durch, kaum daß er den Riegel des Hoftors zurückgeschoben, denn da hatte er sie schon wahrgenommen, im Zahnarztsessel am Ende des Ganges, sie saß, als wär' sie nie weg gewesen, und ließ sich dabei auch noch von ihrer Schwester die Fußnägel lackieren: Mercedes. Zum Glück vertrat ihm erst mal ihr Großvater den Weg, der mit nacktem Oberkörper sein Blechgestell umrundete, indem er sich mit beiden Händen daran festhielt; Broschkus nützte die Gelegenheit, ihn vorwurfsvoll an seinem weißen Brustpelz zu ziehen.

»Schon wieder ohne Hemd! Du wirst dich noch erkälten.«

Papito brauchte eine Weile, um die Brennweite der Augen auf Broschkus einzustellen. Als er zu einer Antwort ansetzte, war außer »Kuba« und »heiß« kein Wort zu verstehen: Schwer lag ihm die Zunge unter den Silben, schwer lagen ihm die Hände auf seinem verrosteten Projekt, und weil Broschkus trotzdem irgend etwas erwidern mußte, meinte er, etwas lauter:

»Du alter Strolch, weswegen hab' ich dir eigentlich mein Lieblingshemd geschenkt?«

Woraufhin Papito in übertriebner Besorgnis den Zeigefinger auf seine Lippen legte, *»¡Sssss!«*, Flor hingegen das Lackieren von Mercedes' Nägeln unterbrach:

»Mami, Großvater hat schon wieder was verkauft!«

Im selben Moment erschien Rosalia in der Tür und stemmte gleich die Hände in die Hüften, Papito zog instinktiv den Kopf zwischen die Schultern und, dem Doktor verschwörerisch zugrimassierend, tappte mit vorsichtig langsamen Schritten Richtung Hoftor. Nun stand Broschkus ohne ihn da, mit einem Bein bereits auf seiner Treppe, brachte gerade noch ein Knurren heraus:

»Na, Merci, wieder zurück, vom Verwandtenbesuch?«

Mercedes drückte beide Arme durch und musterte ihre Fingernägel: »Verwandtenbesuch? Ach ja, wie immer, keine Probleme.«

So mußte er begonnen haben, der Streit.

Übern ganzen Nachmittag zog er sich hin,
am Ende nahmen sämtliche Nachbarn und Besucher dran teil, die nichts zu tun und also Lust hatten, sich einzumischen: Rosalia war's wieder mal leid, daß ihr Vater alles versetzte, was nicht fest mit dem Haushalt verschraubt oder verschweißt war, ein Nichtsnutz, ein Säufer, einer, der sogar sein Gebiß verscherbeln würde, wenn er eines hätte! Da sie doppelt so viele Silben pro Minute aneinanderrattern konnte wie jeder andre, fing Ulysses

bald das Summen an, wahrscheinlich würde's gleich nach Benzin riechen. Broschkus lag unterm Ventilator und fragte sich, ob die Zimmerdecke türkisgrün war oder türkisblau, fragte sich, ob auch Papito schon mal einem Schwein den Garaus gemacht hatte, mit seinen weißbehaarten Gichthänden. Als er eine Kakerlake erschlagen wollte, die ungewohnt träg an der Wand saß, hatte sie plötzlich Flügel und flog davon.

Zukunftsfroh drang aus den Gebäuden jenseits des Gartens eine Marschmusik im völkisch anmutenden Viervierteltakt; von weiter weg, unter wechselnd im Wind wehenden Salsagirlanden, das Gebläse der Insektenbekämpfer, wie eine alte Waschmaschine im Vollschleuderprogramm losrasselnd, wenn's seine weißen Giftwolken in eine Wohnung hineinpumpte. Dazu ein beständiges Hämmern von sonstwo, kehlig aufsteigende Schreie, wohlige Grunzanfälle aus der Nähe, gewiß von einem der Wühlschweine – ha, auch die Lockenwickler, natürlich, alle stachen sie ihre Schweine selber ab, das ließen sie sich nicht nehmen, ihre Müllbergschweine, Dachschweine, Hinterhofschweine, Balkonverschlagschweine, nachdem man sie gewogen und für schwer genug befunden hatte. In diesem Moment war die schwarze Sau, die vorhin noch laut gelebt hatte, längst aufgehackt, zerlegt und haxenweis verkauft an solche wie Luisito. Während er, Herr Broder Broschkus, der so elegant Macadamianüsse zu knacken wußte und Hummerscheren? Nicht mal einer Kakerlake den Garaus bereiten konnte. Nicht mit diesen Händen.

Ausführlich besah er sich seine schmalen gepflegten Hände,
und da wich auch der letzte Nachhall des großen dunklen Dröhnens aus ihm, Broschkus wurde wieder so weiß und schwach, wie er tatsächlich war: mit Händen, die nur daran gewöhnt waren, Millionen zu bewegen, aber kein einziges lebendes Tier – er konnte ja noch nicht mal bei den hiesigen Begrüßungsritualen mithalten, wenn man ruck-zuck-ruck auf dreifach verschiedne

Weise die Hände ineinanderschlug! Wie hätte er ein Schwein an seinem Schwanz hochheben, wie hätte er's abstechen können? Mit Händen, in deren Sehnen keinerlei Erinnerung steckte, daß man damit ein Messer umklammern und auf etwas Lebendes losgehen, aus freien Stücken losgehen konnte, aus Lust! Broschkus mußte sich eingestehen, daß er keiner von denen war, die einem auf der Straße entgegenkamen und diesen Blick hatten, diesen Blick, der sofort klarmachte, daß sie im Handumdrehen würden töten können. Daß sie's bereits getan hatten.

Woraufhin er begann, sich seines Verlangens nach Blut zu schämen, woraufhin er Stolz empfinden wollte auf sein Unvermögen zu töten, er, der Pazifist mit linksliberaler Vergangenheit, der anerkannte Kriegsdienstverweigerer, der hanseatische Sozialdemokrat durch und durch, auch als überzeugter Humanist hatte man seine Werte, abendländische Werte, von denen die hier gar keine Ahnung hatten in ihrem afrikanischen Mittelalter!

Und doch, und doch! Er mochte auf sich einreden, er mochte sich rügen, verdammen: Wie vor ein paar Wochen, beim Hundekampf, war er heut morgen einer der Ihren geworden, aufgrund derselben Gier, die sie alle empfunden, und *darauf* war er wirklich stolz. Stolz auf das Wilde, das also selbst in einem wie ihm drauf wartete, mit Wucht hervorzubrechen: Ja, einmal wollte er's erleben, das Schlachten!

An diesem Nachmittag unter der türkisgrün, türkisblau changierenden Zimmerdecke begriff Broschkus, daß sie's ernst hier meinten, wenn sie einander versicherten, das Leben sei ein Kampf, begriff die Grausamkeit der Karibik, wie sie so geschickt sich unter Palmen zu verbergen wußte: Die Dunkelheit, begriff er, war dort am größten, wo's am hellsten schien.

Aber wahrscheinlich lag's ja nur an den schwarzen Schweinen und Hühnern und Ketten und an dieser schwarzen Stadt.

Als die schwere BMW aufröhrte,
war's höchste Zeit, den Platz auf der Terrasse zu beziehen – Boxenstop am Schweinedach! Diesmal sah man eine stämmige kleine Shortsträgerin, zur Fütterung bereit, und obwohl sie die Stalltür aufgesperrt hatte, mit lauter Stimme lockte, drohte, befahl – »*¡Macho! ¡Macho!*« –, schoß das Dachschwein nicht etwa nach draußen, im Gegenteil. Die Frau schimpfte, ergriff eine der herumliegenden Latten und stach damit so lange in den Verschlag, bis das Schwein hervorkam. Bevor's den Rüssel in die Schüssel senken durfte, bekam es eine kräftig klatschende Ohrfeige, während des Fressens dann eine Moralpredigt – »*¡Macho! ¡Macho!*« –, dazu eine Abreibung mit der Wurzelbürste. Sein prallrunder Körper glänzte wie der eines Nilpferds, die Vorderbeine leuchteten rosa.

Ja, friß nur, du Sau, friß! hörte sich Broschkus drohen, mit Ingrimm nahm er zur Kenntnis, wie sich ihr Stummelschwanz vor lauter Lebenslust zu kringeln begann, wie ihr kleine rosarote Grunzer entfuhren, während sie sich zwischen den Ohren kraulen und ein Lied vorsingen ließ. Auch du bist bald dran!

Den Rest des Nachmittags beäugte Broschkus
das Lockenwicklerareal nach schwarzen Hühnern, natürlich ergebnislos: Noch immer keifte im Hof Rosalia, noch immer rang er zwei Stock höher mit einem stummen Entsetzen über sich selber: Sollte man sich weiterhin so rasant entpuppen, würde man in wenigen Wochen – am Ziel sein, am Ziel! War er nicht hierhergekommen, um ein Mal im Leben unlimitiert zu agieren, EIN MAL? Und wenn er dabei über tote Schweine gehen mußte, wenn er dabei Schwarze Barone in die Flucht schlagen mußte und Einbeinige, die ihm mit lila Krücken den Weg versperrten – zu *ihr*! Deutlich sah er die kleine Lücke zwischen ihren Schneidezähnen, roch den herben Duft ihres Körpers; er war sich sicher, daß alles, was er bislang hier erlebt, daß ausnahmslos

alles bereits mit ihr zu tun gehabt, daß ihn jeder Tag ein Stück näher an sie herangebracht.

Selbst der, da er sich um ein Haar an einem ausgestopften Krokodil festgehalten hätte.

Statt ein dunkles Gelächter anzuschlagen, imitierte Broschkus den besorgten Tonfall seines Vermieters: Vorsicht, Doktor, Vorsicht!

So ganz würde man um derlei nicht länger herumkommen, um Kettenfirlefanz und faulen Zauber, das stand fest. Hokuspokus Fidibus, dreimal schwarzer Kater! versicherte sich Broschkus seines überzeugten Atheismus, da schrie Rosalia nach der Polizei, sie werde jetzt Fidel informieren, dann werde alles herauskommen, alles! Woraufhin sich zunächst ein umfassendes Gelächter, dann die Stimme der Lockenwicklerin erhob, rauchig verkratzt und endgültig:

»*¡Niña!* Dich reiß' ich doch mit bloßen Händen mittendurch wie ein Brötchen!«

Für ein paar Sekunden hörte man lediglich den Himmel über der Stadt zusammenschnurren, irgendwer spielte dazu auf einem verstimmten Klavier, dann war die Nacht angebrochen.

Eine Katze,
die plötzlich auf der Dachterrasse stand, erschrak vor Broschkus ebensosehr wie er vor ihr, beide blickten sich reglos an, dann löste sich der Spuk: Das war ja niemand Geringeres als Feliberto! Bevor Broschkus ein verlognes *¡Kitikiti-ven!* intonieren konnte, huschte der alte Herr vergleichsweise hurtig hinter ihm vorbei, am Wassertank entlang und von dort? in die Gerümpelnische? Jetzt vernahm's auch Broschkus, wie jemand die Eisentreppe hochstieg, er konnte gerade noch die Neonröhre anschalten.

Als sie dann auf ihn zukam,
schon konnte er ihre langen Glieder sehen, die konkav konturierte Silhouette ihres Körpers, gelang's ihm, in seinen Klappstuhl zurückzusinken und sich mit all seinen Händen an den Armlehnen festzuhalten. Ich werd' verrückt – dachte er nicht etwa, denn das konnte er gar nicht mehr:

Es tue ihr leid, sie sei zwar die Falsche, entschuldigte sie sich mit einem zahnstrahlenden Lächeln, vielmehr: Es tue ihr leid, ihn hier oben zu stören, Luisito habe's ihr ausdrücklich verboten, aber Bro höre ja selbst …

Mercedes, bevor sie einen Teller Reis abstellte, aus dem im wesentlichen ein paar Süßkartoffelscheiben ragten, wischte den gelben Blütenstaub vom Metalltisch; indem sie einen verbeulten Löffel daneben legte, blickte sie Broschkus so sehr aus ihren braunen Augen an, daß er eine Weile blind war für ihre gestreifte Radlerhose, das gestreifte Top und all die Haut darüber, dazwischen, darunter – was hörte selbst ein Bro?

Richtig, Rosalia, jajaja, der böse Papito, immer das gleiche!

Monat für Monat entwende er das Haushaltsgeld, ergänzte Mercedes: Für Rum verkaufe er alles und jeden, Rosalia müsse ihn regelmäßig zur Raison rufen. Dabei habe sie heut extra für den Doktor mitgekocht – »*¡Gratis, Bro!* Ein kleines Dankeschön von meiner Familie!« –, und nun sei sie leider selber, kaum zu überhören, sei verhindert.

Welch eine Überraschung, fand Broschkus kaum angemeßne Worte: Um ein Haar wäre er ja jetzt schon im »Balcón« gewesen.

Auch zwei gut vorgekühlte Bierflaschen hatte Mercedes mitgebracht – »*¡Sí, sí, todo gratis!*« –, doch als ihr Broschkus eine davon anbot, schüttelte sie den Kopf: Alles ausschließlich für ihn, habe Rosalia betont. Broschkus wollte's nicht wahrhaben, ach-Merci-du-traust-dich-wohl-nicht? Erst als er ihr einen der Klappstühle zurechtzurücken suchte, fiel's ihm auf, daß sie nicht im Küchenkittel herumlief, wie sonst. Sondern fein herausgeputzt, zweifarbig lackiert glänzten die Fingernägel, sie trug sogar Schuhe, silberne Sandaletten mit einem Keilabsatz aus Kork. Vor allem aber roch sie heute nicht nach feuchtem Feudel, sondern nach Haut, nach zimtfarbener Haut. Broschkus wollte sie unbedingt dazu gewinnen, ihm Gesellschaft zu leisten, Mensch-Merci-nun-zier-dich-doch-nicht-so, sie blieb indes entschlossen: Verboten! Immerhin ging sie auch nicht davon, stand vielmehr, als warte sie darauf, bis er den ersten Bissen genommen und seinen Geschmack gerühmt, auf daß sie ihrer Mutter berichten konnte. Weil Broschkus genau das zu tun sich hütete, stand sie und schenkte ihm ihr Lächeln und ihren Duft, schnell, eine Frage, darauf würde sie antworten müssen:

Was sie denn von schwarzen Hühnern halte?

Ihrer Kenntnis nach schmeckten sie nicht anders als braune oder weiße. Wieso?

Nur so. Und von Halsketten?

Oh, wenn sie aus Gold seien! Ob er ihr eine schenken wolle?

Schenken? Er? Warum nicht? Aber was denn ein Luisito dazu sagen würde, der ihr anscheinend verboten hatte, mit andern Männern –?

»¡Ay mi madre!«

Mercedes brauchte einen Sekundenbruchteil,
um sich von der Frage zu erholen: Luis, ein Ehrenmann, ein echter Herr, kein böses Wort über ihn! Er sei halt ein Neger, da wisse man ja, was man als Frau zu erwarten habe.

Bloß kein Zögern, Broder, politisch Korrektes ließ sich später noch einwenden: Was ihr Ehrenmann denn dazu sagen würde, wenn man sie morgen abend in den »Balcón« einlüde? Das Restaurant sei ja endlich geöffnet, der Koch vorzüglich.

Der Koch schon! Mercedes beugte sie sich so nah an Broschkus' Ohr herab, daß ihm schwindlig werden wollte: Aber der Besitzer, aber Ocampos Sohn! Der habe bei einem Hundekampf in Havannas Hinterhöfen – so was sei in Kuba verboten, das Wetten erst recht – viel Geld verloren. Und den Halter des Siegerhundes vor aller Augen niedergeschossen.

Das verstand Broschkus.

Das verstand Broschkus sogar sehr gut.

Weil der Erschossene allerdings ein noch größerer Halunke gewesen als Ocampo oder sein Sohn, habe man die Sache – Mercedes klatschte die Hände zweimal verächtlich gegeneinander – schließlich niedergeschlagen.

»Ocampo ein Halunke?« protestierte Broschkus: »Das ist mein Bruder!«

»*¡Sssss!*« Mercedes legte ihm ihren Finger auf die Lippen.

Trotzdem ging sie jetzt nicht,
entrüstet über so viel Niedertracht oder enttäuscht über so viel Naivität, sondern nahm ihren Finger ganz einfach zurück. In diesem Moment mischte sich das Baby ins allgemeine Gelärm, hell aufjammernd aus nächster Nähe, und noch ehe Broschkus lang nachgedacht, hatte er bereits gefragt:

Ob das ihres sei, das man da öfters schreien höre nachts?

Mercedes lachte kalt auf: Das da? Sei der Gesang einer Katze, heut sei ja fast Vollmond und Feliberto wahrscheinlich wieder hinter einer andern her, der alte Schwerenöter.

Jetzt! dachte Broschkus, tat so, als ob er halb zu sich selber spräche: Ach so, ein Esel, äh, eine Katze. Ob Mercedes nicht auch mal Kinder haben wolle?

»*¡Ay mi madre!*« Schnell war das gekommen, empört; sie stützte sich mit der Hand auf den Tisch, daß sich die dünne Platte durchdrückte: Ob etwa er sich eines wünsche?

Gern hätte Broschkus mit dem Kopf geschüttelt oder genickt; vom Hof herauf hörte man abebbendes Getön, und nun? Verlagerte Mercedes ihr Gewicht wieder auf beide Beine, der Moment war verpaßt:

Immer nur darüber reden, das sei doch langweilig.

So langsam fand Broschkus das auch. Trotzdem fiel ihm keine angemeßne Replik ein, er war froh, daß er in ihr Gelächter einstimmen durfte. Wie sie einen Schritt von ihm weg, Richtung Eisenstiege, tat, ließ sich ein goldnes Fußkettchen sehen –

Ach, ein Geschenk, nicht der Rede wert.

Aber von wem?

Nicht weiter wichtig. Nun müsse sie freilich los, einer Verabredung wegen. Ob Broschkus ein paar leere Mineralwasserflaschen übrig habe?

Oh, das hatte er. Keiner kam hier ohne sie aus, selbst Luisito nahm regelmäßig welche mit, wenn er sich nach Dienstschluß kurz bei ihm sehen ließ: Flaschen, um sich Bier hineinzapfen zu lassen, um Olivenöl oder Tomatensoße aufzubewahren, um Leitungswasser darin abzufüllen und im Gefrierfach zu kühlen – man konnte, scheint's, ohne diese Eineinhalbliterflaschen gar nicht überleben, war jedoch drauf angewiesen, sie von Touristen geschenkt zu bekommen. Folglich stand er jetzt mit Mercedes einen Stock tiefer, in der Casa el Tivolí: Alle, alle sollte sie haben!

»*Ay* Bro.«

Vor Freude stellte sich Mercedes auf die Zehenspitzen und umschlang seinen Nacken, zog seinen Kopf aber nicht etwa ein Stück zu ihr hinab, sondern bedankte sich mit einem – war das ein Kuß gewesen, was er auf dem Adamsapfel verspürt, der Hauch eines Kusses? Ein zarter Biß? Oder ganz eigentlich bloß eine plötzlich, eine flaumhaardicht plötzlich vorbeistreifende Kühle, schon zog Mercedes den Kopf zurück, Broschkus hatte beide Hände voll zu tun, die Flaschen festzuhalten. Sie hingegen lächelte ihn mit ihren braunen Augen dankbar an, all die leeren Flaschen aus seinen Armen sanft herauswindend, keine fiel ihr zu Boden.

»Dir gefall' ich ja nicht«, beschwerte sie sich noch vom untern Treppenabsatz.

»*¡Mentira!*« rief er ihr nach, und übers Geländer gebeugt: »Du gefällst mir sogar sehr!«

Eine Antwort erhielt er nicht, von keinem einzigen, der dort im Hof saß, Broschkus winkte ihnen allen ein verschämt überraschtes »*Buenas*« zu.

So würde's nicht mehr weitergehen können,
das war hiermit entschieden. Um eines bloßen Flecks willen, eines Fehlers gewissermaßen, der ihr fehlte, der Enkelin eines Säufers, der Tochter einer Säuferin, konnte er nicht so tun, als verspüre er lediglich Hunger. Glich sie dem Mädchen von einst nicht aufs Haar, war nicht alles an ihr ganz genau so, wie er's von seinem Tanz her in Erinnerung hatte, fast ganz genau so?

Unwillkürlich fuhr ihm die Hand an die Kehle, wo er das Mal spürte, das ihm seit Monaten dort brannte oder seit Sekunden, nicht hinabzuschlucken.

Einmal tief genug in ihre Augen sehen,
sagte er sich, vor ihm der erkaltete Gratisreis, er würde darin mit Sicherheit einen Fleck erkennen. War er denn eines Flecks oder einer Frau wegen hierhergekommen? Ob grüne oder braune Iris, ob honig- oder zimtfarbene Haut, Mercedes roch, wie eine Frau riechen sollte, sie ging, redete, lachte, schwieg, wie eine Frau gehen, reden, lachen, schweigen sollte, was wollte er mehr? Wenn er geahnt hätte, daß Ernesto schon in wenigen Stunden mit einem entschiednen »Ich hab sie, *sir*!« all seine Sehnsucht von ihr abziehen würde! Von der Falschen, gewiß, doch nie zuvor in seinem von halbherzigen Verliebtheiten und kaltherzigen Affären nicht völlig verschonten Privatbankiersleben hatte er eine getroffen, die ihm dermaßen, wie sollte man sagen, dermaßen – richtig erschienen.

Mercedes, sagte er leise, jede Silbe betonend: Merci. Mochte sie Mutter eines Esels sein und eine verdammte Rassistin obendrein, egal. Für sie würde er noch über ganz andre Schatten springen, jede politische Korrektheit würde er für sie abstreifen, würde so werden wie einer von hier, hart, herrisch, hochfahrend, ihr zuliebe!

Als ein kleiner Junge die Eisenleiter heraufkam, wahrscheinlich um Bierbestellungen entgegenzunehmen, scheuchte ihn Broschkus mit einer laschen Handbewegung fort. Entschlossen blickte er geradeaus, über den mit nackten Neonröhren und Glühbirnen ausgeleuchteten Dreck der Dächer und Hinterhöfe und durch den gegenüberliegenden Hügel hindurch, dorthin, wo sie irgendwo liegen mußten, die unendlichen Zuckerrohrfelder, in denen er sich vor wenigen Wochen so gern verlaufen, in denen er sich so gern zugrunde gerichtet hätte. Statt dessen saß er noch immer in diesen nach Blut und Rum und Meer und Sperma stinkenden Ruinen, umgeben von annähernd einer Million Menschen, zwei Millionen Radiogeräten, drei Millionen Tieren, die beständig vor sich hin lärmten. Weil ich hier richtig bin! dachte Broschkus, deshalb! Das kleine Mädchen auf dem Nachbardach, das er nebenbei beobachtet, wie sie auf eine Zeitung schiß, jetzt knüllte sie die Zeitung zusammen und warf sie –

Als ob's keinen geeigneteren Moment gegeben hätte, wurde's von einer Sekunde zur andern wirklich dunkel, ein vielstimmiger Aufschrei der Empörung ringsum, die Musik aus Radios und Fernsehern schnurrte in sich zusammen. Stromausfall!

Davon hatte man erzählt,
das kam hier alle paar Wochen vor, das war normal. Nicht für Herrn Broder Broschkus, der erlebte es das erste Mal – wie still es unverhofft geworden! Die Menschen schienen sich mit gedämpfteren Stimmen zu unterhalten, selbst die wenigen Autos, die um diese Uhrzeit noch unterwegs waren, rollten scheinbar mit ausgeschaltetem Motor, wartend lag vor Broschkus' Augen ein dunkel sich wölbendes Hügeltier, nur in entfernteren Stadtvierteln funkelte es vereinzelt. Weil man nichts mehr hörte, konnte man sie jetzt riechen, die Wärme, die aus den Falten des

Tiers aufstieg, konnte das Gebirge riechen, das sich als graue Wand eng darum herumzog, selbst den Himmel, wie er sich, ein drückend niedriges Wellblechdach, schwarz darüberlegte.

Als ein kleiner Junge die Leiter heraufkam, verscheuchte ihn Broschkus mit einer Handbewegung. Von wegen sternüberfüllter Himmel der Karibik; wenn nicht immerhin ein Mond gewesen wäre, man hätte in reinster Dunkelheit gesessen. Schwerer als andernorts hing er im Himmel, der Mond, er leuchtete so stark, daß er selbst als Sichel – sie stand nicht, sie lag! – den Rest der Scheibe matt aufschimmern ließ, ein Phantomleuchten gewissermaßen: Das Helle zeigte sich sogar noch dort, wo's nichts als Dunkel gab, wo de facto – doch da fing das Rauschen an. Wasser!

Ein erneuter kollektiver Aufschrei,
normalerweise wurden die Tanks alle vier bis fünf Tage beliefert, das war man gewohnt. Diesmal freilich hatte die von Fidel verhängte Trockenheit schon acht Tage angehalten, laufend war jemand vor Broschkus' Tür gestanden, um zu schnorren. Jetzt diese Betriebsamkeit! Als ob's keinen geeigneteren Moment gegeben hätte, wurde's von einer Sekunde zur andern wieder hell, dritter Aufschrei, Strom!

Im Areal der Lockenwickler drängten so viele Menschen gleichzeitig nach draußen, in Richtung der verschiednen Tanks und Tonnen, daß Broschkus seine kaum aufgeflackerte Neonröhre löschte und ans Geländer trat: Mit allerlei Gefäßen bestückt, wimmelten sie dort drüben durcheinander, wo kamen die vielen Kinder nur plötzlich her, die vielen Ferkel, Hunde, Katzen, Hühner, ein aufgeregtes Kreischen, Quieken, Kläffen, Gackern – daß bloßes Wasser so viel Glück bereiten konnte! War das nicht Maikel? Manuel? Willito? wie er in den Wassertank hineinstieg, der an Papitos Hofmauer grenzte, nur mit einer Unterhose bekleidet, sich unter den Zufluß stellte, einige Kleinere zur Seite drängend. Mit entblößtem Oberkörper begannen andre bereits das Schöpfen, von hinten wurden Eimer gereicht.

War das nicht eine der *jineteras* vom Parque Céspedes, »Diorling« oder »Don't touch« oder »Alles echt«? Und die Dunkle daneben, mit bunten Ketten behangen und weit größer, mächtiger, ja nachgerade muskulös, erschreckend muskulös? Eine Sonnenbrille mit schmetterlingsflügelförmigen Gläsern steckte ihr im Haar, vom Wangenknochen bis durch die Braue lief ihr violettglänzend eine Narbe; wie sie ihren Mund zu einem Keil aufriß und ein Lachen herausstülpte, ein hellrosarotes Zungenlachen, war sich Broschkus sicher, sie irgendwo schon mal gesehen zu haben.

Und die da? Oh, die Lockenwicklerin höchstselbst auf ihrer Terrasse, kaum vier, fünf Meter Luftlinie von Broschkus entfernt – hatte sie ihm etwa zugewinkt? Hatte ihm in wohlgelaunter Heiserkeit, »*¡Agua, doctor, agua!*« ein paar Silben zugerufen? Broschkus tat so, als bemerke er sie nicht. Wasser, das sah er schließlich selber, bald würden die Tanks überlaufen – aber neben der Lockenwicklerin? Das war ja Rosalia, »*¡Todo gratis, doctor, gratis!*«, die ihm jetzt zuwinkte, zulachte?

Stumm hob Broschkus den Unterarm, ihren Gruß zu erwidern. Rosalia wies mit dem Finger auf ihn, so daß auch die Umstehenden aufmerksam wurden, Grußworte herüberschickten, gute Laune: »*¡Cojones, el doctor!*«, »Warum so allein? Noch immer ohne –?«, »Bist du vielleicht schwul?«

Immer schon war's ein Glück gewesen,
unterm Bettuch zu liegen, den Wassertanks zu lauschen, wie sie überliefen. Und erst heute! Vor wenigen Stunden noch hatte Broschkus verzweifeln wollen über die Kraftlosigkeit seiner Hände, jetzt fühlte er sich stark genug, damit die Limonen- und Orangenbäume aus Nachbars Garten auszureißen. Welch eine Rolle spielte's da, daß die Neonröhre nicht mehr aufgeflackert war, als er zum Abräumen noch mal Licht gebraucht hätte: weil

man sie geklaut hatte (wie vorgestern bereits den Putzlumpen), welch eine Rolle spielte das!

Gleich vor seinem Fenster fiel dumpf eine Frucht zu Boden und blieb liegen, dort zu verfaulen. Irgendwann wurde das Dachschwein unruhig, schabte an seinem Gehäuse und schlug mit dem Schwanz dagegen. In der Ferne klagten Babys, die Katzen waren, dann bellte ein uralter Hund, der ein Esel war, der ein Toter war; vom Garten her hörte man Gesumme, Gepiepe, Gequietsche, aus dem Areal der Lockenwickler einen Frauenschrei, der ein wenig nach Rosalia klang, gleich drauf ein Männerstöhnen, das sich jedenfalls nicht nach Ulysses anhörte:

»Bring mich um! Bring mich um!«

Wenn Broschkus geahnt hätte,
daß ihm Ernesto schon am nächsten Abend all seine Träumereien zunichte machen würde! Gegen Morgen kam Feliberto durchs Fenster herein und schlief, als sei er nie dran gehindert worden, schlief gleich am Fußende des Bettes ein. Wenig später hob er bereits wieder an, der Gesang der Hähne.

Lang bevor Papito – oder Ulysses? – in Streit mit seinen Besuchern geraten, trat Broschkus in den neuen Tag, welch eine Sonne, und stieg treppab, Teller und Löffel zurückzubringen. Leider waren weder Rosalia noch Mercedes zu sehen, nur eine feindselig ihm entgegenschweigende Flor. Broschkus grüßte sie aufs herzlichste und bedankte sich, schließlich war sie die Schwester:

Ob sie wisse, wo's Neonröhren gebe?

Das wußte sie nicht. Wahrscheinlich in der Schwarzen Tasche.

Und Halsketten, goldne Halsketten?

Golden! staunte Flor: Ob er ihr eine schenken wolle?

In der Schwarzen Tasche einzukaufen
hieß nichts andres, als sich so lange in den Straßen Santiagos herumzutreiben, bis einer der Gefragten jemand zu kennen glaubte, der das Gesuchte zumindest schon mal gesehen, damit hatte man eine erste Spur. Nach einigen Tagen, mitunter Wochen zielstrebiger Geselligkeit ließ sich so manches auftreiben, wohingegen man in den Peso-Laden gar nicht erst seine Zeit vergeudete: ein simples Prinzip von Angebot und Nachfrage; zu seiner Anwendung freilich fehlten Broschkus sämtliche Talente. Mithin entschloß er sich, nach einem »Balcón«-Frühstück ohne Ocampo – der habe Angelegenheiten zu regeln, teilte man mit –, in der »Bombonera« und andern Dollarläden zu suchen, in der »Alegria«, im »Ensueño«, dem »Siglo XX« und wie sie alle hießen.

Zuvor mußte er freilich das *hamburguesa*-Brötchen runterbekommen, das man ihm zum Kaffee aufgeschwatzt, zwei Kerle verschlangen schon jeder eines, indem sie unentwegt Knorpel ausspuckten und trotzdem weiterredeten. So ein kubanischer Hamburger, grunzte man ihm malmend zu, der enthalte alles, was den Mann stark mache, Schweinedarm, arsch und -hoden, sehr zu empfehlen. Hätte Broschkus nach einem Mayonnaise-Brötchen gefragt, das Gelächter der Kerle wäre noch heftiger ausgefallen; weil er bereits nach dem ersten Biß vor lauter Knorpeln nicht wußte, was davon überhaupt runterzuschlucken ging, klopfte man ihm die Schulter:

»Deine *muchacha* wird's dir danken, Onkel.«

Jetzt wußte Broschkus, was Ocampo jeden Morgen nur mit dem Chirurgenhandschuh anfaßte.

Als er die Padre-Pico-Treppe runterging,
Reste des Frühstücks zwischen seinen Zähnen ertastend und dabei ein weißes Schimmern im Hafenbecken ausmachend, das sich erst Stufe für Stufe, Knorpel für Knorpel, zu einem Kreuzfahrtschiff konturierte – seit wann kamen die denn hier vor-

bei? –, spuckte er ein letztes Mal aus. Dann stürzte er treppab und zu Tode.

Nunja,
um ein Haar. Was ihn gerettet hatte, jedenfalls für diesmal, war ein entgegenkommender älterer Herr in spitzen weißen Schuhen, den er im Hinabstolpern mit sich gerissen; als die beiden etliche Stufen tiefer angekommen, schlug ihm der Herr auf die Schulter, »*¡Coño!* Warum so eilig?«, und hieß Prudencio Cabrera Ocampo:

»Willst du zu einer *muchacha?«*

Die Antwort wartete er gar nicht erst ab, kam nämlich selbst von einer, *»una chica muy muy linda, ¿entiendes?«*. Da er gestern eine Viagra-Pille in der Schwarzen Tasche gefunden – eigentlich habe er ja nach einer Neonröhre gesucht, fürs Restaurant –, sei seine Freundin heute nacht sehr –

Eine Neonröhre?

– angetan gewesen: Die Pille enthalte alles, was einen Mann stark mache, die könne er Broschkus nur dringend empfehlen. Nicht, daß der denke, einer wie Ocampo sei auf Viagra angewiesen, oho, im Gegenteil, er sei zwar weit über sechzig, verfüge jedoch über drei Säcke, wenn ihn sein Bruder gefälligst verstehe, drei Paar Klöten, er sei ein Pferd. Aber man müsse ja vorwärts, das Leben sei ein Phänomen, ein Kampf: *»Hombre, ¡la vida es del carajo!«*

Die Pille hatte gewirkt. Der muffig vor sich hin grummelnde Ocampo war in einen nach Rasierwasser duftenden Dandy verwandelt, sein Gesicht überstrahlt von einigen tiefen Haupt- und vielen hundert Nebenfalten, den Hals hinab sich verästelnd bis in den Nacken: ein weltliches Gegenstück zu Ernesto, weidlich durchgegerbt vom Leben, wohingegen Ernesto ja immer ein wenig aus dem Jenseits herüberzulächeln schien.

Schon verflog sie allerdings aus seinen Falten, die Lust am Leben, Ocampo griff mit der Hand nach der seines Bruders, um sie sich an die Brust zu ziehen, dorthin, wo sein Herz schlug: für seine Frau, wie er in jäher Inbrunst versicherte, nur für sie! Nicht daß sein Bruder denke, Ocampo habe lediglich das eine im Sinn! Broschkus' Hand freilassend, zog er seine Brieftasche hervor, ein Photo seiner Frau zu zeigen: Auf sie lasse er nichts kommen, dreißig glückliche Jahre habe er mit ihr gehabt! Vor neun Monaten sei sie ihm gestorben; seine Ehre bestand darin, ausschließlich von ihr ein Photo mitzuführen, nicht etwa auch von seiner Freundin.

Als sich Broschkus trotzdem nach Neonröhren erkundigte, brauchte Ocampo eine Weile, um die Brieftasche in der Gesäßtasche seiner Hose zu verstauen. Auf der andern Seite der Bucht rauchten die Schornsteine, es würde wieder für eine Weile Benzin geben; das Kreuzfahrtschiff schimmerte recht unwirklich aus dem Hafen herauf, gewiß hatten sich sämtliche *jineteros* der Stadt dort eingefunden.

Neonröhren, die gebe's, na, an jeder Ecke, Mann, in Kuba gebe's alles. Das Problem sei nur, es zu finden. Am ehesten vielleicht auf der Trocha. Heut abend sei dort aber *Noche Santiaguera,* da hätte man andres im Sinn als Neonröhren – ob er nicht auch hingehe, Broschkus, um sich endlich eine *chica*? Die ganze Stadt sei unterwegs, Ocampo werde ihn begleiten und ihm persönlich eine aussuchen, höchste Zeit, wo sein Bruder einen solch schönen Spiegel im Schlafzimmer hängen habe, das müsse man ausnutzen!

Spiegel? Ausnutzen? Woher er das überhaupt wisse?

»*¡Hombre!* Woher wohl?« »Was meinst du denn, wie oft ich mich schon selber dort eingemietet habe, für zwei bis drei Stunden?«

Wieder fühlte Broschkus schwer eine Hand auf seine Schulter schlagen. *¡La vida es…*

del carajo!
Nachdem er an der Markthalle einen Zuckerrohrsaft auf Eis gekippt, hatte er sich einigermaßen beruhigt: Mochte wer-weißwer in der Casa el Tivolí wer-weiß-wie zugange gewesen sein, jetzt hatte sich kein andrer darin eingemietet als er, Herr Broder Broschkus, zumindest für weitere elf Monate. Auf dem Parque Céspedes beobachtete er ein Weilchen die Staatsgewalt – eine Polizistin, die Eis schleckte, hatte sich bei ihrem Kollegen eingehängt –, wie sie heute besonders eifrig patrouillierte. Dazwischen die *jineteros*, rudelweise Hütchenträger in die Heredia bugsierend, den afrikanischen Schnitzereien entgegen, der zweitberühmtesten Kneipe der Stadt. Als ihn einer (Maikel? Jordi? Igor?) mit laut klatschendem Handschlag begrüßte, »Na Doktor, alles klar?«, konnte sich Broschkus fast als Einheimischer vorkommen.

Neonröhren waren dann zwar keine zu finden, jedoch ein kleines dünnes Halskettchen, an dem ein kleines dünnes Kreuz baumelte.

Poco a poco hatte er sich eingewöhnt,
daran zweifelte Broschkus in diesen Minuten nicht, und weil der Tag also bislang ganz großartig gelaufen und bei einem Abendessen mit Mercedes absolut sensationell ausklingen würde, beschloß er, sich vor der Mittagspause noch einen Haarschnitt zu gönnen. Oft genug war er schon dran vorbeigelaufen, an Bebos winzigem Friseursalon, heute hatte er allen Grund, ihn einmal auszuprobieren.

Wie schön war bereits das Warten! Draußen, auf den Steinstufen vor der Eingangstür, saß man im letzten Vormittagsschatten, einige weitere unter den Bäumen gegenüber: Die Alten palaverten quer über die Straße, vorbeikommende Bekannte wurden mit »*He-o*« oder »*O-he*« gegrüßt; die Halbstarken vertrieben sich die Zeit mit Murmel-Boccia (bei dem's nicht zuletzt um Geld ging, wie Broschkus mittlerweile wußte); die Kleineren warfen mit Kronkorken beziehungsweise suchten sie mit einem Stock abzuwehren, Wurf- und Schlagtechnik ihrer Baseball-Idole perfekt imitierend.

Dann der Brotwagenverkäufer mit seinem blau gestrichnen Rollwagen (samt Aufschrift *»El papi«*); auf seiner Trillerpfeife stieß er den bekannten Doppelpfiff aus. Auf einem Mountainbike kurzdrauf der Butterverkäufer, seine Ware im Rucksack mit sich führend.

Broschkus saß auf den Stufen, immer mal wieder tauchte jemand auf, der angeblich schon früher da- und nur kurz weg gewesen, so daß die Schlange nicht kürzer wurde. Was Broschkus gern hinnahm, hier hatte er einen Ort gefunden, wo man auch als Fremder eine Weile nichts tun konnte, ohne daß man angesprochen wurde: Wie schön war das Warten!

Kurz nachdem die Müllabfuhr vorbeigefahren –
drei Männer auf der Ladepritsche eines Lkws durchwühlten die hochgereichten Tüten und Kartons sofort auf Brauchbares –, winkte man Broschkus herein, kurz vor eins: als letzten, der von Bebo heut vormittag bedient wurde. Man saß in einem uralten Chicago-Sessel mit schmiedeeiserner Fußstütze, um den Bebo gleichbleibend zielstrebig herumhantierte, saß zwischen einem Fidel-Bild *(»Siempre«)* und ausgeblichnen Bikini-Pin-ups, die man aus fast jedem besseren Wohnzimmer mittlerweile kannte, ließ sich erst rasieren, dann den Kopf scheren. Bebos Maschine rupfte beträchtlich, doch dafür war der ganze Raum ja auch nicht größer als zwei mal zwei Meter, eine richtige kleine Frisierhöhle, es gab nicht mal ein Waschbecken. Nur ein paar Plastikflaschen mit Wasser standen bereit, unterm Spiegel (mit Aufdruck »Salón el túnel«), zwischen alten Pinseln, Bürsten, einer aufgeschnittnen Bavaria-Bierdose, in der Bebo den Rasierschaum bereitete. Dazu lief leise Musik aus dem Transistorradio – das alles für einen einzigen Dollar!

Santiago, träge glimmernder Mittag,
kreisende Geier. Versunken hinter flau flirrendem Dunst lagen die Dinge, Broschkus kehrte heim. Eilig hatte er's nicht mehr, seitdem er beschlossen, eine Frau zu suchen, nicht einen Fleck in ihrem Auge, selbst der Schweiß schien ihm ein wenig langsamer auszubrechen. Bei seiner Rückkehr saßen Ulysses und Rosalia so einträchtig im Hof und sangen, als sei's für die Ewigkeit.

Mercedes, verkündeten sie ungefragt, einander ins Wort fallend, sei gerade unterwegs. Angelegenheiten gebe's zu regeln, kein Problem.

Weil sie das auch noch zwei Stunden später war,
Mer-ce-des, Mer-ci, ging Broschkus zur Trocha; vielleicht ließ sich eine Neonröhre auftreiben, ehe sein Vermieter vorbeikommen und zu erhöhter Wachsamkeit mahnen würde. Dort, wo die Calle Rabí wieder steil bergab führte – am Wegesrand mürbe Karossen mit fletschenden Kühlergrills und ausladenden Haiflossen, aber ohne Räder, Lampen, Scheiben, die Innenräume vollkommen ausgeweidet –, wurde heftig in den Hauseingängen gelagert, ein halbes Leben verbrachte man hier mit Rumlungern. Daß drei-, vierhundert Meter entfernt bald *Noche Santiaguera* anbrechen würde, zählte offensichtlich nicht.

Drunten in der Trocha sah's freilich anders aus,
die Vorbereitungen waren in vollem Gange: Kleinteillager für Heimklempner, Open-Air-Nagelstudios und Altschuhhändler waren von den Gehsteigen verschwunden, statt dessen wurden aus groben Planken Trinkkioske zusammengezimmert und mit vertrockneten Palmblättern gedeckt, wurden kleine Musikbühnen und große Biertanks angeliefert. Obwohl man noch allerorten hämmerte und sägte, waren bereits die Kassettenrecorder eingeschaltet, waren Hunderte an Jungmännern unterwegs – heut abend würden's gewiß Tausende sein –, ihr Bier in abge-

schnittnen Plastikflaschen oder großen graubraunen Trinkkannen mit sich führend. Einer mit eintätowierter US-Flagge am Hals trug voller Stolz einen Senfkübel, aus dem die Flüssigkeit bei jedem Schritt schwappte.

Und wenn sie nicht flanierten oder entgegenkommenden Mädchengruppen lästig fielen, so drängten sie zu den Schankstellen, die Jungmänner, um sich nachfüllen zu lassen. Insbesondre um die Lkws staute es sich: Man wurde direkt vom Tank in die Gefäße bezapft, trank vor Ort zügig aus, ließ erneut einschenken. Nirgends gab's Toiletten, man pißte gegen die nächste Hauswand – nach einer Neonröhre zu suchen wäre unter diesen Umständen sinnlos gewesen.

Zwischen den Bierbuden schlugen andre derweil ihre Imbißstände auf

Metalltische, auf denen hellbraun glasiert glänzende Schweine lagen, grinsende Komplettbratschweine, deren Fleisch man mit bloßen Fingern abzupfte. Vor einem besonders großen blieb Broschkus stehen, versuchsweise ein Loch in die Luft zu stoßen; der Verkäufer fing gleich an, seine Ware zu rühmen, »Das gibt dir Kraft, Mann! Deine Geliebte wird dir auf Knien danken!«, mit Daumen und Zeigefinger Fasern vom Körper des Schweines pulend, ziehend, reißend und zwischen zwei Brötchenhälften stopfend – dabei war die Schnauze des Tiers blutverschmiert, auch an den Klauen klebte was.

Als ihm der Verkäufer das prall gepackte Brötchen hinhielt, schüttelte Broschkus entschlossen den Kopf. Ging aber auch nicht schweigend weiter, wie's sonst so seine Art war, sondern fragte, eher desinteressiert, nach einer Neonröhre. Der Verkäufer zeigte sich keinesfalls erbost, im Gegenteil, erwog sekundenlang seine Antwort:

Ob Broschkus jemanden kenne, der eine Autobatterie verkaufe? Oder einen Kühlschrank brauche? einen Hummer?

Dort,
wo sich die Trocha an einem Plattenbau gabelte, der wie eine verschmutzte Hühnerfarm in Großformat anmutete, stand ein verbeultes Kleinkinderkarussell: vom Design her zu schließen, aus den Fünfzigern, mit matt abblätternden Farben, der Betreiber mußte mit eigner Kurbelkraft die gutbesetzten Flugzeuge und Lokomotiven in Bewegung halten. Dahinter der nächste Biertank, das nächste Bratschwein, kichernd paradierende Mädchen, saufende Jungmänner. Einer mit eingeschornem *Nike*-Logo im Stoppelkopf schleppte einen Farbkübel, aus dem das Bier bei jedem Schritt schwappte.

»Hallo, Onkel!« Und weil Broschkus nicht gleich reagierte: »Hallo, Doktor! Erkennst mich schon wieder nicht?«

Der ihm da aus der Menge zuprostete,
die sich um den Tankwagen drängte, war kein Geringerer als Pancho. Nein, Maikel. Willito.

»Dabei sind wir doch Nachbarn, sozusagen.«

Ach ja, die Hand mit zwei Fingern, Lolo.

Lolo, el duro, el puma.

Seinem Gebaren nach zu urteilen, hatte er sich bereits ganz gut eingetrunken, wollte Hände schütteln, schließlich seien sie alte Bekannte und Kuba ein schönes Land, hier, nimm-mal-'nen-Schluck.

Um diese Uhrzeit? verkniff sich Broschkus, aus diesem versifften Teil? setzte Broschkus an, mitten auf der Straße? schluckte er den letzten lauen Rest, der im Becher war.

Lolo hatte noch ein bißchen Zeit,
bis er seine Kunden – er nannte sie tatsächlich *mis clientes* – vom Kreuzfahrtschiff abholen und in die »Casona« schleppen würde. Alles Deutsche, die seien am einfachsten, irgendwer habe ihnen weisgemacht, in Kuba sei's ganz wunderbar. Trotzdem hätten sie dann immer ein bißchen Schiß, auch die Männer, vor allem die

Männer, das seien richtige Weicheier, wahrscheinlich hätten sie gar keine Säcke mehr, du-verstehst-mich-Onkel?

Lolo schüttelte den Kopf, eine geraume Weile seiner Verachtung anheimgegeben, um mit plötzlichem Ingrimm anzufügen: Und ihre Frauen, die seien so dankbar, wenn sie mal was Anständiges zwischen die Beine, *hombre,* die täten dafür alles. Einfach alles, unvorstellbar, ob die denn gar keine Ehre? Dabei hätten sie doch meistens pralle Ärsche, so schön fett, so richtig zum Wühlen. »Oder wie siehst du das, Onkel, woher kommst du eigentlich?«

Spätestens jetzt drückte Broschkus das Kreuz durch und gab sich breitbeinig: Er sei, sozusagen, ein halber Kubaner.

Das war so treffend gesagt, daß er die Hand mit den zwei Fingern auf die Schulter geschlagen bekam und auf eine Runde Bier eingeladen wurde.

Das heißt,
einen Zwanzigpesoschein mußte er schon lockermachen, für-einen-wie-dich-doch-kein-Problem-Onkel. Dafür war Lolo gern bereit, sich durch die Menge zu drängen, um das Bier zu holen; woher dabei ein zweiter Plastikbecher kommen sollte – in dieser Hinsicht mußte sich jeder Trinker selbst versorgen –, war Broschkus ein Rätsel.

Ein kleines Schulmädchen, höchstens acht oder neun Jahre alt, übte sich in obszönen Körperdrehungen; schräg dahinter, zwischen geborstnen Gehsteigplatten auf der gegenüberliegenden Straßenseite, war ein sprudelndes Wasserloch, das Rohr mußte erst vor kurzem gebrochen sein, ein regelrechter Tümpel: Sechs kleine Jungs badeten darin. Mit ihnen ein Hund, den einer der sechs an den Hinterbeinen hielt, auf daß ihn die andern fünf so häufig untertauchten, bis er am Ende kaum noch davonkriechen konnte. Immer wieder brach er zusammen, nicht mal die Kraft zu jaulen hatte er noch, sechs kleine Jungs waren's zufrieden.

Nur sieben Peso der Becher,
freute sich Lolo, das sei doch wirklich preiswert. Tatsächlich hatte er einen zweiten Trinkhumpen organisiert, aufs Wechselgeld kam er gar nicht erst zu sprechen – *¡salud!*

Ob er wirklich nebenan wohne? fragte ihn Broschkus, nachdem er von der schaumlos lauwarmen Flüssigkeit gekostet und ihren Geschmack gepriesen: Ob Lolo die Casa el Tivolí vielleicht sogar mal von innen?

Naja, wohnen, das vielleicht gerade nicht. Aber die Casa el Tivolí, gut, daß er sie erwähne!

Schon erfuhr Broschkus, daß Luisito ein feiner Mann sei, fast so was wie der Chef des Tivolí, jedenfalls würde er sich gelegentlich so aufspielen. Aber auch ein verdammtes Schlitzohr: Allen habe er verboten, mit seinen Mietern zu sprechen, und warum? Um als einziger an deren Dollars zu kommen. Ein Ober-*jinetero* sei das, nicht umsonst der reichste Mann im Viertel.

Ob Lolo gestern nacht auch den Schrei gehört habe? wollte Broschkus zur Enttäuschung seines neuen Freundes nicht auf das Thema eingehen: Das sei doch Rosalia gewesen?

Die habe einen dicken Leberfleck zwischen den Brüsten! Lolo rieb die Zeigefinger aneinander: *Uyuyuyuy*, die brauche manchmal tüchtig, Ulysses könne's ja nur recht sein, der sei doch froh, Rosalia von der Backe zu haben. Oder ob der Onkel tatsächlich glaube, daß man seinen Lebensunterhalt hier mit Räderputzen und Gasflaschen-Austauschen bestreiten könne?

An dieser Stelle etwa mußte Broschkus begonnen haben, Bier in großen Zügen zu sich zu nehmen; die Plastikkanne entwickelte einen Eigengeruch, der mit wärmer werdender Flüssigkeit stärker hervortrat, rasches Konsumieren war geboten. Lolo hatte schon fast wieder ausgetrunken, schüttelte voller Verachtung seine Locken:

Ob der Onkel noch nie die grüne Unterhose auf der Wäscheleine, eine eng anliegende mit kurzen Beinen und einem Schillern drin? Das sei Ulysses' Arbeitskleidung, *¡salud!*

»*¡Mentira!* hätte Broschkus am liebsten Lolos Zweifingerklaue von der Schulter gewischt und dann auch gleich den Zahnstocher aus seinem Mund, auf dem er beständig herumkaute, selbst beim Trinken: Das kann gar nicht stimmen! Aber er tat's nicht, wahrscheinlich weil er mittlerweile nicht nur ein halber Kubaner war, sondern immer noch ein halber Deutscher.

Wenn sich die Männer hier gemeinsam betranken,
legten sie einander die Hände irgendwohin, um den andern recht innig zu spüren, versicherten einander ihrer unwandelbaren Freundschaft. Lolo, el duro, el puma, machte da keine Ausnahme, und während er das nächste Bier holte, mußte sich Broschkus eingestehen, daß er's nicht unerhebend fand, mit einem stadtbekannten Dieb derart ins Plaudern geraten zu sein: Es ging voran mit ihm, eindeutig voran.

Als Lolo beiläufig das Verlangen nach Tropfpizza äußerte, ließ sich Broschkus mit keiner Silbe drauf ein, im Gegenteil, hatte plötzlich Angelegenheiten zu regeln:

»Wie kommt man hier eigentlich an Neonröhren?«

Kein Problem, wußte Lolo: Ob das ein Auftrag sei? Und als Broschkus zögerte: »Selbstverständlich nur aus einem andern Stadtteil, Onkel.«

Warum nicht, dachte Broschkus, warum nicht.

Sein Desaster ließ sich so langsam an,
daß er zunächst gar nichts bemerkte; bierbeseelt trieb er schließlich heimwärts: Noch ein bißchen weniger deutsch würde er werden und noch ein bißchen mehr kubanisch, am Ende wäre er dann einer der Ihren oder jedenfalls jemand, den sie ernst nahmen.

Ein Betrunkner kam ihm auf einem reifenlosen Fahrrad entgegen, die Felgen schepperten übers Pflaster, stürzte zu Boden. Von seinem Gepäckträger löste sich ein Pappkarton, platzte auf, in alle Richtungen kullerten Orangen, zum Teil ziemlich weit bergab. Die eine oder andre davon nahm sich ein Kind, sogleich mit dem Schälen beginnend oder an einen Erwachsnen weiterreichend. Keiner der Rumlungerer kam, um zu helfen, man sah nur aufmerksam zu, wie sich der Mann schließlich aufrappelte und halbherzig im Rinnstein herumtappte.

Ein Vorbote? Nein. Broschkus, hart, herrisch, hochfahrend, schritt an ihm vorbei.

Der Rest des Tages zerging ihm unter den Händen
wie ein Stück Butter. Als ihm eine der Lockenwicklerinnen, die Selbstgebacknes an Passanten verkaufte, den Weg vertrat und ihre Blechschüssel mit Kleingebäck entgegenstreckte, griff er zu, für-einen-wie-mich-doch-kein-Problem. Sie war so überrascht, daß sie ganz vergaß, ihm einen Peso abzufordern oder etwas Obszönes hinterherzurufen.

Ein Zeichen? Nein.

Verdächtig zufrieden wusch Ulysses an einem Motorrad herum –
Samstag, Tag der Fahrzeugpflege! –, während ihn Rosalia schon wieder beschimpfte. Ein Leben mit dieser ständig betrunknen Frau mußte die Hölle auf Erden sein, vielleicht wußte sie wenigstens –

Nein, wandte sie sich, mitten im Schwall der Worte, an den Doktor: Merci sei noch nicht aufgetaucht, er solle sich keine Sorgen machen.

Ein Hinweis? Nein. Broschkus bedankte sich aufs herzlichste, immerhin war sie ja die Mutter.

An Lärm war in dieser Stadt kein Mangel,
aber am Samstag nachmittag stieg der Pegel noch einmal deutlich an: Die Rasta-Jungs von nebenan brachten ihre Boxen auf der Straße in Position, wahre Kraftklötze, um sie für Sonntag warmzuspielen; nah und fern hämmerten die Heimwerker, er-

brauste die Senke. Stumm blieb's allein im Garten zur Linken – bis wieder mal der gelbe Hund loskläffte. Wieso hatte er eigentlich solche Angst vor Feliberto, der sich in einem Orangenbaum verklettert hatte? Broschkus blickte Feliberto an, nur zwei Armlängen entfernt saß er fest auf einem tiefer hängenden Ast, Feliberto blickte Broschkus an, und wie er das derart stumm und vorwurfsvoll tat, erinnerte er ihn mit einem Mal an seine Mutter: So fragend wortlos hatte sie ihn oft angesehen, früher, als er sie wenigstens noch an den Wochenenden im Altersheim besucht hatte.

Eine Chiffre, ein Indiz, ein Fingerzeig? Das wäre Broschkus sowieso egal gewesen, der saß, die Hand an der Kehle, und blickte auf die schwach schimmernde Scheibe des Mondes.

Als auch der allerletzte Rest des Abends verglüht war,
saß er im Innenhof des »Balcón« – über ihm wie im angrenzenden Wohnzimmer brannte eine Neonröhre, kleinster gemeinsamer Nenner kubanischer Wohnkultur –, saß an einem der Plastiktische, und an seiner Seite: niemand. Im Fernsehen lief »Der Graf von Montecristo«, Cuquis kleine Tochter war bis zum Ellbogen vertieft ins Aquarium, Broschkus redete stumm gegen seine Enttäuschung an: Man werde sie ausschimpfen, hatte ihm Rosalia versichert, als er ein letztes Mal nach Mercedes gefragt; ob er ihr tatsächlich eine goldne Kette schenken wolle?

Nun, bebrummte sich Broschkus, nun. Vielleicht hatte's ja auch sein Gutes, daß er versetzt worden – Cuqui konnte heute ja noch nicht mal Schwarzen Fisch anbieten. Den gebe's lediglich nach vorheriger Bestellung, ließ er Broschkus wissen, während er sich mit dem Schlüssel das Ohr auspulte: Fisch sei für einen Kubaner nur illegal zu bekommen, in der Schwarzen Tasche. Desgleichen übrigens Langusten, Hummer, Meeresfrüchte, sogar Rindfleisch; offiziell dürfe das alles ausschließlich in Staatsbetrieben angeboten werden, gegen Devisen.

Folglich gab's Schwein,
heute, morgen, übermorgen, die ganze nächste Woche: schwarzes Schwein, man habe sich eingedeckt. Broschkus saß und blickte auf seine weißen Hände, Messer und Gabel umkrampfend wie einer, der Manns genug war. Nun, bebrummte er sich, nun. So verbindlich war seine gestrige Einladung schließlich gar nicht gewesen, man konnte ihr keinen Vorwurf machen. Mer-ce-des. Mer-ci ... Morgen würde er sie verbindlich einladen, morgen. Vielleicht war's ja auch von Vorteil, noch einmal ohne sie hier zu sein, allein mit dem Koch, der sich neulich so kundig eingemischt, als Luisito vor der Lockenwicklerin gewarnt hatte und dem Voodoo im allgemeinen?

Cuqui, der heut ein dunkelrotes Unterhemd zur Baseballkappe trug, hatte eine Weile in seinen Töpfen geklappert, nun schlappte er, bestens gelaunt, schlappte herbei, um Broschkus mit Ergebnissen der Fußballbundesliga zu versorgen. Zu seiner schwarzen Halskette wollte er sich nicht recht äußern, die sei ein Wohngehäuse für Vorfahren, was Broschkus denn von Shakespeare halte?

Cuqui! Auch von Tyson ließ er sich nicht aus dem Konzept bringen, der mit lang herausschlabbernder Zunge ankam, sich neben ihm abzulegen, seine Wunden zu lecken. Cuqui, bitte! Als würde er dessen Halskette Körnchen für Körnchen mit der Fingerspitze abfahren, machte Broschkus eine kreisende Bewegung mit dem Zeigefinger: Weder für Fußball interessiere er sich noch für Shakespeare, es tue ihm leid; doch bei diesem Hokuspokus, den manche hier betrieben, bei diesem Kettenfirlefanz – er drückte sich diskreter aus – habe er Nachhilfe dringend nötig. Was das, zum Beispiel, mit den Schwarzen Baronen zu tun habe?

Wer denn das behauptet habe? zog sich Cuqui die Nase frei und – sieh an, es klappte! – nahm Platz, im Hintergrund brutzelte und brodelte es: Na, wahrscheinlich Luisito, der habe keine Ahnung. Voodoo gebe's in Kuba allenfalls in der Sierra Maestra, in einigen Bergdörfern. Aber hier, in der Stadt? *Ahora* ...

In diesem Moment mußte es gewesen sein,
daß sich der Lehrer in ihm zu Wort gemeldet und gleich mit ihm durchgegangen: »*Ahora*, Bro, paß auf.« Erneut zog er die Nase hoch, wurde so eindringlich, als habe man seine Ausführungen mitzuschreiben:

Hier, im *Oriente*, gebe's vor allem – Spiritisten, *paleros* und die ganzen Geheimbünde lasse er der Einfachheit halber weg, unsern Herrn Jesus Christus sowieso und die Heilige Jungfrau, die freilich überall dazugehörten, vor allem die Jungfrau, daß das ganz klar sei! –, hier gebe's in erster Linie die *Santería*. Übrigens, wie der Voodoo, aus Afrika importiert und nicht unbedingt harmloser!

Cuqui intonierte seine Worte derart klar und bestimmt, als habe er's aufs große Ganze angelegt, auf etwas Systematisches:

Manche der Voodoo-Götter seien sogar identisch mit den entsprechenden *santos* der *Santería*, zahlreich die Anekdoten, die man von ihnen überliefere, eine Wissenschaft für sich. Dagegen seien die Ketten ganz einfach, jede stehe für einen *santo*: die weiße für Obatalá, die rot-weiße für Changó, Yemayá sei blau-weiß, Ochún gold-gelb – um wenigstens mal die vier Hauptheiligen zu nennen.

Aber Blut sei bei allen drauf?

Selbstverständlich – sofern man sie geweiht habe, die Ketten! Hunger hätten schließlich auch Heilige und Tote; Rum alleine mache ja nicht satt.

Ach, der erste Schluck aus der Rumflasche, erinnerte sich Broschkus: Immer erst ein Spritzer in die Ecke?

Nur für die Toten, versicherte Cuqui, die *santos* wollten ihn direkt in ihre Schüsseln. Das Blut übrigens auch.

Totgebetet werde für sie aber keiner?

Doch nicht in der *Santería!* Jetzt wurde Cuqui noch seriöser, setzte sich so korrekt hin, als sei er am Lehrerpult vor seiner Klasse und willens, auch noch die Schüler in der letzten Bank zu überzeugen: Nicht mal beim Palo vom jüdischen Berg, Bro, denn da werde – er rieb die geballten Fäuste zweimal kurz aneinander, »rakata-rakata!«, als ob er den Hals eines Hahns umdrehe: Da werde kurzer Prozeß gemacht, schließlich brauche man das Blut.

Auch Menschenblut? wollte sich Broschkus nicht zufriedengeben: Oder wieso dürfe man die Ketten nicht berühren?

Also die Ketten! Cuqui hatte die Hände ständig in der Luft, wahrscheinlich verschmorte gerade das schwarze Schwein und es war ihm egal, egal auch, daß seine kleine Tochter herbeigekommen war, Tyson mit einem ihrer Gummischlappen zu schlagen: In den Ketten stecke die magische Energie, sozusagen der *santo* selber, die dürfe ein andrer doch nicht einfach abgreifen! Nur in den rechtmäßigen Besitzer habe sie hineinzufließen; der lade sie ja deshalb von Zeit zu Zeit neu auf, er füttere sie, seine Kette, führe ihr Kraft zu, Energie: das Blut von Hühnern, von Ziegen, von – allem möglichen, jeder *santo* habe auf andres Appetit, es komme sehr drauf an.

»Wenn er folglich Appetit drauf hätte«, faßte Broschkus zusammen, »dann – jetzt im Ernst, Cuqui, dann kriegt er auch mal Menschenblut?«

»Aber sehr selten, Bro, sehr, sehr selten!«

Also doch!
erschrak Broschkus nicht einmal, im Grunde hatte er damit gerechnet: »Dieser Armandito, dieser Armandito Elegguá«, der Name fiel ihm ganz von selber ein, wahrscheinlich war er in jedem seiner Träume vorgekommen, »der hat also, ich meine, der ist also ein Mörder, ein *tata*?«

»Aber Bro!« erhob sich Cuqui, jetzt schien's ihm ein bißchen arg zu werden, sein Hokuspokusunterricht oder der Geruch aus der Küche: »Du weißt nicht mal, was ein *tata* ist, wie willst du dann seine Geschichte verstehen?«

»Nun?« sagte Broschkus ziemlich bestimmt, seine langjährige Erfahrung als Abteilungsleiter kam ihm sicher zugute, seine vollkommne Unwissenheit: »Hat er jemanden totgebetet oder nicht?«

»Er war doch kein *bokor,* Bro«, machte Cuqui ernsthaft Anstalten, sich vom Lehrer zurückzuverwandeln in einen Koch: »Aber wenn du's wirklich wissen willst: Er hat ihn nicht erst lang totgebetet, er hat ihn gleich enthäutet.«

»Gleich ent ... Wieso denn?«

Cuqui lauschte Richtung Küche, es zischte, er mußte auf dem schnellsten Weg wieder an den Gaskocher.

¡Caramba! dachte Broschkus, gerade jetzt. Es wurde Zeit, daß er sich um all diese Götter ein bißchen kümmerte, höchste Zeit.

Das schwarze Schwein schmeckte dermaßen intensiv,
daß Broschkus seinen Vorsatz erst mal zurückstellte: Nie zuvor in seinem Leben hatte er derart Schweinisches geschmeckt, so würzig erdverbunden, so durch und durch fleischern, geradezu säuisch! Wieso hatten die Tiere, die man in Deutschland vorgesetzt bekam, auch nicht annähernd so tierisch geschmeckt, nicht mal in den einschlägigen Sternerestaurants – nie wieder Schweinenierchen auf flambierten Gänsemägen! Nie wieder Champagnerkutteln mit gebackner Schweinskopfpraline, nie wieder!

Zum Glück zeigte sich kein Ocampo,
obwohl er ja angekündigt hatte, heut abend mit seinem Bruder auf Brautschau zu gehen. Auch der Restaurantbesitzer ließ sich nicht blicken, der Riese; am Ende konnte man Cuqui, der ein paar Blätter Klopapier reichte, umständlich für seine Kochkunst loben und ganz direkt auf ein Bier einladen.

Doch noch ehe Cuquis kleine Tochter losgeschickt war, um Flaschen zu besorgen, kam einer der Rasta-Jungs rein, lauthals seine *clientes* schon von der Gittertür ankündigend. Diese stiegen, halb belustigt, halb besorgt, der Reihe nach über Tyson hinweg, rotteten sich vor dem Aquarium gleich wieder zusammen, äugten, schossen Photos. Cuqui zuckte nur mit den Schultern.

»Eine Frage noch«, bettelte Broschkus beim Bezahlen: »Wieso hat dieser Armandito Eleggúa, wieso hat er einen Menschen gehäutet?«

Cuqui sah ihn auf eine Weise an, daß man nicht erkennen konnte, ob er ihn für allzu neugierig oder bloß für einfältig hielt: »Na, weil er die Haut gebraucht hat, für eine seiner Arbeiten.«

Draußen fiel Broschkus ein,
daß er vergessen hatte, nach dem Esel zu fragen, dem unsichtbaren alten Hund, dem Sohn von Mercedes, der Strafe Gottes. Feuchtwarm schlug ihm die Nacht entgegen und der Baß aus den Kraftklötzen der Lockenwickler, schon vom »Balcón« aus sah man die Menschenmenge, die sich bis über die Straßenkreuzung ausgebreitet hatte – darauf hatte Broschkus jetzt wirklich keine Lust.

Aber auf die *Noche Santiaguera* erst recht nicht.

Im Gewühl war der Rücken von Luisito auszumachen, der trug als einziger hier wirklich weiße Hemden; kurz entschlossen bog Broschkus nach rechts ab statt nach links, zur »Casona«. Ohnehin lag sein letzter Kontrollbesuch dort schon eine Weile zurück.

Womit das Desaster seinen Lauf nahm.

Auch hierher hatten die Gutelaunejungs
scharenweise *clientes* geschleppt, die Kneipe war bis auf den letzten Stehplatz gefüllt. Samstag abends spielten *Los Cumbancheros*, als trompetender Chef des siebenköpfigen Frohsinns ein Finne, was die Fremden natürlich nicht wußten; überdies hätte das die Truppe locker mit ihrem blinden Sänger ausgeglichen, der in der Pause mit seiner Schiebermütze herumgeführt werden und ziemlich originalkubanisch Dollarspenden eintreiben würde. Halb verschreckt, »toll«, »wahnsinnig aufregend«, halb erregt

scharten sich um die Tanzfläche landfein herausgeputzte Kreuzfahrer; umschwirrt wurden sie von *jineteros* beiderlei Geschlechts, die zu allem und jedem entschlossen waren.

Kaum hatte sich Broschkus zur Bar durchgezwängt und sein obligatorisches *Cristal* bestellt, mittlerweile reichte dazu die Andeutung eines Nickens, kaum hatte er sich umgesehen, in welchen Winkel er sich heute eigentlich noch zurückziehen konnte, sprach ihn bereits eine an, indem sie sich mit ihrem Körper an ihn preßte:

»Dance?« Und als Broschkus auf spanisch abgelehnt hatte: »Ich bin hungrig, ich will dich beißen!«

Broschkus setzte eine feindselige Miene auf, suchte im Gewühl nach bekannten Gesichtern. Aber außer Ramón, der inmitten einiger Blondinen Kniefälle tanzte, konnte er niemanden entdecken. Rosa Schuhsohlen! Jesús war dermaßen mit Mixen beschäftigt, daß ihm noch nicht mal zum Naserümpfen Zeit blieb.

Oh, sie verstehe was vom Vögeln! begann die Frau, an verschiednen Stellen von Broschkus' Körper nach Männlichkeit zu tasten: »*Mi vida*«, fuhr sie ihm mit der Hand in die Hosentasche, dorthin, wo die Geldscheine saßen: »Ich werd' dich vögeln, daß dir der Gummi quietscht!«

Kommentarlos zog Broschkus ihre Hand aus seiner Hose, die Frau entschuldigte sich nicht mal: Wenn er mit ihr nicht aufs Schiff gehen dürfe, zwickte sie ihn in den Unterarm, genaugenommen, rollte eine Hautfalte zwischen Zeigefinger und Daumen, eindringlich sanft: so gebe's hier genug Wohnungen, wo man sich für zwei, drei Stunden einmieten könne.

Ob sie auch eine in der Calle Rabí kenne? entfuhr's Broschkus: Ob sie die Casa el Tivolí kenne, sie gehöre einem gewissen –

Oh, dem Señor Luisito, *claro*, die kenne sie, wer kenne sie nicht, eine schöne Wohnung, sogar mit Dusche!

Broschkus entzog ihr seinen Arm, drehte sich auf eine Weise

von ihr ab, daß er dem Treiben auf der Tanzfläche zusehen konnte. Das mehrfach noch in sein Ohr gestöhnte Sie-habe-Hunger, mit kleinem Geschmatze versehene Ob-er-ihr-nicht-wenigstens-was-zu-essen-kaufen-Könne überhörte er.

Tanzende Kubaner:
drängende Roheit der männlichen Hüften, wissende Eleganz der weiblichen, die stets nur so weit auswichen, daß sie in Reichweite blieben, keinesfalls nach unterschwellig erotischer, sondern nach offen sexueller Choreographie, dermaßen animalisch hin- und widerwallend, daß man den Schweiß zu riechen vermochte und den Geruch von Sperma dazuhalluzinierte – man hätte sich schämen müssen, wäre man nicht so fasziniert gewesen von der Direktheit des Fleisches. Und von der tapsigen Frohlaunigkeit, mit der sich die Touristen in diesen Körperstrudel hineingemischt hatten.

Eine schwere schwarze Frau fiel Broschkus besonders auf, wie sie – mit *Santería*-Ketten reichlich behangen, im Kräuselmop eine blaue Sonnenbrille in Schmetterlingsform – ein kleines dünnes Männchen betanzte, kannte er sie vielleicht? Gerade noch hatte sie ihrem Partner ins Gesicht gelacht, als sei hier alles harmlos, reinste gute Laune, schon drehte sie ihm den Rükken zu, bückte sich und, indem sie sich auf den Knien stützte, machte unverhohlen Ernst: schlug ihm ihr Gesäß gegen das Geschlechtsteil, rieb sich an ihm im Rhythmus der Musik, mit ihren schweren Flanken schlug sie auf eine unwiderlegbar weibliche Weise Funken selbst aus ihm, der vor Begeisterung seinen Freunden winkte: Ein Photo, schnell.

Kaum hatte's ein paarmal aufgeblitzt, »Mensch-Dieter, und das auf deine alten Tage!«, da – Broschkus wollte sich, zutiefst angewidert, nun endlich abwenden –, da sah er sie.

Sah diese Frau,
die im Grunde ja wohl gerade noch als Mädchen gelten durfte, sah dieses Mädchen, das im Grunde ja wohl gerade schon als Frau gelten mußte, knapp hinter der Dunklen leuchtete ihre Haut um so –

Oh Gott, dachte Broschkus.

Sie tanzte. Tanzte so selbstverständlich aus der Mitte ihres Wesens heraus, so selbstberauscht, selbstbetört bis in die Spitzen ihrer Fingernägel, so selbstver-

Ob er einfach hingehen und einschreiten sollte? Beim Abstellen der Bierdose wollte's Broschkus scheinen, als habe sein Blick kurz den ihren gestreift, und wie er gleich wieder nach der Dose tasten mußte, fuhr ihm das Blut in die Schläfen: Obwohl sie ihm sogar flüchtig zugelächelt hatte, ließ sie ihren Tanzpartner nicht etwa auf der Stelle stehen, im Gegenteil! Schamlos direkt lachte sie ihm zu, dem tumb stampfenden Toren, lachte ihn an, den blassen Burschen, der ihr auf Schritt und Tritt folgte – schon wurden die beiden verdeckt von schweren Jungs mit Dreadlocks und drallen blonden Bräuten, man hätte wahnsinnig werden wollen. Ah, da waren sie wieder, von vorn jetzt zu sehen der Bursche, ein leeres Grinsen, von hinten sie: mit Händen, die sich ins Haar hineinwühlten, es scheinbar ordnend, zur Seite hin raffend, um dann übern Kopf hinaus sich zu heben, in stolzer Gewißheit eine ganze Weile dort den Tanz des restlichen Körpers mit einem Spreizen der Finger kommentierend, kleine lokkende Fingerzeige für ihn, den Fremden! Wie sie jetzt sogar noch näher an ihn heranwirbelte, wie sie dabei ihre Haare in sein Gesicht warf und dann, im Schwung der Bewegung an ihn herantaumelnd, mit ihren Fingern nach ihm faßte, den vollständigen Zusammenprall abzufedern –

Broschkus tastete nach der Dose, erwischte aber nur eine Zigarettenpackung.

Oh wie häßlich Herr Broschkus sich fand,
wie bleich und plump und alt. Trotzdem konnte er den Blick nicht von ihr wenden, mechanisch eine Zigarette aus der Schachtel hervorziehend, wollte's bis ins Detail verfolgen, wie sie diesen Kerl an der Hand ergriff und zu seinem Platz geleitete, wie sie zurück in die Menge schlüpfte und – von der Seite reichte man Broschkus Feuer – wie sie einen Augenblick später vor ihm auftauchte, gleich würde sie an ihm vorbeigehen, Richtung Rückraum, Richtung Hinterhof, vorbei an ihrem Nachbarn Bro, der die Zigarette mit einem Zug wegrauchte, dir-gefall'-ich-ja-sowieso-nicht.

Wie sie an ihm vorüberglitt, er vermeinte eine Kühle zu spüren, einen herben Anhauch ihres Wesens, trafen sich sekundenkurz ihre Blicke, sie sah ihn an, sah ihn so voller Unschuld an und ohne jede Spur der Wiedersehensfreude, ein Blick aus der feuchten Tiefe eines schillernden Kaffeesatzes mit feinem hellen Außenrand, daß er's, just in jenem Moment, wieder erkennen mußte: Von wegen Fleck, von wegen im Auge! Nichts hatte sie dort, nichts, sie waren einfach nur braun. Und der ganze Rest, bis hinab zum Fußkettchen, dem Keilabsatz aus Kork: die Falsche!

Im Losstolpern registrierte man noch, wie ihr der Kerl dreist folgte; schon war Broschkus, der empörten Beschwerden über die rüpelhafte Art, sich seinen Weg zu bahnen, nicht achtend, hart, herrisch, hochfahrend wie einer von hier, war wieder draußen. Dann stürzte er treppab und –

Vielmehr stolperte schon auf dem oberen Treppenabsatz
in einen tiefdunklen Mann hinein, der ihm – nachdem der Schreck des Zusammenpralls verflogen – freudig die Schulter klopfte: Überall habe er nach Broschkus, daß er ihn ausgerechnet hier! »Ich hab' –!«

»Wie bitte?

War das Ernesto etwa, der ihn jetzt auch noch etwas unbeholfen bei der Hand nahm? Was er so dringend wohl zu berichten hatte, wieso überall, wieso gesucht?

Widerstrebend ließ sich Broschkus die Treppe hinabführen, an entgegenkommenden Touristen vorbeibugsieren, nach Hause geleiten: erst vor der Hoftür entließ ihn Ernesto aus seiner Umarmung:

»Ich hab' sie, *sir*!«

Die Falsche? dachte Broschkus. Nicht möglich, Ernesto!

»Ich hab' ja auch nicht sie selbst. Aber immerhin eine Spur.«

»*Sir*, sie heißt Alina. Und ich weiß, wo sie wohnt!«

»Ist das etwa nichts?«

»Morgen nachmittag können wir hinfahren.«

»Ich hab' uns bereits angekündigt.«

»Ich dachte, es sei Ihnen wichtig?«

In dieser Nacht erschlug Broschkus drei Kakerlaken,
eine davon, deren Hinterteil er mit seinem Schuh erwischt hatte, zertrat er mit dem bloßen Fuß. Es knackte vernehmlich; danach waren nur noch die Toten unterwegs.

Kurz bevor er anderntags zum Frühstücken wollte,
wurde's im Stockwerk unter ihm laut. Rosalia beschimpfte ganz offensichtlich Mercedes, die beherzt dagegenhielt, weitere Stimmen mischten sich ein, bald auch vom Nachbargrundstück – sofern man alles richtig verstand, warf man Mercedes vor, mit schlecht lackierten Nägeln aus dem Haus zu gehen, das schicke sich für eine Dame nicht. Obwohl sich Broschkus beeilte, treppab zu gelangen, schlug die Hoftür schon ins Schloß, bevor er parterre angekommen, eine ziemlich zerwühlte Rosalia hob ihm entschuldigend die Arme entgegen:

So beschäftigt, das Mädchen, man werde morgen ein ernstes Wort mit ihr reden.

Nicht nötig, erklärte sich Broschkus: Aber ihre Schwester würde er gern sprechen, er habe ein Geschenk für sie.

Eine Kette? Noch ehe man sie gerufen, trat Flor aus der Stube, um gleich nach dem Tütchen zu greifen, das ihr Broschkus mehr oder weniger bereitwillig hinhielt.

»*¡Ay mi madre!*« kreischte sie dann auf und küßte das kleine Kreuz: »Sie ist wirklich aus Gold!«

Sofort legte sie sich die Kette um und nötigte allen Umstehenden das Geständnis ab, sie sehe umwerfend damit aus, mindestens so großartig wie – Mercedes.

Versteck sie gut vor Papito, hätte man ihr gern geraten. Aber für derlei war Flor nicht mehr zu haben, war bereits auf ihrem Weg durch die Nachbarschaft. Zwar hatte sie sich nicht mal ansatzweise bedankt, würde ihrer Schwester aber bei erstbester Gelegenheit demonstrieren, daß ihr an Broschkus einiges entgangen war.

Im »Balcón« dann überraschenderweise wieder Ocampo,
mürrisch hantierend wie eh und je, von seiner Viagra-Euphorie war ihm nicht mal ein Lächeln übriggeblieben. Broschkus verzichtete darauf, ihn wegen gestern abend zur Rede zu stellen, im Grunde war er froh, daß Ocampo seine Vollmundigkeiten vergessen, sich nicht hatte blicken lassen – mit Mercedes und womöglich Alina waren ja mittlerweile genug Frauen auf den Plan getreten, im Grunde konnte man erleichtert sein, sich eine der beiden gerade noch rechtzeitig vom Hals geschafft zu haben.

In kleinen Schlucken seinen süßen Kaffee trinkend, den Blick ostwärts, Richtung Wassertank, erinnerte sich Broschkus recht ungern daran, wie er gestern abend Ernesto noch zu überzeugen versucht, das gesuchte Mädchen sei keine andre als Mercedes, Fleck im Auge hin oder her, und wie ihn Ernesto schließlich mit der lapidaren Bemerkung zurechtgewiesen hatte:

Ob er allen Ernstes vorhabe, sich diese kleine Nutte mit seinem Vermieter zu teilen?

Mit seinem Vermieter, wohlgemerkt, nicht etwa mit einem dahergekommenen Kreuzfahrer aus der »Casona«! Deshalb trieb sich Luisito fast jeden Tag in seiner Ferien- oder Stundenwohnung herum, wollte sie verbessern und verschönern, deshalb! Oder hatte Ernesto nur schnell etwas erfunden, um Broschkus von der Falschen weg und wieder auf die Richtige hinzudirigieren?

Den Blick in die entgegengesetzte Richtung, westwärts über die gemauerte Brüstung des »Balcón del Tivolí« auf Bucht und Berge und Himmel richtend, eine grandiose Schichtung von Blautönen, fuhr ihm ein Schiff ins Gesichtsfeld, ein riesiges weißes Schiff, Kurs aufs freie Meer nehmend: Und mit ihm all die Urlaubsdeutschen – auf Nimmerwiedersehen!

Immerhin wußte Broschkus jetzt ziemlich genau,
was eine *jinetera* war und auf welch erbärmliche Weise sie ihren Lebensunterhalt bestritt. Bei der Vorstellung, wie Mercedes nun mit schlecht lackierten Nägeln und leeren Händen unten am Hafen stand, inmitten all der andern, die in der letzten Nacht ein paar Dollars verdient hatten, konnte man glatt schon wieder gute Laune bekommen: Auf lächerlichen Korksandaletten stand sie dort, geschmückt mit einem lächerlichen Fußkettchen, die Mutter eines Esels, womöglich würde sie bereits auf dem Rückweg von Luisito abgefangen werden – wie hatte man so eine überhaupt in Betracht ziehen können?

Noch nie war Broschkus die Bucht so leer erschienen wie heute, so wunderbar leer. Als dann zuerst die Glocken der Kathedrale blechern zum Sonntagsgottesdienst riefen, kurzdrauf diejenigen der Kirche, die auf halber Höhe des Tivolí stand, kaum zweihundert Meter Luftlinie enfernt, ging Broschkus, der vor Jahrzehnten ganz offiziell zur Glaubenslosigkeit Konvertierte, ging kurzerhand hin.

Alina! dachte er schon mal probeweise, A-li-na. Ja, das klang so, wie der Name einer Frau zu klingen hatte, man konnte ihn riechen, diesen Namen, und in wenigen Stunden würde man ihn auch endlich, samt seinen Flecken, würde ihn sehen.

Sonntag,
1. September, vierunddreißig Tage war Broschkus jetzt schon auf Kuba. Als er sich in eine der hinteren Bänke drückte, staunte er, wie viele hier noch diesem Hokuspokus anhingen, der seiner Meinung nach seit der Aufklärung als überholt galt, als in Auflösung begriffen und Niedergang: Fast jeder Platz war besetzt, man sang aus vollen Kehlen oder versank in ehrfürchtigem Schweigen, erhob sich oder kniete ab, murmelte Bitt- und Dankesfloskeln, ganz wie's der diensthabende Würdenträger wünschte.

Probeweise machte Broschkus mit, niemand nahm Anstoß. Während man weit vorn am Altar heilige Handlungen vollzog – mit brüchigem Pathos, selbst der Touristenmumpitz im Kulturzentrum hatte mehr Zigarrendampf und Zauber zelebriert als dieser zittrige Glaube –, versuchte er sich zu erklären, wie Ernesto von einer der drei Pesoscheine auf die Spur dieser Alina geraten, sogar ihre vollständige Adresse herausbekommen hatte: vergeblich. Man müsse nur an der richtigen Stelle mit dem Fragen anfangen, hatte sich der Zigarrenmacher bedeckt gehalten: und nicht schon nach der ersten Antwort damit aufhören.

Mit einem Mal ergriff man Broschkus' Hände, als gehöre er zur Gemeinde der Gläubigen, und lächelte ihn an: von links ein kleiner Junge, von rechts – Lolo, mit tonlosen Lippen die Schlußformeln des Gottesdienstes mitstammelnd. Noch während der Segen erteilt wurde, versprach ihm der Dieb eine Neonröhre, er kümmere sich, kein Problem.

Zur Stunde des großen Mittags
fuhren sie los, Ernesto und Broschkus, nur ein milder Gestank von Müll und Marihuana erinnerte daran, daß man jetzt selbst bei Lockenwicklers mit Abwarten beschäftigt war – nicht mal ihr neues Ferkel quiekte. Es dauerte dann auch eine Weile, bis sich genug Passagiere eingefunden, daß die Droschke abfuhr; an einer der Blechbuden rund um die Endhaltestelle erwarb Er-

nesto noch in aller Ruhe eine Flasche *refino*, für-Broschkus-kein-Problem, schließlich wollten sie nicht mit leeren Händen kommen.

Als sich einer zum Kutscher auf den Bock schwang, ging die Fahrt los, im Trab die Alameda entlang, am Busbahnhof vorbei, wo in unverminderter Ausdehnung eine Überschwemmungspfütze die Nebenstraße blockierte, vorbei auch an der ehemaligen Rumfabrik der Bacardís, peitschenknallenderweise über die Eisenbahngleise, Richtung Micro-9: eines der nördlichen Stadtteile, erklärte Ernesto, wo Santiago schon ins Umland zerfranste. Die nächste Haltestelle gab's erst wieder an der Endstation, egal, wo man auf- oder absprang, es kostete für jeden einen Peso.

Hatte Broschkus etwa noch immer Angst? Angst davor, dem Mädchen von einst nun tatsächlich samt all seinen Schwitzflekken Geheimratsecken Rotweinfalten entgegenzutreten, Angst davor, daß es unweigerlich ernst werden sollte? oder vielleicht auch nur auf unfreiwillige Weise komisch, wenn ihn Alina schlichtweg nicht erkannte, nichts mehr von ihm wissen wollte, ihn auslachte ob seines Bauchansatzes? ob der Muttersöhnchenhaftigkeit, die ihm gewiß noch im Gesicht geschrieben?

Nein, nach dem gestrigen Erlebnis wollte er's jetzt wirklich wissen. Alina – hoffentlich war sie tatsächlich so schön, wie er sie erinnerte, hoffentlich war sie schöner als Mercedes!

Noch in der Droschke,
etwa auf Höhe der Brauerei, die man mit einer mannshohen Bierflasche markiert hatte, schraubte Ernesto den *refino* auf, bot zunächst den Toten an, dann den Lebenden, *¡salud!* Als letzter trank er selbst, da fuhren sie gerade am Friedhof Santa Ifigenia vorbei, Broschkus dachte an Pancho, an die Knochenkasten und daß er mal wieder dort vorbeischauen sollte. Dann begannen die Plattenbauten, in immergleicher vierstöckiger Kastenform reihten sie sich bis zum Fuß der Berge – zu Hunderten, so wußte

Ernesto, von den Russen einst gebaut; zu Tausenden, so behauptete der Kutscher, eine Stadt in der Stadt oder vielmehr: an deren äußerstem Rand, von allen guten Geistern verlassen und trotzdem bevorzugte Wohngegend, schließlich gebe's hier überall fließend Wasser. Endstation!

Nach einer hastig leergesaugten Kokosnuß
gab's nurmehr Straße, Staub, flimmernde Konturen. Im Schatten eines halbverdorrten, zur andern Hälfte blühenden Baums ein breitbeinig lagernder Limonenverkäufer; eine grauhaarige Greisin mit dunkelrotem Band im Haar flehte ihn leise an, er möge ihr eine einzige seiner Früchte schenken – einen Zehntel Peso, weniger als einen halben Cent. Der Mann jedoch döste unerbittlich weiter. Anstatt nun geschwind den Fremden anzubetteln, der unverhofft unterm bunten Schirm seines Begleiters auftauchte, blickte ihm die Alte mit sanft resignierten Augen entgegen, als ob ein Fremder hier noch als normaler Mensch galt, von dem man nicht etwa Geld, sondern Mitgefühl erwartete.

Nach wenigen Schritten begann zwischen stereotypen Fassaden eine baum- und strauchlose Verlassenheit. Sogar die kleinen Balkonnischen hatten etwas Trostloses, zum Teil waren sie mit Brettern verbarrikadiert oder bis zum nächsten Stockwerk vergittert und mit Hühnern angefüllt. Kein überflüssiger Laut, abgesehen von einem einäugigen Hund, der sie anfangs begleitete, abgemagert bis aufs Skelett, sein Gebell klang wie der Husten eines alten Mannes. Erst als ihm Broschkus die Reste eines Teiglings zuwarf, den er an einem kohlrabigraugelben Imbiß gekauft und sofort für ungenießbar befunden, gab sich der Hund zufrieden; freilich tauchten im Handumdrehen vollkommen lautlos weitere Hunde auf, ihm das süßklebrige Stück abzujagen, anscheinend fraßen sie hier alles.

Zwischen den Hochhäusern winzige Felder und Bretterbuden, von hohen Kaktushecken umzäunt; Abwasserkanäle, in deren schwarz stehenden Gewässern Kinder herumstocherten; herrenlos streunende Schweine, ungemein behende die Welt durchwühlend, rücksichtslos neugierig selbst Broschkus entgegentretend, mit ihren Rüsseln nach ihm ragend: Mittagsödnis, von flirrenden Traurigkeiten überdunstet.

Anfangs zum Teil noch auf geteerten Straßen,
führte der Weg bald querfeldein, auf verschieden breit ausgetretnen Trampelpfaden zwischen schwer und schweigend in der Landschaft hockenden Hochhäusern, eine urbane Steppe, von der Broschkus sofort mächtig an-, in die er widerstandslos hineingezogen wurde – hier war er richtig. In seiner Aufgeregtheit begann er, sich die Buchstaben-und Zahlencodes der Hauseingänge vorzulesen, die's anstelle von Straßennamen gab, übersetzte sich die weiß auf den Beton gepinselten Wandparolen, »*socialismo o muerte*«, sogar auf die vereinzelt geteerten Straßenabschnitte hatte man in großen Lettern Grußbotschaften an den *máximo líder* gesetzt. Plötzlich das reinste Brachland, an manchen Stellen zu kleinen kargen Äckern sich gruppierend, hinter einer vollkommen leergefegten vierspurigen Ausfallstraße Gestrüpp, von einem erklecklich breiten Bach durchflossen. Durchdringend ein Gestank nach Kot und Kummer, voller schillernder Schlieren das Wasser, von erstaunlich großen Libellen überflirrt. Aus der gegenüberliegenden Böschung ragten in unregelmäßigen Abständen Abwasserrohre. Als sie beide gesprungen und sich auf der Gegenböschung emporgearbeitet hatten, flog ein Geier auf, etwas Blutiges zurücklassend.

Womit Broschkus die Bezirksgrenze überschritten hatte, vor ihm die Hochhäuser gehörten bereits zu Micro-9.

Der Schlamm an seinen Schuhen
war zu einem weißen Staub getrocknet, der sich mühelos abklopfen ließ, als sie am Ziel angelangt, einem Bau, dessen einzelne Wohnwaben in den verschiedensten Farben schimmerten,

unten eher hellblau, oben je nach Bewohner eher rosa oder grün, sogar die Balkonaussparungen hatten ihre eigne Bemalung. Auf Augenhöhe der Klingelknopf, sofort schlugen mehrere Hunde an. Im Stiegenhaus gab's zunächst nicht mal Stufen; nachdem sich die Augen ans Dämmerlicht gewöhnt hatten, gab's eine geländerlose Treppe, gab's Gitter vor jeder zweiten Wohnungstür. Bis sie, das Hemd lag Broschkus schwer auf der Haut, im obersten Stock angekommen, hatte ein dicker Neger die Wartezeit für das Ölen von Vorhängeschlössern genutzt:

»Sie sind der Großvater, der seine verschwundne Enkelin?«

Anstelle einer Antwort zeigte ihm Ernesto die *refino*-Flasche und stellte Broschkus als einen Freund vor, der rein interessehalber mitgekommen; mürrisch rückte der Hausherr beiseite und bat sie, ein strammer Kerl mit Schnauzbart und Siegelring, hineinzukommen.

»Ist Alina denn –?« fragte Ernesto, schon auf der Schwelle. Der Hausherr schob sich mit dem Zeigefinger den Schweiß von der Stirn und blickte ihn an, als habe er gerade eine Ungeheuerlichkeit vernehmen müssen.

»Welche Alina?«

protestierte auch seine Frau, protestierten reihum seine Kinder; als ob sie sich anschließen wollte, regte sich vom Balkon eine Sau, dem tiefen Ton nach zu schließen, ein pralles Tier: Sie hätten doch bereits am Telephon gesagt, daß es eine Alina hier nicht gebe, nie gegeben habe!

Keine Sorge, sie ist ein braves Mädchen! gab sich Ernesto gelassen, anscheinend hatte er nichts andres erwartet: Ob man vielleicht erst mal einen trinken wolle?

Man wollte.

Broschkus wurde der Ehrenplatz unter einer an der Wand hängenden Machete zugewiesen: in einem rotlackierten Schaukelstuhl aus Eisen, offensichtlich das Ergebnis anhaltender Materialunterschlagung in Tateinheit mit Heimwerkerei, hauptsächlich aus zwei umgeschmiedeten Pferdewagenrädern bestehend, die freilich so unregelmäßig vor- und zurückruckelten, daß sich Broschkus, zur Erheiterung aller Anwesenden, stets erschrocken an die schmalen Armlehnen klammerte.

Trotzdem blieb es dabei, die ganze Familie beharrte darauf, einschließlich etlicher Onkel und Tanten, deren Kindern und Kindeskindern, die anscheinend extra zum heutigen Termin zusammengetrommelt worden: Eine Alina sei hier vollkommen unbekannt. Vor lauter Familienangehörigen war nicht mal Mobiliar zu sehen – eine weitere Person hätte beim besten Willen keinen Platz mehr gehabt.

Als sie wieder im Hausflur standen,
hielt der Großvater, der seine entlaufne Enkelin suchte, erstaunlicherweise den *refino* in der Hand, von Broschkus drauf angesprochen, meinte er achselzuckend, eine ganze Flasche als Gastgeschenk hätte sich ja ersichtlich nicht gelohnt. Noch bevor ihnen beiden das volle Ausmaß der Enttäuschung ins Gesicht fuhr, ging unten die Haustür, und es kamen Schritte entgegen, begleitet von konstantem Gekreisch, als ob ein Kind in schrillem Trotz protestierte. Im zweiten Stock trafen sie auf einen zwergwüchsigen *mulato*, der ein Ferkel an den Hinterläufen hielt; das Ferkel, um sich aus der Umklammerung zu befreien, schnappte schnalzte schlenkerte schnellte mit seinem Körper hin und her und, weil ihm das natürlich nicht gelang, schrie dazu voller Wut. Überrascht hielt der Zwergwüchsige inne, ein vielleicht Zwanzigjähriger in Hausschlappen, mit der versoffen knarrenden Stimme eines Sechzigjährigen gurgelte sich ein »*¡Buenas!*« vom andern Ende der Welt bis in seinen Hals hinauf, wo's auf halber Höhe steckenblieb.

»Mein Sohn«, hatte ihn da Ernesto bereits ins Vertrauen gezogen, indem er ihm die Flasche in die andre Hand gedrückt; später fragte sich Broschkus oft, was wohl geschehen oder eben nicht geschehen wäre, wenn der Zwergwüchsige nicht just in jenem Moment nach Haus gekommen. Broschkus' ganzes Leben, das stand fest, hätte eine andre oder eben keine Wendung genommen, denn wie sich Ernesto nun ohne Umschweife nach Alina erkundigte, schob der Zwergwüchsige die Augenbrauen so überrascht hoch, daß er gar nicht mehr leugnen konnte.

Also Alina. Ein feines Mädchen, gewiß, aber – warum die Herrschaften überhaupt nach ihr suchten? wurde er denn doch gerade noch rechtzeitig von einem blechern scheppernden Mißtrauen erfaßt, seine Nasenlöcher ein Stück weiter nach außen gestülpt.

Ach, es sei ein böses Mädchen! beschwichtigte Ernesto, seine Augen blitzten durch den Dämmer: Alina, sie habe sich ganz und gar nicht korrekt verhalten, seinem Freund gegenüber – hier wies er bedauernd auf Broschkus, der überrascht feststellte, wie eifrig er nickte –, nun seien sie auf der Suche nach ihr, den Schaden wenigstens im nachhinein zu begrenzen.

Das glaube er gern! ereiferte sich der Zwergwüchsige, indem er sich reckte; wohingegen sich sein Ferkel schlaff hängenließ, als wolle's erst mal das Ergebnis seiner Ausführungen abwarten: Alina habe ja auch nicht zuletzt deshalb so schnell hier verschwinden müssen, weil einige sie im Verdacht gehabt, noch ganz andre Dinger zu drehen, wenn der Onkel vielleicht verstehe, dunkle Dinger, wenn er sich mal so ausdrücken dürfe, ziemlich dunkle: »Ich glaube, diese Frau, die war kein normaler Mensch.«

»*¡Anjá!*«

Das Gesicht von Ernesto wurde alterslos schmal, all seine ernsten und fröhlichen Falten zogen sich glatt, sein ganzes Wesen straffte sich, spannte sich, nurmehr die Ohren wölbten sich davon ab. Broschkus wagte nicht zu atmen. Kein normaler Mensch!

Eine sehr lange Sekunde allseitiger Erschrockenheit verstrich, dann fuhren die ersten Fältchen zurück in Ernestos Gesicht, und als sie sich selbst hinter den Ohren wieder verästelt hatten, fragte er in scheinheiligem Verständnis nach. Unterm Schmelz der Jovialität jedoch war ein deutliches Zittern in seiner Stimme auszumachen, ein kaum verhohlnes Erschauern, er hatte Mühe, die Silben in Ruhe hervorzubringen und der Reihe nach:

»Willst du damit etwa sagen, mein Sohn, daß sie eine war, die dem Dunklen dient?«

»Oh, sprich den Namen nicht aus!« rasselte es vom andern Ende der Welt: Er selber sei zwar unschuldig an der ganzen Sache, aber eben deswegen habe man sie letztendlich hier verjagt samt ihrer –

»Bist du sicher, daß sie dem Dunklen dient?« unterbrach Ernesto, tatsächlich ergriff er den Zwergwüchsigen am Hemdkragen, zog ihn samt Ferkel zu sich her, eine Stufe hinauf, und ein weiteres Stück in die Höhe, der *mulato* mußte auf die Zehenspitzen gehen:

»Wer ist sich da schon sicher!« rechtfertigte er sich, auch stimmlich einen Halbton höher als zuvor: »Sie hat's natürlich abgestritten, aber das tun sie ja alle.«

»Du bist dir *nicht* sicher!« stieß ihn Ernesto enttäuscht von sich: »Du weißt gar nichts!«

Sie sei dermaßen kalt gewesen, beteuerte der Zwergwüchsige das Gegenteil, seine Stimme klang wieder so tief, als käme sie vom Urgrund des Seins, fast schon wie ein Orakel: Dermaßen kalt, daß dem, der's gewagt hätte, sie zu berühren, daß ihm die Hand an ihr klebengeblieben sei, Ehrenwort! Bald habe man im Haus geahnt, in welchen Kreisen sie verkehrte; bevor am Ende vielleicht sogar Armandito bei ihr zum Kaffeetrinken vorbeigekommen wäre, habe man sich zusammengetan.

»Armandito, mein Sohn, wurde standrechtlich erschossen.«

»Man hat seine Leiche nie beerdigt!« erhitzte sich der Zwergwüchsige, hielt sein Ferkel beschwörend in die Höhe, als ob das irgend etwas beweisen konnte: »Jedenfalls hat man sie nie gefunden, sie war ganz einfach weg.«

Unsinn! schüttelte Ernesto voll Abscheu den Kopf, ein hanebüchnes Gerücht! Selbstverständlich sei Armandito beerdigt worden, genaugenommen: verscharrt; er, Ernesto de la Luz Rivero, könne ihm die Stelle sogar zeigen.

Wieder spannte sich sein Gesicht vor Erregung ganz glatt, abgesehen von den Armen, die ein paar merkwürdig eckige Bewegungen vollführten, schien seine gesamte Erscheinung so sehr von einer Zielstrebigkeit erfaßt, daß Broschkus erschrak: Dieser Zigarrendreher war gewiß mehr als ein Zigarrendreher, als ein *jinetero,* pensionierter Polizist, pensionierter Kämpfer für die Revolution.

»Sag mir lieber, mein Sohn«, wurde Ernesto jetzt wieder vertraulich, »ob sie einen Fleck im Auge gehabt hat, Alina?«

Der Zwergwüchsige, der gerade die Flasche angesetzt, verschluckte sich, hustete, es gelang ihm kaum ein Flüstern, stumm nickte er. Während sich Ernesto mit Daumen und Zeigefinger über die Augenbrauen strich, darin herumkratzte. Im Dämmerlicht des Treppenhauses sah er wie eine Eule aus, eine traurige Eule mit riesig gespitzten Ohren: Ob sich sein Sohn erinnere, in welchem der beiden Augen er gewesen, der Fleck?

Neinein, wehrte der entschieden ab, schüttelte so lange den Kopf, bis ihm Ernesto die Hand auf die Schulter legte:

»Schon gut, mein Sohn, schon gut. Sie ist ja fort.«

Nun erst fiel dem Sohn auf, daß er vielleicht unnötig viel verraten, aber Ernesto ließ ihm die Hand auf der Schulter, begütigend und schwer, so daß er in rascher Folge selbst den Rest seines Wissens preisgab:

In die Sierra Maestra sei sie geflohen, Alina, wo sie schließlich auch herkomme, in irgendein Gebirgsdorf, den Namen wisse er nicht. Nur, daß sie regelmäßig bei den Hahnenkämpfen auftauche, um Brot und Käse zu verkaufen, so sage man, in der Nähe von Chivirico. Mehr wisse er wirklich nicht, der Ort sei ja geheim.

»Alina, eine kleine Käseverkäuferin – ist es das, was du uns sagen willst, mein Sohn?« faßte Ernesto zusammen.

Nun! war der Sohn drauf und dran, erneut vom Dunklen anzufangen, besann sich allerdings. Bevor er treppauf stampfte und sein Ferkel sofort wieder zu kreischen anhob, bat er um Stillschweigen, offiziell habe er nichts gesagt, ob das klar sei?

Es war klar.

Als Ernesto mit Broschkus Richtung Pferdedroschken ging, hörte man eine ganze Weile die Todesangstschreie des Ferkels, dann war's still. Broschkus stieß im Gehen mit der Rechten nach vorn und drehte sie in die leere Luft hinein, es-geschah-ihmrecht. In seinem Innern erdröhnte's, übertönt von einem heftig hellen Ping-Ping-Ping-Ping. Wahrscheinlich war ihm der Rum zu Kopf gestiegen.

Die Hochhäuser im späten Nachmittagslicht, die Steppe fahl dazwischen und gelb der Himmel darüber, davon sollte er in dieser Nacht noch heftig träumen, auch die Hunde fehlten nicht, der Geier, das um sein Leben quiekende Ferkel und, natürlich, er selber, wie er ihm das Messer ins Herz stieß: Stirb, du hast es nicht anders verdient!

Zuvor saß er freilich ein paar Stunden,
schwer im Himmel hing ein ausgebeulter Mond, vom benachbarten Kulturzentrum lärmten die *Santería*-Trommler, saß mit Ernesto auf der Dachterrasse, um den Beginn ihrer Freundschaft zu feiern. Welch ein Rückschlag! Welch eine überraschende Wende dann doch noch! Ob Ernesto nicht endlich aufhören wolle, ihn zu siezen, nach alledem?

Aber »Bloder« könne hier kaum einer aussprechen, erhob Ernesto voller Freude sein Glas: »Blo-, Blo-, *¡coño!* Mit dem *sir* mußt du dich wohl weiterhin abfinden, *¡salud!*«

Bei ihrer Rückkehr in die Casa el Tivolí war ihnen Luisito entgegengekommen, unterm Gewicht der Badezimmertür schnaufend, deren andres Ende ein still in sich hineinlächelnder Papito hielt: Besessen von der Idee, seine Wohnung zu verbessern, wollte Luisito die alte Tür und, vor allem, den alten Türstock ersetzen, an dem man sich stets den Kopf gestoßen. Eine neue, höhere Tür sei ihm heut angeliefert, allerdings nicht eingebaut worden. So habe er eben selber, assistiert von Papito, schon mal den alten Türstock herausgeschlagen, der Doktor solle sich nicht stören lassen, gleich morgen werde die neue Tür eingesetzt.

In der Wohnung, es war ja kein Wunder, die reine Baustelle: Dort, wo sonst bei Regen oder überlaufenden Tanks das Wasser zusammenfloß, ein Haufen Steine und überall sonst: Staub. Verstreut ein paar leere *Cristal*-Dosen, genaugenommen alle, die Broschkus eingelagert hatte, selbst sein Notvorrat an *Ron Mulata* war den beiden nicht entgangen.

Es sei heiß gewesen, entschuldigte sich Luisito nicht etwa, sondern beschwerte sich sogar, der Kühlschrank kühle die Biere nicht ordentlich, der gehöre dringend abgetaut. Wenigstens die Neonröhre hatte er in seiner Geschäftigkeit übersehen, die fehlende Neonröhre auf der Terrasse; erst Ernesto war's, der die Bemerkung machte, wenngleich erst weit nach Mitternacht, da auch die Lichter in den Nachbargrundstücken längst erloschen:

»Hier isses ja dunkel wie in 'nem Negerarsch.«

Bis zu jenem Kulminationspunkt ihres zweiten refino-Abends hatten die beiden Sonntagsausflügler, unter beständiger Zuhilfenahme der Taschentücher, die bald aus der Hose hervorgezupft und übers Knie gebreitet wurden, schon einige zentrale Ergebnisse des heutigen Tages durchgesprochen, zentrale Aspekte auch eines in naher Zukunft anstehenden Tages: Broschkus würde bei nächstbester Gelegenheit in die Sierra Maestra fahren, den Ort des Hahnenkampfes zu suchen und Alina zu finden, das war ausgemachte Sache. Und zwar ohne Ernesto, der lakonisch wissen ließ, für derlei Bergsteigerei sei er zu alt. Was bei Broschkus sanfte Panik bewirkte; einer Alina so ganz auf sich allein gestellt gegenüberzutreten, sie schien ja wirklich etwas, gelinde gesagt, Besonderes zu sein, das –

Etwas sehr Besonderes, in der Tat! verkürzte Ernesto: Nicht zuletzt Broschkus selbst habe's ja in seiner Darstellung wieder und wieder betont.

Aber völlig anders gemeint! wischte sich der den Schweiß aus dem Nacken: Und nun solle er's ihretwegen auch noch mit einem Dunklen zu tun zu bekommen? Wer denn das überhaupt sei?

Ernesto, voll Stolz und Empörung vom Klappstuhl emporfahrend, mit der Faust ein Dröhnen aus seiner Brust heraustrommelnd: »Als Mann mußt du immer wissen, was dir eine Frau wert ist!« Im Zweifelsfall doch mindestens das eigne Leben! Aber das sehe man außerhalb Kubas womöglich anders?

Das sehe man dort ganz genauso, hörte sich Broschkus beteuern. Weshalb er natürlich fahren, alleine fahren werde – obwohl er im Grunde gar nicht wisse, wann und wohin.

Das könne ihm vermutlich sein Vermieter verraten, setzte sich Ernesto wieder: Luisito sei ein Sohn der Sierra Maestra, der Sohn eines – das sei im Gebirg ja jeder zweite –, eines Kampfhahnzüchters. Seine Mutter, soweit man wisse, lebe noch immer dort, vielleicht habe Luisito sogar Lust, sie gemeinsam mit Broschkus zu besuchen? »Sag ihm aber nicht, was du über das Mädchen gehört hast, sonst kneift er!«

»Und über den Dunklen?« verzagte Broschkus schon wieder: Was er über den verschweigen solle?

Abgesehen von den wechselnden Routen der Zwergameisen liefen des Nachts dicke dunkelbraune Kakerlaken über die Dachterrasse, laut Luisito kamen sie vom Grundstück der Lockenwickler, die eben keine Art hätten, keine Kultur, sondern einen Müllberg. Ab und zu trat Broschkus eine tot, gut fühlte sich das selbst durch die Schuhsohle nicht an.

»Der Dunkle, der Dunkle – vergiß ihn ganz einfach, *sir*, es reicht, wenn ich an ihn denke. Mehr kann ich freilich nicht gegen ihn tun, er ist keiner der Unsern, er gehört nicht dazu.«

Demnach sei er, sozusagen, der vierhunderterste *santo*?

Neinein, *coño*, er sei überhaupt keiner! Die *santos* seien allesamt gut zu denen, die ihnen regelmäßig zu essen gaben, zu trinken, zu rauchen. Der Dunkle dagegen, mit dem wolle man ebensowenig zu tun haben wie mit seiner geheimen Bruderschaft.

Und Armandito Elegguá, fand sich Broschkus recht spitzfindig, sei einer der Ihren, ein – Dunkler?

Ernesto, man mußte nur kurz in sein verknittertes Gesicht blicken, schon war man für jede Antwort, die er geben würde, gerüstet: Armandito, ein Dunkler? Das einzige, das man verläßlich von ihm wisse, sei: daß er einen kleinen Negerjungen geopfert habe, erst an die zehn Jahre alt sei er gewesen, der arme Kerl, Armandito habe ihm die komplette Haut abgezogen und für irgendeine Arbeit verwendet – im Jahre '92, kurz nachdem Fidel den Anbruch der Spezialperiode verkündet, »Uns zwingt niemand in die Knie!« undsoweiter, an den Zusammenbruch des Ostblocks könne sich Broschkus vermutlich selber erinnern? Der Anbruch einer neuen Zeit, jaja, in Kuba vor allem der Anbruch eines bislang nie gekannten Hungers, das Leben seither sei ein Kampf.

Schon wieder wischte sich Broschkus den Nacken: Ob ihm Ernesto die Stelle zeigen könne, wo Armandito Elegguá beerdigt worden?

Das könne er nicht, gab Ernesto unumwunden zu, sein lapidares Lächeln entschädigte für jede Antwort: Armandito sei als Schwerverbrecher hingerichtet worden, ein ordentliches Grab erhalte so einer von Fidel natürlich nicht.

»Dann sag mir wenigstens,
wer sie wirklich sind, die Dunklen!« faltete Broschkus das feuchte Tuch und legte sich's sehr sorgfältig – das heißt: wollte sich's zurück auf den Oberschenkel legen, doch weil Ernesto nun wirklich ungehalten wurde, weil er wieder aufsprang und nicht

etwa gegen die eigne Brust schlug, sondern in wegwerfend schlenkernden Bewegungen Richtung Broschkus, voll heftiger Verachtung, wie man's ihm nie zugetraut hätte: weil Broschkus an dieser Stelle des Gesprächs für ein paar Sekunden ernsthaft Angst bekam, knüllte er sein Taschentuch erschrocken in der Hand.

Die Dunklen, die Dunklen! tobte Ernesto, ob Broschkus überhaupt ahne, wie viele Religionen, Sekten, geheime Bruderschaften es auf Kuba gebe? Broschkus tue gut daran, sich nicht vorschnell festzulegen, noch dazu bei seiner offensichtlichen – Ernesto hielt kurz inne –, seiner religiösen Ahnungslosigkeit.

Fast schien's, als ob ihm die Luft jetzt ausging, immerhin war er mindestens siebzig (so-genau-weiß-ich-das-nicht), als ob er selber über seine Impulsivität erschrak, schnell griff er zur Flasche, um – erst mal das Glas seines Gastgebers nachzuschenken, anschließend das eigne, nun hatte er sich wieder gefangen:

»Wenn du hören willst, was ich wirklich von deinem Mädchen glaube: Sie ist eine *mambo*.« Dafür spreche das versammelte Schweigen in Micro-9, das diffuse Dunkle, das man ihr andichte, ihre Flucht in die Sierra Maestra, wo's in der Tat einige Dörfer gebe, die komplett dem Voodoo dienten. »Doch selbst wenn sie keine Priesterin wäre, sondern ein ganz gewöhnliches Kind des Voodoo: Wir müssen erst mal herauskriegen, welcher Geldschein überhaupt der richtige ist, welcher überhaupt zu ihr führt; sie dagegen hat in jedem Fall zwei richtige, *sir*, sie hat die beiden Fünfpesoscheine, und sofern sie auch nur einen flüchtigen Anhauch von dir tragen, kann sie damit –«

»Cuqui sagt, der Voodoo spielt in Kuba keine Rolle!« platzte's aus Broschkus heraus, noch ehe er sich auf die Lippen beißen konnte.

»– und egal, was ein Koch darüber denken mag: Sie kann damit arbeiten, verstehst du, sie kann von der Ferne auf dich wirken, sie selbst oder jeder andre, den sie bezahlt. Du brauchst Hilfe, *sir*, mehr, als du ahnst!«

Broschkus, starr saß er da und blickte in sternenlose Dunkelheit, blickte auf den Mond, der fett und verbeult über der Welt hing, lauschte in die Stille dieser Stadt, die nichts andres war als eine geheime Anwesenheit aller Geräusche auf einmal, man mußte nur den Kopf schiefhalten, schon – wurde man gerade ein bißchen betrunken? Ernesto setzte sich wieder, einige seiner Bewegungen so verzögert, als habe er dabei große Schmerzen, und legte Broschkus eine Hand auf die Schulter:

»Höchstwahrscheinlich hat sie bereits mit den Scheinen gearbeitet. Oder weswegen, glaubst du, bist du hierher gekommen?«

»Ich bin freiwillig gekommen«, widersprach Broschkus, weiterhin sein Taschentuch in der Hand haltend: »Es war meine freie Entscheidung.«

Woher er das denn wisse? setzte Ernesto sofort nach, ohne die Hand von Broschkus' Schulter zu ziehen: Ob's überhaupt je freie Entscheidungen gebe, ob man nicht immer irgendwelchen Zwängen unterliege, egal, an welche Götter man glaube oder nicht glaube?

Broschkus steckte sein Taschentuch ein. Womöglich blendete ihn die versammelte Schwarze, erbrauste in ihm das versammelte Schweigen der Nacht, womöglich war er mittlerweile wirklich vom *refino* gebremst; stumm nickte er so lange, bis ihm Ernesto die Hand eine Spur schwerer auf die Schulter drückte:

»Schon gut, *sir*, schon gut. Vielleicht ist sie ja trotz allem eine ganz normale Frau.«

Überdies gebe's ja noch die Santería,

auch die sei nicht zu unterschätzen, ganz und gar nicht zu unterschätzen, vornehmlich Elegguá, der Erste unter den *santos:* Mit dem, zum Beispiel, könne man selber arbeiten. Für alle Fälle – Ernesto redete so eindringlich auf Broschkus ein, als wolle er ihm Mut machen –, für alle Fälle werde er morgen die Muscheln befragen, die Muscheln-die-sprechen, werde zwei Tauben opfern, damit Elegguá Wege und Kreuzwege für Broschkus öffne, zur Sicherheit auch ein schwarzes Küken, dazu einen Erdnußriegel, bekanntlich sei Elegguá ein Schleckermaul.

So respektlos, wie Ernesto vom Ersten seiner *santos* redete, konnte der nicht viel hermachen, das klang eher nach einem Vielfraß von nebenan als einem Heiligen:

»Gesetzt aber, Alina wär' tatsächlich 'ne Voodoo-Priesterin«, mußte sich Broschkus sehr auf seine Antwort konzentrieren, dieser weiße Rum war noch stärker als der braune; Ernesto vertrug davon ersichtlich mehr als man selbst, von wegen ehemaliger Trinker, am besten, man beschränkte sich eine Weile aufs Nippen, anstatt bei jedem Glas mitzuhalten: »Gesetzt, Alina wär' 'ne *mambo*, wär' sie dann nicht mächtiger als ein *santo,* der nur ans Essen denkt?«

Entrüstet zog Ernesto seine Hand von Broschkus' Schulter, machte erneut Anstalten aufzuspringen, griff dann aber doch bloß nach seinem Taschentuch: »Die *Santería* ist die mächtigste Religion, mächtiger als jeder Voodoo!« Ob verfressen oder nicht, Elegguá sei der Erste unter den Kriegern, der Herr der Zukunft und des Zufalls, die *paleros* verehrten ihn als Lucero Mundo, die Christen als San Antonio, die Kinder des Voodoo als Papa Legba, er sei der Größte und – »er gehört zu uns!«.

»Sag mal, Ernesto, bin ich betrunken oder ist es der Mond?«

Als herrsche rundum nicht längst Nachtruhe,
geriet Ernesto jetzt erst so richtig in Stimmung; Broschkus' Frage vollkommen ignorierend, schwärmte er lauthals drauflos: Elegguá! Der Erste unter den *santos*, eine Unzahl an Legenden schien sich um seine Person zu ranken:

Auserwählt habe ihn kein Geringerer als Olofi persönlich, der dreieinige Gott, nachdem er durch ihn – da sei der Erste unter den Kriegern noch ein kleiner Junge gewesen –, nachdem er durch ein Opfer von 101 Tauben kuriert worden von schwerer Krankheit. Seitdem halte Elegguá und kein andrer die Schlüssel des Schicksals in Händen, er, der Sohn von Obatalá und seiner weiblichen Hälfte, dem Regenbogen – mit ihm gehe alles und *gegen* ihn gar nichts.

In seinem Leben als Mensch sei er ein eleganter Königssohn gewesen, dem Scherzen zugetan, dem Spotten. Eines Tages fand er eine Kokosnuß, in der drei Lichter brannten, die nahm er an sich und legte sie neben die Tür des Palastes. Doch als er sie vergaß, rollte sie ins Freie – drei Tage später starb er: Erst wenn der Mensch stirbt, ersteht der Heilige. Woraufhin im ganzen Land Seuchen ausbrachen und alle Art Unheil; bis die Ältesten begriffen hatten, daß die verlorne Kokosnuß dabei eine Rolle spielte, war diese längst verfault und verwest. Als Ersatz setzten sie etwas Unvergängliches neben die Tür des Palastes, einen Stein – in ihm wurde Elegguá als *santo* wiedergeboren.

Seitdem sitzt er dort, sofern er sich nicht in den Straßen herumtreibt, den Bergen, den Steppen, sitzt an der Schwelle zweier Welten, öffnet die Türen und verschließt sie, je nach Laune – und Launen hat er reichlich! Nicht nur das Gute trägt er in sich, sondern auch das Schlechte, und wehe, er begegnet dem Menschen in einer seiner bösen Inkarnationen, dann ist er ein unerbittlicher Peiniger, vor dem's kein Entrinnen gibt, selbst wenn man ihn mit einer Machete in zweihundert Stücke zerschlüge: Denn da kehrt er vierhundertfach zurück!

Vierhundert Elegguás?
wurde Broschkus langsam wirklich betrunken, ob das nicht ein bißchen übertrieben sei? Wenn's sämtliche vierhundert *santos* so hielten, ergäbe das ja – und die Zahlen, die konnte er, mochte in seinem Kopf ansonsten ein wildes Gebrause herrschen – am Ende 160 000 Heilige!

Ernesto indes war's nicht zum Scherzen zumut: Ein Glaube täte ihm dringend not, beschwor er Broschkus, egal welcher! Als Ungläubiger ahne er ja gar nicht, wie schwach er ohne Glauben sei, wie hilflos angesichts einer Welt, deren Vorsitz zwar von einem unbewegten Gott geführt, deren täglicher Verlauf jedoch von Hunderten an Heiligen bestimmt, von Tausenden an Toten und Untoten, höchst kapriziösen Wesen allesamt und leicht zu erzürnen, nicht zu vergessen von Millionen Menschen, die ihre Machenschaften betrieben. Broschkus dürfe froh sein, daß er wenigstens jemanden an seiner Seite habe, der die Wesen der andern Welt kenne und ehre, der ihnen vorsichtshalber ein Opfer morgen bringen werde, der –

»Das wirst du wirklich für mich tun?« Broschkus war auf eine Weise ergriffen, die er nicht an sich kannte, welch Glück, einen Ernesto zum Freund zu haben! Der erhob sich nun etwas wakkelig zum Gehen:

»Das werde ich, *sir*. Sicher verstehst du, daß die Sache auch ihren Preis hat – nicht den für Fremde, neinein!« Zehn Dollar, Tauben inklusive, sämtliche Kräuter. Und für die Muscheln-die-sprechen noch einen Dollar extra. Das, wohlgemerkt, sei der Preis für Einheimische. Unsicher setzte Ernesto einen Schritt Richtung Eisentreppe, tappte nach Halt am Geländer: »*¡Coño!* Hier isses ja dunkel wie im Negerarsch!« Ob Broschkus den Ausdruck zufällig kenne, er habe ihn von einem deutschen Touristen beigebracht bekommen?

Doch damit war diese zweite lange Nacht des Rums
noch nicht ganz beendet, Broschkus begleitete Ernesto zum Hoftor, um's für ihn noch mal aufzusperren; als er den winzigen Schlüssel in das winzige Vorhängeschloß hineinmanövriert hatte, fragte er ihn endlich:

»Wer bist du wirklich?«

»Ernesto de la Luz Rivero bin ich«, antwortete Ernesto mit all seiner Würde, »ein *santero*. Aber keiner, der ein bißchen Hühnerblut für Touristen fließen läßt, wenn du das meinen solltest!«

Nein, an einen Hokuspokuspriester dachte Broschkus beim Wort *santero* längst nicht mehr. Ernesto, in seinen »Cuba«-

Schlappen, den penibel aufgewickelten Schirm in der Hand, sah er ganz und gar nicht wie derjenige aus, der im Kulturzentrum büschelweise Mumpitz veranstaltet hatte:

Schon sein Vater sei *santero* gewesen, erklärte er etwas verlegen, sein Großvater ebenfalls; im Alter von vierzehn Jahren habe man ihn geweiht – hier wies Ernesto auf das weiße Körnerband, das er am Handgelenk trug –, geweiht gegen seinen Willen. Mittlerweile empfange er zwar keine Kundschaft mehr, außer seinen Söhnen wisse somit kaum einer, daß er die Weihen trage, aber das dürfe Broschkus nicht täuschen: »Unsre Bruderschaft ist eine der ältesten und mächtigsten in Kuba, wir haben unsre guten und unsre bösen Pulver, und wenn wir Krankheiten schikken, dann solche, die töten.«

In dieser Nacht trommelten sie wieder,
trommelten irgendwo Richtung Chicharrones, trommelten auf eine Weise, wie sie Broschkus aus seinen ersten Hotelnächten kannte; und als es so vollkommen afrikanisch aus der Finsternis dröhnte, da – stach er zu. Rammte ein kleines Küchenmesser mit all seiner Kraft in ein schwarzes Ferkel, stirb-du-Sau, doch wie er das Messer drehte, drehte sich auch das Ferkel, zog seinen Hals von der Klinge, blutete nicht mal. Je öfter er zustieß, desto weniger war das Ferkel noch ein Ferkel, verwandelte sich unter seinen Stößen in etwas, das ihn fratzenhaft anglotzte, das nicht mal mehr schrie, wenn er ihm den Stahl ins Herz zu stoßen suchte, im Gegenteil, das ihn angrinste, weil's wahrscheinlich gar keines hatte, während das Getrommel rundum sogar noch anschwoll. Als die Fratze anhob, ihn mit einem gurgelnden Gelächter zu verhöhnen, schreckte er röchelnd empor, Broschkus, so heftig, daß Feliberto mit einem Satz vom Bett sprang: Totenstill war's, mit dem letzten Trommelwirbel in ihm war auch die Fratze verschwunden, er konnte in aller Ruhe erwägen, ein trocknes T-Shirt anzuziehen.

Vierzehn Tage später,
ein Sonntag vormittag, stand Broschkus im Flußtal des Mazo, auf halber Höhe eines Berges, der ihm als »El Perico« genannt, und lauschte in den Wald hinein, ob Hahnenschreie zu hören und aus welcher Richtung. Denn in der Tat, Luisito war ein Sohn der Sierra Maestra, wußte sehr schnell in Erfahrung zu bringen, wann dort Kämpfe stattfanden, und die Idee, mit Broschkus zusammen seine alte Mutter zu besuchen, gefiel ihm auf Anhieb – schließlich bekam er dadurch die Fahrt finanziert. Das Problem war das Auto, Luisito besaß nämlich keines, hingegen sein Schwager, ein gewisser Señor Planas, angeblich sogar einen sechstürigen Lada. Bis die Angelegenheit jedoch versprach, ein veritabler Herrenausflug zu werden, mußte von den beiden mancherlei organisiert werden, nicht zuletzt Benzin, abgefüllt in Mineralwasserflaschen. Wohingegen sich Broschkus darauf beschränken konnte, Rosalias Wäscheleinen nach grün schillernden Unterhosen abzusuchen.

Als er sich am Morgen nach der langen Nacht des Rums,
das in der Nacht gewechselte T-Shirt hatte er der Einfachheit halber gleich anbehalten, treppab in den Tag blinzelte, fläzte breitbeinig ein fremder Mann im Zahnarztsessel, an einem *cafecito* nippend: der Kerl aus der »Casona«, der Kerl von –! Während Papito ungerührt auf verschiedne Blechstücke einschlug, servierte keine andre als Mercedes, *todo gratis*, ein Frühstücksbrötchen – der Kerl mußte gerade erst aufgestanden sein.

»*Ay* Bro!« Schon wieder trug sie diese Korksandaletten oder noch immer, eilte, dem Doktor den Weg abzuschneiden: »Lang nicht mehr gesehn!«

Eine schöne, eine sehr schöne Kette habe er ihrer Schwester geschenkt, versicherte sie ihm, der sich hütete, die letzte Treppenstufe zu ihr hinabzukommen, bloß kein Begrüßungsküßchen jetzt! Im Grunde strahlte sie eine blöde Schönheit aus, nicht wahr, eine Art unfreiwilliger Wohlgeformtheit, deren

Peinlichkeit sie durch Lächeln zu überstrahlen suchte: Die sei ja aus Gold und sicher teuer gewesen?

Dazu äußerte sich Broschkus, indem er auf sehr bestimmte Weise brummte, hm-hm, vom Areal der Lockenwickler kreischte das neue Ferkel. Nicht der Rede wert, besann er sich scheinbar; falls sie etwa dachte, daß er ihr gleichfalls eine Kette versprechen würde, sollte sie eines Besseren belehrt werden: Ob sie's für sich behalten könne?

Oh, das konnte sie.

Er beabsichtige, der guten Flor bei nächster Gelegenheit ein passendes Paar Ohrstecker dazuzuschenken.

»Das wird sie sicher freuen«, drehte sich Mercedes ab, »und das ist übrigens Eric.«

Also Eric,
ein feiner Kerl, gewiß. Als Broschkus diesen Namen am Abend beiläufig erwähnte, sein Vermieter war bereits gut eingetrunken und entsprechend redselig, hörte der noch nicht mal mit dem Kauen auf:

Jaja, der Geliebte von Mercedes, ein Belgier, den kenne hier jeder, der komme Jahr für Jahr. Nein, mit den Kreuzfahrern habe er nichts zu tun. Indes mit dem Esel, *¡cojones!*, damit höchstwahrscheinlich schon. Jedenfalls ursächlich, wenn Broschkus verstehe.

Broschkus verstand.

Aber er wußte nicht, ob er damit auch was begriffen hatte.

Dabei hatte er ursprünglich,
kaum daß er ihm ein unwirsches *»¡Buenas!«* zugeknurrt, mit dem baldigen Verschwinden dieses Eric gerechnet – der Weg zum Hoftor kam ihm heute so trocken vor, daß er ausspucken mußte –, spätestens dann nämlich, wenn in einem Monat seine Touristenkarte abgelaufen sein würde. In jenem Moment der grimmig betriebnen Hochrechnung, Broschkus hatte noch nicht

mal die Querstraße zum »Balcón« erreicht, war's ihm eingefallen: daß auch er selber für die Behörden als Tourist galt (wo er doch fast schon ein Halbkubaner geworden), daß er über fünf Wochen im Lande und also seine eigne Karte – eine Art Monatsvisum, das jeder bei der Einreise zu kaufen hatte – bereits abgelaufen war.

Woraufhin er zum ersten Mal in seinem Leben *¡Que pinga!* sagte, so laut, daß ihm ein Passant zulächelte. Wenige Minuten später saß er samt Reisepaß, Dollars, Rückflugticket (das er natürlich verfallen lassen würde), saß auf dem Beifahrersitz eines *moto* und fuhr hin.

Zum »Ministerium des Inneren,
Einwanderungsstelle«, ins Nobelviertel Vista Alegre. Denn daß die Motorräder hier nicht zum Spaß allwöchentlich zerlegt und mit Benzin gereinigt wurden, daß man fast ein jedes anhalten und sich für zehn Peso Pauschalpreis fahren lassen konnte, das wußte Broschkus mittlerweile, es kam bloß drauf an, als offensichtlich Fremder nicht das Doppelte zu zahlen, sozusagen Risikozuschlag.

Offiziell dürften Touristen nämlich nur in Dollartaxis chauffiert werden, *motos* müßten immer Umwege nehmen, um Polizeikontrollen zu vermeiden – das hörte sich Broschkus auch während dieser Fahrt an, das Leben sei hart, ein Kampf: Ob er nicht wenigstens freiwillig mehr geben wolle? Vor dem Amt eine undurchsichtig strukturierte Schar meist älterer weißer Menschen, zum Teil in Begleitung ihrer einheimischen Geliebten; indem man laut nach dem letzten der Schlange verlangte, war man bereits in die Reihe der Wartenden eingefädelt. Eine ziemlich spektakuläre Frau mit »Gianni Versici«-T-Shirt, an ihrer Seite ein Rentner in Shorts, lächelte Broschkus zerstreut mit ihren Lippen zu, doch der erkannte sie nicht:

»*¿Ultimo?*«

Ein schmächtiges Männchen hob die Hand, kaum wiederzuerkennen ohne seinen Anzug und das beständig zahnhalsblekkende Grinsen: Ramón, mißmutig die Blicke einer Blondine erwidernd, die ganz offensichtlich seinetwegen in die Verlängerung gehen wollte, einer, dem die Haare büschelweis aus dem weit aufgeknöpften Hemd wuchsen, aus den Ohren, wahrscheinlich seinen gesamten Körper als dichtes Fell überzogen, sogar die Fingerglieder waren schwarz behaart. Von wegen Sieben-Säcke, von wegen Er-sei-ein-Pferd!

Daß seine Zeit in Kuba offiziell abgelaufen war,
mußte sich Broschkus nach gut zwei Stunden Wartezeit – zwischendurch hatte sich der Himmel eingetrübt, ein warmer Regen war auf die Wartenden niedergefahren –, daß die Schönheit Kubas als Argument nicht zog, um Vergeßlichkeit zu begründen, mußte sich Broschkus belehren lassen:

Welche Schönheit? Kuba sei Scheiße! beschied ihn ein in Khakiuniform amtierender Touristenkartenbeauftragter, das letzte Wort auf deutsch wiederholend: Broschkus solle froh sein, ausreisen zu dürfen.

Aber dort, wo er herkomme, wolle jeder dritte nach Kuba! bekundete der: Tag für Tag könne man hier die menschliche Existenz studieren, sozusagen als solche, hier sei alles so wirklich!

Studieren? Da habe er sich ja strafbar gemacht, sein bisheriges Visum sei ausschließlich zu touristischen Zwecken ausgestellt worden.

In die Amtsstube drängten einige, deren jeder als nächstes dran sein wollte und nur auf die kleinste Gesprächspause lauerte, um ins Wort zu fallen; der Touristenkartenbeauftragte war entsprechend schlechtlaunig: »Verlassen Sie unser Land, sofort!« »Und als erstes verlassen Sie dieses Büro! Das ist ein Befehl!«

Trotzdem erhielt Broschkus seine Verlängerung. All sein Spanisch zusammenraffend, ließ er sich von einem Vorgesetzten zum nächsten rangaufwärts und dabei mehrfach des Landes verweisen; als am späten Nachmittag Rhetorik nicht mehr weiterhalf, ihm gegenüber saß der oberste Chef des Ganzen, half die Wahrheit:

Im Grunde brauche er nur deshalb einen weiteren Monat, weil er – die Schönheit Kubas? nein, die Schönheit einer bestimmten Frau, weil er sie bislang noch nicht gefunden.

Das verstand der Offizier.

Das verstand er sogar sehr gut: Ob sie auch einen Leberfleck zwischen den Brüsten? Das seien nämlich die besten, wenn er hier mal von Mann zu Mann; die seien, aaah, ja, hm, *uyuyuyuy*.

Nachdem er sich die Frau en detail hatte schildern lassen, die Broschkus im Verlauf eines Verlängerungsmonats zu finden hoffte, gewährte er ihm Einblick in seine Brieftasche, es gab Photos zu würdigen. Daß die Sache (inklusive Wertmarke und Stempel) auch ihren Preis hatte, verstand Broschkus; wieviel davon an Fidel floß, war nicht ersichtlich.

Dessenungeachtet beschloß er auf dem Rückweg, sich derlei nicht mehr anzutun, ohnehin sah das Gesetz nur eine einzige Verlängerung vor, es sei denn, man hätte sich vor Ablauf der Frist verheiratet. Nein, sein Leben als Tourist würde am 27. September beendet sein, bis dahin hatte er noch 23 Tage Zeit, in denen er's vom Halb- zum Vollkubaner geschafft haben mußte – nie wieder mit Hütchenträgern verwechselt werden, denen man gefälschte *Cohibas* aufschwätzen konnte, nie wieder!

Lieber illegal hier leben; und so, wie Luisito den Tivolí im Griff hatte samt seiner amtlichen und halbamtlichen Respektspersonen, durfte das auch kein großes Problem sein. Jedenfalls wenn man dafür ab und an ein paar Dollars investierte – das war der Weg!

Als das bunt besprenkelte Bettlaken eines Santería-Verkaufsstands am Straßenrand vorbeischimmerte, ließ Broschkus sein *moto* kurzerhand zurückfahren und sichtete die Bestände: verrostete

Hufeisen, Magneten, Schüsseln, Kleinkram. Für die Krieger! erklärte der Verkäufer ungefragt, für Elegguá und seine feindlichen Brüder, Oggún und Ochosi, der eine töte mit Axt und Machete, der andre mit Pfeil und Bogen.

Auch deren winzige Waffen gab es zu erwerben, fingerlange Äxte, Macheten, Bogen, deren Sehnen von dünnen Ketten dargestellt wurden – alles, was Broschkus früher für Alteisen gehalten und obskure Nippes, hatte spätestens seit dem gestrigen Abend eine Bedeutung bekommen, mehr noch, ein Geheimnis, das es zu ergründen galt. Sogar den kleinen Marienfigürchen würde er's entreißen, den frisch geschnittnen Zweigen und, was-sollte-das-denn-sein, diesen faustgroßen Zementklopsen mit abstehenden Ohren: Als Augen, als Mund waren ihnen drei weiße Muscheln einbetoniert, die Muschelöffnungen nach außen, ebenso plump wie befremdlich.

Ob sein Sortiment auch was für die Schwarzen Barone biete? löste sich Broschkus vom Blick der Zementköpfe.

¡Ay! mischte sich der *moto*-Fahrer ein: Die seien in Santiago nicht sehr beliebt, die holten sich sowieso, was sie brauchten.

Und das kleine Bild (das neben einer Schar frisch glänzender Bleihähne lag, das Bild mit der Zunge, dem riesigen Auge), für welchen *santo* stehe das?

Für keinen, Onkel. Das sei gegen den bösen Blick und die üble Nachrede.

Ob es auch funktioniere, wenn man an nichts glaube?

Das könne man ja gar nicht, versicherte der Händler: Abgesehen davon helfe's selbstverständlich immer, er verkaufe nur Ware, die wirke.

Broschkus kaufte das Bild; schaden würde's ja wohl nicht.

Kennst du den Dunklen? beugte er sich beim Bezahlen ein wenig näher als nötig.

Oh, er kenne fast nur Dunkle. Der Verkäufer zählte das Geld nach, fühlte sich ob der ungerührten Miene seines Kunden bemüßigt, eine Erklärung nachzuschieben: Alle *santos*, alle Götter, ob sie sich auch mit Heiligenschein oder weißen Gewändern abbilden ließen, seien in ihrem Urgrund dunkel; und erst die Menschen!

Die Moderne zwar in Europa demnächst schon wieder vorbei, hier dagegen noch nicht mal angebrochen – das war einer der Sätze, die der heimkehrende Broschkus kaum korrekt zu Ende formulieren, geschweige denken, geschweige begreifen konnte: Magie statt Logik, Ritual statt Suchmaschine, Geheimnis statt Dialektik – und was der gängigen Antagonismen mehr waren, an die er sich ersatzweise zu halten suchte, gewiß eher als Halbdeutscher denn als Halbkubaner. Mit dem spontanen Erwerb des Zungenbildes hatte er seinen jahrzehntelangen Atheismus so widerstandslos gegen den primitivsten Aberglauben eingetauscht, eigentlich hätte er sich dafür doch verachten, hätte sich wenigstens im nachhinein wieder darauf besinnen müssen, woher er und wer er eigentlich war, ein aufgeklärter Europäer, nicht wahr? Hätte das Bild zumindest entschlossen wegwerfen oder zuallermindest verschenken müssen, aber nein! Ganz und gar großartig fühlte sich Broschkus mit seinem Bild, als jemand, der von einer großen Last befreit, der Last des beständig zweifelnden Unglaubens, als jemand, der – natürlich erst mal auf Verdacht, sozusagen versuchsweise –, der sich zu etwas entschlossen hatte. Etwas, das er in seinen Konsequenzen noch nicht abschätzen konnte, das aber zumindest nicht schadete: Mit seinem Zungenbild war er einer, der dazugehörte, war einer der Ihren.

Aber wahrscheinlich lag's ja nur daran, daß er in seinem alten Leben noch nicht mal überzeugter Atheist gewesen. Ohne Standpunkt, das hatte er begriffen, konnte man in dieser Stadt nicht überleben, und ein Messer in einem Ferkel oder einer Zunge, das war ein Standpunkt.

Was freilich den Dunklen betraf,
so erhielt er auch in den nächsten Wochen keine befriedigende Auskunft.

Ocampo: Das ist der Andere, dessen Name nicht genannt werden darf, und also wird er nicht genannt.

Papito: Ja, der schmeckt gut und hat ebensoviel Prozent, aber der helle ist auf Dauer gesünder.

Cuqui: Nein, einen Teufel kennt man in der *Santería* nicht, die *santos* sind böse genug.

Pancho: Vorsicht, Bro, da gibt's mehr als einen.

Lolo: Gib mir noch zwei, drei Tage, Onkel, ich kümmere mich drum.

Luisito: Dunkel? Neinein, dir als Farbigem kann ich ja sagen, wie's ist: Wir sind Neger, keine Dunklen.

Dessen Mutter: Der Dunkle? Ich dachte immer *die* Dunkle?

Als Broschkus mit dem Bild nach Hause kam,
überraschte er seinen Vermieter mit der Erklärung, auch er werde die Wohnung ein wenig verschönern.

Oh-oh, setzte der nur kurz den Hammer ab, von wegen gleich-morgen-die-neue-Tür, Broschkus konnte froh sein, daß man gerade dabei war, einen neuen Türstock einzubauen: Da tropfe ja Blut raus!

Luisito tat so, als wolle er einen Lappen zum Aufwischen suchen; dann schickte er Papito los, einen passenden Nagel aufzutreiben. Die Einladung des Doktors zum gemeinsamen Abendessen im »Balcón« nahm er sofort an, *¡como no!,* was es denn zu feiern gebe?

Das verriet ihm der Doktor wohlweislich erst beim dritten Bier,
nachdem sich Luisito genügend an wasserschnorrenden Nachbarn abgearbeitet hatte (hart bleiben!), an Eric (nur einer von drei »festen Freunden«, Mercedes sei eine besonders Schlimme), an Cuqui (Wichtigtuer! Dabei habe er die Hälfte seines Lebens

im Gefängnis gesessen). Als er dann raten durfte, brauchte er allerdings keine drei Sekunden, um sich Broschkus' Feierlaune zu erklären:

Die *muchacha* – du hast sie gefunden, gratuliere! Ob sie an den wichtigen Stellen Leberflecke habe?

Er hoffe es, gab sich Broschkus optimistisch: Jedenfalls komme sie aus der Sierra Maestra, das sei ein gutes Omen. Man habe ihm gesagt, Luisitos Mutter lebe dort, in der Nähe von Chivirico?

Das Problem seien die Hahnenkämpfe,
ließ sich der Sohn der Sierra Maestra dann erst mal zu Langatmigkeiten hinreißen: Seit Fidel sie verboten habe, fänden sie tief im Gebirge statt, an wechselnden Orten, Genaueres erfahre man ein, zwei Tage zuvor. Ja, früher! Sein Vater habe eine regelrechte kleine Arena betrieben, jedes Wochenende sei Volksfest bei ihnen gewesen, mit Musik und viel, viel Essen! Einer seiner erfolgreichsten Hähne habe Hitler geheißen, zweiundzwanzig siegreiche Kämpfe. Übrigens habe er am Ende gegen einen Hahn namens Stalin verloren, so sei das mit der Geschichte.

Wenn Luisito genug gegessen und getrunken hatte, ging ihm das Herz auf, dann rühmte er sich unverhohlen seiner Herkunft, seiner Taten, seiner Charakterzüge, rühmte aber auch jeden seiner Freunde und war bereit, alles für ihn zu tun: Natürlich bekomme er die Einzelheiten heraus, Broschkus solle sich keine Sorgen machen, kein andrer als er selber, Luis Felix Reinosa, werde mit ihm hinfahren, jawohl. Woraufhin die Sache als beschlossen galt, man konnte sich wieder der Schwärmerei hingeben:

Hitler! Selbst nach seiner Niederlage im dreiundzwanzigsten Kampf habe er sie noch durch sein Fleisch erfreut, kein Gramm Fett! Oh ja, starke Hähne bekämen starke Namen, schließlich sollten sie Furcht verbreiten. Oh nein, einen vorzeitigen Abbruch des Kampfes gebe's nicht, allenfalls wenn einem der Hähne ein Auge ausgepickt werde, da habe schon manch einer die Pistole gezückt, da kämen nicht bloß Hähne ums Leben. Deshalb sei die Sache ja mittlerweile verboten. Wobei in Kuba eigentlich fast alles verboten sei: Rindfleisch, Fisch, Garnelen, Milch – nur gegen Devisen dürfe man, die brauche Fidel dringend, nur die Touristen dürften! Ja, früher! sei alles besser gewesen in Kuba, alles. Heutzutage, tja, man müsse sich eben arrangieren; auch diejenigen, die Verbote überwachten, könnten in diesem Land nicht überleben, ohne sie zu übertreten.

Genaugenommen sei man hier nicht mal als Ausländer ein freier Mann, dürfe zum Beispiel kein *moto* nehmen, dürfe nicht in einem kubanischen Privatauto sitzen, gemeinsam mit einem kubanischen Fahrer, verrückt, oder?

Das Problem waren also nicht so sehr die Hahnenkämpfe, das Problem war die Fahrt dorthin.

Nicht zu vergessen das Fahrzeug selbst,
Luisito hatte zwar oft schon dran gedacht, sich eines zu leisten, nicht zum Vergnügen, oh nein, sondern aus Furcht vor dem Tag, da Fidel sterben und die Mafia aus Miami einfallen würde, um alles auf ihre Weise zu übernehmen – dann gelte's zu überleben, dann sei ein Auto Gold wert. Natürlich nur eins aus den Fünfzigern; einen Plymouth etwa oder einen Buick bekomme man derzeit für runde zweitausend Dollar, dazu ein paar hundert Dollar, um den Wagen richtig flottzumachen, eine regelrechte Lebensversicherung wäre das. Ob Pontiac oder Studebaker, ob Lincoln, De Soto oder Dodge, Luisito kannte sie alle, beschrieb sie mit dem scharfen Auge des unglücklich Verliebten. Zu den höchsten Tönen freilich reizte ihn ein Chrysler Colonel, den würde er sich in Hellblau herrichten lassen, mit weißem Dach, bis ins Getriebe hinein sehe er ihn vor sich.

Als Broschkus genau dorthin blickte, über die weißen Plastiktische hinweg, wo Luisito mit großen glasigen Augen das Glück sah und Cuqui gerade den Papagei auf seinem Zeigefinger herumschnäbeln ließ, da sah er ihn auch, den Chrysler Colonel, allerdings in Rosa. Ob seine 6205 Dollar Jahresmiete denn nicht locker ausreichten, um einen solch schönen Traum mit solch schöner Renditeerwartung –?

Die Hälfte davon kassiere Fidel, stöhnte Luisito auf: Der Rest gehe fürs Dringendste drauf, *doctor*, fürs Dringendste! Er sei der älteste von neun Brüdern, alle hätten sie Familie, dann die Mutter! Und nicht zuletzt er selber, einen Großteil des Geldes stekke er in Medizin, seit Jahren habe er's an der Prostata und, ihm könne er's ja verraten, Angst vor einer Operation. Meistens gebe's die passenden Pillen übrigens nicht mal gegen Devisen, dann helfe bloß eines: kräftig spülen, *¡salud!*

Also abgemacht, bestätigte er abschließend, wieder ganz Chef des Tivolí, der sich sogar noch ein Bier für den Heimweg erschnorrt hatte, immerhin dreißig Meter: Abgemacht, er kümmere sich. Ob Broschkus übrigens gemerkt habe, daß man ihm eine Neonröhre vom Dach geklaut? Kein Problem, man müsse nur einem der kleinen Jungs 'nen Dollar zustecken, die lieferten schnell. Für einen wie Broschkus doch kein Problem?

Als Lolo wenige Tage später lieferte,
kostete die Sache ebenfalls einen Dollar, anscheinend hatte man sogar als Dieb seine festen Preise. Selbstredend war ihm Luisito zuvorgekommen; mit Lolos Neonröhre erwarb Broschkus somit sein erstes Ersatzteil – das er zwar nicht auf dem Dach einlagerte wie rundum üblich, sondern unterm Ersatzbett in der Kammer, ein Anfang zur Vorratshaltung war gemacht. Schon wieder dieser kostbare Moment, da man sich als einer der Ihren fühlen durfte, am liebsten hätte sich Broschkus mit Batterien, Aspirin und was immer eingedeckt, das die Schwarze Tasche hergeben würde.

Das Hochgefühl wich auch nicht, als Luisito die Ersatzröhre entdeckt und seinen Mieter prompt angeraunzt hatte, was er sich dabei denke, einen Lolo hier überhaupt hereinzulassen, ob er sich und ihn, Luis Felix Reinosa, ruinieren wolle?

Ach, das sei doch nur ein kleiner Dieb, ganz nett.

Von wegen kleiner Dieb! explodierte Luisito; als er sich eine *Hollywood* entzündete und in einem einigen Zug wegrauchte, flackerte in seinen Augen erneut die Angst auf, sein kleiner Wohlstand kannte ihm im Handumdrehen zunichte gemacht werden: Dieser Lolo sei stadtbekannt, habe Dreiviertel seines Lebens hinter Gittern verbracht!

Ach, und wenn schon, winkte Broschkus ab: Er wohne hier unter lauter dunklen Gestalten, fühle sich dabei leidlich wohl.

Dann hörte er sich einen Satz anfügen, der seinen Vermieter so überraschte, daß er nicht mal mehr die neue Badezimmertür rühmte, die sich heute, beim Einhängen, leider als zu hoch erwiesen – einen Satz, den Broschkus im nachhinein kaum glauben konnte gesagt zu haben, einem Kubaner gesagt zu haben:

»Glaub mir, Luisito: Ein Dieb, mit dem du befreundet bist, der wird dich nicht bestehlen, im Gegenteil, der wird dich gegen alle andern Diebe beschützen!«

Oh, es ging voran mit Herrn Broder Broschkus,
die Tage bis zu seiner Fahrt ins Gebirg verflogen schnell, vielleicht weil sie jetzt, da die größte Frage geklärt und das Ziel am Horizont schon sichtbar, jenseits der Bucht, vielleicht weil sie nurmehr kleine Antworten für Broschkus bereithielten: Abgesehen von Papitos vergeblichen Versuchen, die neue Tür aufs rechte Maß zurechtzuhobeln (wahrscheinlich war er dabei zu nüchtern), abgesehen auch von einer knapp verpaßten Hausschlachtung (kaum war Luisito, der Broschkus eines Morgens ganz aufgeregt wachgeklopft hatte, ins Büro verschwunden, wollte man ein erhebliches Geld fürs Zuschauen), fiel lediglich ein einziges Ereignis aus der Reihe: Wieder einmal war – und blieb! – Broschkus der einzige Gast im »Balcón«, wieder lud er den kochenden Kellner ein, sich noch auf ein Bier zu ihm zu setzen, ach was, ob er nicht in die Casa el Tivolí mitkommen

wolle, auf einen *Ron Mulata?* Woraufhin Cuqui nicht mal mehr den Abwasch machte: Einer *Mulata* könne er nicht widerstehen.

Kaum hatte er Broschkus' Behausung betreten,
entdeckte er das Zungenbild, deutete mit dem Finger darauf: Das könne doch wohl nicht wahr sein? Religion für Arme! So was hänge sich ein studierter Mann ins Wohnzimmer!

»Aber es wirkt!« Broschkus gab sich brüskiert: »Ich jedenfalls glaube dran.«

Das nenne er bereits glauben? Statt mit einem halbherzig gebrummten Jeder-nach-seiner-Fasson die Sache abzutun, schien Cuqui durch das Bild geradezu provoziert, etwas Grundsätzliches zu klären; so beiläufig heiter er sich eben noch mit seiner Tochter, mit Tyson, den Fischen im Aquarium und einigen vorbeistromernden Halbstarken die Zeit vertrieben hatte, so schlagartig ernst war er jetzt geworden, kompromißlos, intolerant: Glauben sei doch wohl ein wenig komplizierter, als ein Bildchen aufzuhängen gegen den bösen Blick?

Gegen üble Nachrede, darauf bestand Broschkus, helfe's auch.

Ob ein Messer in einer Zunge alles sei,
woran er glaube? machte Cuqui keine Anstalten, sich auf die Dachterrasse zu begeben, um dort, unter freiem Himmel, die Sache entspannter anzugehen, Cuqui, der kellnernde Koch, in dem ein Lehrer und, wer weiß, ein vorbestrafter Wichtigtuer steckte. Oder ein weiterer *santero?* Broschkus klappte die Fensterbretter auf, öffnete die Flasche und schüttete den ersten Schluck ins Eck, neben den Abfalleimer, woraufhin winzige Fliegen aufstoben. Mit einem hörbaren *Ay*-Bro ließ sich Cuqui aufs Sofa sinken, jetzt saß er direkt unter der Zunge:

Ob sein Bruder nicht an Gott glaube, den allmächtigen, und an die Jungfrau Maria?

»Ach weißt du, naja«, steckte sich Broschkus eine der gefälschten *Cohibas* an, die man ihm kurz nach seiner Ankunft aufgeschwatzt: »Wir in Europa sind aufgeklärt.«

Cuqui daraufhin, als habe er gerade eine persönliche Beleidigung erfahren: »Wenn du nicht glaubst, findest du gar nichts – keine Ruhe, keine Liebe, nicht mal eine Frau!«

Streng guckte er, darüber gab's nichts zu diskutieren. Aber an was hätte Broschkus noch ernsthaft glauben sollen? Sich in einen der beiden roten Sessel ablassend, direkt unterm Ventilator, sah er zur Tür raus, rüber aufs Gebäude der Lockenwicklerin. Erstaunliche Ruhe herrschte dort, vielleicht waren sie alle schon ausgeschwärmt, Neonröhren zu organisieren, ausgerechnet heute, wo ihr Nachbar ein wenig Krach gut hätte gebrauchen können. Wie er Cuqui wieder in die Augen blickte, guckte der etwas milder:

Er erinnere sich, daß Bro hierhergekommen, ein Mädchen zu suchen, ein recht spezielles, ob er etwa glaube, es ganz allein aufzuspüren? »Jeder hat Hilfe nötig, Bruder, und sei's die Hilfe eines Gottes.« Er möge doch das Herumpaffen einstellen, auf solch hektische Weise bekomme er seine Zigarre nie richtig zum Glühen. »Ein Gott hat noch keinem geschadet, selbst wenn's ihn gar nicht geben sollte.«

Das, versicherte Broschkus, indem er die Zigarre ärgerlich weglegte, ohne Ernesto machte das Rauchen sowieso keinen Spaß: Das sehe er inzwischen auch so. Welchen Gott man denn empfehlen könne?

Und schon steckte er wieder mittendrin in einem Gespräch,
das er am liebsten Punkt für Punkt mitnotiert hätte. Während er anderntags tatsächlich einige Aspekte desselben aufschrieb – Listen hatten ihm stets geholfen, Listen liebte er –, überschauerte ihn zum ersten Mal die Gewißheit, daß er hier weniger in Kuba als in Afrika gelandet war, und zwar dort, wo sein Herz am schwärzesten schlug. Trotzdem, dachte er, hier bin ich richtig!

Cuqui hatte sich nicht nur zielstrebig der Mulata, sondern auch dem Dozieren zugewandt, immer schneller die Silben aneinanderratternd, beim Kellnern bot sich kaum Gelegenheit, seine Meinung so umfassend kundzutun. Broschkus wiederum hatte sich nicht entblöden können, nach Armandito Elegguá zu fragen, ob er vielleicht ein *santero* gewesen, ein Dunkler gar?

Was er denn mit »Dunkler« meine? steckte sich Cuqui seinen Hausschlüssel ins Ohr, sehr langsam: Eine schwarze *Santería* gebe's nicht, ohnehin sei Armandito kein *santero* gewesen, sondern ein Größenwahnsinniger – Verrückte habe's in diesem Land genug.

Und Ernesto?

Cuqui bewegte den Schlüssel vorsichtig hin und her, man hörte das Ticken der Wanduhr, dann zog er den Schlüssel heraus, putzte ihn an seinem Hosenbein ab: Ernesto sei kein Verrückter, sondern ein mächtiger Mann. Möglicherweise der mächtigste in ganz Santiago.

Er meine ja auch, beeilte sich Broschkus, das Mißverständnis zu bereinigen: Er sei doch *santero?* Obwohl er diesen Glauben ja nicht mehr, wie-solle-man-sagen, aktiv ausübe?

Ein *santero?* Mit Bedacht schob sich Cuqui den Schlüssel wieder in den Kopf, auf der andern Seite gab's noch eine Menge zu tun: Wer ihm denn das gesagt habe?

Oh, er selbst!

So. Cuqui reinigte sich; als er das Ergebnis aus seinem Ohr hervorgezogen und betrachtet hatte, war er's zufrieden. Streifte sich den Schlüssel am andern Hosenbein ab, etwa dort, wo Ernesto sein Taschentuch abzulegen pflegte, füllte sein Wasserglas neu, das er parallel zum Rum benippte. So.

Dann legte er los,

aber so richtig. Auf daß Broschkus bald der Kopf schwirrte, diesmal hatte der Rum keinen Anteil daran, gar keinen, um den kümmerte sich fast ausschließlich sein Gast. So bräsig er sich auf dem Sofa hatte auseinanderfließen lassen, hellbrauner Fleischberg mit einem zur schwarzen Linie gestutzten Oberlippenbart, so konzentriert sprach er auf ihn ein, wach funkelnden Auges – Broschkus konnte sich kaum eines Menschen hier entsinnen, der so vollkommen ohne affektierte Gestik und übertriebne Rhetorik, so völlig um der Sache willen geredet, es schien wichtig zu sein. Einen ganzen Abend lang saß er unterm Zungenbild; wenn man den Kopf schieflegte und die Brillengläser kippte, fielen ihm leuchtend rot die Blutstropfen auf die Baseballmütze.

Also die santeros,
ob sie die Rituale nun ausübten oder nicht, ihre Macht gewönnen sie durch die *santos*, die bei ihnen hausten: in den Schüsseln zum Beispiel, die man neben der Haustür sehe. Was Ernestos Schalen betreffe, Erbstücke seiner Vorfahren, so seien sie seit Jahrzehnten mit Blut gespeist, wahrscheinlich schon seit mehr als einem Jahrhundert, die dürften auch ohne Ernestos Zutun ziemlich wirken!

Aber-ja-doch, der Ort des *santo* sei seine Schüssel, sozusagen sein Altar, warum solle ein Kreuz denn sinnfälliger sein oder ein mit Rotwein gefüllter Pokal? Je nachdem, mit welchen Attributen die Opferschale bestückt, hause darin ein ganz bestimmter Heiliger, vorausgesetzt, er sei mittels eines ganz bestimmten Rituals herbeigebeten und mit Blut gespeist worden.

Abgesehen davon lebten die *santos* im Meer oder im Stein, im Wald oder auf dem Berg, je nachdem, und zwar ein und derselbe *santo* in seinen verschiednen Inkarnationen, kindlich-verspielt bis uralt-weise. Sichtbar für uns würden sie ausschließlich in Gestalt ihrer Kinder, sofern sie in eins hineinführen – ziemlich unangenehme Sache übrigens! Der Mensch, solcherart von seinem *santo* bestiegen, fange sofort an, sich der Schmerzen in Zuckungen zu erwehren, vergeblich, Broschkus möge das bitte nicht für Ekstase halten! Aber auch der *santo*, der von ihm zum ersten Mal Besitz ergriffen, fühle sich noch nicht wohl in seiner neuen Inkarnation, er ecke sozusagen überall an – er selber, Cuqui, sei nicht scharf drauf, von einem Heiligen bestiegen zu werden oder einem Toten, ihm reiche's völlig, zum Wochenanfang eine Tasse Kaffee zu opfern oder ein paar *polverones.*

Also die Santería,
keine Religion mit Bekehrungseifer, sowieso sei auf Kuba jeder auch Christ. Den einzigen, den dreieinigen Gott nenne man in der *Santería* Olofi, am ehesten zu vergleichen dem des Alten Testaments, gut und gerecht, natürlich auf männliche Weise, Zahn um Zahn. Als unbewegter Beweger – Cuqui verwandte in der Tat diese Formulierung – greife er selber nicht in den Lauf der Welt ein; um Beistand bitte man folglich nicht ihn, sondern den jeweils am besten geeigneten Heiligen.

Beten allein sei allerdings meist zuwenig; je heikler die Aufgabe, zu der man sich ihrer Mitarbeit versichere, desto größer notwendigerweise die Gegengabe: Auch *santos* hätten schließlich Hunger und Durst. Opfern dürfe freilich nur, wer die Weihen erhalten und also wisse, wie man einem Huhn auf religiös korrekte Weise den Hals umdrehe, wer die Gesänge kenne und die Kräuter, wer in die Herzen der Menschen blicken könne und in ihre Zukunft: ein Priester oder ein *santero.* Sofern der den *santos* gegeben, was ihnen zustehe, seien sie fast zu allem bereit, im guten wie im bösen.

Also die santos,
ursprünglich Herrscher aus dem heutigen Nigeria oder Togo, vergöttlichte Ahnherren: keine Heiligen, wie sie Broschkus vielleicht aus dem Katholizismus kenne, sondern sehr menschlich! Mindestens so viele negative Eigenschaften hätten sie wie positive, niemals dürfe man sich ihrer fürsorglichen Liebe völlig anvertrauen, habe sich immer auch vor ihrem jähen Zorn zu hüten. In jeder Lebenssituation halte mindestens ein *santo* seine

Dienste bereit, vorausgesetzt, man aktiviere ihn durch ein entsprechendes Opfer, ehe's der Gegner getan – womit man leider stets zu rechnen habe. Oh, die Welt sei voller heimlicher und unheimlicher Feinde; zum Glück kämen die *santos* gern, kämen zu jedem, der sie rufe, ihn zu schützen. Broschkus müsse vor allem begreifen, daß sie ohnehin die ganze Zeit anwesend seien, die Toten wie die Heiligen, eine einzige große Familie, ob wir nun an sie glaubten oder nicht. Wenn sie indessen aus ihrer grundsätzlichen Anwesenheit erst einmal herbeigerufen, dann wollten sie auch arbeiten, anders könnten sie ihre Lust auf frisches Blut ja nicht befriedigen.

»Wer bist du wirklich?« hatte Broschkus seinen Gast irgendwann im Verlauf des Abends möglichst präzise angesehen: »Ein *santero?*«

»Silvano Ramirez Gonzalez bin ich«, hatte der geantwortet, »aber jeder nennt mich hier nur Cuqui. Ein *santero*, es tut mir leid, bin ich nicht.«

Woraufhin er wohl noch,
bedauerlicherweise entsann sich Broschkus tagsdrauf keiner Details, aufs Jenseits im allgemeinen zu sprechen gekommen und die Hölle im speziellen, beides kenne die *Santería* nicht, gottseidank. Broschkus, statt zweifelnd nachzufragen oder zu widersprechen, war lediglich still dagesessen, immer tiefer in sich hinein- und hinabgerutscht, sogar am andern Morgen noch wie in Trance: Hier tat sich eine Welt auf, von der er sein Leben lang nichts geahnt, so viele Abgründe, aber auch so viele Brükken, die darüberführten; zu wissen, daß es Menschen wie Cuqui gab und erst recht Ernesto, die sich trittsicher darin bewegten, wirkte regelrecht berauschend. Ein Koch und ein Zigarrenmacher – doch weit mehr als ein Koch, ein Zigarrenmacher! Alte rostige Ketten, Nägel, Hufeisen – doch weit mehr als das! Als ob die Dinge hier keinesfalls nur sie selber waren, sondern stets auch Hinweis auf etwas andres; desgleichen die Menschen, mit

ihrer offiziellen beruflichen Existenz nicht zu fassen: Wie weit waren sie ihm alle voraus in ihrer Kenntnis der geheimen Chiffren, wie reich mußte ihr Leben sein im Verhältnis zu seinem, das außer der vierten Stelle hinterm Komma keinerlei Berührung mit dem Transzendenten geboten! Erst als sich Cuqui, ein letzter entschloßner Schluck, die *Mulata* zur Gänze einverleibt, hatte Broschkus zurückgefunden zu einer eignen Stimme:

»Erzähl mir doch mehr über deine Heiligen, dann versteh' ich euch besser und euer Land.«

»Vor allem auch dich selbst«, hatte Cuqui kein bißchen geschwankt: »Je mehr Götter und Heilige du kennst, desto besser kennst du den Menschen.«

Doch die Flasche war leer, Silvano Ramirez Gonzalez sah keinen Grund, länger zu bleiben. Als ihm Broschkus mit einer entschlossen kreisenden Bewegung der Zeigefingerspitze auf seine schwarze Halskette tippen wollte, wich er behende zurück:

»Die hat zwar mit alldem nichts zu tun, Bro, aber wenn du unbedingt sterben willst, darfst du sie berühren.«

Nun wußte Broschkus zwar noch nicht,
ahnte jedoch weit heftiger schon, wohin ihn seine Reise geführt. Als ihm Luisito am Vorabend der geplanten Fahrt Benzingutscheine präsentierte, die er für alle Fälle besorgt, hätte auch er ihm etwas zeigen können: Die Ketten der vier Hauptheiligen – weiß für Obatalá, weißblau für Yemayá, gold-gelb für Ochún, rot-weiß für Changó – lagen wohlverwahrt in seiner Kommode. Nach längerem Beratungsgespräch erworben, harrten sie dort seiner Rückkehr, ungeweiht zwar, aber immerhin. Eine gute Wahl, hatte der Verkäufer versichert: ein sinnvoller Anfang.

Sieben Wochen lebte Broschkus jetzt in Santiago, sieben Wochen hatte er sich auf den morgigen Tag vorbereitet, hatte sich über Land und Leute informiert, insonderheit seine Nachbarn – Lockenwicklers betrieben einen schwunghaften Handel mit schwarzgebranntem Alkohol (behauptete Jesús), Luisito kassierte dafür Schweigegeld (behauptete Cuqui), Lolo war nichts als ein kleiner Drogenkurier (so Ocampo), Ocampo der eigentliche Vater des Esels, kein Wunder, sein Samen sei gewiß das reinste Viagra (so Ramón), Ramón ein Spitzel der Staatssicherheit (so Lolo)… Alles egal, irrelevant, überflüssig! Denn seit gestern besaß Broschkus nicht nur ein Zungenbild, sondern auch vier Ketten. In wenigen Stunden würde er aufbrechen, zehn Dollar sollte die Fahrt kosten, weitere zehn die Übernachtung bei Luisitos Mutter, und am Sonntag dann, in aller Frühe, würde man –

Alina, flüsterte er probeweise, die Hand an der Kehle, wo das Mal brannte: A-li-na.

Als habe sie irgendwas von der anstehenden Fahrt mitbekommen, gegen neun sollte Señor Planas mit seinem Stretch-Lada vorfahren, wurde Broschkus am Morgen des 14. September von Rosalia abgefangen, *¡cafecito, doctor!* Vom Sofa sah ihm erwartungsvoll Flor entgegen, Rosalia ließ ihr kaum Zeit, die Beine übereinanderzuschlagen:

Wenn der Doktor wolle, würde sie einen Liebeszauber für ihn ausführen, hundertprozentige Sache, dazu brauche sie freilich den Namen des Mädchens, den habe sie nicht genau verstanden. Um ihn nämlich auf ein Blatt Papier zu schreiben, den Namen, dazu den des Doktors; um das Papier dann in die Kaffeetasse zu geben, die er gerade in Händen halte, und um – abgesehen davon, daß noch ein paar Dinge dazukämen, die sie ihm nicht verraten könne –, um abschließend drüberzupinkeln: Wirke garantiert!

Er werde drauf zurückkommen, versicherte Broschkus und versprach ihr aus freien Stücken schnell ein paar leere Mineralwasserflaschen.

Welches Kompliment er ihr als erstes machen werde?
wollte Ocampo wissen, ein Ei aus dem Versteck hervorholend, um's für seinen Stammgast in die Pfanne zu schlagen, zwei nach acht: Was er ihr als erstes ins Ohr säuseln werde, wenn er sie gefunden haben würde, die kleine Käseverkäuferin?

Na, daß er sie gesucht habe, brummte Broschkus.

Bruder! legte Ocampo das Ei aus der Hand und kam ganz nach vorn an den Tresen, so nah wie möglich an Broschkus ran: »Das ist zuwenig, viel zuwenig für eine Kubanerin, so kriegst du sie nie!«

Als es ans Bezahlen ging,
setzte er eine verächtliche Miene auf, Geld interessiere ihn nicht, im Gegenteil, heute zahle er! Tatsächlich drückte er seinem Gast einen Zehnpesoschein in die Hand, verzog zunächst keine Miene: Den habe er von Ernesto bekommen, gab er dann grinsend zu *(¡mentira!)*, er habe ihm versprechen müssen, ausdrücklich diesen Schein und keinen andern –

Broschkus erkannte ihn sofort.

»Du mußt ihn zurückgeben, Bruder, so hat's mir Ernesto gesagt, so soll ich's dir ausrichten: ›Gib ihn ihr zurück!‹«

Wie der Geldschein so unvermutet in Broschkus' Hand lag, stieg ihm sein Geruch in die Nase. Er solle vorsichtig sein und auf die Zeichen achten, überbrachte Ocampo noch, aus dem Rest sei er nicht recht schlau geworden. Jedenfalls sei Ernesto besorgt gewesen, wenngleich in Eile, habe nicht auf Broschkus warten können.

Luisito hatte sich,
hin und her und vor allem auf die Uhr blickend, hatte sich in eine neue *McGregor*-Jeans gekleidet, mit Strohhut ausstaffiert und kräftig mit Rasierwasser betüpfelt. Nachdem er von seiner *mamá* geschwärmt und den acht Brüdern, deren einige es heute wiederzusehen gelte, vom Leben auf dem Lande – in seinem

Herzen sei er noch immer ein echter Bauernsohn – und den immensen Summen, die man beim Hahnenkampf gewinnen könne, rückte er mit einer Thermoskanne Kaffee raus, einigen dick mit Herzhaftem belegten Brötchen und einer kleinen Überraschung: Für den Vormittag sei ein Zwischenstop in Puerto Boniato eingeplant, nur ein Stündchen, das Lokal lohne jeden Umweg, eine phantastische Aussicht auf die Stadt. Wenn nur sein Schwager endlich käme!

Nachdem Luisito seine Nachbarin herausgerufen hatte,
er selber verfügte über kein eignes Telephon, wußte man, daß Señor Planas heute überhaupt nicht mehr kommen – Angelegenheiten! –, immerhin aber einen Chauffeur schicken würde, seinen Lieblingscousin. Der freilich das Auto erst mal abholen müsse. Broschkus blieb so locker wie ein Einheimischer, während Luisito fast so nervös wie ein Deutscher wurde, nichts klappe in diesem verrotteten Land, alle faul und unzuverlässig, kein Wunder, daß es nirgends vorangehe, Kuba sei eine richtige Scheiße, *¡una mierda!*

Nach geraumer Weile kam immerhin Ulysses, auf einem speziellen Fahrgestell eine ziemlich große Gasflasche beibringend.

Außer der Reihe, raunte Luisito Broschkus zu, für die *mamá!*

Lediglich mit einer Stunde Verspätung
fuhr der sechstürige Stretch-Lada vor, welch Hybris der Heimwerkerei, und als Lieblingscousin des Señor Planas darin ein Mann im schwarzen Anzug: Ramón, dem Anlaß entsprechend mit weißen Chauffeurshandschuhen. Sogar Luisitos Frau spitzte einen Moment aus der Tür heraus, Fahrer und Gefährt zu bestaunen, Broschkus hatte sie zuvor noch nie zu Gesicht bekommen.

Sie sei sehr häuslich, erläuterte Luisito beiläufig, eine perfekte Köchin, er verehre sie sehr.

Die Gasflasche wurde auf die Rückbank gewuchtet, Broschkus bekam seinen Platz in der mittleren Reihe zugewiesen. Als Ramón beim Losfahren die Hupe drückte, hatten sich etliche eingefunden, zur Abfahrt zu winken.

Der Lada war in Wirklichkeit
ein Moskwitsch oder jedenfalls in seinem vorderen Drittel, ein kaffeebohnenbraun gestrichner Luxuskleinwagen, keine zwanzig Jahre alt. Ein Sprung in der Windschutzscheibe verästelte sich zum Glück erst auf der Beifahrerseite; die Heckscheibe fehlte ganz. Auf den schwarzen Plastiksitzen schwitzte man sich sofort fest, und weil's kein Autoradio gab, sang Luisito, eine erste Lage Rum in abgeschnittnen Plastikflaschen reichend.

Abgesehen davon, daß er eifrig mitsang und sich bei seinen Überholmanövern nicht mal an der Scherbe orientierte, die in der Halterung des Außenspiegels übriggeblieben, entwickelte Ramón einen erdig stechenden Eigengeruch, sogar Luisitos Rasierwasser kam nicht dagegen an. Was die Frauen nur daran attraktiv fanden? Ob sie akkurat das mit Männlichkeit verwechselten? Gut, daß die Heckscheibe fehlte!

Da war die Fahrt freilich schon wieder zu Ende.

Alles sei verboten in diesem verfluchten Land!
tobte Luisito so spontan vom Sitz hoch und drauflos, als habe er's nicht längst gewußt, daß weder sein Schwager noch gar dessen Lieblingscousin über die Lizenz verfügten, zusammen mit Ausländern in einem Auto zu sitzen: Vor fünfzig Jahren habe sein Onkel hier, in diesen heiligen Bergen, für den Sieg der Revolution gekämpft; zum Dank dafür habe ihm Fidel höchstpersönlich – ihm, Luis Felix Reinosa! – ein Haus geschenkt, eben darin logiere derzeit der Herr Doktor aus Deutschland. Es sei somit überhaupt nicht einzusehen, sich von einem Verbot aufhalten zu lassen, das seit eh und je reine Schikane gewesen, geradezu konterrevolutionär.

Der Polizist, der von seinem Kontrollhäuschen heraus den auffälligen Lada-Moskwitsch aus dem Verkehr gezogen, protokollierte, ohne eine Miene zu verziehen. An Broschkus nahm er kein Interesse, wohl aber an der Gasflasche, natürlich auch an Ramón, der in seinem übergroßen Anzug teilnahmslos herumstand. Als er seine Identitätskarte aushändigen mußte, sagte er überraschend leise, jedoch so scharf, daß es Broschkus deutlich vernahm:

»Los, gib mir 'nen Strafzettel, trau dich!« Morgen werde er mit seinem Onkel zurückkehren, einem gewissen Señor Planas, und der werde – doch das mußte er gar nicht näher erläutern, der Polizist hob den Blick und nahm Haltung an. Womit sich herausgestellt hatte, daß Herr Planas ein stadtbekanntes hohes Tier sein mußte, man stand sogar in seiner Abwesenheit stramm. Warum das die Herrschaften nicht gleich gesagt hätten?

Schaumlos schal und warm war das Bier,
das im Ausflugslokal von Puerto Boniato serviert wurde, nichtsdestoweniger schmeckte's köstlich. Jedenfalls einem Luisito, der sofort den Umsitzenden von ihrem bestandnen Abenteuer erzählen und – der Service lief hier auf Pesobasis, also sehr schleppend – eine zweite Lage ordern mußte; wohingegen Broschkus Mühe damit hatte, so früh am Tag. Und Ramón? nur ausgestiegen war, um sich auf die frei gewordne Mittelbank zu legen, er sei Antialkoholiker. Sogar das gab's in diesem Lande.

Bevor die zweite Runde angeliefert wurde, entschuldigte sich auch Broschkus. Der Blick vom Hügelkamm herab auf die Bucht von Santiago, für die sich kein Mensch hier interessierte, war in der Tat großartig, man schaute über Stadt Land Fluß bis weit ins karibische Meer hinein. Wie hell es glitzerte vom Horizont!

Und wie dunkel die Landschaft davor sich breitete, jedenfalls dort, wo der Schatten einer Wolke darüberlag! Je länger man – lediglich ein Kohlweißling aus längst vergeßnen Kindertagen kam vorbei – auf die Welt herabsah, desto paradiesischer mutete sie an, lautlos perfektes Panorama, in dem die Palmen nicht fehlten. Und mittendrin die Stadt, in der Broschkus nun lebte, seine Stadt – er vermochte sogar die Rauchsäulen der Zementfabrik von derjenigen des Elektrizitätswerks zu unterscheiden. Hier werde ich sie finden! Diesen einen erlösenden Satz rief er laut in die Landschaft hinaus, hinab, hinein, diesen Satz, zuerst auf deutsch, dann auf spanisch.

Wenige Sekunden später war's wieder verflogen,
das Glück, schob sich ein verrosteter Frachter in die Bucht hinein – höchste Zeit, wußte Broschkus, schon lang hatte's keinen Hartkäse mehr in der »Bombonera« gegeben. Wieso roch's eigentlich mit einem Mal dermaßen nach –?

Ach so.

Ein hartes Leben, kommentierte Ramón die Aussicht, werweiß, vielleicht hatte ihn Broschkus herbeigelockt: Aus solch steilen Hanglagen etwas Eßbares herauszuziehen, ein Leben ohne fließend Wasser, ohne Strom, nein danke, seine Sache sei das nicht.

Er deutete auf die verstreut unter Bananenstauden versteckten Hütten, sozusagen Bauernhöfe, dann auf ein paar Flachbauten am Fuße des Hügels: Das übrigens sei das Gefängnis. Nicht irgendeines, nein! Seinen Namen auch nur zu denken, hüte man sich in ganz Kuba, wer dort eingeliefert werde, sei so gut wie – vermißt.

Es waren Vögel in der Luft, vielleicht Geier, langsam hangabwärts schwebend mit weit entspannten Schwingen.

»Sag mal, Ramón«, hatte Broschkus eine plötzliche Erkenntnis, »könnte's sein, daß Armandito Elegguá dort drin erschossen wurde, mit seinen beiden Gehülfen?«

Soweit er wisse, bleckte Ramón die Zahnhälse, seien sie gerade noch mal davongekommen. Aber, offen gesagt, er interessiere sich nicht für Religion, das könne er sich gar nicht leisten.

Da versäume er freilich einiges, hörte sich Broschkus überraschend laut den Kopf schütteln.

»Übrigens kannst du Mongo zu mir sagen«,
ging Ramón nicht weiter auf das Thema ein: »Mich nennen alle so.«

Ach, hob Broschkus die Brauen: Diesen Namen habe er öfters schon gehört, bei seinen Nachbarn. Ob Ramón etwa dort wohne, neben dem Haus von Luisito?

Naja, wohnen, das vielleicht gerade nicht, nein. Aber Luisito, gut, daß er ihn erwähne – der müßte mittlerweile doch zu überreden sein, die Fahrt fortzusetzen?

Das war er, wenigstens im Prinzip. Einer seiner neuen Bekannten, dem er vom Hahnenkampf vorgeschwärmt, vom deutschen Freund und von dessen Geliebter, die's morgen quasi nebenbei zu akquirieren gelte, hatte ihn auf düstere Gedanken gebracht; bevor er sich zum Austrinken entschloß, forderte er von Broschkus ein Dementi:

Im Gebirge gebe's auch heutzutage noch Dörfer, da herrsche der reinste Voodoo; falls das gesuchte Mädchen *so eine* wäre? käme sie ihm nicht ins Haus!

Flott ging's dann dahin,
auf Schotterpisten mit fallgrubengroßen Schlaglöchern, linker Hand das Meer, rechter Hand der Gebirgszug der Sierra Maestra. Am Straßenrand Schafherden, braune Kühe, weiße Kühe, in den Feldern verstreut das eine oder andre Bauernhaus. Nur vorübergehend wurde die gute Laune durch eine überraschend querende Ziege getrübt, Ramón erwischte sie mit dem Kotflügel (ohne ihn nennenswert einzudellen, wie sich später herausstellte), die Ziege machte eine Vorwärtsrolle, kam wieder auf die Beine und verschwand in der gegenüberliegenden Böschung:

Gratuliere! gratulierte Luisito: Gar nichts passiert, kein Problem, *¡salud!*

Bevor er kurz drauf das Haus seiner Mutter betrat – ein weißgestrichner Backsteinbau, weiträumig von Säulenkakteen und einigen regelrechten Kakteenbäumen umgeben, in deren Ästen Blechdosen als Blumentöpfe hingen *(»Salchichas cocidas tipo Frankfurt«)*, auf dem nackten Gartenboden lagen altrosafarbne, rote, violette Blütenkelche –, bevor sich Luisito für die nächsten Stunden vollkommen in ein *mamá*-Söhnchen verwandelte, blieb er kurz stehen, breitete die Arme aus und fragte Broschkus: Ob Kuba nicht ganz und gar wunderbar sei?

Das schönste Land der Erde!
betonte er immer wieder, drinnen, beim Kaffee im Kreis der *familia*, draußen, im Kakteengarten, zwischen herumlaufenden Hühnern, und hinterm Haus, wo sich am Rand einer überdachten Terrasse – der Mittelpfeiler spiralförmig mit Ornamenten bemalt, mal was andres – ein schweres schwarzes Schwein in einem Koben fand: Es fraß, während es pißte, es pißte, während es fraß, Luisito rieb sich die Hände bei der Vorstellung, daß er's zu Weihnachten eigenhändig töten und einen Gutteil davon verzehren würde.

Aber wo genau und wann die Hahnenkämpfe stattfinden würden, wußte er weder von seiner Mutter noch von einem seiner Brüder in Erfahrung zu bringen; erst jetzt kams heraus, daß er keine Ahnung hatte, wohin's morgen früh gehen sollte. Ganz ruhig bleiben, *doctor*, kein Grund zur Aufregung! Kaum hatte man sich's in der großen Stube, zwischen einem bläulich schimmernden Glasdelphin, dem obligatorischen Porzellanschwan und einem präparierten Kugelfisch, so richtig gemütlich gemacht, mußte man wieder los: In Chivirico sollte's am Abend ein Fest geben, dort würde man gewiß Auskünfte, womöglich Wegbeschreibungen erhalten – auf, Mongo, auf!

Am Rande des geteerten Hauptplatzes
hatte man eine leidlich große Anlage aufgebaut, die desinteressiert herumhängende Landjugend mit übersteuerter Tanzmusik zu versorgen; am entgegengesetzten Ende des Platzes drei Tische mit glasierten Komplettschweinen, bei Bedarf zu Brötchenbelag zu zerfieseln; an der Stirnseite des Platzes ein in die Jahre gekommner Rohbau, der zwar ein staatliches Restaurant beherbergte, jedoch nichts, was man darin hätte anbieten können – außer der Möglichkeit, sich Mut anzutrinken.

Ja, früher! versicherte Luisito, habe's in Chivirico bei solchen Anlässen alles in Saus und Braus gegeben, Spanferkel, Rum, Bier, alles (als ob's just das nicht auch jetzt gegeben hätte)! Fast jede kubanische Erzählung begann mit diesem beschwörenden »Früher!« und endete mit Mann-haben-wir-gefressen-und-gesoffen! Wobei die Hände oder eigentlich nur die Finger flach aufeinandergeschlagen wurden, weniger ein tatsächliches Klatschen als ein hastiges Überkreuzwischen, weniger die akustische Beglaubigung einstiger Lebensfreude als deren definitive Beendigung.

Aber es half ja nichts, auch hier und heute herrschte Hunger. Je länger man nach Möglichkeiten suchte, sich eine passable Mahlzeit zu verschaffen, desto häufiger kehrte man an den Hauptplatz des Geschehens zurück in seinen Nebenstraßen war Chivirico erst recht eine Anhäufung öder Örtlichkeiten ohne Trost. Schließlich erwarb man ein paar Portionen gerösteter Erdnüsse, laut Schild je 29 Gramm zu 0,80 Peso, dazu an einem Dollarkiosk tütenweise Chips. Kaum hatte man sie aufgerissen, die Tüten, saß man mit stadtfein herausgeputzten Bauern zusammen, und nachdem sich ein Busfahrer dazugesellt, der nirgendwo Benzin für die morgige Fahrt hatte auftreiben können, erfuhr Broschkus, wie bevorzugt er hier trotz allem lebte:

Morgen falle der Busverkehr nach Santiago eben aus, beschloß der Fahrer, statt dessen werde er sein Schwein putzen. Und übermorgen die Räder des Busses mit dem Blut des Schweins bespritzen, das bringe Glück, vielleicht auch Benzin.

Ausgerechnet er wußte auf Anhieb, welchen Berg Luisito mit seinem deutschen Freund zu besteigen hatte: den Perico, am besten von der Ortschaft El Mazo aus, durchs gleichnamige Flußtal zunächst, dann dem Hahnenruf nach.

Luisito, nachdem er sich alles mit seinem »Viagra«-Kugelschreiber auf die Handfläche skizziert hatte, wollte vor Freude eine Runde Schweinsfaserbrötchen springenlassen, stieß indes bei Broschkus auf brüske Ablehnung: Ein totes Schwein, das dürfe man doch nicht stören!

»Fällt das noch unter Religion?« mischte sich Ramón ein, der offensichtlich keine Ahnung hatte, was es im Rachen einer toten Sau zu entdecken gab: »Oder bist du schon betrunken, Onkel?«

So still war die Nacht dann,
daß man die Sterne rauschen und die Erde atmen hörte. Nach ihrer Rückkehr ins Haus der Mutter waren sie noch eine Weile zusammengesessen, wobei Luisito bald wieder den porösen Blick bekommen hatte:

Diese Alina, die sei doch wohl hoffentlich kein Kind des Voodoo? Und erst recht keine *mambo*?

Seinen Freund, den Doktor, beschwörend, am morgigen Tag die Augen offenzuhalten und beim ersten verdächtigen Anzeichen kehrtzumachen, warnte er ihn wahllos vor Gläsern mit eingelegten Katzenherzen, Kerzen aus Menschenfett, blutigen Hühnerkrallen, die man an Türen nagle, und spielzeugkleinen Särgen, die man davor abstelle; sofern Broschkus gar irgendwelche Zeichnungen auf dem Waldboden entdecken sollte, aus Mehl gestreut oder aus Asche – bloß nicht drauftreten! Das seien die Zeichen der Dämonen, ihre Unterschriften sozusagen: zwei züngelnde Schlangen, zum Beispiel, oder ein Herz, von einem Schwert durchbohrt, oder … wenn er gar den monotonen

Rhythmus von Trommeln höre, ach, von Steinen, die man aufeinanderschlage, um die Totengeister herbeizulocken …

Undsoweiterundsofort; wobei sich fast bei jedem Detail seine Mutter korrigierenderweise einmischte und berichtigte, ergänzte, zurechtwies, eine dicke, gemütlich wirkende *negra,* so dunkel wie ihre Söhne, dessenungeachtet zunehmend ungemütlicher werdend: Nein, Luisi, es seien keine schwarzen Kerzen, mit denen man Liebende zusammenbringe, sondern grüne, außerdem müsse man sie mit Öl einreiben, bevor die Rubine hineingedrückt würden; nein, aus dem Mund quellendes Blut bedeute erst dann etwas, wenn's aufwärts laufe; als Luisito bei seinen geheimsten Ängsten angekommen, fuhr sie ihm so energisch in die Rede, daß er schweigsam an ihrer Seite zusammensackte, ganz Sohn seiner Mutter, und brav zuhörte:

Also die Menschenopfer. Neinein, Luisi, Babys nehme man dazu eher selten, schließlich enthalte ein Erwachsner viel mehr Blut. Der Vorgang des Tötens sei natürlich streng ritualisiert, man reiße da nicht einfach wahllos Geschlechtsteile oder Organe heraus, man schneide da nicht irgendwie in den Gesichtern herum, alles habe seine Regel und seinen Verstand. Daß mitunter vom Blut der Opfer getrunken werde, stimme hingegen, teilweise würde auch vom Fleisch gegessen; die Eingeweide mische man der Ackerkrume bei, das erhöhe deren Fruchtbarkeit. Ein Verbrechen, wie ihr guter Luisi behaupte, sei das nicht; um ihre Opfer zu reißen, hätten sich die sogenannten Verbrecher schließlich zuvor in Hyänen verwandelt oder Löwen, dazu bedürfe's langjähriger Exerzitien, das seien fast schon Heilige –

Wie bitte? Broschkus traute seinen Ohren nicht, fiel das noch unter Religion oder war hier mittlerweile jeder außer ihm betrunken?

Luisitos Mutter sprach einen starken ländlichen Dialekt, wer weiß, vielleicht hatte man das meiste schlichtweg falsch verstanden? Immerhin hing schräg über ihr ein hölzernes Kreuz, stand darunter eine Marienstatue, man befand sich, beruhigend zu wissen, auf dem Boden des Christentums.

»Natürlich ist sie keine mambo!«
Je mehr sich Luisitos heimlicher Aberglaube offenbart hatte und die Furcht, in die er ihn versetzte, desto absurder erschien Broschkus das alles und an den Haaren herbeigezogen: »Jedenfalls wollen wir's hoffen.«

»*¡Ya!*« Luisito schob sich den Schweiß von der Stirn, als habe er gerade eine solch frohe Botschaft vernommen, daß er sie nicht glauben könne. Wie er den Schweiß von der Zeigefingerspitze zu Boden schnalzte, erinnerte er sekundenweis an den Mann in Micro-9, die gleiche entschloßne Bewegung. Gute Nacht!

Lang lag Broschkus wach
und wälzte sich. Nachdem die Mutter ein kleines mit Federn verziertes Bündel unter sein Bett geschoben – einen »magischen Staubsauger«, wie sich ihr Sohn zu witzeln mühte –, hatte Broschkus rasch noch nach dem Dunklen gefragt:

Ob sich dahinter irgendwas Voodoomäßiges verberge?

Nein, hatte die Mutter keine Sekunde gezögert: Aber ob das nicht vielmehr *die* Dunkle sei? Eine ganz normale Frau vor vielen hundert Jahren, mit einem Zeichen jedoch, dem Zeichen der Dunklen Sonne. Woran man sie noch heute erkenne, an ihrem Auge. Und! an der Kälte, die sie verströme, in ihren Adern fließe ja kein Blut; wer den Fehler gemacht, sie zu berühren, komme nicht mehr von ihr los.

Lang lag Broschkus und wälzte sich. So still war's im Haus und auf der Welt, man konnte das Leuchten der Sterne vernehmen und das Knirschen der Erde, wie sie sich um ihre Achse drehte.

Das Dorf El Mazo,
zehn, zwölf weit verstreute Backsteinbauten, weiß gestrichen, wellblechgedeckt, lag abseits der Schotterpiste in vollendeter Abgeschiedenheit; einen kleinen Jungen ausgenommen, der ein Kondom aufpustete, ließen sich nur Ziegen blicken. Tomaten- und Salatfelder, von Bananenstauden umsäumt. Ein leeres Flußbett. Ein Berg, zwischen dessen Ausläufern die letzten Bauernhöfe gerade noch Platz fanden, wohl der Perico – ob die Bewohner alle schon unterwegs waren, mit und ohne ihre Hähne? *¡Cojones!*

Auf dem Beifahrersitz fehlte heute Luis Felix Reinosa; zwar hatte er sich zu einem frühen *cafecito* eingefunden, dabei aber wissen lassen, daß er nicht abkömmlich sei, leider: Angelegenheiten gebe's zu regeln, Angelegenheiten im Hause seiner Mutter. Wo er doch so gern mal wieder –!

»Vorsicht, gerade vor dem Unscheinbarsten!« hatte er zum Abschied gemahnt.

Und Ramón? Interessierte sich nicht für Religiöses, hatte also auch keine Angst davor, Broschkus zu begleiten. Er fluchte, wie man's einem Mann im schwarzen Anzug nicht zugetraut hätte, Kommt-raus-aus-euren-Höhlen, drückte so oft auf die Hupe, bis tatsächlich jemand vor die Tür trat. Während er dann über den Preis verhandelte – der Bauer selbst mußte zwar gleich aufs Feld, wollte jedoch seinen Jüngsten mitschicken, der wisse den Weg; erloschnen Auges stand der Bub, nickte die ganze Zeit, »Jawohl, Vater, jawohl«, und beklatschte sich mit der flachen Machete den Rücken –, während Ramón feilschte, forschte Broschkus in der Stube probeweise nach Unscheinbarem; abgesehen von einem Wanderstock, der bunt bemalt und nagelgespickt in der Ecke stand, ließ sich nichts entdecken.

Vier Kilometer ging's das Flußtal bergauf,
über verwirrend sich kreuzende Trampelpfade, den frischesten Pferdeäpfeln nach. Den Blick fest auf die Hacken des Vorder-

manns gerichtet, sah Broschkus nicht nur laufend rosa Sohlen, sondern auch Fersen, die bei jedem Schritt aus den Schuhen herausschlupften, keine Spur mehr von potentem Gang. Als er auf ein vollkommen verrostetes Hufeisen trat, nahm er's an sich; der Bauernbursch, dem er's bei nächster Gelegenheit zeigte, näselte:

»Oggún spricht zu dir, ein gutes Zeichen!«

Richtete den Blick aber gleich wieder auf die Hufspuren, wollte weiter. Ging schweigsam, für kubanische Verhältnisse ungewöhnlich schweigsam, ging oder eher: eilte voran; erst als sie das Flußbett verlassen hatten, um an der Flanke des Perico verschlungne Wege einzuschlagen, blieb er manchmal stehen – aus welcher Richtung krähten die Hähne? –, kratzte sich mit seiner Machete den Rücken: Waldeslauschen. Nichts, gar nichts war zu hören außer einem recht allgemeinen Geraschel, sosehr sich Broschkus konzentrierte: Waldesrauschen. Zu riechen gab's dagegen eine intensive Würzigkeit, zu sehen gab's lichtflimmernde Flecke auf dem Boden und zwischen den Wipfeln, einmal, eine Hose, hoch oben übern Ast gehängt, ein Zeichen? Erst als man dem Ziel beträchtlich nahe gekommen, hörte's auch Broschkus, wie die Stille der Welt von Schreien zerrissen wurde, von ungeduldigen, wütenden Schreien.

Der Hahn,
der sie durch sein beständiges Krähen herbeigeführt, hieß Saddam; ein erfahrner Tothacker, erzählte sein stolzer Besitzer, schon acht Kontrahenten habe er besiegt, darunter drei mit Namen Bush. Leider fehlte für heute noch ein Gegner, Saddam war bislang der einzige, den man zum Kampf hierhergetragen, sein Besitzer kündigte großmäulig an, hundert Peso auf ihn zu wetten, fast die Hälfte seines Monatslohns.

Der Kampfplatz lag am Rande eines Bachbetts unter hohen Bäumen, eine plattgestampfte Fläche von vier bis fünf Metern Durchmesser, kniehoch umgrenzt mit grauem Sacktuch; an die dreißig Männer lagerten verstreut, die meisten rund um eine Decke, beim Würfelspiel. Als der Bauernbursch mit zwei offensichtlich Fremden auftauchte, mußte man sie erst mal beruhigen – keine Spitzel, keine Staatssicherheit! –, im Nu holten sie ihre Geldscheine wieder hervor und spielten weiter. Manchmal kam kühlend ein Wind aus der Tiefe des Waldes, manchmal trat ein Alter herbei, Rum zu verkaufen, der Schluck zu einem Peso; da er ansonsten nichts zu tun hatte, der Alte, setzte er seinen Umsatz gleich beim Würfelspiel ein. Ansonsten? War ein Pferd zu sehen, ein struppiger Hund, aber keine einzige Frau.

Ob's auch ein Stück Käse gebe? fragte Broschkus.

Bald, versetzte der Alte, bald. Seine Tochter sei ein braves Mädchen, bestimmt schon unterwegs.

Ob sie einen Leberfleck zwischen den Brüsten habe, wollte Ramón wissen, doch Broschkus fuhr ihm ins Wort: Ob sie grüne Augen habe?

Alinita? dachte der Rumverkäufer nach, schenkte sich selber einen Schluck ein, als Meßbecher benützte er ein braunes Tablettengläschen: Braves Mädchen. Bald.

Woraufhin eine ziemliche Durststrecke begann,
und weil man sich die Zeit nicht nur mit Abwarten und Rumtrinken vertreiben konnte, fragte Broschkus, ob Ramón eine Neonröhre brauche (nein, aber einen neuen Anzug); was er von Luisito halte (Schisser); ob Cuqui tatsächlich im Gefängnis gesessen (wer nicht); ob er Ernesto näher kenne, den *santero?*

Ernesto? *Santero?* Seiner Kenntnis nach sei der bloß ein stinknormaler Zigarrendreher, antwortete Ramón, nicht ganz bei der Sache, denn bei den Würflern gab's gerade Tumult: Einer mit Krombacher-Kappe, der sämtliche Geldscheine eingesammelt hatte, wurde als Betrüger beschimpft, zog dann aber sehr bedächtig eine Pistole aus der Jacke – das Spiel konnte weitergehen, Ramón wieder Platz nehmen. Also Ernesto. Keiner vom Tivolí, deshalb verdächtig. Eine Zeitlang Zigarrenmacher in der

»Casona«, von der Sorte gebe's in Santiago Hunderte, alle würden sie irgendwann wegen Unterschlagung gefeuert, wegen Veruntreuung, Schwarzhandel oder wie man das nenne. Langweilig! Broschkus solle lieber mal berichten, wieso er seine Frau ausgerechnet einer Käseverkäuferin wegen verlassen habe, so was tue man doch nicht, in ein ordentliches Männerherz passe doch mehr als eine?

Ach, Kristina, dachte Broschkus und schwieg. Was auch immer er mit ihr erlebt hatte, nichts als die Ahnung dessen war's gewesen, was man hätte erleben können. Selbst Geliebte hatte er zu wenige gehabt, die Liste seiner Unterlassungen war lang. Aber erstens hätte Ramón das nicht verstehen und zweitens Broschkus gar nicht angemessen formulieren können. Zum Glück ließ sich ein Neuankömmling zwischen den Bäumen erkennen, allgemeines Hallo, und mit ihm ein zweiter Hahn, es blieb gerade noch Zeit für etwas Unverbindliches:

»Frauen. Naja. Schwierig. Weißt du, Mongo, am Ende wollen sie alle deine Seele, drunter machen sie's nicht.«

»Machen sie wohl«, korrigierte Ramón, »ich wär' verdammt froh, wenn sie nur meine Seele haben wollten.«

Leider erwies sich der Hahn,
er krähte nicht mal, schon auf den ersten Blick als viel zu klein, um gegen den beständig schreienden Saddam ins Rennen geschickt zu werden, ein bloßes Hähnchen, schade. Nach einer weiteren Lage Rum – »Jaja, Alinita, hundertprozentig, kein Problem!« – absentierte sich Broschkus ein Stück weit in den Wald hinein: Bißchen aufgeregt, zugegeben, war er denn doch. Aber Angst? Vor was hätte er Angst haben sollen, am hellichten Tag, unter Menschen und Hähnen? In diesem Land, das hatte er begriffen, wurde so viel behauptet, vermutet, unterstellt, daß er gar nichts mehr glaubte, jedenfalls was Alina betraf. Ob er sie wiedererkennen würde?

An ihrem Fleck, Broder, am Fleck in ihrem Auge!

Entschlossen trat er mit dem Fuß gegen eine leere Flasche, entschlossen gegen eine zweite. Auch ein paar Gläser lagen herum, doch ehe Broschkus zugetreten, entdeckte er eine regelrechte Feuerstelle – dem Anschein nach hatte man hier vor nicht allzu langer Zeit gegrillt. Fein säuberlich war der Boden drum herum gereinigt, penibel sogar mit einem kleinen Wall aus Stroh abgegrenzt, ausgerechnet Stroh, die hatten ja Nerven. Auf einem Baumstumpf rote und schwarze Kerzenstumpen, man schien sich's richtig gemütlich gemacht zu haben, und Kinder waren ebenfalls mit von der Partie gewesen: In der Asche lag eine vergeßne Glasmurmel. Doch ehe Broschkus sie ergriffen und womöglich eingesteckt hatte, zuckte er zusammen: War das nicht eben? Richtig, ein Hahn – und noch einer, im Wechselgesang, das Gemurmel der Männer angeschwollen zum erfreuten Gebrause. Ein neuer, ein dritter, ein ebenbürtiger Hahn!

Über zwei Stunden hatte man schon gewartet,
nun mußte gekämpft werden. Daß auch der neue Hahn auf den zweiten Blick zu klein war für einen Saddam und sein Besitzer am liebsten gleich wieder heimgekehrt wäre, konnte aufgrund der allgemeinen Gereiztheit nicht gelten: Man wollte wetten, wollte Blut sehen, der Krombacher-Bursch sammelte die ersten Wetteinsätze ein.

Das Problem war freilich, daß niemand – nicht mal dessen Besitzer – auf den neu hinzugekommenen Hahn bieten wollte, der noch keinen einzigen Kampf absolviert, sich also noch gar keinen Namen gemacht hatte: ein Todgeweihter. Trotzdem mußten die Wettgelder zu gleichen Hälften verteilt sein, sonst konnte das simple System nicht funktionieren; schließlich setzte Broschkus, nachdem er ihm übers weiße Gefieder gestrichen hatte – »Der gefällt mir, der ist nicht so fett«, sagte er fast so laut wie ein Einheimischer –, setzte mehrere hundert Peso auf den Namenlosen. Woraufhin sich sogar einige Unentschlossene zu

Einsätzen hinreißen ließen und die Saddam-Partei eine Viertelstunde brauchte, die Summe zu egalisieren.

Nichtsdestoweniger weigerte sich der Besitzer weiterhin, seinen Hahn kämpfen zu lassen, der sei erst zehn Monate alt, der wiege viel weniger, das sehe man doch. Abwechselnd hielt man die beiden Hähne in Händen, der eine stumm und weiß mit schwarzen Flecken, der andre im grünschillernden Prachtgefieder und laut, immens laut, er wog wohl in der Tat eine Spur mehr.

Unter wechselseitigen Verdächtigungen, daß die jeweils andre Partei längere, spitzere Kampfsporen zum Einsatz bringen wolle – mehrfach brachte man die gewählten Paare zum Vergleich –, bereitete man die beiden Hähne auf den Kampf vor: Deren eigne krumm und kurz gewachsne Sporen wurden mit einem Taschenmesser weggeschnitzt, das Blut mit Zigarettenglut gestillt, dann setzte man an den Schnittstellen weit längere, kunstvoll zugeschliffne Kampfsporen auf, befestigte sie mit Klebstoff, Bindfaden und violettem Band, klaglos hingenommen von beiden Kontrahenten. Abschließend zog man ihnen die Fußgelenke auseinander, bis sie knackten, massierte Krallen und Oberschenkel, drückte ihnen einen Kuß aufs Herz. Ein letzter anfeuernder Spruch, schon putzte der Schiedsrichter mit seinem Taschentuch die Krallen blank.

Das Aufeinander-Zurennen,
kaum daß man die beiden Hähne inmitten des Kampfplatzes zu Boden gelassen, das Aneinander-Emporflattern, der dabei stets aufs neue unternommne Versuch, mit den Sporen den Hals des Gegners zu erwischen: vollzog sich in derartiger Geschwindigkeit, daß Broschkus Mühe hatte, wenigstens das Wesentliche mitzubekommen. Wohingegen das restliche Publikum alles blitzschnell erfaßte, Anfeuerungen, Entsetzensschreie, Flüche beigebend, insonderheit das choral herausgestöhnte *»¡cojones!«*, sobald ein Treffer gelungen. Die Kämpfenden selbst gingen voll-

kommen schweigsam zu Werke, kein kleinstes Kollern; lediglich für Sekunden ließen sie voneinander ab, wenn sie von ihren Besitzern auseinandergezogen wurden. Der namenlose Hahn sprang deutlich niedriger, kam mit seinen Sporen bald gar nicht mehr auf Halshöhe, nach wenigen Minuten war sein Gefieder bis zur Brust rot eingesprenkelt. Schließlich stand er nurmehr da, den erbarmungslos vor ihm auf- und auf- und schon wieder aufspringenden Saddam tapfer ertragend, das Eindringen der Dornen, das Nachhacken des Schnabels; dagegen die Männer rundum ausnahmslos aus dem Häuschen: Gleich würde's soweit sein, gleich! Jeder normale Schiedsrichter hätte den Kampf jetzt abgebrochen.

Tu doch was, schimpfte Broschkus, wehr dich, du Arschloch, du kannst doch hier nicht so sang- und klanglos, flehte er, es geht doch um dein Leben! Oh Gott, will denn keiner was dagegen –

Nein,

dagegen einschreiten wollte keiner, am allerwenigsten Broschkus, die beiden kämpften in solcher Unerbittlichkeit, daß man gar nicht gewagt hätte, sie zu unterbrechen, selbstherrlich bis in die Spitzen ihres Gefieders, sogar der helle, der namenlose Hahn, ein Glanz lag auch auf ihm. Und erst Saddam, wie siegesgewiß er die Beine beim Hochspringen spreizte und um den Hals seines Gegners zuschnappen ließ, in dessen Fleisch eindringend noch und noch, man hatte beim Zusehen Mühe, nicht laut aufzuschreien vor Schmerz, mitzuschreien mit den andern, *¡cojones!*

Als die Sprungkraft auch bei Saddam nachließ oder als er fühlte, daß er in dieser Runde kürzertreten durfte, brach die Schlußphase an: Eifrig nickend, hackten die beiden Kampfhähne im Stehen aufeinander ein, hieben sich die Schnabelspitzen auf die Köpfe, in die Hälse, Schonung gab es nicht. Der namenlose Hahn wurde gegen das Sacktuch gedrängt, dahinter stand Broschkus und merkte gar nicht, wie ihm das Blut bis auf die Hose hochspritzte. Jetzt! knickte der Namenlose kurz ein, sein Besitzer zog ihn an den Schwanzfedern zurück in die Mitte der Kampfbahn, man positionierte beide Hähne neu; kaum losgelassen, eilten sie flügelflatternd wieder aufeinander zu, ihrer Wunden nicht achtend –

»Mach ihn tot!« hörte sich Broschkus plötzlich laut rufen, »hack ihm den Kopf auf, er soll endlich tot sein, der Schwächling, er hat's nicht anders verdient!«

Tatsächlich legte sich der namenlose Hahn kurzdrauf,
blutüberströmt, zum Sterben nieder, *»¡cojones!«*, man zerrte ihn jedoch wieder hoch, so viel Zeit wollte man für ihn nicht mehr erübrigen: Obwohl er stark aus einem Loch im Hals blutete, stellte man ihn auf die Füße, sein Besitzer hob ihm die Schwanzfedern und – eine letzte ermunternde Aufforderung – spuckte ihm auf den Arsch. Nicht mal zum Sterben wurde man hier in Ruhe gelassen, dachte Broschkus, schrie hingegen:

»Kämpfen soll er, der Schwächling, er soll endlich kämpfen!«

Als man ihn ließ, den Sterbenden, rannte er ein letztes Mal los, erhobnen Hauptes seinem Tod entgegen, auch wenn er im ziellosen Vorwärtstapsen fast von alleine umgefallen wäre. Saddam hackte ihn, welch ein Jubel, mit wenigen Hieben zu Boden, wo sofort alle Anspannung aus seinem Körper hinausfuhr, ganz klein und weich lag er da.

Dennoch durfte er nicht in Ruhe verenden,
sein Besitzer riß ihn mißmutig empor, zog ihm das Augenlid herab, pulte nach seiner Zunge und: ging grußlos mit ihm davon. Broschkus, hinterherstarrend, war sehr mit Atmen beschäftigt; als ihm jemand eine Zigarette anbot, rauchte er sie in einem einz'gen Zuge weg. Am Rande des Kampfplatzes wurden die Gewinner mit dem Doppelten ihres Wetteinsatzes versorgt, großes Gerangel.

Weiterhin in heftiger Wallung, entdeckte Broschkus das Blut auf seiner Hose – ein paar Spritzer waren ihm sogar auf den Unterarm geraten –, es wirkte bräunlicher, dickflüssiger, zäher als menschliches Blut. Recht so! hob er den Kopf, wie in Trance: der Beweis, daß ich dazugehört habe, hier, schaut her, ich bin einer von euch – seht euch vor!

Da sah er sie.

Das heißt,
zuerst sah er den Krombacher-Bursch, in ein großes Stück Käse beißend, daraufhin die Verklumpung von Menschen um einen kleinen Tisch: Das Leben war schon wieder weitergegangen, das Wilde des Kampfes der gleichmütigen Würzigkeit des Waldes gewichen. Broschkus atmete soviel wie möglich davon ein, es-war-soweit, wischte sich das Blut vom Arm, versuchte, in vorfreudige Begeisterung zu geraten, A-li-na, A-li-ni-ta. Lauschte nach innen, wo ihm freilich nicht das geringste Echo erklang, vollkommen fühllos stand er, wie betäubt. Den Zehnpesoschein in seiner Tasche umklammernd, setzte er sich in Bewegung, erhobnen Hauptes, auch wenn er im ziellosen Vorwärtstappen fast von alleine umgeknickt wäre, wo steckte eigentlich Ramón? Was johlten die Männer, warum waren's mit einem Mal so viele? Und wieso flimmerte die Luft so sehr, gab's so wenig Stämme, sich dran festzuhalten?

An den Verkaufstisch herantretend, kaum wagte er's, der Verkäuferin ins Gesicht zu sehen, schlug ihm ranzig ein Geruch entgegen. Wollte ihm schwindlig werden oder die Luft wegbleiben, oder warum inhalierte er so heftig, nach Halt suchend, das Käsestück ergreifend, das auf der Tischplatte lag, nein, dran vorbeigreifend, und dann –

Ein kühlender Windhauch, der Taumel war vorbei, er sah ihr in die Augen: ein Blick in die feuchte Tiefe eines grün schillernden Kaffeesatzes, ein Blick in – Broschkus zuckte zusammen –, in Augen mit einem leeren braunen Strich in der linken, nein: in der rechten Iris, millimeterbreit: Sie war's! Er hatte sie –

Nein, war es nicht! War's trotzdem nicht, so langsam kam er vollends zu sich: Sie war's ganz und gar nicht, sah vollkommen anders aus. Alina?

Die Fliegen vom Käse fächelnd – fast an jedem Finger ein Silberring, der eine Daumennagel überlang, der andre abgebissen kurz –, fragte sie ihn, ob er eine Scheibe kaufen wolle, ein dunkler Gebirgsdialekt, weich und rund, kaum zu verstehen. Später erinnerte sich Broschkus vor allem an den Klang ihrer Worte; erinnerte sich überscharf an ihren kurzgeschornen Kräuselkopf, die zusammengewachsnen Augenbrauen, das kleine verbogne Küchenmesser in ihrer Hand. Erinnerte sich, daß von weit her erneutes Krähen zu vernehmen gewesen, ein erregt auf und ab schwellendes Palavern; im nachhinein wollte er zeitlupenhaft verzögert wahrgenommen haben, wie man Hähne herbeigetragen hatte, wie man sie zum Kampf gerüstet, als ob er das alles hätte sehen können! Er war doch vollauf beschäftigt, den Zehnpesoschein aus der Hosentasche zu praktizieren, minutenlang schien's sich hinzuziehen, bis er sich zu einer Antwort ermannt hatte:

Claro, er wolle kaufen, wieviel ein Stück denn koste?

Da er den Betrag nicht verstand, hielt er ihr den Zehnpesoschein hin: Ob sie den, bitte, wechseln könne?

Die Verkäuferin nickte, schnitt ein Stück Käse ab, schob's ihm übern Tisch ein Stück weit entgegen, legte ein paar Münzen daneben. Noch nie hatte Broschkus einen solch verschimmelten Käse gesehen, zweifingerdick wie eine deftige Brotscheibe: kein leichtes, das zu ergreifen – noch dazu, wo sich die Hand ganz taub anfühlte, der Arm, der gesamte Mensch, als ob's gar nicht er selber war, Herr Broder Broschkus, das Wechselgeld hätte er beim besten Willen nicht nehmen können –, kein leichtes, dabei weiterzuatmen, kein leichtes, der Verkäuferin dabei ins Gesicht zu sehen, in ein vollkommen fremdes, nie zuvor gesehenes Gesicht, konzentrier dich, Broder, das Unscheinbarste ist das wichtigste, ihre weißen Zähne, die sind doch sicher – egal. Aber die schwarze Halskette!

»Alinita!« hörte er als er wie aus weiter Ferne und mit onkelhaft verstellter Stimme, sah, wie jemand mit dem Zeigefinger eine entschlossen kreisende Bewegung machte: »Sag mal, ist die vielleicht von Armandito Elegguá?«

Die Verkäuferin blickte ihn erschrocken an, bekreuzigte sich, das Käsemesser noch in der Hand. Ihre Augapfel schimmerten so riesig weiß, daß man den Fleck in der Iris glatt übersehen konnte.

¡Cojones! Der nächste Kampf hatte begonnen, die Männer stöhnten im Chor.

Nach einer hastigen Lage Rum
geriet Broschkus bergab, von den Anfeuerungsrufen der Männer ein Stück weit begleitet, durch einen lichterfleckflirrenden Nachmittag, geriet ins Backsteinhaus des Bauern, in einem Akt von mittlerer Eleganz dort an den Eßtisch, wo zwischen Messer und Gabel bereits Luisito wartete. Wie der mittlerweile nach El Mazo gekommen, wie's ihm gelungen, den heimkehrenden Besitzer des toten Hahnes abzufangen und ein spätes, sehr spätes Mittagsmahl zu bestellen, blieb sein Geheimnis: In Kuba sei alles möglich, alles. Der Hahn hingegen jetzt ganz und gar unmöglich, ein Häuflein Haut und Knochen, Broschkus bekam kaum einen Bissen runter. Beschränkte sich aufs frischgepreßte Limoneneiswasser, gleichgültig von Hitler II, Hitler III, Che und andern berühmten Kampfhähnen Kenntnis nehmend, schließlich auch vom fehlenden Benzin und daß man's unter diesen Umständen heut nicht mehr bis nach Santiago schaffen könne: Keine Sorge, man habe die Sache im Griff, die Suche noch nicht aufgegeben, irgendein Weg werde sich finden; wenn der Doktor jedoch lieber auf eigne Faust?

»Und sag mir jetzt endlich«, steckte sich Luisito eine *Holly-*

wood an, »wieso dir deine *muchacha* nicht mehr gefallen hat? Oder wo ist sie?«

Dort, wo sie hingehört, erklärte Broschkus. Ach, Alina. Welch ein Aufatmen jetzt, daß sie die Falsche gewesen und damit die Richtige noch immer nicht gefunden, welch unverhoffter Segen! Gut möglich, daß die *santos* dabei ihre Hände im Spiel gehabt hatten, insbesondre Oggún, der zweite Krieger, der sein Hufeisen gesandt: Das Unscheinbarste, in der Tat, war das allerwichtigste heut gewesen. Aber erstens hätte Luisito das nicht verstehen und zweitens Broschkus gar nicht angemessen formulieren können. Zum Glück mischte sich Ramón ein:

»Sie hatte häßliche Haare«, schürzte er die Lippen voll gespielten Abscheus, auf daß man seine abgeschlagnen Vorderzähne sah, »und häßliche Haut.« Eine Käseverkäuferin eben. Von wegen *mambo*!

Broschkus hätte die ganze Welt umarmen wollen, umarmte zum Abschied wenigstens seinen Vermieter und den Lieblingscousin des Señor Planas: Wer weiß, vielleicht würden die beiden ja doch noch ein paar Liter auftreiben und, auf getrennten Wegen, gleichzeitig mit ihm ans Ziel kommen?

Hätte er nicht enttäuscht sein müssen,
enttäuscht darüber, daß er zum zweiten Mal in die Irre gehofft, vielleicht auch in Zukunft keinen Erfolg haben würde, sofern sich Ernesto nach dieser Schlappe überhaupt noch um die beiden andern Zehnpesoscheine kümmern wollte? Enttäuscht darüber, daß er umsonst hierher gekommen, in die Sierra Maestra, nach Santiago, nach Kuba? Nein, nein und abermals nein! Alles, was Broschkus empfand, da saß er längst am Rand der Schotterpiste, auf ein vorbeikommendes Auto wartend: war Erleichterung, daß ihm die Welt wieder offenstand, daß er auf dem Weg war, seinem Weg. Fürs erste wollte er nur noch nach Hause, für heute hatte er genug.

Eine grenzenlose Müdigkeit ließ ihn gleich einschlafen, als

er auf der leeren Ladefläche eines Lkws Platz genommen. Wenn er geahnt hätte, daß der Tag für ihn nun erst richtig losgehen sollte!

Auf der Pritsche eines andern Lkws,
zusammengepfercht mit mehreren Dutzend Menschen, einigen Hühnern und einer trächtigen Sau, kam Broschkus heim, am Parque Céspedes hatte man bereits das Flutlicht eingeschaltet, der Troß der *jineteros* die Bühne bezogen, erwartungsvoll auf ihren Logenplätzen hinter der Brüstung saßen die Barbesucher des »Casa Granda«. Zurück in der Hitze der Stadt, verspürte Broschkus erst jetzt wieder Hunger und Durst; der Türsteher musterte ihn, ließ ihn aber passieren. Gerade wurde ein Tischchen frei, eines, von dem der ganze Parcours prächtig zu überblicken: hell ausgeleuchtete Fassaden im Karree, und gleich dahinter, im Stockdunklen, die Zukunft.

Vor einem halben Leben hatte er hier mit Kristina gesessen,
schon damals hatten die *jineteros* paradiert, die Männer vorzugsweise im Kleinverbund der Horde, mit Dreadlocks, hochgefilzt zum Christbaumwirrwarr, um den gutgelaunten Exoten zu geben, die Frauen eher zu zweit, bis an die Zähne mit nackter Haut bewaffnet, recht viel mehr besaßen sie ja nicht. Damals wie heute entkam ihnen kaum einer, sie merkten sofort, ob einer glotzen oder grapschen wollte, mußten bloß Witterung aufnehmen; sobald er dann das Hotel verließ, verstellten sie ihm zielstrebig den Weg.

So zudringlich sie auf der Straße waren, so gelangweilt gaben sie sich in der Bar; wagte man's gar, das Wort an sie zu richten, mußte man's sich gefallen lassen, wie ein dummer Junge abgefertigt zu werden – es schien ihnen gegen die Ehre zu gehen, angesprochen zu werden, anstatt selbst anzusprechen. Häufig wechselten sie ihre Sitzplätze, charmant sich erkundigend, ob sie störten; eine im »Crazi lyfe«-T-Shirt lächelte Broschkus im

Vorbeigehen zerstreut zu. Doch der saß und starrte raus, dorthin, wo sich hinter dem Platz das Stockdunkle auftat, die Summe aller Möglichkeiten, das große Andre, das ihn erwartete. Nur die Trommeln fehlten heut abend, die Trommeln in der Nacht.

Niemand suchte an diesem Abend seine Gesellschaft, sogar der Barkeeper kannte ihn nicht mehr. Recht so! dachte Broschkus: der Beweis, daß ich nicht mehr dazugehöre, ha, ich bin keiner mehr, dem man gefälschte Zigarren und gefälschte Liebe –

Da sah er sie.

Zwischen einer Flitterglitterfrau,
operettenhaft in blauen Stores hindrapiert, und, sieh an, dem Menschen in grün schillernder Unterhose, wie er beim Staksen gerade eine Plauderpause eingelegt hatte, in langen Zipfeln fiel ihm ein Kopftuch übern Nacken – obwohl sich Broschkus über die Brüstung beugte und die Brille schiefkippte, ließ und ließ und ließ sich nicht entscheiden, ob darunter etwa Ulysses steckte. Doch sie, die dritte in der Runde, hatte ihrerseits längst erkannt, daß da einer in der Bar ihretwegen sogar aufgestanden war: eine schwere schwarze Person, die mit lauter Stimme Leute anpöbelte, der Kopf von einem silbernen Glitzertuch eng umschlungen, das Bustier von viel Fleisch auseinandergepreßt, Hotpants im Tigerprint. Was Broschkus indes am allermeisten auffiel, waren ihre Halsketten, die hatte er schon gesehen – rot-weiß für Changó, blau-weiß für Yemayá –, die kannte er!

Die erkannte er! und damit endlich auch die Frau, erst recht, sobald sie die Kiefer auseinanderriß und ein schamloses Gelächter nach außen stülpte: Ihre Lippen waren so wulstig dick, daß man sich schon beim bloßen Beschauen unanständig wähnte; wenn sie sich beim Grinsen auseinanderzogen, wollte man drauf wetten, daß sie sich in der nächsten Sekunde offen zum Geschlechtsteil verformen würden; wenn sie beim Auseinanderplatzen einen Keil in ihr Gesicht rissen und hinterm Weiß der

Zähne eine dicke rosarote Zunge aufschwoll, erschreckend fleischig, war kein Zweifel mehr möglich: Sie war's.

Ihre Freundin.

Die Freundin von damals, aus der »Casona«.

Eher tiefdunkelbraun als schwarz

schimmerte sie Broschkus entgegen, als er das »Casa Granda« verließ, vorwandlos direkt auf sie zuhaltend, die ihm jetzt, da sie ihre halskettenbehangne Schwere an einen Laternenmast gelehnt hatte, die ihm jetzt, da sich vom Wangenknochen hoch bis durch die Braue eine Narbe zeigte, die ihm jetzt selbst in ihren breitnasigen, leberfleckigen Details bekannt, geradezu vertraut erscheinen wollte, fast hätte er sie wie eine alte Bekannte begrüßt:

»Lang nicht gesehn!« Er deutete auf das kleine Straßherz an ihrem Gürtel: »Ich kenn' dich, ich kenn' sogar dein Herz!«

»Na, *papi*, soll ich's dir schenken?« Ihre Stimme, nach wie vor klang sie so abgrundtief versoffen, voller Rauch, verkratzter Tresen, rostiger Nägel: »Oder willst du nur mal dran lecken?«

Dann das aufgurgelnde Gelächter, das kräftige Gebiß, die obszön sich wölbende, obszön tief gekerbte Zunge: Sie war's.

Er kenne nämlich eine ihrer Freundinnen, setzte Broschkus unbeirrt nach, fast so laut wie ein Einheimischer, schließlich ging's ihm nicht um, naja, um ein Geschäft mit dieser häßlichen Person, es durfte ruhig jeder auf den Bänken mithören: »Schon eine Weile her, genaugenommen eine ziemliche Weile.«

»*¡Anjá!*« Die Person stellte sich breitbeinig vor ihm auf, die Empörte spielend, zeigte auf die Blutspritzer an seinen Hosenbeinen: »So einer bist du also – Frauenblut!«

Ihr Gelächter richtete sich weniger an ihn als an die Umsitzenden, Umstehenden, seht-mal-her-wen-ich-hier-aufgegabelt-habe, bis hoch zur Bar war's sicher locker zu vernehmen. Solch dicke Lippen sollten eigentlich verboten werden, dachte Broschkus.

»Wie ein ordentlicher Tourist siehst du jedenfalls nicht aus!« drohte sie ihm mit erhobnem Finger, auch aus nächster Nähe blieb sie eine derbe Erscheinung: so groß wie Broschkus und mindestens so breit, mindestens so stark, erschreckend stark, schon griff sie nach einer seiner weiß herumhängenden Hände, legte sie sich, nun-zier-dich-nicht, preßte sie sich aufs nackte Fleisch, knapp überm Gürtel, forderte ihn auf, die Festigkeit ihrer Hüften zu überprüfen. Wobei sie seine Hand, die sofort zurückgezuckt, nicht freigab aus der Umklammerung, im Gegenteil, sich damit all ihre Wölbungen bestrich, wer nicht spüren wollte, mußte fühlen: ihre Hüften, den Bauch, die Schenkel, soviel-pralles-Fleisch-für-dich, und mochte Herr Broder Broschkus auch Anstalten machen, aus ihrem entschloßnen Griff kam er nicht mehr frei. Wie er sich da plötzlich wieder schwach und unbedeutend fühlte, keine Spur kubanisch, wie er sich schämte, nur noch von der Bildfläche verschwinden wollte, nach Hause!

»Na, *papi*, willst du etwa« – bereits an dieser Stelle nickte Broschkus, bloß weg hier –, »daß ich dich begleite?«

Sein erster Fehler zog den zweiten nach sich,
den dritten, den vierten. Daß die Person durch bloßes Anheben der Augenbrauen ein Taxi herbeiwinkte, bekam er gar nicht mit; sie belehrte ihn, daß kubanische Mädchen – in der Tat bezeichnete sie sich als *muchacha* – nicht aufs Hotelzimmer mitkommen dürften, das habe Fidel verboten. Zum Glück kenne sie ein paar hübsche Wohnungen in der Nähe, dorthin dürfe er jetzt mit ihr fahren.

»Ich werd's dir so besorgen«, zerrte sie ihn beim Einsteigen zu sich auf die Rückbank, »daß dir der Gummi quietscht!«

»Aber ich will deine Freundin!« riß sich Broschkus los, der Taxifahrer blickte besorgt in den Spiegel: »Wo ist sie?«

»Morgen, *mi vida*, morgen«, versprach die Person überraschend verständnisvoll, von draußen preßte sich das Gesicht eines kleinen Jungen gegen die Scheibe, höchste Zeit wegzukommen: »Morgen ist auch ein Tag, da kriegst du deine Freundin.«

Broschkus, seltsam: Eben noch heilfroh, in Mina die Falsche gefunden zu haben, wollte er jetzt um keinen Preis die unverhoffte Spur zur Richtigen verlieren – oder wieso fehlten ihm schon wieder die Worte? »*¡Vamos!*« zischte die Person Richtung Taxifahrer, Broschkus setzte zu einer Erklärung an, dies alles sei ein Mißverständnis, er selber gar kein Tourist, sondern, fast, *Santiaguero*, er wohne in der –

Oh, die Casa el Tivolí! Fließend Wasser! schob ihm die Person ihr dickes Bein über die Oberschenkel, räkelte sich etwas bemüht, durchaus herzlich: »Schon mal so viel in der Hand gehabt? Du mußt hinfassen, *papi*, sonst kannst du's ja nicht beurteilen.«

Ehe er Nein denken konnte, hatte sie für ihn Ja gesagt, Aber-ja-doch, und während sie ihm, ein schmerzhafter Griff, mal schnell ans Gemacht ging und gleich so schallend loslachte, daß man Wut bekommen konnte, die Frauen waren verdammt unromantisch hier, fing sie eine Unterhaltung mit dem Chauffeur an, so ungeniert, als sei's ein alter Bekannter. Wie fest ihr Schenkel war! Widerwillig begann Broschkus' kleine weiße Hand, darüber hin zu streichen, erstaunlich, daß ein Frauenbein so hart sein konnte, weder an der Wade noch am Rande des Tigerfells ließen sich die Fingerkuppen nennenswert hineindrücken. Das Gespräch mit dem Taxifahrer nicht unterbrechend, schob ihm die Person nun auch das andre Bein hin, was beides zusammen eine ziemliche Menge an nacktem schwarzem Fleisch ergab – widerwillig registrierte Broschkus, daß es tief in seinem Innern ganz leise aufgrunzte vor Wohlgefallen. Sieben Wochen war er jetzt auf der Insel, sie hatte ja leichtes Spiel mit ihm, die Person:

»*Papi*, nun greif doch bitte endlich richtig zu«, forderte sie mit gespielter Ungeduld: »Oder hast du das auch zu Hause?«

Broschkus sagte entschlossen »Äh«, schon waren sie angekommen.

Wieso zu diesem Zeitpunkt ausgerechnet Papito vor der Hoftür lungerte,
beim Erscheinen des Taxis sogleich herbeieilend, den Verschlag aufzureißen und sich so tief vor der Person zu verbeugen, »Oh-oh, die señorita Iliana, welch eine Überraschung, *¡buenas, buenas!*«, daß sogar Broschkus lachen mußte; wieso die Lockenwicklerin höchstselbst, die gegen Abend gern im Kreis der Lieben auf ihrer Hausschwelle lagerte wie auf einem Kanapee, den Kopf auf die oberste Stufe gestützt und den Körper über die restlichen Stufen straßenabwärts verteilt, durchaus malerisch, wieso die Lockenwicklerin ihre Hand hob, der Person einen stummen Gruß signalisierend; wieso Rosalia im Hof stand und die Hände fest in die Hüften stemmte; wieso Flor aus der Haustür herausguckte und von den Nachbardächern das sattsam bekannte »Der Doktor ist da!« ertönte, »He, Leute, der Doktor hat sich was mitgebracht heute!«: all das war für Broschkus noch weit peinlicher als unerklärbar. Schnell schob er die Person – welch gewaltiges Kreuz, welch gewaltiger Arsch! – vor sich die Treppe empor, komplimentierte sie gleich aufs Sofa, damit sie von außen nicht mehr zu sehen.

Also Iliana.

Beim Anblick des Zungenbilds stellte sie wenigstens ihr Gelächter ein.

Merkwürdigerweise ließ sie Broschkus erst mal in Ruhe,
wollte trinken und vor allem essen, von-wegen-daß-der-Gummi-quietscht! Sofern sie nicht kaute, schluckte, rauchte, leugnete sie: Weder an den Tanz mit Kristina noch an ihre Freundin oder Broschkus selbst wollte sie sich erinnern, wie solle sie sich jeden Mann merken, meingott.

Iliana, ihre Stimme vom Leben regelrecht eingeräuchert, und dazu die violett schimmernde Narbe an der Schläfe; nachdem sie Broschkus' Vorräte bis zur letzten Erdnußtüte vertilgt hatte, fragte sie – ihr Silbertuch abziehend, ließ sie darunter rotbraun gefärbtes Kräuselhaar hervorquellen, dick und borstig, einen Kräuselmop anstelle einer Frisur –, fragte ganz artig, ob sie das Bad benützen dürfe?

Oh, wie praktisch, ohne Tür! Da könne er ihr ja ohne großen Aufwand beim Pinkeln zusehen – so einer sei er also!

Während sie das sagte, streifte, nein: riß sie sich das Tigerhöschen in die Kniekehlen, na-*papi*-das-gefällt-dir-doch; während sie laut und vernehmlich aus dem Stand in die Schüssel strahlte, nein: strullte, lächelte sie ihn auf eine Weise an, ihrer Unwiderstehlichkeit gewiß, daß Broschkus eifrig so tat, als müsse er im Kühlschrank nach dem kältestmöglichen Bier wühlen. Iliana lachte dermaßen laut, daß man einen Moment lang befürchtete, die Nachbarn würden kommen, sich zu beschweren.

Ohne etwa Zeit mit Händewaschen zu vertun, trat sie wieder an ihn heran, drückte ihren prall vorstehenden Bauch gegen den seinen – »Na, *papi*, sicher, daß du nicht schwul bist?« –, ergriff, leicht genervt ob seiner Untätigkeit, doch erst mal das Bier. Broschkus hätte sich nicht gewundert, wenn sie den Kronkorken abgebissen hätte. Mit grobem Griff riß sie eine neue Packung *Popular* auf, steckte die erste Zigarette dann aber behutsam zurück in die Packung, filterabwärts: Nein, nicht für die Toten! Es bringe ganz einfach Glück.

Broschkus rauchte, Broschkus trank, Broschkus machte keinerlei Anstalten. Sie hingegen nahm ihren Beruf ernst und sah's als ihre Pflicht an, Broschkus mit ihrer Nacktheit zu konfrontieren. Um dann Gewalt anzuwenden.

Ob er schon mal unter einer *negra?* Sie hustete lachend, lachte hustend, ohne den Griff zu lockern, Broschkus sah viel rosa Zahnfleisch, noch mehr weiße Zähne, ihr rostiges Rasseln fuhr ihm direkt ins Gesicht, während er den Kopf schüttelte, spürte er eine Zunge, wie sie sich, dick und fleischig, in seine Mundhöhle schob, spürte Hände an seinem Hosenbund, weniger aufknöpfend als – reißend: Ob er schon mal um sein Leben?

Broschkus nickte, Broschkus schluckte, Broschkus war fällig. »*¡Doctor! ¡Doctor!*«

Wo kam denn der jetzt her samt Kladde unterm Arm,
bei aller Liebe, der war doch bei seiner *mamá*? Ohne Hast zwängte sich Iliana zurück in ihr Bustier; Broschkus ließ sich berichten, daß einer von Luisitos Brüdern Benzin hatte auftreiben können, gerade eben sei man angekommen:

Glückwunsch, *doctor*! Aber so ginge das nicht, schnippte sich der Vermieter, frisch betüpfelt mit seinem schweren süßen Rasierwasser, schnippte den Schweiß vom Finger: so ganz ohne Formalitäten. Ob der Kühlschrank vielleicht – ob er mittlerweile anständig kühle?

Von Ilianas Gegenwart zeigte er sich keine Spur überrascht, die Nachbarn mußten ihn informiert haben, geriet im Gegenteil sofort ins Gespräch mit ihr; ebensowenig peinlich schien's Iliana zu sein, daß man sie aufgestöbert, daß sie jetzt sogar ihre Identitätskarte hervorzunesteln hatte. Zwecks Eintrag in Luisitos Bibel – zärtlich strich er über seine Kladde, die sich als penibel geführtes Gästeverzeichnis entpuppte, jawohl, jeder sei zu melden, selbst wenn er eine einz'ge Nacht nur bliebe, Kuba sei ein freies Land. Nachdem Iliana mit dem Viagra-Kugelschreiber unterschrieben hatte, wünschte Luisito mehrfach eine schöne Nacht:

»Sie hat 'nen Leberfleck zwischen den Brüsten«, raunte er Broschkus im Abgehen zu, *coño*, da wisse man doch, wo man zubeißen müsse! Aaah, ja, hm, *uyuyuyuy*!

Woraufhin Iliana, eigenmächtig, den Riegel vorschob und absperrte, woraufhin sie, eigenmächtig, die Jalousetten schloß, woraufhin sie die Dinge in die Hand nahm und genau dort fortfuhr, wo sie Luisito eben unterbrochen hatte:

Nur ruhig, herrschte sie Broschkus an, als der ihre Hände aus der Hose hervorziehen wollte: Er solle sich mal nicht so anstellen und sie machen lassen!

Wie weiß ihr die Augapfel leuchteten! Broschkus bekam kaum Luft, so heftig bemächtigte sie sich seiner. Dann erneut diese Augäpfel, riesig hervorquellend aus dem Zigarrenbraun des Gesichts, glubschig funkelnd und nah, sehr nah:

Brav, *papi*, brav. Jetzt sei er ja endlich vernünftig geworden.

Damit ließ sie sich vor ihm auf die Knie, in derselben Bewegung mit beiden Händen seine Hose von den Hüften rupfend, und nun ... hörte man nur noch den Deckenventilator und von draußen die Hymne der Spätnachrichten.

Nein! flüsterte er ihr zu, bitte! und drückte ihr mit beiden Händen den Kopf nach hinten, du-tust-mir-

Doch! zischte sie und riß sich aus der Umklammerung, er knickte in den Knien ein, sich seiner Erregung schämend, solch dicke Zungen, solch riesige Augen ... sollten eigentlich ...

Die Nacktheit der Neger beginnt in ihren Augen, dachte er, aber da lag er längst neben ihr, im Mondlicht schimmerte ihre Haut fast blau, und vom Garten nebenan erklang ein sanfter monotoner Singsang, nicht mal der *Scheißköter* rührte sich, irgendwann fing auch das Plätschern an, und die Brunnen liefen über: Die Nacktheit der Neger beginnt in der Nacktheit ihrer Augen.

III Roter Wassertank

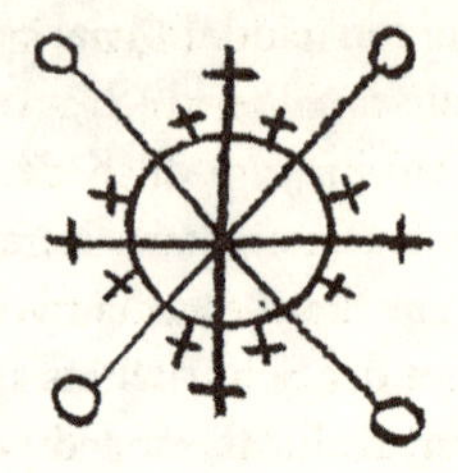

Nie mehr auf Stützstrumpfhosenschenkel schielen,
um schließlich Cellulitis zu enthüllen;
nie wieder Streichelzärtlichkeit und Kuschelsex,
korrekte Höhepunkte (Hallo-Partner-danke-schön),
nie wieder weiches weißes Fleisch!
Jetzt wußte Broschkus, daß man auch als Mann vergewaltigt werden konnte; ob er sich dessen schämen oder ob er stolz drauf sein sollte, wußte er nicht. Alles an seinem Körper war wund, als ob's das erste Mal berührt worden – kein Zweifel, er hatte gerade noch mal überlebt. Saß auf seiner Dachterrasse, notdürftig ins Badetuch geschlungen, an die neue Badezimmertür gelehnt, die dort ihrer fachkundigen Kürzung harrte, und vertrieb sich die Zeit mit Weltverklärung, Größenwahnsinn, Unterlegenheitsrausch. Wie schamlos sich die Senke der Stadt vor ihm entbreitete im Morgenlicht, man bekam regelrecht Lust, dem Dachschwein gegenüber eine Ohrfeige zu versetzen. Oder den Todesstoß.

Immerhin! dachte er möglichst breitbeinig, den Blick auf den gegenüberliegenden Hügel gerichtet, auf den Wassertank, wie er als graue Silhouette gegen die Morgensonne stand: Ein Mal im Leben unlimitiert agiert, EIN MAL!

Aber was stank hier eigentlich so penetrant?

Nicht mal vom Gebrause der 1000er-BMW
war Broschkus heute wach geworden; wie hätte ihn dann ein Klopfen wecken können? Als man seine Haustür aufzubrechen drohte, hatte er sich mitten in der Pfütze, jaja-ich-komm-schon, zwischen Eßtisch und Sofa seiner Nacktheit erinnert, hatte sich beim zweiten Anlauf, regt-euch-ab-kein-Problem, über die schräggekippten Jalousetten gewundert, über den fehlenden Schlüssel im Schloß, von draußen unentwegt amtliche Anmahnung. Endlich war ihm der Schlüssel ins Blickfeld geraten, am Boden unterm Fenster, als hätte jemand von außen abgesperrt und ihn anschließend in die Wohnung hineinfallen lassen.

Von der kleinen Empore aus sah er zu, wie einer der Uniformierten mit einem futuristisch anmutenden Gebläse weißen Dampf in die Wohnung pumpte, während sein Kollege Formulare ausfüllte – Insektenbekämpfung war Haupt- und Staatsaktion, alle zwei Wochen aufs neue. Erst jetzt fiel Broschkus auf, daß das Bett neben ihm leer gewesen, als er erwacht, daß Iliana folglich vor der Zeit verschwunden. Abschließend klappte man die Fensterbretter hochoffiziell von außen zu, auf daß die desinfizierenden Dämpfe nicht gleich wieder hinaustrieben; Broschkus hatte abzuwarten, notdürftig ins Badetuch geschlungen, hatte überraschend viel Zeit, sich am neuen Tag zu berauschen. Wenn's nur nicht so gestunken hätte, so atemberaubend –

Er war's selber, vielmehr: sein Badetuch, dem der Geruch entströmte, ein heftig herber, intensiv zigarrendunkler Geruch – kaum in seinem Wesen erkannt, konnte man gar nicht mehr davon ablassen, ekelerregend erregend, die Nase ins Tuch zu stecken. Die Urheberin, die Besitzerin dieses überwältigenden Duftes hatte er tatsächlich?

Anschließend war sie ausführlich duschen gegangen,
sehr zu seiner Überraschung, und danach – oh, schön war das nicht gewesen, im Gegenteil, die Erfahrung reinster Gewalt,

auch wenn sich Iliana schließlich zu ihm herabgebeugt und ihn – unglaublich!

Als es hinter ihm raschelte, zuckte Broschkus zusammen, doch es war bloß Feliberto, der ihn ärgerlich anguckte.

Nicht mal,
nachdem Iliana eingeschlafen war, ihr dunkler Körper auf dem Laken wie eine Drohung, hatte er's gewagt, sie zu berühren; indem er sich jener stockend verstrichnen Momente jetzt nach und nach entsann, beständig am Badetuch schnuppernd, wich auch der letzte Nachhall dieser Nacht aus ihm, wurde er wieder so weiß und schwach, wie er tatsächlich war: mit Händen, in deren Sehnen nicht mal mehr die letzte Erinnerung steckte, daß man damit an … so viel Frau geraten konnte. Broschkus mußte sich eingestehen, daß er keiner von denen war, die einem auf der Straße entgegenkamen und diesen Blick hatten, daß er noch lang keiner der Ihren war, nicht mal ein Zehntelkubaner.

Erst als Iliana angehoben zu schnarchen,
nicht sonderlich laut, gerade eben ausreichend, sie ein wenig ungefährlicher zu machen, hatte Broschkus vorsichtig hingetastet – zurückschreckend vor der Festigkeit ihres Fleisches und erschaudernd gleich wieder hinfühlend. Wie zur Beruhigung, zur Besänftigung darüber eine solch weiche Haut, nahezu cremig, fast ein wenig klebrig. Wenn nicht die vielen Narben gewesen wären, du-liebe-Güte-was-war-denn-mit-der-passiert?

Nun aber hatte sie sich davongemacht
in aller Frühe. Broschkus war nurmehr das Badetuch geblieben, in das er den Kopf vergraben konnte, welch großartiger Gestank, berauschend wie eine Droge. Nicht mehr als vier oder fünf Dollar hatte sie mitgehen lassen, wie sich nach akribischer Sichtung von Kammer und Gemach ergab, das also war ihr Preis. Für vier oder fünf Neonröhren, sozusagen, konnte man sie kaufen.

Hatte man sie gekauft.
Würde man sie jederzeit wieder kaufen können.

Der »Balcón« war heute wegen Faulheit geschlossen,
einer der Nachbarn mutmaßte, Ocampo sei zu seiner Familie gereist, die anstehende Hochzeit mit seiner Freundin zu verhandeln, ein andrer wußte ganz sicher, daß sein Sohn auf einem Floß Richtung Miami geschnappt worden: Angelegenheiten, so oder so. Broschkus trank an der Trocha ersatzweise einen *batido*, biß dazu in ein Gekrösebrötchen, geriet ins Grübeln. Merkte's bei jedem Bissen, daß er keiner derer war, die sich's hier nach vollbrachter Nacht mit einem Ein-Peso-Frühstück besorgten. Sondern nur ein Möchtegernkubaner, dem sich jetzt gleich der Magen umdrehen würde, ein Fremdling noch immer. Wenn er auf seine Hände blickte, wollte er nicht glauben, daß er sich tatsächlich damit an einer dieser *jineteras* vergriffen hatte, obendrein an einer dermaßen üblen. Damit war doch alles verraten, was ihm ein Leben lang lieb und teuer gewesen, was er verehrt an den Frauen und bewundert nicht zuletzt auch an dem Mädchen, dessentwegen er hierher gekommen! Und nun das.

Verbissen schlang er seine *hamburguesa* hinunter, Fett, Knorpel, kleine Knochensplitter achtlos aus den Mundwinkeln fallen lassend, war er denn schon so weit heruntergekommen? Einer wie Iliana saß doch noch der Urwald in den Lenden, das Gekreisch der Affen, Grollen der Geparden, das Geduckt-drauflos-fressen-und-am-Ende-selbst-gefressen-Werden, so eine war doch noch halb Tier, ach was, war ganz und gar Tier, Jahrtausende von jeder Aufklärung entfernt, von jeder Zivilisation, humanen Regung – wahrscheinlich hätte sie ihm in ihrer Lust bedenkenlos auch den Kopf abgebissen, in der Lage dazu wäre sie zumindest gewesen. Würdelos, stillos, unästhetisch, ekelhaft! Sogar hier unten auf der Trocha schien's nach ihr zu stinken, man hätte sich übergeben wollen.

Woraufhin Broschkus begann, sich seiner Gier zu schämen.

Schon dieser Leberfleck zwischen ihren Brüsten, fraß er sich jetzt noch durch eine vollkommen ranzige Tropfpizza: der würde bei Tageslicht doch sicher Schatten werfen? Einfach degoutant! Und der ganze ekelhaft üppige Rest, eine gewaltige Masse Mensch, das reinste Klischee – nie wieder! Wenn's nur nicht so bestialisch –

An seinen Fingerspitzen schnuppernd, merkte er's, daß er's selber war, der so stank, so stechend erdig nach ihr stank, *¡cojones!*, es haftete ihm sogar nach dem Duschen noch an, wahrscheinlich rochen's alle andern auch: Broschkus fühlte sich wie ein Schwein, vor lauter Selbstekel wollte er am liebsten gleich –

Dann übergab er sich.

Daß ihm einer der Umstehenden die Schulter klopfte,
fühlte er nicht, die angebotne Zigarette nahm er ohne ein Wort des Dankes an. Wie wohltuend das Inhalieren, eine innere Räucherung, gern hätte er einen Schluck *refino* hinterhergegeben, zwecks Desinfektion, Purifikation, Absolution. Hätte Weihrauch verbrannt und Myrrhe, zumindest Duftkerzen entzündet – so fiel er vom einen Extrem ins andre –, um anzustinken gegen die Stadt und ihre Bewohner, vor allem gegen sich selber, am liebsten hätte er sich mit Rasierwasser abgewaschen.

Schon stand er im Dollarladen an der Kreuzung, Gegengerüche zu erwerben, ein schweres kubanisches Rasierwasser zumindest, das schwerste, kubanischste: *Elements*. Es kostete fast einen halben Monatslohn und roch wie dasjenige, mit dem sich sein Vermieter so gern betüpfelte, wer weiß, vielleicht steckte in ihm ein Seelenverwandter. Und nun nichts wie –

»Sag mal, Bruder, du riechst heut so gut, gehst du zu 'ner Frau?«

Ocampo! Was wollte der denn hier, noch dazu in seinen spitzen weißen Schuhen, der war doch laufend pleite?

»Nein, aber ich komme von einer.«

Na also, nickte Ocampo, er habe ja immer gewußt, daß sein Bruder kein Schwuler sei, immer!

Und selber? lenkte Broschkus schnell ab: Man munkle, er bereite seine Hochzeit vor?

»*La vida es del carajo!*« versicherte Ocampo anstelle einer Antwort; obwohl er entschlossen dazu grinste, wirkte er leicht verloren, zwischen all dem Überfluß, ein wenig zerbrechlich. Tief in seinem zerknitterten Körper saß gewiß ein großer Kummer, über den er nicht sprechen wollte: An übermorgen zu denken, dürfe man sich gar nicht erlauben, man könne froh sein, den heutigen Tag zu erleben.

Das! fand Broschkus in der Tat auch. Schweigend nickend, nickend schweigend standen sie mitten im Gedränge, keiner mischte sich ein und wußte's besser.

Ob's an Viagra mangele? setzte Broschkus schließlich nach.

Ach, Viagra. In der Tat zog sich der alte Herr, immerhin standen sie noch in der Nähe des Verkaufstresens, auf halbem Weg zum Ausgang, ein Stück die Hose runter. Auf daß Broschkus einer ziemlichen Beule gewahr wurde, einer Ausstülpung im behaarten Bereich, auf die Ocampo zu allem Überfluß die Fingerspitze legte:

Leistenbruch. Müßte eigentlich längst operiert werden, aber, naja, das sei so eine Sache, man wisse ja nie, ob man danach noch mal aufwache. Es gebe nur eines – vorwärtsdenken, vorwärtsleben, *¡adelante!*

Die blutbespritzte Hose,
die er morgens achtlos wieder angezogen, nach erneutem Duschen zum Müll zu stopfen war Broschkus ein Bedürfnis. Er hatte indes noch nicht die Treppe zu seiner Wohnung erreicht, als ihn Rosalia zu beschimpfen anhob, die Hose aus dem Abfalleimer hervorziehend:

»Frauenblut! Soso, Frauenblut!« Aber deshalb müsse man doch nicht gleich die schöne Hose wegwerfen, in Kuba werfe man nichts weg, gar nichts, das sei Frevel.

Und merklich stiller, wahrscheinlich schon in Gedanken verschiedne Reinigungsverfahren erprobend, während Flor neugierig aus der Tür trat, in ihrer gelb-weißen Schuluniform: Er solle sie mal machen lassen. Ob er vielleicht ein Stück Seife?

Broschkus legte den Kopf schief und überlegte kurz, ob Rosalia tatsächlich eine notorische Fremdgeherin oder doch nur eine ganz normale kubanische Hausfrau war; wie er noch stand, lachte sie freilich so obszön auf, daß sich weiteres Nachdenken erübrigte:

»Na, *doctor*, gut geschlafen heut nacht?«

Selbst bei Lockenwicklers grölte es, Broschkus vermeinte aus dem allgemeinen Gezote Ramóns Stimme herauszuhören.

»Halt's Maul, Mongo!« rief er zu seiner eignen Überraschung, auf daß es diesseits wie jenseits der Mauer sofort mucksmäuschenstill war: »Du weißt doch, daß sich Frauen nicht mit der Seele zufriedengeben!«

Keine Antwort, kein Gelächter, kein Laut – man war mit Nachdenken beschäftigt.

»Und wann krieg' ich meine Ohrstecker?« fragte Flor.

Nachdem sich Broschkus durch die Bettwäsche geschnüffelt hatte, großzügig mit *Elements* dagegen ansprühend, nachdem er mit einem Schluck *Ron Mulata* gegurgelt und das Badetuch gegen ein frisches ausgetauscht hatte, wurde er ruhiger. War's nicht, nachträgliche Bedenken hintangestellt, eine bemerkenswerte Nacht gewesen – ein Ausrutscher, gewiß, doch einer, der sich, verdammt-noch-mal, gelohnt hatte? Und war er deshalb ein schlechter Mensch? Oder war vielmehr sein bisheriges Leben ein Ausrutscher gewesen? Was auch immer er sich ein- oder auszureden suchte, er fühlte sich von innen wie außen gereinigt, ein Überlebender in jeder Hinsicht, bereit für –

Ja für was denn eigentlich?

Das Mädchen von einst, die Richtige?

Ach, lieber noch mal die Falsche.

Broschkus ertappte sich, wie er laut und vernehmlich »zigarrenfarben« sagte, wo Ilianas Haut doch allenfalls zigarillofarben war. Und so billig zu haben! Zum Glück hatte das niemand gehört, rundum nur, von nah und fern, der immerwährende Gesang der Hähne.

An diesem langen Nachmittag machte Broschkus die Erfahrung, daß man auch vom Nichtstun betrunken werden konnte. Daß man sich dagegen, um am Ende nicht sturzbesoffen zu sein, nur mit Limonen-Auslutschen wappnen konnte, mit *tukola*-Trinken, Bestarren von Erdnußtütentext. Trotzdem war's kaum auszuhalten, auf der Dachterrasse nicht (Der Doktor ist da! Mann, sieht der fertig aus!); im Hof bei Papito nicht, der über Eric lamentierte (Will immer nur mit Merci allein sein, kommt als Schwiegersohn nicht in Frage); draußen in der Calle Rabí nicht, wo die Lockenwicklerin dollarladentütenbepackt an ihm vorbeischwankte, hörbar schnaufend *(Elements!* Der muß ja schwer verliebt sein); am allerwenigsten in der Casa el Tivolí, wo Luisito eigenhändig die neue Badezimmertür einsetzte, beherzt drauflos hobelnd (Man will ja nicht jedesmal zusehen, oder?). Blieb nur Bebo, ein frischer Haarschnitt schadete zumindest nicht.

Für den Fall der Fälle.

In der Warteschlange saß Lolo, von graugekräuselten Haarbüscheln aus dem »Salón el túnel« umweht, und schob sich gleich den Zahnstocher von einem Mundwinkel in den andern:

Also Iliana, gratuliere! Er kenne sie zwar nur flüchtig, wer nicht. Aber unter uns, Onkel: keine vom Tivolí, verdächtig! So wie sie aussehe, sei sie sicher – und hier beugte er sich so nah an Broschkus heran, daß dem der Atem wie ein heißer Wind ins Ohr fuhr – eine Dunkle.

Scheiß drauf! dachte Broschkus und sagte so laut, daß alle mithören konnten: »Sie ist eine *mambo*, wenn du's genau wissen willst.«

»Hast du ihre Narben gesehen?« insistierte Lolo, dabei fiel ihm der Zahnstocher aus dem Mund.

»Ich weiß sogar, wer sie ihr verpaßt hat!« behauptete Broschkus: Kein Geringerer als Elegguá habe seinen Segen dazu gegeben, der Erste unter den Kriegern, auch Oggún, der Zweite, Ochosi, der Dritte! »Und jetzt erzähl mir mal lieber, warum ihr hier alle so verrückt auf Leberflecken seid!«

Lolo nahm den Zahnstocher vom Boden, wischte ihn an der Hose ab, sah Broschkus an und: steckte ihn langsam zurück in den Mund. Vergaß dann aber, darauf herumzukauen, der Zahnstocher hing eine ganze Weile auf seiner Unterlippe, fast wäre er wieder heruntergefallen.

War's wirklich noch nötig,
daß Cuqui gleich zur Begrüßung fragte, kaum hatte Tyson den Weg freigegeben, rein in den »Balcón«, wie's denn gewesen sei, mit so viel Fleisch?

Broschkus zuckte mit den Achseln, hatte seine Entscheidung bereits getroffen. Erst jetzt bemerkte Cuqui, Klopapierblätter herbeitragend, daß sein einziger Gast heut nicht mit ihm reden wollte:

»Bro, du riechst so gut, gehst du etwa heut schon wieder –?«

»Ja!« platzte's aus Broschkus heraus: »Ich will's wissen!«

Der allgemeine Aufschrei der Empörung,
kaum hatte Tyson den Weg freigegeben, raus aus dem »Balcón«, galt nicht etwa Broschkus, sondern der permanenten Revolution und ihren Errungenschaften: Stromausfall!

Seit Jahren bete er, daß Fidel ein sanfter Tod beschieden sei, schüttelte Ramón den Kopf, der ihm vor dem Hoftor in den Weg geriet und gleich anerkennend die Luft einsaugte: »Für wen hast'n dich gebadet, Onkel?«

Aber Broschkus war heute ungesellig, wollte nur noch schnell das Hemd wechseln, und dann – zwei Stufen auf einmal nehmend – rannte er in etwas Knochiges, das auf dem obersten Treppenabsatz im Weg saß und allenfalls am Schimmern seiner roten Socken zu erkennen gewesen wäre.

Ob er ihn vergessen habe? beschwerte sich Ernesto, mit Hilfe seines Schirms zu voller Größe sich emporrappelnd, ach-richtig, für heute abend waren sie ja verabredet: Daß Broschkus ohne Alina zurückgekommen, habe man schon vernommen, aber daß er sich gleich mit einer andern getröstet, sei doch eine Überraschung!

»Alina, das war die Falsche!« wollte's Broschkus kurz machen.

»Das ist noch nicht bewiesen!« Ernesto stieg bereits die Leiter zur Dachterrasse hoch: »Am besten, du erzählst mir jetzt erst mal der Reihe nach, dann entscheiden wir.«

Aber dessen bedarf's gar nicht mehr! dachte Broschkus, mißlaunig holte er seinen Notvorrat Rum aus der Kommode: Ich hab' mich längst entschieden!

Ungeduldig beugte sich Ernesto übers Geländer: »Und? Hat sie ihn?«

Vor lauter Gier fiel ihm die Asche auf die Hose,
selbst als er die Antwort schon mehrfach vernommen, und er bemerkte's nicht mal. Ramón habe ihm erzählt, Alinas Augen seien »ganz normal« gewesen, er könne sich im Grunde gar nicht so recht dran erinnern. Um so befriedigender die Auskunft von Broschkus:

»Oh, den Fleck, ja, den hatte sie.«

»Wußt' ich's doch«, schnaufte Ernesto, dieser-Mongo-hat-einfach-keine-Augen-im-Kopf, schnaufte sehr viel Luft aus sich heraus: »Und? Hast du sie berührt?«

»Nur ihren Käse. Und den hab' ich gleich weggeworfen.« Aber Alina sei ja eine andre, sei die Falsche gewesen!

»*Sir*, ich bitte dich!« Ernesto, am Rumglas nippend, an der Zigarre saugend, mit dem Taschentuch an diversen Körperstellen herumwischend: »Hat Olofi nicht auch dir ein bißchen Verstand durchs Ohr eingehaucht? Sie *war's*, wer denn sonst, sogar die Farbe des Flecks hat gestimmt!«

Aber alles andre habe nicht gestimmt, protestierte Broschkus: Ein Fleck allein mache doch noch keine Frau!

Ernesto war aufgesprungen, stand jetzt am Geländer, vor ihm die dunkle Senke der Welt, beständig ab und auf brausend aus Millionen menschlicher und tierischer Kehlen das große Gespräch der Stadt mit sich selber. Die Spitze seines Regenschirms, ping-ping-ping-ping, schlug dazu ganz leis den Takt.

»Hier isses immer noch so dunkel wie im Negerarsch«, setzte er sich schließlich kopfschüttelnd, »und fast so dunkel wie in deinem Kopf, *sir*.«

Den Schirm ans Geländer lehnend, trank er, rauchte, wischte sich. Wandte sich in einem erneuten Anlauf an Broschkus, so bald würde man heut nicht auf den Parque Cespedes kommen:

»Und? Was hast du mit ihr geredet?«

In diesem Moment legte der Scheißköter von nebenan los,
aber so richtig, wahrscheinlich war gerade ein Toter eingetroffen. Ernesto ging zum Maschendraht, zischte ein scharfes »Bruno!«, anschließend irgend etwas Afrikanisches ins Dunkel, woraufhin's sofort so still im Garten wurde, daß man die Grillen zirpen hörte.

Woher er denn wisse, wie der Hund heiße? fragte Broschkus verblüfft.

Er habe ihn so getauft, beschied ihn Ernesto, schon wieder Platz neben ihm nehmend: Und es funktioniere, wie man sehe.

Von unten ließ sich Rosalia vernehmen *»¡Que maricón de mierda eres!«* –, rundum ein allgemeines Aufschnattern erzeugend: Großmaulversammlung, ein ganz gewöhnlicher Montagabend. Nur Ernesto war heut ein andrer, kaum mit anzusehen, wie zügig er trank, rauchte, dann wieder mit dem Schirm den Takt schlug:

»Und? Was hast du mit ihr gesprochen?«

Er habe sie gefragt, gefragt –, suchte Broschkus nach einer glaubwürdigen Antwort: Habe gefragt, ob sie seinerzeit in der »Casona« gewesen, und sie habe das verneint. Weil sie die Falsche gewesen, wie oft solle er's noch –

»Aber woher willst du denn wissen, daß sie die Wahrheit gesagt hat?« ließ Ernesto die Antwort nicht gelten: »Wahrheit ist in Kuba ein kostbares Gut, damit geht man sparsam um.« Selbstverständlich sei sie's gewesen, nur sie trage das Zeichen, das sei der Beweis: »Und den Schein? Hast du ihn wenigstens zurückgegeben?«

Es stellte sich heraus,
daß Broschkus selbst das nicht getan, nicht richtig getan hatte: Bezahlt hatte er damit, das wohl, aber Bezahlen sei etwas grundsätzlich andres, als ihn zu wechseln, das löse seinen Zauber nicht:

»Es hilft nichts, diese Chance ist vertan. Und du hattest sie bereits gefunden!«

»Um so besser«, entfuhr's Broschkus: »Dann brauch' ich ja nicht länger zu suchen.«

Aber das hatte Ernesto überhört, griff sich statt dessen in die Brusttasche, um kurz die beiden andern Zehnpesoscheine zu zeigen; ob er Broschkus damit drohen oder, im Gegenteil, Hoffnung machen wollte, ließ sich im Mondlicht nicht entscheiden. Bei Lockenwicklers kreischte das Ferkel auf, großes Gelächter, wenige Stunden, Tage, Monate später würde man ihm ein Messer ins Herz stoßen.

»Und? Welche Farbe hat er gehabt?«

Als Broschkus auf die Schnelle keine Antwort beizubringen wußte,
fiel ihm Ernesto ins Schweigen, antwortete selber: Dieser Fleck, der verändere seine Farbe, je nachdem, wer dem Mädchen in die Augen blicke. Einer wie Ramón zum Beispiel, der habe ihn noch

nicht mal wahrnehmen können. Einer wie Broschkus, der erkenne ihn zwar, begreife ihn aber nicht, der sei blind fürs Wesentliche, der fahre vollkommen umsonst in die Welt.

»Dann wärst du eben mitgekommen!«

Das bißchen Bergsteigen hätte er sich trotz seines Alters zugetraut, winkte Ernesto ab: Doch es sei ihm verboten, seit seiner Initiation. Desgleichen brauner Rum, Kleidung in greller Farbe, Geschlechtsverkehr an geraden wie an ungeraden Tagen.

Also – immer? stutzte Broschkus: Ob er deswegen alles so genau wissen wolle, über Alina?

Ernesto, in diesem Moment flammte das Licht wieder auf, allgemeiner Aufschrei, sein faltiges Gesicht von Sorge zerfurcht, die Augen tief und traurig: »›Alina‹, ›Alina‹! Ich glaube, du hast noch immer nicht begriffen, mit wem du's zu tun hast. Kann sein, du bist schon ziemlich krank, *sir*.«

Ernesto,

obwohl er genauso aussah, wie man sich einen Freund hier gewünscht hätte, merkte man doch, daß er gewissen Fragen auswich. Aber egal, heute war Broschkus in Gedanken sowieso am Parque Céspedes, Ernestos Sätze erreichten sein Ohr nur, um es gleich wieder zu verlassen. Was dem nicht entging; verärgert erhob er sich von seinem Sitz, da war die Flasche *refino* noch nicht mal zur Hälfte geleert, und tippte mit der Schirmspitze auf den Beton:

»Am besten, du erzählst mir jetzt endlich der Reihe nach.« Jedes Detail. Gerade das Unscheinbarste sei mitunter das wichtigste; danach könne Broschkus immer noch zum »Casa Granda«, die *jineteras* liefen ja nicht davon in dieser Stadt.

Als Ernesto den Namen des Dorfes vernahm,

nickte er, erst recht bei dem des Berges – ja, davon habe er gehört, das Kernland des Voodoo. Fragte dann um so hartnäckiger nach allem, was Broschkus dort gesehen haben könnte oder eigentlich mußte, nach Hahnenfußzeigern, präparierten Kugelfischen, schwarzen Hühnerfedern vor der Tür, bunten Tüchern im Baum, Kreidezeichnungen auf dem Boden. Nein, nein und abermals nein! schüttelte Broschkus den Kopf, die Ameisenstraße führte heute direkt vor seinem Stuhl vorbei, zerstreut trat er bisweilen zu, wollte bloß eines – das Gespräch so schnell wie möglich beenden: Nein, Ernesto, nein! Keine Holzkreuze, Figürchen unterm Bett oder Zeichnungen aus Ziegelstaub, keine Geheimbuchstaben oder Ritualrasseln, die mit Wirbelknochen von Schlangen gefüllt waren – wie hätte man so etwas, beim besten Willen, auch mitbekommen sollen?

»Du warst mittendrin«, gab Ernesto schließlich auf, »und hast nichts davon gesehen, gar nichts?« Na gut. Oder um so besser, diesen Weg könne man somit ausschließen, das Mädchen sei eben doch keine *mambo.* Ob sie vielleicht eine Kette getragen?

In Gedanken fuhr Broschkus mit der Zeigefingerspitze über einen blau schimmernden Körper, hörte sich abwinken: »Komisch, daß braune Haut manchmal … Ketten? Ja klar, eine rotweiße, Changó, eine blau-weiße, Yemayá. Ich hab' sie übrigens angefaßt, und wie du siehst: Man stirbt –«

»Du hast sie angefaßt?« Ernesto, so entsetzt sprang er wieder auf, schlug ihm die Schirmspitze knapp vor die Füße, Broschkus war mit einem Mal hellwach:

»Neinein, natürlich nicht, ich meine: nicht die von Alina, das hätt' ich nie gewagt.«

So! ließ sich Ernesto zurück auf seinen Stuhl fallen, so! Zog mit dünnen Lippen am erloschnen Stumpen, nippte am leeren Glas: »Immerhin, dein Mädchen trägt die Ketten, es ist –«

Er meine ja wohl,

fand Broschkus zurück zum Thema: Alina trage Ketten, Alina! Denn was habe die schon mit dem Mädchen zu tun, das er damals – gar nichts!

Im Gegenteil, *sir*, sehr viel! Ernesto griff nach der Flasche, dem Glas, dem Schirm, dem Tuch, griff nach Broschkus' Arm und ließ ihn lang nicht mehr los: Alina sei, sozusagen, nichts als eine andre Inkarnation, ein andrer Weg ein und derselben Person. Broschkus möge sich bitte erinnern: Jeder *santo* verkörpere sich in mannigfaltiger Weise, denn – man dürfe das niemals vergessen – er könne sich ja nur sichtbar machen, indem er sich einer menschlichen Gestalt bemächtige, in sie hineinfahre, sie besteige wie ein Reiter sein Pferd: mal einen alten Mann, mal ein kleines Kind, je nach Laune oder Situation, mal eine Käseverkäuferin, mal eine –

»Aber dann wäre die Gesuchte ja wirklich kein normaler Mensch?«

Merkwürdig, kaum erzählte Ernesto von den *santos*, vergaß man sogar Iliana; jedenfalls verblaßte ihr Bild zusehends unter den grellen Vorstellungen, die Ernesto nun in den Nachthimmel zauberte, als sei das eine nicht mit dem andern vereinbar. Auch Ernesto selber, ob einfacher Zigarrenmacher oder mächtigster *santero* der Stadt, vergaß sich zusehends, stand auf, ging einige Schritte, setzte sich wieder, stand erneut:

»Wenn du hören willst, was ich wirklich von deinem Mädchen glaube: Sie ist eine *santa*.« Aber welche? Die kokette Ochún, die sogar den Toten Avancen mache? wäre ziemlich naheliegend. Auch die provokante Oyá, Geliebte Changós und Blitzeschleuderin wie er, die Hüterin der Friedhöfe. Oder Yemayá, die Mutter aller *santos*, sie tanze ja eher selten, doch wenn sie's einmal tue, dann als Wirbelsturm – ja, sie komme in Frage. Aber alle andern *santos* nicht minder, keinen einzigen dürfe man vernachlässigen, übergehen, kränken, das könne sich übel rächen. Wenn man bedenke, daß jeder der Heiligen in den verschiedensten Inkarnationen auftrete, dann dürfe man sich keinesfalls vorschnell auf die *santas* konzentrieren; sehr gut möglich, daß hinter der ganzen Geschichte auch ein *santo* stecke, nicht unbedingt ein schwuler, nein! Sondern einer, der sich einen besonderen Schabernack erlaube, einen besonders humorvollen Sinn fürs Böse habe.

»Aber was kann eine Heilige schon von mir wollen?« räsonierte Broschkus, fast wäre er jetzt in die Behausung hinabgeeilt, um seine vier Ketten zu zeigen und damit seinen guten Willen, seine feste Absicht: »Eine normale Beziehung mit allem Drum und Dran ja wohl nicht.«

»Oh, das auch«, lachte Ernesto auf, es klang ein wenig wie aus dem Munde dessen, der sich über eine Sache belustigt, die ihm verboten: »Vergiß nicht, *sir*, sie selbst hast du ja nie gesehen, nur in Gestalt von Alina und von diesem Mädchen aus der ›Casona‹.« Die Gier der *santos* sei groß, den Körper, den sie zur Erfüllung ihrer Lust bestiegen hätten, den trieben sie bis an die Grenze der – wohin auch immer. Vielleicht nicht gerade eine normale Beziehung, aber eine unnormale, die könne man mit einer *santa* sehr wohl führen.

»Aber warum ausgerechnet ich?«

»Weil sie dich will, *sir*, sie hat etwas mit dir vor.«

Wieder war Ernesto ans Geländer getreten,
adressierte seine Worte weniger an Broschkus als an die ganze Stadt, die in abebbender Geschäftigkeit unter ihm lag – wie ein Prediger stand er hoch über seinen unsichtbaren Jüngern, durchglüht so sehr von seinem Glauben, daß Broschkus nicht überrascht gewesen wäre, wenn er sich im nächsten Moment selber als *santo* offenbart hätte, als *santo*, der sich eines Ernesto nur deshalb bemächtigt, um aus dessen Mund auf den letzten Ungläubigen dieser Welt einzupredigen:

»Und wenn sie etwas wollen, die *santos*, dann lassen sie nicht eher davon ab, bis sie's bekommen haben!« Oh, auch Heilige seien im Grunde nur Menschen, seien launisch und bösartig, das vor allem: böse, finster, schwarz! Deshalb gebe's ja keine *Schwarze Santería;* die normale *Santería* habe genug an dunklen, sehr dunklen Seiten – bei diesen Worten zog sich Ernestos Gesicht ganz glatt, ins faltenlos Entschloßne, wie's Broschkus bereits kannte. Schon im nächsten Moment jedoch fuhr ihm ein feines

Lächeln in seine Züge, kamen all die tausend Falten und Fältchen zurück auf sein Gesicht, begütigend wie ein Vater zu seinem verlornen Sohn sprach er jetzt:

»Schwarze Richtung, dunkle Richtung – so reden die, die keine Ahnung davon haben, was das heißt: zu glauben.« Als ob man das Schwarze, das Dunkle davon loslösen, einen eignen Kult daraus machen könnte! Wo's doch fester Bestandteil jeder Religion sei, und gar der *Santería*!

»Wir selber sind's, die das Dunkle in uns tragen, *sir*, wir Menschen sind kein bißchen besser als unsre Heiligen.«

Jetzt erst schnippte Ernesto seinen Stumpen übers Geländer, im Himmel auch heute kein Stern. Da war's wieder, das Dunkle, dem Broschkus von Anbeginn auf die Spur zu kommen versucht, da war's wieder!

Könnte's nicht doch sein, hakte er sich ganz vorsichtig ein, als ob er Ernesto mit seiner Frage nicht stören wollte: daß die Gesuchte – ob normaler Mensch, ob Heilige –, daß sie dem Dunklen diene?

Hätte er seine Zigarre noch in der Hand gehalten, Ernesto, er hätte daran gesaugt. Wäre sein Glas noch gefüllt gewesen, er hätte daran genippt. So aber hatte er nur seinen Schirm, dem er ganz sanft über den gedreht aufgewickelten Stoff strich, ganz sanft:

Wer sei er denn überhaupt, der Dunkle, von dem alle so gern redeten und die am meisten, die davon die geringste Ahnung hätten – der Dunkle? Der, den's am Ende gar nicht gebe, nur als reines Gerücht, als *mentira!* Vollkommen ausreichend für den Lauf der Welt, daß wir selber das Dunkle in uns bärgen, die Menschen, die *santos*, die Götter. »Der Dunkle, *sir*, das bist du und das bin ich.«

Das wäre er gewesen,
der stille Ausklang eines Gesprächs, das so aufgeregt und laut begonnen; vielleicht hätte sich der Streit verhindern lassen,

wenn Ernesto jetzt nicht noch mal kräftig nachgegossen hätte, im Schwung verschüttete er dabei reichlich:

Dunkel sei gewiß auch die Gesuchte, aber auf ihre Weise. »Wir haben sie bereits einmal gefunden, wir werden sie ein zweites Mal finden, wir werden uns rächen!«

Wieso rächen?

Ernesto hatte wieder den glasigen Blick, der starr an Broschkus vorbei- und durch die wenigen Dinge ging, die sich hier oben unterm Blechdach zusammendrängten: »Für diesen Fehlschlag, *sir.*«

Aus den verbliebnen zwei Scheinen neue Anhaltspunkte herauszulesen,

das sei ihm nun oberstes Gebot, und sofern er auch nur die Spur einer Spur gefunden hätte, würde er –

Nein, hörte sich Broschkus deutlich sagen: Das solle er lieber nicht.

Woraufhin die Sache eskalierte.

Denn als Broschkus dem ungläubig blickenden Ernesto klarzumachen suchte, daß er froh sei, erleichtert, in Alina lediglich eine Falsche gefunden zu haben, und daß er die Angelegenheit hiermit abzubrechen wünsche, schüttelte der mit Nachdruck den Kopf:

Dazu sei's entschieden zu spät, das ginge nicht mehr, daran seien schon viel zu viele *santos* beteiligt, von den Toten ganz zu schweigen, wie solle man die jetzt noch zurückpfeifen?

Was, zum Teufel, hatten die sich denn einzumischen? Er war doch ein freier Mann und Kuba, nicht-wahr, ein freies Land?

»Du hattest allenfalls die Freiheit, zu suchen oder nicht zu suchen«, fertigte Ernesto den Einwand ab: Genaugenommen wisse man nicht mal das. Nun, da er sich entschieden, müsse er die Sache auch zu Ende führen.

»Aber ich habe mich anders entschieden, ich will nicht mehr!«

Da brauste er regelrecht auf,
Ernesto: Ein Mann sei ein Wort sei eine Entscheidung, und koste sie am Ende das Leben! Entweder man wolle eine Frau oder eben nicht, dafür gebe's doch keinen Ersatz. Jaja, er wisse wohl, Broschkus habe sich auf diese stadtbekannte Person eingelassen – übrigens Tochter einer falschen *santera,* er möge sich hüten! Aber gut, er, Ernesto de la Luz Rivero, Sohn seines Vaters Obatalá und seiner Mutter Yemayá, werde für seinen Freund zu sämtlichen *santos* beten, daß man ihm Aufschub gewähre – ziehen lassen würden sie ihn freilich nicht. Sobald er ein Zeichen erhalte, ein Zeichen von drüben, das in ihre Richtung weise, werde er zu Broschkus kommen, kommen müssen, auch er selber sei ja längst nicht mehr frei in seinen Entscheidungen: habe begonnen, seinem Freund zu helfen, jetzt könne er nicht einfach damit aufhören.

Aber Broschkus hatte kein Einsehen. Wie er's gegen elf Uhr gehen und seine Chancen schwinden sah, Iliana heut noch anzutreffen, wurde er nachgerade verstockt, am liebsten hätte er diesen Zigarrenmacher, der sich über Gebühr in sein Leben eingemischt, hätte ihn schlankweg von seiner Dachterrasse gewiesen – in seinem Kopf begann's bereits vernehmlich aufzurauschen. Was Ernesto mit seinen riesigen Ohren zu vernehmen schien, schnell schickte er sich an, sein lapidares Lächeln aufzuziehen und Versöhnliches zu formulieren:

Das eine schließe das andre doch nicht aus, in einem Männerherzen sei Platz für mehr als eine einz'ge! Broschkus müsse Iliana ja keinesfalls aufgeben, jedenfalls nicht von heut auf morgen; er solle seinen guten Freund Ernesto einfach machen lassen, und sei's, um dann der Gesuchten nur deshalb seine Aufwartung zu machen, damit er sie endgültig von sich stoßen könne: Auf daß seine Lebensrechnung ohne Rest aufgehe, müsse er ihr ja bloß die beiden Fünfpesoscheine wieder entreißen, danach habe sie keine Macht mehr über ihn, danach könne er machen, was immer und mit wem immer er wolle!

Meinetwegen, hörte sich Broschkus knurren: Wenn er ansonsten nichts mit der Sache zu tun habe. Jetzt möge ihn Ernesto bitte entschuldigen, Angelegenheiten.

Und schon im Aufstehen, einer plötzlichen Eingebung sich anvertrauend: »Wenn du die Spur hast, dann fragen wir deine Muscheln-die-sprechen, danach entscheiden wir.«

Was es da zu entscheiden gebe?

»Ob wir ihr nachgehen, der Spur.«

Hätte Ernesto eine Zigarre in der Hand gehalten, er hätte sie gelöscht. Hätte er ein Glas in der Hand gehalten, er hätte es geleert. So aber hatte er nur den Schirm, ihn zu ergreifen, schlüpfte in die Nacht hinein und war verschwunden. Als Broschkus wenig später auf die Calle Rabí trat, sah er lediglich eine lange leere Straße.

Und auf dem Parque Céspedes,
er hatte's ja geahnt, zwar jede Menge *jineteras,* einige spektakuläre waren darunter – aber keine Diana. Eure Freundin, wo ist sie? blickte Broschkus in die Runde, tatsächlich schien man ihn zu kennen und seine stumme Frage zu verstehen, zuckte bedauernd mit den Schultern: Nein, Iliana sei – ja wo denn? Sei bereits weg oder weiter oder sonstwo, da hielten sie sich bedeckt, keiner wollte mit der Wahrheit rausrücken. Zu spät, Broder, zu spät! Woraufhin dem Herrn Doktor die Phantasie an den Rändern vollends ins Lächerliche zerfranste, nichts ersparte sie ihm an Eifersucht gegen Unbekannt, zum Glück verstand man ihn nicht. Eine im »Take care«-T-Shirt lächelte ihm zerstreut mit ihren Lippen zu, aber da war er schon unterwegs.

Unterwegs zur »Claqueta«,
einem weiteren stadtbekannten Ort, dem Kathedralenaufgang gegenüber: Kein normaler *Santiaguero* würde da jetzt zu finden sein, nur Touristen und – vielleicht Iliana?

In den angrenzenden Straßen, wo tagsüber die Massen zusammenströmten und die Beziehungswirtschaft der Schwarzen Tasche am Laufen hielten, wie sie Broschkus vom früheren Ostblock her kannte – allerdings nicht in der einschmeichelnd gebuckelten Variante, die von seiner Verwandtschaft zur Schrebergartenmeisterschaft gebracht worden, sondern mit der ungebärdigen Direktheit, die diesem dunklen Volk noch zu Gebote stand –, rund um den Parque Céspedes herrschte zu jener Stunde nichts als Tristesse: verpißte Hauseingänge, billignuttenhaft an Bordsteinkanten herumwartende Frauen in Schlangenprintminis, geräuschlos vorbeirollernde Motorradfahrer. Nein, eine Iliana ging gewiß gezielter vor, für die gab's gegen Mitternacht nurmehr die »Claqueta«; der Altherrensalsa, wie er dort bis in die Morgenstunden gespielt wurde, sorgte dafür, daß Nacht für Nacht die jüngsten und teuersten *jineteras* des ganzen *Oriente* zusammenkamen. So weit hatte man Broschkus vor Wochen schon informiert, jetzt entrichtete er zum ersten Mal seinen Touristendollar und: war drin.

Es übertraf seine Erwartungen.

Gerade wechselten die Kapellen,
ein DJ überbrückte die Zwischenzeit mit kubanischem Hiphop. Unter den Palmen jeder Tisch besetzt, kaum gekleidete Lycraschönheiten, eine Hand an der Gratis-Cola, die andre an ihrem Tischherrn; auf der Tanzfläche ein paar Strolche, mit zielstrebigen Beckenbewegungen Blondinen vor sich hertreibend: die komplette Disko als Open-air-Puff, dagegen war sogar die »Casona« eine authentische Kneipe. Von Iliana selbstredend keine Spur.

Binnen Minuten war Broschkus dermaßen ernüchtert, empört, zur moralischen Instanz geläutert, daß er nur noch eines wollte: heim. Doch just in jenem Moment der Entscheidung vernahm er das Rasseln, hell und hart, wie aus einer mit getrockneten Erbsen gefüllten Metallflasche, das rhythmische Rasseln, sofort fuhr's ihm ins Mark, eine Art akustischer Flashback. Als er zur Bühne zurückblickte, wo jetzt Gutelaunegeschrei ertönte und der herrische Klang der Schlaghölzer, standen da nicht nur Gitarristen und Trompeter, sondern in erster Linie einer, der mit Macht auf einen Pferdeschädel schlug: wie damals, am Ende eines Urlaubs, am Anfang eines Lebens! Broschkus, unwirsch alles abwimmelnd, was sich in Goldkleider eingeschweißt oder das Haar zu zahlreichen Zöpfen geflochten hatte, harrte bis zur nächsten Pause aus.

Ging dann umgehend auf den Gitarristen zu, der ihm der Chef der Truppe schien, sich bereitwillig als Pepe vorstellte und – beständig den Kopf schüttelte: Zwar kannte er Iliana (die habe hier Lokalverbot, ob Broschkus schon mal ihre Narben? auch die auf der Zunge?), nicht jedoch deren Freundin, welche Freundin so eine denn haben könne? Ansonsten vernahm er mit herzlicher Anteilnahme von Broschkus' Tanzbekanntschaft, erkundigte sich anschließend, zur Sicherheit, bei jedem seiner Mitspieler, vergebens. So viele Auftritte! Als Musiker sei man sozusagen Staatsangestellter, werde man von Fidel mal hierhin, mal dorthin geschickt, wie solle man sich da erinnern? Seine Begleiterin hingegen, die ihn währenddem mit Rum versorgt, nickte ständig, ja, Samstag mittag, ja, in der »Casona«, ja, demnächst wieder. Yaumara hieß sie und kam aus Dos Caminos, einem Dorf im Norden Santiagos, Pepe hatte stets eine seiner Hände auf ihr abgelegt. Bevor er weiterspielen mußte, versprach er, auf die ganze Geschichte ein Lied zu komponieren, sie gefalle ihm.

Ratlos ging Broschkus heim.

Ging durch unbeleuchtete Gassen,
unschlüssig, ob er nun erneut erleichtert sein sollte oder doch frustriert, in den Nischen linksrechts hockte es und starrte ihm hinterher, darüber ein Mond, der noch heller schien, seitdem die letzten Geräusche erstorben. Die ganze Stadt atmete vernehmlich, nur vor der eignen Hoftür zischte sie aufmerksamkeitshei-

schend, *¡sssss!*, was er nun wirklich nicht mehr leiden mochte. Die Lockenwicklerin. Broschkus ignorierte sie seit seiner Ankunft, vermied jeden Gruß, ja jeden Blickkontakt; jetzt jedoch lagerte sie unmißverständlich vor ihrer Tür, ließ ihrem Hals ein heiseres »*¡Buenas, doctor!*« entgurgeln und winkte ihn herbei. Schnorrte ihn unverhohlen um exakt fünf Peso an, schließlich habe sie sich Sorgen gemacht, habe auf ihn gewartet: So spät treibe man sich in dieser Stadt nicht allein herum, das sei gefährlich! Zwar würden ihn hier alle kennen – und auf ihn aufpassen, ob er das überhaupt wisse? Doch des Nachts kämen von den umliegenden Vierteln nicht selten regelrechte Banden in den Tivolí, lauter falsche Freunde, erst vorgestern sei ein Tourist auf der Trocha niedergestochen worden.

Aber er sei kein Tourist, sei fast schon ein halber –

Die Lockenwicklerin, allem Anschein nach hatte sie sich bereits wieder nüchtern getrunken, lachte gar nicht mal so laut auf wie sonst, ergriff den Fünfpesoschein und drehte sich ab. Selbst in dieser Nacht war er hiermit gekommen, der Moment, wo's schlagartig ruhig wurde.

Tags drauf machte sich Broschkus schon mit Einbruch der Dämmerung,

die Lockenwicklerin stieg da gerade erst aufs Dach, um ihre Kinder aus den Nachbarhöfen zusammenzurufen, machte sich auf den Weg.

Bevor er die Casa el Tivolí verlassen, hatte er in schnellem Entschluß noch das Hufeisen über seine Haustür genagelt, schaden würde's ja wohl nicht, hatte in einem Anflug von Übermut die vier Ketten um- und eine frische Lage *Elements* aufgelegt; von Rosalia ließ er sich nicht aufhalten, die ihm samt seiner Hose den Weg verstellen wollte: gebügelt, doch weiterhin befleckt, Frauenblut ließ sich so schnell nicht aus der Welt schaffen. Woraufhin er, direkt am Taxistand vorm »Casa Granda«, Position bezog, eine Stunde lang Gastfreundschaftsbettler, »Guantanamera«-Gitarristen, Gutelaunegesellen verscheuchend, zwei Stunden.

»Und jetzt verpiß dich, du Arschloch, ich bin verabredet.«

Selbst durch den Einbeinigen, wie er plötzlich vor ihm aufwuchs und schaute, ließ sich Broschkus nicht aus dem Konzept bringen, er spuckte nur kurz aus, weil ihm der Boden mit einem Mal so trocken erschien.

Und dann – *sie*, weiße Socken in Plastiksandalen, eine an den Seitennähten mehrfach aufgeplatzte Jeans, ein Stars-and-Stripes-Kopftuch samt Fransen, darüber die Sonnenbrille, schon aus der Entfernung zeigte sie mit dem Finger auf ihn:

»*¡Ayayay!* Guckt euch meinen *papi* an, hat sich heut als *santero* verkleidet!«

Wie sie ihm so anstandslos entgegenlachte, hellrosa hinter den Zähnen leuchtete die Zunge, schielte er nach einer Narbe.

»Frisch gebadet hat er sich!« verkündete sie, nachdem sie ihre Wangen linksrechts an die seinen gepreßt und dabei in die Luft geschmatzt, wie's die Küßchenkultur hier vorgab: »*¡Vamos!*«

Das kam recht schnell, Broschkus hatte keinen einzigen seiner vorbereiteten Sätze sagen können.

»Vorausgesetzt, dein Vermieter lauert uns nicht wieder auf!« Sie hasse Neger, schon den Gestank.

Jetzt erst recht sprachlos, stand Broschkus mit all seinen Geheimratsecken und Schweißflecken vor ihr, kaum daß er ein Aber-du-bist-doch-selber-ziemlich hervorstammelte, von Iliana barsch abgekürzt und wieder so laut, daß jeder mithören konnte:

Nein, sie sei viel heller, ob Broschkus etwa blind und ein Prolet sei? Wenn er unbedingt auf Negerhaut stehe, könne sie ihm Passendes besorgen.

Ihre riesigen nackten Augen, bloß erst mal weg hier! Zigarrenbraun war allem Anschein nach das Gegenteil von Schwarz, jedenfalls in weltanschaulicher Hinsicht. Kaum daß Broschkus noch die Ketten vom Hals und in die Hosentasche bekam.

Ihr Fleisch füllte ihm beide Augen,
da hätte sie seinetwegen auch Cuqui gegenüber rassistische Bemerkungen machen können. Aber dessen Haut war deutlich heller als die ihre, im übrigen schien sie ihn ganz gut zu kennen: Kaum hatte sie den »Balcón« betreten, sprang ihr seine kleine Tochter auf den Arm, zerrte ihr die Sonnenbrille, dann das Tuch vom Kopf; »Oh-oh, Anita, welch eine Überraschung, *¡buenas, buenas!*«, schlappte Cuqui herbei. Als ihr Broschkus am eilig zurechtgerückten Plastiktisch gegenübersaß, zur Feier des Tages schmückte man ihn mit einem Strauß gelber und roter Plastikrosen, starrte er auf ihren warzenhaft zwischen den Brüsten hervorstehenden Leberfleck – man erschrak ein bißchen vor seiner Größe.

Nun wisse sie endlich, daß sie – Ochún sei? Iliana war mit Cuqui schon so sehr ins Schnattern geraten, daß man sie kaum noch verstand: Nun wolle sie's endlich einmal wissen? Cuqui schüttelte grinsend den Kopf, Ochún? Neinein, sie mache ihm eher den Eindruck einer keuschen Jungfrau nach Art von Yewá, der schönen unglücklichen Prinzessin, die in den Gräbern wohne und auf gutes Benehmen dort achte, wahrscheinlich habe auch Anita noch niemals mit einem Mann? Wie sie da die Hände ineinanderklatschten, Iliana und Cuqui, um ihrer Heiterkeit zum Ausdruck zu verhelfen! Aber sicher, so Cuqui wieder ganz lehrerhaft ernst, so richtig sicher wüßten es nur die Muschelndie-sprechen, welchen *santo* man im Kopf trage.

Nachdem sich der Koch schließlich, seinen gelungnen Scherz bekichernd, in die Küche verzogen und es an Broschkus gewesen wäre, die Unterhaltung mit Iliana fortzuführen, kam ihm keiner seiner tagsüber zurechtgefeilten Sätze über die Lippen; am Ende fiel ihm nichts Dämlicheres ein, als nach den vier, fünf Dollar zu fragen, die sie gestern mitgenommen:

Ob das eine stillschweigend eingezogne Auslagenpauschale sei, ihr Einheitspreis auch für die kommende Nacht?

Stillschweigend? Einheitspreis? zog sie die Brauen hoch, daß sich die Narbe über ihrem Wangenknochen spannte: Das Geld sei ihr auf dem Fußboden begegnet, es wäre doch unhöflich gewesen, wenn sie's dort liegengelassen hätte!

»Kannst übrigens Anita zu mir sagen«,
ging sie nicht weiter auf das Thema ein: »Mich nennen hier alle so.«

Aber das wolle er nicht, entschied Broschkus: Iliana sei viel schöner. Apropos alle, apropos hier: Ob sie etwa im Tivolí wohne, weil sie jeder kenne? Sogar er selber glaube, sie schon mal nebenan gesehen zu haben, ob sie Nachbarn seien?

Naja, wohnen, das vielleicht gerade nicht, nein.

Bevor sie sich über Bratschwein an Bratbananen hermachte, zu Broschkus' Überraschung nicht mit bloßen Händen, versicherte sie ihm glänzenden Auges, sie würde ihn zum Nachtisch totbeißen, vorausgesetzt, er schmecke so lecker, wie er rieche.

Dessen hätte's freilich gar nicht bedurft. Wenn man ihr beim Kauen zusah, bekam man wirklich Angst – jeden Moment mußte man damit rechnen, daß sie einen der Knochen knacken würde, das Mark herauszusaugen. Andrerseits ihre Hautunreinheiten rund ums Jochbein, die kleinen wohlgeformten Ohren, der Silberzahn, der sich beim Grinsen hinter einer Zahnlücke zeigte, so überraschend menschlich – ausgerechnet dies künstliche kleine Einsprengsel –, daß man sich bis ans Ende seines Lebens sicher wähnen wollte.

Wie das Silberzahngrinsen allerdings währte, ich-weiß-schon-wie-ich-dich-zum-Lachen-bring', ging's in ein blankes Amalgamgrinsen über und rundum in eine häßlich aufgestülpte Fratze, der ein heiseres Stöhnen entwich, jetzt-hör-mal-genau-zu-*papi*, ein lauter schwellendes Stöhnen, ein derart heftig eindeutiges Stöhnen, was war denn in sie gefahren, *¡sssss!* Gern hätte Broschkus nach einem Stecktuch gegriffen, so-was-ging-doch-wohl-nicht-mal-in-Kuba, zog sich ersatzweise das Taschentuch übers Knie, Cuqui eilte aus der Küche herbei, der ganze Mann ein einziges Feixen, seine Tochter tanzte im Takt, es hätte nicht viel gefehlt, dann wäre auch dem Papagei ein passender Seufzer entfahren. Welch ein Gelächter, als Iliana die Vorführung mit einem überraschend kleinen zärtlichen Schrei beendet – »Bring mich um!« –, Cuqui klopfte sich die Schenkel vor Vergnügen.

»*Papi*, nun lach doch mal!«

Broschkus zupfte das Taschentuch zurecht, sichtlich unamüsiert; die Zigarette, die ihm Iliana entzündet, ergriff er ohne ein Wort des Dankes. Bevor er sie jedoch in einem einz'gen Zug wegrauchen konnte, zog Cuqui die Nase hoch und nickte Richtung Wohnzimmer: Neben dem Aquarium stand Luisito, eher betreten zu Boden blickend.

Die Bibel unterm Arm,

regelte er schnell das Notwendigste, brauchte nur noch eine Unterschrift, kein Problem: Diesmal habe er Iliana gleich bis 17. Oktober eingetragen, da habe man einen Monat lang Ruhe. Beständig auf ihren Leberfleck schielend, raunte er Broschkus zu:

Eine echte *cojonua, doctor*, mindestens drei Säcke, Vorsicht!

Und im Abgehen: Ob er die Narbe auf ihrer Zunge gesehen habe? Der letzte Hilferuf eines ihrer Opfer, die verschlinge Männer, ernähre sich von Männerfleisch. Viel Spaß.

Zurück bei Tisch,

mußte Broschkus feststellen, daß mittlerweile Cuqui auf seinem Stuhl saß, sein Bier ausgetrunken und offensichtlich keine Lust hatte, sich zu erheben – anscheinend war's gerade wichtig.

»*Papi*, zeig ihm doch mal deine Ketten!« unterbrach Iliana ihre Ausführungen, offenbar ging's wieder um den *santo,* den jeder im Kopf trug, sozusagen sein santeristisches Sternzeichen, wenn man's recht verstanden hatte.

»Naja, sie sind nicht geweiht«, wiegelte Broschkus ab. Indem sich Iliana und Cuqui nun nicht etwa nur seine, sondern auch ihre Ketten wechselweise präsentierten, erklärten, mit anekdotischer Bedeutung aufluden, waren sie wieder sehr ernst und bei der Sache. Gern beschränkte sich Broschkus aufs Zuhören – insbesondre Iliana mit ihrer wundervoll verkratzten, versoffnen, verruchten Stimme hätte er stundenlang lauschen können –, leider kamen die beiden bald ins Spekulieren, wer denn sein, Broschkus, *santo* sein könne, blickten ihn prüfend von oben bis unten an. Cuqui schlug einen gewissen Orisha Okó vor, angeblich ein Freund Changós, andrerseits kein Frauenheld, kein rechter Tänzer, weil – ihn ein riesiger Hodensack dran hindere. Der hänge ihm nämlich, kein Scherz, bis auf den Boden. Großes Gelächter. Händepatschen. Anschließend Schultertatschen: Bro solle sich doch freuen, Orisha Okó sei immerhin *der* Heilige für Frauen, die sich Kinder wünschten, was wolle man mehr?

»Du verstehst heut aber auch gar keinen Spaß«, tadelte Cuqui zum Abschied, Iliana umarmend. Auf dem kurzen Weg nach Hause konnte sich Broschkus die Frage nicht verkneifen, ob sie etwa eine *santera* sei?

Nein, lächelte sie ihn mit ihrem Silberzahn an, nein. Ihre Mutter hingegen sei eine, sogar eine ziemlich mächtige, vielleicht die mächtigste in ganz Santiago.

Wenige Minuten später hatte er Angelegenheiten mit ihr zu klären, dringende Angelegenheiten, und wie's immer dringlicher angelegentlicher klärungsbedürftiger wurde, versetzte sie ihm, das kam richtig überraschend, versetzte ihm eine solch kräftige Ohrfeige, daß er benommen innehielt, und dann – schlug sie, im Rhythmus ihrer aufeinanderklatschenden Körper, schlug ihm auch weiterhin ins Gesicht, regelrechte Backpfeifen, mit Schimpfworten versetzt, nicht etwa bloß spielerisch angedeutet, oh nein, das tat so weh, daß es die Angelegenheit –
links auf die Wange,
daß es alles –

rechts auf die Wange,
daß es nichts mehr zu klären gab.
Als sie dann – aber da steckte ihr schon wieder eine Zigarette im Mund –, als sie dann über ihm hockte, der noch nicht recht wußte, wie ihm geschehen, stieß sie den Rauch aus und beugte sich zu ihm herab: nicht um ihn zu küssen, nein, sondern um ihm – zunächst ganz sanft, kaum daß man ihre Zähne spürte, dann jedoch dermaßen fest in die Gurgel zu beißen, daß er eine Sekunde lang glaubte, er müsse sterben. Jetzt hatte sie ihn.

Daß sie ihn fortan schlug,
war noch das geringste. Mit ihren mächtig sich wölbenden Imperativen begannen die Einflüsterungen einer dunklen Sprache, die er nicht zu sprechen verstand, nur zu fühlen, und wenn sie ihm das Innerste aus dem Leib riß, bäumte er sich unterm Rhythmus der Silben wie im Todeskampf. Ja, er wollte die Gewalt, die von Iliana ausging, wollte sie erfahren ohne Wenn und Aber, doch je tiefer er sich darunter krümmte in seinem heilig reinen Schmerz, desto höher wollte er damit auch hinaus: wollte sie selber ausüben, die Gewalt, bedingungslos ausüben, erbarmungslos, und sei's an Hühnern und Krüppeln. Seit jener mit Ohrfeigen versetzten Nacht durchdröhnte's ihm manchmal ganz ohne Anlaß den Kopf, hörte er Geräusche, die gar nicht außerhalb seiner existierten, Stimmen, die ihm aus der eignen Finsternis Zuflüsterungen machten, und weil er's nicht wagte, ihre Botschaften in vollständig korrekten Sätzen auch nur zu denken, riß er mit den bloßen Zähnen ein Stück Luft aus dem Himmel, stieß er mit der bloßen Hand ein Messer in die Welt. Verzauberte Tage, nach Atem ringende Nächte.

Bis sie aus seinem Leben verschwand,
hatte er drei Wochen Zeit, sich im Windschatten seiner eignen Geschichte zigarrenbraune Lektionen erteilen zu lassen, bis zum Morgen des 10. Oktober. Wie bitter sie im Grunde waren,

eine Strafe für all die vertanen Jahre zuvor, in denen er beständig aufs ganz Andre gehofft und doch meist nur das Altbekannte erschwindelt. Broschkus verfluchte sich, verachtete sich, wünschte sich zum Teufel – um sich dessenungeachtet stets aufs neue in all das hineinzusudeln, wogegen er sich ein Leben lang mit Stecktüchern gewappnet. Sich einzugestehen, regelrecht Angst vor Iliana zu empfinden (Männerfleischfresserin! Mindestens drei Säcke!), war demütigend, dabei dann auch noch Lust zu empfinden – nichts weniger als pervers: Diese *cojonua* drehte die Perspektiven um, sie verfügte über Kräfte, einen Kerngesunden im Verlauf einer einzigen Nacht todkrank zu machen, und sofern's eine Erlösung für solche wie Broschkus gab, war das jedenfalls schon mal deren Vorspiel. Anschließend, wenn die erste Zigarette geraucht war, saugte sie ihm mit inbrünstiger Sorgfalt das Blut aus den Wunden – auch in ihrer Zärtlichkeit übertraf sie alles, was er je erlebt, erträumt. Verzauberte Nächte, nach Atem ringende Tage.

Fast hätte er in diesen Wochen das eine oder andre Mal gelächelt, fast. Zum Beispiel wie ihm Papito auf die Kehle starrte, dann aber langsam begriff, daß die blaugelbe Verfärbung dort keine bloße Einbildung war, und wie sich sein Gesicht im Begreifen langsam auseinanderzog, schließlich die ganze Breite seiner karibischen Fröhlichkeit zum Leuchten brachte – »*Uyuyuyuy, doctor*, gratuliere!« –, sogar Rosalia mußte herbeikommen, um zu begutachten.

Spätestens ab diesem Moment war Iliana von allen akzeptiert – außer von Mercedes vielleicht, von Flor –, tagtäglich harrte man ihrer, begrüßte sie lauter, länger, herzlicher.

Ob sie ihr neuer Verehrer? fester Freund? demnächst Verlobter? auf der Dachterrasse erwartete, so daß er ihren Einlauf von der Hoftür an mitverfolgen konnte, ihr desinteressiert von der Straße hereinschlurfendes Schlappen, das sofort sich in ein selbstgefällig wippendes Stolzieren wandelte; oder ob er, unterm Ventilator liegend, ihr Herannahen lediglich erlauschte, ihr kokett aufgellendes »*¡Papi!*«, kaum daß sie den ersten Schritt in Papitos Hof getan: so gegen sieben trat sie fast täglich nun ein, die zigarrenbraune Sekunde, die den Rest seiner Tage zusammenhielt. Wie unschön Iliana war, wechselweis eingezurrt in ihren Tigerschurz oder die Hotpants *(Pandora Jeans*, made in China), mehr an Arbeitskleidung besaß sie wohl nicht, und wie schön sie sich für ihn gemacht hatte! Jeden zweiten Tag eine andre Lackierung der Nägel, vorzugsweise mehrfarbig gestreift; einmal mit einem kleinen Glitzerding überm Bauchnabel. Als Broschkus allerdings mit entschlossen kreisender Zeigefingerspitze darauf tippte, stieß sie ihn grob von sich: Alles zu seiner Zeit.

Denn als erstes,
in dieser Hinsicht verliefen die Nächte mit ihr fahrplanmäßig gleich, wurde der Kühlschrank inspiziert, ob er vielleicht Schokoladenkekse, *tukola*, ein Stück »deutschen Gouda« oder sonst einen Dollarwarensegen für sie bereithielt. Bereits bei bloßer Betrachtung bekundete Iliana, wie köstlich dies und jenes schmecke und daß sie etwaig anfallende Reste ihrer Mutter-Schwester-Tante-Großmutter-Nichte mitzubringen gedenke. Wie sehr sie die kleine Behausung schon in diesen Sekunden ausfüllte, wie präsent sie war!

Auch weiterhin oblag ihr die Regie des Abends, und wenn sie sich spätestens um halb acht in einen der roten Plastiksessel zwängte, um die anstehende Folge des »Grafen von Montecristo« zu sehen oder eine der andern brasilianischen, chilenischen, kubanischen *telenovelas,* die bis zu den Acht-Uhr-Nachrichten liefen, wollte sie dabei nicht gestört werden. Wie selbstverständlich ihr der Rauch aus dem Mund herausschlüpfte!

Daneben Broschkus, auf Ilianas Silberzahnlachen lauernd, das Ertönen ihrer wundervoll mit Reibelauten versetzten Stimme, ersatzweise in ihre Hautunreinheiten sich versenkend. Anschließend, wenn's für dreißig bis vierzig Minuten Nachrichten aus aller Welt gab, verzog sich Iliana ins Badezimmer: Während die üblichen Katastrophenbilder übern Schirm flirrten, Bombenanschläge, Klageweiber, Geiselnahmen, während Flugzeuge abstürzten, Schiffe versanken, Gebäude zusammenbrachen, duschte und duschte sie. Wohingegen Broschkus, mit halbem Ohr nach draußen lauschend, ob ihm ein nachbarlicher Zuruf vielleicht Ernestos Besuch ankündigte, das Ende der Beschaulichkeit, wohingegen Broschkus rauchte und rauchte.

Wie lang Iliana duschen konnte!

Ein weißes Badetuch machte sie noch brauner,
wenn sie ihn dann endlich, stark duftend, von hinten umarmte, freilich nur, um sich gleich wieder dem Kühlschrank zuzuwenden, wer weiß, was ihr *papi* mittlerweile dort für sie versteckt hatte. Denn jetzt wollte sie essen – wie lange, wie langsam sie essen konnte!

Mit dem Grad der Sättigung
erhöhte sich die Frequenz ihres Silberzahnlachens; fast übergangslos, sozusagen noch kauend, fing sie probeweise an, Hand anzulegen. An ein Gespräch war ohnehin kaum zu denken, Fragen nach ihrer Freundin aus der »Casona« wischte sie unwirsch beiseite – wer habe in Kuba schon Freunde? Im Grunde war sie mit Essen vollauf beschäftigt, »*Ay*, wie lecker!«, wenn sie wirklich nicht mehr konnte, teilte sie das Überschüssige in gleich große Portionen auf und packte sie ein. Nicht ohne die eine oder andre Zusatzbitte zu äußern, mal fehlten ihr zwei Dollar für Tampons, mal 25 Peso für ein halbes Hähnchen, das sie anderntags der kranken Kollegin ihrer Lieblingscousine mitzubringen plante, im Grunde lief ihre gesamte Honorierung über Einklagung »freiwilliger« Zuwendungen. Und das alles in dieser dunklen Stimme vorgebracht, in diesem kehligen Klang, der ihrem *papi* alleine schon das Zehnfache wert gewesen wäre.

Wenn sie dann endlich bis oben hin vollgestopft war,
hieß es für Broschkus – trotzdem noch eine Weile auszuharren. Sofern jenseits der Hofmauer Fiesta war (und das war es nahezu jeden zweiten Abend, die gefürchteten Septemberstürme blieben in diesem Jahr aus), sang und tanzte Iliana in seiner winzigen Wohnung freudig mit, im Schwenken ihres schweren Wesens läuterte sich ihre Derbheit fast zu einer Art wuchtiger Anmut. Oh, sie kannte sie alle, die Hymnen der Lockenwickler: Wo die Chefin auf schmachtende Balladen brasilianischer (Alexander Pires) oder mexikanischer (Juan Gabriel) Tenöre stand und spätestens bei Alvarro Torre selber mitgrölte, legten ihre Jungs am liebsten *Santiaguero*-Rap von El Médico oder Candyman auf – Iliana goutierte's gleichermaßen.

Wenn freilich *keine* Fiesta war, wenn man beim Biere auf der Dachterrasse saß, vom üblichen Klangteppich umwoben (Fanfaren aus der »Casona«, gelegentliches Getrommel aus dem Kulturzentrum, Melodienfetzen aus der Senke der Stadt), verfiel Iliana verblüffenderweise ins Besinnliche. Drei Arten von Tönen gebe es, erklärte sie Broschkus: welche, die zu Olofi hinaufstiegen in den Himmel, welche, die zu Oyá hinabströmten ins Reich der Toten, und schließlich welche, die träfen mitten ins Herz.

Solche Sachen sagte Iliana. Erzählte ihm auch gern die Legende von Oyá, der wilden Kriegerin, wie sie mit ihrem Blitz den gefangnen Changó befreite und der daraufhin endlich anfing, gewisse Achtung vor seiner Geliebten zu empfinden. Immerhin hatte sich der Text des Liedes, mit dem sie das Gitter seines Verlieses gesprengt, ohne ihr weiteres Zutun direkt in den Himmel geschrieben, sie selbst war dann inmitten eines Wirbelwinds durch die Luft gekommen, kein schlechter Auftritt.

Solche Sachen sagte Iliana, von drei Arten Tönen umsummt, solche Sachen.

Einen Abend ohne Sexualität
gab es in ihrem Weltbild trotzdem nicht, wozu sonst wäre sie den ganzen langen Weg zu Broschkus gekommen? Angeblich dreißig oder vierzig Minuten bergab, bergauf; wenn sie sich dann endlich vor dem Spiegel im Gemach aufstellte und ihre Schätze mit beiden Händen häufte, ein gewaltiger Anblick, so versicherte sie sich selber voll Stolz ihrer Schönheit. Nicht ohne zu betonen, daß sie sich noch dickere Brüste wünsche, noch dikkere Lippen, dickere Schenkel, je-praller-desto-besser, wobei sie jedes der genannten Körperteile prüfend preßte. Einzig der Arsch fand ihre volle Zustimmung, eine solch unverblümt runde Sache, daß sie mit Lust sich auf die Backen klatschte: *¡Vamos!*

Von einem Blick zum andern konnte sich Iliana
vollkommen verwandeln, wenige Sekunden später verströmte ihr Körper bereits den Geruch des Erdinnern, »Bring mich um!«, und man mußte aufpassen, selber am Leben zu bleiben. War man's geblieben, saß sie mit der Seelenruhe eines wilden Tieres, nicht mal heftig atmend, und massierte ihre Zehen, entzündete eine Popular, bat um den Rest der Kekspackung.

»Ich liebe dich nicht«, hörte man's japsen.

»Ach *papi*, wer redet denn davon«, antwortete es, »nun werd doch endlich mal 'n bißchen locker.«

Die Nachtgeräusche
lernte Herr Broder Broschkus anschließend vollkommen neu kennen, das Rappeln des Kühlschranks, das Maunzen von Feliberto und seinen Damen, das Rauschen der Blätter im Garten nebenan. Nur einmal, da hatte er kaum angefangen, den schwarzen Geruch zu inhalieren, der Ilianas Poren entströmte, und sich an die Härte ihrer blau schimmernden Brustwarzen heranzutasten, einmal war sie so plötzlich hochgeschreckt, daß Bruno das Bellen angefangen – oder hatte der vielmehr angefangen loszubellen, so daß Iliana? jedenfalls aufrecht neben Broschkus

im Bett saß, ihm auch gleich den Mund zuhielt, mit tonloser Stimme zuflüsterte:

Ob er ihn denn nicht sehe?

Nichts sah Broschkus, nichts. Abgesehen von ihrer beider verschwommenem Spiegelbild über der Kommode. Als er endlich die Brille aufsetzen und die Nachttischlampe entzünden durfte, ließ sich im ganzen Gemach noch immer nichts ausmachen, abgesehen von all dem, was man eben sah, insonderheit Ilianas riesige Augäpfel. Seine Fragen beschied sie mit gezischeltem »Dort, dort!«, ansonsten saß sie möglichst reglos. Was Broschkus mit der Zeit dann doch ein wenig sorgte, war der Umstand, daß nichts, gar nichts zu hören und zu sehen war, was irgendwie aus der Reihe fiel, nicht einmal einen Schauer spürte man, ein Haaresträuben, einen Anhauch aus dem jenseits oder wenigstens von jenseits der Jalousetten, selbst die Tiere auf den Dächern rundum in den Höfen rührten sich nicht.

Eben das sei's ja gewesen, das Zeichen! Wenn sogar die Tiere keinen Mucks mehr von sich gaben, so Iliana, nachdem er weitere Lichtquellen entfacht, vorn im Salon, in der Küchennische, im Bad und auch in der Kleiderablagekammer: Wenn sogar die Vögel verstummten, dann sei er selber anwesend.

Wer? Ein Toter?

Kein Toter!

Der Dunkle?

Welcher Dunkle? Um Himmels willen, bloß keine Nachfrage, seinen Namen dürfe man nicht nennen, sonst fühle er sich gerufen, *¡sssss!*

Mitten in die Nachtruhe hinein ein Schlag, ein Gellen, irgendwo hatte wieder eine Rattenfalle zugeschlagen. Dann nurmehr das Ticken der Wanduhr.

In andern Nächten

kämpfte Iliana bloß mit ihren Toten, schon im Traum fing sie an, mit den Füßen zu stoßen und Unverständliches zu grummeln, mit einem Mal standen sie im Zimmer ohne rechten Anlaß, die Toten, und Iliana starrte auf den Kleiderschrank oder die Gasflasche, die Türöffnung zum Salon, wo sich der Pfauenvorhang im Rhythmus des Ventilators bauschte. Am besten, man verhielt sich ruhig und wartete ab, ob sich die Herrschaften zurückziehen oder zu einer Äußerung hinreißen lassen würden; entsprechend intensiv lauschte Iliana ins Dunkel. Es gab gute Tote und böse Tote, sie kamen und gingen, wie's ihnen gefiel, das war eigentlich alles. Mit überfülltem Magen oder schlechten Träumen, wie ihr *papi* anfangs behauptete, hatten sie wirklich nichts zu tun.

Doch ob sie nun kamen
oder nicht, immer blieb Iliana bis zum nächsten Morgen, versunken in schweren Schlaf, eine schwarze Landschaft von der Rückseite des Mondes. Berauschend entstieg ihr ein beißender Dampf, je dunkler die Stelle, desto intensiver, ekelerregend erregend; Broschkus bildete sich ein, die andern Männer an ihr zu riechen, ein Hauch von Körpersäften unter all der Seife, dem billigen Parfum, wahrscheinlich *7 potencias Africanas,* und auch noch etwas andres, das er zwar nicht benennen konnte, nichtsdestoweniger kannte. Dann die Narben! Oh, die habe sie seit je. Außer der einen, der im Gesicht – die sei ihr von der Frau ihres Geliebten verpaßt worden, vor Jahren, mit der Machete. Und die andern? Kreuzweise in ihre Schultern geschnitten, in ihre Schenkel knapp oberhalb der Kniescheibe, auf den Rist ihrer Füße, sogar zwischen Daumen und Zeigefinger, symmetrisch und mit System, nun? Schon immer.

Am Ende noch die Narbe auf der rechten Arschbacke, jaha, auf die war sie stolz. Da hatte ihr jemand im Gedränge eines Karnevalsumzugs, wenn man das richtig verstanden, im Gedränge einer *conga* ein Messer reingerammt, vor lauter Lust. Wenn man die Hand drauflegte, konnte man nicht sterben.

Im Schlaf entfuhren ihr kleine Schnaub- und Grunzlaute,
wahrscheinlich träumte sie von einer Waschmaschine, einem kleinen japanischen Gebrauchtwagen und einem Mann, der mit ihr darin in die Welt fuhr, fürs erste vielleicht auch von fließend Wasser, damit sie nicht jeden Tag zum Wassertank gehen mußte, um das Nötigste zu holen, zwölf Eimer pro Woche, sofern man sparsam –

Wie bitte, Wassertank? Etwa zum –

Aber ja, zum roten, da wohne sie.

Ihn einmal dorthin mitzunehmen, lehnte sie verächtlich ab, es gebe dort nichts zu sehen, kein gutes Viertel.

Und sonst? Ihr Leben sei langweilig, winkte sie ab, es gebe davon nichts zu erzählen. Aus Baracoa stammte sie, war freilich mit fast allen Familienmitgliedern mittlerweile verfeindet, insbesondre mit ihrer Schwester; in Chicharrones lebte sie nun, samt Mutter, und schämte sich ihrer Armut. Weder schwimmen konnte sie noch tippen oder Auto fahren, sie hatte Angst, im Dunkeln zu schlafen, und sie war wunderbar.

»Beim Sack deiner Mutter«, schrie's mitten in der Nacht von jenseits der Hofmauer, »nimm sofort deinen Finger aus meinem Arsch!«

Broschkus wünschte sich, immer so liegenbleiben zu dürfen, immer.

Ach ja,
Klassenbeste war sie angeblich gewesen, und ihr Studium hatte sie nur deshalb abgebrochen, weil – ach, egal, sie blähte die Nüstern, ein ernstes Zeichen, weil – sie da schon wieder geschieden wurde! Nie wieder Neger, nie! Immer nur saufen und *chikichiki*, während sie die ganze Arbeit hatte tun müssen, eines Tages war ihr der größte Topf in die Hände gekommen und dann mit voller Wucht – *»¡ya!«* Aber uninteressant.

»Sag mal, Iliana, warst du im Gefängnis?«

»Wer nicht, wer nicht!« wäre sie ihm fast an die Kehle gegangen: Die eigentlichen Verbrecher in diesem Land seien doch die, die noch nie dringewesen!

Eine studierte Gelegenheitsnutte, wegen versuchten Rassismus verurteilt, was es alles gab. So temperamentvoll sie am Abend auch gewesen sein mochte, sobald sie am nächsten Morgen aufsprang, war sie kühl und abweisend, mit verklebten, merklich verkleinerten Augen trat sie nach draußen, vom Hügelkamm im Osten lindgrün das Licht, der Wassertank als graue Silhouette, und bekreuzigte sich: Stirn, Brust, Schulter links, Schulter rechts. Küßte zum Abschluß auf den Zeigefingerknöchel, *adiós*, verschwand.

Wohin? Ach, uninteressant, Besuche bei diesem und jenem, Angelegenheiten.

Bevor die Höfe gekehrt wurden,
verließ sie ihn, eine leere Mineralwasserflasche schnell noch zu ihren Provianttüten steckend oder eine Klopapierrolle. Und dann? Viel Zeit, um sich bis zum Abend übern Adamsapfel zu streichen, während Ernesto? nunja, hoffentlich nicht allzubald fündig wurde. Mißtrauisch beäugte Broschkus die Dominospieler am Eck, mußte nicht mal nachfragen: Jaja, Ernesto, normalerweise sei er mit von der Partie. Aber zur Zeit? Im Gefängnis! klatschte man ihm der Reihe nach auf die flache Hand, sogar der Mumpitz-*santero* vom Kulturzentrum grinste ganz freundlich. Und zischte, nachdem die Heiterkeit abgeklungen, zischte Broschkus ins Ohr: Also Ernesto. Der trage zwar nicht mal die Weihen, wenn er jedoch eine Sache in die Hand nehme, *uyuyuyuy*, dann kämen selbst die *santos* auf Trab.

Sobald Broschkus seine Einkäufe erledigt hate,
im »Siglo XX« fand er sogar einen Espressokocher mit einwöchiger Garantiezeit, als ihm nach knapp drei Wochen das Sieb zersprang, wurde das Gerät trotzdem anstandslos ausgetauscht, diesmal erhielt er einen Bon über drei Wochen Garantie; sobald

Broschkus seine Gänge erledigt und den Kühlschrank für den kommenden Abend neu bestückt hatte, saß er auf der Dachterrasse, den Sonnenuntergang erwartend.

»Tu mir einen Gefallen, Iliana, geh da mal mit mir hin.«

Ob sie wirklich mit ihrer Mutter dort drüben wohnte, der falschen oder echten *santera?* Ob sie tatsächlich ein Gelübde getan hatte, ganz in Weiß nach El Cobre zu pilgern, zur Virgen de la Caridad alias Ochún? Weil sie Ochún im Kopf trug, weil sie Ochún war, wie sie versicherte? Oder weil ihre Großmutter im Krankenhaus lag, wo ihr die Kakerlaken jede Nacht ins Ohr krochen, um das Schmalz zu fressen? Oder weil sie auf diese Weise schlichtweg eine Menge weißer Kleidungsstücke von ihrem *papi* erbetteln konnte? Ob's wohl wirklich stimmte, daß Papito nachts nicht etwa als Parkwächter unterwegs war, sondern als Katzenfänger, »damit die Toten nicht immer nur Blut kriegen«? Wenn man fürderhin Papito auf seinen Blechhaufen einhämmern oder im Zahnarztstuhl dösen sah, Feliberto streichelnd, dann kippte man manchmal die Brille schief und wußte nicht mehr so recht, was man von ihm zu halten hatte.

Aber das wußte man ja sowieso von keinem. Nicht etwa Luisito, der sich bemerkenswert dezent derzeit mit *»Buenas, buenas,* geht's gut?« begnügte, kaum daß man ihn an die versprochne Hausschlachtung erinnern konnte, nicht etwa Luisito, sondern Ocampo wollte eines Frühstücks über Iliana wissen – und der Briefträger, der auf einen *refresco* reingekommen, nickte dazu mechanisch –, wollte wissen, daß diese-Anita-da vor Jahr und Tag ihrem Mann (der übrigens selber schuld sei, ein stadtbekannter Prügler und Rindfleischschmuggler), daß sie ihm – Ocampo griff entschlossen in die Luft, die Fliegen stoben von der Theke, griff zu und, *»¡rrrrákata!«*, zog ruckartig nach unten: daß sie ihm das Gemächt ausgerissen habe.

»¡Que pinga!« verschluckte sich der Briefträger, hustete den lila Saft über die Plastiktasche, in der die Post steckte: Nicht mal abgeschnitten! Ausge-!

Bevor Ocampo dazu übergehen konnte, seinen Leistenbruch zu zeigen, meldete sich einer, der bislang schweigend auf seinem Tortilla-Brötchen herumgekaut, meldete sich beherzt zu Wort:

Ins Gefängnis sei Iliana allerdings bloß deshalb gekommen, weil sie ihren Mann anschließend angezündet habe.

¡Mentira! kippte der Briefträger den letzten Rest *refresco:* »Weil sie Armandito Eleggúa geholfen hat, deshalb.«

Trotzdem,
dachte Broschkus, aber da saß er längst wieder auf seiner Terrasse: Bei der bin ich richtig. Das Spektakel der Sonnenuntergänge fiel ihm inzwischen recht unspektakulär aus, übergossen von einem fast toskanisch milden Licht die Senke der Stadt, jedes Gebäude ein stilles Leuchten. Dazu zoteten die Nachbarjungs (Schaut euch den Doktor an, dem steht er schon wieder bis hier!); kurz nach Anbruch der Dunkelheit würden sie in eine Zeitung scheißen. Nicht mal ein Stück Butterkuchen vermißte Broschkus noch.

Kurz vor sechs ein letztes Erglühen der Welt, der riesige Wassertank auf der Hügellinie so rot wie den ganzen Tag über nicht, bellende Hunde, schreiende Schweine, die Stunde der Erwartung brach an. Ob die Lockenwickler dann eins ihrer Ferkel mit Macheten stachen, nur so zum Spaß, ob sie verkokst oder sonstwie berauscht im Hof herumstanden und einer der Ihren, idiotisch starren Blicks, an seinem langen schwarzen Geschlechtsteil herumzupfte: diese Stunde, voll von Geruch und leichtem Wind, dauerte exakt bis sieben Uhr:

»*Oy papi,* rat mal, wer kommt!«

Tu mir einen Gefallen,
Iliana, und geh da mit mir hin! Außerdem würd' ich gern deine Mutter kennenlernen, wir könnten ihr ja was mitbringen? Was Schönes aus der »Bombonera«?

Ja, *papi*. Aber jetzt erst mal nicht.

Wie oft hatte Broschkus auf sie eingeredet, vor dem Duschen, nach dem Duschen, vor dem Essen, nach dem Essen, am Samstag, am Sonntag, am Montag (Vorabend ihres Geburtstags), am Dienstag (Geburtstag): Das teuerste Parfum hatte er gekauft, das man in diesem Lande kannte, *Alicia Alonso*, für gute 17 Dollar, ehrfurchtsvolles Raunen der Verkäuferinnen, Ilianas Freude hingegen hielt sich in Grenzen. Hunger! Da auch Cuqui seit Tagen informiert war, daß es am 8. Oktober was zu feiern gab, hatte er sich in der Schwarzen Tasche mit Illegalem eingedeckt: Während sich am Nachbartisch Exilkubaner am Hummer versuchten – ein fetter tätowierter Sprücheklopfer in »Milky Way«-Shorts und Unterhemd, einer seiner Goldringe ein derart weit aufgerißnes Löwenmaul, daß man hätte hineinaschen können; eine *mulata* mit obligatorischem Fußkettchen; ein kleiner Junge, der vollauf mit seiner Angst vor dem schnüffelnden Tyson beschäftigt war –, gab's für die vergleichsweise stille Iliana und ihren festen Freund? Verlobten? einen Haufen knoblauchgeläuterter Garnelen, Bratbananen und Bier, summa summarum für zehn Dollar, ihre Mutter hätte dafür einen ganzen Monat kochen können.

»Nun tu mir doch den Gefallen«, hob Broschkus an.

»Gut«, grinste ihm Iliana ins Wort: Morgen um eins, mit ihrer Mutter habe sie bereits gesprochen. Was er denn an Geschenken mitzubringen gedenke?

Beladen mit einer Doppelpackung italienischen Klopapiers (Morbidezza Naturale samt liegendem Vierfarb-Leoparden, der eine Klopapierrolle zwischen den Vorderbeinen bewachte), ein paar Tüten Milch, einer Flasche *Ron Mulata,* einer Packung Aspirin und einem Lebensmittelposter: ging Broschkus bergan.

Noch im Verlauf ihres Geburtstagsabends hatte ihn Iliana instruiert, welche Glücksgüter anderntags für ihre Mutter zu beschaffen waren, und als er sich darüber verwundert, daß auch ein Poster dabeisein müsse, wie's im »Balcón« hing (überreich gedeckter Tisch mit verschiednen Haupt- und Nachspeisen, dazu diverse Alkoholika), hatte sie ohne jeden Anflug von Verbitterung erklärt:

So könne man die Speisen wenigstens ansehen, die man in diesem Leben wahrscheinlich nie essen werde. Und wenn man mal ein paar Tage ausschließlich von Kaffee leben müsse, könne ein Blick auf das Bild gewiß helfen, den Hunger zu stillen.

Bis sie ihn abholen würde,
hatte Broschkus sogar Zeit gehabt, sich bei Bebo rasieren und den Schädel scheren zu lassen; seitdem er mit Iliana befreundet? verlobt? war, bezahlte er dafür nur noch zehn Peso. Durfte aber weiterhin, solang er wollte, vor der Eingangstür warten – war's das, was er immer gesucht, und seine Suche also beendet? Fast wollte er dem fistelnden Orangen-Opa, der sein Rollwägelchen kaum in der Spur halten konnte, unter die Arme greifen oder was abkaufen, fast.

»Heiß heute, was?« winkte ihn Bebo schließlich herein.

»*Ya!*« schob Broschkus seine *Santería*-Ketten, mittlerweile besaß er auch die rot-schwarze von Elegguá und die grün-schwarze von Oggún, zurück in die Hosentasche.

Zur Stunde des großen Mittags,
mit durchgeschwitztem Hemd bereits jetzt, saß er mit Iliana erst mal im Dollarcafé, der Reihe nach Glücksgüter präsentierend. Ihre Mutter werde ihm dafür ganz ohne Muschelorakel sagen, welcher *santo* in seinem Kopf wohne, versicherte ihm Iliana in ihrer Begeisterung, Dollarzigaretten entfachend, Dollarkekse knabbernd: Die sehe ihm das an, die sehe in ihn hinein. Mächtige Frau! Bei einem weiteren Dollarcola versprach sie, ihre Mutter werde mit Hilfe eines bloßen Wasserglases einen Blick in seine Zukunft tun, nebenbei sei sie nämlich Spiritistin. Das letzte Mal habe sich das Wasser zwar bloß verdunkelt, man habe

gar nichts darin erkennen können. Aber diesmal, *papi*, diesmal! Er werde's nicht bereuen.

Das tat Broschkus ohnehin nicht,
auch wenn jenseits der Trocha, wo ihn keiner mehr kannte, erst mal ein regelrechtes Spießrutenlaufen beginnen sollte. Schon bevor sie von der Ausfallstraße abbogen und sich, vorbei an der Gasflaschenstation, steil bergauf hielten – an der Wand in offiziellen weißen Lettern »*Vivan los 5 héroes prisoneros del imperio*«, in flüchtigem Gekrakel daneben »*Cristo te ama*« –, setzten die Kommentierungen ein, und sie sollten nicht abreißen, bis die Grenze zu Ilianas Wohnviertel überschritten. Denn nicht nur im Tivolí bestand die Lebensbeschäftigung des kubanischen Mannes vorwiegend darin, am Straßenrand mit seinesgleichen abzuwarten; wenn dann mal eine mit solch dickem Leberfleck zwischen den Brüsten vorbeilief, fühlten sogar Greise das Bedürfnis, sich zu blamieren:

»Sag mal, *mama*, ist das alles dein Eigentum, was du da mit dir rumträgst? Oder hast du dir noch was dazugeliehen?«

»Wenn du so kochst, wie du gehst, dann eß ich von dir auch das Angebrannte!«

Ohne sie eines Blickes zu würdigen, arrogant in ihren Plastikschlappen schlurfend, schritt Iliana an ihnen vorbei, und wie ihr dazu das Licht über die nackten Schultern leckte und den Rükken hinab, selbst ihre Kniekehlen schimmerten, hätte's Broschkus nicht gewundert, wenn man ihn vor Wut verprügelt hätte.

»*Oye*, Baby, bleib stehen! Ich würd' dir sogar deine Fürze aus dem Arsch saugen!«

Als der Bauten aus Sichtbeton merklich weniger wurden,
als die Teerdecke plötzlich abriß und neben dem Hundekot auch Pferdeäpfel auf dem Weg lagen, als der Weg selbst nurmehr ein tief eingefurchtes Bachbett ohne Bach war: brach von einer Häuserzeile zur nächsten das Wellblechparadies an – dun-

kelgrüner Dschungel, aus dem schiefe Stromleitungsmasten ragten, Königspalmen, meterhoch aufschlankende Säulenkakteen. In brackig stinkenden Tümpeln stand das Abwasser überall dort, wo einzeln ragende oder frei herumliegende Rohre vom vergeblichen Versuch zeugten, ein zusammenhängendes Leitungssystem zu verlegen. Vorbeihüpfende Kinder mit Drachen aus Zeitungspapier. Ein traurig herumstehender rosa Eber, dem das wenige, was er an Fleisch angesetzt, in laschen Falten herunterhing. Männer und Frauen, die schwer an ihren Wasserkanistern schleppten – nun sah er's mit eignen Augen, Broschkus, daß Ilianas Muskeln einzig der Not zu verdanken. Vor einer palmblattgedeckten Holzhütte, schon gute zwanzig Minuten waren sie hangaufwärts unterwegs, wobei die Zotereien immer häufiger von Herzlichkeiten abgelöst worden (»Wie geht's, kleine Süße?«), vor einer Bretterbude, an der ein Schweinskopf hing, das Ohr über einen Nagel geschoben, machten sie Verschnaufpause: Ein Plastikkrug mit *refresco* stand auf dem Fenstersims direkt unterm Kopf, mit einem Taschentuch bedeckt, um die Fliegen abzuhalten, das Blut. Davor der ärmliche Verkaufsstand, zwischen dem grob aufgehackten Fleisch wachten zwei kleine Plastikhunde mit rot aus den Mäulern hängenden Plastikzungen.

Ob Anita nicht endlich einen der beiden kaufen wolle? goß der Verkäufer die Becher nach, wandte sich wieder dem Schweinskopf zu, ein paar Haare von der Rüsselspitze zu schaben.

Nein, Onkel, der könne sie ja nicht mal beschützen.

Aber beißen könnte er sie auch nicht.

Einvernehmlich lachten sie, der Verkäufer und Iliana, von irgendwoher hörte man Beethovens Neunte, überall sah man Wäscheleinen, roch den süßen Gestank vorbeischwebender Marihuanawolken. Und wenige Schritte später? Einige Ölfässer, eine schlafende Katze, Bananenstauden – das kannte man doch, das hatte man doch schon mal? Wie man den Kopf hob, stand oben, am Hügelkamm, riesig rot der Wassertank.

Ein vorbeiflatternder Zitronenfalter.

Auch den hatte man doch schon?

Wenn nur die Hunde nicht so aufgeregt plötzlich von den Dächern gekläfft hätten!

Da rollte er bereits heran,
der Pulk an Männern, und noch ehe Broschkus tatsächlich sah, was er dann als wie aus weiter Ferne wahrnehmen sollte, war's ihm klargeworden: Ja, das hatte er schon mal erlebt, mochten die Männer auch gestikulieren und schreien, als ob's um Leben ging und Tod, so war doch alles längst entschieden, Broschkus wußte, wie der Kampf ausgehen würde, wußte, der kleine weiße würde den großen gelben Hund bald totgebissen haben, der Verlierer würde an Ort und Stelle –

Broschkus! Die rechte Faust weit vorn in der Luft, erwachte er endlich, zitternd; so heiß heute, so heiß, gleich wurde's ihm grau vor Augen, als ob just in jenem Moment eine Wolke –

wurde's ihm flau, als ob er sich gerade noch an Ilianas Schulter –

rauschte's ihm so laut durch den Kopf, daß er sie gar nicht mehr –

Dann war das Déjà-vu vorüber, der gelbe Hund tot am Boden, die Hälfte der Zuschauer fassungslos. Broschkus trocknete sich mit dem Taschentuch das Gesicht. Wie hatte denn der Fleck auf seine Hose kommen können, der frische Blutfleck, das war doch schier? Iliana lachte über seine Empfindlichkeit, erzählte von Bullterrierkämpfen in den Hinterhöfen der Trocha, bei denen Häuser und Ehefrauen verwettet wurden. Broschkus erzählte von Hahnenkämpfen in der Sierra Maestra, wo man sich beim Sterben auf den Arsch spucken lassen mußte.

Vor dem Haus ihrer Mutter,
immerhin aus Beton, mit großem Tank vor der Tür, mußten erst mal dutzendweise Kleinkinder abgeküßt werden, die beim Er-

scheinen Ilianas aus allen Richtungen zusammenliefen. War's die Schwäche, die ihn auf dem Hinweg kurz übermannt, daß Broschkus sich so widerstandslos in die gute Stube und gleich in einen Schaukelstuhl hineinschieben ließ, daß er so wortlos zwischen Schondeckchen und Puppen und Plüschtieren verharrte? Auf unverputzter Betonwand direkt gegenüber ein Häkelbild – röhrender Zwölfender, Frau und Kind gegen anfliegenden Adler verteidigend.

Während Iliana in den rückwärtigen Räumen rumorte, wo sofort polyphon ein Palavern anhob, allem Anschein nach die Begutachtung der Geschenke, versenkte sich Broschkus in tropischen Barock, angefangen vom notorischen Porzellanschwan bis hin zum Plastikrehkopf und, sieh an, dem Bild der Zunge, deren Blut in den drunterstehenden Plastikrosenstrauß tropfte. Erst langsam hoben sich Dinge dagegen ab, die nicht zwingend zur kubanischen Wohnkultur gehörten – auf dem Fernseher eine große schwarze Puppe in weißem Gewand, davor Bananen, Erdnüsse und eine Rassel. Auf dem Regal der Bleihahn, der keinesfalls umkippen durfte, sofern man am Leben bleiben wollte: Osun, der Götterbote, wie Broschkus mittlerweile wußte, der Begleiter der –

Begleiter der Krieger?

Tatsächlich standen neben der Eingangstür die Kriegerschalen, Broschkus war wieder hellwach: Zum ersten Mal sah er sie, deren einzelne Bestandteile er bei diversen Händlern oft schon in Händen gehalten, kaum daß er noch wahrnahm, wie ihm ein Napf in die Hand gedrückt wurde, »*Cafecito, señor*«, und wie er automatisch »*Gratis, doctor, todo gratis*« antwortete. Ein kleines Mädchen, wenig später servierte sie ein Glas Limonenzuckerwasser, legte den Kopf schief, weil sie nicht wußte, was sie von diesem Freund? Verlobten? Ilianas zu halten hatte.

Die Kriegerschalen!

Glaubenslos,
bindungslos, ein aus sämtlichen Kirchen, Parteien, Vereinen längst ausgetretener Mann von fünfzig Jahren, so stand Herr Dr. rer. pol. Broder Broschkus vor den zwei Tonschalen: In der einen verrostete Hufeisen, Nagel, Ketten – die Schale Oggúns, des Zweiten Kriegers, gekrönt von Eisenpfeil und -bogen seines Bruders Ochosi. In der andern Schale, faustgroß geballte Kraft, ein Zementklumpen mit einbetonierten Muschelaugen, einbetoniertem Muschelmund, unheimlich starr geradeaus blickend; obwohl ein paar *polverones* und sogar ein Spielzeugauto in seiner Schale lagen, war auf den ersten Blick klar, daß mit ihm zu spaßen nicht war: dem Hüter der Schwelle und der Wege, dem Herrn über Zufall, Tod und Glück – Eleggua, dem Ersten Krieger. Wie sehr man sie spürte, die stumme Macht der Schalen, man wollte sich beugen, mußte sich knien.

Als überzeugter Atheist war Broschkus in keiner Weise gegen die primitive Faszination geschützt, die von den drei kriegerischen Brüdern ausging; kaum den *cafecito* nebenbei wegschlurfend, war er bereit zu allem, was ihm die falsche oder echte *santera* weissagen würde. Schob sich bis auf wenige Zentimeter an die beiden Schalen heran, entdeckte die Rasse! dazwischen, den Becher mit brackig ausgeflocktem Honigwasser, entdeckte die dunkel verkrusteten Blutspuren auf dem Zementkopf, den Hufeisen, den handspannenlangen Nägeln. Nach verschüttetem Rum roch's und verfaulter Katze, nach Rost und Rauch und süßlich nach Parfum, ein honigbrauner Faden zog sich, scharf und präzis, bis ins Innerste des heilig geschichteten Altmetalls; wenn durch die rückwärtige Türöffnung nicht gerade unüberhörbar Iliana in den Raum hineingefahren wäre, Broschkus hätte sicher, ganz vorsichtig, ganz kurz, hätte hingegriffen.

So aber war er,
kaum daß er ein paar fragend kreisende Zeigefingerbewegungen gegen ein Silberzahngrinsen getauscht (Hab' ich zuviel verspro-

chen?), so aber war er, kaum daß er in seinen Schaukelstuhl zurückgeraten, Ilianas Mutter ansichtig geworden: einer überaus fetten Alten, flachfüßig herbeischwankend, lauthals einen Begrüßungssermon aus sich heraussingend – »Mirta, mein Sohn, du kannst Mirta zu mir sagen« –, ja, die kannte er. Für einen Dollar wäre sie damals gern photographiert worden, nun nahm sie ihm gegenüber Platz, kein Wort des Dankes, und sah ihn sehr direkt an. Wie riesig auch ihr die Augäpfel im Gesicht saßen, Broschkus wollte fast ein wenig Angst vor ihr bekommen, fast.

»Du suchst eine Frau«, entschied Mirta schließlich und wies Iliana mit einem Wink, *refino* beizubringen.

Nicht mehr, beteuerte Broschkus: Er habe ihre Tochter gefunden.

Mirta riß ihr schwarzes Gesicht keilförmig auf, ließ hellrosarot ein

Gelächter herausfahren: *¡Mentira!*

Nachdem sie einige Menschen verabschiedet hatte, die aus den hinteren Räumlichkeiten Richtung Ausgang trachteten, drohte sie Broschkus mit dem Finger: Insbesondre als Mann müsse man konsequent sein, sonst habe man sich bald mit jeder Menge *muchachas* umgeben, die man gar nicht gesucht.

Anstatt sich an einer erneuten Erwiderung zu versuchen, nahm Broschkus der zurückkehrenden Iliana die Flasche aus der Hand, schüttete ein wenig Rum ins Eck, den Toten zuliebe, er kannte sich aus. Das kleine Mädchen, mit seinen verschiedenfarbigen Haargummis erinnerte es sehr an Cuquis Tochter, brachte Gläser; nachdem man einen ersten Schluck genommen, blickte Mirta etwas müder:

»Also, mein Sohn, weswegen bist du gekommen?«

Am Honigbecher vor den Kriegerschalen entdeckte das Mädchen eine träg kriechende Biene und stürzte, kleines freudig juchzendes Entzücken, stürzte sich auf sie, um sie zu töten. Mit bloßem Daumen drückte es auf der Biene herum; schließlich legte es den im Todeskampf sich krümmenden Körper auf

Elegguás Kopf – obwohl es letzteren dabei mehrfach berührte, fiel es nicht sofort tot um.

Broschkus, Richtung Schalen weisend: In der Sierra Maestra habe er ein Hufeisen gefunden, zu Hause dann über seine Tür genagelt.

»Ein gutes Zeichen«, wußte Mirta: »Oggún hat mit dir gesprochen.« Aber an der Wand habe ein Hufeisen nichts zu suchen, es gehöre in die Schale seines *santo*. Zusammen mit dessen andern Attributen müsse es jeden Montag mit Kakaobutter und Gebet gereinigt werden, mit Zigarrenrauch und Rum. Und manchmal – hier gab sich Mirta vertraulich, nahezu verschwörerisch – hätten die Heiligen ja auch Hunger, verlangten nach Blut. Ob Broschkus etwa gekommen sei, die *santos* zu sehen?

Spätestens jetzt hätte er sie stellen sollen,
seine seit Wochen verschleppten Fragen nach Schwarzen Baronen und schwarzen Halsketten, nach Narben auf der Zunge oder zwischen den Fingern, doch Broschkus nickte lediglich, jaja, die *santos*, *claro*, und schon wurde ihm bedeutet mitzukommen, *¡vamos!* Während sich Iliana mit einem seinen Taschentücher Luft zufächelte, träg sich dehnend, gähnend, nebenbei die Zärtlichkeiten des kleinen Mädchens erduldend, folgte Broschkus der Mutter in den angrenzenden Raum: den im Grunde nicht mehr war als ein winziges Durchgangszimmer, dafür zur Gänze ausgefüllt mit –? Sollte das ein Altar sein?

Auf verhülltem Gestell ein riesiger verkrusteter Kessel, dem Federn und Äste in wirrer Anordnung entragten, sogar eine Machete und etwas Gebognes, das einem verrotteten Stierhorn nahekam; daraus aufsteigend ein scharfer Geruch wie –, ein durchdringender Gestank wie –, wie damals, als –, ja, das hatte er schon mal gerochen, schon mal gesehen. Hinter dem Kessel quer über den Wand eine rote Fahne mit weißen Pfeilen und Totenköpfen, daneben bunt bekleidete Puppen, Kerzen, Flaschen, Früchte, ein regelrechtes Devotionalienlager, beidseits auf

Regalen sich fortsetzend, eine Peitsche aus langen schwarzen Haaren, jede Menge Hühnerfedern. Mirta nickte zufrieden; als Broschkus allerdings nach dem Eisenkessel fassen wollte, zog sie ihm die Hand weg:

»Mach dich nicht unglücklich, mein Sohn!« Er sei doch der *santos* wegen gekommen?

Die nämlich hausten in Suppenschüsseln linksrechts daneben, was sie für Broschkus nicht unbedingt attraktiver machte, schlichte Suppenschüsseln in Weiß, Blau, Rot, Gelb (mit bunten Blumenmustern). Dagegen der Kessel, eine Armeslänge im Durchmesser, bestimmt selbst Wohnort irgendeines Gottes, er drückte sie alle regelrecht an die Wand, war auf seine dumpf bedrückende Art nichts weniger als atemberaubend. Doch entsprechenden Fragen wich Mirta aus:

¡Sssss! Der habe mit *Santería* nichts zu tun, den dürfe Broschkus eigentlich gar nicht sehen.

Aber er ist so überwältigend da, so ganz und gar anwesend! hätte der am liebsten widersprochen, freilich fehlten ihm mal wieder die passenden Worte, und Iliana, die aus seinem Gestammel ansonsten sofort erriet, was er eigentlich sagen wollte, saß im Moment Welten entfernt. Also fächelte Broschkus die Fliegen fort, die aus dem Kessel aufschwirrten, ließ sich *7 potencias Africanas* in die Hände spritzen – »Die Kraft von sieben *santos*, mein Sohn, verreib sie auch auf dem Nacken!« – und der Reihe nach die heiligen Suppenterrinen erklären. Darinnen die vier Hauptheiligen, zusammen mit ihren Geheimnissen aus Knochen, Stein und Erde: *Ahora*...

Die weiße Schüssel, schon hob Mirta den Deckel kurz an, damit man einen Blick hineinwerfen konnte: gehörte Obatalá. Außer jeder Menge Watte war auf die Schnelle nichts zu erkennen, davor ein Glöckchen aus Aluminium, das einen dünnen Ton erzeugte – für den Schöpfer der Erde und des Menschen ein bißchen dürftig. In der blauen Terrine hauste erwartungsgemäß Yemayá, die Mutter aller *santos*; mit ihr hausten Muscheln, blau-weiß gestreifte Tücher und, oje, ein blau-weiß angemalter Spielzeugrettungsring. Changó, der Bewohner des roten Behältnisses, verfügte über Schwert, Doppelaxt, Machete, aus Holz geschnitzt und rot-weiß koloriert – mindestens so lächerlich wie der Rettungsring. In der gelben Schale schließlich Ochún, sie lebte zwischen verschiednen Spiegeln, Kämmen, einer winzigen Krone und zahlreichen Ketten, Ringen, Ohrgehängen – wahrscheinlich war die Schüssel von Mirta sukzessive in ihr persönliches Schatzkästchen umgewidmet worden.

Mirta schaute Broschkus an (Jetzt bist du platt, mein Sohn), Broschkus schaute Mirta an (Willst du mich verarschen, oder was?), Mirta schaute Broschkus an (Ein bißchen mehr Respekt, mein Sohn), Broschkus schaute Mirta an (Also kein Touristennepp? Sondern tatsächlich der Wohnsitz deiner –?). Seltsam, daß man vom Nachbarzimmer niemanden vernahm, daß keiner kam und laut loslachte, um den Suppenschüsselspuk zu beenden.

Wie enttäuscht Broschkus war! Wenn's wenigstens nicht so gestunken hätte! Zumindest sah man den einen oder andern Blutspritzer auf den Schüsseln, zuallermindest konnte sich einbilden, daß man ihn sah. Oder war er hier nur wieder in eine Art selbsternanntes Kulturzentrum geraten, an eine Hokuspokus-Fidibus-*santera*, die gegen Dollargeschenke ihren gesammelten Ramsch präsentierte und gleich büschelweis mit Blättern auf ihn einschlagen würde?

»*Aber der Kessel!*«
»Der hat damit nichts zu tun, mein Sohn, und vor allem geht er dich nichts an.«

Doch! versuchte Broschkus zu blicken, er geht mich was an, mehr als deine dämlichen Suppentöpfe.

Und tatsächlich. Als ob sie Mitleid mit ihm hatte und seiner umfassenden Unwissenheit, verriet ihm Mirta – nicht ohne zu betonen, daß sie das eigentlich nicht tun und Broschkus erst recht nicht weitererzählen dürfe –, daß er aus Baracoa sei, der Kessel, wie übrigens auch ihre eigne Familie, daß darin seit Generationen der Weltgeist wohne samt einigen Toten, daß es irgendwelche familiäre Streitereien darum gab: Streitereien um den Oberschenkelknochen des Großvaters, der im Kessel aufbewahrt werde – vorausgesetzt, das hatte Broschkus recht verstanden –, und daß eine sofortige Opfergabe vonnöten sei, ihren Geheimnisverrat zu sühnen.

Ob jeder *santero* einen derartigen Topf besitze? hakte Broschkus nach, Fliegen verscheuchend und erneut die Gewißheit, einer durch und durch falschen Person gegenüberzustehen, die ihn nach Gutdünken zum Narren hielt: beispielsweise Ernesto, falls sie ihn kenne?

Den Zuchthäusler? Nein, das nicht, aber er solle ein arger Weiberfeind sein. Ob ihr Sohn vielleicht jetzt eine Opfergabe?

Die habe er, versicherte Broschkus. Als er in der Tasche nach der passenden Geldnote nestelte, wurde er vom dringenden Bedürfnis durchdrungen, aus dieser offensichtlich von Mutter und Tochter gemeinsam abgekarteten Sache erhobnen Hauptes herauszukommen:

Nun sei's ihm eingefallen, weswegen er gekommen.

Eine Fünfdollarnote zückend, fest in Mirtas Augen blickend, ob darin etwa ein Funken Gier zu entdecken, stellte er seine Frage, exakt die Formulierung wählend, die sowohl Ernesto als auch Cuqui, Iliana und überhaupt jeder gewählt hatte, mit dem er darüber gesprochen:

»Welcher *santo* ist Herr meines Kopfes?«

»Mein Sohn«, hob Mirta an, um gleich wieder abzubrechen. Von ihren Augäpfeln würde man wahrscheinlich heute nacht träumen. Ohnehin füllte diese Person in ihrer unglaublichen Fettheit den halben Raum aus, als sie sich nun auch noch leicht vorbeugte, um ihren Sohn genauer ins Auge zu fassen, und ihre schwarze Leiblichkeit im Takt der Atemzüge heftig auf und ab wogte, konnte man fast glauben, keine Luft mehr zu kriegen.

Um völlig sicher zu sein, meinte sie nach einigen Sekunden, müßte man die Muscheln-die-sprechen befragen, wenn sie indessen Broschkus so ansehe –

Dann sagte sie eine ganze Weile nichts mehr. Wie die Fliegen summten!

»Du bist Oggún«,
verkündete sie schließlich. Broschkus, der mit allem gerechnet hatte, von Orisha Okó bis zu Obatalá und sogar Olofi, wußte nicht, ob er das glauben, sich womöglich drüber freuen sollte. Bloß *Zweiter* Krieger? Wilder Gesell aus dem Dschungel, von jedem gemieden außer seinen Hunden, ein Wegelagerer, ausgerechnet der?

Oh, schien Mirta seine Gedanken zu lesen, Oggúns Kinder seien die stärksten, frank und frei und voller Stolz, niemals gaben sie sich geschlagen, niemals verloren sie die Hoffnung – er könne glücklich sein, der Sohn eines solch gewaltigen *santo* zu sein.

»Aber er ist ja nur – der Zweite!« beschwerte sich Broschkus: Oggún, der sei doch eher Tier als Mensch, geschweige Heiliger! Ein primitives Arschloch, das sogar die eigne Mutter vergewaltigen wollte, und – in seiner Empörung griff Broschkus nach allen Worten, deren er je habhaft geworden, Lockenwicklerworten zumal, die Mirta freilich bestens zu verstehen schien –, »und als er dabei von seinem Vater überrascht wurde, hat er sich selbst verflucht!« Ach, ein jähzorniger Wilderer, ein Schmied, ein Eisenfresser, *¡que pinga!* Ein verhinderter Weltenherrscher, ein –

Nun aber mal ganz ruhig! fiel ihm Mirta ins Wort, griff nach der Fünfdollarnote und schob sie unter die nächstbeste Rassel: Immerhin war er es, dem Ochún den Honig des Lebens reichte, als sie den Schönsten küren sollte, immerhin wurde sie dann seine Frau, jedenfalls für eine gewisse Zeit. Und außerdem, Mirta rückte schnell ein paar Marienfigürchen zurecht, wenn-dir-dashoffentlich-den-letzten-Zweifel-nimmt, sogar die Sonne selbst habe Oggún geliebt, als ihn Ochún zu ihr emporgehoben!

Mirta, sie hatte den glasigen Blick, sah durch Broschkus hindurch in eine andre Welt, wo sich höchste Gottheiten einen Heiligen reichen ließen, um *chikichiki* zu machen. Dessenungeachtet schob sie ihren Sohn, Oggúns Sohn, mit sanfter Zielstrebigkeit zurück ins Wohnzimmer, die Audienz war beendet:

»Aber für einen Touristen, das muß man dir lassen, kennst du dich ganz gut aus mit unsern *santos*.«

Für einen Touristen? Ah, Broschkus, jetzt war er wirklich wütend, jetzt fühlte er's aufrauschen in seinen Schläfen und erdröhnen im Brustkorb, jetzt wollte er's ihr beweisen, stemmte sich gegen ihre schwere schwarze Leiblichkeit, so einfach ließ er sich hier nicht rauswerfen:

»Ich bin kein Tourist«, hörte er sich wie aus weiter Ferne, doch klar und bestimmt verkünden: »Ich bin ein Freund von Armandito Elegguá, wenn du's genau wissen willst: Ich bin dabeigewesen, damals. Aus der Haut des armen kleinen Jungen hab ich mir übrigens 'nen Mantel gemacht.«

»*¡Mentira!*«
hielt Mirta seinem Blick stand: »Das bist du ganz gewiß nicht, und das hast du erst recht nicht«, wich jedoch ein wenig vor ihm zurück, Richtung Eisenkessel, hielt sich abwechselnd an einer der Puppen oder Früchte fest, schließlich an einer Suppenschüssel, und je länger sie sich festhielt, desto stärker floß ihr die Wirkkraft des innewohnenden *santo* zu:

Darüber spaße man nicht, wurde ihre Stimme wieder fester: »Außerdem war das kein armer kleiner Junge, sondern ein Auserwählter, fast so was wie ein Heiliger!« Er selbst habe sich als Opfer dargebracht einzig auf diese Weise könne das Ritual ja gelingen! –, weil alle andern Hautfarben, die man auf Kuba kenne, weil sie bereits – weil sie bereits fast alle – weil er noch gefehlt habe, so schwarz, wie er war.

Je lauter Mirta auf Broschkus einredete, desto leiser wurde ihm das Rauschen, das Dröhnen, bis er verwundert bemerkte – als ob er aus einem Traum erwachte oder einer Ohnmacht oder zumindest einer Anwandlung –, daß er noch immer breitbeinig dastand, mit beiden Händen gegen ihre kittelbunt umspannte Leibesmacht gestemmt. Beschämt ließ er von ihr ab, eine Entschuldigung andeutend.

»Damit auch das klar ist zwischen uns beiden«, wurde Mirta eher strenger als milder, schob ihn endgültig zurück in die Stube: »Armandito ist zurückgekehrt, sein Werk zu vollenden.« Man tue gut daran, etwas weniger vollmundig über ihn Behauptungen in die Welt zu setzen.

»Er lebt?« fiel Broschkus endgültig zurück in die Rolle dessen, der nicht mal Zehntelkubaner und ganz gewiß keiner war, der Bescheid wußte, den man ernst nahm, der dazugehörte.

»Und mehr noch«, bestätigte Mirta: »Er ist bereits da.« Vor wenigen Tagen habe man ihn gesehen, oben am Tank.

Sicher waren nur einige Minuten verstrichen,
seitdem Broschkus das Wohnzimmer verlassen; trotzdem schienen's ihm Stunden. Iliana lag schnarchend im Schaukelstuhl, das kleine Mädchen hatte eine der träg herumsitzenden Fliegen gefangen, hielt sie mit der einen und zerquetschte sie mit der andern Hand, wortlos konzentriert. Mirta, im Vorbeigehen Ilianas Wangen tätschelnd, halb-vier-schon-Anita, forderte das kleine Mädchen auf, dem Onkel einen Abschiedskuß zu geben. Dem schwirrte der Schädel, schnell kippte er noch einen Schluck *refino.*

»Vielen Dank«, griff er nach Mirtas Hand, überzeugt, einer der mächtigsten *santeras* der Stadt gegenüberzustehen, welch ein Glück, daß sie sich Zeit für ihn genommen, daß sie ihm die Augen geöffnet: »Spannend, das alles.«

»Ach, mein Leben ist langweilig«, wehrte Mirta ab: »Jeden Tag Gemüse aussingen, damit man von Touristen photographiert wird.« Aber man habe ja keine *Wahl, adelante!*

Broschkus' Hand schüttelnd, warnte sie ihn vor falschen *santeros*, in der Stadt seien sie alle bloß scharf auf Dollars. Ein echter *santero* dagegen wohne im Gebirge, zumindest auf einem Hügel, er nehme erst mal gar nichts, keinen einzigen Peso. »Und vergiß nicht, mein Sohn, Anita braucht ein bißchen Schmuck, schließlich ist sie Ochún!«

»*Nun tu mir den Gefallen*«,
wandte sich Broschkus an Iliana, die bereits den Rückweg eingeschlagen, »und geh da mit mir hin!«

»Ach, *papi*, ich hab Hunger. Da oben ist ja nichts.«

Da oben war aber doch was, Broschkus ließ sich nicht davon abbringen. Nach einigem Linksrechts über staubige Wege, an denen sich windschief die Hütten drängten, riß die Bebauung ab, ein breiter Pfad führte hangaufwärts direkt auf ihn zu: den Wassertank, Schritt für Schritt drückte er sich übern Hügelsaum, rund, rot, riesig. Zwanzig Meter hoch und vielleicht dreißig im Durchmesser, stand er inmitten einer überraschend weitläufigen Hochebene; zu ihm hinführten, teilweise sogar auf Stützen, von ihm weg führten meterdicke Rohre, ehe sie ohn' ersichtlichen Anlaß im Boden versanken. Direkt am Tank selbst, dem unbestrittnen Mittelpunkt dieser vergeßnen Landschaft, einige Menschen mit Kanistern und Eimern, Schlange stehend. Schon aus der Ferne hörte man, wie's beständig rauschte dort drinnen, hinter der rostroten Wand.

Savannenartig drum herum das Grasland, von einem Trampelpfad der Länge nach durchschnitten. Freistehend eine Betonwand mit Tür- und Fensteröffnungen, ohne dazugehöriges Haus; daneben ein großer, sehr großer Baum mit einem dicken, sehr dicken Stamm: Ödnis, wie man sie sich nur wünschen konnte, bevölkert maßgeblich von einer Ziegenherde, deren Glokkengeläut demjenigen von glücklichen Alpenkühen täuschend ähnelte. Der Hirt beritten, eher apathisch als malerisch, seine Hunde lautlos kreisend. Angedeutet dahinter das nächste Tal mit weiteren Stadtvierteln; ein grauer Schattenriß vor violettem Himmel schloß das Panorama schroff ab, die Gran Piedra.

Während sich Iliana nach knappem Rundumblick, hab'-ich-doch-gesagt-hier-gibt's-nichts, gleich auf der Stelle ins Gras sinken ließ, den unterbrochnen Mittagsschlaf fortzusetzen, drehte sich Broschkus um und um und um. Entschied sich am Ende für den Blick nach Westen, den Blick auf die Bucht, die Berge dahinter und auf einen Himmel, in dem die *santos* heut ganz gewiß keine Möbel mehr rücken würden.

Broschkus war angekommen,
war dort, wo er immer hingewollt, eine arkadische Beiläufigkeit umgab ihn so friedlich, als sei hier nicht kürzlich ein Mörder gesichtet worden, ein erschoßner und wiedererstandner Mörder. Jeder, der seine Kanister vorbeischleppte, konnte es sein – jeder, dem man zukünftig begegnen würde, wo auch immer.

Umlauert von lautloser Landschaft mit großen gelben Hunden, saß Broschkus und überblickte seine Stadt, sogar der »Balcón del Tivolí« war zu erkennen, darüber zartrosarot bestrahltes Gewölk. Die Ruhe vor dem Abendläuten. Als rühre man mit einem Eisenstab in einer Tonne herum, hell und hart.

Broschkus! Er schrie nicht mal in die Stadt hinaus, hinab, hinein, weder auf deutsch, noch auf spanisch.

Hier war er richtig. Der Rest, der würde sich finden.

Da hatten sie ihn bereits umringt,
die gelben Hunde, und Broschkus bekam das nicht mal mit. Für alles in seinem Leben fühlte er sich in diesen Minuten entschädigt, kein Groll mit Vergangnem war mehr in ihm, nur groß und stumm das Gegenwärtige.

Schnell war das gegangen, schnell: Eben noch hatte er sich darüber aufgeregt, von einer falschen *santera* mit billigem Touristennepp abgespeist zu werden, schon war er zutiefst erfüllt von der Gewißheit, in ihren Schüsseln und Schalen den lebendigen Glauben erfahren, ja geschaut zu haben: einen Glauben mit so wenig Jenseits und so viel Diesseits, man konnte sich auf andächtig stille Weise dran berauschen. Auch jetzt, deutlich zu spüren, waren sie da, überwältigend da, die *santos*, waren ganz und gar anwesend.

Aber vielleicht spürte er auch nur die Hunde, wie sie lautlos um ihn herumstrichen. Abwartend, noch.

Oder doch die santos?
Nicht so sehr die aus den Suppenschüsseln, sondern die andern, die Krieger! Auf dem Bergsattel von Chicharrones sitzend, beschloß Broschkus, endlich Ernst zu machen mit der *Santería* und Ernesto zu bitten, ihm ebenfalls solche Schalen zu besorgen, sie sollten auch seine Wege beschützen, koste-was-wolle!

Wenigstens wußte er schon, daß er selber einen der Krieger im Kopf trug, daß er einer *war* – Oggún. Lediglich Elegguá kam noch vor ihm! Und neben ihm, das konnte kein Zufall sein, schnaufte und schnorchelte und schlief keine Geringere als – Ochún! Die Oggún einst so hartnäckig verfolgt mit seiner Liebe, daß sie sich in einen Fluß gestürzt. An dessen Mündung sie mitleidsvoll von Yemayá empfangen und gerettet, der Beherrscherin aller Wasser, und mit den Flüssen dieser Welt beschenkt worden.

Wenn Broschkus geahnt hätte, daß er schon am nächsten Morgen von seiner Freundin? Verlobten? verlassen werden sollte, wenn er geahnt hätte, daß ihm Ernesto bereits auf den Fersen war, sein »Ich hab' sie, *sir*« zu verkünden! Von den Hunden ganz zu schweigen.

Er machte seine Hand so leicht wie möglich,
um sie auf der schnarchenden Iliana abzulegen, andachtsvolles Betasten, am liebsten hätte er sie auf der Stelle – wären da nicht plötzlich einige lautstark streitende Burschen in der Nähe gestanden, sogar die Hunde wichen ein Stück zurück.

Ersatzweise beschnüffelte er ihren Körper, erstaunlicherweise roch er weit weniger als sein Abdruck im Badetuch, streichelte über die Narbe an der linken Schulter, an der rechten Schulter, sehr vorsichtig auch über ihre Ketten: erst die gold-gelbe, Ochún, dann –

»*¡Anjá!*«

Noch im Aufwachen schlug sie ihm die Hand vom Hals: In ihren Ketten, da stecke die Kraft des Blutes, die gehöre ihr!

Schon gut. Sie konnte ja nicht wissen, daß er die Ketten regelmäßig berührte, wenn sie schlief: mittlerweile weniger, um den Schauer des Verbotnen zu spüren, als um ebenjener Macht willen, die darinnen steckte und von der er seinen Teil abbekommen wollte.

Ob sie die Hunde bemerkt habe, lenkte er ab, die vielen Hunde, die sich hier oben? Ob die wohl alle ein Herrchen?

Darüber spaße man nicht! blieb Iliana ungnädig, wandte sich kurz um, verscheuchte die Hunde mit irgendeiner afrikanischen Silbenfolge: Hinter denen kämen die Toten. Und stets nur aus dem einen Grund: um jemanden zu treffen.

Als der letzte rote Streifen überm Horizont verschwunden, nicht mal mehr die Silhouetten der kreisenden Geier waren zu erkennen, hörte sich Broschkus sagen:

»*Oye,* Iliana, bist du jetzt eigentlich meine Freundin?« »Oder sogar meine Verlobte, wie Papito und Rosalia und all die andern immer behaupten?«

Wie er denn auf diese verrückte Idee? kreischte Iliana auf, ob vor Entsetzen, ob vor Vergnügen, ließ sich nicht entscheiden: Weder-noch, *papi*, weder-noch! In ein paar Wochen werde er nach Deutschland zurückreisen, und sie solle hier als seine Verlobte sitzenbleiben?

»Ich werde nicht zurückreisen«, wußte Broschkus: »Nie mehr.« »Willst du wenigstens mit mir zusammenleben?« »Eine Weile?«

»*Papi*, erzähl keinen Blödsinn.« Iliana warf einen längeren Blick über die Schulter, schien nicht ganz bei der Sache: »Außerdem bist du doch schon verheiratet.«

Ach ja, richtig. Wie sich Broschkus ebenfalls umsah, war kein einziger Hund mehr zu sehen, lungerten nahebei nur dieselben Burschen herum wie vorhin, halblaut aufeinander einredend, rauchend. Mit einem Ruck stand Iliana auf und ging entschieden los, zog ihren *papi* gleich an der Hand mit, heimwärts, in wenigen Minuten werde's stockdunkel sein, sie fürchte sich.

Als sie beide wieder zwischen die Hütten geraten, dann bald auch ins ausgetrocknete Bachbett, machte sie sich Luft: *Papi*, dummer Junge! Vor lauter Hirngespinsten das allernächste übersehen! Ob er die drei Kerle in Erinnerung habe? Die hätten besprochen, auf welche Weise sie ihn am besten ausrauben könnten, und nur weil sie uneins gewesen, sei Zeit noch geblieben zu verschwinden.

»*Oye!* Was für saftige Titten!«, schrie's vom Straßenrand, wo tagsüber nur Brackwasser gestanden: »Die will ich aussaugen!«

Auch am nächsten Morgen hatte's Iliana eilig mit dem Verschwinden, es gebe Ange-

»Verdammt, jeder hat hier ständig Angelegenheiten zu regeln, Angelegenheiten! Könnt ihr nicht mal 'n bißchen konkreter werden, oder wieso laßt ihr alles am liebsten im Dunkeln?«

In diesem Land, Iliana unterbrach die Begrüßung der Morgensonne, der abschließende Kuß auf die Fingerknöchel stand noch aus: In diesem Land sei's von großer Bedeutung, wer etwas über wen wisse und womöglich weitererzähle – besser, man sage nicht zuviel, am besten, man sage gar nichts.

Wie in der DDR, durchfuhr's Broschkus, als er dann unter der Dusche stand und sich seiner früheren Besuche bei Verwandten erinnerte, der beklommen katzbuckelnden Art, wie sie mit jedem eine Art Geht's-gut-Gespräch geführt, ängstlich drauf bedacht, nichts dabei zu sagen. Kuba war eben auch nichts andres als eine DDR, eine DDR mit Palmen.

Immerhin hatte Iliana, nachdem sie ihre Knöchel noch schnell geküßt, hatte ihre Auskunft ein wenig nachgebessert: Streitigkeiten. Knochen des Großvaters. Baracoa. Wann sie zurückkomme? Bald, nicht so bald, bald. Er solle sich keine Sorgen machen.

Typisch! Broschkus, beim Ankleiden, war regelrecht erbost, sprach auf sein Spiegelbild ein: Mach dir keine Sorgen, alles bestens, kein Problem! Will heißen: Jede Menge Probleme, nichts ist so, wie's sein sollte, ich mach' mir Sorgen, besser, du machst dir auch welche, Kuba ist Scheiße.

So sah's aus, so. Als er wenig später das Haus verließ, schickte ihn Rosalia, kopfschüttelnd, noch mal zurück, die Hose zu wechseln: Schon wieder Frauenblut? Der Doktor sei ja wohl ein ganz Wilder. Sie wolle's noch mal probieren, guten Mutes sei sie freilich nicht.

Nun also war Broschkus wieder ganz auf sich zurückgeworfen, dreieinhalb Wochen nachdem er Iliana kennengelernt, war zwar nicht endgültig verlassen, aber doch auf unbestimmte Zeit, war vollkommen im ungewissen, wann sein Glück eine Fortsetzung finden würde. Schon der nächste Tag mußte eine Überraschung bringen – oder eben nicht, oder eben das gerade nicht.

Oh, er hatte zu tun! Wechselte die Hose, vertilgte versalzne Tortilla-Brötchen, beschnüffelte sein Badetuch. Ließ sich zur Mittagszeit Pizza aus einem Hausflur reichen, faltete sie fachgerecht in ihrer Mitte, ließ das Fett heraustropfen. Lag unterm Ventilator anschließend, die Eigenheiten der drei Geschwindigkeiten zu erlauschen – die niedrigste war die interessanteste, weil das Gerät dabei nicht ganz rund lief –, oder schlief, bei offner Haustür, auf dem Sofa ein und ließ sich dabei ein Hemd von der Wäscheleine klauen. Erwachte, weil ein Esel plötzlich laut zu klagen anhob oder, »Halt's Maul, Bruno, halt endlich dein

Maul!«, weil ein *Scheißköter* Tote verbellte. Ging zu Bebo, um sich von seiner rupfenden Maschine Trost zu holen; ordnete das wenige, das er mitgebracht oder neu angeschafft, ohne dabei mit der Hand in den Deckenventilator zu geraten. War bei alldem so müde, daß ihm die Wangen rot anliefen, so müde, daß er das Ameisengewimmel in seinen Keksen fast übersehen hätte. Daß er die Kakerlake erst im siebten Versuch erwischte, zur Strafe dann ganz langsam zertrat: Sie hatte richtig was davon.

Von einer Sekunde zur nächsten schlugen Broschkus' Stimmungen um, konnte er das Gegenteil dessen fühlen, ja denken, was er gerade gefühlt, gedacht. In solch rätselhaften Momenten betüpfelte er sich mit seinem kubanischen Rasierwasser, *Elements,* manchmal half das.

Was auch immer er tat,
es wurde ihm groß und schwer, jeder Handgriff eine Last, jeder Gang eine Qual, als ob's die Selbstverständlichkeiten der letzten Wochen nie gegeben hätte: Kaum daß er auf sich allein gestellt, war er wieder so schwach wie einer, der gerade erst angekommen. Um so heftiger gurgelte ihm der Wunsch nach Blut und Schlamm und Dreck empor, nach endgültigem Abstreifen seiner Summa-cum-laude-Existenz, nach Verlotterung in einen der Hiesigen: Gefährlich wollte er sein, unrasiert, vom leichten Schweißgeruch der Männlichkeit umweht.

Alles, was ihm davon gelang, war der Schweißgeruch. Noch während er sich abtrocknete, schwitzte er ins Handtuch, an diese Hitze konnte man sich nicht gewöhnen, dazu war man zu weiß, hatte man zu dünne Haut, zu schwache Poren. Unter der nackten Glühbirne sah sein Körper matt und ungenügend aus, ein Wunder, daß die Straßenkinder nicht mit dem Finger auf ihn zeigten. Broschkus sehnte sich nach Frost, nach Schnee, nach dicken Wintermänteln, nach Schals und Mützen.

Ein jegliches schien hier im Sonnenschein zu ertrinken,
schien sich unter der Macht der Sonne in Lebenslust zu verwandeln, in Lärm, Musik und nackte Haut. Und doch, und doch! Je heller der Tag brannte, desto schwärzer hoben sich die Horizonte, je lauter die Männer am Eck ihre Dominosteine aufs Spielbrett klatschten, desto hungriger waren sie.

Tage ohne Kontur, einzig am frühen Morgen zu ertragen. Wenn man den Moment verpaßte, lag man bis zum Abend, den berauschenden Gestank des Bettzeugs inhalierend. Hälfte des Lebens, Dreiviertel des Lebens? Sehnsucht? Heimweh? Weltverlorenheit? Genügend von allem, doch das war es nicht. Broschkus!

Das karibische Grauen hatte ihn gepackt.

Die Angst des weißen Mannes
klopfte ihm bis in die Schläfen, sobald er seine schützende Behausung verlassen: Immer waren die andern schon da, immer waren sie einem wie ihm voraus – sie hörten feiner, sahen mehr, sprachen lauter, sie bewegten sich langsamer, drängten brutaler, schmatzten und schnalzten häufiger; wenn sie lachten, lachten sie schallender, wenn sie einander die Handflächen klatschten, klatschten sie kräftiger als –

Warum bin ich denen eigentlich unterlegen, von vornherein? fragte er sich. Weil ich im Grunde nur die Binnenalster aushalte! verlachte er sich, sonnverbrannt bis in die Kehle, kein Wasser konnte seinen Durst noch löschen: Weil ich nicht mal bis zur Außenalster kommen würde, wenigstens nachts!

Anstatt sich einzugestehen, daß er an einem leichten Sonnenstich laborierte, redete sich Broschkus ein, daß man in dieser Stadt als Weißer von Anfang an keine Chance habe: Die sind uns über, die haben einfach mehr Kraft, mehr Lebenskraft, die sind dem Ende nicht so nah wie wir. Sind auf dem Weg in eine bessere Zukunft, jedenfalls glauben sie's, wohingegen wir in Europa –

Verworrne Hellsichtigkeiten, hellsichtige Verworrenheiten dessen, der zuviel Zeit hat, seine zartbürgerlichen Akademikerhände zu betrachten. Aber wahrscheinlich lag's ja nur daran, daß ein Hufeisen nicht an die Wand, sondern in eine Kriegerschale gehörte, und daß Broschkus keine besaß, noch nicht.

Das einzige,
das man hier wirklich nicht ertrug, war Stille, das einzige, das man nicht tolerierte, war jemand, der allein sein wollte – Broschkus konnte sich im verborgnen halten vor der Welt, wie er mochte, die Welt ließ ihn auch jetzt nicht in Ruhe. Vor allem in Gestalt kleiner Kinder, mein Gott, daß es davon derart viele gab, daran war man wirklich nicht mehr gewöhnt: Wie sie drauf lauerten, daß er einen Fehler machte, daß sie ihn verspotten oder besingen oder anbetteln oder einkreisen oder ausrauben oder wenigstens vor seinen Augen pinkeln und in eine Zeitung scheißen konnten – »Schert euch zum Teufel, ihr Nervensägen!«

Die Liste kleiner Demütigungen war lang, und wenn man's mit Erwachsnen zu tun bekam, wurde sie länger. Allein mit welcher Unverfrorenheit man ihn grüßte, und jetzt, da Iliana verschwunden, noch zudringlicher als ohnehin:

»*¡Buenas, doctor, buenas!* Wie geht's, was macht die *muchacha*, heute schon die Gasflasche gewechselt?«

Broschkus kniff die Augen vor all dem anflutenden Sonnenlicht zusammen, wie bitte? Ach, der Mann im blauen Netzhemd, das war ja Ulysses, er hatte ganz offensichtlich einen Witz gemacht. Ausgerechnet der! Nun kratzte er sich, grinste dabei zu Boden, wieso hatte er überhaupt geklopft, zum ersten Mal, seit Broschkus eingezogen?

Weil die Gasflasche ausgetauscht werden müsse gegen eine neue. Sofort. Wenn man eine Zuteilung versäume, falle man aus den Listen heraus. Endgültig.

»Aber ich hab' sie fast gar nicht benutzt!« weigerte sich

Broschkus: »Ich koch' doch höchstens mal 'nen Kaffee, die ist ja noch fast voll.«

Egal, beharrte Ulysses. Ohnehin habe er ein paar Tage überzogen, weil – er beugte sich so nah wie möglich an Broschkus heran –, weil er eine günstige Gelegenheit abpassen wollte. Eine, bei der die *muchacha* nicht unbedingt dabeisein würde. Er könne ja nichts Schlechtes über sie sagen, aber –

Broschkus, laut ihm ins Wort fallend: *Ay*, Ulysses, gut, daß er vorbeigekommen! Die Gasflasche nämlich, der Schlauch daran, er lasse sich einfach nicht lösen.

Kein Problem, grinste Ulysses und trat ein.

Doch auch in Broschkus' Behausung,
die Tür blieb ja nach Art der *Santiagueros* offen, wagte er nur zu flüstern: Ilianas Narben. Keine gewöhnlichen Narben. Cacha von nebenan – die mit den roten Haaren, die ihren Mann jeden Abend verhaue, die *cojonua* – habe sie auch. Genau die gleichen, kreuzweis geschnitten. Keine katholischen Kreuze, oh-oh, *¡sssss!* Vor so einer müsse man auf der Hut sein, der Doktor wäre der erste nicht, den sie auf dem Gewissen habe. Die verstehe was von ihrem Geschäft, die sei stadtbekannt.

»Aber ich bin Oggún!« warf sich Broschkus, leicht gequält, in Pose: »Immerhin Zweiter Krieger.« Der sei auch nicht ohne, ob Ulysses schon das Hufeisen bemerkt habe?

Das schien ihn nicht zu beeindrucken, wahrscheinlich verstand er davon nichts: Es gebe doch genügend andre Frauen. Übrigens sei Mercedes mit Eric zum Flughafen gefahren, der reise heute ab.

Ulysses, so plump hatte er ihm gerade seine eigne Tochter angedient, und jetzt schaute er noch nicht mal verlegen zu Boden.

Sie ist die Falsche! dachte Broschkus, sagte dann allerdings: Ach, Eric. Der habe doch mit ihr ein Kind?

Das wüßte er aber!
schnaubte Ulysses sehr deutlich auf: Ein Kind? Ausgerechnet der?

»Na, der Esel«, entfuhr's Broschkus, Ulysses sah ihn an, als müßte bei ihm dringend die Gasflasche gewechselt werden: »Na, das Geschrei unter meinem Bett. Muß ja wohl bei euch aus der Wohnung kommen, aus der hinteren Kammer?«

Noch während seiner letzten Worte war Ulysses auf-, auch gleich hinaus- und treppab gesprungen, laut in die Welt hinausposaunend, der Doktor sei von Iliana verhext worden, er höre Esel schreien, als nächstes wahrscheinlich Elefanten! Broschkus immer hinterher, so-sei-das-doch-gar-nicht-gemeint-gewesen, beide vorbei an Papito, der im Zahnarztsessel hochschreckte, hinein in die Wohnung unter der Casa el Tivolí, im Halbdämmer der Kühlschrank, schemenhaft im Schaukelstuhl die Oma, reglos erschrocken geradeaus starrend.

»Verhext!« schrie Ulysses ein letztes Mal, »unsre Wohnung ist in Wirklichkeit ein Stall! Und Merci in Wirklichkeit die Heilige Jungfrau Maria!«

Nachdem er Broschkus in die rückwärtigen Räumlichkeiten gedrängt, befanden sich dort fast ausschließlich Stockbetten, allesamt leer. Vergittert ein Fenster zum Nachbargarten, damit weder Katzen noch Tote hindurchkamen. Nun? Nun.

Als sie zurück in die gute Stube getreten, erhobnen Hauptes der eine, gesenkten Blickes der andre, stand der Schaukelstuhl in einer erstaunlich großen Pfütze. Am Türrahmen hielt sich Papito fest, angestrengt unschuldig blickend, hinter ihm eine Handvoll Kinder, die neugierig nach dem verhexten Doktor lugten, ersatzweise nach einem Esel.

»Du hast ihn doch nicht verkauft?« frotzelte Broschkus seinen Exkoch an, aber es klang künstlich: »Verkauft, weil du Durst hattest?«

Papito schüttelte den Kopf, kein bißchen karibischer Galgenhumor in seinen Gesichtszügen: Er habe nie Durst, nur manchmal habe der Durst ihn. Übrigens sei Eric gerade abgereist, »Gute Reise, Eric, guten Flug, komm gut heim!« Papito winkte sogar ein wenig: Dieser Eric, der wolle immer nur mit Merci allein sein, wolle nichts wissen von der Familie. Ob man zur Feier des Tages Schwarzen Fisch? Nun?

Nun. Das Bild mit der tropfenden Zunge. Der Schaukelstuhl, unter dem die Pfütze lautlos sich ausbreitete. Der Umriß des Fernsehers im Eck. Das Sofa daneben, auf dem jetzt silhouettenhaft ein Mädchen in Schuluniform zu bemerken:

»Wann krieg' ich eigentlich meine Ohrstecker?«

Nie! dachte Broschkus und sagte: Bald. Sie solle sich keine Sorgen machen.

Aber sie mache sich langsam Sorgen, versicherte Flor: Nun?

Nun. Wenig später schrie er besonders erbärmlich, der Esel.

Anderntags saß Ulysses im Hof,
ein Motorrad reparierend, an einer unangezündeten Zigarette saugend, wortkarg wie immer. Broschkus mischte sich unter die Schar der Besserwisser, lauthals wurde über den Fortgang der Arbeit debattiert, und guckte extra eine Weile lang zu – kein Blick, kein Wort über das, was gestern zwischen den beiden zur Sprache gekommen, vom Austausch der Gasflasche zu schweigen. Ulysses war vollauf beschäftigt, mit markant herausgeknurrten Kurzkommentaren Einwände gegen seine Arbeit zurückzuweisen; weil man selbst die nicht widerspruchslos hinnahm, kam seine eigentliche Tätigkeit minutenlang zum Erliegen.

Auch Papito war wieder ganz der alte. Sich mit beiden Händen an der Welt festhaltend, feixend, erzählte er Broschkus, daß der Türsteher der »Casona« gefeuert worden: Die Lockenwicklerin höchstpersönlich sei mit ihm, der jede Nacht in der Kneipe zu verbringen und sie auf diese Weise zu bewachen hatte, sei mit ihm nach der Sperrstunde im Lagerraum verschwunden und – Papito rieb die gestreckten Zeigefinger aneinander –, und habe ihre Sache so gut gemacht, daß ihre Jungs währenddem zwölf Flaschen *Ron Mulata* herausschaffen konnten. Der Türsteher, haha, die Lockenwicklerin, sie habe ihn arbeitslos gevögelt.

Als er jedoch seine gichtigen Gelenke erklären wollte (er habe's ja nicht anders verdient, ein ehemaliger Schiffskoch müsse nun mal viel trinken), verabschiedete sich Broschkus. Außerdem kam gerade Mercedes aus dem Haus, »*¡Ay mi madre,* Bro! Lang nicht gesehen!«, und sah keineswegs wie die Heilige Jungfrau aus. Im Vorbeigehen berührte sie ihn wie früher.

Als ob jetzt, da Iliana verschwunden, all diejenigen wieder die Finger nach ihm ausstreckten, denen er während der letzten Wochen abhanden gekommen.

Doch auch Lockenwicklers waren vor Dieben nicht sicher,
schon in der nächsten Nacht stahl man ihnen ein Ferkel, das sich während der letzten Wochen, tageintagaus im Abfallhaufen seinen Anteil gegen eine Überzahl mitwühlender Kinder erkämpfend, zu einer veritablen Restmüllsau entwickelt hatte.

Broschkus hatte im Dollarladen an der Trocha zwei Paar Ohrstecker gekauft – das zweite für den Tag von Ilianas Rückkehr – und sich an einem der Bierkioske, »Hallo, Onkel, erkennst mich immer noch nicht?«, eine dreifingrige Klaue auf die Schulter schlagen, einen Plastikbecher mit einer Neige warmen Bieres in die Hand drücken und erneut die Geschichte der Lockenwicklerin (»arbeitslos gevögelt, *¡coño!*«), anschließend die ihres Ferkels erzählen lassen.

»Sag mal, Lolo, wieviel Diebe gibt's hier eigentlich?«

Naja, allein im Tivolí, grob geschätzt, an die hundert oder zweihundert, abgesehen von Luisito sei im Grunde jeder einer, zumindest bei Gelegenheit. Ihrem Beruf gingen sie nach wie andre auch, regelmäßig, pflichtbewußt und niemals im eignen – »Wieso willst'n das so genau wissen, Onkel, brauchst du was Bestimmtes?«

»Weil ich mich seit längerem frage, warum hier jeder schon mal im Gefängnis war. Cuqui, Ernesto, Iliana ...«

Lolo, wäre er ansonsten nicht mit diesem Übermaß an guter Laune gesegnet gewesen, man hätte das leichte Zucken seiner Augen, das leichte Zusammenschnurren der Miene, das leichte Abdampfen der Stimme vielleicht gar nicht so deutlich registriert. Ein langer Schluck.

»Onkel, da verwechselst du was.«

Noch ein Schluck.

»Was ziemlich Prinzipielles.« Bei diesen dreien sei der Fall nämlich recht speziell.

Lolo schob dem Zapfer seinen Becher hin.

Es sei ja erst ein paar Jahre her, daß man – Lolo drehte seine Faust kurz am Kinn, das allgemein übliche Zeichen für Fidel, sofern man seinen Namen nicht nennen wollte –, daß man Religionen wieder toleriere.

Die *Santería*, wußte Broschkus, nebenbei die nächste Runde bezahlend.

»Wer redet denn von *Santería!*« wurde Lolo noch eine Spur leiser: »Da gibt's doch ganz andre Kaliber, die Bruderschaft der Leoparden, das *Palo Monte,* die Spiritisten, was weiß ich, mit Religion kenn' ich mich nicht aus.« Jedenfalls wär's ihm lieber, man hätte das Verbot nie aufgehoben, man höre da Sachen – Lolo strich sich mit der Zeigefingerspitze eine schnelle Linie quer über die Gurgel –, insonderheit von den Dunklen, eine Iliana sei stadtbekannt. Und der Kessel, in dem sie die Knochen ihrer Männer aufbewahre, auch. Starker Kessel, vielleicht der stärkste in ganz Santiago.

»Du meinst den von Mirta?« ergänzte Broschkus so sachkundig beiläufig wie möglich: »Den hab' ich vor kurzem sogar gesehen.«

»*¡Mentira!*« entfuhr's Lolo so leise, daß es Broschkus um ein Haar kaum verstanden hätte: »Oben, in Chicharrones?«

»Ich bin nämlich Oggún!« nickte Broschkus voller Stolz:

»Immerhin Zweiter Krieger.« Der Kessel übrigens sei bis oben hin mit Männerknochen angefüllt gewesen, das Schienbein ihres eignen Großvaters obenauf; darinnen wohne kein Geringerer als der Weltgeist persönlich, *¡salud!*

Lolo aber war für einen Spaß nicht mehr zu haben, je dreister sein Onkel über Sachen phantasierte, die er kaum gesehen, geschweige begriffen, desto fahriger wurden ihm die Einwürfe:

Ob Broschkus gehört habe, daß man schon wieder einen Inlandsflug nach Miami entführt habe? Die meisten Passagiere hätten auch gleich um Asyl gebeten.

Ob er eine chinesische Armbanduhr kaufen wolle, einen tiefgefrornen Hummer aus der Schwarzen Tasche, einen Rollschuh? Oder ob er jemanden kenne, der daran Interesse fände?

Kuba sei Scheiße, *¡una mierda!* Ob sein Onkel wenigstens ein bißchen Medizin für ihn habe, egal welche?

Erst als Broschkus entschlossen seinen Becher leer trank, bevor der Plastikgeruch den Biergeschmack übertönen konnte, und sich verabschiedete, wurde Lolo wieder präzise, schüttelte ihm lange die Hand, ergriff sie auch noch mit der Linken:

»Tu mir einen Gefallen, Onkel, und geh da nicht mehr hin.«

Besorgt gab sich auch Luisito,
der sich in den letzten Wochen auf bemerkenswerte Weise rar gemacht; kaum daß Iliana verschwunden, stand er wieder vor der Tür:

Seine Frau habe eine köstlich illegale Brühe gemacht – »Rindfleisch, Doktor, da steckt alles drin, was 'nen Mann zum Mann macht, *¡ya!*« Er wolle die Gelegenheit nutzen, ihn zu sich einzuladen, *¡Gratis, doctor, todo gratis!*, auf seine eigne Dachterrasse. Heute. Jetzt. Sofort.

Als er das Hufeisen über der Tür entdeckte, zog er die Brauen hoch; auf die Eröffnung, sein Mieter habe die Wohnung verschönert, im übrigen sei er Oggún, fiel ihm nichts ein.

Na, ein ganzer Kerl, erklärte sich Broschkus: ein prädestinierter Rindfleischfresser.

Leider habe er noch immer kein Telephon,
entschuldigte sich Luisito beim Eintreten für die Armseligkeit seines Hauses, er ließ Broschkus sogar den Vortritt: So etwas dauere hier Jahre. Wenigstens habe er seinerzeit dafür gesorgt, daß der Tivolí eine ordentliche Hauptleitung bekommen, schob er ihm einen der beiden Schaukelstühle zu: Die Zahl der Stromausfälle sei verhältnismäßig gering. Denia?

Ein kleines Geraschel, Denia steckte den Kopf durch einen Bambusvorhang, der den rückwärtigen Teil der Wohnung abtrennte, ein freundlich fröhliches Hallo-Doktor, noch-ein-zwei-Minuten-Geduld, schon war sie wieder verschwunden.

Sie sei sehr häuslich, erläuterte Luisito, eine perfekte Köchin, er verehre sie sehr.

Das Wohnzimmer war erstaunlich geschmackvoll gehalten; abgesehen von ein wenig Murano-Tand auf den Ablagen keinerlei Puppen, Porzellanschwäne, Familienphotos an der Wand oder gar Plastikrehköpfe, zu schweigen von einem Nahrungsmittelposter. Statt dessen das Gemälde einer intensiv gelben Kirche mit intensiv roten zwiebelturmartigen Spitzen, umgeben von intensiv grünen Palmen.

»El Cobre«, erklärte Luisito, »das Nationalheiligtum, auf der andern Seite der Bucht.«

»Ochún«, sagte sein Mieter, aber dazu fiel Luisito nichts ein.

»Mal unter Männern«,
ließ er sich, nachdem er Denia küchenwärts wußte, in den andern Schaukelstuhl sinken, klopfte eine *Hollywood* aus der Schachtel, ohne sie zu entzünden, legte sich die Hand auf den nackten Bauch: »Du siehst müde aus, *doctor*, und dünner bist du auch geworden –, hast du Kummer? Oder nimmt dich diese Iliana zu oft ran? Man hört ja Sachen?«

Oh, stammelte Broschkus, auf einem Schondeckchen stand eine Kompaktanlage, die Fußbodenfliesen blitzten: Oh.

Man habe ihm zugetragen, der Doktor suche noch immer? setzte Luisito nach, über seinen dicken schwarzen Schnauzbart streichend: eine aus der Provinz, vom Land, eine Bauersfrau?

Oh, stammelte Broschkus, in der Wanduhr sprangen zwei Hirsche, auf dem Tisch stand der ausgehöhlte Huf einer Kuh: Oh.

Ob das nicht etwas viel an, ähem, sei?

Er suche niemanden, entschloß sich Broschkus zu leugnen.

Nicht mal eine, ließ Luisito keineswegs locker, die Zigarette nun endlich entzündend: eine, die nicht ganz, wie solle man sagen, nicht ganz von dieser Welt sei, eine – Heilige?

Broschkus, ein schneller Blick auf den Farbfernseher, in dem tonlos die Nachrichten flimmerten, verzerrte Gesichter arabischer Klageweiber, steinwerfende Kinder, fanatisch die Fäuste gen Himmel fuchtelnde Männer, Broschkus fragte sich, von wem Luisito seine Informationen wohl hatte.

Ob er sich nicht mehr für Mercedes interessiere? drang der weiter auf ihn ein, die Zigarettenasche am Huf der Kuh abstreifend.

Das habe er doch nie getan, wehrte sich Broschkus: Die rasiere sich ja nicht mal ordentlich!

¡Mentira! platzte's da sehr überzeugt aus Luisito heraus; zum Glück kam Denia und teilte mit, die Brühe sei soweit.

Ein schlauchartiger Gang am Schlafzimmer vorbei,
alles sehr sauber, sehr gepflegt, in einem kleinen Küchenbereich endend; von dort führte eine schmale Steinstiege geländerlos rauf aufs Dach. Wo freilich nur eine einzelne Glühbirne an einem Metalldraht hing, darunter ein Tisch, gedeckt für zwei Personen. Selbst im Sitzen konnte man höchst bequem die Straße überblicken, wie sie sich mit der Calle Rabí kreuzte – ohne dabei gesehen zu werden, man saß praktisch im Dunkeln.

Ah, Denia, die beste Köchin, klopfte sich Luisito voll Vorfreude den Bauch: köstlich, lecker, delikat, ganz und gar grandios! Dabei hatte seine Frau noch nicht mal serviert.

Mitten auf der Kreuzung stand Papito, die Arme entschuldigend nach oben hebend. Davor Cuqui, auf Papito einredend. Daneben Ernesto, auf Cuqui einredend, auf Papito einredend. Obwohl man natürlich nichts verstehen konnte, war sofort klar, daß es nur um eines gehen konnte – um den Mieter der Casa el Tivolí und wo er denn stecke. Broschkus schloß kurz die Augen, hörte sich leise sagen:

»Ich hab' sie, *sir*!«

Luisito stöhnte vor Lust auf, dabei hatte er sich noch nicht mal das Besteck gegriffen.

Erst als er die Kraftbrühe zur Gänze in sich wußte – das Fleisch war ein einziges Flachsengeflecht, man kaute und kaute –, erst als er auch noch den Gurken-Avocado-Salat verspeist, dem eine einzelne Olive beigemischt, kam Luisito wieder zur Sache. Zwei vorgekühlte Flaschen Bier mußte Denia beibringen, sie selbst setzte sich mit einem Glas vorgekühlten Leitungswassers dazu:

Man habe ihm zugetragen, Broschkus treibe sich neuerdings in Chicharrones herum? Nun, ein erwachsner Mann könne gehen, wohin ihm der Sinn stehe (obwohl er selber, Luis Felix Reinosa, der seit zwanzig Jahren in dieser Stadt lebe, niemals auf die Idee gekommen wäre, ausgerechnet dorthin – na, egal), und letztlich dürfe's ihm ja gleichgültig sein, ob sein Mieter ausgeraubt werde oder erschlagen. Aber! das sei's ihm nun mal nicht; überdies hause dort eine der gefährlichsten *santeras* der Stadt, man habe ihn wissen lassen, sie hänge auf irgendeine Weise mit Broschkus' Freundin? Verlobter? zusammen.

Wer ihm das alles zugetragen, fand Luisito nicht weiter der Rede wert. Ober fragliche *santera* hingegen konnte er sich lang nicht beruhigen, die habe den bösen Blick – und damit auch schon mal eine Schwangere verzaubert, die dann einen Stein geboren. Über glühende Kohlen könne sie gehen, könne das Blut nach oben laufen lassen, sie sei auf du und du mit den Schwarzen Baronen, sie übernachte in einem Sarg, zusammen mit einer Schlange!

Daß sie bei alldem sogar Ilianas Mutter war, hatte man ihm offensichtlich verschwiegen.

Als denkender Mensch wolle er jedenfalls nichts,
beruhigte sich Luisito langsam, die Hand auf den Bauch gelegt: wolle überhaupt nichts mit denen zu tun haben, die dort oben, beim Wassertank, Sinn und Verstand und jede Menge Katzen opferten; er könne dem Doktor nur raten, über den Umgang nachzudenken, den er pflege, den Weg, den er eingeschlagen. Sonst gelange er bald zwangsläufig an einen Punkt, wo an Umkehr nicht mehr zu denken.

Das Leben sei schön! stellte er fest, und zu allem, was er ausführte, nickte Denia mit Inbrunst oder schüttelte den Kopf, besorgt, gütig, anteilnehmend: Luisi habe ja so recht, sie verehre ihn sehr. Das Leben sei schön, es bedürfe der alten Sklavengötter doch gar nicht, damit räume man bloß irgendwelchen selbsternannten Priestern Macht über sein Leben ein, die ihnen überhaupt nicht zustehe.

Drunten, im Straßenlampenlicht der Calle Rabí, sah man Mercedes, wie sie, begleitet von ihrer Schwester, Richtung »Casona« ging.

»Doktor! Du bist ein studierter Mann, wo hast du deinen Verstand gelassen?«

Jetzt sah man Maikel? Willito? Jordi? mit einer der Lockenwicklerinnen, sie trug ein T-Shirt, das aus verschieden großen Union Jacks zusammengenäht war.

»Wenn du's in all dem Unverstand, der hier herrscht, nicht anders aushältst, warum fährst du nicht einfach ab?«

Er sei bereit, ihm auf den Tag genau den entrichteten Mietzins zurückzuzahlen, oh, er habe eine Moral, wischte sich Luisito den Schweiß von der Stirn, schnalzte ihn von der Zeigefingerspitze: Einen Tresor im Schlafzimmer habe er auch.

Abfahren? In diesem Moment fiel's Broschkus ein, daß seine Touristenkarte schon zum zweiten Mal, also endgültig abgelaufen war – er hätte zumindest für vierundzwanzig Stunden aus- und neu einreisen müssen – und daß er folglich illegal hier lebte.

Das wäre das geringste Problem, winkte Luisito ab, das ließe sich regeln. Aber der Rest?

Der Rest war zunächst mal ein Eimer voll faustgroß gelber Mangos, die zum Nachtisch der Reihe nach verzehrt wurden. Man biß direkt in die Schale, zog sie stückweis mit den Zähnen ab, der Saft lief einem über Kinn und Unterarme, das Fruchtfleisch verfaserte sich zwischen den Zähnen; dazu eine zweite Lage Bier. Broschkus versicherte, es gehe ihm – abgesehen davon, daß er noch immer keine Schweineschlachtung miterlebt, Luisito habe doch versprochen? –, gehe ihm hervorragend, man möge sich keine Sorgen um ihn machen. Nur abreisen, das könne er nicht mehr.

Seit diesem Eimer voller Mangos durfte sich Broschkus als einer fühlen, der zumindest offiziell nicht mehr als Tourist galt, und sein Vermieter sorgte dafür, daß das im »Ministerium des Inneren, Einwanderungsstelle« zwar registriert, aber von höchster Stelle geduldet wurde. Schließlich hatte die Frau, derentwegen die Ausnahmeregelung erforderlich, einen Leberfleck zwischen den Brüsten, aaah, ja, man erinnerte sich, hm, *uyuyuyuy*.

Er selbst stamme noch aus einer dunklen Zeit,
beendete Luisito den Abend, da standen sie ein letztes Bier lang an der Brüstung und rauchten: Als kleiner Junge habe er viel davon mitbekommen, was der Glaube aus einem erwachsnen Menschen machen könne – ein mitleidlos grausames Tier. Einmal sei er bei einer Verfluchung dabeigewesen, ein andermal bei

der Bestrafung eines Zombies, damals, im Gebirg, er sei froh, daß auch in Kuba mittlerweile eine hellere Zeit angebrochen. Der Voodoo kenne kein Erbarmen, sobald man sich auf ihn eingelassen, und um die andern Religionen sei's nicht besser bestellt: Alle brachten sie mehr Unheil über die Menschen als Heil. Dann doch lieber – er drehte die Faust kurz am Kinn – der permanente Sieg der Revolution, nicht wahr? Für einen denkenden Menschen wie den Doktor schicke sich nur ein Glaube: der an die Zukunft; ein Mann bleibe, was auch geschehe, ein freier Geist, ein Aufkärer, ein Atheist. Selbst in einem solch dunklen Teil der Welt wie dem Tivolí.

»Vergiß nicht, *doctor*, du bist mein Freund!« schüttelte er ihm zum Abschied lange die Hand, ergriff sie auch noch mit der Linken: »Wann immer du Hilfe brauchst, dann weißt du, wo du sie bekommst.«

Zunächst bekam Broschkus freilich das,
was die Packungsbeilage seiner Notration Kohlekompretten als »ungeformten Stuhl« bezeichnete; Broschkus selbst sprach von seinen »Schüben«. Sie setzten mit solcher Dringlichkeit ein, kaum daß er sich mit ausgiebigem Ekel der Rindfleischflachsen erinnert, daß ihm der Schweiß von der Stirn perlte. Die Winzigkeit des Badezimmers hatte ihre Vorteile, wenn man auf der Toilette saß, konnte man wunderbar den Kopf an die gegenüberliegende Wand lehnen und auf den nächsten Schub warten.

Schon während seiner ersten Wochen in Santiago war Broschkus stets mit einem Ohr in seinem Verdauungstrakt gehangen; hatte sich an dessen quackernde Irregularitäten gewöhnt; schließlich war's ihm kaum mehr bewußt gewesen, daß er einen komischen Magen hatte, einen nervösen Darm. Aber jetzt! Ungeformter Stuhl! Am Morgen, am Abend, mitten in der Nacht. Dazu krähten die Hähne, es schien ihnen prächtig hier zu gehen.

Als ihn Luisito zwei Tage später herausklopfte,
noch nicht mal die Sieben-Uhr-Wecker rundum hatten geläutet – »Aufstehen, *doctor*, heut morgen wird geschlachtet!« –, hätte Broschkus beinah nicht mitkommen können. Jedenfalls hielt er sich so lang auf der Toilette auf, daß Luisito regelrecht ungehalten wurde.

Dann aber endete alles, bevor's richtig losgegangen, weil kein Feuerholz aufzutreiben gewesen – so die offizielle Begründung des Hausherrn, der sein Messer ersatzweise in den Küchentisch stieß: Das Schwein war willig, aber das Holz war schwach.

Da auch Broschkus dieser Tage schwach war, hielt sich seine Enttäuschung in Grenzen. Das letzte Stück Wegs zurück rannte er.

Insgesamt drei Tage und drei Nächte,
vom 11. bis zum 13. Oktober, hing Broschkus arg schlapp in der Haut, danach war er keiner mehr, dem das Wohlstandsfett in Falten ums Kinn hing. Notgedrungen hielt er die Nase oft im Bettzeug vergraben, berauschte sich an den letzten Spuren des Gestanks, den Iliana für ihn zurückgelassen – wobei ihm trotz aller Warnungen auch schnell wieder das Dunkle zu Kopfe stieg, das Afrikanische.

Natürlich hatte Luisito recht gehabt, keine Frage! Aber das Leben, das sich aus seiner Sicht der Dinge ergab, war so hell und klar, war so langweilig! Fünfzig Jahre lang hatte Broschkus auf ähnlich souveräne Weise recht gehabt, entsprechend öde war sein Leben verlaufen, abgefedert durch strikte Diesseitigkeit. Schon die katholische Inbrunst des Südens war ihm, dem säkularisierten Protestanten, verlogen mysteriös vorgekommen, ein barock wuchernder Kosmos an Heiligen, Seligen, Schutzpatronen, darunter ein Pfuhl an kaum kaschierten Trieben, Leidenschaften, Abgründen. Und erst die *Santería*! Wie geheimnisvoll selbst das Alltäglichste durch sie wieder wurde – dagegen kam der Rationalismus nicht an, so human er sich auch gab. Luisito mochte für hiesige Verhältnisse ein Intellektueller sein, einer, der sich's mit seinem latent abergläubischen Atheismus, den Umständen entsprechend, prächtig eingerichtet hatte; weit mehr noch war er ein Schisser, ein *mamá*-Söhnchen. Broschkus dagegen, Schübe hin, Schübe her, war Zweiter Krieger, war auf dem Weg ins Irrationale, ins Inhumane, Broschkus hatte Blut geleckt: Dem einen fehlte noch immer das Telephon, dem andern schon die Machete.

Dessenungeachtet versuchte er
sich Iliana schlechtzureden: der billig eingefärbte Kräuselmop, die geschmacklos lackierten Fingernägel, die Füße! Schon allein die platten, weiß leuchtenden Sohlen, ein lächerlicher Stilbruch, dazu die viel zu kurzen Zehen, absurd plumpe Fortsätze einer – Trittfläche! Und erst ihre degoutant riesigen Brüste, mit Leberfleck dazwischen, damit sie jeder Vollidiot ins Visier zu nehmen vermochte – mit einer ihrer Brustwarzen hätte man 'nen Badewannenabfluß zustopfen können! Wenn's denn Badewannen hier gegeben hätte.

Broschkus versuchte, sich zu ekeln, zu schämen, zu belustigen. Versuchte, ersatzweise all die Frauen seiner Vergangenheit vor sein nächtliches Lager zu zitieren, offizielle wie inoffizielle, ohne freilich den gewünschten Effekt zu erzielen, im Gegenteil. Und Kristina, an die er – vor elf Wochen hatte er sie verlassen, sie kamen ihm wie elf Monate vor –, an die er nicht mal Abschiedsbriefe geschrieben und gleich wieder weggeworfen hatte? Kristina mit ihrem strengen Dutt, fragile Kostbarkeiten vortäuschend, wo doch nichts war als weiße weiche Nähe, im nachhinein wäre er gern über sie gekommen wie ein Barbar, hätte ihr gern Gewalt widerfahren lassen statt Gerechtigkeit, Zurückhaltung, Verständnis, hätte ihr gern ein Leid angetan oder eine Lust – vielleicht hätte man sie nur rechtzeitig einmal ohrfeigen müssen?

Spätestens bei diesem Gedanken erschrak er über sich, versuchte, sich zu ekeln, zu schämen, zu belustigen; wenn er wieder zur Ruhe gekommen, wußte er sich gar nicht mehr zu erklären, wie er so viel Haß hatte ansammeln können all die Jahre. Wahrscheinlich war Ulysses' Vermutung gar nicht so abwegig: Iliana hatte ihn verhext.

Allein unter seiner blaugrünen Zimmerdecke liegend,
lediglich im Morgengrauen leistete ihm Feliberto Gesellschaft, ging Broschkus Schritt für Schritt durch, was sie vor ihrer Abreise mit ihm veranstaltet hatte; immer kleinlauter werdend, verschwand er schließlich in seiner Wortlosigkeit.

»Soso, *papi*, du bist also Oggún«, hatte sie ihn leicht verächtlich von oben gemustert: »Dann sollten wir mal schleunigst das Montagsgebet für die Krieger nachholen!«

Worauf sie einen Schluck Rum genommen und ihm ins Gesicht geprustet, worauf sie einen zweiten Schluck Rum genommen und auf seinen Körper geprustet, worauf sie ihre dicke Zunge über ihn gezogen und den Alkohol von der Haut geschleckt hatte, und dann –

und dann.

Alles an ihr war Nacht,
jedenfalls in seiner Phantasie, sie war ihm die dunkle Göttin über das Feuchte, das Feste, das Flexible und das Verbotne. Nicht gewundert hätte's ihn, wenn ihre Leberflecken mit zunehmendem Mond angeschwollen wären, wenn sich ihre Augen mit abnehmendem Mond zu Schlitzen zusammengezogen hätten; wäre er nicht schon mal bei ihr zu Hause gewesen, er hätte ihr zugetraut, in einer Hütte aus getrocknetem Schlamm zu hausen und gelegentlich Schlangen zu essen oder Männerfleisch.

Nun, da sie fort war, begriff er wieder, daß sie nicht seine Freundin, geschweige Verlobte war, sondern nur eine der zahllosen *jineteras,* die ihren Lebensunterhalt auf Kosten weißer Männer bestritten. Weder das Datum ihrer Rückkehr wußte er noch was sie bis dahin tat, am liebsten wäre er ihr nach Baracoa nachgereist – wenn er sich überhaupt sicher gewesen, daß sie dort wirklich jetzt war.

Saß er am Nachmittag auf der Terrasse und versuchte, *nicht* an sie zu denken, ging ihm der Blick auf den gegenüberliegenden Hügelkamm und darüber hinaus in den Himmel, aber auch durch den Himmel hindurch bis ans Ende der Welt, von wo sie ihm entgegenlächelte mit ihrem Silberzahn. Schwankend erhob er sich, in trunknen Tiraden vom Untergang des weißen Mannes schwärmend, nicht mal die Kinder auf den Nachbardächern hörten zu.

Erstaunlicherweise tauchte Ernesto in diesen drei Tagen
nicht auf. Angelegenheiten. Doch was, wenn er demnächst wiederkäme, was würde man ihm entgegenhalten, wenn er von Broschkus' »Aufgabe« reden – »Ich hab' sie, *sir*!« – und ihn von Iliana wegbringen wollte? War's nicht längst er, der das Mädchen finden – und sich an ihr rächen wollte, wie er selber gesagt? Andrerseits war er *santero*, möglicherweise der mächtigste in ganz Santiago, und einen *santero* brauchte man, um an die Kriegerschalen zu kommen, um den Geist von Elegguá, Oggún und Ochosi nach allen Regeln des Ritus hineinfahren zu lassen: Broschkus war auf Ernesto angewiesen, wenn er auf seinem Weg vorankommen wollte; folglich würde er, nachdem er sich ausgiebig geweigert hatte, versteht sich, würde ihm den Gefallen nicht abschlagen können, würde der neuen Spur pro forma nachgehen müssen.

Am besten gleich, solange Iliana unterwegs, wo steckte Ernesto nur so lange? Als man sich übers Geländer beugte, saß auf der Spitze des Müllbergs nebenan ein schwarzes Huhn.

Noch ein paar flackernde Fernsehbilder vor dem Einschlafen,
folternde Soldaten, köpfende Terroristen, einstürzende Neubauten. Gegen Mitternacht dünnte der Geräuschteppich aus, ver-

schob sich ins Surreale, ein paar ferne verschlubberte Melodien, wie aus einer Unterwasserwelt. Stille. Und dann? Die Träume.

So heftig,
rasch und ohne Maß setzten sie ein wie die Regenstürze, so bedrängend bedrückend wie in den Wochen nach seiner Ankunft, als ihm noch jeder Einbeinige einen Alp beschert hatte, jeder abgehackte Schweinskopf, jeder Knochenkasten auf dem Friedhof Santa Ifigenia. Jetzt waren's riesige Eisenkessel, die ihm den Atem nahmen, Eisenkessel, in denen man leuchtend weiße Augäpfel bewahrte, dazu kleine lebende Tiere oder menschliche Gliedmaßen, die auf rätselhafte Weise zuckten, zappelten, rauswollten aus dem Kessel. Reglos davor Gestalten, ihre nackten Oberkörper nur von hinten zu sehen, die Kreidestriche darauf, in ihren Händen kleine Messer, aber – mehr nicht, mehr gerade nicht!

Andermal war ganz und gar nichts auszumachen, schwarz war Broschkus' Traum, schwarz: Man hatte ihn in einen Sarg gesperrt, zusammen mit einer Schlange, um zu sehen, ob er des Dunklen würdig; er lag so reglos wie möglich, während die Schlange über ihn kroch, lag so starr wie eine Leiche. Woraufhin sich der Sarg mit einem Mal in eine schwarz ausgemalte Kapelle verwandelte, Broschkus lag mit weit aufgerißnen Augen da, jegliches sehend, jegliches hörend, was um ihn geschah, ohne selbst auch nur einen Finger rühren zu können, schmerzhaft deutlich fühlend, wie man ihm an den Wangen linksrechts eine weiße Henne entlangstrich und dazu Afrikanisches murmelte, sang, murmelte, die Henne war ganz still, dann biß man ihr den Kopf ab und –

Broschkus zuckte zusammen –

erwachte im Traum und –

erschrak erneut: weil er sich auf der eignen Dachterrasse wiederfand, allerdings hatte sie kein Geländer mehr, so daß man sich nirgends festhalten konnte: rundum die Stadt in tiefem

Schlaf, alle Umrisse vereinfacht zu klaren geometrischen Figuren, lediglich aus dem Kulturzentrum hinterm Garten fiel ein blasser Neonschimmer. So still war's in diesem Traum, so erschreckend still, nicht mal die Palmblätter raschelten, daß man ein afrikanisches Murmeln vernehmen konnte, einen Gesang, und wie's einem davon leicht schwindlig werden wollte, kam der Gesang aus ebenjenem Haus hinterm Garten, und wie man dann fallen wollte, erwachte man und –

stand wirklich auf dem Dach,
rundum die Stadt in tiefem Schlaf. Dazu das Rauschen der Brunnen, alle Tanks liefen über, dunkel unterm Mond erglänzende Spuren an der Hofmauer, auf der Treppe. Jetzt erst bemerkte Broschkus, daß er nasse Füße hatte, war froh, daß er in seinem Bett Feliberto fand, der sich zwischenzeitlich eingefunden.

Selbst dann freilich nicht mal das Rauschen des Windes, so viel Stille war nie, als ob Hunde, Katzen, Schweine nicht zu atmen wagten, als ob sich sogar Büsche und Bäume duckten, während irgend etwas über die Stadt kroch – wenn nicht die Wanduhr vom Salon so deutlich herübergetickt hätte, man wäre verrückt geworden vor Lautlosigkeit, verrückt.

In der vierten Nacht bekam Broschkus überraschend Besuch,
und da beschloß er noch vor Morgengrauen, Ernesto zu suchen. Er brauchte ihn dringend, brauchte die Krieger, den Schutz der Krieger.

Schon der Tag,
ein Sonntag, der Dreizehnte, hatte mit Mißlichem aufgewartet. Zunächst mit einem neuen Appetit, dem durch ein einziges Tortilla-Brötchen nicht beizukommen war; ein zweites Ei konnte sich Ocampo indes nicht auf die Schnelle ausleihen, die Zeiten seien hart. Statt dessen zeigte er seinen Leistenbruch, umarmte

seinen Bruder – nicht etwa, weil sein Sohn nach Miami gesegelt war, das war er nämlich gar nicht, sondern weil er Angst vor einer Operation hatte: Dieser vom Leben durchgegerbte Kerl hing in den Armen seines Bruders und heulte am frühen Morgen. Ob man daran sterbe?

Als Broschkus vorschlug – bei fortwährender Umklammerung fiel ihm bald nichts Beruhigendes mehr ein –, Ocampo solle sich mit Luisito zusammentun, der eine laboriere an einem Leistenbruch, der andre an einer Prostataschwellung, sie seien sozusagen Leidensgefährten, da riß sich der Alte aus der Umarmung, schlug mit der Faust auf die Theke, daß die Fliegen stoben:

Egal, was der habe, ein Leidensgefährte sei er nicht! Unerhört, daß so jemand frei herumlaufe, sich sogar wie der Chef aufspiele, eine Sauerei, *cojones!* Schon allein die Sache mit Mercedes, so jung wie sie damals gewesen, und sie mit dem Kind dann auch noch sitzenzulassen, mit dem – anstatt den Satz zu vollenden, fing er an, wie ein Esel zu schreien, wie ein trauriger, einsamer Esel.

Wenn er jetzt noch das Getröte eines Elefanten anstimmen sollte, war Mercedes doch die Jungfrau Maria. In welcher ihrer Inkarnationen auch immer, wahrscheinlich Ochún.

Beim Einkaufen war Broschkus dann wieder mal
auf die Form der Bananen reingefallen, hatte die langen dünnen gewählt anstelle der kleinen dicken, zu Hause entpuppten sie sich als Kochbananen, kaum zu schälen, vollkommen taub im Geschmack. Wie er aber noch saß und selbstverloren kaute, übermannte ihn die Sehnsucht nach Kirschen, Pflaumen, Stachelbeeren, dann die nach Apfeltasche, Erdbeertorte, Schwarzwälder Kirsch, dazu eine Tasse Friesenmischung; wie seine Vorstellungskraft vom Fruchtig-Süßen zum Würzig-Deftigen hinüberglitt, zu italienischer Salami und französischem Weichkäse – nur ein kleines Stück, jetzt, sofort! –, hatte er plötzlich das

Gefühl, angesehen zu werden; wie er gerade noch ein frisch gezapftes Pils dazuphantasierte (dochdoch, das wär's gewesen, selbst um diese Uhrzeit), blickte er nach draußen, durch die schräggestellten Fensterbretter, blickte in ein Augenpaar, das ihn fest fixierte. Zwei, drei Sekunden lang, dann ging der Spuk mit einem Zischlaut zu Ende: Eine Katze huschte davon, im Hinauseilen sah man sie noch über die Hofmauer verschwinden. Unangenehm! Und wer, Teufel auch, winkte da von jenseits der Mauer, von einem der ausrangierten Sofas, das war ja Cuqui?

Sehr pünktlich war Broschkus abends im »Balcón« zur Stelle,
sehr hungrig, von erneutem Ingrimm befeuert: Am Kulturzentrum hatte man ihn abgewiesen wie einen, der nicht wußte, wovon er redete. Dabei hörte man nicht nur das Getrommel bis auf die Straße, zwingendes Gedröhn, das fast zeitgleich mit dem Abendläuten eingesetzt, mit solcher Macht eingesetzt, daß man umgehend von seiner Terrasse herbeigeeilt, sondern hörte auch den dazugehörigen Gesang! Broschkus wußte ja, daß dort drinnen jetzt gelb-grün gewandet drei, vier *santeros* an ihren heiligen Geräten saßen und einer Busladung Touristen aufspielten. Aber nein, er möge sich bitte davonbegeben, das sei heut sozusagen geschloßne Veranstaltung.

Das Allermißlichste: In der Tat war kein Bus zu sehen, mit dem man ansonsten Sandalenträger jedweder Provenienz herbeischaffte, dort drinnen fand wirklich etwas statt, bei dem man Fremde nicht gebrauchen konnte – Schwarze Messe, Tanz mit dem Teufel, Schwof mit den Schwarzen Baronen! Wahrscheinlich drehte man gerade einer Katze den Hals um, die Papito angeliefert.

Noch bevor Broschkus Platz genommen, fragte er Cuqui nach dem Anlaß des Getrommels; als der nur die Schultern zuckte, legte er gleich nach: Was er bei Lockenwicklers zu tun gehabt, heut mittag?

Ware habe er besorgt, deckte Cuqui ungerührt ein, abschließend das Aluminiumbesteck auf die drei Klopapierblätter: Ware.

Ehe er küchenwärts davonschlurfen oder über den Verrat der ehemaligen Bruderländer fabulieren konnte, ehe er über die Bibel diskutieren wollte (angeblich hatte er sie komplett gelesen und exzerpiert), über Goethe (Spießer), den 11. September (Sanierungsfall) oder den *máximo lider*, der seit einer Woche darniederlag, von einem Mückenstich gefällt: Ehe er auseinandersetzen würde, daß es *danach* nicht besser, sondern schlechter werde, mußte man ihm zuvorkommen:

Warum sich Ernesto so lang schon nicht mehr habe blicken lassen, ob er etwa im Gefängnis?

Cuqui grinste nicht mal, kein guter Witz. Also Ernesto, der sei zwar ein Weiser, die Besonnenheit in Person, aber mitunter tue er eben Sachen, naja, diesmal sei's noch glimpflich ausgegangen, und er komme gewiß bald zurück, nicht so bald, bald.

Ernesto, der ehemalige Polizist, im Gefängnis? Langsam begann sich Broschkus für die hiesige Rechtsprechung zu interessieren, über kurz oder lang schien sie jeden hinter Schloß und Riegel zu bringen: Ob Mercedes auch schon mal?

Cuqui setzte sich hin, so überrascht wie er war, hielt sich zunächst an seiner Baseballkappe, dann an seiner schwarzen Halskette fest, sagte nichts.

Naja, weil sie einen Esel zur Welt gebracht habe?

Cuqui, nun entschloß er sich, die Hände auf die nackten Schenkel zu klatschen: Einen Esel! Nein, das habe sie nicht. Sie wolle halt raus aus Kuba, und dazu sei ihr jedes Mittel recht. Jedes.

Dann reichte er Schweinisches

an Scheibenkartoffeln und Bohnenreis, garniert mit grünen Bohnen, seit zwei Wochen das gleiche Gericht, manchmal eine höllenscharfe Soße dazu, manchmal nicht. Heute anstelle des Gurkensalats: Bohnensalat, von Gurkenscheiben bekränzt.

Während des Essens setzte ein leichter Regen ein, die Tropfen fielen auf Tisch und Teller, Broschkus mußte vom Innenhof ins Wohnzimmer umziehen, direkt unters Blondinenposter. Tyson kam mit. Zurück blieb lediglich der Papagei.

Erstaunlicherweise fühlte sich Broschkus, der sich zeitlebens in italienisch zurechtgestutzten Kirschhölzern, vor leeren Wänden und seidenblumenpointiertem Minimalmobiliar aufgehalten hatte, nicht zu vergessen das Marmorpissoir bei Hase & Hase, erstaunlicherweise fühlte er sich sehr wohl im kubanischen Kleinbürgerplunder, als ob eine Last dort von ihm fiel, an der er zeitlebens geschleppt, die Last des guten Geschmacks. Überdies stank's vorn nicht so unerbittlich nach Pisse, weil der Abtritt auf der rückwärtigen Seite des Hofes gelegen, neben der Küche – man konnte auf wunderbare Weise entspannen, geschützt vor Zudringlichkeit aller Art durch das schmiedeeiserne Gitter. Cuquis kleine Tochter griff im Aquarium herum; ihr Vater setzte sich auch heute für ein paar Minuten mit an den Tisch, Broschkus nützte die Gelegenheit:

Und er selbst? Ob er schon mal? gewisser religiöser Umtriebe wegen?

Im Gefängnis, wer sei das hier noch nicht gewesen? konterte Cuqui: Als gläubiger Mensch habe man's nicht leicht in einem kommunistischen Staat. Es sei erst ein paar Jahre her, daß –

Jähes Aufkreischen von Cuquis Kleinster, ausgerechnet jetzt.

»Und Luisito? War der auch schon?«

»Oh«, stemmte sich Cuqui vom Stuhl, Richtung Haustür strebend, »im Gegenteil.«

Nur der Ortsdepp!
erinnerte Broschkus, sich ebenfalls erhebend, um die Ursache des Gekreischs zu besehen, mit der flachen Hand fuhr er sich vor der Stirn herum: Abgesehen davon, daß er manchmal wie aus dem Nichts auftauche, sei er harmlos. Angst vor ihm hätten bloß –

Wie verging ihm freilich das Scherzen, als er über Cuquis Schulter hinweg, als er draußen vor der Tür, als er des Einbeinigen gewahr wurde: Schweigend intensiv stand er da, ein großer, knochiger Schattenriß, aus dem einzig die Augapfel herausleuchteten. Sein starres Stieren galt nicht etwa Cuqui oder dessen Tochter, die sich hinter ihrem Vater zu verstecken suchte, nein, das Stieren galt ausschließlich – Broschkus drückte instinktiv die Schultern durch, am liebsten hätte er nach einem Stecktuch gegriffen. Der Einbeinige – obwohl ein, zwei Armlängen entfernt, vermeinte man seinen Atem zu spüren – flakkerte ihn mit riesig geweiteten Augen an, in denen weder Pupille noch Iris auszumachen, weniger flehend als fordernd, weniger bittend als befehlend, und das gefiel Broschkus ganz und gar nicht. Jählings kam ihm der Fußboden so trocken vor, daß er ausspucken mußte.

Nicht mal Cuqui nahm davon Notiz, mit drei schnell aufeinanderfolgenden Handgriffen – erst normal, dann verschränkt, so daß die Hand den Unterarm des jeweils andern umfaßte, knapp über der Handwurzel, dann wieder normal – begrüßte oder vielmehr verabschiedete er den Einbeinigen durchs Gittertor hindurch, flüsterte ihm Unverständliches zu. Woraufhin der merklich zusammenfuhr und sich grußlos davonmachte, vielleicht zum nächsten Hauseingang.

Auf der gegenüberliegenden Seite der Straße ging der Erdnußmann vorbei, mit einer Metallstange an seinen kleinen Ofen klopfend, rief er nach Kunden.

Wer denn das gewesen sei?
löste sich Broschkus als letzter aus der Erstarrung, Cuquis Tochter war schon damit beschäftigt, Tyson von der Tür zurückzuziehen, Cuqui selbst hatte die Baseballkappe angehoben, fächelte sich Luft zu:

Ach, ein alter Angola-Kämpfer, nicht weiter bösartig, am besten, man lasse ihn in Ruhe.

Aber er läßt *mich* nicht in Ruhe! hätte sich Broschkus am liebsten zurück an den Tisch gesetzt, um alles der Reihe nach zu besprechen, merkte jedoch, daß der Koch von einer Unruhe erfaßt war, wie man sie von ihm gar nicht kannte:

»Ist fast verrückt geworden da drüben, nun lebt er von fünf Dollar Kriegsversehrtenrente.«

»Armes Schwein«, nickte Broschkus.

»Das nicht«, wußte Cuqui, »das gewiß nicht.« Oh-oh.

»Aber blind ist er, so wie er guckt, fast blind zumindest?«

Neinein, im Gegenteil, das täusche: »Der sieht die Toten! Vor lauter Toten sieht er manchmal die Lebenden nicht.« Ja, sie seien immer anwesend, die Toten, immer und überall. Freilich bemerke man sie meistens nicht, man brauche einen Sinn dafür, im übrigen würden sie gar keinen Wert drauf legen, bei ihren Arbeiten erkannt oder gestört zu werden, sie seien sehr dezent. Wenngleich rege, äußerst rege, effizienter als die Lebenden! Dochdoch, Bro, sie nähmen weiterhin teil an allem, was geschehe, gestorben sei von ihnen lediglich das Leibliche, und das lasse sich bei Bedarf wettmachen, indem man in den Körper eines Lebenden hineinfahre. Aber jetzt möge ihn Bro entschuldigen, er habe Ange-

»Und deine Kette, die gehört einem von ihnen?« »Deinem Toten, sozusagen, der für dich arbeitet?« »Ist die so stark wie eine der bunten?«

Cuqui nickte, stärker-Bro-stärker, wollte jedoch nicht ins Detail gehen, sondern abkassieren, er habe heut noch etwas zu –

Ob der Eisenkessel irgendwie damit zusammenhänge? ließ sich Broschkus nicht abschütteln; als sich Cuqui, davonschlurfend, aufs Dollarscheinzählen beschränken wollte, eins-zwei-drei, eins-zwei-drei, vertrat er ihm den Weg: Mirtas Kessel, oben in Chicharrones? Welcher Weltgeist darinnen hause?

Da unterbrach Cuqui das Zählen, blickte nicht mehr ganz so freundlich: Seit wann's denn mehrere gebe?

Wenig war noch herauszubekommen aus ihm, wenig. Der Kessel, eine Berühmtheit. Nein, mit der *Santería* habe er nichts zu tun.

Was darinnen sei?

Tja – Erde, Steine, Knochen. Und andres, Bro, die Geheimnisse vor allem.

Welche Geheimnisse?

Cuqui lachte, aber es klang künstlich: Wenn man das wüßte, wären's doch keine mehr. Die Geheimnisse kenne allein der Besitzer des Kessels.

Also Mirta?

Hm-hm. Sie bewahre den Kessel zwar derzeit auf, aber besitzen? täte ihn ein andrer, ein Höherer als sie.

»Moment mal, Cuqui!« Nun kam's drauf an, nun wollte's Broschkus wissen: »War sie eigentlich dabei, damals, als Armandito Elegguá, du weißt schon, als er –?«

Cuqui, jetzt wurde er tatsächlich böse: Unsinn, vollkommner Unsinn! »Dann wär' sie ja längst erschossen, das weißt du doch, standrechtlich erschossen!«

Noch ein Blick auf die nächtlich schimmernde Welt,
die nahezu lichtlos um die Bucht sich klammernde Stadt, die schwarz rundum ragenden Umrisse der Sierra Maestra, die schmale Mondsichel. So hell strahlte sie, die Sichel, daß sie mit ihrem Abglanz auch denjenigen Teil des Mondes beschien, der schon wieder verschluckt hätte sein sollen von der Dunkelheit: Phantomleuchten. Wenn man lang genug hinsah, wußte man nicht mehr so recht, wo das Dunkle eigentlich exakt begann. Dort, wo's gerade am hellsten war, hätte's schon im nächsten Moment am dunkelsten sein können. Heim!

Am schlimmsten war der Sonntag,
da feierte die Lockenwicklerbande bis in die späte Nacht – selbst der Hund aus dem Zaubergarten bekam die Krise.

Bruno! trat Broschkus ans Fenster des Gemachs: Halt's Maul! Es fehlten allerdings die afrikanischen Beschwichtigungssilben.

Bis ein Uhr trieben sie's heute, die Lockenwicklerin und ihre Jungs. Wenn man ihren Gesängen so lauschte, im halbdunklen Zimmer liegend, stellte man sich unwillkürlich ein großes Lagerfeuer vor, verwegen zerlumpte Gestalten drum herum und die eine oder andre barfüßige Schönheit dazwischen, die ganze Räuberbandenromantik, von der man als Kind gelesen und geträumt. Wo doch die Lockenwicklerrealität nichts, gar nichts damit zu tun hatte, gerade Diebe und Halunken hausten hier vergleichsweise komfortabel. Zum Glück war die Chefin immer eine der ersten, die der Alkohol stumm machte, von ihrer Heiserkeit blieb bloß ein letztes Krächzen übrig.

Aber dann.

Blieb zunächst einmal
die Stille danach, man vernahm nur noch verschwommene Transistormelodien und das Glucksen Schnarren Gurren verschiedenartiger Vögel aus dem Nachbargarten. Versank wohl auch in einen ersten leichten Schlaf, schreckte kurz auf, als sich Feliberto aufs Bett plumpsen ließ, versank erneut.

Aber dann.

Vielleicht,
weil Feliberto zuckte und Bruno bellte, vielleicht, weil Bruno bellte und Feliberto zuckte, erwachte Broschkus. Auf die Ellbogen gestützt, sah er den Kater hochaufgerichtet am Fußende des Bettes, dahinter den Spiegel, aus dem ihm der eigne Umriß verschwommen entgegenschummerte. Als er Feliberto aber zurück in die Horizontale streicheln wollte, fuhr der fauchend zur Seite, sein Fell gesträubt, gebannt dorthin blickend, wo der Spiegel hing.

Wenige Sekunden später riß das Gebell vom Garten ab,

Broschkus hatte gerade noch Zeit, nach der Brille zu greifen, sie schräg zu kippen und geradeaus zu blicken. Im Spiegel übersah man den Großteil des Bettes, darin sich selbst, drum herum schemenhaft verstreut die Dinge, und dann – sah man's zwar nicht, fühlte's indessen um so deutlicher, als wie ein schmerzendes Pochen von der Magengrube bis zu den Schläfen: daß man Besuch bekommen hatte.

Einer von Ilianas Toten?

Kein Toter!

Etwa der –

Bloß den Namen nicht aussprechen! Er war da.

Minutenlang stand er am Fuß des Bettes,
dort, wo's nicht etwa am dunkelsten, sondern am hellsten war, im Mondlichtfleck, den die Jalousettenbretter auszirkelten, stand reglos und sagte nichts, tat nichts, war einfach nur, auf schweigend intensive Art, war da.

Und Broschkus? War ebenfalls da, vor ihm Feliberto, der alte Herr, zitternd wie ein kleines Kind. Nichts sah man, nichts – abgesehen von ihrer beider verschwommenem Spiegelbild über der Kommode. Schweifende Sekunden, und hören konnte man ebensowenig, nicht mal der Kühlschrank rappelte, nicht mal die Wanduhr tickte – vollkommne Lautlosigkeit, das Zeichen!

Ein Toter?

Kein Toter!

Der Dunkle?

Welcher Dunkle?

Von einer Sekunde zur nächsten fing die Uhr wieder an zu ticken, der Kater wieder an zu atmen, ließ die Spannung nach, als ob sich die Verballung von – etwas, wie man sie so überdeutlich am Fußende des Bettes verspürt, als ob sie sich in Luft aufgelöst. Feliberto gähnte, rollte sich ein, draußen raschelten die Palmenfächer. Kein Zweifel, jetzt war er fort.

Wer er?

Er selbst, höchstpersönlich. Bloß keinen Namen nennen, um Himmels willen, sonst fühlte er sich womöglich gerufen!

Noch in selbiger Nacht beschloß Broschkus,
Ernesto zu suchen. Er brauchte ihn dringend, brauchte die Krieger, den Schutz der Krieger. Ab zwei schrien die Hähne und hörten nicht auf damit bis zum Morgen. Als gegen vier, fünf die Luft so kalt hereinfiel, daß man die Jalousetten hochklappen mußte, vermeldete eine Henne die Geburt ihres Eies, ein gleichmäßig zufrieden vor sich hin tuckernder Alt, immer wieder unterbrochen durch hysterisches Aufschrillen.

Fast exakt um sieben das Gefistel der Wecker, kurzdrauf wurden Kinder und Nachbarn, die keine Uhr besaßen, durch laute Namensnennung geweckt. Das aufgeregte Grunzen der Schweine. Eine halbe Stunde später lag ein dichtes Vlies an gedämpfter Lebhaftigkeit über dem Viertel. Aber da war Broschkus, gegen seine Gewohnheit, längst aufgestanden, war unterwegs.

Die Dominospieler am Eck konnte er nicht fragen,
kein einziger der Ihren war zu sehen. Statt dessen einer mit zwei verschiednen Schuhen, die Querstraße herauftappend, bei jedem Schritt mußte er sich an der Hauswand festhalten – Papito. Eine Weile erkannte er Broschkus gar nicht, beugte sich zu ihm wie zu einem alten Freund, nuschelte ihm ein vertrauliches »Er ist gekommen« ins Ohr, »Er ist wieder da«, und fiel ihm dabei um den Hals, so betrunken war er. Als er sah, wen er da derart innig umarmte, erschrak er regelrecht, »Du bist dünn geworden, *doctor*«, und nahm Haltung an. Der Moment war vorbei, es hatte keinen Sinn mehr, ihn zu fragen, weder nach Ernesto noch nach dem, der da gekommen war.

Stadteinwärts zog es Broschkus, zum Parque Céspedes, wo sich zu jeder Uhrzeit halbseidne Gestalten einzufinden pflegten, dort würde er am ehesten Hinweise erhalten. Welche Bettler wann und wo arbeiteten, wußte er inzwischen recht genau; statt ihnen weiträumig auszuweichen, ging er heute gezielt auf sie zu – auf die beidseitig Beinamputierten in ihren handgetriebnen Fahrgestellen, auf den Begrüßungsbettler, der mit seinem simplen »Cuba good?« jeden Arglosen in den Griff bekam, auf den Armstumpenbettler vor der »Bombonera«, die Frau darinnen, die ihr Kind auf Kunden hetzte, auf die Salsa-Rentner an den touristisch einschlägigen Orten, die beim Anblick eines Weißen gute Laune bekamen, Buena-Vista-Laune; sogar die Clique am Kathedralenaufgang befragte er – der Einbeinige war heut nicht darunter – und Kinder, die für jede Auskunft vorab Kugelschreiber forderten oder Bonbons: Es ist dringend!

Doch einen ehemaligen Rotgardisten, Polizeifahrer, Zigarrendreher Ernesto, der als geweihter? ungeweihter? *santero* weder braunen Rum anfassen durfte noch Fisch oder Frauen: den kannte keiner.

Auch die wenigen jineteros,
die so früh schon zur Stelle waren, wußten nichts von einem Mann mit Regenschirm und auffallend abstehenden Ohren, behaupteten im selben Atemzug freilich, jeden in Santiago zu kennen, jeden.

Dann eben die Frauen.

Der Türsteher des »Casa Granda« machte zwar mißtrauisch große Augen (die Frage nach Ernesto nahm er nicht zur Kenntnis), ließ Broschkus aber passieren. Der erkundigte sich reihum bei einer mit »Crazy World«-T-Shirt, einer mit »Viagra is for pussies«-T-Shirt, einer mit »Ripe & ready«-T-Shirt (unterm Schriftzug eine pralle Erdbeere); mehr an verschlafen ihrer Frühschicht entgegendösenden *jineteras* hatten sich noch nicht eingefunden. Der Barmann schüttelte den Kopf, bevor Broschkus überhaupt den Mund aufgemacht.

Dann eben die draußen, die auf den Parkbänken.

Vom Wegsehen kannte er sie alle,
nach wie vor war's schwer, ihnen zu entkommen. Insbesondre, wenn man auf sie zugehen und erklären mußte, daß –

Ayayayay, Anita! Nein, die sei nicht da, ließ man ihn gar nicht erst zu Wort kommen, er müsse sich eine andre aussuchen. Gerade verhandelte er mit einer Vierzehn-, Fünfzehnjährigen, ockergelb-weiße Uniform, wieso war sie eigentlich nicht in der Schule, da sah er eine überaus fette Alte, den Korb auf dem Kopf, aus einer Seitenstraße heraus- und gleich auf eine Gruppe Japaner zuschwankend, Obst aussingend und Gemüse. Indem er ihr ein paar Schritte folgte – Ernesto, wo ist er? –, winkte sie ihm mit einer Dollarnote zu und sang ihre Antwort, laut und derb, die herumstehenden Taxifahrer lachten.

Nach kurzer Schweinskopfbetrachtung,
das zufriedne Blecken der Zahnhälse war ihm ja leidlich bekannt, ließ sich Broschkus von den keifenden Bedienungen eines staatlichen Kaffeetresens meßbechergenau mehrere *cafecitos* zuteilen, in der Enramada dann ein Brötchenfrühstück, dessen Belag man aus einem glasiert glänzenden Komplettferkel herausriß: Broschkus aß es, seinen Widerwillen bekämpfend, restlos auf.

Ein Mann, der sich bis eben die Fingernägel geschnitten hatte, sah ihm aufmerksam beim Essen zu, bei jedem Bissen schluckte er mit. Ernesto? Kannte er nicht.

Der steile Weg bergab,
ins verlaßne Industrieviertel, zwischen den Bürgersteigplatten hervorquellendes Wasser. Auf Pappen oder Plastikdeckeln rutschten ein paar Kinder die Straße hinab, auf einer Werkzeugkiste der Kleinste. Freilich hüpften ihm laufend Schrauben, Muttern, Kleinteile aus der Kiste, die er anschließend mühsam einsammeln mußte.

Die Alameda dann am Hafen entlang, am alten, verschloßnen

Bahnhof vorbei, am neuen, verschloßnen Bahnhof vorbei. Leere Seitenstraßen, leere Lagerhallen, leere Häuser, von Amts wegen mit Brettern versperrt, da die Dächer heruntergebrochen oder die Bewohner flüchtig waren. Schließlich ein Kinderspielplatz, vollkommen aus Fertigteilen montiert, hellblau gestrichner Kletter- und Rutschbahnbeton. Weil hier niemand spielen wollte, war darauf ein dürres rosa-schwarz geflecktes Schwein angeleint, auf daß es in dieser kleinen Betonwüste Nahrhaftes finde.

Kaum noch Menschen, die man nach Ernesto hätte fragen können; trotzdem querte Broschkus die Bahngleise und – spürte's mit einem Mal deutlich: Hier war er richtig, hier, wo der gelben und gelbgrauen Fassaden weniger wurden, wo die Bebauung bald abriß und sich eine versteppte Freifläche anschloß. Hinter einem brackigen Kanal, aus der Ödnis hervorwachsend, ein mit Schaufenster versehener und also staatlich klimatisierter Blumenladen. Ohne Blumen.

Lang bevor das große Eingangsportal auftauchte, wußte Broschkus, wohin's ihn heut die ganze Zeit gezogen: nach Santa Ifigenia, zum Totenlabyrinth.

Mit den Prachtgräbern hielt er sich nicht lange auf,
begab sich zielstrebig zur Sektion für Normalsterbliche, dort hinab in den erstbesten Gang, zwischen den Grüften hindurch, nach einigem Hin und Her wieder ins Freie geratend. Nein, Ernesto würde er hier schwerlich finden, indessen die Knochenkästen, die schon! Stapelweise lehnten sie an der Südwand des Betonkomplexes, Broschkus griff skrupellos nach jedwedem, den er daraus aufragen sah, schamlos schob er die Gazeabdekkungen zur Seite, um gezielt an die Schädel heranzukommen. Strich ängstlich zögernd –

streichelte energisch erleichtert –

wischte wie ein Beseßner darüber hin, Hemd und Hose klebten ihm am Körper, die Zunge schlug ihm gegen den Gaumen.

Am liebsten hätte er die obersten Kästen beiseite gehoben, um auch an die darunter liegenden zu gelangen – als ob's dort etwas andres noch als Knochen zu erspüren gab. Tatsächlich hob er den ersten Kasten ab, gierig jedes kleinste Fingerknöchelchen, jeden Zahn im Kasten darunter betastend, vom Wunsche beseelt, mit diesen Berührungen – ja was denn? Sich des eignen Lebens zu versichern? Einen Fehler wettzumachen, an dem er drauf und dran war, zugrunde zu gehen? Nicht untertags, nein! Aber sobald das Nächtliche angebrochen, sobald es still geworden, sobald sie ihr wahres Wesen zeigte, die Stadt.

Mit einem Mal über ihm Stimmen, auf der Ebene der Grabplatten, das Knirschen von hin- und hergewuchtetem Beton: Da wurde gerade bestattet. Auf daß der Tote fürderhin, ungehemmt durch Leibliches, in jedem leeren Garten lustwandeln mochte, in jedem Schlafzimmer, als einer der tausend lichten, abertausend dunklen Geister, die sich hier herumtrieben – auch jetzt, in diesem Moment: Wohin immer man kam, sie waren schon da, man sah sie nur nicht! Aber man spürte sie, nicht wahr, man konnte fühlen, daß sie anwesend waren; so wie man's in der vergangnen Nacht gefühlt, ganz unzweideutig gefühlt hatte, daß er dagewesen, dessen Name nicht genannt werden durfte, der –

¡Sssss! Broschkus bekreuzigte sich, Stirn, Brust, Schulter links, Schulter rechts. Küßte zum Abschluß auf den Zeigefingerknöchel. War er schon verrückt geworden in dieser schwarzen Stadt? unter dieser weißen Sonne? Oder hatte Ulysses recht gehabt, und er war von Iliana verhext?

Zwischen mehreren Kästen kniete Broschkus,
beide Hände tief in die Knochen vergraben, des Kalks nicht achtend, der darübergestreut, des scharfen Alkoholgeruchs nicht, der daraus hervor- und ihm zu Kopfe stieg, war er doch mit den Toten selbst beschäftigt, die ihn aus ihren Schädeln anstarrten: erloschnen Blickes ein Bauernbursch, glasigen Blickes ein Einbeiniger, aus tiefliegend zugeschwollnen Augen eine Schweins-

kopfverkäuferin, mit niedergeschlagnen Lidern Kristina, was wollte die denn noch? Gefolgt von Broschkus' Mutter mit ihrem vorwurfsvollen Blick, der Mutter, wie er sie vor Jahren im Altenheim vergessen hatte, abgesehen von den Sonntagvormittagen.

Nein, Broschkus schluchzte nicht mal; daß er sich an einem der Schädel festklammerte, bekam er gar nicht mit. Er war auf eine stille Weise außer sich geraten.

»¡Sssss! Verpiß dich, du Arschloch!«

Lachend stand einer der Totengräber hoch über ihm, am Rand der Gruft, drohte ihm mit dem Zeigefinger: »Wer wird denn gleich an die Luft gehen?«

Deutsch konnte der immer noch. Broschkus, aus einer Benommenheit sich ermannend, tat so, als klopfe er die verkalkten Hände an der Hose ab. Der Totengräber, nachdem er sich hinabbegeben, die Knochenkästen der Reihe nach wieder zugedeckt und zurückgestapelt, nachdem er anstelle wortreicher Vorwürfe bloß den Kopf geschüttelt, schlug dem eben Ertappten – de facto hatte sich Broschkus doch gerade strafbar gemacht? – sehr herzlich auf die Schulter:

»*¡Hombre!* Dünn bist du geworden! Zuviel *chikichiki,* was?« Sein Atem roch so würzig wie ehedem.

»Ach, weißt du, Pancho, eigentlich such' ich –«

»*Noch* eine?« vermutete der Totengräber, zog ihn in den Schatten des Gängelabyrinths, auf einen zerbrochnen Grabstein, und klopfte zwei Zigaretten aus der Packung: Man höre ja die wildesten Sachen über ihn, ob er wirklich mit einer *jinetera* verlobt sei? Keiner gewöhnlichen, weißgottnicht, Pancho mußte sich die Stirn wischen. Ob Broschkus mal von Armandito Elegguá gehört habe?

»Mehr als genug, Mann. Und?«

»Sie war dabei, damals. Und auch beim nächsten Mal wird sie dabeisein!«

»Nächstes Mal?«

Nächstes Mal. Armandito sei zurückgekehrt aus dem Gebirg, wo er sich jahrelang vor Fidel verborgen, sei zurückgekehrt, weil das Ritual noch nicht vollendet, weil ihm eine Haut noch fehle: »Die weiße, *hombre,* die weiße! Sieh dich vor!«

Pancho, eben hatte er lässig über dem geborstnen Grabstein gelümmelt, nun schüttelte er drohend die Faust, als ob er gleich selber Hand anlegen und Broschkus die Haut abziehen würde. Erst als der sich aufrichtete, ein beherztes »Vorsicht, ich bin Oggún!« entgegenzusetzen, hielt er inne, wollte prompt Broschkus' Kette sehen, seit-wann-tragen-Weiße-denn? Ungläubig griff er danach, wurde durch ein scharfes »Mach dich nicht unglücklich, Mann!« zur Raison gebracht, durch ein entschlossen kreisendes Zeigefingerkreisen: »Dagegen kommst du mit deiner schwarzen Kette nicht an.«

¡Cojones! Pancho beruhigte sich nicht eher, als bis er den Blaumann aufgeknöpft, seine Narben auf den Schultern gezeigt, über den Brustwarzen, auf dem Brustbein: »Wir sind die stärksten!« »Krieger sind wir sowieso!« »Und wir haben den Kessel!«

Broschkus, anstelle von verrosteten Metallkreuzen und gestürzten Marmorengeln (die den touristischen Teil des Friedhofs markierten) von schachbrettartig die Gangwände überziehenden Quadraten umgeben, in jedem Feld eine Nummer von eins bis hundert, Broschkus wurde von einer Ahnung durchfröstelt: »Den Kessel von Mirta?«

»Vergiß Mirta! Der Kessel gehört Armandito selbst, sie hat ihn nur in Verwahrung genommen, als er –«

»Als er auferstanden ist von den Toten«, mußte sich Broschkus an der Betonwand abstützen, in einem der durchnumerierten Kästchen, über einem mit unbeholfner Hand gekrakelten Namen, einer Jahreszahl: »Und was ist da drin, im Kessel?«

»Die ganze Macht der Erde, *hombre.* Die ganze.«

Woraufhin ein umfassendes Schweigen anhob. Schaute man aus dem Gang hinaus, war dort das Flimmern der Luft, darunter die Ödnis einer leicht abschüssigen Grasfläche, an der Fried-

hofsmauer ein schwelendes Feuer, dahinter erneute Ödnis, von wenigen Gebäuden durchsetzt, schließlich nichts als Süden. Und im Himmel? Das Grinsen der schwarzen Schweine, rostige Eisennägel, riesige Augäpfel in einem Blutfluß, ein Messer, das kalkweiße Gesicht der gerade gestorbnen Frau Broschkus, noch im Tode voller Vorwurf, fünf Jungs, die einen Hund ertränkten, ein kleiner Kampfhahn. Dann nurmehr dick und schwer die Zunge der Mittagssonne, fast übern gesamten Himmel gelegt, auf ihrer Spitze kreuzweis eine blendend weiße –
nein, schwarz und schwebend ein Geier, wie er kreiste –
wie er kreiste –
wie er plötzlich hinabtropfte auf die –
in die –

»*¡Hombre!*« »Fehlt dir was?«

Broschkus fühlte die Wärme einer Hand auf seiner Schulter, sah in ein schwarzes Gesicht, richtig, das war Pancho.

»Aber es muß ja freiwillig vollzogen werden, das Opfer?« hob er leise wieder an, eher bittend als fragend: »Der Auserwählte muß aus freien Stücken –?«

Das müsse er zwar schon, erwog Pancho, die Auswahl an weißer Haut sei im *Oriente* jedoch sehr beschränkt. »Kann sein, daß Armandito ein wenig nachhelfen muß, wenn er vorankommen will.«

Als hätte Broschkus ausgerechnet einen solchen Satz nötig gehabt, um wieder klar zu sehen, um wieder auf die Beine zu kommen, das Dröhnen im Brustkorb zu spüren, das Klopfen im Schädel: solch einen Satz. Zurück ging er, den Blick nicht nach links gerichtet noch nach rechts, die Hand in der Hosentasche, um das Ochsenauge gelegt, das er zu Hause gleich mit weißem Rum waschen würde, auch morgen, übermorgen, immer: Pancho hatte's ihm zum Abschied geschenkt, es helfe gegen so manches, selbst wenn man nicht dran glaube. »Aber nur weißer Rum, hörst du, weißer!« Solch ein Ochsenauge. Zigarrenbraun mit schwarzem Lidstrich rundum lag es in seiner Hand, fühlte sich so fest an wie ein dicker runder Knopf. Daß Pancho nichts von Ernesto wußte – »Wenn's ein *santero* ist, hat er doch sicher einen ganz andern Namen?« –, sollte das Geschenk nicht schmälern.

Als flösse ihm von diesem Ochsenauge Kraft zu, ging Broschkus den ganzen langen Weg, die menschenleere Alameda entlang bis zur Endstation der Pferdefuhrwerke, dann die menschenleere Treppe hinauf in den Tivolí, ging heim. Als versetzten ihn solche Sätze nicht etwa in Angst und Schrecken, sondern in beste Stimmung.

Diesen Armandito, es wurde Zeit, daß er ihn kennenlernte.

Der MINSK 16 stand sperrangelweit offen,
davor der Standventilator aus der hinteren Kammer, mit Höchstgeschwindigkeit warme Luft in den Kühlschrank hineinschiebend, in der Zimmermitte eine ansehnliche Pfütze. Starker Pinienduft hing in der Luft, als habe man ein paar Duftsteinchen in den Räumlichkeiten verteilt, aber so was konnte's auf Kuba doch gar nicht geben?

Er habe sich freigenommen und ein wenig nach dem Rechten gesehen, erklärte sich Luisito, nachdem ihn Broschkus auf der Terrasse entdeckt, wie er im Schatten des Wellblechs, bräsig in einem der Klappstühle, die Füße gegens Geländer gestützt, den Strohhut tief in der Stirn, wie er sich so recht als Herr des Hauses eingerichtet hatte: Nicht mal mehr im Eisfach habe man die Biere anständig kalt bekommen, es habe abgetaut werden müssen. Wo sich denn der Doktor herumgetrieben habe, um diese Uhrzeit würden doch nur Esel auf die Straße gehen – und Weiße?

Broschkus, zum Lachen war ihm nicht zumut: Und der Duft?

Den liebe er, so frisch, zu Hause versprühe er ihn ebenfalls! Demnächst wolle er den Kühlschrank streichen, die Wohnung müsse verschönert werden; ob er dem Doktor nicht auch gleich eine neue *muchacha* besorgen solle, eine mit besten Referenzen, eine ehrbare Frau?

»Aber sie ist die schönste im ganzen Tivolí«, versicherte er, nachdem er die halbvertrockneten Kakteen gegossen: »Und sie mag dich, das hat sie mir selber gesagt.«

Als das Abtauen des Kühlschranks beendet (und einige tote Käfer aus dem Dichtungsgummi entfernt), blieb bloß noch der Kopf zu schütteln: »Ich versteh' einfach nicht, wie man an einer solchen – Person hängen kann, wenn man eine Mercedes haben könnte.« Früher oder später werde's ihm der Doktor glauben, das garantiere er, daß man sich auf die Dunklen nicht ungestraft einlassen könne, auch eine Iliana nicht: »Die holen sie sich, das sag' ich dir, *doctor*, die reißen ihr die Seele aus dem lebendigen Leib!«

Daß Broschkus nach dem großen Mittag,
anstelle einer zweiten Dusche gönnte er sich eine Betüpfelung mit *Elements*, in Chicharrones weitersuchen würde, war nach diesem Gespräch klar. Obwohl's Montag nachmittag war, errichtete man auf der Trocha Buden, karrte Biertanks heran, zimmerte Bühnen, nicht mal mehr die Open-air-Friseure waren aktiv: Als ob's heut abend schlagartig Samstag sein würde, *Noche Santiaguera!* Am Gasflaschendepot bog Broschkus bergwärts, vorbei an *»Venceremos«*, *»Vigilancia«* und weiteren Wandparolen (zu deren Lektüre er seines Taschenlexikons längst nicht mehr bedurfte), noch war die Straße geteert.

Grüppchenweise unterwegs mit ihm waren rot-weiß uniformierte Volksschüler, die Erwachsnen lagerten vornehmlich in Hauseingängen. Bald kamen ihm die ersten Wasserträger entgegen, schwer an ihren Kanistern schleppend, auch erstaunlich viele Kampfhundhalter, maulkorblos führten sie ihre Tiere durch die Straßen, alle andern Hunde in wilder Aufregung.

Mitunter allerdings auch das Lächeln eines, der vorüberging, so heftig, als habe er etwas zu verbergen. Doch was?

Nach zwanzig Minuten Fußweg das Bachbett,
beidseits gesäumt von Idyllen der Erbärmlichkeit, wäscheleinenpittoresk. Aus den Kloaken aufsteigend ein Schillern, rot drum herum ein Blühen der Kakteen. Wo damals der Tisch des Metzgers gestanden, nichts als eine Schiebetafel, das tägliche Angebot annoncierend, heute immerhin »*refresco natural* 232 g« für 0,70 Peso. Während Broschkus trank, ging einer der Straßenverkäufer an ihm vorbei, dessen Stimme er jeden Morgen, jeden Abend auch im Tivolí vernahm, »*¡La buena yuca!*«, ein Männchen aus Haut und Knochen, halbgefüllt ein Sack überm Rücken.

Ernesto? Kannte er nicht.

Ernesto? Kannte hier keiner.

Wo denn Iliana wohne, fragte er die Frau, die ihm den Becher nachfüllte, fragte den Rentner, der am Bachbettrand saß und ein Paar ausgetretne Halbschuhe verkaufte, fragte den Jungen, aus dessen Eimer bei jedem Schritt das Wasser schwappte, überall kopfschüttelndes Unverständnis erntend: Welche Iliana?

Na, Anita, ›die kleine Süße‹! Die Tochter von Mirta!

Ach so, Mirta, warum er's nicht gleich gesagt hätte? Kein Problem: Hier, dort, rechts, links, geradeaus, nicht geradeaus.

Trotzdem fand er ihr Haus,
nach annähernd einstündigem Hin und Her, aus der Tiefe der Stadt leuchtete dazu das Vertraute. Auf Mirtas Haustreppe, im Schatten ihres Wassertanks, beugten sich zwei Männer über ein Brettspiel, vielleicht Mensch ärgere dich nicht; sie waren so sehr in ihre Betrachtung versunken, daß sie den Fremden gar nicht zur Kenntnis nahmen, der sich, räuspernd, zu ihnen stellte. Früher hatte sich Broschkus gewundert, mit welcher Hingabe die Männer hier Domino spielten, Schach spielten oder mit kleinen Glasmurmeln nach Zielen warfen, die sich seinem Blick verbargen; mittlerweile wußte er, daß es dabei um Geld ging,

daß es – obwohl jede Art von Spiel- und Wetteinsatz gesetzlich verboten – immer um Geld ging, immer.

Es dauerte eine Weile, bis die beiden Notiz von Broschkus nahmen, eine weitere Weile, bis sie seine Frage beantworteten: Nein, Mirta sei arbeiten, sie komme erst gegen Abend.

Und Iliana?

Welche Iliana?

Na, ihre Tochter!

Wie die zwei da auflachten, einander die Hände klatschten, dann die von Broschkus: Mirtas Tochter, welch ein Witz! Schon spielten sie weiter, völlig ernst von der einen Sekunde zur nächsten, unansprechbar. Broschkus mußte sich eingestehen, daß Iliana hier weder wohnte noch gar als Tochter des Hauses, daß sie – ja was denn? Daß sie ihn belogen hatte.

Die der Länge nach aufgeschnittnen Cola-Büchsen neben der Eingangstür entpuppten sich beim näheren Hinsehen als Blumenkästen: Völlig vertrocknet und zugestaubt lagen darin die sterblichen Überreste einiger Pflanzen. Darüber hinweg flatterte ein Pfauenauge.

Auch in andern Vierteln war's für Broschkus nach wie vor schwer, sich mit den offiziellen und inoffiziellen Straßennamen zurechtzufinden: Einheimische benutzten ganz selbstverständlich die alteingebürgerten Namen; auf den Straßenschildern, so vorhanden, standen dagegen die neuen der permanenten Revolution. In Chicharrones jedoch, wo's mehr Trampelpfade und Bachbetten gab als von Staats wegen Erfaßtes, trugen die Straßen anstelle von Namen bestenfalls Buchstaben oder Nummern, Straßenschilder gab's sowieso nicht. Selbst wenn man sich einfach bergab hielt, hieß das noch lange nicht, daß man aus dem Wellblechwirrwarr herausfand, konnte der Weg doch plötzlich vor einem palmüberwölbten Dickicht enden, an einem Abgrund oder, in scharfer Kurve, steil wieder bergan führen.

Broschkus wurde's zunehmend labyrinthisch zumut. Insbesondre an Kreuzwegen, wo man sich zum gemeinsamen Nichtstun zusammengerottet hatte, zuckte sie ihm wieder auf, die Angst vor Kerlen, die ihm den Weg vertreten könnten, ihm mit der bloßen Hand den Schädel zu zerdrücken. Außerhalb des Zentrums hatte Broschkus bislang keinen einzigen Polizisten gesehen, ein erschlagner und womöglich auf der Stelle enthäuteter Weißer würde nicht weiter auffallen: Seitdem ihn Pancho erinnert an das, was Auszeichnung in dieser Stadt und Stigma zugleich, fühlte sich der vormalige Zehntelkubaner noch weißer als ohnehin; und hier, am Hang von Chicharrones schien ihm das Lauern noch eine Spur schwärzer als sonst.

Also vorwärts, rückwärts, abwärts, aufwärts, bloß nicht stehenbleiben, bloß keine Ratlosigkeit zeigen! Stumm verfolgt zu allem Überfluß von großen gelben Hunden, was sie nur wollten? Bei Anbruch der Dämmerung hätte man die Schönheit der Himmelszunge bewundern können, wie sie, jenseits der Bucht, dunkelrot aufs Gebirg hinabhing.

Wie erleichtert war Broschkus,
als ihm aus einer relativ straßenartig anmutenden Querung ein Motorradfahrer so langsam entgegenkam, daß man ihn problemlos herbeiwinken konnte. Heim! Da spielte's dann auch keine Rolle mehr, daß man auf halbem Weg in eine Polizeiabsperrung geriet und die Fahrt schon wieder zu Ende war – *Noche Santiaguera!* Aber natürlich, Samstag abend, wie hatte man das vergessen können! Mittlerweile waren Tausende zugange, ausschließlich Schwarze und *mulatos*, ein im Rhythmus der Musik hin- und herwogender Pulk auf der Ausfallstraße Richtung Flughafen, hinab die Trocha Richtung Meer – hier wurde ein *moto* sowieso nicht mehr durchkommen. Einer der Polizisten studierte den Personalausweis des Fahrers, nebenbei Belehrungen erteilend: Kuba sei ein freies Land, jeder dürfe Ausländer befördern! Allerdings nicht ohne Ausländerbeförderungslizenz; der *moto*-Fahrer nahm den angekündigten Entzug der Fahrer-

laubnis widerspruchslos hin, ab morgen würde er an einem der Kreuzwege herumlungern und auf Gelegenheiten lauern. Broschkus, noch voll der Dankbarkeit für seine Errettung, legte dem protokollierenden Polizisten die Hand auf die Schulter, fast so beiläufig wie ein Einheimischer:

Aber wir seien doch alle Ausländer, fast überall.

Der Polizist hielt mit Schreiben inne, offenbar kannte er den Spruch noch nicht, grinste und – zerknüllte das Formular, der Fall war erledigt. Stolz schickte sich Broschkus an, die Trocha zu queren; daß er selber die Nacht hinter Schloß und Riegel verbringen sollte, konnte er ja nicht ahnen.

Es dauerte eine gute Viertelstunde,

bis Broschkus die andre Straßenseite erreicht hatte, neben dem Vertilgen von Bier bestand die Hauptattraktion der Veranstaltung, so schien's, im Suchen und Finden von Körperkontakt. Mitunter mußte man sich mit Händen und Füßen der Plastikbecher erwehren, die einem von Mit- oder Entgegendrängenden, *¡salud!*, zugewiesen wurden: Die überbordende Lebensfreude erfüllte Broschkus mit Neid, die anteilnehmende Herzlichkeit beschämte ihn, das rohe Walten der Triebe verdroß ihn: Beliebt war ein Tanz, bei dem sich die Frau rücklings vor den Mann stellte, auf die Knie gestützt, und ihr Gesäß gegen das Geschlechtsteil des Mannes trieb. Wobei das Alter der meisten Tänzer bei knapp über zehn Jahren liegen mochte, maximal bei fünfzehn.

Vielleicht ist man mit fünfzig doch schon für vieles zu alt, erwog Broschkus im Weiterschieben und -geschobenwerden: In Deutschland merkt man's nur nicht so, weil's keine Jugend mehr gibt, weil man als Berufsjugendlicher noch überall locker –

Ehe er den Gedanken zu Ende führen konnte, steckte er schon wieder mittendrin in der Leiblichkeit einer rhythmisch verkeilten Menschentraube, so stark von Ärschen und schweißnassen Oberkörpern bedrängt, daß er sich beidhändig Luft schaffen mußte: Mit letzter Kraft schob er einen stiernackigen Kerl von sich, dessen Halsansatz die eintätowierte US-Flagge zeigte, zwängte sich an einem vorbei, dem das *Nike*-Logo im Stoppelkopf eingeschoren. Was man auf dieser Insel unter Freizeitbelustigung verstand! Selbst das Hemd war ihm dabei aus der Hose geraten.

Einige hundert Meter weit wurden die Fassaden der Calle Rabí
regelrecht abgepißt; erst auf der Hügelkuppe, man sah schon die Lichter der »Casona« und die dahinter liegende Straßenkreuzung, standen die Männer nicht mehr breitbeinig an den Wänden. Was Broschkus dann aber wirklich nicht mehr gebrauchen konnte, war Luisito, wie er sich mitten auf der Kreuzung postiert, um nach dem Rechten zu sehen – und gegebnenfalls Moralpredigten zu halten (gefährliche Stadt, insbesondre für Weiße, insbesondre nach Einbruch der Dunkelheit): Nicht selten hatte Luisito bis Mitternacht gewartet, um seinen Mieter besorgt in Empfang zu nehmen und die letzten Meter sicher nach Hause zu geleiten. Es gab nur eines: umgehend abzubiegen, auf ein schnelles *Cristal*, nach alldem hatte man sich's ja auch verdient.

Abgesehen vom neuen Türsteher,
er hieß Tomás und winkte Broschkus, den er von seiner Zeit als Hähnchenbrater im »Casona«-Hinterhof kannte, ohne Einklagen des obligaten Touristendollars durch, sieh an –, abgesehen von Tomás, der ihm eine deutsche Zeitung aufnötigte, die er von einem Gast geschenkt bekommen, war alles beim alten: Wie an jedem Montagabend spielten die *Cumbancheros,* inzwischen kannte Broschkus das Repertoire auswendig, demnächst würde er, gegen seinen erklärten Musikgeschmack, jedes ihrer Lieder mitsummen. Ebensogut kannte er die *fineteras,* die sich hier mehrmals die Woche mit Pappstücken Luft zufächerten: Stets zupften sie leicht übertrieben an sich herum, vorzugsweise an

ihren Stringtangas, auf daß sie noch ein Stückchen weiter aus dem Hosenbund hervorleuchteten. Inzwischen wußte Broschkus sogar ihre Namen – und trat desto zielstrebiger an den Tresen, um mit Jesús zu wetten: Würde Ramón heut ausnahmsweise? Oder würde er, wie immer, am Ende mit der Blondine seiner Wahl?

»Übrigens, Jesús, hast du Ernesto gesehen?«

Der Barmann schüttelte den Kopf, nebenbei einen Touristen mit einem Dreipesoschein bescheißend: »Der hat doch bei uns Lokalverbot.« Und zu Recht! Diese Unbeherrschtheit! Neulich habe er ja schon wieder nicht an sich halten können! Habe seinem besten Freund ein Messer in den Bauch gestoßen; seltsamerweise versuche ebenjener Freund vom Krankenbett aus, das Ganze als Unfall darzustellen. Als ob man einen Ernesto dann gleich wieder laufenlasse! Aber auch über den Doktor höre man ja Sachen, ob er tatsächlich regelmäßig zum Gräberschänden gehe?

Ramón,

so langsam kam ihm Broschkus auf die Schliche. Während seine Kollegen, als sei's notwendiger Bestandteil kubanischer Tänze, mit ihrer Geschlechtlichkeit fröhlich nach dem Fleisch ihrer Opfer stießen, bis diese von der Ahnung einer unbefleckten Empfängnis durchschauert wurden, ja-wenn-das-hier-so-lokker-lief, hielt sich Ramón vollkommen zurück.

Sein Geheimnis bestand darin, daß – er ihnen beim Tanzen von seiner Männlichkeit *erzählte*, daß er sich seiner sieben Hodenpaare rühmte, wie im Kreis der Mittrinker an der Theke? daß sein Adamsapfel so obszön feucht glänzte? sein Körper so unwiderstehlich männlich behaart war? so unwiderstehlich männlich stank? Ramóns Geheimnis bestand darin, daß er über Hände verfügte. Über Hände, die die Körperwölbungen einer Frau, obwohl nicht im geringsten dazu befugt, einen ganzen Abend lang aufmerksam begleiteten, niemals plump hingreifend, eher so, als würden sie einen Millimeter über der gemeinten Stelle schweben: So viel Dezenz waren die Damen nicht gewohnt, weder zu Hause noch gar hier im Urlaub. Wenn er beim Paartanz dann, anstatt hüftwärts taktil zu werden, nur Zeige- und Mittelfinger der Rechten anlegte, und anstatt mit der Linken entschieden zuzugreifen, nur die hocherhobne Hand flach gegen diejenige seiner Partnerin drückte, damit aber überraschend resolut die Initiative ergriff, um sie trittsicher über die Runden zu dirigieren – dann flogen ihm die Herzen endgültig zu: Er hatte sie vollkommen in seiner Hand, die Damen, konnte sie biegen und brechen, wie's ihm beliebte.

»Und wenn sie nicht tanzen wollen?« hatte ihn Broschkus einmal gefragt, »was machst du dann?«

»Das wollen sie alle«, hatte Ramón versichert: »Frauen, die nicht tanzen, sind keine Frauen.« »Hast du eigentlich schon 'nen neuen Anzug für mich?«

Daß heute zimtbraun neben ihm Mercedes tanzte,
noch dazu mit einem arg verfetteten Herrn, der sich – obwohl gewiß an die Sechzig – ein buntes Tuch um den Kopf gewickelt hatte: konnte Broschkus nicht mehr erhitzen, auch das Goldkettchen an ihrer Fessel war ihm nurmehr Zur-Schau-Stellen des Falschen an der Falschen auf die falsche Weise.

Dagegen Ramón! Broschkus sah voll inbrünstiger Wut, daß er seine Wette bereits verloren hatte; doch indem er sich zu Jesús drehte, ihm mit einem möglichst desinteressierten »Naja, rosa Sohlen« die vereinbarte Flasche *Ron Mulata* auszugeben, war Jesús mit ebenjenem Touristen beschäftigt, dem er die Dreipesonote als Wechselgeld aufgeschwatzt. Zuvor belehrt, der vor Jahren aus dem Verkehr gezogne Schein sei drei Dollar wert, wollte der Tourist nun drei Bierdosen damit bezahlen – was Jesús mit Improvisationen über den wahren Wert einer Dreipesonote zu verhindern suchte.

Auch das erlebte Broschkus nicht zum ersten Mal, blickte

sich fast so gelangweilt über die Schulter wie ein Einheimischer, fast – und sah Tomás, der ihm von der Tür her heftig Zeichen machte. Broschkus, von einer schreckhaft aufschießenden Ahnung ergriffen, sogleich von einem innern Schwirren vollständig erfüllt und für einige Augenblicke taub und fühllos gemacht, geriet übergangslos in das, was er seit seinem schlafwandlerischen Ausflug auf die Dachterrasse als Anderen Zustand bezeichnete: nahm von einer Sekunde zur nächsten alles wie hinter Glas und in Zeitlupe wahr, als ob's gar nicht geschah oder jedenfalls in großer Ferne, die bloße Darstellung eines Geschehens, dafür in perfekt synchronisierter Gleichzeitigkeit: das sich anbahnende Dreidollardebakel von Jesús, die armselige Gelegenheitshurerei von Mercedes, das beglückte Um-sie-herum-Scharwenzeln des neuen Galans, sogar das zögerlich zarte Eindringen von Ramóns Zunge ins Innere einer Blondine – vergrößerungsglasgenau registrierte Broschkus jegliches auf einmal, und doch, als läge die Brennweite seines Blickes weit hinter dem, was er damit erfaßte, als sähe er durch alles hindurch. Mit einem Mal spürte er, daß er nicht ganz so glimpflich davonkommen sollte an diesem Tag. Daß in jenen merkwürdig überdehnten Sekunden etwas Grundsätzliches seinen Lauf nahm und nicht eher zum Stillstand kommen würde, bis – aber da war der Andere Zustand vorüber, Broschkus drückte die Schultern durch.

Im Losstolpern erkannte er noch den Bleihahn hoch über der Eingangstür, ach-Osun, da-konnten-die-Krieger-ja-nicht-weit-sein, schon war er, der empörten Beschwerden über die rüpelhafte Art, wie er sich seinen Weg bahnte (»Du magst mich nicht, ich weiß!«) (»Holst du etwa den Anzug?«) *(»Klootzak!«),* nicht achtend, hart, herrisch, hochfahrend, schon war er draußen vor der Tür, auf der Balustrade.

»Da unten ist jemand«, bedeutete ihm eine, die am Geländer lehnte, ihr T-Shirt aus verschiednen Union Jacks zusammengesetzt, »der will was von dir.«

Dann stürzte Broschkus treppab und –

Wenn er sich nicht schon in jener Nacht zu Tode stürzte,
so lag's an Tomás, der auf halber Höhe stehengeblieben war, um eine entgegenkommende Gruppe Deutscher abzukassieren und nebenbei den aufprallenden Broschkus zu retten, jedenfalls für diesmal.

»Die berühmteste Kneipe der Stadt!« schwärmte der eine.

»Klingt ja fast wie auf CD!« schwärmte der nächste.

»So voll, und das an einem Montag!« schwärmte der dritte.

»Ich hab' sie, *sir*!« schwärmte einer am Treppenabsatz, im Dunkeln, Broschkus fand kaum die Zeit, sich bei Tomás zu bedanken.

Wie er aber mit Ernesto vor seiner Wohnungstür stand,
noch schnell eine Flasche *refino* zu holen – vor Erleichterung wäre er ihm am liebsten um den Hals gefallen –, griff er in die rechte Hosentasche, wo er normalerweise die Hausschlüssel wußte; griff, »nur zur Sicherheit«, in die rechte Seitentasche (wo er normalerweise das Lexikon wußte); griff in die linke Hosentasche, die linke Seitentasche. Doch er konnte den Vorgang so oft wiederholen, wie er wollte: Während der Inhalt der *linken* Taschen, Geld, Ochsenauge, Taschentuch, vollständig vorhanden war, blieb derjenige der *rechten,* Schlüssel, Lexikon, und blieb verschwunden. Es half nichts, man mußte sich beim Vermieter einen Ersatz –

Uyuyuyuy, das gefiel Ernesto nicht. Mit dem Griff seines Schirms klopfte er gegen die Tür, daß die Lockenwicklerin ihr Abendprogramm unterbrach und herausguckte: Einen Luisito könne er jetzt am allerwenigsten gebrauchen. Dann eben morgen, auf diesen einen Tag käm's auch nicht mehr an.

Wie glatt sich sein Gesicht gezogen hatte! Bloß nicht nachfragen, nicht reizen, wer weiß, vielleicht war er tatsächlich jähzornig, griff gleich zum Messer.

Sir! Ob Broschkus überhaupt eine Ahnung davon habe, wie schwer's diesmal gewesen sei? wie gefährlich? daß er fast abgestochen worden wäre wie ein Schwein? Ernesto, in seiner Erregung beschuldigte er Broschkus, die letzten Tage absichtlich außer Haus verbracht zu haben, unauffindbar, weil er – eben doch nur ein Weißer sei! Einer, dem die rechte Einstellung fehle. Der Mumm in den Knochen. Das gewisse Etwas. Überhaupt alles, was den Mann zum Mann mache.

Woraufhin er mit einem unwirschen Bis-morgen-*sir* in die Nacht verschwand, so unvermittelt wie er aufgetaucht, mit einem knapp herausgebellten Aber-lauf-mir-bloß-nicht-wieder-weg.

Dir werd' ich's noch zeigen! maulte ihm Broschkus hinterher: Außerdem bin ich ein Farbiger! Als er ihm die Calle Rabí nachblicken wollte, war Ernesto freilich schon verschwunden.

»Hab' ich's dir nicht oft genug gesagt?«
rügte Luisito, der zum Glück noch geöffnet und auch sofort Ersatzschlüssel bei der Hand hatte: »Jetzt haben sie dich also erwischt.«

Während er mit seinem Mieter zur Casa el Tivolí lief, ließ er sich berichten, wie der den Tag verbracht; als er vom Gedränge auf der Trocha vernahm, fiel er ihm wütend ins Wort: »*¡Ya!* Der alte Trick.«

Luis Felix Reinosa, erzürnt – über Unvernunft und Unbelehrbarkeit seiner Gäste? über Niedertracht und Tücke seiner Landsleute? – spielte er den Diebstahl umgehend nach, preßte Broschkus an die Hofwand, daß dem ein Ächzen entfuhr, erneut kam die Lockenwicklerin heraus. Bekam wohl gerade noch mit, wie Luisito seinem Mieter in grimmigem Triumph ein Taschentuch aushändigte – man greife eben einfach zu, egal wo, am besten zu zweit, zu dritt, von allen Seiten! Er mußte diesbezüglich einige Erfahrung haben. Immerhin hatte auch er das Geld verfehlt.

Daß die Diebe ein Lexikon für eine prall gefüllte Brieftasche gehalten, konnte ihn keineswegs erheitern. Wenn sie das Geld wenigstens erwischt hätten! Aber ausgerechnet die Schlüssel!

Luisito, den Schweiß von der Stirn schiebend, war fast so aufgebracht wie ein Deutscher, während sich Broschkus, beschämt seine Verlegenheit verbergend, fast so schicksalsergeben gab wie ein Kubaner.

Da hätten ihm die Diebe ja nur nachgehen müssen! kombinierte Luisito: Schon wüßten sie, *¡que pinga!,* wo sie in den kommenden Nächten problemlos einsteigen konnten. Das Schloß mußte ausgetauscht werden, keine Frage, desgleichen das Vorhängeschloß. Und wenn sie bereits in dieser Nacht? Einige Sekunden lang rang Luisito mit der größten anzunehmenden Katastrophe, sah dunkle Gesellen, wie sie ihm die Casa el Tivolí in Windeseile leerräumten, alles, was er unter Mühen dort angehäuft, sogar das Waschbecken würden sie ihm abschrauben und den Duschkopf, alles.

Die Lockenwicklerin rief ihm zu, daß sie heut nacht auf den Doktor aufpassen werde, sie und ihre Jungs, man könne sich auf sie verlassen.

Luisito verließ sich noch lieber auf ein neues Vorhängeschloß, das er aus seiner Wohnung beizubringen gedachte, damit würden die Diebe nicht gerechnet haben, *¡coño!* Und wieder zu Broschkus, sanfter: »Wie kann man nur so dumm sein!«

Während die Lockenwicklerin entsetzlich umfassend auflachte und, von der Balkonbrüstung aus, ihre in den umliegenden Höfen verteilten Jungs instruierte, durchfuhr Broschkus erst die Scham, dann das Begreifen. Wenn er bislang vermutet, am gefährlichsten sei's in dieser Stadt, wo's stiller wurde, leerer wurde, wo vor den Hütten vereinzelt nurmehr Arbeitslose lungerten und an den Straßenecken rudelweise Halbstarke, so wußte er jetzt: Gefährlich wurde's vornehmlich dort, wo's lauter und fröhlicher zuging als sonst.

Wohingegen alle Welt nun über ihn wußte, daß er sich fast so dämlich angestellt wie ein Tourist, wie einer, der keine Ahnung hatte, keinen Mumm, kein gewisses Etwas. Wie ein Weißer eben.

Überall drohe Raub und Schwindel,
setzte Luisito seine Belehrungen fort, kaum daß er mit dem neuen Vorhängeschloß wiederaufgetaucht: Niemandem sei zu trauen, alles laufe in Kuba auf krummen Wegen. Sogar Falschbier werde in Original-*Cristal*-Dosen abgefüllt. Als ob das die denkbar größte Schweinerei wäre.

Wohlgefällig überprüfte er die Funktionstüchtigkeit des neuen Vorhängeschlosses, schob Broschkus mit Bestimmtheit in die Wohnung, hieß ihn, den Riegel vorzuschieben. Keine Sorge! Jetzt werde er ihn einsperren, morgen früh komme er, ihn zu befreien. Um nach Dienstschluß auch das Hauptschloß auszutauschen; falls er die passende Farbe auftreibe, werde er gleich den Kühlschrank streichen, man müsse die Zeit ja nutzen, bis – der-Doktor-wisse-schon.

Das Vorhangeschloß schnappte zu, Broschkus wußte schon.

»Was ich aber wirklich nicht verstehe«, verabschiedete sich Luisito durch die Fensterjalousetten: »Seit wann ist *Noche Santiaguera* am Montag?«

Das wußte Broschkus nicht.

Er verbrachte die Nacht hinter Schloß und Riegel;
nach Mitternacht, als aus der Stadt nurmehr seufzend verzerrte Tonschlieren aufstiegen, war ein fernes Trommeln zu vernehmen: ein monotones Taktschlagen, bestimmt von jenseits der Senke, aus Chicharrones. Dagegen kein Laut von der Trocha, als tobte dort nicht gerade *Noche Santiaguera,* als wäre dort nichts als Montag – beziehungsweise bereits Dienstag. Ob Broschkus drauf und dran war, ein bißchen verrückt zu werden? Irgendwas stimmte mit dieser Stadt nicht, irgendwas war mit ihr, in ihr im Gange – wieso sonst hätte ihn Iliana belügen sollen?

Und was hatten die mit den schwarzen Ketten dabei zu tun, Pancho, Cuqui, der Einbeinige, die anscheinend alle mehr oder weniger mit diesem gewaltigen Kessel in Verbindung standen? Dessen Macht sogar Menschen *ohne* schwarze Kette respektierten, allen voran Mirta, ob echte oder falsche *santera,* die Grenzen schienen fließend zu sein. Lediglich Ernesto, der gehörte definitiv nicht dazu, gehörte zu einer andern Religion, einer rivalisierenden Partei, verfolgte seinen eignen Weg, eine für Broschkus vermutlich vollkommen falsche Fährte. Selbst wenn er sie zum zweiten Mal gefunden haben sollte, gefunden zu haben glaubte oder –

Hatte's draußen geraschelt? Waren sie schon da?

In jener Nacht gab's soviel Geräusche
wie nie. Immerhin Geräusche, keine Stille. Hatte Broschkus etwa auch Angst vor Besuch ganz andrer Art? Merkwürdigerweise war er sicher, daß er heut ungestört bleiben würde, morgen, übermorgen, eine unbestimmte Zeit. Warum? Darum. Gut, mit den Kriegern, nach allen Regeln der *Santería* geweihten Kriegern an seiner Seite, wär's ihm wohler gewesen; denn daß ein Ochsenauge gegen derartigen Besuch kaum zu schützen vermochte, war klar. Ebensowenig das Zungenbild, das Hufeisen, die Ketten: Was Broschkus fehlte, waren nicht die Gegenstände, es war das Blut, das sie zum Leben erweckte.

Und jetzt, ping-ping-ping-ping, vernahm man auch das metallisch helle Schlagen des Taktes, Broschkus kippte die Jalousetten und lauschte nach draußen. Als ihm das Getrommel so sehr anschwoll, daß er meinte, man schlüge direkt auf sein Trommelfell, während draußen, diesseits wie jenseits der Hofmauer, alles in tiefster Ruhe versunken blieb, begriff er zumindest dies: daß das Trommeln Besitz von ihm genommen, daß es in ihm war, nirgendwo sonst.

Das stimmte zwar
gar nicht. Aber wenigstens war dieser achtundsiebzigste Tag seines neuen Lebens damit beendet. Weitere zweiundsiebzig standen ihm noch bevor.

Das Gackern einer Henne,
kaum eine allererste Dämmerung drang durch die Fensterritzen, träumte Broschkus als Quietschen einer Kinderschaukel, dann als Piepen eines rückwärts fahrenden Lieferwagens, schließlich als Gackern einer Henne. Die Zeit, bis Luisito kommen und die Tür aufsperren würde, vertrieb er sich mit Lektüre der deutschen Zeitung.

Lektüre? Broschkus las fast jeden Artikel an, um sofort festzustellen, daß er ihn nicht zu Ende bringen mußte: Im Politikteil wurde eine grassierende Verzagtheit beklagt, im Feuilleton eine umfassende Hoffnungslosigkeit gegeißelt, im Wirtschaftsteil eine saisonal bereinigte Aussichtslosigkeit verkündet, im Sportteil ein endgültiger Abstieg angedroht – was kümmerte ihn das noch? Mochte am andern Ende des Atlantiks auch der Weltuntergang eingesetzt haben, im Tivolí hatte man Wichtigeres zu bedenken.

Das Treffen mit Ernesto verlief,
entgegen jeglicher Befürchtung, vollkommen unaufgeregt, nahezu harmonisch. Der Gast hatte Zigarren mitgebracht, »organisierte Ware«; sogar Luisito bekam eine ab, weil der Austausch des Schlosses so erfolgreich verlaufen, anschließend die ganze Wohnung von Pinienduft erfüllt war. Mit sichtlichem Wohlgefallen atmete Ernesto ein und aus und ein, ohnehin war er heute wie ausgewechselt: Gewiß, gestern, eine kleine Unbeherrschtheit, man möge ihm bitte verzeihen.

Hatte sich hier schon jemals irgendwer für irgendwas entschuldigt? Broschkus war derart gerührt, daß er für ihn sogar bis nach Havanna gefahren wäre, obwohl's diesmal bloß bis Dos Caminos gehen sollte. Ein Bauerndorf jenseits des Gebirgs, kaum zwanzig, dreißig Kilometer entfernt, ja, er hatte schon davon gehört. Und wie heiße sie dort, die Frau mit Fleck im Auge?

Das wisse er nicht, gestand Ernesto: Ihr Halbbruder heiße Alfredo.

Und dessen Adresse hatte er. Aber Vorsicht! So einfach wie bei Alina werde die Sache nicht ablaufen, mit einem sechstürigen Lada vorzufahren verbiete sich von selbst. Am besten, Broschkus reise wie einer der Hiesigen an, mit dem Bus über die Autobahn, dann mit dem Pferdekarren. Nein, kein Voodoo-Gebiet diesmal, aber: »Deinen Namen nennst du besser nicht. Sag zum Beispiel, du heißt Sarabanda Mañunga.«

»Sarabanda was?« mokierte sich Broschkus, fand gleichwohl die Idee, unter falschem Namen zu ermitteln, sofort spannend: »Ist das nicht ein Tanz?«

»Und was für einer, *sir.*« »Sag auf keinen Fall, daß du von mir kommst.«

Über die Schwierigkeiten seiner Ermittlungen wollte Ernesto trotzdem kein Wort mehr verlieren. Beinahe abgestochen? Eine kleine Meinungsverschiedenheit, nicht mehr, das Leben sei ein Kampf.

Man einigte sich nahezu problemlos,
der eine wollte die Krieger (und nebenbei beweisen, daß er keiner war, der im entscheidenden Moment kniff); der andre wollte das Ergebnis seiner Bemühungen gewürdigt wissen (und nebenbei die zur Mitarbeit ermunterten *santos* beruhigen); darüber hinaus wollten sie beide die Zeit nutzen, bis – es wieder andre Prioritäten geben würde. Im Grunde hätte Broschkus sofort losfahren können.

Aber halt! So einfach seien die Krieger nicht zu bekommen; ohne den *santo* zu kennen, der den eignen Kopf regiere, könne man das Ritual nicht ausführen.

Den kenne er, blähte sich Broschkus: Er sei Oggún. Ein ganzer Kerl.

Woher er das, bitte, wisse? Ernesto zeigte sein lapidares Lächeln, von dem man nie wußte, wie's gemeint war: »Die einzigen, die deinen *santo* kennen, sind die Muscheln-die-sprechen. Bevor du die Krieger bekommst, mußt du sie befragen.«

Also gut, lenkte Broschkus ein: Alles der Reihe nach, es solle ja wirken. Aber schnell, so schnell wie möglich! Schließlich seien bereits andre Mächte hinter ihm her, mächtigere Mächte vielleicht als die, die Ernesto ins Feld zu führen vermöge.

Woraufhin sie sich beinahe noch gestritten hätten.

Mächtiger als die *santos?* Ein alter Eisenkessel? Den stoße er doch mit der linken Hand um, auch wenn der Weltgeist persönlich darin hocken sollte, der gehöre sowieso auf den Müll! Ein Relikt aus dem Busch, als die Menschen auf allen vieren herumgekrochen, pah!

Im Garten nebenan ließen sich gern Vogelschwärme nieder, eher ein aufgeregtes Quietschen als ein Trillern; im Moment jedoch herrschte dort Totenstille.

»Sag mal, Ernesto, kann's sein, daß mich vorgestern nacht
kein andrer als dieser Weltgeist besucht hat?« Broschkus nützte den Moment, da sich Ernesto atemlos geredet und, mit einer Geste der Erschöpfung, zurückgesunken in seine verhaltne Wohlerzogenheit, beugte sich vertraulich an eines seiner riesigen Ohren: »Ich meine, war das vielleicht der Teufel?«

Weder Bruno noch der Esel ließ sich vernehmen, nicht mal ein rasches Aufrascheln der Palme, der dumpfe Ton einer zu Boden fallenden Frucht. Wahrscheinlich hielten selbst die Toten kurz inne.

»Nein«, entschied Ernesto, ließ sein Taschentuch aber nicht aus der Hand: »Weil's ja keinen Teufel gibt.« Außer für Christen, und die hätten's nicht anders verdient.

Gutgut, wußte Broschkus: Die *santos* seien böse genug; hingegen im Voodoo zum Beispiel –

Nein, beschied Ernesto: Der Voodoo komme gleichfalls ohne Teufel aus, seine Geister seien bei Bedarf hinreichend schreck-

»Aber wer ist es dann, der mich nachts besucht?«

»Deine Kleine von damals«, wischte sich Ernesto die Stirn, den Nacken: »Natürlich in ihrer wahren Gestalt, sie verlangt nach dir. Hab' ich dir doch gesagt, daß sie kein normaler Mensch ist.«

Womit Broschkus wieder dort war, wo er schon vor Wochen gewesen, keinen Deut weiter. Blieb ihm lediglich der Zug an der erloschnen Zigarre und der Blick auf die Mondsichel, wie sie hell über der Gran Piedra – nicht etwa stand, sondern auf dem Rücken lag: Der Mond wuchs oder schwand hier nicht vertikal, sondern horizontal, von unten nach oben? von oben nach unten? und er strahlte so stark, weil's in der Stadt bloß sehr vereinzelt Lichter und im Himmel überhaupt keine Sterne gab.

»Gut, daß wenigstens der Mond scheint«, mühte sich Broschkus, der verfahrnen Situation etwas Positives abzugewinnen: »Ohne den wär's hier so dunkel wie –«

»Wie in 'nem Negerarsch«, ergänzte Ernesto, man mochte meinen, er habe seinen Witz gemacht. Aber im Gegenteil! Als ihm Broschkus ins Gesicht blickte, war's von diesem Lächeln durchleuchtet, das jede Aussage in ihr Gegenteil läuterte. Mit einer kleinen Geste der Vergeblichkeit zeigte Ernesto auf den Mond, wie er trotz seines tapferen Anstrahlens gegen all die umgebende Nacht so winzig war, bereits im Anwachsen dem baldigen Abnehmen anheimgegeben und Verbleichen:

»Wenn du ihn lang genug betrachtet hast, *sir*, siehst du's ihm sogar schon als Vollmond an: Das Helle vergeht. Doch das Dunkle, das bleibt.«

Das Schönste an den Dachgesprächen mit Ernesto waren die Momente, da sie beide gemeinsam in die Nacht hinausschwiegen, rundum stiegen dreierlei Arten von Tönen zu einem Himmel, in dem's zwar bedrückend viel Dunkles gab, andrerseits auch ausreichend *santos*, daß man sich nicht allein gelassen fühlte. Mitunter ließ sich Ernesto dann sogar etwas Persönliches fragen, zum Beispiel, ob er in einem Wasserglas die Zukunft lesen könne (Nein, er benütze dazu die Kaurimuscheln), ob er als *santero* nicht einen andern, einen santeristischen Namen habe (Natürlich, aber den verrate er nicht, Broschkus sei ja ungeweiht), wieso er manchmal seine »Söhne« erwähne:

»Du darfst doch gar nicht, ich meine, weder an geraden noch an ungeraden Tagen?«

Erstaunlicherweise fuhren Broschkus' Zeigefinger ganz von selber zusammen, sich aneinander zu reiben.

Lang habe er mit seinem Schicksal gehadert, sog Ernesto an seinem kalten Stumpen: Im Grunde hadere er noch heute damit. »Weißt du, ich liebe sie, die Frauen, mehr als einer, der sein Mütchen regelmäßig an ihnen kühlt! Aber manchmal, da kann ich diese Liebe nicht unterscheiden vom Haß. Als ob sie beide zusammengehören, je heftiger das eine, desto heftiger das andre.«

Das verstand Broschkus.

Das verstand er sogar sehr gut. Das heißt ...

»Wenn du Söhne hast, dann müßtest du doch auch –«

»Es sind Söhne, die von meiner Hand die Kraft der *Santería* erfahren haben.« »Menschen, für die ich Blut vergossen habe.« »Vielleicht wirst du ja auch mal einer von ihnen, wer weiß?«

Seitdem wußte Broschkus,
warum sich Ernesto so sehr für ihn interessierte, für ihn einsetzte, angeblich sogar sein Leben riskierte – weil er drauf hoffte, daß sich Broschkus am Ende seiner *familia* anschlösse: ein Fremder, ein Weißer als *santero,* geweiht von seiner Hand, das wäre ihm gewiß ein Triumph. Eine kleine Entschädigung zumindest für das, was ihm vom Leben verwehrt. So einfach war das.

Zum ersten Mal umarmten sie sich beim Abschied, versicherten sich ihrer Freundschaft; jetzt, da er Ernesto zu verstehen glaubte, war ihm Broschkus auf eine innigere Weise verbunden als jedem andern. Falls er die Muscheln tatsächlich morgen zum Sprechen bringen würde, wie er's versichert (vorausgesetzt, die Toten wären einverstanden), dann würde er ihm den Gefallen tun, würde übermorgen gleich nach Dos Caminos fahren.

»Sarabanda was?«

»Sarabanda Mañunga. Schreib's dir auf, wenn du's dir nicht merken kannst.«

Aber Ernesto brachte die Muscheln nicht zum Sprechen,
denn um fünf Uhr morgens trommelte man Broschkus aus dem Bett. Ob der Heftigkeit des Klopfens dachte er im Hochschrekken zunächst, Iliana sei zurückgekehrt; es war jedoch Luisito, gekommen, sein Versprechen einzulösen: Heut morgen werde einer seiner Brüder ein Schwein schlachten, das er während der letzten Monate gemästet, der Doktor dürfe zugucken.

Seit über zehn Jahren wohne Reynaldo in Micro-9, erklärte er in der Pferdedroschke: Fließend Wasser, kaum Stromausfälle, was wolle man mehr.

Tausende von russischen Wohnblocks, einer wie der andre! erklärte er, als sie die Endstation erreicht hatten: Micro-7, Micro-8, Micro-9, ausnahmslos gute Stadtviertel, lediglich die Moskitos störten ein wenig.

Zu überqueren war dann zwar nicht der Abwasserkanal, aber die leere Ausfallstraße; auf Trampelpfaden ging's durch vorstädtische Steppenlandschaft, durchsetzt mit Wellblechbuden, Plattenbauten. Am Ziel angelangt, einem fünfstöckigen Wohnhaus, unten eher hellblau, oben rosa und grün, wurde Broschkus endgültig von einer Ahnung ergriffen; die Balkons waren größtenteils zu Verschlägen umgewidmet, aus denen es munter krähte, ruckte, bellte, grunzte. Vor der Haustür saß einer und klopfte Getränkedosen mit einem Stein flach, wahrscheinlich hatte Fidel mal wieder eine Wertstoffsammlung befohlen. In einigem Abstand, auf dem verdorrten Gras zwischen den Betonbauten, dort, wo in Europa vielleicht die Parkplätze gewesen wären: ein Lagerfeuer, auf dem ein gewaltiger Topf erhitzt wurde, bewacht von einem kleinen Jungen.

Auf Augenhöhe der Klingelknopf, sofort schlugen mehrere Hunde an. Im Halbdämmer des Treppenhauses war vor lauter

Erinnerung zunächst kaum was zu sehen, sodann geländerlose Stufen, vergitterte Türen. Im obersten Stock ein strammer Neger, Schnauzbart, nackter Oberkörper, der die Wartezeit mit dem Ölen von Vorhängeschlössern genutzt, bei Luisitos Anblick brach er in Herzlichkeit aus.

Wieso hatte Ernesto das damals denn verschwiegen, er mußte das doch gewußt haben? Reynaldo indessen behandelte den *doctor* wie einen Fremden, höflich reserviert, als ob er ihn noch nie gesehen. Und weil Broschkus vor Verwunderung annähernd sprachlos war – ohne sein Lexikon schien ihm ein Großteil der Vokabeln abhanden gekommen, jedenfalls die, die man in solch heiklen Situationen gebraucht hätte –, verstrich der Moment. Drinnen wartete die versammelte Familie, vom Balkon ließ sich die Zufriedenheit des Schweins vernehmen. Wieder wurde Broschkus der Ehrenplatz im eisernen Schaukelstuhl zugewiesen, zur Einstimmung servierte man *cafecitos.* Zwischen Ehrenurkunden und Medaillen an der Wand (für Wachsamkeit gegenüber Feinden der Revolution) hing die Machete.

Wie dann aber auch noch,
zusammen mit einem struppigen Strolch in zerlumptem Polohemd und an den Nähten aufgeplatzten Schuhen, annähernd zahnlos, doch von großer Fröhlichkeit, wie dann als zweiter Schlachtergehülfe auch noch ein zwergwüchsiger *mulato* vorstellig wurde, den Mund zum Gruß öffnete, um mit der versoffen knarrenden Stimme eines Sechzigjährigen sein breites »*¡Buenas!*« in die Runde zu gurgeln, geriet Broschkus in ein vollendetes Schweigen. Der Zwergwüchsige, seine Nasenlöcher vielleicht ein Stückchen weiter nach außen gestülpt als seinerzeit, erkannte den Ehrengast ebensowenig wie Reynaldo. *¡Adelante!*

Das Schwein jedoch,
treuherzig auf den Zuruf seines Herrn an den vordern Rand des Verschlages gekommen, erfaßte die Situation mit einem einzigen Blick. Reynaldo immer wieder ausweichend, stemmte sich's dem Abtransport entgegen, schlackerte mit den Ohren, schrie. Als man's an einer Drahtschlinge aus der Geborgenheit seiner Behausung herauszog und hinein in die gute Stube, pißte es vor Angst: überraschenderweise kein schwarzes, sondern ein annähernd weißes Schwein, lediglich die Ohren waren schwarz. Mit flinken Augen musterte es seine Peiniger, streifte mit seinen mißtrauischen Blicken auch Broschkus, der die Augen zu Boden schlug.

Nun warfen sich alle vier auf die Sau – Reynaldo, die Gehülfen, sogar Luisito, der sich von seiner Bürokleidung nicht abhalten ließ – und rangen sie zu Boden, immerhin zweihundertfünfzig Pfund, wie man Broschkus stolz mitgeteilt hatte: um mit blauweißem Kabel einen der Vorderläufe zu fesseln, dann die beiden Hinterläufe.

Solcherart ging's ins Treppenhaus, Reynaldo an der Drahtleine vornweg, der Rest schiebend, schubsend, schlagend, tretend hintennach, schreiend das Schwein, schreiend die Männer. Draußen wurde's an einen Baum gebunden, das Schwein, und – als ob's die eben erlittne Zumutung schon wieder vergessen und verziehen hätte, seiner Behinderung nicht achtend – schnüffelte gleich gierig am Boden. Fand sogar etwas Feines und fraß es noch schnell.

Während sich Reynaldo einen Bauchgurt umschnallen ließ,
wurden verschieden kleine Messer bereitgelegt und ein Schleifstein, wurden drei Maiskolben spitz zugeschnitten, einer fürs Schwein, die beiden andern für die Gehülfen, lachte man, die hätten's dringend nötig. Als Schlachtstelle einigte man sich auf die Abbruchkante des Betonplattenwegs, der von der Haustür ein paar Meter ins Brachland führte, auf die Stelle direkt vor

dem Eingang. Der Mann, der dort bis eben Büchsen flachgeklopft, mischte sich in die Vorbereitungen ein, machte sich anheischig, kanisterweis Bier beizubringen; einer mit Aktenmappe unterm Arm sicherte sich nach kurzem Wortwechsel eins der Hinterbeine.

Halb sieben schon, höchste Zeit. Reynaldo wählte das Messer mit der kleinsten Klinge, ging damit auf und ab.

Das Schlachten des Schweines
begann damit, daß man ihm nun auch die Schnauze zuband; während man es auf der Betonplattenkante zurechtzulegen suchte, gelang's ihm, ein Hinterbein kurzfristig freizustrampeln: Was ihm einen heftigen Schlag ins Gesicht bescherte, zuzüglich weiterer zwanzig, dreißig Sekunden Todesangst. Eine Frau, die aus dem Haus trat, drückte ihr Gewicht auf den freigewordnen Hinterschinken – ob man ihr, bitte, ein Stück davon reserviere? –, die beiden Gehülfen hielten die Vorderläufe, Luisito stellte seinen Halbschuh fest auf den Kopf des Schweins, dem die Blicke flogen.

Nein, eine Gummischürze gab's nicht, auch keine Stromzange, um das Schwein zu betäuben. In nervöser Vorfreude wetzte Reynaldo erneut das Messer, es war so winzig, daß es in seiner Hand fast verschwand. Der Zwergwüchsige geriet in Streit mit dem Strolch, wer von den beiden den Kopf bekomme. Einige weitere, die eigentlich zur Arbeit mußten, standen als Publikum bereit. Broschkus, von niemandem beachtet, versuchte, ein aufkommendes Schwindelgefühl durch genaues Beobachten zu bändigen.

Reynaldo befühlte eine faltige Stelle am Hals des Schweins, knapp unterm Kopf, zeigte seinen Zuschauern, wohin er stoßen würde, konzentrierte sich: im Verlauf einer einzigen Sekunde verwandelte sich in den Schlächter, der sich den Schweiß von der Stirn schob, den Schweiß von der Zeigefingerspitze schnippte. Und stieß zu.

Ein einziges Mal nur,
mit voller Wucht durch den Hals bis ins Herz, das Schwein krümmte sich, zappelte, schrie, trotzdem man ihm das Maul verschnürt, heftig schoß ihm das Blut aus dem Hals. Eine Sekunde, nicht länger, verharrte der Schlächter im Ausfallschritt, mit ausgestrecktem Arm, die Hand zur Hälfte im Fleisch des Halses. Nachdem er sie vorsichtig gedreht, die Hand, um den Einschnitt zu vergrößern, dann zurückgezogen, auf daß man mit einem Eimer das hervorschießende Blut auffangen konnte (ehe man kurz drauf die Wunde mit einem der zugespitzten Maiskolben verschloß), da war vielleicht eine weitere Sekunde vergangen, nicht mehr. Doch sie hatte Broschkus verändert.

Als ihm Luisito eine *Hollywood* anbot, rauchte er sie in einem einz'gen Zuge weg.

Sehr langsam dagegen verwandelte sich der Schlächter,
hellrot besprenkelt bis zur Brust, glasig den Blick durch das verblutende Schwein hindurch in einen Abgrund gerichtet, der sich an der Betonabbruchkante aufzutun schien, verwandelte sich zurück in Reynaldo, der in schlafwandlerisch verschleppten Bewegungen den Gurt lösen und sich übern Bauch streichen durfte. Seine Arbeit war getan, der Rest war ein fachmännisches Schaben und Schneiden und Hacken und Reißen, der Rest war Sache der Gehülfen. Mindestens zwanzig, wenn nicht dreißig Sekunden lang grunzte das Schwein, zunehmend schwächer werdend, Brust und Beine blutüberströmt, es starb so langsam, wie man's sich nie hätte träumen lassen. Der Strolch pfiff dazu, illustrierte mit kleinen linkischen Handbewegungen, wie die Schweineseele gen Himmel flog. Noch während's aus dem Schweinekörper in den Eimer tropfte, begann eine Frau damit, das Blut zu schlagen, die Gehülfen stritten sich um ihren Anteil an den Blutwürsten.

Nurmehr ein winziger Schatten im Hauseingang, der Tag hatte begonnen.

Schon war der Junge vom Lagerfeuer zur Stelle,
waren weitere Jungs zur Stelle, eimerweise kochendes Wasser über das Schwein zu gießen, während die Gehülfen Kopf und Körper schabten.

Ihre Zigaretten entzündeten sie an kokelnden Ästen, die man ihnen vom Feuer reichte. Je öfter das Schwein übergossen wurde, desto heftiger begann es zu grinsen, bei jedem Guß zog es die Mundwinkel ein Stück weiter nach oben, entblößte die Zähne. Broschkus kippte die Brille schief, einen Blick ins Dunkle hinter diesem Grinsen zu tun; im Herbeitreten geriet er auf etwas Weiches, beim näheren Hinsehen einen Haufen abgeschabter Borsten.

Nach vierzig Minuten war das Schwein bis auf die Klauen enthaart, die darunter liegende Haut leuchtete weiß und warf Falten, von wegen prall gemästet, das Blut im Blecheimer dagegen, merklich dunkler jetzt, hatte Blasen geworfen wie eine Himbeerspeise. Eine vorbeikommende Frau im Minirock faßte kurz mit an und sicherte sich dabei ein Stück vom Rückenspeck; drei Meter weiter wusch einer sein Moped. Mit einer Machete wischte der Zwergwüchsige die Borsten vom Beton, der Strolch rieb mit einem Ziegelstein die Schweinshaut ab, um sie anschließend mit einer Rasierklinge zu säubern. Die ganze Zeit über erinnerte man sich andrer geschlachteter Schweine, Luisito wollte weit über hundert abgestochen haben, darunter einen kapitalen Fünfhundertpfünder, aufgewachsen im Koben seiner Mutter, der von der halben Familie festgehalten werden mußte. Selbst Reynaldo, der schweigsam ansonsten nur beobachtete, bekundete Neid.

Das Aufhacken des Schweines
begann damit, daß man's auf den Rücken drehte; sorgfältig wurde die hintere Ausmündung des Darmkanals herausgeschnitten und mit Bindfaden zugebunden. Von der Gurgel abwärts kam die Machete zum Einsatz, zunächst mit halber Kraft,

als wolle man lediglich eine Linie zwischen den Zitzen markieren. Bevor man das Steißbein locker aufhackte, entnahm man Hoden und Harnleiter, warf sie den Hunden zum Fraß vor. Zog dann den Darm aus der Bauchhöhle heraus, anfangs prall gefüllt und dunkel, später dünn, weißviolett. Erst danach wurde der Bauch komplett aufgeschnitten, die dick hervorquellende Fettschicht an den Hinterbeinen mit großer Freude begrüßt. Das Aufhacken des Brustbeins, ergänzt durch ein Aufbrechen mit bloßen Händen, erzeugte kaum hörbares Knacken, jetzt lag das Innerste entblößt, man konnte das Blut aus der Körperhöhle schöpfen.

Während man die bläulich schillernden Innereien in einem alten Farbeimer sammelte – auch die Gallenblase wurde vorsichtig herausgeschnitten und den Hunden zugeworfen –, besichtigte Reynaldo das Herz, prüfte die Einstichstelle des Messers, von seinem Bruder mit fachmännischem Lolo bedacht: *¡Hombre!* Was für ein Stoß.

Nicht eher als bis man die Unterläufe ab-
und die Wirbelsäule durchgehackt hatte (was am Hals erneut erfreulich viel Fett zum Vorschein brachte), kamen die Fliegen. Die sich aber nicht etwa in die Bauchhöhle des Schweins zu setzen suchten, sondern auf den Betonboden, das Blut zu trinken. Der Strolch hängte den Schweinskopf in den Baum, als Zeichen für Vorübergehende, sich ihren Anteil zu sichern; schon stand ein Tisch darunter, auf dem alles gewogen und zur Schau gestellt wurde, was die Gehülfen anlieferten: Während die Rippen noch von der Wirbelsäule abgeklopft wurden, griffen die Kunden schon ins aufgetischte Fleisch, um sich von seiner Qualität zu überzeugen; nach dem Wiegen bekamen sie ihr Stück ohnehin direkt in die Hand gedrückt. Sorgfältig verzeichnete Reynaldo jeden Käufer in einem Notizheft, schließlich hatten die meisten nicht genug Geld dabei, um den Gelegenheitskauf bar zu tätigen. Eine Negerin mit weiß geschminkten Lippen

rechnete lange mit ihrem rechten Zeigefinger in der linken Handfläche, ob sie sich ein Stück leisten konnte, ehe sie weiterging. Ein dünner Mann, der nur ein Pfund kaufte, wurde ermahnt, mehr zu essen. Ein andrer, dem ein geringes fehlte, um den Preis vor Ort zu entrichten, wurde nach Hause geschickt, um den Rest in Naturalien anzuliefern.

Um kurz nach neun waren zwei Drittel des Schweins verkauft, Reynaldo fächelte die Fliegen mit einem Zweig weg, den man ihm vom Baum gebrochen. Auch die bloße Wirbelsäule mit dem daranhängenden Schwanz ging am Ende noch weg, allerdings war da der Eingangsbereich des Hauses bereits gekehrt und gewaschen, der große Mittag angebrochen. Und die Leber gegessen.

Die gebratne Leber an Bratbanane und Yucca
wurde als eine Art spätes Frühstück gegen zehn serviert, davon essen durften bloß die beiden Brüder und ihr Gast. Letzterer wollte anfangs nicht so recht, entdeckte an der Wand ein weiteres Diplom,vom Generalsekretär der Partei für tapferes Arbeiten verliehen, daneben einen großen Che und einen deutlich kleineren Fidel. Seine Portion Leber, in Stücke geschnitten, stand unberührt vor ihm; Broschkus ließ sich von Luisito die Schulter klopfen und versichern, daß eben darin – vergleichbar nur dem Blut – die Lebenskraft des Schweins stecke, eine Delikatesse. Normalerweise esse man sie roh, dann wirke sie noch stärker; Reynaldo, kauend nickend, bestätigte:

Seine *muchacha*, jede Garantie, werde's ihm auf Knien danken.

Als Broschkus ausführlich auch das Bild von billardspielenden Hunden betrachtet hatte, gab's an den Wänden keine Ausreden mehr. Drunten vor der Tür schabte man an den Klauen des Schweins, eine Fummelarbeit, im fünften Stock verspeiste man seine Leber.

Nun sei Broschkus fast ein Kubaner, lobte Luisito, sichtlich zufrieden: An Weihnachten werde er mit ihm zu seiner Mutter fahren und selber ein Schwein schlachten. »Du bist jetzt schon eingeladen, *doctor, todo gratis!*«

Seine Vorfreude kam von Herzen. Trotzdem blieb Broschkus ein arg intensiver Geschmack im Mund, er war froh, als eine Lage Rum serviert wurde. Zum Abschied umarmte er Reynaldo wie einen alten Freund, klopfte ihm die Schultern. Was für ein Stoß.

Draußen wurde ein kleines dürres Ferkel an der Leine zum Grasen geführt; der Zwergwüchsige zog sich, hinterm Verkaufsstand stehend, das Netzhemd hoch, um sich Luft zuzufächeln.

Fortan betrachtete Broschkus die glasierten Komplettschweine, die am Straßenrand zu Fleischfaserbrötchen verarbeitet wurden, mit andern Augen. Daß er auf dem Heimweg überraschenderweise Ernesto traf, auf der Treppe traf, die von der Endstation der Pferdedroschken hochführte zum Tivolí, kam ihm gerade recht: Er war bereit, er würde es tun.

Doch Ernesto, auf die Muscheln angesprochen, deren Befragung für heute anstand, blickte grußlos durch ihn hindurch, erkannte ihn kaum: »Die Muscheln, jaja, kein Problem.«

War er vielleicht betrunken?

»Nur in heller Kleidung, *sir*, und mit einer Flasche *Santero*.«

Manchmal schien er so seine Aussetzer zu haben, blickte ihn fast an wie jemand, dem er gleich einen Rundgang durch den Tivolí andienen würde. Als ob er sich an gar nichts erinnerte, was sie beide besprochen, vereinbart, geplant.

Egal, beim nächsten Mal würde er wieder der alte sein, Broschkus war in seiner Euphorie umfassend milde gestimmt. Auch daß er dann zu Hause, eingebacken in seine *polverones,* ein kleines schwarzes Insekt fand – Mittagessen! Rundum brütende Reglosigkeit –, konnte ihm die Stimmung nicht trüben: Ah, wie das alles von ihm abglitt, der letzte Rest eines zur Schau gestellten Ekels, das ganze feinsinnig Parfümierte eines gehobnen

Umgangs, die letzten Bruchstücke seiner guten Erziehung – wie Manschettenknöpfe prasselten sie dorthin, wo's fünfzig Jahre lang am dunkelsten in ihm gewesen, wo's jetzt vernehmlich aufgrunzte und – schmatzte und nach mehr begehrte. Denn das fühlte Broschkus deutlich: Er war auf der Seite des Schlächters gewesen, nicht des Opfers. Wurde Zeit, daß er selber mal ein Schwein abstach. Oder was immer.

IV Das Schneckenhausorakel

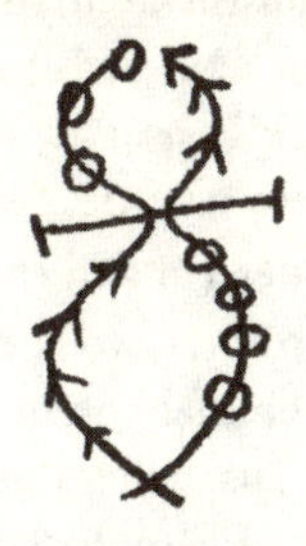

Das Muschelorakel
war in Wirklichkeit ein Schneckenhausorakel, vielmehr: Das Schneckenhausorakel war in Wirklichkeit ein Muschelorakel, vielmehr: Die Kaurischnecken waren in Wirklichkeit Muscheln, nein umgekehrt: waren in Wirklichkeit Schnecken, klein, weiß, mit langer gezahnter Schalenmündung vorn, die rückwärtige Rundung abgebrochen, auf daß sie, flach wie elliptische Münzen, sowohl auf die eine wie die andre Weise zu liegen kamen, wenn man sie über ein weißes Tuch warf: Bevor's richtig losging, war Broschkus bereits leicht verwirrt.

Mit eintägiger Verspätung hatte er sich, zu Ehren von Obatalá, so hell wie möglich gekleidet, eine Flasche *Santero* aus der »Bombonera« stand bereit – ohne sie laufe in der *Santería gar* nichts, betonte Ernesto auch heute. Woraufhin er, bestens gelaunt, gleich alles zeigte, was er mitgebracht: eine Schilfmatte, die er neben der Tür ausbreitete; eine Kokosnuß, die er drei-, viermal kraftvoll auf den Boden schlug, die Schale zu knacken; eine Kerze, die er nach kurzem Rundumblick im Eck festklebte, neben dem Abfalleimer.

Dann die Muscheln-die-sprechen, vielmehr: die Schneckenhäuser-die-sprechen, vielmehr: Ihrer sechzehn entnahm er einem kleinen Säckchen und legte sie auf einem Teller bereit, dazu einen heideartigen Klumpen (aus Eierschalen? Hühnerknochen?), der in der Hand des Kunden für »Ja« stehen würde, einen schwarzen Stein für »Nein«. Aus der Kokosnußschale löste er vier handtellergroße Bruchstücke, an deren Innenseite weiß das Fruchtfleisch leuchtete, legte sie auf einen zweiten Teller, neben die Kerze. Dazu ein Glas Wasser.

Und der Stock?

Als Ernesto damit vor der Tür aufgetaucht, hatte sich Broschkus sofort überdeutlich erinnert, wo er einen derart merkwürdigen Wanderstock schon einmal gesehen: im Bauernhaus zu El Mazo, nur war er damals zusätzlich mit Nageln gespickt gewesen. Wohingegen Ernestos Exemplar ausschließlich mit weißen und roten Bändern, weißen und roten Strichen geschmückt war – nun?

Normalerweise stehe er bei ihm zu Hause neben dem Abtritt, verriet Ernesto: Gleich werde er damit die Toten rufen.

Nachdem die Tür verschlossen und verriegelt,
desgleichen die Jalousetten, konnte sich Ernesto eine weiße Bäckermütze überstreifen und –

Halt, bat Broschkus, die Schneckenhäuser!

Also die Muscheln, erklärte Ernesto, von Kopf bis Fuß in strahlendem Weiß, lediglich die Socken leuchtend rot und tiefschwarz das Gesicht: Jeder Wurf sei ein Buchstabe, den gelte's zu lesen und zu interpretieren, je nachdem, wie viele Öffnungen nach oben wiesen: Die zähle man einfach aus. Aber nur bis maximal zwölf! Die dreizehnte offne Muschel, so sie sich zeige, die bringe alles Schlechte mit sich, Kummer, Krankheit, Katastrophen. Denn zu der Zeit, da Yemayá mit Orula zusammenlebte, dem wohltätigen Hüter der Zukunft, durfte sie als Frau nicht einmal zusehen, wenn er weissagte. Neugierig, wie sie war, beobachtete sie heimlich aus der Ferne; kaum daß Orula andernorts zu tun hatte, griff sie sich seine Muscheln: und war auf Anhieb so überragend gut in der Kunst des Wahrsagens, daß immer mehr Leute herbeiströmten. Nach einigen Tagen kam

Orula zurück, wunderte sich über all das Volk, das vor seinem Haus lagerte, und – sah Yemayá, gebeugt über einen Wurf, wie sie gerade die zwölfte Muschel für einen der Ratsuchenden auszählte. Zwar konnte er das, was geschehen, nicht rückgängig machen, gebot jedoch sofortigen Einhalt und verfügte: Fortan dürften nur er selber und seine Priester Würfe deuten, bei denen mehr als zwölf Muscheln offen lägen; für alle andern, ob *santo*, ob *santero*, gelte ein solcher Wurf als unlesbar.

Seltsam, Ernesto war heut so aufgeräumt wie selten, beliebte laufend zu scherzen – als ob die anstehende Weisung aus dem Jenseits entweiht werden sollte durch forcierte Diesseitigkeit. Aber im Gegenteil, versicherte er, die Rituale der *Santería* seien nun mal keine abstrakten Angelegenheiten, da fließe das Blut, doch mehr noch der Rum, da sprächen die Toten, doch erst recht die Lebenden. Ob man als Christ damit Probleme hätte?

Nun, sagte Broschkus: Nun.

Ein weißes Handtuch fehle noch, half ihm Ernesto: und ein extrasüßer *cafecito* für die Toten, die seien immer arg vernascht.

Als alles aufgebaut und penibel zurechtgerückt war, gab's einen Schluck *Santero* vorab, »um die Stimme zu reinigen«. Er schmeckte gar nicht übel für einen Schnaps, so ähnlich wie *refino,* nur süßer, schärfer, zuckerrohrig. Mies klar, *sir*?

Nichts sei klar, nichts! schlug sich Ernesto im selben Atemzug gegen die Stirn: Bezahlt werden müsse natürlich auch, selbst Heilige arbeiteten nicht umsonst. Freilich sei er keiner, der für Touristen Schnickschnack mache um abzukassieren; man bezahle bei ihm unabhängig von der Hautfarbe – wenn die *santos* geholfen hätten, könne man ihnen immer noch mit einem Geschenk danken. Ein kleiner Vorschuß indes sei angemessen. »Sagen wir«, Ernesto reinigte die Stimme, um sich währenddem einen Betrag auszudenken: »Zehn Dollar für die Muscheln, alles inklusive, und zehn Peso für die Toten.«

Worauf er sich endlich eine Zigarre entfachen und seinen Stock ergreifen konnte.

Vor jedem Ritual mußten die Geister des Hauses gefragt werden, ob's ihnen überhaupt genehm sei, und falls nicht: ob man einen Tag später nochmals anfragen dürfe. Ernesto, entschlossen mit seinem Stock den Takt schlagend, bei Papito mochte die Decke dröhnen, ratterte halb sprechend, halb singend etwas Afrikanisches ins Eck mit dem Mülleimer – *maferefumolofimaferefumobatalá* … –, ins Eck mit der Kerze, dem Kaffee, dem Teller mit den vier Kokosschalenstücken. Von denen er bald eines ergriff, nachdem er den Stock neben den Abfalleimer gelehnt (da würde er sich besonders wohl fühlen), und – beständig weitersprechend, weitersingend, die Zigarre im Mundwinkel – halbfingernagelgroße Teilchen vom Fruchtfleisch abknibbelte, zu Boden fallen ließ.

Dann bemächtigte er sich aller vier Kokosschalen auf einmal, hielt sie in seinen hocherhobnen Händen und – ließ sie fallen, gleich gierig nachzählend, wie viele der weißen Seiten nach oben zeigten, wie viele der braunen. Wiederholte den Vorgang, wiederholte ihn erneut.

Uyuyuyuy, unterbrach er seine heilige Handlung, um die Stimme mit einem schnellen Schluck zu reinigen: Hier würden ja eine ganze Menge wohnen, eine ganze Menge höherer wie niederer Seelen.

»Alles gut«, verkündete er nach einem Wurf, den die Toten mit zweimal Weiß und zweimal Braun beschieden: »Stabiles Ja, ein wunderbarer Auftakt.«

Die Muscheln durften sprechen.

Nachdem Ernesto mit der Eierschalenkreide erst die eignen, dann die Handflächen seines *cliente* angemalt (wie er ihn tatsächlich heute gern bezeichnete), nachdem er sowohl selber einen Schluck genommen als auch Broschkus ordentlich nachgeschenkt, küßte er kurz die Schilfmatte, setzte sich barfuß darauf, plazierte neben seinen Beinen das weiße Handtuch, darauf die Geldgeschenke an die *santos*, den Kreideklumpen, den schwarzen Stein: und tat den ersten Wurf. Zählte, wie viele der Muscheln mit ihren Öffnungen nach oben lagen, nannte den Namen des Buchstabens, schrieb ihn auf ein Blatt Papier, murmelte. Gab Broschkus, der vor ihm auf dem Boden hockte, Kreide und Stein, damit er sie nach Belieben in der Linken oder Rechten verstecke, um dann mit einem kurzen Antippen eine der Hände zu wählen: »Ja« oder »Nein«?

Abgesehen davon nahm er vom *cliente* kaum noch Notiz, der von einer unerwarteten Aufgeregtheit ergriffen wurde, schließlich erwartete er von den Muscheln eine wichtige Auskunft, durfte sie aber nicht direkt erbitten, *¡sssss!* Ernestos Aufmerksamkeit galt einzig noch den Muscheln, mit denen er zwischendurch in regelrechte Meinungsverschiedenheiten zu geraten schien: Wieder und wieder seine Frage an sie stellend, in verschiednen Formulierungen variiert, wehrte er sich anscheinend gegen ihre immergleiche Antwort, afrikanische Wortstummel ächzend, ehe er sich halbwegs zufriedengab; dann tippte er auf die Hand, in der Broschkus den schwarzen Stein hielt, und – »Nein« – alles war umsonst gewesen. Oder doch nicht? Nach jedem Wurf, ob durch Broschkus' »Ja« beglaubigt oder sein »Nein« verworfen, notierte Ernesto auf seinem Zettel; enthielt er mehr als zwölf offne Muscheln, der Wurf, wurde er wiederholt: Mischen, Werfen, Auszählen, Benennen – »Ocana«, »Osá«, »Oggundá« –, Wählen von Stein oder Kreide in der Hand des *cliente,* begreifendes Nicken, beflissenes Buchführen: Ernesto, das Geschäft des *santero* betreibend. Und wieder von vorn, an die zehn, elf Mal, stets dabei besorgter blickend, oft nachzählend, nachrechnend, nachdenkend, die Muscheln lange in seinen Händen hin und her rasselnd, auf dem Handtuch hin und her rückend wie Spielsteine, das Orakel schien nicht günstig auszufallen. Ohne ersichtlichen Anlaß schob er sie nach einer längeren Betrachtung alle auf einen Haufen, die Muscheln:

»¡Anjá!«

»Obatalá sagt,
daß er eine Entscheidung zu treffen hat. Daß er sein Leben nicht auf zwei Personen aufteilen kann.«

Ernesto referierte das Ergebnis des ersten Wurfes, sorgsam die Worte wagend, seinen *cliente* in der dritten Person ansprechend, als sei jener, der da vor ihm auf dem Boden hockte, nur ein Mittelsmann, der die Botschaft erst noch zu überbringen habe. Unerträglich schwül war's im Salon, der Deckenventilator bekam schier keine Luft heut zu fassen; als Broschkus die Fensterbretter kurz querkippte, um den Nachmittagswind durchziehen zu lassen, lag die Luft auch draußen schwer über der Stadt, ein Gewitter schien sich zusammenzuziehen.

»Obatalá sagt, daß er in seinem Leben nicht unentschlossen sein darf, daß er nicht auf Vermutungen hören darf, weil ihm das Schaden bringen kann.«

So ging es weiter, Ernesto las den Buchstaben eines jeden Wurfes halblaut vor – »Ofún«, »Oddí«, »Oché« –, besann sich kurz und erteilte dann Ratschläge seines *santo*. Um die ihn zwar keiner gebeten, am wenigsten der *cliente* selbst, die anscheinend jedoch unumgänglich, sobald man Muscheln zum Sprechen gebracht.

»Obatalá sagt, daß der Himmel blau ist und die Wolke weiß und daß der, der das ändern will, Probleme bekommt.«

Probleme?

Ja, irgendwann, mit irgendwem.

Einwände schienen nicht statthaft, Ernesto wischte sie mit spärlichen Silben weg: Fragen könne man später immer noch.

Als sei jener, der die Muscheln zum Sprechen gebracht, nichts als ein Mittelsmann, der die Botschaft lediglich überbringe, Ratschläge eines ranghohen *santo* fraglos hinzunehmen. Broschkus griff nach den abgeknibbelten Kokosteilchen und zerrieb sie zwischen den Fingern, eins nach dem andern.

»Obatalá sagt, daß er Schutz braucht. Aber daß er mit einer Krone zur Welt gekommen ist, um die ihn alle beneiden, weil er ein Auserwählter ist.«

»Daß er nicht im Dunkeln schlafen soll, weil einer seiner Toten nicht gut ist. Daß er Obatalá mit einem weißen Blumenstrauß zu danken hat.«

Welcher Tote? Einer. Und der Strauß? Oh, für ein geringes in jedem Dollarladen zu erhalten, kein Problem. Der komme dann auf die Suppenschüssel von Obatalá, das sähe sicher schön aus.

»Aber der *santo*, Ernesto, welcher *santo* regiert meinen Kopf?« Broschkus, als er eins der abgeknibbelten Kokosstückchen in den Abfalleimer warf, stiegen winzige Fliegen daraus hervor: »Deshalb veranstalten wir doch den ganzen –«

Alles der Reihe nach.

Nachdem das Fensterbretterwerk ein zweites Mal auf- und gleich wieder zugeklappt war, der Himmel hatte sich bis auf wenige helle Flächen merklich zugezogen, großes Gelärme der Tiere, von der Gran Piedra ein Grollen; nachdem Ernesto die Stimme gereinigt und Broschkus die Handflächen mit seinem Taschentuch trockengerieben hatte, sprachen die Muscheln erneut:

»Obatalá sagt, daß er Auseinandersetzungen erfahren wird. Sein *santo* und Schutzengel ist – der heilige Petrus, der erste unter den Aposteln, der Herr über die Schlüssel zum Himmel.«

»Wer denn, Ernesto, nun sag schon!«

»Oggún.«

Also doch! Hatte's Mirta nicht längst ge-

Aber nein, erst jetzt stand es fest, daß er ein Sohn des Zweiten Kriegers war, erst jetzt, mochte Mirta auch zufällig das Richtige vermutet haben, diese Zuchthäuslerin! Diese falsche *santera*, keine Ahnung habe sie von der Tiefe des Glaubens, zusammengeraubt sei all ihr Werkzeug und ihr Wissen, eine arge *cojonua* sei sie, eine, die den Göttern mit der linken Hand diene! Keiner könne ihn einfach so erkennen, den *santo* im Kopf eines Menschen, keiner!

Wie wütend Ernesto war, wie glatt sein Gesicht! Nur schwer fand er zurück zur Erhabenheit des Orakels, reinigte sich ausführlich die Stimme, ließ die Muscheln in seinen Händen kreisen:

»Oggún sagt, daß ihm das Leben zuviel wird. Daß ihm der Kopf zu voll wird, daß er ihn reinigen muß, um sein Gemüt zu erfrischen.«

»Daß er sich bloß darum kümmern soll, was ihm weiterhilft, alles andre muß er beiseite räumen oder zerschlagen.«

Woraufhin sich zum Abschluß überraschenderweise noch einmal Ernestos *santo* zu Wort meldete:

»Obatalá sagt, daß sein bester Freund sein schlimmster Feind sein kann. Daß sein schlimmster Feind sein bester Freund sein kann.«

Das war's dann wirklich. Die Muscheln hatten gesprochen.

Man konnte die Jalousetten aufreißen,
vor die Tür treten und den Blitzen zusehen, wie sie hinterm Hügelsaum von Chicharrones herabknisterten, mit großer Verzögerung ein Getöse nach sich ziehend, konnte sich an die Brüstung klammern, in den einsetzenden Regen starren und doch in Wirklichkeit durch die Lüfte eilen, auf der Klinge einer Machete: weil man tatsächlich und unumstößlich Oggún im Kopf trug, weil man Oggún war, dem Ochún einst den Honigkrug überreicht als Preis für den Stärksten, den Schönsten. Am liebsten hätte Broschkus laut schreien wollen, so sehr fühlte er sich von der Last der Anspannung befreit, der Macht seines *santo* durchrieselt, hätte sich am liebsten mit den Fäusten seinen Weg quer durchs Lockenwicklerareal bahnen wollen, ein wilder

Kerl, Herr der Ketten und der Kerker, hart, herrisch, hochfahrend!

Erst als er von einem behutsamen »Du wirst noch ganz naß, *sir*«, erst als er von einem weniger behutsamen »Schrei doch nicht so rum!« ermahnt wurde, erst als er von zwei überraschend kräftig zugreifenden Händen zurückgezogen wurde in seine Behausung: begriff er, daß er weiterhin bloß ein Herr Broder Broschkus war. Und der Regen mittlerweile so heftig schräg herniederging, daß das Fensterbretterwerk wieder zugeklappt, daß die Neonröhre eingeschaltet werden mußte.

»Ich also bin Oggún«, dachte Broschkus, sagte Broschkus, verkündete Broschkus, »das nimmt mir keiner mehr, das steht jetzt fest.«

Ernesto, rückverwandelt in den mit gekräuselter Stirn sich sorgenden Freund, erzählte ihm zur Beruhigung die Legende der zwei feindlichen Brüder, Oggún und Ochosi: Während der eine mit seiner Machete kein einziges der wilden Tiere erlegen konnte, weil er im Dschungel gar nicht nah genug an sie herankam, erschoß der andre mit Pfeil und Bogen alles, was sich auch nur am Horizont bewegen mochte, allerdings ohne jemals durchs Dickicht dorthin zu gelangen. Als sich ihrer beider Wege durch Zufall kreuzten, gerieten die Brüder zwar sofort wieder in Streit, im Verlauf desselben tauchte in der Ferne freilich ein Hirsch auf, den Ochosi, der große Jäger, mit einem seiner Pfeile zur Strecke brachte. Wie er sich aber, achselzuckend, abdrehte, seiner Unfähigkeit bewußt, die Beute je in Besitz zu nehmen, bahnte sich sein Bruder bereits mit der Machete den Weg. Seitdem jagten sie gemeinsam, Oggún und Ochosi, wohl wissend, daß der eine ohne den andern nichts war, gar nichts. »Und ganz obenauf in Oggúns Schale liegen seither Ochosis Pfeil und Bogen, über allem andern, das –«

Ach ja, die Kriegerschalen! Ob man die nicht beim nächsten Mal?

Eins nach dem andern!
mahnte Ernesto, und schon waren sie in einem angeregten Gespräch darüber, was als nächstes zu tun, während das Wasser in kleinen Rinnsalen unter der Holztür hindurchlief, so daß man nebenbei schnell die Schilfmatte zusammenrollen und sich in der Plastikgarnitur einrichten mußte: Alles der Reihe nach! Als *über*nächstes, aber-ja-mein-Sohn, sollten Broschkus' Ketten geweiht (und dabei auch gleich sein Kopf gereinigt) werden; als nächstes stand für morgen erst einmal die Fahrt nach Dos Caminos an. Nicht ungefährlich! Gut, daß Broschkus seinen Schutzpatron kenne, besser, wenn er sich zukünftig um den Schutz weiterer Heiliger bemühe. Nicht zuletzt deshalb, weil seine »Kleine«, Ernesto hatte sich den Begriff angewöhnt, selber eine *santa* sei, zumindest.

»Heillos zerstritten sind sie!« beruhigte er seinen Sohn, wie er ihn nun zu nennen beliebte: »Immer findest du einen, der dir gegen einen andern beisteht, immer!«

Tja, nur wen? Es stünden ja ziemlich viele zur Auswahl, griff Broschkus den Vorschlag halbherzig auf: Ob man das nicht die Muscheln entscheiden lassen könne?

»Die Muscheln zwar nicht«, erhob sich Ernesto, Richtung Abfalleimer strebend: »Aber die Kokosschalen. Frag sie!«

Von denen, dachte Broschkus, war ja nichts als ein mehr oder weniger klares Ja/Nein zu erwarten; die Formulierung der Frage mußte gut überlegt sein.

»Werde ich sie wiedersehen?«

Das kam einigermaßen überraschend, schließlich hatte er sich ja nach einem weiteren Schutzheiligen erkundigen sollen. Welche Sie? Sie. Ernesto lächelte lapidar, die Kokosschalen antworteten mit einem Wahrscheinlich-Ja-Vielleicht, dreimal Weiß, einmal Braun, das gab's also auch. Sonst noch Fragen?

»Wo werde ich sie wiedersehen?«

»Das können sie dir nicht verraten. Frag sie nach Dos Caminos!«

Broschkus bemerkte das Mißverständnis, beließ Ernesto im Glauben, er erkundige sich nach seiner »Kleinen von damals«, und fragte: »Werde ich sie in Baracoa finden?«

Ernesto warf, kopfschüttelnd, desinteressiert, warf die Schalen, erschrak dann aber, als deren vier »auf dem Kopf« zu liegen kamen, das Fruchtfleisch nach unten – ein harsches Nein, der *santero* in ihm geriet von einer Sekunde zur nächsten in Aufregung, hakte nach, allerdings auf afrikanisch, was ihm zwar ein Wahrscheinlich-Nein-Vielleicht bescherte, aber keine Erleichterung. Ernesto, mächtiger Mann, womöglich der mächtigste im ganzen Tivolí, nun war er's, der seiner Erregung kaum Herr wurde, wieder und wieder warf er die Schalen, beriet sich mit Obatalá, auf welch spitzfindige Weise die Frage umzuformulieren sei, um die anfangs gegebene Antwort weiter abzuschwächen. So jedenfalls vermutete's Broschkus, zunehmend unter seiner störend aufflackernden Ungläubigkeit leidend – wie gern hätte er den ganzen Kokoszauber fraglos hingenommen! –, während draußen Blitz und Donner niederfuhren. Wäre das Wasser nicht weiterhin hereingelaufen, vorbei an der brennenden Kerze, um sich in der Senke vor dem Kühlschrank zu einer veritablen Pfütze zu sammeln, man hätte versuchsweise romantische Anwandlungen haben können. Indes Ernesto, breitbeinig über seine Orakelschalen gebeugt, den Schweiß aus dem Nacken wischend, am Zigarrenstumpen saugend, nun durfte er immerhin ein Wahrscheinlich-Ja-Vielleicht auszählen und sich, »Ein gutes Zeichen«, aufs Sofa sinken lassen: Man rate seinem Sohn, nicht auf jede Frage eine Antwort zu suchen.

Für einen Moment glaubte der, Ernestos simple Wahrsagerei durchschaut zu haben: als eine, bei der die Fragen so geschickt zu stellen, daß sie zumindest mit einem »Ja-Aber« (viermal Weiß) zu beantworten und selbst bei einem »Nein-Aber« (einmal Weiß, dreimal Braun) nicht an ihre letztmögliche, durch keine weitere Nachfrage zu relativierende Replik gekommen waren. Dann jedoch sah er in Ernestos zerfurchtem Gesicht die reine Sorge, ließ sich zutiefst betroffen erklären, vierfaches Braun bedeute nicht etwa nur ein barsches Nein, sondern bringe auch alles Schlechte mit sich, Kummer, Krankheit, Katastrophen. »Und den Tod, mein Sohn, nicht zu vergessen den Tod.« Gut, daß Broschkus nicht vorhatte, nach Baracoa zu fahren. Sondern nur nach Dos Caminos, *¡salud!*

Den Rest der Flasche nutzte man,
die Weisheit der Muscheln wie der Kokosschalen gemeinsam zu memorieren und auszudeuten. Immer dort, wo Broschkus eine konkrete Handlungsanweisung erbat, wich Ernesto ins Bildliche oder Allgemein-Menschliche aus; um seinerseits permanent zu versichern, man brauche keine Angst zu haben vor den Weisungen der *santos*, sie seien im Grunde ihres Wesens gut, wollten nur das Beste für den Menschen. Ja, die *Santería* als Ganzes laufe darauf hinaus, Rat, Schutz und Hilfe zu vermitteln, nicht Schaden, Krankheit, Verderben, nach denen die andern Religionen trachteten mit Hilfe ihrer dunklen Götter. Und ihrer bösen Pulver aus zerriebnen Skorpionen, Wespen, Hundertfüßlern, versetzt mit getrockneter Affenscheiße, die man seinen Feinden im Vorbeigehen ins Gesicht puste. Dagegen helfe nicht mal reinster Atheismus. Erst recht nicht das, was vom Katholizismus in den Köpfen derer übriggeblieben, die sich – beispielsweise wie Luisito – für modern und aufgeklärt hielten:

»Ein Mann ohne einen starken Glauben, ein Mann ohne einen starken Gott ist kein Mann. Sondern ein *maricón*, erst der Gott in ihm macht ihn zum Mann.«

Gierig vernahm Broschkus die Worte, als ob der Drang zum Mysterium nun endgültig und stärker in ihm entfacht als derjenige zum durchschauenden Entzaubern, zum entlarvenden Erkennen, ironischen Bespötteln. Hier war er, ein weißer Mann in einer durch und durch schwarzen Welt, mit Kritik der reinen Unvernunft kam man keinen Deut weiter. Doch als er zaghaft auch von großen Kesseln und kleinen kreuzweis geschnittnen

Narben anhob, eigentlich hatte er sich fest vorgenommen, Ernesto gegenüber nie mehr danach zu fragen, tat der das rundweg als Götzendienst ab, als Schwundstufe eines Glaubens, der eines intelligenten Menschen unwürdig: Ein Mann müsse sich entscheiden, entweder für den Weg ins Dunkle oder den ins Helle; Erleuchtung und Seelenfrieden fände man nur auf letzterem.

»Falls du deinen Gott noch nicht gefunden hast, mein Sohn, so hast du immerhin jetzt deinen *santo.* Und selbst wenn dir der *santo* mal abhanden kommen sollte, so hast du immer noch deinen *padrino,* der auf dich aufpaßt: Ernesto de la Luz Rivero.«

Als habe bereits dies eine Orakel,
das er für Broschkus geworfen, den einen zum Sohn, den andern zum Paten gemacht, eine kleine religiöse Gemeinde. Der *padrino* zog seinen Sohn mit der Linken so nah an sich heran, daß schon die schiere körperliche Nähe eine geheimniskrämerische Innigkeit um die beiden legte, zog mit der Rechten (ohne Broschkus irgend freizugeben, im Gegenteil), zog so verschwörerisch wie möglich einen Zehnpesoschein aus der Hemdtasche. Und schob ihn Broschkus in die Hand, nicht ohne sie gleich zu verschließen, die Hand, als ob man sie sogar hier drinnen hätte beobachten können.

Er habe ihn ein bißchen bearbeitet, verriet Ernesto, den Griff um Broschkus lockernd, mit spürbar sich glättenden Gesichtszügen: »Den drückst du ihr in die Hand.« »Laß ihn wechseln, hörst du, wechseln! Und von keinem andern, sie selbst soll's tun!« »Macht sie's, bist du ihren Zauber los, macht sie's nicht – so wissen wir wenigstens, woran wir sind!«

»Und wenn's die Falsche ist?« brachte Broschkus seinen sattsam bekannten Einwand vor, während er draußen, trotz des dichten Regens, das Hoftor aufgehen hörte – das Geräusch des Eisenriegels, ein kurzes Aufquietschen (das Drehen), in einem harten Klacken endend (das Beiseiteschieben), unverwechselbar, entweder Papito oder er selber bekam Besuch.

»Es kann die Falsche nicht sein, sie hat den Fleck!«

Man hörte schwere Schritte, da kam jemand gewaltig die Treppe hoch. Auch Ernesto spitzte jetzt die Ohren, sein Schatten länglich verzerrt an der Wand; als man gegen die Haustür – eher polterte als klopfte, grinsten sie einander für einen Moment zu: Um ein Haar hätte man sie ertappt.

»*Papi*, schnell! Eine Überraschung!«

Vollständig durchnäßt stand sie vor der Tür, einen zur Hälfte zerfetzten Schirm notdürftig über sich haltend, und noch ehe Broschkus ein Wort sagen konnte, ergriff sie ihn beidseitig und, vorwärts schiebend, drang in seine Wohnung ein. Erst kurz vor der Pfütze, die sich zwischen Eßtisch und Kühlschrank gebildet, kam sie zum Stehen, gewahrte Ernesto, der starr auf dem Sofa sitzen geblieben:

»*¡Que pinga!* Die alte Schwuchtel.«

Gerade sei er am Gehen, reinigte Ernesto die Stimme. Erhob sich, Wanderstab und Muschelsäckchen an sich raffend, so daß er knapp vor Iliana zu stehen kam, die beiden blickten sich Aug in Aug, keiner schlug den Blick zu Boden, keiner:

»Wenn ich ein gläubiger Christ wäre«, wandte sich Ernesto mit einer winzigen Drehung ab, halb an seinen Gastgeber, »dann würde ich jetzt sagen: Hol dich der Teufel!« Aber da er kein Christ sei, gehe er lieber so schnell wie möglich, auf daß kein Gran Unreinheit auf ihn abstrahle.

Und ging in der Tat so abschiedslos zügig hinaus und in den Regen – nicht mal über das Hufeisen machte er sich lustig, nicht mal über das Zungenbild, aus dem das Blut tropfte –, ging so geschwind, daß er Ilianas riesig geweitete Augapfel nicht mehr bemerkte, den Abglanz der Angst darin und des Schrekkens.

Zwar war in diesem September kein einziger der gefürchteten Wirbelstürme herangerollt – im Jahr zuvor hatte Cuqui angeblich geglaubt, sein Haus werde ihm »unterm Hintern weggepustet, *¡cono!*« –, statt dessen war der Oktober mit heftigen Herbstregen gekommen, nach Belieben setzte er die Stadt unter Wasser und das tägliche Leben außer Kraft. Noch ein paar Stunden würde man hier quasi eingeschlossen sein, die *jinetera* mit ihrem Liebhaber? Dauerfreier? *Cliente?* und unter normalen Umständen wäre das für Broschkus ein Festtag gewesen: Iliana war wieder da, war zurückgekommen, zu ihm! Aber ausgerechnet heute?

Anstatt ihn zu begrüßen, stieß sie ihm die Zunge in den Mund, hart und herzlos, eine lästige Pflichtübung. Erst danach sah sie ihn überhaupt an, erschrak ob seines Aussehens oder spielte das Erschrecken jedenfalls sehr gut:

»Du bist dünn geworden, *papi*!«

»Und du hast mich angelogen«, hörte sich Broschkus zu seiner Überraschung erwidern. Hatte man sich das Wiedersehen so vorgestellt?

Iliana, keineswegs nachfragend, sich erkundigend oder erklärend, mit langsamen Bewegungen trocknete sie ihren Körper – unter normalen Umständen hätte Broschkus schon bei ihrem bloßen Anblick eine Heftigkeit überkommen –, mit langsamen Blicken begutachtete sie den Inhalt des Kühlschranks, dessen halbherzige Bestückung tadelnd. Die Ausrede, daß ihre Rückkehr heute keinesfalls voraussehbar gewesen, ließ sie nicht gelten, damit habe man immer zu rechnen gehabt, immer. Woraufhin sie den Fernseher einschaltete, woraufhin das Kauen und Malmen und Schlingen und Schlucken anhob, Schokolade, Plätzchen, Käse, alles durcheinander.

Was sie gegen Ernesto habe?

Ach, nichts Persönliches.

Also Grundsätzliches?

Nichts Grundsätzliches, nein.

Käse, Plätzchen, Schokolade, nun auch ein Schluck *tukola*.

Was sie in Baracoa so lang zu regeln gehabt?

Angelegenheiten. Ihre Schwester. Schwierig. Im übrigen sei sie schon seit gestern zurück.

Ob sie vielleicht Armandito Elegguá getroffen habe?

»Ich? Aber ich kenn' ihn gar nicht!«

»Du warst auch nicht dabei, damals, als er –?«

»Bist du verrückt geworden, *papi*? Dann wär' ich doch längst tot, standrechtlich erschossen!«

Solch ein Hunger –

die beiden letzten Tage habe sie nur Kaffee und trocken Brot zu sich genommen (nunja, das müsse jeder mal, wenn das Geld fehle) –, und Broschkus verdarb das ganze schöne Abendessen, auf das sie sich so gefreut, blieb lästig mit seinen Nachfragen:

Übrigens der Kessel, er habe oft an ihn denken müssen. Ob er nicht ein bißchen stark sei für eine Mirta?

In der Tat, der würde sie töten, wenn sie mit ihm arbeiten wollte, der gehöre ja auch, der gehöre – ach, egal.

Der gehöre ganz unzweideutig Armandito Elegguá.

Iliana nickte, biß aber weder vom Käse noch von der Schokolade, den Plätzchen etwas ab, die Augapfel leicht geweitet.

Armandito sei ja jetzt gekommen, den Kessel abzuholen.

Woraufhin sie nicht mal mehr nickte, Iliana, sondern sich bekreuzigte.

Und ihn wieder nach Baracoa zu schaffen, wo er hinge-

»Woher weißt du das alles?« fuhr sie ihm ins Wort: »Du bist kein *palero*, du darfst das gar nicht wissen!«

»Aber ich weiß es«, insistierte Broschkus, Zweiter Krieger, er fühlte eine Härte in sich aufsteigen, eine Macht, als könne er mit bloßen Worten töten: »Er braucht den Kessel, um sein letztes Opfer darin unterzubringen.«

Broschkus blitzte Iliana an, als erwäge er als ebenjenes Opfer keinen anderen als sie, als sei er drauf und dran, ihr die Seele aus dem Leib zu reißen, jetzt, hier.

Also *papi*. Was denn in ihn gefahren?

Tja, das wußte er zwar nicht so genau, doch im Grunde wußte er's ziemlich genau. Sprach sein *santo* aus ihm? Oder nur sein Herz, weil auf dem Brustkorb, links, in der Hemdtasche, weil's sich dort so aufregend gut anfühlte? Egal, Prost-Baby.

»*Ay mi madre, ich* bin dein Baby?« spreizte sich Iliana, weder in gespielter Empörung noch in ironischem Spott, sondern geschmeichelt bis ins Zahnfleisch hinein. Blieb allein die Toilette, auf die man sich zurückziehen konnte.

Mit dem Zehnpesoschein in der Hand
befuchtelte Broschkus sein Spiegelbild, sein offensichtlich arg in Mitleidenschaft geratnes Spiegelbild, von wegen Wohlstandsfalten, ein müder, ausgemergelter Kerl blinzelte ihm aus tiefliegenden Augen entgegen. Ihm und dem Schein, auf dem rostrot verkrustet ein paar Blutspuren auszumachen waren, anscheinend hatte's Ernesto ernst gemeint.

»Gestatten: Oggún, falls du's noch nicht wissen solltest!« murmelte Broschkus, sichtlich vom *Santero* beschwingt: »Nun auch offiziell, von höchster Instanz beglaubigt.«

Mit der Spitze des zusammengefalteten Scheins tupfte er dem Kerl auf den Halsansatz, zuckte dabei selber zusammen. Stellte sich unwillkürlich etwas breitbeiniger in Positur und ließ wissen, daß er bereit sei, sich der Aufgabe gewachsen fühle. Welcher Aufgabe? Jeder. Vielleicht noch nicht am nächsten Tag, Ernesto würde ein Einsehen haben, mit einer solchen Überraschung war ja nicht zu rechnen gewesen.

Zuerst werd' ich mir mal diese Iliana vornehmen, zog Broschkus die Spülung, was bildete sich die überhaupt ein? Log ihn nach Strich und Faden an, und dann, nach einer Woche angelegentlicher Abwesenheit, schlug sie sich den Wanst voll, anstatt sich wenigstens – na warte!

Als er das Bad verlassen,
kam sie von sich aus auf das Thema zurück: Vertrat ihm, noch kauend, den Weg, »Klar hat dein Baby gelogen, was meinst denn du?«, und forderte ihn auf, ihr dafür die gerechte Strafe widerfahren zu lassen: »Bring mich um!« Broschkus, von einem Moment zum nächsten ins Stocken geraten, bekam das nicht mal ansatzweise hin, was ihr das karibische Gelächter aus vollem Hals hervortrieb, Mein-*papi*-hat-doch-nicht-etwa-Schiß-vor-seinem-Baby, ein gräßlich lautes Getöse aus der Tiefe ihres Leibes, gut, daß der Regen anhielt.

Mitten aus ihrer Heiterkeit heraus versetzte sie ihm freilich selber eine Ohrfeige, nicht ganz so schallend wie sonst, »Du hast mir nachspioniert!«, verpaßte ihm auch noch mit der Linken eine, »Hast dich benommen wie ein Schwein!«, und als sie erneut die Hand gegen ihn erhob, »Ein elender *macho!*«, war er – gegen seinen Willen, das gehörte sich doch nicht, war schlechter Beziehungsporno! – bereits so erregt, daß sie leichtes Spiel hatte. Vielmehr gehabt hätte, denn – da ließ sie ihn unter ihrer erhobnen Hand stehen, einen, der selbst ihrer Demütigung nicht würdig, »Und so jemand nennt mich Baby?«, drehte ab, sich zu duschen.

Broschkus! Nein, umgebracht hatte er Iliana nicht, das hätte er so aus dem Stand gar nicht vermocht. Wohingegen sie, sie hatte ihn, »für diesmal«, am Leben gelassen, wie einen, den man verschont, weil er den Aufwand nicht lohnt. Oder weil er, Broschkus befiel ein furchtbarer Verdacht, weil er von einem unbedachten Wort zum nächsten in eine andre Rolle gerutscht als die, in der er bislang von ihr wahrgenommen, weil sie selber eine andre geworden durch dies eine, dies verfluchte Wort.

Nachdem sie eine Weile ihr Spiegelbild geprüft
und laut darüber nachgedacht, ob ihre Brüste nicht eine Spur dicker sein sollten, der Regen hatte aufgehört, die Lockenwicklerin meldete sich mit einem vernehmlichen »Jungs, nehmt den

Finger aus'm Arsch, es gibt Arbeit!« zurück in die allabendliche Geräuschkulisse, Broschkus hatte sich bettfein gemacht, dastehend im vollen Ungeschick des nackten Mannes von fünfzig Jahren; nachdem sich Iliana auch noch dickere Schenkel gewünscht, war sie völlig unspektakulär ins Bett gekrochen, um neben ihrem *papi* mit einem Seufzer der Zufriedenheit die Weichheit der Matratze zu genießen: Als habe sie dies eine Wörtchen, eher parodistisch gemeint, von ihr selbst freilich für bare Münze genommen und gierig eingestrichen, als habe sie dies beiläufige »Baby« im geheimsten Winkel ihres Wesens erwischt und all ihrer Wildheit beraubt, meingott-Broder, was war ihm da über die Lippen gerutscht. Daß ein einzelnes Wort hier derart wichtig war! Iliana, jetzt schmiegte sie sich auch noch, auf sichtlich unbeholfne Weise, schmiegte sich an ihn:

Ja, sie habe gelogen. Aber nicht, weil sie ein schlechter Mensch sei, nein! Sondern weil sie sich der Wahrheit geschämt, weil sie sich ihres tatsächlichen Zuhauses geschämt habe: eine winzige Wellblechhütte, nicht mal fließend Wasser, sie ekle sich so sehr vor der Latrine, daß sie tagelang nicht aufs Klo gehe. Oder zu Mirta, ihrer *santera.*

Falls sie ihn nicht wieder angelogen hatte, war das für ihre Verhältnisse eine bemerkenswert umfassende Entschuldigung gewesen. Einige Momente lang herrschte eine seltsam beklommne Vertrautheit zwischen den beiden, Iliana schien vom Bedürfnis erfaßt, nun, da sie einmal angefangen, auch andre Lügen aus der Welt zu schaffen:

Also Ernesto. Ob er schwul sei, nein, das wisse sie nicht.

Andre Liebhaber, nein, die brauche sie ja gar nicht, es genüge immer ein einziger, die Familie zu ernähren.

Und die Narben, die würden, die würden –

Mitten im Satz war sie eingeschlafen – ganz ohne ihn umgebracht zu haben. Broschkus konnte nurmehr über ihren Rücken streichen, übern Hals und in ihren Haarmop hinein, wo er sofort hängenblieb, so strauchartig hart und kratzbürstig war's darinnen, nachgerade verholzt, daß man sich nicht gewundert hätte, wenn in seiner Tiefe Stacheln gewesen wären. Ausgerechnet diese Frau, die reinste Naturgewalt selbst im Schlaf, wollte nun Broschkus' Baby sein anstelle einer Offenbarung, was hatte man sich da nur eingebrockt.

Irgendwann setzte wieder ein leichtes Nieseln ein, vielleicht auch das Rauschen der Brunnen, genau war das im Halbschlaf nicht zu unterscheiden. Eine Weile lang durfte man hoffen, daß man immer so weiterliegen würde, neben ihr, die in einem schweren schwarzen Schlaf versunken – so fest, daß sie sogar ein ins Bett plumpsender Kater nicht wecken konnte.

Als der allerdings zusammenzuckte
und sich kerzengerade aufrichtete, war sie selber bereits hochgeschreckt: Gemeinsam mit Feliberto, Bruno, den umliegenden Dachschweinen wurde sie für einige Momente lang arg unruhig, dann arg ruhig. Hätte Broschkus den Rat Obatalás doch beherzigt und ein kleines Licht brennen lassen! So aber starrte er zum zweiten Mal in dieser Woche Richtung Spiegel, durfte weder rascheln noch reden. Ob man sich am Ende an solch nächtliche Besuche gewöhnen würde? Nichts zu sehen, nichts zu hören, wäre der Kater nicht gewesen, zitternd erregte Aufmerksamkeit, man hätte glauben können, Iliana leide schlichtweg unter Schlafstörungen, bilde sich alles nur ein.

»Sag mal«, entzündete Broschkus seine Nachttischlampe, nachdem sich Feliberto endlich zusammengerollt und auch Iliana drauf und dran war, wieder einzuschlafen: »Kann's sein, daß uns gerade, na-du-weißt-schon, daß uns der Teufel besucht hat?«

Wie war sie da mit einem Schlag hellwach, preßte ihm die Hand auf den Mund, die Handfläche so hart und rauh wie eine Parmesanreibe: Als habe sie dies eine Wort, eher aus einem Anflug ketzerischen Übermutes geäußert, als habe sie dies beiläufige Wort in einem weiteren geheimen Winkel ihres Wesens getroffen und gleich in Panik versetzt, meingott-Broder, was war ihm da nur wieder über die Lippen gerutscht. Daß ein Wort hier eine derartige Wichtigkeit hatte! Iliana, indem sie ihren Griff nun lockerte, schmiegte sie sich, auf sichtlich ungeschickte Weise, schmiegte sich an ihn:

Seinen Namen auszusprechen! Das rufe ihn ja herbei!

Aber er sei doch gerade dagewesen? versuchte sich Broschkus zu rechtfertigen, ihre Hand knapp über seinen Lippen, um sie bei Bedarf sogleich wieder zu verschließen: Außerdem gebe's ihn doch gar nicht! Weder *Santería* noch Voodoo kennten einen –

¡Sssss! Gerade eben, das sei bloß einer ihrer Toten gewesen, kein Problem. Wohingegen den, der vor ihrer Reise im Raum gestanden, den – gebe's sehr wohl, das habe Broschkus ja selber gemerkt. Als ob die *Santería* oder der Voodoo davon eine Ahnung hätten! Hingegen das *Palo Monte,* mächtige Religion, vielleicht die mächtigste in ganz Kuba! *¡Ay papi!* Da spreche man nicht einfach alles aus; für einen *palero* sei der Name etwas Magisches, einmal benannt, ziehe er den Namensträger unweigerlich an. Und ausgerechnet den –, den –, den rufe man nicht einfach so, ohne Absicht! Für gewisse Arbeiten sei er zwar hochwillkommen. Aber ansonsten –

Iliana bekreuzigte sich, Stirn, linke Schulter, rechte Schulter, Kuß auf die Fingerknöchel. Also doch, es gab ihn, auch hier im *Oriente,* selbst wenn er's eben gar nicht gewesen, es gab ihn! Hatte's Broschkus nicht immer geahnt? Und demnach Ernesto immer gelogen? Kessel, Narben, schwarze Halsketten und insbesondre er, der seine unangekündigten Hausbesuche machte, das alles hatte mit Ernestos heiler Welt aus vierhundert *santos* nichts zu tun. Nein, das nannte sich, nun war's heraus, nannte sich *Palo Monte.*

Aber den Namen dessen, den man anscheinend nur für gewisse Zwecke, dunkle Zwecke herbeirief, wollte Iliana um keinen Preis in den Mund nehmen, flüsternd verriet sie ihm schließlich:

»Die *paleros,* die nicht mit ihm arbeiten, die nennen ihn, und vergiß nicht, *papi*, er ist immer da, überall da, auch jetzt könnte er gerade mithören, sie nennen ihn –« Den Namen selbst mit gedämpfter Stimme auszusprechen war ihr zu riskant, fast unhörbar hauchte sie ihm ins Ohr: »Sie nennen ihn den Herrn der Hörner.«

Befand's andrerseits für notwendig, zwecks Illustration des Gesagten, sich mit beiden Zeigefingern kleine Ilianahörnchen aufzusetzen, so kindlich ernst gemeint, daß Broschkus lachen mußte. Bis er die neuen Schnittwunden in ihren Unterarmen entdeckte, kaum verheilt. Tagsdrauf würde sie seine Nachfrage mit einem unwilligen »Schon immer« abtun.

Tagsdrauf regnete es vor allem wieder,
an eine Fahrt nach Dos Caminos war nicht zu denken. Ernesto würde ein Einsehen haben; solange Iliana hier in der Casa el Tivolí zu Gange war, würde er sich sowieso nicht blicken lassen. Überdies brauchte man vor Antritt der Fahrt, seit letzter Nacht war sich Broschkus sicher, erst noch den Rat eines *palero*; das, was Ernesto als *santero* hatte herausbekommen können, würde bloß bedingt weiterhelfen.

»Wenn ich wirklich dein Baby bin«, räkelte sich Iliana, »kannst du mich doch nicht schon wieder alleine lassen?«

Sie legte eine Zehndollarnote auf den Nachttisch – wollte sie ihn etwa parodieren? beschämen? Oh nein, es würde ihr einfach nur Spaß machen. Jetzt.

Er könne ja mitkommen auf den Friedhof,
schlug sie vor, als aus dem Spaß erneut Ernst geworden, eine *Popular* entfachend und ihm von hoch oben – ob das ihre Form von Zärtlichkeit war? – ins Gesicht pustend: »Heut wird meine Oma aus dem Sarg geholt. Kannst ja beim Knochenputzen helfen.«

Kaum hatte Broschkus, leicht indigniert, nachgefragt – auch ihre Anflüge von Heiterkeit sprengten das übliche Maß, man wußte bei ihr nie –, sah er den Silberzahn aufblitzen, erstmals nach ihrer Rückkunft. Neinein, versicherte sie, kein Scherz, das sei in Kuba so üblich: Zwei Jahre nach der Beerdigung kämen die Knochen wieder raus, der Rest sei dann ohnehin von den Kakerlaken aufgefressen: von *cucarachas*, voller Ekel sprach sie das Wort aus, *cucarachas*.

Den Zehndollarschein ließ sie liegen. Broschkus sollte ihn späterhin noch oft in die Hand nehmen, obwohl darauf keinerlei Telephonnummer vermerkt war, oft.

»*Mami, das ist mein Baby*«,
wurde er vorgestellt, als man die Edelgräber von Santa Ifigenia passiert und dort, wo sich der Hauptweg zu einem Rondell weitete, eine Gruppe von dreißig, vierzig Personen angetroffen, die anscheinend alle auf die Exhumation eines Familienangehörigen warteten: »Er will mich heiraten.«

In der Droschke waren ihm, rasch und unwillig, erste Einblicke in Ilianas verworrne Familienverhältnisse zuteil geworden; einen Vater gab es seit der Scheidung ihrer Eltern nicht mehr, angeblich hatte er eine ansehnliche Weile unschuldig im Gefängnis gesessen, Materialunterschlagung, lebte jetzt wie die meisten andern ihrer Verwandten im Gebirge rund um Baracoa; die Großmutter war wohl erst kurz vor ihrem Tod zu ihrer Tochter gezogen, Ilianas Mutter, und obwohl sie ein Gebiß getragen, waren ihre verbliebnen Zähne mit etlichen Amalgamplomben versehen gewesen, auf die sich Iliana – wenn man das richtig verstanden hatte – besonders freute.

Der Schock kam freilich, bevor ein einziger Sarg aufgehackt war. Denn auf der Steinbank, inmitten all der andern, die sich zum Knochenputzen eingefunden – glücklicherweise hatte der Regen wieder aufgehört –, saß: die Schweinskopfverkäuferin. Während Broschkus noch damit beschäftigt war, sein Erschrekken zu kaschieren, ging Iliana bereits auf sie zu und herzte sie zärtlich.

Ich faß es nicht! faßte sich Broschkus notgedrungnermaßen: »Ja, das hab' ich tatsächlich gesagt, aber Ihre Tochter kann mich leider nicht ausstehen.«

Überraschend nett war sie,
die *echte* Mutter, siezte Broschkus sogar, und daß sie ihn längst kennengelernt, auf ihre stumme Weise, erwähnte sie dezenterweise nicht. Freilich hätte sie dazu auch keine Zeit gehabt, neben ihr war längst ein kleines Gör aufgehüpft, die Haare hochgeknotet zu zwei mickymausartigen Ohrgebilden, war stumm um Iliana herumgesprungen, an ihr zupfend und ziehend und auf jede erdenkliche Weise die allgemeine Begrüßung störend: bis sie auf den Arm genommen wurde.

Broschkus mußte nur einen halben Blick auf die beiden werfen, wie sie sich, wortlos aneinandergeschmiegt, der restlichen Welt entrückt, für ein paar Momente ihrer wechselweisen Innigkeit erfreuten, da hatte er die Situation begriffen. Auch das noch.

»Sei ein braves Mädchen, Claudia«, setzte Iliana ihre Tochter wieder parterre ab, gab ihr einen Klaps auf den Hintern: »Gib dem *papi* einen Kuß zur Begrüßung.«

Doch das wollte die Kleine nicht, was ihr Broschkus hoch anrechnete.

Jeden Vormittag stand die Öffnung eines Gemeindegrabes an,
das war Routine. Ein Offizieller erschien, die Liste derer zu verlesen, die mit heutigem Datum als ausreichend verwest galten und entsprechend »umgetopft« wurden, wie's Iliana nannte; sogleich setzte sich die kleine Trauergemeinde in Bewegung, dem Offiziellen hinterher. Hinauf aufs erste Betonsilo, über diverse Betonbrücken hinweg, ans Ende eines der Flachdächer, zu einer der entlegensten Betonplatten, die hier in regelmäßigen Abständen kniehoch auf Betonfundamenten aufsockelten.

Jetzt war's an Broschkus, für einen Moment der Überraschung

zu sorgen: Einer der Totengräber, man wollte gerade die Betonplatte wegstemmen, setzte den Spaten wieder ab, stürmte mit einem für alle verständlichen »Verpiß dich, du Arschloch!« (deutsch) auf ihn zu, ergriff mit einem herzlichen »*Hombre*, wie geht's?« (spanisch) seine Hand. Dies sei sein guter Freund, erklärte er den Umstehenden, und Deutschland ein feines Land. Dem wurde vereinzelt zugestimmt.

Nachdem der Betondeckel losgehackt und beiseite gewuchtet, kletterte Pancho als jüngster der Totengräber in die Gruft, an die drei, vier Meter schien's auf diese Weise in die Tiefe zu gehen, um sich einen ersten Überblick zu verschaffen. Die Vertreter der zwölf Trauergemeinden oder vielleicht auch nur: der zwölf Putzerkolonnen lugten ihm hinterher, spaltabwärts Richtung Jenseits. Unter ihnen Panchos guter Freund, gierig inhalierte er den dumpfen Moder, der aus dem Totenreich aufstieg, beobachtete die Kakerlaken, die zwei Jahre ihr ruhiges Auskommen gehabt, wie sie erschrocken erst durcheinander-, dann tiefer hasteten, schattenwärts. Indem sich seine Augen an das Dunkel gewöhnten, das sich im Zentrum jenes hell ausgeleuchteten Vormittags so übergangslos aufgetan, ein scharf konturierter schwarzer Schlitz im Grau des Zements, entpuppte sich ihm die Gruft als Betonkammer, deren Längsseiten jeweils über drei Etagen von einer Art Stockbett gebildet wurden. Jede einzelne Etage war doppelt belegt, links wie rechts hatte man auf diese Weise sechs Särge untergebracht, ganz unten zwei offne Knochenkisten.

Eine viertelstündige Pause schloß sich an, um die Luft aus der Gruft abziehen zu lassen: Sämtliche Totengräber rauchten, gedämpftes *Parlando*; gern bestätigte Pancho, daß die Leichen in der Regel nach zwei Jahren »durch« seien. Selten gerate man beim Öffnen der Särge an Unverwestes, vor dem endgültigen Aufhacken fühle er immer erst vor, notfalls verschiebe man eben den Termin, kein Problem.

Währenddem zerstoben die letzten Wolken; ein scharfes

Licht fiel in die Spalten zwischen den Gräbersilos, an deren Grund mancherorts ein interessanter Abfall verrottete. Auf den Schleifen alter Plastikgrabgebinde leuchteten in Rot und Gold die Namen von Trauernden. Schon beendete der Offizielle die Wartepause, verlas den ersten Namen von seiner Liste, woraufhin sich Pancho wieder in die Gruft hinabstemmte, auf die oberste Etage, sich eine Axt reichen ließ und das Rumoren begann.

Kostbar der Moment,
da der Sargdeckel aufgehackt, angehoben, beiseite gedrückt war und das Gerippe in seiner unversehrten Gänze zum Vorschein kam, Broschkus beugte sich über die Gruftöffnung, um nur ja nichts zu verpassen: nichts davon, wie ein Mensch mit einem Mal in Erscheinung trat, abgenagt zwar bis aufs Gebein, doch deutlich noch als Ganzheit wahrzunehmen, gelegentlich sogar mit dem einen oder andern Kleidungsstück angetan, das sich nicht zersetzt hatte – die griffsichere Beiläufigkeit, mit der Pancho dies kurze Memento mori herbeiführte, jagte ihm zusätzliche Schauer übern Nacken. Ein winzigen Augenblick, als ob man erschrocken ob des Frevels, als ob man sich stillschweigend auf eine allerletzte Gedenksekunde geeinigt – schon sprach man den Toten ein letztes Mal mit seinem bürgerlichen Namen an. Woraufhin ihn einer den Familienangehörigen an den verbliebnen Erkennungszeichen zu identifizieren und damit den ordnungsgemäßen Empfang den Knochen zu bestätigen hatte. In dem Moment, da Pancho den Sarg hob, um ihn an seine Kollegen herauszuhieven – die tieferen hob man gemeinsam mit Hilfe eines Seiles –, rutschte das Skelett in sich zusammen und machte aus einem Menschen, der zur letzten Ruhe gebettet, einen Haufen Knochen. Einer den Totengräber, die den Sarg von oben in Empfang nahmen, riß in derselben Bewegung das Leintuch von den Rändern des Sarges, verwandelte es, das zwei Jahre lang so etwas wie das letzte Bettzeug des Toten gewesen,

zu einem in sich verdrehten Sack, gefüllt mit all dem, was die Kakerlaken verschmäht hatten. Und ging damit davon.

Gefolgt von den Angehörigen. Einer der verbliebnen Totengräber löste vom Kopfende des Sarges eine Glasscheibe, die zur Wiederverwertung separat gelagert wunde, während die Bretter – erst hier draußen sah man, wie die Kakerlaken, dunkelbraun glänzend, darauf scharenweise hin und her wimmelten – in den Teil des Friedhofs hinabgeworfen wurden, den sich als bräunlich versteppptes Niemandsland drei, vier Meter unterhalb des Geschehens rund um den Plattenbau erstreckte.

Diese eine Sekunde, gefolgt von jener andern – Broschkus mußte sie wieder und wieder und wieder miterleben, ins Dämmer den Gruft hinabspähend, wo Pancho Sarg um Sarg um Sarg hervorzog aus seiner Nische, mit der Axt den Deckel halb aufstemmend, halb aufhackend, und dann lag darin erneut und erneut und erneut: ein Gerippe. Bekleidet schlußendlich mit einem gelb-grün geringelten Rock, offensichtlich Kunstfaser, ansonsten sozusagen nackt, für einen letzten Moment noch als Mensch mit Armen und Beinen, mit einem Schädel und einem – was war denn das, rosarot leuchtend? ein Gebiß? Schon kippte der Sarg, rutschte auch dieses Skelett zu einem bloßen Haufen Knochen zusammen, wurde im Handumdrehen von einer Person zu einer Sache, in seinem Leintuch ergriffen und, als wie in einem mäßig sich bauschenden Einkaufsbeutel, davongetragen.

Taub für alles,
was nicht splitterndes Holz und rasch in sich zusammenfahrender Menschenrest war, hatte Broschkus gar nicht mitbekommen, daß gerade Ilianas Großmutter an der Reihe gewesen, weitere Sargöffnungen standen an. Doch Iliana zog ihn, der sich anfangs weigern wollte, zog ihn mit Gewalt von der Gruft, aus der verheißungsvoll ein morsches Knacken zu hören, zog ihn tatsächlich an der Hand und hinweg, treppab und parterre um

ein paar Ecken herum: in die *»Área de exhumación«*, wie sie ein Schild offiziell auswies, eine betonierte Fläche auf der Schattenseite der Silos. Wo sich die meisten andern Trauergesellschaften, grüppchenweise um die erneut ausgebreiteten Leintücher geschart, bereits mit den Resten ihrer Angehörigen beschäftigten.

Als Broschkus der mit Knochen versetzten Erdhaufen
gewahr wurde und jeweils daneben, strahlend weiß, ebenjene Kästen, die er von der Totenwand her kannte – wenig mehr als zwei Handspannen lang, eine breit, eine hoch –, begriff er schlagartig das System der Bestattung, die Anlage des Friedhofs und rückwirkend alles, was er dort erlebt hatte.

Fast eine Selbstverständlichkeit war's ihm nun, daß auch für Ilianas Großmutter ein solcher Kasten herbeigeschafft wurde, daß man sich drum herum auf den Boden hockte; im Entfalten des Leichentuchs einen Haufen darbietend, aus dem graubraun die Knochen ragten, griff sich der Totengräber den Schädel und begann, gleichmütig schweigend, ihn in- und auswendig von dem zu befreien, was ja wohl einst Haut und Fleisch gewesen. Den reichlichen Rest an Haaren, vergilbt, mit einer herausgewachsnen rötlichen Färbung, zog er sanft von der Schädeldecke ab, Ilianas Mutter seufzte kurz auf, Claudia nahm sie vorsichtig an sich, die Haare ihrer Urgroßmutter, und wollte sie nicht mehr aus der Hand geben.

Gewissenhaft, ja behutsam setzte der Totengräber den gereinigten Schädel in eine Ecke des Knochenkastens und, Ilianas Mutter fuhr sich mit der Hand vor den Mund, faßte als nächstes nach dem abgebrochnen Unterkiefer; mit einem mäßig sauberen Tuch wischend, teilweise mit einem scharfen Alkohol waschend, klaubte er Knochen auf Knochen aus dem Haufen, von den größeren zu den kleineren und kleinsten sich vorarbeitend. Während Ilianas Mutter nur zögernd dies und das betastete – zum Putzen mochte sie sich nicht entschließen –, griff

Iliana eifrig zu: erläuterte anhand eines deformierten Wirbels die Rückenschmerzen der Großmutter und, einhändig den Haufen durchpflügend, suchte sich nebenbei den einen oder andern Zahn. Nicht ohne zu erklären, sie brauche das Amalgam für eigne Zahnfüllungen, ihre Großmutter habe dafür großes Verständnis: Eine Füllung koste auf dem Schwarzmarkt zwanzig Dollar, wer könne sich das leisten! Auch drei Fingerknöchelchen nahm sie an sich, der Totengräber nickte, derlei sei beim einen oder andern Amulett gewiß von Nutzen, kein Problem.

Stück für Stück gelangten die großmütterlichen Knochen auf diese Weise in den Kasten, Iliana und der Totengräber in ein fachkundiges Gemurmel vertieft, Ilianas Mutter jede Bewegung mit stechendem Blick verfolgend, Ilianas Tochter die gelbroten Haarbüschel auf eine sehr ernste Weise zerzupfend. Und Broschkus? Brauchte eine erhebliche Weile, ehe er mit seiner Rechten vorsichtig in den Haufen hineintastete, der zunehmend von flinken Griffen der Putzenden nach Knochen durchwühlt wurde: Was einst Fleisch gewesen, war jetzt, feucht und kühl, war Erde, tiefdunkel vom geronnenen Blut. Tatsächlich fühlte's sich an wie weicher Waldboden, locker und angenehm leicht; nun fuhr Broschkus auch mit seiner Linken hinein in den Leib der Großmutter, ließ ihn zwischen den Fingern zerrinnen. Ergriff zögernd eine ihrer Rippen, um über deren zerbrechliche Schwerelosigkeit zu erschrecken, wählte daraufhin entschlossen ihr Gebiß, das bislang unbeachtet, putzte es umständlich mit seinem Taschentuch, legte es in den Kasten. Schon wurde das Ganze mit Alkohol übergossen, mit einem weißen Talkpulver bestreut, die Hände rieb man sich mit Alkohol ab. Anschließend genehmigte sich der Totengräber einen kleinen Schluck aus der Flasche.

Ach ja, die Haare. Claudia betrachtete sie als ihr Eigentum, es gab Tränen, als man sie ihr entwand, um sie mit Alkohol zu tränken, in einer Hand auszuquetschen und neben den Schädel zu stopfen. Darüber die Gaze, eher ein weißer Gardinenfetzen. Ilianas Großmutter war umgetopft.

Man schaffte sie zu einem der Totengräber,
der die komplett gefüllten Kasten mit einem feinen Pinsel eher bemalte als beschriftete, um am Ende trotzdem nur immer ein Gekrakel ins Werk gesetzt zu haben. Allseits angeregte Geschäftigkeit; lediglich in einer der zuletzt eingetroffnen Putzergesellschaften wurde's plötzlich laut, man beschwerte sich, daß ein Schienbein des Großvaters fehle, bei näherem Hinsehen auch ein paar Fuß- und Handknochen, statt dessen seien im Humus Münzen zu finden, die man dem Toten ja gar nicht beigegeben – rundheraus beschuldigte man die Totengräber, Knochen gestohlen zu haben. Was diese empört von sich wiesen, im Handumdrehen verwandelte sich das allgemeine gedämpfte Gebrabbel, aus dem nur selten ein Schluchzer aufgestiegen, in lautstarkes Palaver; es dauerte eine Weile, bis Ilianas Großmutter mit Namen und Todesdatum versehen werden konnte.

Damit war sie bis zum Jüngsten Tag versorgt, selbst aus Ilianas Mutter wich die Anspannung. Als der Kasten in ebenjener Totenmauer, die Broschkus so gut kannte, auf einen der Stapel gestellt war – der Totengräber notierte seine Position und erklärte, sobald hundert Knochenkästen zusammengekommen, werde man sie einmauern, werde die gesamte Wand mit einem Schachbrettmuster markieren, auf daß die Familie fortan auf ewig wisse, hinter welchem Planquadrat ihre Großmutter liege, unter welcher Registriernummer –, als sich der Totengräber verabschiedet hatte: wandte sich die Schweinskopfverkäuferin an Broschkus und gestand ihm, ausgerechnet ihm, der in ihrer unmittelbaren Nähe nach wie vor von einem flauen Gefühl befallen wurde, gestand ihm ihre Angst vor dem heutigen Tag und ihre Erleichterung, daß alles gutgegangen. Ob Broschkus nicht Lust habe, sie übermorgen zu besuchen, sie und ihre Familie?

Man feiere Ilianas Geburtstag; wenn er sich von den bescheidnen Verhältnissen, in denen sie lebten, nicht abgestoßen fühle, sei er herzlich eingeladen.

Noch ehe Broschkus begriff, daß ihn Iliana selbst in dieser Hinsicht belogen hatte, versprach er sein Kommen. Kündigte Pancho (der herbeigetreten, um einen Dollar zu erschnorren) weitere Besuche an – er werde beim Aufhacken der Särge genau aufpassen, ob dabei Knochen verschwanden. Erst zu Hause, allein mit all seinen widerstreitenden Empfindungen, fiel ihm die eigne Mutter ein, wie sie ihn noch vom Totenbett aus vorwurfsvoll angesehen, und er fragte sich, ob sie mittlerweile so aussah wie Ilianas Großmutter. Woraufhin er von einer umfassenden Stummheit erfüllt wurde.

Bis zum frühen Abend saß er auf dem Sofa,
regte sich nur, um eine desorientiert auf ihn zukriechende Kakerlake zu zerquetschen. Langsam setzte er seinen Schuh auf ihren glänzenden Körper, drückte gerade fest genug, daß es beständig unter der Sohle knackte – »Du wi-der-li-cher Menschenfresser!« –, daß die Kakerlake ordentlich auf ihre Kosten kam. Als er den Schuh vorübergehend anhob, genoß er das Zukken des zermatschten Körpers, das reflexartige Übern-Boden-Wischen der Beine, ja, da hatte die Kakerlake eine abschließende Erleuchtung, zur Hölle mit ihr.

Einen Augenblick später, als sich das Lebewesen unter einem letzten Tritt in eine braune Ansammlung von Ekelhaftem verwandelt, stand er erschrocken, klaubte die sterblichen Überreste sorgfältig in seine deutsche Tageszeitung hinein, trug sie darin eine Weile umher, bis er beschloß, sie in den Abfall zu geben, langsam und sanft. Um sie dann doch, in einem erneuten Aufflackern des Kriegers, der in ihm wohnte und Blut sehen wollte, Blut gesehen hatte, um sie mitsamt der Zeitung aufs Dach der Lockenwickler zu werfen. Mitten ins Kleinkindergewimmel, wo's empört sogleich aufkrakeelte:

»He, Leute, auch der *doctor* scheißt jetzt auf die *Granma*, schaut euch das an.«

Ob er vielleicht mal einer Katze das Rückgrat brechen
oder dem Einbeinigen, wenn er ihm beim Gang zur »Bombonera« wieder den Weg verstellte, ob er ihm die Krücke aus der Armbeuge treten sollte? Oh, das Dunkle war so viel größer, als es die Gegenwart von Iliana zuließ, es gab noch viel zu entdecken.

Schon an diesem Abend fing sie freilich an,
sein Leben neu zu organisieren, indem sie sich gezielt in alles einmischte und nach ihren Vorstellungen neu arrangierte, sie sprach mit ihm wie eine, die hier notgedrungen das Kommando zu übernehmen habe, weil's Broschkus alleine nicht so recht hinbekommen, das Hausen, sprach mit ihm wie mit einem kleinen Jungen, als ob nun Schluß mit lustig sei und der Ernst des Lebens beginne, indes auch stets betonend, sie würde ihm nach Kräften beistehen, er möge sich nicht sorgen. Wie sie dabei mit ihren riesigen Händen durch die Luft schaufelte, wie sie ihre Stimme erhob, belehrend und scharf, zum Glück brach immer mal wieder ein tief gurgelndes Gelächter dazwischen, machte ihn eher nachdenklich.

»*Ay papi,* so zieh doch kein solches Gesicht! Dein Baby weiß schon, wie sie das hier alles auf die Reihe kriegt, kein Problem.«

Am 20. Oktober,
Sonntag, war ihr Geburtstag, ihr richtiger Geburtstag, vorausgesetzt, man hatte ihn nicht erneut belogen. Broschkus hatte sich fest vorgenommen, sie nicht zum zweiten Mal zu beschenken, weshalb ihm auf die Schnelle – Iliana stand schon in der Tür, ihn abzuholen – nur der Griff nach den Ohrsteckern blieb, mit vollkommen leeren Händen kam er sich denn doch plötzlich

komisch vor. Dos Caminos? War der Name einer lästigen Pflicht, deren er sich bald entledigen würde, bald. Ernesto? Würde sich noch ein wenig gedulden müssen.

Während des Aufstiegs erkundigte er sich nach Ilianas Geburtstagsgeschenken: Ein Nachbar, dessen Schwester im Blumenladen arbeitete, hatte für heut abend einen Strauß Blumen avisiert, ihre Mutter eine Gesichtsmassage beim Friseur spendiert, die Großmutter das Amalgam. Sage und schreibe drei Zähne mit Füllungen! Leider erst in diesem Jahr; wegen eines kaputten Zahns, dessen Krone anders nicht zu bezahlen gewesen wäre, habe sie seinerzeit ihre Stelle in der Stadtverwaltung aufgegeben – Iliana lächelte so gewollt, daß ihr silberner Backenzahn hinter der Lücke hervorleuchtete, Broschkus' Lieblingszahn – und als Empfangschefin beim »Casa Granda« angefangen, sie sagte tatsächlich »Empfangschefin«. Um sofort so laut loszulachen, daß am Straßenrand ein kleines Mädchen aufblickte, die Rasur eines großväterlich alten Herrn unterbrechend, Iliana erkennend und flink herbeilaufend, ihr einen Kuß zu geben.

Nach faulen Eiern stank's, aus einer Holzbaracke pumpte man Scheiße ab, in eine Art Tankwagen hinein, der mit laufendem Motor davorstand. Noch ein paar Abzweigungen linksrechts ins Ungefähre, dann kam die Calle K.

Ein Stück hinter Mirtas Haus sah man die letzten Hütten, begann direkt neben der Straße ein undurchdringlicher Dschungel. Mit einem Mal von der Seite ein Trampelpfad, beidseits von meterhohem Dickicht bedrängt, nach einigen Schritten in einen schmalen, unregelmäßig ausgebrochnen Betonsteg übergehend: Zwischen zwei Maschendrahtzäunen balancierte man mitten ins Grüne hinein; und dort, wo's sich überraschenderweise wieder lichtete und einen steilen Abhang zeigte, dort, wo eine Ziege angepflockt war und überm Grat der rote Wassertank ragte, dort wohnte Iliana, wohnte sie wirklich.

Unter einer riesigen Bananenstaude hing eine allerletzte

Bretterbude, von einer Wäscheleine zunächst weitgehend verdeckt, an der umgestülpte Tüten aus Dollarläden trockneten, dazwischen die Plastikhüllen von Spaghettipackungen – eine wellblechgedeckte Bretterbude, kaum vier mal drei Meter, von kniehohem, vielfach heruntergetretnem Stacheldraht umzäunt, Iliana schämte sich furchtbar. Überall war sie mit Metallplatten oder dicker Alufolie geflickt, die Hütte, auf dem Wellblechdach lag weiteres Wellblech, wohl um Durchrostungen zu relativieren. Bereits auf dem Hinweg hatte man erfahren, daß es hinterm Haus zwar eine Art separates »Badezimmer« gebe, in dem man sich aus Wasserkübeln begießen könne, aber keine Toilette: Die sei beim Nachbarn, bei Mirta oder sonstwo. Besser, man verkneife's sich so lang wie möglich.

Aber auch das war natürlich gelogen gewesen, das separate Badezimmer war nichts als eine freistehende – Toilette? War ein aus Brettern zusammengenagelter Verschlag, darinnen ein mit Betonbruchstücken befestigtes Loch, der Gestank so schneidend, daß man's dort schier nicht hätte aushalten können, selbst wenn der Raum frei gewesen: Mißmutig blickte ihnen ein großer gelber Hund entgegen, erhob sich nur kurz, um Broschkus' Männlichkeit zu beschnüffeln. Er liebe diesen Ort, erklärte Iliana, fast täglich komme er von wer-weiß-wo.

All das habe sie mit ihren eignen Händen aufgebaut,
trat nun die Mutter auf den Plan, eher stolz- als schamerfüllt: und mit Hilfe ihrer Kinder aus drei Ehen.

Broschkus nickte anerkennend, lobte die Aussicht, die sich bot: geschwungen der weitere Verlauf der Hügelkette bis fast zur Bucht, tief drunten eine Plattenbausiedlung mit runden Wassertanks auf den Dächern, zu der sich der Trampelpfad tatsächlich anschickte mit kühnem Schwung hinabzuführen: erst in eine Müllhalde, späterhin mitten ins Dickicht, am Steilhang verschiedentlich bescheidne Zeichen des Ackerbaus – ja, das hatte was, das war schön.

Sehr schön! bestätigte die Mutter. Manchmal, wenn sie traurig sei über ihr Leben, setze sie sich hier hin und dichte ein Lied.

Broschkus legte den Kopf schief, als sei er gerade wieder belogen worden, aber es fiel ihm nicht leicht, ihrem Blick standzuhalten. Kuba sei ein schönes Land, machte er eine herrscherliche Geste, als gerate er über seine Ländereien ins Schwärmen: aber das hier sei eine regelrechte kleine Idylle, die Bananen wüchsen einem ja direkt in den Hals, Mangos, Guayabas, Avocados, Zitronen! Daß sie den Nachbarn gehörten, daß es kein Wasser gab und selten Strom, ließ er als Einwand nicht gelten. Diese Stille! Ein Geier schwebte mit schwarz ausgespannten Flügeln an ihnen vorbei ins Tal, man vermeinte, die Luft rauschen zu hören. Zwischen den Plattenbauten stieß er plötzlich hinab und blieb verschwunden, wahrscheinlich hatte er sich in einem Müllbeutel verheddert.

Erst jetzt ließ sich Claudia blicken,
ihre Haare heut in hundert kleine Zöpfchen geflochten, mit leuchtend rosa, grünen, gelben, blauen, violetten Haargummis versehen, in einem Minirock und farblich dazu abgestimmtem Jeanstop, das spitz überm Bauchnabel zulief: eine kleine Dame, barfuß freilich, ein Huhn auf dem Arm.

»Unser Mittagessen!« umarmte Iliana Tochter samt Huhn, »da kommt unser Geburtstagsessen!« Wo denn der Eimer sei?

Der fand sich neben einer Tonne,
die vor dem Hauseingang stand, bewohnt von zahlreichen Küken. Wortlos ergriff ihn Claudia, nachdem sie das Huhn an die Mutter abgegeben, nicht ohne's ein letztes Mal gestreichelt zu haben, und stellte sich, sehr hübsch, willensstark, leise, mit beidhändig erhobnem Eimer so hin, als wolle sie in dessen Öffnung irgend etwas Tieffliegendes fangen. Wohingegen ihre Mutter, im Abstand von wenigen Metern, das Huhn mit der Rechten

fest am Kopf faßte, auf daß es nicht mehr schreien, wohl aber mit all seinen Flügeln schlagen konnte. Um's im nächsten Moment in eine ansehnlich schnelle Kreisbewegung zu versetzen, das Huhn, um's zwei-, dreimal im Uhrzeigersinn durch die Luft zu drehen, den Kopf dabei in der Hand haltend – schon schleuderte sie's, als wie eine gefiederte Bowlingkugel, schon schob sie's mit einem Ruck in Richtung ihrer Tochter, die mit der Eimeröffnung dorthin zeigte, wo das Huhn tatsächlich zu Boden kam und ein paar kopflose Schritte geradeaus machte, ehe es, kurz vor Erreichen des Eimers, zusammenbrach.

Schade! So knapp! Ansonsten hätte's dies köstliche Rumsen im Eimer erzeugt, ließ sich Broschkus belehren, dies dumpfe Scheppern, wenn ein Volltreffer gelungen.

Dem gelben Hund, der die Latrine verlassen und das Schauspiel aus der Entfernung verfolgt, warf Iliana den Hühnerkopf zu. Leise meckerte die Ziege.

Auch beim Rupfen des Huhns half Claudia auf ihre Weise mit, schweigsam und ernst, ehe sie beschloß, Broschkus' Fingernägel zu lackieren. Der hielt brav still, bestarrte ihre Großmutter, die Schweinskopfverkäuferin, stets gegen eine leichte Beklemmung anatmend. Sah ihr eine Weile unschlüssig zu, wie sie auf dem lehmgestampften Hüttenboden saß, hinter sich den Gaskocher, und mit trägen Händen Reiskörner aus einem Topf las, zum wiederholten Male ließ er sich auffordern, Platz zu nehmen, »oder wollen Sie noch wachsen?« Nichtsdestoweniger konnte er ihr kaum in die schläfrig schlauen Augen sehen, mied ihren Blick, auch wenn sie ihn direkt ansprach; dabei erschien sie ihm – sofern man darüber hinwegsah, daß sie weißgott reichlich fett geraten, mehrere Doppelkinnfalten hintereinander – selbst aus den Augenwinkeln als jemand, dessen Gesicht trotz dreier gescheiterter Ehen und harter Arbeit eine stille Würde bewahrt hatte. Wenn sie redete, ließ sie gern Zitate aus ihrem Lieblingsbuch einfließen, »*Los mas bellos pasajes de la biblia*«, kramte's schließlich aus einem Wäschestapel hervor, um's zu zeigen *(Biblioteca PEPSI, Madrid 1971)*. Oh ja, überzeugte Katholikin sei sie, *Santería* dagegen die reinste Sünde, primitiver Hokuspokus, nichts als Geldschneiderei – sie bekreuzigte sich vor Abscheu, Stirn, linke Schulter, rechte Schulter, abschließender Kuß auf die Knöchel.

Weil er keinen Stuhl entdecken konnte, setzte sich Broschkus aufs Doppelbett, das fast die Hälfte des Raumes füllte, unters Lebensmittelposter. Der Rest der damaligen Mitbringsel, so wußte er mittlerweile, war an Mirta gegangen, als Mietzins für einen Nachmittag in vorzeigefähigem Ambiente, Verschwindungsgebühr für Mirtas Familienangehörige inbegriffen. Ilianas tatsächliche Behausung dagegen: eine Wellblechklause, in der die Mittagshitze stand, Broschkus legte sich sein Taschentuch übern Oberschenkel, es gab nicht mal einen Ventilator! Gab keinen Fernseher, kein Transistorradio, keine Spüle, keinen Kühlschrank, nur ein mit blauen Plastikplanen verhängtes Wandregal, wahrscheinlich für Kleidung, nur zwei Ölfässer im Eck als Wassertanks, überm Bett blanke Metalldrähte, die man bei Bedarf zu einer quer durch den Raum laufenden Wäscheleine zusammendrehen konnte. Und es gab, Katholikin hin oder her, das wohlbekannte Zungenbild – beim genaueren Hinsehen war die Zunge freilich ein Herz und das Messer, das darin steckte, ein reich verziertes Schwert. Darunter ein Wandregal mit verschieden kleinen Puppen, Ilianas Hausaltar.

»Es ist häßlich, ich weiß«, entschuldigte sie sich, das zur Hälfte ausgenommne Huhn lag ihr leuchtend weiß auf den Oberschenkeln, »aber weißt du, es ist wenigstens ein Zuhause.« Und *eigentlich* wohne sie ja bei ihrer Großmutter väterlicherseits, in Baracoa. Genaugenommen in der Nähe von Baracoa.

»Baby«, hörte sich Broschkus mit gönnerhafter Stimme, ein rechter *macho*, den Dünkel kaum kaschierend, hörte sich beschwichtigen: »Ist doch romantisch hier. Gemütlich. So angenehm still.«

Iliana, wieder huschte ihr ein Leuchten übers Gesicht, sogar die Narbe überm Wangenknochen schimmerte zartviolett. Als habe er ihr gerade einen Heiratsantrag gemacht.

Während des Essens,
Broschkus wunderte sich, wie wenig Fleisch an einem kubanischen Huhn hing, tummelte sich Claudia auf dem Boden, Karte für Karte ein altes Kartenspiel abknutschend; nachdem sie sich selber die Nägel nachlackiert und in stiller Gründlichkeit eine Biene zerdrückt hatte, posierte sie so lang auf Stöckelschuhen, ihren kleinen Hintern in aller Selbstverliebtheit schwenkend, bis ihr jeder versichert hatte, wie sexy sie sei. Broschkus erzählte vom Hahnenkampf, von der Schweineschlachtung in Micro-9, ohne daß er damit mehr als eine höfliche Aufmerksamkeit erzielte; Ilianas Mutter erzählte von den Wasserrohren, die sie im Lauf der Jahre Stück für Stück organisiert hatte, und rechnete genau vor, wie viele ihr noch fehlten, um von der Hauptleitung bis hierher zu kommen.

Die Beschenkung des Geburtstagskindes hätte dann fast zu einem Mißklang geführt. Als sie der Ohrstecker ansichtig wurde, machte Ilianas Mutter aus ihrer Enttäuschung kein Hehl, hatte sie doch fest mit einer neuen Flasche *Alicia Alonso* gerechnet, die alte sei ja seit kurzem aufgebraucht. Fast ausschließlich von ihr, der Mutter, wie Iliana ohne Grimm bestätigte; Broschkus stellte umgehend Nachschub in Aussicht, dazu eine Pakkung Spaghetti aus der »Bombonera«. Zufrieden begann die Mutter, an einem Fläschchen mit hochprozentigem Alkohol zu schnüffeln, dann goß sie davon vorsichtig in eine Dose mit kleingehacktem Kühleis, wer weiß, wie sie das hier oben so lange vor dem Schmelzen bewahrt. Inständig das Eis zerkauend, erkundigte sie sich – das ließ sich fast schon als Aufnahme in die eigne *familia* verstehen – nach Broschkus' Mutter. Aber was hätte er ihr erzählen können?

Nach Gesprächsstoff sich umblickend, entdeckte er ein unscheinbar braunes Bündel, ein kinderkopfgroßes Gebilde, das an einer Schnur von der Decke hing, über Ilianas Regal mit den Puppen – in diesem Land schienen nicht nur die Kinder früher erwachsen zu werden, sondern die Erwachsenen auch länger kindlich zu bleiben. Auf das Bündel weisend, formulierte Broschkus Gegenfragen; weil man aber so tat, als verstehe man nicht, erhob er sich, griff mit der Hand danach – da fiel ihm Iliana in den Arm:

»*Ay papi*, du willst doch nicht sterben, oder?«

Schon wieder etwas Heiliges! Ob da Blut drauf sei, ob sich Knochen drin fänden?

Uyuyuyuy, nicht nur das! Seinerzeit habe man ein kleines Tier hineingetan, tagelang sei's noch zu hören gewesen. Mehr dürfe sie nicht verraten.

Ilianas Mutter, zufrieden das Alkoholeis zerkauend, winkte ab: Sünde, Teufelszeug, mit ihrer Tochter werde's schlimm enden.

Auch beim Hinausgehen war die Haustür so schief,
daß man sich selber entsprechend schief halten mußte, um passieren zu können. Claudia hatte Broschkus einen Kuß zu geben, sie legte ihren Mund kurz auf seine Wange. Heim!

Das heißt – ob man zuvor nicht noch kurz zum Wassertank?

An meinem Geburtstag? weigerte sich Iliana: Dorthin müsse sie fast täglich, nein-danke.

Dann wenigstens zu Mirta, gab sich Broschkus kompromißbereit: Immerhin sei sie ja so was wie Ilianas Zweitmutter. Daß ihm diese Idee keineswegs spontan gekommen, verschwieg er.

Ohne den geringsten Anflug von schlechtem Gewissen,
im Gegenteil, fast wie einen alten Freund des Hauses begrüßte ihn Mirta; ihr damaliger Betrug hatte seinen Zweck erfüllt und war folglich gerechtfertigt, das-Leben-sei-ein-Kampf – anders konnte sich Broschkus ihre Ungezwungenheit nicht erklären.

»Du bist dünn geworden, mein Sohn, du solltest dich von Anita ordentlich bekochen lassen.«

Wie anders aber, als er sich rundheraus nach dem Kessel erkundigte – »Welcher Kessel, mein Sohn?« –, wie anders, als er präziser wurde, von Armandito Elegguá anhob, der gekommen, seinen Kessel, dann die weiße Haut zu holen:

»*¡Mentira!*« kreischte Mirta auf, »das ist er ganz gewiß nicht und erst recht nicht in mein Haus«, wich vor Schreck einen Schritt zurück. Broschkus dreist nutzte die Gelegenheit, drückte sich an ihr vorbei, trat ein. Durchmaß die Wohnstube, hart, herrisch, hochfahrend, nicht mal die Kriegerschalen eines Blickes würdigend, fast wäre er auf Höhe des Schaukelstuhls mit einem fülligen *mulato* zusammengestoßen, und als er sich knapp entschuldigen wollte: war's Cuqui. *Coño*, was suchte der hier?

Angelegenheiten, Bro, Angelegenheiten.

»Angelegenheiten!« verlor Broschkus bei diesem Wort völlig die Contenance: »Hast wohl frische Knochen vorbeigebracht, was? Kleine Opfergabe zwischendurch? Steckst auch mit ihm unter einer Decke, ihr alle seid, ihr alle habt –«, hier verließ ihn die Stimme, stumm schrie er seine Empörung in die Runde. Auf daß ihn Cuqui fest in den Arm und ein wenig beiseite nahm, *¡sssss!* Er solle sich nicht so aufregen, welcher Kessel?

Als sie den rückwärtigen Raum betraten, Mirta erhobnen Hauptes vornweg, Cuqui, Iliana, Broschkus, waren da vollzählig noch die Suppenschüsseln der *santos* zu sehen und all der andre Kleinkram, Mirta verschränkte die Arme vor der Brust, schnaufte verächtlich. Eine Spur des scharfen Geruchs hing in der Luft, eine Spur des durchdringenden Gestanks, der damals aus dem Kessel – Teufel auch! Von dem keine Spur.

Mirta schaute Broschkus an (Jetzt bist du platt, mein Sohn), Broschkus schaute Mirta an (Willst du mich verarschen, oder was?), Mirta schaute Broschkus an (Ein bißchen mehr Respekt, mein Sohn), Broschkus schaute Mirta an (Man hat ihn also schon weggeschafft?).

Oder werd' ich verrückt? dachte er, überraschend laut. Auch die Fahne fehlte, die hinterm Kessel quer über die Wand gespannt gewesen, die rote Fahne mit den weißen Totenköpfen. Die Hühnerfedern. Die Fliegen.

»Nein, Bro, verrückt nicht. Geht doch jedem mal so.«

»*Ay papi,* bist einfach die Hitze nicht gewohnt. Aber keine Sorge, ich paß schon auf dich auf.«

»Mein Sohn, hoffentlich hast du wenigstens ein Geschenk mitgebracht, ein kleines Geschenk für die *santos?*«

Auffallend lange schüttelte sie dann Broschkus' Hand,
Mirta, warnte vor falschen *santeros*, in der Stadt drunten seien sie alle bloß scharf auf die Dollars. Cuqui dagegen hatte's eilig, verabschiedete sich mit einem vieldeutig gezischelten Solltest-du-nicht-längst-schon? Längst-schon-unterwegs-sein?

Und den restlichen Abend?
Wurde alles rund und stank ganz wunderbar.

Vor drei Tagen war Iliana zurückgekehrt; drei Nächte ohne Liebesheftigkeit lagen hinter Broschkus, in denen er ersatzweis wild davon phantasierte. Unter seinen gierigen Griffen hatte sich Iliana – im Traum, wohlgemerkt – in ein geflecktes Wesen verwandelt, halb Leopardentier, halb Schwein, das mehrerer Männer bedurfte, um's überhaupt zu Boden zu werfen; als es ihn anblickte mit haßerfülltem Auge, das Ilianawesen, und er, gerüstet lediglich mit einem winzigen Messer, darauf zustürzte, es umzubringen: da riß es sich los und sein Maul auf, ihn zu verschlingen – gerade noch rechtzeitig hatte Broschkus erwachen können, ein trommelndes Herz in der Nacht. Erst an Ilianas mächtig sich wölbendem Arsch kam seine zitternde Hand wieder zur Ruhe – solang's derartiges gab, sich festzuhalten, konnte man nicht verschlungen werden von der Dunkelheit.

Doch in dieser Nacht kam's anders.

»*¡Dámela toda! Ay papi, mi amor! Esperate un momento – ¡toda-*

via no! Quiero tu pinga, me gusta, papi, dámela, tu pinga es rica, como me gusta! Uyuyuyuy …«

Danach flüsterte sie ihm ins Ohr, daß sie soeben umgebracht worden, zum ersten Mal seit Monaten, Broschkus wußte nicht, ob er darauf stolz sein sollte. Das sekundenweise Aufblitzen von Glück in ihren Augen, er hatte's genau gesehen; daß sie sich mit einem Seufzer an ihn schmiegte und sofort das Schnarchen anhob, machte die Sache nicht besser.

Seine Zeit mit ihr war fast abgelaufen. Das konnte er zwar nicht wissen, ahnen konnte er's schon.

Nichtsdestoweniger gelang's ihm,
ganze neun Tage Aufschub zu erlangen von seinem Schicksal, neun Tage und Nächte eines zunächst widerwillig akzeptierten, insgeheim stets bezweifelten, bröckelnden Glücks, zumindest einer umfassenden Zufriedenheit, für jedermann ersichtlich, sogar Luisito gratulierte ihm auf offner Straße, er sehe blendend aus. Neun Tage! Im nachhinein wollte's Broschkus so vorkommen, als habe er sie nur geträumt, jedwedes Detail fügte sich in eine umfassend gleichmütige Harmonie des Alltäglichen, wie hinter Milchglas sah er sich agieren, in verschwommen weite Ferne entrückt. Wenn er bislang auf seinem Weg gewesen, so war er jetzt – wider Willen, versteht sich –, war angekommen: nicht gerade dort, wohin er bebenden Herzens aufgebrochen, jedoch in einer Art Erlöstheit, alles geschah ihm ganz von selbst. Wie einfach das Leben sein konnte, wenn man eine Frau vom Schlage Ilianas an seiner Seite wußte, wie gut sich's leben ließ, wohlversorgt und wohlgelitten, sogar die Lockenwicklerin krakeelte ihm allmorgendlich ihre Sympathien entgegen. Daß sich Ernesto nicht mal bei den Dominospielern blicken ließ (und wenn doch, dann auf derart desinteressierte, ja apathische Weise, als würde er, der *padrino*, seinen Sohn kaum kennen; als ob er unter einer Persönlichkeitsspaltung litt oder, wahrscheinlicher, unter den Folgen fortgesetzten Alkoholgenusses), war gewiß

hilfreich; wäre Cuqui nicht gewesen, Broschkus hätte sich nie aufgemacht, der Spur des zweiten Zehnpesoscheins nachzugehen, warum auch.

Wäre Cuqui nicht gewesen und (es wurde wirklich Zeit, daß man ihn kennenlernte) dieser Armandito Elegguá samt allen Fragen, Gerüchten, Ungeheuerlichkeiten, die sich um seine Person rankten. *Palo Monte*, nicht *Santería* – drei Monate lang hatte Broschkus die falsche Fährte verfolgt! Das war er, der Stachel im Fleisch des unverhofften Glücks, und je mehr er ihm nachfühlte, desto deutlicher spürte er, wie alles im Innersten zusammenhing, das ihm bislang den einen oder andern Stich versetzt: die Dunklen, der Kessel, die schwarzen Ketten, die kreuzweis geschnittnen Narben und sogar, kaum durfte man seinen Namen denken, der Herr der – *¡sssss!*

Jedenfalls malte sich Broschkus das so aus. Als er dann fuhr, am frühen Morgen des 30. Oktober, gerüstet mit seinem Ochsenauge, einem blutverkrusteten Zehnpesoschein und einem Amulett, das Iliana für ihn hatte anfertigen lassen, fuhr, um sein Versprechen einzulösen und den Fluch endgültig abzuschütteln, der ihn hierhergeführt: da hatte er sein Lebensquantum Glück möglicherweise bis zur letzten Neige ausgeschöpft.

Broschkus brauchte eine Zeitlang,
um das Glück zu begreifen; bislang hatte er sich lediglich im Erkennen seines Unglücks geübt. Wie einfach das Glück war, wie beschämend armselig, normal! Es begann damit, daß sich Iliana – wie all die benachbarten Hausfrauen – in jeden Tag erst einmal ausführlich hinein- und treppab wischte; es setzte sich mit Wäschewaschen fort, mit Einkaufen, Kochen, Abspülen – bei alldem war sie auf solch vollendete Weise unspektakulär, daß man vor Bewunderung immer regloser wurde, ruhiger. So beschäftigt sie sich am Morgen gab, so lethargisch ließ sie den Rest des Tages verstreichen, sorgte indes noch durch ihre Untätigkeit für ein positives Grundsummen in Broschkus' Wohnung; zur

Stunde des großen Mittags wurde sie von einer tierhaften Trägheit erfaßt – die Last ihrer liegenden Glieder verströmte einen Hauch von Einsamkeit –, die erst gen Abend der wohlbekannten Heiterkeit wich: Ihr chronischer Optimismus war nichts als die fröhliche Kehrseite ihres chronischen Pessimismus.

Iliana, obgleich hartnäckig desinteressiert daran, schlauer oder gar schlau aus Broschkus zu werden, war wohl genau das, was er in seiner Dinge und Menschen beklügelnden Art brauchte: Nichts an ihm schien sie zu verstehen, auf instinktive Weise jedoch alles.

Abgesehen von Besuchen bei Mutter und Tochter,
bei Nachbarn, entfernten Verwandten und deren Nachbarn – jeder besuchte hier jeden und hielt ihn auf charmante Weise vom Arbeiten ab –, lebte sie jetzt mit Broschkus zusammen, führte neun Tage lang den Haushalt. Stunde um Stunde erschien sie ihm dabei weniger häßlich, als ob man sich durch Regelmäßigkeit des Anblicks an einen anderen Begriff von Schönheit gewöhnen konnte. Eine Narbe auf ihrer Zunge, bei aller Liebe, ließ sich nicht entdecken; selbst durch fortgesetzt frevelndes Berühren ihrer Ketten war keiner der Toten auf den Plan zu locken; und so wich mählich auch das Dunkle, das ihren Glanz für Broschkus ausgemacht, ihre Macht. War sie allein durch die zweimalige Benennung als »Baby« gezähmt worden, zur Hausfrau und Freundin? Verlobten? Spielte sie ihm das nur vor, weil sich so die Ausbeutung seiner Dollarressourcen umfassender bewerkstelligen ließ? Oder lag's an den mit Tapetenmustern bedruckten Hauskitteln, den weiten Shorts und muttchenhaften Blusen, die sie nun trug anstelle von Tigerfellen und Schlangenprint-Tops?

Das ganz und gar Sensationelle war, daß sie noch in dieser arg ernüchternden Aufmachung stets wußte, wie sie sich hinzusetzen, hinzustellen, wie sie zu lächeln oder nicht zu lächeln hatte, wie sie wütend und traurig, verletzend und höhnisch sein konnte, ohne dabei aufzuhören, eine Frau zu sein, vor allem eine Frau zu sein. Selbst wenn sie im Leib eines toten Fisches herumwühlte, selbst wenn sie mit bloßer Hand ins kochende Wasser griff, um eine Nudel gegen die Küchenkacheln zu werfen, tat sie das mit einer – Teufel auch, mit einer Anmut, ja-Broder-das-Wort-ist-ausnahmsweise-angemessen, die man ihrem gewaltigen Körper gar nicht zugetraut hätte. Niemals waren ihre Bewegungen einfach nur praktisch, nur zielstrebig, stets fand sich darin ein kleiner Schlenker, um ihren Stolz auszudrücken, ihre Verachtung den Dingen gegenüber, und das schienen sie zu bemerken, die Dinge: Was immer sie anfaßte, suchte sich mit aller Selbstverständlichkeit in ihre großen Hände zu schmiegen; was immer sie in Händen hielt, war dort in reinster Gegenwart geborgen.

Wenn Broschkus lang genug so verharrt war in seiner Betrachtungsandacht, vernahm er mitunter, wie jemand die Lieder der Lockenwicklerin mitsummte, mitbrummte, und erschrak.

Wenn aber auch Iliana an der Musik Gefallen fand,
steigerte sich ihr Dahinschlurfen zu einem Dahinwippen, schließlich zu einem tanzenden Dahinschlingern – dann zog sie Broschkus mit festem Griff an sich, wippte mit ihm durch den winzigen Salon, immerfort lachend, als sei's das reinste Vergnügen. Drehte ihm freilich, immerfort weiterwippend lachend, mit einem Mal den Rücken zu und rieb ihm, rund im Rhythmus der Musik sich schwenkend, ihr riesiges Gesäß in die Weichen.

Iliana, sie empfand's als naturgegebne Pflicht, ihren *papi* in jeder Hinsicht zu versorgen, von wegen Gleichberechtigung! Eine Rolle spielte sie, und indem sie ihn bei jeder Gelegenheit als *máximo lider* hofierte, war sie die eigentliche Chefin des Ganzen. Den Rest bettelte sie ihm ab, Tampons, eine Thermosflasche für Trockeneis, neue Turnschuhe für Claudia, die Busfahrkarte nach Baracoa, wohin sie erneut zu fahren gedachte, Angelegenheiten, keine Sorge.

Nein, Broschkus sorgte sich nicht mehr. Immer einfacher wurde sein Leben, immer gegenwärtiger, selbst der Geruch seiner Fürze veränderte sich, das Strenge, Verkniffne wich einem fröhlichen, fast herzlichen Gestank.

Auch was das Verständnis des kubanischen Alltags betraf,
kam er nun zum Wesentlichen, *poco a poco*, Iliana ersparte ihm nichts: belehrte ihn, ohne mit der Wimper zu zucken, über die karibische Form des Rassismus (niemals einen dunkleren Menschen heiraten, das werfe die Familie als Ganzes zurück), über Privatquartiere wie die Casa el Tivolí (dienten vornehmlich als Stundenhotels für Einheimische), über all die Flüche, Zoten und Schimpfworte von nebenan. Was sie Broschkus *nicht* beibringen konnte, war: sich seinen Teil von ihrer abgründigen Heiterkeit abzusehen.

»Nun lach doch mal, *papi*!«

»Kann ein Mensch so humorlos sein?«

»*Papi*, du bist zu ernst für eine Frau.«

Wie gerne Broschkus wenigstens gelächelt hätte, er schaffte bestenfalls eine Grimasse. Als sei er trotz allem der geblieben, der er im Verlauf seiner deutschen Jahre geworden, als fiele's ihm noch immer leichter, die Dinge kompliziert zu nehmen, den Haken daran zu suchen, die Tiefe dahinter. Dagegen Lächeln. Ich will's lernen, dachte Broschkus, und ich werde's lernen.

Es dauerte kaum zwei Tage,
bis sich die neue Situation herumgesprochen hatte, fortan fand sich manch einer zum Gratisgelage auf Broschkus' Dachterrasse ein, den Luisito früher mit barschen Worten des Hauses verwiesen oder zumindest mit Argwohn so lang beäugt hätte, bis er von selbst gegangen wäre: allen voran die Lockenwicklerin und wechselnde Vertreter ihrer Zunft, Jordi, Maikel, Willito und wie sie hießen, Ramón, soweit es seine Geschäfte zuließen, Lolo, der sich allerdings in gebührendem Abstand von Iliana hielt. Dazu

Papito samt Familie – selbst Mercedes schaute einmal mit ihrem holländischen *Klootzak* vorbei, der ausnahmslos alles »interesante« fand, *»muy interesante«* –, die Belegschaft der »Casona«, sogar Bebo, bei dem ein Haarschnitt fortan nurmehr fünf Peso kostete. Dazu Wildfremde, die Broschkus gleich als *doctor* oder Onkel ansprachen und ihn zu Anita beglückwünschten, ein derbes Volk, das gern lachte und trotzdem stets irgendwann in Streit geriet.

Luisito dagegen ließ sich kein einziges Mal mehr blicken, traurig kümmerten seine halbverdorrten Kakteen. Iliana verdächtigte ihn offen der Spitzelei für die Staatssicherheit, dem-sei-nicht-übern-Weg-zu-trauen, seine Angst vor dem Voodoo sei bloß gespielt. Broschkus konnte sich nicht genug darüber wundern, mit welch lautstarker Heftigkeit sie etwas zu wissen behauptete, was sie sich wahrscheinlich nur zusammengereimt oder komplett ausgedacht; in betrunknem Zustand ließ sie nicht mal an Ulysses ein gutes Haar, dem Nichttrinker, *¡ya!* Warum der wohl niemals hier oben erscheine? Von wegen Gasflaschen-Wechseln, von wegen Fahrräder-Waschen, von wegen *maricón*! Der sei in Wirklichkeit ... Und erst Ernesto!

Der komme gar nicht aus Jamaika, wußten die einen, schließlich trage er, einen echt kubanischen Namen, de la Luz Rivero, einen berüchtigten Namen. *Santero* sei er sowieso nicht.

Der heiße gar nicht de la Luz Rivero, wußten die andern, schließlich komme er aus Jamaika. Als Fahrer bei der Polizei habe er nicht gearbeitet, im Gegenteil! Daß so einer noch am Leben sei, könne eigentlich nicht mit rechten Dingen zugehen.

Woraufhin sich die Lockenwicklerin, ausgerechnet die, zu Wort meldete und sich für Ernesto verbürgte, das sei ein mächtiger Mann, vielleicht der mächtigste im ganzen Tivolí.

Woraufhin sich Cuqui den Schlüssel aus dem Ohr zog und sich in schneidend scharfem Flüsterton an Broschkus wandte: Warum er nicht längst schon gefahren sei, einem Befehl Ernestos widersetze man sich doch nicht?

Die Fahrt nach Dos Caminos anzutreten,
beschloß Broschkus dennoch nicht eher, als bis er's ein zweites Mal gesagt bekam, dringlicher, drohender: an einem Dienstag, 29. Oktober, der sich zunächst ganz normal angelassen hatte. Abgesehen davon, daß man von Luisito zu nachtschlafender Zeit aufgescheucht worden, Kontrolleure der Fremdenzimmer seien im Anmarsch. Iliana mußte zügig verschwinden, Broschkus bekam eine gültige Touristenkarte zugesteckt, kein Problem.

Am Vorabend hatten sie sich heftig gestritten, weil Lolo pantomimisch nachgemacht und auch Iliana laut darüber gelacht hatte, wie unbeholfen der *doctor* hier anfangs seiner Wege gegangen, ein echter *teutón* eben, überall Verrat, Beschiß, Abzockerei witternd und trotzdem bestens übers Ohr zu hauen. Kaum war Broschkus wieder allein mit Iliana, kaum hatte er ihr seinen Beschluß verkündet, die Dachterrasse fortan für Besuche aller Art zu sperren, war sie umgehend in Rage geraten: Wie könne er so unsozial denken, so egoistisch? blähten sich ihre Nüstern vor Wut, in Kuba habe der Mann fürs Glück seiner Frau zu sorgen, das sei seine Pflicht, schlenkerte sie die Hand von sich fort, daß die Finger ein sattes Schnalzen erzeugten: Und sie könne nur glücklich sein, wenn jeder etwas abbekomme vom Glück. Er dagegen sei eben doch bloß ein – Teutone.

Verächtlich schlug sie die flachen Hände zweimal gegeneinander, spuckte vor Broschkus aus.

Bevor sie am nächsten Morgen von Luisito verscheucht wurde,
flüsterte sie ihm ihr Versöhnungsangebot ins Ohr: Sie werde sich für ihn rasieren. Nein? Sie werde bei offner Tür für ihn pinkeln. Wieso nicht? Zumindest für ihn duschen?

Wenig später, unter dichten Wolken brach der neue Tag an, saß Broschkus mal wieder im »Balcón« und ertappte sich beim Gedanken, sie fort von dieser Stadt zu führen, fort von dieser Insel, ein ganz normales Leben mit ihr anzufangen, in hellen klaren Gefilden. Ocampo, assistiert von einem seiner Kunden, zerschnetzelte Schweinelunge, -herz und -darm für die *hamburguesa;* den Gummihandschuh abstreifend, kam er umstandslos auf Broschkus zu, zeigte seinen Leistenbruch. Die Geschwulst war deutlich angeschwollen, ein Operationstermin stand fest. Als er seinem Bruder um den Hals fiel und sich versichern ließ, daß man bei einem derartigen Routineeingriff nicht sterben könne, kamen ihm die Tränen: Schließlich wolle er danach heiraten. Sein Atem roch nach einem billigen *refino.*

Für den Tag nach seiner Operation werde er eine Flasche Rum bereitlegen, rief ihm Broschkus zum Abschied zu: Die werde er mit ihm im Krankenhaus leeren.

Im Krankenhaus? *¡Cojones!* Das war ein Wort.

Aufbrechend gen Mittag,
um Claudia vom Kindergarten abzuholen, stolperte er in einen Haufen Kies, den man vorm Hofeingang aufgeschüttet hatte, man kam kaum noch durch. Vielleicht entdeckte er deshalb das Wort »*puta*«, das jemand über Nacht an die Mauer geschmiert hatte – es konnte sich ja nur auf Rosalia beziehen? auf Mercedes?

Versonnen ging Broschkus die Calle Rabí stadteinwärts, manch einen mit versuchsweis kubanischem »*He-o*« oder »*O-he*« grüßend. Vielleicht war's ja doch schon ein wenig *seine* Straße geworden, *sein* Viertel, durch das er da stolzierte; auf der Höhe von Bebos »Salón el túnel« wurden ein paar Rentner mit kurzen Trillerpfeifenpfiffen zur Freiluftgymnastik angehalten, sehr gut. Kaum hatte man sich vom Zuckerwatteverkäufer auf die Schulter schlagen lassen, kam die Padre-Pico-Treppe Richtung Stadtzentrum. Damit brach sie auch fast schon an, Broschkus' letzte helle Stunde.

Claudia trug heute Haarklammern in Form von Schmetterlingsflügeln,
die bei jedem ihrer Schritte wippten, und als ihr Broschkus eröffnete, daß er sie heut nicht gleich bei der Großmutter abliefern, sondern erst mal in den Zoo einladen werde, ergriff sie in stummer Zielstrebigkeit seine Hand. Ob er ihr einen *caramelito* mitgebracht habe? Warum nicht, das gehöre sich doch, einer Dame gegenüber? Mit ihr so durch die Straßen zu gehen war schön, keiner nahm Notiz, war schöner als mit Iliana, der ständig zu- und nachgerufen wurde:

»He, ist das alles Natur an dir?«

»*Oye, mamita*, ich will deine Brüste aussau-!«

Unlängst war ein entgegenkommender Radfahrer so betrunken gewesen, daß er vor lauter Glotzen die Balance verlor und, das Gesicht voraus, auf die Straße schlug. Ein Pappkarton kippte ihm vom Gepäckträger, überallhin rollten Orangen, vornehmlich bergab. Nur einige kleine Jungs auf ihren Plastikdeckeln machten sich auf, den Orangen hinterherzurutschen, der Gestürzte würde davon freilich nichts haben. Er saß auf dem Rand des Bürgersteigs, den blutenden Kopf in beiden Händen vergraben, konnte Iliana nicht mal mehr versichern, daß er ihre Brüste aussaugen oder den Saft aus ihren Arschbacken pressen wolle.

Das hab' ich doch schon gesehen? hatte sich Broschkus kurz erinnert. War das gestern erst gewesen?

Dagegen das reinste Vergnügen mit Claudia,
allenfalls mußte man sie zum Küssen losschicken, wenn einer vom Wegesrand winkte oder gar namentlich nach ihr rief. Ansonsten ließ man sich von ihr erzählen, zum Beispiel, daß sie Doktor werden wolle. Welcher denn? Doktor des Haare- und des Nägelschneidens. Oder daß sie sich wünsche, Broschkus möge in Deutschland von ihr träumen. Auf seinen Einwand, er werde nicht mehr dorthin zurückkehren, werde hierbleiben, bei ihr, blieb sie kurz stehen: Für immer?

So kritisch blickte sie ihn an, so ungläubig, daß Broschkus selber für einen Moment glaubte, er sei bei einer Lüge ertappt worden. Schnell winkte er ein *moto* heran, um für den Rest des Weges seine Ruhe zu haben.

Vor dem Zoo gab's rosa Riegel aus Baracoa-Schokolade,
im Zoo vornehmlich leere Gehege, einen verlandeten See. Bei der Affenfütterung achteten die Wärter darauf, erst einmal den eignen Hunger zu stillen, als ein Zuschauer darüber Witze riß, warfen sie auch ihm eine Banane zu, letztendlich jedem, der zuguckte: Tier und Mensch beargwöhnten einander, daß keiner mehr kam. Im Anschluß daran ein riesiges leeres Bärengehege, viel ungenutzter Platz auch in den meisten Raubkatzenkäfigen. Der letzte Elefant war angeblich gerade gestorben, das Nilpferd wahrscheinlich desgleichen, Giraffen gab's schon lang keine mehr, im Büffelgehege immerhin ein einziges Zebra.

Am Ende des Rundgangs ein Betonspielplatz, auf dem keiner spielen wollte, daneben Ponys: Während Claudia ein paar Runden im Schrittempo drehte, stellte sich Broschkus am Imbiß an, überraschenderweise wurde dort Eiskrem verkauft. Doch weil er kein Behältnis mitgebracht hatte, konnte man ihn nicht bedienen, Hand in Hand mit Claudia ging er seiner Wege.

Damit war sie abgelaufen,
die letzte helle Stunde. Nach einem Plausch mit Claudias Großmutter übern Tresen hinweg, bei gleichzeitigem Blick in den einen oder andern grinsenden Schweinskopfschlund, geriet Broschkus kurz in eine Volksschulklasse, die ihre Freiluftgymnastik mitten auf der Straße betrieb, *uno-dos-tres,* immer so lange, bis ein Auto kam, das mit Gejohle begrüßt wurde. Als der Regen sturzartig einsetzte, flüchtete er sich ins Peso-Kaufhaus an der Enramada, wo's außer viel freier Fläche zwar kaum was gab, immerhin aber eine Peso-Bar.

Wie er freilich so an seinem Plastikbecher Rum nippte und

die Zierfische beobachtete, deren Behältnis man vielleicht einst aus Dekorationsgründen mitten im Raum aufgestellt, näherte sich eine dieser Bettlerinnen, die auf Touristen spezialisiert, verschiedne Namen der Jungfrau Maria herunterbetend, Virgen de la Mercedes, Virgen de la Regla, Virgen de la Caridad, und als das bei Broschkus nichts fruchten wollte, auch deren santeristische Namen, Obatalá, Yemayá, Ochún – bis sie sich jäh unterbrach, die Frau, bis sie die flehend gehaltne Hand sinken ließ, bis sich ihr diffus demütig durch Broschkus hindurchgehender Bettlerblick präzis auf ihn einjustierte:

»Du trägst seine Kette, du bist Oggún. Aber du bist seiner nicht wert.«

Hinterm Tresen rotteten sich die Verkäuferinnen zusammen, um nichts zu verpassen.

»Ein Feigling bist du, ein *maricón,* ganz und gar unwürdig.«

Broschkus kippte den Rest des Rums und machte sich davon, »Wer sind Sie eigentlich, was bilden Sie sich ein?«, ins Innere des Kaufhauses, wo er einen Stand wußte, an dem man heiligen Kleinkram erwerben konnte. Immerhin hatte ihn die Frau auf eine Idee gebracht.

Den Verkäufer kannte er von früheren Einkäufen,
fragte ihn gleich nonchalant nach einer Kette, die man in seinem Angebot vermisse: Ob er unterm Ladentisch auch die für den Herrn –, für den Herrn der –, coño, habe?

Der Verkäufer strich sich seine silbergrauen Bartstoppeln, als habe er nicht verstanden.

Naja, für den Teufel. Broschkus befand's für notwendig, zwecks Illustration des Gesagten, sich mit beiden Zeigefingern kleine Broschkushörnchen aufzusetzen, so kindlich ernst gemeint, daß der Verkäufer alles andre als lachen mußte.

¡Cojones! Wer wolle schon *dessen* Sohn sein? Der Verkäufer erhob sich von seinem Stuhl, stützte sich auf die Vitrine mit den Körnerketten, beugte sich so nah an Broschkus heran, daß man

seine Zunge aufgeregt zwischen den Zähnen, die ihm verblieben, daß man sie zappeln sah: Den gebe's doch gar nicht. Wenigstens seitdem – *¡ahora!*

Er klappte einen Teil des Verkaufstresens hoch und, ein klappriger Herr mit Brille, deren eines Glas gesprungen, kam dahinter hervor: Wenn er ihm mal was sagen dürfe?

Er durfte.

Ob Broschkus schon von den Zwillingen gehört habe,
den Kindern von Changó und Ochún? Immer waren sie zu Streichen aufgelegt, Yemayá, ihre Adoptivmutter, hatte ihre liebe Not mit ihnen. Um sie halbwegs beschäftigt zu wissen, schenkte sie jedem ein Paar magischer Trommeln, und in der Tat: übten die beiden fortan, übten, bis sie's zu großer Meisterschaft gebracht.

Zu jener Zeit hatte der Teufel in seiner Gefräßigkeit Fallen aufgestellt und verspeiste alles, was ihm an Menschenfleisch hineingeriet. Bis die Zwillinge auftauchten! Während der eine von ihnen scheinbar seiner Wege ging, den Teufel durch sein Getrommel sogleich anlockend und zum Tanzen animierend – nebenbei gab er selber acht, der Teufel, daß ihm der Trommler nicht in eine seiner Fallen tappte –, folgte der andre versteckt im Dickicht; sobald der eine zu ermüden drohte, sprang der andre ein. Weshalb der Teufel, wiewohl bald am Ende seiner Kräfte, nicht aufhören konnte zu tanzen. Er mußte schwören, mitsamt seinen Fallen zu verschwinden – es blieb ihm nichts andres übrig, die Trommeln waren stärker als er. So kam's, daß die Menschen gerettet wurden, daß es in ihrer Weit keinen Teufel mehr gibt; berühmt als die einzigen, die ihn je besiegten, leben die Zwillinge seither –

In diesem Moment zupfte man Broschkus am Ärmel, nicht so sehr bittend als fordernd, im Umdrehen erschrak er ziemlich, als erneut die Frau vor ihm stand:

»*¡Mentira!* Es gibt ihn. Und ob's ihn gibt!« zischte sie ihm wie dem Verkäufer gleichermaßen zu, »gibt ihn mehr als alle andern!«

Wie aufgebracht sie war, wie erzürnt! Trotz des hellen Neonlichts sah sie, zerlumpt und vernarbt, wie eine tiefdunkelbraune Furie aus, obendrein wie eine, die man schon mal gesehen hatte – doch wo? Bei Lockenwicklers, in Chicharrones? War sie diejenige, die ihm seinerzeit die eigne Tochter angedient hatte? Oder nur eine Kassiererin aus der »Bombonera«?

»Wieso gibst du mir nichts, du Geizhals?«

Rundum lauter leere Verkaufstische, keiner, der neugierig herüberguckte, zusah, wie sich die Frau mehrfach mit der Faust auf den Wangenknochen schlug, dann mit beiden Händen nach Broschkus griff, ihn an sich zu ziehen:

»Ein Frevler bist du, willst dich vor deiner Pflicht drücken, ein Versager!«

»Lassen Sie mich sofort –!«

»Kauf dich wenigstens frei! Und dann ab mit dir in die Scheiße deiner Mutter!«

»Was wollen Sie eigentlich, Sie –?«

»Zahlen sollst du, kauf deine Seele frei, du Geizkragen! Sonst verfluch' ich dich, hier, auf der Stelle!«

Broschkus, ergrimmt, riß sich aus der Umklammerung, schnaubte auf deutsch: »Du alte Hexe du, verpiß dich, sonst – hau' ich dir die Hucke voll!«

Der Verkäufer strich sich über seine Bartstoppeln, als habe er nichts gehört, begab sich hintern Tresen, nicht ohne seinem Stammkunden zuzuraunen: Wenn er mehr über diesen gewissen Herrn wissen wolle, müsse er sich an einen *palero* wenden, der sei sozusagen Fachmann *für* – ihn. Im Eck gebe's übrigens einschlägige Literatur dazu.

Die fand sich tatsächlich,

allerdings nur in photokopierter Form und zu horrenden Preisen, zwanzig Dollar aufwärts. Weil ihm die Frau mit einiger

Verzögerung auch dorthin gefolgt war – »Gehorch jetzt endlich und fahr! Oder zahl!« –, floh Broschkus, am liebsten hätte er sie auf der Stelle erschlagen, floh ins Freie, dann hügelabwärts, in den ersten Dollarladen hinein, hier würde ihn der Türsteher hoffentlich schützen. Suchte zu verschnaufen, indem er sich nach einem weißen Plastikblumenstrauß für Obatalá umsah, fand in seiner Erregung alles andre, einen Eisbehälter *Excalibur,* ein Haarklammerset *Lovely Princess* für kleine Mädchen, ein Eau de Cologne namens *Brummel,* sämtlich Dinge, die ihm von Ilianas immerwährender Wunschliste namentlich bekannt waren. Schließlich stieß er auf die Blumen, an einigen Blattern klebten sogar Plastikwassertropfen.

Doch auch hier stellte sie ihn, zwischen den Regalen, schimpfte auf ihn ein: Ob er glaube, daß er mit zehn Peso davonkomme? Wenn er nicht wenigstens einen einz'gen Dollar rausrücke, *»un dólar, solo un dólar«*, werde sie ihn verfluchen, an Ort und Stelle –

Als sie wieder nach ihm greifen wollte, war das Maß voll: Broschkus schlug mit seinem Blumenstrauß auf sie ein, »Du alte Hexe!«, daß die Blütenblätter flogen, dann mit der Faust, mit beiden Fäusten, von hinten fiel ihm einer in den Arm, »My friend!«, erwischte nach kurzem Gerangel auch den andern Arm, ließ ihn zappeln, sprach begütigend auf ihn ein: Die arme Frau wolle bloß einen Dollar, das sei für einen wie ihn doch kein Problem!

Nein-nein-nein-neiiin! Noch in der Umklammerung schrie Broschkus seine Empörung aus sich hinaus, machtlos strampelnd, es entstand ein richtiger kleiner Auflauf, Broschkus keifte sie alle der Reihe nach an, die da glotzten: Unerträglich sei's, wie man hier ständig angeschnorrt werde, imitierte die Stimme der Bettlerin, *»un dólar, pol favol, solo un dólar«*, nicht auszuhalten sei's in diesem Scheißland, erst als er den Schmerz fühlte, der sich im Bauch zusammenzog, verschlug's ihm die Sprache. Er bezahlte den zerstörten Strauß, kaufte einen neuen, unversehrten, für jeweils zwei Dollar. Vor dem Türhüter hielt er inne und, während Kassenbon und Ware umständlich verglichen wurden, wühlte sich einen Geldschein aus der Tasche, hob ihn vors Gesicht der Frau, die ihm in der Tat auch hierhin gefolgt, und zerriß ihn mehrfach, ließ ihr die Papierschnitzel vor dem Gesicht herabrieseln.

»Ich verfluche dich«, hörte er sie flüstern, »verfluche dich im Namen Lugambes und all derer, die für ihn arbeiten: *Lugambe arriba, Lugambe abajo, Lugambe a los cuatro vientos, salam malecum, malecum salam quiyumba congo …* «

Von draußen, durchs braune Rauchglas des Schaufensters, sah Broschkus schemenhaft noch, wie sie sich bückte, die alte Hexe, wie sie die Schnipsel aufsammelte, dann spürte er den Krampf im Bauch – er hätte sich auf der Stelle übergeben können, eilte im Laufschritt heim. In den Einbeinigen hineinrumpelnd, der sein Revier vor der Kathedrale abschritt, trat er ihm eine Krücke unterm Arm weg, was ein schönes Geschepper erzeugte. Kaum schaffte er's bis nach Hause, Broschkus, der Himmel über der Gran Piedra zog sich zu einem schwarzen Klumpen zusammen, kaum fand er noch die Kraft, das Vorhängeschloß zu öffnen, sich die nassen Kleider vom Leib zu reißen. So viel Schmerz, so viel Wut, so viel Scham.

Durch die Ritzen seiner Haustür floß das Wasser und sammelte sich in der Fliesensenke vor dem Eßtisch.

Die Zeit bis zum Abend verbrachte er vorwiegend auf dem Klo, den Kopf an die gegenüberliegende Wand gelehnt, und entledigte sich seiner Schübe; den Handtüchern, wiewohl frisch gewaschen, entstieg ein muffig feuchter Gestank, vom Garten hörte man Bruno und vom Nachbardach das Dachschwein. Als die Wohnungskontrolleure endlich auftauchten, hatte der Regen aufgehört; als Iliana um kurz nach sieben eintraf, wie früher, war Broschkus wieder halbwegs wacklig auf den Beinen, sein Entschluß stand fest: Morgen würde er fahren, gleich in der

Frühe. Iliana schüttelte nur stumm den Kopf. Sie habe's ja gewußt, habe's immer gewußt. Gut, daß sie Mirta gebeten, einen Talisman anzufertigen, gut, daß er mittlerweile fertig geworden. Nur eine einz'ge Bitte habe sie: Wenn Broschkus sie morgen früh verlasse …

Wenn du mich also morgen früh verläßt,
so sag zum Abschied bitte bloß – Oh Mann,
schau mich doch nicht mit solchen Augen an! –,
sag bloß: Mach's gut, bis heute abend dann,
so gegen sieben … du, im Hals
spür'n wir ja sowieso: Das ist nichts als
gelogen.

Gerade deshalb sag's, versprich es mir.
Und jetzt dreh die Musik noch einmal auf,
hol uns die allerbeste Flasche ran –
und schau mich nicht auf diese Weise an!
Um so zu schau'n wie du, da bleibt uns doch
ab morgen früh das ganze Leben noch
viel Zeit.

Lugambe,
sagte Broschkus anstelle einer Antwort, so leise, daß es nicht mal Iliana verstehen konnte. Merkwürdig leicht lag ihm der Name auf der Zunge, merkwürdig schön klang er ihm im Ohr, wie eine kleine Melodie, und weil er ahnte, ach was: wußte, wer damit gemeint war, legte er sich den Zeigefinger auf die Lippen: »Wieso sollte ich dich verlassen? Blödsinn! Am Abend bin ich zurück, wirst sehen.«

Da vor dem »Balcón« eine Bezirksversammlung abgehalten wurde, an der auch Cuqui teilnahm – der Präsident des Komitees zur Verteidigung der Revolution, umringt von fünfzig, sechzig gedämpft unaufmerksamen Zuhörern, verlas eine Rede, in der er zur Getränkedosen- und Plastikflaschensammlung mobilisierte –, da ein Festessen im »Balcón« also heute nicht möglich war, schlug Broschkus kurz entschlossen vor, ins »Ranchón« zu gehen. Davon hatte er die Lockenwickler letzthin öfter schwärmen hören, ein Fischrestaurant am Fuße des Hügels, dort, wo die Trocha ans Hafenbecken stieß: Gutes Bier, gute Musik.

Ilianas Glamour beschränkte sich auf einen pinkfarbnen Lippenstift,
mit dem sie auch ihre Augenlider zum Leuchten gebracht, dazu die neuen Ohrstecker, ein buntbedrucktes Bustier, zerlöcherte Shorts, man wollte sich in die Hand beißen vor Begeisterung. Nicht bloß Broschkus, kaum hatte sie das »Ranchón« betreten, konzentrierte sich die allgemeine Aufmerksamkeit in ihrem Dekolleté, rief's von links wie rechts *»Ayayayay,* Anita!«, »Ohoh, welch eine Überraschung!«. Auch hier schien sie wohlbekannt zu sein.

»*Uy, mamita,* ich wär' gern deine Unterhose!« flehte sie allen Ernstes einen an, der zwischen den Tischen tanzte.

»Da würdest du dir aber die Nase zuhalten müssen, Kleiner«, fertigte ihn Iliana ab. Als er, scheinbar im Rhythmus der Musik auf sie zudrehend und -taumelnd, an ihr ins Tätscheln geriet, versetzte sie ihm eine solch derbe Ohrfeige, daß er nicht mal mehr maulte.

Während man im »Balcón« Dollar-Schwein oder -Huhn servierte,
auf Vorbestellung auch mal etwas Illegales, war das »Ranchón« ein ausgewiesnes Fischlokal. Allerdings eines, in dem man seit Anbruch der Spezialperiode keinerlei Fisch mehr bekam. Auf einer Schiebetafel neben dem Eingang bot man *»spaguetty«* an, eine 290-Gramm-Portion zu fünf Peso, die's ebensowenig gab. Dafür Peso-Huhn, was für ein Abschiedsessen allemal reichte – Broschkus würde ja lediglich einen, maximal zwei Tage

lang weg sein. Zwischen den Tischen Plastikpalmen sowjetischer Bauart, in Plastiktöpfe einbetoniert.

Die Musik war so laut, daß man sich kaum unterhalten konnte. Wenn ein gutes Lied aufgelegt wurde, ließen die Gäste Messer und Gabel fahren und tanzten eine Runde, nahmen zwischendurch schnell ein, zwei Bissen, dann kam schon das nächste Lied – eine Art Open-air-Tanzlokal. Da sich keine Touristen hierhertrauten, spielte man auch keinen Rentnersalsa, spielte fast nur kubanischen Hiphop: Iliana kannte jedes Stück und jeden Interpreten, war nicht zu halten. Obwohl ihrer beider Brathennen bereits serviert waren, verschwand sie kurz an der Theke, kam strahlend zurück, zog ihren *papi* vom Sitz: Das Lied, das sie bestellt, sang mit rostiger Stimme eine gewisse Melisa, sie beteuerte ihrem »Baby« – in der Tat, sie verwandte exakt jenen Begriff –, beteuerte ewige Treue, wohin immer er ginge, sie würde ihm folgen. Iliana sang jeden Vers aus voller Kehle mit.

»Und ich folg' dir«, lachte sie Broschkus zu, »du wirst mich nie mehr los.«

Zunächst mal bleibst du einfach zu Hause, dachte der, mäßig mitwippend, dann sehen wir weiter.

Erlösend empfand er's,
daß man hier manch einen erlebte, der den Takt nicht halten konnte – tiefschwarze Tänzer ohne jedes Rhythmusgefühl, wer hätte das zu hoffen gewagt? Als ihn einer der Mitstreiter so arg anrempelte, daß er selber aus dem Tritt kam, sorgte Iliana mit einem Ellbogenschlag für Ordnung; selbst als sie für ihren *papi* wieder an einem der langen Biertische Platz schuf, den Umsitzenden mit irritierender Freundlichkeit zulächelnd, rückte sie alles um sich herum ins Ruhige, Kantenlose.

Sie fütterte Broschkus von ihrem Teller, schob ihm die besten Bissen in den Mund, das gelte hierzulande als Liebeserklärung. Wenn sie nicht fütterte, zwickte sie ihn sanft in die Arme, rollte das, was sie zwischen die Finger bekommen, hin und her, was ein anhaltendes Ganzkörperkribbeln bewirkte. Flüsterte ihm, durchaus zärtlich, ins Ohr, was denn in Dos Caminos zu erledigen sei?

Ach, Angelegenheiten, sie solle sich keine Sorgen machen.

Ob er dort eine Geliebte?

Im Gegenteil, verlachte sie Broschkus, er habe ein paar Schulden zu begleichen. Am Abend werde er zurück sein, spätestens anderntags.

»Ich weiß sehr wohl, was du in Dos Caminos suchst!« wurde Iliana deutlicher: Was die Zukunft bringe, habe sie im Auge-das-sieht genau gesehen. »Aber mach' ich dir deshalb Vorhaltungen?«

In welchem Auge?

Im Horn des Stiers.

Im Horn des –? Und wie lasse sich darin die Zukunft sehen?

Im Spiegel, mit dem's versiegelt. Der zeige alles Gute und Schlechte, jedenfalls wenn man, wie Mirta, die Zeichen zu lesen wisse. Schauerliche Szenen schilderte sie, in denen ausgeweidete Tiere keine geringe Rolle spielten, ausgeweidete Menschen – Broschkus möge doch, bitte, auf die Fahrt verzichten. Angeblich war ihr im Traum sogar einer ihrer Toten erschienen, der das Amulett habe rauben wollen, mit knapper Not habe sie's – im Traum – verteidigen können. Mächtiges Amulett. Extra für ihren *papi* angefertigt. Gut, daß es nicht in fremde Hände gefallen.

Der erste wirkliche Streit mit ihr verlief überraschend ruhig, beängstigend ruhig; so temperamentvoll sie ansonsten Empörung inszenieren konnte, so sachlich wurde sie, sobald das Rollenspiel beendet und der Ernst begann. Broschkus wollte nicht über seine Geliebte in Dos Caminos reden, sie nicht über ihre vergangnen Liebhaber, ihre Probleme in Baracoa, die frischen Narben:

»Was kümmert's dich, *papi*, solang ich bei dir bin?«

Schließlich traten ihr zwei kugelkleine Kullertränen in die Augenwinkel, standen dort aber tapfer, ohne in die Wangen hinabzulaufen – nichts sei, winkte sie ab, gar nichts, weniger als nichts, *nada de nada*. Wieso er ihr nicht offen sage, daß er noch eine andre habe? Ob sie dickere Brüste besitze?

Broschkus beteuerte, Broschkus dementierte, Broschkus beschwichtigte, Broschkus beschwor sie als sein »Baby«. Was sie davon halte, ein Haus zu kaufen? Und mit ihm zusammenzuziehen?

Ein Haus, das koste mindestens 2000 Dollar! prustete Iliana los, eine unvorstellbare Summe. »Außerdem müßtest du mir ja erst mal 'nen Ring kaufen?«

Hastig bestellte sie eine neue Lage Bier, ihr *papi* brauche dringend Abkühlung. Der Bierbringer beglückwünschte den *papi* zu so viel Fleisch, bald könne er wieder tüchtig wühlen. Als er die Teller abräumen wollte, ließ sich Iliana die abgenagten Knochen einpacken, da sei noch eine Menge dran, für ihre Mutter.

»Wenn du mich verläßt,
geh' ich nach El Cobre«, drohte sie im Bett: Seit Jahren wolle sie am liebsten im Kloster verschwinden, sie habe genug. Von den Männern.

Dem Land. Dem Leben. Kein Tag, an dem sie nicht geweint hätte. Schon während ihrer Schulzeit, da ihr ein Bruder jedes schöne Kleidungsstück entwendet, um's seiner Freundin zu schenken. Noch heute, da ihr die eigne Mutter Dollars aus dem Kopfkissen stehle. Jeder Tag ein Kampf, sie sei's so satt. Ob's nicht schön wäre in – Deutschland?

Vom Salon her leuchtete ein kleines Licht, weil's die Muscheln so empfohlen. Im Gemach lag eine große Frau und blickte Broschkus an. Nachdem er Angelegenheiten mit ihr geklärt, in deren Verlauf er sie umgebracht, legte sie sich seine Hand aufs

Gesicht und küßte die Handfläche, heftig. Danach fragte sie ihn, ob sie's richtig gemacht habe.

»Zwanzig Jahre werd' ich auf dich warten, ich schwör's.« Nein, ein kubanischer Mann komme für sie nicht mehr in Frage, die seien alle gleich. Rumsaufen, rumhuren und den Frauen die ganze Arbeit überlassen. Dann lieber El Cobre. Aber heute, heute sei sie noch ein klein bißchen glücklich.

»Wieso warten?« beschwor sie Broschkus: »Morgen abend bin ich doch wieder zurück – verstehst du mich denn nicht?«

Diese Insel erfüllte anscheinend jedes Klischee,
das man sich am andern Ende der Welt von ihr versprach. Jetzt, da Iliana von einem schweren Schnarchen erfaßt, hörte Broschkus sein Herz klopfen, er begehrte sie so sehr und wider Willen, daß er sie fast haßte – nicht zuletzt dafür, daß sie sich mit Gewalt nun vorgenommen, in die Normalität einer Beziehung mit ihm zu geraten. Unerträglich fand er sie plötzlich, kaum auszuhalten in ihrer umfassenden Körperlichkeit.

Doch wie er sie beschnüffelte, um zum wiederholten Male festzustellen, daß sie nach nichts als nach Seife roch, mit einer feinen Schweißspur versetzt, keinesfalls so berauschend intensiv wie die Dinge, die sie berührte: hörte er den Gesang.

»Salam malecum malecum salam quiyumba congo escucha cuento que yo indinga que buena crianza vale mpungo ...«

Hörte ihn so deutlich wie nie zuvor, als finge der Zitronenbaum nebenan mit all seinen weißen Blüten, der Baumwollstrauch mit seinen weißen und roten Blüten, der Orangenbaum mit seinen hellgelben Blüten, als finge der Farn, der Strauch mit den violetten Blüten, die Kokospalme und das winzige Guayabäumchen: als finge der ganze Garten nebenan leise zu singen an, murmelnder Sprechgesang aus geisterhaft nahen, geisterhaft fernen Männerkehlen, ein Vorsänger im Wechsel mit dem Chor. Wenn man genau hinhörte, durfte man sich einbilden, in der Stimme des Vorsängers diejenige von? von jemandem herauszuhören, den man kannte. Ernesto? Das konnte ja nicht sein! Als Broschkus auf seiner Terrasse stand, um nachzusehen, war niemand im Garten zu erkennen, war nichts zu hören außer dem Gezirp der Blätter. Aus dem angrenzenden Kulturzentrum ein letzter Schimmer Licht.

Wenn er nach einer solchen Nacht wieder unter Menschen trat,
vermeinte er, jeder müsse's ihm ansehen, daß er sich innerhalb der letzten Monate in einen vollendeten Narren verwandelt hatte, daß er einer von denen war, bei dessen zerzaustem Anblick man sich in die Seite stieß. Und wunderte sich, daß keiner der Passanten stehenblieb, ihn auszulachen, daß ihm selbst Luisito nur ein eiliges »*¡Buenas, buenas!*« quer über die Straße zurief: »Immer Vorsicht, *doctor*, Vorsicht gerade vor dem Unscheinbarsten!«

Am Morgen nach dem Regen war man von der Heftigkeit des Lichts besonders geblendet; erschreckend weiß und schnell stieg die Sonne übern Hügelsaum, im Grunde schon jetzt kaum mehr zu ertragen, außer durch Wäschewaschen.

»Weißt du, was ich an dir mag?« sagte Iliana, während sie neben ihm mit großen Schritten stadteinwärts strebte, wie nahezu jeder, der um diese Uhrzeit unterwegs war: »Deine Haare, die sind so schön weich, die hätt' ich selber gern.«

Weil's für Fremde verboten war,
normale Busse zu benützen, kam sie mit, um dafür zu sorgen, daß man im Falle ihres *papi* eine Ausnahme machte, ging mit ihm quer durch die Stadt, am Krankenhaus »Los Angeles« vorbei, an der Kaserne mit den revolutionären Einschußlöchern, bis an einer Straßenkreuzung plötzlich wohlstrukturiertes Chaos herrschte: Kraftfahrzeuge jedweder Größe und Bauart, vom umgerüsteten Sattelschlepper bis zum Oldtimer, für einen wie Broschkus ohne erkennbares System angeordnet, zahlreiche Imbißwägelchen, die sich dazwischen hin und her schoben, jede

Menge Ausrufer – gut, daß sich Iliana auskannte. Und an alldem mit ihm vorbeiging, in eine Abfertigungshalle, wo sie ein unbedrucktes rosarotes Pappstückchen organisierte.

Während draußen die Motoren heißliefen – Privatbusse, zehnfacher Preis –, war drinnen erst mal ausgiebig zu warten, zwischen pöbelnden Jungmännern mit verschiedenfarbigen Schmuckringen, Bauern, in deren weißen Plastiktaschen es bisweilen grunzte und zappelte.

»Also bis heut abend, wie immer, so gegen sieben, ja?«

Iliana nickte, zog die Nase hoch; ihre Haut, je nach Lichteinfall mit einem leichten Rot- oder Blaustich versehen, schimmerte vollendet zigarrenfarben. Als eine Frau in Uniform durch ihr pures Erscheinen die Warteschlange in Bewegung versetzte, hatte sich Broschkus längst auch das Amulett um den Hals gehängt, ein kleines Ledertäschchen, in dem man etwas Eckiges erfühlen konnte, etwas Rundes. Selbstverständlich könne's nur wirken, mahnte Iliana, wenn man's verschlossen halte; was darinnen sei, wisse sie selbst nicht so recht, dürfe sie nicht sagen. Mit ihrem eignen Blut sei's jedenfalls getränkt. Und, ganz wichtig: »Du mußt es auf der Haut tragen, hörst du, es muß deinen Körper spüren!«

Broschkus versprach's. In einer spontanen Aufwallung schenkte er ihr sein Taschentuch, im Moment hatte er ja nichts Geeigneteres.

Hastig küßte sie zum Abschied seine Stirn,
küßte sich wangenabwärts in seinen Mundwinkel, knapp vorbei an den Lippen und übers Kinn hinaus, an der Halssehne hinab: Wie sie ihm den Adamsapfel mit der Zunge eindrückte, grub sie ihm die Zähne ins Fleisch, zunehmend fester, so daß er zu atmen vergaß. Von ihm ablassend, standen ihr glubschig glänzend die Augäpfel im Gesicht, mit ärgerlicher Entschlossenheit drehte sie sich um. Und ging.

Broschkus glaubte, als wie ein dem Tod soeben knapp Entronnener, schweben und Wunder aller Art wirken zu können, die Hand auf der Kehle, stolperte ihr mit Blicken hinterher. Iliana, auf federnd flachen Sohlen davonschreitend, als ginge sie barfuß über weichen Waldboden – nach wie vor hatte ihr Gang etwas furchteinflößend Straffes, in ihrem Abglanz fing selbst der frische Hundekot an zu schimmern, hoben sogar die Steine an zu sprechen:

Ob der Herr die Pappe behalten wolle?

Die Uniformierte, leicht ungeduldig, hatte die ganze Zeit neben Broschkus gestanden und abgewartet; nun forderte sie freilich vor dem Einsteigen das, was ihr zustand.

Daß der Bus-
oder eigentlich Sattelschlepper-Fahrer noch mal anhielt, um von dem offensichtlichen Nichtkubaner (wie er sich empörenderweise ausdrückte) Bestechungsgeld einzutreiben, auf halber Strecke sei eine ständige Polizeikontrolle eingerichtet, tat dem Erlebnis dieses Kusses keinen Abbruch. Eingequetscht zwischen jemandem, der hocherhobnen Armes eine rosa Geburtstagstorte auf einem Tablett balancierte, und einem, der ihm manchmal etwas Geschlechtsteilmaßiges ins Gesäß drückte, kam Broschkus bergauf; umdrehen konnte man sich in der dichtgepackten Menge nicht. Laufend stieg jemand aus oder zu; sobald der Schaffner zwei blanke Kabelenden zusammenführte, schoß der Fahrer die Türen und fuhr, meist im Schrittempo, ein Stück weiter.

Wie wichtig Broschkus sein Amulett nahm! Wenn er sich hätte bewegen können, er hätte's gewiß gestreichelt. Als er nach knapp einstündiger Fahrt, unterbrochen nur durch mehrere Vollbremsungen (um die Radfahrer abzuschütteln, die sich an den Bus angehängt hatten), mitten auf der Autobahn ausstieg, fühlte er sich stark wie nie zuvor. Jetzt, da er seinen Gegner zwar noch nicht kannte, jedoch schon eine Ahnung von ihm gewonnen hatte, spürte er's ganz deutlich in seiner Brust, wie ihm die

Kraft zufloß. Lugambe, sagte er, summte er, sang er. Und das, obwohl er keinerlei magische Trommeln bei sich führte, ihn zum Tanzen zu bringen. Bereits der bloße Klang des Namens schien Broschkus zu bezaubern, zu betören, er klang so schön wie – Teufel auch, wie ein Frauenname. In den man sich verlieben konnte, aus dem man Kraft ziehen konnte, Kraft, Ungeheures zu denken, Ungeheures zu tun.

»Wenn ich das jemals in Deutschland erzählen würde, was ich hier mach'«, sagte er überraschend laut zu sich selber, während er dem davonfahrenden Bus nachsah: »Das würd' mir kein Schwein glauben, die hielten mich für verrückt, für total verrückt.«

Ein kleines bellendes Husten erzeugend, das man mit einem Lachen hätte verwechseln können, ging er zu den Pferdedroschken, die direkt neben der Piste warteten.

Der Kutscher trug einen Cowboyhut aus Stroh und,
indem er sich das T-Shirt hochzog, zeigte jedem der Zugestiegnen erst mal eine kaum verheilte Bauchwunde, immerfort referierend, lamentierend, Verwünschungen ausstoßend, als spreche er zu alten Bekannten: Soweit Broschkus mitbekam, hatte man sich bei ihm nach einer *muchacha* erkundigt, zu der er den Weg nicht habe fahren wollen; was der Saukerl sofort mit einem Messerstich quittiert hatte. Und trotzdem schon wieder auf freiem Fuß herumlaufe, irgendwo in Santiago, eine Scheißstadt in einem Scheißland sei das.

Dann schlug er mit seinem Peitschenknauf gegen den Metallbeschlag des Kutschbocks, in voller Fahrt ging's über einen Feldweg und hinein ins Dorf. Eine ganze Weile nebenherlaufend, versuchte ein wütend kläffender Hund, das stur geradeaus trabende Pferd zu beißen, als er endlich abließ, kam der nächste. An der Endhaltestelle wartete ein kleines Schulmädchen in Uniform, selbstvergessen an einem rosaroten Kondom lutschend, das es sich übern Daumen gestreift hatte. In einer kleinen Parkanlage auf der andern Straßenseite ein paar verdorrte Palmen. Von den Bänken darunter standen nurmehr die Betonsockel.

Zehn Uhr, Broschkus war angekommen, Broschkus war da.

Als er sich einen ersten Überblick verschafft,
kaufte er ein Eis, um sich zu trösten, zu sammeln, zu besinnen. Dos Caminos bestand im wesentlichen aus einer einzigen Straße, daran Kirche, Tankstelle und Leichenhalle; davon abzweigend etliche unbefestigte Wege, die zu eternitplatten- oder wellblechgedeckten Häusern führten. »Wir kämpfen weiter«, übersetzte er sich die Beschriftung der Metzgerei, »Laßt uns fortfahren, unsre Träume zu verwirklichen«, hieß es am Postamt. Keine Autos, keine Rollwägelchen, keine Ausrufer, keine Musik, kein Lärm. Manchmal ritt einer mit Cowboyhut vorbei, allerdings im Schritt.

Womit's spätestens wieder verflogen war, Broschkus' neues Hochgefühl, die überraschend stille, staubige Ödnis des Ortes umfing ihn mit der losen Ahnung, es könnte etwas ernster werden als geplant. Zwar hatte er eine komplette Adresse, zu der er sich jetzt lediglich hätte führen lassen müssen, doch die selbsternannten Dienstleister, wie er sie von Santiago gewohnt, fehlten hier völlig; die Straße war, von vorbeirasselnden Pferdedroschken abgesehen und dem einen oder andern Ochsenkarren, war nahezu menschenleer. Nur vor einer Kneipe namens »Cabaret la Nueva Cuba« kämpfte man für die permanente Revolution; als Broschkus hinzutrat, fand sich freilich niemand, den Weg zu weisen: Unwirsch zuckte man mit den Schultern, widmete sich sofort wieder dem Inhalt der Plastikkrüge.

Auch die Frauen, die vor den Häusern hockten, zischten keineswegs »My friend!«, im Gegenteil, ihr wortloses Schauen hatte etwas Feindseliges, gewiß sahen sie in Broschkus einen Eindringling, obendrein einen weißen, der sich im Auftrag von Fidel ein Bild zu machen hatte. Wenn er auf sie zutrat, seine

Frage zu stellen, wiesen sie ihn schroff ab; einige schüttelten widerwillig den Kopf, als ob die Adresse gar nicht existiere oder die Familie, die dort lebte, nicht sonderlich beliebt war. Ein Mann, der seine Sau am Halsband spazierenführte, fluchte, weil das Tier ausgerechnet neben Broschkus etwas Leckeres erschnüffelt hatte; um nicht mit dem Fremden ins Gespräch zu kommen, beschimpfte er sein Schwein: »Na warte, in ein paar Wochen kriegst du die Quittung dafür!«

So also sah ein ganz normaler Mittwochvormittag auf dem Land aus, oder vielmehr: Wenn man's nicht längst geahnt hätte, dann ahnte man's jetzt – Alfredo und seine Familie dienten dem Dunklen.

Anstelle eines Dollarladens
fand Broschkus einen Blechcontainer, in dem sich möglicherweise ein Mitbringsel entdecken, ein Bestechungsgeschenk erstehen lassen konnte. Wie an einer Jahrmarktsbude lehnte man am Tresen und wies auf Deos, Getränke- und Tomatenmarkdosen, die an der rückwärtigen Wand aufgestapelt, sogar Plüschtiere und eingeschweißte Wäscheteile waren im Angebot. Als Broschkus bezahlte, erkannte er den Verkäufer zwar noch immer nicht; dem hingegen entfuhr ein deutliches »*¡Hombre!* Du bist doch der aus der ›Claqueta‹, der mit der –«, er lachte, »nein, der *ohne* die –«, und entpuppte sich als: Pepe, der Gitarrist, der sich partout nicht hatte erinnern können. An das Mädchen, das Broschkus ausgerechnet hier, ausgerechnet heute wiedersehen sollte.

Nein, das versprochne Lied hatte er noch nicht komponiert. Und Yaumara, jaja, die war bei der Verwandtschaft, zwei Querstraßen weiter, er helfe für ein paar Stunden aus. Als er die Adresse vernommen hatte, zog er die Augenbrauen hoch: »*¡Hombre!* Willst du nicht doch lieber zu uns?«

Am Ende des Weges,
dort, wo früher vielleicht Sklaven gehandelt oder erschlagen worden und wo jetzt zwei Ziegen angepflockt waren, brach die Bebauung abrupt ab und ein glitzerndes Gewimmel schloß sich an, ein Schwelen und Schwären, Faulen und Verwesen. Am Fuß der Müllhalde, etwa fünfzehn Meter tiefer, ein stillgelegtes Eisenbahngleis, hinter der gegenüberliegenden Böschung ein Zuckerrohrfeld. Schon hob Gebell an, dunkel, groß und unsichtbar hinter Bananenblättern, zum Glück beim Nachbarn. Wohingegen es in Alfredos Haus eine ganze Weile ruhig blieb; wenn der Gestank nicht gewesen wäre, man hätte den verwucherten Vorgarten als Idylle betrachten mögen.

Aber dann. Keifend näherte sich eine Frau, riß mit einem energischen *»¡Que pinga! ¡Te voy a meter una patá' en el cuio!«* die Tür auf, erschrak, als sie eines Fremden gewahr wurde, entschuldigte sich hastig: keine Doublesize-Mama, mit der Broschkus insgeheim gerechnet hatte, keine mit rotgefärbten Haaren und lockenwicklerhafter Ausstrahlung, sondern eine winzige Alte im Kuchenkittel, auf ihren Pantoffeln je zwei Herzen, die sich liebhatten, eine drahtige Alte voller Wortgewalt, offenbar nicht unwitzig – freilich vollendet zahnlos einem ländlichen Dialekt anheimgegeben, aus dem man anfangs überhaupt nichts, dann mit Mühe den einen oder andern Halbsatz herauszuhören vermochte. Offensichtlich war sie gerade dabeigewesen, sich Vaseline ins Haar zu schmieren.

Was sie mit Nonchalance jetzt fortsetzte, den Fremden vor der Tür stracks in ihre Familienangelegenheiten einbeziehend: »Wo bleibt er denn?« fragte sie ihn, der so umfassend wie möglich die Schultern zuckte: Er habe doch versprochen, daß er gleich zurück sei, der Bengel?

Alfredo? mischte sich Broschkus vorsichtig ein: Nun. Die Jugend.

Man verschone sie mit der Jugend von heute, so in etwa die Alte: Keinen Anstand mehr und keine Manieren, es gehe alles dahin, alles. Insbesondre ihr Enkel, ein lieber Junge, aber – in plötzlicher Entschlossenheit rief sie seinen Namen Richtung Hauptstraße, die eine oder andre Frauenstimme nahm den Ruf auf, trug ihn weiter.

Den solle er im übrigen grüßen, versicherte Broschkus, woraufhin die Großmutter mißbilligend den Kopf schüttelte: Es komme nicht häufig vor, daß er gegrüßt werde. Als Broschkus die Situation gleich nützen und auf Alfredos Halbschwester zu sprechen kommen wollte, winkte sie ab:

Alicia? Nein, die sei heute zu ihrem Vater geritten, sei frühestens gegen Abend zurück. »Da kommt er ja endlich, der Böse!«

Die schwarze Kette an Alfredos Hals erkennen
und von Mirta, Kesseln, Tod und Teufel drauflosschwadronieren war für Broschkus eins, schließlich hatte er sich vorbereitet. Es klappte vorzüglich, jedenfalls bis zu einem gewissen Punkt.

Abgesehen von der Kette war Alfredo lediglich mit einer Turnhose und einer Schweißschicht bekleidet, als habe er gerade Schwerstarbeit hinter sich gebracht. Ein tiefschwarz glänzender Kraftklotz, arg ins Quadratische auseinandergeschwollen, ließ er sich bereitwillig als böser Bube beschimpfen, als vollkommen mißratnes Miststück von Mann, wortlos auf einem Kaugummi herumkauend, den er manchmal durch Entblößen seines Gebisses zeigte. Augenscheinlich wartete er, sich verschnaufend, einfach ab, bis sich seine Großmutter gründlich ausgesprochen. Um dann übergangslos mit ihr in einen lebhaften Wortwechsel zu geraten, womöglich darüber, wie man den Eindringling am besten um die Ecke bringen und enthäuten konnte.

Kaum hatte sich die Alte, erstaunlicherweise wieder bestens gelaunt, ins Haus zurückgezogen, nicht ohne ihrem Neffen einen leicht koketten Klaps auf den Bauch zu versetzen; kaum war Broschkus mit dem neuen, dem eigentlichen Verhandlungspartner allein gelassen, fühlte er sich nicht mehr so wohl in seiner

Haut: Er entbot ihm ein vielleicht allzu herzliches *»Buenas«*, Alfredo genügte das leichte Lupfen der Augenbrauen. Wie er den Fremdling zu fixieren suchte, schielte er ein wenig; seiner offensichtlichen Körperkraft zum Trotz sah er so harmlos aus, daß er gewiß gefährlich war.

»Was willst du von meiner Schwester?« wandte er sich brüsk an Broschkus, er schien Feindseliges zu erwarten.

Nichts wolle er von ihr, gar nichts, war Broschkus bestrebt, sich aller naheliegenden Verdachtsmomente auf einmal zu entledigen: Im Gegenteil, er habe ihr etwas zu bringen.

Alfredo, selbst wenn er lediglich von einem Bein aufs andre trat, schwollen ihm auf der Brust oder im Nacken oder sonstwo Muskelstränge an, die man zuvor an keinem andern gesehen, Alfredo zeigte auf die Dollartüte vom Blechcontainer, *»¡Anjá!«*, als ob sich deren Inhalt damit hinreichend erklärt hätte. Überraschte dann mit einem Gedankensprung: *»¿Teutón?«*

Kaum hatte Broschkus Atem geholt, zu widersprechen, merkte er, daß das zu kompliziert werden würde, nickte um so heftiger, ließ sich versichern, er sei der erste Deutsche, den's hierher verschlagen, ja der erste, den Alfredo mit eignen Augen sehe. Guck du nur! dachte Broschkus, und weil er den Blick des weiterhin schwitzenden, malmenden, nervös auf der Stelle tretenden Mannes nicht zu fassen bekam, versuchte er, ihn mit seiner bloßen Reglosigkeit zu zermürben.

»Wer bist du wirklich?« fragte Alfredo, an sein ursprüngliches Mißtrauen anknüpfend. Broschkus forschte in seiner Miene nach einem Problem, konnte aber keines finden. Also gut, es ging los:

»Mein Name ist Sarabanda –«

»Ah, Oggún. Bin ich auch. Sarabanda was?«

»Sarabanda, äh, Mañunga.«

»*Uyuyuyuy*, ich hab' von dir gehört«, zog Alfredo die Brauen hoch: »Kommst aus Chicharrones.«

»Von Mirta, wenn du's genau wissen willst.«

»Du kommst von ihrem Kessel, du hast ihn gesehen?« Alfredos Oberkörper verfiel von einer Sekunde zur andern in eine augenfällige Anspannung, prall saßen ihm die Adern unter der Haut, seine Blicke gingen knapp neben Broschkus ins Leere: »Den dunklen Kessel, dessen Namen man nicht aussprechen darf?«

»Mit diesen Augen, Bruder. Aber es ist gar nicht ihr eigner.«

Nun war Alfredo so sprachlos, daß er das Malmen der Kiefer einstellte, jeder seiner Muskeln, schien's, ein erwartungsvolles Zittern.

Der Kessel bei Mirta, geriet Broschkus in Fahrt, alles lief nach Plan, der Kessel gehöre in Wirklichkeit keinem Geringeren als Armandito Elegguá. Der sei ja hoffentlich hier ein Begriff?

¡Como no! beteuerte Alfredo, eifrig nickend, wobei sich die Wölbungen seiner Muskeln langsam wieder glätteten: Mächtiger Mann, wahrscheinlich der mächtigste in ganz Kuba.

Übrigens habe er den Kessel mittlerweile abgeholt, drängte Broschkus nach: Bei Mirta stehe er nicht mehr.

Ah, hm, ja, kommentierte Alfredo, verhalten überrascht: »Woher weißt du das alles? Bist du etwa einer von –?« »Du bist *palero?*«

Anstatt sich mit einer unfachmännischen Antwort zu verraten, stand Broschkus möglichst dunkel gegen die Sonne.

»Aber«, ein dünnes Lächeln legte sich über Alfredos Gesicht: »Seit wann kriegen die Weihen denn auch Weiße?«

Selbst darauf war Broschkus vorbereitet, zögerte keine Sekunde: »Ich bin kein Weißer, ich bin Farbiger, merk dir das.«

Farbiger? Ob er einen Rotstich habe? Alfredo amüsierte sich, indes nur kurz. Der Fremde, der vor wenigen Minuten als ein harmloser Teutone aufgetaucht, schien mehr zu wissen, mehr zu *sein*, als man hatte hoffen dürfen; sollte man in ihm tatsächlich Besuch bekommen haben, Besuch von seinesgleichen? Alfredo zog die Stirn in Falten; Alfredo besann sich auf die Fragen, die er in derartigen Fällen zu stellen hatte; Alfredo spuckte den

Kaugummi in den eignen Vorgarten. Seiner Stimme, jetzt war ihr neben dem kritisch Abweisenden ein erster Anflug von erwartungsvoller Vorfreude beigegeben: »Wer ist dein *padrino*?«

»Mirta, wer sonst.«

»*¡Pinga!* Die Königin der Toten. Und wer ist der *padrino* deiner *padrina?*«

Für einen Moment geriet Broschkus ins Wanken, mit dieser Frage hatte er nicht gerechnet. Dann hörte er sich, aus einer drängenden Eingebung heraus, hörte sich eiskalt einen Namen nennen, so beiläufig, daß er nicht mal die Stimme dämpfen konnte: Lugambe.

Er selbst? schrie Alfredo auf, wich einen Schritt vor dem unheimlichen Besucher zurück, der, nicht minder überrascht, reglos der Reaktionen harrte, die nun kommen würden. Über der Müllhalde flimmerte die Luft, es ging bereits auf zwölf zu.

»Hab' ich's mir ja schon immer gedacht«, fand sich Alfredo langsam wieder: Diese Mirta verfüge über Kräfte und Fähigkeiten, die *arbeite* nicht nur mit ihm, die – tja, jetzt erkläre sich einiges, sie sei sogar seine Tochter.

Hatte Broschkus bislang bloß geahnt, wer mit Lugambe gemeint war, jetzt wußte er's.

»Zeig deine Narben!«
forderte Alfredo Beweise, Beweise dafür, was er in seinem Überraschungsbesuch vermutete, was er inständig bereits hoffte: daß er wirklich als einer derer gekommen, die –

Natürlich! wollte sich Broschkus das Hemd aufknöpfen, so häufig hatte er im Vorfeld alle möglichen Wendungen dieser Begegnung durchgespielt, so rasch war er im Verlauf des tatsächlichen Gesprächs in seine neue Rolle geschlüpft; hielt dann aber gerade noch inne: Das heißt, nein, er dürfe sie nicht zeigen. Die Schnitte seien zu frisch. Man habe ihm eingeschärft, bis zur vollständigen Heilung möge kein Sonnenstrahl an sie kommen.

»Pah, ihr Weißen, ihr haltet eben nichts aus!« winkte Alfredo ab, schon wieder am Rande der Unfreundlichkeit. Angestrengt dachte er nach, malmte mit den Kiefern, man sah ihm deutlich an, wie's in ihm arbeitete, wie er sich eine letzte Sicherheit verschaffen wollte, wie er mit fliegenden Augen nach einer Idee suchte, wie er schließlich, sich selbst übertreffend, die Idee hatte: »Ein Farbiger, das wärst du gern, weil du kein Weißer mehr sein willst!« beschimpfte er Broschkus, man hörte's bei jedem Wort heraus, wie er sich mühte, mit seinem Gepöbel etwas andres zu kaschieren, »Weil du spürst, daß wir stärker sind als ihr!« beleidigte er Broschkus, »Weil du ahnst« – und bei diesen Worten starrte er ihm so lauernd knapp neben die Augen, daß der Examinierte, ohnehin hellwach, in höchste Alarmbereitschaft geriet – »Weil du's immerhin ahnst, daß wir die stärkeren Götter haben«, reizte er Broschkus zu einer Reaktion, »und daß ihr untergehen werdet«, forderte er Broschkus' Widerspruch, »daß ihr alle wieder dorthin verschwinden werdet, wo ihr hingehört! Denn das Helle vergeht –«

»Doch das Dunkle, das bleibt«, hörte sich Broschkus wie in einer Sekundentrance so klar und deutlich ergänzen, daß ihm gar nicht die Zeit blieb, eine andre Antwort zu erwägen. Alfredo sah ihn, knapp seinen Blick verfehlend, mit großen Augen an:

»Wahrhaftig!« »Du bist einer von uns.«

Noch beim Betreten des Hauses entschuldigte er sich,
daß er vorschnell nichts habe riskieren dürfen, die Parole habe abfragen müssen. Broschkus wisse ja selbst, daß es ihrer nicht viele gebe, daß sie verstreut lebten und von andern gemieden. Wer habe ahnen können, daß neuerdings auch Weiße! »Du bist also wirklich Sarabanda Mañunga?«

Keine Ursache! beschwichtigte Broschkus, an Alfredos Stelle hätte er's genauso gehalten: Vorsicht, immer Vorsicht, gerade vor dem Unscheinbarsten.

»Du kennst seine Sätze!« nickte der Kraftklotz, erst hier drinnen, im gedämpften Licht, sah man, daß er sich den Bartflaum blond eingefärbt hatte: Er selber sei zwar nur ein einfacher Putzmann in der Kirche, aber es tue gut, mal wieder jemanden zu treffen, mit dem man sich aussprechen dürfe. Auch wenn der Jemand – Alfredo grinste knapp an seinem Besucher vorbei – eine verdammt helle Haut habe, er wolle's ja noch immer nicht so recht glauben, daß – egal! Sein Bruder mache sich keine Vorstellung davon, wie einsam man hier mit seinem Glauben sei: »Als ob uns ein Zeichen auf die Stirn geschrieben wäre.«

So also sieht ein Bauernhaus von innen aus, schaute sich währenddessen Broschkus mit dezenten Blicken um: sämtliche Mauern unverputzte Ziegel, neben der Hirschkopfplastik eine selbstgebaute Lichtorgel: drei orangefarbene Blinkerleuchten, von Aluminiumrosen umblüht; die Allgegenwart der Porzellanschwäne auf dem Tisch darunter sorgte für Wohnlichkeit. Manchmal kam ein Huhn herein, auf dem Betonfußboden nach etwas Gutem zu suchen. Leider stand auf dem Kühlschrank auch ein Fernseher, bei maximaler Lautstärke zeigte er Fidel, wie er sich von kleinen Mädchen Blumensträuße überreichen, Parolen skandieren und Begeisterung über Kuba darstellen ließ – an eine ernsthafte Unterhaltung war eigentlich gar nicht zu denken. Trotzdem mußte sie sein.

Warum Broschkus nicht die schwarze Kette trage, ob er seines Namens wegen die von Oggún bevorzuge?

So verschlossen sich Alfredo bislang gegeben, so offen strömte ihm nun die Rede; seiner Großmutter befehlend, Kaffee zu kochen, schob er dem Gast einen Schaukelstuhl hin – er sah wie alle andern in diesem Land aus, es mußte eine Zentralschreinerei geben oder eine verbindliche Bastelanleitung –, beteuerte, den Anlaß am liebsten mit einem Fest feiern zu wollen. Als der Gast aus seiner Plastiktüte *spaguetty*, Tomatenmark und sogar eine Flasche Öl hervorgezogen, umarmte er ihn und scheuchte die Alte, kaum daß die *cafecitos* serviert, scheuchte sie nach einer

Flasche *refino.* Indem sie ihm aber nicht schnell genug zurückkam, ging er selber.

Daß neben der Haustür die Kriegerschalen standen, überraschte Broschkus nicht; daß unterm Papstbild diverse Devotionalien zu einem halb christlichen, halb santeristischen Hausaltar zusammengeschoben waren, Schwarze Maria, Glöckchen, Zigarrenstumpen, dazu Knochen und kleine Puppen, konnte ihn ebensowenig verwundern: Wo man in diesem Land mit dem Glauben anfing, hörte man so schnell nicht wieder auf.

Wer ihn schicke? wollte Alfredo wissen, während er den Rum fingerhoch in zwei Tassen goß, *¡salud!*

Mirta, entschied sich Broschkus in Ermangelung der Alternative; die Flüssigkeit in seiner Tasse roch so scharf wie reiner Alkohol, man konnte sie allenfalls kippen. Von hinten klatschte ihm die Oma beifällig auf die Schulter, guter Zug, ganzer Kerl.

Was sie diesmal wolle? maulte Alfredo: Hoffentlich nicht schon wieder ein –?

»Sie will, daß ich mit deiner Schwester rede, daß ich ihr was bringe.«

Alfredo wiegte seinen Körper hin und her, überlegte so angestrengt, daß ihm erneut der Schweiß ausbrach: »Wahrscheinlich will sie trotzdem ein Opfer, und ich hab' gar kein –!«

»Das will sie in der Tat«, hörte sich Broschkus im Übermut des Erfolges sagen; warten mußte er sowieso, wenn's nebenbei was zu schlachten geben sollte um so besser. Alfredo geriet in eine Art resignative Verzweiflung, die sich Satz für Satz zu einer verzweifelten Resignation entwickelte:

»Mirta! Sie selbst opfert immer nur Katzen, doch von uns will sie Schweine, Schweine, Schweine!« beschwerte er sich. Auch ohne Kenntnis der Zusammenhänge war's für Broschkus ein leichtes, darauf mit einem milde rügenden Nicht-sie-will's zu antworten, schon fiel ihm Alfredo ungnädig ins Wort, jaja,

Lugambe wolle's, in seiner unendlichen Gefräßigkeit. »Aber die, die ich hab sind alle noch zu klein!« lamentierte er und kippte erst seinen *cafecito*, dann den Rum, den er nachgegossen: »Sag mir, Bruder, wieso will er mich ruinieren?«

»Er will dich nicht ruinieren, im Gegenteil«, spielte Broschkus den Part des Schicksalsergebnen: »Er hat Hunger, er hat Durst!«

»Das hat er, weißgott, wenn er so weitermacht, verschlingt er bald die ganze Welt.«

Um die Mißlichkeit seiner Lage zu demonstrieren,
hieß Alfredo seinen Gast mitkommen, an einigen Mauerdurchbrüchen vorbei, die mit Plastikplanen verhängt waren statt mit Türen verschlossen; vom Hinterausgang des Gebäudes aus zeigte er ihm seinen Garten: »Das ist alles, was ich hab'. Siehst ja selbst, die sind noch viel zu klein.«

Vor lauter Wäscheleinen und herumliegenden Rohren erkannte Broschkus zunächst gar nichts Gartenhaftes; zwischen kargem Gesträuch und dem einen oder andern Maschendrahtverhau führte ein mit vereinzelten Fliesen markierter Weg in den hinteren Bereich, wo sich die nackte Erde rapide mit einem kleinen Urwald überzog, umgeben übermannshoch von einem Bambuszaun, ein Tummelfeld für Hühner und verschieden dürre Ferkel. Wäre nicht eben der Nachbarhund unter sie gefahren, von der Lust herübergetrieben, etwas Lebendiges zu beißen, man hätte paradiesische Anwandlungen haben dürfen. So aber war das Gequieke groß, eines der Ferkel floh ins schief im Eck hängende Klohäuschen.

Die Großmutter, mitgekommen, um etwaig eingedrungne Kleinkinder zu verscheuchen, erzählte Broschkus mit strahlender Miene, für Menschen sei das Klo leider seit Jahren unbenutzbar, man gehe nach nebenan, zur Tante.

Also die Ferkel. Alfredo zeigte auf ein häßlich graues mit rosa Rüsselspitze, kaum länger als ein Unterarm, hatte man das nicht schon mal gesehen? Riesige Ohren, ein aufgeregt sich ringelnder Schwanz; während es mit der Gier seines schlabbernden Rüssels Nahrung aufnahm, entfuhr ihm gleichzeitig ein gelber ungeformter Stuhl.

Ob man das da nehmen wolle, kaum dreißig Pfund, das sei für einen Farbigen doch kein Problem?

Broschkus glaubte, daß er mit dieser Formulierung mal wieder zur Kasse gebeten wurde, und signalisierte sein Einverständnis; mit ungläubigem Blick vernahm Alfredo, daß man ihm zwanzig Dollar für das Ferkel bot, wo er nur fünf dafür gezahlt, welch ein Tag!

»Du sollst es haben, Bruder«, nickte er; die Vorbereitungen würden allerdings zwei, drei Stunden dauern, und ob er auf die Schnelle billiges Feuerholz würde auftreiben können, werweiß.

Broschkus verstand wenig von dem, was ihm Alfredo an möglichen Schwierigkeiten auseinandersetzte, wollte sich die anstehende Schlachtung aber keinesfalls durch Nachfragen verderben: Bis Alicia eintreffen würde, war das gewiß die beste Art, Zeit herumzubringen. Scheinbar großzügig bot er an, in zwei, drei Stunden wiederzukommen, er habe ohnedies noch etwas zu erledigen.

Es werde keine Probleme geben, ließ er sich von Alfredo zum Abschied versichern: Schließlich putze er regelmäßig und habe den Schlüssel.

Broschkus schwieg möglichst ausdrucksstark. Was hatte die Kirche denn damit zu tun? Die Großmutter versetzte ihm aufmunternd einen Klaps, lachte, braver Junge, guter Mann.

Auf einem der umliegenden Hügel die Silhouette des Wassertanks entdecken und sich, zur Feier des gelungnen Auftritts, eine Flasche *Ron Mulata* in der Dollarbude kaufen war eins. Jenseits der Hauptstraße endete der Weg zwar nicht an einer Müllhalde, jedoch an einem versumpften Flußbett, das sich zunehmend als stehendes Gewässer erwies: Ein Mann wusch darin sein Fahrrad, ein andrer schüttete Abfall hinein; an grünen Bäumen hingen grüne Früchte. Mitten überm Weg dann eine gewaltige Dusche, auf der Wiese dahinter Wäsche, grasende Pferde. Aus einer der letzten Wellblechbauernhäuser schepperte Rockmusik; davor ein Tisch, ein Stuhl, ein schlafender Hund.

Einer Drahtabsperrung zum Trotz führte ein ausgetretner Fußweg steil hügelan, gesäumt von vermodernden Zuckerrohrstücken, Schritt für Schritt schob sich der Tank graugelbbraun ins Blickfeld, darauf in weißer Parolenschrift: *»¡Viva el tanque!«*, *»Pensaremos!«*, augenscheinlich konterrevolutionäres Gedankengut. Noch immer hatte Broschkus nicht gelernt, sich langsam zu bewegen, jetzt stand er mit völlig verschwitztem Hemd auf der Hügelkuppe. Ohne daß er die Brille schiefkippen, ohne daß er den Kopf schieflegen mußte, sah er's auf den ersten Blick: Hier war er richtig.

Trostlos der Ort,
großartig das Panorama. Schon hier oben war das erste Leck, sprudelte ein erheblicher Teil des Wassers aus dem Hauptrohr, so daß sich um den halben Tank eine Art natürlicher Tränke gebildet, an der kleine weiße Kühe standen und guckten. Zum Greifen nah die Bergketten der Sierra Maestra, über denen ein grauviolett finstres Wetter hing, knapp überm Horizont ein einzelner grellgelber Schlitz. Dahinter, im Unsichtbaren, Santiago de Cuba – dort kam er her, dort wollte er so schnell wie möglich wieder hin.

Desto schattiger, windgeschützter die andre Seite des Tanks. Das Dorf, fast vollständig unter Baumkronen versunken, von hier oben kaum zu erkennen, allenfalls der Einschnitt der Bahnlinie; fernab die Autobahn, der Rest reinste Zuckerrohrlandschaft: hinreißend sanft gehügeltes Grün, unterbrochen nur von einigen weiteren Wassertürmen, Schloten, dünn aufsteigenden Rauchsäulen – eine solch gleichmäßige Landschaft hatte

Broschkus noch nie gesehen, eine solch lautlos langsame Landschaft, daß er in seiner Verwunderung ins reinste Schauen verfiel, die Flasche in der Hand. Ein Vogelschwarm kreiste in einem üppig mit Wolken bestückten Himmel.

Wie er aber still und stiller und bald Teil der großen Stille geworden, die hier oben herrschte, selbst das anhaltende Hundegebell vom Dorf war bloß deren adäquate Orchestrierung (und erst recht das beständige Rauschen des Wassers im Innern des Tanks), da entdeckte Broschkus mehr und mehr wilde Einsprengsel in diesem Garten Eden, entdeckte, wie die Erde überall dampfte und dschungelartig gegen die Felder anwuchs, wie sich die Landschaft gegen die allgemeine Friedlichkeit aufwölbte, ein An- und Ab- und erneutes Anschwellen in hemmungsloser Sinnlichkeit.

Flasche mit Aussicht. Wahrscheinlich war Broschkus zu diesem Zeitpunkt schon ein wenig angetrunken. Daß ihm in der Brusttasche ein Zehnpesoschein saß, hatte er vergessen.

War er nicht dort,
wo er sich seit seiner Ankunft hingesehnt, in der Unendlichkeit der Zuckerrohrfelder? Dies noch, dachte er, dann heim. Inbrünstig über das Amulett auf seiner Brust streichend – mit ihrem eignen Blut hatte sie's getränkt! –, merkte er, daß sein Kummer weg war, der ihm das Leben verschnürt hatte, daß er versöhnt mit sich war, mit seiner Vergangenheit und allem, was die Zukunft bringen würde. Selbst seine Mutter hätte er jetzt gern in die Arme genommen.

Ein riesiger schwarzer Schwalbenschwanz flatterte vorbei.

Ganz in der Nähe sonnte sich eine Libelle.

Da hatten sie ihn bereits umringt.

Eine Horde kleiner Kinder,
gleich würden sie mit ihren Begehrlichkeiten über ihn herschnattern. Aber dann wollten sie alle bloß die Hand des weißen

Mannes berühren, ihn ehrfürchtig bestaunen, boten ihm wortlos von ihrem Zuckerrohr an, zum Auslutschen. Freundlich grunzte Broschkus, eine Weile kauten sie vereint vor sich hin.

»Yu bik Ingli?« nahm sich ein kleiner Knirps endlich ein Herz und brach das Schweigen; es dauerte eine Weile, bis Broschkus die Frage überhaupt verstand, den Kopf schüttelte, *¡sssss!* Als der Junge jedoch durch Wiederholen insistierte – schon Kleinkinder konnten in diesem Land einen beleidigend arroganten Ton anschlagen, beim Von-oben-herab-Sprechen standen sie den Erwachsnen in nichts nach, auch wenn sie de facto von unten aufblicken mußten –, als der Junge zunehmend zudringlicher wurde, brummte der fremde weiße Mann brav: »No bik Ingli.«

Land ohne Einsamkeit! Broschkus raffte sich auf, von einer Sekunde zur nächsten fuhr ihm der Rum in den Schädel, ein Donner Gottes oder eines seiner *santos?* Nein, hinter ihm, von der Sierra Maestra, zog ein Gewitter auf.

Erst im Absteigen bemerkte er den Chlorgeruch;
erst als er den Trecker hinter sich gelassen, den man unter die Dusche gefahren (die allerdings kein Wasser geben wollte), erinnerte er sich wieder des Zehnpesoscheins, dessentwegen er hierher gekommen: Indem er sich eingehend an seinem Blutgeruch berauschte, unter dem der alte verschwitzte Gestank noch zu bemerken, bog er bereits in Alfredos Sackgasse ein.

»Da kommt er ja!« rief eine Frau, die sich beim Näherkommen als die Tante von nebenan vorstellte.

Hinterm Haus saß Alfredo,
seine Machete mit einem Schleifstein schärfend, sprang erfreut auf, Na-endlich-Bruder. Schon durch die Art, wie er stand und blickte, gerieten sämtliche Ferkel in ein schrill quiekendes Durcheinander, sie spürten seine Entschlossenheit. Dasjenige mit der rosa Rüsselspitze wollte sich ins Gestrüpp und von dort

aufs Klo verdrücken, er rief 's jedoch mit einem afrikanischen Wort an, daß es auf der Stelle stillstand, ihn leise knurrend erwartete: Alfredo griff sich's an einem der Ohren, zog's unter dem bergenden Gesträuch hervor und hob's mit einer Leichtigkeit an den Hinterläufen empor, als sei's nur eine mäßig gefüllte Dollarladentüte. Nun kreischte das Tier wie ein kleines Kind, wissend, daß es gleich um die Wurst gehen würde. Auch auf dem Weg zur Kirche gellten seine kleinen rosaroten Schreie, dazu ließ es seinen Körper hin- und herschnalzen – das hatte man doch schon irgendwann gesehen? geträumt? –, bis es mit einem Mal Ruhe gab: um halb drei Uhr nachmittags, wahrscheinlich hatte ihm Alfredo etwas Afrikanisches ins Ohr gezischt.

Kurz vorm Betreten der Kirche fiel Broschkus wieder dessen schweifender Blick auf, als ob jetzt noch was zu verbergen gewesen wäre. Wie er beim Überschreiten der Schwelle die Zähne bleckte, sah man rosarot einen Kaugummi; die Kirchentür wieder sorgfältig zu versperren und sogar zu verriegeln schien ihm ein Bedürfnis. Nach alter, abgestandner Luft roch's, nach Kerzenrauch roch's und einem billigen Parfum, wahrscheinlich *7 potencias Africans*, schwadenweise auch nach einem feucht vor sich hin faulenden Scheuerlappen, ein stechend feiner Geruchsfaden zog sich, fremd und präzis, in Richtung Altar. Selbst wenn durch die Fensteröffnungen jetzt warm ein Windstoß gefahren wäre, Broschkus hätte am liebsten auf der Stelle kehrtgemacht.

An einer blau ausgemalten Seitenkapelle vorbei – vor der Jungfrau Maria häuften sich Photos, Briefe, Tortenstücke, abgeschnittne Haare, auch ein Nummernschild war zu erkennen und ein Mercedesstern – ging's durch das Hauptschiff, neonröhrensanft beleuchtet, wellblechbedeckt, ging's zum Altar. An der Ziegelwand dahinter endete der Raum aber gar nicht: Verdeckt durch einen vom Podest herabsegnenden Petrus, führte von der Seite ein Gang hinter die Wand, führte drei Stufen abwärts, zu einer Tür.

Broschkus blieb kurz stehen, Broschkus holte kurz Luft: Der

fremdartig faulige, der modernd sanfte und gleichzeitig scharfe Geruch hatte sich deutlich verdichtet, zu etwas atemberaubend Desinfizierendem verdickt. Durch die geschloßnen Fensterläden hörte man das Rasseln einer vorbeifahrenden Pferdedroschke.

Als erstes sah man natürlich den Kessel,
nein: den Totenkopf daneben, nein: die rote Fahne, quer aufgespannt dahinter, nein, all das zusammen, dazu die Schrift an der Wand, »*con Dios todo sin Dios nada*«, hatte man das nicht schon mal gelesen? Nein, sonderlich überrascht war Broschkus nicht, daß der Raum hinterm Altar – früher wahrscheinlich die Sakristei – mit Dingen ausstaffiert war, die er zum Teil bereits kennengelernt (wiewohl als Abfall mißverstanden) hatte, jedenfalls tat er so. Und trat achtlos auf ein Zebrafell, was Alfredo weniger gut gefiel. Die gelben Bodenfliesen rundum übersät von kleinen Fliegen, wie auf Ocampos Imbißtresen, wenn das Gekröse frisch zerschnetzelt; nur ungern ließen sie sich aufscheuchen.

Doch der Gestank! Obgleich eine weitere Tür seitlich nach draußen, ins Freie führte, stieg Broschkus der scharfe Verwesungsgeruch mit Macht zu Kopfe, zu dem sich die verschiednen Duftnoten hier schlagartig zusammengefunden, als ob der kleine Raum auf der Müllhalde einer Abdeckerei errichtet, zusätzlich angereichert durch die schweren Schwaden verbrannter Kräuter oder Öle; je länger man ihn zu inhalieren gezwungen, diesen scharfschaurigen Gesamtgestank, desto schummriger erschienen die Dinge und alles, was mit ihnen an heiliger Handlung bevorstehen mochte. Den leichten Anflug eines Schwindelgefühls bekämpfend, wurde Broschkus von einer jähen Angst ergriffen, er könne sich beim anstehenden Opfer furchtbar blamieren: Nun erst, in ausweglos versperrter und verriegelter Lage, befiel ihn die Erkenntnis, das Spiel vielleicht zu weit getrieben zu haben und in wenigen Minuten als Aufschneider dazustehen, als Frevler, als Tempelschänder womöglich.

Zum Glück gab's noch einiges für Alfredo und die Tante zu tun; Broschkus konnte sich in Ruhe umsehen, sich alles der Reihe nach einschärfen – auch wenn's ihm weiterhin so vorkam, als sei ihm jede Einzelheit bereits aus seinen Träumen tief vertraut.

Zwischen ausrangiertem Kirchengerümpel,
Ketten, Besen, Blechkanistern, zwischen verwelkten Blumen, Kerzenstumpen und kleinen Puppen, die er früher für Spielzeug gehalten, fanden sich Schalen mit Federn, fanden sich Flaschen, in deren bräunlich opaken Tinkturen Blätter oder Insekten konserviert waren, auch ein Skorpion. In der Ecke, über einem ausgestopften Uhu, ein vertrocknetes Bündel knapp unter der Decke, kinderkopfgroß. Auf sämtlichen Wänden Sprüche, mit Kreide an die Wand geschrieben, »*Cristo te ama*« *oder* »*agüé son agüe y mañana son mañana*«, dazu naive Strichzeichnungen von Schlüsseln, Hufeisen, Macheten und sogar einem Unterarm, in dessen Hand ein rot umschminktes Auge lag, Zeichnungen insbesondre von Pfeilen: geraden und gewundnen, einzelnen und solchen, die sich mit andern Pfeilen kreuzten, manche mit zwei oder mehreren Spitzen versehen. Auf der Fahne fand sich ebenfalls einer, zum Fragezeichen verbogen, dazu ein fünfzackiger Stern, afrikanische Wörter.

Trotz allem kam Broschkus natürlich immer wieder zum Kessel selbst zurück. Enttäuschend klein im Verhältnis zu dem, den er bei Mirta gesehen, war er verkrustet wie der, den er – richtig, Broder, den er aus der Kathedrale kannte: ein schwarzer Eisenkessel, dicht gefüllt mit Federn, Knochen, Ästen, die aus ihm emporwuchsen wie ein wild wucherndes Gesteck aus einer schalenartigen Vase. Erst auf den zweiten Blick dazwischen zu erkennen ein gebognes Horn, das man mit seiner Spitze ins Dikkicht des Gesamtarrangements gestoßen, so daß sein dickes Ende nach vorn und ein wenig daraus hervorragte, den Schalltrichtern alter Grammophone ähnelnd. Mit dem Unterschied, daß man seine Öffnung mit einem Spiegel versiegelt hatte, einem Spiegel, der nahezu blind war – das Stierhorn, von dem Iliana gesprochen, das Auge-das-sieht?

Der Kessel. Klein zwar, doch Broschkus wagte's nicht, ihn zu berühren. Denn obwohl er darin keinen halb verwesten Hühnerkopf zu entdecken vermochte, kam just aus seiner Tiefe der Gestank, dessen allererste feine Spur man im Kirchenschiff gewittert – als ob sich dort, im Verborgnen des Kesselinnern, ein Geheimnis barg, etwas Leichenartiges gar: So schneidend scharf war die Luft, die darüberstand, daß man, vor dem Tierischen, Menschlichen oder Göttlichen in seinem Innersten erschaudernd, dringend ins Freie und Frische hinausmußte.

Die Tür führte zu einem winzigen Garten,
drei mal drei Meter, in dessen Mitte hüfthoch ragend ein Wasserrohr, mit einer Mauer blickdicht umschlossen. Hier machte sich friedlich das Ferkel zu schaffen, hier hütete friedlich die Großmutter das Feuer, auf dem der Topf fürs Brühwasser stand – ihr Gesicht mit Kreide weiß bestrichen (was es ins Fratzenhafte transponierte, mochte sie Broschkus noch so viele Zeichen der Fröhlichkeit zumessen) –, hier würde man in Bälde schaben und putzen und hacken und schneiden.

Aber noch lebte es, das Ferkel, lebte so sehr, daß es Alfredo in eine Ecke treiben mußte, nachdem er sich, derart die Vorbereitungen zum Abschluß bringend, die Hände unterm Hahn gewaschen hatte. Weil's versucht hatte, ihn zu beißen, verpaßte er dem Ferkel eine schallende Ohrfeige, dann mit dem Spaten einen Schlag flach auf die Stirn, daß es krachte. Was das Ferkel merklich in seinem Tatendrang dämpfte, kurz brach's auf die Knie, schon hatte's Alfredo an den Hinterläufen: Lasch hing's ihm vom gestreckten Arm herab, als wär's bereits erlegt und tot.

Kaum hatte Broschkus die Sakristei wieder betreten, fühlte er, daß sich die Lage darinnen grundsätzlich verändert, daß es jetzt ernst wurde, selbst wenn Alfredo erst noch mal das Ferkel an die Tante übergab, um auch das Gesicht des Gastes mit Kreide, dann mit einem angekokelten Flaschenkorken zu bestreichen. Reihum in die weiß geschmückten, mit Ruß markierten, vom Kerzenschein beflackerten Gesichter blickend, setzte ein Klopfen in Broschkus' Schläfen ein, im Hals und unterm Talisman, das sich schnell zu einem rhythmischen Trommeln steigerte, ping-ping-ping-ping. Als Alfredo an ihn herantrat, ein kleines Messer zu überreichen – »Dochdoch, Bruder, steht dir zu! Hast es ja bezahlt« –, fand Broschkus kaum die Kraft – »Aber natürlich, Bruder, bist ja von der Mächtigeren geweiht« –, es mit Hilfe seiner fünf Finger festzuhalten:

Von einem feinen Flirren vollständig erfüllt, war er innerhalb weniger Sekunden in seinen Anderen Zustand geraten, nahm alles überdeutlich und wie in Zeitlupe wahr, als ob's ohne sein Zutun geschah: daß Alfredo auch ihm bedeutete, Hemd und Schuhe auszuziehen (welch staunende Ehrfurcht beim plötzlichen Anblick des Amuletts!), daß er dem Ferkel die Schnauze verschnürte, daß er die Toten um Erlaubnis fragte, daß er gemeinsam mit Tante und Großmutter afrikanische Sprechgesänge anstimmte, die sich bisweilen zu regelrechten Liedern entwickelten – ja, die kannte Broschkus, die hatte er schon oft gehört, bis in seine Träume hinein –, daß er zwischendurch dem Ferkel einen zweiten Spatenschlag verpaßte, als es in seiner Angst ein wenig gelbgrüne Flüssigkeit verloren, daß er sich eine Zigarre entfachte, die Stimme reinigte, scherzte. Broschkus stand möglichst starr, sah und sah doch nicht, wie Alfredo die Fliesen vor dem Kessel bemalte – Halbmonde, Totenköpfe, mit zahlreichen Pfeilen zu einem einzigen wagenradgroßen Kreidezeichen verbunden; sah und sah doch nicht, wie sich die Großmutter mit einer verbeulten Blechschüssel bereit hielt; sah und sah vor allem kommen: sein sich anbahnendes Schlachterdebakel, vollkommen taub die Hand ums Messer gekrampft, als sei sie gelähmt. Trotzdem galt es jetzt, er durfte, sollte, mußte ein Schwein abstechen, ein Schweinchen. Aber wie wollte er mit dieser kraft- und fühllosen Hand zustoßen, sich als einer der Ihren erweisen?

Dicht neben ihm, über die Kreidezeichen gebeugt, ohne jedoch hineinzutreten, hatte sich breitbeinig Alfredo in Position gebracht, festgeklemmt im rechten Arm das Ferkel, mit dem linken preßte er ihm die Vorderläufe an den Leib. Das Ferkel, in seiner reglos gekrümmten Erbärmlichkeit, war sich seiner Hinfälligkeit bewußt und versuchte zu schreien, was kaum mehr als ein kleines Murren und Stöhnen ergab – wie sollte man denn da zustoßen? Als Broschkus das Ferkel ansah, sah das Ferkel auch nach ihm, eine kugelkleine Kullerträne im Augwinkel: Es weinte.

Wieso drehte Broschkus nicht spätestens jetzt ab
und ging nach draußen, wenigstens erst mal frische Luft zu schnappen? Wieso saugte er statt dessen in tiefen Zügen ein, was ihn bedrängte – die weißen Gesichter, die flackernden Schatten, der große Gestank –, von einer Erstarrung ergriffen, einer Kühle, daß er? nun doch nach Alfredo tastete, sich auf seiner schweißigen Schulter kurz abzustützen. Der Dämmer war ihm in sanfte Schwingungen geraten, Staubflirren, ein vibrierendes Summen.

Wollte ihm schwindlig werden, oder weshalb inhalierte er so heftig? Wollte er sich jetzt etwa an der ausgestopften Eule festhalten oder warum griff er? dran vorbei, von fern ertönte ein scharfes *»¡Sssss!«:* Hätte die Großmutter nicht, vorfreudig ihren Gesang kurz unterbrechend, mit dem gestreckten Zeigefinger über die Gurgel fahrend und dabei ein finales Zischen erzeugend, hätte sie nicht in ihrer erwartungsvollen Ungeduld das Zeichen gegeben, Broschkus hätte ratlos gestanden, bis sich der Boden aufgetan und ihn verschlungen hätte. So aber wußte er, daß der Moment gekommen, hielt Alfredos durchdringend forderndem Silberblick stand – unter seinem Griff hatte sich das Tier in ein dichtbehaartes Ding verwandelt – und schluckte trocken durch: Dies noch, dann heim! Obwohl ihm die Herzschläge ins Poltern gerieten, wurde ihm alles kalt und klar, löste er sich aus seiner Beklemmung, dann dachte er –

dann wollte er –

dann tat er's, fuhr dem Ding mit seinem Messer in den Hals – und gleich noch mal: Leicht, ganz leicht glitt die Klinge ins dichtbeharrte Ferkelwesen hinein und wieder zurück, das ging wie von selbst, das war gar nicht er, der da zugestoßen, das war jemand andrer, dem die Hand nun rot aufleuchtete, der – Stirb-du-kleine-häßliche-Sau-du! – erneut zustieß und, das Ferkel schrie mit geschloßnem Maul dagegen an, machte sich ungehörig zu schaffen, ein weiteres Mal und –

»Was soll das?« Alfredo, sein Singen abrupt unterbrechend, »Was machst du denn da?«, rief den Jemand zornig zur Raison, drehte sich mit dem Ferkel leicht von ihm weg, so daß Blut auf das Zeichen tropfte. Die Großmutter hingegen fuhr sich, wohlgelaunt weitersingend, mit dem Zeigefinger um den Hals, desgleichen die Tante, und das sah der Jemand.

Dankbar ließ er sich die Hand führen,

rund um den gesamten Hals des Tieres, schnitt ihm die Kehle dabei auf, ein weiteres Mal; und nun, da ihm die Halsschlagader geöffnet, wurde's merklich ruhiger im Tier, entfuhr ihm anstelle des kleinen Geschreis nurmehr ein konstantes Brummen. Während es mählich wieder Broschkus war, der dabeistand, mit diesig verhangnem Blick zwar noch und jedwedes Geräusch in weite Ferne gerückt: doch wieder er selbst, Broschkus und kein andrer, der dem Schwein soeben den Schlund geschlitzt, dem Schwein, mit dessen frisch fließendem Blut man erst den Kessel, dann verschiedne heilige Gegenstände, sämtliche Schalen, die sich im Raum finden ließen, schließlich die eignen Hände netzte; die Großmutter ließ sich das Opfer so übern Kopf halten, daß sie das Heraustropfende direkt in den Mund oder ins Gesicht bekam. Stirb doch endlich, summte Broschkus, während er sich nach dem Vorbild der andern das Blut auf Stirn und Nacken strich, stirb! Es dauerte eine Ewigkeit, bis ihm das Tier den Gefallen tat und sich an sein Ende brummte, fünf Minuten? zehn Minuten? Das Kreidezeichen unter ihm wurde dabei fast vollständig gelöscht, die Blechschüssel gut gefüllt, mit einem Holzlöffel schlug man das Blut.

Und die Fliegen leckten den Fußboden ab.

Broschkus hatte es getan,
wenngleich mit fremder Hilfe und auf eine Weise, die ihm wenig Ehre eingebracht hatte, doch immerhin. Wie er den Schaum überm Blut in der Blechschüssel zunehmend schärfer erkannte, verstummte sein Summen, wie er den blutverschmierten Oberkörper Alfredos in klaren Umrissen wahrnahm, war er fast schon wieder einer, der fest auf seinen beiden Beinen stand.

Lang stand er so, lang. Betrachtete seine besudelten Hände, seine besudelte Hose. Hatte er etwa? Aber ja, er *hatte* ein Opfer gebracht. Ein Opfer für – *¡Sssss!* –, der außerhalb dieser dunklen Bruderschaft allenfalls in Umschreibungen benannt wurde, ein Opfer für den Herrn der Hörner? Ja, Broder, das durfte, das konnte, das mußte man wohl so sagen.

Anscheinend war der Teufel in ihn gefahren?

Nein, Broder, im Grunde hatte er lediglich ein Schwein abgestochen, ein Schweinchen, der Rest war bloßes Beiwerk und seine Sache nicht gewesen. Oder doch?

Indem jetzt auch die Geräusche von der Straße wieder präzise an sein Ohr kamen, gelang's ihm, sich an die Idee zu gewöhnen, daß er jedenfalls alles überstanden und seine Pflicht, bis auf ein geringes, erfüllt hatte: daß ihn der Rest der ganzen Angelegenheit weder anging noch gar betraf. Freilich vergaß er sich auf diese Weise eine Spur zu lang, und das Verhängnis nahm seinen

Lauf: Als er in den Garten trat, lag das Ferkel bereits entborstet und geschabt, in leuchtendem Weiß, zum Aufhacken bereit. Doch nicht überm Brustbein setzte Alfredo die Machete an, sondern im Nacken, schlug ihm den Kopf ab, durchtrennte die restlichen Sehnen mit dem Messer.

Der Kopf wurde als Opfergabe auf den Kessel gelegt,
auf die Spitzen all seiner Federn, Äste, Knochen, so daß er dem Betrachter entgegengrinste. Alfredo kniete ab, nahm einen Schluck aus einer der Flaschen, in denen Tiere konserviert und Blätter, prustete die Flüssigkeit aber gleich wieder durch die gepreßten Lippen aus, einen feinen Tröpfchenregen gezielt auf Kopf und Kessel niederstäubend. Auch Broschkus mußte sein Teil beitragen, wobei ihm das Prusten arg dilettantisch geriet; die Flüssigkeit schmeckte so bitterscharf, wie sie stank, eine Art hochprozentiger Knoblauchkräuterschnaps, ekelhaft. Woraufhin sich Alfredo die Zigarre verkehrt herum, die Glut zuerst, zwischen die Lippen schob, den Rauch aus dem Mundstück der Zigarre pustete, als gezielten Strahl so tief in den Kessel hineinfahren ließ, daß er lange nicht wieder daraus hervorkommen wollte. Desgleichen Broschkus, leicht schummrig wurde's ihm dabei.

Doch dann. Wie sie gemeinsam am Wasserhahn standen – viel zu spät, Broder, um mit heiler Haut davonzukommen, viel zu spät! Hätte er lieber ganz drauf verzichtet, hätte er lieber jetzt noch schnell das Hemd übergestreift, der Blutspuren an Brust und Armen nicht achtend! –, wie sie sich so selbstvergessen einträchtig rein wuschen, während die Frauen das Ferkel zerlegten: wie sie einander so kindlich zufrieden zunickten, sogar die kleine Panne war vergeben und vergessen, hielt Alfredo mit einem Mal inne; erst jetzt, da ihm der Glanz des Blutrauschs aus den Augen gewichen, schraubte sich sein Blick wieder aufs unmittelbar Nahe:

»Bruder … du bist ja gar nicht geritzt?«

Die Enttarnung seiner Lüge kam so unvermittelt, daß es Broschkus die Sprache verschlug. Alfredo, noch auf die knochigen Schultern seines Gastes weisend, schon dessen Hand ergreifend, um zwischen Daumen und Zeigefinger nachzuforschen – als ob er nicht die ganze Zeit gesehen, daß dort nichts zu sehen, jedenfalls keine kreuzweis geschnittnen Wundmale, als ob er jetzt wider alle Logik wenigstens fein verheilte Narben zu entdecken hoffte:

»Du hast mich doch nicht belogen?« begriff er, knapp an Broschkus vorbeiblickend. »Aber dann bist du ja nicht geweiht?« »Bist keiner von uns?« »Hättest das Opfer gar nicht?«

Anstatt zu antworten, zog sich Broschkus das Hemd an. Alfredo, von einem Fuß auf den andern wippend, versicherte, daß man ihn auf einen solchen Fall nicht vorbereitet habe, er müsse Rat bei seinem *padrino* einholen, wahrscheinlich sogar beim *tata*. Auf die Schnelle würde das freilich nicht gehen; ob er Broschkus fürs erste in den Schweinekoben sperren solle?

Angelockt von Alfredos Selbstbeschwichtigungen, traten die beiden Frauen herbei, mit grimmer Miene die Großmutter, böser Broschkus, schlechter Mensch. Im übrigen hätten sie ihre Vorbereitungen beendet, man könne gehen. Um das Ritual zum Abschluß zu bringen, müsse jeder – auch ein Frevler, das wisse Broschkus hoffentlich? – vom Opfer essen, sonst würde's Lugambe nicht annehmen. Aber was, zum Teufel, sollte danach mit ihm passieren?

Alfredo, seinen goldnen Bartflaum bezupfend, starrte knapp an Broschkus vorbei. Schließlich genügte ihm das leichte Lupfen der Augenbrauen, Richtung Ausgang. Es fehlte nicht viel und er hätte dem Tempelschänder einen Schlag mit dem Spaten verpaßt, hätte ihn an den Waden gepackt und, kopfunter, zu sich nach Hause getragen.

Das Gespräch bei Tisch
gestaltete sich entsprechend unerquicklich. Unter den vorwurfsvollen Blicken seiner Gastgeber saß Broschkus, noch immer wie gelähmt, in zwanghafter Aufmerksamkeit weit mehr dem Zubereiten der Speisen folgend statt den Gedankengängen Alfredos, die er sich breitbeinig im Schaukelstuhl zurechtwippte:

»Wußt' ich's doch, daß du keiner von uns bist.« »Ihr Weißen, ihr seid alle zu schwach für das *Palo*, ihr würdet's ja nicht mal aushalten, wenn man euch die Haut ritzt.«

»Andrerseits, so ganz ohne Ahnung bist du auch nicht.« »Vielleicht sollte man dich einfach jetzt noch schnell ritzen, dann wärst du einer von uns? Aber ohne *tata*…«

»Oder laß ich dich laufen, nachdem ich dir die Zunge abgeschnitten hab'?«

Alfredo erwog seine Möglichkeiten. Nein, oberbegeistert war Broschkus darüber nicht, und an Flucht zu denken erschien angesichts der Kraft- und Machtverhältnisse absurd. Warum versuchte er nicht wenigstens, gegen sein Verhängnis anzureden, hatte ihm der Fluch der Bettlerin die Zunge gelähmt?

Oder war's ausgerechnet sein Schweigen,
das ihn fast noch gerettet hätte? Je länger sich Alfredo in seinen Erwägungen verhedderte, desto bedenklicher geriet ihm alles, was er am liebsten sofort getan hätte: War der Fremde nicht ein Günstling Mirtas, wenn nicht gar ihr Sohn, woher sonst hätte er die Details um Armandito Elegguá und seinen Kessel wissen können? Sich's mit ihrer Bruderschaft zu verderben konnte böse Folgen haben; was mochte allein schon ihr Amulett bewirken, falls man sich an seinem Träger vergriff? Und was, wenn der, geritzt oder ungeritzt, wirklich kein Geringerer war als Sarabanda Mañunga?

Daß sich Broschkus an diesem Punkt der Erwägungen sacht zu Wort meldete, die Befürchtungen Alfredos insofern nährend, als er ungebeten Schauerlichkeiten aus dem Leben seiner *pa-*

drina referierte (Konnte sie nicht das Blut aufwärts laufen lassen? Hatte sie nicht unlängst eine Schwangere verzaubert, so daß die einen Esel zur Welt gebracht?), war sicher nicht ungeschickt. Dann die fehlenden Narben herunterzuspielen (Seine Weihung sei nurmehr Formsache, Mirta werde sie eigenhändig vornehmen) und dabei einfließen zu lassen, daß man bereit sei, sich mit einer großzügigen Summe für die entstandnen Mißverständnisse zu entschuldigen, gelang beinah von allein.

»In Dollars?« fragte vom Herde die Tante.

Auf jedwedem im Leben stand sein Preis,
doch selbst um dessen Höhe ließ sich mit Alfredo feilschen: Der Fremdling hatte den Tempel durch seine Gegenwart geschändet, kein Zweifel, aber er würde sein Vergehen auch entsprechend sühnen. Daß die eigne Familie damit auf Monate, vielleicht auf ein ganzes Jahr saniert war, konnte als promptes Gegengeschenk Lugambes für das eben vollzogne Opfer in Kauf genommen werden. Gern händigte Broschkus fast seine gesamte Barschaft aus – eine Geste dem Dunklen gegenüber, wie er betonte, und allen andern Göttern des *Palo Monte*, die er womöglich unwissentlich beleidigt habe. Sobald er zurück in Santiago sei, werde er das Fehlende beibringen.

Sogar die Großmutter machte wieder gute Miene. Broschkus schenkte ihr seinen Kugelschreiber; sie versicherte, ihn für ihren ersten Urenkel aufzuheben, sie selber habe nie zu schreiben gelernt.

»Gut, so könnte's gehen«, verkündete Alfredo: Falls Broschkus aber nicht schweige über das, was er hier –

Broschkus nickte, das brauchte man ihm wirklich nicht mehr zu sagen. Das Problem war nur, daß er sich nicht auf der Stelle erheben und davonmachen konnte, selbst wenn er Alfredos Entschluß dahin gehend hätte verstehen dürfen. Sondern auf Alicia zu warten hatte, wollte er nicht zu Hause in neue Schwierigkeiten geraten.

war ohnehin obligatorisch, Broschkus konzentrierte sich drauf, halbgares Fleisch auf zerkochtem Reis für ein schmackhaftes Gericht zu halten. Was ihm während des Kauens noch halbwegs gelang, beim Schlucken mußte's mißlingen, er geriet in einen sich steigernden Ekel und floh nach draußen. Wo er sich umstandslos, zwischen den Ziegen, auf der Müllhalde erbrach.

Tief unter ihm tote Gleise, umdschungelt vom Dickicht der Felder, darüber ein schwerer Spätnachmittag, aus dem das Gewitter heranzog: Am Ende einer solch endgültigen Sackgasse war Broschkus nie zuvor angekommen. Nicht mal die Silhouetten der Geier fehlten.

Als er sich, den Mund notdürftig wischend, mit einer letzten Entschlossenheit umwandte, den Rest seines Schicksals entgegenzunehmen, stand Alfredo in der Tür, malmend. Ob's Lugambe wohl gern gesehen habe, daß man sein Opfer nicht mit ihm teile? rügte er. Bevor sich Broschkus entschuldigen konnte, ertönte von der Hauptstraße her wütendes Gebell, dazu ein Geräusch, als schlage man ausgehöhlte Kokosnüsse aneinander, das sich schnell zum Getrappel von Hufen entwickelte. Auch im Haus mußte man's vernommen haben, »Alicita!«, »Sie kommt!«, und drängte nach draußen. An der Straßenmündung erschien, gemächlich einbiegend, Alfredos Halbschwester – nein, nicht im fliegenden Galopp, nicht mal im Trab, jedoch sehr lässig auf dem nackten Rücken des Pferdes sitzend, ein Schattenriß vor später Sonne. Daneben, vor- und zurückschnellend, die Hunde.

Broschkus gelang's, eine möglichst positive Überraschung zu zeigen, allerdings nur, solange die Reiterin als schwarze Silhouette auf ihn zukam, unverkennbar weiblich. Sobald er mehr als ihre Umrisse erkennen konnte, erschrak er; im Moment, da sie mit einem afrikanischen Wort das Pferd zum Stehen brachte (und die Hunde zum Verschwinden), zerfloß ihm die Angst schon wieder zur reinsten Erleichterung: Denn da war das Pferd nurmehr ein Maultier und sie selbst ein kleines Mädchen, mit

Radlerhose und rotem Body bekleidet, darauf eine pralle Erdbeere und die Beschriftung »Ripe and ready – eat me«. Ein kleines Mädchen, höchstens elf oder zwölf Jahre alt, die Falsche!

Statt abzusteigen und die Umstehenden zu begrüßen, blieb sie bewegungslos sitzen; Alfredo sprach leise auf sie ein, wies dabei mehrfach auf Broschkus. Den sie selber keines Blickes würdigte, wie er sich etwas linkisch im Abseits hielt, am Rand des Glitzerns und des Glimmerns; er konnte in aller Ausführlichkeit darüber nachdenken, ob Alicia eine schöne Frau werden würde oder ob sie's vielleicht schon war.

Die Falsche. Trotzdem oder gerade deshalb war er bereit fürs große Strahlen, so sie ihm Beachtung schenken würde. Doch erst als Alfredo – mit einem verklärten Grinsen blickte er zu seiner Schwester auf – mehrfach betont hatte, der Fremde sei nicht ohne Geschenk für sie gekommen, ließ sich Alicia von der Kruppe des Maultiers herabgleiten: Indem sie barfuß auf den zuging, der da recht täppisch am Ende der bewohnten Welt auf sie wartete, blutbesudelt die Hose, mit Erbrochnem verschmiert der Hemdsärmel, indem sie, ein kleines stupsnäsiges Kind noch und doch auch schon die volle Frau, indem sie so selbstherrlich durch all das versammelte Schweigen auf ihn zuschritt, trotz ihrer erbärmlichen Barfüßigkeit sehr stolz und desinteressiert, hatte sie eine honighelle Haut, hatte sogar die winzigschwarze Lücke zwischen den Schneidezähnen.

Obwohl der Abend noch keinerlei Abkühlung gebracht, fühlte sich Broschkus von einem Hauch angeweht, daß er Gänsehaut bekam.

Ihr Blick,
aus der feuchten Tiefe eines grün schillernden Kaffeesatzes heraus mit feinem hellbraunen Außenrand, bloß nicht länger in diese Augen sehen, bloß nicht. Nach dem Fleck darin brauchte er jedenfalls nicht erst zu suchen, unübersehbar stand er, ein leerer brauner Strich, stand im linken –

vielmehr: im rechten –
vielmehr: Als sie ihn mit weißen Zähnen anlachte, spürte er ihren Atem, roch den herben Duft ihrer Haut, geriet von einer Sekunde zur nächsten in ein Schwirren. Wollte's ihm erneut schwindlig werden? Glaubte er, sich an seiner Zehnpesonote festhalten zu können?

Kein leichtes war's, den Schein aus der Brusttasche hervorzuziehen, schier unmöglich, ihr dabei ins Gesicht zu sehen. Konzentrier dich, Broder, schau auf ihre Fingernägel, die sind lakkiert, konzentrier dich auf ihre Halskette, die ist schwarz.

»Hallo, Alicia!«
hörte er als wie aus weiter Ferne eine onkelhaft verstellte Stimme, sah, wie jemand mit dem Zeigefinger eine entschlossen kreisende Bewegung machte: »Ist die vielleicht von Armandito Elegguá?«

Das Mädchen wich nicht mal zurück, blickte ihn so unerschrocken an und voller Unschuld, auf dem Jochbein ein schmales Schimmern, auf den Lippen ein spöttisches Lächeln, daß sich Broschkus am liebsten bekreuzigt hätte; weil ihm keiner der Umstehenden half, eine halbwegs vernünftige Konversation in Gang zu bekommen, hielt er seinen Geldschein in die Höhe, jetzt kam's drauf an:

Ob sie den, bitte, in zwei Fünfer wechseln könne?

Leicht ratlos, aber nicht unamüsiert stand Alicia da, sie verfügte ja nicht mal über Taschen, in die sie hätte greifen können, wahrscheinlich erst recht nicht über Geld.

Es sei wichtig, beharrte Broschkus, hielt ihr den Schein fast unter die Nase.

»Ih, der ist ja voller Blut!« wehrte Alicia ab, nun wieder ganz das kleine Mädchen: Nein, den wolle sie nicht, den solle er gefälligst behalten.

»Jetzt sag dem Onkel doch erst mal artig guten Tag«,
mischte sich die Großmutter ein, Broschkus warf ihr einen dankbaren Blick zu. Alicia zierte sich, wagte aber nicht zu widersprechen. Als sie dann entschlossen den einen Schritt, der sie noch voneinander trennte, auf Broschkus zugetreten, stecknadelkopfklein glomm in ihren Augen ein schwarzes Licht, stellte sie sich auf die Zehen und – kalt wurde's Broschkus, kalt! – küßte ihn nicht etwa auf die Wange, nein, küßte ihn auf den Hals, nein, biß hinein, nein, verbiß sich darin, grub ihre Zähne tief in seine Kehle. Broschkus stürzte zu Boden und zu –

V »¿*Hombre o cucaracha?*«

Nunja,
um ein Haar. Wer oder was ihn gerettet, war Broschkus entfallen, vielmehr: vollkommen rätselhaft, weil er sich nicht mal zu erklären wußte, wie er in oder eigentlich: an diesen überfüllten Lkw-Bus gekommen, der auf einer autobahnartig mit Betonplatten gedeckten Straße dahinbretterte. Als letzter, äußerster in einer Traube von Menschen hing er hinten auf der Trittleiter, an die Ladefläche geklammert, von der nassen Fahrbahn wirbelte ihm das Wasser in die Hose, ins Hemd. Hatte er am Vorabend mächtig gezecht? Den Kopf voll der verschiedensten Schmerzen, wollte er die Augen schließen, die Hände lösen, sich einfach fallenlassen, so müde war er. Dabei war er doch erst heut früh zu einem Ausflug nach –? na egal, war irgendwohin aufgebrochen, bald würde er –? na egal, würde irgendwo angekommen sein.

Es dämmerte, von der überdachten Ladepritsche prostete ihm ständig einer dieser Dollarneger zu, an jedem Finger einen andersfarbig eingelegten Goldring, machte sich mit dicker rosaroter Zunge über ihn lustig, wie er draußen im Regen hing, nur weil man drinnen nicht hatte aufrücken wollen. Also gelangte Broschkus durchs Gebirg.

kam die Reise zu einem abrupten Abschluß, mehrere Pferdedroschken standen bereit. Jetzt spürte Broschkus, wie ihm nicht nur der Kopf, sondern sämtliche Glieder schmerzten, sogar der Hals, jedes Schlucken ein Kratzen und Stechen. Linker Hand im Dunkel die große Leere eines Aufmarschplatzes, rechts ein riesiges Revolutionsdenkmal, vor ihm das wenige an Licht, was ein Stadtrand zu bieten hatte. Weil's Alternativen nicht zu geben schien, nahm er in einer der Kutschen Platz, fand allerdings keinen einzigen Peso in seinen Taschen, die Fahrt zu bezahlen (den Lederbeutel, der ihm um den Hals hing, bekam er nicht mal auf), und mußte wieder aussteigen. Kaum daß er ein entschuldigendes Wort über die Lippen brachte, so heiser war er; auf gut Glück ging er hinein in die Stadt. Von Zeit zu Zeit kreischte bei seinem Anblick ein kleines Kind auf, riß eine Mutter ihr kreischendes Kind von ihm fort, auf daß er's nicht berühre.

Als er, immer geradeaus, ein leeres Eiscafé erreichte, vor dem sich lange Schlangen gebildet, fiel ihm unversehens ein, daß er einst selber hier gewartet, an seiner Hand ein kleines Mädchen, und daß man sie trotz stundenlangen Ausharrens nur deshalb eingelassen, weil ihnen jemand einen kleinen unbedruckten Karton zugesteckt hatte. In klaren Bildern sah Broschkus die Szene, auch die anschließende mit der steifbeinigen Bedienung, die ihnen sechs Eisbecher auf einmal servierte; als er nach einer guten Stunde an einem Geschäft namens »Bombonera« vorbeikam, begriff er's vollends, daß seine Füße für ihn den rechten Weg gefunden: Hier gab's bisweilen »deutschen Gouda«, hier war er richtig.

Wenn ihm nur nicht der Hals so seltsam wund gewesen wäre, es brannte darin wie nach übermäßigem Genuß von scharfem Schnaps, noch nie war Broschkus so durstig gewesen wie heute.

Aus dem Dunkel der Straße
in die Helligkeit des Parque Céspedes tretend, stach ihm die koloniale Pracht des »Casa Granda« ins Auge; indem er sich bei dessen Anblick schlagartig an alles mögliche und insbesondre daran erinnerte, daß er den Barkeeper des Hauses kannte, wollte er sich – Durst! – wenigstens ein Bier erschnorren. Doch der Türsteher vertrat ihm den Weg: »Tut mir leid, Onkel, aber in deinem Zustand?« Broschkus, auf halber Höhe der Eingangstreppe, bekam nur ein Krächzen heraus. Bemerkte immerhin jetzt die Blutflecken auf der Hose, die Risse im Hemd – »*¡Coño!* Wo haben sie dich denn laufenlassen?« –, und als er sich verlegen ans Kinn faßte, bemerkte die bärtigen Zotten im Gesicht. Der Türsteher konnte sich den Hinweis nicht verkneifen, Santiago sei eine gefährliche Stadt, außerhalb des Zentrums gebe's für einen wie Broschkus am besten gar nichts erst zu suchen:

»Egal, wo du dich rumgetrieben hast, Onkel, bei uns läßt du dich in Zukunft nicht mehr blicken, ja?«

Zurück in der Weite des Platzes,
fiel Broschkus auf, daß man all die Bäume entfernt, die hier gestanden, und an ihrer Stelle kleine Setzlinge gepflanzt hatte. Dessenungeachtet führte man, wie eh und je, auf jeder Parkbank lebhaft inszenierte Parkbankgespräche, um Kundschaft aus der Hotelloggia anzulocken, die patrouillierende Staatsmacht war mit Wegsehen beschäftigt. Mittendrin auch der Liliputaner, der Broschkus auf hartnäckig unbelehrbare Weise anbettelte, gewiß würde er gleich auf ihn zukommen; aber nein, für heute beschied er sich mit einem anhaltenden Blick. In seiner Nähe sprang eine schwere schwarze Frau von der Bank, ihr Kopf von einem Silberglitzertuch umschlungen, querende Touristen mit der Fülle ihrer Leiblichkeit bedrängend – die kannte man doch? Im nächsten Moment registrierte Broschkus ihre Halsketten, ihre getigerten Hotpants, ihre Gummischlappen, hörte ihr dunkel aufgurgelndes Gelächter, und da fiel ihm mit

Macht so viel auf einmal ein, daß er am liebsten laut gerufen hätte.

Sie hingegen erkannte ihn nicht. Als er sich mit einem tonlos heiseren Hey-Baby zwischen sie und ihren *cliente* drängen wollte, schob sie ihn unwirsch beiseite; als er mit Mühe ihren Namen artikulierte, sah sie ihn aus ungläubig quellenden Augen an, »*¡Que pinga!*«, ehe sie die Hände in die Hüften stemmte:

»*¡Por mi bollo!*« legte sie dann so laut los, daß jeder bequem mithören konnte, auch in der Loggia der Hotelbar: »*¡Me cago en el coño de tu madre! ¡No eres nadie! ¡Con esa pinga fea! ¡Todo esto es una mierda! ¡Peste a culo! ¡Eres un pendejo! ¡Te voy a meter una patá' en el culo! ¡So maricón! ¡Que fana eres!*«

Was soviel heißen sollte wie: Wo kommt der jetzt mit einem Mal her? Macht mir der alte Sack doch einen Heiratsantrag nach dem andern und läßt mich dann glatt sitzen, verpißt sich zu seiner verschißnen Geliebten nach Dos Caminos! Was für ein verlognes Miststück, schaut ihn euch an, dem werd' ich 'n Fuß in 'n Arsch stecken!

Dabei schubste sie Broschkus so heftig mit beiden Händen vor sich her, Schritt für Schritt am »Casa Granda« vorbei, daß der gut beschäftigt war, das Gleichgewicht zu halten; zwischendrin fuhren ihm linksrechts die Backpfeifen ins Gesicht: Wie siehst du denn aus, du Wicht, wer hat dich denn durch die Mangel gedreht? Hat sie's dir so wild besorgt, daß dir die Spucke noch immer wegbleibt? Alles voller Frauenblut, typisch, schaut euch den an, Leute, in den Hals gebissen hat sie ihn auch, die geile Sau! Und wie er stinkt, Mann, hast du dich in die Scheiße deiner Großmutter gesetzt? Gib endlich Antwort, du, oder hast du dir auf'n Schwanz gekotzt?

Aber Broschkus bekam auch weiterhin keinen artikulierten Ton hervor, Iliana zog sich einen ihrer Plastikschlappen vom Fuß und versetzte ihm damit, sozusagen abschließend, einen Schlag ins Gesicht. Als die Polizei endlich Anstalten machte, sich für die Sache zu interessieren, zuckte sie gleich routiniert ihren Ausweis und gab zu Protokoll: daß ihr das Schwein an den Hintern gegrapscht habe, puh, ekelhafter Kerl, als Kubanerin müsse man sich wirklich nicht alles gefallen lassen. Dabei klatschte sie die beiden Handflächen kurz und schnell über Kreuz, spuckte aus.

Weil die Polizisten Santiagos vermutlich Weisung hatten, sich nicht für Touristen zu interessieren, in welch heruntergekommnem Zustand diese auch waren, verzog sich Broschkus, er hätte ja nicht mal seine Unschuld beteuern können: Gesenkten Hauptes tappte er, begafft und bezischelt schlurfte er, aus einer frischen Wunde über der Augenbraue blutend, schlich er vorbei an den versammelten Scheißkerlen der Stadt, einige waren sogar aufgestanden, um nichts zu versäumen. Bevor er das Dunkel der nächsten Straßeneinmündung erreicht hatte, ließ ihn Iliana noch mit ihrer gewaltigen Stimme quer übern Platz wissen, er möge sich hier nie wieder blicken lassen, andernfalls sie ihn eigenhändig erschlagen werde wie eine Kakerlake: *»¡Vete al carajo!«*

So gelangte Broschkus in den Tivolí.

Kurz bevor er in die Calle Rabí einbog,
weniges begreifend und desto mehr bezweifelnd, wurde ihm der Lederbeutel zur Last, der ihm bei jedem Schritt gegen die Brust schlug; merkwürdig genug, daß er überhaupt dorthin gekommen. Als er ihn jedoch in den Rinnstein werfen wollte, fühlte er darin etwas Eckiges, das ihm die Neugier entfachte: Den Schein einer Straßenlaterne suchend, riß er den vernähten Beutel auf, heraus prasselten Steinchen, Stöckchen, Knöchelchen; ein vielfach gefaltetes, mit Bindfaden verschnürtes und mit Wachs versiegeltes Stück Papier hervorziehend, schüttelte er den verbliebnen Dreck aus dem Beutel, am Ende war sogar ein plombierter Zahn darunter.

Nachdem er das Papier mit einiger Mühe schließlich entfaltet hatte, war's in unregelmäßig langen Zeilen beschrieben, durchtränkt mit braunroter Farbe, nicht selten verschwanden die Worte völlig darunter. Den Brief zur Gänze entbreitend, stieß Broschkus in dessen Innerstem auf zwei Fünfpesoscheine, na immerhin, die konnte er brauchen. Die Brille schiefzukippen und den Text zu entziffern war dann freilich so anstrengend, daß sich sein diffus pochender Kopfschmerz zu etwas Klarem, Stechendem zusammenfügte, als stecke ihm ein kleines Messer zwischen den Schläfen:

»*Für meinen einzigen* …
ihn, der mein … kennt, die Stelle hinterm Ohr,
und jedes meiner … Geheimnisse,
ihn, der mich erkannt hat und mich immer … wird:

… schenke … Herz, nur für den Fall,
daß du mal eines brauchen solltest,
und dazu alles, was … habe (doch …
ist fast nichts), gesetzt –«

An dieser Stelle ertönte vielkehlig
ein Aufschrei der Empörung, und in allen Hauseingängen, auf allen Dachterrassen erloschen die Neonröhren: Stromausfall! Broschkus, von einer Sekunde zur nächsten umbraust von den tausend Stimmen der tropischen Nacht, steckte den Brief ein; im gesamten Tivolí war's so dunkel wie –? wie-in-'nem-Negerarsch, wer hatte das bloß wann zu wem gesagt? Mitten im Himmel lag der Mond, eine gestürzte Sichel. Ein Abschiedsbrief? Wie war Broschkus überhaupt in seinen Besitz gekommen, und wer hatte ihn geschrieben? Seltsam, die Sache mit der Stelle hinterm Ohr – jetzt, da er davon gelesen, entsann er sich deutlich, daß auch Iliana dort, jaja, sie wollte dort immer, verläßlich bekam sie dann Gänsehaut.

Ach, Iliana. Wie Broschkus der Blick bergab in die dunkle Straße rutschte, sah er sie nicht etwa, wie sie mit ihrem Schlappen auf ihn einschlug, nein! sah sie noch immer, überscharf gestochnes Erinnerungsbild, wie sie, ohne ein einz'ges Mal sich umzuwenden, von ihm davonging, es wollte ihm vorkommen, das sei erst heute früh gewesen, ein Gleiten eher denn ein Schreiten, leicht schiebend aus dem Becken heraus, leicht verzögert, fast ein wenig träge in der Vorwärtsbewegung, weil sie ein Gutteil ihrer Dynamik in die Seitwärtsbewegung der Hüften investierte, weil sie ein leichtes Schwingen dabei erzeugte – eine Höflichkeit dem gegenüber, der ihr hinterherstarrte.

Iliana, überscharf gestochnes Erinnerungsbild, schmerzhaft präsent in seinen sämtlichen Details. Als habe er sie mittlerweile nicht ganz anders erlebt, als sei sie für ewig in diesem einen Moment festgehalten. Beinahe wäre Broschkus beim Weitergehen in eine Grube gefallen, so sehr war er mit dem Blick nach innen beschäftigt, in eine Grube mitten auf der Calle Rabí, die bislang, er hätte schwören können, nicht dort gewesen war und trotzdem mit Wasser so randvoll gelaufen, mit Abfall bestückt, als sei sie seit Monaten von den Behörden vergessen. Also geriet er, schwankend zwischen überdeutlich ausgeleuchteten Erinnerungsfetzen und einer umfassend ihn umgebenden Dunkelheit, also geriet er an die Hausnummer 107 1/2

Den Riegel des Hoftores,
durch den Maschendraht exakt an der einzig möglichen Stelle hindurchgreifend, fand seine Hand ganz ohne sein Zutun; auch dem sesselartigen Gebilde, das am Ende des sich anschließenden Ganges schemenhaft ragte, wären seine Füße rechtzeitig ausgewichen, hätte sich daraus, emporschreckend, nicht jemand erhoben und ihm prompt den Weg verstolpert: »*¿Buenas?*«

Sich an Broschkus heranbeugend, vielleicht weil er sich auf diese unauffällige Weise an ihm festhalten konnte, Unverständliches brabbelnd, stieß ihm ein kerlchenhafter Alter seinen würzigen Atem ins Gesicht – ein Gemisch aus Rum, Knoblauch, Zwiebeln, Flugbenzin –, ehe er sich ruckartig von ihm löste:

»*¿Doctor?* Du bist doch nicht etwa der –?«

Das Kerlchen tat einen Schritt zurück, dann wieder nach vorn, so nah wie möglich an Broschkus heran, um mit einem entschiednen Ruck erneut von ihm fortzufahren: »*¡Cojones,* der *doctor*, ich werd' verrückt!« wurde er eine Spur lebhafter, »*¡Hombre,* fast hätt' ich dich nicht erkannt!« hielt er sich an der Hofmauer fest: »Dünn bist du geworden! Gibt's auch im Jenseits nur alles auf Karte?«

Ein zahnlos fort- und fortplapperndes Kerlchen, rief er zwischendurch nach einer Rosi, die auch unverzüglich aus dem Haus stürzte, beide Hände noch schnell in ihr Kleid wischend, schon in ein Gezeter ausbrechend – »*Ay mi madre,* er ist es wirklich!« –, kurz vor Broschkus freilich mit ihrer Herzlichkeit an ein abruptes Ende kommend: »*¡Pinga!* Wie stinkst du denn? Hast du in 'nem Haufen Leichen übernachtet?«

Bevor Broschkus überhaupt hätte antworten können, rotteten sich hinter ihr weitere zusammen, die sehen wollten, was sie nicht glauben konnten: Das reinste Gerippe! wies man mit Fingern auf ihn: Als ob man ihn gerade erst wieder ausgebuddelt hätte! Ein Mädchen, das eine struppige Katze auf dem Arm trug, schrie voller Ekel auf: »Ih, der ist ja voller Blut«; einer im Netzhemd verschränkte kopfschüttelnd die Arme; ein kleiner Mensch im Anzug entblößte seine schräg abgeschlagnen Schneidezähne, saugte demonstrativ die Luft ein: »Für wen hast'n dich heute gebadet, Onkel?« Und schon ging's weiter mit der Neuigkeit über die Dächer, der *doctor*! der *doctor*! der *doctor*! sei wieder da, von den Toten auferstanden, ein Wunder, er sehe aus wie eine lebende –

Just in jenem Moment flammte das Licht auf,
ein vielstimmiger Aufschrei, und alle, die sich bis eben dicht an Broschkus herangedrängt, wichen vor ihm zurück, standen zwei, drei Sekunden stumm und starrten ihm auf den Hals. Broschkus, in Ermanglung einer kräftigen Stimme, starrte stumm zu-

rück: Ach, der Kerlchenhafte, nun sah man, wie er sich in seinen beiden verschiednen Schuhen mühte, einen festen Stand zu wahren – den kannte man. Und diese Rosi, die voll Abscheu auf seine Hosen zeigte, Das-gehe-zu-weit, Das-werde-sie-nicht-waschen, kannte man gleichfalls. Auch den im blauen Netzhemd, der jetzt mit einem Doctor-wer-hat-dich-denn-so-wildrangenommen? auf ihn zukam, das war doch –

»Vorsicht!« schrie plötzlich jemand vom Nachbargrundstück: »Nicht berühren!«

Der da geschrien hatte, war trotz der tiefen versoffnen Stimme eine Frau, ein feistes Geschöpf mit Lockenwicklern im Haar; sofort war jeder still und wagte nicht, sich zu bewegen:

»Den würd' ich nicht so einfach anfassen!« erklärte die Frau: »Wer weiß, wie sie ihn verzaubert haben!«

Als das Kerlchen zu einem leisen Protest anhob, fuhr sie ihm mit Vehemenz in die Parade: Ob man nicht sehe, daß der Zurückgekehrte auf keinen Fall der *doctor* selber sei? Sondern dessen Schatten, ein Besucher aus dem Totenreich, vielleicht ein Zombifizierter, jedenfalls ein Verfluchter, und wer ihm auch nur länger in die Augen sehe, werde vom gleichen Schicksal heimgesucht wie er.

»Was für ein Blödsinn, Cacha«, widersprach da überraschend klar und deutlich einer, der soeben erst seinen Kopf übers Geländer der Dachterrasse gestreckt und wissen wollte, was dort unten für ein Tumult im Gange war: »Wir sind doch nicht mehr in Afrika, das ist ja finsterster Aberglaube!«

Während er über eine Eisenleiter und dann die Stiege vom ersten Stock herabkam, ein tiefschwarzer Mann mit Strohhut, gefolgt von einigen andern, in deren Händen Gläser und Flaschen klirrten, ließ er sich die ganze Zeit von der Lockenwicklerin beschimpfen: Nach wie vor seien die Götter Afrikas am stärksten, auch hier in Kuba, wenn sie in einen ihrer Priester führen, könne sich der in einen Löwen verwandeln, in einen Leoparden verwandeln und jeden zu Tode reißen, der als Opfer erwählt! Man möge die Gurgel des *doctor* betrachten, das sei Beweis genug.

Bevor sich der mit dem Strohhut zu einer Erwiderung entschloß, bahnte er sich den Weg zu Broschkus, breitete die Arme aus, überspielte sein Entsetzen bei dessen Anblick durch ein aufgedreht herzliches *Doctor*-da-bin-ich-aber-froh und nahm ihn so fest in die Arme, daß man die Sterne hätte knistern hören, wenn's denn im Himmel über Santiago welche gegeben hätte.

»Und? Bin ich etwa tot umgefallen?«
beschied er die atemlos schweigende Schar, während er sich eine Träne aus dem Augenwinkel wischte, schob Broschkus entschlossen treppauf, seine ratlos im Hof zurückgebliebnen Mittrinker mit einem dezenten Wink verscheuchend. Bevor er seinen alten Mieter in die Casa el Tivolí hineinbugsierte, stellte er sich ans Geländer, auf Augenhöhe mit der Lockenwicklerin und hoch über allen andern sowieso:

Kuba sei ein freies Land, man solle bitte vernünftig sein. »Wenn wir noch an dasselbe glauben wollten wie unsre Großväter im Dschungel, dann müßten wir auch auf allen vieren kriechen.«

Nicht tatenlos habe er die Zeit verstreichen lassen,
wandte er sich unversehens an Broschkus, habe sie vielmehr genutzt, um die Wohnung zu verschönern, angefangen bei der Fassade. In einem frischen Gelb gestrichen war auch die Haustür, allerdings nur von innen, war der Kleiderschrank, der Kühlschrank. Halb den Erläuterungen Luisitos lauschend, halb den eignen Erinnerungen folgend, sah sich Broschkus zaudernd um.

»Meine Behausung«, hörte er sich krächzen, »und das hier, lieber Bro, ist der Salon.«

Aber wieso stand im angrenzenden Zimmer ein hüfthoher, heftig mit bunten Elektrokerzen aufblinkender Plastikchristbaum?

Immerhin sei heute schon der 30. Oktober, erklärte Luisito, da dürfe man sich doch langsam auf Weihnachten freuen? Eine Nachttischlampe gebe's jetzt auch (dafür gehe die Deckenlampe nicht mehr), desgleichen einen Blumenstrauß. Letzterer stand auf der Kommode, an einigen Blättern klebten sogar Plastikwassertropfen, vom Christbaum in wechselnden Farbschattierungen beflackert.

»Das, lieber Bro«, kam's von weit her auf Broschkus' Lippen, »du wirst's nicht glauben, das ist das Gemach.«

Wenn er nur nicht dermaßen Durst gehabt hätte! Und solchen Hunger, fast wollte ihm schlecht werden, so flau war's ihm.

Der Doktor möge verzeihen,
fuhr Luisito unbeirrt fort – jetzt, da er sich mit dem gestreckten Zeigefinger den Schweiß über die Stirn schob, erkannte ihn Broschkus vollends –, der Doktor möge sich bitte in seine Lage versetzen: Nachdem man einige Tage auf ihn gewartet, nachdem man herausbekommen, wohin er in seiner Unbelehrbarkeit heimlich gefahren, nachdem man auf eigne Faust in Dos Caminos nach ihm gesucht, ergebnislos, nachdem man sich also allmählich mit dem Gedanken hatte abfinden müssen, Broschkus sei auf rätselhafte Weise verschwunden, schlimmstenfalls gar verstorben: habe man angefangen, *poco a poco*, die Casa el Tivolí wieder ein wenig herzurichten, ab und an auch zu benutzen, mit Broschkus' Rückkehr habe man ja nicht mehr rechnen dürfen. Vier Monate! Aber vermietet habe man in all der Zeit nicht, Ehrenwort, Ehrensache. Und das Geld aus der Kommode nur sicherheitshalber in Verwahrung genommen, morgen werde man's auf den Peso genau zurückgeben. Dazu die Flasche *Ron Mulata*, die man in Broschkus' Kleiderschrank gefunden – apropos! Im Kühlschrank habe man, bis aufs eine oder andre Bier, nichts angetastet, Zeit werde's, auf Broschkus' unverhoffte Rückkehr anzustoßen.

Weil der MINSK 16 auch sämtliche Erdnußriegel, -tüten, -taler und -pasten enthielt, die als Notvorrat dort beständig eingelagert, konnte Broschkus nun endlich trinken, trinken, trinken und sich anschließend den Mund stopfen, bis ihm vor lauter Salz die Zunge schwoll, selbst die letzte Nuß, die hartnäckig in der Tütenspitze steckenblieb, pulte er in seiner Gier heraus. Kaum hatte er sich in den Abfalleimer übergeben, ließ er sich eine *Hollywood* anbieten und erneut versichern, daß er vier ganze Monate weg gewesen.

Auf den Tag genau! beteuerte Luisito, er habe sich solche Vorwürfe gemacht! Nie wieder dürfe Broschkus fortfahren, ohne ihn zuvor zu informieren, er merke ja selber, was dabei herauskomme: Er schaue aus, als – *¡coño!* als wäre er gerade noch mal davongekommen.

Womit's an der Zeit war, ins Badezimmer zu gehen und mit eignen Augen nachzusehen.

Aus dem Spiegel blickte Broschkus etwas an,
das sich bei längerer Betrachtung als jemand entpuppte, den er kannte, als jemand mit hohlen Wangen und hoher Stirn, mit dünnen Zotten, die ihm vom Kiefer hingen, einer runzlig fahlen Haut über einem Totenschädel.

Die kaum verschorften, vom Bartwuchs kaum verdeckten Bißwunden am Adamsapfel betastete er fassungslos vorsichtig mit den Fingerspitzen.

Und dann die Augen – maßlos große glasige Augapfelaugen, deren Blick man auf Dauer nicht standhalten konnte, weil's gar kein Blick war, sondern ein Flackern, ein verwirrtes Flackern vom andern, vom hinteren Ende der Welt, wo etwas wie entfernt glimmende Grableuchten brannte. Irgend etwas mußte dieser Mensch gesehen haben.

Daß er selber keinerlei Erinnerung daran hatte,
konnte Broschkus gerade noch mit heiser krächzender Stimme versichern: Nichts, Luis, überhaupt nichts wisse er, außer – daß mit Iliana irgendwas nicht stimme, sie sei garstig gewesen.

Das wundere ihn nicht! schnaubte Luisito, der Doktor könne froh sein, daß er sie endlich los sei, sie habe eine schlechte Seele. Falls überhaupt. Oh, er könne ihm andre beschaffen.

»Vier Monate, sagst du?«

Nicht einen Tag kürzer! *Claro*, daß sich eine Iliana in der Zwischenzeit was Neues gesucht habe, so seien sie, die Weiber! Anfangs habe sie zwar öfter vorbeigesehen, sich nach ihrem *papi* zu erkundigen, aber irgendwann, phhh! Luisito machte eine wegwerfende Handbewegung, es hätte nicht viel gefehlt und er wäre – ja was denn? Von einem Moment zum nächsten glitt Broschkus wieder ganz tief in sich hinein, bekam kaum mehr etwas mit von dem, was um ihn geschah, was ihm gesagt und was er gefragt wurde: War ihm bis eben alles schmerzlich überlaut erschienen, übernah, rutschte's von einem Wort zum nächsten ins Ferne, umgab ihn nurmehr aufgedämpft entrückte Weise, wie durch eine Watteschicht an ihn herandringend. Desgleichen der Anblick der Dinge, bis vor wenigen Sekunden so überscharf konturiert, daß er's als körperliche Qual empfand, sie anzublikken – das Poster überm Sofa, eine grellweiß getünchte Kapelle auf einem Hügel, kaum zu ertragen! –, nun wie durch Milchglas ins Schemenhafte gelöst. Die Wanduhr, in der zwei Hirsche röhrten, ein roter und ein weißer, so leis tickte sie plötzlich! Und auch Luisito selbst, von einem Satz zum nächsten regelrecht unverständlich:

»Sag, *doctor*, du warst doch nicht auf dem Friedhof?« »Bist nicht etwa den Schwarzen Baronen begegnet?« »Oder einer *mambo*, die dich in 'nen Zombie verwandeln wollte?«

Sofern er sie überhaupt vernahm, verstand Broschkus die Fragen nicht; und als er in ein Schweigen verfiel, aus dem er jeden Moment in einen schweren Schlaf abzukippen drohte, begriff

Luisito, daß er sich allenfalls noch ein Bier für den Heimweg genehmigen durfte. Broschkus ermahnend, ordentlich abzuschließen – selbstverständlich habe er ein neues Schloß eingebaut, kein Problem! –, versprach er durch die Fensterjalousetten, sich bei seiner *mamá* zu erkundigen, wie dem *doctor* zu helfen: Gegen das, was man ihm offenbar eingeflößt, komme man kaum mit Drogen an, die's gleich nebenan gebe. Dagegen brauche man was Ordentliches, was Afrikanisches.

Sechsunddreißig Stunden lag Broschkus
als wie von einer Ohnmacht niedergestreckt, schreckte nur kurz auf, wenn vor seinem Fenster ein Hund anschlug oder ein Motorrad gestartet wurde, wenn unter seinem Bett ein Esel schrie oder eine Frau (»Bring mich um!«). Manchmal flößte man ihm Heißes ein, manchmal Kaltes, manchmal schwitzte er, manchmal fror er, dazu blinkte der Christbaum oder nicht.

In seinen Träumen rotteten sich schwarze Gestalten um ihn mit weiß geschminkten Gesichtern, und obwohl sie kleine Messer in der Hand hielten, um ihm ihre Zeichen ins Fleisch zu schneiden, sangen sie – *»Nzambi arriba, Nzambi abajo, Nzambi a los cuatro vientos, salam malecum, malecum salam quiyumba congo…«* –, sangen ihre besänftigenden Silben, murmelten ihre heilenden Gebete, während andre dazu verhalten trommelten. Deutlich fühlte Broschkus, daß ihm beides galt, der Gesang wie die Messer, war freilich viel zu schwach, um aufzuwachen.

Als er mit letzter Kraft die Augen aufbekam, war's tiefe Nacht und das Trommeln nichts andres als das Pochen seines Herzens. Der Gesang dagegen hielt unvermindert an – oder träumte er schon wieder? noch immer? Ganz und gar wach war er gewiß, als etwas aufs Fußende seines Betts plumpste, mit aller verbliebnen Kraft trat er zu, um gleich drauf erleichtert festzustellen, daß es nur eine Katze gewesen, die klagend nun davonhuschte. Bevor er einschlief, hörte er sich mit verstellter Stimme flüstern: »*¡Kitikiti! ¡Feli, ven!*«

Die wenigen Male,
da er länger als für einen flackerhaft fiebrigen Moment die Augen auftat, erquickten ihn kaum; meist bedrängten ihn fremde Menschen, durcheinanderpalavernd, einmal beugte sich ein *mulato* über ihn, beschnüffelte ihn von Kopf bis Fuß, um sich anschließend über seinen »Gestank« zu verbreiten: Den kenne er, der sei rein äußerlich, nicht weiter schlimm, eine Art Konservierung, »damit unser Bro nicht von Kakerlaken angefressen wird«.

Oder er wurde wach, weil ihn jemand mit Wasser besprenkelte – an seiner Hand fehlten die drei mittleren Finger –, mit Wasser aus einem Glas besprenkelte, das er anschließend ins Fenster stellte: »Die haben ihn mit einem ihrer Pulver vergiftet, das frißt ihn von innen auf.« Dabei hätten sie ihn doch umbringen, hätten ihm ohne viel Federlesens die Haut abziehen können?

Während ein andrer kopfschüttelnd das Glas aus dem Fenster nahm und unters Bett stellte, nur dort könne's schützen: »*Las chicas son del carajo.*«

Schließlich der alte Neger, der Broschkus unter leisem Gebrumm mit einem Ei bestrich; kaum hatte sein Patient die Augen aufgeschlagen, entfuhr ihm ein begütigendes Ich-hab's-gewußt-mein-Sohn, Du-hast's-geschafft-mein-Sohn! Eine ganze Weile sprach er auf ihn ein, beständig das Ei an seinem Körper entlangführend, bis er sich abrupt unterbrach: »Sobald du wieder stehen kannst, müssen wir dich reinigen.«

Als sich Broschkus jedoch aufraffen wollte, drückte er ihn sanft zurück ins Kissen: »Brauchst nichts zu sagen, dein *padrino* weiß, was du erlebt hast, die Muscheln haben's ihm erzählt.« »Und den Rest hast du mir im Schlaf dazugegeben, streng dich nicht unnötig an.«

Kurz drauf zischte er ihm zu, der Tonfall scharf und drängend: »Sag, ist auch der Brief von ihr?«

Ja, flüsterte Broschkus und wollte gewiß noch etwas anfügen, träumte indes schon wieder: träumte von einem alten Neger, der sich ein Ei übern Kopf hielt, das sich in ein schwarzes Schwein verwandelte, träumte von Blutstropfen, die ihm aus dem geöffneten Schweinehals ins Gesicht fielen und durch seine weiße Schminke rannen; dann hob der Neger, »zur Bluttaufe, mein Sohn«, das Tier über Broschkus, der zu einem Schrei ansetzte, schon lag der Schweinskopf, abgetrennt vom restlichen Körper, auf einem Altar und war gar kein Schweinskopf mehr. Sondern der einer Frau, die Broschkus kannte, das wußte er. Als er sie so ansah, öffnete sich eins ihrer Augen und blickte ihn an.

Am Ende dieses langen Traumes erwachte Broschkus,
erhob sich ohne Mühe von seinem Lager, zwischen seinen Schläfen schmerzfrei die große Leere.

Der Doktor! schnellte ein kleiner Junge vom Plastiksofa im Salon, wo er wohl Wache gehalten, der Doktor! wischte der Junge runter in den Hof, wo man sich um einen Blechkasten scharte, und gleich weiter, auf die Straße: Der Doktor ist wieder lebendig!

Mit dem Erwachen war Broschkus auch die Erinnerung zurückgegeben, jedenfalls an das, was vor Alicias Begrüßungskuß geschehen; die Zeitspanne danach, bis zu seiner Rückkehr, erzeugte ihm dagegen ein vollkommen durchsichtiges Gefühl, wie beim Blick in einen klaren See, von dem man lediglich Oberfläche und Grund wahrnimmt, nichts dazwischen. Ob seine Halsschmerzen daher rührten? Trotz anhaltenden Duschens wollte der Geruch, der ihm anhaftete, nicht völlig weichen, es sollte Tage dauern, bis er restlos verflogen – Broschkus konnte kaum innehalten, sich zu beschnüffeln, dann das Handtuch, mit dem er sich getrocknet: solch ein schneidend scharfer Gestank, daß man ganz außer Atem geriet. Ein Anhauch aus der Welt der Knochenkessel? Der man gerade noch mal entronnen?

Eine Unrast trieb ihn, als sei dringend etwas zu erledigen, das ihm bloß noch nicht wiedereingefallen. Sich Alfredos entsinnend und der Schäbigkeiten, die mit ihm zu begleichen, verspürte er den Wunsch, wenigstens schon mal diese Angelegenheit zum Abschluß zu bringen. Freilich mußte er feststellen, daß ihm der Geldbeutel in Dos Caminos abhanden gekommen. Mitsamt seiner VISA-Karte.

Indem er vor die Tür trat, um sich von Ocampo Stärkung und von Bebo eine Rasur verpassen zu lassen, stoben am Treppenabsatz Kinder auseinander; vor lauter Morgensonne, ein erschreckend intensives Gelbgrün, schloß Broschkus kurz die Augen. Während er sich bekreuzigte, Stirn, Brust, Schulter links, Schulter rechts, und zum Abschluß auf den Zeigefingerknöchel küßte, kreischten die Bälger vom Lockenwicklerareal herüber – deren Terrasse, sieh an, war mittlerweile an zwei Seiten mit einer unregelmäßig hohen Ziegelmauer umgeben, in der die Fensteröffnungen nicht fehlten. Als vom Hof auch die Erwachsnen in scheuer Verblüffung nach oben blickten, erinnerte sich Broschkus blitzartig dessen, was er bei seiner Rückkehr hier erlebt:

»Den würd' ich nicht so einfach anfassen!« hörte er sich anstelle einer Begrüßung in die Runde sagen, »wer weiß, wie sie ihn verzaubert haben!«

Seltsam, daß er nicht in eine Verzagtheit geriet oder zumindest zurück auf sein Lager; seltsam, daß er den möglichen großen und kleinen Verzweiflungen gar nicht erst bis ins Detail nachspürte. Auch als Unberührbarer war er gewillt, einen Weg zu gehen.

Der Rest, der würde sich finden.

Daß der »Balcón« verschlossen war,
bedauerte Broschkus sehr. Einer der Nachbarn erinnerte ihn daran, daß Ocampo seit Wochen im Krankenhaus liege, ob er das denn vergessen habe? Wahrscheinlich habe man zur Narkose Viagra verwandt, nun wolle Ocampo natürlich nicht mehr aufwachen.

Bebo, der sich so sehr über seinen Stammkunden erschrak, daß er nach der Rasur kein Geld von ihm annehmen wollte, Bebo bestätigte, daß heute der erste November war und Broschkus somit vier Monate fort gewesen, man habe ihn schon für verloren gegeben. Daß in seiner Rechnung irgend etwas nicht stimmen konnte, weil Broschkus doch ganz gewiß erst am 30. Oktober nach Dos Caminos aufgebrochen, wollte er nicht einsehen.

Den »Salón el túnel« verlassend, geriet Broschkus in ein Baseballspiel, das mit Hilfe eines Kronkorkens ausgetragen und bei seinem Erscheinen sofort beendet wurde.

Außerhalb des Tivolí wichen sie zwar nicht vor ihm zurück, angesprochen wurde er indes von keinem mehr. Ein Unberührbarer zu sein hatte seine Vorteile.

Im Eck des Parque Céspedes gab's, ins Fundament der Kathedrale gefügt, eine Filiale der staatlichen Telephongesellschaft, sprich, gab's fünf Leitungen ins Ausland, selbstredend nur gegen Dollars: Während rechts neben ihm eine dicke Deutsche ins Telephon schwärmte – obwohl mindestens dreißig, erzählte sie unter anhaltendem Gekicher, wie gut's ihr hier ginge, einen Freund habe sie auch schon (»Du, stell dir vor, der ist erst dreizehn …«) –, während links neben ihm eine im »Trigger me happy«-T-Shirt mit Hilfe immer derselben englischen Vokabeln drum bettelte, Geld-Geld-Geld zu schicken, versuchte Broschkus, der Dame von der VISA-Hotline seinen Fall zu schildern. Als sie sich Einblick in sein Konto verschafft, seufzte die Dame hörbar auf, die Kreditkarte sei, dies wohlgemerkt nur inoffiziell bemerkt, sei wegen ungewöhnlich hoher Abbuchungen soeben gesperrt worden. Zu seinem eignen Schutz.

Abbuchungen innerhalb der letzten vier Monate?

Nein, an einem einzigen Tag. Eine neue Karte könne er zwar beantragen; weil das Limit ausgeschöpft, was-sage-ich, deutlich überschritten, müsse jedoch erst mit Broschkus' Hausbank über dessen Bonität verhandelt werden. Das dauere. Ob er sich nicht vorübergehend mit einer andern Karte behelfen könne?

»In Kuba gelten keine andern Karten!« bellte Broschkus: Amerikanische Kreditunternehmen seien nicht zugelassen! Er habe lediglich diese eine Karte. Habe sie nicht.

Bedaure, bedauerte die Dame. Weitere Auskünfte dürfe sie telephonisch nicht geben; das Gespräch, knappe sechs Minuten, kostete dreißig Dollar.

»*¡Pinga!* Seid ihr verrückt?«

»Dreißig Dollar, *señor*, wir sind ein freies Land.«

Broschkus, auf jeder der Parkbänke draußen gab's für ihn Platz genug, um ganz in Ruhe, unbehelligt von unerbetnen Gesprächspartnern, zu einem Entschluß zu kommen: Weitere Telephonate verboten sich angesichts seiner finanziellen Lage von selbst; die Rückkehr nach Europa, um die Sache vor Ort zu regeln, desgleichen – dort stand er gewiß als Steuerflüchtling auf der Fahndungsliste. Im übrigen hätte er gar nicht genug Bargeld gehabt, um das Ticket zu zahlen, wäre nicht im Besitz einer gültigen Touristenkarte gewesen, um ordnungsgemäß auszureisen. Hätte also erst mal bei der Botschaft in Havanna zu Kreuze kriechen müssen; doch als er sich das in allen Einzelheiten ausmalte, knirschten ihm die Kiefer: Nie wieder klein beigeben! Und wenn er dran zugrunde gehen sollte!

Blieb die Frage, ob sich Alfredo der VISA-Karte bemächtigt und ihrer gleich über Gebühr bedient hatte? Oder sein *padrino,* sein *tata*, sie alle zusammen (nachdem sie Broschkus die PIN-Nummer in Trance entlockt)? Oder ob sich Kristina auf diese Weise zu rächen gewußt? Egal, er war nicht hierhergekommen, um sich von derlei Fragen aus dem Konzept bringen zu lassen. Womit feststand, daß er zwar jede Menge Geld besaß, jedoch nicht mehr dran herankam; daß er hätte ausreisen müssen, um seine Lage zu ändern, es aber nicht wollte; daß er Kristina hätte anrufen können, aber erst recht nicht wollte; daß er also in absehbarer Zeit ohne Dollars würde auskommen müssen. Und daß er soeben ein letztes Mal an Kristina gedacht hatte, fortan war sie wirklich vergessen.

Daß seine Schulden bei Alfredo als beglichen gelten durften,
beschloß Broschkus noch beim Queren des Parque Céspedes; vor einer Fahrt nach Dos Caminos, gleich-jetzt-sofort, und dem Einklagen von Erklärungen scheute er indes zurück. Krakeelenden Knaben ausweichend, die in ihren selbstgebastelten Rollwägelchen auf großer Fahrt waren, geriet Broschkus bergab; ehe er in ein weiteres Grübeln verfallen konnte, stand er in der Markthalle, am Metzgertresen, und, der Schweinsköpfe nicht weiter achtend, sprach auf Ilianas Mutter ein: Ob der Teufel in ihre Tochter gefahren oder warum sie von einem Tag auf den andern wie ausgewechselt sei?

Die Schweinskopfverkäuferin, kaum daß es beim Wort »Teufel« um ihre schläfrig schlauen Augen gezuckt hatte, stand und, mit fleischiger Hand die Fliegen verscheuchend, sah durch Broschkus hindurch. Der beteuerte mit Inbrunst, er sei ihrer Tochter *papi*, habe mit ihr gemeinsam sogar schon mal Großmutterknochen geputzt, ob sie ihn nicht erkennen wolle? Wie er mit der Hand übern Tresen nach ihrer fleischigen Gestalt griff, wich sie vor der Berührung zurück; vom andern Ende des Tresens beschied man Broschkus mit kräftiger Stimme: Er sehe doch, daß die *señora* nicht verkaufen wolle.

Broschkus, seine gänzliche Verlorenheit in diesem Moment begreifend – als ob sie ihn nie zuvor gesehen, fixierte ihn die Schweinskopfverkäuferin aus ihren zugeschwollnen Augen –, Broschkus wandte den Blick und wählte den Weg nach Hause.

Immerhin gab's ja noch Ilianas falsche Mutter,
versicherte er sich im Salon, im Gemach, in der Kammer, immerhin gab's Mirta, die würde über ihre »Tochter« und gewiß auch über einiges andre Bescheid wissen. Jedes Ding, das er in die Hand nahm, schwieg ihn beredt an, sah ihm auf vertraute

Weise fremd entgegen, sogar die Schimmelausblühungen an den Wänden, als ob er mit offnen Augen träumte; anstatt sich in einem Mittagsschlaf zu erholen, beflüsterte er die Zimmerdecke in einer Sprache, die vielleicht nur der Dunkle verstand. Wenn man ihn wirklich verzaubert haben sollte, gab's lediglich eine Möglichkeit, den Zauber zu lösen: Anwendung eines Gegenzaubers, der stärker war als alles, was ein Alfredo samt seiner Bruderschaft bewirkt haben mochte.

Aber wer sagte denn, daß er überhaupt verzaubert worden, abgesehen von der Lockenwicklerin? Dachte und fühlte und war er nicht der alte, ihm sattsam bekannte Broder Broschkus? »Sobald du wieder stehen kannst«, hörte er sich mit verstellter Stimme verkünden, »müssen wir dich reinigen.« In einem Anflug von Ekel ergriff er die Hose, die blutbesudelt über einer Stuhllehne hing, und eilte treppab; kaum hatte er sie allerdings in die Mülltonne gestopft, zog sie Papito wieder daraus hervor, in Kuba werfe man keine Hosen weg, werfe man überhaupt nichts weg, nicht mal die Müllabfuhr werfe was weg, die sammle bloß ein. Doch schon schlug Rosalia die Hände überm Kopf zusammen, ob Papito von allen guten Geistern verlassen? Oder warum sonst fasse er die Hose des Doktors an, er wisse doch, daß er sich dran anstecken könne, daß der Fluch, der auf dem Doktor laste, durch die kleinste Berührung auf andre übergehen könne?

Erschrocken ließ Papito die Hose fallen, mitten auf den Hof, wo sie liegenblieb; Rosalia atmete auf: Sie werde ihm sogleich ein Blutbad machen, mit Kräutern und allem, was an Geheimnissen hineingehöre, auf daß ja nichts an ihm haften bleibe.

Eine erkleckliche Weile starrte Broschkus über die Senke der Stadt – auf den Dächern überall aufgeregt lärmende Männer, die Papierdrachen steigen ließen –, starrte zum gegenüberliegenden Hügel, zum Wassertank. Vielleicht trat ihm eine Träne ins Auge, stand dort tapfer, ohne die Wange hinabzulaufen.

Wer sagte denn überhaupt, daß er verflucht war, abgesehen von jener alten Vettel aus dem Kaufhaus, dem Dollarladen? So stark er sich am Morgen noch gefühlt, so schwach war er nun; als ob sich alles, was er im Verlauf der letzten Monate als eine Art neues Leben aufgebaut, mit einem Mal gegen ihn gekehrt hätte. Wie allein man ohne eine Iliana in dieser Stadt war!

»Laß dich hier nie wieder blicken«, hörte er sich mit verstellter Stimme hervorgurgeln, »sonst erschlag' ich dich wie eine Kakerlake«, voller Ekel rasselte ihm das Wort heraus, *»cucaracha«*.

Als ihm der Geruch eines Lagerfeuers in die Nase stieg, beugte er sich übers Geländer: Etwa dort, wo man ansonsten Räder wusch und reparierte, hob man seine besudelte Hose mit einer Zange vom Boden, hielt sie über ein kleines Feuerchen, bis sie in Flammen aufging. Ob man das gewagt hätte, solange man Iliana an seiner Seite gewußt? Es fiel ihm ein, daß er noch nicht mal mehr ihren Brief besaß.

Den ganzen Hinweg sah er sie,
an jeder Ecke lehnend, in jedem Hauseingang lagernd, sah sie mitsamt ihren Narben und Leberflecken, sogar den Silberzahn sah er, am Ende ihres Lächelns, sobald er das Mißverständnis ausgeräumt, sobald er sein »monatelanges« Verschwinden aufgeklärt haben würde. Kaum den Parque Céspedes erreichend, sah er sie vor dem »Casa Granda«, wippenden Beines die Passanten mit ihrer Fleischlichkeit konfrontierend, man mußte nur hingehen und sich erschlagen lassen.

Zielstrebig den Platz querend, wunderte sich Broschkus, wie viele Touristen sich hier herumtrieben, wie viele neue Krüppel, Musiker, Gute-Laune-Lolos, Cuba-good-Bettler, anscheinend hatte die Saison wieder angefangen. Doch Iliana war weder auf den Bänken noch sonstwo zu finden. Er müsse sie dringend sprechen, fragte er die erstbeste, die nicht rechtzeitig wegsah: Angelegenheiten!

Er solle lieber froh sein, daß er zu spät dran sei, bedeutete man ihm, ansonsten hätte ihm Anita ganz gewiß den Garaus gemacht.

Wie einer *cucaracha*, nickte Broschkus. Eine im gelbschwarz gestreiften Bustier lächelte ihm scheu zu, und als er sie nicht gleich erkannte – »*Ay* Bro, wie siehst du aus!« –, war auch ihre Radlerhose gelbschwarz gestreift: »Faß mich nicht an, ja?«

Ach, das war – »Was machst denn du hier?«

Ein paar Sekunden lang wurde Broschkus von einer Unruhe erfaßt, als sei's ihm plötzlich eingefallen, was zu erledigen so dringend anstand. Dann aber wußte er noch nicht mal, was er mit kaum verhohlner Gier im Blick von Mercedes suchte – »Schau mich nicht so an, Bro!« –, als ob's darin irgendwas für ihn zu finden gegeben hätte: »Wenn du mich weiter so anstarrst, schrei' ich!«

Stets in Sorge, von Broschkus' bösem Blick getroffen zu werden, bestätigte Mercedes, daß Iliana fort sei, daß sie mit ihrem festen Freund? Verlobten? unterwegs sei, einem Belgier namens Eric, daß sie mit ihm abgereist sei zu einer großen Kubarundfahrt. Eric? Neinein, mit dem sei sie selber, Merci, niemals liiert gewesen, Bro verwechsle ihn mit Kees, dem Holländer. Der freilich längst die Heimreise angetreten habe; seitdem müsse sie, nunja, zusehen, daß sie ihre Familie ernähre. Auch wenn sie von Papito unlängst vor die Tür gesetzt, fürs erste wohne sie bei ihrer Großmutter.

»Du hast mich ja nie ge-«, wandte sie sich mitten im Satz von ihm ab und einem zu, der sich hochroten Kopfes an ihr vorbei ins Hotel verdrücken wollte: »*Mi vida*, bist du sicher, daß es alleine mehr Spaß macht?«

Den ganzen Rückweg über

ärgerte sich Broschkus über die kleinen Jungs, die bei seinem Erscheinen jedwedes Spiel unterbrachen und, sofern er einen entschloßnen Schritt in ihre Richtung tat, kreischend auseinanderfuhren. Zu Hause schaltete er den Weihnachtsbaum an, ließ sich von seinen wechselnd aufleuchtenden Kerzen beflackern: Zwar war er wieder klar im Kopf, emotional indes noch arg zerzaust. Daß man an seiner Tür klopfte, hörte er eine Weile nicht.

Nicht unbedingt aus Mitleid
hatte's Flor mit einem Teller Reis zu Broschkus hochgetrieben, genaugenommen steckte Luisito dahinter, der vor seiner Abreise befohlen hatte, für den Doktor zu sorgen: »*Gratis*, Bro –«

Der Moment hätte geschickter gewählt nicht sein können, war Broschkus doch mittlerweile von der diffusen Vermutung, daß ihn Iliana schon die ganze Zeit mit einem andern betrogen hatte, in eine präzise Sehnsucht nach ihren primitiven *spaguetty*-Gerichten geraten: Ob neun oder neunzehn Minuten Kochzeit, wenn sie schließlich mit bloßer Hand in den Topf gegriffen, um eine Nudel gegen die Kuchenkacheln zu werfen, klebte sie immer so fest, daß –

»– *todo gratis.*«

Auch zwei gut gekühlte Bierflaschen hatte Flor mitgebracht, doch als ihr Broschkus eine davon anbot, wich sie ihm aus, schüttelte den Kopf. Wie sie die Augen zu Boden schlug! Broschkus wollte's nicht wahrhaben, *Ay*-Flor-du-traust-dich-wohl-nicht? Indem er ihr einen der Plastiksessel zurechtrückte, fiel's ihm auf, daß sie heut gar nicht in ihrer Schuluniform steckte und in Gummischlappen, sondern ausgehfein herausgeputzt war, als zöge sie's zum Tanzen in die »Casona«, daß sie nicht nach einem feuchten Feudel roch, sondern nach –? Nach nichts, ah, Broschkus wollte sie unbedingt dazu gewinnen, ihm Gesellschaft zu leisten, Mensch-Flor-nun-zier-dich-nicht-so, aber sie blieb entschlossen: Verboten! Immerhin ging sie auch nicht, wartete anscheinend drauf, daß er sich vor ihren Augen in das Untier verwandelte, das fraglos in ihm steckte, oder sonstwie bestätigte, was ihr Rosalia, die Lockenwicklerin und all die andern in glühenden Farben geschildert. Statt dessen nahm Broschkus einen ersten Bissen, rühmte den Geschmack und hatte eine Idee.

Wo denn Luisito hingefahren sei?
fragte er scheinheilig, als er aus dem Gemach zurückkam, streckte ihr auf der flachen Hand die versprochnen Ohrstecker hin.

¡Ya! hob Flor halbherzig an, verstohlen nach den Ohrsteckern schielend: Der sei jeden zweiten Tag unterwegs, seitdem er sich ein Auto gekauft, und weil er keinen Führerschein besitze, lasse er sich von Ramón herumchauffieren.

Broschkus bemerkte ihre begehrlichen Blicke, ließ ein beiläufiges Die-hast-du-dir-doch-gewünscht? einfließen, ehe er auf Luisito zurückkam: Ob er sich etwa einen Chrysler gekauft habe, einen hellblauen Chrysler Colonel –

»Du hast das dritte Auge!« entfuhr's Flor, die Furcht in ihrer Stimme mischte sich mit Bewunderung und Neugier. Broschkus zögerte nicht, vom weißen Dach des Chryslers zu schwärmen, bis ins Getriebe hinein sehe er den Wagen vor sich. Wahrscheinlich sei er damit zu seiner *mamá* gefahren, der Herr Luis Felix Reinosa?

Nun hatte's Flor vollkommen die Sprache verschlagen, nun hielt sie sich mit Mühe am Kühlschrank, während Broschkus in aller Ruhe ein paar Löffel Reis zu sich nehmen und auf die Ohrstecker zurückkommen konnte: Die habe er vor Antritt seiner Fahrt gekauft, gewiß würden sie prächtig zu ihrer Halskette passen. Weil Flor freilich weiterhin mit Broschkus' drittem Auge beschäftigt war und der Frage, ob das, was man ihr zuvor eingeschärft, angesichts solch schöner Ohrstecker noch zutraf: Oder ob er sie lieber Mercedes schenken solle, der Armen, Papito habe sie ja leider vor die Tür gesetzt?

Papito? platzte's aus Flor heraus, das wüßte sie aber!

So ging's eine Weile weiter, vom Licht des Weihnachtsbaums

in wechselnde Farben getaucht, saß Broschkus da und spielte den netten Onkel, der zwar über einige übernatürliche Fähigkeiten verfügen mochte, ansonsten aber ganz harmlos war, Einer-zum-Anfassen. Genau das schien ihm Flor nicht zu glauben; so offenherzig sie jetzt über den Wirbelsturm losplapperte, der während Broschkus' Abwesenheit vier Tage lang über Santiago gefegt – abgesehen von Cuquis Balkon, der fast weggerissen worden, sei im Tivolí ja kaum was passiert, hingegen in Chicharrones, *uyuyuyuy!* Sogar die alten Bäume auf dem Parque Céspedes hätten dran glauben müssen –, so offenkundig sie dabei auch ihr Interesse an den Schmuckstücken in seiner Hand zeigte, nie vergaß sie sich und griff einfach zu. Ob Broschkus sie nicht auf die Tischplatte legen könne, damit sie ihn nicht berühren müsse? fragte sie letztendlich so treuherzig, daß ihm die Ohrstecker fast von selber entglitten.

»*¡Ay mi madre!*« kreischte sie dann auf und küßte die kleinen bunten Steinchen darin: »Sie sind aus Gold!«

Sofort schob sie sich die beiden Kostbarkeiten in ein einziges Ohrläppchen, suchte nach einem Spiegel, in dem sie sich bewundern konnte. Broschkus versicherte ihr, sie sehe großartig damit aus, regelrecht umwerfend; Flor bemerkte's gar nicht, wie sie ihn dabei die ganze Zeit mit glänzenden Augen ansah. Bevor sie nach unten sprang, sich im Kreis der Familie zu zeigen, fiel's ihr gerade noch ein, daß etwas auszurichten war: Morgen um drei werde Ernesto vorbeikommen, die Reinigung vorzunehmen. Ausreichend *Santero* sei bereitzuhalten, den Rest bringe er mit, *¡adiós!*

Als ob ihm eine Reinigung helfen konnte, beflüsterte Broschkus die schwarzen Käfer im Kühlschrank, das zweite Bier hervorholend.

Als ob ihm ein Ernesto,

beflüsterte er die Schemenhaftigkeit des Gemachs, nachdem er den Tag mit einem Erschauern vor dem eignen Spiegelbild beschlossen, als ob ihm die *Santería* mit ihren flauen Zaubern noch helfen konnte!

Davonkommen hatten sie ihn lassen, die Dunklen, wer weiß, was sie demnächst mit ihm veranstalten würden. Die Dunklen! Hatte er's nicht von Anfang an geahnt? Sowenig er von ihrer Religion auch wußte, daß sie die blutigste war und die stärkste, der man hier diente, stand fest. Broschkus brauchte einen Kessel, Broschkus brauchte die Narben, Broschkus brauchte einen neuen *padrino,* einen, der die schwarze Kette trug!

Und wenn er sich dazu mit einer Mirta würde einlassen müssen, mit einem Armandito Elegguá. Ja, jetzt war er aufs neue entschlossen, spürte, wie's ihn zog, am liebsten wäre er gleich aufgebrochen, mitten ins Finstre hinein. Ohne Ernestos Hilfe, der würde nur wieder alles in seine eigne Richtung lenken und seinen Sohn dabei in Situationen bringen, die er als *santero* gar nicht abschätzen konnte. Nein, aus eigner Kraft war die dritte Spur zu finden – wer sagte denn, daß man als Unberührbarer langsamer zu seinem Ziel kam?

Iliana trotzdem hinterherzutrauern und dem Leben, das man mit ihr hätte führen können, war Broschkus kein Widerspruch, im Gegenteil: Er würde das Mädchen finden, das ihm erst sein altes, dann sein neues Leben weggenommen, das ihn als Alina genarrt und als Alicia um ein Haar getötet hatte, mit all seinem Haß würde er ihm entgegentreten – oder vielmehr dem, der sich darin verbarg, dem, der ihn hierher gelockt und immer weiter, zur Finsternis hin. In diesem Punkt, zugegeben, hatte Ernesto recht gehabt, da wollte jemand was von ihm: jemand, der ihm bereits sein Zeichen eingebrannt, ein Stigma der Unberührbarkeit.

Wohlan! Solang's genügend Gegenzauber gab, würde's Broschkus mit jedem aufnehmen, sei's Gott, sei's Teufel. Entschlossen verpaßte er dem vom Fenster herabplumpsenden Feliberto einen Tritt, am liebsten hätte er den alten Herrn rasiert und einen Namen hineingeritzt. Wie bitte? Kaum hatte sich

Feliberto, stöhnend, wieder nach draußen begeben, geriet Bruno in ein entsetztes Bellen, irgend jemand mußte im Garten unterwegs sein.

Auch in dieser Nacht
träumte Broschkus vom Schweinskopf, der sich unter seinen Blicken verwandelte, vielleicht in den Kopf von Mercedes, träumte, daß sich eins ihrer Augen unversehens öffnete, daß ein Fleck darinnen zu erkennen, ein millimeterfeines Einsprengsel! Von seiner Unruhe aus dem Bett getrieben, flog er auf die Dachterrasse oder eigentlich: blieb knapp darüber schweben, von dreierlei Tönen umgeben, dazu die Mehrklanghupen der Lkws, wenn sie die Trocha querten und Richtung Flughafen fuhren. Auch die Katzen vernahm er, wie sie über die Dächer polterten und mit ihren falschen Kinderstimmen klagten, sogar die Brunnen, wie sie rundum rauschten.

Als er die Augen endlich aufbekam, stand er tatsächlich auf seiner Dachterrasse, die Wassertanks liefen über, dunkel unterm Mond erglänzende Spuren an den Mauern, als er im Nachbargarten den Hund sah, sah der Hund auch ihn, schnellte empor und – blickte ihm unverwandt entgegen, versteinert entgegen, wagte nicht zu atmen. Diese abrupte Stille, man hätte verrückt werden können vor Lautlosigkeit, nicht mal die Blätter aus den Baumkronen regten sich. Broschkus! Träumte er noch immer?

Oder hatte er den Traum schon mal geträumt?

Daß er anderntags auf direktem Wege zur Markthalle ging,
eine Flasche *Alicia Alonso* mit sich führend, die er gleich nach Ilianas Geburtstag gekauft, war naheliegend. Eine Weile versuchte er, im Auge des Schweinskopfs fahle Flecken zu entdecken, vergeblich. Eine Weile versuchte er, das Parfum an die Verkäuferin zu überreichen, »*Gratis, mamá, ¡como no!*« Eine Kubanerin, die kein Geschenk annahm? Hier stimmte wirklich was nicht.

Den Rest des Vormittags trieb er sich rund um den Parque Céspedes herum, die Heredia hinauf, die Enramada hinab, in der Hoffnung, einer überaus fetten Frau zu begegnen, die ihr Gemüse aussingen und sich für einen Dollar photographieren lassen würde. Vergeblich.

Bei seiner Rückkehr traf er auf einen ratlos vor seinem Blechhaufen stehenden Papito, der ihn so unverstellt anblickte, als habe die Lockenwicklerin nie ihr Machtwort gesprochen: »Alle Sachen fangen gut an«, brabbelte er vertraulich drauflos, freilich ohne Broschkus' körperliche Nähe zu suchen, »dann ziehen sie sich eine Weile hin und hören schlecht auf.«

Er mußte sich verbastelt haben. Broschkus verriet ihm, daß er heut nacht von einem Imbißwägelchen geträumt, wie er's schöner nie gesehen – blau mit weißer Schrift –, daß Papito folglich ein Erwählter sei, auch wenn sich sein Werk noch eine Weile vor der Welt verberge. Sprach's, registrierte befriedigt Papitos halb ungläubigen, halb ehrfürchtigen Blick und verzog sich schnell nach oben: So stark er sich des Morgens gefühlt, so schwach war er nach diesem Vormittag schon wieder, die reinste Zerknirschtheit. Als ob man ihm in Dos Caminos seine Mitte geraubt, als ob er seitdem nur von einem Extrem zum andern schwanken konnte.

Der Nachmittag
brachte die Reinigung. Treppauf mit Ernesto kamen als seine Gehülfen: eine umfangreiche Negermama – »Sie ist Changó«, wurde sie von Ernesto nicht etwa mit ihrem Namen vorgestellt, sondern mit dem *santo*, den sie »im Kopf trug« – und dahinter ein ausgezehrter älterer Herr, der sich Stufe für Stufe als einer der Dominospieler, auf dem Treppenabsatz schließlich als Hokuspokus-*santero* aus dem Hokuspokuszentrum von nebenan entpuppte. Heute ohne gelb-grünen Zaubermantel, er spuckte auch nicht vor Broschkus aus, im Gegenteil, war ziemlich gut aufgelegt: Oscar.

»Ein *maricón*«, warnte Ernesto, »damit du's gleich weißt, *sir*, aber trotzdem ein ganzer Kerl. Er hat sogar Kinder.« Weil man sich indes mit einem Schwulen nicht in der Öffentlichkeit zeigen könne, es sei denn in Begleitung attraktiver Frauen, habe er Fina mitgebracht, von Rosalias Tochter ganz zu schweigen.

Tatsächlich, da stand sie, noch auf der Treppe: Flor, die beiden Ohrstecker im Ohrläppchen, strahlend errötend.

Und mich! wußte das kleine Gör, das nun hinter Flor hervorguckte und Broschkus sofort an Ilianas Tochter erinnerte: gleiches Alter, gleiche Hautfarbe, sogar die Haare hatte man ihr hochgeknotet zu zwei mickymausartigen Ohrgebilden.

Richtig! feixte Oscar, der anscheinend heute für die gute Laune zuständig war: »Eine kleine Dame haben wir auch dabei!« Ob Broschkus bereits die Bekanntschaft von Claudia gemacht habe, Cuquis Jüngster?

Eigentlich schon, nickte Broschkus, es sei zwar eine Weile her, er habe sie gerade verwechselt.

Verwechselt? Claudia zog eine vollendet pikierte Miene. Rosa lackierte Fingernägel hatte sie ebenfalls.

Keiner von ihnen war mit leeren Händen gekommen,
im Gegenteil: Oscar trug zwei große Kartons, in denen es hörbar rappelte, Fina eine der landesüblichen Plastiktaschen, aus der büschelweise frisch abgeschlagne Äste ragten; Flor hatte einen Korb voll Gemüse und Geschirr, als ob man sich zu einem Picknickausflug verabredet, Claudia ein kleines Handtäschchen, wahrscheinlich Geheimnisse enthaltend, Ernesto neben seinem Schirm und dem Totenstock vor allem eine Plastiktüte mit deutschem Aufdruck, die er recht bedeutungsvoll verschlossen hielt.

Broschkus seinerseits war mit einem weißen Blumenstrauß für Obatalá ausgerüstet (den Ernesto aber brüsk von sich wies, der gefalle ihm nicht, irgendwas an ihm sei »nicht in Ordnung«), mit einer Flasche *Santero* und seinen sämtlichen Halsketten;

trotzdem wurde er zum Umziehen weggeschickt: Obatalá bestehe auf heller Kleidung, das wisse er doch eigentlich?

Eine Ersatzunterhose könne er auch schon mal bereitlegen, ergänzte Oscar, und als er dazu in ein unwiderstehliches Grinsen geriet, waren ihm Zähne und Lücken in ein heiter harmonisches Miteinander gerückt.

Schnell hatte man sich's im Salon
ungemütlich gemacht: Haufenweise Grünzeug lag auf dem Eßtisch bereit, dazwischen stand einer der beiden Kartons, laut Aufdruck einen »Daytron High Power Portable Audio CD-Player Cassette Recorder« enthaltend, dem das gedämpfte Gurren todgeweihter Tauben abzulauschen. Aus der andern Pappschachtel hatte Claudia die Hühner befreit, die nun friedlich herumpickten; eines davon entpuppte sich beim zweiten Hinsehen als kleiner weißer Hahn. Schon räumte man die beiden Plastiksessel in die Kammer, um genügend freien Raum zu schaffen für das, was zu reinigen und zu würgen anstand, verhängte den Durchgang zum Gemach mit einem Bettlaken. Flor kochte Kaffee, Ernesto war mit der Umdekoration der Mülleimer zur Totenecke beschäftigt: eine Hügellinie mit Kreidekreuzen an die Wand zeichnend. Wohingegen Fina, sofern sie nicht auf dem Sofa lagerte und die Geschehnisse mit der Trägheit ihrer Gegenwart begleitete, den *Santero* verkostete.

Oscar, erbost, zischelte Broschkus zu, die Flasche verschwinden zu lassen, Fina sei berüchtigt für ihren Konsum. Aber wo hätte man eine Flasche in diesem Durcheinander verstecken können?

Dann waren die Toten versorgt,
Flor schob noch schnell eine Tasse Kaffee zwischen Blumen- und Wasserglas, Oscar legte einen Zigarrenstumpen darauf. Versperrt werden wollte die Tür, hochgeklappt die Fensterjalousette, entzündet die Kerze, gereinigt die Stimme, es konnte los-

Ach ja, die Bezahlung. Bevor sich die drei *santeros* ihre Bäkkermützen überzogen – die von Fina rot-weiß kariert wie ein alpenländisches Tischtuch, die beiden andern reinweiß –, ließen sie Broschkus wissen, daß sie nicht umsonst zu arbeiten gewohnt. Falls es Probleme mit dem Bargeld gebe, nähmen sie gern auch den Weltempfänger (Ernesto wies dezenterweise auf die *Cristal*-Torte, die im Regal daneben stand), wahlweise den Walkman von der Schlafzimmerkommode. Broschkus erklärte seine baldige Zahlungsunfähigkeit; mit der Ankündigung einer zweiten Fahrt nach Dos Caminos, um den Verbleib seiner VISA-Karte zu erforschen, alarmierte er sämtliche Anwesenden so nachhaltig, daß man sich zügig einigte.

Erst jetzt packte Oscar seine Kriegerschalen aus, er hatte sie, wie er betonte, samt allem, was dazugehörte, für die anstehenden Handlungen extra von zu Hause mitgebracht, Broschkus habe ja noch keine. Noch! Ernesto einen bedeutungsvollen Blick zuwerfend, baute er sie zwischen Haustür und Mülleimer auf; sogar Osun hatte er mitgebracht, den Bleihahn.

Es war nicht unbedingt überraschend,
daß den Verstorbnen die anstehenden Rituale genehm; überraschend war nur, daß Claudia, kurz nachdem man auch ihr die Stirn mit einem Kreidekreuz versehen, den Hahn durch den Salon scheuchte, der sich vor ihrem energischen Zugriff bloß noch ins Totenarrangement zu retten wußte: Wenigstens wurde dabei nichts als Kaffee umgeschüttet; kaum auszudenken, wenn der Bleihahn gestürzt wäre!

Während Flor neuen *cafecito* beibrachte, die unbenützten Kokosstücke einsammelte und anhob, sie mit Hilfe einer winzigen Reibe in eine Schüssel hineinzuraspeln, begann Oscars Auftritt, eine frische Zigarre hatte er bereits im Mundwinkel:

Ob Broschkus in letzter Zeit vielleicht Besuch bekommen habe, er wisse schon, »Besuch«? Der ihn möglicherweise sogar belästigt habe?

Ahora, schwer zu sagen. Eher Iliana, einer ihrer Toten sei böse gewesen, deshalb habe sie nicht im Dunkeln schlafen wollen.

»Und hat es Obatalá nicht auch dir selber empfohlen«, mischte sich Ernesto ein, »hat er dich nicht auch vor einem *deiner* Toten gewarnt?«

Es erschien Broschkus angeraten zu schweigen, erst recht von jenem andern, dessen Namen man nicht aussprach.

Reihum

versprenkelte Oscar *7 potencias Africanas*, woraufhin ihm alle zur Haustür folgen mußten, Claudia trug den gescheuchten Hahn auf dem Arm. Dort, im Angesicht des Mülleimers Unverständliches munkelnd, murkelte er an den verbliebnen Kokosschalen herum, warf Fina böse Blicke zu und forderte ihr schließlich schlankweg die Flasche *Santero* ab – nicht um zu trinken, sondern um die Totenecke zu beprusten.

Als er die Tür entriegelte und einen zweiten Schluck ins Freie hinausblies, ein feiner Tröpfchenregen auf die Empore, von der ein paar Kinder erschrocken treppab stoben, rümpfte Broschkus die Nase; und als er anhob, mit einem der Äste energisch auf den Türrahmen einzuschlagen – in alle Richtungen sprangen die Blätter davon –, zog Broschkus so vernehmlich die Augenbrauen hoch, daß ihn Ernesto mit einer kleinen Geste bedachte.

Jetzt wurde Claudia ermahnt, den Hahn herauszugeben, was sie nicht ohne Gezeter übers Herz brachte; sie streichelte das Tier ein letztes Mal, vergaß es freilich schon in dem Moment, wo man's ihr aus den Händen zog. Oscar wandte sich, noch in der Haustür stehend, nach rechts und, beständig mit dem Hahn an der Wand entlang- und auch jeglichen Gegenstand bestreichend, der ihm in den Weg kam, machte einen ausführlichen Rundgang durch die Casa el Tivolí, singend, summend, murmelnd, murrend: stets nach rechts sich orientierend, durch den Bettlakenvorhang vom Salon ins Gemach, von dort in die sich anschließende Kammer und zurück, nicht einmal Küchennische und Badezimmer ließ er aus. Erst als er, an der raspelnden Flor vorbei, die andre Seite der Haustür erreicht, war er's zufrieden, gab den Hahn kurz ab und die Zigarre aus dem Mund.

Gleich! werde der störende Tote weggeräumt, erklärte Fina nebenbei, die singend und skandierend die ganze Zeit hinter Oscar hergegangen, ihr Gesäß im Rhythmus seines heiligen Gebrumms schwenkend, mit Blätterbüscheln nach allem schlagend, was ihr unterkam: Gleich! Erst einmal griff sich Oscar die restlichen Zweige, überfallartig jeden der Anwesenden damit vom Kopf über Brust und Arme beinabwärts abzufegen, Afrikanisches beifügend und zwischendurch immer wieder die Zweige so energisch auf den Boden klatschend, daß die Blätter herumflogen. Das war nun wirklich Mumpitz, entschied Broschkus; als man sich erneut mit *7 potencias Africanas* zu betüpfeln hatte, verdrehte er so laut die Augen, daß ihn sein *padrino* mit einer etwas größeren Geste bedachte.

Daß Oscar bereits den Hahn am Hals packte, daß er sich breitbeinig vor den Kriegerschalen postierte, hätte Broschkus in seiner Hoffart um ein Haar gar nicht wahrgenommen. Schon intonierte Ernesto eine Melodie, schon antworteten die andern im Chor, hin und her, hin und her – hatte man das nicht öfters gehört? –, schon hielt sich Claudia beide Hände vors Gesicht, und als Broschkus wieder zu Oscar blickte, ließ der das Blut in die Kriegerschalen hineinfließen. Schon vorbei? Kein einziger Schrei war dem Hahn entfahren, mit dem sein Sterben wäre beglaubigt gewesen!

Womit der böse Tote als weggeräumt,
die Wohnung als gereinigt gelten durfte; der Kopf des Hahns und seine Krallen kamen in die Schale von Elegguá, dem Ersten Krieger, Broschkus erhielt einen *cafecito*, sich zu stärken. Wie schnell das alles ging!

Während Flor Blätter wegfegte und Blut vom Boden wischte;

während Claudia den Körper des Hahns bezupfte, der ganz klein und weich vor den Kriegerschalen lag; während Fina auf dem Sofa lagerte, ihren abblätternden grünen Nagellack betrachtend; während Oscar davon erzählte, daß er die Vorstellungen im Kulturzentrum, dem Geschmack der Touristen zuliebe, mit vier *muchachas* angereichert habe (sie hätten um einen Topf mit Tierknochen zu tanzen beziehungsweise zu stampfen, hätten in die vier Ecken eines Tisches zu beißen und ihn solcherart hochzuheben); während Ernesto mit Würde darüber den Kopf schüttelte: war Broschkus sehr damit beschäftigt, die Wirksamkeit dessen zu bezweifeln, was er soeben als Reinigung seiner Wohnung erlebt. Sollte das alles gewesen sein?

Nein, das sollte's nicht, es war ja erst eine Stunde vergangen. Merkwürdigerweise war die Flasche *Santero* bereits leer, Claudia wurde ersatzweise nach *refino* geschickt, kurzdrauf nach Limonen, weil Oscar weißen Rum nicht anders zu trinken vermochte. Auch Broschkus preßte sich versuchsweise eine halbe Frucht ins Glas, wurde vom Ergebnis freilich nicht überzeugt.

Nach der Reinigung seiner Wohnung

stand die Reinigung seines Kopfes an, hatte sie Obatalá nicht ohnehin empfohlen? Flor trug eine Schüssel voll Wasser ins Gemach, diverses Grünzeug, Tüten und Tütchen, auf daß sich Ernesto zu einem Geheimritual hinters Bettlaken zurückziehen konnte, man hörte ihn singend hantieren. Oscar nützte die Gelegenheit, um von einer seiner Tänzerinnen zu berichten, die nach Abschluß der Vorführung, wenn die Touristen sowieso mit Staunen beschäftigt, in eine Ecke der Tischplatte beiße: und den Tisch ganz allein, ohne Zuhilfenahme der Arme, emporhebe, das gebe jedesmal ein verläßliches Trinkgeld. Fina winkte ab, Folklorekitsch, Die-alte-Negernummer; sofern sie nicht nach der *refino*-Flasche suchte, die Oscar an wechselnden Orten deponierte, wippte sie zu den Schnulzen von nebenan.

Mit frisch gebrautem Kräutersud, leicht erschöpft, kam Ernesto zurück, jeder hatte vom Sud zu trinken, anschließend Arme, Beine, Kopf damit einzustreichen. Höchste Zeit für den *padrino*, die Stimme zu reinigen; höchste Zeit für seinen Sohn, sich Hose, Hemd und Schuhe auszuziehen, sich auf einem Schemel bereit zu halten. Flor brachte einen Teller mit lauter weißen Dingen, die man ihm der Reihe nach an die Stirn tupfte, Kreide, Watte, Kokosflocken; anschließend wurde er zwischen seinen Geheimratsecken mit Wasser bestrichen, an den Schläfen, im Nacken, in den Armbeugen und Handflächen, knapp über den Knien, auf dem Spann des linken wie des rechten Fußes: um an all jenen Stellen mit einer gelbstichigen Kakaobutter beschmiert zu werden, mit Kokosraspeln bestreut, darüber kam zerriebene Kreide (die angeblich gar keine Kreide war, sondern zerstampfte Eierschale), eine Schicht Watte; am Ende zog man Broschkus eine ebensolche Bäckermütze über, wie man sie selber trug. Das Ganze müsse eine Stunde einwirken, jedenfalls am Kopf, den Rest dürfe er nach ein paar Minuten abstreifen – aber auf keinen Fall abwaschen, das Reine solle so lang wie möglich das Unreine aus ihm herausziehen.

Umgehend begann's Broschkus an allen behandelten Körperstellen zu jucken, selbst an den unbehandelten, er mußte sich mit *refino* über seine Unreinheit beruhigen, zudem ein Kokosteil küssen, mit dem man hinter seinem Rücken weitere Fragen an die Toten richtete, zuletzt die nach dem Abfall: Wohin damit, nachdem er all das Schlechte aus Broschkus' Kopf und Körper aufgesaugt? In die Tonne im Hof, nein, aufs Eisenbahngleis, nein, auf eine Straßenkreuzung, ja! Schon vorbei? Wie schnell das ging!

Flor fegte die herabgefallnen Kokosflocken zusammen; Oscar wurde recht bestimmt gegenüber Fina (Jetzt-aber-Schluß! Schon-wieder-leer!), in diesem Lande waren sogar die Schwulen Machos; Claudia lief los, neuen *refino* zu besorgen; Ernesto schüttelte mit Würde den Kopf. Broschkus war sehr damit beschäftigt, die Wirksamkeit dessen zu bezweifeln, was er soeben als Reinigung erlebt. Sollte das alles gewesen sein?

Nein, sollte's nicht, es waren ja erst zwei Stunden vergangen. Aber berührbar war er doch schon wieder geworden?

Versuchsweise trat Broschkus auf Flor zu,
die sich beherzt an ihrem Besen festhielt, kaum streckte er jedoch den Arm nach ihr aus, entwich sie mit einem kleinen Schrei und rannte treppab, sich im Kreis der Familie zu beruhigen.

»Da siehst du, was deine Zauber wert sind«, wandte sich Broschkus an Ernesto, als wäre die Wirkungslosigkeit seiner Praktiken bewiesen, »du hältst mich nur auf, du hältst mich nur hin!« Einen ordentlichen Kessel solle er ihm besorgen, einen wie den von Mirta, von Armandito Elegguá, der sei so groß gewesen, dagegen käme ein Heiliger, ach was, dagegen kämen alle vierhundert Heiligen zusammen nicht an.

»Die Größe besagt nichts«, verwies ihn Fina funkelnden Blikkes, »entscheidend ist, ob er wirkt.« Im Falle von Armandito Elegguá, *uyuyuyuy*, dürfte der Kessel allerdings ziemlich –

»Mein Sohn, einen Kessel würdest du gar nicht ertragen«, mischte sich Oscar ein, »der würde dich töten!« Zuvor müsse man die Geister zu bändigen lernen, die daran gebunden, »sonst kehren sie sich gegen dich!« So viel wisse sogar er, als *santero:* Nichts Gutes stecke darin, und heraus komme erst recht nichts Gutes!

Broschkus, im Verlauf der Reinigungsrituale war er anscheinend auch Oscars Sohn geworden, Broschkus wandte sich dennoch direkt an Ernesto: »Gib mir einen Gott!« flehte er ihn an: »Ich brauche einen Gott, nicht bloß Heilige!«

Das täte er gern, saugte Ernesto an seiner Zigarre, die freilich ausgegangen war: Doch welchen Gott, das wisse er noch nicht, und eben darauf komme's jetzt an.

»Gib mir den stärksten!« flehte Broschkus, »gib mir den, dessen Namen man nicht ausspricht, gib mir –«

»*¡Sssss!*« Fina sprang auf, schloß die Tür, die nach Flors Flucht offengeblieben, bekreuzigte sich: »Sonst kommt er womöglich!«

»Du hast dich verändert, *sir*«, bekaute Ernesto die kalte Zigarre, »du bist ein andrer geworden.« »Trotzdem bleibst du mein Sohn, und ich will dir helfen.« Man dürfe indes nichts überstürzen, noch sei Broschkus viel zu schwach, zu unwissend; wenn er das *Palo* unbedingt wolle, gut, aber ohne die *Santería* werde's ihm kaum nutzen: »Je mehr man über den Weg weiß, desto kürzer wird er.«

Dann solle er ihm wenigstens die Wahrheit sagen! brach's aus Broschkus heraus, solle ihm alles sagen, was er ihm bislang verschwiegen: »Wer, sag, ist Sarabanda Mañunga?«

»Bei der Heiligen Jungfrau von Cobre!« bekreuzigte sich Fina erneut.

»Hast du ihn gesehen?« fuhr Oscar aus dem Polstersessel und, weil Broschkus nicht sofort nickte, ließ sich mit einem Seufzer wieder sinken: »Du hast ihn nicht gesehen.«

Während Ernesto Erklärungen gab (Sarabanda, das sei für einen Zweiten Krieger doch recht passend gewählt gewesen? Und nicht zuletzt für Alfredo, um ihm die Zunge zu lösen?), machte Broschkus mehrere wegwerfende Bewegungen, hörte sich mit tonlos scharfer Stimme dazwischenfahren:

So viel wisse er mittlerweile auch. »Ernesto, nie sagst du mir die ganze Wahrheit. Auf diese Weise hättest du mich um ein Haar in den Tod geschickt.«

Fina griff entsetzt zur Flasche, die Oscar indes nicht freigab, selbst aus dem »Daytron«-Karton drang kein Laut. Ernesto, einen Sekundenbruchteil wollte sich sein Gesicht glätten, schon verknitterte sich's wieder ins Eulenhafte, Ernesto beeilte sich nicht etwa, mit einem Sag-das-nicht-*sir* zu widersprechen, mit einem Das-wagst-du-auch-nur-zu-denken? Ernesto schwieg, doch die Art seines Schweigens war so beredt, daß es Broschkus körperlich zu fühlen vermeinte, wie seine Anschuldigung entkräftet, wie er in all seiner aufbrausenden Art widerlegt wurde: War Ernesto, neben Luisito, nicht der einzige Freund, den er hatte?

Vollends verwunderte ihn der alte *santero* mit der Ankündigung, er habe eine Überraschung für seinen Sohn vorbereitet, begnüge sich deshalb mit dem Hinweis: Die Wahrheit, die Wahrheit! Jeder Mensch vertrage ein andres Maß davon, wer zu viel von ihr erhalte, könne ebensogut dran zugrunde gehen wie der, dessen Anteil zu gering – Verstehen und Mißverstehen lägen eng beieinander. Er, Ernesto de la Luz Rivero, habe sich bemüht, seinem Sohn stets so viel an Wahrheit zukommen zu lassen, wie dieser gerade noch habe verkraften können; mittlerweile frage er sich freilich, ob das Maß bereits überschritten und Broschkus' Gemüt davon verdunkelt.

»Sag mir zumindest, wer Armandito Elegguá wirklich ist!«

»Das fragst du nicht zum ersten Mal«, in Ernestos Stimme schwang eine tiefe Traurigkeit: »Was sollte ich dir von ihm andres sagen als das, was du ohnehin schon weißt?«

Vom Hof her hörte man Gezänk, insbesondre Rosalias keifende Stimme, dazwischen ein Schluchzen.

»Armandito Elegguá, ach, das ist nur ein Name, ein Name mehr für das, was uns vom rechten Pfade abzubringen sucht. Du willst ihn kennenlernen, um jeden Preis kennenlernen, aber ich sage dir: Du kennst ihn bereits. Er ist Teil von dir geworden, wie man hört, und man sieht's dir auch schon etwas an.«

Claudia, die bislang mit beiden Armen im Taubenkarton herumhantiert hatte, drehte den Kopf und betrachtete Broschkus mit prüfend ernstem Blick.

Bis Flor überzeugt war,

weiterhin niedere Dienste zu verrichten, verging eine Weile. Zur Musik der Lockenwicklerin tanzte Oscar abwechselnd mit Fina und Claudia (die dabei eins der Hühner auf dem Arm hielt); wäre die Stimmung nicht so gedrückt gewesen, man hätte in eine Ausgelassenheit geraten können. Trotzdem war die Flasche *Santero* leer, als Ernesto mit einer tapfer lächelnden Flor zurückkam, Claudia wurde losgeschickt – und dann gleich noch mal, weil sich herausgestellt, daß eine der Tauben mittlerweile gestorben und folglich für einen Dollar Ersatz zu besorgen war. Ernesto nützte die Zeit, um Flor darüber aufzuklären, daß ihre Familie keine Ahnung von der Macht der *Santería* habe, den gereinigten Broschkus anzufassen sei vollkommen ungefährlich. Ob sie ihm nicht die Haube abnehmen wolle?

Das wollte sie nicht.

Recht so, dachte Broschkus, indem er sich selber die Watte vom Kopf wischte und das Häufchen Kokosflocken; der Rest an Kakaobutter sollte seinetwegen bis zum Jüngsten Tage wirken.

Nun aber die Überraschung;
obwohl gewiß in seinem Innersten verletzt, erkundigte sich Ernesto ganz freundlich bei seinem Sohn, es bleibe doch dabei, er wolle weiterhin die Krieger? Gutgut, dann würden jetzt schon mal seine vier Kardinalketten geweiht.

»Da soll Blut drauf?« Broschkus' Laune hellte sich spürbar auf: »Und danach sind sie so unberührbar wie –? Die darf dann keiner mehr ungestraft anfassen?«

»Bis auf deinen *padrino*«, lächelte Ernesto.

Kaum hatte Ernesto den Toten erzählt,
was er vorhatte, geriet er in Meinungsverschiedenheiten mit seinen Gehülfen: In der Mitte des Salons standen die Kriegerschalen, davor auf Untertassen die zu weihenden Ketten, die drei *santeros* legten die ihren dazu: weiße und gold-gelbe auf die eine Untertasse, rot- und blau-weiße auf die andre. Dazwischengeschoben der kopflose, fußlose Hahn. Doch dann? War ein Kreis aus Eischalenpulver drum herum zu streuen oder der restliche Kräutersud in die Schalen zu geben? Man einigte sich darauf, beides zu tun, zu guter Letzt steckte Ernesto ein zusammenge-

faltetes Papier in die Schüssel von Oggún. Schon ließ er sich die Hühner reichen und berührte mit ihnen, beide zugleich an den Füßen haltend, berührte reihum alle Teilnehmer an Kopf und Schultern; schon rupfte er, singend, dem einen Huhn die Federn vom Hals, schon rupfte Oscar, singend, dem andern Huhn die Federn vom Hals, während sich Fina, Flor, Claudia und widerstrebend schließlich auch Broschkus, singend, die eigne Gurgel zu zupfen hatten. Schon flogen die Flaumfedern, schon ging das Zupfen unmerklich in ein Würgen über, schon drehte man, simultan choreographiertes Abmurksen, den beiden Hennen mit einer Selbstverständlichkeit den Hals um, als drehe man einen Wasserhahn auf, riß sie mit Kraft entzwei, speiste die *santos*, die Ketten.

Und wieder kein einziger Schrei, kein bißchen Todeskampf – Broschkus empfand nichts! nichts! nichts! als Enttäuschung, zwei Hühner konnten nun mal nicht mithalten mit einem Schwein. Außerdem war's viel zu schnell gegangen, insonderheit das Sterben, man hatte's ja kaum richtig mitbekommen! Daß die Herrschaften jetzt ins Plaudern kamen, einander zuprosteten, kaum daß sie genügend Federn auf Untertassen und Schläuchen verteilt, kaum daß sie aus den Hälsen der Tiere weiteres Blut herausgedrückt, kaum daß sie die Leiber der Tiere linksrechts vom Hahn drapiert, all das empfand Broschkus ohnehin als unpassend, dem Mysterium des Sterbens ganz und gar unangemessen. Sollte das etwa alles gewesen sein?

Nein, das sollte's nicht, schließlich waren erst drei Stunden vergangen.

Die vier Tauben vermochten ihn jedoch ebensowenig zu überzeugen,

die im Anschluß geopfert, als ob's gar nicht ums letzte, ums finale Handanlegen gegangen, sondern um einen ersten Handgriff der Essenszubereitung! Obwohl Broschkus jetzt selber auf die Knie mußte, um mit den verstreuten Federn das Blut vom

Boden zu wischen und über seinen Ketten auszupressen, verspürte er lediglich Ekel, nicht ansatzweise jenes Erschauern; da ihm alles wie ins Ferne entrückt und doch hautnah und bedrängend vorkam, wurde er zu keinem Moment vom Andern Zustand übermannt, der ihn reg- und wehrlos machte gegenüber dem, der aus dem Jenseits nach ihm langte. Gut, geflossen war das Blut reichlich – wer wollte schon Brot und Wein, wenn er Fleisch und Blut haben konnte? –, aber was hatte das bewiesen?

Die feuchten Federn an Oggúns Metallgerätschaften abstreifend, fiel ihm mit einem Mal das Stück Papier ins Auge, das Ernesto in die Schale gesteckt, und obwohl's von Blut troff, zog er's heimlich hervor. Claudia, die ihn still beobachtet, lächelte ihm verschwörerisch zu, widmete sich aber gleich wieder den Tauben, versuchte, mit der Macht ihres Körpergewichts Blut aus ihnen herauszudrücken.

Da die Opfertiere nun gerupft und zubereitet werden mußten, von den Tauben hatte Flor nichts als die Köpfe zurückgelassen (und von den Hennen zusätzlich die Krallen), da nun eine geraume Zeit mit Scherz und Tanz zu überbrücken war – jedes Lied der Lockenwickler wurde mit großem Hallo aufgenommen, sogar Ernesto klopfte im Rhythmus mit –, konnte sich Broschkus in Ruhe versichern, daß es Ilianas Brief war, den er der Schale Oggúns entwendet, und daß darin, in seiner Mitte eingewickelt, zwei Fünfpesonoten steckten.

Kaum daß er von der Toilette zurück, strauchelte Fina, taumelte, faßte sich kurz an den Kopf, und als sie sich, nach oben verdrehten Auges, von Oscar abwandte, war's mit Tanzen vorbei. Jeder Bewegungsablauf, bis eben rund und geschmeidig, zerfiel ihr auf der Stelle in zahlreiche ruckartig aneinandergefügte Einzelbewegungen, allem, das sie tat, haftete eine seltsam verschleppte Uneigentlichkeit an, als wolle sie zwar nicht, müsse jedoch, heftig atmend, müsse unter Schmerzen: zur Totenecke schwanken, wo sie sich, keinesfalls verzückt, die brennende Kerze in den Mund schob, gleich gierig das Kauen anfing, das Schlucken. Ohne daß man sie dran gehindert hätte, aß sie die Kerze auf, griff dann, wie von einem ungebärdigen Hunger getrieben, nach dem Stumpen über der Kaffeetasse. Broschkus, eben noch zweifelnd, fiel von einer Sekunde zur nächsten in eine andächtige Erstarrung, oder träumte er mit offnen Augen?

Im ersten Moment hatte er geglaubt, Fina habe schlichtweg zuviel getrunken, aber nein! Das sei's nicht, die vertrage weit mehr, betuschelte ihn Ernesto: Sehe ganz so aus, als habe sie ihr *santo* bestiegen.

Bestiegen? Auch Cuqui hatte davon erzählt, doch geglaubt hatte's ihm Broschkus seinerzeit nicht. Und Oscar? ergriff jetzt Finas Hand – manchmal verkanteten sich ihre Kiefer, warf sie sich heftig nach hinten –, um sie vor einem Sturz zu bewahren. Wie sie ihre Glieder zu verrenken wußte, als ob sie sich gegen einen Widerstand bewege, wie unnatürlich verzögert sie die Füße voreinandersetzte!

Ob sie das nur spielt? dachte Broschkus in quälender Zeitlupe. Oder ob tatsächlich ein andrer in sie gefahren, wie ihm Ernesto auf die Schnelle erklärte: Die sich da hin und herwerfe, sei gar nicht Fina, zischte er ihm zu, es sei wahrscheinlich – »Ja, er ist es, kein Geringerer als Changó. Vorsicht, er ist eifersüchtig.«

Der *santero* legte schützend den Arm um seinen Sohn, aber schon lag Fina, eben noch rüttelte sie mit hocherhobnen Händen in der Luft, lag hintübergekippt in Oscars Armen; Oscar seinerseits drückte sie fest an sich, flüsterte ihr ein Wort ins Ohr, blies seinen Atem heiß hinterher –

und wirklich rieb sich Fina die Augen, blickte wieder wie ein Mensch, wie einer, der gerade aus einem schweren Traum geweckt. Indem sie sich verstört umblickte, sich schämte, indem sie weinen wollte und dann lachte, indem sie weiterlachen wollte und dann weinte, indem sie sich den Schweiß von der Stirn wischen und sich aufs Sofa betten ließ, bekundete sie Schmerzen im Kopf, wollte Wasser, viel Wasser, und vor allem eines: ihre Ruhe.

Die gewährte man ihr, nachdem man sie ausgiebig mit *7 potencias Africanas* eingerieben, man verständigte sich dabei mit ehrfurchtsvollen Blicken, sogar Claudia guckte, als wisse sie Bescheid. Einzig Broschkus saß und war sich wieder unsicher. Eben noch hatte er geglaubt, einer sehr langsam in die Gänge kommenden Geflügelmahlzeit beizuwohnen, schon war etwas eingetreten, das alles, was zuvor an läppischem Tamtam veranstaltet, innerhalb weniger Augenblicke als ganz und gar notwendig, ja großartig offenbart hatte. Ob die *Santería* doch stärker war als vermutet? Das Jenseitige, das da mit Macht in seine Behausung hineingefahren, Broschkus hatte's deutlich verspürt – wer wollte sich noch nach einem Gott sehnen, der sich vor seiner eignen Schöpfung verbarg, wenn's Heilige gab, die zu ihren Jüngern herabstiegen, mit ihnen redeten, rauchten, aßen und tranken?

Das war keineswegs das letzte Mal,
daß Broschkus an einen christlichen Gott dachte. Indem er nun Ilianas Brief hervorzog, sich über dessen unrechtmäßige Entwendung zu beschweren, mußte er sich unvermutet schwere Vorwürfe gefallen lassen:

»Jetzt, da wir endlich etwas von ihr in der Hand haben!« rügte Ernesto die Eigenmächtigkeit seines Sohnes, »da wir endlich damit arbeiten können, machst du alles zunichte!«

Daß der Brief an Broschkus gerichtet, also sein Eigentum, war für Ernesto kein Einwand: Natürlich, an wen sonst hätte sie schreiben sollen? Seine »Kleine« habe ja sogar das Wechselgeld dazugegeben, die beiden Fünfpesoscheine! Ebendeshalb habe man den Brief in das Opfer mit einbezogen, oder wie sonst solle man anfangen, die Macht ihres Amuletts zu brechen?

Wechselgeld? Schlagartig begriff Broschkus, daß man Alicia

für die Briefeschreiberin hielt. Oder vielmehr den, der sich in ihr verkörpert. Schon wollte er den Irrtum aufklären, wollte den Anfang von Ilianas Liebeserklärung vortragen, die Stelle mit dem Ohr war ja eindeutig – Wort für Wort erinnerte er sich dran, als habe er sie im Traum ununterbrochen gelesen –, da setzte Ernesto bereits nach:

»Wie oft hast du mir von ihrem Amulett erzählt«, er wurde fast ein wenig sentimental, wie ein Vater, der seinen schwerkranken Sohn gepflegt und sich an jedes fiebrige Gestammel erinnert, das er ihm dabei abgelauscht: »Dies verfluchte Amulett! Das du zerstört hast, bevor du zurückgekommen, du Unglücklicher, an seinen Geheimnissen hätten wir sehen können, wem sie dienen.«

Geheimnisse? Broschkus konnte sich nicht zu einer Antwort entschließen, wer-weiß, was er im Schlaf verraten haben mochte. Wo er doch zum Stillschweigen verpflichtet war, wollte er Gefahr nicht laufen, daß Alfredo auftauchen und ihn zur Rechenschaft ziehen würde.

»Immerhin haben wir noch den Brief«, beruhigte sich Ernesto, »haben ihre Unterschrift. Wenn wir wissen, wer sich dahinter verbirgt, können wir gezielte Gegenmaßnahmen ergreifen.«

Unterschrift? Was mochte es mit Ilianas Unterschrift Besondres auf sich haben? Vorsichtshalber wiegte Broschkus den Kopf bedächtig hin und her, hin und her.

»Erinnerst du dich wenigstens, ob du mit ihr«, fuhr Oscar vom Polstersessel, rieb die Zeigefinger aneinander, »ob du mit ihr Vergnügen gehabt hast?« Weil Broschkus aber nicht sofort nickte, ließ er sich mit einem Seufzer wieder sinken: »Du hast es nicht gehabt.«

Fina, so schwach sie war, wies auf die Blessuren, deren dunkelrotbraune Verschorfung von Broschkus' weißer Gurgel deutlich abstach: Ein Vergnügen dürfte das in keinem Fall gewesen sein.

Claudia, die gerade mit dem Daumen ein letztes Zucken aus einer Kakerlake herauszudrücken suchte, drehte den Kopf und betrachtete Broschkus mit prüfend ernstem Blick.

»Du brauchst uns nichts zu sagen,
mein Sohn«, winkte Ernesto verständnisvoll ab, »deine Wunden sind Antwort genug.«

Glaubte er im Ernst, daß sein ohnmächtig niedergestürzter Sohn trotzdem noch mit Alicia –? von Alicia –? Trotzig blickte Broschkus auf den Brief, im Grunde wußte er's besser, was es damit auf sich hatte, am liebsten hätte er ihn jetzt in Ruhe weitergelesen. Wie's ihn zog, das Papier zu entfalten, wie gierig er drauf war, sich wenigstens der ersten Zeilen wieder zu versichern:

»Für meinen einzigen … ihn, der mein … kennt, die Stelle am Hals, und jedes meiner …«

Stelle am? Als Broschkus den Brief sinken ließ, war das Schweigen so groß, daß man die Hirsche in der Wanduhr hätte hören können, wie sie zur vollen Stunde röhrten, wäre nicht der MINSK 16 angesprungen, um Strom zu ziehen. Irgendwo schrie ein Hund, ein Esel, ein Kind, eine Katze. Stelle am Hals? Den Brief erneut auf Augenhöhe führend, standen die Worte unverändert; und wie ihm der Blick langsam briefabwärts über lauter alte und neue Blutspuren glitt, die schwarze Schrift darunter nahezu unlesbar, verwunderte sich Broschkus noch weit mehr: Hinter den Schlußzeilen – »Ihn werde ich mein ganzes Leben lang … mit … und Haar, bis an sein …« –, dort, wo am Ende Ilianas Unterschrift hätte stehen müssen, waren nicht nur Blutspuren, wie auf den ersten Blick wahrgenommen, sondern in Rot jede Menge Totenköpfe, Pfeile und Monde, das alles nicht etwa in der Art einer kindlich chaotischen Kritzelzeichnung, sondern in solch entschiedner Anordnung, wie er sie schon mal gesehen.

Je länger Broschkus auf das Zeichen starrte, desto weniger

klar konnte er's erkennen, als ob einzelne seiner Striche jetzt noch unterm frischen Blut zerliefen, an andern Stellen erst deutlich in Erscheinung traten, das Ganze schien sich unter seinen Blicken zu bewegen, schien zu leben – aber das konnte ja wohl nicht mit rechten Dingen zugehen?

»Und weil sie sich deiner danach schon so sicher war«, griff Ernesto den Gesprächsfaden wieder auf, »hat sie sogar ihre Unterschrift daruntergesetzt. Nicht vollständig, versteht sich, damit wir nicht damit arbeiten können, das nicht! Aber immerhin so deutlich, daß wir sie entziffern werden.«

Oscar erhob sich, die Neonröhre einzuschalten. Spätestens jetzt beugten sich alle über den Brief, selbst Claudia kam, die zwar noch nicht lesen und schreiben konnte, mit Totenköpfen indessen vertraut war. Jedenfalls nickte sie, wortlos energisch wie meist, die Zeichnung schien ihr nicht weiter der Rede wert.

Also die paleros,
brach Fina das Schweigen, die habe sie noch nie leiden können. Bei denen sei immer alles schwarz, man lasse sich von der roten Farbe nicht täuschen.

So einfach könne man das nicht sagen, widersprach Oscar, doch dann wußte er's auf komplizierte Weise nicht besser. Broschkus, obwohl's ihm angesichts seines eignen Briefs zunehmend graute, konnte sich einer rechthaberischen Befriedigung nicht erwehren, jetzt würde man ihm glauben müssen: Ernesto und seine *Santería,* die hatten in der ganzen Angelegenheit nichts mehr zu vermelden, hier half nurmehr ein *palero*.

So einfach könne man das nicht sagen, widersprach Oscar: Der erstbeste nütze gar nichts, da müsse sorgfältig ausgewählt werden. Es komme sehr drauf an, welcher Bruderschaft er angehöre.

Jeder Gott habe im *Palo Monte* eine Unterschrift, ließ sich, widerstrebend, auch endlich Ernesto auf das Thema ein: seine Unterschrift, an der man ihn erkenne; mit Asche oder Kreide auf den Boden gestreut, rufe man ihn damit regelrecht herbei. Jeder Gott habe allerdings Hunderte von Inkarnationen, diese wiederum ihre eignen Unterschriften; und erst die *paleros* selbst! Ein jeglicher von ihnen erhalte bei der Weihung einen Namen, sein strengstes Geheimnis sei seine Unterschrift. Hinter derjenigen auf Alicias Brief könne also weißgottwer stecken, das einfache Mitglied einer Bruderschaft, ein mächtiger *tata!*

Sobald Broschkus den Brief genauer betrachten wollte, fühlte sich sein Kopf vollkommen leer an, als wär's gar nicht er selber, der da aufs Blatt zu blicken sich mühte; ein leichtes war's, ihn zur Schale Oggúns zu führen: Ohne ein Wort des Widerspruchs faltete er das Papier um die beiden Pesoscheine herum, steckte's zurück zwischen Eisennägel und Hufeisen. Erleichtert nickte dazu Oscar, erleichtert Fina, ganz von alleine reichte sie ihm die Flasche, die freilich leer war.

Ernesto seinerseits entfachte die Zigarre wieder, ruckelte sich in seinem übergroßen Anzug zurecht, strich das Taschentuch auf dem Oberschenkel glatt, schloß die Augen:

»*Dir schenke ich mein Herz, nur für den Fall,*
daß du mal eines brauchen solltest,
und dazu alles, was ich sonst noch habe (doch
das ist fast nichts), gesetzt, du wolltest
noch mehr, so nimm's! Nimm jedes meiner Worte mit,
die ich dir zugeflüstert, zugedacht
am Morgen, Mittag, Abend, in der Nacht,
nimm jede kleinste Silbe, meine ganze Liebe,
so daß – verstummt bis an das Ende meiner Tage –
ich bloß ein leeres Blatt noch wär' im wirren Weltgetriebe,
wenn ich nicht wüßte, nicht ganz sicher wüßte,
daß ich dich noch mal wiedersehen müßte
in dieser oder jener Welt –«

Ernesto brach so unvermittelt ab,
als habe ihm die Stimme mitten im Satz versagt, hielt die Augen weiterhin geschlossen, horchte den Zeilen hinterher, die er anscheinend so oft betrachtet, daß er ihre sämtlichen Lücken schließen, daß er sie vollständig auswendig konnte – er, dem die Liebe der Frauen verboten, was mochte er denken?

»Zwar mußte sie den Geldschein von dir annehmen«, sagte er schließlich so silbenlangsam, man mochte meinen, er sei's gar nicht mehr selber, der da sprach, sondern ein *santo*, der ganz sanft in ihn hineingefahren, »aber freigegeben hat sie dich deshalb noch lange nicht.« Jetzt öffnete er die Augen, schaute ein wenig ins Leere, erkannte seine Zigarre, zog daran: »Diese Worte, *sir*, versiegelt mit der Macht ihres Blutes, die mußt du noch viel dringender loswerden als ihren Zehnpesoschein, sonst – stirbst du daran.«

Wie gedämpft die Musik der Lockenwickler erklang, ein fernes Zirpen, wie zurückhaltend man im Hof stritt, wie rücksichtsvoll zärtlich man in der »Casona« Blechfanfaren blies! Erst als Fina aufs Klo mußte, wagten auch die andern wieder, sich zu regen; Ernesto, so viele Falten in einem einzigen Gesicht, räusperte sich etwas umständlich, seine Stimme zu reinigen, fehlte's an Rum, und wandte sich erneut an Broschkus:

»Alles, was ich dachte, alles, was du getan hast, war falsch, und doch wären wir beinah ans Ziel gekommen. Verzeih mir, mein Sohn, daß ich dir Schmerzen auf deinem Weg bereitet hab, aber ich bin ein alter Mann, ich weiß es nicht besser.«

Fast gleichzeitig standen er und Broschkus auf, sich zu umarmen. Es war so still, man hätte die Hirsche röhren hören können, weil jedoch noch zwanzig Minuten zur vollen Stunde fehlten, hörte man Ernesto, wie er seinem Sohn ins Ohr flüsterte:

»Nicht im Sieg, *sir*, im Untergang erweist sich der Mann, und all unsre Legenden belehren uns: Nur wo der Mensch stirbt, wird der Heilige geboren.«

Ja, er werde ihm einen palero suchen,
versicherte er; Rosalia war auf der Treppe zu vernehmen, assistiert von Flor, im Begriff, das Essen herbeizutragen: Lang genug habe er sich dagegen gesträubt, augenscheinlich würden seinem Sohn aber nurmehr die dunklen Energien helfen, wie man sie auf der Schattenseite des Glaubens verehre.

Noch das Eingeständnis seiner Niederlage geriet ihm zum Triumph: »Die da nach dir verlangt, ist mächtiger als alles, was ich an *santos* kenne, schon allein ihre Unterschrift zu lesen übersteigt meine Fähigkeiten.«

Während Rosalia, die allgemeine Stimmung fehlinterpretierend, unten aufmunternd grobem Gescherze das Essen verteilte – um Broschkus machte sie einen Bogen –, während jappsend jetzt auch Claudia mit einem weiteren *refino* eintraf, saß Ernesto da, durchtränkt von Kompetenz, und gestand seine Inkompetenz ein. Broschkus konzentrierte sich drauf, graubraune Brühe mit Taubenbrustbeigabe für ein schmackhaftes Gericht zu halten. Serviert wurde reichlich, von den sieben geopferten Tieren waren schätzungsweise drei oder vier als Suppeneinlage zurückgekehrt – hätte man ein lautes Guten-Appetit nach draußen gerufen, von diesseits wie jenseits den Hofmauer wäre sicher vielkehlig Antwort gekommen.

Claudia, anstatt ihre Portion brav zu Ende zu essen, zerdrückte in stiller Gründlichkeit Ameisen, die sich über die Vogelköpfe in den Kriegerschalen hermachen wollten.

Daß vor dem feierlichen Anlegen der Ketten
auch noch die Reinigung seines Körpers anstand, nahm Broschkus hin, es schadete ja nicht. Nurmehr mit Brille und Unterhose bekleidet, ließ er sich von Oscar mit Kräutersud begießen – anscheinend hatte Ernesto vorsorglich eine weitere Schüssel angemischt –, das Zeug brennesselte auf der Haut, kaum auszuhalten. War das jetzt etwa Oscar, ausgerechnet Oscar, der ihm an die Unterhose griff?

Er war's, allerdings in santeristischer Pflichterfüllung: Als letzte Verunreinigung hatte er ihm die alte Unterhose vom Körper zu reißen. Anstelle eines morschen Kuba-Slips war er freilich an deutsches Feinripp geraten, »Hilf mir!«, man mußte ihm eine Schere reichen.

Bevor man Broschkus die Ketten umlegte,
man hatte sie mittlerweile aus dem Blut genommen und zum Trocknen ausgelegt, lehrte man ihn, welche davon gegen Trauer, welche gegen Polizei oder Tod helfe. Auf keinen Fall dürfe er sie von andern berühren lassen, damit ihre Kraft nicht von ihm wegflösse, am allerwenigsten von einer Frau, sie könnte ja gerade ihre Regel haben. Und für den Rest des heutigen Tages: zu Hause bleiben und kein *chikichiki*, nicht mal mit sich selber, versprochen?

Jede der vier Ketten hielt man ihm kreuzweis übern Kopf, skandierte dazu Afrikanisches, Broschkus mußte sich auf den Boden legen, wurde umarmt und gesegnet. Als er das getrocknete Blut zwischen den Kettenkörnern kratzen spürte, fühlte er sich so sehr von einer Feierlichkeit erfüllt, daß er von selber die Schultern durchdrückte. »Ich bin Oggún«, hörte er sich sagen, »immerhin Zweiter Krieger!« Niemand im Salon hätte das abstreiten wollen.

Sollte das endlich alles für diesen Tag gewesen sein? Nein,
noch immer nicht, es waren ja erst fünf bis sechs Stunden vergangen. Mit Cuqui, der seine Tochter abzuholen kam, »Ah, du hast die Ketten, Bro! Aus dir wird noch mal was!«, kam auch Papito die Treppe hoch, bald der eine oder andre Lockenwickler, angezogen vom Gelärm, und ehe sich's Broschkus versah, war man zum gemütlichen Teil übergegangen, arbeitete einem allgemeinen Besäufnis auf seine Kosten entgegen. Wie viele Menschen in den Salon paßten!

Daß Cuqui ein frischgeschlüpftes Küken mitgebracht hatte,

erschien ihm zunächst nur als eine Niedlichkeit mehr, die von Claudia geherzt und gescheucht werden konnte; bald ließ Cuqui freilich erkennen, daß er damit Broschkus' »Krankheit« zu heilen gewillt, von Oscars Einwand, man habe im Verlauf des Tages genug in dieser Hinsicht getan, ließ er sich nicht abbringen: Er wolle auf seine Weise dafür sorgen, daß Bro wieder der alte werde. Folglich wurde das Küken, rundum ging das Palaver unbeeindruckt weiter, über Broschkus' Körper geführt – *»Nzambi arriba, Nzambi abajo, Nzambi a los cuatro vientos, salam malecum, malecum salam quiyumba congo …«* – und, als es das etwa noch verbliebne Restkranke genügend absorbiert, in einer frisch entzweigeschlagnen Kokosnuß eingesperrt: lebend. Cuqui wickelte die beiden Hälften der Nuß mit einem Band fest aneinander und hängte das Ganze an einem Nagel auf, das-war's-schon-Bro, *¡salud!*

Mißbilligend schüttelte Ernesto den Kopf. Fina ließ sich zur Bemerkung hinreißen, sie könne das *Palo* nicht leiden, in diesem Fall schade's ja wenigstens nicht.

Als Cuqui von Ernesto auf den Brief hingewiesen wurde,
kam ein letztes Mal so etwas wie gespannte Aufmerksamkeit zustande, selbst den Jungs von der Lockenwicklerbande verschlug's beim Anblick der Unterschrift die Sprache. Nach einem vernehmlichen *»¡Que pinga!«* legte sich Cuqui den Brief auf die nackten Oberschenkel, kaum lag er dort, begann er bereits, sich zu wellen, und Broschkus fürchtete, daß die Tinte vollends zerlaufen könnte.

»Für meinen einzigen …«, las sich Cuqui halblaut den Text vor, mit einem Schlüssel im Ohr bohrend, »ihn, der mein … kennt, die Stelle im Auge, und jedes meiner …«

Stelle im? Vorsichtig löste Cuqui den Brief vom Oberschenkel, ließ sich nur zögernd zu einem Kommentar bewegen:

»Diese Frau liebt dich, Bro, kein Zweifel. Sie scheint sich deiner sicher zu sein, sonst hätte sie ihr Namenszeichen nicht daruntergesetzt.« Damit könne man nämlich umgebracht werden;

gewiß habe sie zumindest das eine oder andre davon weggelassen. Entziffern lasse sich die Unterschrift jedenfalls nicht, gern würde er sie in Ruhe vergleichen: Zu Hause habe er sie alle in einem Buch aufgezeichnet, die Unterschriften.

Stelle im Auge? Mit dem Brief stimmte wirklich was nicht, er schien sich zu verändern, je nachdem, wer ihn in Händen hielt, oder hatte Broschkus zuviel getrunken? So und nicht anders stehe's geschrieben, versicherte ihm Cuqui, ehe er den Brief einsteckte; Ernesto nickte ihm dabei sehr würdevoll zu.

Lediglich Claudia hatte sich von alldem nicht beeindrucken lassen, war die ganze Zeit stumm um ihren Vater herumgesprungen, auf jede erdenkliche Weise die allgemeine Entgeisterung störend: bis sie auf den Arm genommen wurde.

Zum Zeitpunkt, da Luisito zur Festgemeinde stieß,
hatte man sich freilich längst wieder der Heiterkeit zugeneigt, hatte sogar die Kraftklötze nebenan in die erste Etage gestellt, um eine direktere Abstrahlung auf die Casa el Tivolí zu erzielen. Luisitos fröhliche Auslassungen über die »Verschönerungsmaßnahmen«, die man während Broschkus' Abwesenheit in der Wohnung vorgenommen, waren entsprechend schlecht zu verstehen; daß er von seiner *mamá* – sie lasse den *doctor* grüßen – ein »Paket« mitgebracht, entging den meisten. Luisito war fest entschlossen, Broschkus' »Krankheit« zu heilen; obwohl Oscar und Cuqui einwandten, man habe im Verlauf des Tages genug in dieser Hinsicht getan, ließ er sich nicht abbringen: Er wolle auf seine Weise dafür sorgen, daß der *doctor* wieder der alte werde. Folglich wurde das »Paket« unter sein Bett geschoben, eher ein kleines unscheinbares Bündel, der Rest erledige sich von selber, *iuyuyuyuy!* Broschkus' Einwand, das sei doch wohl finsterster Aberglaube, ob er jetzt auf allen vieren in den Salon zurückkriechen solle – mühelos kamen ihm Luisitos flammende Erklärungen von einst über die Lippen –, wurde von seinem Vermieter mit einem verschwörerischen *¡Sssss!* quittiert:

Das Paket diene der Abwehr, es schade jedenfalls nicht. Natürlich sei die Vernunft höher zu schätzen, den Grobianen »da draußen« müsse man bei jeder Gelegenheit mit der Stimme der zivilisierten Menschheit entgegentreten, sonst würde bald alles aus den Fugen geraten. Sofern man nebenbei das eine oder andre Mittel für sich arbeiten lasse, zur Abrundung gewissermaßen, diene's einem guten Zweck: ganz recht, *doctor*, diene der Überwindung des Aberglaubens, *¡salud!*

Daß er im Anschluß eine weiße Kerze vors Fenster stellte, dazu ein Glas mit Weihwasser und Kruzifix, daß er mit einem speziell von seiner *mamá* angerührten Schutzöl sämtliche Ecken der Wohnung bestrich, nahm Broschkus hin. Aber daß Herr Luis Felix Reinosa, gestandner Abteilungsleiter des staatlichen Fernsehens und anerkannte Respektsperson, auf diese Weise gleich weitermachen und ein magisches Geheimzeichen in den Türstock schneiden wollte, am liebsten die ganze Casa el Tivolí mit Bannungsweihrauch ausgeräuchert hätte, störte die allgemeine Festlichkeit denn doch. Wenn er jetzt auch noch ein Pentagramm vor die Tür male, dröhnte die Lockenwicklerin höchstselbst, werde sie ein Glas Menschenblut holen gehen, das müsse er dann vor aller Augen austrinken.

Wie laut die Leute um diese Uhrzeit lachen konnten!

Bevor man sich in die Nacht zerstreute,
besprach man im Schnelldurchgang die kleinen Sensationen des Zwischenmenschlichen, die sich in der Nachbarschaft zugetragen hatten (Mercedes' überraschender Auszug), zugetragen haben könnten (Ocampos Sohn als Lotteriegewinner eines US-Einreisevisums?) oder sich hoffentlich gar nicht zutragen würden: Es stehe nicht gut um Ocampo; seine Freundin? Verlobte? sei angereist, um sich am Krankenbett mit ihm zu verheiraten, für alle Fälle. Cuqui erinnerte dran, daß auch er längst schon ins Krankenhaus gesollt hätte, einer Vereiterung im Gehörgang wegen, aber dort müsse man sich ja bekanntlich vor

dem Schlafen die Ohren verstopfen, andernfalls hungrige Insekten hineinkröchen. Womit man endgültig in Trübsinn verfiel, so schnell ging das, Oscar blieb der einzige, der still vor sich hin lächelte. Dann trat er kurz ans Geländer und übergab sich in den Hof. Kein Problem, schon vorbei!

Sollte das wirklich alles gewesen sein?
Ja-ja-ja, immerhin waren acht, neun Stunden mittlerweile vergangen, endlich neigte sich dieser zweite November seinem Ende zu. Erst jetzt, da sich Broschkus von jedem verabschiedete, fiel ihm wieder Ernestos weiße Plastiktüte mit dem deutschen Aufdruck ins Auge; indem er ihm treppab nachlief, konnte er ihn gerade noch drauf ansprechen.

»Ach, *sir*, nicht weiter wichtig«, druckste der *santero* etwas betreten herum, wahrscheinlich weil Cuqui und Luisito in der Nähe waren: »Am Tag, als du nach Dos Caminos gefahren bist, hab' ich dir die Krieger besorgt. Sie sind natürlich noch ungeweiht, aber – ich schätze, das interessiert dich nicht mehr sonderlich, du hast ja jetzt das *Palo*.« »Und den Voodoo obendrein«, hob er die Augenbrauen etwas abschätzig in Richtung Luisito, »paß nur auf, daß sie dir am Ende nicht die Schwarzen Barone auf den Hals schicken, das könnte dich ein Auge kosten.« »Und die Hälfte vom andern!«

Es war spät nach Mitternacht,
als sich Broschkus mit einem prüfenden Blick auf sein Spiegelbild ins Bett begab: Ob er sich tatsächlich verwandelt hatte, ob man's ihm ansah, daß er von etwas Dunklem überschattet war? Im Gegenteil, bleckte er sich die Zähne, einem *santero* mußte er jetzt so rundum gereinigt erscheinen wie nie zuvor; und für all die andern, die an seiner Berührbarkeit weiterhin zweifeln mochten, würde er sich demnächst auf eine Weise reinigen, daß sie noch ihren Kindeskindern davon zu künden hätten: Sobald der dritte Weg gefunden, der ihm auferlegt, würde er? Was auch

immer. Wie's ihn drängte, wie er am liebsten in selbiger Nacht aufgebrochen wäre!

Statt dessen zog's ihn ein letztes Mal vor Oscars Kriegerschalen, zog's ihn zum Brief, der im fahlen Licht des Mondes wie der Griff eines Messers zwischen Oggúns eisernen Attributen ragte. Sollte Cuqui ruhig herausbekommen, wem die Unterschrift zuzuordnen! Dann würde Broschkus wenigstens wissen, wer ihn im Namen von Iliana beschützt, wem er sich zukünftig anzuvertrauen hatte.

Und wenn Alicia (oder wer immer)
Ilianas Amulett aufgebrochen und für eigne Zwecke mißbraucht haben sollte? mit einem eignen Brief entweiht, mit eignem Blut geschändet, mit Flüchen versengt? Möglich wär's gewesen, dachte Broschkus, als er auf seinem Lager lag und Cuquis Küken zuhörte, wie's gegen den Tod anraschelte: Der Tonfall, in dem der Brief gehalten, war ohnedies nicht gerade der, den er von Iliana im täglichen Umgang gewohnt. Eben noch war er sich so sicher gewesen, was es mit dem Brief auf sich hatte, nun erwog er alle geheimen Stellen, die ihm an Iliana bekannt – hinterm Ohr, im Nacken, in den Kniekehlen; auch die Narbe, die ihr durch die Augenbraue wangenabwärts lief, war ein hochgradig sensibler Ort, aber eine Stelle am Hals? und gar im Auge?

Irgend etwas stimmte nicht in dieser Geschichte, stimmte von Anfang an nicht – nicht mit dem Brief, erst recht nicht mit der Stadt, in der er sich jetzt schon ein Vierteljahr zurechtzufinden suchte, irgend etwas sehr Prinzipielles, und er war kurz davor, dem auf die Spur zu kommen. Wie gern hätte er seine Behausung mit dem einen befreienden Gedanken auseinandergerissen, das Trugbild der Senke und des sich anschließenden Hügels durchdrungen mit der einen Erleuchtung: hätte die geheime Ordnung dahinter erkannt, die gewiß ganz einfach war, nur eben auf andre Weise, als er's gewohnt!

Aber wahrscheinlich lag's ja bloß an den Krümeln getrockneten Blutes, an den eingetrockneten Kräutersudresten, wahrscheinlich lag's bloß daran, daß es ihn überall juckte, pikste und biß.

Mitten in der Nacht schreckte er hoch,
so vollendet und schwer hatte sich die Stille auf ihn gelegt, auch in der Kokosnuß herrschte sehr grundsätzliche Ruhe. Nachdem er sich die Augen gerieben und in den Arm gezwickt hatte, fand er sich kniend vor den Kriegerschalen, auf den Brief blickend, der daraus hervorragte – und konnte dem Drang nicht widerstehen, ihn in die Hand zu nehmen. Nur weil er sich dabei ins Fleisch schnitt, erwachte er; weiterhin fühlte sich sein Kopf jedoch so vollkommen leer an, als ob's gar nicht er selber war, der da auf die Kriegerschalen blickte, aufs geronnene Blut, die abgerißnen Vogelköpfe.

In zeitlupenhafter Verzögerung, gewissermaßen Silbe für Silbe, fiel ihm ein, daß Cuqui den Brief mitgenommen; als er daraufhin die Augen tatsächlich aufbekam, hielt er ein kleines Messer in Händen. Bis auf wenige Zentimeter hatte er sich zur Schale herabgebeugt, nach verprustetem Rum roch's und verfaulender Taube, nach Rost und Rauch und süßlich nach *7 potencias Africanas,* ein honigbrauner Faden zog sich, scharf und präzis, bis in sein Innerstes; wenn er nicht befürchtet hätte, daß durch die rückwärtige Fensteröffnung gerade ein Toter oder ein Teufel entwischt wäre, Broschkus hätte den Rest der Nacht kniend verbracht.

Wie oft muß ich eigentlich erwachen, um wirklich wach zu werden? fragte er sich, steckte das Messer zurück in Oggúns Schale, wusch sich die Hände. Oder werde ich jetzt vielleicht verrückt?

Luisito war nicht nur einer,
der sich gern die Hand auf den Bauch legte, ein großer Esser und Trinker, er sprach nicht nur jeden ungeniert an, mischte sich ein,

spielte sich als Chef auf, drängelte vor, organisierte, kontrollierte und sah nach dem Rechten, sondern er empfand dabei stets eine Verantwortung fürs große Ganze, nicht zuletzt für seinen Mieter: Wenn's ihm an der Zeit schien, fühlte er sich verpflichtet, eine *Hollywood* anzubieten und, sofern das nicht helfen wollte, auf seine Weise beizustehen, das Schlimmste abzuwenden.

Der Doktor seinerseits war vor dem Bett liegend erwacht, hatte sich gleich nach dem Duschen der Ketten versichert und sie, das Kratzen auf der Haut mit Wohlgefallen registrierend, feierlich angelegt. Auf dem Fußboden, etwa dort, wo sich bei Regen ein kleiner See ansammelte, war gestern jede Menge Blut geflossen, seinetwegen, und das erfüllte ihn mit Stolz. In der Kokosnuß herrschte weiterhin die große Stille.

Ob ihn nun Cuqui durch das Kükenopfer geheilt hatte, Ernesto durch seine Reinigungszeremonien oder gar Luisitos *mamá* mit ihrem Paket: Broschkus war voller neuer Energien, die rechte Hand fuhr ihm ganz von alleine nach vorn, eine kleine Drehung des Handgelenks in leerer Luft vollführend, ehe sie wieder sank. Er wollte es wissen.

Aber auch Luisito wollte's wissen
und fing seinen Mieter auf dem Weg zum »Balcón« ab, der Imbiß sei sowieso geschlossen, es sehe sehr ernst aus. Nach einer halblaut hastigen Erkundung, ob jemand eine Handvoll Erde gegens Fenster geworfen oder ob sich ein Sargnagel im Gebälk der Wohnung gezeigt hätte – er meine ja nur, schon gut –, winkte er ihn zu einer Frühstückstortilla, *gratis, como no,* in seine Wohnung. Denia, fröhlich mit einem Allzweckkittel und mancherlei Goldschmuck angetan, schaltete den Christbaum ein und servierte Kaffee; Broschkus ließ sich vorrechnen, daß er heute, am 3. November, exakt 211 Tage in der Casa el Tivolí verbracht (seine viermonatige Abwesenheit mit einkalkuliert, *claro*) und von seinen 6205 Dollar Vorauszahlung folglich erst 3587 abgewohnt hatte:

Das Leben sei schön! stellte Luisito fest, Denia nickte, durch die schräggekippten Jalousetten fiel noch ohne Zudringlichkeit die Morgensonne: Er sei bereit, den restlichen Mietzins auf den Tag genau zurückzuzahlen, oh, er habe eine Moral, wischte sich Luisito den Schweiß von der Stirn, schnalzte ihn von der Zeigefingerspitze: Dafür könne der *doctor* sogar erster Klasse heimreisen, und um die Papiere solle er sich keine Sorgen machen.

Weil sich sein Gast drauf beschränkte, der Tortilla beizukommen und dabei im Kopf zu überschlagen, daß er *netto* seit 89 Tagen in der Casa el Tivolí wohnte (denn an eine viermonatige Ohnmacht in Dos Caminos wollte er weiterhin nicht glauben), schickte man Denia in die rückwärtigen Räumlichkeiten, nach weiteren Eiern zu suchen: »*Doctor*, du bist zu schwach für unser Klima, dir setzt die Hitze zu. Und auch, tut mir leid, das Land selbst und seine Leute, wir haben einfach keine Kultur.«

Ja, Luisito meinte's ernst. Dem *doctor* stehe die ganze Welt offen, was müsse er sich ausgerechnet hier, in dieser verfluchten Stadt, in diesem verfluchten Land, durch seinen Starrsinn um Kopf und Kragen bringen? Eine *muchacha*, meingott, die lasse sich auch andernorts finden, man werde doch einer Iliana nicht nachtrauern?

Draußen kam jemand mit einem Einkaufswagen voll grüner Bohnen vorbei, dann einer mit allerhand Illegalem in der Tasche.

Ahora,
schnaufte Luisito vernehmlich aus, den anhaltenden Appetit seines Gastes als hinreichende Erklärung akzeptierend: Das habe er sich schon gedacht. Wenn der *doctor* unbedingt seinen Überlebenswillen demonstrieren wolle, müsse jetzt allerdings Klartext gesprochen werden, Klartext über die Barschaft, die ihm verblieben, bis eine neue VISA-Karte eingetroffen.

Weitschweifig hob Broschkus von seiner Kommodenschublade an und vom Zusatzversteck im Kleiderschrank, dann von den Manschettenknöpfen, den Budapesterschuhen, dem Nadelstreifenanzug, die man der Reihe nach versetzen könne, um am Ende zuzugeben, daß er nurmehr über rund siebzig Dollar verfüge. Zeit, sich mit *cafecito* zu stärken.

»Siebzig! Das heißt also – 1890 Peso. Davon kann ein Kubaner sieben Monate leben«, schlurfte sich Luisito einer raschen Entscheidung entgegen, »und da du kein Kubaner bist, werd' ich das für dich in die Hand nehmen, *¡ya!*«

Draußen, auf der Straße, sah man kurz Mercedes (Sieh an, die gab's hier also doch noch?), begleitet von ihrem verfetteten Holländer (War der Kerl nicht abgereist?).

»Du wirst jetzt von Dollars auf Pesos umgeschult, sonst krepierst du, eh' du deine VISA-Karte wiederhast.«

Daß Broschkus gar keinen weiteren Versuch plante, einen Ersatz zu beantragen, verschwieg er, nicht zuletzt deshalb, weil man vor dem Fenster niemanden mehr sah (War dieser Kees erneut angereist?).

»Zuallererst, *doctor*, mußt du kapieren, daß Wasser aus dem Hahn auch nicht anders schmeckt als Dollarwasser für Touristen.« Ohnehin werde nicht selten bloßes Leitungswasser abgefüllt und dann so professionell versiegelt, daß nicht mal ein Einheimischer die Fälschung erkenne.

Denia nickte: Luisi habe in allem recht, sie verehre ihn sehr.

Gemeinsam tranken sie,
erst der Vermieter, dann sein Mieter, tranken Wasser aus der Leitung, ohne auf der Stelle tot umzufallen; anschließend gingen sie los, das Einkaufen neu zu erlernen. Beim Verlassen seines Hauses auf den benachbarten »Balcón« zeigend, versprach Luisito, mit Cuqui ein ernstes Wort zu reden, auf daß Broschkus zukünftig für, sagen-wir, dreißig Peso zu Abend essen könne, *¡ya!*

Als nächstes wurde Rosalia in verhältnismäßig schroffer Weise über die »vorübergehende Insolvenz« ihres Nachbarn aufgeklärt; bis zur Genesung Ocampos habe sie ihm ein Frühstück zu bereiten, Tortilla-Brötchen inklusive. Für eine spätere Bezahlung verbürge man sich. Zu widersprechen wagte Rosalia nicht, ob aus Respekt vor Luisito, ob aus Ehrfurcht vor dem verzauberten *doctor*, war nicht zu entscheiden. Wohingegen Papito in spontaner Freude über das eben Vernommne eine würzige Zutraulichkeit entwickelte:

»Wenn du pleite bist, kannst du uns wenigstens nicht mehr davonlaufen!«

Daß ihn Rosalia strafend ansah, weil er auf Broschkus' Schulter herumtätschelte, störte ihn nicht: Der *doctor* sei gereinigt und außerdem sein Freund. Ob er ihm gleich ein bißchen Salz schenken dürfe? Oder – er zwinkerte ihm zu – eins seiner Hemden?

»Hab' ich's nicht gesagt?« blieb Luisito nach einem kurzen Umweg zum »Salón el túnel« erst wieder vor der »Casona« stehen: »So wahr ich Luis Felix Reinosa heiße, ich werde dafür sorgen, daß du hier in Zukunft wie ein Kubaner lebst.«

Broschkus' gesamten Alltag regelte er neu,
am Ende kam derselbe Alltag heraus wie zuvor, nur eben zum Bruchteil des Betrages, der bisher dafür aufzuwenden. Im Rückraum der »Casona«, wo Jesús mit seinen Lieblings-*jineteros* ein Vormittagsgeprahle auf Kosten des Hauses abhielt, genügte ein klar akzentuierter Halbsatz, von einem Zahnlückengrinsen besiegelt.

Während sich auch Luisito ein schnelles Bier genehmigte und dabei Maikel? Wladimir? Willito? lauschte, der von Ramóns gestriger Eroberung erzählte – er habe bereits vor Ort Hand angelegt, vor aller Augen, sei angeblich sogar schon »mit seiner Zunge an ihr dran gewesen« –, mußte Broschkus feststellen, daß die schönen großen Deckenventilatoren des Hauptraums durch kleine Tischgeräte ersetzt worden, die man hoch oben an die rosa Bretterwände geschraubt; während er gerade noch Luisito vernahm, der mit kaum verhohlner Gier nachfragte (»Hat er's selber erzählt oder ist die Geschichte glaubwürdig?«), war er schon auf dem Weg nach draußen: Die berühmteste Kneipe der Stadt, welch eine trostlose Angelegenheit, wenn man sie im rechten Licht besah!

Die Bemalung des Treppenaufgangs begriff er fast widerwillig – das, was er vor Monaten für einen Kochtopf gehalten, entpuppte sich seinem Auge jetzt als Schale; weil darin Hufeisen, Nägel, Eisenketten zu sehen, gehörte die Schale vollkommen unbezweifelbar Oggún. Und der Trichter des Grammophons, der daraus hervorragte? War ganz klar als ein gebognes Horn zu erkennen, das man mit seiner Spitze in das metallne Gesamtarrangement gesteckt, so daß sein dickes Ende nach vorn, dem Betrachter zugewandt, daraus hervorragte: das Horn des Stiers, das Auge-das-sieht.

Einen Totenkopf jedoch, sosehr er den grellrot grundierten Blutfluß absuchte und die grünen Hügel drum herum, konnte er keinen entdecken, nicht mal einen Pfeil.

Auf der Trocha,
auch sonntags herrschte hier reges geschäftliches Leben, hielt sich Luisito nicht lang mit diskreter Sondierung der Marktlage auf, barsch fragte er den erstbesten Limonenverkäufer nach diesem und jenem, währenddem mit festem Griff seine Ware prüfend, regelrecht anquetschend – »Merk's dir, *doctor,* die gelben sind saftiger! Nein, die grünen sind nicht saurer, die sind unreif!« –, ohne freilich zu kaufen. Einen effizient ruppigen Ja/Nein- beziehungsweise Gibt's/Gibt's-nicht-Dialog führend, erfuhr er im Handumdrehen, in welchen Hinterhofkühltruhen man heute mit Hummerhälften handelte und wo ein hausgeschlachtetes Schwein zum Verkauf stand, erfuhr, wo man möglicherweise Pillen gegen Prostataschwellung bekommen konnte, vorausgesetzt, man verfügte über Tauschmedizin, erfuhr sogar, daß man in einer der Seitenstraßen bald Kampfhunde aufeinan-

der loslassen würde, einer davon heiße Tyson, ein bekannter Totbeißer, der lohne jede Wette.

Im weiteren Verlauf des Lehrpfads, als den er die Trocha für seinen »vorübergehend insolventen« Mieter beschritt, griff Luisito, sozusagen aus Prinzip, in jedwede Plastiktüte, die ihm ins Blickfeld kam, erwies sich als ein rechter Gehsteigprofi, der den gängigen Preis der Waren kannte und beim Runterhandeln erstaunlich weit unterbot: nicht um zu kaufen, nein, bloß um seinem Begleiter zu zeigen, wie billig das Leben sein konnte. Ein besondres Anliegen war's ihm, Broschkus auf die verschiednen Möglichkeiten des Zapfbiererwerbs hinzuweisen: Bis zur Alameda hinab reihte sich bruchbudenhaft ein *quiosco* an den nächsten, überall drängte man sich mit Gefäßen, sie für den Sonntagabend füllen zu lassen. Am meisten vor einem lapidar »Punto de venta« benannten Holzverschlag, dem ein arg übersteuerter Kuba-Rap entstieg: Hier und nirgendwo anders, so Luisito, gebe's das kälteste, folglich beste Bier auf der ganzen Trocha. Die Eineinhalbliterflasche, erklärte er fachkundig, für dreißig Peso, so viel zahle man ja umgerechnet für eine einzige Dose *Cristal*, nicht wahr? Vielleicht hielt er nur deshalb nicht gleich drauf zu, weil er keinerlei Gefäß mit sich führte, das er sich hatte füllen lassen können.

Aber das Problem waren natürlich nicht die Getränke,
im Grunde fand man überall *refresco*, Bier, Rum in ausreichender Menge zu annähernd festen Preisen; das Problem waren die Nahrungsmittel: In den offiziell ausgewiesnen Läden verwaltete man, abgesehen von Mehl- oder Reishaufen, mit einigem Krakeel nur den staatlich lizenzierten Mangel – soweit war's Broschkus längst bekannt. Zukünftig mußte man wahrscheinlich ebenso dreist vorgehen wie Luisito, mußte lernen, mit jedem fliegenden Händler, Herumlungerer, Augenblicksgenossen ein paar halbherzliche Worte zu wechseln: und dennoch meist mit leeren Händen auszugehen.

Doch auch jetzt schon schritt Broschkus erhobnen Hauptes, seht her, ich trage die Ketten und bin trotzdem keiner von euch; selbst hier, wo man von seiner Ver- oder Entzauberung keine Ahnung haben konnte, sah er auf eine Weise geradeaus, daß ihn nicht mal die kleinen Straßenjungs am Ärmel zupften: Broschkus ging seinen Weg, ein Zeichen um den Hals und eines, stärker noch, auf der Stirn. Lediglich bei den Ferkeln, die zum Verkauf in einigen Rollwägelchen zusammengepfercht standen, schnürte's ihm die Kehle, fast hätte er sie streicheln oder gar freikaufen wollen, beschimpfte dann aber kurzerhand den Händler, er nehme nur eines mit rosa Rüssel, die andern seien ihm nicht häßlich genug.

Hatte er etwa empfindsame Anwandlungen, Broschkus, der Zweite Krieger? Noch am selben Tag sollte er eine Kakerlake auf eine Weise töten, daß es ihn danach selber graute, Stück für Stück würde er ihr die Gliedmaßen abhacken, erst ganz am Schluß, mit der Kante seines Schuhs, den Lebensnerv durchtrennen: *¡Cu-ca-rrrrracha!*

Beim Verzehr einer frisch angekokelten Drei-Peso-Tropfpizza, absoluter Preisrekord, die man im Zehnminutentakt aus einer Tonne glühender Kohlen zog, geriet Luisito ins Schwärmen über seinen neuen Chrysler: womit die Einführung ins pesogerechte Leben ihr Ende fand. Broschkus erfuhr, daß sein Vermieter auf der gestrigen Rückfahrt von der *mamá* selber am Steuer gesessen – nach wie vor ohne Führerschein, so schnell komme man an den hier gar nicht ran – und dabei, *¡que cojones!*, in eine Herde Schafe gefahren. Ein paar Kratzer, kein Problem; die restlichen Kilometer habe man sich von einem Lkw abschleppen lassen. Nun stehe der Wagen bei jemandem, der eine private Werkstatt für Dollarkunden betreibe: vorzugsweise nach Feierabend und am Wochenende. Ob man nicht mal vorbeigehen, ob man nicht mal nachsehen solle, wie weit die Reparaturen gediehen?

Nur achtzehn Liter verbrauche er,
sein Chrysler Colonel, Baujahr '49, ein wahres Schlachtschiff, trotzdem schaffe er locker hundert Stundenkilometer! Am liebsten hätte Luisito auch kubikzentimetergenau die Hubraumgröße referiert, aber die fiel ihm nicht mehr ein. Jenseits der Trocha ging's bergauf, ein Mann schlief auf dem Gehsteig, umgeben von einigen Orangen, daneben ein Fahrrad.

Im Vertrauen gesagt, er habe den Wagen ursprünglich als reine Geldanlage für die Zeit nach Fidel gekauft: Jeder, der auch nur ein bißchen mehr als die *Granma* zur Kenntnis nehme, blicke dem Tag mit großer Sorge entgegen; sobald die exilkubanische Mafia hier alles in Besitz genommen haben werde, gebe's gewiß nur noch Arbeit für Weiße, gute Arbeit, da heiße's, rechtzeitig vorzusorgen! Doch dann habe er Gefallen an seiner Kapitalanlage gefunden, im Grunde ja schon ein ganzes Leben lang davon geträumt; gestern, nun ja, habe er den Kindertraum kurzerhand in beide Hände genommen und – was auf einer Landstraße mitten in der Sierra Maestra schon passieren könne?

Ein frühes Mittagslicht flirrte über der Stadt, im Rinnstein lag ein verdrehter Katzenkörper.

»Dieser Haufen Schrott hat mich beide Augen gekostet«,
scherzte Luisito tapfer, als die Reste seiner Kapitalanlage am Straßenrand auftauchten, umlagert von einigen untätigen, auf der zerbeulten Karosserie mit Fingern trommelnden Mechanikern: »Und die Hälfte vom dritten.«

Im Wohnzimmer des Werkstattleiters (wer ihn als solchen bezeichnen wollte) stand blinkend ein Plastikchristbaum; die Neuigkeiten, die man bei einem *cafecito* erfuhr, waren unerquicklich: zerstört das meiste vom Motor, Ersatzteile gab's nicht. Jedenfalls keine, die man mit vertretbarem Aufwand hätte umarbeiten können; man würde aufs nächste Schiff warten müssen, vielleicht hatte's ein paar alte Lada-Motoren an Bord. Scheiß-

yanqui, im Grunde gehörten die USA mit einer Handelsblockade belegt! Luisito geriet recht außer sich: Dieser verdammten Mistkarre –

– sollte man den Fuß in den Arsch setzen! Broschkus, der ansonsten nichts zum Thema beizutragen hatte, entschuldigte sich nach draußen, gesellte sich auf gut Glück zu den Mechanikern. Nach dem üblichen Woher-Wohin-Was-machst-du stellte er, anstatt das Wie-heißt-du mit klärender Antwort zu versehen, stellte aus einer puren Laune heraus dem dunkelsten von ihnen eine Gegenfrage, und weil er sich fast sicher war, daß er unter dessen Blaumann kurz eine schwarze Kette hatte hervorleuchten sehen, stellte sie in betont lockerem, ja heiterem Tonfall:

»Schon mal was von Sarabanda Mañunga gehört?«

»*¡Pinga!*« unterbrach der Gefragte sofort seine Trommelei: »Kennst du ihn etwa?«

»Ich bin's selber, Bruder.«

»*¡Mentira!*« blickte ihn der Mechaniker an, zweifelnd, ängstlich auf seine Kollegen achtend, ob man ihnen zuhörte: »Das war kein Weißer, das kann kein Weißer sein.«

»Wer sagt das?« empfand Broschkus zunehmend Vergnügen an der Unterhaltung: »Beim letzten Mal ist doch was Schwarzes geopfert worden, stimmt's?«

»Dann kennst du also auch Armandito?« war der Mechaniker keineswegs überzeugt; trotzdem bildete sich Broschkus ein, daß er eine Spur vor ihm zurückwich, daß er seine Nähe scheute.

»Selbstverständlich!« Er habe den Kessel mittlerweile übrigens zurückgeschafft.

»Nach Baracoa? in die Schw-?«

Dem Mechaniker blieb das Wort im Halse stecken. Broschkus sah einen zerknirschten Luisito aus dem Hause kommen und verabschiedete sich, legte seinem entsetzten Gesprächspartner die Hand auf die Schulter, schwer und endgültig: Das Werk müsse vollendet werden.

Das müsse es, nickte der Mechaniker, aber es kam ihm keine Silbe mehr über die Lippen. Ein Unberührbarer hatte ihn berührt.

Wenigstens glaubte Broschkus,
sich weiterhin als solcher fühlen zu dürfen, glaubte, daß er dem Ursprung ebenjener Unberührbarkeit gerade ein gutes Stück nähergekommen: Sarabanda Mañunga, anscheinend war das ein enger Vertrauter von Armandito Elegguá – einer seiner damaligen Gehülfen? Wo dessen Kessel abgeblieben, mußte man sich jedenfalls nicht mehr fragen!

Versteht sich,
daß Luisito nach diesen Neuigkeiten ein Bier brauchte, gleich unten beim »Punto de venta« drängte er zum Zapfhahn, assistiert von seinem Mieter, der auch was vertragen konnte. Leihbehältnisse waren schnell organisiert, die Stunde des großen Mittags brach an, direkt neben ihnen bestieg ein kleiner weißer Hund eine kleine weiße Hündin, die dabei ungerührt geradeaus blickte.

Daß Luisito einen ersten Plastikbecher lang über den *yanqui* fluchte, der ihm persönlich die notwendigen Ersatzteile vorenthielt; daß er während des zweiten Bechers übergangslos versicherte – die Sonne trieb ihm den Schweiß in dicken Perlen auf die Stirn –, selbstredend sei der *doctor* kein Zombie (oder sonstwie verzaubert, wie einige dumme Menschen glaubten), das Paket seiner *mamá* jedoch in jedem Fall für ihn ein Segen; daß er ein drittes Bier lang über die Rolle der Vernunft räsonierte, der man die Hilfe der Unvernunft nicht ausschlagen dürfe, wenn's um Wohl und Wehe eines Freundes gehe; daß er beim vierten Bier fast volksrednerisch zu verkünden anhob: »Hier ist Afrika, *doctor*, überall ist Afrika«, aber das müsse man ja nicht laut sagen, sonst komme man überhaupt nicht mehr voran (in eine bessere Zukunft, wo's nur noch Menschen und keinen einzigen Gott mehr gebe); daß er beim fünften und letzten Bier von Brüsten mit Leberfleck schwärmte (und seine Prostata verfluchte, er müsse sicher bald unters Messer): all das nahm Broschkus hin, schließlich hatte er soeben eine Spur gefunden.

Zumindest bildete er's sich ein. Es wurde Zeit, daß er Armandito Elegguá kennenlernte, und wenn er dazu nach Baracoa fahren mußte.

Falls er trotz des Pakets nachts Besuch bekommen sollte,
ließ er sich von Luisito vor seiner Hoftür verabschieden: müsse er sich so schnell wie möglich mit einem Salzkreis schützen, zusätzlich einen Teelöffel Salz einnehmen, sofern noch Zeit dazu sei. In jedem Fall eine Besteigung laut und deutlich ablehnen! Luisito war sicher betrunken. Daß »einer von ihnen« komme, hob er kurz seinen Strohhut, um den Schweiß von der Stirn zu schieben, würden die Tiere weit eher als die Menschen spüren, ernst werde's erst, sobald von ihnen kein Mucks mehr zu hören, gar keiner. Ach, er täte dem *doctor* so gern beistehen, nur wie? »Sobald du mich brauchst, werd' ich nicht zögern, glaub mir.«

Wenn du wüßtest! dachte Broschkus, ganz von alleine drückten sich ihm die Schultern durch: Mich hat sogar schon mal der Herr der Hörner höchstpersönlich! Gegen den kannst du mit deinem ganzen Voodoo-Firlefanz doch einpacken.

Wenn er selber gewußt hätte! daß er auf Luisitos Angebot schon bald würde zurückkommen müssen, er hätte dessen Umarmung sicher eine Spur herzlicher erwidert.

Bevor er die Nacht im Leichenschauhaus zu verbringen hatte,
verblieben ihm wenige Stunden. Unterm Siegel der Unberührbarkeit schritt er in den Nachmittag, von der Sehnsucht nach Berührbarem getrieben, die Flasche *Alicia Alonso* in einer Plastiktüte am langen Arm: Trotz aller Rituale, die absolviert und noch zu absolvieren waren, konnte er Iliana nicht vergessen –

vielleicht ließ sich mit ihrer Mutter ja in der Intimität des Häuslichen ein klärendes Gespräch führen? Beim Gasflaschendepot bog er bergwärts, entschlossen, die kleine Bretterbude unter der Bananenstaude wiederzufinden, am Rande des Bewohnbaren.

Mittlerweile wußte er, wie viele Häuser in dieser Stadt leer standen und langsam in sich zusammenfielen – waren die bisherigen Besitzer geflohen, durfte eine erkleckliche Anstandsfrist keiner dort einziehen –, doch wie viele weitere Behausungen der Wirbelsturm zerstört hatte, von dem ihm berichtet, sah man erst, sobald man bachbettaufwärts ging. Regelrechte Schneisen der Verwüstung waren vor allem ab Calle G und also akkurat durch jene Stadtbezirke gelegt, wo die kleinsten der Wellblechbuden gestanden; ab Calle H hatte sich das, was vormals dicht an dicht geschachtelte Bebauung gewesen, in ein breites Materiallager verwandelt, von gestürzten Stromleitungsmasten, Palmen und Kakteen willkürlich parzelliert. Mit bloßen Händen wurde sortiert, geklopft, geschichtet, man schaufelte Schutt in Schubkarren, suchte alte Ziegel, stapelte sie sorgfältig aufeinander. Zwischendurch kratzte man schnell einen Blechnapf mit Bohnenreis leer oder schlief auf Treppenabsätzen, hinter denen kein Gebäude mehr stand, oberkörpernackte Erschöpfung.

Dort, wo man früher einen Schweinskopf aufgehängt, das Ohr überm Nagel, oder einen Plastikkrug mit *»refresco natural«* bereitgehalten, war die Wasserleitung ins Tal geborsten: Ein frisch aufsprudelnder Tümpel sorgte weitflächig für Versumpfung, das Brachland dahinter von Libellen beschwirrt.

Chicharrones

war Broschkus in seiner verschachtelten Armseligkeit zwar einigermaßen vertraut, jedoch noch immer fremd genug, um ihn weidlich in die Irre und schließlich in stumme Verzweiflung zu treiben. Zumindest in diesem ärmsten ihrer Viertel war die Stadt verwunschen, trotz der Verwüstungen meinte man an jeder Wegkreuzung Altbekanntes zu erkennen und stand doch einen Schritt darauf inmitten vollendeter Fremdheit. Denn während die unmittelbar Betroffnen mit Eifer den Wiederaufbau betrieben, ging überall dort, wo man keinen Schaden genommen, das Alltägliche ungerührt seinen Gang:

Man spielte die gängigen Hits, erzeugte die üblichen Gerüche, rückte Wäscheleinen, Schaukelstühle und schlafende Katzen immer wieder auf eine Weise zum Stilleben, wie sie Broschkus bereits gesehen zu haben momentweis sicher war. Vornehmlich aber sah er, der herrschenden Emsigkeit zum Trotz, müßig lungernde Männer, noch eine Spur müßiger als in der restlichen Stadt, es war gewiß angebracht, sich zielstrebig zu geben, ortskundig und –

Unberührbar? war Broschkus bestenfalls diesseits der Trocha, hier würden sie sogar einem der Schwarzen Barone den Weg vertreten, wenn ihnen der Sinn danach stand. Ob er tatsächlich zu schwach für diese Stadt war, oder wieso war nicht einmal die Calle K zu finden?

Ein blond eingefärbter Knirps führte ihn,
wahrscheinlich hatten sich seine großen Brüder hinter der nächsten Biegung zusammengeschart, führte ihn zu Mirtas Haus. Auf dem Treppenabsatz die beiden Männer, in unvermindert konzentrierter Pose über ihr Brettspiel gebeugt, vielleicht Mensch ärgere dich nicht, als wären mittlerweile nicht Wochen (beziehungsweise, je nach Zählung, Monate) vergangen. Dahinter freilich die Haustür mit Brettern vernagelt, desgleichen das Fenster.

Mirta?

Die Männer ließen sich in ihrer Konzentration nicht beirren, schüttelten nur kurz den Kopf: Nein/Gibt's nicht.

Die Königin der Toten? Der Kessel? Armandito? Sarabanda Mañunga?

»Onkel«, entschloß sich einer der beiden zur Antwort: »Tu uns einen Gefallen, und laß dich hier nie wieder blicken, ja?«

Vorbeihüpfende Kinder, die sich bei Broschkus' Anblick erschraken; ein traurig herumstehender rosa Eber; Männer und Frauen, die Wasserkanister schleppten: Jajaja, das kannte er, selbst daß von fern her Beethovens Neunte ertönte, war ihm keine Überraschung. Und wenige Schritte später? Einige Ölfässer, ein abgemagertes Pferd, Avocadobäume – das hatte man doch schon mal? Wie man den Kopf hob, stand oben, am Hügelkamm, riesig rot der Wassertank.

Ein vorbeiflatternder Falter.

Auch den hatte man doch längst?

Nach wie vor unvergleichlich der Blick hinab auf die Stadt, auf den Spätnachmittagshimmel – gelbe, weiße, blaue Streifen über Bucht und gegenüberliegendem Gebirge, durchsetzt von Vogelschwärmen und Papierdrachen. Doch so überwältigt wie ehedem war Broschkus nicht. Vielleicht lag's an der langen Menschenschlange vor dem Tank, am beständigen Streit mit Vordränglern, der die große Stille heut gar nicht erst aufkommen ließ; vielleicht lag's an den gelben Hunden, die rudelweis über die Hochebene streunten, aus der die einzeln stehende Hauswand ragte und daneben der Baum, ein Schattenriß vor frühem Mond. Vielleicht aber auch war Broschkus lediglich zermürbt, nach all den vergeblichen Stunden im Labyrinth des Hügels, den vergeblichen Tagen, Wochen, Monaten in dieser Stadt.

Als ob Santiago, wie's tief unter ihm in seine südlich verblassenden Farben zerfiel, ohne Iliana nur noch eine ganz gewöhnliche Stadt war mit ganz gewöhnlichen Sorgen und Sehnsüchten, die man darin hegte. Nun, ein bißchen dunkler waren sie als anderswo, ein bißchen blutiger die Gebräuche, ein bißchen krasser die Gepflogenheiten zwischen den Geschlechtern. Aber sonst? Wahrscheinlich wurden die Radios nur so laut aufgedreht, um das Knurren der Mägen zu übertönen. Welch ein Scheißland, dachte Broschkus und sehnte sich nach einem Schluck

Wasser, wie oft hatte er diesen Satz mittlerweile gehört, am liebsten wären sie alle nach Miami geschwommen oder wenigstens nach Deutschland.

Der kleine Hügel in der Ferne, der Tivolí, sein Zuhause. Man mochte ihn betrachten, wie man wollte, er schien nichts mehr als ein pittoresker Anblick; ausgerechnet das, was seine Schönheit bislang mit Tiefe versehen, mit Hoffnung, war ihm während der letzten Tage abhanden gekommen. Nun zog's Broschkus, wenn er das Erschrecken des Mechanikers richtig gedeutet, zog ihn nach Baracoa; alles, was noch in Santiago zu erledigen, mußte der Abreise dorthin dienen.

Daß hinter ihm der eine oder andre Reiter das Grasland querte, sah er in seiner unvermittelt aufwallenden Verbitterung nicht; keines der Tiere nahm er mehr wahr und keinen der Wanderer, die sich nahten. Erst als ihm, ungewöhnlich genug, ein graumelierter Herr mit Spazierstock ins Blickfeld geriet, dessen eckig verzögerte Bewegungen ihm bereits beim ersten Blick vertraut waren, schreckte er hoch; als sich der Spazierstock beim genaueren Hinsehen in einen Regenschirm verwandelte, hätte sich Broschkus fast durch einen Schrei verraten.

Gänzlich einer inneren Betrachtung anheimgegeben, schlenderte Ernesto dahin, die reinste Nichtbeachtung dessen, was ihm bergauf entgegenkam oder am Wegesrand im Dämmrigen zerfloß; und ebenso selbstverständlich hielt sich hinter ihm, einen gewissen Abstand wahrend, sein Sohn, von der Ahnung beseelt, dem Geheimnis der Stadt auf diese Weise ein Stück näherzukommen: Wohin sein *padrino* auch immer gehen, wen auch immer er treffen mochte, es konnte für die eigne Geschichte von Bedeutung sein. Irgendwie hingen sie hier ja jeder mit jedem zusammen, waren eine einzige große Familie einschließlich ihrer sämtlichen Verstorbnen, die nach Ermessen teilnahmen am Alltagsleben, da machte Ernesto gewiß keine Ausnahme.

Von welch hoffnungsfroher Erregung Broschkus erfaßt war! und von welch umfassender Enttäuschung, als die kleine Verfolgungssequenz an ihr Ende gekommen, kaum daß sie begonnen! Während sich eines dieser plötzlichen Herbstgewitter ankündigte – rasante Verdüsterung der Gran Piedra, drei, vier Donnerschläge vom Horizont, in wenigen Sekunden würde das Geprassel einsetzen –, bog Ernesto in einen Seitenweg ein, der Broschkus sogleich bekannt vorkam, passierte ein paar Abzweigungen linksrechts ins Ungefähre, erreichte das Ende der Calle K.

Als er sich zwischen zwei Zäunen hindurchzwängte, hinter denen es beidseits meterhoch aufdschungelte, setzte der Regen ein, Broschkus konnte sich gerade noch unterstellen. Nach einer knappen grauvioletten Minute, in deren Verlauf Changó auf seinen Blitzen durch den Himmel ritt, riß die Wolkendecke schon wieder auseinander, dampfte der Boden. Vorsichtig drückte sich nun auch Broschkus zwischen die zwei Zäune, kam auf den Trampelpfad, der in einen schmalen, unregelmäßig ausgebrochnen Betonsteg überging, entschieden dorthin balancierend, wo sich's erwartungsgemäß lichtete und gleich, wer-weiß, einen mit gedämpfter Stimme auf Ilianas Mutter einredenden Ernesto zeigen würde.

Doch wie bestürzt war Broschkus, als das Dickicht auseinanderfuhr und auf der kleinen Freifläche – ganz und gar nichts mehr unter der riesigen Bananenstaude zu entdecken war, kein Mensch, keine Hütte! Am Boden verstreut statt dessen Blech und Bretter, die Reste zertrümmerter Möbelstücke, zerfetzte Alufolie, eine aufgerißne Matratze; sogar das Toilettenhäuschen war wie vom Erdboden verschluckt, man sah nurmehr das Loch im Boden. Mißmutig erhob sich ein großer gelber Hund, schüttelte sich, beschnüffelte kurz Broschkus' Männlichkeit und trabte bergab, zunächst dem weiteren Verlauf des Trampelpfades durch die Müllhalde folgend, bald im Dickicht des Steilhangs verschwindend.

Bis sich Broschkus mit diesem Anblick abgefunden, war die

Dämmerung angebrochen; bis er eingesehen, daß er nichts Wirkmächtiges in all dem Abfall finden würde, das Ernesto womöglich versteckt, geschweige ein Andenken an Iliana, war's Nacht. Da hatten sie ihn freilich schon umringt.

Kaum war man dazu übergegangen, ihn auszurauben,
durchaus empört darüber, daß man nur einer Flasche Parfum und keines einzigen Dollars habhaft werden konnte, hielt einer, an dessen Hand drei Finger fehlten, im Durchwühlen der Taschen inne:

»Was machst du denn hier?« Ein luzides Entsetzen war ihm ins Gesicht gefahren, er spuckte einen Zahnstocher aus, auf dem er bislang herumgekaut: »Hab' ich dir nicht gesagt, du sollst dich hier nie mehr –?«

Wortreich entschuldigte er sich, erklärte seinen Kumpanen die Lage, am Schluß klopfte man Broschkus sogar Hemd und Hose aus, leuchtete ihn mit einer Taschenlampe ab, ob auch nichts fehle.

»Aber, Onkel, entschuldige die Frage, wie siehst du denn aus?«

Noch nie 'nen Teutonen gesehen, der das Zeichen trägt? dachte Broschkus, doch er sagte: »Hatte 'n paar Hühnchen mit den Dunklen zu rupfen, war 'ne ziemliche Schweinerei.«

Man nickte, wich einen Schritt vor ihm zurück. Einer mit eingefrästem *Nike*-Logo im Stoppelkopf zog die Parfumflasche wieder hervor, einer mit eintätowierter US-Flagge am Hals überreichte die Uhr – leider war die Schließe aus dem Armband herausgerissen – und auch das wenige, was er an Pesoscheinen gefunden. Der Chef der Truppe ließ sich's nicht nehmen, Broschkus ins Tal zu geleiten, »So wahr ich Lolo, el duro, el puma heiße, ich bin ein ehrbarer Mann!«, um ihn an der Trocha sogar noch auf ein Bier einzuladen, der herausgerißnen Schließe wegen. Die freundschaftlichen Berührungen, die er ihm ansonsten gern zuteil werden ließ, verkniff er sich.

Heimkehrend in die Vertrautheit des Tivolí,
hatte Broschkus das dringende Bedürfnis, sich bei den Dominospielern nach Ernesto zu erkundigen – der wußte sicherlich viel mehr, als er bislang preisgegeben! –, aber bevor er irgend jemanden fragen konnte, eilte man ihm entgegen: Ob er's schon gehört habe? Jeder wollte ihm die Botschaft überbringen, am Schluß auch noch ein volltrunkner Papito, dem die Worte nur so von der Zunge kugelten:

Ocampo, seit einigen Wochen war er ja nicht mehr richtig lebendig gewesen, man hätte's eigentlich ahnen können, nun war er richtig tot, war heute nachmittag an einem Leistenbruch verstorben, sozusagen. Die Nacht über werde er, wie üblich, aufgebahrt, bevor man ihn morgen früh in die Gruft hinunterschaffe. Ob der *doctor* mitkomme, zum Abschiednehmen?

Während Broschkus noch schnell den *Ron Mulata* aus dem Kleiderschrank holte, den er dort vor einigen Tagen? Monaten? zur Feier von Ocampos Genesung bereitgelegt (beziehungsweise Luisitos Ersatzflasche), hörte er Flor draußen Abschätzigkeiten verbreiten:

Also Ocampo, der alte Saukerl. Ein ganzes Leben lang habe er seine Frau betrogen und seine Geliebten wiederum mit anderen Geliebten. Kein Wunder, daß sich die Natur an dieser Stelle gerächt habe, es geschehe ihm recht.

Ihre Schwester,
die Broschkus vor dem »Casa Granda« auf und ab flanierend antraf – »*Oye*, Merci, hast du's schon gehört?« –, äußerte sich zwar etwas verhaltner, lehnte's aber rundheraus ab, Broschkus ins Leichenschauhaus zu begleiten. Eines Ocampo willen? Außerdem habe sie zu arbeiten, irgendeiner müsse die Familie ja ernähren.

Mercedes, heut abend sah sie so zimtbraunzauberhaft aus, daß – Broschkus jedenfalls nicht einfach lockerlassen wollte: Ob Kees das gut fände, wenn er sie hier entdeckte, beim Akquirieren?

Wieso Kees? Der sei doch längst abgereist?

Also wäre heut früh wohl sein Geist an Luisitos Haus vorbeispaziert, an ihrer Seite?

»Bro, du spinnst, siehst am hellichten Tag Gespenster!« Sie wohne doch jetzt in Chicharrones, bei der Großmutter; nun solle er sie weitermachen lassen, das Leben sei ein Kampf. »Hast mich ja sowieso nie gemocht.«

Das Leichenschauhaus
lag kaum einen Steinwurf entfernt vom Parque Céspedes. Auf den Stufen des Portals ein Pulk rauchender Männer; drinnen ein aufgeregtes Gewühl wie im Foyer einer Festhalle vorm Beginn der Vorstellung; im Zentrum des Gewühls die amtliche Beisetzungsliste – eine Stecktafel mit der Anzeige der frisch Verstorbnen: Jedem Toten stand für seine letzte Nacht unter Lebenden eine zum Flur hin offne Räumlichkeit zu, eine Art überdimensioniertes Chambre séparée, kein einziges Kreuz an all den weißen Wänden.

Zur Zeit waren höchstens die Hälfte der Totenkammern belegt; in ihrer Mitte jeweils auf einem fahrbaren Stahlgestell der Sarg, ein arg puristischer Katafalk ohne Kerzen, Blumen, Schmuck, nichts als der immergleiche schwarzgestrichne Bretterkasten – Broschkus kannte das Modell von den Exhumationen in Santa Ifigenia. An den Wänden ebenso viele Stühle wie Aschenbecher; in Ocampos Kammer sogar, eine Überraschung, zwei Plastikkränze, Luisito wies Broschkus gleich auf die Beschriftung der Schleifen, die er in Auftrag gegeben: »Letzter Gruß von Luisito und dr Bloder« war auf der einen in Goldbuchstaben zu lesen, auf der andern »Prudencio Cabrera Ocampo«, dazu die Namen seiner fünf Söhne. Lose gruppiert im ganzen Raum eine beständig anwachsende Trauergemeinde, keiner davon in dunkler Kleidung oder sonstwie festlich herausgeputzt, man rauchte, begrüßte Neuankömmlinge, ab und zu verschwand man ins Erdgeschoß, um sich dort an einem Tresen den billigsten und – wie man versicherte – besten Peso-Kaffee der Stadt zu genehmigen.

Schließlich galt es, die ganze Nacht durchzuhalten, jedenfalls hier zu verbringen, wollte man dem Verstorbnen eine letzte Ehre erweisen. Morgen früh, so Luisito, würde's in wenigen Minuten mit Ocampo vorbei sein, er machte eine sehr finale Handbewegung.

Roch's irgendwie,
fragte sich Broschkus, roch's vielleicht süßlich? Nicht im geringsten, das Gebäude wurde ja gewissermaßen ständig geräuchert; auch die Atmosphäre war keineswegs beklemmend, im Gegenteil, das unendliche Gespräch der Stadt ging an den Särgen der Verstorbnen unvermindert weiter, man freute sich, diesem oder jenem unverhofft wiederzubegegnen, verabredete sich, schwelgte gemeinsam in Erinnerungen: Anscheinend feierte man den Abschied von den Verstorbenen vor allem damit, daß man keinen Abschied nahm, niemand hielt eine Rede, kaum einer kam ins Schluchzen, abgesehen von Müttern, Töchtern oder Witwen, doch die gab's in Ocampos Fall ja nicht.

Vielleicht wenigstens eine feste Freundin? Verlobte?

Diskret blickte sich Broschkus um,
ob er unter den Trauernden jemanden entdecken konnte, der für diese Rolle in Frage kam, wußte sich aber nicht zu entscheiden: Es hatten sich nicht wenige eingefunden, die man im Tivolí noch nie gesehen, wer-weiß, wie die Nachricht überhaupt so schnell verbreitet worden. In wechselnden Gruppierungen schob man sich ums Kopfende des Sarges, blickte durch das Glasfenster, das dort ins Gehäuse eingelassen, um sich zu versichern, daß es wirklich kein andrer als Ocampo war, der darin lag. Bevor sich auch Broschkus mit eignen Augen überzeugen konnte, erzählte ihm ein vollkommen Fremder, indes im Tonfall vollkommener Vertrautheit, unlängst sei hier eine Frau in ihrem Sarg

erwacht und habe sich beschwert, daß man sie ohne Strümpfe hätte beerdigen wollen. Einen Tag später sei sie tatsächlich gestorben.

Wer von den Anwesenden denn Ocampos Freundin? Verlobte? sei, fragte Broschkus seinerseits.

Oh, keine! antwortete man mit unverhohlner Befriedigung: Nicht ein einziges Ja-Wort habe Ocampo noch über die Lippen gebracht, seine Freundin? Verlobte? sei unverrichteterdinge wieder abgereist, es geschehe ihr recht.

Fesch sah er aus,
der Chef der »Cafetería El Balcón del Tivolí«, im Anzug samt Einstecktuch und Krawatte, wahrscheinlich trug er sogar Manschettenknöpfe. Man witzelte, daß er sich im Jenseits schon seine weißen Schuhe bereitgestellt hätte, um als erstes zum Tanzen zu gehen.

Ein echtes Pferd sei er gewesen, rühmte man ihn: sieben Säcke, ein Kerl bis zu seinem allerletzten Tag.

Luisito hob die Glasscheibe vom Sarg – sie war gar nicht fest eingefügt, sondern lediglich locker aufgelegt –, zog sich seinen Viagra-Kugelschreiber von der Hemdtasche und schob ihn, »eine kleine Leihgabe!«, in Ocampos Reverstasche. Den könne er die nächsten zwei Jahre gewiß gut gebrauchen, strich er ihm das Einstecktuch wieder glatt: Wenn ihm dann die Knochen geputzt würden, werde er kommen und sich seinen Kuli wiederholen.

Indem man beistimmend lachte, wischte man sich die Tränen aus den Augenwinkeln.

Tatsächlich lag Ocampo so vollkommen unversehrt,
daß es schwerfiel zu glauben, er halte nicht nur eine sehr ausgedehnte Siesta, um im nächsten Moment mit einem *¡La vida es del carajo!* unter die Trauergemeinde zu fahren und sein grimmes Gelächter anzuschlagen. Ausschließlich daran, daß

ihm nicht die kleinste Schweißperle auf der Stirn saß, konnte man sich ausrechnen, daß etwas an ihm nicht ganz so war wie sonst.

Als Broschkus seinen Bruder zum ersten Mal in jener Nacht betrachtete – Ocampo hatte Wert drauf gelegt, nicht bloß als Freund zu figurieren, nein, ein Bruder wollte er ihm gewesen sein, ein sehr ungleicher Bruder –, da entfuhr ihm ein unhörbar gehauchtes Du-ich-hab'-deine-Flasche-dabei! Wenn's stimmte, daß die Toten hier weiterhin anwesend waren und sich bei Bedarf in den Träumen der Lebenden zu erkennen gaben, diese sogar leibhaftig bestiegen, um unter ihnen zu sein, dann hatte der Alte die knappe Botschaft seines Stammgasts sehr wohl verstanden.

Danke-für-den-kalten-Kaffee, bückte sich Broschkus ein Stück tiefer, näher an Ocampos Ohr: Danke-für-die-Sache-mit-den-Frühstückseiern.

Ob er wirklich gestorben war? Oder sich nicht doch gleich aufrichten und darüber beschweren würde, daß man ihn ohne seine schönen spitzen Schuhe beerdigen wolle?

Erst einmal in seinem Leben –
denn seinen Vater hatte er bereits als Volksschüler verloren, hatte »in diesem zarten Alter« nicht zur Beerdigung mitgehen, den Tod mit eignen Augen sehen dürfen –, erst ein einziges Mal war Broschkus einer Leiche ansichtig geworden: derjenigen seiner Mutter, ein Kissen war ihr so untergeschoben worden, daß der Oberkörper fast senkrecht emporragte und Broschkus erschrocken einen Schritt zurückgetan. All die Minuten, die er bei ihr ausgeharrt, hatte er's nicht übers Herz gebracht, zum Lebewohl die weiße Hand zu ergreifen, an einen Abschiedskuß war gar nicht zu denken gewesen. Endlich, im Abdrehen, wie er seine Zeigefingerspitze kurz an ihren Unterarm gedrückt, hatte er die entsetzliche Kälte gespürt, die noch immer in der Mutter wohnte, nur war sie jetzt fühlbar geworden – er hätte schreien

mögen und hatte doch nichts hervorgebracht als etwas röchelnd Verschlucktes, ein letztes ungesagtes Wort.

Gern wäre er ersatzweis nun Ocampo um den Hals gefallen, redete sich aber ein, daß dies unter Männern nicht unbedingt notwendig sei. Wie schwer ihm die Luft wurde, während er im Angesicht seines Bruders verharrte, wie leis ihm die Neonröhre zu summen anhob, wie rasch ihm die Menschen und die Dinge ins Weite davonknisterten, so daß man kaum ihre Worte verstehen konnte, sich alles zeitlupenhaft zerdehnte, in ein Schwirren zerfloß, man mußte ja Angst haben, im nächsten Moment vollkommen allein zu sein! Fest und unverrückbar in der Welt war einzig Ocampo, der Rest dagegen ins fratzenhaft Ferne gerutscht, so daß man in seiner Not nach dem Nächstbesten greifen mußte, der gerade noch erreichbar, dem allgemeinen Entgleiten sich entgegenzustemmen! Am Hals eines Wildfremden hängend und ein hemmungsloses Schluchzen vernehmend, kehrten Herrn Broder Broschkus zunächst die Geräusche, dann die ganze Welt zurück, er ließ sich zu einem der Stühle geleiten und frische Luft zufächeln.

Eine Weile bemerkte er nicht mal, daß sich sein *padrino* neben ihn gesetzt und ihm den Arm um die Schulter gelegt. Erst als Ernesto die kalte Zigarre aus dem Mund nahm und seinen Sohn mit der Mitteilung zu trösten suchte, er habe soeben für Ocampo gebetet, auf daß er als Toter niemanden belästigen müsse, habe für ihn einen schönen Platz neben dem Abfalleimer im »Balcón« erbeten – erst jetzt war der kleine Schwächeanfall vorüber und Broschkus wieder Herr seiner Sinne.

Dies war das letzte Mal, das er an seine Mutter gedacht; danach war sie wirklich gestorben.

»*Was ich nicht verstehe*«,
fragte gerade einer in die Runde, »ist er nun an Viagra verreckt oder daran, daß man ihm in der Schwarzen Tasche dauernd Traubenzucker angedreht hat?«

Die Männer lachten. Man holte Kaffee, bot sich wechselweise Zigaretten an, gruppierte sich neu.

»Du solltest nach Hause fahren, *sir*«, entzündete Ernesto seine Zigarre, »du bist zu schwach für unser Klima, dir setzt die Hitze zu. Und auch, tut mir leid, das Land selbst und seine Leute, wir haben einfach eine stärkere Kultur.«

Nach Hause fahren – und das aus dem Munde Ernestos, was war denn in den gefahren? Immer neue Menschen drängten zum Sarg, vor allem Frauen, einige spektakuläre waren darunter.

»Es stimmt ja leider, schon beim letzten Mal, in Dos Caminos, wärst du beinah gestorben«, griff Ernesto den Vorwurf vom Vorabend auf, nicht ohne ihn gleich versuchsweis zu entkräften: »Gestorben nicht zuletzt deshalb, weil du dorthin wie zu einer lästigen Pflichtübung aufgebrochen bist, das hat dich geschwächt.« »Nur was man mit ganzem Willen will, kann gelingen, verstehst du?«

Nein, Broschkus verstand nicht. War gestern nicht alles zwischen ihnen ausreichend besprochen und geklärt worden, worauf würde Ernesto denn noch hinauswollen? Eine der Frauen beugte sich übers Kopfende des Sarges, vielleicht etwas zu lang, etwas zu tief – gab sie Ocampo einen Kuß? Eine andre Frau zog sie verärgert weg, eine dritte nutzte die Gelegenheit, den Platz der ersten einzunehmen.

Wenn Broschkus lediglich deshalb hierbleibe, um seine Pflicht zu erfüllen – so unbeirrt Ernesto – oder um seine Ehre unter Beweis zu stellen, werde er der nächsten Herausforderung nicht gewachsen sein. Jedem im Tivolí habe er's deutlich gezeigt, daß er ein Mann sei, es gebe keinen Grund, offnen Auges ins Verderben zu rennen.

Ernesto, er schien gekommen, um Grundsätzliches zu klären, aber warum denn ausgerechnet hier, warum ausgerechnet jetzt? Einige der Frauen gerieten in eine regelrechte Handgreiflichkeit, über den offnen Sarg hinweg beschimpfte man einander, zerrte und zog, wollte ernsthaft zuschlagen, fiel einander in den Arm.

Er habe sich's ja gedacht, blies Ernesto vernehmlich den Rauch aus, das anhaltende Schweigen seines Sohnes als Erklärung akzeptierend: Wenn Broschkus unbedingt sein Schicksal herausfordern wolle, müsse jetzt Klartext gesprochen werden, Klartext über den Brief, den er aus Dos Caminos mitgebracht, über die Unterschrift.

Der Brief! Weitschweifig hob Broschkus von Iliana an und daß kein andrer als Ernesto schuld an ihrem Verschwinden sei, daß ihm zusehends unklarer geworden, welches Interesse er als *santero* bei der ganzen Geschichte verfolge, um am Ende hastig anzufügen, daß er ihn heut nachmittag in Chicharrones gesehen: Ob er mit Mirta und den Dunklen unter einer Decke stecke?

»*Sir!*« Ernesto rang ersichtlich nach Fassung: »Du stehst noch immer unter der Macht ihrer Pulver, so kenn' ich dich gar nicht!« In Chicharrones sei er seit Ewigkeiten nicht gewesen, warum auch.

»Aber ich hab' dich mit eignen Augen gesehen!«

»Mein Sohn, du hast geträumt! Ich weiß nicht mal, wo diese Person wohnt!« Im übrigen habe er den Nachmittag mit Cuqui und also unter Zeugen verbracht: »Er hat die Unterschrift entziffert.«

Ausgerechnet mit dem! Als ob ein Cuqui nicht alles bezeugen würde, was ihm Ernesto nahelegte! Entweder log hier jeder nach Bedarf, oder Broschkus war wirklich schon ein bißchen verrückt.

»Übrigens kann ich dich beruhigen, du wirst Iliana wiedersehen«, beschwichtigte Ernesto: Er habe die Muscheln befragt, die Muscheln-die-sprechen: »Sie wartet auf dich.«

Nun standen die Frauen einhellig beisammen, einige berührten Ocampos Gesicht, bestreichelten es kurz, andre lachten und weinten zugleich. Zeit, sich mit einem *cafecito* auf andre Gedanken zu bringen, auf diese Weise kam man ja nicht weiter. Nicht in dieser Stadt, nicht mit diesen Menschen. Aber nein, Ernesto schien vom Drang erfaßt, sich zu rechtfertigen, er sei zwar ein alter Mann, gleichwohl ... Wen interessierte's denn noch sonderlich, daß er die dritte, die entscheidende Spur von Anfang an gehabt (das sei die mächtigste der drei, also am schnellsten aufzuspüren gewesen und sofort), daß er seinem Sohn nichtsdestoweniger zunächst den ersten wie den zweiten Weg hatte weisen müssen (auf daß dieser Kraft und Weisheit erlangen konnte, den dritten zu beschreiten undsoweiter), weisen *müssen!* »Ich hatte keine Wahl!«

Als ob's darum ging, daß die eine Spur notwendigerweise zum Falschen und die andre womöglich ebenso notwendig zum Richtigen führte! dachte Broschkus. Es ging doch darum, eine Sache zu Ende zu bringen, auf daß man den Rest des Lebens seine Ruhe hatte.

»Schon gut«, konnte er das Gespräch beenden, als er Luisito auf sich zukommen sah, gefolgt von Papito, Ulysses und Ocampos Sohn (dem einzigen, der sich noch nicht in die USA abgesetzt hatte, dem Chef des »Balcón«-Restaurants): »Ich werd' nach Baracoa fahren, so bald wie möglich.«

»Mein Sohn«, sah ihn Ernesto mit großen Augen und Ohren an, »du hast das selber rausgekriegt?«

Man wolle auf den Verstorbnen trinken,
erklärte Luisito gleich freiheraus, der *doctor* habe doch die Flasche mitgebracht, die er für den Tag von Ocampos Entlassung aus dem Krankenhaus? Nun, dieser Tag sei heute gewesen, auf die Flasche seines Bruders habe sich Ocampo die ganze Zeit gefreut.

Broschkus, der seinen *Ron Mulata* in einer Plastiktüte verborgen gehalten, jetzt stand er damit am offnen Sarg, von Ocampos Freunden umringt (die Frauen hatten sich auf die Stühle zurückgezogen), und verteilte den Rum in viele kleine Plastikbecher. Den Rest der Flasche schüttete er – obwohl ihm alle auffordernd zunickten, zitterte ihm die Hand – unter beständigem *¡Salud!* rund um Ocampos Kopf, ein paar Spritzer gingen ihm aufs Sakko.

Andächtig verfolgte man, wie der kostbare Rum vom Leichentuch aufgesaugt wurde, nickte stumm, erstaunlich stumm für kubanische Verhältnisse, dann hob man die Becher, Laß-dir's-schmecken-Bruder, und nahm einen Schluck auf Ocampos Wohl. Jemand erzählte, wie sich vor ein paar Wochen bei einer ähnlichen Prozedur der Verstorbne in seinem Sarg mit einem Mal bewegt und nach mehr verlangt hätte; tatsächlich wären ihm die wenigen, die nicht vor Angst davongelaufen, mit mehr gekommen; tagsdrauf sei der Mann wirklich gestorben.

»Was ich aber bis heute nicht verstehe«, ließ sich schon der nächste hören: »Je länger man trinkt, desto schneller werden die Gläser leer.«

Indem man beistimmend lachte, wischte man sich die Tränen aus den Augenwinkeln.

Im Verlauf der Nacht veränderte sich die Beleuchtung nicht, trotzdem erschien sie Broschkus von Stunde zu Stunde gelber, milchiger, es mochte an seiner Müdigkeit liegen oder an der zweiten Flasche Rum, die in Umlauf gebracht worden. Daß Ernesto plötzlich wieder neben ihm saß, mit besorgter Faltenmiene, obwohl er eben noch Teil der allgemein sich entspannenden Stimmung gewesen, war nicht wirklich überraschend; daß er ihm mitteilen wollte, wer hinter der Unterschrift und also dem Amulett steckte, war's ebensowenig:

»Wenn du mich fragst«, fiel Broschkus seinem *padrino* ins Flüstern, »dann kommt eigentlich nur einer in Frage: der Herr der –«

»*¡Sssss!*« zischte Ernesto so laut, daß einige der Trauernden die Köpfe wandten und rübergrinsten: »Er war's, ja.«

Nicht vielleicht Armandito Elegguá?

»Vergiß ihn, er ist nur sein erster Diener. Nein, der Brief trägt das Zeichen dessen, den sie verehren.«

»Er hat sich in meine Haut verliebt«, nickte Broschkus, tapfer scherzend, »sie fehlt ihm noch in seiner Sammlung.«

»Die, die ihn verehren, sind nicht irgendwelche Dunklen, *sir*«, war's Ernesto nicht zum Scherzen zumut: »Es sind, ich-will's-mal-so-ausdrücken, sind die Dunkelsten der Dunklen. Cuqui ist sich sicher, sie dienen dem *Palo* vom –«

¡Mentira! hörte sich Broschkus hysterisch protestieren, als würde er den Teufel zwar gerade noch hingenommen haben, Teufelsanbeter hingegen als maßlos platte Übertreibung von sich weisen. Es war ja längst nicht mehr so, daß er alles glaubte, was man ihm erzählte, im Gegenteil, er hatte begriffen, daß der kubanische Volkssport darin bestand, so oft wie möglich *mentiras* in die Welt zu setzen. Nein, keine Lügen im engen, moralischen Sinn des Wortes, jedenfalls keine schweren, eher kleine Abweichungen von der Wahrheit, um sich für einen Moment über die alltäglichen Gewißheiten zu erheben und ein bißchen gute Laune zu erzeugen – so, wie man sich im Alten Europa Witze erzählte, erzählte man hier *mentiras*. Weil man das wußte, durfte man hinter jeder Erstaunlichkeit bis zum Erweis des Gegenteils eine pure Erfindung vermuten, da machte Broschkus keine Ausnahme mehr.

Das Glimmen am Grunde von Ernestos Augen sah er andrerseits auch; selbst als sich dessen Gesicht zu diesem unbeschreiblich lapidaren Lächeln verzog und jedes kleinste Fältchen ein Gespinst seiner traurigen Heiterkeit wurde, erlosch es nicht.

»Also sie dienen dem *dunklen*, dem *schwarzen Palo?*«

»Das schlimmste *Palo, sir.*«

Aber ein Brief, fragte Broschkus jetzt eher demütig nach, sich mit Gewalt der letzten Reste seiner Aufgeklärtheit entsinnend: Ein Brief, eine Unterschrift sei doch immer von Menschenhand?

Ob Broschkus glaube, der Herr der Hörner habe's nötig, seine

Briefe selber zu schreiben? Als müßte er dazu nicht bloß den erstbesten seiner Jünger besteigen! Ernesto schüttelte seinen silbergrauen Kräuselkopf: Er habe's ja von Anfang an geahnt, ach was: gewußt, doch einfach nicht wahrhaben wollen. Wieso hätte ein Fremder, einer, der hier nur mal vorbeikomme, um sich eine *muchacha* zu suchen – davon gebe's wahrlich genug –, warum hätte der die Ehre haben sollen, von *ihm* persönlich auserwählt zu sein? Das! habe er schlichtweg für unmöglich gehalten.

Ernesto, weiterhin kopfschüttelnd, mit dem Taschentuch Gesicht und Nacken wischend, voll Unwillen endlich feststellend, daß ihm die Glut erloschen, Ernesto nahm die Zigarre aus dem Mund, »kein Geringerer als der Dunkle, nun gut«, gab sie in den Aschenbecher, »er narrt uns ja in vielerlei Gestalt«, zog sie wieder draus hervor, »aber in der Gestalt eines kleinen Mädchens?«, steckte sie erneut zurück: Jetzt erst sah man ihm die Verwirrung an, in die ihn die Erkenntnisse des Nachmittags gestürzt; als *santero* tat er sich wahrscheinlich sowieso schwer, einen derartigen Gegenspieler zu akzeptieren, hatte er doch stets versichert, es gebe gar keinen Teufel, die *santos* seien dunkel genug.

»Diesmal werd' ich jedenfalls mit dir kommen, dich zu beschützen«, wandte er sich mit großer Geste an Broschkus: Er mache sich ohnehin Vorwürfe, daß er seinen Sohn alleine nach Dos Caminos gelassen habe.

Was ein *santero* bei der ganzen Angelegenheit denn nütze! hörte sich Broschkus zu seiner Verwunderung draufloshöhnen: Der habe doch nicht die geringste Ahnung von Lugambe – ja, er scheute sich nicht, sprach das Wort laut und vernehmlich aus –, der habe doch gar keine Chance gegen ihn, lästerte er: Eine Religion mit vierhundert Heiligen und keinem einzigen Teufel, das sei was für Schlappschwänze, vergaß er sich völlig, hier helfe nur ein gestandner *palero*. Und was den dritten Weg betreffe, erklärte er in unverminderter Lautstärke, den werde er ohne Ernesto finden, ohne Ernesto dann auch beschreiten! Der zerquatsche mit seinen Ratschlägen alles, sei ein alter Schisser, jawohl.

Broschkus, eben noch am Rande einer Zerknirschtheit, war ihm der Rum in den Kopf gefahren? Er wirkte auf eine trunkne Weise verwirrt, wie er so eindringlich versuchte, klar und deutlich zu sein: »Nein-nein-nein, Ernesto; wehrte er dessen Beschwörungen ab, »kannst deine Hühnchen mit jemand anderm rupfen«, als ob er nicht viel lieber das Gegenteil beteuert hätte, als ob's gar nicht er selber war, der sich da auf eine läppische Weise in Pose warf: Er sei Zweiter Krieger, trage das Zeichen. »Mit *dem* werd' ich jetzt auch noch fertig.«

»Aber du hast kaum mehr Zeit«, packte ihn Ernesto an den Schultern, schüttelte ihn wie einen Übergeschnappten, einen Verrückten, den's vor seiner eignen Verrücktheit zu bewahren gelte: Ort und Stunde stünden ja längst fest! Am Heiligen Abend müsse Broschkus am Ziel sein, keinen Tag später, und bis dahin habe er nurmehr ein paar Wochen, um –

Papito, angelockt vom Wortwechsel, kam vertraulich mit seinem leeren Becher an, sah aber selbst, daß es nichts gab, was man ihm hätte nachfüllen können. Fröhlich zwinkernd drehte er ab, dann werde er mal kurz Luft schnappen gehen, jaja, »Luft schnappen«.

Höchste, allerhöchste Zeit auch für Broschkus, sich im Erdgeschoß zur Vernunft herabzustimmen, mit bestem *cafecito*: frisch Gemahlnes direkt aus dem Gebirge, kaum Erbsenmehl drin, ein Genuß!

»Schon einmal hat er dich versucht«,

wurde er selbst dabei von seinem *padrino* gestört. Ungebeten war Ernesto mitgekommen in die Eingangshalle, hielt sich, der Schmähungen seines Sohnes trotzend, neben ihm am Tresen fest, inmitten einer Traube von Menschen, die hier einzig des Kaffees wegen zusammengekommen, einen Toten hatten die wenigsten zu beklagen. Es herrschte eine nahezu ausgelaßne

Stimmung, nur Ernesto war in heller Aufregung, die Arme zuckten ihm ruckartig vom Körper: »Schon einmal hat er dich versucht, *sir*, in Form von Iliana. Das nächste Mal wird er dich nicht mit dem Schrecken davonkommen lassen.«

Broschkus, so herrisch er sich beim ersten *cafecito* gab, so zerknirscht stand er nach dem zweiten, verstand sich selbst nicht mehr. Wahrscheinlich hatten sie ihm wirklich eines ihrer Pulver gegeben, oder wie waren sie sonst zu erklären, seine plötzlichen Stimmungswechsel, seine raschen Anfälle von Jähzorn? Bevor er sich in aller Form entschuldigen konnte, hatte ihm Ernesto, zutiefst gekränkt, einen Zehnpesoschein übern Tresen zugeschoben – »Den kann ich dir dann ja wiedergeben« –, und weil ihn Broschkus nicht sogleich ergriff, wäre er um ein Haar von der Bedienung einkassiert worden, sie hatte schon das Wechselgeld herausgezählt.

Als ihn Broschkus in der Hand hielt, den Schein, roch er's natürlich sofort.

Nicht wie jeder andre kubanische Geldschein stank er,
nein! Broschkus, schnüffelnd über die Zehnpesonote gebeugt, erinnerte sich, daß er während seiner letzten Monate als Hamburger Privatbankier – allein das Wort jetzt zu denken fiel ihm schwer – minutenlang die Ausdünstung seiner drei Scheine inhaliert hatte; was ihm wie eine besonders intensive Verschwitzung und Verschmuddelung vorgekommen war, nun wußte er's, was es damit auf sich hatte: Zumindest dieser dritte Schein war in einem Knochenkessel gewesen – gewiß trug er das Blut von schwarzen Schweinen – und mit Kräuterknoblauchschnaps beprustet worden, mit Zigarrenqualm geräuchert: Der Duft des *Palo Monte* lag auf ihm.

Damals hatte er tatsächlich geglaubt, aus den draufgekritzelten Zahlen eine Spur herauslesen zu können, als ob sie in Anbetracht des Geruchs etwas zu bedeuten hatten! Oder war zwischen den aufgedruckten Kalaschnikows und Königspalmen vielleicht ein kleiner Pfeil zu entdecken, ein kleiner Totenkopf? Wie bitte?

Nein, meinte Ernesto gerade, als habe man ihn wenigstens noch um eine letzte Auskunft gebeten: Den Namen des Mädchens, das es diesmal zu treffen gelte, habe er nicht herausfinden können. Aber all jene – *chicas*, zuckte er mit den Schultern, seien ja ohnehin unwichtig, seien ja lediglich *seine* Geschöpfe.

Broschkus, je länger er sich mit Ernesto unterhielt, nein: je länger er ihm zuhörte, nein: je länger er einfach neben ihm stand und auf die Zehnpesonote starrte, desto inniger empfand er wieder, was er seit je für ihn empfunden: eine große Hochachtung, nein: ein umfassendes Vertrauen, nein: das Gefühl echter Freundschaft, und er bereute's bitter, so voller Hoffart, so ganz außer sich gewesen zu sein, was war da nur in ihn gefahren? Nachdem er gezahlt, nachdem er die Treppe in den ersten Stock, den Flur im ersten Stock wie in Trance hinter sich gebracht hatte, aber einer hellwachen Trance, bei der ihm jeder einzelne Schritt Schmerzen bereitete, so sehr fühlte er, daß er ohne Ernesto an seiner Seite in eine entsetzliche Einsamkeit hineinging: nachdem er eingesehen, daß er ohne seinen *padrino* den Weg nach Baracoa niemals würde beschreiten können, bat er ihn um Entschuldigung: Natürlich würde er seine Hilfe weiterhin gern in Anspruch nehmen, hätte gern auch die Krieger.

»*Sir*, du brauchst keine Krieger«, setzte sich Ernesto auf einen freien Stuhl in der Nähe des Sarges, schüttelte energisch den Kopf, »du brauchst einen Kessel, du brauchst einen Knochen, du brauchst einen andern Glauben. Ich werde dir einen *palero* geben, das ist das letzte, was ich für dich tun kann.«

Wenn man den Aufzug losruckeln hörte,

entstand sogleich gespannnte Aufmerksamkeit, schließlich wurde er nur für Sargtransporte benützt, und wahrhaftig kam im Verlauf der Nacht ein weiterer Toter dazu. Man hatte ihn von einem der umliegenden Dörfer herbeigefahren, niemand wußte

Genaueres, es fand sich auch kein Trauergast für ihn ein. Papito war der einzige, der den Neuankömmling mit einer Verbeugung willkommen hieß, »Oh-oh, ein *señor* ohne Namen, welch eine Überraschung, *¡buenas, buenas!*«, zwischenzeitlich hatte er seinen Pegel deutlich nachgebessert. Man ermahnte ihn zur Ruhe, eine Weile schien das zu helfen, dann hielt er plötzlich selber eine Flasche in der Hand. Man nahm sie ihm weg, worauf er sich quer über drei Sitze legte und sofort einschlief.

Als Broschkus einen Blick in den neuen Sarg warf, glaubte er, darin den Kutscher aus Dos Caminos zu erkennen – wieso roch's hier eigentlich? nach? Sperma? –, und beim nächsten Blick schon nicht mehr: So friedlich das Gesicht Ocampos auf seinem letzten Kissen lag, so grauenhaft entstellt blickte ihn dieses hier an, mit weit aufgerißnem Rachen und offnen Augen, als sei der Verstorbne im Verlauf eines schlimmen Todeskampfes zu einer neuen Form von Wachheit gelangt. Das vergißt du nie, dachte Broschkus, so viel Tod in einem einzigen Gesicht.

Bevor er sich abwenden konnte, sah er in der dunklen Mundhöhle des Mannes schwarzrot angeschwollen dessen Zunge, sah die frischen Schnitte in ihrer Spitze, ein kleines Kreuz. Da wußte er, warum sich niemand einfinden wollte, den Toten zu betrauern.

Am Ende des Flures, wo eine offne Tür in die Nacht mündete, stand zwar nicht Ernesto, aber immerhin Luisito, blickte auf den Hinterhof hinab, wo sich schon einige der Taxis für den morgigen Abtransport versammelt hatten. Wortlos klopfte er für Broschkus eine *Hollywood* aus der Schachtel, dann bliesen sie beide eine Weile lang Rauch in die Welt. Schließlich schnippte Luisito die brennende Kippe in den Hof und meinte, Ocampos Seele habe sich jetzt in einen Stern verwandelt. Aber es war kein Stern zu sehen, nicht in diesem Himmel, nicht über dieser Stadt.

Daß gen Mitternacht,
sowie er das Türgitter hinter seinem letzten Touristen zugesperrt, Cuqui auftauchte, war zu erwarten gewesen. Daß er sich, nach einem kaum merklichen Anheben der Augenbrauen in Richtung Ernesto, daß er sich dann aber, nach einem kaum dreisekündigen Abschiedsblick in Ocampos Sarg, daß er sich an Broschkus wandte, Bereitschaft signalisierend, sich seiner anzunehmen, er habe die Unterschrift entziffert, wisse, welche Mittel jetzt zu ergreifen: das war eine Wendung, mit der Broschkus in seiner Betrübnis nicht so schnell gerechnet hätte.

»Warum ausgerechnet Cuqui?« fragte er Ernesto, der sich freilich, die Arme vor der Brust verschränkt, in ein verstimmtes Schweigen zurückgezogen hatte: »Weil er die schwarze Kette trägt?«

Nicht jede schwarze Kette sei ein Zeichen des Dunklen! antwortete Cuqui, bevor sich Ernesto überhaupt hätte räuspern können: Er selbst gehöre der christlichen Richtung an, die kenne den Teufel – er sprach das Wort ohne zu zögern aus – nur als notwendige Beigabe des Göttlichen, sozusagen als dessen natürliche Ergänzung. »Ich will's mal so sagen«, verwandelte er sich mit Lust in den Lehrer, der er ja eigentlich war: »Wir arbeiten vornehmlich mit Nzambi, die vom jüdischen Berg mit Lugambe. Vornehmlich! Wenn's drauf ankommt, und in deinem Fall kommt's drauf an, Bro, dann wissen auch wir, wie man Schweine opfert und Skorpione!«

»Warum also Cuqui?« fragte Broschkus Ernesto: »Wäre einer, der das schwarze *Palo* betreibt, nicht trotzdem passender gewesen?«

»Bloß nicht!« anwortete Cuqui, bevor Ernesto überhaupt den Blick in Broschkus' Richtung hätte wenden können: »Die von der jüdischen Richtung, die arbeiten immer nur für den einen! Dem würden sie bedenkenlos auch dich in die Hände spielen.«

¡Pinga! Was hatten Christentum wie Judentum bei dieser

gottverdammten Religion überhaupt zu suchen, wieso sprachen die dauernd vom »christlichen« und vom »jüdischen« *Palo*?

Aber das seien doch nichts als Namen! beruhigte Cuqui: eingebürgert seit eh und je, mit Christen und Juden hätten sie in der Tat nichts zu tun. Bro solle sich in dieser Hinsicht mal nicht als allzu deutsch –

Es sei aber nicht korrekt, echauffierte sich Broschkus mit dem Stolz des Deutschen, der seine Lektion gelernt hat: sei im Grunde eine Schweinerei, solch große Religionen mit irgendwelchem afrikanischen Aberglauben zu vermengen, sei Gotteslästerung!

»Vorsicht, Bro!« legte Cuqui seinem Gesprächspartner die Hand auf die Schulter, schwer und endgültig: »Und noch einmal, extra für Sturköpfe wie dich: Es sind Namen, wir benützen sie seit Jahrhunderten, ich kann sie für dich nicht ändern.«

»Warum also – Cuqui?« wandte sich Broschkus, zusammensackend, an seinen *padrino*.

»Weil er fast ein *santero* geworden wäre!« äußerte sich Ernesto endlich, allerdings ohne seinen Sohn anzuschauen: Weil Cuqui also auf der Grenze stehe zwischen beiden Religionen, ein Mittler. Broschkus werde noch froh sein, daß es nicht nur das *Palo* sei, das ihm in Zukunft beistehe, welches *Palo* auch immer.

Ein kurzer Wortwechsel über Alicias Wechselgeld –
der *santero* sprach sich für alsbaldige Vernichtung der beiden Fünfpesoscheine aus, indem man sie in ein fließendes Gewässer werfe, der *palero* meinte, mit einem Gegenzauber könne man die Scheine sinnvoller verwenden –, da erschienen zwei Offizielle, Ocampos Sarg wegzuschieben. Was unter den versammelten Frauen ein vernehmliches Schluchzen hervorrief, sogar Cacha und Rosalia seufzten auf. Man versicherte ihnen jedoch, Ocampo werde nur ein wenig hergerichtet, er komme gleich zurück.

In der Tat lieferte man ihn eine Viertelstunde später wortlos wieder an, Broschkus forschte lang in seinen Gesichtszügen, was man daran womöglich hergerichtet haben konnte. Und fragte sich, ob er heut nicht nur einen Bruder, sondern auch einen Freund verloren, dafür allerdings einen neuen Freund gewonnen hatte, »Freund«? Wie schnell das ging! Nachdem er monatelang nicht vom Fleck gekommen, überschlugen sich in den letzten Tagen die Ereignisse; am liebsten wäre er in selbiger Nacht aufgebrochen, um auch den Rest der ganzen Angelegenheit hinter sich zu bringen. Was ihm Cuqui, in jenen Stunden wich er nicht mehr von Broschkus' Seite, anzumerken schien, vernehmlich zog er sich die Nase hoch:

»Langsam, Bro, langsam, bis dahin mußt du noch viel lernen. Ein altes afrikanisches Sprichwort sagt: Die, die wissen, sterben anders als die, die nicht wissen.«

Es war mitunter jetzt so still in Ocampos Totenkammer,
daß man das sanfte Gebrodel der Stimmen aus den angrenzenden Räumlichkeiten vernahm – bis man selber dahinfahren würde, war noch viel zu besprechen. Broschkus vermeinte, versuchsweis die Augen schließend, daß es für die Toten beruhigend sein mußte, wie das Leben immer weiter für Gesprächsstoff sorgte, man brauchte dazu nicht mal mehr die Augen zu öffnen. Wenn man doch in alle Ewigkeit so hätte verharren können, reglos in sich versunken, wenn man seine Angelegenheiten doch bereits erledigt hätte!

Langsam, Broder, langsam. Nach den Offenbarungen dieser Nacht hatte er, jedenfalls bis anderntags der Zweifel wieder einsetzen würde, hatte Gewißheit, ein klares Ziel, eine Aufgabe. Nicht zu vergessen einen Geldschein, den zu beschnüffeln er selbst im Traum nicht lassen konnte. Immer häufiger traten Fremde an Ocampos Sarg, kleine Abordnungen benachbarter Trauergemeinschaften, die sich vergewissern wollten, wer sonst noch verstorben: Die Grenzen vermischten sich in diesen neonlichtkahlen Stunden, ein gedämpftes Kommen und Gehen, es brummte und summte vom Erdgeschoß herauf wie in einem Festspielhaus des Todes während der Pause. Broschkus, unter den Fremden sah er verwundert den einen oder andern mit nacktem Oberkörper, mit Kreidestrichen auf der Stirn, sah sich mit einem Mal umstellt von Männern mit weiß geschminkten Gesichtern, und er hielt nur ein kleines Messer in der Hand. Als er hochschreckte, waren auch die andern fast alle eingeschlafen, einzig Luisito stand und rauchte. Es war schön, ihm mit einem unmerklich leichten Anheben der Augenbrauen zu zeigen, daß man ihn mochte, war noch schöner, das gleiche Zeichen von ihm zurückzuerhalten.

Ach ja, das Messer. Am besten, man schob's zurück in die Seitentasche, dorthin, wo vor langer Zeit ein Taschenlexikon seinen Platz gehabt.

Als die Offiziellen ein zweites Mal erschienen,
klang ihr Schritt härter, endgültiger, der Morgen war angebrochen. Broschkus rieb sich die Augen, bekreuzigte sich, preßte die Lippen auf die Fingerknöchel; zwar hatten die Offiziellen keine weißgeschminkten Gesichter, drängten sich trotzdem wortlos, entschuldigungslos ans Kopfende des Sarges, drückten einige der Frauen beiseite, die sich rasch noch für einen letzten Blick darum herumgeschart, und schraubten ein schwarz gestrichnes Brett über die Glasplatte. Schoben den Sarg Richtung Aufzug, in wenigen Momenten würde er im Souterrain wieder herausgezogen und auf eines der vorfahrenden Taxis gehoben werden. Obendrauf die beiden Gebinde.

Die Plätze im Taxi – maximal zwei Fahrzeuge zahlte der Staat, darinnen maximal vier Fahrgäste – waren längst vergeben. Broschkus als derjenige, der seinem Bruder vor aller Augen den letzten Schluck Rum ausgegeben, saß auf dem Ehrenplatz neben dem Chauffeur.

Erst im Taxi erkannte er,
daß außer ihm nur Frauen mitfuhren, eine davon dünkte ihm Verkäuferin in der »Bombonera« zu sein, eine andre kannte er aus der »Casona«. Als es daranging, den Sarg vom Wagendach zu heben und das letzte Stück Wegs zum Grab zu tragen, da war Ocampo so leicht, als wäre er schon während der kurzen Fahrt in Staub zerfallen.

Ob er sie nicht endlich mal grüßen wolle? fragte die Lockenwicklerin vom andern Ende des Sarges: Jetzt, da er dazugehöre?

Dazugehöre? schnaufte Broschkus: als Unberührbarer?

Wer denn so was ernsthaft glaube? ließ die Lockenwicklerin nicht locker: Außerdem sei er von Cuqui gereinigt worden. Mächtiger Mann!

Ocampo wurde nicht im Totenlabyrinth des Betonsilos beigesetzt, sondern in einem der vorderen Privatgräber; Freunde seiner Familie, die eine eigne Gruft besaßen (von Fidel in den Reihen alter Prachtgräber zugewiesen), hatten für zwei Jahre einen Stellplatz frei, den durfte er benutzen. Hinter der weggestemmten Grabplatte standen bereits die Totengräber in ihren Blaumännern.

»Wer hat denn dich zum Zombie gemacht?«
erschrak sich Pancho bei Broschkus' Anblick regelrecht, wollte ihm nicht mal die Schulter klopfen, es dauerte eine Weile, bis er wenigstens sein Verpiß-dich-du-Arschloch über die Lippen brachte.

»Onkel, du hast dich verändert«, warf er ihm auch im folgenden scheue Blicke zu: »Aber ich freu' mich trotzdem, dich wiederzusehen, was macht die *chica*, wie geht's ihrer Mutter?«

Nachdem auch das geklärt war, die übrige Trauergemeinde wartete ohne zu murren ab, konnte die Beisetzung stattfinden. Kaum daß Broschkus seinem Bruder ein kurzes *¡Adelante!* hatte hinterhernuscheln können, war der Sarg in die Gruft hinabgeseilt und auf einen der seitlichen Stellplätze geschoben. Keine Ansprache, kein Glockengeläut, kein Gebet, kein Gesang, das war die schnellste Beerdigung, die Broschkus je erlebt hatte.

Wenn der Mensch stirbt, dachte er, und *nicht* gleich von Kakerlaken aufgefressen werden will, bleibt ihm tatsächlich bloß eins: Er muß sich in einen Heiligen verwandeln.

»Laß dir bis zu deinem nächsten Besuch nicht mehr so viel Zeit«, ließ er sich von Pancho schelten, der mit seinen Kollegen die Grabplatte über Ocampo wuchtete: Täglich gebe's hier die schönsten Leichen zu sehen, fast so schön wie der Onkel selbst.

Zu Hause
begrüßte ihn Papito mit den Worten: Nun erst, da man einen Deckel über ihn gelegt, sei Ocampo wirklich tot. Das klang zwar ziemlich abgekatert, nichtsdestoweniger glaubwürdig. Rosalia hängte gerade die Wäsche auf. Flor hielt Feliberto auf dem Arm und sah ihrem Vater zu, wie er mit ruhiger Hand ein Motorrad zerlegte. Auf den Treppenstufen zur Casa el Tivolí saß ein ausgezehrter älterer Herr, der bei Broschkus' Erscheinen in ein unwiderstehliches Grinsen geriet:

¡Buenas! Er sei gekommen, seine Krieger abzuholen, ganz ohne »Okubokufidibu« (nur unter größter Anstrengung sprach er aus, was ihm Broschkus vorgestern beigebracht, es klang fast wie eins dieser afrikanischen Zauberworte) könne er's freilich nicht tun.

In den beiden Schalen wimmelte es von Ameisen. Indem sich Broschkus bis auf wenige Zentimeter hinabbeugte, nahm er mit Befriedigung die dunklen Blutspuren auf Elegguás Zementkopf wahr, auf Oggúns Hufeisen, Ochosis Pfeil und Bogen, er witterte sogar etwas, das von fern her an den Gestank der Knochenkessel erinnerte, allein es roch viel, viel schwächer, wie dessen homöopathische Verdünnung.

Oscar, dem Broschkus auch nicht im geringsten helfen durfte – »Hände weg! An meine Krieger laß ich nur Wasser und

Kakaobutter!« –, sammelte zunächst die verschiednen Vogelköpfe in einer kleinen Plastiktüte, zupfte die festgeklebten Federn aus den Schalen, wusch jeden Gegenstand mit bloßen Händen ab, trocknete ihn, fettete ihn ein, bis er glänzte. An einigen Stellen war das geronnene Blut nicht mehr abzukratzen, was ihn nicht störte, im Gegenteil, auf diese Weise hätten die Krieger immer was zu naschen.

Bevor er sich mit seinen Gerätschaften verabschiedete, mußte er sie allerdings erst noch mal nach allen Regeln der Kunst aufbauen – heute sei Montag, da ehre man sie mit einem Gebet. Broschkus konnte zusehen, wie er neben den verschiednen Metallwaren auch einen kleinen grauen Stein in Oggúns Schale legte, einen ähnlichen Stein in diejenige von Eleggúa. Woraufhin er eine Kerze entzündete, ein Glas frisches Wasser beibringen ließ, desgleichen Rum und Rauchware, sich die Schlappen auszog und vor den Kriegern abkniete:

»*Maferefum Olofi maferefum Obatalá*«, hob er an wie seinerzeit Ernesto, anstatt den Takt mit einem Stock zu schlagen, begleitete er sich mit einer kleinen Rassel, tauchte nebenbei seine Fingerspitzen ins Glas – »*Omituto anatuto tuto laroye aricu babaguá…*« –, um ein paar Tropfen Wasser vor den Kriegern auf den Fußboden zu tupfen. Dann ratterte er sein Gebet halb afrikanisch, halb spanisch herunter, bei Eleggúa beginnend, über Oggún und Ochosi bis zu Osun, dem Bleihahn, von jedem der Brüder sehr konkrete Gegengaben für seine Dienstleistung fordernd und dabei auch Broschkus nicht vergessend: Man möge ihn auf einen Weg geleiten, der ihm Frieden bringe, insbesondre Oggún solle für ihn die Kämpfe führen, die er, auf sich allein gestellt, nicht gewinnen könne.

Kraftvoll verprustete Oscar den Rum über seinen Kriegern, es sprühte so unwiderstehlich wie aus einer voll aufgedrehten Dusche; dann schob er sich seine Zigarre, die Glut voran, zwischen die Zähne, blies den Heiligen aus dem Mundende der Zigarre reichlich Rauch zu, der, ein mystischer Nebel, um Elegguás Zementkopf herumkreiste und sich lange im Innern von Oggúns Gerätschaften hielt. Als Broschkus probieren wollte, verbrannte er sich die Zungenspitze an der Glut; selbst das, was er schließlich an Rauch in die Schalen zu pusten vermochte, war so kläglich, daß man herzlich lachen mußte.

Kaum hatte sich Oscar verabschiedet – einen Plastikbeutel Krieger in der einen, einen Plastikbeutel Vogelköpfe in der andern Hand –, verrammelte Broschkus Tür und Fenster: So viel, das er in den vergangnen drei Tagen erlebt, er wollte nur noch schlafen. Im Spiegel über der Kommode sah er einen alten Mann, der ihm mit leeren Augen nachstarrte, den hatte er doch schon mal? Aber wo? Egal! Broschkus baute sich breitbeinig vor dem Spiegel auf und tupfte die Spitze seines zusammengerollten Zehnpesoscheins gegen den Hals des Mannes, gegen den Wundschorf auf seiner Gurgel:

»Ein Mal im Leben unlimitiert agieren, kapierst du? EIN MAL!«

Am Abend brachte Cuqui,

verabredungsgemäß, etwas Ordnung in Broschkus' hin und her schwankende Gedanken. Nachdem er ihm an der Tür des »Balcón« die Nachricht aufgezwungen, der FC Bayern sei aus der Champions League ausgeschieden – gab es vor solchen Neuigkeiten nirgends auf der Welt ein Entrinnen? –, zog er sich wohlwollend die Nase hoch: »Bist ja jetzt einer von uns«, faßte er Luisitos Verhandlungsergebnisse zusammen, zukünftig esse Bro hier gegen Pesos. Und auf Kredit, jedenfalls bis seine VISA-Karte ersetzt sei.

Ein schlechtes Gewissen, daß er seinem Stammgast monatelang zuviel abverlangt, hatte Cuqui offensichtlich nicht. Mitten im Wohnzimmer stand mannshoch ein Ofen, an dem sich Ocampos Sohn tropfpizzabäckermäßig zu schaffen machte. Als Broschkus nachfragte, seit wann man den Imbiß auf diese Weise aufgerüstet habe, legte Cuqui den Kopf schief, schaute ihn liebevoll an: »*Hombre*, warst du wirklich schon so lang nicht mehr hier?«

Unterm heftig vor sich hin blinkenden Weihnachtsbaum lag Tyson und leckte seine Wunden, apathisch nahm er Claudias Mißhandlungen hin. Nach Jahrhundertmoder roch's und frischer Wäsche, schwadenweise auch nach Fritieröl und Bratbanane, ein feiner Faden Urin zog sich, scharf und präzis, durchs Wohnzimmer in den Hof, wo sich an allen Tischen die Touristen drängten. Hochsaison!

Während sich Cuqui
mit der Zubereitung schwarzer Schweine und Fische beschäftigte, hatte Broschkus vor laufendem Fernseher erst einmal Schlange zu sitzen, auf daß man ihm einen der zwölf Plätze zuweisen würde, die einem Privatrestaurant offiziell erlaubt. Zusammen mit ein paar wartenden Exilkubanern, die ihr Geprahle nur dann unterbrachen, wenn sie sich Bier in ihre Hälse schütteten, ließ er sich vom Nachrichtensprecher informieren, daß sich bei der anstehenden Parlamentswahl 609 Kandidaten um 609 Sitze bewarben; daß der Versuch, eine Linienfähre aus der Bucht von Havanna in die USA zu entführen, vom Vaterland vereitelt und mit Hinrichtungen quittiert worden; weitere 75 Konterrevolutionäre habe man zu hohen Haftstrafen verurteilt. Daß im Nahen Osten soeben ein Krieg ausgebrochen, war den Exilkubanern dagegen vergleichsweise egal; daß Cuqui ein rotes Unterhemd trug und, insbesondre wenn er sich zum Servieren vornüberbeugte, feine weiße Kreuze auf seinen Schultern zeigte, kleine kreuzweis vernarbte Schnitte, interessierte sie überhaupt nicht.

Vom Hof her hörte man den Papagei: Kuba Scheiße.

Wenn Broschkus gekommen sein sollte,
sich über das *Palo Monte* ebenso lustig zu machen wie einst über die *Santería* – es war ja wohl hanebüchen, ihm einreden zu wol-

len, der Teufel habe ihm einen Brief geschrieben? –, so wurde ihm sein Elan schon durch den bloßen Anblick der Narben genommen. Kaum hatte Cuqui den letzten Gast abkassiert, die Essensreste schräg über die Straße in seine Wohnung getragen und Tyson ans Eingangsgitter gescheucht, kam er umstandslos auf ihre gestrige Unterredung zurück – er stehe zu seinem Wort, er stehe bereit –, um sich von seinem pädagogischen Eros gleich zu einer Art Grundsatzreferat hinreißen zu lassen. Ja, er wisse, was einem Bro nun dringend zu tun geboten, mit dem Tun allein sei's indessen nicht getan, fürs rechte Tun bedürfe's auch des rechten Wissens. Er schob sich seinen Schlüssel ins Ohr, reinigte sich, betrachtete das Ergebnis, war's zufrieden.

Dann legte er los, aber so richtig. Wach funkelnden Auges sprach er auf Broschkus ein, daß dem bald der Kopf schwirrte, es schien wichtig zu sein. Wäre ihm nicht bisweilen ein schallendes Gelächter aus dem Hals und eine seiner bräsigen Hände auf den Schenkel oder auf Broschkus' Schulter gefahren, man hätte vor ihm fast ein wenig erschrecken wollen.

Also das Palo Monte,
mächtige Religion, vielleicht die mächtigste der ganzen Welt. Nicht, daß Bro mit der *Santería* seine Zeit vergeudet hätte, oh nein, wenn man deren christlichen Deckmantel abziehe, blieben am Ende sehr viele *santos* übrig, die man im *Palo* ebenfalls verehre, freilich als Götter. Appetit auf Blut hätten die einen wie die andern, schließlich seien sie afrikanischen Ursprungs. Zum Voodoo, dies nebenbei, bestünden ebenso rege Beziehungen, im Grunde seien alle drei Religionen »verschwistert und verschwägert«, nährten sich aus dem gleichen Glauben: daß die Welt nicht nur gut sei, sondern auch böse, vorwiegend böse, und daß man zu entscheiden habe – ob man sich gegen das Böse schützen oder, im Gegenteil, ob man mit ihm arbeiten wolle: Schutzzauber oder Schadenzauber, ganz einfach.

So verrückt dogmatisch jedenfalls wie Christen oder Juden

sei man hier nicht in bezug auf die Götter, je nach Bedarf wende man sich an das *Palo* oder an die *Santería:* »Die *santos* sind die Ärzte, doch das *Palo* ist die Medizin.« Je mehr Heilige und Götter man für die eigne Sache gewinne, desto besser, nicht wahr? Seine Ketten könne Bro mit gutem Gewissen tragen, sie nützten ihm auf jeden Fall, und ohne die Buntheit der *Santería* würde er das Dunkle des *Palo* sowieso nicht verstehen.

»Aber sag selbst, Bro, von wem würdest du dich lieber beschützen lassen, von einem Heiligen oder von einem Gott?«

Also die paleros,
zahlreiche Gottheiten verehrten sie in zahlreichen Inkarnationen – »Richtig, Bro, Oggún heißt bei uns Sarabanda. Und die honigbraune Ochún, zum Beispiel, die kennen wir als Mama Chola, den Blitzeschleuderer Changó als Siete Rayos« – undsoweiterundsofort. Alle Götter des *Palo Monte* seien im übrigen Krieger, alle; vornehmlich aber führten sie den Gläubigen zum einen, zum einzigen Gott, der über ihnen stehe: Nzambi, das Absolute, das sich in jedem Stein, jeder Pflanze, jedem Lebewesen täglich aufs neue inkarniere, das mit ihm wachse und vergehe, eine Art pantheistischer Weltgeist, selbst unberührbar und doch in seinen sämtlichen Erscheinungen greifbar. Am nächsten komme er uns in unsern Träumen, wenn er aus dem Munde eines Toten zu uns spreche; seltner auch aus dem Munde des Teufels:

»Ob Nzambi oder Lugambe, das ist wie Yin und Yang«, genoß Cuqui das Dozieren, strich sich über den schmal gestutzten Oberlippenbart, Gott und Teufel gehörten untrennbar zusammen, wo der eine sei, sei notwendigerweise auch der andre: »Nun schau mich nicht so an, Bro! Kannst du dir 'ne Welt ohne Teufel überhaupt vorstellen?«

Erst ein Teufel mache den Gott zum Gott – deshalb sei alles am *Palo* schwarz, manches sogar sehr schwarz. Cuqui zog sich die Baseballkappe kurz vom Kopf und wischte sich die Stirn, seine Halskette glänzte, er war in seinem Element. Selbst daß ihm Claudia in ihrer Langeweile auf den Schoß kletterte und anfing, seine Haut nach Unreinheiten abzusuchen, die's auszudrücken lohnte, konnte ihn nicht mehr bremsen:

Das Helle sei lediglich die zarteste Form des Dunklen, sozusagen seine verdünnteste, leichteste, feinste; noch im Hellsten sei das Dunkle stets enthalten: Letzten Endes sei Lugambe nichts andres als eine weitere Manifestation von Nzambi, eben eine besonders dunkle. Und folglich von gleicher Macht, bei jedem Opfer müsse man auch die bösen Kräfte einladen, wolle man ihre Rache nicht auf sich ziehen.

»Aber Bro«, legte Cuqui seinem Stammgast die Hand auf die Schulter, »nicht alles, was dunkel ist, ist böse. Wir gehören der christlichen Richtung an, die opfert dem Teufel zwar, doch sie dient ihm nicht.«

Also das Palo vom jüdischen Berg,
gut, es sei vielleicht ein wenig extremer – und am Namen dürfe sich Bro nun nicht länger stören! –, man benutze jede Menge Schießpulver für die rituellen Arbeiten, vorzugsweise dienstags, am Tag des Teufels, man vergrabe auch mal einen Kessel mit Rindfleisch und Christenknochen in einem Ameisenhaufen. Aber ansonsten? Cuqui tat eine Weile so, als dachte er angestrengt nach, die fest schlafende Claudia in seinen Armen wiegend, tat so, als habe er schon oft darüber nachgedacht, was die beiden Bruderschaften letztendlich unterscheide: *Ahora*... Er selber habe sich für die christliche Richtung entschieden – vielleicht aus Feigheit? Manchmal hadere er mit seinem Gott, zweifle, ob er überhaupt noch Interesse an der Welt habe, überall halte er sich raus, überlasse den Menschen seinem Schicksal. Nicht so der Teufel, oh, der kümmere sich, der kümmere sich um jeden einzelnen! »Sag selbst, Bro, wenn der Teufel nicht gerade der Teufel wäre, wem würdest du dein Opfer bringen?«

Letztendlich laufe's ja aufs gleiche hinaus, beruhigte sich

Cuqui, und grob gesprochen sei die Lage demnach die: Hier, auf dem Tivolí (und überhaupt), gehöre man mehrheitlich der christlichen Richtung an, deren *tata* sei der Hüter des Mondes und der Mitternacht. Die von Chicharrones dagegen hingen fast alle der jüdischen Richtung an, ihr *tata* sei – so behaupte man – Mirta, die Königin der Toten. »Ich glaube jedoch, es ist kein Geringerer als Armandito Elegguá.« An einen der Seinen scheine Broschkus von Anbeginn geraten zu sein, wahrscheinlich an den Herrn der Hörner höchstpersönlich. Folglich werde man Broschkus in den kommenden Wochen so stark machen müssen, wie man irgend könne – mit dem Palo vom christlichen Berg. Ob am Ende Nzambi mächtiger sei oder Lugambe, werde sich weisen.

»Denn eines steht fest: Der Kessel von Armandito mag groß sein, sehr groß, *¡uyuyuyuy!* Der unsre ist es aber auch.«

Also der Kessel,
kam Cuqui zum Höhepunkt seiner Ausführungen, allein das Wort erfüllte Broschkus augenblicklich mit einem innern Schwirren, verwandelte ihm das »Balcón«-Wohnzimmer in all seiner Behaglichkeit zum unheimlichen Ort; das sekundenweis wechselnde Aufleuchten der Christbaumkerzen, jedweden Plastikrehkopf, Porzellanschwan, Tonchinesen mit rotgrüngelbem Geschimmer überziehend, dünkte ihm jetzt wie ein Vorschein dessen, was ihm an flackernder Erregung noch zu ertragen auferlegt: der Kessel! Es gebe deren unzählig viele, jeder *palero,* der auf sich halte, habe seinen eignen. Zu allen Zeiten gebe's jedoch nur wenige, deren Wirksamkeit sich im Verlauf der Jahre herumspreche und ihrem Besitzer Macht und Bedeutung verleihe; um sie schare sich bald eine Bruderschaft, eine Sekte, das halbe Land. Denn während *santeros* für sich wirkten, im begrenzten Kreis ihrer Söhne und Töchter, seien *paleros* streng hierarchisch organisiert in verschiednen Gemeinden, die sich argwöhnisch bis feindselig beobachteten: Alle hätten sie ihren Vorsteher, den

tata, hätten ihren Namen, ihre Fahne, an der sie der Eingeweihte erkenne, und als ihr Hauptheiligtum den Kessel. Auch jedes ihrer Mitglieder habe einen *Palo*-Namen, eine eigne Unterschrift – jaja, Bro, mit Pfeilen und Totenköpfen geschrieben, aber auch mit Schlangen und Hörnern und allerhand Geheimzeichen, nicht zu vergessen die Lücken, die der Leser erst im Geiste zu füllen habe.

»Hüte dich, solltest du jemals eine besitzen, sie andern zu zeigen, sie könnten dich damit töten!«

Also der Kessel,
jeder habe seinen Namen und seine Geschichte, er wachse und gedeihe wie ein Lebewesen, schließlich werde er von seinen Jüngern regelmäßig ernährt – mit Blut, mit was sonst? Denn darin sitze die Lebenskraft, je höherstehend das Opfertier, desto reiner fließe ihm das Göttliche durch die Adern. Nichts andres als diese Lebensenergie zapfe man bei einem Opfer ab, speise damit den Kessel, um sie bei Bedarf wieder abzurufen: für Arbeiten, die auszurichten, und gegen Feinde, die zu vernichten. Im Prinzip so simpel wie ein Akku, nicht wahr? Die Kessel seien – Aussehen wie Größe spielten dabei keinerlei Rolle –, seien nichts weiter als die Summe dessen, was an Blut in sie hineingeflossen, je größer und häufiger die Opfer, desto größer die eingespeicherte Kraft. Und der von Armandito Elegguá – man sage, er sei der älteste in ganz Kuba, ein versklavter *tata* habe ihn aus Afrika mitgebracht. Das *Palo* vom jüdischen Berg habe jedenfalls nichts ungetan gelassen, ihn zu nähren, »glaub mir, Bro, über diesen Kessel ist Blut von jeder Art Lebewesen geflossen, jeder«.

Cuqui hielt einen Moment inne, man wollte meinen: mit verdüstertem Blick, aber das lag nur am irren Gefunkel des kleinen Weihnachtsbaums, das sich auch in seinen Augen spiegelte. Broschkus kippte versuchsweise die Brille schief, um schärfer zu sehen, wer sich in diesem kellnernden Koch noch alles verbergen mochte, mehr als ein kochender Kellner war indes nicht zu erkennen.

»Keine Sorge«, zog sich Cuqui sehr sorgfältig, sozusagen abschließend den Nasenschleim hoch, Claudia lag ihm quer auf den Oberschenkeln: »Unser Kessel ist vielleicht der einzige, der da mithalten kann.«

Das war schon mal nicht wenig,
war sogar ziemlich viel gewesen, was für Broschkus im Schnelldurchgang zurechtgerückt worden. Warum man ihm das nicht von Anfang an gesagt habe? erhob sich der zögernd, am liebsten wäre er die ganze Nacht so sitzen geblieben.

»Weil du kein Wort davon geglaubt hättest«, grinste Cuqui und legte Claudia kurz auf dem Sofa ab, »weil du uns für verrückt erklärt hättest, deshalb.«

Und dann entließ er ihn doch nicht so einfach in die Nacht, nein! Nach einer kleinen Belehrung über den Teufel (Bro brauche ihm keine Details über Dos Caminos zu verraten, er habe sie bereits der Unterschrift seines Briefes entnommen, oh, es gebe so viele verschiedne Teufelsunterschriften wie Teufel, komme ganz drauf an, in welcher Weise man ihn verehre), nach einer kleinen Offenbarung über den Teufel (Nein, er sei kein bocksfüßiger Gesell mit Schwanz und schlechten Manieren, im Gegenteil: Ob er den, den er sich zum Opfer erwählt, als schöne Frau versuche oder als ein feiner Herr, sein Auftreten sei stets so unwiderstehlich, daß sogar Nzambi eifersüchtig auf ihn geworden, daß er ihm die Weltherrschaft freiwillig angeboten, um im Gegenzug einen Abglanz seiner Schönheit zu erhaschen), nach einer kleinen Ungeheuerlichkeit über den Teufel (Selbstredend habe der abgelehnt) vertagte Cuqui alle weiteren Antworten auf die kommenden Tage, in denen sie die notwendigen Maßnahmen einzuleiten hätten. Und löschte die Neonröhren, schaltete die Ventilatoren ab, das stumme Testbild des Farbfernsehers, schob den schlafenden Tyson mit dem Fuß von der Schwelle.

Anstatt sich gegen seine Ausführungen aber wenigstens draußen, in der Frische der Nacht, mit dem Rest einer alteuropäischen Aufgeklärtheit zu stemmen, stand Broschkus nur still da, auf sanft flirrende Weise erfüllt: Hier tat sich eine Welt auf, neben der selbst diejenige der *Santería* heil und harmlos wirkte; zu wissen, daß es Menschen wie diesen merkwürdigen Koch gab, die sich kundig darin bewegten, ihn demnächst sogar an der Hand nehmen würden, mit ihm zu kommen, wirkte regelrecht berauschend.

Aber als erstes! sperrte Cuqui mit verschiednen Schlüsseln die verschiednen Schlösser der »Balcón«-Gittertür ab, eine fest schlafende Claudia im Arm, überm Hügel hing ein irrer Mond: Als erstes, allerhöchste Zeit, sei der Brief zu vernichten! Freilich auf eine Weise, die dem Teufel nicht nur etwas nehme, sondern ihn durch eine Gegengabe versöhne, sonst könnte er womöglich –

»Bring mir eine Katze, Bro!« zischte er, bevor er Claudia weckte, damit sie dem Onkel einen Abschiedskuß gebe: »Bring sie, sobald du kannst. Und bring sie lebend!«

Was Broschkus nicht mal im Schlaf gelingen wollte –
sobald er nach einer Katze griff, entwand sie sich seinen Händen in verwandelter Form, zermürbt blickte er am Ende seiner Träume in Elegguás Betongesicht mit den eingelegten Kaurimuscheln, umkreist von einem stillen Nebel. Da tat sich eines der Kaurimuschelaugen auf, so schnell, als sei das Oberlid einfach nach hinten weggekippt, und sah den Träumenden nicht etwa an, nein, es blieb so tot wie der gesamte Kopf; aber dies Nicht-Ansehen war mindestens so intensiv wie ein Blick, dies gelbe Glimmen vom Abgrund des Auges, das kannte man bereits, doch woher?

Was Broschkus im Schlaf nicht gelingen wollte, es konnte im Wachen erst recht nicht glücken. Anfangs versuchte er's dort, wo sich weniger Menschen und desto mehr Tiere zeigten, am westlichen Abhang, wo die Treppe vom Balcón del Tivolí durch Gestrüpp und Abfall bis fast zur Alameda hinunterführte, auch auf der entgegengesetzten Seite, wo in der Senke zwischen Tivolí und Chicharrones die Endstation der städtischen Müllabfuhr lag: Noch auf der Ladefläche des Lkws durchwühlte man die bunte Tagesfuhre nach Schrott und Plastik, um sie am Straßenrand in diverse Häufchen Wiederverwertbares und einen großen gärenden Haufen Restmüll aufzuteilen, umkreist von reglos im Tiefflug gleitenden Geiern, umstellt von mageren Hunden, lauernd bereit, einander beim nächsten zugeworfnen Knochen den Garaus zu machen. Und! umstrichen von struppig dürren Katzen, die nach Ratten äugten.

Selbst die Spatzen hüpften hier aufgeregter, wahrscheinlich führten sie ein spannenderes Leben als sonstwo auf der Welt, eines, um dessen Verlängerung sie täglich kämpfen mußten.

Vorzugsweise zur Zeit der Dämmerung agierte Broschkus,
auf daß man ihn nicht mit Zwischenmenschlichkeit behellige, ihn, der als Unberührbarer gewiß beim einen oder andern Narrenfreiheit genoß, für den überwiegenden Rest mittlerweile jedoch nichts weiter war als ein mehrfach gereinigter Mitbewohner, fast einer der Ihren, dem man zwar keine überflüssigen Dollars mehr aus der Tasche ziehen, dafür jederzeit ein Geplauder aufnötigen konnte. Ob man unter diesen Umständen überhaupt zu einem unbeobachteten Zugriff kommen konnte? Hätte Cuqui nicht drauf bestanden, die Katze sei eigenhändig zu fangen, am liebsten wäre man an eine der Bierbuden auf der Trocha und dort in ein vertrauliches Gespräch mit Lolo geraten.

Mit scheelen Blicken fixierte man statt dessen Flor, wenn sie Feliberto auf dem Arm herumtrug, mit gierigen Blicken sichtete man all die schwarzen und schmutzigweißen Kreaturen, die sich auf Simsen, Schwellen, Schaukelstühlen sonnten, über Dächer und Mauern schlichen, sogar über die eigne Terrasse. Doch wie hätte man eins dieser ausgemergelten Exemplare mit bloßen Händen fangen können?

Ausführlich besah sich Broschkus seine schmalen Hände,
und da wich auch der letzte Nachhall des großen dunklen Flirrens aus ihm, den die nächtliche Unterredung mit Cuqui erzeugt, er wurde wieder so weiß und schwach, wie er's tatsächlich war: Wie hätte er mit diesen Händen? Je länger er sie in seiner Tatenlosigkeit musterte, desto klarer sah er Ilianas Hände vor sich mit all ihren hervortretenden Adern, den hell leuchtenden Nagelbetten, den dunklen Furchen im Handteller, die vom Zupacken kamen – in Ilianas Händen schlief eine Kraft, bei deren Anblick man Gänsehaut bekommen konnte. In der Nacht vor seiner Fahrt nach Dos Caminos hatte sie ihn mit einer jener gewaltig zigarrenbraunen Hände zum ersten Mal – gestreichelt, mehrfach sich entschuldigend, daß sie so etwas noch nie gemacht. Und trotzdem, dies nurmehr als verschämter Hauch, dabei so glücklich sei wie nie zuvor.

Iliana. Dir schenke ich mein Herz, nur für den Fall ... Ob er sie nach dem 24. Dezember wiedertreffen, ob sein neues Leben dann endlich beginnen würde, mit ihr?

Oder erlebte er gerade die letzten Tage,
da er noch hätte umkehren können? Vielleicht nicht unbedingt zurück in sein altes Leben, das er vor Monaten so entschlossen beendet; zumindest jedoch in eine Welt, die Götter wie Teufel nurmehr aus der Kunstgeschichte kannte, in eine klar getilgte, durch und durch diesseitige Welt, in der's ein Verhängnis oder gar Schicksal bloß noch für Glücksspieler und Liebende zu geben schien? Seltsam, daß Broschkus ein Zurück zu keinem Zeitpunkt ernsthaft erwog; er besaß einen Zehnpesoschein, dem unwiderstehlich ein Gestank anhaftete, der ihn nach Baracoa zog: Einmal dem Duft des Dunklen gefolgt, mußte man ihm

wohl so lange nachgehen, bis man am Ende des Weges wieder ins Reine zurückgefunden.

¡Adelante! Broschkus saß auf seiner Dachterrasse und sah überall Katzen, auf den umliegenden Dächern, auf den Mauern, die zwischen den Grundstücken hochgezogen, sah sie zur Linken, wo sie von Bruno regelmäßig verbellt wurden, sah sie zur Rechten, wo sie mit großer Gelassenheit zwischen pinkelnden Knirpsen herumstolzierten, sah sie auf der gegenüberliegenden Terrasse, wo man das Dachschwein einer finalen Fütterung entgegenmästete: sah sie liegen, gähnen, schlafen, sich aufrappeln, putzen, lecken und gemeßnen Schrittes davonschnüren, überall, den lieben langen Tag.

Nach Einbruch der Dunkelheit saß Broschkus vor seinem Bäumchen, ganz in sich versunken, und ließ das Lichterblinken über sich ergehen. Von draußen kam dazu verläßliches Gedudel, Geschrei, Gelächter, mitunter Gedröhn der Trommeln. Selbst nach Mitternacht lag er und lauschte hinaus ins Geraschel des Gartens, ob wenigstens Feliberto vorbeischauen würde, lauschte dem anhaltenden Gerappel rolliger Kater auf den benachbarten Wellblechdächern, dem wilden Gesang ranziger Katzen: Baß, Tenor, Alt, Diskant, Vollmond!

Der Katzenjammer nahm in der dritten Nacht
ein überraschend schnelles Ende, als Feliberto wieder mit üblichem Getöse durch die Jalousetten herein- und direkt aufs Fußende des Bettes plumpste, na-endlich-gottseidank. Noch ehe Broschkus vollends erwacht war, hatte er bereits zugegriffen, gleich auch sein Bettlaken über den alten Herrn geworfen und an den Enden zusammengerafft, beim Emporheben mit Eifer in sich verdreht. Kein Zappeln, nicht mal ein leises Schnurren – wahrscheinlich war Feliberto eingeschlafen, ehe sich Broschkus hatte entschließen können, wo er ihn auf welche Weise verwahren wollte.

Eine Katze! Lebend! Auch wenn's ein Kater war, Lugambe

würde gewiß keinen Unterschied machen. Am liebsten wäre Broschkus auf der Stelle zu Cuqui gegangen, den Fang zu präsentieren.

»Ich hab' sie, *sir*!« zischte er ersatzweis seinem Spiegelbild zu, dann stieg er leise empor zur Terrasse, wo er hinterm Wassertank die Nische wußte, die Luisito neuerdings mit der alten Badezimmertür zu einer Art Abstellkammer geschlossen hatte. Dort hinein entleerte er den Bettlakensack, wickelte die Klinke mit Draht zusätzlich fest: Mochte Feliberto fürs erste hier zwischen all dem Gerümpel hausen! Sogar mit Maschendrahtblick auf den Garten, hoffentlich fing er nicht über Gebühr das Maunzen an. Der Rest, der würde sich finden.

Er fand sich erst am späten Nachmittag,
in der Biegung der Straße, die als Balcón del Tivolí den schönsten? zweitschönsten? Blick über Santiago bot, fand sich in Gestalt Cuquis; immerhin nickte er gleich: Ja, ein Kater täte's auch, keine Sorge, kein Problem.

Seit dem Frühstück war man auf der Suche nach ihm gewesen, und nun hatte's der Koch gar nicht eilig, im Gegenteil, bis nächsten Dienstag sei ausreichend Zeit, das Notwendige vorzubereiten. Folglich saßen sie beide ausgiebig auf der Brüstung, die den Balcón hangabwärts begrenzte, die Beine über einer kleinen Abfallhalde baumelnd, und überblickten die Bucht: Im Hafen lagen die immergleichen verrosteten Frachtschiffe, die Schlote der Raffinerie am gegenüberliegenden Ufer hatten Feuermützen, immerhin. Cuqui verbreitete sich darüber, daß für morgen endlich wieder ein Kreuzfahrtschiff avisiert war, man stelle sich vor, tausend Japaner in der Stadt, tausend hungrige Japaner! Vorsorglich habe er sich den ganzen Tag in den Hinterhöfen der Trocha herumgetrieben, um so viele Gefriertruhen wie möglich leerzukaufen, das Leben sei ein Kampf.

Also wenn's katzenmäßig erst am Dienstag soweit sei, stellte sich Broschkus all die Zeit vor, die zu überbrücken war: Ob er bis dahin den Brief zurückbekomme, er gehe ihm nicht mehr aus dem Kopf?

»Bloß das nicht!« wurde der müde Cuqui mit einem Mal munter: »Mit dem wurde gearbeitet, das steht fest.« »Mir kann er nichts anhaben, mich kennt er nicht. Aber dich!«

Sobald man ihn auch nur in die Hand nehme, wirke er, wirke erst recht in jedem seiner Worte – bis man ihm am Ende erliege. Cuqui schlug sich auf die Brust, beteuerte, er habe's regelrecht spüren können, wie die Worte versucht hätten, Besitz von ihm zu ergreifen, bei jedem Lesen sei die Schrift weiter verblaßt und habe sich dabei in sein, Cuquis, Herz gegraben. Noch am Tag von Ocampos Beerdigung habe er den Brief deshalb verbrennen wollen, oh, nach allen Regeln des *Palo* habe er ihn besprochen, behandelt und schließlich unter einem rohen Ei langsam verschmort, es müsse dem Absender richtig weh getan haben. Doch als er nach einiger Zeit hingesehen, sei der Brief unversehrt, seien lediglich die beiden Fünfpesoscheine, die er sicherheitshalber beigegeben, geringfügig angekokelt gewesen. Man habe keine Wahl gehabt, als ihn so schnell wie möglich untern Altar der Kathedrale zu schaffen, den verfluchten Brief, damit er, hoffentlich, in seinem Wirken behindert werde.

Bloß durch einen Zauber könne er vernichtet werden, beteuerte Cuqui nach ein paar Momenten des stillen Erschauerns, einen Zauber, der ebenso dunkel sei wie der, der auf ihm laste: Wenn man nämlich eine Katze vorschriftsgemäß töte – obwohl weit und breit niemand zu sehen, senkte Cuqui die Stimme –, drehe sich ihr Kopf im Tode stets zur linken Schulter, was auch immer man ihr dort zu fressen biete, das erschnappe sie mit ihrem letzten Lebensfunken, das reiße sie mit sich in die andre Welt.

Er schlug die Handflächen oder eigentlich nur die Finger zweimal aufeinander, weniger ein tatsächliches Klatschen als ein hastiges Überkreuzwischen. Eine Weile saßen sie schweigend nebeneinander, der *palero* und sein Novize, nicht mal eine

Flasche Rum war in Griffweite, aus der sie einen Schluck hätten nehmen können. Irgendwann, es mochte gegen fünf Uhr gehen, warm fuhr bereits der Landwind bergab, die ersten Vogelschwärme kreisten über der Bucht, auf den Bergen lag zart ein Abendrot, irgendwann zog Cuqui die Nase hoch, ruckelte sich in seinen Shorts zurecht, schloß die Augen:

»*Dir breche ich das Herz, nur für den Fall,*
daß ich mal eines brauchen sollte,
trink' jeden Tropfen Blut, der in dir fließt (jedoch
das fließt nur dünn, ein schaler Schwall), und wollte
ich dich mit Haut und Haar, ich nähm' auch dies,
bis auf die letzte Faser, auf den letzten Fetzen,
ich würde dich zu Tode wetzen, dann
schläng' ich mich satt an deinem warmen weichen Fleisch,
und wühlte mich, das Innerste dir zu verletzen,
in deinen weißen Leib hinein, entrisse dir auch noch,
was jenseits alles Körperlichen etwa dir verblieben,
das letzte Wort, das ungesprochen, ungeschrieben
in dieser oder jener –«

»*¡Yu!*«
hielt man ihm mit einem Mal die Augen zu, kreischte entzückt auf, als er tatsächlich zusammenzuckte: »Wer da?«

Im rosa Rüschenkleid, mit rosa Schleifen im Haar, kokett in der Hand ein Spielzeugtäschchen, das man aus alten Röntgenbildern zurechtgeschnitten und -gesteckt, präsentierte sich eine sichtlich zufriedne Claudia, soeben vom Kindergeburtstag einer Freundin zurückgekehrt. Nun wollte sie von ihrem Vater, anschließend vom Onkel Bro bewundert werden, wobei sie auf ihren winzigen Stöckelschuhen so gekonnt posierte, als sei sie mindestens zehn Jahre älter.

Richtiges Spielzeug gebe's nur gegen Dollars, zuckte Cuqui entschuldigend die Schultern, man müsse eben improvisieren.

»Sag mal, hast du etwa weiche Eier?« sah er Broschkus plötzlich sehr direkt an, kaum daß ihm ein Grinsen den Ernst der Frage verbog: »Oder warum schaust du so komisch?«

Rosalias Tortilla schmeckte wahrscheinlich deshalb so gut,
weil sie ordentlich versalzen war – mit einem grobkörnigen Salz, das aus dem Meer kam, von Yemayá. Oder weil sie von Flor vorbeigebracht wurde, noch warm zwischen zwei Brötchenhälften; als ob sie nicht längst in der Schule hätte sein müssen, stand Mercis kleine Schwester dann in ihrer Uniform und sah dem *doctor* beim Essen zu.

Das tat sie auch am nächsten Morgen – erst Samstag! –, allerdings barfuß, anstelle der Uniform trug sie einen der landesüblichen Lyrca-BHs und violette Schlangenprinthosen, wie man sie an Mercedes bestens kannte; um die Kleidung dem kubanischen Geschmack entsprechend auszubeulen, fehlte ihr freilich noch einiges. Dafür hatte sie sich – angeblich für vier Peso, die reinste Verschwendung! – ihre Fingernägel auf der Trocha silbern lackieren und auf jeden einzelnen, in Schwarz, das immergleiche chinesische (oder pseudochinesische) Schriftzeichen pinseln lassen. Was es bedeute, wollte sie nicht verraten; ob der *doctor* zufällig Feliberto gesehen habe, der komme normalerweise jeden Morgen bei ihr vorbei?

Weil nebenan ein munteres Gekeife anhob – eine der Lockenwicklerinnen bezichtigte eine andre, sie sei eine *puta*, stieß sie übern Hof, zerriß ihr trotz aller Gegenwehr das Kleid und trieb sie unter anhaltendem Geschrei in Richtung Straße –, konnte sich Broschkus auf ein kurzes Kopfschütteln beschränken; als er sich einbildete, den Kater vom Dach herab nach Flor rufen zu hören, schickte er sie schnell nach einer zweiten Tasse Kaffee. Gerade lief die gedemütigte Frau, nackt wie sie war, auf die Calle Rabí, einige der Lockenwickler klatschten Beifall.

»Wahrscheinlich hat ihn Papito verscherbelt?« kam Broschkus auf Feliberto zurück, als Flor den Kaffee brachte: Wenn er durstig sei, verkaufe er bekanntlich alles?

»*¡Ay mi madre!* Doch nicht Feli!« schüttelte Flor enttäuscht den Kopf: »Der gehört ja Mirta, das würde er nicht wagen!«

Kaum daß man diese Mitteilung verdaut,
kaum daß man Feliberto versuchsweise mit dem Rest des Frühstücks gefüttert und ermahnt hatte, nicht die gesamte Abstellkammer in ein Katzenklo umzuwidmen, kaum daß man Ulysses von der Dachterrasse aus beim Motorradzerlegen und -wiederzusammenbauen zugesehen (und nebenbei den Männern auf den Nachbardächern, die in großer Aufgeregtheit die gleichen selbstgebauten Papierdrachen steigen ließen wie ansonsten eher kleine Jungs), konnte man den halbwegs ausgeschlafnen Papito im Gang zur Hoftür abfangen. Stolz kündigte er an, daß er heute die passende Farbe für seinen Blechhaufen finden werde, auf dem er seit Monaten herumhämmerte, es gehe voran. Ob er dem *doctor* etwas Zucker schenken solle oder einen seiner Schuhe?

Auf die Dachterrasse zurückkehrend, wußte Broschkus, daß Papito bis vor einigen Jahren mit keiner andern als Mirta verheiratet gewesen, »die hat den bösen Blick, sei froh, daß sie weg ist«, und daß man Mercedes deshalb verjagt hatte, weil sie in Verdacht geraten war, ähnlich dunkle Machenschaften zu betreiben wie ihre Großmutter. Leider! Wo sie doch immer so brav gearbeitet habe, ein fleißiges Mädchen. Nun wohne sie in Chicharrones, jajaja, bei Mirta.

»Mit ihrem Esel?« war's Broschkus über die Lippen gerutscht.

»Mit was?« hatte Papito verständnislos zurückgefragt: »Sag mal, bist du noch betrunkner als ich?«

Von den »dunklen Machenschaften«
schien er weniger Ahnung zu haben als Broschkus, was ihn nicht hinderte, sein Entsetzen zu bekunden: Mit denen, die dem Dunklen dienten, wolle er nichts zu tun haben.

Ob er Genaueres vom Dunklen wisse, war Broschkus an diesem Punkt der Unterredung eine Spur vertraulicher geworden, doch Papito hatte ihm nur anhaltend – *¡Sssss!* seine Fahne aus Knoblauch, Rum und Flugbenzin ins Gesicht gezischt, ehe er mit einem augenzwinkernden *Oh-oh* zu seinem Humor zurückgefunden:

Er sei sehr unter uns, der Dunkle, und spreche uns jeden Tag an. Besonders in der Vorweihnachtszeit, der verstehe sein Geschäft.

Daß Papito auf keinen Fall mit dem *doctor* nach Chicharrones gehen wollte, seine Exfrau zu besuchen, war nicht verwunderlich; im übrigen wisse er gar nicht, wo sie wohne. Solle sie doch in der Hölle hausen, es sei ihm egal.

Ausgerechnet Mercedes! konnte sich Broschkus danach lange nicht beruhigen, ausgerechnet Merci war ihre leibhaftige Enkelin! ließ er sich vom klagenden Feliberto nicht ablenken. Ausgerechnet sie, die niemals eine Kette getragen, geschweige eine schwarze!

Wenn er fortan zum Wassertank sah,
wußte er, daß dort zwar nicht mehr Eliana, möglicherweise aber Mercedes zu finden sein würde. Und mit ihr jede Menge *paleros* vom jüdischen Berg. Die sich auf Heiligabend vorbereiteten. Zumindest auf nächsten Dienstag.

Gut, daß Feliberto so alt war, obendrein auf eine blutige Weise zerzaust, er schien wilde Nächte hinter sich zu haben, der Erholung dringend bedürftig. Rührte sich nicht mal, wenn Flor vom Hof her ihr *»¡Kitikitikiti, ven, Feli, ven!«* ertönen ließ, hoffentlich starb er nicht von alleine. Sofern sich einer der Nachbarn einfand, weil ihm sein Selbstgebasteltes auf Broschkus'

Terrain abgestürzt war – einmal auch ein ziemlich kleinlauter Ramón, der seinen Drachen an der Rahmung mit Rasierklingen gespickt und gegen den eines Konkurrenten hatte anfliegen lassen, natürlich nicht ohne eine beträchtliche Summe auf Sieg zu wetten –, wurde er gleich am Terrassenrand mit dem Gewünschten versorgt. Der einzige, der Feliberto zu Gesicht bekam, war Bruno, der reglos mitunter im Garten stand, ängstlich emporäugend, lang.

Als das Kreuzfahrtschiff mit zwei Tagen Verspätung einlief, hatte Cuqui den Großteil des gehorteten Fisches bereits wegwerfen müssen; Lolo und seine Kumpel übergaben die Drachen wieder an kleinere Jungs und rüsteten sich für die Japaner, die mit guter Laune versorgt werden wollten. Lediglich Luisito stand ohne große Hoffnung am Balcón del Tivolí, blickte auf die Bucht und fragte sich, ob das Schiff ausnahmsweise auch ein wenig Ware mitgebracht hatte, vielleicht sogar ein paar alte Motoren. Montag war's, elfter November, sobald die restlichen Schwarzen Fische zubereitet, an den japanischen Mann gebracht und abkassiert waren, wollte man Broschkus abholen, spätestens um elf.

Dann wurde's doch fast Mitternacht,
und das, obwohl sich kein einziger der Japaner im »Balcón« hatte blicken lassen – sie seien auf dem Schiff verköstigt worden, wußten die *jineteros,* »sicherheitshalber«. Tagsüber hatte sich Broschkus den Herausforderungen eines Lebens auf Peso-Basis gestellt, insbesondre beim Einkaufen konnte man Stunden verbringen, ohne merkliche Ergebnisse zu erzielen. Daß man dabei ausgerechnet auf Mirta traf, war gewiß nicht geplant, daß am Ende sogar Blut floß, meingott, jedenfalls keine Absicht.

Schnell hatte Broschkus gelernt, ohne Einkaufszettel loszulaufen, einfach der Reihe nach alle sich bietenden Angebote wahrzunehmen. Wenn man bei einem dieser vom Zufall strukturierten Rundgänge Baracoa-Schokolade entdeckte anstelle der gesuchten Avocados, eine Ananas anstelle der neuen Schließe für die Armbanduhr, ließen sich zumindest Vorräte anlegen oder ergänzen. Das System der Schwarzen Tasche machte freilich nicht nur erfinderisch, sondern depressiv: so viel sinnloses Rezipieren, Kommunizieren, Rubrizieren, so viel Energieverschwendung für etwas, das es am Ende meist nicht gab. Falls man dann aber, die Frustration achselzuckend hinnehmend, das Gesuchte doch noch auftreiben konnte, welch eine Euphorie! War man bis eben am Boden zerstört, fühlte man sich mit einem Mal zu allem in der Lage, liebte für ein paar herrliche Momente selbst die Abgase in den Gassen und die hellgelb zerfallenden Hundehaufen.

Broschkus, in ebenjener Siegestrunkenheit nach durchlittner Zerknirschung traf er am Ende eines langen Vormittags auf Mirta, und nur aus dieser aufgewühlten Gefühlslage erklärt sich, daß er sofort sein Messer zog.

Im Tivolí gab's eine einzige Bäckerei,
die nicht nur die üblichen Ein-Peso-Brötchen verkaufte, graue Teiglinge, die nach grauem Packpapier schmeckten und sogar von einem Broschkus mit bloßer Hand in jede erdenkliche Form gequetscht werden konnten, sondern eine Art längliches Weißbrot. Eben hier bezogen »*El papi*« und all die andern Brotrollwagenfahrer, aber auch die Plastiktaschenrentner ihre Ware, die sie gegen geringen Aufpreis andernorts anboten, mit ihrer Trillerpfeife Kunden lockend beziehungsweise so lang an einer der einschlägigen Straßenränder hockend, bis die Tasche leer war.

Das Problem an diesem Montag war lediglich, daß weder Rollwagenfahrer noch Rentner zu sehen waren, daß es Broschkus hingegen, je länger er's entbehrte, desto heftiger nach Brot gelüstete. Es half nichts, man mußte in der Bäckerei vorstellig werden.

Das kubanische System des Schlangestehens
war für einen Fremden immer und überall undurchsichtig, nicht nur vor einer Bäckerei, in der man nach ein paar Tagen Pause angeblich wieder gebacken und sich sogar entschlossen hatte zu verkaufen. Da sich jeder neu Hinzukommende mit barsch in die Runde geworfnem *»¿Ultimo?«* nur nach dem letzten der Schlange erkundigte, wußte man über die Struktur derselben anfangs gar nichts, im Lauf der Zeit bloß über den Teil, der sich sukzessive hinter der eignen Person bildete: Auf Gedeih und Verderb war man seinem Vordermann ausgeliefert, wenn er seinen Platz wechselte, durfte man ihn nicht aus den Augen verlieren. Das gehörte noch zu den einfacheren Übungen.

Denn abgesehen davon, daß oft Plätze gewechselt und damit selbst unter Einheimischen Unruhe bis offner Protest erzeugt wurde, ging manch einer auch ganz weg, beauftragte Vorder- oder Hintermänner, seinen Platz zwischenzeitlich freizuhalten, oder übergab ihn an einen neu Hinzugekommenen, der sich den übrigen nicht selten als jemand vorstellte, der längst dagewesen, vor allen andern, und nur mal eben ein paar Angelegenheiten zu regeln gehabt. Kurz, wer am dreistesten log, am besten drängeln und dabei auch noch andre beschimpfen konnte, wer irgend jemand kannte, der weiter vorn in der Schlange stand, womöglich den Türsteher oder einen, der im Laden selbst arbeitete, gehörte zu den Gewinnern. Dazu kamen dann aber nicht bloß Mütter mit kleinen Kindern, denen von Staats wegen jedes Anstehen erspart war, sondern vor allem Passanten, die vollkommen zufällig an einer Schlange vorbeigingen, weil sie jedoch darinnen einen Freund, Verwandten, Bekannten, Nachbarn, Mitarbeiter oder ehemaligen Mitarbeiter entdeckten, spontan ein Interesse daran entwickelten – immerhin hatten sie für jeden ersichtlich Grund, sich neben ihrem Freund, Verwandten, Bekannten, Nachbarn, Mitarbeiter oder ehemaligen Mitarbeiter hineinzudrängeln.

Bereits eineinhalb Vormittagsstunden
war Broschkus in einer stets anwachsenden Schar gestanden und dabei immer weiter nach hinten gerutscht. Wieder und wieder war der Verlauf der Schlange erregt diskutiert worden, nicht zuletzt deshalb, weil's ein erheblicher Teil der Wartenden vorzog, sich auf der entgegengesetzten Straßenseite im Schatten anzustellen, ein labiles System der in sich fluktuierenden Doppelreihe erzeugend. Einige alte Frauen waren die letzten, die Ordnung in die Angelegenheit zu bringen suchten, ahnten sie doch, daß sie mit losbrechendem Tumult trotz guter Ausgangsplätze das Nachsehen haben würden.

Als ein Türsteher signalisierte, es gebe demnächst Einlaß, ging nicht etwa ein Ruck durch die Schlange, sondern brach offne Anarchie aus, vor dem Eingang der Bäckerei sogleich zur Keilerei sich entwickelnd. Weiter hinten tat sich erwartungsgemäß Broschkus' offizielle *última* hervor, eine rüstige Greisin im knallgelben »Wild Girl«-T-Shirt, mit Inbrunst bekeifte sie jeden, der vor sie geriet, schlug sofort auf ihn ein. Auch Broschkus war, von allen Seiten so hautnah bedrängt, daß ihm die Luft wegblieb, war am Schubsen und Schimpfen, so gut er's vermochte; dann hatte sich der Türsteher aber getäuscht.

Nach zweieinhalb Stunden wogten weit über hundert Menschen um den Eingang der Bäckerei, jeder von ihnen bereit, über Leichen zu gehen, ergänzt mittlerweile durch drei Brotverkäufer mit ihren leeren Rollwägelchen, die natürlich Priorität beanspruchten und sie vom Türsteher auch zugestanden bekamen. Kaum verließen sie die Bäckerei wieder, stürzen sich die ersten auf sie, obwohl ein Brot aus dem Wagen ja mehr kostete als im Laden, die Verkäufer legten sich mit den Oberkörpern schützend über ihre Ware und brachen sich mit Gewalt ihre Bahn. Wahrscheinlich durften sie nur außerhalb einer Bannmeile verkaufen.

Heilloses Chaos, unterm schrillen Getöse alter Frauen stürmten die Stärksten und Rücksichtslosesten die Bäckerei; Broschkus rannte hinter einer Gruppe her, die sich an die Verfolgung der Brotwagenverkäufer gemacht. Kaum hatten sie einen davon gestellt, ging noch einmal das Gerangel und Gekreische los, selbstredend unter Einschluß allerhand neu Dazugekommner. Trotzdem konnte Broschkus nach insgesamt drei Stunden zwei Brote erstehen – für ein einziges hätte sich der Aufwand ja nicht gelohnt.

Auf dem Heimweg mußte er sich von halbwüchsigen Mädchen verspotten lassen, er habe heut wohl Großes vor, für das er sich stärken müsse; Älteren sollte er haarklein erklären, wo's plötzlich wieder Brot zu kaufen gebe. Und auf der Treppe, die hoch zum Balcón del Tivolí führte, kam ihm dann auch noch, flachfüßig schwankend, eine überaus fette Alte entgegen, einen Korb auf dem Kopf balancierend und dabei die gesamte Breite der Treppenstufen einnehmend, ein Ausweichen nicht mal in Erwägung ziehend. Broschkus reckte sich so hoch wie möglich, ganz von alleine drückten sich ihm die Schultern durch.

Wie oft hatte er Mirta rund um den Parque Céspedes aufgelauert, eine Erklärung für so manches erhoffend, doch stets war sie singend an ihm vorbeigeschritten, allenfalls grimassierend, er sehe ja selber, sie müsse arbeiten. Jetzt aber, Stunde des großen Mittags, kaum ein Mensch unterwegs, nurmehr im Himmel die Geier und hügelan heimkehrend ein Zweiter Krieger, dem man seinen soeben errungnen Sieg hoffentlich ansah.

Daß Mirta so weit außerhalb ihres Wirkungskreises »Angelegenheiten« zu erledigen hatte, war zu erwarten gewesen. Über Iliana wollte sie bloß das Übliche wissen (Nein/Gibt's nicht), das höflich bekundete Interesse nach ihrer neuen Adresse beschied sie mit einem Was-heißt-hier-neu, Broschkus kenne ihr Haus doch? Auch auf die übergangslos herausgeplatzte Frage, wer am 24.12. in Baracoa gefeiert werde – Lugambe selbst? –, meinte sie zunächst mit pikierter Unkenntnis reagieren zu dürfen; als ihr Broschkus sein kleines Messer zeigte, entschied sie sich für ein angedeutetes Nicken. Und nahm den Korb vom Kopf. Es traf sich gut, daß dieser Abschnitt der Treppe von wildem Buschwerk bedrängt und praktisch uneinsehbar war: Broschkus zwang die Alte durch allerhand angedeutete Zukkungen seiner Rechten, die Zunge herauszustrecken – keine kreuzweis vernarbten Schnitte, sieh an! –, indem er sie scheinbar passieren ließ, packte er sie von hinten, hielt ihr das Messer an die Gurgel:

»Und wo feiert ihr ihn, am Heiligen Abend?«

»*¡Dios mio!* In der Schw-, nein, das darf ich nicht sagen.«

Sie war so überrascht, daß sie gar nicht erst versuchte, auf unwissende *santera* zu machen. Möglich, daß Broschkus sie jetzt ein wenig ritzte, nicht unbedingt mit Absicht, nicht tiefer als nötig, kaum daß ein bißchen Blut als haarfeines Halsband hervorquellen konnte:

»Bei der Heiligen Jungfrau von Cobre! Bist du verrückt?« »In der –, in der –, Schwarzen Kapelle.«

Wo diese lag, wußte sie nicht, irgendwo in den Bergen hinter Baracoa – der geheimste Ort in ganz Kuba, nur den höchsten *tatas* bekannt. Woraufhin sie sich in aller Hast verabschiedete, Broschkus solle sie wenigstens nicht verraten, sie sei nur eine einfache Gläubige, nicht mal geweiht.

Merkwürdig genug, daß er Minuten später, unter den Dominospielern auf der Calle Rabí, ausgerechnet Ernesto wiederentdeckte, merkwürdiger noch, daß Ernesto seinen Gruß nicht erwiderte. Daß er seinen Sohn nicht zu erkennen, ja gar nicht wahrzunehmen schien: Er blickte so starr geradeaus, als sähe er durch ihn hindurch, in eine andre Welt.

Oder hatte er das alles nur geträumt?

Als Broschkus, mit schwerem Schädel, aus seinem Mittagsschlaf zurückfand an die Kreuzung mit den beiden Läden, war Ernesto verschwunden; und Oscar, der behauptete, seinerseits schon den ganzen Tag hier gewesen zu sein, obwohl ihn Broschkus vorhin nicht gesehen und erst recht nicht gegrüßt habe: sondern so seltsam durch ihn hindurchgeblickt, als sähe er direkt in eine andre Welt – Oscar versicherte, Ernesto sei heut gar nicht in der Stadt, habe magische Arbeiten im Umland zu erledigen.

Hatte man also auch die Begegnung mit Mirta, erschöpft von den Anstrengungen des Vormittags, bloß halluziniert? Zwar lagen zwei Laib Brot auf dem Eßtisch, mit Händen greifbar, doch was bewies das? Es bewies? daß man niemals einer von hier, einer der Ihren werden würde, nichtsdestoweniger drauf und dran war, sich vom Deutschen zum Teutonen zu mausern.

Der Rest des Tages zerging in einem Gewirr diffuser Gedanken, insbesondre während Broschkus' Lieblingsstunde vor Einbruch der Dämmerung, da sich die Stimmen der Stadt erhoben, da aus der Ferne die ersten Trommeln riefen und das Nachbardachschwein seinem Nachtmahl entgegengrunzte: Sobald der Riegel weggeschoben wurde, stieß es die Tür seines Verschlages auf und schoß heraus; inzwischen hatte es ein dickes Doppelkinn, das ihm beim Fressen in den Napf hineinschlappte. Broschkus merkte in seiner Betrachtungsversunkenheit eine Zeitlang nicht mal, daß Luisito neben ihm stand.

Seitdem er nicht mehr mit Iliana zu rechnen hatte, kam sein Vermieter wieder regelmäßig nach Dienstschluß vorbei: Wenn er den Kühlschrank abgetaut hatte, mußten die Haken im Bad ersetzt werden, wenn er den Abfluß des Waschbeckens freigesaugt hatte, wollte eine Klingel montiert werden (die eine unerträgliche Digitalmelodie abspielte), immer jedoch mußte auch ein Schluck mit dem *doctor* genommen werden. Wie gut, daß Feliberto so alt und ausgemergelt in seinem Gefängnis ausharrte, wie gut, daß Luisito so laut redete und lachte; gemeinsam mit seinem Mieter stellte er sich en detail vor, wie man das schwere Schwein von gegenüber abstechen würde, ah, welch Lust ein solches Töten doch bereiten konnte.

Auch das Getötet-Werden? Die Zeit war reif für einen neuen Glauben, er mußte dunkel sein, stark. Nur noch wenige

Stunden, und die wollten mit Einatmen bestritten werden, mit Ausatmen.

Dienstag, 12. November, Tag des Teufels,
endlich. Als Cuqui gen Mitternacht auftauchte, anstatt zu klopfen, kratzte er kurz am Türstock, lief nebenan mal wieder Hokuspokusvorführung, Oscar lärmte mit seinen Gesellen, was die heiligen Trommeln hergaben, und ließ dazu Tänzerinnen in Tischplatten beißen. Kaum kam man aus der unmittelbaren Nähe des Kulturzentrums (und der »Casona«) heraus, vernahm man von den Hügeln rundum ein vollkommen andres Trommeln, wie's einen vorzeiten im »Casa Granda« oft, im allnächtlichen Gelärm des Tivolí nur noch selten bis in den Schlaf hinein verfolgt: ein simples Gedröhn, das sich aufs immergleiche Bum-Bum-Bum-Bum beschränkte, höchstens mal mit einem Schlag Pause dazwischen. Wäre man nicht, die Katze im Sack, zu einem Teufelsopfer unterwegs gewesen, man hätte verrückt werden können.

Nachdem man die Trocha passiert und sich in völliger Dunkelheit bergauf orientiert hatte, eine Straßenbeleuchtung gab's hier nicht mehr, schwärmte Cuqui von Katzenopfern, mittels deren man sich unsichtbar machen könne: vorausgesetzt, die Katze sei um Mitternacht gefangen und auch gleich mit der Machete entzweigeschlagen; anschließend gehöre sie gekocht und für 24 Stunden eingegraben. Sämtliche Knochen, die man wieder ausgegraben – das Fleisch benötige man nicht mehr –, halte man bei Kerzenlicht vor das Auge-das-sieht, Broschkus kenne's doch von den diversen Kesseln? Wenn das Horn kein Spiegelbild zeige, sondern sich wie mit einem Nebel beschlage, dann! sei's der richtige Knochen, den Rest könne man vergessen. Anschließend müsse man lediglich sieben Fingerknochen vom Friedhof rauben, dazu Erde von sieben verschiednen Gräbern, alles zusammen in eine Schüssel voll Knoblauch geben, mit einem schwarzen Tuch umwickeln, das Tuch mit sieben Knoten verschließen, vor einem der heiligen Bäume abstellen. Nein, vergraben dürfe man die Schüssel mit dem Teufelsknochen nicht, weil sonst der magische Einfluß des Baumes nicht darauf übergehen könne. Am folgenden Tag brauche man nurmehr …

So ging's den ganzen Weg, das Bachbett hinauf, Calle J, K, L und M querend, soweit sich Broschkus überhaupt noch zu orientieren wußte; als sie am Wassertank angekommen, ein riesiger schwarzer Schemen vor einem trunken liegenden Mond, war Cuqui gerade erst dabei, seinen Katzenknochen einem jungen Stier zu zeigen, um ihn in der Nähe eines frischen Aases abzulegen, womit die Vorbereitungen – seufzend sah er ein, daß die Fortsetzung des Berichts vertagt werden mußte – noch längst nicht abgeschlossen seien. Naja, heute werde's schneller gehen, es gebe so viele verschiedne Katzenopfer wie Katzen.

Kühl war's hier oben,
im Grasland über der Stadt, und still. Abgesehen vom gleichmäßigen Rauschen aus dem Innern des Tanks, das jetzt, bei Nacht, deutlich zu vernehmen; abgesehen auch vom Gedröhn der Trommeln, bum-bum-bum-bum, sie schienen von dort zu kommen, wo man die frei herumstehende Hauswand wußte, daneben den Baum. Ebenda waren in der Tat flackernde Lichter auszumachen, der Baum unverwechselbar mit seinem dicken Stamm, vielleicht eine Art Affenbrotbaum, beim Näherkommen sah man bananenartige Früchte in seinen kahlen Ästen.

Nein, keine Bananen, nur Wolle, belehrte Cuqui: das Haus Gottes. Samt seinem notwendigen Widerpart, jaja, ein heiliger Baum in des Wortes umfassendster Bedeutung.

Beim Näherkommen konnte man darunter, im Schein zahlreicher Kerzen, die ersten kreidegeschminkten Gestalten unterscheiden, über Stirn und Wangen liefen ihnen rußigschwarze Striche. Man grüßte einander mit drei schnell aufeinanderfolgenden Griffen – nach der Hand, dem Handgelenk und erneut nach der Hand des jeweils andern –, wie's Broschkus oft gesehen und für eine spezielle Angeberei gehalten. Jetzt erhielt selbst das Bedeutung, ein Erkennungszeichen unter Eingeweihten.

Eingeweiht waren freilich nicht allzu viele,
neben einem Felsbrocken, auf dessen erstaunlich ebener Oberfläche die meisten der Kerzen standen, saßen zwei Männer, verschieden große Trommeln schlagend, nicht mal besonders imposante. Verstreut dazu fanden sich fünf, sechs, sieben *paleros* – nicht unbedingt von der eignen Bruderschaft, wie Cuqui schnell im Flüsterton erklärte: Schließlich sei man als einer vom christlichen Berg für derlei Arbeiten auf Chicharrones angewiesen, auf ebenjenen heiligen Baum, da müsse man sich mit dem jüdischen Berg arrangieren.

Nachdem Broschkus den Anwesenden vorgestellt – als *cliente* des Rituals durfte er daran teilnehmen –, mußte er sich ebenfalls Hemd und Schuhe ausziehen, das Gesicht mit einem Korken schwärzen. Über die Bezahlung solle er sich keine Sorgen machen, man arbeite für ihn ausnahmsweise auf Kredit. Bevor man wirklich loslegte, wies man ihn auf das Namenszeichen Lugambes hin, das man aus Asche vor dem Felsen gestreut, mit einigem Wohlwollen ließen sich zumindest da und dort Pfeile erkennen. Einen Kessel entdeckte Broschkus nicht, vermeinte freilich, den Anhauch eines Gestanks zu erwittern.

Noch einiges Hin und Her, reihum ein Schluck aus der Flasche, gedämpftes Gelächter. Cuqui band sich ein rotes Tuch (mit weiß aufgesticktem Totenkopf) um die Stirn, man formierte sich um den Felsen, der als Altar zu dienen schien. Dahinter – ein großer hagerer Mann, der Brustkorb das reine Gerippe, der Kopf erschreckend nah am Totenschädel, schweigend intensiv: Als Broschkus den Einbeinigen erkannte, wie er wohl schon die ganze Zeit hinterm Felsen gestanden und auf seine flackernde Weise geradeaus gestarrt hatte, setzte ihm ein Klopfen in den Schläfen ein, im Hals und im Brustkorb, das sich rasend schnell zu einem rhythmischen Trommeln steigerte, ping-ping-ping-

ping. Ausgerechnet der! Ausgerechnet hier oben! Mittlerweile hatten alle, die sich heute zusammengefunden, ein Tuch um die Stirn geschlungen, auch der Einbeinige – ob er ihn wiedererkannt hatte? Für eine Weile wagte sich Broschkus kaum zu regen, als würde er sich dadurch unsichtbar machen; mehrfach mußte man ihn auffordern, die Katze endlich aus dem Sack zu lassen.

»Aber das ist ja Feliberto!«
protestierte da einer der Trommler, als der Kater sehr dünn und gebrechlich zum Vorschein kam, setzte sein Gerät ab, erhob sich – nicht, um Broschkus Vorhaltungen zu machen, sondern um ihn überraschend herzlich zu begrüßen: indem er ihm eine Hand, an der drei Finger fehlten, auf die Schulter schlug. Wenn's so weiterging, würde man wahrscheinlich hinter den geschminkten Gesichtern auch noch Jordi? Willito? Wladimir? erkennen, inzwischen drängte sich ein Dutzend Männer um den Stein. Man lachte über die Hinfälligkeit des Katers, schubste ihn hin und her, Broschkus wollte von einem aufbegehrenden Mitleid ergriffen werden. Zum Glück nahm Cuqui die Sache in die Hand, Vorder- wie Hinterbeine fest an Felibertos Leib pressend; ein andrer hielt die Schnur bereit, den alten Herrn zu fesseln.

Und seltsam, sosehr Feliberto auf diese Weise zur Reglosigkeit verdammt war, das einzige, das er noch frei bewegen konnte, war der Kopf, so schweigsam ertrug er alles, keinen Laut der Klage ließ er vernehmen, ein echter Mann. Man legte ihn, verschnürt wie er war, auf den Felsen: die Vorderpfoten nach hinten an den Rumpf gebunden, die Hinterpfoten nach vorn, für den Rest seines Lebens hätte er sich nur winden können. Doch selbst das unterließ er, Broschkus hätte ihn umarmen wollen: Entschuldige-Feli, mach's-gut.

»Lugambe arriba, Lugambe abajo«, hob wie auf Kommando ein allgemeines Gemurmel an, vielleicht das Vaterunser der Teufels-

anbeter, »*Lugambe a los cuatro vientos, salam malecum, malecum salam quiyumba congo ...*«

Das klang sogar einem Broschkus so vertraut, daß er mit tonlosen Lippen mitzustammeln suchte. Nach wenigen Silben war er

in seinen Andern Zustand gefallen,

obwohl hier nur ein paar handverlesen dubiose Gestalten den Dunklen anbeteten; obwohl ihnen ein Kriegsversehrter, der untertags kleine Kinder und Touristen schreckte, seinen reichlich zweifelhaften Segen erteilte und ansonsten mit riesig geweiteten Augen in Richtung des Klienten flackerte, mit den glasigen Augapfelaugen eines gewiß ganz und gar Verrückten; obwohl sich Broschkus wegen alldem eher im Hintergrund hielt, das Folgende also nicht mal aus nächster Nähe und lückenlos verfolgen konnte: war er von Kopf bis Fuß durchschwirrt von einer schwerelosen Uneigentlichkeit, von einer zeitlupenhaft zerdehnten Jenseitigkeit, wie sie berauschender nicht hätte sein können. Dabei sangen die Männer eine ganze Weile nur, sangen nicht mal besonders überzeugend, als hätte man sie heut nacht kurzerhand für eine Dienstleistung verpflichtet, deren Vergütung obendrein auf unbestimmte Zukunft verschoben. Entsprechend simpel schlugen dazu die Trommler den Takt.

Unter den stechenden Blicken des Einbeinigen zog Cuqui zwei Fünfpesoscheine aus der Tasche, der Einbeinige seinerseits übergab ihm – der einzige Moment, da er sich aus seiner Reglosigkeit löste – ein gefaltetes Papier, unzweifelhaft Ilianas Brief, das Cuqui mit Hilfe der beiden Geldnoten ergriff und gleich sorgfältig darin einrollte: Alles zusammen schob er Feliberto, wie angekündigt, zwischen Kopf und linke Schulter, vom summenden Gebrumm der Männer ständig begleitet Dann überreichte man ihm Zigarre und Flasche, und indem er Feliberto von allen Seiten beräucherte und beprustete, stieg der Gestank des *Palo* so unverdünnt mächtig auf, dieser scharfschaurige Gesamtgestank des Todes, daß sich Broschkus die Lungen vollsaugte, bis ihn schwindelte.

Als Feliberto regelrecht troff, dermaßen vollgeprustet hatte man ihn, ließ sich Cuqui, die Zigarre im Mundwinkel, eine der Kerzen reichen. Und hielt sie nicht etwa in besondrer Feierlichkeit, ein afrikanisches Zauberwort intonierend oder sonst auf irgendeine Weise zeigend, daß der Moment eine gewisse Bedeutung habe, hielt die Kerze, als entzünde er bloß einen Gasherd, auf dem er sich mit seinen *Palo*-Kumpeln eine Kanne Kaffee zuzubereiten gedachte, hielt die Kerze ganz beiläufig an Feliberto – »Eee-Boff« –, der nicht etwa explodierte, sondern mit einem sanften Knall in Flammen aufging, ein erstes und letztes vorwurfsvolles Maunzen von sich gebend.

Lediglich ein paar Sekunden loderte er auf,
dann lag die verkohlte Katzenleiche, qualmend, unter den prüfenden Blicken Cuquis. Schließlich winkte er Broschkus einen Schritt näher: In der Tat, man sah deutlich, wie Feliberto im Tode nach links geschnappt hatte, nach den zusammengefalteten Papieren; doch als man sie vorsichtig aus seinem Maul hervorzog, hielt man nur zwei verkohlte Geldscheine in der Hand, vom Brief fehlte jede Spur.

Den habe der Teufel – hier oben sprach man das Wort ungeniert aus – ohne störende Brandflecken in sein Archiv nehmen wollen, versuchte man zu witzeln. Ließ die Flasche mit dem Kräuterknoblauchschnaps kreisen, formierte sich neu, um ein abschließendes Lied zu singen.

Broschkus, erst jetzt, da er sich aus seiner Erstarrungsekstase löste, bemerkte er, daß er sich die ganze Zeit über an seinen Ketten festgehalten hatte, an Obatalá, Yemayá, Changó, Ochún. Und daß sich bedeutend mehr Menschen mittlerweile eingefunden, stumm in einiger Entfernung verharrend, auch einige der gelben Hunde, die schemenhaft lautlos aus dem Nichts heran- und wieder ins Nichts zurückhuschten.

Während der tote Feliberto in sieben Stücke zerlegt wurde, die in selbiger Nacht an sieben verschiednen Orten zu vergraben waren, bekundete Cuqui seine Erleichterung:

Man habe das Opfer angenommen, und das, obwohl's von einem *palero* der christlichen Richtung angerichtet gewesen. »Sei froh, daß du ihn überlebt hast, diesen Brief.« Er habe kurz draufgesehen, bevor er ihn dem Herrn der Hörner zurückgegeben – »Glaub mir, Bro, es war bloß noch ein leeres Blatt!«

Was nichts andres heiße als: daß sie die Worte sämtlich in sich aufgenommen beim Lesen, Broschkus, Ernesto, er selber. Und sie jetzt schnellstens vergessen müßten, die Worte, sonst würden sie trotz Felibertos Botendienst daran sterben. »Wirst du das schaffen?«

Broschkus nickte. Aber er war sich nicht sicher.

Beim abschließenden Kokosschalenorakel, man kannte's ja leidlich von der *Santería,* sagten die Toten indes mit jedem Wurf »Nein«, Cuqui formulierte die Frage um und um, es nützte nichts. Woraufhin eine längere Unterredung folgte, die sich phasenweise zum regelrechten Streit entwickelte, nur der Einbeinige stand stumm, nickte nicht mal.

Dochdoch, das Opfer sei angenommen, kam Cuqui endlich zu Broschkus zurück, um auch gleich den Heimweg mit ihm anzutreten, verfolgt vom dumpfen Schlag der Trommeln: Das Problem sei, daß es nicht reiche. Bei weitem nicht reiche, um Broschkus vom Fluch zu befreien, der auf ihm laste, Cuqui werde versuchen, durch Zwiesprache mit den Toten Genaueres herauszubekommen. Als er sie mit den Kokosschalen befragt habe, die Toten, hätten sie jedenfalls drauf bestanden, Broschkus müsse so schnell wie möglich ein *palero* werden, damit er in den Schutz eines Kessels gerate. Seines eignen Kessels.

»Ich kriege einen –?« entfuhr's Broschkus so laut, daß ihn Cuqui ermahnen mußte, sich gefälligst unauffällig zu verhalten, man wolle keinen Ärger.

»Ich werde selber ein –?« zischte Broschkus noch immer viel zu laut, als daß Cuqui hätte antworten können.

»Bro, so einen Kessel kauft man nicht an der nächsten Straßenecke«, wiegelte er ab, da waren sie bereits im Bachbett, vielleicht dort, wo vor langer Zeit mal ein Schweinskopf überm Nagel gehangen hatte: »Und du sollst ihn auch nicht zum Vergnügen bekommen, sondern um dein Leben zu retten.«

Vor Broschkus freilich war ein Kessel aufgewachsen, groß und gewaltig, wie er ihn einst bei Mirta gesehen, schon beim bloßen Gedanken daran fühlte er sich wie einer, der's mit Tod und Teufel locker aufnahm: Ein *palero* sollte er werden, gab's Stärkeres auf dieser Welt?

So euphorisch Broschkus, so bedrückt Cuqui. Zum Abschied ermahnte er ihn, auf seine Träume zu achten, nur dort sei den Verstorbnen eine Stimme gegeben. Womöglich sprächen sie ja zu ihm, ohne ihren Rat sei man verloren.

Broschkus vernahm seine Worte aus weiter Ferne, von einem feinen Flirren vollständig erfüllt. Ein Kessel! Jetzt war er bereit zum Äußersten, zum Letzten, damit würde er unbesiegbar sein.

Und wie sie mit ihm sprachen,
die Toten (oder wer immer), noch in dieser Nacht. Zunächst konnte er zwar nicht einschlafen, weil eine Trommel tief in seinem Innern schlug, so monoton wie ein Herzschlag, doch heftiger. Dann – mußte er trotz alledem eingeschlafen sein, warum sonst wäre er so nervös hochgeschreckt, als das Dachschwein nebenan startete? als Bruno aufquietschte voll Angst, als es kurz drauf still wurde, sehr still.

Meine schwarzen schlaflosen Stunden, beschwerte sich Broschkus, indem er sich aufrappelte, nach der Brille tappend. Vor ihm Feliberto, reglos Richtung Kommode blickend. Umrißhaft darüber ein Kopf, erschreckend nah am Totenschädel, die Augen darin ein hohles Glimmen, schweigend intensiv.

»Verpiß dich, du Arschloch!« versuchte Broschkus, den Besuch zu verscheuchen, und weil der ungerührt fortfuhr, ihn zu fixieren: »Oder kannst du kein Deutsch mehr?«

Nichts, kein Laut, kein Luftzug, die Welt ein atemloses Schweigen. Nur Broschkus, unbesiegbar, mindestens Zweiter Krieger, stänkerte versuchsweis dagegen an: »Muß ich dir erst mein Messer in die Rippen setzen, daß du verschwindest?«

Insgeheim war er froh, etwas Lebendes bei sich zu wissen. Als sich Feliberto wieder entspannte und zusammenrollte, als ihn Broschkus kurz streicheln wollte, Brav-Feli-brav, erwachte er endlich, die Hand im Leeren. Sah die Gestalt vor dem Spiegel, die mit ihrem Arm nach ihm zu greifen suchte, hörte die Stille und wagte nicht, nach Luft zu schnappen. Das war ja ziemlich knapp gewesen! Bloß keine unnötige Bewegung jetzt!

Zwar war er erleichtert, als sich wenig später ein allererster Flaum an Helligkeit um die Dinge legte, aber die Finsternis in seinem Herzen, die trug er in den folgenden Tag hinein, die bekam er fortan nicht mehr los.

Die kommenden zwei Wochen
standen ganz im Zeichen des *Palo Monte*, Broschkus mußte die sieben Erden sammeln, die als Grundfüllung auch für seinen Kessel obligatorisch waren. Wobei man selbst dabei Fehler machen konnte – sooft es seine Arbeit zuließ, begleitete ihn Cuqui. Oh, ein Kessel, das sei weit mehr als ein paar rasch zusammengeklaubte Äste und Geierfedern! Schon allein die Äste, die seien ja nicht etwa alle vom nächstbesten Limonenbaum, Cuqui stöhnte, wenn er dran dachte, daß jetzt Äste von 21 verschiednen Bäumen und Sträuchern zu besorgen waren, das sei das mindeste, um einen Kessel zufriedenzustellen. Jedenfalls fürs erste, und einige der Pflanzen wuchsen bloß im Gebirge, an entlegnen Stellen! Gewiß, man könne das eine oder andre in einschlägigen Geschäften kaufen, aber besser sei's, sich die Sachen selbst zu besorgen oder von befreundeten *paleros*, nur dann sei man sicher,

daß man nicht betrogen werde. Nein, Broschkus halte sich dabei am besten raus, sonst würde die Angelegenheit zehnmal so teuer oder überhaupt nicht mehr durchführbar – an Weiße liefere normalerweise niemand. Immerhin hatte sich Cuqui im Lauf der Jahre für seine Kunden bevorratet, nämlich mit Ästen, die nicht unbedingt frisch zu schlagen waren. Oh, Broschkus ahne ja nicht, wieviel Macht in den verschiednen Pflanzen stecke, ein Kapitel für sich, als *palero* sei man doch auch Arzt und Heiler!

Das waren freilich erst die Erden und die Äste. Darüber hinaus müsse das Horn eines Stiers her, ein Kruzifix, vor allem andern natürlich ein Totenkopf, dazu das Schienbein vom selben Toten, womöglich ein paar seiner Hand- und Fußknochen. Doch nicht von irgendwem, nein! Am besten, man stehle die Knochen selber, nur so sei man sicher, daß Name und Todesdatum nicht von einem Zwischenhändler erschwindelt worden. Man wolle den Toten ja mit seinem richtigen Namen ansprechen, sobald man ihn an den Kessel gebunden, nicht wahr? Nein, Santa Ifigenia scheide aus, dort komme man ausschließlich über Totengräber an die Ware. Aber auch im Umland gebe's genug Leichen, insbesondre der Friedhof von Dos Caminos sei bei *paleros* recht beliebt, weil unbewacht und günstig zu erreichen: Broschkus könne sich gar nicht vorstellen, wie's da nächtens zugehe, manchmal seien zwei oder drei Parteien gleichzeitig am Werken.

Dazu kämen noch die Geheimnisse, die am Grunde eines Kessels zu liegen hätten (und desgleichen, versiegelt durch den geschwärzten Spiegel, im Horn des Stiers), auch darum würde sich Cuqui kümmern müssen. Ganz zu schweigen vom Schießpulver, vom schwarzen Tuch, von den Gewürzen und Kräutern, den Steinen und all den andern Dingen, die man zur Aktivierung des Kessels brauche, es reiche ja nicht, jedwedes der Reihe nach hineinzugeben, oh-oh, es bedürfe schon einiger Magie, um die Ingredienzen mit Leben zu erfüllen! den Toten, der künftig für den Kessel arbeiten solle, dienstbar zu machen! Wo derzeit die Hähne doch so teuer seien in Santiago! Na, man werde sehen, ob man einen aus der Sierra Maestra bekomme.

Keine Frage, Cuqui hatte zu tun. Was die Kosten des Ganzen betreffe: Ob Broschkus, als Anzahlung, den Walkman hergeben wolle? Oder habe Oscar damals doch nicht den Weltempfänger genommen?

Broschkus, obwohl er von alldem nur die sieben Erden zu besorgen hatte, nun schwirrte ihm Tag und Nacht der Schädel. Als ob er dauerhaft in einen Andern Zustand eingetreten; und was man bei den gemeinsamen Gängen von Cuqui erfuhr, wenn der ins Schwadronieren geriet, über Menschenopfer im allgemeinen und Armandito Elegguá im besonderen, trug auch nicht gerade dazu bei, zur Ruhe zu kommen.

Es begann bereits beim Sammeln der ersten Erde,
sie mußte vom Meeresrand genommen werden, und da die Erden um so besser wirkten, desto enger der Bezug zum Besitzer des Kessels, holte man sie von einem Ort, den Broschkus kannte: War's wirklich erst ein paar Wochen her, daß er mit Iliana und ihrer Tochter einen Ausflug dorthin gemacht hatte? Raus aus der Stadt, rein ins Niemandsland am Südende Kubas, damals wie heute ging wider alles Ermessen eine Fähre ab, sie ans gegenüberliegende Ufer zu bringen: an die Mündung der Bucht von Santiago, wo man zur Festung der einstigen Eroberer hinübersah, El Morro, getrennt von ihr nur durch die schmale Meerenge. Übern harten Boden huschten kleine Echsen, der Strand keinesfalls sandig oder palmenbestanden, kein Mensch zu sehen, die wenigen Restaurants längst geschlossen (»Ja, früher!«), vor lauter Fels konnte man nirgends ins Wasser.

Auch heute schlug das Meer wüst auf unwirtlich ihm entgegenstarrendes Gestein, auch heute ging eine Claudia Hand in Hand mit Broschkus, bloß eben nicht Ilianas, sondern Cuquis Tochter, die eine ebenso still konzentriert wie die andre. Das einzige, das man in der Brandung damals hatte baden können, waren Ilianas Halsketten gewesen, in einer kleinen Einbuchtung der Uferfelsen, Yemayá zu Ehren. Heute badete Broschkus seine eignen Ketten. Der Rest des Ausflugs hatte im Schatten eines einzeln stehenden Busches stattgefunden, Ilianas Angst vor der Sonne wegen – dadurch würde ihre Haut noch dunkler werden, als sie's leider ohnehin schon sei, würden sich ihre Leberflecken weiterhin vermehren, sie habe ja bereits einen auf der Oberlippe! Gleich anderntags war Broschkus eine Kappe mit ihr kaufen gegangen, Made in Vietnam, mit extragroßem Sonnenschild; sie hatte, ohne ein Wort des Dankes, sofort ihren Namen hineingeschrieben, auf den Waschzettel zusätzlich den Vermerk, dies sei ein Geschenk ihres *papi*, samt Datum. Auf daß sich keiner ihrer Familienangehörigen unrechtmäßig daran vergreifen konnte.

Ebendort, im Geröll unterm Busch, kratzte Broschkus heute so lange nach Erde, bis Cuquis Tüte angemessen gefüllt – seine Tochter suchte nahebei nach Tieren, die zu töten lohnten –, und erzählte ihm vom Glück, das er hier erlebt, ohne's bemerkt zu haben.

»Dir schenke ich mein Herz«,
rezitierte er zu seinem eignen Erstaunen, »nur für den Fall, daß du mal eines brauchen solltest, und dazu –«

»*¡Sssss!* Vergiß es!«

Broschkus' spontanes Geständnis, daß diese Worte gar nicht von Alicia, sondern von Iliana gewesen, konnte Cuqui nicht beschwichtigen, im Gegenteil: Es überrasche ihn nicht, der Brief sei des Teufels.

»Willst du damit sagen, daß Iliana mit ihm im Bunde steht?« begehrte Broschkus auf.

Das wolle er selbstverständlich nicht sagen, erklärte sich Cuqui: Sondern daß Iliana wahrscheinlich niemand andres als er selbst gewesen sei. »Jaja, Bro, hast mich schon verstanden. Der Herr der Hörner.«

»Eine Frau?«

»Er kann doch auch im Christentum jede Gestalt annehmen?«

Iliana. Dir breche ich das Herz, nur für den Fall ... Den Einwand, daß er sich zuzeiten mit ihr prächtig verstanden, ließ Cuqui nicht gelten: Trotz ihrer *Santería*-Ketten, Iliana habe eindeutig zur jüdischen Bruderschaft gehört, zumindest in deren Umfeld. »Wir *paleros* behandeln einander mit Respekt, egal, welcher Richtung wir angehören.«

So abwegig sei seine Vermutung nicht, bekräftigte er, immerhin habe Broschkus ein Mal bereits mit dem Teufel getanzt, Anfang des Jahres, in der »Casona«. Schon damals sei er ihm in weiblicher Gestalt erschienen, eine seiner leichtesten Übungen, er brauche sich bloß eines Dunklen zu bemächtigen und ihn zu besteigen. Denn eines könne selbst Lugambe nicht: sich ohne Hilfe derer, die ihm nahestehen, in menschlicher Gestalt zeigen.

Außerdem, faßte Cuqui nach einer ausführlichen Probebohrung im Ohr zusammen, außerdem sei Iliana die Falsche gewesen. »Was ist das Glück, Bro! Du hast ein Ziel, wer kann das von sich sagen!«

Hab' ich etwa mit dem Teufel zusammengelebt?
fragte sich Broschkus, eher pikiert als berührt. Während Claudia mit einem Stein auf Krebse einschlug, bis deren Panzer zerschlagen und neue zu suchen waren, geriet ihr Vater ins Erzählen; Broschkus mußte nur ab und zu die Wasserflasche reichen, für die Mittagszeit hatten sie Essensreste aus dem »Balcón« eingepackt.

Also Iliana. Im Grunde dürfe man ihr nicht mal Vorwürfe machen, den Rest ihres Lebens sei sie gewiß nichts als eine ganz normale *jinetera* gewesen, etwas derber vielleicht, etwas deftiger, aber keineswegs böse. Wenn man von einem Geistwesen bestiegen werde – ob normaler Toter, ob *santo* oder eben Lugambe, mache keinen Unterschied –, sei man nicht mehr man selber, man wisse nicht, was man tue oder sage, sei dafür also nicht verantwortlich.

»Dann könnte der Teufel ja auch aus deinem Mund mit mir sprechen«, resümierte Broschkus: »Zumal du dich offensichtlich mit ihm beschäftigt hast.«

Cuqui erschrak, nickte indes: »Bro, das könnte er tatsächlich.« »Aber wenn du in einem solchen Fall genau hinhörst, wirst du bemerken, daß sein Ton etwas anders ist als meiner. Sein Blick. Daß irgendwas nicht mit mir stimmt.« Die Bewegungen ohnehin, jedenfalls wenn man davon ausgehe, daß ihn Lugambe nicht schon so oft bestiegen habe, daß er sich im fremden Körper reibungslos zurechtfinde. Was hingegen den Körper Ilianas betreffe, hm-hm.

Ob's nicht etwas gebe, an dem man den Teufel sicher erkenne? wollte Broschkus wissen: Vielleicht an einem Fleck im Auge?

Im Auge? gab sich Cuqui überrascht: Wo da überhaupt ein Fleck sein könne? Nein, den Herrn der Hörner erkenne man überhaupt nicht. Am liebsten erscheine er uns in Gestalt derer, die wir ganz und gar nicht mit ihm in Zusammenhang brächten. In Gestalt derer, die wir lieben, stand er jetzt auf, die Tüte Meereserde in seiner weißen Plastiktasche verstauend: Oder derer, die ihn zu bekämpfen scheinen. Er habe nun mal eine Schwäche dafür, seine Gestalt zu wechseln, das sei Bro doch auch als Christ bekannt.

Als Christ? erhob sich Broschkus ebenfalls, widerstrebend: Er sei eigentlich schon lange –

»Das ist es ja eben«, beendete Cuqui so rüde den Ausflug, daß man nicht zu widersprechen wagte: »Ihr habt alle keinen Bezug mehr zum Wesentlichen, ihr Weißen. Kein Wunder, daß ihr jetzt untergeht.«

Und hatte er damit nicht recht gehabt?
fragte sich Broschkus noch, als er längst zurückgekehrt, eine Weile mit Flor nach Feliberto gesucht, laut von der Terrasse rufend, als er eine Weile mit Flor über die »dunklen Machenschaften« ihrer Schwester ins Gespräch zu kommen versucht und sich dann zu Bett begeben: Was wußte er selber schon vom Teufel, abgesehen davon, daß er's auf weiße Haut abgesehen hatte?

Nachdem man heute nachmittag, die kleine Claudia an der Hand, wieder mit der Fähre übergesetzt, war zweieinhalb Stunden lang kein Bus gekommen, Zeit genug, um das Bild Lugambes noch etwas farbiger zu zeichnen: Keinen Deut weniger als Nzambi sei er Inbegriff der absoluten Reinheit, war der ehemalige Lehrer im Koch gleich aufs große Ganze gegangen, sei pure göttliche Energie, lediglich ex negativo; er biete seinen Jüngern viel, biete ihnen alles, ein feiner Herr! Noch während die Schlägerei um die Busplätze losgebrochen, hatte Cuqui, statt ins Geschehen einzugreifen, hatte nicht aufhören wollen, die anspruchsvolle Eleganz Lugambes zu rühmen – Hühnerwürger wie Oscar hätten davon keine Ahnung, ein santeristisches Ritual sei ja verhältnismäßig schlicht –, so daß Broschkus am Ende erneut nachgefragt, ob Cuqui wirklich dem christlichen, nicht etwa dem jüdischen *Palo* angehöre.

»Natürlich dem christlichen, Bro! Ein Gott, der einen solchen Teufel zu bändigen weiß, der ist wirklich ein Gott.«

Galt der christliche Berg demnach als stärker als der jüdische? Hm-hm. Dann war der Bus ohne sie abgefahren, hatte man eins der teuren *motos* nehmen müssen. Wie schön die Stadt hinterm Hügelkamm aufgetaucht war, wie weiß das Kreuzfahrtschiff, dem freien Meer entgegenstrebend, wie silberhell die Reihe der Wassertanks vom andern Ende der Bucht!

Wohin auch immer Broschkus an diesem Tag den Kopf gewandt, unter seinem Blick hatten die Dinge sofort Flecken bekommen, fahle Flecken, die sich beim näheren Hinsehen zu regelrechten Leberflecken auswuchsen; als er sich beim Zubettgehen im Spiegel entdeckte, glaubte er im ersten Moment, die Masern zu haben.

»Lugambe arriba, Lugambe abajo, Lugambe a los cuatro vientos«, huldigte er seinem Spiegelbild im gedämpften Ton der Ehrfurcht, *»salam malecum, malecum salam quiyumba congo . . . «*

So viel vom Dunklen wie am heutigen Tag hatte er während seines ganzen Lebens noch nicht erfahren. Was man gegen ihn auszurichten vermöge, so man gegen ihn antreten müsse? Ob man ihn mit magischen Trommeln bekämpfen könne? hatte er Cuqui zum Abschied gefragt, ob's vielleicht höchste Zeit sei, ihn mal wieder zum Tanzen zu bringen?

Das hätten lediglich die Zwillinge geschafft, schüttelte Cuqui den Kopf, und sei seit Jahrtausenden verjährt. »Nein, Bro, einen solchen Kampf kannst du nicht gewinnen, den Dunklen schlägt man nur mit seinen eignen Waffen.« »Du mußt selber dunkel werden, du mußt böse werden, und am Ende mußt du's wirklich sein.«

Erst als sich Cuqui, unscheinbar in seiner Plastiktasche die erste Zutat für einen *Palo*-Kessel, mit entschloßnem Ruck in Richtung »Balcón« wandte, Morgen-sei-auch-noch-ein-Tag, hatte Broschkus wieder zu einer eignen Haltung gefunden, ein fernes Flüstern eher als eine beherzte Bitte:

»Erzähl mir doch mehr vom Teufel, dann versteh' ich euch besser und euer Land.«

»Vor allem verstehst du dann auch mehr von Gott«, hatte Cuqui ergänzt, mit dem Fuß bereits Tyson von der Schwelle schiebend: »Je besser du den Teufel kennst, desto klarer wird dir, daß du ohne einen starken Gott gar keine Chance hast gegen ihn.«

Irgend etwas,
so viel stand für Broschkus nach den letzten 24 Stunden fest, irgend etwas andres als reine Rationalität mußte's sogar für einen wie ihn in dieser Welt geben, irgend etwas Stärkeres als Logik, als Vernunft und Verstand. Einen Kessel, ja! Mit einem geraubten Schädel darin, gespeist mit warmem Blut, ja! Mit einem Stierhorn, aus dem die Zukunft zu ersehen, mit Geheimnissen aus Stein und Knochen, umwoben vom Gestank des Todes, mit – Broschkus! War er denn noch zu retten?

Alles, was ihm als Zeichen seiner Zivilisiertheit bislang ein letztes heimliches Gefühl der Überlegenheit vermittelt, lehnte sich auf gegen das, was er während der gestrigen Nacht erlebt und während des heutigen Tages vernommen: Er war zu schwach, zu glauben, erst recht zu schwach, nicht zu glauben, gleichzeitig glaubte er und glaubte nicht. Suchte Antworten in der Ruhe der Kokosschale, des kleinen Pakets unterm Bett, vor dem Zungenbild, dem Hufeisen, den Ketten der vier Hauptheiligen, fand aber nichts als Fragen.

Was wußte er vom Teufel? Selbst wenn er sich an sämtliche Kindergottesdienste, die er so eifrig besucht, hätte erinnern können: Der's da auf ihn abgesehen hatte, war ihm ein vollkommen Unbekannter, unberechenbar, ungreitbar. Ob's wirklich eine Ehre war, von ihm erwählt zu sein? Broschkus hätte gut drauf verzichten können. Andrerseits verspürte er diese starke Unruhe, anfallsweise überkam sie ihn, vergleichbar einzig seinen Schüben, mit einer solchen Kraft zog's ihn – ja wohin eigentlich? Doch wohl zu ihm?

Mitten in der Nacht schlug eine Rattenfalle zu, ein schnelles Klacken, ein schrilles Quieken, Ruhe.

Daß ihn Luisito zum Morgengrauen herausklopfte,
aufgeregt die Schlachtung des Dachschweins avisierend, jaja, des fetten großen von gegenüber, vor Wochen habe er sich eins der Hinterbeine reserviert, konnte Broschkus kaum erregen. Trotz-

dem kam er mit, immerhin würde Blut fließen, aus einem solch kolossalen Tier wahrscheinlich nicht gerade wenig.

Traumverhangen folgte er seinem Vermieter talwärts, von der Parallelstraße der Calle Rabí in ein verschachteltes System von Hinterhöfen; als sie am Ziel ankamen, hatte man die Sau bereits aus ihrem Verschlag und treppab gezogen, ein, zwei rauchende Männer riefen aufgeregt in ein Haus hinein, aus dem Gepolter tönte, wüstes Geschrei von Tier und Mensch.

Wenige Sekunden später schoß die schwarze Sau nicht etwa in den Hof, sondern wurde von drei, vier, fünf Männern unter Einsatz all ihrer Kraft herausgezerrt und -gestemmt; daß im Eck des Hofes das Brühwasser kochte, daß ein Kind erschrokken auf den Unberührbaren zeigte, der sich soeben unter die Schaulustigen gemischt, daß ihm eine der Frauen erklärte, der Unberührbare sei mittlerweile gereinigt, man brauche keine Angst mehr vor ihm zu haben, bekam Broschkus nur hinter Schleiern mit.

Schon stand das Dachschwein inmitten des Hofes, weit größer, als man's aus der Entfernung kannte, eine kapital aufröhrende *1000er-BMW,* von sechs, sieben, acht ausgewachsnen Männern kaum zu bändigen, und jetzt so jämmerlich um sein Leben winselnd wie ein kleines Ferkel. Man warf sie zu Boden, die Sau, rang sie mit vereinten Kräften immer wieder aufs neue nieder, wenn's ihr gelungen war, sich emporzustemmen; letztendlich saßen oder lagen mehrere Männer über ihr, die restlichen hatten ihr alle vier Füße fest mit Draht umschlungen und so entschieden in ihre jeweilige Richtung gerissen, daß sie nun doch recht platt und endgültig auf dem Boden lag. Die Sau. Wie groß sie war und wie klein das Messer, das ihr gleich in den Hals fahren würde! Endlich war Broschkus wach.

Der Besitzer der Sau kniete ab, um den Todesstoß aus nächster Nähe auszuführen – das ließ er sich nicht nehmen, auch wenn er keinen Bauchgurt besaß wie seinerzeit Reynaldo, das war Ehrensache. Broschkus verfolgte nicht nur jede seiner Bewegungen, sondern vollzog sie selber mit; als der Mann nach einem langen Blick ganz kurz zustieß, fuhr auch Broschkus' Rechte nach vorn: Stirb-du-Sau, du hast's nicht anders verdient!

Ein empörter Aufschrei, als ihr das Messer durch die Gurgel fuhr, ein wütend gellendes Höhnen? Nein, ein erbärmliches Röcheln, enttäuschend flugs verebbend, ein empörend flottes Abschnarchen ins Jenseits. Bevor man die Einstichstelle mit einer Tüte aus der »Bombonera« verstopfte, drückte man ein bißchen mehr Blut heraus. Eines der Kinder kletterte kurz entschlossen auf die versterbende Sau, präsentierte sich rittlings, wurde verlacht und vertrieben.

Mindestens zwei Liter, kommentierte Luisito, daraus ließen sich locker drei Blutwürste machen! In Öl angebraten, köstlich!

Während man die arme Sau mit kochendem Wasser übergoß, um sie zu entborsten und zu schaben, dachte Broschkus, daß eine Schächtung nach den Regeln des *Palo* weit ehrenvoller gewesen wäre, da hätte das Tier mehr vom Sterben gehabt, vielleicht fünf oder zehn Minuten. Als dann sogar der Boden dampfte – das Tier, völlig entborstet, hatte sich in etwas grinsend Rosarotes, schließlich rein Weißes verwandelt –, wäre er am liebsten auf der Stelle gegangen. Das sollte's gewesen sein?

»Alles in Ordnung, *doctor?*« reichte Luisito besorgt eine *Hollywood.* Solch ein prächtiges Schwein, solch ein exzellent ausgeführter Todesstoß, so viel Fett am Bauch und solch gewaltige Schenkel – einem ordentlichen Mann mußte da doch das Wasser im Mund zusammenlaufen?

Aber nein, Broschkus wollte nicht länger warten, um am Ende ein Stück frische Leber zu verzehren, erst recht nicht, um sich dabei von der Unfähigkeit heutiger Automechaniker vorjammern zu lassen (»Noch immer kein Motor! Anstatt sich irgendwo einen zu klauen!«). Broschkus wollte nur eines: die nächste der sieben Erden.

die Stromableser vor der Tür standen, selbst in einer Stadt wie Santiago mußte alles seine Ordnung haben, wurde's zwar endgültig zu spät, die täglich anstehenden Neun-Uhr-Exhumationen der Gemeindegräber zu erleben, desto unumgänglicher, die der Privatgräber um zwei Uhr nachmittags auf keinen Fall zu versäumen. Friedhofserde! Leider konnte Cuqui nicht mitkommen; die neue Präsidentin des Komitees zur Verteidigung der Revolution, keine Geringere als Cacha, die Lockenwicklerin höchstselbst, hatte zum Amtsantritt eine freiwillige Wertstoffsammlung fürs gesamte Viertel anberaumt: Cuqui würde den Nachmittag über beschäftigt sein, leere *tukola*-Dosen aufzuspüren und von Touristen weggeworfne Mineralwasserflaschen.

Bevor Broschkus losging – bewußt in die falsche Richtung, um die nachbarliche Neugierde irrezuführen –, sah er eine ganze Weile Flor zu, wie sie sich im Hof, zwischen dem zufrieden vor sich hin pinselnden Papito (immerhin Grundierungsfarbe hatte er aufgetrieben), dem versonnen vor sich hin putzenden Ulysses, der singend vor sich hin waschenden und wringenden Rosalia und all den andern, die lediglich einer wohlwollend untätigen Anwesenheit frönten, wie sie sich mit einer blanken Rasierklinge die Beine rasierte. Das! hatte was; auch wenn sie ihre Oberschenkel nach wie vor ungeschoren ließ, das lohne nicht, die kriege ja keiner zu Gesicht.

Beiläufig steckte sie die Klinge ins Holz des Türstocks: Ob der *doctor* Feliberto gesehen hätte?

»*¡Kitikiti!*« fing Broschkus mit onkelhaft verstellter Stimme an zu locken, freilich nur, um sogleich wieder abzubrechen und Flor ins Ohr zu raunen, so dunkel und verworfen, wie er's irgend konnte: Ob's nicht langsam an der Zeit sei, sich anstelle eines alten Katers einen jungen Saukerl zuzulegen?

Wie sie da errötete, Flor, ihn nicht mehr anzusehen wagte, wie sie da weglief, sich im Halbdämmer der guten Stube zu verbergen! Dies war das letzte Mal, daß sie sich bei ihm nach Feliberto erkundigt hatte; danach war er wirklich vergessen.

Das Geschäft des Verwesens
zog Broschkus seit je in seinen Bann, auch in den Monaten zuvor hatte er in der Plattenbausektion von Santa Ifigenia des öfteren halbe Tage verbracht: Während man sich im Prachtteil des Friedhofs zum Familiengrab der Bacardís führen ließ oder Soldaten photographierte, die im Stechschritt Wachablösung vor Ehrenmälern betrieben, wandelte er in den Katakomben, wie er das Labyrinth der Gänge zwischen Urnenwänden und Betonsilos nannte, wandelte weitgehend im Halbdunklen und Halbfeuchten, an den Wänden schliefen Nachtfalter, an manche der numerierten Felder war mit Kreide der Name des Verstorbnen geschrieben, die Reicheren der Armen hatten kleine Steinplatten angebracht. Hier, inhalierte Broschkus gern, indem er stehenblieb und die Augen schloß, hier war er richtig.

Das einzig Lebende, auf das er in den Gängen manchmal traf, war die Putzfrau, fröhlich den Staub von einer Ewigkeit zur nächsten fegend, pietätlos laut grüßend, sich nach dem Wohlergehen von Frau und Kind und Kegel erkundigend. Genauer kannten ihn die Totengräber; obwohl er keine Dollars mehr für sie hatte, ließen sie ihn gewähren, ja riefen ihm nicht selten von weitem zu, in welcher Sektion des Friedhofs demnächst ein Sarg aufgebrochen werde.

»Besser als letztes Mal siehst du immerhin aus, Onkel«, begrüßte ihn Pancho in seiner direkten Herzlichkeit, »aber verlieben würd' ich mich in dich noch nicht.«

Bei der Öffnung eines Privatgrabs
kam's gelegentlich zu Besonderheiten, die Broschkus erst im Verlauf seines Aufenthalts zu schätzen und nicht eher als nach seiner Rückkehr aus Dos Caminos mit einem tastenden Verständnis, *poco a poco*, zu begreifen lernte: Anders als bei Exhu-

mationen in Gemeindegrüften, bei denen sich ja immer gleich jede Menge Angehörige eingemischt hätten, wenn in und um die Särge etwas Auffälliges zu bemerken gewesen, war in der vergleichsweise intimen Atmosphäre einer Privatexhumation manches zu gewärtigen, was ansonsten gar nicht erst ans Tageslicht gelangt oder umgehend wieder im Abgrund der Gruft vertuscht worden wäre: In einem der aufgebrochnen Särge, so berichtete man Broschkus, war das Skelett nicht etwa auf dem Rücken gelegen, sondern seitlich verkrümmt, der Verstorbne – oder eben gerade: noch nicht Verstorbne – hatte sich nach seiner Beisetzung bewegt. Ein andermal war der Tote, man hatte unter heftigem Gefluche seinen Eisensarg aus der Gruft gehievt, ein andermal war der Tote, man hatte den Sarg schließlich mit Eisenkreuzen, die man von benachbarten Gräbern genommen, an verschiednen Stellen aufgestemmt, ein andermal war der Tote noch nicht –

¡Mentira! protestierte Broschkus, Degoutantes ahnend.

– vollständig verwest, obwohl man ihm vorsorglich eine sechsjährige Leichenruhe eingeräumt. Das komme durchaus vor, hatten die wild rauchenden Totengräber den verstörten Angehörigen versichert, und so, wie sich die Leiche anfühle, brauche sie zumindest weitere sechs Jahre, das heißt, jetzt, da die Luft und die *cucarachas* besser an sie rankämen, werde's wohl schneller gehen. Womit man den Sarg, zerbeult und zerbogen, wie er war, wieder hinabgehievt ins Dunkel, die abgebrochnen Eisenkreuze auf die betreffenden Gräber zurückgesteckt.

Manchmal, wenn Pancho und seinen Kumpeln der Sinn danach stand, führte man den Onkel zu einer Gruft, von der's nicht nur zu berichten, sondern in der's mit eignen Augen zu sehen gab. Beispielsweise ein Gerippe, das von seiner Verwandtschaft wahrscheinlich mit Absicht vergessen worden, keiner sei am Fälligkeitstermin zum Knochenputzen erschienen, seither betrieb man Studien des Verfalls: Von Mal zu Mal sei weniger im offnen Sarg auszumachen. Frischlufttrocknung! Das ginge verdammt schnell auf die Knochen! versicherte man Broschkus unter großem Gelächter. Der fragte sich lieber bloß im stillen, ob's bei der Verwesung hier stets mit rechten Dingen zuging, drohte ihnen allen mit dem Zeigefinger:

»Wer wird denn gleich an die Luft gehen?«

Auch heute hatte Pancho etwas Besonderes zu bieten,
wiewohl nur anekdotisch. Mit dem pathetischen Ernst des gebornen Witzbolds referierte er seinem Onkel (mehr noch seinen pausierenden Kumpeln), wie man sich am Vormittag planmäßig von oben nach unten in die anhängige Gemeindegruft hinabgearbeitet, einen Sarg nach dem andern aufbrechend, bis plötzlich eine der Familien ins Palavern geraten und dann zum offnen Protest übergegangen sei: Das wäre nicht ihre Großmutter gewesen, die man ihnen eben präsentiert, die habe nie einen Stützstrumpf getragen! Woraufhin man sie kurz entschlossen im Leichentuch beiseite geräumt, die falsche Großmutter, ihr Sarg sei ja schon zerhackt gewesen, und nach der richtigen gesucht, auf die Schnelle jedoch nichts Passendes gefunden habe. Nach einigem Hin und Her sei eine andre Partei zu bewegen gewesen, das fragliche Skelett als das ihre zu akzeptieren, allerdings nur unter anhaltenden Versicherungen, auch ihre Großmutter habe nie Stützstrümpfe getragen, nie! Irgendwie hätten sich im Verlauf der Jahre anscheinend die Särge in der Gruft vertauscht, anders sei der Vorfall nicht zu erklären.

Wobei die Pointe der Geschichte – Panchos Kumpel hatten sich nicht gescheut, laut vor dessen Onkel loszulachen, anscheinend gehörte er zur *familia* –, wobei der eigentliche Witz das Wörtchen »irgendwie« gewesen, wenigstens wurde's reihum munter wiederholt. Ja, auch Broschkus konnte sich mittlerweile vorstellen, wo der dunkle Clou der Geschichte zu suchen, freilich empfand er dabei weniger Heiterkeit als ein gemäßigtes Gruseln.

Und dann sei der unterste Sarg, fuhr Pancho allein der Vollständigkeit halber fort, der Rest des Vormittags interessierte ihn nicht mehr sonderlich, dann sei der letzte Sarg, anscheinend habe ihn das Grundwasser geraume Zeit bedeckt gehalten, in der Nähe der Bucht stehe's ja schon bis in fünf, sechs Meter Tiefe, dann sei die unterste Leiche vollkommen vom Salz des Meerwassers zerfressen gewesen, es habe schier gar nichts mehr zum Zerhacken gegeben, zum Emporhieven und erst recht nichts mehr zum Putzen und Eintopfen.

So unbeteiligt,
wie Pancho in die Runde blickte, mußte man davon ausgehen, daß er die komplette Leiche vor Jahr und Tag verhökert hatte – hier steckten sie alle unter einer Decke, alle. Ein Onkel Broschkus, der nicht dazugehörte, würde nie dahinterkommen, was tatsächlich als verbürgt gelten durfte und was nicht, es gab einfach zu viele Wahrheiten in diesem Land.

»Man hört«, schien Pancho seine Gedanken zu lesen, »du treibst dich neuerdings mit einem *palero* herum?«

Broschkus, wortlos auf die schwarze Halskette des Totengräbers weisend: Er dürfe bei ihm doch auf Verständnis hoffen?

Was man reihum als ziemlich gelungnen Witz feierte, jeder wollte ihm auf die Hand klatschen, schließlich könne man vom bloßen Ein- und Auslagern nicht überleben, haha. Außerdem Immer-nur-rein-und-raus, präzisierte einer, indem er wie zufällig die Zeigefinger aneinanderrieb, das sei auf Dauer langweilig. Dann spuckte er Broschkus so direkt vor die Füße, daß ihn der endlich erkannte. Erkannte als einen, der bei Felibertos Höllenfahrt mit Gesang und Gemurmel assistiert hatte.

Er sei vom jüdischen Berg, erklärte er dem Onkel prompt mit einer Offenheit, als ob's nicht eine Ungeheuerlichkeit, sondern etwas Selbstverständliches war: »Wie alle andern von uns auch.«

Na, dann werde man sich ja spätestens an Heiligabend wiedersehen, verbreitete beherzt Onkel Broschkus, fast schon einer der Ihren: in der Schwarzen Kapelle.

Was man anscheinend als ziemlich mißlungnen, ja ungehörigen Scherz empfand, selbst Pancho hob nur leicht die Augenbrauen. Broschkus machte, daß er zu Ocampos Grab kam, eine Handvoll Erde zu rauben.

Erst als er sich,
im Rucksack die zweite Zutat für seinen *Palo*-Kessel, in der Geborgenheit des Tivolí zurückfand, hatte er wieder Augen fürs Diesseitige, das ihn gleich scheinheilig mit dem Genrebild des Südlichen zu umgeben suchte, anhebend mit einem zufrieden im Zahnarztsessel schlafenden Papito. Aber wahrscheinlich war man ja selbst hier von Anbeginn an unter lauter *paleros* geraten? Obwohl Rosalia gerade eine grün schillernde Unterhose von der Leine nahm, näherte sich Broschkus vertraulich, mimisch und gestisch eine Art wichtigtuerische Heimlichkeit verbreitend (die sie lustvoll erwiderte), um ziemlich direkt auf ihre Zusicherung von einst zurückzukommen:

Ob's ihr etwas ausmachen würde, bei Gelegenheit auf einen Zettel zu pinkeln, den er ihr noch zukommen lasse?

»Mit dem Namen von Flor?« war Rosalia sofort im Bilde: »Hast du dich verliebt, *doctor*?« Unverzüglich werde sie eilen, die Zutaten zu besorgen, der Zauber wirke immer, garantiert! Als sie erfuhr, daß es um Iliana gehen sollte, gab sie sich nicht mal sonderlich enttäuscht.

Von wem sie »so was« eigentlich beigebracht bekommen? wollte Broschkus etwas Verbindliches anfügen: von ihrer Mutter? Und als ihn Rosalia verständnislos ansah: Mirta sei ja eine stadtbekannte –

¡Ay mi madre! wurde Rosalia mit einem Mal laut: Das sei doch nicht ihre Mutter! Nein, Mirta sei Papitos *dritte* Frau gewesen, ihre Mutter dagegen die zweite, übrigens die einzige, die als Papitos rechtmäßige Ehefrau gestorben, wohingegen Mirta –

Aber dann sei Merci ja gar nicht Mirtas Enke-?

Eben doch! flüsterte Rosalia nun wieder, als gäbe's hier noch irgendwen, vor dem ein Geheimnis zu wahren: Die sei gar nicht ihre Tochter, nur Flor. Ob er nicht lieber deren Namen auf den Zettel schreiben wolle?

Er werde drüber nachdenken, nickte Broschkus, legte den Kopf schief und kippte die Brille, um vielleicht auf diese Weise zu sehen, was er ihr glauben könne. Mercedes als ein Geschöpf aus Chicharrones, als Enkelin einer Königin der Toten? Schon rein rechnerisch unmöglich. Wohingegen Flor – nicht Enkelin derselben Königin der Toten? Hatte Papito die ganze Zeit den freundlichen alten Säufer gespielt, weil er mehr zu verbergen hatte als eine höchst dubiose Exfrau?

Egal, auch Broschkus hatte mittlerweile einiges zu verbergen.

Obschon Cuqui darüber nur mißbilligend den Kopf schüttelte,
ihn eine ganze Weile vor laufendem Fernseher warten hieß, wo man sich Bilder von fastnackten Männern anzusehen hatte, angeblich Folterungen Kriegsgefangener, dann den *máximo lider*, wie er seit einer Woche, vom Mückenstich gefällt, darniederlag (hatte man das nicht vor *Monaten* als Neuigkeit vernommen?). Dazu lief – als ob die Beschallung der Gäste durch Fernsehnachrichten nicht ausgereicht hätte –, dazu lief in den verschiedensten Einspielungen »We are the champions«, eine Schwarzpressung aus der Schwarzen Tasche.

Nachdem der Kellner endlich all seine Gäste versorgt hatte, mußte der Vater erst einmal seiner Tochter Gehör schenken, die sich über den Einbeinigen erschrocken: Der habe vor der Tür gestanden und so komisch geguckt, beinah sei's ihm gelungen, ihr den Kopf zu tätscheln, uh-uh, ein Verrückter, seine Berührung mache ja auf der Stelle blöde! Danach wollte sich der Koch in Cuqui darüber beklagen, daß deutsche Touristen fast ausnahmslos Garnelen bestellten, Garnelen-Garnelen-Garnelen, er habe bereits eine regelrechte Garnelen-Allergie, kein-Witz-Bro, ob man in Deutschland nur illegal an sie rankomme? Und was die Friedhofserde betreffe, ergriff am Ende, gottseidank, auch der *palero* in ihm das Wort: könne man leider nichts damit anfangen, Ocampo hin, Ocampo her. Irgendeine Erde von irgendeinem Grab, als ob's so einfach wäre! Nein, sie müsse aus dreierlei Erden angemischt werden – eine vom Grab dessen, der dann mit seinen Knochen in den Kessel komme, eine zweite vom Eingang des Friedhofs, eine dritte von einem zerstörten Grab. Sie alle waren, aber das hätte er Broschkus gleich sagen können, waren unbedingt gemeinsam mit den benötigten Knochen zu besorgen.

Apropos Knochen, fügte er an, damit Broschkus nicht auf dumme Gedanken kommen würde: Auch die könne man nicht aus dem erstbesten Grab nehmen, müsse vielmehr mit Hilfe der Kokosschalen anfragen, ob der Tote überhaupt gewillt sei, seinem zukünftigen Herrn zu dienen. Wozu man natürlich den Namen des Toten kennen und ein paar Münzen bereithalten müsse, als Ersatz in den Sarg zu geben. Nun, ein ordentlicher *palero* wisse immer ein paar Gräber in der Umgebung, die »demnächst fällig« seien, keine Sorge, kein Problem. Und für den, der's bequemer wolle, gebe's jede Menge Knochen »aus der Wand« (natürlich bevor sie überhaupt hinter die Wand geraten waren), da erhalte man gleich das komplette Sortiment und sauber geputzt. Broschkus solle ihn nur machen lassen, das gehöre zum Geschäft.

Broschkus, es schwirrte ihm schon wieder der Schädel. Daß irgendwelche Glaubensfanatiker Geiseln im Namen Gottes enthaupteten, wie der Fernsehmoderator versicherte, daß sie mit ihren sprengstoffbeladnen Autos in Menschenmengen rasten, war dagegen Nebensache. Daß in dieser Nacht der Novemberregen einsetzen und bald alles nach feuchten Feudeln stinken würde, desgleichen.

Obwohl die santos heftig im Himmel Möbel rückten,
brach man am Morgen des übernächsten Tages auf, um dritte und vierte Erde zu holen – der *palero*, sein Novize und, mit weißen Handschuhen am Steuer, seinen männlichen Geruch verströmend, Ramón. Ohnehin war ihnen die schöne Aussicht von Puerto Boniato diesmal egal, es ging ums Gefängnis auf dem Weg dorthin, von dessen Haupteingang eine Handvoll Staub zusammenzukratzen war. Übrigens problemlos, die Wachsoldaten waren dran gewöhnt, daß man vor ihren Augen mit einem Pappkarton den Boden abschabte; weniger freilich, daß man dazu in einem Stretch-Lada vorfuhr.

»Glaub mir, Bro«, versicherte Cuqui den Bezug der Erde zum zukünftigen Besitzer des Kessels, »hier drin war sie oft genug, deine *mamá*.«

Auf dem Weg zur vierten Erde kamen sie ins Gespräch, Cuqui und Ramón, möglicherweise weil kaum Ziegen am Fahrbahnrand grasten. Oder weil man sie durch die regenverschlierte Scheibe sowieso nicht rechtzeitig gesehen hätte. Oder weil Ramón, kaum daß man vom Gefängnis wiederaufgebrochen, seinem Beifahrer überraschend derb auf den Schenkel geklopft:

»Na und selber, *hombre?* Kennst dich da drin ja auch gut aus!«

Cuqui tat zunächst so, als ob er nicht verstehe, durchs nach wie vor unverglaste, notdürftig mit Plastik abgeklebte Heckfenster drang Wasser, dann stritt er vehement ab: Er, Silvano Ramirez Gonzalez, im Gefängnis? Geschenkt, aber doch nicht in einem solch landesweit berüchtigten wie dem von Boniato?

»Ja haben sie dich nicht gemeinsam mit ihr verknackt, mit deiner üblen Freundin, *damals*?«

Was er damit sagen wolle? blieb Cuqui erstaunlich gelassen: Hier sei doch jeder schon mal, zumindest jeder Anständige? Selbst Mongo mache in dieser Hinsicht keine Ausnahme, wenn er nicht einen solch mächtigen Onkel hätte, wer weiß, ob er nicht bis an sein Lebensende hinter Schloß und Riegel –

Der Señor Planas habe damit nichts zu tun! schrie Ramón auf und bleckte seine langen Zahnhälse, Broschkus vermeinte, eine leichte Verdichtung des stechenden Geruchs zu verspüren: Er sei freigekommen, weil –, weil er von Anfang an unschuldig gewesen! Außerdem sei's in seinem Fall ja um –, ums Übliche gegangen, um Konterrevolutionäres! Was hingegen Cuqui betreffe: »Soll ich dir sagen, *hombre,* was ich denke: Wenn Anita eine seiner Gehülfen war, wie man sich erzählt, so warst du –, *so bist* du der andre!«

»Das bin ich nicht, Mongo, und das will ich nicht gehört haben«, hob Cuqui kurz seine Kappe an, zog die Nase hoch, »sonst müßte ich dir auf der Stelle deine Zähne ein Stück weiter abschlagen.« Erstens wäre er dann nämlich längst erschossen, zweitens gehöre er seit je zum christlichen Berg, sein *tata* sei der Hüter des Mondes und der Mitternacht. Was sogar einem Mongo kaum entgangen sein dürfte.

Ramóns Adamsapfel glänzte gewiß gewaltig. Denn nun konzentrierte er sich aufs Fahren, schweigend.

Womit sich Cuqui direkt zu Broschkus umwandte, der sich auf der mittleren Sitzbank zwischen allerhand Kartons eingerichtet hatte, die hinterste Bank war bereits völlig naß: »Du kennst ihn zwar schon, meinen *tata*, aber kennenlernen wirst du ihn erst noch.«

Ramón, weiterhin schweigend, absolvierte einige elegante Schleuderbremsungen, um entgegenkommenden Pferdekarren, querendem Getier und, im Schrittempo, einem verunglückten Lkw auszuweichen, der halb im Straßengraben hing, umringt von Plünderern, die säckeweise Ware abtransportierten.

Zwar lasse sich mit dem Teufel bereits für zehn lumpige Peso ein Pakt schließen, befand Cuqui, aber was sei das gegen einen Pakt mit Gott selbst! »*Con Dios todo sin Dios nada.*«

Amen, sagte Ramón, der jetzt wieder freie Fahrt und Zeit hatte, sich zu ärgern.

Trotz des anhaltenden Regens
fand er die Abzweigung nach El Mazo ohne Probleme, und als die ersten Backsteinbauernhäuser auftauchten, weiß gestrichen, wellblechgedeckt, parkte er den Wagen exakt an derselben Stelle wie damals. Heute war das Flußbett von einem kleinen Fluß angefüllt, im Grunde hätte Broschkus seine Erde schon hier unten zusammenklauben können, aber das wäre natürlich nicht halb so stilvoll gewesen.

Es traf sich gut, daß Cuqui zum Schneiden gewisser Äste alleine losgehen, sich darüber hinaus nach billigen Hähnen erkundigen wollte, die nächsten Stunden sei er gut beschäftigt. So konnte Broschkus, kaum daß er mit Ramón die Ortschaft hinter sich gelassen, wenigstens nieselte's nur noch, unter vier Augen auf die Auseinandersetzung zurückkommen:

Was Cuqui mit Armandito zu tun gehabt, ob er tatsächlich beim Opfer der schwarzen Haut –

Nun, wiegelte Ramón ab, ohne stehenzubleiben, seine Sohlen leuchteten kaum halb so rosa wie letztes Mal: Nun. Cuqui sei immerhin *mulato*, ein ziemlich heller *mulato*, es sei durchaus denkbar –

– aber Iliana ja wohl so schwarz wie kaum eine zweite! unterbrach Broschkus: Wie man sich zu der Behauptung versteigen könne, daß ausgerechnet sie beim Opfer von schwarzer Haut mitgewirkt habe?

Ramón, statt zu antworten, beschleunigte den Schritt, Broschkus hatte Mühe, ihm auf den Fersen zu bleiben, die nach wie vor bei jedem Schritt aus seinen Schuhen hervorrutschten.

So ging's bergan,
bis sie in die Region mit den bunten Hosen gelangten, die heute schwer und traurig in den Bäumen hingen, bis sie am Kampfplatz selbst ankamen, nurmehr am plattgestampften Rund zu erkennen. Drum herum ein leis aus seinen höchsten Kronen abtröpfelnder Laubwald. Bevor Broschkus die vierte Tüte mit Erde

füllte, direkt vom Ufer des El Mazo, wie's ihm Cuqui eingeschärft, suchte er eine Weile nach der Feuerstelle, er hätte sie mittlerweile gewiß mit andern Augen betrachten können. Fand sie freilich nicht mehr, außerdem rief ihn Ramón bald zurück, die Zeit dränge, um halb sechs werde's dunkel.

Was er von Armandito Elegguá wisse? versuchte's Broschkus erneut und gleich so direkt, daß Ramón mit seinen dichtbehaarten Fingern nach dem siegelringartigen Schmuck tasten mußte, der ihm annähernd an jedem Finger saß: Ob er tatsächlich aus Baracoa sei?

Das sei er, entschied sich Ramón für einen Ring mit großem grünem Stein, begann ihn umgehend zu drehen.

Wie's Armandito dann aber schaffe, nach Belieben auch in Chicharrones aufzutauchen, jedenfalls seit kurzem?

Für einen *palero* kein Problem! unterbrach Ramón das Drehen des Ringes: Die flogen auf ihren Geiern, wohin sie wollten, ruckzuck.

Nein, mit eignen Augen habe er ihn noch nicht gesehen, räumte er ein, indem er einen Ring mit rotem Stein wählte: Leuten von Chicharrones gehe er lieber aus dem Weg. Auf die Nachfrage, ob's Beschreibungen seiner Person gebe, wich Ramón aus, bestimmt könne sich ein Armandito verschiedner Gestalten bedienen. »Wahrscheinlich sieht er aus wie du und ich. Oder wie Ernesto.«

Ernesto? Das ging ja wohl zu weit. Ramón versicherte, er habe den Namen ausschließlich deshalb genannt, weil er Broschkus öfters »mit dem gefeuerten Zigarrenmacher« gesehen habe. Genausogut hätte er Papito nehmen können oder Ulysses oder –

Broschkus legte den Kopf leicht schief, dieser Ramón schien nichts weiter zu sein als ein gewöhnlicher Maulheld, vielleicht einer, dessen Gang auf ebner Erde potent und glaubwürdig wirkte, mehr indes nicht. Ebendarauf schien er selber hinauszuwollen:

»Ach, Onkel, du weißt doch, daß ich mich mehr für –, fürs Diesseitige interessiere.« Er habe sich eben über Cuqui geärgert.

Über was er sich geärgert, wollte er auch während des Abstiegs nicht verraten, das sei eine Sache zwischen Männern. Dann blieb er plötzlich stehen und grinste Broschkus mit seinen schräg abgeschlagnen Vorderzähnen so sehr an, als sei ihm ein grandioser Witz eingefallen: »Mal was andres, Onkel: Wie willst du mir eigentlich den versprochnen Anzug besorgen, wo du nicht mal mehr das Benzin bezahlen kannst und erst recht nicht den Chauffeur?«

Umgeben von haufenweise abgehackten Ästen,
erwartete sie Cuqui am Wagen, an seiner Seite der Bauernbursch, der vor zwei? sechs? Monaten zum Hahnenkampf geführt:

Seinem Vater habe er einen Hahn abgekauft, einen berühmten Tothacker angeblich, dreizehn Kämpfe habe er gewonnen, sich bei seinem letzten allerdings schwer verletzt. Das Ende in einem Kessel dürfte ihm angemeßner sein als das im Kochtopf.

Nachdem sich Cuqui als *palero* zu erkennen gegeben, sei alles ganz einfach gewesen, und das, obwohl man im Dorf, wie der Bauer betont habe, stärkeren Göttern diene. Cuqui fühlte sich bemüßigt, das gleich wieder zurechtzurücken, anscheinend habe der Bauer nicht mal geahnt, daß man im Voodoo zum großen Teil dieselben Götter verehre wie im *Palo*, der Unterschied sei vielleicht so groß wie der zwischen Protestanten und Katholiken – er halte das *Palo* sogar für eine Spur stärker, sozusagen katholischer. Jedenfalls habe ihm der Bauer seinen Sohn samt Machete beigegeben, mit ihm sei er während der letzten Stunden kreuz und quer durchs Gestrüpp gestreift. Stolz wies er auf die gesammelten Zweige, nein, 21 verschiedne seien es nicht, darunter aber immerhin *»abre camino«*, auch *»yo puedo más que tu«*, sehr wirkmächtig.

Der Bauernbursch stand mit gesenktem Kopf daneben, sagte nichts. Hielt einen grünschillernden Hahn auf dem Arm, der keinen Laut von sich gab und auf eine recht endgültige Weise ermattet wirkte, hoffentlich starb er nicht von alleine.

Er heiße Saddam, redete er zum Abschied überraschenderweise doch noch, den Blick weiterhin gesenkt haltend. Erst jetzt, da man den Hahn in einen Karton gab, sah man, daß ihm ein Auge fehlte, wahrscheinlich hatte's sein letzter Gegner ausgehackt.

Während der Rückfahrt
kam Cuqui ganz von alleine aufs Thema zurück, diesmal konzentrierte sich Ramón, vollendet schweigender Chauffeur, auf die Fährnisse der Straße und darauf, daß man vor einsetzender Dämmerung zurück in der Stadt sein würde.

Damals, als Broschkus ihn zum ersten Mal nach Armandito gefragt, bekannte Cuqui, halb über die Lehne nach hinten hängend, da habe er ihm natürlich nicht die ganze Wahrheit sagen können. »Weil du kein Wort davon geglaubt hättest«, grinste er und verteilte eine Lage Rum in abgeschnittnen Plastikflaschen, »weil du mich für verrückt erklärt hättest, deshalb.«

Daß Armandito am Leben und kürzlich sogar zurückgekehrt sei, das wisse Broschkus mittlerweile ja so gut wie jeder andre. Aber ob er auch wisse, daß Armandito in seinem Leben weit mehr geopfert habe als das, wofür man ihn verurteilt? Lugambe stehe nun mal auf Haut, und sein oberster *tata* sei bestrebt gewesen, den teuflischen Appetit angemessen zu befriedigen, habe ihm im Verlauf der Jahre die Haut von *trigeños, criollos, mulatos, jabaos, coloraos* zubereitet, nicht zu vergessen die verschiednen Negerhäute, *negro moro, negro casi indio* oder *mulato casi negro.* Ja, Armandito sei fleißig gewesen, viel fleißiger, als die Justiz nach Bekanntwerden seines letzten Opfers geahnt habe.

Nach wie vor war Broschkus von der Fülle der verschiednen kubanischen Hautfarben und der dazugehörigen Begriffe überfordert, verstand indes sofort, daß Armanditos Palette im Lauf der Zeit gewissermaßen Werkcharakter angenommen hatte und vom tiefsten Schwarz über die verschieden braunen Mischtöne bis hin zum Rot- und Gelbstichigen jeden Hauttyp umfaßte; der Vollständigkeit halber sei sogar eine *china* darunter gewesen, bekräftigte Cuqui. Tatsächlich fehle nurmehr die reinweiße, die unvermischt weiße Haut. »Ein gutes Stück ist eben schwer zu kriegen, hier im Süden!«

Daß es demnächst um seine eigne Haut gehen würde, war Broschkus hinlänglich klar, das interessierte ihn im Moment weit weniger als die Frage: ob einer der Gehülfen Armanditos zufällig Sarabanda Mañunga geheißen?

»Was heißt hier ›geheißen‹, er heißt so!« Das sei freilich nicht sein korrekter Name, korrigierte sich Cuqui: Vollständig laute er Sarabanda Mañunga Mundo Nfuiri, übersetzt in etwa »Der schreckliche Oggún aus der Welt der Toten«; nur Unwissende würden ihn mit abgekürztem Namen nennen.

»Wußtest du eigentlich, daß ich Sarabanda Mañunga Mundo – Dingsbums bin?« erdreistete sich Broschkus. Cuqui wollte ihm in seiner losprustenden Freude auf die Hand klatschen, selbst Ramón fiel in sein Gelächter ein. Nachdem er sich endlich beruhigt hatte, nannte Cuqui auch den Namen des zweiten Gehülfen:

Mama Chola Mañunga Mundo Nfuiri, also grob übersetzt »Die schreckliche Ochún aus der Welt der Toten«.

Aber das klinge ja so, als ob er –, als ob es –, eine Frau gewesen?

Dann klinge's genau richtig, bestätigte Cuqui. Doch als Broschkus wissen wollte, wie sie »wirklich« geheißen habe, die Gehülfin, oder weiterhin heiße, vor dem Gesetz heiße, zog er sich die Nase frei: »Wirklicher«, bei aller Freundschaft, ginge's nicht. »Ein *palero* interessiert sich nur für die *Palo*-Namen seiner Brüder, die bürgerlichen sind ihm egal.«

Vor lauter gelben, violetten und grauen Wolkenunterseiten

gab's gar keinen Himmel; Broschkus blickte aus dem Fenster und fragte sich, warum man die Gespräche mit ihm stets kurz vorm entscheidenden Punkt abbrach, als wolle man das Wesentliche lieber nicht preisgeben. Wahrscheinlich war sie so einfach, die Wahrheit, wie's Ramón in seiner aufbrausenden Art vermutet, wahrscheinlich war einer der beiden Gehülfen tatsächlich kein andrer als Cuqui gewesen –, und der zweite –, die zweite –, nein, unvorstellbar, unmöglich.

»War sie wenigstens schön?« wollte Broschkus nach einer Weile hemmungslosen Brütens wissen, sie fuhren gerade auf einer leeren vierspurigen Straße in Santiagos Außenbezirke ein, vorbei an Plattenbauten und der Umfriedungsmauer von Santa Ifigenia.

»Das war sie nicht nur«, lachte Cuqui, »das ist sie noch immer!« »Die Kubanerinnen sind die schönsten Frauen der Welt, das weißt du doch, und hier in Santiago sind die schönsten von ganz Kuba!«

Wenn's in Santiago regnete,
dann richtig. Im November weinten jedes Jahr die Toten, normalerweise neun Tage in Folge, die wenigen verstreuten Straßenlampen gingen morgens gar nicht erst aus. Riß der Himmel kurz auf, ließ sich vom Tivolí prächtig beobachten, wie Blitze und Regengüsse auf einen andern Stadtteil niederfuhren, für kurze Zeit roch's nach dem Anbruch einer neuen Zeitrechnung. Verschloß sich die Wolkendecke jedoch wieder und frischte der Wind auf – einmal brauste ein Geier so knapp über Broschkus hinweg, daß man mit der Hand nach ihm hätte greifen können –, mußte man sich zügig dorthin zurückziehen, wo alles langsam zu stinken begann, sogar die eigne Haut.

Mochte sich das hereindringende Wasser auch vor dem Eßtisch sammeln, Broschkus saß auf seinem Plastiksofa und ließ sich Erde von Ocampos Grab durch die Finger gleiten, manchmal zog MINSK 16 Strom, manchmal nicht. Als Gehülfin Armanditos konnte Iliana immerhin – man mochte über sie denken, was man wollte, schön war sie nicht –, konnte definitiv ausgeschlossen werden. Definitiv? Nur sofern man sich entschied, Cuqui Glauben zu schenken, ausgerechnet dem.

Broschkus wußte, daß ihm derlei Abwägungen im Grunde nicht weiter- und schon gar nicht aus seiner eignen Geschichte hinaushelfen konnten, daß er auf die Fragen, die sich angesammelt, nie eine letztgültige Antwort bekommen würde, nicht in dieser Stadt, nicht unter diesem Himmel. Der einzig klare Gedanke, den er noch denken konnte, war stets aufs neue: Da-mußt-du-jetzt-durch, da-mußt-du-jetzt-durch. Das ewige Changieren zwischen Halbwahrheiten hatte ein Ende zu finden, koste-was-wolle, auch wenn man sich damit selber für verrückt erklären mußte. Noch die fünfte, die sechste, die siebte Erde, dann der Kessel, dann: die Fahrt zur Schwarzen Kapelle, lieber heute als morgen. Doch vor dem 24. Dezember hatte's ja keinen Sinn, und heut war erst der 18. November.

Der 19. November.

Der 20. November.

Am 21. November klarte's ebenso zügig auf,
wie sich's wahrscheinlich bald wieder gewittergrau zusammenziehen würde; am besten, man nutzte die Gelegenheit und ging auf der Stelle los, Erde vom Hügel einzusammeln und vom Kreuzweg.

Mitten in der vorangegangnen Nacht war bei Lockenwicklers aufbrausend ein Krawall losgebrochen, so anhaltend hatte jemand nach der Polizei gerufen – die Stimme von fern an diejenige Ulysses' erinnernd –, so heftig hatte's gerumpelt und gescheppert und geschrien, daß einige der Nachbarn aus Protest laute Musik abgespielt hatten: ein Höllenspektakel. Mit einem Mal war's so abrupt still gewesen, so vollendet still, daß Broschkus schon befürchtet, er werde Besuch erhalten. Und dabei arg das Schaben und Schubbern vermißt hatte, mit dem das Dachschwein ansonsten seine Unruhe angezeigt; hoffentlich blieb wenigstens Bruno am Leben, wer sonst würde ihn zukünftig vor Besuchen warnen?

Anderntags saß Ulysses mit blaugeschlagnem Auge im Hof, auf Nachfrage gleichwohl so kurz angebunden wie immer, alles in Ordnung, kein Problem.

Cuqui wartete bereits vor dem geschloßnen »Balcón«-Imbiß, seine freie Zeit war begrenzt; als sie eine Dreiviertelstunde später am roten Wassertank standen, wollte er kaum einen Blick auf die Stadt gewähren. War sein Begleiter nicht oft genug hier gewesen, zumindest in Gedanken, Seit' an Seit' mit Iliana, und war das Zusammenschaben der Erde nicht ein besonders feierlicher Moment? In reingewaschnen Linien stand das Gebirge, einer dieser abgrundtief klaren Tage, bis zum Mittelpunkt der Welt konnte man sehen und weiter, bis zur Hölle, von wo sie ihm entgegenlächelte oder eigentlich: *er.*

Broschkus! Als ihm Cuqui die Schulter klopfte, weiter-Bro-weiter, nahm der gerade nichts als Geier wahr, wie sie, von einer jähen Brise bisweilen ins Ruckeln gebracht, über alldem kreisten. Ob der eine oder andre *palero* unterwegs war?

Noch immer wurden in Chicharrones
die Folgen des Wirbelsturms beseitigt, allerorten entstanden in Windeseile Wellblechbaracken, man nützte jede Regenpause, um aus den Trümmern etwas Neues aufzubauen – für nächtliche Zusammenkünfte an heiligen Bäumen hätte man eigentlich gar keine Zeit gehabt. Während des Abstiegs grüßte man verschiedentlich, einer setzte die Wasserkanister ab, um Cuquis Hand-Handgelenk-Hand zu schütteln, dabei sich an Broschkus wendend:

Ob er überhaupt eine Ahnung habe, wer ihn begleite? Mächtiger Mann, wahrscheinlich der mächtigste außerhalb von Chicharrones!

Dann sollte's jedoch länger dauern als ausgemacht: Cuqui

fand zwar problemlos Mirtas Haus, Broschkus hingegen konnte und konnte den kleinen Abzweig nicht entdecken, der von der Calle K zu Ilianas Hütte (deren Überresten) führte. Ebenda, an der Kreuzung eines Trampelpfads mit einem verschlammten Fahrweg, wollte Broschkus die sechste Erde entnehmen, er ließ nicht mit sich handeln.

Als sie zum wiederholten Male dort vorbeikamen, wo früher Mirta gewohnt – das falsche Haus einer falschen *santera?* –, ging Broschkus, mit seiner Orientierung am Ende, auf die beiden Männer zu, die auch heute vor der Tür saßen, über ein Brettspiel gebeugt. Wiewohl sie die Köpfe irgendwann hoben, konnte er seine Frage nicht mal zu Ende formulieren, bereits bei der Nennung von Ilianas Namen fiel ihm der eine ins Wort:

Ob man ihm letzthin nicht ausreichend Bescheid gegeben habe?

Daß er sich davonscheren, ergänzte der andre, und nie mehr hier blicken lassen solle?

Vorbeihüpfende Kinder, die bei Broschkus' Anblick erschraken; mit malmenden Kiefern ging er zurück, sich bei Cuqui zu beschweren: Was denn das für seltsame Verhältnisse im Spätkommunismus seien, daß ausgewachsene Männer tageintagaus dem Brettspiel frönten, statt ordentlich zu arbeiten? Ob man die beiden nicht irgendwo verpfeifen könne?

Welche Männer? fragte Cuqui und rieb sich spaßeshalber die Augen, spielte einen, der angestrengt aufs Gebäude der gegenüberliegenden Straßenseite blickte, bei dem Fenster und Türen mit Brettern verrammelt: Da wohne doch längst keiner mehr, da sei doch niemand: »Du träumst, Bro.«

»Ich bin nicht verrückt!« wehrte sich Broschkus, nun vollends enerviert: »Du bist verrückt, ihr seid verrückt, eure Stadt ist verrückt!«

Cuqui legte ihm den Arm um die Schulter: Mit keiner Silbe habe er gesagt, daß Bro verrückt sei, sondern – ein himmelweiter Unterschied! – daß er träume. *¡Ahora!* Die beiden Männer, die niemand außer ihm zu sehen vermöge, sie seien deshalb noch lange keine Einbildung – so simpel könne nur ein Weißer denken! –, seien vielmehr ebenso real wie der Wassertank neben der Tür oder die Blumenkästen, gehörten gewiß zu Broschkus' Toten: hoher Besuch, man tue gut daran, ihre Wünsche zu respektieren.

Im Nu war er dabei, aus dem Stegreif so etwas wie die dunkle Version der Traumdeutung zu skizzieren; wer Träume und Tagträume zu deuten wisse, der beherrsche die Zukunft –

»Willst du sagen, daß ich mit offnen Augen träume?«

»Ein gutes Zeichen, Bro! Wenn die Toten zu dir sprechen, werden bald auch die Götter nicht länger schweigen.«

Man mußte Cuqui nur eine Weile zuhören,
schon war man bereit – und je länger man zuhörte, desto hemmungsloser bereit, ihm zu glauben, bedingungslos alles zu glauben, was er so locker extemporierte; saß man dabei neben ihm auf einem umgefallnen Strommast, die beiden spielenden Männer keinen Augenblick unbeobachtet lassend, glaubte man bald selber, daß es im Leben eines Menschen nichts Wichtigeres geben könne als seine Träume. Insbesondre solche, in denen die eignen Toten (die »fest« zur Person, zur Familie oder zum Haus gehörten) erschienen und Anweisungen fürs Alltägliche gaben, oh, wie leicht sich auf diese Weise schon Kompliziertestes gelöst habe, man brauche ihnen bloß blind zu vertrauen, dann geschehe das Rechte. Nein, sie kämen nicht von weit her, aus einem Jenseits, seien vielmehr immer unter uns, bevölkerten die Welt auf ihre Weise – man könne sie zwar nicht sehen, aber spüren, müsse nur einen Sinn dafür entwickeln. Nein, eine Hölle gebe's nicht, das sei katholischer Kinderkram, ein Weltgericht erst recht nicht; die Verstorbnen lebten nach ihrem Tode einfach so weiter wie zuvor, der eine mehr dem Dunklen zuneigend, der andre mehr dem Hellen.

Also die Träume,
das halbe Leben. Manchmal erscheine uns darin sogar einer der *santos*, ein Fest für die Seele, erst recht, wenn uns einer der Götter beehre! Auch der Herr der Hörner liebe's, den einen oder andern, den er sich erwählt, im Schlaf zu besuchen, Cuqui sei er bereits erschienen, habe ihn aufgefordert, mit ihm zu arbeiten, er verlange dafür lediglich die Seele seiner Jüngsten. Natürlich habe Cuqui abgelehnt. Weil er Lugambes Namenszeichen nirgendwo aufgemalt hatte, sei er einigermaßen sicher vor ihm gewesen und rechtzeitig erwacht.

Mit dem Einwurf, auch er sei schon vom Teufel besucht worden, sogar mehrfach, bewirkte Broschkus eine kleine Pause, während deren er Cuqui beim Stirnrunzeln zusehen konnte.

»Was mich jedoch viel mehr interessiert«, schob Broschkus nach, »ist das, was ich in Dos Caminos mit ihm *tatsächlich* erlebt habe.«

»Du wirst dich dran erinnern, wenn du deine Träume aufmerksam verfolgst«, fand sich Cuqui zurück ins Thema, »falls du aber meine Meinung hören willst: Sie haben dich dort bloß präpariert.« Der Dunkle sei zu diesem Zeitpunkt noch gar nicht selber aktiv geworden, er habe ja genügend Hände gehabt, die ihm zugearbeitet.

Es war schön, sich so offen mit Cuqui zu unterhalten, man konnte sich einbilden, in ihm einen Freund gefunden zu haben, der irgendwann sogar Ernesto ersetzen würde. Gern erzählte ihm Broschkus von seinen Träumen, möglicherweise wußte er sie als *palero* zu deuten, erzählte von den weiß geschminkten Menschen, die ihn so oft im Schlaf bedrängten, und wie er dann floh vor ihnen, manchmal bis aufs Hausdach hinauf, einmal bis auf die Straße, einer der Lockenwickler habe ihn dort gefunden? geweckt? gerettet? jedenfalls umgehend ins Bett zurückgeschickt.

Normalerweise war's unmöglich, Cuqui aus dem Redefluß zu bringen, aber nun war's gelungen. Es blieb Broschkus gar nichts andres übrig, als ihm auch seinen immergleichen Traum vom Gesicht zu erzählen: das ihn stets so starr anschaute, als sei's das Gesicht eines Verstorbnen, obendrein geschloßnen Auges, bereits diesen Anblick könne er nie vergessen. Irgendwann in jenem Traum – mittlerweile schon während des Träumens zu erahnen! – klappe freilich unabdingbar eins der beiden Augenlider nach oben, so daß ihn ein plötzlicher, wie-solle-er-sagen, ein Blick so-von-ganz-hinten treffe, ein allerletztes Glimmen, gewissermaßen aus dem Jenseits, es sei kaum auszuhalten.

»Kein gutes Zeichen«, kommentierte Cuqui, ließ sich nur schwer zu einer Erklärung drängen: *Ahora*, falls-du-meine-Meinung-unbedingt-hören-willst: Soweit ihn sein *padrino* belehrt habe, stecke dahinter ein alter afrikanischer Brauch: Wenn vorzeiten ein Mensch gestorben, habe er nicht mit offnen Augen beerdigt werden dürfen, man habe ihm die Lider mit Sperma verklebt, das halte besonders gut. Die Sitte, von Sklaven importiert, habe sich in Kuba heutzutage bei gewissen Ritualen erhalten, dem Opfer würden die Lider – anschließend zugeklebt. Gehe trotzdem eins der Augen wieder auf, so sei das ein schlechtes, sehr schlechtes Zeichen. »Du hast von einem Menschenopfer geträumt, Bro. Denk nach, was dir der Traum sagen will, sonst stirbst du, ohne zu wissen.«

Als einer der Passanten Cuquis Hand schütteln wollte,
mächtiger Mann, rieb man sich die Augen, kniff sich in den Unterarm. Im Aufstehen wurde's Broschkus leicht schwindlig, die beiden Männer von gegenüber waren verschwunden. Dafür entpuppte sich der Passant als Ilianas Nachbar, man hatte die ganze Zeit in unmittelbarer Nähe der gesuchten Abzweigung gesessen, das heißt: entpuppte sich als einer, dessen Maschendrahtzaun zwar an den Betonsteg reichte, von Iliana hingegen noch nie gehört haben wollte. Ebensowenig von ihrer Mutter, der kleine Trampelpfad zwischen den Grundstücken führe zu einer Müllhalde. Vielleicht, so Broschkus zu sich selbst, indem

er seine Tüte mit Kreuzwegserde füllte, vielleicht hatte man Ilianas Familie ebenso verjagt wie seinerzeit die von Alina aus Micro-9, um sie anschließend totzuschweigen?

Dann stand er mit Cuqui am Rande der bewohnten Welt, und tatsächlich war nur eine Abfallhalde zu besichtigen, die sich hügelabwärts in die Weitläufigkeit einer umfassenden Ödnis wandelte. Keinerlei Anzeichen, daß hier je eine Hütte gestanden, von einer Bananenstaude weitgehend verdeckt, durch einen Stacheldrahtzaun gegen die Überwucherungen des Dickichts geschützt.

»Dir schenke ich mein ganzes Herz«, flüsterte Broschkus zu seiner Verwunderung, »nur für den Fall –«

»*¡Sssss!*«

Von ihrer Anwesenheit mißmutig Kenntnis nehmend, erhob sich ein großer gelber Hund aus dem Unrat, um ihrer beider Männlichkeit zu beschnüffeln. Weil er von Cuqui nicht genug bekommen konnte, erwehrte sich der schließlich mit einem wohlwollend rügenden Laß-gut-sein-Bruno, Weißt-doch-längst-wie-gut-ich-rieche. In der Tat ließ der Hund von ihm ab, trollte sich talwärts.

Jetzt werd' ich wirklich verrückt, dachte Broschkus, ließ sich eine Hand schwer auf die Schulter legen und sagte nichts.

Erst während des Abstiegs erzählte er Cuqui,
daß er an ebenjenem Ort, wo früher die Hütte von Ilianas Mutter gestanden, Ernesto angetroffen hatte, was-heißt-angetroffen, Ernesto habe sehr abwesend gewirkt, wahrscheinlich sei er von einer magischen Arbeit zurückgekehrt, bei der er sich ausgiebig die Stimme gereinigt.

Der? blieb Cuqui stehen, denn nun war's ohnehin fast Mittag, zu spät, um in den Hinterhöfen der Trocha nach Illegalem zu suchen, die Gäste des »Balcón« würden heut abend ausnahmslos schwarzes Schwein serviert bekommen: Der sei doch gar kein *santero* – woher hätte er denn das Geld nehmen sollen, ein ehemaliger Polizeifahrer, solch eine Weihung, die koste ja ein paar hundert Dollar, »schon allein die Opfertiere, die Suppenschüsseln, der Stoff für den Thron, und vor allem zwanzig *santeros*, die du eine Woche bekochen und bezahlen mußt!« Neinein, setzte sich Cuqui zögernd wieder in Bewegung, das habe er sich nicht mal mit seinem Lehrergehalt ersparen können. Ob sich Broschkus dran erinnre, wer die magischen Arbeiten durchgeführt, als man ihn gereinigt und die Ketten geweiht? Eben. Ein Ernesto hätte das gar nicht gedurft.

Bald befanden sie sich im Bachbett, etwa dort, wo – heute wieder eine palmblattgedeckte Bude stand! Man mußte sie gerade fertiggestellt haben, so hell leuchteten einige der Bretter. Überm Fenster hing ein Schweinskopf, auf dem Sims darunter stand ein Plastikkrug *refresco*, mit einem Taschentuch gedeckt. Sogar der Tisch mit dem Fleisch fehlte nicht, dazwischen zwei kleine Plastikhunde mit rot aus den Mäulern hängenden Plastikzungen.

Ob Cuqui nicht endlich einen der beiden kaufen wolle? goß der Verkäufer die Becher nach, wandte sich dem Schweinskopf zu, die Augenlider mit blauem Zwirn zu vernähen.

Nein, Onkel, der könne ja nicht mal bellen.

Aber beißen täte er auch nicht.

Einvernehmlich lachten sie, der Verkäufer und sein Kunde, von irgendwoher hörte man Musik, schon wieder geriet alles in ein sanftes Schwirren. Daß Cuqui beim Weitergehen auf Ernesto zurückkam, konnte das Schwirren nicht unterbinden, im Gegenteil:

Ahora, falls-du-meine-Meinung-wissen-willst: Der sei kein *santero*, der sei *palero*. Keiner vom jüdischen und erst recht keiner vom christlichen Berg, sondern – wer-weiß, Ernesto komme ja nicht von hier, den kenne keiner. Vielleicht sei er zu mächtig für seine Bruderschaft geworden und man habe ihn exkommuniziert, wenn man das mal so bezeichnen wolle?

Dann sei er ja ein Vertriebner, kombinierte Broschkus auf seine Weise, ein armer Hund?

Von wegen! behauptete Cuqui: Der sei so mächtig wie kein zweiter, man dürfe ihn nicht mit dem armen Schlucker verwechseln, den man manchmal am Straßenrand sehe, bei den Dominospielern. »Der heißt zwar auch Ernesto, aber der ist es nicht, den ich meine.«

Von dreierlei Tönen umschwirrt,
saß Broschkus bis in den Abend auf seiner Dachterrasse, nur kurz von einigen Regenschauern unterbrochen. Der Ruf eines jeden war hier zweifelhaft, damit hatte er sich abgefunden, doch irgend etwas in ihm sträubte sich dagegen, nun auch noch in Ernesto jemand andern zu sehen als Ernesto. Der einzige, der sich von Anfang an um ihn gekümmert, der ihm mit Rat und, soweit er's als alter Herr vermocht, mit Tat beigestanden! Über zwei Wochen hatte er sich jetzt nicht mehr im Tivolí blicken lassen, Angelegenheiten, dabei wäre Broschkus so gern mal wieder mit ihm zusammengesessen, beim Rum: Indem er sich gegen Cuquis Vermutungen wehrte, merkte er, daß er Ernesto regelrecht vermißte, seinen *padrino*. Bei nächster Gelegenheit würde er ihn um die Krieger bitten, und wenn er dafür zu Kreuze kriechen und seinen letzten Anzug in Zahlung geben mußte!

Wenigstens Luisito kam nach der Arbeit vorbei, brachte zwei schwarze Puppen mit, die Wohnung müsse verschönert werden: Von seiner *mamá*! Kleine Beschützer. Gegen die Schwarzen Barone, *¡ya!*

So war das hier mit den Puppen, von wegen Kinderspielzeug, von wegen Wohnzimmerkitsch. Wenn's freilich der Herr der Hörner höchstpersönlich auf jemanden abgesehen haben sollte, würde Luisito mit seiner Voodoo-Folklore keine große Hilfe sein.

Es schade zumindest nicht, gab ihm Broschkus gern ein »Punto de venta«-Bier aus: Je mehr Glitter, Heilige, Tote und seinetwegen auch Puppen und Untote für ihn arbeiteten, desto besser.

Abgesehen von der richtigen Friedhofserde
fehlte nurmehr die siebte, die Erde vom Krankenhaus; sie war so problemlos neben dem Portal zusammenzufegen, daß Cuqui gar nicht erst mitkam. Bezug zum künftigen Besitzer des Kessels? Immerhin war Ocampo hier gestorben, Broschkus' Bruder auch übern Tod hinaus! Tage später teilte Cuqui jedoch leidlich erregt mit, einer seiner Toten habe ihm zugesetzt, der Bezug zu Broschkus sei zu schwach, die Wirksamkeit der siebten Erde durch Beimischung einer achten zu erhöhen. Welcher Art Beimischung, habe der Tote nicht preisgegeben, man sei sozusagen mit leeren Händen aufgewacht.

Na, das werde sich beizeiten klären, auf Tote könne man sich verlassen, mehr als auf Lebende. Auch der Hahn sei wohlauf, krähe sogar wieder; selbst einen schönen Kessel habe man erstehen können. Dagegen ein Stierhorn zu beschaffen sei derzeit so gut wie unmöglich, gegebnenfalls müsse Broschkus zunächst einmal ohne auskommen. Die größten Schwierigkeiten indessen bereiteten die Gräber, die man im Umland wisse, sie seien sämtlich bereits ausgeraubt.

Kein Problem! ließ Broschkus wissen, er habe mittlerweile seine eignen Möglichkeiten. Nachdem er den Namen Panchos genannt und damit ein anerkennendes Nicken erzeugt hatte, der sei zwar vom jüdischen Berg, aber ein guter Mann; nachdem er Pancho als einen persönlichen Freund geschildert, der sein Interesse am Toten stets nach Kräften gefördert und gewiß auch mal ausnahmsweise an einen Weißen liefere; nachdem er drauf hingewiesen, einer seiner Kumpel sei überdies beim Katzenopfer dabeigewesen, man wisse in Santa Ifigenia, daß es Broschkus mit dem *Palo* ernst meine; nachdem er also jeden erdenklichen Einwand vorab entkräftet, legte ihm Cuqui die Hand auf die Schulter und erklärte ihm sehr genau, welche Knochen gut, welche weniger gut waren. Und daß er Pancho das Versprechen abzunehmen habe, nicht einfach irgendein vergeßnes Skelett zu verramschen, sondern die Kokosschalen vor versiegelten Gräbern zu befragen, selbst wenn dadurch ein Mehr an Arbeit herauskomme. Für die Bezahlung verbürge er sich, Silvano Ramirez Gonzalez, persönlich. Jedenfalls solange sich Luisito dafür verbürge.

Nachdem der Name Cuquis genannt
und damit ein anerkennendes Nicken erzeugt worden, der sei zwar nicht vom eignen Berg, jedoch ein guter Mann, zeigte sich Pancho über den Auftrag keinesfalls verwundert: In ein paar Tagen habe er das Gewünschte beisammen, *claro*, auch die entsprechende Erde. Ob der Onkel etwas Bestimmtes wolle, normalerweise seien Schädel von Weißen besonders begehrt?

Selbstverständlich, entschied Broschkus von einer Sekunde zur andern, schließlich ging's um die weiße Sache: Am liebsten den eines Teutonen. Aber ob's hier überhaupt die entsprechenden Toten gebe?

¡Hombre! pfiff Pancho durch die Zähne, erst unlängst sei ihm wieder einer angeliefert worden, offiziell natürlich ein Landarbeiter, der in die Zuckerrohrpresse gefallen, der sei selbst für einen Kenner wie ihn kein schöner Anblick gewesen. Es wundre ihn, daß derlei nicht an Ort und Stelle verscharrt werde, wahrscheinlich sei man beim –, sei überrascht worden, das komme vor. *Ahora*: »Willst du auch die komplette Hand, oder reicht dir der Schienbeinknochen?«

»Die komplette Hand, *¡como no!*«, dazu Name und Todesdatum. Ob die zugerichteten Weißen Touristen seien? Opfer von gewissen Ritualen?

»Lauter weiße Knochen, erste Wahl«, überschlug Pancho so angestrengt Aufwand und Kosten, daß er zu weiteren Auskünften gar nicht in der Lage gewesen wäre: »Das wird teuer.«

Dann gerieten sie doch noch in eine kleine Fachsimpelei,
das totengräberische Vormittagspensum war ja absolviert, an der Friedhofsmauer verschwelten die zerhackten Särge, und bis es

nachmittags weitergehen würde, durfte man sich's im Schatten einiger Bäume gemütlich machen. Broschkus konnte sich's nicht verkneifen, von den Knochen des weißen Mannes auf dessen Haut zu sprechen zu kommen, die sei wohl ebenfalls besonders gesucht?

Zunächst schwieg man ihn auf intensive Weise an, Pancho lupfte kurz die Augenbrauen, einer seiner Kumpel zog das Metallkreuz vom nächstbesten Grab, um dem Marmorsarkophag damit ein wenig Rhythmus abzuklopfen.

Aber Broschkus, jetzt wollte er's ein für allemal wissen, Broschkus ließ nicht locker, er fragte nicht etwa, sondern fabulierte aus freien Stücken drauflos – vom Opfer der schwarzen Haut, einiges vom Herrn der Hörner einflechtend, dessen Appetit mit Schweineblut allein ja bekanntlich nicht zu stillen: bis Panchos Kumpel plötzlich das Trommeln aufhörte. Es war so ruhig, daß man die Grillen gehört hätte, wenn's zwischen all den trauernden Engeln, Jungfrauen, Eisen- und Steinkreuzen überhaupt Grillen gegeben hätte.

Möglich, gab sich Pancho weiterhin desinteressiert, möglich. Lugambe schätze Haut in jedem Fall, die Haut eines Pferdes, die Haut einer Katze –

Und die vom Menschen liebe er besonders! ergänzte der, der das Kreuz nun in seine Halterung zurückstieß; dann legte er mit einer Offenheit los, als ginge's nicht um eine Ungeheuerlichkeit, sondern um etwas Selbstverständliches: Nur sehr, sehr selten gelinge das Ritual, die Schwierigkeiten begannen bereits bei der Auswahl des geeigneten Objekts, das müsse wohlüberlegt sein! Man könne ja nicht einfach zur Tat schreiten, womöglich mitten in der Stadt, nein! Der Erwählte müsse den Sinn des Opfers begreifen und sich sozusagen freiwillig darbringen, sonst nehme's der Dunkle nicht an. Und *wenn* er's nicht annehme, dann – *¡uyuyuyuyuy!*

Woraufhin ein allgemeines wildes Rauchen anhob, »*¡Cojones!*«, und es jeder besser wußte. Keiner wollte natürlich je bei einem solchen Opfer dabeigewesen sein, *¡Dios mio!,* wußte vom Hörensagen jedoch haarklein Bescheid: Je heller die Haut, desto wertvoller, wie im normalen Leben! Als Broschkus protestierte, der einzige Weiße in einem Kreis tiefschwarzer Kerle, verlachte man ihn wie einen, der keine Augen im Kopf hätte, er solle mal auf die Ehefrauen der reichen Neger achten, ob die etwa genauso dunkel seien wie ihre Männer? Wer sich's leisten könne, der nehme »etwas Helleres«, eine Eheschließung mit Dunklerem werfe die Familie als Ganzes zurück.

»Trotzdem würd' ich dich nicht heiraten«, lachte Pancho und bot seinem Onkel eine *Popular* an. Der rauchte sie in einem einz'gen Zuge weg.

Auf dem Nachhauseweg schwirrte ihm der Schädel
heftiger denn je. Sobald die Unterhaltung ins Stocken zu geraten drohte, hatte er mit dem, was er selbst bislang herausgefunden, für neuen Gesprächsstoff gesorgt, so daß ihn die Totengräber bald für einen Eingeweihten halten mochten, womöglich für einen der Ihren. Am Ende wußte er ziemlich genau, wie ein Menschenopfer vollzogen wurde und zu welcher Gelegenheit – falls, jajaja, überhaupt! Normalerweise wolle Lugambe speisen wie jeder andre ordentliche Gott, wolle Blut, Blut, Blut. Mitunter jedoch – es komme auf die Leistung an, die man von ihm fordere, auf alles stehe sein Preis –, mitunter wolle er auch Menschenhaut. Zunächst kämen bei derartigen Gelegenheiten die Tiere an die Reihe, man singe sie zu Tode, erst die Hähne, danach die Schweine; ganz am Schluß der Mensch, gefesselt und geknebelt. Und dann? Darüber war man sich uneins im Kreis der Kenner, Pancho hatte mit großem Pathos geschildert, wie sich der Priester durch jahrelanges Fasten und Meditieren in die Seele beispielsweise eines Löwen hineinversetze; wenn er das Opfer reiße, sei's gar nicht mehr er selber, sondern ein wildes Tier, in das er sich verwandelt: eine heilige Handlung.

Reißen? durch einen Biß in die Gurgel? fragte Broschkus an

dieser Stelle gezielt nach, zur allgemeinen Verwunderung. Nachdem man sich beruhigt hatte, verriet man ihm, daß auf Kuba bislang bloß Armandito Elegguá auf diese Weise seine Opfer vollzogen, wie gesagt, nicht Armandito selbst, er lasse sich dazu vom Geist des Leoparden besteigen, ein großer Heiliger schon zu Lebzeiten.

Vom Eingangsbereich des Friedhofs ertönte Marschmusik, wie man sie bei Wachablösungen zu spielen pflegte, hier nurmehr als blechern scheppernde Fanfare einer Welt zu vernehmen, die im Grunde nichts zählte. Broschkus, im flirrenden Halbschatten hoher Bäume lagernd, kein einziger Schmetterling flatterte vorbei, Broschkus rauchte und rauchte. Ließ sich von alten afrikanischen Traditionen berichten, von höchster religiöser Erleuchtung, auch wenn die meisten von Panchos Kumpeln drauf bestanden, daß dazu in Kuba keiner mehr in der Lage sei, nicht mal ein Armandito, ohnehin habe das mit dem *Palo* nichts zu tun.

Seine Lehrsätze hingegen, *»con Dios todo sin Dios nada«*, verehrte man einhellig, *»agüé son agüé y mañana son mañana«*, Armandito war der unbestrittne oberste *tata* für jeden der Anwesenden. Unschuldig erschossen sei er worden samt seinen treusten Gehülfen, auferstanden von den Toten sei er am dritten Tage, und nun –

Wenn das Opfer aber nicht gerissen werde,
mischte sich Broschkus zaghaft wieder ein, denn daß Armandito zurückgekehrt, wußte er ja längst, und daß er selber kein Geringerer als Sarabanda Mañunga war, sein Zweiter Krieger, behielt er lieber für sich: Wie gehe man dann vor? Bei lebendigem Leibe?

Man sei doch nicht unter Barbaren! protestierte man, so was passiere vielleicht in Asien, bei den Tataren oder andern primitiven Völkern, nein! Man schneide ihm den Hals auf, wie allen andern Tieren auch, und lasse ihn überm Kessel –

¡Oye! korrigierte der, der beim Katzenopfer unterm heiligen Baum dabeigewesen: Man stoße dem Erwählten von hinten ein langes Messer durch den Hals, damit man das Blut von der Messerspitze gezielt in den Kessel lenken könne, so sei die Vorschrift.

Wenn man das Opfer nicht einfach totbete oder verfluche! mischte sich der nächste ein: Sofern man die passenden Arbeiten ausgeführt, zum Beispiel mit einem Skorpion, dazu ein wenig Staub in den Kessel gebe, auf den der Erwählte getreten, dann sterbe der ja von alleine, bei Sonnenuntergang desselben Tages.

Broschkus, im flirrenden Halbschatten hoher Bäume lagernd, zwischen verfallenden Marmorengeln, rot blühenden Büschen, raschelnden Palmblättern, immer wieder vermeinte er, seinen Ohren nicht zu trauen: Lebte man hier nicht auch zu Beginn des neuen Jahrtausends, im Zeichen einer segensreich seit Jahrhunderten anhaltenden Moderne, einer sogar gesetzlich garantierten Mindesthumanität? Human gaben sich die *paleros* auf ihre Weise freilich ebenfalls, nachgerade humanistisch: Über die Art, wie ein Mensch am ehrenvollsten zu Tode zu bringen, konnten sie sich lange nicht einigen – so viele Möglichkeiten, eine Wissenschaft für sich!

Und was passiere mit dem Geopferten dann?

Werde der auch geschabt und zerhackt und
zum alsbaldigen Verzehr bestimmt?

Wieder war man sich uneins, der älteste der Totengräber schwor bei der Seele seiner verstorbnen Mutter, derart rituelle Menschenfresserei werde in einigen entlegnen Gebirgsdörfern noch praktiziert; und obwohl er sogar einen der Orte benannte, Felicidad, hielten das alle andern für maßlose Übertreibung: Nein, das Zurichten von Leichnamen sei eher eine Sache des Voodoo, gar das Trinken des Opferblutes, das Herausschneiden der Geschlechtsteile, das Abtrennen der Gliedmaßen, die Verunstaltung der Gesichter. Im *Palo* dagegen gehe's sehr zivilisiert zu; falls man das Opfer nicht häute – wie ein Schwein, am besten den ersten Schnitt am untern Ende des Rückgrats ansetzend, das ergebe ein erklecklich großes Stück –, falls man das Opfer nicht haute, so schmücke man seine Gliedmaßen mit den Unterschriften der Götter, gebe sein Herz in den Kessel, damit der Schädel des Toten ausreichend gespeist werde …

Broschkus wurde's bloß deshalb nicht schwarz vor Augen, weil er längst aufgehört hatte, zu atmen, zu schlucken, zu sein. Kein Wunder, daß die Toten in diesem Lande neun Tage weinten, verwunderlich nur, daß sie's nicht neunzig Tage lang taten. Nach dem heutigen Besuch in Santa Ifigenia sah Broschkus die Totengräber mit andern Augen, Pancho mochte in Zukunft so herzlich seine deutschen Sprüche klopfen wie früher, er traute der Fröhlichkeit nicht mehr übern Weg. Genaugenommen war ihm der gesamte Friedhof seitdem verleidet, er kam lediglich, um nach den versprochnen Knochen zu fragen, es war, als ob man ihm den Schauder des Todes ausgetrieben hatte mit einem noch größeren Schauder: dem des Tötens und Getötet-Werdens.

Herrgott, dachte er, ins Licht des großen Mittags zurücktaumelnd, ins steinerne Herz der Stadt, diesmal ganz ohne Zwiesprache mit Ocampo, er hatte auf dem schnellsten Wege herausgewollt aus einer Welt, in der ein Mensch nichts war als Haut und Blut und Knochen: Herrgott, wenn's dich geben sollte, steh mir bei. Bitte.

Weil ihm das für ein ordentliches Gebet

nicht hinreichend präzisiert erschien, eilte er auf direktem Wege in die Kathedrale, den Bettler am Eingang nicht achtend, um der Reihe nach vor den himmelblau ausgemalten Nischen der Heiligen abzuknien, schließlich in einer der vordersten Bänke, und die Hände zu falten. Ich brauche einen Gott, flüsterte er immer wieder, einen, der wirkt, egal, ob ich ihn schon vollkommen vergessen hatte oder nie an ihn geglaubt! Es wird ihn doch hoffentlich trotzdem geben?

Aber es gab ihn nicht oder gab ihn nicht mehr oder gab ihn nicht mehr für ihn: Mochte er ihn mit den Bruchstücken des Vaterunsers behelligen, die ihm noch beikamen, mochte er ihn in freien Rhythmen bestürmen, es ward ein solch großes Schweigen in der Kirche, wie man's ansonsten nur nach einem Stromausfall erlebte, bei Regen oder in der Leichenhalle, nachts um drei. Kein Zweifel, Gott der Herr hatte Broschkus verlassen.

Also begann man, ihn als Feigling zu beschimpfen, der sich aus der Verantwortung stehle, als Schwächling, der sich vor der Konfrontation mit andern Göttern drücke. Man werde sich einen Stärkeren suchen, keinen alten Tattergreis und erst recht kein Muttersöhnchen, das seinen Jüngern außer Nächstenliebe nichts auf den Weg zu geben wisse! Das *Palo* biete weit mehr als einen Lugambe – Broschkus zischte den Namen wieder und wieder hoch zum leeren Kreuz –, biete genügend wirkmächtige Alternativen, beileibe keine gütigen Götter, die auch die andre Wange darbieten würden, wenn man sie schlug!

Doch der Herr blieb stumm, wahrscheinlich war er heimlich verstorben. Das einzige, das Broschkus in dieser Gruft Gottes noch interessiert hätte, jetzt erst recht interessiert hätte, der Raum neben der Apsis, in dem alte Möbel und verkleckerte Malerleitern unordentlich herumstanden, war durch eine schmiedeeiserne Gitterwand verschlossen. Während er, voller Verzweiflung, Wut, Enttäuschung, Angst, an der Klinke der Gittertür rüttelte, eilte einer herbei, sie für ihn aufzusperren, bitte-*señor*, man bereite hier eine kleine Ausstellung der Kirchenschätze vor.

Zielstrebig schritt Broschkus auf das Bettlaken zu, das noch immer vor der Treppe hing, ging nach unten, ins Dämmrige, aus dem ihm der durchdringende Gestank des *Palo* nurmehr als allerletzter feiner Geruchsfaden entgegenkam. Und gelangte in einen winzigen Raum, der selbst, nachdem sich die Augen ans

Halbdunkel gewöhnt, der selbst, nachdem man mit Händen dorthin gegriffen, wo auf einem Mauervorsprung der Altar gewesen, der selbst, nachdem man mit seinen Fäusten gegen die frisch geweißelten Wände geschlagen, der vollkommen leer war und blieb.

Nein, ein ausgestopftes Krokodil habe's hier nie gegeben, erklärte unwirsch der Küster oder Wärter oder wer auch immer er in Wirklichkeit war, der ihm eben noch freundlich aufgesperrt und ihn jetzt, weg-da, sofort-weg-da, mit schwarzer Hand zurückgewinkt: Nein, einen Kessel mit Hühnerköpfen erst recht nicht, das wäre ja widerlich. Vor der Revolution habe die Treppe deutlich tiefer hinabgeführt, sei hier der Anfang eines unterirdischen Gangs gewesen, der die Mönche direkt zum Nonnenkloster im Tivolí geführt. »Ja, früher!« Den Gang habe man vor Jahren verschlossen, das Kloster aufgelöst, und anstelle der Nonnen, nun lachte er wenigstens wieder, der Wärter, der Küster, der Wer-auch-immer, anstelle der Nonnen gebe's im Tivolí jetzt –

Mitten im Satz entdeckte er einen Bettler, der sich's der Länge nach in einer Kirchenbank bequem gemacht; während er auf ihn zueilte, lauthals mit der Polizei drohend, zückte er bereits sein Feuerzeug. Hielt dem Schlafenden die Flamme unters Ohrläppchen, bewirkte dadurch zwar ein rasches Erwachen, keinesfalls aber ein schuldbewußtes Aufrappeln, der Bettler wich der Flamme brummend aus, legte sich gleich wieder ab. Woraufhin das Feuerzeug erneut aufflammte und – Broschkus sich wandte, ins Freie zu treten.

Hatte er wirklich ein paar Stunden in der Kathedrale verbracht, oder warum war's draußen so dunkel? An der Bushaltestelle drängten sich Leute, die heimwollten, in den Nischen der Hauseingänge druckten sich die ersten Pärchen herum. Da erklang das Sechs-Uhr-Läuten, ein hastig blechernes Getön, als fahre man mit einem riesigen Knochen in einem Eisenkessel herum, hell und hart.

Broschkus! Er schrie nicht mal in seine Nacht hinein, weder auf deutsch, noch auf spanisch.

Wie in Trance ging er heim,
kaum daß er die Schar des Einbeinigen, kaum daß er den Erdnußmann am Eck noch schemenhaft wahrnahm, tagtraumhaft sicher die Straßenseiten wechselnd, die Abzweigungen nehmend, doch auf merkwürdige Weise dabei bergab geratend, auf einen weiten Umweg Richtung Tivolí, erst auf der Alameda mit Sinn und Verstand sich findend, erst hier zielstrebiger wieder ausschreitend. Aus den neonhell erleuchteten Wohnzimmern der Reichen, aus den staatlichen Läden blinkerten die Plastikweihnachtsbäume.

Als er die Endstation der Pferdedroschken erreicht und von dort den Weg zur Treppe eingeschlagen, die ihn zum »Balcón« hinaufführen würde, wollte ihn noch immer niemand aufhalten, den wandelnden Fremdling, oder wenigstens grüßen, allenfalls mit Scheu bestaunen. An der Einmündung zur Sackgasse hob eine Mutter ihr Kind auf den Arm, weil's bei Broschkus' Anblick zu schreien anhob; dann schoß ein kleiner Hund auf ihn zu, um ihn in höchsten Tönen zu verbellen. Wie ihm auch noch, gerade wollte er die erste Stufe nehmen, ein langer hagerer Schatten mit einer ruckartig verschleppten Bewegung in den Weg stolperte, erschrak er entsprechend. Im ersten Zusammenzucken hatte er ihn für den Einbeinigen gehalten.

Fast wäre er Ernesto auf der Stelle um den Hals gefallen,
Abbitte leistend für alles, was ihm an Schmähendem je über die Lippen gekommen, seinen Beistand erflehend und die Hilfe sämtlicher *santos* – ob er ihm nicht so bald wie möglich die Krieger geben könne, ob er ihn nicht begleiten könne, zur Schwarzen Kapelle, ob er nicht fürs erste auf seine Terrasse mitkommen könne? Ausgerechnet Ernesto, ausgerechnet in diesem dunkelsten Moment, als ob er's geahnt hätte, ihn schicke ein Engel!

Jetzt fiel er ihm um den Hals, schluchzte hemmungslos. Ernesto hielt ihn in seinen Armen und sagte nichts.

Als er sich beruhigt hatte,
bat Broschkus um Entschuldigung, es sei in den letzten Wochen einfach etwas viel gewesen, etwas zuviel womöglich für jemand, der sich ein Leben lang nur um Profanes gekümmert. Ob Ernesto nicht gleich heut abend mit ihm –

Nein, das wollte er nicht, das konnte er nicht, Angelegenheiten. Aber einem kurzen Gespräch war er nicht abgeneigt, als habe ihn der Zusammenbruch seines Sohnes gerührt und weich gemacht für die Versöhnung, die Broschkus in unverhohlnen Worten erbat, er bleibe doch nach wie vor sein *padrino*, nicht wahr? Komme, was wolle?

Bald saßen sie auf dem Gemäuer am Fuß der Treppe, das Broschkus für einen kleinen *Santería*-Altar gehalten; nun belehrte ihn Ernesto, daß man zwar verschiedne Marienfigürchen dort aufgestellt, aber nur, um mit dem Luftgewehr drauf zu schießen, nebenan wohne ein besonders gottloser Mensch, der fröne mitunter seinem Hobby.

¡Coño! Wer hätte einen solchen Frevel hier noch für möglich gehalten. Humor hatten sie, sogar beim Gotteslästern, das mußte man ihnen lassen.

Ob die Krieger stark genug seien,
wollte Broschkus von Ernesto hören, stark genug, um's mit den Gottheiten des *Palo* aufzunehmen? Insbesondre mit dem, den sie als Herrn der Hörner verehrten, als Den-dessen-Name-nicht-genannt-werden-darf? Ob die *santos* nicht am Ende zu hell seien, um gegen das Dunkle anzukommen? Und als Heilige zu schwach, um gegen Götter –?

Ernesto, hatte er diesen beständigen Zweifel seines Sohnes nicht immer wieder zu zerstreuen versucht? Er geriet keineswegs in Rage, im Gegenteil, wurde ganz milde, nachgerade gütig, wahrscheinlich wußte er die Dringlichkeit der Nachfragen nur allzugut zu deuten. Keinen Grund gebe's, versicherte er, keinen Grund, sich zu beunruhigen! Letztendlich verehrten die *paleros*, unter ihren eignen Namen, mit einigen zusätzlichen Legenden versehen, verehrten im Grunde niemand andern als Yemayá, Changó, Ochún und wie sie alle hießen; verehrten sie nur deshalb nicht als Heilige, sondern als Gottheiten, weil ihr eigner oberster Gott nichts tauge! Der sei überall und also nirgends, seinem Wesen nach ein halber Teufel, wohingegen Olofi, naja, auch nicht durch Übereifer glänze. Immerhin könne man sich an seine Mittler halten, die seien nicht zimperlich!

Denn kämpferisch gesinnt seien nicht nur die Krieger, sondern ausnahmslos alle *santos*, sogar der besonnene Obatalá, der Schöpfer des menschlichen Körpers! Den hatte Olofi einst auf die Erde geschickt, um Frieden zu stiften und Gutes zu tun; er aber, keinen triftigen Grund dafür entdeckend, fand Gefallen am Töten: Obatalá, der gute, der gerechte Obatalá, er wollte nichts so sehr wie Blut, reihum mehr Köpfe abschlagend als es ein Mensch je getan, ein regelrechter Schlachter! Als Olofi nicht länger tatenlos zusehen wollte und kam, ihn zur Rede zu stellen, wischte sich Obatalá kurz entschlossen die blutbesudelte Machete an der nackten Brust ab, um die Spuren seines Ungehorsams unterm Gewand zu verbergen. Gefragt, warum ausgerechnet der weiseste unter den *santos* zum grausamen Barbaren sich gewandelt, antwortete er: Eben darin zeige sich seine Weisheit – wer den Menschen nicht nur erschaffen, sondern zur Vollendung führen wolle, der bedürfe des Bösen und des Blutes; Fortschritt gebe's lediglich durch Krieg.

Er selber sei ein Sohn von Obatalá, ruckelte sich Ernesto nicht ohne Stolz in seinem Anzug zurecht, ob Broschkus das vergessen habe? Auch dieser Obatalá, nicht nur der unerbittliche Richter, wie man ihn aus den meisten Überlieferungen kenne, werde auf Broschkus aufpassen, vorausgesetzt, er finde zum rechten Glauben zurück.

Weil er im Licht der Straßenlampe sah,
daß sein Sohn keinesfalls überzeugt war, breitete er sich das Taschentuch übers Bein, um's kurz drauf zu ergreifen, die Stirn zu wischen: Was es mit der Schwarzen Kapelle auf sich habe?

Als ob er auf dieses Stichwort nur gewartet, platzte's aus Broschkus heraus, daß er sich zum Fest Lugambes dort einzufinden habe, an Heiligabend, sofern er den dritten Geldschein zurückgeben und damit den Fluch von sich lösen wolle. Aber daß ihn, rundheraus gesagt, davor graue, zutiefst graue, und daß er gern aufs Angebot Ernestos zurückkomme, ihn zu begleiten.

Wenn er seinen Sohn recht verstanden habe, dämpfte Ernesto die Erwartungen, so seien dort ausschließlich *paleros* zugelassen? »Und du selbst, *sir*, wie willst du dir eigentlich Zutritt verschaffen?«

Woraufhin sich Broschkus über den Kessel verbreitete, den er in Bälde erhalten werde, die passenden Knochen habe er schon bestellt, auf daß er einer der Ihren sei, wenn er sich auf den Weg mache.

»Aber ein Kessel macht doch noch keinen *palero*!« rief Ernesto aus: »Dazu müßtest du ja geritzt werden? Soviel ich weiß, in die Zungenspitze?«

Im Schein der Straßenbeleuchtung wirkte sein Gesicht zerfurchter als sonst, sorgenvoller: »Ein Dunkler willst du werden, soso.«

Broschkus bemerkte, daß er eine der kleinen Marienfiguren umklammert hielt, bei näherem Hinsehen eine schwarze Plastikmadonna im blauen Gewand, allem Anschein nach die Virgen de la Regla alias Yemayá, und gab sie zurück auf den Mauervorsprung.

Somit werde er ihn niemals weihen können,
resümierte Ernesto nach einer Weile mit merklich gedämpfter Stimme: Ein geritzter *palero* dürfe kein *santero* werden. »Und ich hatte's so gehofft.«

Oh, er hätte eine Laubhütte für Broschkus bauen lassen, in der geräucherte heilige Tiere und Schnapsflaschen gehangen hätten, in die Haut des Tigers hätte er ihn gekleidet, den Schädel hätte er ihm glattgeschoren, er hätte für ihn trommeln lassen, bis der Geist in ihn gefahren wäre, bis Broschkus getanzt hätte für seinen Heiligen. Und Blut, es wäre in Strömen geflossen, in Strömen. Nun gut, statt dessen werde sein verlorner Sohn »einer der Ihren« und fahre nach Baracoa, ausgerechnet Baracoa.

Vielleicht werde er dort Iliana wiedersehen, wollte Broschkus der anstehenden Fahrt etwas Positives abgewinnen: Ihre Familie komme von dorther, sie habe eine Schwester, die –

¡Mentira! wischte Ernesto mit der Hand durch die Luft, der verächtliche Unterton war nicht zu überhören: Das habe sie nur so gesagt, der Einfachheit halber und weil Broschkus sowieso nicht gewußt hätte, wo Felicidad liege. Ein elendes Bauerndorf am Ende der Welt. Dorther! komme sie, die verdammte *puta*.

Felicidad? Den Namen hatte Broschkus schon mal gehört.

Ob man die Fahrt vielleicht absagen könnte?

Je länger man neben Ernesto saß und mit ihm schwieg, der kleine Hund belauerte sie reglos aus sicherer Entfernung, desto klarer ordneten sich die Gedanken. Wahrscheinlich war's wirklich das Nächstliegende, an Heiligabend in die entgegengesetzte Richtung zu fahren, in die Sierra Maestra zum Beispiel, zu Luisitos Mutter, um ein schwarzes Schwein dort abzustechen für den Weihnachtsbra-

»Willst du dich an einem brennenden Nagel festhalten?« fuhr ihm Ernesto nicht etwa in die Rede, sondern in die Gedanken, als habe er sie seiner Zerknirschtheit abgelesen: Ein Rendezvous mit dem Teufel ausschlagen, höhnte er, und dann darüber nachdenken, wo man sich am besten vor ihm verstecke? »Das ist ungefähr so sinnvoll, *sir*, als würdest du das Meer pflügen wollen.«

Ob Broschkus hingehe und den Dunklen suche, ob er ihn fliehe und sich suchen lasse, es laufe aufs gleiche hinaus; besser aber sei's, zu finden, als gefunden zu werden! Nein, ein Mann breche nichts ab, ein Mann vollende. Broschkus möge sich des Mädchens erinnern, das als Preis auf alldem stehe, des Mädchens, von dem er ihm so oft vorzeiten geschwärmt, daß er beim bloßen Zuhören eifersüchtig geworden, daß sogar er, dem die Frauen verboten, von ihr geträumt! Ob sich Broschkus nicht dran erinnre, wie ihn sein Verlangen übers Meer getrieben, hierher und immer weiter?

»Ach! Ich hasse sie!« hörte sich Broschkus mit voller Stimme bekunden, sie habe sein Leben zerstört, das alte wie das neue, er könne sie umbringen!

»Dann bring sie auch um!« zischte ihn Ernesto an, seine Stimme zitterte nicht mal: Eine Ruhe diesseits der Unruhe gebe's und eine Ruhe jenseits derselben. Dorthin, zur Ruhe jenseits der Unruhe, möge Broschkus gelangen, und wenn er zum Mörder dabei werden müsse, *¡adelante!*, so sei er dafür auch mit fünfzig noch nicht zu alt.

Wer zum Mörder werden will, dachte Broschkus so still wie möglich, der wird oft selbst ermordet. Darauf würde's ja wohl in der Schwarzen Kapelle hinauslaufen, aufs Töten oder aufs Getötet-Werden.

»Kommst du wenigstens mit?« fragte er schon zum dritten Mal, zögernder, leiser.

Als er sich direkt an seinen padrino wandte,
schaute der, statt zu antworten, auf eine reglos entrückte Weise geradeaus, auf eine erschreckend entrückte Weise: Angespannt glatt erglänzte sein Gesicht, man erkannte fast keine einzige Falte mehr darin. Der alte Herr, wie entschlossen er plötzlich wirkte, nachgerade besessen, sogar der kleine Hund stand starr und schwieg ihn an! Ernesto? Beschienen von so wenig Licht, umgeben von so viel Nacht, wirkte er furchterregend, ruckweise

stieß er den Atem aus, saugte ihn verzögert wieder ein, als ob er in seiner Erregung außer sich geraten. Ernesto?

Gesetzt – er käme mit, dann – wüßten sie ja noch nicht mal – wohin? fand sich der mehrfach Angesprochne, zuletzt sogar Angestupste zurück ins Gespräch: Wo die Schwarze Kapelle liege, sei ja wahrscheinlich selbst unter *paleros* ein Geheimnis? Nun, eins nach dem andern, entspannte sich sein Gesicht langsam wieder ins vertraut Eulenhafte, *poco a poco.* »Ob ich nach alldem noch mit dir fahren kann, werden die Muscheln entscheiden, die Muscheln-die-sprechen.«

Aber das eine könne er jetzt schon sagen: Falls er ihn begleiten sollte, werde er ihn nach Kräften schützen wollen, anders hätte's ja keinen Sinn. Das könne er freilich nur, wenn er so viele *santos* wie möglich aktiviere, auf daß sie das letzte Stück Wegs mit Broschkus gemeinsam zögen. Was wiederum nichts andres heiße, als daß sie einen Wagen brauchten, einen möglichst geräumigen Wagen, anders könne er all die verschiednen Tiere gar nicht bis Baracoa – erst recht nicht von dort irgendwohin ins Gebirg – transportieren, die er vor Ort für Broschkus opfern müsse.

Und die Krieger?

Bekomme Broschkus in jedem Fall, so bald wie möglich! sicherte Ernesto zu, bereits im Aufbruch begriffen, den Staub aus dem Hosenboden klopfend: Ohne Elegguá würde Broschkus ja gar nicht hin- und erst recht nicht hineinkommen, in diese Schwarze Kapelle, Elegguá sei's (nicht etwa Cuqui oder einer seiner Götter), der den Weg weise und die Tür am Ende des Wegs öffne, er! Wie gut, daß Ernesto die Schalen damals aufgehoben habe samt allem, was dazugehöre; jetzt müsse er nur die dazugehörigen Geheimnisse suchen. »Mein Sohn, ich werde dir die Krieger geben, und wir werden sie in Blut baden, daß sie eine Freude an dir haben!«

Als er, ein ungelenk davoneilender Schatten, der kleine Hund konnte sich gerade noch in einen der hell erleuchteten Hauseingänge flüchten, von wo er ihm leise grollend nachsah, als er einige Schritte entfernt war, drehte er sich um, seinen Schirm drohend in die Höhe stoßend: »Vergiß den Strauß für Obatalá nicht!«

Kurz bevor er in die Calle Rabí einbog,
ließ Broschkus die kleine Marienfigur in der Tasche verschwinden, die er während des Aufstiegs zum »Balcón« in seiner Hand entdeckt, eine hell-, vielleicht honigbraune Madonna im gelbgoldnen Gewand, allem Anschein nach die Virgen de la Caridad del Cobre alias Ochún. Wenn's auch nichts nützte, so schadete's gewiß nicht, sie neben der weißen Kerze zu plazieren, die Luisito seinerzeit vors Fenster gestellt, neben das Glas mit Weihwasser und Kruzifix.

Erstaunlicherweise war die Wohnung geöffnet, ein starker Pinienduft hing in der Luft, als habe man damit den Geruch frischen Bannungsweihrauchs überdecken wollen, den Broschkus gleichwohl darin wahrnahm. Und der Urheber jenes doppelten Wohlgeruchs? War nicht etwa im Salon, sondern im Gemach zugange, sieh einer an. Daß er dabei ordentlich Durst bekommen, wäre nicht der Rede wert gewesen, aber daß er nun, eher unwillig, aus Broschkus' Kleiderschrank auftauchte, wo er bis eben herumgewühlt, würde man doch kaum mit Verschönerungsmaßnahmen begründen können?

Nun, erklärte Luisito ohne Anflug von Schuldbewußtsein: Nun. Er habe ein wenig nach dem Rechten gesehen, genaugenommen nach magischem Kleinkram, der dem *doctor* womöglich unter seine Sachen gemengt worden. Man wisse ja, daß er derlei Warnungen nicht ernst nehme, habe sich also selber Gewißheit verschaffen müssen, schließlich wolle man helfen.

Nachdem er eine Weile über die Unfähigkeit heutiger Kfz-Mechaniker geklagt und den Rest der Bierflasche für den Heimweg reklamiert, konnte Broschkus die Tür hinter ihm verriegeln. Vorm Spiegel stehend, die feinen Narben an seinem Adamsapfel betastend, erschien er sich im gelbrotgrünen Geflacker des kleinen Christbaums auf eine vertraute Weise unheimlich.

Dienstag, 26. November, Tag des Teufels!
Erst im Bett fiel ihm ein, aufs Trommeln vom heiligen Baum zu lauschen, allerdings ohne Ergebnis, wahrscheinlich galt der Ausgang des Tages als weniger wirkmächtig denn sein Beginn. Oder waren einfach keine magischen Kunden gekommen? Oder? Wie häufig man hier an die Grenze des Erklärbaren stieß, wie schnell man sich im Bereich des Wunderbaren befand, wie beiläufig das Wunderbare dann meist auch schon ins Schreckliche überging! Gut, daß man wieder Ernesto an seiner Seite wußte, sehr gut.

Weil Feliberto in ausgerechnet jener Nacht über Gebühr ausblieb, nahm sich Broschkus kurzerhand Papito zur Brust, der stets despektierliche Späße über streunende Katzen gemacht – es gebe deren viel zu viele, nur eine tote Katze sei eine gute Katze –, zog ihn, ein häßliches Gezappel, aus seinem Zahnarztsessel empor, um ihn mit bloßen Händen zu erdrosseln. Wie der alte Katzenfänger aber trotz aller Bemühung, ihm den Garaus zu machen, nur immer blasser wurde, anstatt zu sterben, wie er mit kreideweißem Gesicht sogar näher kam und ansetzte, Broschkus in den Hals zu beißen –, plumpste Feliberto plötzlich aufs Fußende des Bettes, und alles war gut. Broschkus, obwohl noch gar nicht recht erwacht, streichelte ihn inniglich. Wenn bloß nicht die Lockenwicklerin dermaßen laut losgekeift hätte (»Mir fällt gleich der Sack ab vor Angst!«), wenn nicht ein Mann, dessen Stimme derjenigen von Ulysses ähnelte, entsprechend laut dagegengehalten hätte (»Schrei nicht so, sonst fang' ich an zu zittern!«), wenn nicht ein schallendes Gelächter mit anschließendem Getöse losgebrochen wäre, so daß die Nachbarn aus Protest laute Musik abspielten! Broschkus saß im Bett und rieb sich die Augen, nun war er wirklich wach und Feliberto? schon wieder auf und davon. Nebenan rief man nach der Polizei. Minuten später herrschte solch vollendete, solch atemberaubende Ruhe, daß man aus dem Garten die klagende Stimme eines Vogels vernehmen konnte, wenigstens war nicht mit Besuch zu rechnen.

Anderntags saß Ulysses mit einem zweiten blaugeschlagnen Auge im Hof, auf Nachfrage so kurz angebunden wie immer, alles in Ordnung, kein Problem.

Am 1. Dezember bekam Broschkus die Krieger,
dabei hatte dieser Sonntag gar nicht gut für ihn begonnen. Seit fünf Tagen war das Regenwetter einer ungewöhnlich anhaltenden Herbsthitze gewichen, man konnte wieder auf der Dachterrasse frühstücken, seit fünf Tagen waren jedoch auch die Lieferungen ausgeblieben, mit denen ansonsten in halbwegs regelmäßigen Abständen die Tanks aufgefüllt wurden: Das Wasser wurde knapp. Papito sicherte seinen Tankdeckel mit einem gebognen Nagel, weil er die Nachbarin (die täglich ihr schreiendes Baby in einer Plastikwanne wusch, reinste Verschwendung) im Verdacht und offen beschuldigt hatte, Wasser zu stehlen. Der doppelte Tank der Casa el Tivolí war zwar seit Jahr und Tag mit Vorhängeschlössern versehen; um an seinen Inhalt heranzukommen, brauchte man freilich bloß Broschkus so hartnäckig anzuschnorren, bis der trotz aller Ermahnungen seines Vermieters die Nerven verlor. Flor servierte das Frühstück neuerdings, indem sie eins von Mercis T-Shirts vorführte (»Suck it!«), dazu zerstreut mit ihren Lippen lächelte und einen erklecklich großen Kübel präsentierte, ob sie den in der Zwischenzeit auffüllen dürfe?

Sie durfte. Broschkus hatte sie im Verdacht, sich seit kurzem auch die Oberschenkel zu rasieren; warum sonst hätte sie ihn vom einen Tag zum andern auf eine unbeholfen neckische Weise Bro nennen sollen, wie's früher ihre Schwester? Halbschwester? getan, anstelle des in der Nachbarschaft üblichen *doctor*? Im übrigen warte ihre Mutter nach wie vor auf seinen Zettel, er-wisse-schon, den für –

Jaja, erinnerte sich Broschkus, der Liebeszauber! Er werde –

Doch Flor hatte sich sehr abrupt von ihm abgewandt. Als er zu ihr ans Geländer trat, sah er im Nachbarhof mehrere Polizisten, auf Frauen und Kinder einredend, die sämtliche Gesten der Ahnungslosigkeit produzierten (Nein/Gibt's nicht); sah die Lockenwicklerin, wie sie auf die Dachterrasse trat und ihre Leute mit einem vernehmlichen »Jungs, nehmt den Finger aus'm Arsch, es gibt Arbeit!« aus den diversen Hinterhöfen herbeizitierte.

Broschkus hatte sein Tortilla-Brötchen noch nicht völlig verzehrt, da war die Polizei im eignen Hof, Rosalia stemmte die Arme in die Hüften, Sie-habe's-ja-von-Anfang-an-gesagt, wenig später wurde Ulysses abgeführt.

»Was um Himmels willen –?« wandte sich Broschkus an Flor, die sich die ganze Szene ungerührt von oben angesehen: »Die haben doch nicht gerade deinen Vater –?«

»Meinen Vater?« zuckte sie kaum andeutungsweise mit den Schultern, das wüßte sie aber. Nein, Ulysses sei erst vor kurzem hier eingezogen, jetzt bekomme sie hoffentlich ein eignes Bett.

Erstaunlich auch, in welcher Offenheit sie ausplauderte, daß Ulysses keineswegs vom Motorradputzen gelebt habe oder Radzerlegen. Ob Bro aufgefallen sei, wie viele ihm dabei jeden Tag zugesehen hätten, wie viele erwachsne Männer? Ob er tatsächlich geglaubt, man habe in diesem Lande dermaßen viel Zeit, daß man sie mit Glotzen vertun könne?

Coño, das hatte Broschkus in der Tat geglaubt.

Eher widerwillig ließ er sich vom Gegenteil überzeugen,
ließ sich haarklein auseinandersetzen, daß Ulysses lediglich zur besseren Tarnung der Zweiradpflege oblegen, daß er auf diese Weise als »Listenmacher« fungiert hatte.

Listenmacher?

Als eine Art heimliche Lotto-Annahmestelle für eine im Untergrund operierende »Bank«, wie sie sich tatsächlich nannte: Diejenigen, die ihn hier dauernd aufgesucht, hatten in erster Linie einen Peso und dazu ihren Tip abgegeben, ihren Tip auf die Ziehung der US-Lottozahlen, wie sie tagtäglich auf Radio Martí verlesen wurden. Sicher, Fidel hatte das Glücksspiel verboten, und den Empfang von Radio Martí, das aus Florida fortwährend herüber- und dazwischenfunkte, hatte er erst recht verboten! Deshalb durfte ein Lottotip auf keinen Fall schriftlich fixiert werden, Ulysses mußte sich sämtliche Zahlenfolgen merken und um kurz vor acht dem Kurier mitteilen, der die Tips reihum von diversen Annahmestellen einsammelte – auch bei Bebo war zum Beispiel eine, wie bei den meisten Friseuren – und an die Bank überbrachte. Abends um zehn wurden die gezognen Zahlen auf Radio Martí verkündet; danach konnte sich jeder seinen Gewinn ausrechnen, stets in der Hoffnung, daß heute nicht allzu viele Polizisten mitgespielt hatten.

Polizisten?

Während der Nacht war man in der Bank beschäftigt, Tageseinnahmen in Gewinnausschüttungen umzurechnen; anderntags wurden sie vom Kurier auf die verschiednen Listenmacher und von denen auf ihre Kunden verteilt. Simples System, und doch und doch! Weil sich alle Beteiligten gern verrechneten, obendrein immer mal wieder ein Polizist diskret drum bat, in seinem Auftrag nachträglich einen Peso auf Ziffern zu setzen, die gezogen worden – weil also immer mal wieder größere Summen von den Einnahmen abzuzweigen und entsprechend reduzierte Ausschüttungen vorzunehmen waren, gab's auf Papitos Hof ein ständiges Kommen und Gehen und laufend neue Schwierigkeiten: Mal war's der Kurier, der die Zahlenfolgen falsch überbracht, mal der Listenmacher, der sie gar nicht richtig gehört haben sollte, am Ende beschwerte sich jeder über jeden, zu Unrecht nicht bedacht oder regelrecht um seinen Gewinn betrogen worden zu sein. Nur die Bank, da war man sich einig, wurde bei alldem immer reicher.

Welche Bank eigentlich?

Und wo unterhalte sie ihre Filialen?
erwachte der ehemalige Abteilungsleiter in Broschkus, im Grunde war ja schon der Begriff in diesem Zusammenhang ein Hohn. Daß Rosalia ausgerechnet jetzt nach ihrer Tochter rufen mußte, würde Flor hoffentlich überhören?

Also die Bank. Sie befinde sich – »Ja, *mamá*, gleich!« – genau nebenan, in wechselnden Gebäuden, auf daß sie nicht mal von den Kurieren zu finden, sprich, zu verraten sei. Ob Broschkus ernsthaft geglaubt habe, daß man sich von Schwarzbrennerei und Diebstahl so viele Farbfernseher, sogar Waschmaschinen leisten könne? Und daß sich die Lockenwicklerin nur deshalb zur Präsidentin des Komitees zur Verteidigung der Revolution habe wählen lassen, weil sie Gelder für Straßenfeste einsammeln und Blutspenden veranlassen wolle?

Coño, das hatte Broschkus tatsächlich geglaubt. Aber dann war Ulysses ja lediglich ein kleines Rädchen in einem viel größeren System? und wahrscheinlich von seinen Auftraggebern verpfiffen worden? werde also bald wieder auf freien Fuß gesetzt, sobald die Wahrheit ans Licht gekommen?

Welche Wahrheit? zuckte Flor kaum andeutungsweise mit den Schultern: die für Pesos? oder die für Dollars? Daß Rosalia, nun dröhnte sie fast so laut wie die Lockenwicklerin, daß sie androhte, ihrer mißratnen Tochter einen Fuß ins Gesäß zu stekken, Die-Großmutter-sei-mal-wieder-ausgelaufen, konnte keiner überhören.

Außer der Gerufnen selbst. Kuba sei ein freies Land, widersprach sie Broschkus' Erwägungen noch schnell, an der Leiter verharrend: Es habe die Freiheit, seine Bürger ins Gefängnis zu werfen, wann immer es beliebe. Die Lockenwickler hingegen hätten solch gute Verbindungen, angeblich bis zum Señor Planas, die würden schon dafür sorgen, daß Ulysses eine Weile zum Schweigen verurteilt werde. Und wenn er irgendwann wieder freigelassen, dann wüßten sie schon, wie sie sich seiner versicherten, schließlich sei er von Haus aus – »Ja, *mamá*, gleich!« – einer der Ihren, habe lang genug nebenan gewohnt, um ihre Sprache zu verstehen.

Und was werfe man ihm konkret vor?

Ay Bro! Mitgliedschaft in einer konterrevolutionären Vereinigung, was sonst? verschwand Flor flugs die Leiter hinab, andernfalls hätte sie wahrscheinlich noch viel mehr preisgegeben, das man an sich gar nicht hätte wissen wollen.

Dies war das letzte Mal, daß Broschkus an seine Zeit als Hamburger Privatbankier erinnert wurde; danach war sie wirklich vergessen. Kaum hatte sich Flor, den Wasserkübel trotz seines Gewichtes mühelos nach unten tragend, kaum hatte sie sich mit spitzem *¡Ay mi madre!* in Papitos gute Stube begeben, kaum hatte sich Broschkus in seinem Klappstuhl zurückgelehnt, den Blick auf den Hügelkamm von Chicharrones gerichtet, da ertönte die Klingel.

Als er die verhaßte Digitalmelodie vernahm,
dachte Broschkus zunächst, es sei nur ein weiterer Wasserschnorrer gekommen, der sich einen Scherz erlaubt, und ignorierte das Signal. Ohnehin war's ihm vom ersten Tag an auf die Nerven gegangen, seit's Luisito montiert und mit kindlicher Freude gleich mehrfach ausprobiert; die, die Broschkus kannten, hatten sich bald wieder drauf beschränkt, zu klopfen und zu rufen.

Der Mann, den er – vorsichtig übers Geländer lugend – vor seiner Wohnungstür sah, führte freilich weder Eimer noch Kanister mit sich; schon gestikulierte von gegenüber einer derer, die ihre rasierklingengespickten Drachen gegen andre rasierklingengespickte Drachen in den Himmel schickten, bedeutete dem Mann, ohne dabei sein Hauptgeschäft zu vernachlässigen, wo der Gesuchte zu finden. Woraufhin Broschkus verärgert hinabstieg.

Es war Pepe, der Gitarrist, der im Dollarkiosk von Dos Caminos aushilfsweise Plüschtiere und Feinrippwäsche verkauft hatte, was wollte der denn?

Er komme von Alfredo, entschuldigte sich Pepe, gleichwohl seine Freude über das Wiedersehen nicht verbergend, er habe Grüße zu übermitteln.

Grüße, oh, vielen Dank! Broschkus kniff die Augen zusammen und legte den Kopf schief, um abzuschätzen, inwiefern Pepe in die Geschichte eingeweiht, ob er womöglich selber vom jüdischen Berg war, konnte im Gegenlicht aber nichts an ihm entdecken.

Ob er das Lied komponiert habe, das er versprochen? kam er ihm, eine spontane Eingebung, mit seiner Frage zuvor; und weil Pepe den Kopfschütteln mußte, erneut versichernd, Broschkus' Geschichte gefalle ihm, sie gehöre vertont, hatte er bereits jeden Elan verloren, sein Anliegen zu vertreten: Auch er war also einer, der Versprechen nicht einhielt, war zumindest säumig, stand in der Schuld eines andern. Man versprach einander Besserung, der eine das Lied, der andre die Begleichung der offnen Rechnung. Indem Broschkus seinerseits einen Gruß an Alfredo ausrichten ließ – leider könne er die fragliche Summe nicht auf der Stelle aushändigen, er brauche sein Geld, um eine dringend anstehende Fahrt zur Schwarzen Kapelle angemessen zu gestalten –, versicherte er Pepe, der glänzenden Auges zu allem nickte, sich an Heiligabend nurmehr mit Armandito Elegguá ins Benehmen setzen zu müssen, Angelegenheiten. Gleich anschließend werde er das Geld persönlich vorbeibringen.

¡Hombre! pfiff Pepe durch die Zähne: ein Weißer! Und solche Angelegenheiten. Ob Broschkus also mittlerweile geritzt sei?

¡Hombre! wischte sich Broschkus mit dem Taschentuch die Stirn, als sich sein Besucher endlich verabschiedet hatte: ein Dunkler! Was ihn im nachhinein jedoch am allermeisten beun-

ruhigte, war der millimeterfeine Riß, den er in Pepes linkem –, nein: rechtem Auge kurz hatte aufblitzen sehen, oder vielmehr: gerade nicht hatte aufblitzen sehen, ein fahles Einsprengsel im grünen Glanz der Iris. Ob man jetzt wirklich verrückt wurde und Flecken sah, die's nie zuvor und wahrscheinlich auch heut vormittag gar nicht zu sehen gab?

Reichlich verspätet machte man sich auf den Weg nach Santa Ifigenia, wäre beinahe in Papito hineingestolpert, der sich seinerseits auf den Weg machte, strahlend:

Heut sei ein guter Tag, um Farbe zu finden, ein sehr guter Tag. Er habe Ulysses noch nie gemocht, und das habe er nun davon.

Am 1. Dezember bekam Broschkus die Knochen,
im dritten Anlauf, nachdem Pancho den Umfang der anstehenden Lieferung sukzessive reduziert: Der Onkel wolle doch gute Ware? hatte er zunächst nur um Verlängerung der Lieferfrist gebeten, beim nächsten Treffen dann aber ohne jeden Anflug eines Schuldbewußtseins zugegeben, daß seine sämtlichen Weißen bereits vorreserviert waren, also de facto ausverkauft. Ob nicht auch etwas Schwarzes gehe?

Am Ende erhielt Broschkus einige Finger- und Fußknochen, Schädel und Schienbein. Dazu ein Säckchen Erde, einen versiegelten Zettel für Cuqui, der Name und Todesdatum des Verstorbnen enthielt.

Ob er zuvor nach allen Regeln des *Palo* die Kokosschalen befragt habe? wollte Broschkus wissen.

Das habe er, *¡cojones!* schwor Pancho, der Tote sei willig gewesen!

Man erlebe ja manches, aber an einen solch eifrigen Toten sei man selten geraten. Der wolle arbeiten, das sei sicher.

Weswegen es beim vereinbarten Preis bleibe, betonte er im Auseinandergehen, der Tote mache seine Hautfarbe locker wett, der sei stark.

Als sich Broschkus, im Rucksack Schädel und Knochen, unter die Fahrgäste der Pferdedroschke zwängte, die Rückfahrt anzutreten, überkam ihn ein berauschendes Gefühl der Verworfenheit. Wenn all diese traurigen Gestalten hätten ahnen können, was er da am hellichten Tag transportierte, mitten unter ihnen sitzend in einer Harmlosigkeit, als ob er einer der Ihren wäre, von wegen! Beim Queren der Eisenbahngleise fiel ihm ein, daß er auch gleich Papier besorgen könne für Rosalias Liebeszauber, heut war vielleicht wirklich ein guter Tag. Auf der Hälfte des Wegs sprang er ab, die Enramada bergauf zu eilen, zum leeren Kaufhaus im Stadtzentrum.

Von der Verkäuferin gefragt,
wie viele Blätter er zu erwerben wünsche, sagte er aus einer Überschwenglichkeit heraus »Drei, *mi vida,* drei!«, die ihm dann tatsächlich Blatt für Blatt vorgezählt wurden, das Stück zu einem Peso, glatter Wucher. Fast hätte sich Broschkus im Anschluß daran eine schwarze Kette bei seinem alten Bekannten gegönnt, scheute aber vor den Kosten zurück; fast hätte er sich mitsamt seinem bedeutungsvoll ausgebeulten Rucksack an die Peso-Bar gestellt, einen Plastikbecher Rum zu kippen und dabei nach Zierfischen und Hexen Ausschau zu halten, wußte aber nicht, wohin mit den drei Blättern Papier, man konnte sie ja nicht vor aller Augen zu den Knochen geben.

In der Casa el Tivolí suchte er lang nach einem geeigneten Platz für seinen Toten, um ihn pietätvoll zwischenzulagern und dabei vor der Zudringlichkeit Luisitos (wie der beiläufigen Entdeckung durch Ernesto) zu verstecken. Leider paßte ein Schädel nicht ins abschließbare Fach der Kommode, leider lag unterm Bett bereits das Paket von Luisitos Mutter und wollte in seiner stummen Tätigkeit nicht beeinträchtigt werden. Letztendlich fiel die Wahl auf den Dachterrassenverschlag; dort hatte Feliberto ungestört seinen Lebensabend verbracht, dort sollte auch ein Verstorbner einigermaßen sicher vor Lebenden sein.

Nebenan verdrosch die Lockenwicklerin eins ihrer Kinder

mit dem Schlappen, nickte dem *doctor* dabei freundlich zu, ohne ihre Tätigkeit zu unterbrechen. Obwohl er sie ansonsten nicht grüßte, nickte Broschkus beflissen zurück, woraufhin er prompt auf fast allen andern Dächern Nachbarn entdeckte, die ihn hatten beobachtet haben können. Vorsichtshalber lächelte er in sämtliche Richtungen – schöner Tag heute, schönes Leben, nicht wahr? Nur auf der Terrasse gegenüber, wo der Verschlag für die *1000er-BMW* seit Wochen offenstand, war kein Schwein zu sehen.

Wenn Luisito der selbsternannte Chef des Tivolí war,
dann war Ernesto dessen graue Eminenz, würdevoll erkrankt an Rheuma, oder warum sonst ging er so eckig, als verspüre er bei jedem Schritt einen stechenden Schmerz? Gefolgt von seinen beiden kartonbepackten Gehülfen, kam er, bedeutungsvoll eine Plastiktüte mit deutschem Aufdruck schwenkend, die Treppe zu Broschkus' Behausung empor; dessen Bewohner hatte unterdes mehrfach seinen Toten besucht, hatte eins ums andre der Blätter mit dem Namen Ilianas beschrieben, hatte sie alle drei versteckt und sich selbst mit einer unverfänglichen Miene versehen. Nun lächelte er seinen Besuchern möglichst hell gekleidet entgegen.

Auch diesmal habe er eine Dame mitgebracht, wies Ernesto auf – nein, Claudia sei heut unabkömmlich, sie lasse sich entschuldigen –, wies auf Flor, die ein zahnstrahlendes Lachen übte und mit ihren nackten Körperpartien so viele Sonnenstrahlen wie möglich aufzufangen suchte: Vor einem *maricón* wie Oscar könne man sich nach wie vor nur mit schönen Frauen schützen.

Flor errötete, Ernesto grinste, Oscar grinste, Fina stopfte etwas Lebendiges zurück in den Karton. Indem Broschkus mit einer kleinen Verbeugung seine Plastikblumen überreichte – haargenau dieselben wie damals, für neue hatte er das Geld nicht erübrigen wollen –, tat Ernesto so, als ob er dran röche, ließ

Broschkus wissen, der Strauß dufte wunderbar, Obatalá werde sich freuen. Im übrigen habe er Zigarren mitgebracht, organisierte Ware, man wolle den Tag doch angemessen begehen?

Wichtiger Tag, großer Tag, Tag der Krieger! Bereits beim ersten Zug wurde's Broschkus leicht schwindlig, dagegen konnten die kratzigen Ein-Peso-Stumpen, die sie ansonsten rauchten, nicht mithalten. Organisierte Ware – ob sie Ernesto eigenhändig?

Und nicht zum ersten Mal! freute sich der, seinem Sohn ein wenig Respekt einzujagen: Gestohlen, geraubt, geplündert, wo immer's ihm möglich gewesen! Wie sonst hätte er in diesem schönen Land so alt und häßlich werden können?

»*¡Mentira!*« entfuhr's Broschkus; Ernesto setzte sein lapidares Lächeln auf.

Während Oscar wieder rund um den Mülleimer,
der aufstäubenden kleinen Fliegen nicht achtend, den Altar für die Toten einrichtete, eine Hügellinie hatte er schon ums Eck gezogen, verschiedentlich Kreidekreuze draufgestellt, während Flor Kaffee kochte, Fina sich aufs Sofa lagerte und ihre changómäßig lackierten Fingernägel zeigte – der angewachsne Teil rot, der überstehende weiß –, während der süßliche Sonntagnachmittagsgeruch von nebenan durch die kleine Wohnung zog, dazu ein paar jämmerliche Trompetenstöße (mit anschließendem Gelächter), als ob einer der Lockenwickler mit dem Erlernen des Instruments beginnen wollte, zog Ernesto die Dinge einzeln aus seiner weißen Plastiktasche wie aus einer Wundertüte, jedwedem eine Erklärung beigebend: als erstes Osun, den Bleihahn, man kannte ihn ja leidlich, wenngleich nicht in solch fabrikneu blitzender Ausführung. Dann die beiden Schalen, eine flache aus unglasiertem Ton (damit das Blut einziehe), die andre gewölbt und aus Metall (damit das Blut sich am Boden sammle), letztere kaum größer als die überdimensionierten Trinkschalen für Milchkaffee, wie sie am andern Ende der Welt

gerade in Mode, einem Krieger im Grunde gänzlich unangemessen.

Zuunterst in ebenjene eiserne Milchkaffeeschale tat Ernesto einen glatten dunklen Stein, daneben einen winzigen Bleiamboß; dann stellte er drei Hufeisen an den Rändern der Schale auf, dazwischen handspannenlang drei Nägel aus alten Eisenbahnschwellen, abgesehen vom Amboß also durchaus Ernstzunehmendes. Dazu kam ein recht rostiger Schlüssel (um Türen zu öffnen, die Broschkus verschlossen), darauf eine Kette (um das Böse zu fesseln), ein ansehnlich großer Magnet (um das Gute anzuziehen). Anschließend aber wiederum ein kindisch kleiner Bleihammer, ein ebenso kleiner Blechrechen, Machete, Stemmeisen, Harke, alles in putzig wirkender Spielzeuggröße, von Ernesto nichtsdestoweniger in feierlicher Gebärde zwischen Nägeln und Hufeisen verteilt, auf daß sich mählich eine Art festes Gesteck bilde. Obenauf noch Pfeil und Bogen von Ochosi, das sollte's gewesen sein? Nämlich für Broschkus, der das Ganze im Geiste mit den Knochenkesseln der *paleros* verglich – und nichts weiter darin zu erkennen wußte als ein Sammelsurium santeristischen Altmetalls, alles andre als furchteinflößend.

Schöne Schüssel! lobte Oscar, der mittlerweile seine eignen Krieger auf dem freigeräumten Fußboden aufgebaut hatte, am Rande der Senke, in der sich bisweilen das Brunnen- oder Regenwasser sammelte, dazu seinen Bleihahn, oh ja, auch der sei durstig. Merkwürdig, Oscars Schalen wirkten überhaupt nicht unglaubwürdig, insbesondre nachdem er eine Kerze im Eck entfacht hatte, man sah ihnen an, daß seine *santos* viel Blut getrunken.

Wie harmlos hell dagegen die eigne Schale! Und ohne jegliche Knochenbeigabe oder sonst etwas, das einem, nunja, wenn nicht Angst, so doch eine gewisse Scheu eingeflößt hätte – ob man damit gegen Armanditos Kessel ankommen würde? Unbeirrt durch Broschkus' umfassendes Schweigen, nahm Ernesto das Hufeisen, das seit dem Ausflug in die Sierra Maestra an der

Wand hing, und steckte's in die Schale: Das! sei der angemeßne Ort für ein Zeichen Oggúns, das! Fina nickte träge, sicher hatte sie die Flasche *Santero* schon verkostet.

Die Tonschale für den Ersten Krieger blieb dagegen vergleichsweise leer. In seiner Mitte kam der Betonkopf zu stehen, der düster plumpe, der finster primitive, der ungerührt mit seinen Kaurimuschelaugen geradeaus blickende Betonkopf, der sich im Verlauf des Rituals in Elegguá verwandeln würde, ein spitzer Dorn ragte ihm vom Scheitel wie die Andeutung einer Rüstung. Neben ihn legte Ernesto einen unscheinbaren Stein, den könne sich Broschkus bei Bedarf in die Tasche stecken, zum Beispiel auf Reisen, der repräsentiere die komplette Schale, der werde ihn beschützen.

Dieser kleine Stein?

Ob einem kleinen Holzkreuz etwa mehr an Symbolkraft innewohne?

mischte sich, leicht gereizt, Oscar ein, der seine Vorbereitungen abgeschlossen hatte; das Jenseits war mit Wasser und Kaffee versorgt, es herrschte Ruhe im Karton.

Wo sind die Geheimnisse? wollte Broschkus wissen, nachdem Flor weggeschickt, *refino* zu besorgen und Limonen.

Was Elegguá betreffe, beschwichtigte Ernesto ungerührt, so seien sie einbetoniert in seinem Kopf, sonst bliebe er ja trotz aller Opfer nichts als ein Batzen Zement! Bei Osun hinwiederum –

Welcher Art die Geheimnisse denn seien? unterbrach Broschkus, dem das Gesamtarrangement wenig überzeugend erschien: Ob im Betonkopf vielleicht Blut sei, schwarzes geronnenes Blut?

Was ausgerechnet daran geheimnisvoll sei? schaltete sich, eine Spur ungeduldiger, den Totenstock mit den bunten Bändern in der Hand, schaltete sich erneut Oscar ein: Nein, Geheimnisse seien sehr subtile Mischungen aus Stein, aus Knochen und Schweigen, vorzugsweise letzterem!

Was die Steine betreffe, so Fina vom Sofa, sei bereits ihre Herkunft geheim, jeder *santero* sammle sie an Orten, die er je nach Charakter seines Sohnes wähle. Kein leichtes Unterfangen! Um Elegguá- und Oggún-Steine zu suchen, müsse's ein besonders guter Tag sein, das meiste, das man finde, zeige ja keinerlei Verbindung zum zukünftigen Besitzer: Man habe die Steine der Reihe nach mit den Muscheln zu befragen, den Muscheln-die-sprechen, ob sie von einem Toten seien oder –

¡Ahora! fiel ihr Ernesto ins Wort: »Diese Steine, *sir*, die stehen in enger Verbindung zu dir und deinem *santo*, das sollte dir genügen.« »Zuviel an Glauben ist auch nicht gesund. Oder willst du am Ende selber ein Heiliger werden?«

Zwei kleine Kiesel,
das war's, was die Kriegerschalen im Innersten zusammenhielt. Jetzt, da Broschkus von Grund auf wußte, was es damit auf sich hatte, wollten sie ihm längst nicht mehr so aufregend vorkommen wie früher, als er über ihren Inhalt wilde Vermutungen angestellt. Wenn er dagegen an den Schädel dachte, der auf seiner Dachterrasse drauf harrte, in einen anständigen Kessel hineinzugeraten! Wenn er sich ausmalte, daß darin anstelle zweier Steine ein leibhaftiger Toter wohnen und für ihn tätig werden würde!

Doch was hieß hier »anstelle«? entspannte er sich langsam: Je mehr Schädel und Steine für ihn arbeiteten, desto besser. Mochten die Krieger vielleicht auch nicht so viel nützen wie erhofft, schaden würden sie nicht.

Das sich anschließende Ritual war vergleichsweise schnell absolviert; nachdem Oscar die gaffenden Kinder verjagt, Tür und Fenster verriegelt, die Stimme gereinigt, konnte's – nein, konnte's noch nicht losgehen. Die Bezahlung! Falls Broschkus die fünfzig Dollar, die das Ritual koste, im Moment nicht erübrigen könne, sei man mit dem Walkman zufrieden, den man letztes Mal hintangestellt.

Ausgerechnet der Walkman! Der bereits Cuqui versprochen

war für *dessen* Ritual; geschwind berichtete Broschkus von Alfredos Boten, der ihn heut vormittag bedrängt, und daß er ihm irgendwas Solides als Anzahlung hatte mitgeben müssen, als Zeichen des guten Willens, seine Schulden demnächst komplett einzulösen.

Schulden? Bei einem *palero?* Noch dazu einem der jüdischen Richtung? Hm-hm, man nehme zur Not auch die Funkuhr.

Dem
»Daytron High Power Portable Audio CD-Player Cassette Recorder«-Karton entstiegen diesmal bloß ein müder, grauweiß gesprenkelter Hahn (Wenn man dagegen an Saddam dachte!) und zwei Tauben.

Keine Hühner?

Keine Hühner. Die schmeckten den Kriegern nicht; sie nähmen gern mal einen Stier, einen Hund, nähmen Ziegen, Schweine und Ratten, Tauben sowieso. Hühner hingegen nicht.

Hunde, Schweine, Ratten, Stiere! Vielleicht waren sie doch ganze Kerle.

Dann aber geschah nur das, was anscheinend immer geschah, sobald man's mit Heiligen zu tun bekam: Obwohl heut anstelle der vier Kardinalketten diejenigen eines Ersten und eines Zweiten Kriegers zu weihen waren, zusätzlich ein Arrangement aus Altmetall, Blei und Beton, begann alles wieder mit dem Aufklopfen des Totenstocks, dem Zerpulen der Kokosschalen, dem Prusten und Paffen und endete damit, daß die *santos* auf Nachfrage ihre Zufriedenheit bekundeten, man dürfe die heiligen Handlungen abschließen.

Sicher, Oscar, die Zigarre im Mundwinkel, veranstaltete mit Bravour sein *Okubokufidibu*, das Blut floß in Untertassen und Schalen, während einer längeren Würgepause trank man aufs Wohl sämtlicher beteiligter wie unbeteiligter *santos*, so daß keiner von ihnen eifersüchtig würde. Hätte sich jedoch nicht immer mal wieder einer jener wild entschloßnen, obschon kläglich klingenden Trompetenstöße in den sich neigenden Sonntag nachmittag eingefügt, Broschkus wäre bald gar nicht mehr klar gewesen, ob er das alles nicht längst erlebt und absolviert hatte, ob er träumte oder wachte, wenn man vor seinen Augen ein immergleich klaglos sein Schicksal akzeptierendes Federvieh auf immergleiche Weise zu Tode rupfte. Gutgut, unterderhand hatte sich heute ein Schrotthaufen in einen kleinen Altar verwandelt – immerhin. Während Flor mit Hilfe ihrer Mutter an die Zubereitung der Opfertiere ging, konnte man sich im Kreis der *santeros* die Bäckerhauben abziehen und dem gepflegten Alkoholismus hingeben: Also die Krieger …

»Ob du an sie glaubst, spielt keine Rolle«, wandte sich Ernesto geradewegs an seinen Sohn, als habe er dessen Verstocktheit bemerkt: »Du mußt ihnen dienen, dann werden sie dir ihre Hilfe nicht versagen.«

Broschkus hatte sich zwar wie all die andern an der Kehle gezupft, als es erst dem Hähnchen, dann den Tauben an den Kragen ging, hatte dazu die afrikanischen Gebetsformeln mitgebrummt, soweit er sie beherrschte. Und doch und doch! war er dabei so unbeteiligt geblieben wie vorzeiten in der Kirche, wenn man einen Kelch Wein zu Blut deklariert hatte.

Nunja, fast so unbeteiligt, immerhin hatte man heut mal wieder echtes Blut zu sehen bekommen – das des Hahns viel heller als das der Tauben –, immerhin roch man's, das Blut, das man mit den Federn vom Boden wischte, kostete sein Arom, indem man's sich heimlich danach von den Fingern leckte.

Aus dem Badezimmer zurückkommend, den metallischen Nachgeschmack fremden Lebens im Mund, traf Broschkus' Blick auf die Kriegerschalen, wie sie, über und über mit Federn besprenkelt, so selbstverständlich inmitten seines Salons standen, davor die abgerißnen Köpfe von Hahn und Tauben: daß einem zwar nicht unbedingt schwindlig wurde, statt dessen aber fast ein wenig warm um's Herz. Diese Krieger hatten was, diese Krieger waren, Teufel auch, waren schön.

War Broschkus fortan mit sich und der Santería versöhnt,
so war er regelrecht begeistert, als Ernesto eine dritte Flasche herbeischaffen und wissen ließ, die Muscheln hätten gesprochen: Er dürfe mitfahren nach Baracoa, sie seien einverstanden. Einer müsse Broschkus ja beschützen, außerdem habe er noch etwas gutzumachen.

Das! konnte auf keinen Fall schaden, dachte sein Sohn, öffnete Tür und Fensterjalousette, um frische Abendluft hereinzulassen: Mochte Ernesto nur ein *santero* sein, er verfügte doch über seine Zauber und, nicht zu unterschätzen, über vierhundert Heilige. Nun konnte eigentlich nichts mehr schiefgehen.

»Gib mir ein Zeichen, wenn wir losfahren können«, drängte Ernesto geradezu: »Je eher, desto besser.«

Aber Baracoa, konnte sich Broschkus die Nachfrage nicht verkneifen, Baracoa liege sicher im Gebirge? Das Ernesto doch ebenso verboten sei wie – manch andres auch?

Nein, es liege dahinter, schmunzelte Ernesto.

Es stellte sich heraus,
daß Oscar Freunde in Baracoa hatte, schwule Freunde, versteht sich, bei denen man übernachten konnte, sie betrieben angeblich eine kleine Herberge: Angel und Wilfredo, über Besuch aus Santiago würden sie sich freuen.

Sofern man Flor mitnehmen könne, witzelte Broschkus, vom *refino* beschwingt und der Aussicht auf eine Art gemeinsamer Landpartie anstelle des befürchteten einsamen Ganges, witzelte recht wahllos drauflos: Sofern man sich der beiden *maricones* mit Hilfe schöner Frauen erwehren könne, sei ihm alles recht.

Womit nur die Frage der Beförderung zu klären blieb, man habe zwar keinen Stier, aber etliche Ziegen mitzunehmen, kündigte Ernesto an: auch säckeweise Reis für Obatalá, dazu ausreichend Kakerlaken für Yemayá, einen Hammel für –

Kein Problem! ließ Broschkus wissen, er habe mittlerweile

seine eignen Möglichkeiten, kenne ein geeignetes Gefährt, da passe soviel rein wie –

Er werde doch nicht an den Lada des Señor Planas gedacht haben? legte ihm Ernesto die Hand auf die Schulter und beschrieb ihm sehr genau, welcher Wagen gut, welcher weniger gut geeignet für diese Reise war. Sollte man sich für den Lada entscheiden, habe man Ramón das Versprechen abzunehmen, nicht selber mitzukommen – der gefalle ihm nicht, irgendwas an ihm sei »nicht in Ordnung«. Schon der Geruch! würde jeden Heiligen in die Flucht schlagen. Wenn Lada, dann ohne Chauffeur; für die Beförderung verbürge er sich persönlich, Ernesto de la Luz Rivero. Daß er als Polizeifahrer sein Brot verdient habe, sei bei den Straßenkontrollen, in die man geraten werde, mit Sicherheit von Vorteil; er habe noch seinen Dienstausweis, den werde er gleich auf den neusten Stand bringen.

Eigenhändig? entfuhr's Broschkus bereits zum zweiten Mal.

Bringen *lassen!* mischte sich Fina ein, der Rum hatte ihr die Zunge gelöst: Dafür gebe's Spezialisten, und wenn sie – Fina sog den Duft der durchziehenden Marihuanawolken etwas übertrieben ein –, wenn ihre Büros noch dazu so günstig lägen, dann –

Derlei sei für ein geringes zu bestellen, klärte Oscar: Man könne ja bei Luisito anschreiben lassen.

Woraufhin er nach draußen ging, sich zu übergeben.

Während der Mahlzeit konzentrierte sich Broschkus drauf, halbgare Tauben an zerkochter *Yucca (»¡La buena yuca!«)* für ein schmackhaftes Gericht zu halten. Die Krieger aßen auf ihre Weise mit, Hahnenfüße an Brot, vorübergehend lag eine komplette gebratne Taube auf Oggúns Schale, die aber bald wieder verschwand.

Bevor man tanzen, bevor Fina von Changó bestiegen werden und sich zum Nachtisch eine der brennenden Kerzen genehmigen würde, hob Ernesto zum wievielten Male an – war er betrunken? –, von der Schönheit der Frauen zu schwärmen, nur sie vermöge den Mann zum Höchsten zu treiben. Flor, die bereits im Verlauf der Mahlzeit zu Broschkus geschielt hatte, schlug vorsorglich die Augen nieder, konnte's indessen nicht verhindern, daß sich Ernesto recht zügig von der Schönheit gewisser anwesender Damen zu derjenigen einer ihr unbekannten *muchacha* hinüberschwadronierte, die's in Baracoa zu erringen gelte, genüßlich beschrieb er ihre honigbraune Haut mit den vereinzelten Leberflecken darauf, den herben Duft, die Biegsamkeit ihres Wesens, beschrieb sogar die winzigschwarze Lücke zwischen ihren Schneidezähnen, bis Flor die Tränen in den Augen standen und Fina gereizt unterbrach:

Von wegen Schönheit, von wegen Klugheit der Frauen! Böse seien sie oder blöde, seien im Grunde ihres Wesens häßlich! Ob sich Ernesto nicht an die Legende von Ochún und Obba erinnere?

Rund um die Kriegerschalen schleckten die Fliegen den Boden ab, die eine oder andre Feder trieb durchs Zimmer, begleitet vom einen oder andern verlornen Trompetenton; Fina hingegen erzählte von Changó, beschrieb ihn mit derben Worten als einen notorischen *macho*, ein richtiges Schwein: Stets mit mehreren gleichzeitig zugange, habe er sogar von seiner eignen Mutter Yemayá erst abgelassen, als sie ihn mit sanfter Gewalt über seine Herkunft aufgeklärt; im Grunde sei alles, was ihm den Ruf eines großen Königs eingetragen, lediglich die Kehrseite dessen, was er, getrieben von seiner nimmermüden Männlichkeit, verbrochen. Selbst nachdem er sich die treue Obba zur Frau gewählt, mußte er sich auf die kokette Ochún einlassen, und die betrogne Obba war dumm genug, sich bei ihrer Rivalin zu erkundigen, wie sie seine Gunst denn errungen. Um hinter ihr Geheimnis zu kommen, ließ sie die Niedertracht Ochúns sogleich wissen, brauche sie bloß an die Männer im allgemeinen zu denken: Liebe gehe bei ihnen nun mal durch den Magen, es reiche vollauf, wenn man ihnen – so simpel wie sie seien – ihr Lieblingsgericht bereite. Sollte Obba Lust haben, dürfe sie gern wiederkommen, um Ochún beim Zubereiten von Changós Lieblingsessen zuzusehen. Obba, die dumme Obba, sie *hatte* Lust, und als sie Ochún beim vereinbarten Termin antraf, stand jene, ein Tuch um den Kopf geschlungen, stand bereits am Herd und rührte eine Suppe, in der zwei Pilze schwammen: Das seien ihre Ohren, erklärte sie, auf diese Speise sei Changó regelrecht versessen; und in der Tat, der Heimkehrende kostete davon, befand sie für vorzüglich, bestürmte die Köchin sogleich mit seiner Zudringlichkeit. Als Obba nach einigen Tagen auf seinen Besuch hoffen durfte, schnitt sie sich im Vorgefühl des Glücks eins ihrer Ohren in die Suppe; doch kaum war Changó gekommen, entsetzte er sich über Obbas entstelltes Äußeres, um so mehr über die kredenzte Suppe, als er darin das Ohr entdeckte, und verstieß sie.

So nämlich seien die Frauen! schnaubte Fina, sie hatte ihren massigen Körper im Verlauf der Erzählung zunächst von liegender in sitzende Stellung bequemt, war schließlich aufgesprungen, um den letzten Teil der Geschichte mit allerhand flinken Gebärden anzureichern, am Ende regelrecht vorzuspielen. Obba, die dumme Obba, in ihrer Trauer wollte sie niemanden mehr sehen und zog auf den Friedhof, wo sie seither die Toten in Empfang nimmt; schweigsam wurde sie und schwermütig, tanzte nicht mehr, bestieg keine Gläubigen. Sehr im Gegensatz zu Ochún, der gemeinen *puta*, es geschah ihr nur recht, daß sie Changó selber bald an die nächste verlor!

Woraufhin Fina, die gemütliche Fina, den Tanz Ochúns zeigte, den jene zum Zeichen des Triumphs über die Rivalin aufgeführt, ihr mächtiges Gesäß in ein obszönes Schlingern versetzend und sich mit beiden Händen die Geschlechtsteile reibend, immer rasender sich im Rhythmus der eignen Fleischlichkeit dem finalen Lustgewinn entgegenstöhnend, eine abstoßend ordinäre Naturgottheit, beim bloßen Zusehen wurde einem schwindlig! Doch ein Glanz der Abendsonne legte sich auch auf sie, mit ihren schweren Flanken schlug sie auf eine unwiderlegbar weibliche Weise Funken. Nicht eher als bis sie sich, am Höhepunkt ihrer Darbietung, schnaufend zurücksinken ließ aufs Sofa, stellte Broschkus fest, daß er ihr die ganze Zeit über, wie Oscar und Flor, mit seinen Fingern den Rhythmus zugeschnippt hatte.

Wenig später wurden Broschkus die beiden Ketten kreuzweis übern Kopf gehalten und unter Intonation feierlicher Formeln umgelegt, er spürte das Kratzen getrockneten Blutes auf der Haut und ein Schwirren im Kopf: Anfänglich fast wider Willen, nun durchpulst von einer rasenden Erregung, bekam er die Krieger, vor Glück hätte er das Blut aus ihren Schalen trinken können. So stark fühlte er sich, am liebsten wäre er sofort aufgebrochen, man mußte ihn beschwichtigen:

»Langsam, mein Sohn, langsam!« »Du darfst's nicht überstürzen, du darfst's nicht erzwingen wollen!« »Es muß freiwillig zu dir kommen, das Schicksal, und du zu ihm.«

So ausschweifend das Abschlußbesäufnis hiermit begonnen,
so nachdenklich wurde's – kaum war Flor mit dem Geschirr nach unten verschwunden und Fina auf dem Sofa eingeschlafen –, wurde's beschlossen.

»Weißt du, es hat mich gekränkt«, wandte sich Ernesto an seinen Sohn, reihum den Rest der letzten Flasche verteilend: »Gekränkt, daß du unsre *santos* für zu schwach gehalten, dir beizustehen.« Möglicherweise helfe ein einziger Glaube nicht genug, das sehe er ein, aber man müsse doch seine Prioritäten setzen.

Alles, was Broschkus zukünftig zu tun gedenke, mischte sich Oscar ein: Alles müsse er nicht etwa mit Sarabanda oder Mama Chola oder wie sie immer hießen, die *Palo*-Götter, sondern mit Elegguá beraten, nun, da der Kontakt zu ihm hergestellt. Indem er Broschkus' Schalen neben die Eingangstür schob, dorthin, wo ihr zukünftiger Platz zu sein hatte, reinigte er sich ausführlich die Stimme: Elegguá und kein andrer sei der Herr der Zukunft.

Auch über deren dunkle Aspekte?

Über die sogar in erster Linie! riß Ernesto wieder das Wort an sich, laut und pathetisch: Ob Broschkus glaube, daß man das Dunkle allein mit dem Dunklen zu bändigen vermöge? »Dir schenke ich mein Herz, nur für den Fall, daß du mal eines brauchen –«

»*¡Sssss!*« brachte man ihn zum Schweigen, so betrunken hatte man ihn noch nie erlebt. Zum Abschied umarmten sie sich, der arg schwankende *santero* und sein nicht minder schwankender Sohn:

»Jetzt darfst du auch meine Ketten berühren, wenn du willst, jetzt sind wir eine Familie.«

Fast hätte sie ihm Broschkus vom Hals gerissen, nachdem er vor die Tür getreten, die sternenlos kühle Nacht einsaugend, und sich gleich irgendwo festhalten mußte: »Dunkel wie im Negerarsch, was, Ernesto?« So ganz stringent standen ihm Worte und Gedanken nicht mehr zur Verfügung, er mußte sich sehr zusammenreißen, um seine Frage überhaupt in verständliche Form zu bringen: »Ich meine, hast du nicht gesagt, wir beide, du und ich, wir würden, wie alle andern auch, wir würden – das Dunkle in uns tragen? Wer von uns beiden, du oder ich, ist dann der Dunklere?«

Das Böse, hob Ernesto mit der Klarheit des Volltrunknen an, auf seinen Schirm gestützt, den Blick über die Dächer des Lokkenwicklerareals gerichtet: Das vollendet Böse komme nicht zur Mitternacht, gehörnt oder mit Pferdefuß, es komme im Gewand des Guten, gebe sich hell und leicht. »Du wirst's nicht erkennen, *sir*, bis es Besitz ergriffen hat von deiner Seele, deinem Körper, bis es nichts weniger ist als du selbst!« Die berauschte Predigt eines echten oder falschen mächtigen Mannes, zu nachtschlafender Zeit den leeren Hinterhöfen verkündet – Oscar versuchte vergeblich, Ernesto zur Mäßigung zu bewegen: »Das Böse, mein Sohn, das ist bis zum Moment seiner Offenbarung nichts andres als das Gute.«

Womit bewiesen wäre, lachte Oscar gequält und schob die benommen torkelnde Fina treppab: Womit bewiesen wäre, daß Broschkus zwar der Dunklere, Ernesto aber der Bösere von ihnen beiden sei. *¡Adelante!* »Und kein *chikichiki,* auch nicht mit dir selber, versprochen?«

Die verbleibenden drei Wochen schwankte Broschkus von einem Glauben zum nächsten, als hätte seine jahrzehntelange religiöse Abstinenz ein übergroßes Bedürfnis nach Jenseitigem erzeugt: Stets die Rettung von dem erhoffend, was ihm mit seiner Zauberkraft gerade nicht oder nicht mehr oder noch nicht zu Gebote stand, hetzten ihn die Hoffnungen von den Kriegern zum Knochenkessel, vom Knochenkessel zum gekreuzigten Christus und zurück zur Weihung als *santero,* die Ernesto erneut ins Spiel gebracht: Nach wie vor wäre's dafür ja nicht zu spät gewesen! Wie aber, wenn Cuqui ebenfalls von einer Weihung sprechen würde, einer Weihung zum *Palero?* Ob das stärker war, einen größeren Schutz versprach vor dem, der in der Schwarzen Kapelle auf die weiße Haut wartete? Oder konnte man Dunkles eben doch nicht nur mit Dunklem bekämpfen, wie's das *Palo* nahelegte, sondern auch mit Hellem, mit all dem, was die *Santería* versprach? Oder, oder, oder war diese gar nicht so hell, wie Ernesto neuerdings immer tat?

Ausweglose Grübeleien mit und ohne Deckenventilator. Am liebsten hätte Broschkus, je näher der Termin seiner dritten Prüfung rückte, einen *bokor* oder eine *mambo* zu Rate gezogen (denn Luisitos Voodoo-Devotionalien schienen ihm allzu dilettantisch eingesetzt); erwog ernsthaft, ob in einem Zungenbild, aus dem das Blut tropfte, vielleicht der stärkste Schutz schlummern mochte, in einem Ochsenauge, einem vollgepinkelten Zettel. Wie auch immer, er wollte's hinter sich bringen, was rational nicht mehr zu erklären noch zu entscheiden war, wollte wieder frei sein, zu denken und zu tun, was ihm beliebte, ihm selber, Broschkus.

Dir schenke ich, flüsterte er, und wenn er sich nicht rechtzeitig auf die Zunge biß, betete er den gesamten Text des Briefes herunter, kein Wort hatte er vergessen können. Roch er dann am Zehnpesoschein, dem die letzte feine Spur des *Palo* anhaftete, drängte's ihn, aufzubrechen, wohin immer. Dabei ging's in diesen letzten drei Wochen ohnehin Schlag auf Schlag. Als er am Montag abend dem Koch des »Balcón« mitteilte, er habe die notwendigen Knochen besorgt, bekundete der seine Zufriedenheit: Auch er habe das Seine getan. Wie's mit morgen nachmittag aussehe?

Das sagte er so locker, als ob's um Besorgung einer achten Erde ging, nicht um Erweckung eines Toten zum willfährigen Diener des Kessels. Und das am selben Tag, da sich Broschkus zum ersten Mal vor den Kriegern abgekniet hatte. Vor seinen eignen Kriegern.

Vereinbarungsgemäß war am Morgen,
keineswegs gezeichnet vom Vorabend, Oscar aufgetaucht, Reinigung und Montagsgebet gemeinsam mit ihm vorzunehmen, schon vom Hof ein übertriebnes Schmatzen in Richtung Broschkus ablassend, ein »Ja, dieser Kuß ist für dich, *amor!*« hinterherschmetternd. Sogar im Nachbargrundstück lachte man darüber. Dunkles Wetter zog sich rund um die Gran Piedra zusammen, der sechste Tag ohne Regen, die Menschen schrien sich laufend an – »Hol Wasser!« »Wann holst du endlich Wasser?« »Verdammt, wer holt jetzt Wasser?« , auf den Straßen zerfiel die Hundescheiße im Handumdrehen zu Staub. *Ahora*, ein Glas frisches Wasser!

»*Maferefum Olofi maferefum Obatalá* …«

Nach dem abschließenden »*To iban echo*« wurde gereinigt und eingebuttert – in der Casa el Tivolí gab's nach wie vor so reichlich Wasser, daß man aufpassen mußte, nicht sämtliche Blutflekken abzuwaschen –, dann wurde geprustet und geräuchert. Als Broschkus seine Zigarre nicht richtig entzünden konnte, meinte

Oscar, sein Stern sei aus dem Gleichgewicht geraten, er müsse sich sieben Mal um die eigne Achse drehen; und in der Tat, Broschkus wollte's zwar nicht wahrhaben, brannte die Zigarre anschließend tadellos. Freilich gelang ihm das Beschmauchen der Schalen nie so perfekt, wie's Oscar vorgemacht, sei's, daß der Rauch nur spärlich aus dem Mundstück des Stumpens austrat, sei's, daß er keineswegs mystisch um den Betonschädel Elegguás herumkreiste, sei's, daß sich Broschkus schlichtweg die Zunge an der Glut verbrannte. Am Ende der Zeremonie war er selbst ziemlich benebelt.

Oscar, nachdem er seine eignen Krieger verpackt, stellte Broschkus' Bleihahn aufs oberste Brett des Küchenregals, über die *Cristal*-Torte, auf daß er nicht stürze. Übrigens müsse man testamentarisch festlegen, daß man Osun mit ins Grab gelegt bekomme, sonst könne man nicht zur Ruhe finden, der Hahn nicht und sein Besitzer erst recht nicht. Zufrieden saßen sie beide, in den Anblick der neuen Krieger vertieft, anscheinend fand sie Oscar weit schöner als die eignen, die durchs viele Blut ganz dunkel und abgenutzt wirkten.

Warum Ernesto die Rituale nicht selber vornehme? fragte ihn Broschkus, warum er derlei stets von jemand anderm erledigen lasse?

Weil er ein großer Mann sei, für den jeder stolz sein dürfe zu arbeiten, deshalb!

Großer Mann, gut. Größer und mächtiger auch als Cuqui?

Über den könne er sich kein Urteil erlauben, wurde Oscar leicht verlegen, senkte dann entschlossen die Stimme: Ein feiner Kerl, gewiß. Aber eins stehe fest. Vom christlichen Berg sei er nicht, sonst würde er nicht so gut wissen, was für Broschkus zu tun jetzt geboten. Oh-oh, *amor*, das sei kein gewöhnlicher *palero*.

Anscheinend hatte ihn Ernesto in sämtliche Einzelheiten eingeweiht, wie sonst hätte Oscar beurteilen können, was »geboten« war? Was auch immer! gestand Broschkus, vom Bedürfnis erfaßt, sich mitzuteilen: am liebsten würde er's auf der Stelle tun. Doch am allerliebsten überhaupt nicht. Das einzige, was er in dieser Stadt im Grunde gewollt, sei eine Frau. Sei: ein halbwegs unanständiges Leben mit ihr zu führen. Und nicht etwa: dieses und jenes zu tun, um am Ende – sofern er Glück habe! – mit dem Schrecken davonzukommen.

Das verstand Oscar.

Das verstand Oscar erstaunlich gut. Aber ob das nur eine Sache des Glücks sei und des Schreckens?

»Sie trägt das Kreuz in der Zunge«,
meinte er verächtlich, nachdem er Broschkus eine Pause gewährt, in der er seinen Illusionen nachhängen konnte: »Sie ist des Teufels.«

¡Mentira! protestierte ihr ehemaliger *papi*: Er verbürge sich dafür, daß Ilianas Zungenspitze vollkommen normal gewesen – alles andre seien bloße Gerüchte, der reinste Rufmord!

Und wenn's so wäre, blieb Oscar hart, so träfe's keine Falsche. Eine Zeitlang habe sie bei ihm als Tänzerin gearbeitet, die Touristen hingegen hätten eher Angst vor ihr gehabt, als daß sie's genossen, wie sie am Höhepunkt der Aufführung in einen Holztisch gebissen und ihn hochgehoben, allein mit der Kraft ihrer Kiefer.

Das habe er doch erst kürzlich eingeführt ins Programm? erinnerte sich Broschkus: Oscar verwechsle Iliana mit einer andern!

Gewiß nicht, *amor!* belehrte ihn der *santero:* Er habe die Nummer bereits vor Jahr und Tag wieder aus dem Programm genommen. Seitdem würden sich die Tänzerinnen mit Macheten quer über die Brust schneiden, das komme besser an, man halte's für authentischer. Was allerdings diese – Person betreffe: Sie habe dem Dunklen so lang schon gedient, daß der sich in ihrem Körper richtig wohl gefühlt, fast ununterbrochen habe er sie bestiegen. Gut, daß sie fort sei!

»Aber dafür gibt's doch keinen einzigen Beweis!« begehrte Broschkus auf, einen letzten Rest dessen verspürend, was ihm ein Leben lang heilig gewesen: »Ihr reimt euch euer Urteil über andre aus lauter Vermutungen zusammen, und wär's ein Todesurteil!«

Oscar zeigte sich vollkommen unbeeindruckt, wußte die Wahrheit auf seiner Seite: »Nicht der Augenschein, der Glauben ist der Beweis. Vor allem, wenn er wirkt!«

Zum Abschied schrieb er ihm den Text des Gebets auf, schenkte ihm seine Rassel, mit der die Fürbitten zu untermalen: an jedem zukünftigen Montag. Ob in Santiago oder sonstwo.

»Wenn du wieder in Deutschland bist, *amor*«, bekannte Oscar und blickte Broschkus so unverwandt in die Augen, es war vollkommen undenkbar, daß er vor wenigen Minuten noch einen derart unbarmherzigen Standpunkt eingenommen, »dann werd' ich dich vermissen.«

»Ich werd' nicht wieder in Deutschland sein«, hörte sich Broschkus leis bekunden, »nie wieder.«

Das war das letzte Mal, daß er an Deutschland dachte; danach war's wirklich vergessen.

Unter ständigem Donnergrollen
verging die Zeit bis zum Abend, jedesmal, wenn ein Windstoß vom Gebirg herabfuhr und alle Frauen aufkreischend an die Wäscheleinen eilten, wurde's zwar eine Spur dunkler in der Welt, der erhoffte Regen blieb jedoch aus. Gelber Himmel, violette Wolken, die männlichen Vertreter der Lockenwicklerbande ließen unter anhaltendem Gelärme Drachen steigen. Im Windschatten der Ereignisse konnte Broschkus unbeobachtet seine Knochen einsammeln, konnte ungestört eins der drei Blätter für Rosalia auswählen. Waren die Schriftzüge schon eine Spur verblaßt? Würde das Kerzenwachs halten, mit dem er das zusammengefaltete Papier versiegelte? Halten, nachdem's –?

Rosalia ergriff den Zettel mit verschwörerischer Miene, kaum daß ihn Broschkus präsentiert, und ließ ihn zwischen ihren Brüsten verschwinden. Daß ihr vor gerade mal 24 Stunden der eigne Mann? Lebensgefährte? feste Freund? von der Polizei abtransportiert worden, schien sie nicht zu bekümmern, im Gegenteil, sie reagierte nicht mal mehr mit Unflätigkeiten, wenn der Esel zu schreien anhob. Papito verfeinerte, bestens gelaunt, seinen türkis glänzenden Blechhaufen, es fehlten ihm nur noch die Räder. Bald, sehr bald werde er den *doctor* bewirten können, *todo gratis, como no.*

Vereinbarungsgemäß nahm der die Knochen zum »Balcón« mit, dunkler Abendhimmel ohne jede Farbbeigabe, um sie fürs anstehende Ritual abzugeben. Dort sorgten freilich auch heute Deutsche wie Exilkubaner für Umsatz; Cuqui stand in der Küche und besummte schwarze Schweine und Fische, während sich Tyson um Herabfallendes kümmerte, der Schläge nicht achtend, die ihm Claudia mit der Kraft ihrer kleinen Fäuste versetzte. Wenn sie alle, die sie hier herumlümmelten, Dollarbiere und -mahlzeiten verzehrend, wenn sie hätten ahnen können, daß Broschkus mit einem veritablen Schädel im Rucksack soeben unter sie gefahren, mit Schienbein und weiteren Versatzstücken eines Toten, der ihm demnächst gefügig gemacht wurde, sie hätten sich voller Respekt erhoben, das Feld zu räumen.

Erst gegen elf konnte Cuqui die letzten abkassieren. Weil man Heikles zu besichtigen und zu besprechen hatte, schlug er vor, sich schräg gegenüber in sein Haus zu verfügen, dort sei man ungestört. Auch er habe das Seine getan, ob man gleich morgen nachmittag zur Tat schreiten solle, da könne er sich freimachen?

Morgen schon, morgen!

Kaum hatten sie die Gittertür des »Balcón« hinter sich geschlossen, gab's einen derartigen Donnerschlag, daß die aufschreckende Claudia fast aus dem Arm ihres Vaters gefallen wäre, wenige Sekunden später prasselte der Regen los. Daß auf der Stelle der Strom ausfiel, versteht sich, man saß eine Weile in Cuquis dunklem Wohnzimmer und sah auf die Straße, wo Kinder mit nacktem Oberkörper tanzten. Bald lief das Wasser sturzbachartig den Rinnstein hinab, allerhand Gegenständliches mit sich führend, es waren sicher keine Möbel, die dazu im Himmel gerückt wurden, nein, Bro, das klinge nach dem Brüllen von Changó, irgend etwas müsse ihn in Wut versetzt haben – »Hoffentlich nicht wir!« –, nun schleudere er seine Blitze.

Es war schön, so neben Cuqui zu sitzen und ins Unwetter hinauszusehen, auch als dessen Mutter im Nachtgewand erschien, sich rauchend zu ihnen gesellte, mit der schlafenden Claudia wieder verschwand. Im raschen Wechsel von grell flakkernder Beleuchtung und grollender Dunkelheit erkannte man im Eck neben der Haustür die Krieger, natürlich, weiter hinten einen annähernd mannshohen Kühlschrank, natürlich, an den Wänden Gemälde verschiedner Familienangehöriger. Als nach einer Weile Kerzen entzündet, Fenster verriegelt und gläserne Ziergegenstände vom Tisch geräumt waren, konnte man Knochen ausbreiten.

Gute Ware, nickte Cuqui, legte die beiden Handknochen separat von den Fußknochen. Während draußen das schwarze Wetter anhielt, las er Panchos Mitteilung, in den Lichtschein einer Kerze gebeugt:

»Dein Toter heißt Juan Maturell Paisan, merk's dir, gestorben ist er am 15. 8. '91.« »Soll ein ziemlich heftiger Kerl gewesen sein.«

Schon ließ er die Flamme ins Papier fahren, sorgte für ein erstes Geheimnis um den neuen Kessel, hielt den auflodernden Zettel, ohne zu zucken, bis er zwischen seinen Fingerspitzen verbrannt war. *Bueno.* Jetzt habe auch er etwas zu zeigen. Auf

Zehenspitzen durchschritten sie ein Zimmer voller Stockbetten, gingen über eine schmale Loggia, die zur Hälfte weggebrochen – den Rest werde sich wohl der nächste Wirbelsturm holen, Broschkus möge bitte nicht zwischen die verbliebnen Balken treten –, und kamen auf diese Weise in Cuquis eignes Zimmer: Das Familienoberhaupt residierte separat, zwei Drittel des Raumes nahm ein Doppelbett ein.

Das war's indessen nicht, was er Broschkus zu zeigen beabsichtigt; sobald er die Brettertür geschlossen, die zur Loggia führte, sah man schemenhaft im Eck dahinter: einen Altar. Vor allem aber roch man ihn.

Kaum waren auch hier Kerzen entzündet,
erkannte man den Kessel. Nicht ganz so gewaltig wie der bei Mirta, nein, wahrscheinlich nicht mal halb so groß, aber noch immer doppelt so groß wie Broschkus' Kriegerschalen zusammengenommen, mindestens doppelt so groß, schon auf den ersten Blick ernst zu nehmen: ein eiserner Kübel auf drei Füßen, wirres Gestrüpp halbmeterhoch daraus emporstrebend, ein verdorrtes Dickicht, darin verborgen manch metallisch Glänzendes. Ein Schienbein, schräg hervorragend, zur Hälfte mit schwarzem Tuch eingeschlagen. Ein Stierhorn, in dessen trübem Spiegel die Zukunft lag, das Auge-das-sieht. Und am Boden des Kessels – das Stück einer Leiche?

Dios mio, es rieche doch auch ohne beträchtlich?

Nicht mal ein Tierkadaver?

Nein, der Geruch komme vom *chamba,* wie Cuqui den Kräuterknoblauchschnaps nannte, mit dem man den Kessel morgen wieder besprühen werde, gegen die Ameisen. »Vielleicht 'nen Schluck vorab, Bro?«

Ob wenigstens Rindfleisch darin und Christenknochen?

»*¡Cojones!* Ich bin doch nicht vom jüdischen Berg!«

Zum Beweis zog Cuqui ein kleines Metallkreuz aus dem Gestrüpp hervor, eigenhändig habe er's von einem Grab abgebrochen. Nein, in seinem Kessel sei das Übliche, nunja, dazu noch dieses und jenes, über das er nicht sprechen dürfe. Nur soviel: Auch die Schnauze eines Hundes sei darunter – die könne jede Fährte aufspüren, selbst die eines Toten.

Um den Kessel herum, auf Regalbretter verteilt, eine schwarze Maria (mit einem weißen Jesuskind im Arm), allerlei Schüsseln, eine bemalte Holzmaske, ein Teller mit verrosteten Kettenteilen, einer Spielzeugpistole und einer Säge – jaja, der Teller gehöre Oggún, der Kessel ohnehin: ein Sarabanda-Kessel! –, das Ganze bewacht von zwei kleinen schwarzen Stoffpuppen, die seien »schlimm«. Als Cuqui eine der beiden schüttelte, klirrten darin verheißungsvoll Geheimnisse, das sei der Weißere der beiden, der sei noch dunkler als der andre.

Auf der Bretterwand, mit Kreide geschrieben, verschiedentlich Sprüche, *»Dios es amor«*, *»Con Dios todo sin Dios nada«*, dazu Zeichnungen von Schlüsseln, Hufeisen, Macheten, vor allem Pfeilen: geraden und gewundnen, einzelnen und solchen, die sich mit andern Pfeilen kreuzten, manche mit zwei oder mehreren Spitzen versehen. Auch auf der roten Fahne fand sich einer, die überm obersten Regalbrett aufgespannt war, ein zum Fragezeichen verbogner weißer Pfeil, dazu ein weißer fünfzackiger Stern, afrikanische Wörter – die hatte man doch schon irgendwo?

So also hausten die Geister der Toten im Hause Cuquis.

Vor ebenjenem Altar würde morgen nachmittag Saddam sterben, auf daß mit seinem Blut ein neuer Kessel zum Leben erweckt, Broschkus' Kessel. Die notwendigen Zutaten hatte Cuqui im Schrank verwahrt, aus dem er sie nun einzeln hervorholte, jedwedem eine kleine Erklärung beigebend: Geierfedern, alte Münzen, zahlreiche Äste, die verschiednen Erden, in Tüten abgepackt.

Blieb das Problem der siebten Erde, genaugenommen: der achten, die ihr beizumischen.

Das könne nachträglich noch geschehen, entschied Cuqui, letztlich handle's sich um nichts weiter als eine stärkende Beigabe. Und jetzt! zog er aus einer Plastiktasche, mit dem Stolz dessen, der einen besondern Fund getan – Broschkus' Kessel hervor? Oder doch zuerst eine kleine Metallschüssel?

Nein, das sei bereits alles.

Und der Kessel?

Cuqui deutete auf die Schüssel, sichtlich verunsichert, warum sie Broschkus nicht mit ebensolch wohlgefälligen Blicken bedachte wie er selber: Schöner Kessel.

»Das soll ein Kessel sein?« empörte sich Broschkus, das sei doch bloß ein –

¡Sssss! Mutter, Frau und Kinder schliefen nebenan, es sei schon nach Mitternacht, bitte!

Dieser – Topf! Dieser blitzblank polierte Blechnapf! Wie man ihn zur Mittags- und Abendzeit überall sah, vorzugsweise gefüllt mit Reis und schwarzen Bohnen! Höchstens doppelt so groß wie der, den Ernesto für Oggún ausgewählt hatte, das war doch kein – »Das ist doch kein *Palo*-Kessel!«

»Aber morgen, Bro, wenn das erste Blut in ihn geflossen ist, dann schon.« Auch sein eigner Kessel habe ursprünglich so schön ausgesehen. »Und was die Größe betrifft: Deiner muß ja erst noch wachsen, Bro, ein Leben lang wachsen!«

Eine Nacht lang rauschte der Regen, ehe er gegen Morgen verschwand und ein trauliches Tröpfeln zurückließ. Wie kühl die Luft war, die durchs Fenster hereindrang, man mußte aufstehen und die Jalousetten hochklappen.

Am Tag nach dem Gewitter,

Dienstag, 3. Dezember, stand fast der gesamte Salon unter Wasser. Draußen wusch man mit Eifer Wäsche, Kinder, Motorräder; erstmals seit Ocampos Tod hatte die »Cafetería El Balcón del Tivolí« wieder geöffnet. Alles darin war unverändert und an seinem Platz: das sofaartige Metallgestell, die beiden Plastikstühle, der steinerne Tresen, auf dem die Fliegen herumkrochen. Zwei nach acht zeigte die Kaffeekannenuhr, der Notenständer mit den übereinandergelegten Pappstreifen avisierte Mayonnaise- und Tortilla-Brötchen, auch *refresco*; als Broschkus jedoch bestellte, brummte einer, der an Ocampos Statt Gekröse zerschnetzelte, brummte unwirsch: Nein, heut sei kein einziges Ei aufzutreiben gewesen. Indem er den untersten der handbeschrifteten Pappstreifen aus dem Angebot zog, fielen die beiden andern auf den Boden.

Dann eben Mayonnaise-Brötchen.

Und kalten Kaffee.

Mit einem Mal fuhr auch noch die Sonne aus den Wolken
und mit Macht über die Stadt, so daß die Straßen in ihrer ganzen Länge aufschimmerten, hügelabwärts, hügelaufwärts, bis zum Bretterbudenbezirk von Chicharrones. Das Leuchten drang bis in die fahlen Falten von Broschkus' Kaffeetrinkermiene, bis in seine Augen, wo's auf stille Weise in einem Glimmen implodierte.

Daß man zukünftig wieder auf der eignen Dachterrasse frühstücken würde, in Gesellschaft von Flor, war damit entschieden.

Obwohl ihm schon am Hoftor der Ruf des Esels ans Ohr drang,
ein heiser-rhythmisches Quietschen, trat Broschkus bei Rosalia ein, seinen Entschluß gleich mitzuteilen. Als das Gestöhn des Esels schlagartig abriß und in ein Gurgeln überging, sah er im Halbdämmer der guten Stube den Schaukelstuhl, sah darin die Großmutter, die soeben angesetzt hatte auszurinnen; während sich unter ihr leise eine Lache bildete, konnte man sich an die Stirn schlagen. Bis zum großen Mittag hatte man Zeit, darüber nachzudenken, ob sich aus dem Gesang eines Esels vielleicht schon immer das Gekreisch einer Großmutter hätte heraushören lassen, einer mit letzter Kraft ihr Malheur vermeldenden Großmutter.

Beim Betreten von Cuquis Wohnung lief »Baby« von Melisa, Broschkus benutzte den Refrain sogleich, um gegen seine Erinnerungen anzusummen. Cuquis Sohn, mit den Knöcheln der geballten Rechten auf Broschkus' Rechte stoßend, *»¡Hombre!«*, stellte sich als *»750 kilo«* alias Fongi vor, hatte auch all die andern Helden der heimischen Hiphop-Szene mit ihren Hits zu bieten, Candyman, El Médico, David Molano, woraus sich eine kleine Fachsimpelei entwickeln ließ. Fongi war zwar erst vierzehn, wußte aber schon, daß er *rapuero* werden würde, *»¡750 kilo, ya!«*, obwohl ihn seine Eltern drängten, Informatik zu studieren. Naja, Eltern.

Seine Großmutter – Cuquis Mutter – servierte köstlich kaltes Limonenzuckerwasser; als sich Fongi auf die Inspektion des mitgebrachten Walkmans konzentrierte, übernahm sie kettenrauchenderweise das Gespräch: Cuqui berate sich mit Göttern, wobei er nicht gestört werden wolle; sie selber verstehe davon nichts, im übrigen sei's ihr egal. Schwer genug, das Leben! Daß man sich nicht auch noch um Jenseitiges kümmern könne, würden Götter im Zweifelsfall doch verzeihen?

Broschkus nickte eifrig, dann schüttelte er ebenso eifrig den Kopf – Cuquis Mutter lachte, verstand ihn ganz ohne Worte. Es war schön, so neben ihr auf dem flickenteppichbedeckten Sofa zu sitzen, nichts zu sagen und sich ein wenig heimelig zu fühlen: Die Blumenvase auf dem Fernseher hatte die Glasgestalt eines Schwans, darin einige der ortsüblichen Kunstblumen; im Eck ein Besen aus Palmenreisig; im entgegengesetzten Eck ein grünweißes Castrol-Faß, seit letzter Nacht wieder randvoll gefüllt mit Wasser, Fidel sei Dank. Und dahinter –

Claudia, die heute Haarklammern in Form von Schmetterlingsflügeln trug, kam grinsend hinterm Faß hervorgekrochen, wo sie sich die ganze Zeit über still verborgen, wer weiß, welch tierisches Leben sie dort vorgefunden. Zielstrebig griff sie nach Broschkus' Hand: Ob er ihr einen *caramelito* mitgebracht habe?

Claudia! Was ihr einfalle, den *doctor* anzubetteln, das zieme sich nicht für eine Dame! Cuquis Mutter – Claudias Großmutter – erzählte von den schweren Zeiten nach dem Zusammenbruch der europäischen »Bruderstaaten«, damals habe man aus Mangel an Holz die eignen Zimmertüren verfeuert, habe Insekten gegessen oder Reis mit Papier, kein Witz, *doctor*, dies Gericht habe sie erfunden, um das Hungergefühl von Sohn und Enkel zumindest vorübergehend zu vertreiben, Reis mit Papier. Von wegen *caramelito!* Weil Cuqui weiterhin in seiner Beratung festgehalten wurde, servierte sie Kaffee. Die schwersten Zeiten seien ja hoffentlich vorbei; damals habe man sich mit Alkohol waschen müssen, Seife sei selbst in der Schwarzen Tasche nicht mehr aufzutreiben gewesen, prompt habe Fongi die Krätze bekommen …

Im Regal saßen, lagen und standen: zwei Bleihähne, ein Porzellan-Collie, ein Porzellan-Pferd, ein winziger Nikolaus, handspannenhoch ein Christbaum, ein fetter Alu-Elefant, viele kleine Puppen, eine Mickymaus, ein grüngelber Stoffdelphin. Und daneben? Hing das Zungenbild, wer hätte das hier erwartet!

Oh ja, das schütze gegen –, wollte die Gastgeberin erläutern, da fiel ihr der Enkel verächtlich ins Wort: Das Bild schütze allenfalls gewisse Großmütter davor, sich in die Hose zu machen. Ansonsten sei's vollkommen wirkungslos, das Blut sei nur gemalt.

Als es in die rückwärtigen Räumlichkeiten ging –
der *doctor* möge bitte nicht zwischen die verbliebnen Balken treten –, entschuldigte sich Cuquis Mutter für den Zustand ihres Hauses, den hinteren Teil habe der Wirbelsturm arg zerzaust. Seitdem warte sie drauf, daß der Staat seine Pflicht zur Instandsetzung erfülle; freilich entstünden andernorts in Kuba laufend neue Sturmschäden, deren Beseitigung angeblich vorrangig sei.

So viele Wirbelstürme in ein paar Wochen? hielt Broschkus mitten auf der Loggia inne, zwischen den Balken schimmerte der Hang des Tivolí. Und über der Balustrade, aufs malerischste akzentuiert von Wäscheleinen, an denen aufgeschnittne Spaghettipackungen hingen und Brotkanten in Plastiktüten, schimmerte atemberaubend leer die Bucht, der Blick reichte bis weit über die Raffinerie hinaus in die Berge.

Ach, entfuhr's Broschkus, gerade schwebte silhouettenhaft schwarz ein Geier über die Dächer, nur wenige Meter entfernt: Hier zu wohnen sei gewiß schön!

Ja, Kuba sei ein schönes Land. Doch wieso »in ein paar Wochen«? nahm die Mutter den ursprünglichen Gesprächsfaden wieder auf: Der Wirbelsturm, der ihr Haus so arg in Mitleidenschaft gezogen, liege vier Jahre zurück, ein gewisser »George«; alle weiteren in den Jahren danach seien gottseidank am Tivolí vorbeigezogen. Ab und an stürze ein weiterer Balken ab, damit könne man sich arrangieren.

Aber der jüngste Sturm? setzte Broschkus nach, wollte die mittlerweile neu angepflanzten Bäume auf dem Parque Céspedes anführen, die Schneise an Verwüstungen, die er durch Chicharrones gelegt; Cuquis Mutter jedoch fiel ihm mit Verve ins Wort:

Welcher Sturm? Hier? Bei der Heiligen Jungfrau von Cobre, bloß kein Sturm, sonst flöge ihr ja noch der Rest des Hauses weg!

Broschkus kippte die Brille schief und wußte einen Moment lang nicht, was er von ihr und der ganzen Stadt zu halten hatte. Als wäre das Beweis genug, ließ er sich auf ein Zimmer hinweisen, das man seit »George« nicht mehr bewohnen könne, abgesehen vom einen oder andern Opfertier. In der Tat saß darin ein grün schillernder Hahn und schwieg.

Bei Tageslicht betrachtet,
war Cuquis Zimmer deutlich kleiner, desgleichen der Kessel; je mehr er beim genauen Hinsehen schrumpfte, desto größer wurde das, was Broschkus vor wenigen Stunden als indiskutablen Napf am liebsten zurückgewiesen hätte: sein eigner Kessel.

Der Schädel des Herrn Maturell Paisan würde problemlos hineinpassen, dazu vielleicht auch – nunja, man würde sehen.

Cuqui, barfüßig, den Oberkörper entblößt, seine schwarze Körnerkette um den Hals, hatte gründlich Zwiesprache mit den Toten gehalten, hatte den Gott seines Kübels gerufen, indem er dessen Namenszeichen mit Kreide auf den Bretterboden gezeichnet: einen schwungvollen Halbkreis, der am untern Ende spitz abknickte und als Gerade weiterlief, von Pfeilen verschiedner Größe und Flugrichtung gequert, dazu Kreuze und Kringel – aber ohne jeden Totenkopf?

Das Namenszeichen von Sarabanda, jawohl, Bro, ohne einen einzigen Totenkopf, so was habe der gar nicht nötig! Gewiß war Cuqui während seiner Unterredung an die Flasche *chamba* geraten, er wirkte noch vergnügter als sonst: Ein guter Tag sei's, um den Geist in einen Kessel fahrenzulassen, ob Broschkus einen Schluck vorab?

Diesmal konnte man nicht ablehnen, das Trinken war Teil der heiligen Handlungen. Als Gehülfe war Fongi hinter Broschkus ins Zimmer geschlüpft – ausgerechnet der? ein Halbstarker, ein Hiphopper, und nur er allein? Vollkommen ausreichend, Bro, wir wollen doch unter uns bleiben, oder? – und hatte sich sofort des T-Shirts und der Turnschuhe entledigt. Oh, sein Fongi kenne sich aus, rühmte der Vater den Sohn, der werde gewiß mal ein mächtiger Mann, *¡salud!*

Nachdem er die Tür verschlossen und einige technische Absprachen getroffen – lagen alle Zutaten auf dem roten Tuch bereit? das Ei, die Butter, drei Kerzen? –, nachdem er seine durch Bretterritzen gaffende Tochter verscheucht, konnte's –

Nein, konnte's noch nicht losgehen. Erst mußte auch Broschkus Hemd und Schuhe ausziehen, seine Kriegerketten ablegen, die Uhr aus der Tasche nehmen – letzteres störe das elektrische Potential des Opfertiers. Broschkus inhalierte tief, hatte er auf diesen Moment nicht seit Wochen? Monaten? gewartet, ohne's zu wissen vielleicht seit Jahren, ein Leben lang? Von draußen drang die Stimme der Großmutter, die auf ihre Enkelin einschimpfte; quer übers Bett, inmitten rasch zusammengeklaubter Gerätschaften, lagerte Fongi, halblaut Unverständliches skandierend; sein Vater schärfte das Messer. Und Broschkus? Broschkus! Der Schädel seines Toten schimmerte ihm betonkopffarben vom roten Tuch entgegen, daneben Schienbein, Fuß- und Handknochen, der Größe nach angeordnet, ja, das war, Teufel auch, war schön. Durch die Fugen der Bretter drang das Sonnenlicht, legte schräge Balken in die Luft, darin die Staubkörnchen tanzten, ein nachmittäglich abgedämpftes Flirren haftete sich den Dingen an, versetzt mit kleinen Geräuschen von draußen: Ohne jeden Anhauch von Beklemmung oder Atemnot verfiel Broschkus in seinen Andern Zustand, durchschwebte die kommenden Stunden, hellwach jegliche Kleinigkeit registrierend, wie in Trance.

Reihum trank man den bittren *chamba* aus der Schale einer Frucht, in der Flasche schwammen schattenrißhaft Äste und wer-weiß-was, *¡salud!* Dann wusch man damit den neuen Kessel aus, der in Broschkus' Augen mittlerweile passable Ausmaße angenommen; indem man den Alkohol entzündete – ein kurzes blaues Flackern –, wurde er in jeder dies- und jenseitigen Hinsicht sterilisiert. Cuqui ließ sich von seinem Sohn die sieben Tüten der Erden reichen, knotete sich sein rotes Tuch um die Stirn, wenigstens darauf der Totenkopf. So hockte er, vollendet glaubwürdig von Kopf bis Fuß, kürzte die 14 Äste – nein, 21 hätten es nicht werden wollen, die fehlenden könne man bei Bedarf nachrüsten –, schnitzte sie sämtlich auf eine Länge von zehn bis zwanzig Zentimeter zurecht; die Schnittstellen der Reststücke, zwecks zukünftiger Verwendung verblieben sie in seinem Fundus, beschriftete er penibel mit Kugelschreiber. Dann die erste Erde – vom Meer! –, die als heller Sand in eine untertassenförmige Schale rieselte, Cuqui gab aus einem winzigen Fläschchen ein bißchen Quecksilber dazu: Das sei das Herz des Kessels, das lebe immer.

Dazu ein Schuß Meerwasser aus einer der landesüblichen Plastikflaschen. Gut verrühren. Auf diese Weise würden die Toten übers Meer reisen.

Auf welche Weise?

Auf diese.

Höchste Zeit für die Zigarre, mit seinem Totenstock schlug Cuqui so fest auf den Boden, daß man befürchten mußte, samt Rest des Gebäudes abzustürzen: Die Vorbereitungen waren abgeschlossen. »*Nzambi arriba, Nzambi abajo, Nzambi a los cuatro vientos, salam malecum, malecum salam quiyumba congo …*«

Bevor das Kesselinnere mit Kreide bemalt wurde,
eine Art abgekürztes Sarabanda-Zeichen – Sicher, Bro, das werde ein Sarabanda-Kessel, sein Besitzer sei schließlich Oggún, nicht wahr? –, wurde Cuquis Kübel befragt, ob das Erstellen eines neuen Zaubertopfes genehm sei und ob dieser dann auch Gesundheit, Wohlstand, Wohlbefinden bringen werde. Ja, antworteten die Kokosschalen, das werde er, »stabiles Ja«. Woraufhin der Kessel eingebuttert wurde, innen wie außen:

»Er heißt Ecué Sarabanda Cabacuenda Medianoche, merk's dir.«

Wie bitte?

Jeder Kessel müsse einen Namen bekommen, wenn er stark sein solle, und das sei ein sehr schöner Name, *¡salud!*

Cuqui, weitere Nachfragen überhörend, markierte bestimmte Punkte des Sarabanda-Zeichens im Kesselinnern, indem er häufchenweise rotes Schießpulver draufschüttete. Ließ die Mischung aus Quecksilber, Meerwasser und erster Erde in ein durchsichtiges Tablettenröhrchen fließen, zur Zeit habe er nichts Passenderes zur Hand, versiegelte das Röhrchen, umwickelte's mit weißem Tuch, anschließend vielfach mit rotem Faden: Das sei das Geheimnis des Kessels, es komme zuunterst, darüber der Schädel. Aber zunächst solle Broschkus die Namen seiner Feinde auf einen Zettel schreiben.

Feinde. Angestrengt dachte Broschkus darüber nach, ob Armandito Elegguá sein Feind sei (wo er sich doch freiwillig als sein Gehülfe ausgegeben hatte), ob Mirta, der Einbeinige oder gar der Herr der Hörner als Feind in Frage käme, und ließ sich dabei von Vater und Sohn an allen unbekleideten Stellen kreuzweis mit einem rohen Ei bestreichen. Sodann wurde sein Zettel um ebenjenes Ei gewickelt und auf eine Art Stövchen gegeben, mit Spiritus begossen, angezündet. Während man zusah, wie das Ei aufbrach und sich mit dem Papier zu einer verschmorenden Masse verband, begleitete man die Vernichtung der Feinde mit Gesang und Schlägen des Totenstocks. Sein Sohn werde die Asche später auf dem Friedhof vergraben, versicherte Cuqui, nun sei's an der Zeit, Broschkus zu reinigen.

Er beprustete büschelhaft mit Blätterwerk bestückte Zweige, räucherte sie, schlug damit auf seinen magischen Kunden ein, rief der Reihe nach alle Götter an, deren Namen ihm beikamen; ehe er sich einen neuen Zweig reichen ließ, zerriß er den alten. Sein Sohn hatte anschließend die Blätter zusammenzusammeln, er selber bestrich Broschkus mit einem kräuterknoblauchschnapsgetränkten Wattebausch. Mit einem weiteren Bausch, auf den reichlich *7 potencias Africanas* gekippt; unmittelbar danach wurde die Watte verbrannt.

Noch konnte Broschkus zwar nicht als vollständig gereinigt gelten, auf seinem Rücken durfte man jedoch schon einen Blick in die Zukunft werfen, indem man ihn mit Talkpulver bestäubte und aus dem Muster Bilder und Zeichen herauslas: Cuqui entschied sich für eine Frau, *»Una muchacha muy linda, ¿entiendes?«*, sein Gehülfe bestätigte, Bei-der-komme-man-auf-seine-Kosten, Bei-der-könne-man-wählen, dann wurde Broschkus' Brust eingepudert: Viele Leute! Sehr viele Leute, bekräftigte der Sohn, was immer das für die Zukunft heißen mochte.

Nein, das Talkpulver wurde nicht einfach abgewaschen, schließlich war darin Broschkus' weiteres Schicksal festgeschrieben. Cuqui bohrte eine Kokosnuß auf, um seinen magischen

Kunden an Ort und Stelle mit Fruchtwasser zu übergießen. Während er ihm, jetzt durfte sich Broschkus wirklich als gereinigt fühlen, während er ihm Kreidekreuze auf die feuchte Haut zeichnete, die Unterschriften wichtiger Götter, klopfte sein Sohn die Kokosnuß so oft auf den Boden, bis sie in zwei Hälften zerbrach. Um von deren Rändern vier schöne Schalenstücke abzuschlagen, mit deren Hilfe Broschkus künftig selber die Toten würde befragen können.

Dabei hätte man sich fast in die Haare bekommen.

Denn eigentlich wäre dies der Moment gewesen,
da der angehende Besitzer eines Kessels seinen Namen zu erhalten hatte, seinen *Palo*-Namen, und Cuqui hatte sich auch einen ausgedacht. Kam damit freilich gar nicht erst zum Zuge, weil ihn der bepuderte und begoßne Broschkus mit den Worten Aber-er-heiße-doch-schon! unterbrach, heiße doch schon Sarabanda Mañunga Mundo Nfuiri! Der schreckliche Oggún aus der Welt der Toten!

Cuqui wollte ihm in seiner jäh losprustenden Freude zunächst die flache Hand beklatschen, Welch-ein-Witz, Fongi fiel in sein Gelächter ein. So könne Bro ja gar nicht heißen, der Name sei längst vergeben, prominent vergeben! Trotzdem weigerte sich der *cliente*, einen andern Namen zu akzeptieren. Kopfschüttelnd beschloß der *palero*, auf die Namensgebung vorläufig zu verzichten, er werde seinen *padrino* fragen, was in einem solchen Fall zu tun. Schnell den Ärger mit einem Schluck *chamba* hinabgespült, weiter!

Bevor Blut floß,
mußte jedes der Schießpulverhäufchen im Kessel mit der Zigarrenspitze zum Knallen gebracht werden, nun war auch das zweite Sarabanda-Zeichen aktiviert. Nachdem das Geheimnis mit Kerzenwachs versiegelt, wurde's auf den Kesselboden gelegt, daneben der Stumpen. Links und rechts zwei Handknochen des

Herrn Juan Maturell Paisan, das Ganze mit Gipspulver bedeckt, mit Wachs kreuzförmig beträufelt. Jetzt – der Schädel!

Der Moment, da unterm Schädel das Geheimnis verschwand, war nichts weniger als erhebend. Broschkus fragte sich, ob er träume, so unglaubwürdig kostbar erschien ihm dieser Augenblick; Cuqui hingegen verweilte keine Sekunde, ließ sich das Schienbein, dann der Reihe nach die sieben Erden zureichen und füllte den Kessel schichtweise damit auf, so daß am Ende lediglich ein münzgroßer Scheitelpunkt des Schädels unbedeckt blieb: Eh sich's Broschkus versah, kamen obenauf die drei Fußknochen. Wurden am Rand die vierzehn verschiednen Äste eingesteckt. Dazwischen fünf Geierfedern. Fertig?

Mitnichten. Nun kam erst noch die Katastrophe.

Als Cuqui die Kokosschalen befragte, ob der Kessel der christlichen Richtung angehöre – sein Sohn stand schon daneben, ein kleines Kreuz in der Hand, das er aus zwei Zweigen zusammengebunden, ein metallnes könne man später besorgen, desgleichen, nebenbei bemerkt, ein Stierhorn –, als Cuqui die Toten befragte, eher routinemäßig, die Antwort war ohnehin klar, da fielen die vier Schalen auf »Wahrscheinlich-Nein«, die Nachfrage beschieden sie sogar mit einem »Nein-Sehr-schlecht«.

Broschkus wußte die Würfe mittlerweile leidlich zu lesen, man brauchte ihm nichts zu übersetzen. Aber begreifen konnte er's nicht, warum die Toten so und nicht anders entschieden hatten: Der Kessel gehörte zur jüdischen Richtung.

»Trotzdem bist du mein Bruder«,

rang Cuqui nach einer Fassung, »und bleibst mein Bruder. Wer weiß, ob du auf diese Weise nicht sogar noch stärker wirst als mit uns.«

Fongi zerdrückte das Kreuz zwischen seinen Fingern, indem er die Hand langsam zur Faust ballte. Verwirrt reichte er seinem Vater, was zu reichen war, die alten Münzen, ein Stückchen Blei, einen Ochsenknochen; Cuqui schob alles in die Erde des Kessels hinein, er war nicht ganz bei der Sache. Darüber dann der Rest des Kokoswassers, das erfrische ihn. Wen? Ihn! Und nun das Blut!

Broschkus, er wußte nicht mehr recht, ob er noch euphorisch war oder bereits am Boden zerstört. Ohnehin passierte alles ohne sein Zutun, wahrscheinlich träumte er wirklich.

Um den Kessel endgültig mit Leben zu füllen,
sollte nichts weiter als Saddam geopfert werden, eine kleine Enttäuschung für Broschkus, der darauf gehofft hatte, daß auch etwas Exotisches sein Leben würde lassen müssen, ein Skorpion, eine Eidechse, ein Uhu. Wenigstens war der Hahn doppelt so groß wie diejenigen, die Oscar im Namen der *Santería* getötet, ein Prachtexemplar noch immer. Man hatte ihm Kopf und Füße gewaschen; nun ließ ihn Cuqui hereinreichen, stellte ihn neben dem Sarabanda-Zeichen auf dem Fußboden ab. Wo er folgsam stehenblieb, ein alter Herr wahrscheinlich schon, schweigsam, schillernd, auf einem Auge blind.

Ergriffen und der Länge nach auf das Kreidezeichen gepreßt – der Körper wurde ihm von Cuquis Linker, der Kopf von der Rechten zu Boden gedrückt –, ließ er keinen Laut der Klage vernehmen, im Gegenteil: Als Cuqui die Hände nach einigen Augenblicken vorsichtig zurückzog, war Saddam eingeschlafen – kein einziges Zauberwort war gefallen, gewirkt hatte ausschließlich das Kreidezeichen! Saddam lag und rührte sich nicht, andächtig beschwiegen vom *palero*, seinem Gehülfen und, vor allem, vom magischen Kunden.

»Dochdoch, Bro, der träumt jetzt so fest, daß er erst wieder im Jenseits aufwacht.«

Vollkommen schlaff hing Saddam einige Sekunden später –
würde er auch ohne Sarabandas Zeichen in solch tiefen Schlaf gesunken sein? –, hing in Cuquis Arm, öffnete nur kurz das

Auge, als der anhob, ihm das Halsgefieder zu rupfen, und als er ihm das Messer durch den Schlund schob, hatte er's schon wieder geschlossen. Erst nachdem ihm der Kopf vollkommen abgeschnitten war, krähte Saddam ein paarmal machtvoll auf, wie man's von ihm kannte, und das, obwohl bereits sein Blut in die Kessel floß: zunächst in den alten, dann in den neuen. Wie's duftete, das Blut! Broschkus stand mit geweiteten Nüstern daneben, auf der Zunge verspürte er den metallnen Geschmack nach mehr. Ließ sich willig mit dem Halsende am Oberkörper bestreichen, an Armen und Händen, bis er vollkommen blutverschmiert war. Ein paar Schwanzfedern wurden zwischen die Äste gesteckt, der Kopf des Hahns kam auf das wenige zu liegen, was von Herrn Juan Maturell Paisan kreisrund aus der Erde ragte.

Jetzt lebte er, der Kessel. Und mit ihm der Tote. Man konnte ihn, übern abgewinkelten Arm, dreimal mit *chamba* besprühen, anschließend beschmauchen. Ihn? Ihn!

Beim abschließenden Kokosschalenorakel
reagierten die Toten indes erneut auf jeden Wurf mit »Nein«, Cuqui formulierte die Frage um und um, es nützte nichts. Woraufhin eine längere Unterredung zwischen Vater und Sohn erfolgte, ein letzter Versuch, mittels neu formulierter Nachfrage zu einer andern Antwort zu gelangen. Vergeblich.

Dochdoch, das Opfer sei angenommen, fügte sich Cuqui schließlich den Verstorbnen, Saddam zum Rupfen nach draußen reichend: Das Problem sei vielmehr, daß dies nicht reiche. Bei weitem nicht reiche, um Broschkus vom Fluch zu befreien, der auf ihm laste, man werde in den nächsten Tagen versuchen, von den Göttern Genaueres zu erfahren. Die Toten jedenfalls hätten drauf bestanden, daß der Kessel nicht genüge: Wolle Broschkus den vollen Schutz des *Palo* erhalten, müsse er zum *palero* werden, müsse –

»Ich werde –?« entsetzte sich Broschkus so laut, daß ihn Cuqui ermahnen mußte, es gebe Nachbarn, die nicht alles zu wissen brauchten: »Auch in die –, in die – Zungenspitze?«

Nein, winkte Cuqui eher ärgerlich ab, das behaupteten bloß diejenigen, die keine Ahnung vom *Palo* hätten. Es gebe genug andre schöne Körperstellen, Broschkus solle sich überraschen lassen.

»Ich werde selber ein –?« zischte Broschkus noch immer viel zu laut, jetzt träumte er endgültig: »Ich werde – einer von euch?«

»Bro, so eine Ritzung, das sind nicht nur ein paar schnelle Schnitte mit dem Messer«, wiegelte Cuqui ab, von draußen wurden ihm die Hoden des Hahns hereingereicht, die er beiläufig in Herrn Maturell Paisans Kessel gleiten ließ: Normalerweise werde man erst nach einem Jahr Probezeit geritzt, es sei ein ziemlicher Einschnitt im Leben. Aber gut, darüber müsse der *tata* befinden, im vorliegenden Fall herrsche ja ein gewisser Termindruck. »Und du sollst auch nicht zum Vergnügen geritzt werden, Bro, sondern um dein Leben zu retten.«

Im Verlauf der Mahlzeit,
man nahm sie auf Schilfmatten ein, die man über die Steinfliesen des Wohnzimmers gelegt, konzentrierte sich Broschkus drauf, halbgaren Saddam an Süßkartoffeln für ein schmackhaftes Gericht zu halten. Sollte er sich über den Beschluß der Toten freuen? Oder lieber aufwachen, seine restlichen Habseligkeiten zusammenraffen und schleunigst verschwinden aus dieser unseligen Angelegenheit? Wenn er nur hätte erwachen können!

Cuquis Mutter schwieg, Cuquis Sohn summte, Cuqui selbst versuchte, sein Entsetzen über die Entscheidungen der Toten nachträglich abzuschwächen: Erst die Ritzung bestimme darüber, welcher Richtung man angehöre, bislang habe sich ja bloß der Kessel entschieden, wahrscheinlich Herr Paisan persönlich, man werde sich erkundigen, ob er zu Lebzeiten dem jüdischen Berg gedient.

Ob er in jedem Fall ein Sohn Oggúns bleibe? schoß es Broschkus in den Sinn.

Aber natürlich, wußte sogar Fongi, das sei doch kein Widerspruch! Sein Vater, zum Beispiel, trage nicht nur die schwarze Kette, sondern auch diejenigen verschiedner *santos*, ganz nach Lust und Laune: Die Heiligen und die Toten, die würden sich mögen.

Das Wohnzimmer, im Licht der Neonröhre ein blaugrün schimmernder Ort, sofern die Wandfarbe nicht abgefallen, vor den Kriegerschalen die beiden Hälften der Kokosnuß, randvoll gefüllt mit Honig. Davor tummelte sich Claudia. Nachdem sie in stiller Gründlichkeit eine Biene zerdrückt hatte, posierte sie so lang auf Stöckelschuhen, ihren kleinen Hintern in aller Selbstverliebtheit schwenkend, bis ihr jeder versichert hatte, wie sexy sie sei. Broschkus kippte weder Brille schief noch Kopf; zu wissen, ob er im Verlauf des Essens endlich aufgewacht oder erst eingeschlafen war, änderte nichts mehr. Statt *chamba* trank man mittlerweile wenigstens weißen Rum, *¡salud!*

Bereits in dieser Nacht bekam er Besuch von einem Toten,
was heißt, von einem Toten, von seinem eignen Toten! Plötzlich stand er vor dem Spiegel, umgeben von einem sehr grundsätzlichen Schweigen: ein Mann mittleren Alters, trotz des Schienbeins, das er in Winden hielt, gar nicht so furchterregend, aber mit Augen, deren Blick man schier nicht ertrug, so stechend war er und gleichzeitig so leer – hatte man den nicht schon früher? Da kam der Tote bereits näher, beugte sich über Broschkus, der mit einem Mal den Kopf eines Hahns zwischen den Zähnen festzuhalten hatte, zum Schweigen verdammt, wollte er nicht an seinem eignen Schrei ersticken: Warum er ihm die achte Erde vorenthalten, ob er ihn darum betrügen wolle? Ausgerechnet die stärkste aller Erden, sie müsse umgehend in den Kessel gelangen, sonst werde er statt dessen seinen Herrn hineinbringen. Dabei schlug der Tote mit dem Schienbein auf Broschkus'

Brustkorb, daß dem der Atem wegblieb, er werde ihn zertrümmern, wenn er die Abmachungen nicht einhalte! Broschkus konnte zwar keinen Ton hervorbringen, trotzdem wußte der Tote aus seinem Gestöhn eine Art Entschuldigung herauszuhören: Woher? verhöhnte er ihn umgehend: Woher er die fehlende Erde zu nehmen habe? Ja woher wohl? hämmerte er ihm auf den Brustkorb: Darüber solle sein Herr gefälligst selber nachdenken, schließlich sei er nicht freiwillig hierher zurückgekommen, die achte Erde habe sich ihm an die Sohlen geheftet und dafür gesorgt, daß –

Mitten im Satz konnte sich Broschkus freimachen; den Hahnenkopf von sich spuckend, fand er sich schwer atmend in seinem Bett wieder, auch Feliberto war erschrocken hochgefahren: Es dauerte eine Weile, bis man den alten Herrn beruhigt hatte. Als man aufstand, das naßgeschwitzte T-Shirt zu wechseln, nutzte Feliberto die Gelegenheit und verschwand, wahrscheinlich waren nebenan freundlichere Geister unterwegs. Minuten später herrschte solch vollendeter, solch atemberaubender Frieden, daß man aus dem Garten die klagende Stimme eines kleinen Vogels vernehmen konnte.

Oder war Broschkus schon wieder eingeschlafen?

Daß ihn ein anhaltendes Klopfen geweckt,
daß Oscar auf ihn eingeredet hatte, er wolle ihm etwas zeigen, etwas sehr Schönes zeigen, warum er denn so begriffsstutzig sei, zugegeben, *amor,* es sei zwar spät, doch die Termine der Heiligen ließen sich nicht verschieben: das hatte er mit Sicherheit geträumt.

Heute feiere man Changós Namenstag? Geburtstag? erklärte Oscar, als sie stadtauswärts durch menschenleere Straßen liefen, zur Mitternacht beginne man überall im Lande, ihn zu ehren. Jenseits der Trocha hangelten sie sich durch diverse lichtlose, zum Teil vom gestrigen Gewitter überschwemmte Hinterhöfe: bis sie sich in einer strahlend erleuchteten Bruchbude wiederfanden, die mit Palmzweigen, Sonnenblumen, Obstschalen komplett zu Ehren Changós dekoriert war. Auf einem mannshohen Piedestal eine rote Schüssel, der gesamte Sockel mit rotem Tuch umschlagen, davor Changós rot-weiße Doppelaxt, eine kleine Metallglocke, Porzellanputten, Blumen, Obst, aber auch Geldscheine, Salz, eine Zigarre über einem Glas Rum: Das! habe Broschkus unbedingt mit eignen Augen sehen sollen, flüsterte Oscar, verstummte gleich wieder, um mit der Intensität seines Schweigens auszudrücken, wie gelungen er das ganze Arrangement finde. Als habe der Bewohner des Raumes, ein relativ junger *santero* (»Er ist Changó!«), nur auf ihrer beider Erscheinen gewartet, nickte er ihnen wortlos zu, entzündete eine weitere Kerze, warf die Kokosschalen. Schon legten sich alle drei flach auf den Boden, standen auf, murmelten, legten sich erneut, standen auf…

Ohne das Gebet zu unterbrechen, trat Oscar vor die Tür, um sich zu übergeben, kam gleichermaßen singend und grinsend zurück: Die Heiligen hätten ihm eine innere Reinigung angedeihen lassen, ein gutes Zeichen. Kurz drückte er Zeigefinger und Daumen an die Nasenwurzel, das helfe immer. Irgendwann schwenkten sie eine Flasche Bier, um ihren Inhalt in mäßig hohem Bogen vor dem Altar zu verschäumen: Es ging auch mal ganz ohne Blut! Zum Abschied schüttelte der Changó-*santero* in langanhaltender Herzlichkeit Broschkus' Hand: *»¿Teutón?«* Sie hatten bis dahin kein einziges persönliches Wort gewechselt, kein einziges Mal miteinander gelacht und nichts getrunken; trotzdem wählte er eine der kleinen Puppen aus dem Nippes-Ensemble zu Füßen des Altars, sie dem scheidenden Gast in die Hand zu drücken: »Ein kleiner Wächter, er wird dich beschützen!«

Broschkus, beseelt von einem stillen Glück, schwebte er Seit' an Seit' mit Oscar durch die Hinterhöfe, durch Straßen, in denen nur ab und an ein Parkwächter auf einem Klappstuhl döste, schon lag er wieder im Bett, nun endlich in einen traumlosen Schlaf fallend.

Beim Servieren des Frühstücks trat Flor unvermittelt an ihn heran, durchaus mit besorgter, nachgerade ängstlicher Miene: Zwei Nächte habe er nun geschlafen und den Tag dazwischen, über dreißig Stunden, nicht mal mit der verhaßten Klingel habe man ihn wecken können, ob ihm etwas fehle? Nachdem sie mehrfach beteuert hatte, daß heut *wirklich* schon der 5. Dezember sei, fügte sie, noch besorgter, noch ängstlicher an: Ob er den Vogel gehört habe?

Welchen Vogel? war Broschkus in völlig andern Gedanken befangen, immerhin hatte er in seinem Salon eine kleine schwarze Puppe gefunden, in der's vertraut klimperte, wenn man sie schüttelte – ein Geschenk, soweit er sich erinnerte, doch eigentlich nur eines, das er im Traum erhalten? Wie bitte? Ein singender Vogel mitten in der Nacht? Nein, Flor, den habe er nicht gehört, warum?

Ay Bro! Das sei der Totenvogel gewesen, man erkenne ihn an seiner Stimme, die sei so – voller Kummer.

»Aber warum sollte ein Vogel Kummer haben?«

»Weil demnächst jemand stirbt«, wurde Flor dringlicher: Der Totenvogel, der täusche sich nicht, der wisse Bescheid.

Ach, Aberglauben, winkte Broschkus ab: Ob auch Papito den Vogel gehört habe oder Rosalia?

Nein, die nicht. Aber man höre den Vogel ja bloß dann, wenn bald jemand sterbe, den man besonders gern habe! Andernfalls müßte man – sie hielt inne, es standen ihr zwei kleine Tränen in den Augen. Während sie sich schnell abwandte und die Leiter hinabrannte, fragte sich Broschkus, ob er auch diese Szene geträumt hatte. Man wurde wirklich langsam verrückt! Und in der Tat, als er sich übers Geländer beugte, um die davoneilende Flor noch im Hof zu sehen, lag dort breitbeinig nur Papito unter seinem Blechkasten, ein gleichmäßig zufriednes Hämmern erzeugend.

Von Cuquis Mutter wurde Broschkus gescholten,
warum er jetzt erst komme, seinen Kessel abzuholen, gestern habe man den ganzen Tag auf ihn gewartet. Sie bewirtete ihn mit gezuckertem Limoneneiswasser, anscheinend eine Spezialität des Hauses, entschuldigte ihren Sohn, der noch mit der Morgentoilette beschäftigt sei. Ob die Herrschaften vorgestern ein wenig viel getrunken hätten? fragte sie so charmant, daß Broschkus gern mit dem Kopf nickte, um ihn dann ebenso eifrig zu schütteln – sie lachte, verstand ihn ganz ohne Worte. Es war schön, hier zu sitzen, und von seinem Traum zu erzählen, als Cuqui erschienen, war eine Selbstverständlichkeit.

¡Pinga! entfuhr's Fongi.

Bei der Heiligen Jungfrau von Cobre! bekreuzigte sich seine Großmutter, entfachte schnell eine neue Zigarette.

Heftiger Antrittsbesuch, nickte Cuqui, keine Frage. Aber im Grunde könne's Broschkus ja bloß nützen, wenn Herr Maturell Paisan einen energischen Charakter an den Tag lege: Sei er erst einmal zufriedengestellt, werde er gewiß mit gleicher Intensität die auferlegten Arbeiten ausführen.

Blieb das Problem der achten Erde, die man nun schleunigst beizubringen hatte, ohne daß man wußte, woher.

»Wenn sie's ist, die sich an deine Sohlen geheftet und dich hierher zurückgebracht hat«, griff Cuqui die Worte des Toten auf, »dann mußt du dich nur erinnern, warum du –«

»Wegen dieser *muchacha!*« unterbrach ihn seine Mutter, anscheinend bestens informiert: »Zurückgekommen ist er wegen der kleinen *mulata*, die ihm den Kopf verdreht hat.«

Da wußte Broschkus, wo er die achte Erde zu holen.

Daß der Kessel stinke,
dürfe er nie wieder sagen, nicht mal denken, instruierte ihn Cuqui, als sie Saddams Kopf und Hoden aus dem neuen Zaubertopf herausgenommen: Er beleidige damit Götter wie Verstorbne, schließlich sei's ihre Nahrung, die den Geruch erzeuge.

Nachdem sie beide ausgiebig geprustet und geräuchert hatten, schrieb er Broschkus das Gebet ab, mit dem er zukünftig jede heilige Handlung einzuleiten *(Nzambi arriba, Nzambi abajo…)*, schärfte ihm ein, den Kessel vor Fremden zu schützen, insbesondre vor Frauen, am meisten vor jenen, die gerade ihre Tage hätten: Wehe, sie würden ihn berühren! »Und wenn du gestorben bist, Bro, muß der Topf eingegraben werden mit seinen sämtlichen Zutaten, merk's dir!« »Oder du vermachst ihn an jemand, der damit umgehen kann.«

Da sie jetzt Brüder seien, bestimmte Broschkus kurzerhand, vermache er ihn hiermit an Cuqui. Dann warf er Saddams Kopf den Hang hinab und sagte dazu vorschriftsgemäß: »So wie der Kopf des Hahns rollt, sollen auch die Köpfe meiner Feinde rollen.«

Das freute seinen Bruder, freute ihn sehr: Nun werde alles gut, kein Problem! Bei nächster Gelegenheit wolle er das Gespräch mit dem *tata* suchen, ein paar Tage Zeit bis zu Broschkus' Abreise hätten sie ja noch. Man höre, die Fahrt solle im Wagen von Señor Planas stattfinden? Ob Ramón der geeignete Mann sei, um –

Das sei er nicht, unterbrach Broschkus: Schon sein Gestank! beleidige Lebende wie Tote. Und *santos* übrigens nicht minder.

Berauscht vom Duft seines Kessels,
den er auf der Kommode hinterm Christbaum aufgestellt hatte, zwischen Wächterpuppe und Marienstatue, so daß man ihn vom Salon aus nicht sehen konnte, berauscht auch vom Gefühl, seinem Ziel in greifbare Nähe gerückt zu sein, ging Broschkus am Abend dieses schönen Tages die achte Erde besorgen.

»*¡Coño!* Daß du dich mal wieder blicken läßt!« begrüßte ihn Tomás am Fuß der Treppe, zog ihn etwas beiseite, um ihm anstelle eines Eintrittsgeldes Aufmerksamkeit abzufordern, klagte sein Leid über eine Österreicherin, mit der er seit einigen Tagen zusammen, sozusagen »fest« zusammen sei, obwohl er natürlich regelmäßig auch mit andern – »Verdammt, sie tut so, als ob sie's nicht mitkriegt! Als ob's jetzt immer so weitergeht!« Ihm selber seien die Hände gebunden, in einer Beziehung dürfe der Mann ja nicht einfach …

Wenige Meter von der »Casona« entfernt war ein Touristenbus mit laufendem Motor geparkt, auf daß der Innenraum für die Rückfahrt gekühlt blieb. Tomás hob den Kopf, bemerkte das Flackernde in Broschkus' Blick, beeilte sich, gezielt um Rat zu fragen: Ob's in Europa nicht die Frau sei, die eine Beziehung beende? zu beenden habe?

Broschkus hob die Augenbrauen, mit Gleichmut die Blechfanfaren registrierend, die ihm auch heute entgegenfuhren, und entschuldigte sich, Angelegenheiten.

Das verstand Tomás.

Das verstand er sogar sehr gut, wiewohl falsch: »*¡Hombre!* Aber bitte nicht wieder eine, die schon mit jedem hier *chikichiki* gemacht hat, ja?«

Mit Ramón über den Stretch-Lada zu verhandeln
war gar nicht so einfach: Es herrschte Hochbetrieb, eine Unzahl an Urlauberinnen stand zur Disposition, Ramón hatte alle Hände voll zu tun. Mitunter sah man im Gewühl seine rosa Schuhsohlen aufleuchten, Jesús schüttelte den Kopf, ob Broschkus etwa wetten wolle? Als Ramón an der Theke auftauchte, drei Mojitos zu bestellen, konnte ihn Broschkus von der Seite gerade mal mit einem Schwieriger-Abend-was? angehen, Wollen-sie-wieder-alle-deine-Seele?

Er sei ein Stier, ließ Ramón im Abdrehen kurz wissen, er komme locker mit dreien klar.

Es half nichts, Broschkus würde zuwarten müssen, zumindest bis sich die *Cumbancheros* zu einer langsamen Nummer entschlossen hatten. Auf der Suche nach achter Erde strich er vom Haupt- in den Nebenraum, den Rückraum, den Hinterhof, wo sich der Geruch nach Hühnerschenkel und toter Katze deutlich verdichtete, schwadenweise auch nach Fritieröl und schwerem Parfum, ein feiner Faden Urin zog sich zur Toilette. So viele Menschen, so viel Musik! Und so wenig Erde.

Broschkus erforschte den schlauchartig sich verjüngenden Hinterhof der »Casona« bis an sein Ende, wo er sich noch einmal weitete, wo eine dicke Negerin im Abendkleid das Cello strich und dazu sang, ein überraschendes Alternativprogramm. Die Zuhörer saßen eng an eng wie immer, auf Bänken unter Bäumen, und achteten des Gesangs so gering wie möglich. Unter Bäumen? Na also! Weil jeder Platz besetzt war, konnte sich Broschkus zwanglos auf den Boden ablassen, gegen einen der Stämme lehnen und die Augen schließen, als lausche er der Musik. Wie von selbst gruben sich seine Hände ins Erdreich zwischen den Wurzeln, einzig die Sängerin beobachtete ihn, der sich ungeniert nun die Taschen vollstopfte, doch sie konnte ihr Lied ja nicht unterbrechen. Einen Teil der Erde würde man gleich heut abend in den Kessel geben, Herrn Paisan zu besänftigen, mochte Cuqui mit dem Rest gern ein passendes Ritual bestücken.

Daß Ramón eine Stunde später so hartnäckig ablehnte,
konnte Broschkus' Wohlgestimmtheit nicht trüben: Wenn Señor Planas seinen Wagen tatsächlich nur mit Chauffeur vermiete, aus Prinzip, so würde sich der Chauffeur vielleicht bereit erklären, gegen einen gewissen Betrag am Stadtrand auszusteigen?

Ausgeschlossen, Onkel! ergriff Ramón die zwei Mojitos, die ihm von Jesús mit Billigrum gemixt: Falls das der Señor Planas mitbekäme! Und als Fahrer ausgerechnet Ernesto, von dem man nicht mal wisse, wo er eigentlich wohne! Dann sei einer wie Ramón nicht nur seinen Job los, dann wandere er gewiß gleich nach Boniato, »der schönen Aussicht wegen«!

In diesem Moment ging das Gezeter los. Praktischerweise hatten die *Cumbancheros* eine Pause eingelegt, damit der blinde

Sänger mit seiner Schiebermütze Zuwendungen eintreiben konnte, man bekam also jedes Wort mit.

Eine Blondine,
die soeben die »Casona« betreten hatte, erhob noch auf der Schwelle ein Geschrei, Wo-sich-dieser-verdammte-Goldkettchenneger-versteckt-halte, dieser-Sarottimohr, und zwar auf deutsch wie auf spanisch. Mit groben Griffen sich durch die Menge vorarbeitend, fand sie ihn selber, wie er sich zwischen seinen Tischdamen zurechträkelte, und weil genug Touristen anwesend waren, wetterte die Blondine weiterhin zweisprachig: Da sitze er ja, der Schlappschwanz, und tue so, als sei was gewesen! Von wegen! Erst kassiere er schamlos ab, wo er doch einen ganzen Abend lang die große Liebe bekundet, dann sei er auch noch impotent!

Im Nu umringt von Maikel, Manuel, Wladimir, Willito, Jordi, Igor, denen sie den Verlauf der vorangegangnen Nacht haarklein auf spanisch schilderte, gelang's ihr, sich direkt vor dem Beklagten aufzubauen, eine teutonische *cojonua,* man mußte sie ständig davon abhalten, Ramón zu ohrfeigen. Wortreich beteuerte man dessen Unschuld, er sei berühmt für seine Potenz, wer dagegenhalte, verliere jede Wette. Woraufhin die Blondine, wiederum zweisprachig, laut in die Runde fragte:

»Wer ist nun dabeigewesen, ihr oder ich?« Ebendas, was man an Ramón rühme, was er ihr haarklein auch selber zugesichert habe, Er-sei-ein-Pferd-undsoweiterundsofort, sei schlichtweg gelogen, entbehre jedweder Grundlage! Immerhin habe sie jetzt dafür gesorgt, eine kleine Ersatzbefriedigung, daß man das zukünftig hier wisse.

Ramón, sein Adamsapfel glänzte, vor Entsetzen war er tief in seinen Anzug hineingerutscht, bleckte seine schräg abgeschlagnen Schneidezähne, anstatt sich zu verteidigen. Schon morgen würden ihm die kleinen Jungs von den Dächern hinterherrufen, im Grunde konnte er sich nie mehr im Tivolí blicken lassen.

»Bei so einer wie dir würd' ich auch keinen hochkriegen!« hörte sich Broschkus da zu seiner eignen Überraschung laut durchs Lokal rufen, anschließend auf spanisch drauflosfluchen, was man sich eigentlich einbilde, seinen Freund zu beleidigen? Wenn man dermaßen häßlich sei, daß man nur noch im Ausland auf Liebeszuwendung hoffen dürfe, sei ein Mann mit Geschmack doch geradezu verpflichtet, sich zurückzuhalten!

Pikiertes Schweigen unter den Touristen, beistimmendes Gelächter unter den Einheimischen. Eine wie sie würde man – und Herr Dr. Broder Broschkus scheute sich nicht, aus voller Kehle zu bekunden –, würde man in ihrer Heimat nicht mal mit dem Arsch ansehen, sie solle froh sein, daß sie der gute Ramón überhaupt ein wenig betreut habe! Und jetzt gefälligst verschwinden.

Unter großem Hallo warf man die Dame aus der »Casona« hinaus, sie drohte zwar mit der Polizei, schließlich habe sie das Eintrittsgeld bezahlt, der finnische Trompeter der *Cumbancheros* brachte sie allerdings mit einem wunderbaren Solo zum Schweigen. Woraufhin eine große Heiterkeit losbrach – Freibier für Broschkus, Freibier für Maikel, Manuel, Wladimir, Willito, Jordi, Igor! Nur Mongo war während alldem verschwunden, seine beiden Damen nippten so lange ratlos an ihren Mojitos, bis man sie kurzerhand auf die Tanzfläche zog. Und Broschkus? Nun war er wirklich einer der Ihren, jeder wollte mit ihm trinken, jeder wollte mit ihm rauchen, aus einer der angebotnen *Popular* mußte er einen halbfingerlangen Holzspan ziehen – Zigarette mit integriertem Zahnstocher, *¡ya!* Das konnte sein Behagen nicht beeinträchtigen.

Dann stürzte er treppab und –

es war kein Geringerer als Juan Maturell Paisan, der ihn, jedenfalls für diesmal, zehn Stufen tiefer auffing. Sogleich empörte er sich über den Wagen von Señor Planas, der würde ihm nicht gefallen, mit dem sei irgend etwas »nicht in Ordnung«,

Broschkus habe sich gefälligst um ein andres Gefährt zu bemühen.

Daß ihn sein Diener so glimpflich davonkommen ließ, verdankte Broschkus der achten Erde, vielleicht auch der schwarzen Wächterfigur, der Marienstatue, dem Paket unterm Bett, dem Wasserglas mit Kruzifix, dem Bild der durchbohrten Zunge, den Kriegern und ihren Ketten, dem Hufeisen, das ihm Ogún vor Monaten geschickt: Selbst im Traum wußte Broschkus, daß er auf jede erdenkliche Weise geschützt war, wußte, daß er nur aufwachen mußte, um wieder Herr zu sein über seinen Diener – aber was hieß hier »nur«! Er träumte! Und träumte weiter! Obwohl er sich mühte zu erwachen, den Mund zum Schrei zu formen, blieb er machtlos den Zusetzungen seines Toten ausgeliefert, es dauerte eine qualvolle Zeit, bis er, ein Grollen in der Kehle, neben seinem Bett erwachte, genaugenommen: vor seinem Kessel kniend, ihn mit beiden Händen umfassend, den Kopf zwischen Federn und Äste gesenkt.

Daß die Morgensonne so herrlich auf Papitos Blechhaufen schien, war gewiß kein Zufall. Vom frischen Glanz des Tages geblendet, trat Broschkus vor die Tür, bekreuzigte sich – Stirn, Brust, Schulter links, Schulter rechts –, küßte auf den Zeigefingerknöchel und, *¡Buenas!*, stieg treppab, sein Frühstück zu bestellen. Papito, noch im Liegen, von Schraubenziehern und -schlüsseln umgeben, bekundete großes Vergnügen an seinem Werk, endlich war's als das zu erkennen, was es seit Monaten werden sollte: ein Imbißwägelchen, prachtvoll in seiner Art, es fehlten bloß die kleinen metallnen Räder.

Schwer zu kriegen, die Räder, faßte Papito seine Recherchen in der Schwarzen Tasche zusammen: Man werde wohl nicht umhinkönnen, Lolo zu beauftragen.

El puma?

El duro!

Papito bestätigte mit solch ehrenhafter Miene, daß Broschkus auf der Stelle eine Idee hatte. Womöglich die entscheidende, ohne die er gar nicht rechtzeitig nach Baracoa gekommen wäre; und er zögerte nicht, sie am Abend selbigen Tages sofort umzusetzen, überredete Luisito, morgen mit ihm zur *Noche Santiaguera* zu gehen: Zeit sei's, sich mal wieder ein paar Biere zu genehmigen und dazu ein Gespräch, er habe Wichtiges mitzuteilen.

Aber das könne er doch hier und jetzt, »Wir sind ja unter uns!«

Eben nicht, es fehle das Bier.

Vollkommen nüchtern, da war sich Broschkus von vornherein sicher, würde Luisito auf seinen Vorschlag kaum eingehen. Als der Vermieter letzthin in der Casa el Tivolí zugange gewesen, um über sein Prostataleiden zu klagen (Nein, er wolle nicht ins Krankenhaus, die Ärzte dort hätten noch weit weniger Medikamente als die privaten in ihren illegalen Dollarpraxen) und nebenbei die Verschönerung der Wohnung *poco a poco* voranzutreiben, war er selbstredend auch auf die Unfähigkeit heutiger Kfz-Mechaniker zu sprechen gekommen: Alles habe man an seinem Chrysler Colonel mittlerweile repariert oder ausgetauscht, alles, aber was nütze das? Ohne Motor sei ein Auto nichts als schöner Schrott; er habe beschlossen, es demnächst vor seine Wohnung schleppen zu lassen, damit er's wenigstens ansehen könne. Ach, *doctor*, wenn der Wagen nur wieder führe, er lüde ihn zu jeder erdenklichen Spritzfahrt ein, am liebsten zu seiner *mamá* und hoffentlich noch vor Weihnachten.

Dem einen fehlten die Rollen, dem andern der Motor. Was als Lösung für Papito in Betracht kam, durfte für Luisito nicht länger außer Frage stehen.

Samstag, 7. Dezember, Noche Santiaguera!

Abgesehen von Santa Ifigenia, gab's keinen Ort in der Stadt, an dem man sich so ungestört fühlen konnte wie in einer der Dollarbuden auf der Trocha: Jenseits der Absperrung – ein simples Seil, jedoch bewacht – schoben sich die Massen vorbei, nach

Schweinsfaserbrötchen und andern Peso-Vergnügungen strebend, nach übersteuerter Musik, grell geschmückten Vertretern des andern Geschlechts; diesseits saßen an vier, fünf Tischchen die Reichen und genossen das Schauspiel, genossen mehr noch sich selber, wie sie, ohne mit der Wimper zu zucken, so viele Dollars in *Cristal*-Dosen investierten, daß einer von jenseits des Seils davon hätte wochenlang leben können.

Broschkus betonte an jenem Abend auffällig oft, daß er seinem Vermieter zu Dank verpflichtet, daß er froh sei, einen Freund wie ihn an seiner Seite zu wissen, *¡salud!*, daß er ihm jederzeit aus der Patsche helfen würde, sofern er je in eine gerate. Das hörte Luisito gern, auch er war seines Herzens froh, einen zivilisierten Menschen wie den *doctor* in dieser derben Stadt zu kennen, auch er bekundete seinen Willen, ihm zur Seite zu stehen, wann immer Not am Mann: »Sobald du mich brauchst, werd' ich nicht zögern, glaub mir.«

Das Terrain war bereitet, langsam konnte man dazu übergehen, die Hilfe konkret einzuklagen. Einer mit eingeschornem *Nike*-Logo im Stoppelkopf schleppte einen Farbkübel vorbei, aus dem das Bier schwappte; im Vorbeigehen nickte er Broschkus unmerklich zu.

Ein Chrysler Colonel sei doch hoffentlich so geräumig,
daß notfalls auch ein paar Ziegen und Böcke hineinpaßten? erkundigte sich Broschkus in seiner Scheinheiligkeit.

Über fünf Meter Länge! bestätigte der stolze Besitzer: Allein auf der Rückbank wär' Platz für vier, ob Menschen, ob Ziegen, der Chrysler sei ein Pferd, er schaffe locker hundert Stundenkilometer!

Am liebsten hätte Luisito Baujahr, Benzinverbrauch und Hubraumgröße referiert; an den Details bekundete Broschkus indes kein Interesse, äußerte vielmehr rundheraus den Wunsch, das Auto einmal selber zu steuern, binnen kurzem habe er eine Fahrt zu unternehmen. Mit Hilfe von Luisitos Chrysler könnte er am 25., spätestens 26., zurück sein, vielleicht um dann gleich gemeinsam weiterzufahren, zur *mamá*, die Weihnachtssau zu schlachten?

Ohne Motor? Guter Witz, *doctor*, bescheinigte Luisito ingrimmig: Wenn's Broschkus gelänge, mit seinem Chrysler zu fahren, bitte!

Abgemacht! ließ der wissen, von der Gewißheit durchdrungen, seine Idee zügig verwirklichen zu können: Er habe da mittlerweile seine eignen Möglichkeiten.

Luisito legte den Kopf schief und wußte plötzlich nicht mehr, was er von seinem Mieter zu halten hatte: »Du hast dich sehr verändert, *doctor*«, hob er an, brach aber ab, als er die Tragweite der Vereinbarung absah: »Du meinst also allen Ernstes, wenn ich dir den Wagen leihe, besorgst du mir einen – Motor?«

»Nun«, relativierte Broschkus, »das Benzin müßtest du auch übernehmen.«

Jenseits des Seils drängte sich einer vorbei, dessen Halsansatz die eintätowierte US-Flagge zeigte, und grüßte, indem er die Augenbrauen leicht in die Höhe zog. Es erfüllte mit Befriedigung, ihn auf nämliche Weise zurückzugrüßen.

Ob's wieder um diese verfluchte muchacha gehe?
mutmaßte Luisito zu Recht, woraufhin sich Broschkus verschwörerisch gab: Um eine andre! Welche, könne er freilich nicht sagen.

Eine andre, immerhin, der *doctor* scheine Vernunft anzunehmen. Aber warum ausgerechnet an Heiligabend?

Angelegenheiten.

»Jeder in der Stadt weiß, welche Angelegenheiten du zu erledigen hast, brauchst gar nicht so zu tun!« schimpfte Luisito: »Du bist nun mal mein Freund, also kriegst du das Auto.« »Aber erst nachdem ich dir die Hölle heiß gemacht habe, warum du dorthin fahren willst!«

Ärgerlich winkte er nach zwei neuen Dosen, jaja, auch zwei

halbe Hennen seien recht, immer her damit. Keine Frage, sein Freund war verzaubert worden, fragte sich nur, von wem? Der Nebeneffekt für den Chrysler dagegen – eine einmalige Gelegenheit, vorausgesetzt, man würde ihn überhaupt wiedersehen. Luisito fühlte sich verpflichtet, eine *Hollywood* anzubieten und das Schlimmste abzuwenden:

Dem *doctor* stehe der gesamte *Oriente* offen, man könne ihm alle erdenklichen Frauen beschaffen, sogar welche mit Leberfleck zwischen den Brüsten, *ayayayay!* Warum müsse er sich ausgerechnet zu Weihnachten an einen Ort begeben, wo's gewiß kein Vergnügen und erst recht keinen Luisito geben würde, ihn notfalls zu retten?

»Sie haben dir eins ihrer Pulver gegeben«, sinnierte er eine Dose später, nachdem sein Angebot mehrfach abgelehnt, als Begleitschutz mitzufahren: »Und keins ihrer schwächsten! Wahrscheinlich eines mit menschlichen Zutaten.« Ob der *doctor* nicht aufwachen und ein ganz normales Leben beginnen wolle, er spendiere ihm sogar den Heimflug? Nein? schüttelte er mißbilligend den Kopf, diese Teutonen wollten immer mit dem Kopf durch die Wand, daran würden sie noch alle zugrunde gehen, alle.

Broschkus werde doch wenigstens nicht mit seinem neuen Freund fahren? fragte er auf dem Nachhauseweg, endlich einen Einwand findend, mit dem die Fahrt zu vereiteln, linksrechts an den Hauswänden der Calle Rabí standen die Männer und pißten: Ein guter Koch, aber! ob er das Kreuz auf seiner Zungenspitze bemerkt habe? Nun war's an Luisito, sich verschwörerisch zu geben: »Wenn du mich fragst – der arbeitet mit dem Teufel zusammen.« Und wenn du wüßtest, dachte Broschkus, mit wem ich in Baracoa verabredet bin! Er sagte hingegen nur möglichst abfällig, eine wegwerfende Handbewegung beigebend: Ach, der Teufel, mit dem müsse man sich arrangieren wie mit einem Dieb, Mißachtung oder vorgetäuschte Unkenntnis schütze am wenigsten. Sofern man einander hingegen in aller Form bekannt mache und mit Respekt behandle, halte er sich an den andern schadlos, der Dieb wie der Teufel: »Glaub mir, Luisito, ein Herr der Hörner, dem du ab und zu was Lebendiges zukommen läßt, wird dich nicht verschlingen, im Gegenteil, der wird dich sogar beschützen!«

Solche Gedanken gehörten sich nicht für einen Mann,
wollte Luisito in seiner strikten Diesseitigkeit nicht wanken, schwankte indes beträchtlich. Gut, daß sie den Gipfel des Tivolí erreicht hatten, die Kreuzung, wo sich ihre Wege trennten: Zwanzig Meter geradeaus lag Broschkus' Behausung, zehn Meter nach links die von Luisito. Als der vernahm, daß sein unbelehrbar starrsinniger Freund nicht mit Cuqui, sondern mit Ernesto zu fahren gedachte, gab er immerhin zu, daß dies die bestmögliche Begleitung war: ein erfahrner *santero,* der auf seine Weise für Schutz sorgen konnte. Vor allem im Hinblick darauf, daß man am Ziel der Reise auf das Dunkle stoßen werde, die Berge um Baracoa seien berühmt dafür.

In seinem vom Dollarbier beseelten Innern verspürte Luisito ein Bedürfnis, wenn nicht auf die eine, so auf die andre Weise sicherzustellen, daß sein Freund mit heiler Haut zurückkomme: Falls er unbedingt fahren wolle, solle er ihm versprechen, den Schwarzen Baronen vor Antritt der Fahrt einen Hahn zu opfern – »Du mußt das Blut übers Taschentuch rinnen lassen, hörst du?« Und ein schwarzes sowie ein weißes Schwein mitzunehmen, vor Ort habe man ihnen gleichzeitig die Kehlen durchzuschneiden, damit sich das schwarze mit dem weißen Blut in ein und derselben Schüssel mische: »Die linke Hand müßt ihr hineintauchen! Und bevor ihr vom Blut trinkt, malt euch sein Zeichen auf die Wange, damit er –«

Wer »er«, wessen Zeichen? Jetzt wurde's selbst einem Broschkus zu bunt, mitten auf der Kreuzung einer Millionenmetropole, heiterste Samstagabendstimmung, und ausgerechnet sein gottloser Vermieter ließ sich zu den aberwitzigsten Ratschlägen hinreißen, ständig strich er sich mit dem gestreckten Zeigefinger über die Stirn. Man fahre doch nicht in die Sierra Maestra, versuchte ihn Broschkus zu beruhigen, »Voodoo spielt in Baracoa überhaupt keine Rolle!«

»Wer weiß, *doctor*, wer weiß.« Luisito legte seinem Freund die Hand um die Schulter, ihn die letzten Schritte zu begleiten: Ob er ihm etwas verraten dürfe? Etwas unter Männern? Nachdem er betont hatte, wie vertraut er mit der düstern Welt, seine ganze Kindheit habe er im Zeichen des Voodoo verbracht, eine Zeit ständiger Angst und beständig neuen Schreckens, geriet er übergangslos ins Schwärmen von der neuen Zeit, die mit Fidel angebrochen, soweit kannte man das ja schon: Über die Revolution könne man sagen, was man wolle, einen Aberglauben gebe's seitdem nicht mehr. Zumindest offiziell. Falls er dem Doktor allerdings noch etwas verraten dürfe? Etwas unter Freunden, unter engen Freunden? Er selber sei in dieser Hinsicht ein glühender Verehrer von Fidel, *¡como no!* Wenn man mit seiner Meinung jedoch allein stehe, sei's besser, Vorsorge gegen den Aberglauben der andern zu treffen, gegen alles, was sie einem an den Hals hexen könnten. Ein möglicherweise überflüssiger Schutzzauber habe noch niemandem geschadet.

»Du kannst mir wirklich einen Motor besorgen?« umarmte er seinen Mieter, als der endgültig Anstalten machte, den Abend zu beenden.

Man solle ihn mal machen lassen, schob Broschkus den Riegel des Hoftors zurück: Mitte der Woche könne man ja gemeinsam nachsehen, wie weit die Reparaturen gediehen.

Vor Freude über seinen Erfolg erschlug Broschkus eine Kakerlake, Stück für Stück trennte er ihr die Gliedmaßen ab, erst ganz am Schluß, mit dem bloßen Daumen in ihren Rückenpanzer bohrend und dabei ein herrliches Knacken erzeugend, den Lebensnerv: *¡Cuca-rrrrracha!*

Lang zögerte er, wem er die Speise zuwenden sollte, endlich

gab er sie in die Schale des Zweiten Kriegers. In Gedanken sah er sich schon über die Landstraßen fahren, Seit' an Seit' mit Ernesto, seinem Chauffeur, auf der Rückbank den einen oder andern Karton mit Todgeweihtem. Ostwärts, einer roten Sonne entgegen.

Dabei war's gar nicht so einfach,
den Plan in die Tat umzusetzen, auch wenn man Lolo gleich anderntags am »Punto de venta«-Kiosk traf, im verbliebnen Unrat der *Noche Santiaguera* wühlten Tiere und Kinder. Zur Begrüßung drückte er Broschkus einen leeren Plastikbecher in die Hand:

Keine Widerrede, Onkel, er sei eingeladen. »Sag bloß, du erkennst mich noch immer nicht?«

In der Tat hätte man ihn auf den ersten Blick kaum wiedererkannt, Lolo glänzte glattrasiert bis auf einen zentimeterbreiten Stoppelkranz, der ihm auf Schläfenhöhe um den Hinterkopf lief, eine Art Heiligenschein in Schwarz.

Verlorne Wette, Onkel, das wachse nach.

Wollen hoffen. Ob er ihm was besorgen könne?

Alles, was das Herz begehre. Eine Neonröhre? Oder was Ordentliches?

Die Sache sei etwas komplizierter, hob Broschkus an.

Das! sei leider unmöglich, legte ihm Lolo begütigend die Hand auf den Unterarm, die Hand, an der drei Finger fehlten, obschon Broschkus seinen Fall noch nicht mal eine Minute lang dargelegt hatte: Die wenigen privaten Autos würden rund um die Uhr bewacht, neinein, so was ginge nicht ohne Messerstecherei ab.

Direkt neben ihnen bestieg ein kleiner weißer Hund eine kleine weiße Hündin, die dabei ungerührt geradeaus blickte.

Ob man vielleicht einen der Parkwächter einweihen könne?
ließ sich Broschkus nicht so schnell entmutigen; Lolo blickte verlegen in seinen leeren Plastikkrug, er würde Broschkus gern auf ein Bier einladen, aber – das Leben sei ein Kampf.

»Onkel!« hob er dann besorgt an: »Jeder von uns weiß, wen du in der Schwarzen Kapelle treffen willst!« Broschkus sei jetzt einer von ihnen, ein *Santiaguero;* für jemanden, der das Herz auf dem rechten Fleck habe, sei's Pflicht, seine Fahrt zu verhindern. Und außerdem: Ein Parkwächter, der bei einem Autodiebstahl mitmache, der verschwinde mindestens im Gefängnis.

Er solle ja nicht das Auto stehlen, bat Broschkus, sondern bloß den Motor! Das Auto dazu habe er bereits.

Lolo legte den Kopf schief und wußte nicht mehr so recht, was er von Broschkus zu halten. »Du hast dich sehr verändert, Onkel.« Fast im selben Atemzug schlug er vor, Ramón zu fragen, wer den Wagen von Señor Planas in der Regel bewache, Ramón sei dem Onkel was schuldig, »wegen neulich«.

Das sah Ramón zwar genauso,
hatte indes genug mit seinen eignen Problemen zu tun. Ihn überhaupt zu finden war schwer genug, seit dem Zwischenfall mit der Blondine verkehrte er nicht mehr in der »Casona«. Als Broschkus dort am frühen Montag nachmittag nachfragte, man saß im engsten Kreis und trank gegen die Traurigkeit an – als Broschkus in die Runde fragte, brach Heiterkeit aus: Mongo? Der sei auf der Stelle schwul geworden, spottete man, der habe sich schon die grüne Glitzerunterhose ausgeliehen, sie komme momentan ja sowieso nicht zum Einsatz.

Die Bettler am Parque Céspedes hatten Ramón freilich seit geraumer Zeit nicht gesehen, schon gar nicht bei der abendlichen Akquise vor dem »Casa Granda«; sie versprachen, Broschkus zu benachrichtigen, sofern er auftauchen sollte. An der Außenfassade der Kathedrale wurde eine riesige Krippe mit Maria und Joseph angebracht, es weihnachtete sehr.

Der Türsteher des »Casa Granda« kannte Ramón zwar auch, schüttelte aber den Kopf, als Broschkus passieren wollte, um die träg in der Bar lungernden *jineteras* zu befragen. Im Fernseher überm Tresen zeigte man wieder und wieder, wie Fidel bei einem öffentlichen Auftritt stürzte (und sich das Bein brach); die Mutigsten würden heut abend den Anfang vom Ende der Spezialperiode herbeiphantasieren. Wohingegen Broschkus eine Weile verloren auf den Hotelstufen verharrte und in den Himmel sah, dem schwarzen Schweben der Geier zusah, vielleicht saß ja der eine oder andre *palero* darauf? Und flog schon mal Richtung Schwarze Kapelle?

Er sei ein ruinierter Mann,
jammerte Ramón, kaum daß man ihn endlich gefunden hatte, in einem der Hinterhöfe nahe dem »Ranchón«, wo er sich versteckt hielt, sei ein als Mann ruinierter Mann, klagte der ehemalige Fachmann fürs Zwischengeschlechtliche, ohne seinen Anzug sah er noch kleiner, noch behaarter aus als sonst: Er werde auswandern, fliehen, nach Florida schwimmen; tanzen könne man zum Glück auf der ganzen Welt.

Dann habe er hier ja nichts mehr zu verlieren, kam Broschkus sanft auf sein eignes Anliegen zu sprechen: Bevor er endgültig verschwinde, brauche man allerdings seine Hilfe. Ob er, sofern er nicht Touristen herumchauffiere oder sonstwie »in Arbeit habe«, ob er gelegentlich den Wagen von Señor Planas bewache?

So weit komme's noch! fuhr Ramón aus seiner Zerknirschtheit empor: Dafür gebe's Rentner und Penner genug.

Mit verschwörerischer Miene wollte Broschkus von der Fahrt erzählen, die er zu Weihnachten plane, Ramón hingegen winkte ab: Claro, Schwarze Kapelle, der Onkel sei verrückt, aber bitte.

Daß ausgerechnet er ihm zum Motor ausgerechnet eines Stretch-Ladas verhelfen sollte, auf daß die Fahrt überhaupt vonstatten gehe, fand er zunächst abwegig, dann zunehmend lustig, schließlich kühn, am Ende, als ihm Broschkus seinen Nadelstreifenanzug in Aussicht gestellt, dazu im Verlauf des Gesprächs Stecktuch und Manschettenknöpfe, das reiche, um in Zukunft selbst auf dem Broadway jeden auszustechen, am Ende fand er's ganz und gar großartig. Bevor er sich hier davonmache, beweisen, was wirklich in ihm stecke? *¡Cojones!* Bis der Diebstahl entdeckt werden würde, konnten womöglich Tage vergehen, wertvolle Tage, um – gleichwohl, ohne Hilfe eines verschwiegnen Parkwächters sei's nicht zu wagen.

Es traf sich gut, daß sie einander abwechselten, die Parkwächter, noch besser, daß einer von ihnen Papito war. Den nehme der Señor Planas zwar nur selten, er sei ja meist zu betrunken, aber wenn sich kein Beßrer finde, greife man auf ihn zurück.

Neben Ramón in einem Hinterhof zu sitzen und Pläne zu schmieden,
als ginge's lediglich um einen Jungenstreich, war schön. Daß am späten Nachmittag Cuqui in der Casa el Tivolí vorbeikam, den Rest der achten Erde abzuholen und mitzuteilen, seine Bruderschaft habe keinerlei Einwände, man könne Broschkus ritzen, war fast zuviel für einen einzigen Tag, für Details hatte man im Moment auch schlichtweg keine Zeit, Angelegenheiten!

Cuqui grinste, keineswegs beleidigt; Broschkus versicherte ihn seiner Dankbarkeit. Daß er sich mit Papito, Lolo und Ramón zu einem konspirativen *»spaguetty«*-Essen im »Ranchón« verabredet hatte (die 290-Gramm-Portion zu fünf Peso), verschwieg er lieber. Ab morgen sei er in jeder Hinsicht bereit.

Am Mittag des 10. Dezember,
die Zeit drohte ihm davonzueilen, konnte sich Broschkus zum Chef der Kfz-Mechaniker verfügen, um ihm seinen guten Freund Lolo vorzustellen: Dieser Herr werde in den nächsten Tagen einen Motor liefern, frei Haus, Kosten für anfallende Arbeitsstunden trage weiterhin Luisito.

Das verstand der Chef.

Das verstand er sogar sehr gut, er habe an eine ähnliche Lösung gedacht, sich aber nicht getraut, sie einem Mann wie Luisito vorzuschlagen. Oder sei die Polizei eingeweiht?

Man saß bei einer Tasse Kaffee in der guten Stube, nebenbei konnte man im Fernsehen verfolgen, wie der frisch operierte *máximo líder* kundtat, er habe während des Eingriffs auf eine Vollnarkose verzichtet, um seine Amtsgeschäfte gleich wiederaufnehmen zu können: Die Revolution brauche ihn selbst an einem Tag wie diesem. Hart dahintergeschnitten der Kommentar eines US-Regierungssprechers, seit Jahren habe man in Washington auf Castros Sturz gewartet, »aber so hatten wir uns das nicht vorgestellt«.

Scheiß-*yanqui!* Broschkus, der zu jener Angelegenheit ansonsten nichts beizutragen hatte, entschuldigte sich nach draußen, zu den Mechanikern. In der Mehrzahl waren sie auch heute mit Getrommel beschäftigt, vielleicht weil einer der Ihren gerade mit einem Hartgummihammer eine Karosserie ausbeulte, indem er ein Lattenstück mal über, mal unters Blech hielt, gewissermaßen der Grundrhythmus, um den herum die andern auf wunderbare Weise improvisierten. Nachdem Broschkus eine Weile zugehört, nahm er den dunkelsten von ihnen beiseite: Das Werk werde vollendet.

Der Mechaniker nickte, ängstlich drauf achtend, daß ihn Broschkus nicht über Gebühr berühre.

Er habe seinen *tata* zur Schwarzen Kapelle zu fahren, erklärte sich Broschkus etwas deutlicher: Ob man ihm einen Hinweis geben könne, wie man dorthin komme, er wolle sich nicht blamieren und erst lang nach dem Weg fragen.

Wer denn sein *tata* sei, die Königin der Toten?

Nein, der Hüter des Mondes und der Mitternacht.

»*¡Uyuyuyuy!* Jüdischer Berg, alle Achtung.«

»Jüd-?«

Diesmal war's Broschkus, dem das Wort im Munde steckenblieb. Dann konnte der Mechaniker aber kaum mehr preisgeben, als was man selber bereits geahnt. Das Dorf, in dem die Kapelle liege, heiße Felicidad; wie's von Baracoa zu erreichen, wüßten nur wenige: Die von dort zurückkehrten, würden nicht drüber reden. Und die vielleicht drüber reden würden, die – kehrten nicht zurück.

Am 13. Dezember sollte Broschkus geritzt werden,
anscheinend waren keine Raritäten zu besorgen, oder warum sonst ging's in dieser Hinsicht plötzlich so rasant voran? Im Schutz der Dunkelheit und mit Hilfe einer großen Plastiktasche, die ihm der Koch vorab hatte zukommen lassen – sein Rucksack wäre dafür zu klein gewesen –, war Broschkus samt seinem Kessel erst in den »Balcón« gekommen (»Wenn ihr wüßtet«), dann an der Seite Cuquis in dessen Wohnung, letzte Instruktionen entgegenzunehmen. Bei geschloßnem Fensterladen. Mit und ohne Cuquis Mutter, die zum Rauchen manchmal herbeikam, sich in ihrem Nachthemd wortlos dazusetzte, den Kopf schüttelte, verschwand.

Ja, morgen sei's soweit, Broschkus werde in die Gemeinschaft aufgenommen. Allerdings erst, nachdem er sein Einverständnis abgegeben. »*¿Hombre o cucaracha?*« werde man ihn vor jeder Ritzung fragen, und wenn er lieber Kakerlake bleiben wolle, könne er ablehnen.

Er sei ein Mann, versicherte Broschkus, Zweiter Krieger. Wo die Ritzung stattfinden werde – wieder hier, mit 750 *kilo* als Gehülfen?

Das Ritual finde im Tempel statt, verneinte Cuqui, er selber habe sich extra einen Abend freigenommen und werde ihn abholen, so gegen sechs. Broschkus' Vermutung, man werde ihn mit einem der kleinen Messer ritzen, die man ansonsten zum Sauabstechen verwandte, fand Cuqui so lächerlich wie empörend, nein, man verwende eine Rasierklinge. Bro brauche sich keine Sorgen zu machen, der Hüter des Mondes und der Mitternacht schneide sehr korrekt, Wunden von seiner Hand würden schmal und weiß vernarben, nicht dick und dunkel.

Auch in der Zungenspitze?

Cuqui lachte gequält auf: Was Bro nur immer mit der Zungenspitze? Anscheinend wolle er dort unbedingt? Der *palero* zog sich den Schleim aus der Nase, wurde ernst: Ob Bro Masochist sei? Wie wahnwitzig man sich anscheinend als Weißer eine schwarze Religion vorstelle, als ob darin alles Abartige und Grausame der Welt zusammenkomme, alles, was man unter Christen nicht mal mehr zu denken wage! Ein Schnitt in die Zungenspitze! Nun, Bro solle sich überraschen lassen, jeder *tata* habe seine eigne Vorgehensweise.

»Warum eigentlich?« griff Broschkus nach seinem Schlüssel, um sich das Ohr zu reinigen: Warum werde man bei der Weihung zum *palero* geritzt, warum müsse unbedingt das eigne Blut fließen? Bei einer Weihung zum *santero,* soweit er wisse, reiche das Blut von –

Zum *santero!* lachte Cuqui erneut auf, das war Antwort genug. Was könne's Stärkres geben als eignes Blut? Man lasse's des Schutzes wegen fließen, weswegen sonst, der ganze Glaube bestehe schließlich darin, Vorsorge gegen das Böse zu treffen, nicht wahr? Jedes eingeschnittne Kreuz markiere einen Kraftpunkt im Körper, dorthinein fließe der Geist der Götter und der Toten, der gesamte menschliche Leib werde zum Talisman: Den könne einem keiner mehr nehmen und damit arbeiten, es sei denn, er nehme ihm zuvor das Leben.

Ein bißchen wie sterben,
zugegeben, sei das Geritzt-Werden schon, eine kleine schreckhafte Vorwegnahme des Todes, »erst das macht dich ja unbesiegbar: Du mußt die Angst davor überwinden!« Und danach? Sei man wie neugeboren, die Wunden schmerzten nur, wenn man an sie denke. Obendrein werde natürlich gefeiert.

Nebenbei bemerkt: Es könne gut sein, daß noch am selben

Abend einer der Toten oder gar Götter von den frisch geschnittnen Energiepunkten angelockt werde, daß er den neuen *palero* besteigen und sich seines Körpers bemächtigen wolle. Das sei etwas unangenehm, sofern man's das erste Mal erlebe: Innerhalb von zwei, drei Sekunden werde man vom Geist des Verstorbnen »erkannt«; was man danach tue oder sage, entziehe sich der Kontrolle, da agiere der Tote: Soviel Rum er dann zum Beispiel auch trinke, sobald er den bestiegnen Menschen wieder verlassen habe, sei der vollkommen nüchtern. Alles in allem ein sehr gutes Zeichen, Bro, auf diese Weise werde man angenommen von der andern Welt.

Noch eins: Wenn er seinen *Palo*-Namen erhalte, solle er sich mit Widerspruch diesmal zurückhalten, er wolle doch keinen Ärger mit den Verstorbnen? Was schließlich die Bezahlung betreffe … An jenem Punkt hätte das Gespräch beinah noch im Eklat geendet, und das, obwohl Broschkus den unpassenden, den vollkommen unpassenden Witz seines Gastgebers glatt überhörte: Tja, wenn Bro weiterhin »insolvent« sei, wolle er vielleicht seine Seele verpfänden?

»Sag mal, Cuqui, seid ihr wirklich vom christlichen Berg?« Endlich platzte Broschkus die Frage heraus, die ihm die ganze Zeit auf der Zunge gelegen: »Oder schiebt ihr nur schnell ein Kruzifix in eure Kessel, wenn sich ungeritzter Besuch angesagt hat?«

Cuqui legte den Kopf schief und wußte nicht mehr so recht, was er von seinem Besucher zu halten. »Du hast dich sehr verändert, Bro«, rang er nach Fassung, »und trotzdem bleibst du mein Bruder.«

Daß Broschkus von der bevorstehenden Ritzung träumte,
kam für ihn selbst im Traum nicht überraschend, daß dabei Blut eine gewisse Rolle spielte, ein Kater namens Feliberto und ein Totempfahl mit eingeschnitzten Tierköpfen, die allesamt lebten: war für einen Alpträumer wie Broschkus mittlerweile Rou-

tine. Gleich erwache ich, gleich! fuhr er hoch vom Lager, den Blick auf seinen Besuch gerichtet. Wie still das ablief, kein einziges Dachschwein in der Nähe, das zu schaben wagte, man vermeinte, nichts als den Totenvogel zu vernehmen, der vom Garten her klagte; kaum war aber selbst der Vogel verstummt, trat Herr Maturell Paisan auf seinen Herrn zu, ihm mit der blanken Rasierklinge ein Zeichen in den Rücken zu schneiden, in beide Fußsohlen, in –? Die Augen vor Angst geschlossen, streckte ihm Broschkus die Zunge heraus, ins vollendet Dunkle hinein, berührte mit ihrer Spitze –? das Fleisch eines geopferten Tieres, den metallischen Geschmack des Blutes erkannte er im Schlaf.

Als er sich allerdings, nun endlich erwachend, die Lippen leckte, trat aus dem Schatten der Kommode Herr Maturell Paisan und bedrängte ihn, auch er sei durstig, es gelüste ihn sehr nach einem jungen Mädchen, oh, er verzehre sich nach – noch näher beugte er sich zu Broschkus herab, dem auf unerklärliche Weise das Fleisch des Opfertiers im Mund steckte, und schlug ihm seinen kalten Atem ins Gesicht –, verzehre sich nach Flor! Ob sein Herr nicht den Fleck in ihrem Auge gesehen, sie habe's doch gar nicht anders verdient! Oh, er lechze nach ihrem lauen Blut, er würde's am liebsten direkt aus ihrer Kehle trinken, und wenn man's ihm nicht bald verschaffe, sauge er's ihr bei lebendigem Leibe aus –

Ich träum' ja nur, schlug Broschkus versuchsweise den Kopf gegen die Wand, als er sich dort wiederfand, wo bis vor wenigen Stunden sein Kessel gestanden und einen berauschenden Geruch zurückgelassen hatte: Ich träum' ja nur, gleich wach' ich auf.

Obwohl sich in ihren Augen partout kein Fleck erkennen ließ, spielte Broschkus mit dem Gedanken, Mercis kleiner Schwester zum Frühstück an die Gurgel zu gehen. Ob auch ihr Blut so metallisch schmeckte?

Neuerdings wartete sie stets mit einem zusätzlichen Leckerbissen auf, den sie sich vom Munde abgespart, ein Stück Baracoa-Schokolade, ein paar *polverones,* ein Erdnußriegel, eine Mango. Zeit wurde's, daß man ihr zeigte, worauf ein Zweiter Krieger wirklich Appetit hatte: Zu Flors Überraschung bedankte sich Broschkus für ihre Zuwendungen heute mit einem – »*Ay* Bro! Du magst mich doch gar nicht!« – zärtlichen Kuß auf die Wange.

Vor Aufregung konnte Broschkus den ganzen Tag nichts essen, am späten Nachmittag ging er zum Kfz-Mechaniker, zum Bierkiosk, baldige Beibringung des Motors anzumahnen, bedrängte im Anschluß daran Rosalia, seinen Zettel zu »behandeln«, die Zeit dränge.

Sie trage ihn ständig mit sich herum, versicherte Rosalia und zeigte nicht etwa zwischen ihre Brüste: Doch ehe sie zur Tat schreiten könne, müßten die Tage des Mondes mit ihren eignen Tagen in Einklang gebracht werden. Erst der Zeitpunkt, *doctor*, der richtige Zeitpunkt mache aus einem vollgepinkelten Stück Papier etwas, dem keine widerstehen könne, keine.

Daß Cuqui erst mit dem Sechs-Uhr-Läuten vor seiner Tür stand, ein hastig blechernes Getön, als fahre man mit einem Schienbeinknochen in einem Kessel herum, daß er keineswegs zur Eile mahnte, im Gegenteil, am Hoftor schon wieder stehenblieb, mit Maikel? Jordi? Wladimir? zu plauschen, der im Nachbareingang saß: trieb Broschkus den Schweiß auf die Stirn, mit dem Zeigefinger schob er ihn nervös Richtung Schläfe.

Aber wir sind ja bereits da! widersetzte sich Cuqui seinem Drängen. Noch als er den ersten Schritt über die Schwelle getan und nun seinerseits dazu ermunterte, sich nicht länger zu zieren, hatte Broschkus nicht restlos begriffen, wo der Tempel lag. Schlimmer: wo er schon immer gelegen war. Herrje, ausgerechnet hier!

Vorbei an weiteren Gutelaunejungs,
die erstaunlich höflich grüßten, gelangte man in den ersten Hinterhof, wo das Kiffersofa stand, die Waschmaschine, ausrangierte Autosessel. Wenige Meter weiter passierte man den Müllberg, in dem heut ausschließlich Menschen und Hunde wühlten, die Schweine waren sämtlich geschlachtet. Überall wuselten Kleinkinder, lehnten Männer, lagerten Frauen; eine mit Totenkopf-T-Shirt (Busenaufschrift »FC St. Pauli«) lächelte Broschkus zerstreut hinterher, doch der bemerkte's nicht: Ein auf Haut und Knochen abgemagerter *maricón* mit Zehennägeln, von denen der rote Lack stark abgeblättert, fragte Cuqui nach der Losung, nach *padrinos* und deren *padrinos.*

Nach einigen weiteren Höfen, weiteren Gängen durch verschachtelte Gebäude, ständig kamen Menschen entgegen, die freundlich grüßten, hatte Broschkus die Orientierung verloren, das Lockenwicklerareal mußte noch ausgedehnter sein, als man's von der Dachterrasse aus vermutet, wahrscheinlich erstreckte sich's über den gesamten Häuserblock, rund um das kleine exterritoriale Gebiet, das Papito mit den Seinen besetzt hielt.

Der gemeinsame Ausflug endete fürs erste in einem Raum, der offensichtlich als Einzimmerwohnung diente, rund ums Doppelbett drängten sich Gaskocher, tonlos flimmernder Schwarzweißfernseher, Wasserkanister, Schrank, das Fenstergitter zum Flur war zerbrochen. Hier solle er bitte Platz nehmen, man werde ihn abholen, eröffnete Cuqui seinem Begleiter, er selber werde ihn im Tempel erwarten.

Kaum hatte sich Broschkus überlegt, wo man in einem derart vollgestellten Raum einigermaßen dezent Platz nehmen konnte, winkte ihn eine braune, fleischige Hand heraus, als ob sie Fliegen verscheuchte, erwartete ihn vor der Tür eine braune, fleischige Gestalt, schläfrig schlau und gleichzeitig so stechend präzis aus ihren zugeschwollnen Augen den Fremden fixierend, daß der den Blick zu Boden schlug. Obwohl er all seinen Mut zusammennahm und sich nach Schweinsköpfen erkundigte, nach ihrer Tochter erkundigte und ihrem Haus, das der Wirbelsturm zerstört, schüttelte die Frau nur stumm den Kopf: Nein/ Gibt's nicht. In der Hand hielt sie einen Becher voll zerstoßnem Kühleis, aus dem sie ab und an einen Schluck nahm, dann knirschte's in ihrem Mund, und über ihr Gesicht lief der Anflug eines Wohlbefindens.

Doch es sollte noch deutlicher kommen.

Nachdem ein zweiter Wächter passiert war,
stand eine Reinigung an; auf Nachfrage klärte man gern über die *negra* auf, die Broschkus hergeführt habe. Nein, in der Markthalle habe sie nie gearbeitet, aus Chicharrones sei sie erst recht nicht, sondern sei – Cachas Schwester! Aber vielleicht war das auch schon egal.

Man übergoß Broschkus mit geweihtem Wasser, das auf der Haut brannte, man zerriß ihm die Unterhose, man rieb ihn mit Duftwasser ab, beprustete ihn mit Rum und blies ihm Zigarrenrauch in die Mundhöhle, man scherzte über seine blasse Haut – noch nie habe man einen solch bleichen Menschen gereinigt –, ehe man ihn mit einem lebenden Huhn bestrich. Abschließend mußte er einen ekelhaften Sud trinken, von dem er sofort Durst bekam, doch einen Schluck Wasser verweigerte man ihm. Später!

Man bedeutete ihm, seine Hose anzuziehen, verband ihm die Augen mit einem schwarzen Tuch, es mochte eine halbe Stunde vergangen sein. Barfuß ging's weiter, man führte ihn an der Hand, er brauche sich keine Sorgen zu machen. Plötzlich spürte er unter den Sohlen Erde, am nackten Oberkörper einen Luftzug, im Ohr ein Rascheln von Palmblättern. Erschrak, als ihm jemand in die Männlichkeit stupste. Da sich das Stupsen wiederholte und in ein anhaltendes Beschnüffeln überging, ahnte er, wo er sich befand.

Der Hund heiße Bruno, erklärte man ihm, er komme von wer-weiß-wo, liebe diesen Ort. Im übrigen stehe Broschkus vor dem geweihten Baum, zwischen seinen Wurzeln sei ein Geheimnis vergraben.

Wenn ich jetzt auf meiner Dachterrasse wäre, dachte Broschkus, könnte ich mich wahrscheinlich sogar sehen.

Es mochte auf sieben zugehen,
als er den Tempel betrat, zunächst kühle Steinfliesen erfühlend, dann das Fell einer Ziege? eines Leoparden? auf dem man ihn stehenbleiben hieß. Der Raum mußte recht groß sein, auf- und abschwellend ertönte Gesang, Getrommel, afrikanisches Gebet, ja, das kannte er, hatte er oft vernommen, in schlaflosen Nächten nach draußen lauschend. Dazwischen Gegurr von Hühnern, Gespräch, Gelächter, Broschkus mühte sich, ein paar Wortfetzen von Cuqui aufzufangen, konnte aus dem Stimmengewirr aber lediglich eine Frau heraushören, die so laut sprach und so falsch sang, als sei's die Lockenwicklerin. Wieder wuchs das Afrikanische an, ging in ein gleichförmig wogendes Kreolisch über, *»Salam Malecum quiyumba congo escucha cuento que yo indinga que buena crianza vale mpungu…«*, hell und klar legte sich ein zudringliches Ping-Ping-Ping-Ping übers Ganze, so unwiderstehlich großartig wie der Geruch des *Palo*, der sich mit dem Duft der Kerzen mischte.

Solcherart musikalisch begleitet, erfuhr Broschkus erneute Reinigung, man strich mit Ästen an ihm hinab, schlug auf ihn ein, daß ihm die Blätter um die Ohren raschelten; anschließend rollte man ihm etwas Kratziges, womöglich eine Kokosnuß, um den Körper herum, um jede einzelne Gliedmaße, wiederholte den Vorgang mit einem Ei. Daß man anschließend irgendeinem Tier den Hals schlitzte, entnahm er den Stimmenfetzen, auch dabei riß der Gesang nicht ab, einschläfernd monoton. Wenn man den Kopf in den Nacken kippte, sah man durchs Tuch ein helles Schimmern, wahrscheinlich eine Neonröhre.

Und dann wurde's, ohne jede Vorankündigung, wurde's ernst: *»¿Hombre o cucaracha?«*

Drei Mal ertönte die Frage,
ertönte ungewöhnlich leise, fast geflüstert, der Dramatik der Situation gänzlich unangemessen; drei Mal brüllte Broschkus, er sei ein Mann, in jeder Sekunde gefaßt, an welchem Körperteil auch immer einen wilden Schmerz zugesetzt zu bekommen. Doch erst nach der dritten Antwort drang ihm die Klinge ins Fleisch, es war eine Erlösung, sie endlich zu spüren – in der Schulter! Ein schneller vertikaler, ein sich anschließender horizontaler Schnitt, dann kam die andre Schulter dran. Ob das weh getan hatte, Broschkus wußte's nicht zu sagen; als man die blutenden Wunden mit einem Lappen abgewischt, als man etwas intensiv Duftendes hineingestrichen, darüber eine Art kaltes Wachs, brannte's jedenfalls sehr.

»¿Hombre o cucaracha?«

»¡Hombre!«
brüllte Broschkus, wiederholte's, nach der dritten Bestätigung drang ihm die Klinge in – die Brust! Knapp oberhalb der Warze. Dann auf der andern Seite. Und wieder der Lappen, die kräuterduftende Salbe, das Wachs, der Schmerz.

»¿Hombre o cucaracha?«

Teufel auch, er war ein Mann, hatten sie's noch immer nicht begriffen, *»¡Hombre!«*

Wie leicht es plötzlich war, ein Mann zu sein, ein-Mann-ein-Mann-ein-Mann, wie leicht. Als sie ihm die Haut überm Brustbein ritzten, beschwerte sich jemand, es sei gar kein Blut zu sehen, nur ein paar lächerliche Tropfen, man möge tiefer schneiden. Tiefer!

»¿Hombre o cucaracha?«
Broschkus, möglicherweise zögerte er eine Sekunde zu lang, rief dann um so lauter. Wie zuckte er zusammen, als ihm die Klinge ins Schulterblatt drang, mit Schnitten von hinten hatte er nicht gerechnet. Nachdem ihm auch das andre Schulterblatt kreuzför-

mig markiert – das tat wirklich weh –, protestierte erneut einer der Zuschauer: Blut, Blut, das sei viel zuwenig Blut!

»*¡Cojones!*« ertönte aus nächster Nähe eine wohlbekannte Stimme: »Wer ist hier der *tata*, du oder er?«

Gelächter. Broschkus hätte ihn umarmen wollen, jetzt konnte ihm nichts mehr passieren: Der da schnitt, war der *tata*; der die Wunde wischte, mit Duftpaste füllte und Wachs, war sein Gehülfe: Cuqui.

Beim Ritzen der Fußrücken biß Broschkus die Zähne zusammen, die Markierung zwischen den Zehen überraschte ihn. Neun Mal war man ihm nun schon kreuzweis mit der Klinge durchs Fleisch gefahren, selbst daran gewöhnte man sich; die Angst davor und das Brennen danach waren weit unangenehmer als die Schnitte.

»*¡Hombre o cucaracha?*«

»*¡Hombre!*«

»*¡Hombre o cucaracha?*«

»*¡Hombre!*«

»*¡Hombre o cucaracha?*«

»*¡Hombre!*«

Die Schnitte zwischen Daumen und Zeigefinger spürte er überhaupt nicht mehr, dabei blutete er bereits aus elf Wunden. Und jetzt? Man wischte, salbte, tuschelte, man –? Nichts geschah, nichts. Oh, Broschkus war ein Mann! War ein Mann, der plötzlich das euphorische Gefühl hatte, die Sache sei schon so gut wie überstanden. Ohne daß man ihn dazu aufgefordert hätte, streckte er die Zunge heraus.

Der Gesang riß ab, eine Frauenstimme, nun ganz eindeutig der Lockenwicklerin zuzuordnen, wies die andern drauf hin, was sie gewiß auch ohne ihren Hinweis sahen: Broschkus stand, tapfer den Einschnitt erwartend, stand.

Und tatsächlich,
nach einigen Sekunden fühlte er, wie die Rasierklinge vorsichtig auf seine Zungenspitze gesetzt wurde, wie sie sich mit ihrer Schneide fast ein wenig eindrückte, ohne jedoch ins Fleisch zu dringen – atemloses Schweigen –, und dann wieder weggenommen wurde: kein Schnitt! Broschkus blieb, trotz seines Kessels, blieb – christlich?

Das sei doch ein reines Märchen, würde man ihn wenig später verlachen: erzählt von all jenen, die keine Ahnung haben! Neinein, die Zunge werde im *Palo* nicht geritzt.

»Aber ich habe Zungen gesehen, mit eignen Augen gesehen, da war –«, würde Broschkus widersprechen, würde sich verspotten lassen: »Bei deiner Anita vielleicht!«

Noch stand er allerdings,
insgesamt mochte eine weitere Stunde vergangen sein, und – weil man sich an seiner Augenbinde zu schaffen machte – stand und wußte: Er war ein geritzter Mann. Als das Tuch fiel, blickte er direkt in eine Flamme; indem man die Kerze langsam wegzog, war umrißhaft Cuqui zu erahnen, der ihn nun in den rauchgeschwärzten Spiegel des Horns sehen ließ. Der neue *palero*, geblendet von Glück, das Blut lief ihm aus den Wunden, erkannte nichts im Spiegel, gar nichts.

»Jetzt sind wir wirklich Brüder«, sagte Cuqui und nahm ihn in die Arme, »jetzt gehörst du zu uns.«

Umgehend bekam auch der Tempel deutlicher Kontur – riesig der Raum, gleißend das Licht, Löcher im Dach: Broschkus, auf einem Zebrafell, stand an ebenjener Stelle, wo ansonsten Oscar mit seinen Kumpanen auf heilige Trommeln eindrosch – im Kulturzentrum. Freilich hatte man's heut umdekoriert, dort, wo sonst die Touristen saßen, befand sich ein Altar, und in der Mitte des Altars – wo war denn der Kessel?

Der gewaltige Kübel, den Broschkus bei Mirta gesehen, oder jedenfalls einer, der ihm gleichkam an Größe und Macht? Nachdem er einige Schritte vom Zebrafell getan, sah er ihn endlich, den Kessel, er war nicht größer als sein eigner! Ein Blickwechsel mit Cuqui, schon querte er die Halle der Länge nach, der pikkenden Hühner ebensowenig achtend wie der Zurufe von den Seitenbänken – aber der Kessel wollte nicht größer werden, im Gegenteil: entpuppte sich am Ende als der eigne. Und der Kessel des Tempels? Stand daneben! Wäre nicht ein geköpfter Hahn davorgelegen, hätte ihn Broschkus gar nicht als solchen wahrgenommen, so klein war er, so – ganz und gar enttäuschend, kaum größer als ein Kochtopf, aus dem anstelle eines ordentlichen Gestrüpps eine Art vertrocknetes Gemüse hervorbüschelte: Wenn's dieser winzige Napf sein sollte, in dem sich die Macht der Bruderschaft konzentrierte, dann, *¡dios mio!*, war sein Leben so gut wie verwirkt.

»Er gehört Sarabanda.«

Cuqui schaute Broschkus an (Jetzt bist du platt, was?), Broschkus schaute Cuqui an (Willst du mich verarschen?), Cuqui schaute Broschkus an (Ein bißchen mehr Respekt, Bro), Broschkus schaute Cuqui an (Also keine Verarschung? Sondern tatsächlich der Wohnsitz eures –?). Seltsam, die schwarze Fahne dahinter – drei, vier Meter breit spannte sie sich mannshoch über sämtliche Fensteröffnungen hinweg –, die Fahne mit der weißen Mondsichel und den Sternen, mit den verschiedenartigen Pfeilen und afrikanischen Wörtern, vor allem: mit dem Totenkopf, flößte ihm weit mehr Respekt ein. Desgleichen das umfangreiche Bündel, das von der Decke hing.

Ob überhaupt ein Schädel drin sei? suchte sich Broschkus aus seiner Enttäuschung zu lösen: So, wie der Topf aussehe, passe doch gar nichts Ordentliches rein!

»Wie oft soll ich's dir noch sagen?« tupfte ihm Cuqui mit seinem Lappen ein wenig Blut von der Brust: »Die Größe besagt nichts, entscheidend ist, ob er wirkt. Und dieser kleine Kessel, glaub mir, der arbeitet, daß einem angst und bange wird, *uyuyuyuy!*« Dafür habe man gern den alten Kübel hergegeben, als ihn Armandito Elegguá gefordert, habe ihn damit ziehen lassen.

Während die Festgemeinde in ein fröhliches Geplauder geriet, stand Broschkus am Rande der Veranstaltung und ließ sich von seinem Bruder versichern, daß etwas sehr Ordentliches am Grund des Kessels liege: ein Kinderkopf. Genauer: der Kopf einer Mißgeburt, von fern an einen Esel erinnernd, die noch nicht mal von allein gestorben sei, man habe sie mit der eignen Nabelschnur erdrosseln müssen. Mitunter kehre der Geist des Kindes zurück an den Ort seines Todes, um nach seinem Vater zu rufen.

Und das klinge wie der Schrei eines Esels? vernahm Broschkus, es war gewiß nicht er selber, der die Vermutung geäußert.

Cuqui hob nur kurz die Augenbrauen, schon zog er den Hahn vom Boden: Der Geist dieses Kindes sei einer der stärksten, den man je erlebt, der wolle arbeiten, arbeiten, arbeiten.

Er hielt den Hahn mit beiden Händen hoch übern Kopf, preßte den Körper, auf daß ein paar Tropfen Blut in Broschkus' weit aufgerißnen Rachen fielen. Aufwachen konnte man später noch.

Im Zurückkehren zur Festgemeinde,
fast wäre er über ein Huhn gestolpert, erkannte Broschkus schweifenden Blickes, daß an veritablen Totenköpfen ansonsten kein Mangel, auch ein ausgestopftes Krokodil stand im Eck, auf einem Stein ein ausgestopfter Uhu, dazwischen Flaschen mit Eingelegtem, Schüsseln, Puppen mit dicken Halsketten. Viele Hände mußte Broschkus schütteln, viele Schalen *chamba* leeren, war das nicht der Küster? Wärter? der ihm das Gitter am Chorgestühl der Kathedrale aufgesperrt? Und die Frau, die ihm so penetrant versicherte, Er-sei-Oggún, Sie-habe's-gleich-gesehen, war das die Bettlerin, die ihn bedrängt, sogar verflucht hatte? Und die daneben? Die Lockenwicklerin; obwohl er ihr zum ersten Mal die Hand reichte, ja überhaupt ein *¡Buenas!*

gönnte, war's angenehm, sie wie eine alte Bekannte zu begrüßen. Sie aber war von beschämender Herzlichkeit: Nun müsse der *doctor* auch mit ihr einen Schluck trinken! Ob er sie nicht in Zukunft grüßen wolle?

Der Alte, jetzt konnte Broschkus wirklich nichts mehr überraschen, der kerlchenhafte Alte, der ihn so kerlchenhaft nett betätschelte, kerlchenhaft nett bebrabbelte und ihm seinen würzigen Atem ins Gesicht stieß? War und blieb Papito.

An der Wand stand »*Agüé son agüé y mañana son mañana*«.

»*Und wo ist der tata?*«
wandte sich Broschkus an Cuqui, nachdem er sich auf beiden Seiten des Saales von rund zwanzig Personen hatte begrüßen und begutachten lassen, meist Männern.

»Auf seinem Thron!« Cuqui zeigte ans Kopfende des Tempels, wo auf einem einfachen Holzstuhl ein hagerer Hüter des Mondes und der Mitternacht saß. Gelbes Gesicht, riesige Augäpfel. An der Wand daneben lehnten seine Krücken.

¡Pinga! mußte sich Broschkus an seinem Bruder festhalten, es wollte ihm scheinen, der Blick des *tata* habe den seinen gestreift. Der Ortsdepp! vor dem die Kinder kreischend davonliefen, voll Angst, er würde sie durch seine Berührung mit demselben Wahnsinn schlagen, unter dem er offensichtlich litt, ein alter Angola-Kämpfer, schwer traumatisiert, ein Einbeiniger, der einer Horde Bettler vorstand, das war der *tata*, oberster *palero* vom christlichen Berg?

»Ist er nicht blind?« flüsterte Broschkus, eine leichte Verbeugung in Richtung Thron andeutend.

»In der andern Welt erkennt er mehr, das ist richtig. Um in die Zukunft zu schauen, braucht er nicht mal das Auge-das-sieht.«

»Aber wie konnte er mich dann ritzen?« wollte Broschkus nicht aufhören, sich zu entsetzen. Ausgerechnet der Einbeinige hatte ihn zum *palero* gemacht, er gehörte ihm nunmehr an, war ihm zur Gefolgschaft verpflichtet, die Kreuze banden ein Leben lang.

»Hast ja gemerkt, daß er's kann«, zuckte Cuqui die Schultern: Gleich werde er ihm seinen Namen geben, dazu die Unterschrift.

Wie gern hätte sich Broschkus eine Tüte Nüsse in den Hals geschüttet,
im Moment jedoch konnte man sich nur an *chamba* halten. Ein Blinder hatte ihn geritzt, *¡salud!* Ein Verrückter würde ihn taufen, *¡salud!* Wahrscheinlich war die ganze Vorführung nichts als *Okubokufidibu*, wie man ihn regelmäßig für Touristen veranstaltete. Mit dem einzigen Unterschied, daß man während der heutigen Vorstellung nicht einfach gehen konnte, daß man nicht mal ausspucken durfte (obwohl der Boden ziemlich trocken war). Im Gegenteil, widerspruchslos ließ man sich mitteilen – von Cuqui als dem Sprachrohr des *tata*, der mit seinen Kokosschalen die Toten abfragte –, daß man Sarabanda Mañunga sobre Campofinda Medianoche heiße.

Wie bitte?

»Übersetzt in etwa: ›Oggún, der zur Mitternacht auf dem Friedhof mit einsam umherirrenden Seelen arbeitet‹, merk's dir.«

Umherirrende Seelen?

Solche, die nicht an einen Kessel gebunden, die keiner wolle. Mächtiger Name. Wenn man ihn allerdings gegen Broschkus wende, könne man ihn damit umbringen.

»Mit meinem bloßen Namen?«

»Indem man ihn verwendet.« »Man braucht ihn bloß auszusprechen und dazu ein paar Arbeiten zu verrichten.«

Anschließend wurde Broschkus' Unterschrift auf den Fußboden gemalt – mit Kreide, nicht mit Asche! –, ein Kreuz mit drei Querbalken, dazu Sonne, Mond und Stern, eine Unzahl an Geiern, Pfeilen, mehrere Stierhörner und, gottseidank, ein Totenkopf. Broschkus mußte sich alles auf ein Stück Papier abzeichnen, freilich nicht komplett, niemals komplett, sonst hätte man ihn damit töten können, die volle Unterschrift sei ja nichts andres als der volle Name. Dann das Schießpulver! Broschkus hatte sich breitbeinig über sein Namenszeichen zu stellen, der Einbeinige rief ihn mit brüchiger Stimme an, »Sarabanda Mañunga sobre Campofinda Medianoche«, und Papito, der das Schießpulver sorgfältig auf Kreuzungspunkten des Zeichens verteilt hatte, entzündete mit seiner Zigarrenspitze der Reihe nach die markierten Punkte. Manchmal sprang der Funke von alleine über, ein gutes Zeichen.

Und die achte Erde?

Sei bereits mit dem Blut des Hahns beigemischt worden, kein Problem.

Daß die Toten trotz wiederholter Befragung bestätigten, Broschkus gehöre dem jüdischen Berg an, wurde von niemandem als befremdlich empfunden. Aufwachen, aufwachen, aufwachen konnte man später noch. Jetzt mußte erst mal gefeiert werden.

Während das Essen zubereitet wurde,

fing man wieder zu singen an, eine Frau schlug den Rhythmus mit einer kleinen Schaufel, tock-tock-a-tock, tock-tock-a-tock, mitunter brach man den Gesang abrupt ab, diskutierte, erzählte. So, wie sich die *santeros* stundenlang über »falsche« Vertreter ihrer Zunft verständigen konnten, so die *paleros* über Besuche »ihrer« Toten. Broschkus war bemüht, mal hier, mal dort am Gespräch teilzunehmen, mußte aber bald feststellen, daß er nichts verstand, anscheinend hatte er vom Duft des *Palo* erst einen allerersten Anhauch verspürt. Einmal winkte ihn der Hüter des Mondes und der Mitternacht herbei, einen Dreipesoschein in der Hand, Cuqui beugte sich zu ihm herab, die Worte von seinen Lippen abzulauschen, Satz für Satz an Broschkus weiterzugeben, der ohnehin wußte, was man von ihm wollte:

Wiedergutmachung. Drei Dollar? Dreißig Dollar? Cuqui lachte, so einfach sei die Sache nicht, Broschkus knüllte den Schein in der Faust.

Das Gefeilsche war noch nicht beendet, da wurde ein neues Lied intoniert. Obwohl Broschkus mit den Zähnen knirschte, drang ihm der erste Ton rasierklingenscharf ins Gehirn; schon setzte das Tock-Tock-a-Tock ein, kam das metallne Ping-Ping-Ping-Ping dazu, ein unwiderstehlicher Rhythmus. Broschkus, als letztes sah er, daß ihm der Geldschein aus der Hand fiel. Fühlte, daß ihm die Kiefer verkanteten, die Gliedmaßen verkrampften, die Knie zitterten. Dann wurde's dunkel.

Beim Erwachen,
rücklings lag er in den Armen der Lockenwicklerin, die ihm afrikanische Wörter ins Ohr zischte, beim Erwachen schimmerte ihm als erstes die besorgte Miene Cuquis auf, zunächst verschwommen, dann zügig sich schärfend. Der Geschmack des Tabaks lag ihm auf der Zunge, auch derjenige irgendeiner Süßigkeit, vor allem aber der des Blutes. Sich verschämt aufrichtend, sah er in lauter ehrfurchtsvoll auf ihn gerichtete Augen. Vor seinen Füßen lag schlaff der Körper eines Huhns, jemand reichte ihm Wasser, er trank und trank und trank, nahm's hin, daß man ihm dabei das Gesicht wusch. Es mußte voller Blut sein, woher kam all das –?

Und warum schmerzte ihm der Kopf, wie nach dem übermäßigen Genuß von Rum, warum schmerzten ihm die Glieder?

Langsam, Bro, langsam.

Er habe getanzt. Wild getanzt. Bald auch mit einer Machete, die er aus dem Kessel gezogen, *¡uyuyuyuy!* Als ihm ein Huhn in die Quere geraten, habe er sich sofort draufgestürzt und es in den Hals gebissen. Dochdoch, Bro, in den Hals, er habe das Tier vor aller Augen ausgetrunken – das heißt natürlich nicht er, Bro, sondern Sarabanda, der ihn bestiegen. Nein, ein gewöhnlicher Toter mache so etwas nicht, der bevorzuge Alkoholisches, so etwas mache nur Oggún – ein gutes Zeichen! Anschließend habe er nach Honig verlangt, nach einer Zigarre, nach Wasser, er sei noch immer sehr durstig gewesen.

»Und wie lange war ich –, war er –, hat das Ganze gedauert?«

Nahezu eine halbe Stunde, Sarabanda habe sich sehr wohl gefühlt in Broschkus' Körper.

Er könne sich an nichts erinnern, an gar nichts, erklärte Broschkus: Nun aber wolle er endlich aufwachen.

Was man als mäßig gelungnen Scherz empfand; denn jetzt wurde erst einmal gemeinsam gegessen. Man ließ es sich nicht nehmen, ihm die besten Bissen zuzustecken, mächtiger Mann.

Die Nacht verbrachte Broschkus vorschriftsgemäß im Tempel, auf dem Zebrafell, zusammen mit Cuqui, der ihm beistand, indem er die Gebote der Bruderschaft lehrte – Schweigen, schweigen, schweigen, mit und ohne Worte! –, indem er ihm auseinandersetzte, daß man nach der Ritzung sieben Tage lang im Tempel zu verbleiben, sich das anschließende Jahr hell zu kleiden habe. Zwischendurch bestätigte er, was während Broschkus' Besteigung geschehen: Dochdoch, Bro, ein lebendes Huhn. Jeder der Götter habe seine Leibspeise, an der man ihn erkenne – sein Bruder solle froh sein, daß er nicht von Yemayá bestiegen worden, sie verlange's in solchen Fällen nach Kakerlaken.

Im Grunde konnte man Broschkus alles erzählen, er war ja, sozusagen, nicht dabeigewesen. Erst jetzt spürte er die Schnitte, das heißt: im Traum spürte er sie, im Traum lag er auf einem Zebrafell, im Traum stellte er Fragen:

Und wenn's der Herr der Hörner gewesen wäre?

Ausgeschlossen! Außerdem habe der im Tivolí bereits jemanden, der ihm bei Bedarf zu Diensten; wann immer es eine Arbeit zu verrichten gelte, besteige er – ihn.

»Wen ›ihn‹? Kennst du ihn?«

»Du kennst ihn auch, Bro.«
»*¡Mentira!*«
Mit letzter Kraft bekundete Broschkus seinen Unglauben, erhob seinen Einspruch, dann erlag er dem Traum endgültig.

In Kuba sei nichts unmöglich, richtete sich Cuqui vom Lager auf, gar nichts! Er sage ja nicht, daß Ernesto der Herr der Hörner *sei;* früher, als er Zigarren in der »Casona« gedreht habe, auch jetzt, wenn er bei den Dominospielern sitze und auf Touristen warte: sei er gewiß Ernesto gewesen und sei's noch. Bei Gelegenheit *jinetero,* bei andrer Gelegenheit Trinker und Messerstecher, soweit sei das normal.

Cuqui, auch im Traum sogleich vom pädagogischen Eifer beseelt, er ließ nicht locker, ließ nicht ab, das letzte in Frage zu stellen, das Broschkus geblieben; dieser hingegen, ohnmächtig seinen Worten ausgesetzt, bezichtigte ihn der üblen Nachrede, der Verleumdung, der Eifersucht, er solle ihn endlich aufwachen lassen. Es nützte nichts:

So wie am Grunde jeder Opferschale die Geheimnisse lägen, über die's zu schweigen gelte, auf daß sie wirken könnten, liege am Grunde jedes Menschen sein Geheimnis. Bei Ernesto liege dort etwas sehr Dunkles und schon ziemlich lange. Derart lange, daß man's kaum merke, wenn das Dunkle von ihm Besitz ergreife und mit seiner Zunge rede – der Herr der Hörner besteige ihn sicherlich seit Jahrzehnten, er fühle sich inzwischen so wohl in seinem Körper, daß er sich nahezu normal darin bewegen könne, daß er blicken und reden könne, als wär's Ernesto selber. Während der, anderntags, natürlich nicht wisse, was er gesagt und getan, schließlich habe er's ja auch nicht gesagt und getan. Ob Broschkus aufgefallen – beugte sich Cuqui fast so tief über seinen reglos die Rede erduldenden Bruder hinab wie Herr Maturell Paisan –, ob ihm aufgefallen sei, daß sich Ernesto an vieles gar nicht erinnern könne, das man mit ihm besprochen habe, daß er einen auf offner Straße bisweilen nicht mal erkenne?

Das, in der Tat, war Broschkus aufgefallen, anfangs hatte er sich sehr drüber geärgert.

¡Anjá! Ausgerechnet dann, wenn Ernesto nichts mit Broschkus zu tun haben wolle, wenn er an nichts weiter als an Domino und an *refino* Interesse nehme: sei's wirklich Ernesto.

Aber er habe keinen Fleck im Auge! protestierte Broschkus, seine Worte kraftlos gehaucht, es war das einzige, das ihm zur Verteidigung seines *padrino* noch einfiel.

Im Auge? Wo da überhaupt ein Fleck sein könne? Nein, Lugambe trage keine speziellen Erkennungszeichen, man dürfe niemandem trauen.

Also dir auch nicht, hörte sich Broschkus einwenden.

Woraufhin Cuqui dermaßen laut lachte, daß Broschkus glaubte, vom Gedröhn seines Gelächters zu erwachen.

Nun, es gebe ein einziges sicheres Zeichen, und da Bro seit heute Teil der Gemeinschaft sei, könne er's ihm verraten: »Schau ihm auf die Zungenspitze, schau, ob er dort eine Narbe hat. Die hat kein normaler *palero*, keiner vom christlichen, keiner vom jüdischen Berg. Die hat nur jemand, der von ihm bestiegen wurde.«

Es war ein schlimmer Traum, den Broschkus träumte, und daß er darin nicht nach Atem ringen oder sich der Zudringlichkeit seines Toten erwehren mußte, machte ihn nicht angenehmer. Also doch die Zungenspitze! Bis zum Schluß hatte man ihn darüber im unklaren gehalten, weil – er keiner der Ihren gewesen, deshalb! Selbst bei der Ritzung hatte man sich diesbezüglich noch einen Scherz mit ihm erlaubt.

Sollte's immer so weitergehen, daß man überall erst eingeweiht werden mußte, um zur Wahrheit zu kommen? Nein! Broschkus wollte aufwachen, endlich aufwachen, endgültig aufwachen! Und schlief und schlief. Die ganze Zeit pochten seine Wunden, tock-tock-a-tock, tock-tock-a-tock. Wenn er vorübergehend die Augen aufschlug – ein umfangreiches Bündel, das von der Decke hing, ohne seine Brille bloß diffus als großen fahlen Fleck wahrnehmend –, kam's ihm vor, als höre er Gegurre und Gezwitscher, manchmal das Geknurr eines Hundes, das Gegrunze eines Schweins. So könnte's im Paradies klingen, dachte er dann, zurücksinkend aufs Zebrafell. Oder in der Hölle.

VI Schwarze Kapelle

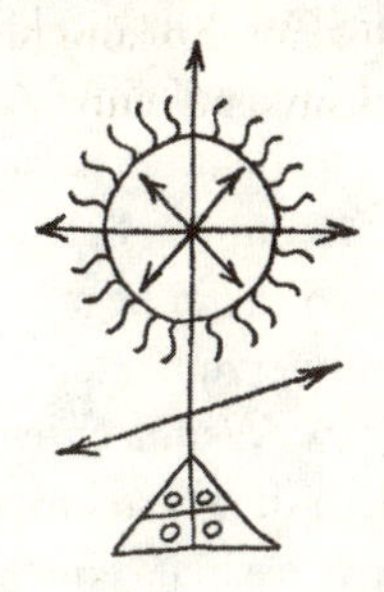

Sieben Nächte träumte Broschkus,
auch tagsüber erhob er sich kaum vom Lager. Bekam nichts davon mit, wie sich die Kunde von seiner Besteigung verbreitete – noch galt er den einen als Unberührbarer, schon den andern als jemand, den Heilige und Götter liebten, als mächtiger Mann. Daß er fortan nicht nur Zweiter Krieger, sondern *palero* war, wurde entweder als glatte Lüge abgetan oder als seltne Fügung der Verstorbnen mit großen Augen zur Kenntnis genommen: Ein Weißer? Und was für einer! Besser, du sperrst deine Tiere vor ihm weg, sonst trinkt er sie auf der Stelle tot! Während sich die letzten an das Zeichen zu erinnern meinten, das ihm vor Wochen auf der Stirn geschrieben, faselten die ersten bereits vom Dunklen, das nach ihm verlange, bald würden sie sich Neuigkeiten über seine Zungenspitze zuraunen.

Als sich Broschkus am Morgen des 20. Dezember auf seiner Dachterrasse wiederfand, mit leicht benommenem Kopf, durchglüht jedoch von großer Zuversicht, von Ruhe und Gelassenheit, wie er sie lang nicht mehr an sich kannte, da servierte Flor ein Frühstück, als wär' nichts gewesen. Mit Halskette und Ohrsteckern hatte sie sich gerüstet, mit neu lackierten Nägeln und einem »Diorling«-T-Shirt, das kannte man irgendwoher, gewiß auch mit frisch rasierten Beinen. Trotzdem war's das neue Dachschwein auf der Terrasse gegenüber, das Broschkus' Augenmerk beanspruchte: ein pralles Haupt- und Prachtschwein, würdiger Nachfolger der *1000er-BMW*, zufriednes Geschmatze erzeugend, als es mit seinem Rüssel in die hingeschobne Morgenmahlzeit fahren durfte. Man vermeinte, in seine dichtbehaarten Lauscher hineinzusehen, so hautnah bekam man's mit, wie's sich nicht mal die Zeit zum Atemholen ließ, wie ihm die Reiskörner aus der Schüssel stoben, vor Eifer begann sein kleines geringeltes Schwänzchen hin und herzupendeln.

Das werde wohl erst zu Weihnachten drankommen, kommentierte Flor, alle andern im Viertel habe man ja schon –

Moment! wandte ihr Broschkus einen Teil seiner Aufmerksamkeit zu, aus den Mundwinkeln fiel ihm stückweis die Tortilla: Das da drüben, das sei nicht etwa ein neues? Aber er sei doch persönlich dabeigewesen, wie man das alte abgestochen?

»Bro, das hast du sicher wieder nur geträumt«, schüttelte Flor traurig den Kopf: Kein Mensch würde sich ein ausgewachsnes Schwein kaufen, das ergäbe ja keinen Sinn.

Bevor sie sich darüber verbreiten konnte, daß man erst zum Jahresanfang frische Ferkel aufs Dach schaffe, um sie übers Jahr zu mästen; bevor sie sich Sorgen über Broschkus' Zustand machen, bevor er ihr widersprechen oder gleich an die Gurgel gehen konnte, rief man von der Straße seinen Namen. Sofort wurde der Ruf auf den umliegenden Dächern aufgenommen und, Sekunden später, zurückgegeben, ja, der *doctor*, da sitze er, auf seiner Terrasse. Noch hatte Broschkus die Tortilla nicht restlos vertilgt, stand Ernesto vor ihm, anstelle einer Begrüßung schlug er den Schirm auf den Betonboden. Er war wütend.

Warum Broschkus so lang im Tempel geblieben?
wollte er wissen, als *santero* sei ihm der Zutritt verwehrt worden, anscheinend habe man nicht mal seine Grüße übermittelt, seine »Grüße«. Ob Broschkus bewußt sei, daß man spätestens morgen abend packen, übermorgen losfahren müsse?

Es war nicht etwa so, daß Broschkus keine Erinnerung mehr

und Mühe hatte, nach der Ritzung in ein normales Leben zurückzufinden, nein! Er entsann sich jedes Details, wenngleich er bei keinem zu sagen gewußt hätte, ob er's nur geträumt oder tatsächlich erlebt. Ob er's nur erlebt oder tatsächlich geträumt. Lediglich die Schnitte fühlten sich wunderbar real an, verschorfte Beweise, daß er ein Mann war. Ob vom christlichen, ob vom jüdischen Berg, schon das hätte er nicht mehr zu entscheiden vermocht.

Wie konnte er, so fragte er sich in seinen wacheren Momenten, wie konnte er, als *palero* vom jüdischen Berg, einer Bruderschaft vom christlichen Berg angehören? Wahrscheinlich war auch der Hüter des Mondes und der Mitternacht samt seinen Söhnen und Töchtern vom jüdischen Berg; indem sie das Gegenteil beteuerten, erfüllten sie ihr Schweigegebot. Daß der Bruderschaft bis vor kurzem Armandito Elegguá angehört haben sollte, war unglaublich; das heißt: Vielleicht hatten die Toten auch ihn dem jüdischen Berg zugesprochen, und er war nicht mal freiwillig gegangen? Gesetzt, es wäre so gewesen, hätte Broschkus dann nicht viel eher zu Armandito gehört, zur Königin der Toten und all jenen, die sich demnächst in der Schwarzen Kapelle versammeln würden?

Wie derlei Fragen zu beantworten, war ihm unklarer denn je, es schien, daß man mit fortschreitender Initiation eher weniger als mehr darüber wußte, was das *Palo* im Innersten zusammenhielt, welcher *palero* welche Interessen verfolgte und auf welche Weise der Herr der Hörner dabei seine Hände im Spiel hatte. War Cuqui, ähnlich wie Ernesto, nicht angetreten, um Broschkus gegen Lugambe zu stärken – als *palero* vom christlichen Berg? Oder hatte er das bloß vorgegeben, um ihn auf diese Weise noch sicherer unters Messer zu bringen, das man in Baracoa derzeit für ihn wetzte?

Langsam, Bro, langsam. Jetzt stand erst einmal Ernesto vor ihm, im Grunde weniger wütend als erleichtert, daß er seinen Sohn endlich angetroffen hatte. Noch war's ja nicht zu spät, morgen konnten sie sogar gemeinsam die Probefahrt unternehmen, die sich Luisito ausbedungen, bevor sie am 22. tatsächlich aufbrechen mußten. Oh ja, der Wagen sei betriebsbereit, befinde sich ums Eck, vor Luisitos Wohnung. Auch sonst sei alles gerüstet, die Toten seien einverstanden.

Daß Broschkus *palero* geworden, nahm Ernesto achselzukkend hin, im Grunde habe er's geahnt, seitdem man Ocampos letzte Nacht zusammen verbracht, das *Palo* könne man nicht nebenbei betreiben: Man lehne's entweder strikt ab oder lasse sich von ihm verschlingen, ja: verschlingen, sein Sohn werde's bereuen, daß er nicht standhaft geblieben. Falls er dazu überhaupt noch in der Lage sei.

Egal! wies Ernesto jede Nachfrage von sich: Binnen kurzem würde alles über- und ausgestanden sein. Flor hatte die ganze Zeit mit mißtrauischer Miene zugehört; Zeit, sie mit einem flüchtigen Kuß davonzuschicken. Nächstes Mal sollte man ihr in die Kehle beißen – ob sie das klaglos hinnehmen, ein würdiges Opfer abgeben oder mit unnötigem Gezappel begleiten würde? Ob auch ihr Blut diesen wunderbar metallischen Nachgeschmack hatte?

Als man ihr nachblickte, übers Geländer gebeugt, sah man im Hof den zufrieden dreinblickenden Ulysses, ein Fahrrad durch inständiges Bemurmeln von allen irdischen Schlacken reinigend. In der Nähe des Zahnarztsessels glänzte vollendet türkis ein Imbißwagen.

In der Tat schmerzten die Wunden nur,
wenn man an sie dachte. Großzügig mit *Elements* betüpfelt, ingrimmig strahlend, brach Broschkus auf, sich bei Ramón und Lolo zu bedanken, stieß im Gang zum Hoftor freilich erst mal mit Papito zusammen: Der Alte konnte die Hauswand nicht loslassen, so betrunken war er, wollte den *doctor* nicht passieren lassen, ehe er ihm ein Bündel Banknoten vorgezählt hatte. Weil er sich laufend verrechnete, nahm Broschkus die Sache in die

Hand: Zweihundert Peso, nicht etwa Papitos Monatsrente, nein, sein Monatslohn sei das – umgerechnet über sieben Dollar! – oder jedenfalls das, was ihm Luisito bis Ende Januar vorausgezahlt habe, er arbeite jetzt exklusiv für ihn. Als Parkwächter, *como no*, sieben Nächte die Woche. Das Leben sei schön. Ob er dem *doctor* etwas leihen solle?

Waren sie nicht alle ein wenig spießig,
die ihn vom Straßenrand musterten, die Kunst des Nichtstuns übend, waren sie in ihrem mißtrauischen Hinterheräugen nicht fast ein wenig – deutsch? Broschkus, manchmal blieb er mitten auf der Straße stehen und, in einem plötzlichen Ausfallschritt, stach mit der Rechten in die Luft. Wie ein Verrückter, ein Erleuchteter, einer, der wer-weiß-welche Zeichen auf der Stirn trug, mochten sie von ihm denken, was sie wollten.

Die Tatsache, daß man in Ramóns Hinterhof die verschimmelten Weichteile einer Federkernmatratze von den Sprungfedern zupfte, auf Fragen nach dem, der darauf einige Nächte verbracht, nur mit unwirschem Nein/Gibt's nicht reagierte, konnte Broschkus' Stimmung kaum trüben. Obwohl's auf elf zuging, war auf der Trocha auch kein Lolo zu entdecken, am »Punto de venta« drängten sich zwanzig, dreißig Männer, um sich Plastikbehältnisse für den anstehenden Freitagabend füllen zu lassen. Es half nichts, man würde auf Lolo warten müssen, am besten man stellte sich für einen Becher Bier an. Broschkus' »*¿Ultimo?*« beantwortete man mit hämischem Gelächter: Hier unten kannte ihn keiner mehr, hier war er nur ein Weißer.

Eine Weile hing er als äußerster in einer Traube von Menschen, deren letzte Fragmente einer Schlange sich laufend neu zu seinen Ungunsten formierten, einen sich steigernden Widerwillen beim Beobachten kopulierender Hunde entwickelnd. Vom Tresen prostete ihm ständig einer dieser Dollarneger zu, an jedem Finger einen andersfarbig eingelegten Goldring, und machte sich mit dicker rosaroter Zunge über ihn lustig, weil er seinetwegen nicht in die Nähe des Zapfhahns gelang – den kannte man doch, mit dem hatte man doch noch eine Rechnung offen?

Kaum aber hielt Broschkus sein kleines Messer in der Hand, fiel man ihm von hinten in die Arme, am Ende mußte er sich auch noch rechtfertigen, der Bedrohte habe ihm doch gar nichts getan? Es war Lolo zu verdanken, der zum Glück bald auftauchte und seinen Einfluß geltend machte, »Hände weg von meinem Onkel!«, daß man die Sache auf sich beruhen ließ. Das Versöhnungsbier, das man Broschkus nach viel gutem Zureden zapfte, schüttete der jedoch dem Dollarneger vor die Füße, wo's herrlich aufschäumte, und all das nicht etwa von langer Hand geplant, sondern beiläufig aus dem Ärmel des Augenblicks gezupft, eine großartige Eingebung. Als Deutscher ließ er sich nicht länger verhöhnen; zumindest als Teutone würde er seinen Weg machen, mochte man auch den Kopf über ihn schütteln.

Dann aber wieder dies tropische Abendlicht,
mit allem versöhnend, was man vor Stunden erlitten, vor Tagen, vor Monaten, man mochte fast wehmütig werden, wenn der warme Landwind so über einen hinwegstrich und dann und wann ein Vogelschwarm. Karmesinroter Wolkenhimmel im Westen, aschfahl ein riesiger Vollmond im Osten. Bevor Broschkus in den »Balcón« ging, gab er kurz entschlossen Ocampos Grabende in seinen Kessel – wer weiß, vielleicht würde's den Alten zu einem Besuch ermuntern? –, dabei vor seinem Spiegelbild erschaudernd. Nicht vor den Schnitten, die waren fein und glatt. Aber vor seinem Gesicht, kaum mehr als ein Totenschädel, er wagte's nicht, sich in die Augen zu sehen – wer auch immer in der Schwarzen Kapelle auf ihn wartete, er würde einen gehörigen Schrecken bekommen.

Den bekam zunächst Cuquis Kleinste,
als er im »Balcón« eintraf. Auf Höhe des Chryslers hatte ihn eine ganze Weile Luisito mit seiner Herzlichkeit aufgehalten – ja, Papito habe er »übernehmen« müssen, das sei Teil des Handels gewesen, den er mit den »beiden Herrn« abgeschlossen; nein, ohne daß er sich zuvor ein Bild von Ernestos Fahrkünsten gemacht, lasse er ihn für die lange Strecke nicht ans Steuer. Claudia, kaum daß Broschkus dann über die Schwelle und den dahinter liegenden Tyson getreten, kreischte entsetzt davon, ans Hosenbein ihres Vaters. Wo sie sich nach einigem Hin und Her verlachen lassen mußte – auf den ersten Blick hatte sie Broschkus mit dem Einbeinigen verwechselt.

Als er allein auf seiner Dachterrasse saß, von dreierlei Tönen umschwirrt, fühlte Broschkus, wie ihm plötzlich ein Wasser über die Wangen lief. »Dir schenke ich mein ganzes Herz«, flüsterte er ins Dunkle, er konnte nicht eher aufhören, als bis er die letzte Zeile des Briefes hergesagt, keine Silbe hatte er vergessen. Während die letzten Touristenbusse von der »Casona« losfuhren, fand er sich auf dem Weg zu einer der billigen Peso-Bars im Zentrum, »La lucha«, die ihm Iliana in den Wochen vor seiner Fahrt nach Dos Caminos nahegebracht hatte: Wenn er schon ihre Worte nicht aus dem Kopf bekam, so wollte er sich seinen Erinnerungen wenigstens wieder einmal enthemmt hingeben und nebenbei den Geschmack des *chamba* runterspülen, den er, vermischt mit dem Geschmack des Blutes, seit der Weihung zum *palero* auf der Zunge trug. Stammgästen, die ihn zum Glück nicht ernst nahmen, erzählte er, vor Jahresfrist sei ihm »eins ihrer Pulver« ins Gesicht gepustet worden, im Vorbeitanzen, mit Affenscheiße vermischt, anfänglich habe er die Symptome mit einer Verliebtheit verwechselt. Ob Iliana wiederaufgetaucht sei?

»Anita? Die *puta*? Selbst wenn sie's wäre, *hombre,* dann hätte sie sich garantiert 'nen andern zugelegt.« »Mit so 'nem Zombie wie dir würd' ich auch nicht gern zur Sache kommen.«

Träum' ich? dachte Broschkus, wach' ich gleich auf? Tatsächlich schlug er im nächsten Moment die Augen auf, bereits elf Uhr – er mußte nach dem Frühstück eingeschlafen sein –, höchste Zeit, sich bei Ramón und Lolo zu bedanken! Im Gang zum Hoftor stieß er auf Papito, der ihm ein Bündel Banknoten in die Hand drückte, er sei ein gemachter Mann. Kaum eine Sekunde zögerte Broschkus – hab' ich das nicht schon mal? –, dann sah er Papito streng in die Augen: Zweihundert Peso, die Hälfte davon sei sofort in Rosalias Haushaltskasse einzuzahlen.

Papito mußte sich an der Hauswand festhalten, damit er nicht hintüberkippte.

Daß er in der nächtlichen Leichenhalle,
vom »La lucha« in zwei, drei Minuten zu erreichen, daß er reihum alle Aufgebahrten mit den Worten begrüßt habe, erst wenn der Mensch gestorben, werde der Heilige geboren, daß er den Trauernden eine wüste Festrede vom nahenden Untergang des weißen Mannes gehalten, wie man ihm anderntags einzureden suchte, war in Wirklichkeit gewiß auch nur im Traum geschehen:

»Ein Mal im Leben unlimitiert agieren«, habe er gerufen, »ein Mal!« »Ich suche, suche, suche einen Gott«, habe er gelästert, »bislang hab' ich bloß einen Teufel gefunden.« Alle, wie sie hier vor ihm stünden, seien zum Untergang verdammt, alle würden sie dunkel werden müssen, das Schwarze sei das Starke, je schwärzer, desto stärker. »Das Werk wird vollendet, die weiße Haut wird –?« Jeder der Anwesenden solle gefälligst nachdenken, sonst sterbe er, ohne zu wissen. Was? habe man ihn unterbrochen. Es! habe er geantwortet: Es! Und was dergleichen mehr gewesen; ein zufällig anwesender *santero* habe Broschkus fest in die Arme genommen und ihm etwas ins Ohr geraunt, da sei er zu sich gekommen. Der *santero* habe ihn nach Hause gebracht, Broschkus sei ganz sittsam mitgegangen, habe seine Tür von innen brav zugeschlossen, nachdem man ihn dazu aufgefordert.

All das hatte sich Flor sicher nur ausgedacht, um sich ein wenig wichtiger und attraktiver zu machen, neuerdings servierte sie das Frühstück mit einem Hüftschwung, den sie auch beim Gehen nicht mehr ablegte. Ob er nicht Lust habe, mit ihr zum Tanzen zu gehen, das bringe ihn vielleicht auf andre Gedanken?

»Morgen, *mi vida,* morgen!« gab sich Broschkus geschmeichelt, auf das Sirren der Luft lauschend, ob sich's als fernes Trommeln verdeutlichen wollte: »Heut machen wir unsern Ausflug nach El Cobre!«

Als ob sein Andrer Zustand nunmehr auf Dauer eingetreten, schwebte er im Fond des Chryslers und blickte durch getönte Seitenscheiben in eine grüne Landschaft mit grünen Bergen, einer grünen Sonne. Vor ihm der graumelierte Kräuselkopf am Steuer? Ernesto. Sein Beifahrer, der's laufend besser wußte? Luisito, laufend sah er am Straßenrand Ziegen, die zum Sprung vor den Kühlergrill ansetzten. Und Broschkus' Nachbar, der in regelmäßigen Abständen Rum verteilte? Der Chef der Mechaniker? Er war's, Luisito hatte drauf bestanden, einen Fachmann dabeizuhaben, der im Fall des Falles das Steuer übernehmen oder eine anfallende Reparatur ausführen konnte. Aber alles lief so glatt, als wär's ein Traum, am frühen Nachmittag kamen sie aufgeräumt in El Cobre an – den Umweg über Puerto Boniato hatte Luisito kurzfristig ins Programm gehoben –, und die Fassade war so gelb, wie's einem Nationalheiligtum zustand. Broschkus sah sie an, als wär' sie lediglich ein Erinnerungsbild dessen, was er vor langer Zeit gesehen.

Luisito kaufte einen großen Blumenstrauß, um ihn der Virgen de la Caridad in einen der Plastikeimer vor dem Altar zu stellen, Ernesto hatte von zu Hause einen Plastikblumenstrauß mitgebracht, um ihn am selben Altar Ochún zu überbringen, Broschkus interessierte sich eher für die Tür, die links vom Altar in einen Rückraum führte. Dort aber mitnichten ein Knochenkessel, sondern ein Tisch voll Spenden derer, denen die Jungfrau bereits beigestanden, bewacht von einer weißgekleideten Nonne – Photos, Briefe, Babysandalen, Sektflaschen, komplette Diplomarbeiten und Torten, ein Holzstück mit aufgemaltem Fußumriß, Schulterklappen der Revolutionsgarde. An der Wand hingen Hunderte kleiner Metallplättchen in Form von Gliedmaßen oder inneren Organen, Autosilhouetten, Miniaturtrommeln und eine Posaune.

»Heilige Jungfrau!« stotterte Broschkus angesichts der offensichtlichen Wirkmächtigkeit der Heiligen und hob die Hand zum Schwur: »Wenn ich heil aus Baracoa zurückkomme, bring' ich dir –«

Meine Kriegerschalen? Meinen Kessel? Meine Ketten? Die Wächterpuppe? Die kleine Marienstatue? Rosalias Zettel? Ein Hufeisen? Unter den strengen Augen der Nonne verdrückte sich Broschkus in die strahlende Marmorpracht des Kirchenschiffs.

Daß es auf der Rückfahrt einen plötzlichen Knall gab,
mochte mit dem verpatzten Gelübde zusammenhängen. Der Chef verschwand unter der Motorhaube, Luisito rauchte und rauchte. Broschkus blieb so locker wie ein Einheimischer, während Ernesto fast so nervös wie ein Deutscher wurde, nichts klappe in diesem verrotteten Land, alle faul und unzuverlässig, kein Wunder, daß es nirgends vorangehe, Kuba sei eine richtige Scheiße, *¡un carajo!*

Nach geraumer Zeit fand der Chef die Lösung, wenngleich nur eine, die sich mit Hilfe von Ersatzteilen in die Tat umsetzen ließ, der Wagen müsse noch mal zu ihm, »in die Werkstatt«. Kein *problema*, bloß ein *problemita*, eines der Kabel sei durchgeschmort und habe –

»*¡Que pinga!*« protestierte Ernesto: »*¡Todo esto es una mierda!*« Morgen wolle man, morgen müsse man abfahren, der Termin lasse sich nicht verschieben.

Fahren? Nicht mit diesem Wagen, schüttelte der Chef den Kopf, nicht in diesem Zustand.

Den Sonntag verbrachte Broschkus anfangs in großer Gleichgültigkeit,
als habe er mit der ganzen Angelegenheit nichts zu tun. Während andernorts der Chef selber Hand anlegte, bewacht von Luisito, der am Vorabend geschworen, nicht eher zu weichen, als bis er seinem Freund einen einwandfreien Wagen übergeben könne, einen Wagen, mit dem er sicher ans Ziel und, vor allem, wieder zurückkomme; während sich Ernesto mit sämtlichen vierhundert *santos* ins Benehmen setzte, auf daß man morgen jeden Kreuzweg freigeräumt bekomme und es vielleicht sogar an einem einzigen Tag bis Felicidad schaffen würde – jedenfalls durfte man sich das alles so oder ähnlich vorstellen –, ging Broschkus seiner Wege.

Daß ihn Flor zum Frühstück dran erinnerte, man sei für den Abend in der »Casona« verabredet, ignorierte er. War voll damit beschäftigt, sich zu sammeln, vorzubereiten, einzustimmen, sich Mut zuzuflüstern für den morgigen Tag. Wo auch immer du stecken magst! versprach er halblaut: Ich werd' dich finden.

In seiner Behausung gab's winzige Fliegen,
insbesondre im Abfalleimer fühlten sie sich wohl, und wenn man neue Leckereien für sie hineinfallen ließ, stoben sie kurz draus hervor, eine kleine schwarze Wolke. Doch sogar der Abfalleimer hatte mittlerweile eine Geschichte, und zwar eine, in der nicht nur Verstorbne vorkamen: Alles, alles in Broschkus' Wohnung raunte ihm Ilianas Namen zu, auch der Mülleimer, oh, den hatte sie ihm einst in ihrer Heftigkeit – an manchen Tagen war's schier nicht auszuhalten.

Der 22. Dezember war ein solcher Tag, mit Macht trieb's Broschkus hinaus, ein Vergessen zu suchen, von Rosalia ließ er sich nicht aufhalten. Seitdem Ulysses zurückgekehrt, keifte sie wieder bei jedem Anlaß drauflos, ständig über die Hofmauer nach Hilfe rufend; als sie ihres Nachbarn gewahr wurde, unterbrach sie ihre Tiraden, verwandelte sich in reinste Liebenswürdigkeit: Von ihrer Tochter habe sie erfahren, der *doctor* werde neuerdings arg bedrängt, man höre ihn jede Nacht stöhnen, ob er nicht mal den Namen seiner sämtlichen Toten auf einen Zettel –

Ay mi madre, der Zettel! Auf der Stelle verschwand Rosalia in der guten Stube. Von nebenan winkte eine Frau mit Lockenwicklern im Haar, doch Broschkus zog's vor, geradeaus zu blikken. Das Sterben der schwarzen Käfer in seinem Kühlschrank würde auch ohne sein Zutun vonstatten gehen, das Gewimmel der Fliegen desgleichen.

Sonntag war in Santiago Basteltag,
man hämmerte, sägte, soff, auf den Bürgersteigen schnitt man einander die Haare und zerlegte Motorräder, um ihr Innerstes mit Benzin zu waschen: Der ganze Tivolí ein geschäftig summender, singender, klingender Bienenstock zufriedner Selbstverwaltung; jeder Hund, der seinen Haufen auf die Straße setzte, wußte, was er tat – und Broschkus wüßte's auch. Als man ihm aus einem Hauseingang die rosarot verpackten Riegel hinhielt, die ihm seine Zeit hier versüßt, als man ihm sogar hinterherrief, warum er nicht kaufe, die Schokolade sei so gut wie immer, tat er, als verstünde er nicht. Erhobnen Hauptes schritt er dahin, hartherzig, hochfahrend, bis die Straßen nurmehr Buchstaben als Namen trugen und Ziffern.

Vierter Advent, in den elektrischen Leitungen hingen überall Reste abgestürzter Drachen. Wenn's heut noch regnen sollte, würde Iliana sofort Hunger bekommen; wenn nicht, hatte sie ihn bereits.

Zum roten Wassertank ging Broschkus trotzdem nicht,
vielleicht weil auf halber Höhe des Hügels, am Ende des ausgetrockneten Bachbetts, ein Schweinskopf hing, das Ohr übern Nagel geschoben. Einen *refresco* nehmend, erkundigte sich Broschkus nach den zwei kleinen Plastikhunden, Die-mit-der-

roten-Zunge, mußte sich für seine Frage verständnislos ansehen lassen: Ein Metzger, der Plastikhunde verkaufe?

Den Schweinskopf betrachtend, stellte Broschkus fest, daß auch ein Tier im Tod zur Heiligkeit gelangte, mochte's ihn noch so schadenfroh? tückisch? angrinsen, mächtige Zahnhälse blekkend.

Die Sau sei selig gewesen, als man ihr die Kehle geschlitzt, belehrte er den Metzger, der freilich erkannt hatte, daß er's mit einem Geistesgestörten zu tun und sich abgewandt hatte: Wenn man ein Schwein nicht einfach absteche wie ein Schwein, sondern in aller Ehre ausbluten lasse, wolle's sein Leben gern geben, es sterbe freiwillig. Und weil der Metzger weiterhin so tat, als sei er allein, wahrscheinlich war er ein Toter, der seine Ruhe haben wollte: Ob er wenigstens das Trommeln höre, man opfere sicher eine Katze?

Aber heut sei doch erst Montag! brummte der Metzger, nun war er's wirklich leid: Broschkus habe wohl zuviel Sonne abbekommen?

Jedenfalls noch viel zuwenig Dunkelheit! Broschkus, ingrimmig strahlend, wandelte von dannen.

Nach dem Verzehr einer Tropfpizza
schlug er so lang auf einen Hund ein, bis der abließ, an einer Hündin zu schnüffeln.

Vom Erdnußmann an der Kathedrale bekam er ein vollkommen unbedrucktes Tütchen gereicht, und da ihm das ein gutes Zeichen dünkte, leerte er's nicht auf der Stelle.

In der Markthalle mußte er sich vom Fleischtresen verscheuchen lassen, einer wie er verderbe die Ware, schon allein der Gestank!

Auf dem Parque Céspedes keine einzige, die ihn mit *¡Sssss!* herbeilocken wollte, sogar der Cuba-good?-Begrüßungsbettler, der ihm von hinten auf die Schulter klopfte, entschuldigte sich sofort, er habe ihn verwechselt. Der Armstumpfbettler hob seinen Armstumpf, als grüße er einen guten Bekannten; der beinlose Liliputaner, der sich erst zur Hochsaison hier eingefunden, unterbrach bei Broschkus' Anblick sein Spiel, um die Gitarrenhülle aus dem Weg zu ziehen. Eine überaus fette Frau, den Korb mit Gemüse auf dem Kopf balancierend, näherte sich einer Gruppe älterer Sandalenträger, die einander mit Zurufen auf das Motiv hinwiesen; auf Höhe ihres verlornen Sohns unterbrach sie kurz den Gesang, um ihm ein feindseliges »Ich dachte, du bist bereits tot!« zuzuzischen.

Dem Kettenverkäufer im leeren Kaufhaus,
beflackert vom Blinken eines Christbaums, zeigte Broschkus seine Schnitte an Schulter und Hand: Er sei einem letzten Geheimnis auf der Spur, sozusagen einer schwarzen Erleuchtung, ob man ihm nicht die dazu passende Kette verkaufen wolle? Als er jedoch erfuhr, daß sie zwei Dollar kosten sollte, beschimpfte er den Verkäufer als Halsabschneider, dafür könne man ja locker eine Woche leben.

Lang stand er vor der »Bombonera«, um die Waren zu betrachten, die sich hinterm getönten Schaufenster abzeichneten, gewiß war der »deutsche Gouda« wieder ausgegangen. Der Türsteher verweigerte jedem den Zutritt, der nicht exakt anzugeben wußte, was er kaufen wollte; als es ihm der Schaulustigen zu viele wurden, verjagte er sie mit groben Stößen, darunter Broschkus.

Daß der mitten auf der Enramada, lautlos glitten die *moto*-Fahrer bergab, auf dem Gehsteig das übliche unübersichtliche Gewühl, daß er ausgerechnet hier auf den Einbeinigen stieß, war verwirrend. Broschkus, im ersten Moment wußte er nicht, ob er sich etwa zu verbeugen hatte, der Hüter des Mondes und der Mitternacht war schließlich auch bei Sonnenschein sein *tata*, auch in der Hauptgeschäftsstraße der Stadt. Doch als hätte er ihn niemals geritzt, stand er stumm vor ihm und blockierte den Weg. Broschkus begriff, daß er ihm noch etwas schuldete, daß die Schuld hier und sofort zu begleichen war, und gab ihm das Erdnußtütchen. Der Einbeinige riß es vor seinen Augen auf, schüttete sich die Nüsse in den Mund, selbst die letzte Nuß, die hartnäckig in der Tütenspitze steckenblieb, pulte er sich heraus. Daß das Einwickelpapier unbedruckt war, reines Weiß, schien ihm egal.

Die Stunde des großen Mittags verbrachte Broschkus,
entgegen seinem früheren Vorsatz, im flirrenden Halbschatten von Santa Ifigenia. Denn so klar ihm die kommenden Tage vor Augen standen, das Entscheidende daran sah er längst nicht klar genug; die Totengräber würden Genaueres wissen. Weil er nicht abschätzen konnte, hinter welchem Grabstein sie gerade Pause machten, beschloß er, bis zu den Nachmittagsexhumationen zu warten, schlief dann prompt ein, an den Sockel eines Marmorengels gelehnt, von einem Gang nach Chicharrones träumend, wo er in Streit mit einem Verstorbnen geriet. Träumte von einer Begegnung mit Mirta, die ihn im Vorbeigehen wissen ließ, sie sei an der Kraft ihres Kessels wahnsinnig geworden, oder ob er glaube, sie singe freiwillig Gemüse aus? Nachdem Broschkus, im Traum, vom Einbeinigen eine Dreipesonote in die Hand gedrückt bekommen, als ob er, Broschkus, der Bettler gewesen wäre, eine Dreipesonote, die auf der Rückseite vollkommen unbedruckt –, nachdem Broschkus den wertlosen Schein empört von sich gewiesen, erwachte er. Und stellte fest, daß er die Öffnung der Privatgräber verschlafen hatte.

In der »Área de exhumación« waren Pancho und seine Kumpel noch zugange, man putzte Knochen für die Ewigkeit; in einer der Trauergesellschaften beklagte man das Fehlen von Goldzähnen: Auf der Tatsache, daß nur ein Schienbein vorhanden, wolle man nicht groß herumreiten, doch das Gold! Wo sich die Tochter der Verstorbnen, ihre Zähne seien ebenso schlecht wie die der Mutter, schon so drauf gefreut habe! Es ging eine Weile hin und her, ehe sich die Wogen glätteten, schließlich versammelte sich die Familie um den Knochenkasten, besprenkelte ihn mit Rum und betete.

Ob man ein Menschenopfer verhindern könne?
kam Broschkus ohne langwieriges Wie-geht's-wie-steht's gleich zum Wesentlichen, sobald er Pancho auf eine Zigarettenlänge abseits genommen: Vielleicht durch Flucht?

»Glaubst du, die Götter sind blind?« Zum Glück brach im selben Moment eine junge Frau in Tränen aus, kein Mensch achtete mehr auf Pancho und seinen seltsamen Onkel: Nein, wer einmal erwählt, den spüre der Herr der Hörner in den entlegensten Gegenden der Welt auf; und seine Jünger seien Meister, was die Zeremonie des magischen Tötens betreffe: »Sie können einen Menschen durch seine eigne Angst umbringen!« »Wo auch immer er sich versteckt, er wird in dem Moment stürzen, den sie auf ihre Weise bestimmen.«

Zumindest sei Broschkus mittlerweile geritzt und sogar bestiegen worden, ein gutes Zeichen. Die Frau mußte jetzt festgehalten werden, wollte man verhindern, daß sie sich auf Panchos Kumpel stürzte, unter ihrem Geschrei gab man kleine weiße Söckchen und einen bunten Kittel in den Knochenkasten.

Ihre achtjährige Tochter, erklärte Pancho und zog die Nase hoch: Als man den Sarg geöffnet, hätten in den unversehrten Socken die Fußknochen gesteckt und täten's noch; besser, man hätte sie gleich unten in der Gruft –

Er unterbrach sich, einer Bedrückung nachgebend: Nur acht Jahre, das erscheine selbst einem Profi wie ihm ziemlich ungerecht. »Und morgen geht's los?«

Auch er hatte also von der anstehenden Fahrt gehört, inzwischen schien die gesamte Stadt Bescheid zu wissen – ganz von alleine drückten sich Broschkus die Schultern durch: Ob Pancho glaube, daß man in der Schwarzen Kapelle auf Armandito Elegguá treffe?

»Falls er sich nicht gerade in Santiago aufhält!« Oh ja, er

kenne ihn, abgesehen von Fidel und seinen Spitzeln kenne ihn jeder. »Dochdoch, Onkel, du kennst ihn auch.«

Als Broschkus erwachte,
fügte Pancho gerade an, er werde Armanditos bürgerlichen Namen erst verraten, wenn der Onkel begriffen habe, daß er unschuldig sei, vollkommen unschuldig, ein Heiliger. Über die Knochen der Achtjährigen gab man Rosenblätter, dann Talk aus einem großen Salzstreuer, ein paar Spritzer Parfum, abschließend eine bunte Decke. Als der Beschrifter in Schönschrift ihren Namen auf den Kasten pinselte, erwachte Broschkus, und als er in der Calle Rabí auf Luisito stieß, Der-Ausflug-des-Doktors-sei-gerettet, Der-Wagen-laufe-wieder-wie-geschmiert, erwachte er wirklich.

Sieben Säcke habe der Chrysler, mindestens! Um diese Uhrzeit loszufahren lohne freilich nicht, bis zum Einbruch der Dunkelheit würde man nicht mal mehr bis Guantánamo kommen.

Morgen sei auch noch ein Tag, hörte sich Broschkus bekunden: »*Agüé son agüé y mañana son mañana.*«

»Aber das ist ja schon der 23.!« sorgte sich Luisito, ausgerechnet der. Er packte seinen Freund an beiden Schultern, schüttelte ihn, blickte ihm bekümmert in die Augen: »Wollen wir alles abblasen, *doctor*?«

Wie oft muß ich eigentlich noch erwachen,
fragte sich Broschkus, indem er die Augen auf den Stufen zu Bebos Rasierstube aufschlug, wie oft muß ich erwachen, um endlich wach zu sein? Womöglich hatte er hier, von der milden Spätnachmittagssonne beschienen, eine geschlagne Stunde verbracht, während aus dem »Salón el túnel« Haare herauswehten und kleine Melodienfetzen. Wenn er dran dachte, daß er bei seinem ersten Friseurbesuch in dieser Stadt zehn Dollar bezahlt hatte, und jetzt wollte Bebo nicht mal mehr die zwei Peso, die er

zuletzt dafür verlangt, weniger als ein Hundertstel des Anfangspreises!

»Neinein, *doctor*, das war *gratis, todo gratis*.« Er wünsche eine gute Reise. Und glückliche Heimkehr!

Erfreut,
Ernesto bei den Dominospielern anzutreffen, trat Broschkus auf ihn zu, wollte ihm von der Reparatur des Chryslers berichten. Ernesto jedoch winkte unwirsch ab, Er-wisse-Bescheid, Also-bis-morgen-um-sechs, und konzentrierte sich auf ein Touristenpärchen, das sich, unsicher nach linksrechts lächelnd, Richtung »Casona« bewegte:

»So ausnehmend weiße Haut und trotzdem ohne Schirm?« Schon trat er aus dem Schatten der Hauswand, ein englischer Gentleman. Keine Frage, Ernesto wollte sich vor seiner Fahrt als *santero* noch einen Dollar als *jinetero* verdienen.

Nachdem er seinen Kessel bei Cuqui untergestellt hatte,
genaugenommen bei Cuquis Ehefrau, die genauso nett war wie seine Mutter – Ob er die Kraft spüre, die in ihn gefahren? wollte sie wissen: die Kraft, die zurückbleibe, wenn Oggún einen seiner Söhne besucht habe? Broschkus nickte eifrig, dann schüttelte er ebenso eifrig den Kopf, Cuquis Frau lachte, verstand ihn ganz ohne Worte –, nachdem Broschkus seine wenigen Angelegenheiten geregelt und ein letztes Mal auf der Dachterrasse gesessen, das Schweben der Geier zu verfolgen: blieben nurmehr einige Stunden.

Obwohl ihn Luisito eingeladen hatte, einen Eimer Mangos mit ihm zu leeren, Gespräch unter Männern, mußte er mit Flor zum Tanzen: Vor dem »Balcón« fing sie ihn ab, stark duftend, leider nicht nach *Palo*. Immerhin durfte er seinen Vermieter mitnehmen.

Flor hatte sich für diesen Abend zwar besonders schön gemacht, dennoch war Broschkus froh, daß sich Luisito ihrer annahm und mit seinen Beckenschlägen über die Tanzfläche trieb; nach wie vor war ihm Salsa allenfalls Musik, die in die Glieder fuhr, nicht jedoch ins Herz, sozusagen Bigband-*son*.

Also die »Casona«. Ein feines Lokal, aber – es klang wie immer, roch wie immer, war wie immer. Jesús gab sich lustig und durstig; Broschkus, nachdem er sich ausführlich von Papito betätscheln und von Pepe hatte zuzwinkern lassen, kam neben einem Volltrunknen zu stehen, der sich von seiner Frau das Bier einflößen ließ, während sie ihn mit dem andern Arm fest um die Hüfte hielt. Als sie ihn vorsichtig zum Ausgang führte, wackelte er beschwingt mit den Hüften; wäre dann freilich fast noch hingeschlagen: Denn ihm entgegen kam mit Schwung Ramón, ein strahlendes Lächeln auf den Lippen, in keiner Weise daran erinnernd, daß er sich letzthin hier wie ein geprügelter Hund davongeschlichen hatte. Jeder wollte ihm die Hand beklatschen, beteuerte, daß man ihn vermißt habe. Sich offnen Blickes etwelcher anwesender Blondinen versichernd, schritt er über die halbleere Tanzfläche, unbezweifelbarer Fachmann für Männlichkeit, an der Bar schlug er ein potentes Gelächter an:

Dieser *puta* von neulich, der habe er's inzwischen besorgt, die sei auf Knien vor ihm um Gnade gerutscht. Selbstverständlich habe er sie Abbitte leisten lassen.

¡Mentira! Man wollte's genauer wissen.

Flor lachte an diesem Abend fast ununterbrochen, stets dabei in Broschkus' Richtung schielend. Weil das nichts nützte, riß sie sich, mitten im Tanz, aus Luisitos Umklammerung und stürzte zum Tresen, ohne weitere Vorrede um Broschkus' Hals fallend: Er solle hierbleiben, im Tivolí, sie mache sich Sorgen. Ernesto könne doch zur Not alleine fahren?

Mit Gewalt versuchte sie ihn auf andre Gedanken zu bringen, zerrte, zog, drückte, preßte, die Musik wurde schneller und schneller. Broschkus hingegen blieb hart, er war kein Tänzer und wollte's auch nicht sein, außer wenn er von einem Gott aufgefordert wurde. Als Flors Schwester auftauchte, ausgerechnet sie, ausgerechnet jetzt, auf den ersten spöttischen Blick die Situation erfassend, riß er sich aus der Umklammerung. Flor blickte ihn ungläubig an, dann ihre Schwester, und rannte raus.

Dabei war Mercedes ja nicht Broschkus' willen gekommen, sie begrüßte ihn kaum durch Anheben der Augenbrauen. Luisito fühlte sich bemüßigt, den Kopf zu schütteln und eine *Hollywood* anzubieten.

Eine Weile war Broschkus bestrebt,
sich auf Ramóns rosa Schuhsohlen zu konzentrieren – er schien sich's gründlich anders überlegt zu haben, machte genau dort weiter, wo er vor knapp zwei Wochen aufgehört hatte, mit gleichem Kniefall, gleichem Erfolg. Aber je intensiver sich Broschkus darauf konzentrierte, desto häufiger ertappte er sich, wie er im zunehmenden Gewühl der Tänzer nach zimtbrauner Haut suchte, im Licht der Kneipe schimmerte sie ihm hell und honigbraun.

Wach-auf-Broder, sagte er sich, es ist nur Merci. Die Falsche!

Daß ihm einer die Schulter klopfte, fühlte er nicht, doch die angebotne Zigarette nahm er ohne ein Wort des Dankes an, rauchte sie in einem einz'gen Zuge weg.

Sie trug ein T-Shirt mit »Hände weg!«-Aufschrift,
lächelte zerstreut, tanzte. Mit einem Touristen. Schenkte ihm ihr Lächeln und ihren Duft, wahrscheinlich berührte sie im Vorbeidrehen kurz seine Hüften. Broschkus glaubte sich zu entsinnen, daß er ihn heut nachmittag bei den Dominospielern gesehen, wie er sich, gemeinsam mit seiner Frau, von einem der *jineteros* hatte ansprechen lassen; doch sicher, richtig sicher war er sich nicht. So oder so, der Tourist tanzte um sein Leben, Blitz-

lichter flammten auf. Mercedes warf Broschkus einen Blick zu, daß der vermeinte, ihre Zungenspitze zu spüren.

Er verschluckte sich so heftig, daß er husten mußte.

Hörte's aufrauschen in seinem Schädel, im nächsten Moment rückte ihm alles fern und nah zugleich, als ob's gar nicht geschah oder in Zeitlupe und hinter Glas, die bloße Darstellung eines Geschehens.

Obwohl der Schlagwerker mit Lust auf seinen Pferdeschädel schlug, obwohl der Bassist die Lippen an die Wölbung seines Tonkrugs legte, obwohl sich der älteste der Sänger ein Ohr zuhielt, um die Töne besser in seinem Schädel vibrieren zu hören, und sogar Pepe mit Inbrunst in die Saiten griff, konnte Broschkus kaum noch etwas vernehmen, die Musik drang ihm nurmehr als feines Flirren ans Ohr. Jetzt griff Mercedes, mitten im Trompetensolo, nach –? Es war nicht zu erkennen! Und jetzt? führte sie den Touristen zu seinem Platz zurück, weiß-der-Teufel-warum, ließ ihn mit einem Lächeln sitzen. Das tat er notgedrungen auch, der Tourist, mit der Hand nach Gegenständlichem tappend, mühsam sich seiner *Cristal*-Dose erinnernd. Als Papito anfing, ihm obszöne Gesten zu machen, als Maikel? Jordi? Igor? einfiel und selbst Jesús kurz die dicken Zeigefinger aneinanderrieb, konnte sich Broschkus nicht entblöden: und tat's ihnen gleich. Der Tourist lachte, beugte sich zu seiner Frau. Von einer Vorahnung getrieben, begab sich Broschkus nach draußen, in schlafwandlerischer Sicherheit schwebte auf die Balustrade. Lehnte sich gegens Geländer, den Blick durch die Fensterjalousetten nach innen gerichtet, und kippte die Brille schief.

Der Tourist lachte,
bis die Bierdose leer war. An der Seite seiner Frau verließ er das Lokal, einer der Sänger nützte die Gelegenheit, um mit der Hand an eine Säule zu schlagen, wie um seinen Vortrag zu illustrieren. Und tatsächlich, kaum hatte der Tourist treppab die

Straße erreicht, kam Mercedes hinter ihm hergerannt, mit einem Geldschein winkend. Obwohl Broschkus ihre Worte nicht verstehen konnte, hörte er sie klar und deutlich:

Ob er den, bitte, wechseln könne?

Er konnte's. Mercedes nahm seine beiden Geldscheine an sich, bebend bis in die Bauchdecke hinab, und blickte ihm noch eine Sekunde nach, wie er Seit' an Seit' mit seiner Frau die Calle Rabí stadteinwärts verschwand – Broschkus wollte vergehen vor Scham. Als sie sehr langsam die Stufen wieder emporkam, der Anfeuerungsrufe und Pfiffe nicht achtend, blieb ihm die Zunge am Gaumen kleben. Konzentrier dich, Broder, schau auf die Geldscheine, schau auf ihre Fingernägel, die sind –

Dann stürzte er treppab und zu Tode.

Jedenfalls im Traum;
was ihn ein letztes Mal gerettet, war niemand andres als Mercedes selbst gewesen, auf dieser schmalen Treppe hätte man beim besten Willen nicht an ihr vorbeistürzen können. Für einen Moment roch er die Herbheit ihres Körpers, »*Ay* Bro, warum so eilig?«, schon hatte sie sich von ihm gelöst, war auf dem Weg zurück zur Tanzfläche. Wenn man's genau besah, trug sie die gleichen billigen Lycra-Klamotten wie immer, nur das T-Shirt war neu. Es blieb Broschkus gar nichts andres übrig, als heimzugehen.

Am Treppenabsatz versetzte man ihm einen Schlag auf die Schulter – gerade kräftig genug, daß er die Augen aufschlug. War das nicht Tomás? Auf ihn einredend, er solle gefälligst besser auf sich aufpassen? Ja, unbezweifelbar, Tomás, der Türsteher.

»Ich mag dich nämlich«, ließ er die Hand auf Broschkus' Schulter liegen: »Und nächstes Mal muß ich dir ausführlich erzählen, wie ich diese Österreicherin losbekommen hab'«

Nach einer Nacht,
in der ihn dunkle Gestalten (von denen Herr Maturell Paisan noch nicht mal die dunkelste) stets so lang bedrängt, bis ihn die Vielklanghupe eines fernen Lkws geweckt, der Liebesschrei einer Katze oder das anhaltende Schluchzen einer Frau? eines Mädchens? dämmerte der Morgen des 23. Dezember. Als das Ticken der Wanduhr zu laut wurde, erhob sich Broschkus vom Lager, zufällig sprang auch der MINSK 16 an. Hatte er das Trommeln wirklich die ganze Nacht über vernommen, dies schnörkellos monotone Tock-Tock-a-Tock, das sogar Götter herbeizwang? Manche der Schläge fuhren in den Himmel, manche in die Erde, manche ins Herz.

Als erstes leckte sich Broschkus das Blut von den Händen, wer weiß, wo er während der letzten Stunden gewesen, was er erlebt hatte. Nahm das Kruzifix aus dem Wasserglas, die kleine goldgelbe Madonna von der Kommode, desgleichen die schwarze Puppe, in deren Innerm Geheimnisse klirrten. Löste das Bild der durchbohrten Zunge von der Wand, zog das Paket unterm Bett hervor. Packte das Hufeisen aus der Sierra Maestra ein, dazu Oscars Rassel, um bei Bedarf mit den Heiligen zu sprechen.

In den Kriegerschalen suchte er nach den beiden Steinen, dem glatten dunklen von Oggún, dem hellen unscheinbaren von Eleggúa; aus dem Kessel hatte er bereits gestern einen der Handknochen gewählt, die obenauf lagen. Noch war bei den Nachbarn alles still, Broschkus betüpfelte sich mit *Elements*, legte seine sechs Ketten um, schob den letzten der drei Zehnpesoscheine in die Tasche. Verharrte eine Weile im Dunkeln, den ersten Hahnenschrei oder sonst ein Zeichen erwartend – so hellwach ausgeschlafen, vielleicht auch: so fest eingeschlafen wie lang nicht mehr.

Vermutlich zögerte er nur deshalb so lang, weil etwas in ihm spürte, daß er den Weg vielleicht doch nicht beschreiten sollte, den Weg, der ihn zunächst zwar nur nach Baracoa, von dort aber zielstrebig nach Felicidad führen würde und am Ende, das stand fest, nicht etwa an einen fahlen Fleck, sondern an einen dunklen Punkt.

Dabei war er doch reif,
wenn er sich im Spiegel betrachtete, war überreif für sein Verderben, sämtliche Schnitte waren verheilt, die Narben am Hals verblaßt, ungläubig strich er mit der Spitze des Zeigefingers übern Adamsapfel. Dem Glühen am Abgrund seiner Augen vermochte er nicht standzuhalten, ein Fremder blickte ihn an. In der Seitentasche der Hose steckte, wie immer, sein kleines Messer.

Das Geräusch der Eisenstange,
die das Hoftor entriegelte, hätte Broschkus selbst im Schlaf erkannt: ein kurzes Aufquietschen (das Drehen!), das in ein kurzes Klacken (das Beiseiteschieben!) überging, unverwechselbar, entweder er oder Papito bekam Besuch.

»Bro?«

Cuqui wollte's nicht versäumt haben, sich vor allen andern von ihm zu verabschieden, er umarmte ihn sehr. Morgen abend werde er über Broschkus' Kessel etwas besonders Saftiges ausbluten lassen, um ihm beizustehen. Gemeinsam traten sie vor die Tür, am Hügelsaum von Chicharrones war erst ein feiner heller Flaum auszumachen. Trotzdem ertönte jetzt, als habe man nur auf diesen Moment gewartet, unverwechselbar aufgurgelnd, die Stimme der Lockenwicklerin:

»Jungs, nehmt den Finger aus'm Arsch, es gibt Arbeit!«

Woraufhin in sämtlichen Wohnungen neben und unter der Casa el Tivolí Geraschel und Getön anhob.

Vor seinem Haus stand Luisito und verfolgte halben Herzens,
wie Oscar mit Zweigen auf den Chrysler einschlug, wie er anschließend die Räder beprustete. Als ihm Cuqui versichern

konnte, daß an Broschkus' Haustür kein schwarzes Huhn angenagelt gewesen, daß nicht mal eine schwarze Feder davorgelegen, hob er sein Strohhütchen kurz an und schnaufte hörbar aus.

Im Fond war Ernesto mit dem Verstauen von Pappkartons beschäftigt, es scharrte, gurrte, raschelte. Angeblich hatte er bereits Vierfüßiges geladen. Rücklings schob er sich aus dem Verschlag des Wagens, um seinen Sohn zu begrüßen, nun wieder ganz *santero*: Was auch immer vor Ort gebraucht würde, es sei geladen, man reise in Begleitung sämtlicher *santos*. »Wir werden dich stark machen, *sir*, stärker als alles, was sich dir in den Weg stellen will!«

Luisito versicherte, er habe jede Plastikflasche, deren er habhaft werden konnte, mit Benzin füllen lassen, überdies Benzingutscheine im Kreis der *familia* gesammelt; er drückte dem *doctor* ein Bündel in die Hand, aus dem Banknoten herausragten. Ehe sich Broschkus bedanken konnte, winkte er ab, über derlei rede man unter Freunden nicht. Von der Seite mischte sich Oscar ein:

»Hast du heut morgen an die Krieger gedacht, *amor?*«

Daß Montag war, hatte Broschkus vergessen, er mußte noch mal zurück, um zu beten. Oscar begleitete ihn, versprach, sich während der kommenden Tage um die Schalen zu kümmern, verabschiedete sich mit einer Umarmung.

Als Broschkus erneut am Wagen eintraf,
sechs Uhr, war die halbe Nachbarschaft zusammengelaufen: in ihrer Mitte Papito, der von seinem Imbißwagen *refrescos, cafecitos* und sogar *batidos* verteilte, auf letzterem habe seine Enkeltochter bestanden. *Gratis, todo gratis, ¡como no!* Broschkus versicherte dem stolzen Papito, daß er seinen Imbißwagen schon immer haargenau so und nicht anders gesehen habe, vorm innern Auge, es fehle höchstens noch der Schriftzug »Papito«.

Der werde bis zu des Doktors Rückkehr angebracht, versprach man, notfalls in Blau.

Man servierte Gekrösebrötchen, leider habe sich gestern kein einziges Ei auftreiben lassen. Eine *hamburguesa* sei aber auch was Feines, die mache stark.

Nun wollte Rosalia ihren Zettel an den Mann bringen,
im ersten Moment wußte Broschkus gar nicht, wie spitz er seine Finger machen mußte, ihn zu ergreifen: Ach, ja, richtig, der Zettel! Dann fühlte er sich an wie normales Papier.

Alles werde gut, raunte ihm Rosalia zufrieden zu, »danach« habe sie den Zettel eine Weile mit sich herumgetragen – jaja, dort, wo er hingehöre! – und neu versiegelt. Selbst eine Iliana könne sich seiner Macht nicht entziehen, der *doctor* werde sie garantiert wiedersehen. Als sie ihn umarmte, roch sie nicht mal mehr wie ein feuchter Feudel; Ulysses kratzte sich und blickte verlegen zu Boden.

Auch die Lockenwicklerin machte's nicht ohne Umarmung,
wenn sie ihr Nachbar schon nicht gegrüßt hatte, wollte sie sich zumindest von ihm verabschieden. Ihre Jungs hatte sie mitgebracht, allen voran Lolo und Ramón, dazu eine tiefblaue Torte mit weißen Sahneverzierungen, die jetzt aufgeschnitten und verteilt wurde.

Lolo überbrachte von seinem Freund, Dem-der-damals-'n-bißchen-zu-fest-hingefaßt-hat, eine fabrikneu verpackte chinesische Uhr: Sieben Tage Garantie, das reiche locker. Während er seinen Onkel umarmte, ermahnte er ihn, tüchtig aufzupassen, Diebe gebe's nicht nur in Santiago.

Mit zwei Flaschen Ron Mulata für allfällige Polizeikontrollen
tauchte Jesús auf, »organisierte Ware«, *claro*. Papito nahm eine davon an sich, er werde sie für den Tag von Broschkus' Rückkehr aufheben; Luisito nahm sie ihm weg, drängte auf Abfahrt. Weil er sich schon öfters die Augen hatte wischen müssen, begann er aufzuzählen, was er »für den Fall der Fälle« vom Chef persönlich

im Kofferraum hatte bereitlegen lassen: zwei Räder, mehrere Keilriemen, Kabel, Schläuche ... Als ihm kein weiteres Ersatzteil mehr einfiel, witzelte er möglichst laut: »Ein Neger und ein Farbiger zusammen auf 'ner Fahrt ins Blaue, *coño*, ob das gutgeht?«

Keiner wollte darüber lachen, Denia überreichte eine Thermoskanne Kaffee. Broschkus mußte sich beeilen, seinen Nadelstreifenanzug zu übergeben, im Gegenzug bekam er von Ramón weiße Chauffeurshandschuhe, die brauche er ja nicht mehr. Ob der Onkel an die Manschettenknöpfe gedacht habe? Und an das Stecktuch?

»Vorsicht gerade vor dem Unscheinbarsten!« mischte sich Luisito ein, Ernesto saß bereits hinterm Steuer.

Cuqui versicherte reihum jedem, man werde seinen Bruder bald wiedersehen, notfalls als Toten oder Heiligen, er habe einen Hund in seinem Kessel, der finde jeden. Man sah's dem Koch an, auch ihm war zum Heulen zumut. Seine Mutter rauchte, seine Frau lachte, Claudia weigerte sich, »den Onkel Bro« zum Abschied zu küssen. Statt dessen überreichte sie ein Blatt Papier, auf das sie mehrere Lippenstiftküsse gedrückt hatte, in Dunkelviolett.

Ernesto ließ den Motor an, da kam Pancho angehastet, ein Ochsenauge zu übergeben: »Nur mit weißem Rum waschen, hörst du?«

Das weiß ich doch, dachte Broschkus, sagte's aber nicht. Vielleicht hatte er die Szene damals bloß geträumt.

Jeder hatte plötzlich noch etwas Wichtiges zu sagen,
allseits wurde betont, daß man sich ja lediglich für kurze Zeit trenne, man nehme im Grunde gar nicht Abschied; einige legten Wert drauf, sich auf die Schnelle mit dem *doctor* zu verabreden: Bis übermorgen dann, wie immer!

Ich danke euch, sagte Broschkus, mehr nicht. Endlich saß er auf dem Beifahrersitz, Ernesto hupte, Luisito nahm die Ziegelsteine weg, mit denen man die Räder blockiert gehalten, die ersten fingen an zu winken. Langsam, sehr langsam setzte Ernesto zurück, bog in die Calle Rabí ein. In der Hoftür der Nummer 107 1/2 stand Flor und winkte nicht, von hinten schrien alle durcheinander.

Das letzte Wort aber hatte Luisito, der neben dem Auto mitgerannt war: »Denk dran, daß ich mit dir gemeinsam feiern will«, rief er, »bei meiner *mamá*!«

Bereits das Startgeräusch
hatte sich als minutenlanges Jammern gestaltet, wer weiß, ob der Motor des Stretch-Ladas nicht sogar älter war als der Chrysler. Auf der Ausfallstraße Richtung Guantánamo dann ein Husten, ergänzt durch ein Rütteln, schon standen sie am Straßenrand und hatten, noch innerhalb der Stadtgrenzen, ihre erste Panne. Allerdings eine, die durch Zuwarten behoben werden konnte, nach einer Pause wollte der Chrysler weiter, ein Pferd. Das Lenkrad sei aus einem Honda, erklärte Ernesto, der Spiegel aus einem Toyota. Abgesehen von einer Halterung, zu einem Drittel mit verschieden großen Splittern gefüllt, war freilich kein Spiegel zu sehen.

Auch die erste Polizeikontrolle verlief glimpflich – gleich hinterm Stadtrand, auf dem Paß der Hügelkette, die Santiago umgab, in der Ferne die ersten Schlote der Zuckerfabriken. Ernesto versprach seinen ehemaligen Kollegen? Untergebnen? eine Flasche Rum bei der Rückfahrt; als man aufs Problem der unlizenzierten Beförderung von Ausländern zu sprechen kam, ließ er den Namen von Señor Planas fallen. Danach mußte Broschkus die Sonnenbrille aufsetzen.

Bis Guantánamo ging alles glatt,
abgesehen davon, daß es im Wagen ständig nach Benzin stank und in kurzem Abstand beide Hinterreifen platzten. Ernesto wechselte das eine wie das andre Rad, Broschkus saß am Stra-

ßenrand, sah ohne Ungeduld zu: Er wußte, wo er herkam, wußte, wo er hinfuhr. Anfangs hatte's ihn gestört, daß Ernesto auf jedem Gefälle den Motor ausschaltete, doch Benzinsparen war bei einem Verbrauch von achtzehn Litern wohl angesagt. Die meisten Knöpfe fehlten dem Armaturenbrett, das vereinfachte die Bedienung; als ein kleiner Regen aufkam, gingen die Scheibenwischer nicht. Dafür flackerte eine der Kontrolleuchten beim Bremsen rot auf.

Wenn der Motor zu sehr dampfte, hielten sie kurz an, tranken von Denias Kaffee oder futterten das Gefieder; mitunter organisierte Ernesto Benzin. Während der Fahrt sah ihn Broschkus immer mal wieder von der Seite an – trotz der Chauffeurshandschuhe durfte er nicht ans Steuer – und wollte's kaum glauben, daß sein Freund ein andrer sein sollte als der, der er so selbstverständlich war: ein alter Herr, mit Würde sämtliche Geschwindigkeitsbegrenzungen mißachtend, mächtiger Mann. Zaghaft beschwerte er sich immerhin, daß ihn sein *padrino* an manchen Tagen gar nicht beachtet, ja, nicht erkannt habe; ehe er jedoch zum Kern seiner Befürchtungen vorgedrungen, fiel ihm Ernesto ins Wort: Das höre er nicht zum ersten Mal, anscheinend habe er in dieser Hinsicht einen kleinen Defekt, man möge ihm verzeihen, er sei ein alter Mann.

Hinter Guantánamo ging's mit Volldampf bergab,
als sie einen Blick auf die Bucht werfen konnten, die von den *yanquis* so schmachvoll besetzt gehalten, drohte Ernesto mit erhobner Faust. Ehe sie die Küste erreicht hatten, kam ein weiterer Kontrollpunkt, und hier schien selbst eine Flasche *Ron Mulata* nicht mehr weiterzuhelfen, Broschkus' Bemerkung, im Grunde sei jeder Ausländer (fast überall), erst recht nicht. Ein Señor Planas war unbekannt, der Diensthabende kämmte sich mit einem roten Plastikkamm, um Zeit zum Nachdenken zu geben. Man könne an Ort und Stelle eines der Hühner opfern, schlug Ernesto schließlich vor.

Man opferte, der Kontrolleur forderte für seinen Chef zusätzlich zwei Tauben. Vor lauter Sonne vergaß man's nur allzu leicht, daß man in einem Polizeistaat lebte. Danach kam das Meer, vollkommen unspektakulär, doch blau.

Nach fünfzig Kilometern ging's wieder bergauf,
ins Landesinnere, der Chrysler ächzte, hatte aber ganz offensichtlich sieben Säcke. Immer steiler wurden die Serpentinen, immer dichter der Urwald, und an einem Wachturm, der all das Tropische überragte, war Schluß. Daß das Kühlwasser kochte, hätte man mit einer Flasche Trinkwasser regeln können; daß freilich auch einer der Reservereifen platzen würde, war nicht eingeplant gewesen, Ersatz gab's keinen mehr. An der Gebirgswand, eine Serpentine entfernt, lehnte recht malerisch ein zerknautschter Lkw, ansonsten gab's weit und breit bloß Palmen. Ernesto tobte, mehrfach schlug er mit seinem Schirm aufs Dach des Wagens, daß es schepperte: Das sei die Bosheit Elegguás, seine Rache.

Ob man die Panne nicht als gutes Zeichen nehmen dürfe? hörte sich Broschkus vorschlagen: Und die Reise einfach abbrechen?

Dazu habe man gar kein Recht! wetterte der Chauffeur, schließlich habe man eine Aufgabe, das Werk müsse vollendet werden!

Die Formulierung kam Broschkus so bekannt vor, daß es ohne weitere Vorrede aus ihm hervorbrach: Warum ihm Ernesto nicht gleich gesagt, daß er in Wirklichkeit Armandito Elegguá sei? Wenn er unbedingt weiße Haut wolle, bitte, so möge er hier vor Ort vorliebnehmen!

Das saß. Ernesto blickte Broschkus an, als sei der von einem bösen Geist bestiegen: »Hab' ich dich deshalb mit allem versehen«, rang er nach Worten, »was dir gegen die dunklen Energien beistehen könnte«, rang er nach Luft, »um mir am Ende das sagen zu lassen?« »Hab' ich dich nicht immer davor gewarnt«, stammelte er, »daß das Böse stärker in dir werden könnte als das Gute?«

»Wenn ich dir glauben soll«, verlangte Broschkus, »dann zeig mir deine Zunge.«

Die Stelle,
an der man liegengeblieben, kurz vor dem Paß, der sie von Baracoa noch trennte, befand sich an einer leidlich frequentierten Straße; auch wenn Broschkus mit einem der Peso-Busse weiterfahren mußte, würde er die verbleibende Strecke in einer knappen Stunde zurücklegen können. Also rechtzeitig in Baracoa eintreffen, um von dort nach Felicidad weiterzukommen, sei's mit Hilfe von Angel und Wilfredo, sei's mit dem letzten Fahrzeug, das vor Einbruch der Dunkelheit aufbrach:

»Du mußt es schaffen«, beschwor ihn Ernesto, »und du wirst es schaffen.« Er werde so schnell wie möglich nachkommen, schließlich könne man Wagen und Tiere nicht sich selbst überlassen. Aber keine Sorge, er werde sich bei Oscars Freunden erkundigen und dann nicht eher aufhören – »kubanisches System« –, bis er seinen Sohn wieder in die Arme schließen könne: »Hast du mir nicht erzählt, du wolltest einmal im Leben eine Sache zu Ende machen, etwas ›Großes‹? Das hier ist etwas Großes, *¡cojones!*, etwas verdammt Großes!« »Mach's unsrer Freundschaft zuliebe, wenn du's dir zuliebe nicht hinkriegst!«

Ernestos Stimme hatte etwas ängstlich Flackerndes, am Ende umarmte er seinen Sohn lang und innig. Seine Zungenspitze, er hatte sie nach Broschkus' barscher Aufforderung umgehend herausgestreckt, war kein bißchen geritzt. Schon gar nicht kreuzweis. Und blieb ungeritzt, mochte man noch so ungläubig draufstarren.

In seinem frühern Leben habe er viel Unheil über die Menschen gebracht, ließ der *santero* zum Abschied wissen: aus religiösem Fanatismus. Das wolle er wiedergutmachen, indem er seinem Sohn beistehe in den kommenden Stunden. Morgen werde er Blut fließen lassen, im Notfall hier an Ort und Stelle, die *santos* würden den kurzen Weg zu Broschkus finden. »Und ich auch, mein Sohn.«

Daß in seinem Auge ein Fleck zu sehen gewesen,
als er Broschkus einen letzten Blick zugeworfen, ein farblos fahles Einsprengsel, war gewiß reine Einbildung gewesen. Die letzte Stunde bis Baracoa, eingeklemmt zwischen einer Frau mit dicker jodbestrichner Unterlippe und einem Jungen, der in einer Plastiktüte Welpen verpackt hatte – die Welpen wollten ständig heraus, der Frau brach ab und zu die Lippe auf, steil ging's bergab. Ein kleines Mädchen übergab sich, auf freier Strecke hob man eine Kranke, am Tropf hängend, ins Fahrerhaus, kurz vor drei kam Broschkus in Baracoa an, nach acht Stunden Fahrt. *¡Adelante!*

Doch es ging nicht weiter,
nicht für viel Geld, es wollte sich partout keiner finden, der den Namen Felicidad wenigstens schon mal gehört hatte. Geschweige dorthin fuhr. Oder zumindest eine vernünftige Antwort gab. Mißtrauisch beäugte man den Fremden, der zwar sehr grundsätzlich verkommen schien, nichtsdestoweniger über Dollars verfügte, mit denen er so offen hantierte, als wolle er damit sämtliche dunklen Elemente der Stadt herbeilocken. Man konnte über ihn nur den Kopf schütteln.

Bald vier Uhr und Broschkus stand noch immer auf dem Terrain des Busbahnhofs. Ein Radfahrer mit eintätowiertem Hakenkreuz am Oberarm, offensichtlich *jinetero,* hatte ihn mehrfach umrundet, alle erdenklichen Örtlichkeiten herunterbetend, an denen man übernachten, essen oder Zärtlichkeit finden konnte; bei Nennung von Felicidad zuckte er widerwillig die Schultern: Nein/Gibt's nicht.

Als ein ockergelber Spätnachmittagshimmel aufzog, war Broschkus den Tränen nah. Es half nichts, auf diese Weise kam man nicht weiter. In die staubig glitzernde Häßlichkeit Baracoas hineinschreitend, wußte er immerhin, daß er weitere Erkundungen mit mehr Dezenz einzuholen hatte. Oder mit Gewalt.

Angel und Wilfredo

waren bestens informiert über den *doctor*, wunderten sich freilich, daß er alleine kam: Ein gewisser Luis Felix Reinosa habe bereits mehrfach angerufen, lasse grüßen – ein guter Neger sei eben besser als zwei schlechte Weiße! Indem sie einander vorwurfsvoll in die Augen sahen, kicherten sie, dabei war nur einer von ihnen auf eine ledrig sonnverbrannte Art weiß, Wilfredo. Über Broschkus wußten sie alles, über den Grund seiner Reise nichts. Ob Schwarzer Fisch und Garnelen zum Abendessen recht seien?

Angel und Wilfredo waren ein altes schwules Ehepaar; der eine, Angel, ein blond eingefärbter Kräuselkopf-*mulato*, wahrscheinlich mit einer Kollektion an Goldketten und knallbunten Netzhemden; der Ältere, Wilfredo, den Part des Bedächtigen übernehmend, gern mit dünnen Lippen an einer unangezündeten Zigarette ziehend. Der eine erklärter Nichtraucher, der andre erklärter Antialkoholiker, sie verstanden sich prächtig.

Und entpuppten sich als gebildete, weltläufige Herren, die Wert drauf legten, daß ihr Gast zur Einstimmung eine Tasse Kaffee mit ihnen trank, ob man sich über Literatur unterhalten wolle? Broschkus war ihnen eine hochwillkommne Abwechslung, hier in der Provinz sei nichts los. Bald würde's dunkel sein, für den heutigen Tag war an ein Weiterkommen nicht zu denken. Broschkus saß zähneknirschend fest, unter einem gewaltigen Gummibaum mit rosarot gemaserten Blättern, und machte auf Konversation. Die meisten Möbelstücke waren mit Schutzhüllen überzogen, auf dem Tisch stand ein Teller mit Plastikobst, dazu eine Vase mit Plastikblumen. Ob man über Deutschland reden solle, man habe gehört, es sei dort verboten, Schwule als Schwule zu bezeichnen?

Nach dem gemeinsamen Abendessen entschuldigte sich Broschkus,
er mußte dringend mit dunkleren Gestalten ins Gespräch kommen, und er wußte auch, wie er's anzustellen hatte – kam Ilianas Familie nicht aus Baracoa, möglicherweise sogar aus Felicidad? Wer sich ihrer erinnerte, würde Genaueres wissen.

Nach einem ziellosen Hin und Her durch unbeleuchtete Straßen, in denen er bloß auf streunende Hunde stieß, landete Broschkus am Malecón, einer nahezu lichtlosen Uferstraße. Im Angebot eines staatlichen Restaurants befand sich laut Papptafel *»refresco de mango: 232 ml, 1 P., tortilla natural: 138 g., 3 P., huevo duro: 87 g., 2 P.«*, davon auf Nachfrage derzeit zwei Drittel nicht verfügbar. Iliana? Unbekannt. Broschkus setzte sich auf die Ufermauer und sah in die anbrandenden Wellen, im Himmel darüber groß und verbeult der Mond. Ab und zu rasselte eine Pferdedroschke vorbei, an der Hinterachse ein Topf, in dem ein kleines Feuer flackerte. Dann wieder vollendete Verlassenheit, ebenso ruhig war's wie dunkel.

Plötzlich saß eine Frau? ein Mädchen? neben Broschkus und fragte, ob sie stören dürfe; man sah von ihr nur die Zähne. Als ein Polizist herbeischlenderte, glitt sie ein paar Meter weiter, gesellte sich zu einigen, die dort schemenhaft ragten. Weil man offiziell nicht mit Fremden sprechen dürfe! erklärte sie Broschkus, nachdem der Polizist vorbeipatrouilliert war. Eine Iliana kannte sie nicht, Felicidad kannte sie nicht, die Schwarze Kapelle kannte sie nicht. Ob sie trotzdem zudringlich werden dürfe?

»Entschuldige die Störung«, erhob sie sich dann umgehend, »ich wußte nicht, daß du schwul bist.«

Ihren Platz nahm freilich gleich die nächste ein,
die übernächste, und das war ja vielleicht auch die beste Art, um doch noch an die Richtige zu geraten. Aber keine kam aus Baracoa, wie sich herausstellte, jede war hier nur »auf Urlaub«, in der Hoffnung, einen Touristen kennenzulernen. Die eine oder

andre zog sich erschrocken zurück, sobald ein Auto mit seinen Lichtkegeln über Broschkus' Gesicht gestreift, keine wollte von einer Iliana gehört haben. So kurz vor dem Ziel, ergrimmte Broschkus, und dann das.

Als eine der *jineteras* auf die Frage, ob sie Felicidad kenne, mit einem »Zum Glück nicht« antwortete, glaubte er, hellhörig werden zu dürfen. Sie hingegen erwehrte sich seiner so beharrlich durch Gegenfragen – »Welche Iliana?« »Na Anita, die kleine Süße.« »Welche Anita?« »Iliana Castillo Pulgarón.« »Und die soll woher kommen?« –, daß er sie vor Wut in den Hals biß. Sofort waren Männer zur Stelle, ihn von ihr wegzuziehen. Die Gebißne stand zitternd vor ihm, schließlich versetzte sie ihm eine Ohrfeige. Broschkus!

Dabei logierte er doch bei belesnen und vielfach bewanderten Herren,

hätte er sie lieber gleich gefragt! Angel und Wilfredo waren ob seines langen Ausbleibens schon in Sorge gewesen, ob er in schlechte Gesellschaft geraten, der eine rauchend, der andre trinkend: Schlechte Gesellschaft sei die einzige, die man um diese Uhrzeit in Baracoa finden könne. Ob er ein Glas Wein im Kreis der *familia*?

Wo Felicidad liegt, wußten sie beide, jedenfalls in etwa – der Name werde freilich bloß noch »in gewissen Kreisen« verwandt. Seit der Revolution trage die Ortschaft den Namen La Prueba, weil dort ein kleines Scharmützel der Aufständischen gegen Batistas Regierungstruppen stattgefunden, vor einem halben Jahrhundert, übrigens zu Fidels Ungunsten. Wohingegen Felicidad, Angel und Wilfredo gaben sich verschwörerisch: Wohingegen der frühere Name nurmehr von den sogenannten Dunklen verwandt werde, ob Broschkus davon gehört habe?

Oh, ein wenig.

Die reinsten Teufelsanbeter, daß es so was überhaupt noch gebe! In einem solch modernen Staat wie Kuba! Genaugenommen sei Felicidad seit Menschengedenken ein Ort der Dunklen gewesen – ob Broschkus schon mal von *Palo Monte* gehört habe?

Nun, sagte Broschkus, nun.

Auch vom jüdischen *Palo*?

Ach, winkte Broschkus ab, er sei selber vom jüdischen Berg, kein Problem.

Wie lachten die beiden da hellauf, wollten seine Hand beklatschen, großartig. Ein Weißer, man stelle sich vor! Aber Scherz beiseite, was der *doctor* dort eigentlich wolle? Es gebe in La Prueba nichts außer einem Revolutionsdenkmal, soweit sie gehört hätten, er solle lieber, wie alle Touristen, auf den –

Er sei kein Tourist, unterbrach Broschkus höflich, doch bestimmt. Auf welche Weise er am besten nach Felicidad komme?

Tja, also. Es liege irgendwo an der Strecke nach Norden, im Grunde könne er jeden Bus nehmen, der nicht in die entgegengesetzte Richtung fahre, es gebe ja nur eine Straße. Der Fahrer werde ihn schon an der richtigen Stelle absetzen, Wilfredo behauptete, es sei gleich hinter der Schokoladenfabrik, Angel widersprach heftig. Aber um Himmels willen, *doctor*, einigten sie sich: Warum denn überhaupt?

Angelegenheiten.

24. Dezember, Dienstag, Tag des Teufels!

Um gleich den allerersten Bus nehmen zu können, hatte sich Broschkus auch heute mit Anbruch der Dämmerung erhoben. Ein Frühstück war bereits angerichtet, der Rest wurde ihm als Wegzehrung eingepackt.

Ob er wirklich nach La Prueba?

Broschkus versprach für seine Rückkehr, sich der touristisch relevanten Örtlichkeiten anzunehmen. Angel und Wilfredo tauschten Blicke, drangen aber nicht weiter auf ihn ein.

Daß sie ihn zum Busbahnhof begleiteten,
verstand sich für sie von selbst: Ein Freund von Oscar, zumindest im richtigen Bus wollten sie ihn noch wissen. Der Fahrer forderte indes ein solch hohes Schmiergeld – auf dem Weg liege eine Polizeistation, Pesos hülfen da nicht weiter –, daß man gemeinsam beschloß, den nächsten Bus abzuwarten, er sollte eine Viertelstunde später losfahren. Außerdem kannten die beiden den Schaffner, der hinten mitfuhr und kassierte. Was er dann allerdings nicht so zügig tat wie versprochen: Verbindliche Fahrpläne gab's keine, die Busse fuhren erst, wenn sich die Ladepritschen einigermaßen gefüllt hatten. Überdies war der Fahrer mit einer Schokoladeverkäuferin verschwunden, seinem Schaffner Drastisches signalisierend. Es schlug neun, als Broschkus loskam, Wilfredo und Angel winkten, bis morgen dann, spätestens übermorgen!

Einige Kilometer außerhalb Baracoas war die Fahrt zu Ende, gerade weit genug vom Busbahnhof entfernt, um nicht einfach zurücklaufen zu können und noch einmal von vorn anzufangen. Der Fahrer, wohl wissend, daß ihm Broschkus ausgeliefert war, erhob seine Forderungen, weit höher und dreister als sein Vorgänger. Selbst wenn Broschkus gewollt hätte, über einen derartigen Betrag verfügte er schlichtweg nicht mehr, auch gestern hatte man ihm für die Beförderung Erhebliches abgenommen. Als er seine chinesische Uhr anbot, mußte er sich auslachen lassen, das Modell sei bekannt, es gehe nach sieben Tagen kaputt.

Was für ein Scheißland, fluchte Broschkus, was für Scheißkerle, die's bevölkerten! Einheimische würden für die Fahrt ja auch nur ein, zwei Peso zahlen!

Man versuche eben zu überleben, beschied man ihn, das Leben sei ein Kampf.

Es sollte einige Zeit dauern,
bis Broschkus weiterkam, die meisten Busse hielten erst gar nicht an, die wenigen Pkws ohnehin nicht, und wenn er sein Reiseziel

mitteilte oder die Höhe seiner Barschaft, fuhr man grußlos weiter. Trotzdem kam er gegen Mittag an – auf dem Weg war tatsächlich eine Polizeistation gelegen, alle Passagiere mußten von der Ladefläche. Dann hatte sich aber niemand für Broschkus interessiert; nur eine Kiste Seife wurde beschlagnahmt. Auf freier Strecke hieß man Broschkus abspringen, dies sei die Abzweigung nach La Prueba, jaja, nach Felicidad, *¡como no!*

Wenige Augenblicke später stand er auf einer Schotterpiste, sah dem Bus nach und der Staubfahne, die er hinter sich aufwirbelte. Eine feldwegartige Fahrrinne führte ins Landesinnere, wo sich nach einem schmalen Küstenstreifen das Gebirg erhob. Stunde des großen Mittags, in einem weißen Himmel kreisten die Geier.

Anfangs marschierte er gemeinsam mit einem Bauern,
der ein Ferkel im Plastiksack trug; an einer Weggabelung – in einem kahlen Baum saßen weiße Reiher – trennten sich ihre Wege. In eine arg faltige Landschaft ging's hinein, immer direkt auf die Berge zuhaltend. Einmal blieb Broschkus stehen, um sich in Ruhe umzusehen, aber sofort stieg aus der vertrockneten Erde ein Dunst und die Luft begann zu flüstern, so daß er sich lieber wieder in Bewegung setzte.

War Ernesto gestern mit Vollgas gefahren,
so schritt sein Sohn heute so schnell wie möglich voran, schließlich konnte er's noch schaffen: Wenn er rechtzeitig in Felicidad ankäme, wer weiß, vielleicht würde man ihn auf direktem Wege in die Schwarze Kapelle geleiten. Erst spät bemerkte er den einäugigen Hund, der in einigem Abstand hinter ihm herlief, bald gesellten sich weitere Hunde hinzu, umstrichen den einsamen Wanderer: an die zwanzig gelbe Hunde, kniehoch und schweigsam, ein regelrechtes Rudel, das ihn mal auf der rechten, mal auf der linken Seite des Weges begleitete, was heißt: begleitete! verfolgte.

So mager, so klein. Aber so viele. So lautlos. So gierig. Im Fell rote Flecken, vielleicht Bißwunden, übergroß aufgestellte Ohren, nervöse Aufmerksamkeit. Gelbe Hunde, gelbe Hunde. Sie zogen ihre Kreise enger, manche streiften Broschkus im Vorbeilaufen, der nun mit allem rechnete, einer kam ihm so nah, daß er ihm, schnaufend, zwischen die Beine geriet, daß seine Schnauze, widerlich, an seine nackte Hand rührte, feucht und kühl. Das Messer des Herrn Broder Broschkus war klein. Viel zu klein.

Als ihm einer der Hunde in die Männlichkeit stupste, ja, sich daran festzuschnüffeln suchte, trat Broschkus voller Abscheu zu. Trat ihm mit Kraft in die Flanken, der Hund flog durch die Luft, lag, nach Luft japsend, vor ihm auf dem Boden. Und weil er nicht schnell genug auf die Beine kam, trat Broschkus ein zweites Mal zu, diesmal auf den Kopf. Es knackte ähnlich wie bei einer Kakerlake, nur lauter. Broschkus zog den Fuß zurück, das Tier lebte noch immer.

Die andern Hunde verharrten in einiger Entfernung, sahen zu. Gewiß würden sie sich auf den Sterbenden stürzen und ihn bei lebendigem Leibe auffressen, sobald man ihnen den Rücken gekehrt – ein dürrer, struppiger Hund, vernarbt und verschorft, häßlich verkrümmt selbst noch im Tode. Schon hing ein weißer Mond im Himmel, weiter!

Das Dorf Felicidad,
am Ende dieses Nachmittags tauchte's hinter einer Kuppe auf, bestand aus zehn, zwölf Bauernhäusern. Abgesehen von einem Kleinkind, das ein Kondom aufpustete, ließ sich keine Menschenseele blicken, die man um Auskunft bitten konnte. Karge Felder da und dort, die Falten des Gebirgs reichten bis ins Dorf hinein. Broschkus fluchte so laut, daß zunächst ein paar Ziegen, dahinter ein barfüßiger Negerjunge auftauchte, in der Hand eine auffällig große Schleuder. Ohne Broschkus zu beachten, schoß er auf ein Ferkel, das zwischen den Häusern nach Eßbarem suchte.

Nichts, was auf eine Kapelle hätte schließen lassen, nicht mal ein Revolutionsdenkmal. Dann ein Kind, das sich in der Pfütze wusch, die sich rund um einen Wassertank gebildet hatte. Kaum war Broschkus daran vorbeigegangen, rannte's hinter ihm her, besprang ihn, verklammerte sich um seinen Oberkörper; nachdem er's endlich abgeschüttelt hatte, entpuppte sich's als Mädchen. Ehe er ihm eine Ohrfeige versetzen konnte, hatte's ihm schon in die Hand gebissen.

Das alles ohne ein Wort. Es war still in Felicidad, zu still für ein kubanisches Dorf, selbst die Ziegen meckerten nicht. Trotzdem, sagte sich Broschkus, hier bin ich richtig. Der Rest, der würde sich finden.

Als er schon nicht mehr damit rechnete,

traf er auf Humberto. Humberto, der vor einem Haus saß, das vom Schmutziggrau der übrigen Baulichkeiten durch seine blaue Farbe abstach, die Fensterrahmen rot gestrichen, desgleichen Säulen und Fenstergitter. Humberto, der in einem Schaukelstuhl saß, ein feingliedrig zerknitterter Greis, in Griffweite eine Metallstange an die Wand gelehnt, die Hälfte seines Gesichts unter einem breitkrempigen Filzhut versunken, der nur von den abstehenden Ohren dran gehindert wurde, vollends hinabzurutschen. Erfreut über den unverhofften Besuch, »*¿Teutón?*«, stellte er sich als Besitzer des Hauses vor, Broschkus solle Berti zu ihm sagen. Warum er so spät komme?

Wurde er tatsächlich erwartet? Mit einer Antwort schien Berti freilich gar nicht zu rechnen: Er könne fast nichts mehr hören, sei ja schon 102 Jahre alt, manche würden behaupten, 103, er selber wisse's nicht. Seit drei Monaten habe er keinen Schluck Rum mehr bekommen, ob Broschkus welchen mitgebracht habe?

So nett er offensichtlich war, so schwierig gestaltete sich das Gespräch mit ihm, ein dunkelbraunes Männlein, das von seinem früheren Leben auf der Kaffeeplantage erzählen wollte, immer fröhlich, aber kaum verständlich, die Worte waren hier noch einen Kaugummistreifen länger zerdehnt als in Santiago, Zähne fehlten vollständig. Wenn man ihn recht begriff, brauten sie in der Gegend Zuckerrohrwein, auch Gurkenwein (aus Zwerggurken), absonderlich genug; wieso Berti das erzählte, war unersichtlich. Wo seine Söhne und Töchter seien, die *familia*, der Ort sei ja wie ausgestorben?

Ach, die Jugend, die müsse immer feiern. Die seien alle weg, schon heut früh, es sei doch der 24.

Fröhliche Weihnacht, in der Tat! Broschkus bekundete seine Entschlossenheit mitzufeiern, die Zeit dränge: Wo die Schwarze Kapelle sei, keines der Bauwerke im Ort habe er als Kirche identifizieren können?

Der Alte hob den Kopf, blickte mit überraschend klaren Augen auf, Schwarze Kapelle? Nein/Gibt's nicht. Wer der Fremde überhaupt sei?

Weil er Broschkus' Namen nicht verstehen und erst recht nicht nachsprechen konnte, schrieb man ihn auf ein Stück Papier. Berti drehte den Zettel in seinen zerfurchten Händen, legte ihn schließlich verkehrt herum auf die Oberschenkel. Einer Eingebung folgend, malte Broschkus ein dreigeteiltes Kreuz daneben, Pfeile, Stierhörner. Dazu Sonne, Mond, Stern. Den Totenkopf. Geier. Noch mehr Geier.

Berti blickte bloß eine Sekunde hin, ah, Sarabanda. Nach einer Weile, in der er mit seinen Fingern einzelnes der Zeichnung abgefahren war: »Du bist Oggún.« Dann wieder sehr präzis: »Ein Weißer?«

»Sarabanda Mañunga sobre Campofinda Medianoche.«

Schöner Name, mächtiger Name. Ohne weitere Erklärung präsentierte Broschkus seine Schnitte, jedenfalls die zwischen Daumen und Zeigefinger.

Ein Weißer?

Ein Weißer.

Ob er Tote habe?

Jede Menge.

Einen Kessel?

Ecué Sarabanda Cabacuenda Medianoche.

Oh-oh. Berti zählte seine Finger, verzählte sich, fing von vorn an.

»Wer ist dein *padrino?*«

Die Frage überraschte Broschkus nicht; für diesmal hatte er sich entschieden, Pancho zu nennen, den Totengräber.

Den kannte Berti nicht. Ob er keinen richtigen Namen trage?

Sarabanda Mañunga Tarambele Ndoki. So hieß zwar Cuqui, aber das mochte man in den Bergen um Baracoa nicht wissen.

Man wußte es nicht. »Welcher *tata*?« »Ah, die Königin der Toten, christlicher Berg.« Er selber sei vom Hüter des Mondes und der Mitternacht, jüdischer Berg, ob Broschkus den Namen schon mal?

Es war exakt an dieser Stelle, daß man sich fragen mußte, ob man einen Fehler gemacht, ob man ihn schnell zugeben und damit ungeschehen machen konnte? Wer weiß, mutmaßte man auch anderntags, vielleicht wäre der Abend anders verlaufen, vielleicht wäre man doch noch rechtzeitig ans Ziel gelangt? Aber der Alte hatte weitergeredet, als sei gar keine Antwort nötig, der Moment der Entscheidung war vorbei:

Für einen *palero* vom christlichen Berg sei die Schwarze Kapelle verboten. Warum man überhaupt dorthin wolle?

Broschkus, er war ins Wanken gekommen, nicht schon wieder ein Fehler, Broschkus zögerte: Um mit dem Dunklen ins Gespräch zu kommen. Angelegenheiten.

»Mit ihm selbst?« Spätestens jetzt verwandelte sich Berti in Humberto, er faltete seine Hände, nun erwartete er wirklich eine Antwort.

»Naja, das Helle vergeht«, konnte sich Broschkus schweren Herzens zu etwas Ausweichendem durchringen, er wußte nicht weiter.

¡Cojones! kommentierte der Alte, warum er's nicht gleich gesagt habe? Mit einiger Anstrengung stemmte er sich aus dem Schaukelstuhl empor, trotz Hut reichte er Broschkus bloß bis knapp übern Bauchnabel, griff mit zittriger Hand nach der Metallstange, um sich zu stützen: »Ja, es vergeht«, sagte er mit kleiner dünner Stimme, »komm rein.«

Für die Teilnahme an den Festlichkeiten in der Schwarzen Kapelle sei man sowieso zu spät dran, meinte er, bevor er ins Haus ging: Gefeiert werde ja bereits heut abend.

Ebendeshalb sei er extra von Santiago gekommen! flehte Broschkus. Es müsse doch einen Weg geben, noch hinzukommen?

»Den Weg gibt's«, lachte sein Gastgeber, »aber nicht die Zeit.« In einer guten Stunde werde's dunkel, außerdem – ein Weißer?

Eine Weile wollte's dauern, bis sich der Alte wieder damit abgefunden hatte, daß das *Palo* neuerdings auch an Weiße gegeben wurde: Die Zeiten seien früher andre gewesen, niemals hätte man einen wie Broschkus geritzt, er verstehe nicht, warum die Königin der Toten sich dazu hatte hergeben können. Wahrscheinlich sei sie mittlerweile wahnsinnig geworden, man höre, daß sie den Kessel nicht ertrage, daß die Geister zu stark für sie seien, die daran gebunden?

Das Gespräch auf die Schwarze Kapelle zurückzulenken war nicht einfach, es verrannen kostbare Minuten, noch war Broschkus wild entschlossen, es mit einem letzten Gewaltakt zu schaffen. Mußte sich jedoch belehren lassen, daß die Schwarze Kapelle mitnichten im Ort selbst oder in dessen unmittelbarer Nähe lag, sämtliche Erwachsnen seien heut früh gemeinsam aufgebrochen – die wichtigen Priester schon einige Tage eher, um alles vorzubereiten, manche seien von weit her angereist. Die Kapelle liege auf einer Anhöhe namens Pico del Gato, knapp hinter einem Kreuzweg, den Humberto als Brazo Muerto bezeichnete, dort stehe der rote Baum. Etliche Kilometer entfernt, immer bergauf. Durch einen Fluß. Den Wald. Für einen Mann seines Alters nicht mehr zu bewältigen.

Morgen! Bei Tageslicht sei's vielleicht auch für einen Fremden zu schaffen. Heute dagegen – für einen vom christlichen Berg ohnehin verboten.

Morgen sei's zu spät! Sein Termin lasse sich nicht verschieben!

Jeder Termin lasse sich verschieben, korrigierte der Alte: mit Ausnahme des allerletzten, den wüßten nur die Götter. Tag und Stunde hätten sie längst bestimmt, man brauche sich nicht zu hetzen.

Broschkus blickte auf die Uhr, es war fast fünf. Wie, wenn er auf diese Weise zwar den gegebnen Zeitpunkt verpaßte, dafür allerdings morgen, sofern er – immerhin am richtigen Ort – den Zehnpesoschein überbringen oder unterm Altar deponieren oder wer-weiß-wie loswerden konnte: wie, wenn er auf diese Weise, Broschkus wagte's kaum zu denken, am Leben bliebe?

Im Verlauf des Abends habe er noch zu tun,
kündigte Humberto an, als er Broschkus einen Platz am Eßtisch zugewiesen, vor einem Blechnapf: Ein Sohn Oggúns komme wohl allein zurecht?

Das Haus, von außen eine gepflegte Baracke, von innen eine Klause, voller Gegenstände eines Weisen oder Verrückten, wahrscheinlich Amulette. Selbstverständlich durchzogen vom Duft des *Palo*, mit einer deutlichen Spur Verwesung als Beimischung. Broschkus konzentrierte sich drauf, Reis mit schwarzen Bohnen für ein schmackhaftes Gericht zu halten, Humberto, selten die Fliegen verscheuchend, gab bereitwillig über alles Auskunft, was man wissen und nicht wissen wollte. Wenn man ihn nur nicht so schlecht verstanden hätte! Brazo Muerto? Oh, den Weg zur Kapelle könne Broschkus morgen gar nicht verfehlen, er würde ja laufend auf heimkehrende Brüder treffen!

Hunde, jaja, es gebe viele Hunde in dieser Gegend, aber keine Angst, die Toten kämen erst hinter den Hunden. Oh, das Leben sei schön hier und Havanna weit. Seine Familie verfüge über drei Glühbirnen und einen russischen Kühlschrank, aus dem Klo krochen keine Ratten.

Nach jeder seiner von zarter Gestik unterstrichnen Ausführungen räumte Humberto die Hände wieder auf, indem er sie faltete – ein kleiner Moment des Verweilens. An der Wand hingen verschiedne Medaillen, eine für dreißig Jahre Mitgliedschaft in der Kommunistischen Partei, eine für vierzig Jahre. In der Ecke der Totenstab, auf dem Tisch eine aufgeschnittne *tukola*-Dose, möglicherweise als Aschenbecher gedacht. Im Eck ein paar Masken, angefertigt aus Benzinkanistern, an entrindeten Ästen hingen bündelweise weiß vertrocknete Schrumpelblätter und lange flache Schoten, eine Art überdimensionale Bohnen, mit Kreidezeichen bemalt.

Meingott, dachte Broschkus zwischen zwei Bissen, den Löffel Reis auf halber Höhe: Es ist Heiligabend. Das Fest des Herrn der Hörner. Wahrscheinlich läßt Ernesto gerade Blut fließen. Und Cuqui nicht minder. Wenn die wüßten!

Stille Nacht,
heilige Nacht, Träume von tierischen und menschlichen Köpfen, aufklappenden Augen, anhaltendem Getrommel. Dazwischen die Phasen des Wachens, kaum weniger bedrängend: Hinter den spärlichen Geräuschen, die von schlafenden oder aus dem Schlaf schreckenden Tieren erzeugt wurden, vernahm man die Ruhe des Landes, vernahm sie so sehr, daß man jede Sekunde mit Besuch rechnete, glücklicherweise umsonst.

Ob Humberto am Vorabend auf einem Geier davongeflogen war, an den Feierlichkeiten in der Schwarzen Kapelle teilzunehmen? Am Morgen lag er in seinem Schaukelstuhl, als habe er ihn nie verlassen, dösend wippend, wippend dösend – oder auch hellwach, wer weiß, jedenfalls wieder ganz Berti. Broschkus warf noch einen Blick ums Eck, in den Garten, wo er in der Nacht ein Toilettenhäuschen gesucht, aber bloß ein aufgeregtes Schwein gefunden hatte, das es gar nicht hatte erwarten können, bis er sich erbrochen, ihn dabei mehrfach berührt hatte.

Weihnachten! Bereits bei den ersten Schritten fühlte Broschkus die Erschöpfung, hätte sich am liebsten erneut übergeben. Der Weg, nurmehr ein Trampelpfad, führte er in eine leere Landschaft. Grau lag sie vor ihm, noch unberührt von der Macht der Sonne; nicht mal ein Vogel im Himmel. Sobald man stehenblieb, strömte aus den Rissen der Erde die Stille.

Daß man's in der Schwarzen Kapelle
heute nicht mit Lugambe persönlich zu tun bekommen würde, sondern mit Menschen, die möglicherweise eine schwarze Messe abgehalten hatten und sich erfreut zeigen würden, dazu ein wenig Weißes nachgeliefert zu bekommen, dessen war sich Broschkus sicher. Sicher? Jedenfalls war er entschlossen, seine Haut so teuer wie möglich zu Markte zu tragen, er bereute nichts. Dir schenke ich mein Herz, nur für den Fall.

Nach zwei Stunden kamen ihm die ersten derer entgegen, die er gestern so verzweifelt zu treffen bemüht gewesen, biedere Gesellen, manche von ihnen grüßten sogar. Schwer fuhr ihnen der Duft des *chamba* aus dem Mund, unverkennbar köstlich, manche hatten verschmierte Kreidestriche im Gesicht. Niemand fragte nach dem Woher-Wohin, sie schienen Broschkus kaum wahrzunehmen. Als man sich bei einem, der mit gelben Augen durch alles hindurchsah und sich dabei den Schorf von einer Wunde an der Wange kratzte, als man sich nach dem Weg erkundigte, zeigte er wortlos in die Richtung, in die der Pfad ohnehin führte, wandelte sogleich weiter, wie in Trance. Trotzdem konnte man sich eines zunehmenden Gefühls nicht erwehren, man sei zu spät dran, um mit dem Dunklen handelseinig zu werden, als ob sich heut all dessen schrecklich Wunderbares schon wieder verloren und ins Unreine zurückverwandelt haben würde, ins Entzauberte, Trivial-Schäbige.

Dabei war Broschkus nur noch nicht aufgefallen, daß die Hunde längst Witterung aufgenommen hatten.

Die stillen gelben Hunde,
mit einem Mal standen sie vor ihm, ihrer zwanzig, dreißig, versperrten den Weg. Dahinter wahrscheinlich die Toten, die jemanden treffen wollten. Wie voll die leere Landschaft unversehens war!

Schweigend die einen, schweigend der andre – es dauerte eine geraume Weile, bis Broschkus den ersten Stein warf. Die Hunde wichen zwar kurz aus, waren aber nicht in die Flucht zu schlagen. Hunde, die nicht bellen, dachte Broschkus. Ob ein einziger *santo* heut mit ihm war, nachdem sie gestern alle umsonst losgezogen? Wenigstens Oggún? Ob ihm die Marienfigur beistehen würde, das Voodoo-Paket, das Ochsenauge, das Hufeisen, die Ketten, die Puppe, der Zettel, der Knochen? Von der *Palo*-Ritzung zu schweigen, bei der er sich in sein eignes Amulett verwandelt hatte.

»Ich bin Oggún!« schrie er die Hunde aus einem plötzlichen Entschluß heraus an, lief auf sie zu, »ich bin Sarabanda Mañunga sobre Campofinda Medianoche, ihr Scheißköter, macht gefälligst Platz!«

Und was sich ihm sonst noch an Verrücktem auf die Zunge legte, schreiend durchschritt er das Rudel, das sich hinter ihm wieder schloß. Als er's wenig später an seiner Seite auftauchen sah, hechelnd die Verfolgung betreibend, versuchte er sich zu erinnern, ob er bei Cuquis Unterweisungen etwas überhört haben könnte, etwas, das mit Hunden zu tun hatte. Beschloß indessen fast im selben Atemzug, daß es hier nichts zu verstehen gab, allenfalls zu glauben, zu befürchten, zu akzeptieren, am Ende. Ich habe getan, was ich konnte, dachte er. Mehr aber, ichschwör's-euch, werd' ich nicht tun.

Dann kam der Fluß, breit und träg, einige Männer standen bis über die Knie im Wasser, einen bepackten Esel beschimpfend. Das Wasser glitzerte, die Sonne hing schon deutlich höher. Wie boshaft geduldig sich die Landschaft erstreckte, ein sonnenhell ausgeleuchtetes Lauern, seine Finsternis unter erhabner Häßlichkeit verbergend.

Am andern Ufer zupfte sich Broschkus die Blutegel ab,
die Eselstreiber in seinem Rücken waren bereits am Verschwinden. Nun kam noch ein Mann und schob sein Rad durch den Fluß, das dabei manchmal bis zur Querstange versank.

Kaum hatte man die ersten Schritte in den Wald getan, war der Wald ein Dschungel, war der Dschungel eine einzige Urpflanze, alles mit jedem verknotend, umrankend, verwurzelnd. Steil Aufstrebendes, erdwärts Verknorrtes, Farne, Farne, kleine orange, kleine violette Blüten. Grün roch die Luft, voll des modernden Verfalls. Verfilzte dämmerdunst'ge Welt, keineswegs schön, oh nein, nur zwischen den Wipfeln hoch oben, vereinzelt, das Helle. Als dessen matter Abglanz Lichterflecken auf einem nackten roten Erdboden, wo sich die verfaulenden Bananenblätter wie verbranntes Papier kräuselten, man konnte sich ausschließlich häßliche Tiere vorstellen, die im Schutz der Dunkelheit darüber hinschlichen. Oben blühte es, verfaulte als Frucht schon im Gezweig, unten verweste es, lag violettbraun sich krümmend, die Kontur bereits halb verloren, vermatschte an den Rändern zu Erde. Eine Handbreit daneben das auflodernde Leben, buschhaft um sich greifend, drängend, hängend, hangelnd, das eine Grün fraß das andre auf. Und dazu auch wieder Geräusche, ein beständiges Klappern, Fiepen, Knacken, Keckern, ein nahes Krächzen, ein eulenhaft fernes Rufen, mitunter ein Rauschen hoch oben durch die Baumkronen, ein hart prasselndes Knistern der Palmblätter im Wind, als ob's dort regnete. Kleine Echsen huschten übern Weg. Ab und an ein aufschwirrender Kreischvogel, kurzes Geflatter im Blätterwerk. Einmal ein metallicgrün schillernder Kolibri, der im Fluge vor einem Kelch stillzustehen schien.

Schon nach wenigen Minuten war Broschkus durchtränkt von seinem Schweiße, wenn er nicht über Wurzeln stolperte, fuhr ihm ein Ast ins Gesicht. Harte Halme zerschnitten ihm die Haut an Hals und Händen, von der Stirn lief ihm bald Blut. Und immer ging's bergauf, er fühlte, wie ihm das Wasser über Brust und Rücken rann, seine Schnitte brannten, von der Nasenspitze tropfte es, von den vollgesognen Augenbrauen lief's ins Auge, lief zwischen die Arschbacken und weiter, beinabwärts, selbst das Taschentuch war vollkommen durchfeuchtet, als er sich damit abwischen wollte. Wie die Halsketten schwer und schwerer wurden, wie die Knie zitterten! Einmal glitt Broschkus auf dem Lehm aus und stürzte; wenn ihm die Kraft zur Verfügung noch gestanden, er hätte geflucht.

Als sich das Dickicht zu einer kleinen Lichtung auseinanderzog, konnte er kurz ins Weite blicken, hinaus und hinab in eine Welt, die steil unter ihm lag, kahl glitzernde Flächen, wie sie im Faltenwurf sich hoben, senkten, hoben, senkten, sofern sie nicht fahl unterm Schatten einer Wolke warteten. Knapp vor der Küstenlinie die Straße, leer, das Meer dahinter, erst türkis leuchtend, dann dunkelblau, leer. Der Himmel darüber, leer. Man konnte sie atmen hören, die Leere, da schlief etwas, da würde bald etwas aufwachen.

Und keiner mehr, der Broschkus entgegenkam, den man um Wasser hätte bitten können, um ein tröstendes Wort. An den Schnürsenkeln, den zerrißnen Hosenbeinen hingen die Kletten, in den Handflächen steckten feine Stacheln, wenn man sich übern Hals strich, konnte man Blut von den Fingerspitzen lekken. Das schwere Summen schwarzer Fliegen.

Das Hecheln kleiner gelber Hunde,

ja, auch das war wieder zu vernehmen, wer weiß, wie sie's bis hierher geschafft hatten, es mußte Umwege geben. Egal! Broschkus, er stolperte nurmehr voran, die Mücken stachen ihm in die Knöchel, hinters Ohr, ins Handgelenk. Stunde des großen Mittags, die Blüten schlossen sich. Mein Gott, dachte er, wenn das nicht die Hölle ist, dann ist's das Paradies. Ein Mal im Leben unlimitiert agieren. Und dann nie wieder, nie.

Der Gaumen klebte nicht mehr, er wurde fremd. Die Grausamkeit der Tropen, je tiefer man in sie einzudringen suchte, desto höher türmten sie sich vor einem auf, hinter eine erklommne Kuppe gleich die nächste schiebend. Endlich der rote Baum, Brazo Muerto, dabei hatte man von einem Kreuzweg gar nichts mitbekommen: eher ein verdorrter kleiner Busch, zinnoberrot angestrichen von der Wurzel bis zur Spitze sämtlicher Äste, vollkommen blattlos, ein gutes Zeichen. Der Berg, an dessen Flanke man sich emporgearbeitet, mußte der Pico del Gato sein, eine riesige Schlange, von einem Felsvorsprung zum nächsten herunterspringend, klatschte in die Stille. Am Himmel jetzt Geier. Im Auge immer öfter winzige Fliegen, wo kamen die denn her?

Ein felsiger Schrund,
der noch zu überklettern war, tief unter Broschkus flimmerte die Landschaft so sehr, daß er geblendet weitertaumelte, kaum wahrnehmend, wie unspektakulär der Hang in eine Art Hochplateau überging, wie sich der Pico del Gato als plumper Buckel entpuppte. Daß einige Raben aufkrächzten, vernahm er nicht, so sehr trommelte ihm der Puls; daß ein paar Geier unwillig zur Seite hüpften, bemerkte er nicht, so getrübt hatte sich sein Blick: Zunächst sah er nichts als das strahlend weiße Gebäude, von der Größe etwa eines Bauernhauses, jedoch mit einer kleinen Glokke im Giebel. Erneut mußte Broschkus die Augen schließen, ein solch leuchtendes Weiß war nach all den Stunden im dämmrigen Grün kaum zu ertragen.

Tief holte er Luft, genoß es, wie ihm der Duft des *Palo* in die Nase stieg, vermischt mit dem süßen Geruch der Verwesung und dem metallischen des Blutes. Die Augen aufschlagend, sah er dann endlich, was er gerochen, sah. Oh Gott, dachte er, wenn's dich gibt, dann – zeig dich! Schnell schloß er die Augen wieder, um Gott eine Chance zu geben. Aber Gott blieb im verborgnen. Wie oft muß ich eigentlich noch aufwachen, um nicht mehr zu träumen? fragte sich Broschkus, als er die Augen ein drittes Mal aufschlug und kein Wunder geschehen, niemand neben ihm aufgewachsen war, ihm beizustehen: Ich träume doch wohl? Die Fliegen setzten sich in die Rinnsale seines Schweißes und tranken, in die Augenwinkel setzten sie sich, auf die Lippen, ins Ohr; hatte man sie verscheucht, kamen neue, ihn zu quälen: Die Augen offenzuhalten war schwer.

Knapp neben der Kapelle fing der Wald wieder an, ragten die ersten Bäume. In einem besonders groß gewachsnen hing, Arme und Beine gespreizt, eine nackte Frau, hing gekreuzigt und ausgeweidet, allüberall von knochentiefen Wundmalen gekennzeichnet, die hellrot aus ihrer zigarrenbraunen Haut herausleuchteten, der Kopf fehlte. Unterleib und Bauchdecke waren zerrissen, das Gedärm schlang sich in langen Schlaufen bis auf den Boden, bläuliches Schimmern. Auch die Brüste hatte man ihr abgeschnitten, in Arme und Beine waren Zeichen geritzt. Vielfach Striemen, schwarz verkrustet das Blut; dort, wo die Schnäbel bis eben ins Fleisch gehackt hatten, etwas heller. Im Gras darunter ein erstaunlich großer Fleck. Gierig hopsten die Vögel in zwei, drei Meter Entfernung, die Fliegen ein beständiges wüstes Summen. Auf einem Baumstumpf Reste niedergebrannter Kerzen, im Gras eine leere Flasche.

Noch bevor er den Leberfleck auf der Brust der Gekreuzigten entdeckt hatte, schlug Broschkus die Hände vors Gesicht. Im Nähertaumeln fiel er vor ihr auf die Knie, sein kleines Stöhnen ging in ein kleines Schluchzen über. Kein Vogelschrei, selbst die gelben Hunde standen lautlos und stumm. Bloß die Fliegen waren zu vernehmen.

Den Kopf in seinen Händen verborgen,
kniete er und schnaubte nicht etwa nur ziemlich grundsätzlich die Nase, schluchzte nicht etwa nur, sondern heulte, heulte hemmungslos: bereute, daß er seinen Gott ein Leben lang vergessen hatte und nun auch von ihm vergessen war, laut schrie er auf, schlug die Fäuste auf den Boden, es wollte nichts nützen. Als er sich einigermaßen gefaßt hatte, hockten auf dem Halsansatz der Frau, so selbstverständlich, als säßen sie auf einem Holzstumpf, hockten die Raben und schlugen ihr ruckweis die Schnäbel ins Fleisch, zogen ihr stückweis die Speiseröhre heraus; andre hatten sich in die Bauchdecke gekrallt, pickten nach Stellen, die noch feucht und frisch waren. Kaum spreitete einer der Geier die Flügel und näherte sich, flogen sie sämtlich beiseit, machten Platz und warteten in einer Reihe, bis sie wieder drankamen. Indem Broschkus den Blick nicht zu wenden vermochte, fühlte er, wie er's gar nicht mehr war, der auf die Frau starrte, wie er sanft und endgültig herausgeglitten aus seinem Körper, wie er gleichzeitig aus großer Nähe und Ferne auf alles sah, in Zeitlupe und ein bißchen verzerrt.

Die wenigen Meter zur Schwarzen Kapelle
durchschwebte er bereits als schwereloses Geistwesen, vollkommen entleert von allem, was ihn ein Leben lang zu Boden gezogen, so losgelöst frei, als wär's gar nicht er selbst. Tief unter ihm flirrte das, was von der Welt übriggeblieben, durchschnitten von einer Straße, darauf vielleicht ein Auto. Silbergrau gewellte Hänge, vom Licht des großen Mittags hell ausgeleuchtet. Mehrere gelblich schimmernde Linien, zum Teil in Serpentinen, darüber hinweg sich schlängelnd, wie schön. Auf einem der Trampelpfade die winzigen Silhouetten von Wandersleuten. Darunter einer mit Spazierstock, dessen eckig verzögerte Bewegungen Broschkus bekannt vorkamen, wie aus einem früheren Leben.

Broschkus, in seinem Andern Zustand erlöst, nun betrat er sie endlich, die Schwarze Kapelle.

Sowie er die Eingangstür aufgestemmt,
geriet er auf etwas Weiches, bei näherer Betrachtung war's ein schlafender Mann, vielleicht ein Wächter, der den Rausch des Festes zu Ende träumte. Nach *Palo* roch's, wahrscheinlich vom Rückraum her Öle und Kräuter, kalter Rauch, nach verprustetem *chamba* roch's und Essensresten, schwadenweis' auch nach Schießpulver und Schweiß, ein feiner Faden Sperma zog sich, scharf und präzis, am Altar vorbei, auf dem nicht mal ein Kreuz auszumachen, eine Madonnenstatue. Wenn durch die winzigen Fensteröffnungen nicht gerade warm ein Licht gefallen wäre, Broschkus hätte kaum etwas erkennen können, der gesamte Innenraum war schwarz ausgemalt, kein Bild an der Wand, das die Düsternis fleckweis unterbrochen hätte.

Seinen Zehnpesoschein fest umklammernd, schritt er auf die Tür zu, die sich neben dem Altar öffnete.

Weil das Dahinterliegende
nur von einem einzigen Fenster erhellt wurde, dessen Scheibe obendrein mit Farbe überstrichen, mußte er sich erst langsam an die staubflirrende Düsternis gewöhnen, die ihn umfing. Schwarz auch hier die Wände, mit weißen Sprüchen bemalt. Gestaute Hitze, Fliegengesumm, ein Gestank, aus dem der Geruch des Spermas noch ekelhafter hervorstach. Aber es war ja gar nicht Broschkus, der ihn mit geblähten Nüstern einsaugte, der jetzt des ausrangierten Autosessels an der gegenüberliegenden Wand gewahr wurde, dann der beiden Bänke an den Seitenwänden, es war ein andrer. Während sich alles sanft zu drehen anhob, das Dunkle im Dunklen.

Kaum vier Meter lang war der Raum, kaum drei Meter breit. In seiner Mitte ein Tigerfell. Rundum Schüsseln, Puppen, Kerzenstumpen, traumhaft vertraut, Broschkus wurde's ganz leicht zumut, so leicht, daß er sich an der Wand festhalten mußte, um nicht fortzufliegen. Dem Thron gegenüber natürlich der Altar, in seiner Mitte der Kübel, so wie er ihn kannte, er hatte keine

Sekunde daran gezweifelt, ihn hier wiederzufinden, die obersten Spitzen seiner Äste und Federn nahezu auf Augenhöhe – welch gewaltiger, welch wunderschöner Kübel. Daneben kleinere Kessel, jeder von ihnen noch immer deutlich größer als sein eigner. An der Wand dahinter die Fahne, ein Gewimmel an Geiern, Pfeilen, Totenköpfen, zwischen zwei Sternen ein verbeulter Mond; auf dem Boden davor Kreidezeichnungen, von Blut besprenkelt; vor jedem der Kessel die Füße des Opfertiers, wie's sich gehörte, Schweine- und Hühnerklauen. Beim Nähertreten ließen sich dazu, obenauf im jeweiligen Kessel, die entsprechenden Köpfe erkennen.

Lediglich vor dem größten, dem Hauptkübel, lag nichts.

Erst als Broschkus direkt davorstand,
des Kreidezeichens nicht achtend, in das er dazu treten mußte, ragten ihm aus dem Dickicht des Kübels zwei Ziegenhörner auf. Eingeklemmt dazwischen, auf den Spitzen der Äste, lag mit weit aufgerißnem Mund – das mußte der Kopf des Opfers sein.

Er war's. Man hatte ihr sogar die Ohrstecker belassen. Broschkus lächelte, Rosalias Zettelzauber hatte gewirkt. Wie schön sie noch immer war, auch wenn man sie kahlgeschoren und mit Schnitten im Gesicht versehen hatte; ihr Silberzahn, den er so liebte, lächelte ihm von ganz hinten zu. Broschkus, er konnte nicht aufhören, das Lächeln zu erwidern, lange Zahnhälse blekkend. Vollkommen von allein setzte ein Rauschen in seinen Ohren ein, vollkommen von selbst hob sich seine Hand, in der er noch immer den Zehnpesoschein hielt. War's nicht wunderbar, sie auf diese Weise wiederzufinden, sollte er sie nicht auf der Stelle –? Als er aber mit dem Handrücken über ihre Wange strich, nur kurz über die Kälte ihrer Haut erschreckend, als er die Narbe streichelte, die ihr bis in die Braue hinauflief, da schlug sie eins ihrer Augen auf und blickte ihn an.

Das war vielleicht das letzte, das er sah, überscharf verschwommen, in weiter Ferne hautnah. Einen Fleck in ihrem

Auge nahm er gewiß nicht mehr wahr, in dieser Düsternis hätte er ihn selbst bei vollem Bewußtsein gar nicht sehen können. Dann knickten ihm die Knie, lautlos stürzte er vornüber, den Geldschein aus seiner Umklammerung entlassend, stürzte vor ihr zu Boden und zu Tode, das Lächeln zum Grinsen verzerrend. Denn das Helle vergeht, doch das Dunkle, das bleibt.

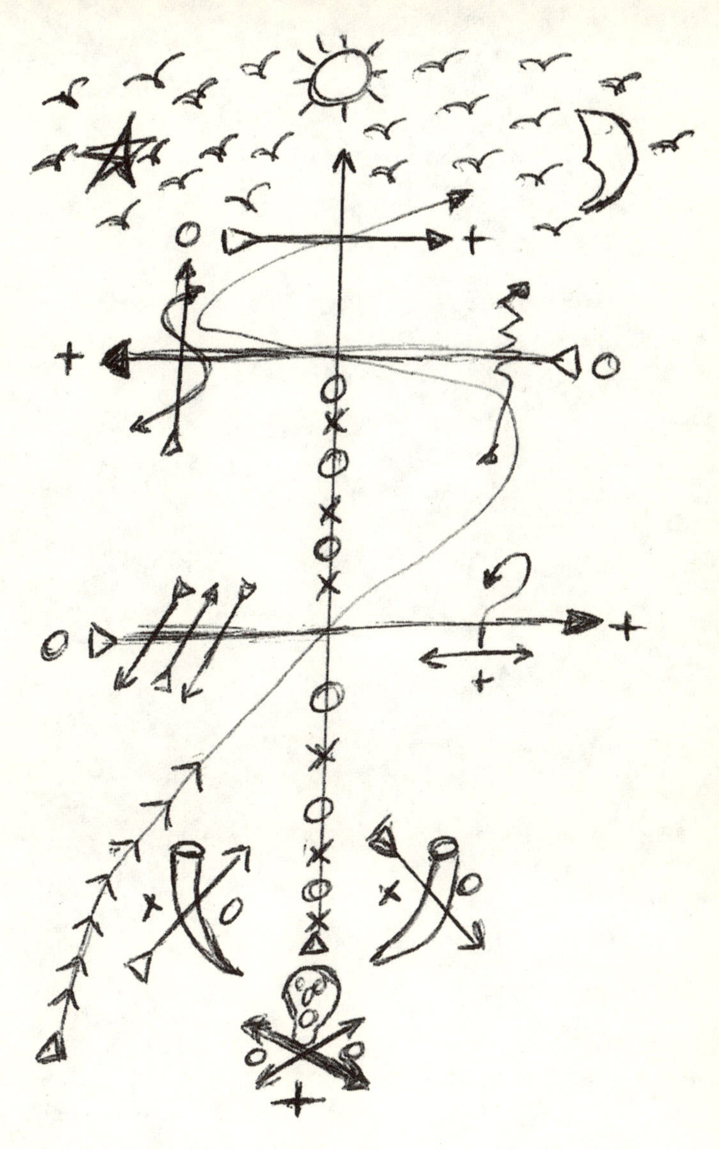

Sarabanda Mañunga sobre Campofinda Medianoche

Und jetzt? Was ist mit
Cuqui, Ernesto, Ocampo, Luisito? Langsam. Was die Figuren betrifft, so könnte ich mir zwar einiges vorstellen, will's aber lieber unterlassen. Über die Personen gleichen Namens weiß ich auch nicht viel mehr. Das Wichtigste zuerst: Ocampo, der echte Ocampo, ist zum Glück gar nicht gestorben; er hat seine Operation gut überstanden und betreibt seinen Imbiß – wenn's nicht gerade Angelegenheiten zu erledigen gibt.

Dagegen Ernesto, er starb bereits am 2. Dezember 2002, kaum daß ich nach Santiago zurückgekehrt, um die Suche nach einem Mädchen mit Fleck im Auge aufzunehmen (oder so etwas Ähnliches). Für den Tag seiner Entlassung aus dem Krankenhaus hatte ich eine Flasche Rum aufgehoben, weil – ich gern mit ihm befreundet gewesen wäre, deshalb. Wir haben die Flasche in seinen offnen Sarg gekippt, aber ich fürchte, das wissen Sie schon. Wenn Sie diese Zeilen lesen, ist sein Sarg längst aufgehackt, sind seine Knochen längst geputzt.

Luisito ist natürlich weder Vater eines Esels noch Spitzel für die SEPSA, wie man die Stasi auf Kuba abkürzt, noch all das andre, was ihm seine Mit- und Gegenspieler im Roman unterstellen; er ist, ganz einfach, ein verdammt feiner Kerl, ohne den ich – na, das ahnen Sie auch längst. Seine Casa el Tivolí liegt tatsächlich in der Calle Rabí No. 107 1/2.

Oscar ist wie eh und je als Hühner- respektive Taubenwürger im Auftrag der *santos* unterwegs, mit dem Kulturzentrum im Tivolí hat er übrigens nicht das geringste zu tun. Und Pancho? Nun, er arbeitet als Totengräber. Papito? Ein Inbegriff der guten Laune, Sie werden ihn ja vielleicht mal in seinem Zahnarztsessel erleben. Und Iliana, Alicia, Alina? Flor, Mercedes, Rosalia und Mirta? Das Mädchen aus der »Casona«? Langsam.

Einzig von Cuqui wüßte ich noch zu berichten: Er kocht und kellnert, kellnert und kocht weiterhin im »Balcón del Tivolí«, jedenfalls so lange, bis er seine Familie wieder als Lehrer ernähren kann. Denn er ist und bleibt ein freier Geist, ein echter Intellektueller und – ich weiß, das interessiert Sie besonders – ein *palero* der *christlichen* Richtung. Vor allem aber ist und bleibt er mein Freund. *Aunque estamos lejos, no te olvidaré nunca.*

Brechts Hus/Svendborg, 27/4/05 MP

Register der wichtigsten Tiere, Personen, Heiligen und Götter

Alfredo Halbbruder von Alicia, Kraftklotz, arbeitet als Putzmann in der Kirche von Dos Caminos

Alfredos Tante Gehülfin bei allfälligen Opferhandlungen

Alicia/Alicita honighelle *mulata* in Dos Caminos, reitet ohne Sattel

Alicias Großmutter drahtig und zahnlos

Alina/Alinita Käseverkäuferin in der Sierra Maestra, vormals wahrscheinlich wohnhaft in dem Stadtviertel Micro-9

Angel schwuler Zimmervermieter in Baracoa, Nichtraucher

Bebo Friseur, betreibt in der Calle Rabí den »Salón el túnel«

Broschkus/Dr. rer. pol. Broder Broschkus alias **Bro** 50jähriger Leiter der Wertpapierabteilung im Hamburger Privatbankhaus Hase & Hase KG, verheiratet mit Kristina

Bruno Hund

Cacha siehe Lockenwicklerin

Changó *santo*, kriegerischer König und Macho schlechthin, Herr des Blitzes, Kettenfarbe rot-weiß, heißt bei den *paleros* Siete Rayos

Claudia etwa 4jährige *negra*, sehr am Leben und Sterben kleiner Tiere interessiert

Cuqui/Silvano Ramirez Gonzalez Mathe- und Physiklehrer, arbeitet als Kellnerkoch im Restaurant »El Balcón del Tivolí«, 37jähriger *mulato*, Vater zweier Kinder

Cuquis Frau ist nett

Cuquis Mutter ist ebenfalls nett, raucht gern

Denia mit Luisito verheiratet, wird sehr von ihm verehrt

Ecué Sarabanda Cabacuenda Medianoche Name eines *Palo*-Kessels

Einbeiniger Bettler mit Hauptstandort am Treppenaufgang der Kathedrale

Eleggua *santo*, Erster Krieger, Herr aller Wege und Kreuzwege, Kettenfarbe rot-schwarz, heißt bei den *paleros* Lucero Mundo, im Voodoo Papa Legba

Eric Belgier, Mercedes' Verehrer? Liebhaber? Verlobter?

Ernesto de la Luz Rivero Zigarrendreher? Sohn einer Jamaikanerin, »Sohn« von Obatalá

Feliberto/Feli Kater, alt

Fina trinkfreudige *santera*, »Tochter« von Changó

Flor Rosalias jüngere Tochter, etwa 12 Jahre alt, hat stark behaarte Beine, riecht wie ein nasser Feudel

Fongi/750 kilo Cuquis 14jähriger Sohn; als Rapper nennt er sich »750 kilo« in Anspielung auf *kilo* = (volkstüml.) Centavos.

Humberto/Berti 102jähriger in La Prueba

Hüter des Mondes und der Mitternacht der *tata* (sozusagen Gemeindevorsteher) einer *Palo*-Bruderschaft

Igor Mitglied der Lockenwicklerbande

Iliana Castillo Pulgarón/Anita 31jährige *jinetera*, zigarrenfarben

Ilianas Mutter an die 60 Jahre alt, überzeugte Katholikin, kaut gern Kühleis mit Alkohol

Jesús Barkeeper in der »Casona«, weiß, durstig
Jordi Mitglied der Lockenwicklerbande
Juan Maturell Paisan Toter (gestorben am 1. August 1991)

Kees/Kornelius Holländer, Mercedes' Verehrer? Liebhaber? Verlobter?
Kristina Broschkus, geb. Kipp-Oeljeklaus homöopathische Tierärztin in Hamburg-Harvestehude, etwa 44 Jahre alt

Lockenwicklerin/Cacha Chefin der Lockenwicklerbande
Lolo, el duro, el puma *jinetero*
Lugambe Teufel im *Palo Monte, als* solcher Teil Gottes
Luisito/Luis Felix Reinosa Vermieter der »Casa el Tivolí«, etwa 50 Jahre alter *negro*, in zweiter Ehe verheiratet mit Denia

Maikel Mitglied der Lockenwicklerbande
Mama Chola verführerische Göttin im *Palo Monte,* entspricht in der *Santería* Ochún
Mama Chola Mañunga Mundo Nfuiri *Palo*-Name für eine Frau, die Ochún »im Kopf trägt«, in etwa »Die schreckliche Ochún aus der Welt der Toten«
Manuel Mitglied der Lockenwicklerbande
Mercedes/Merci Rosalias ältere Tochter (?), etwa 20jährige *jinetera* mit zimtbrauner Haut
Mirta Kräuter- und Gemüseaussingerin, lebt in Chicharrones
Nzambi oberste Gottheit im *Palo Monte,* entspricht in der *Santería* Olofi

Obatalá *santo*, oberster Richter und direkter Bote zu Olofi, Kettenfarbe weiß, heißt bei den *paleros* Tiembla Tierra
Obba *santa*, ursprünglich Changós Frau, lebt als eine der drei santas auf dem Friedhof (als Wächterin über die Gräber)

Ocampo/Prudencio Cabrera Ocampo Chef vom »El Balcón del Tivolí«, Besitzer spitzer weißer Schuhe

Ochosi *santo*, Dritter Krieger, jagt mit Pfeil und Bogen

Ochún *santa*, honigbraune Aphrodite der *Santería*, Kettenfarbe gold-gelb, heißt bei den *paleros* Mama Chola

Oggún *santo*, Zweiter Krieger, als Herr des Eisens Sinnbild urtümlicher Kraft, Kettenfarbe grün-schwarz, heißt bei den *paleros* Sarabanda

Olofi oberster und einziger Gott in der *Santería*, eine Art unbewegter Beweger, für Menschen nicht direkt ansprechbar

Orisha Okó *santo* des Ackerbaus mit riesigen Hoden

Orula *santo*, Herr der Zukunft und der Wahrsagung

Oscar *santero*, trinkt weißen Rum nur mit Limone

Osun *santo*, Götterbote, dargestellt als Bleihahn

Oyá/Oyá Yansá *santa*, wilde Kriegerin und eine der drei *santas* der Friedhöfe (an deren Eingang sie die Toten in Empfang nimmt)

Pancho Totengräber, hat früher in Ostberlin gearbeitet, spricht etwas (falsch) Deutsch

Papito Vater von Rosalia, Großvater von Mercedes und Flor, pensionierter Schiffskoch

Papitos Mutter lebt in einem Schaukelstuhl

Pepe Gitarrist, u. a. in der »Casona«

Planas/Señor Planas Onkel von Ramón, Besitzer eines Stretch-Ladas

Ramón/Mongo *jinetero* mit Vorliebe für Blondinen, Besitzer von Schuhen mit rosa Sohle

Reynaldo Luisitos Bruder, wohnt in dem Stadtviertel Micro-9

Rosalia etwa 40jährige Tochter von Papito, lebt mit Ulysses zusammen

Saddam Kampfhahn

Sarabanda kriegerische Gottheit im *Palo Monte,* entspricht in der *Santería* Oggún

Sarabanda Mañunga Mundo Nfuiri *Palo*-Name, in etwa »Der schreckliche Oggún aus der Welt der Toten«

Sarabanda Mañunga sobre Campofmda Medianoche *Palo*-Name für einen, der Sarabanda alias Oggún »im Kopf trägt«, in etwa »Oggún, der auf mitternächtlichem Friedhof mit einsam umherirrenden Seelen arbeitet«

Sarabanda Mañunga Tarambele Ndoki *Palo*-Name für einen, der Sarabanda alias Oggún »im Kopf trägt«

Sarah Kristinas Tochter aus erster Ehe, etwa 15 Jahre alt

Schlachtergehülfe zwergwüchsiger *mulato* mit der Säuferstimme eines 60jährigen

Schweinskopfverkäuferin redet nicht

Siete Rayos Gottheit im *Palo Monte,* entspricht in der *Santería* Changó

Tomás Türsteher der »Casona«, spricht Deutsch

Tyson Kampfhund, lebt an der Schwelle zum »Balcón del Tivolí«

Ulysses etwa 42 Jahre alter Fahrrad- und Motorradbastler, lebt mit Rosalia zusammen

Ursprünglicher Türhüter der »Casona« wird von der Lokkenwicklerin arbeitslos gevögelt

Wilfredo schwuler Zimmervermieter in Baracoa, Antialkoholiker

Willi Hamster (†)

Willito Mitglied der Lockenwicklerbande

Wladimir Mitglied der Lockenwicklerbande

Yaumara Pepes Freundin, kommt aus Dos Caminos

Yemayá *santa*, Allmutter des Universums, Herrin des Meeres,

Kettenfarbe blau-weiß (bzw. transparent), heißt bei den *paleros* Madre de Agua

Yewá *santa*, ursprünglich keusche Prinzessin, lebt als eine der drei *santas* auf dem Friedhof (nämlich in den Gräbern)

Zwillinge/Los Ibeyis *santos*, Bezwinger des Teufels mittels fortgesetzter Trommelei

Sowie weitere Saukerle und Gelegenheitsdamen, Kampfhunde und -hähne, Bettler, Ortsdeppen, Tote und Totengräber aus dem kubanischen Süden.